श्रीमन्मिश्रबलभद्रविरचितम्

होरारत्नम्

'इन्दुमती' हिन्दी व्याख्योपेतम्

प्रथमो भागः

व्याख्याकार :

डॉ० मुरलीधर चतुर्वेदी

मोतीलाल बनारसीदास

दिल्ली :: वाराणसी :: पटना

प्रधान कार्यालय—बंगलो रोड, जवाहर नगर दिल्ली-७
शाखाएँ—(१) चौक, वाराणसी (उ० प्र०)
(२) अशोक राजपथ, पटना (बिहार)

प्रथम संस्करण : वाराणसी १९७९
पुनः मुद्रण : २०११

श्री नरेन्द्रप्रकाश जैन, मोतीलाल बनारसीदास, चौक, वाराणसी द्वारा प्रकाशित
तथा केशव मुद्रणालय, सुधाकर रोड खजुरी, वाराणसी द्वारा मुद्रित।

दो शब्द

॥ श्रीहनुमते नमः ॥

श्रीगोविन्दमनोमिलिन्दनलिनी सौन्दर्यसारावधिः
सम्मूर्त्ता ब्रजवासिपुण्यपटली लीलारसाधीश्वरी।
भक्ताभीष्टविधानकल्पलतिका कारुण्यकल्लोलिनी
वृन्दारण्यविहारिणी विजयते श्रीरासरासेश्वरी ॥ १ ॥

सर्वदा स्मरणीयो मे पिता सद्बुद्धिदायकः।
कोविदाब्जकदम्बार्को देवाख्यः श्रीलकेशवः ॥ २ ॥

आज बड़े हर्ष का विषय है कि यह फलित ज्योतिष का महार्णव ग्रन्थ प्रथम बार हिन्दी अनुवाद के साथ प्रकाशित हो रहा है। पहिले इसका संवत् १९४८ में लीथो में मूल मात्र का प्रकाशन बनारस से हुआ था किन्तु सर्वसाधारण जन इससे अपना वास्तविक फल समझने में कठिनाई का अनुभव करते रहे इसलिये हिन्दी अनुवाद के साथ इसका प्रकाशन जन सुलभता के लिये प्रकाशक महोदय ने किया है।

प्राचीन तथा अर्वाचीन इतिहासों द्वारा यह सर्वथा सिद्ध हो चुका है कि उपलब्ध पुस्तकों में सबसे प्राचीन वेद है, और यह भी सर्वविदित है कि वेद के ६ शिक्षादि अङ्ग होते हैं। उन षडङ्गों में सर्वश्रेष्ठ नेत्र स्वरूप ज्योतिष शास्त्र है। जैसे विना आँखों के मनुष्य बेकार होता है उसी प्रकार अन्य अङ्गों का जानने वाला यदि नेत्र रूप ज्योतिष शास्त्र को नहीं जानता तो किंकर्तव्य विमूढ़ होता है। कहा है—

'वेदचक्षुः किलेदं स्मृतं ज्यौतिषं मुख्यता चाङ्गमध्येऽस्य तेनोच्यते।
संयुतोऽपीतरैः कर्णनासादिभिश्चक्षुषाऽङ्गेन हीनो न किञ्चित्करः ॥'

इस ज्योतिष विद्या का महत्व शास्त्रों में वर्णित है। इसके मुख्य—१. सिद्धान्त, २. संहिता, ३. होरा (जातक) ये तीन विभाग हैं। प्रस्तुत ग्रन्थ अपने नाम से ही सिद्ध करता है कि यह 'होरा' ग्रन्थों में रत्न है अर्थात् उत्तम ग्रन्थ है। अब यहाँ यह जिज्ञासा होती है कि होरा शब्द का क्या अर्थ होता है तथा यह शब्द कैसे निष्पन्न होता है। उत्तर। होरा शब्द का काल अर्थ है अर्थात् काल नियामक होरा शब्द है। एक दिन-रात २४ घंटे का होता है। इसमें चौबीस काल होरा होती हैं। इसके आधार पर ही भारतीय वार गणना सिद्ध होती है।

इससे यह मालूम हुआ कि ढाई घड़ी की एक होरा हुई। ये होराएँ अहोरात्र में होती हैं इसलिये अहोरात्र शब्द के आदि के 'अ' अक्षर और अन्त के 'त्र' अक्षर का लोप करने से अहोरात्र शब्द से होरा शब्द निष्पन्न होता है। ग्रन्थ में सारावली के वाक्य से कहा है—

आद्यन्तवर्णलोपाद् होराशास्त्रं भवत्यहोरात्रात्।
तत्प्रतिबद्धः सर्वे ग्रहभगणाश्चिन्त्यते यस्मात्॥
होरेति शास्त्रसंज्ञा लग्नस्य तथार्द्धराशेश्च।

हो० र० १ अ० २५ श्लोक।

चौबीस होराओं में १ अहोरात्र और अहोरात्र से होरा शब्द बनता है यह अन्योन्याश्रय है। अथवा चतुरजन शुभाशुभ कर्मफल सूचक शास्त्र को होरा कहते हैं या होरा यह लग्न की संज्ञा है या लग्न के आधे भाग की संज्ञा को होरा कहते हैं। इससे भी यही सिद्ध होता है कि बारह लग्न दिन-रात्रि में पूर्ण होते हैं और उन लग्नों के आधार पर समस्त प्राणियों के शुभाशुभ जाने जाते हैं अर्थात् प्राणियों की जन्मकालीन ग्रह संस्था या तिथि नक्षत्रादिकों द्वारा उनके जीवन में आने वाले सुख-दुःखादि का निर्णय जिस शास्त्र से होता है उसे होरा शास्त्र या जातक शास्त्र कहते हैं। इसलिये अहोरात्र शब्द से ही होरा शब्द निष्पन्न होता है।

ग्रन्थ में भी होरा शब्द का लक्षण इस प्रकार से है--'पितामह-नारद-वसिष्ठ-कश्यपादि सुनिर्मितं ज्योतिश्शास्त्रैकस्कन्धरूपं जन्मनानाविधफलादेशफलकं वेदचक्षूरूपं द्विजानामध्ययनीयं शास्त्रं होराशब्दवाच्यम्।'

अथवा जो कि संसार में प्रसिद्ध जातक शास्त्र है वही होरा शास्त्र है अथवा होरा यह शब्द भाग्य विचार का पर्यायवाची है। कल्याण वर्मा ने कहा है—

जातकमिति प्रसिद्धं यल्लोके तदिह कीर्त्त्यते होरा।
अथवा दैवविमर्शनपर्यायः खल्वयं शब्दः॥

(सारा० २ अ० ४ श्लोक)

इस होरा शास्त्र का क्या प्रयोजन होता है। उत्तर। ब्रह्मा जी जीव की उत्पत्ति के समय में उसके मस्तक पर जो पूर्व जन्मार्जित शुभाशुभ कर्म होता है उसे अङ्कित कर देते हैं। उस कर्मपङ्क्ति का ज्ञान इस होरा शास्त्र से जैसे अन्धकार में रखी हुई वस्तु का भान दीपक से होता है उसी प्रकार इससे होता है। जातक सारदीप में कहा हैं।

या ब्रह्मणा विलिखिता नरभालपट्टे
प्राग्जन्मकर्मसदसत्फलपाकशस्तिः ।
होरा प्रकाशयति तामिह वर्णपङ्क्तिं
दीपो यथा निशि घटादिकमन्धकारे॥

(१ अ० ६ श्लोक)

और भी इस होरा शास्त्र से परमावश्यकता का ज्ञान यह होता है कि जन्मपत्री के आधार पर शुभ दशा का ज्ञान करके धनोपार्जन धन प्राप्ति करना व शुभ समय में यात्रा करना तथा आपत्ति रूप नदी से छुटकारा पाना इत्यादि अर्थात् उत्तम सलाहकार एकमात्र यही होरा शास्त्र है अन्य कोई भी जीवों का शुभचिन्तक और दुःख दूर करने वाला नहीं हो सकता है।

सारावली में कहा है —

अर्थार्जने सहायः पुरुषाणामापदर्णवे पोतः ।
यात्रा समये मन्त्री जातकमपहाय नास्त्यपरः ।।

(२ अ० ५ श्लोक)

तथा होरा मकरन्द में भी —

निजानि भाग्यान्यवगन्तुमुच्चैरापत्पयोराशिमपि प्रतर्तुम् ।
द्रव्यं तथोपार्जयितुं जनानां होरां बिना नान्य इहास्त्युपायः ।।

ग्रन्थकार का परिचय

प्रस्तुत ग्रन्थ के रचयिता पण्डित दामोदरात्मज पं० बलभद्र जी हैं । इन्होंने अपना निवास स्थान ग्रन्थारम्भ में कान्य-कुब्ज दिया है । जो कि भारत के इतिहास में प्रसिद्ध है, महाकवि भवभूति और श्रीहर्ष इसी कान्यकुब्ज नरेशों के सम्मानित थे । जहाँ के प्राय: इत्र नाना प्रकार के इस समय देश में प्रसिद्ध हैं । यह स्थान श्री गङ्गाजी के पुण्य तट पर विराजमान है । ऐसा बलभद्र ने इससे पूर्व में रचित 'हायनरत्न' नामक ग्रन्थ में कहा है ।

भागरथीतीरविराजमाने श्रीकान्यकुब्जे नगरेऽतिरम्ये ।
अभूद्भरद्वाजमहर्षिवंशे श्रीलालनामा गणकोष्णधामा ।।

श्री बलभद्र मिश्रजी के पितामह का नाम श्रीलाल था । ये भरद्वाज ऋषि के वंश में उत्पन्न हुए थे । जिनमें सबसे बड़े श्री देवीदास, इनसे छोटे क्षेमकर्ण जो व इनसे लघु व्याकरण शास्त्र के उच्चकोटि के विद्वान् नारायण नाम से हुए । श्री नारायणजी से छोटे मिश्र चतुर्भुज जी और इनसे भी लघु पण्डित दामोदर जी हुए थे । ये ही पण्डित दामोदर जी ग्रन्थकार के पिता थे । इनके दो पुत्र बलभद्र व हरि नाम से हुए थे ।

ग्रन्थकार की वंश परम्परा

श्रीलाल

देवीदास क्षेमकर्ण नारायण चतुर्भुज दामोदर

(दामोदर) — बलभद्र हरि

ग्रन्थ रचना

श्रीबलभद्र ने प्रथम १ मकरन्द नामक ग्रन्थ पर उपपत्ति के साथ टिप्पणी की, २ इसके अनन्तर भास्करीय बीजगणित पर टिप्पणी की, ३ तदनन्तर वर्ष फल के लिये उत्तम 'हायन रत्न' नामक ग्रन्थ की रचना की इसके पश्चात् 'होरा रत्न' का निर्माण किया था । ऐसा इनके ग्रन्थारम्भ के पद्यों से विदित होता है । कहा है—

बलभद्रेण कृतं प्राक् सवासनं टिप्पणञ्च मकरन्दे ।
ततष्टिप्पणं भास्करीये च बीजे कृतं ताजिके वर्षरत्नं त्वपूर्वम् ॥

हायनरत्न की रचना के बाद इस प्रस्तुत ग्रन्थ का निर्माण किया था । इस ग्रन्थ में कुल १० अध्याय हैं । प्रथम पाँच अध्याय का प्रथम बार हिन्दी अनुवाद के साथ प्रथम संस्करण पाठकों के हाथ में है । इसमें ऐसे ग्रन्थों के वाक्य हैं जो कि आज तक जनता जनार्दन के कानों में या यों समझिये इतिहास में भी नहीं दिये हैं । इन सब ग्रन्थों व ग्रन्थकारों के नाम परिशिष्ट में दूसरे भाग में प्रस्तुत हैं ।

जैसे 'समुद्रजातक' 'कश्यप जातक' 'सूर्य जातक' इत्यादि । इस ग्रन्थ में बहुत स्थानों पर 'भगवान् सूर्यः' 'सूर्यजातके' आने से सिद्ध होता है कि सूर्य सिद्धान्त की तरह यह भी आर्य ग्रन्थ हो या सूर्यांश पुरुष मय द्वारा रचित हो ।

इस ग्रन्थ में संज्ञाओं से लेकर योगों तक या यों जानिये कि प्रत्येक वस्तु का निर्णय ग्रन्थान्तरों के वाक्यों से किया है । इससे ग्रन्थकार का प्रखर पाण्डित्य द्योतित होता है ।

मेरी दृष्टि में भी होरा या जातक के ग्रन्थों में यह रत्न हीरा की तरह शुभ्र चमक से युक्त इसलिये है कि भावस्थ ग्रहों का बलाबल के साथ तथा बारह प्रकार की स्थिति वश फलादेश का अभाव अन्य उपलब्ध ग्रन्थों में है ।

काल

ग्रन्थ रचना के विषय में स्वयं ही ग्रन्थ के अन्त में लिखा है कि जिस समय 'शाह सूजा' इस भूमि के राजा थे उस समय में उनके पास निवास करके मैंने संवत् १७१० चैत्र शुक्ल चतुर्थी के दिन रचना समाप्त की थी । ग्रन्थ के अन्त में कहा है--

औदार्यगाम्भीर्यविराजमानः स्वतेजसारातिहृताभिमानः ।
बलान्वितः सद्‌गुणितानिधानः पृथ्वीपतिः शाहसुजाभिधानः ॥
तदन्तिकस्थेन कृतं मयैतत्खचन्द्रसप्तेन्दु १७१० मितेऽब्दकाले ।
मधौ चतुर्थ्यां सितपक्षजायां विमत्सराणां कृतिनां सुखाय ॥

इस लीथो प्रिन्ट पुस्तक में वृद्धयवनोक्त आधान व जन्म प्रकरण संस्कृत वि० वि० सरस्वती भवन की मातृका से अधिक प्रतीत होते हैं ।

अर्थात् मैंने लीथो प्रिन्ट सं० १९४८ का आश्रय लेकर इस अपार फलादेश निधि का हिन्दी में व्याख्या करना प्रारम्भ किया था व्याख्यान में शुद्धि को दृष्टि में रखते हुए मैंने लीथों में होरारत्न में आये हुए कल्याणवर्मा कृत सारावली के उद्धरणों को टिप्पणी में रख दिया है और छपी हुई सारावली के अनुसार मूल में रखा है कहीं पर इसके विपरीत किया है ।

इस महान् काय ग्रन्थ में अप्रकाशित ग्रन्थों के वाक्य अधिक प्राप्त होते हैं किन्तु समुद्रादि जातक ग्रन्थों की जो संख्या यहाँ पर दी है वह भी हस्तलिखित के आधार पर ही दिया गया है ।

प्रथम अध्याय में इस शास्त्र के पठन पाठन के अधिकारी का निर्णय, भाग्य व पुरुषार्थ का वर्णन, अनेक रीति से राशि व ग्रहों की संज्ञा, स्वरूप व बलाबल विवेचन के अनन्तर उनके फल और निषेक व जन्म के समय विविध योगों का अनेक ग्रन्थों के आधार पर कथन है।

दूसरे अध्याय में जन्म के समय निषिद्ध काल का ज्ञान करके उन अशुभ समयों की अर्थात् अभुक्त मूलादि की शान्ति का वर्णन है। इसके बाद होडा चक्र व उसमें अभिजित् गणना का विचार, जातकाभरण के आधार पर जन्मपत्री लिखने का क्रम, ६० प्रभवादि संवत्सरों के फल, पञ्चाङ्ग, षड्वर्ग, गणादि के फल तथा डिम्भचक्र का ज्ञान करके उसके फल का जातकाभरण के आधार पर विवेचन है।

तीसरे अध्याय में भावों की आवश्यकता व उनका आनयन, भावस्थ ग्रहों का फल, हिल्लाजोक्त सावधि भावफल, विशेष फल ज्ञान के लिये संकेत कौमुदी में कथित ग्रह भाव चेष्टाओं का बिचार, शयनादि अवस्था का ज्ञान, सप्तम, पञ्चम, दशम भाव में ग्रहों की अवस्था विशेष का फल, शयनादि अवस्था में सूर्यादि ग्रहों का फल, बारह राशियों में स्थित सूर्यादि ग्रह फल व उन पर ग्रहों की दृष्टि के फल का वर्णन है।

चौथे अध्याय में राशिस्थ ग्रहों के तथा सूर्यादि ग्रह जिस ग्रह के होरादि में हो उनका फल और मित्रादि बल से युक्त व हीन सूर्यादि ग्रहों का फल, उच्च, मित्र, नीचादि में स्थित ग्रहों के फल का प्रतिपादन है।

पाँचवें अध्याय में विविध प्रकार के अरिष्टों का विवेचन व आयु योग, पिता, माता को कष्ट देने वाले योगों का वर्णन, पिता, माता व जातक के अरिष्ट विनाश योग, विविध राजयोग, पञ्चमहापुरुष योग, छाया व तत्त्वों के फल, पञ्चमहापुरुष योगों के फल और ग्रहों की रश्मियों का ज्ञान तथा उनके फल का वर्णन है।

इस मेरे महान् कार्य में पं० जनार्दन शास्त्री जी ने जो सहायता की है इसलिये मैं इनका चिरकृतज्ञ हूँ कि मेरा इस ओर आकर्षण इन्हीं महा मनीषी पर्वतीय पाण्डेय जी ने किया है।

अन्त में मैं विद्वान् पाठकों से यही निवेदन करता हूँ कि मेरे इस प्रयास में जो भी त्रुटि अज्ञानवश या दृष्टिदोष वश रह गई हो उसे क्षमा करके मुझे सूचित करने की कृपा करें।

विदुषामनुचरः।

मथुरावास्तव्य श्रीमद्भगवताभिनवशुक

पं० केशवदेवचतुर्वेदात्मज-

मुरलीधर चतुर्वेदः

सं० सं० वि० वि० सरस्वती भवन

वाराणसी

संवत् २०३५ फा० कृ० शिवरात्रिः

विषयानुक्रमणिका

पहिला अध्याय

विषय — पृष्ठ सं०

उपोद्घात प्रकरण

मङ्गलाचरण 1
ग्रन्थकार के वंश का ज्ञान २
ग्रन्थकार का परिचय ,,
ग्रन्थारम्भ प्रयोजन ,,
ग्रन्थ का नाम व ग्रन्थारम्भ ३
होरा लक्षण ,,
ज्योतिषशास्त्राध्ययनानधिकारी ४
विषय व सम्बन्ध ,,
अध्यनाधिकारी ५
अनधिकारी ६
होरा शास्त्र की व्युत्पत्ति ,,
,, ,, ,, प्रशंसा ७
,, ,, का प्रयोजन ,,
अन्य प्रयोजन ज्ञान ८
होरा ज्ञान की विफलता ९
पुरुषार्थ की प्रशंसा १०
भाग्य की प्रधानता ,,
होरा शास्त्र की प्रशंसा १२

राशि प्रभेद प्रकरण

१२ राशियों के नाम १३
शरीराङ्गविधान १४
कालपुरुषाङ्गविभाग १५
अङ्ग विभाग प्रयोजन १६
नक्षत्रचक्र में राशि विभाग १७
राशियों के पर्याय ,,
सत्योक्त राशि स्वरूप १८
यवनोक्त ,, ,,

विषय — पृष्ठ सं०

राशियों की ग्राम्यादि संज्ञा २१
,, ,, द्विपदादि संज्ञा २२
राशियों का दिशाबल २४
राशियों का दिन रात्रि सन्ध्याबल २५
राशियों की शीर्षोदयादि, उग्र, सौम्य, पुरुष, स्त्री चरदि संज्ञा व दिगीशत्व का ज्ञान २९
षड्वर्ग व सप्तवर्ग ज्ञान ३०
भवनाधिप के विना फलादेश में कठिनाई का कथन ३२
गर्गोक्त नवांश गणना ३३
द्वादशांश, द्रेष्काण, होरा त्रिशांश का ज्ञान सारिणियों के साथ ३४
वर्गोत्तम नवांश ज्ञान ४२
राशियों की ह्रस्वादि संज्ञा ४३
ग्रहों की उच्च राशियां तथा उच्चांश, नीच राशियाँ व नीचांश ४५
अतिनीच प्रयोजन ४८
ग्रहों की मूल त्रिकोण राशि ४८
अंशों के आधार पर सिंहादि राशियों में मूल त्रिकोणादि के अंशों का ज्ञान ४९
बलवान् राशि का लक्षण ५१
राशियों की प्लव संज्ञा ५२
राशियों के वर्ण ५३
भावों की संज्ञा ५४
केन्द्र, उपचय संज्ञा ,,
भावों की अन्य संज्ञा ५६

विषय पृष्ठ सं०

ग्रह योनि प्रकरण

ग्रहों के नामान्तर ५८
आत्मादि ग्रह ५९
राजादि ग्रह ६०
ग्रहों के वर्ण, वर्ण स्वामी और दिशा स्वामी व प्रयोजन का ज्ञान ६२
ग्रहों के देवता, व क्रूर, सौम्यादि का संज्ञा का ज्ञान ६४
ग्रहों की विप्रादि व वर्णाधीश संज्ञा ६६
ग्रहों के वेदों का ज्ञान ६७
ग्रहों की पुरुष, स्त्री, नपुंसक व पञ्चतत्त्वादि संज्ञा का ज्ञान ६८
प्रयोजन के साथ सत्वादि संज्ञा ६९
ग्रहों के स्वरूप ७१
ग्रहों की अवस्था के वर्ष ७३
ग्रहों के वस्त्र व धातु ७४
ग्रहों के रस ७५
सप्रयोजन अयनादि स्वामी ग्रह ज्ञान ७६
ग्रहों की दृष्टि का ज्ञान ७७
नैसर्गिक मित्रादि ज्ञान ८१
यवनोक्त नैसर्गिकमित्रादि ८३
तात्कालिकमित्रादि ८५
पञ्चधा मैत्री ८६
षड्बल ज्ञान ८८
विजयी ग्रह का लक्षण ९०
अयन, द्रेष्काण, दिनरात्रि त्रिभाग, नैसर्गिक, बल का ज्ञान ९२
दीप्तादि अवस्था गुणाकर के वाक्यों के फल के साथ ९४
बली ग्रहों के संक्षेप में फल ९६

विषय पृष्ठ सं०

वृद्धयवनोक्त आधान प्रकरण

गर्भाधान समय, सुरति विधि, संभोग, गर्भ स्थिति चेष्टादि, ज्ञान ९७
१० मासों के अधिप ग्रह, प्रतिमास में गर्भ के स्वरूप और गर्भवती की इच्छा का ज्ञान १००
प्रश्न वा आधान लग्न से स्त्री, पुरुष, नपुंसकादि ज्ञान १०४
गर्भस्थ अधिक सन्तान ज्ञान १०४

वृद्धयवनोक्त जन्म प्रकरण

औरस सन्तान वा परजात सन्तति ज्ञान १०५
पिता की अनुपस्थिति में, जन्म के समय दरवाजे, दीपक, बत्ती, तेल, शय्या का ज्ञान १०६
वन, मनुष्य रहित मार्ग में जन्म ज्ञान १०७
नालवेष्टित जन्म, तिलादि चिह्न, अङ्गहीन, अधिकाङ्ग योग १०८
जन्म के समय में घर का व वृद्ध यवनोक्त आयु ज्ञान १०९
रश्मि ज्ञान १११
प्राणियों की परमायु ११२
मरण कारक योग ११३

आधान प्रकरण

गर्भाधान के योग्य रजोदर्शन समय ११४
गर्भाधान में अक्षम मासिक धर्म योग, बादरायणोक्त गर्भाधान के उपयुक्त मासिक धर्म समय ११५
स्त्री राशि से संभोग पुरुष ज्ञान ११६
संभोग स्थिति का ज्ञान ११७

विषय	पृष्ठ सं०
शुक जातकोक्त गर्भप्रदयोग	११८
सारावलीस्थ गर्भसंभवासंभव, गर्भस्थ जीव का गुणदोष ज्ञान	११९
गर्गोक्त गर्भ संभवासंभव योग व शुकाचार्योक्त गर्भ संभवासंभव योग	१२०
मीनराज जातकोक्त विशेष योग	१२१
पिता मातादि संज्ञक ग्रह व उनका शुभाशुभ	१२२
गर्भ पतनापतन योग	१२३
सगर्भामरण योग	१२४
गर्भ वृद्धि व पुष्टिकारक, प्रतिमास में अवयव उत्पत्ति, गर्भाधिप	१२६
पराशरोक्त मासों के विषय में विशेष बात	१२९
पुरुष, कन्या, नपुंसक जन्म योग	१३०
यमल योग व पुरुष जन्म योग	१३१
सारावलीस्थ नपुंसक योग	१३२
गर्भस्थ दो तीन आदि जीव जन्म योग	१३४
गर्भाधान वा प्रश्न लग्न से प्रसव मास व चन्द्रमा का ज्ञान	१३६
दिन या रात्रि में जन्म	१३८
समुद्रजातकोक्त जन्म मास ज्ञान	१४०
सारावलीस्थ जन्मान्ध, वामन, दक्षिण नेत्र विनाश योग	१४१
मूक योग	१४२
जड, द्विगुणित हाथ, पैर का योग	१४३
वामन व कुब्ज योग, पङ्गु, विना मस्तक, हाथ व पैर होने का योग	१४४

जन्म प्रकरण

विषय	पृष्ठ सं०
वृद्धयवनोक्त पिता के परोक्ष में जन्म	१४६
सारावलीस्थ मस्तकादि से जन्म	१४८
,, प्रसव स्थान ज्ञान	१५०
कष्टपूर्वक प्रसव, मातृ कष्ट दायक, माता से त्यक्त बालक जन्म योग	१५३
माता से त्यक्त बालक के मरण योग	१५५
नालवेष्टित, सर्पवेष्टित जन्म योग	१५६
जारजात योग	१५८
सूर्य द्वादशांश से दीपक की दिशा व अभाव का ज्ञान	१६०
गुणाकरोक्त सूतिका के घर के स्वरूप का व दरवाजे का ज्ञान	१६३
वृद्धयवनोक्त घर का स्वरूप	१६४
सूतिका घर में किस भाग में चारपाई की सत्ता तथा खटिया की स्थिति का ज्ञान	१६७
अन्तरिक्ष वा भूमि में जन्म ज्ञान	१६९
उपसूतिका ज्ञान	१७१
सदा छींक आने का, नाल, लहसुन से चिन्हित, षडङ्गुलात्मक योग	१७४
पिता माता के शुभाशुभ का ज्ञान	१७५

दूसरा अध्याय

विषय	पृष्ठ सं०
अशुभ अभुक्तमूल का लक्षण	१७६
अभुक्तमूलोत्पन्न का त्याग वा शान्ति	१७८
मूल, श्लेषा के चरणों में जन्म का फल	१७९
त्रिविध गण्डान्त ज्ञान	१८०
जयार्णवग्रन्थ के आधार पर मूलवृक्ष व मूलपुरुषाऽङ्गन्यास, जातकाभरणोक्त कन्याकार मूल विचार	१८२

शान्ति प्रकरण

विषय	पृष्ठ सं०
मूल शान्ति विधि	१८९
श्लेषा शान्ति विधि	२०४
त्रिविध गण्ड शान्ति विधि	२०७

विषय — पृष्ठ सं०

ज्येष्ठा शान्ति विधि — २१०
दुष्टयोग शान्ति विधि — २१३
वैधृति व्यतीपात संक्रान्ति शान्ति विधि २१४
कुहू, सिनीवाली, दर्श ,, ,, २१६
कृष्णचतुर्दशीजनन ,, ,, २१९
एकननक्षत्रजनन शान्ति विधि २२१
त्रीतर ,, ,, २२२
प्रसवविकार ,, ,, २२३
सूर्य चन्द्रग्रहण समयजनन ,, ,, २२५
ज्योतिषार्कोक्त होराचक्र ज्ञान २२७
जातकाभरणोक्त जन्मपत्री लेखनक्रम २३०
आशीर्वाद श्लोकों के अनन्तर
जन्मपत्री में लिखने की बात
विविध ग्रन्थों के आधार पर
काल की परिभाषा २३४
जन्मपत्री लेखन क्रम २३७
जातकाभरणोक्त कुण्डली स्वरूप
दृग्गणितैक्यता का उपयोग २३८

संवत्सरादि फल

प्रभवादि संवत्सर प्रवृत्ति ज्ञान २४१
यवन जातकोक्त प्रभवादि संवत्सरफल २४२
बारह युगों के फल २५९
अयन फल २६२
ऋतु फल २६४
मासों के फल
पक्ष, तिथि, नक्षत्र, नक्षत्र चरण,
योग, करण, वर्ण, वर्ग,
योनि, गण, दिन-रात्रि में
जन्म होने का फल २६७

षड्वर्ग फल

लग्नानयन प्रकार ३१२
लग्न षड्वर्ग फल, द्वादश लग्न फल ३१३
होरा फल ३२०
द्रेष्काण फल ३२१
नवांश फल ३२४
द्वादशांश फल ३२८
त्रिशांशफल ३२९
जातकाभरणोक्त डिम्भचक्र ३३०

तीसरा अध्याय

भावस्पष्ट की फलादेश में उपयोगिता ३३४
बारह भावों में सूर्य का फल ३३७
,, ,, ,, चन्द्रमा का ,, ३४०
,, ,, ,, भौम का ,, ३४३
,, ,, ,, बुध का ,, ३४६
,, ,, ,, गुरू का ,, ३४९
,, ,, ,, शुक्र का ,, ३५२
,, ,, ,, शनि का ,, ३५५
,, ,, ,, जा. र. राहु का ,, ३५८
,, ,, ,, च. चि. केतु का ,, ३६१
हिल्लाजोक्त सावधि भाव फल ३६५
ग्रह चेष्टा का प्रधानत्व कथन ३६९
अद्भुतसागरोक्त लज्जितादि
अवस्था का ज्ञान ३७०
शयनादि अवस्था ज्ञान ३७३
सप्तम भाव में अवस्था विशेष का फल ३७५
पञ्चम भाव में ,, ,, ,, ३७६
अष्टम भाव में ,, ,, ,, ,,
दशम भाव में ,, ,, ,, ३७७
शयनादि अवस्थाओं में सूर्य का फल ३७८
,, ,, चन्द्रमा का फल ३८२
,, ,, भौम का फल ३८६
,, ,, बुध का फल ३९३
,, ,, गुरू का फल ३९७
,, ,, शुक्र का फल ४०१
शनि का फल ४०६
राहु का फल ४१२

विषय	पृष्ठ सं०
ग्रहों की दृष्टि के फल	
१२ राशिस्थ सूर्य पर ग्रहों की दृष्टि के फल	४१७
१२ राशिस्थ चन्द्रमा का व चन्द्रमा पर ग्रहों की दृष्टि के फल	४२६
१२ राशियों के नवांश में ग्रहों की दृष्टि के फल	४४८
१२ राशिस्थ भौम पर ग्रहों की दृष्टि के फल	४५५
,, ,, बुध पर ,, ,,	४६४
गुरु पर	४७४
शुक्र पर	४८४
शनि पर	४९४
चौथा अध्याय	
१२ राशिस्थ सूर्य का फल	५०६
सूर्यस्थ षड्वर्ग का फल	५०८
मित्रादि बल से युक्त सूर्य का फल	५१२
,, ,, हीन ,,	५१५
१२ राशिस्थ चन्द्रमा का फल	५१७
चन्द्रस्थ द्रेष्काणादि का फल	५२०
मित्रादि बल से युक्त चन्द्रमा का फल	५२४
,, ,, हीन ,, ,,	५२६
१२ राशिस्थ भौम का फल	५२९
भौमस्थ षड्वर्ग का फल	५३१
मित्रादि बल से युक्त भौम का फल	५३६
,, ,, हीन ,, ,,	५३८
१२ राशिस्थ बुध का फल	५४१
बुधस्थ षड्वर्ग का फल	५४३

विषय	पृ सं०
मित्रादि बल से युक्त बुध का फल	५४८
,, ,, हीन बुध का फल	५५१
१२ राशिस्थ गुरू का फल	५५३
जीवस्थ षड्वर्ग का फल	५५५
मित्रादि बल से युक्त गुरू का फल	५६०
,, ,, हीन गुरू का फल	५६२
१२ राशिस्थ शुक्र का फल	५६५
शुक्रस्थ षड्वर्ग का फल	५६७
मित्रादि बल से युक्त शुक्र का फल	५७२
,, ,, हीन शुक्र का फल	५७४
१२ राशिस्थ शनि का फल	५७६
शनिस्थ षड्वर्ग का फल	५७८
मित्रादि बल से युक्त शनि का फल	५८३
,, ,, हीन शनि का फल	५८५
सारावलीस्थ उच्च, मूल त्रिकोण, स्वराशि, शत्रुराशि मित्र-राशि, स्वहोरादि बल से युक्त ग्रहों का फल	५८७
पाँचवां अध्याय	
अनेक अरिष्ट और आयु योग	६०६
अरिष्टभङ्ग योग	६४७
विविध राजयोग	६५५
पञ्चमहापुरुष योग लक्षण	७१६
सत्वादि के प्रधान लक्षण	७१८
छाया फल	७२१
वातादि प्रकृति के फल	७२२
पञ्चमाहापुरुष योग फल	७२४
राजयोग भङ्ग	७२८
रश्मि आनयन व उनके फल	७३१

श्रीहनुमते नमः ॥

मङ्गलाचरण--

श्रीगणेशाय नमः ॥ होरापाथोनिधेः पारं दुः पारं तर्त्तुमिच्छतः ॥
महागणपतेः शुण्डोऽवलम्बाय प्रजायताम् ॥ १ ॥

टीकाकर्तुः मङ्गलाचरणम्

श्रीभाष्यं गिरिजास्याम्बुजन्यहास्यकरं वरम् ।
विघ्नध्वान्तहरं वन्देऽऽद्भुतं कमपि भास्करम् ॥ १ ॥
नित्यं सङ्कटनाशिनीमभयदां श्रीसङ्कटामीश्वरीं,
भूतेशं भुवि पूजितं सुरवरैः श्रीशङ्करं शङ्करम् ।
बालं गोपमहीपतेर्हि विपदां कालं तमालद्युतिं,
वन्दे वीरधुरन्धरं धरणिजा शोकापहं मारुतिम् ॥ २ ॥
निखिलं हि यस्य पुरो जगच्चणकं यथैव प्रकाशते,
श्रीभारती वदने सदा सदने रमा च विभासते ।
स्वयमेव येन कृता करे कुशलवसुता जनहारिणं
सद्गुरुमहो प्रणमामि तमहं श्रीमदवधबिहारिणम् ॥ ३ ॥
वन्दे तं जनकं निजं प्रतिदिशं शिष्या यदीया बुधाः,
शुभ्रं यस्य यशः परागममित विस्तारयन्तः सदा ।
स्वर्गस्थान्यपि चाहसन्ति सततं कल्पप्रसूनान्यहो,
श्रीमद्भागवतैककोविदवरं श्रीकेशवं श्रद्धया ॥ ४ ॥
देव्याः श्रीसङ्कटाख्यायाः प्रसादसदृशं वरम् ।
श्री सङ्कटाप्रसादं वै गुरुं वन्दे यशस्करम् ॥ ५ ॥
श्रीकान्तिमत्केशवदेवसूनुः काशीप्रवासी बुधकिंकरोऽलम् ।
श्रीसङ्कटापादप्रसादप्रीतो नित्यं विनीतो मुरलीधरोऽहम् ॥ ६ ॥
श्रीमता बलभद्रेण ज्योतिश्शास्त्रमहोदधिम् ।
निःसारितं विनिर्मथ्य होरारत्नं यदुज्वलम् ॥ ७ ॥
कालध्वान्तनिमग्नस्य तस्यैवार्थप्रकाशिकाम् ।
करोमीन्दुमतीं व्याख्यां विद्वच्छात्रोपकारिकाम् ॥ ८ ॥
श्रीमुरलीधरकृपया व्याख्या मुरलीधरेणैषा ।
कृत्वा समर्प्यते श्रीमुरलीधरपादकमलेषु ॥ ९ ॥

अधिक कठिनाई से पार करने योग्य होराशास्त्ररूपी समुद्र को पार करने की इच्छा करने वाले व्यक्ति के लिये श्रीमहागणपति जी की सूँड़ सहारा हो ॥ १ ॥

ग्रन्थकार के वंश का ज्ञान

अस्ति श्रीमत्कान्यकुब्जाभिधानं सद्विप्राणां संभवो यन्निदानम्।
तत्रैवाभूत् श्रीभरद्वाजवंशे श्रीमल्लालः कीर्तिविद्याविलासः॥ २॥
तदात्मजोऽभूत् कृतिदेविदासो विद्यारसाकीर्तिसुखैक ासः।
सत्पद्धतौ श्रीपतिनिर्मितायां व्यक्ते च टीकामकरोद्विचित्राम्॥ ३॥

सज्जन ब्राह्मणों का उद्भव केन्द्र लक्ष्मी से युक्त कन्नौज नाम का नगर है। इसी कन्नौज नगर में भरद्वाज ऋषि के वंश में यश व विद्या से संयुत श्रीलाल का जन्म हुआ था। श्रीलाल के विद्या-भूमि-कीर्ति-सुख से युक्त याज्ञिक देविदास पुत्र हुए। श्रीदेविदासजी ने आचार्य श्रीपति द्वारा निर्मित पद्धति की व व्यक्तगणित (लीलावती) की विचित्र टीका की थी॥ २-३॥

तस्माल्लघुर्ज्योतिषशास्त्रविज्ञः श्रीखेमकर्णः[१] समभूद् विधिज्ञः।
नारायणोऽभूच्च ततः कनिष्ठः सूर्याधिकोक्तौ सुतरां प्रविष्टः॥ ४॥
ततोऽभन्मिश्रचतुर्भुजाख्यः सतर्कवेदान्तविदग्रगण्यः।
समस्तभूमीपतिलब्धमानः श्रीरामभक्तौ विहितैकतातः॥ ५॥
ततोऽभवद्भूपसमास्वजेयः[२] कृती च दामोदरनामधेयः।
श्रीभास्करोक्तावकरोन्मनोज्ञां[३] टीकामपूर्वां बुधवृन्दयोग्याम्॥ ६॥

श्री देविदास से छोटे भाई ज्योतिषशास्त्र के ज्ञाता व विधि वेत्ता श्री खेमकर्ण नामक हुए। श्री खेमकर्ण से लघु नारायण नामक हुए। ये नारायण सूर्य सिद्धान्त में अधिक प्रविष्ट थे, अर्थात् सूर्य सिद्धान्त के मर्मज्ञ हुए। इन से छोटे भाई न्याय व वेदान्तवेत्ताओं में अग्रगण्य अर्थात् श्रेष्ठ एवं समस्त राजाओं से सम्मान प्राप्त करने वाले श्रीरामचन्द्रजी के परम भक्त तथा उन्हीं को पिता मानने वाले श्री चतुर्भुज मिश्र जी हुए। श्रीचतुर्भुज से छोटे भाई राजा की सभा में न जीतने योग्य श्री दामोदर जी हुए। श्री दामोदर ने श्री भास्कराचार्य जी की सिद्धान्तशिरोमणि की विद्वत्समाज के पढ़ने योग्य मन को हरने वाली अपूर्व टीका की थी॥ ४-६॥

ग्रन्थकार का परिचय—

दामोदरस्य पुत्रौ जातौ बलभद्रहरिरामौ।
बलभद्रेण कृतं प्राक् सवासनं टिप्पणञ्च मकरन्दे॥ ७॥
ततष्टिप्पणं भास्करीये च बीजे कृतं ताजिके वर्षरत्नं त्वपूर्वम्।
निबन्धं गुरोः पादपद्मप्रसादात् सतो जातके सन्निबन्धं करोमि॥ ८॥

ग्रन्थारम्भ प्रयोजन—

यद्यपि कृता निबन्धाः सुविस्तरां जातके पूर्वैः।
विद्वन् ततो विशेषो मयोदितो बुद्धिपूर्वकं वीक्ष्य॥ ९॥

१. क्षेमकर्ण यह उचित प्रतीत होता है। २. सभा यह पाठ होने से अर्थगम्य होता है।
३. भास्करोक्ती यह असाधु पाठ है।

श्रीदामोदर के दो पुत्र बलभद्र व हरिराम नामक हुए। बलभद्र ने प्रथम वासना के सहित मकरन्द ग्रन्थ पर टिप्पणी लिखी। इसके अनन्तर भास्करीय बीजगणित पर टिप्पणी की तथा ताजिक शास्त्र में अपूर्व हायनरत्न नामक ग्रन्थ का निर्माण किया। जातक ग्रन्थों के होने पर भी गुरू जी की चरणकमल कृपा से मैं सुन्दर निबन्ध रूप जातक ग्रन्थ की रचना करता हूँ ॥ ७-८ ॥

यद्यपि पूर्वाचार्यों ने जातक शास्त्र में विस्तार पूर्वक निबन्ध ग्रन्थों का निर्माण किया है तथापि मैंने बुद्धिपूर्वक विचार करके उन कथित निबन्ध ग्रन्थों को देखकर उनसे विशेष इस ग्रन्थ में कहा है ॥ ९ ॥

ग्रन्थ का नाम व ग्रन्थारम्भ—

नत्वा दामोदरं तातं गुरुं श्रीरामसंज्ञकम्।
होरारत्नं वितनुते बलभद्रः सतां मुदे ॥ १० ॥

सज्जन विद्वानों के प्रसन्नार्थं श्री बलभद्र नामक ग्रन्थकार अपने पिता दामोदर व गुरू श्रीराम को नमस्कार करके होरारत्न नामक ग्रन्थ का निर्माण करता है ॥ १० ॥

ननु सम्बन्धादिचतुष्टयकथनं विना कथं प्रवृत्तिः।

प्रश्न होता है कि सम्बन्धादि चतुष्टय (सम्बन्ध, प्रयोजन, विषय, ग्रन्थाधिकारी) के बिना कहे कैसे ग्रन्थ लिखने की प्रवृत्ति हुई।

उक्तञ्च—कहा है।

सिद्धिः श्रोतृप्रवक्तृणां सम्बन्धकथनाद्यतः।
तस्मात् सर्वेषु शास्त्रेषु सम्बन्धः पूर्वमुच्यते ॥ ११ ॥
किमेवात्राभिधेयः स्यादिति पृष्टस्तु केनचित्।
यावत्प्रयोजनं नोक्तं तावत्तत्केन गृह्यते ॥ १२ ॥

श्रोता व वक्ता के सम्बन्ध कथन से अर्थात् सुनने व कहने में क्या सम्बन्ध है इसको कहने से सिद्धि अर्थात् फल प्राप्ति होती है इसलिये समस्त शास्त्रों में प्रथम सम्बन्ध कहा जाता है। यहाँ पर क्या कथन है ऐसा किसी के पूछने पर जब तक प्रयोजन का कथन नहीं होता तब तक उससे कुछ भी ग्रहण नहीं किया जा सकता है ॥ ११-१२ ॥

इत्युच्यते—इस प्रश्न का ग्रन्थकार उत्तर देते हैं।

होरा लक्षण ज्ञान—

पितामह-नारद-वसिष्ठ-कश्यपादिमुनिर्मितं ज्योतिश्शास्त्रैकस्कन्धरूपं जन्मनानाविधफलादेशफलकं वेदचक्षूरूपं द्विजानामध्ययनीयं शास्त्रं होराशब्दवाच्यम्।

पितामह-नारद-वसिष्ठ-कश्यपादि ऋषियों द्वारा निर्मित ज्योतिष शास्त्रका एक स्कन्धरूप जन्माऽङ्ग के अनेक प्रकार के फलों से युक्त वेद का नेत्र स्वरूप व ब्राह्मणों के पढ़ने योग्य शास्त्र होरा शब्द नामक है ॥

उक्तञ्च नारदेन ।

नारद मुनि ने कहा है--

[1]सिद्धान्तसंहिता होरारूपं स्कन्धत्रयात्मकम् ।
वेदस्य निर्मलं चक्षुर्ज्योतिश्शास्त्रमकल्मषम् ॥ १३ ॥
विनैतदखिलं श्रौतस्मार्तं कर्म न सिद्ध्यति ।
तस्माज्जगद्धितायेदं ब्रह्मणा रचितं पुरा ॥ १४ ॥
अत एव द्विजैरेतदध्येतव्यं प्रयत्नतः । इति ।

सिद्धान्त-संहिता-होरा इन तीन स्कन्धों से युक्त वेद का निर्मल नेत्र स्वरूप पाप रहित ज्योतिष शास्त्र है । इस ज्योतिष शास्त्र के विना श्रुति-स्मृति जन्य कार्यों की सिद्धि नहीं होती है । इस कारण से पहिले संसार के कल्याणार्थं ब्रह्माजी ने ज्योतिष शास्त्र का निर्माण किया । इसलिये ब्राह्मणों को इसका प्रयत्नपूर्वक अध्ययन (पढ़ना) करना चाहिये ॥ १३-१४ ॥

ज्योतिषशास्त्राध्ययनानधिकारी का ज्ञान—

शूद्रपाठे दोषमाह गर्गः—

[2]स्नेहाल्लोभाच्च मोहाच्च यो विप्रोऽज्ञानतोऽपि वा ।
शूद्राणामुपदेशञ्च दद्यात् स नरकं व्रजेत् ॥ १५ ॥
ज्योतिश्शास्त्रन्तु शूद्रेण यदुक्तं यस्य सर्वदा ।
न ग्राह्यं वचनं तस्य शुनोच्छिष्टं हविर्यथा ॥ १६ ॥ इति ।

शूद्र को पढ़ाने में दोष का कथन गर्गाचार्य ने ऐसा किया है—

जो ब्राह्मण प्रेमवश वा लोभ (लालच) के कारण अथवा मोहवश वा अज्ञानता से भी इस ज्योतिष शास्त्र का शूद्रों को उपदेश (पढ़ाता) देता है वह नरकगामी होता है । शूद्र ने जिसके लिये ज्योतिष शास्त्र का उपदेश किया है उसका सर्वदा वचन ग्राह्य नहीं होता है, जैसे कुत्ते का जूठन (उच्छिष्ट) हवि अर्थात् हवनीय पदार्थ त्याज्य होता है ॥ १५-१६ ॥

विषय व सम्बन्ध का ज्ञान—

अत्र राशिप्रभेद-ग्रहयोनिभेद-वियोनि जन्म-निषेक—
जन्मादिकाः पदार्थाः प्रतिपाद्यत्वे विषयभूताः ।

एषां पदार्थानां जातकग्रन्थस्य प्रतिपाद्य-प्रतिपादकभावः सम्बन्धः ।

इस ग्रन्थ में प्रतिपादन के विषय स्वरूप राशिभेद-ग्रहयोनिभेद-वियोनिभेद (मनुष्येतर योनि ज्ञान) आधान योग व जननादि योग ज्ञान ये पदार्थ हैं । इन पदार्थों का जातक ग्रन्थ के साथ प्रतिपाद्य-प्रतिपादक भाव सम्बन्ध है ।

---

१. मु० चिं० शुभा. प्र० २ श्लो० पू० टी० है ।

२. मु० चिं० शुभा० प्र० २ श्लो० पू० टी० में है ।

उक्तञ्च कश्यपेन—

राशिभेदे खेटयोनी वियोनिजन्मलक्षणम् ।
निषेक-जननं पुंसामरिष्टे भङ्गलक्षणम् ॥ १७ ॥
आयुर्दायो दशाभेदो ज्ञेया चान्तर्दशा तथा ।
अष्टवर्गैः कर्मजीवौ राजयोगाश्च नाभसाः ॥ १८ ॥
चान्द्रयोगा द्विग्रहाद्याः प्रव्रज्यायोगसंभवाः ।
राशिशीलं दृष्टिफलं ग्रहभावफलं ततः ॥ १९ ॥
आश्रयाख्याश्च ये योगा योगाः संकीर्णसंभवाः ।
स्त्रीजातकं नष्टयोगं निर्याणं नष्टजातकम् ॥ २० ॥
द्रेष्काणादिफलं सर्वं होरास्कन्धस्य संभवः । इति ।

मुनि कश्यपजी ने कहा है—

राशिभेद-ग्रहयोनि-मनुष्येतरजन्मलक्षण-गर्भाधान-जन्म-बालारिष्ट-अरिष्टभङ्ग-आयुर्दाय-दशा व अन्तर्दशाभेद-अष्टकवर्ग-कर्मजीव-राजयोग-नाभसयोग-चान्द्रयोग दो-तीन-चारग्रहयोगादि-प्रव्रज्यायोग-रशिशील-दृष्टिफल-ग्रहभावफल-आश्रययोग-स्त्रीजातक-नष्टयोग-निर्याण-नष्टजातक-द्रेष्काणादि समस्त फल का ज्ञान होरा स्कन्ध से हो सकता है ॥१७-२०॥

अत्र आदिपदाद् वर्ष-मास-दिन-नक्षत्रादिफलानि ज्ञेयानि ॥

अत्र नाम यहाँ अर्थात् द्रेष्काणादि में आदि पद से वर्ष-मास-दिन-नक्षत्रादिक फल समझना चाहिये ।

अधिकारी का ज्ञान—

अत्र शास्त्रे अधिकारी ब्राह्मण एव ।

उक्तञ्च वसिष्ठेन—

'अध्येतव्यं ब्राह्मणैरेव तस्माज्ज्योतिश्शास्त्र पुण्यमेतद्रहस्यम् ।
एतद्बुध्वा सम्यगाप्नोति यस्मादर्थं धर्मं मोक्षमग्र्यं यशश्च ॥२१॥
॥इति॥

इस ज्योतिष शास्त्र के अध्ययन व उपदेश का अधिकारी ब्राह्मण ही है ।

वसिष्ठ ऋषि ने कहा है कि इस पुण्य व रहस्यात्मक (गुप्त) ज्योतिष शास्त्र का अध्ययन ब्राह्मण को ही करना चाहिये । चूँकि इसको अच्छी तरह से जानकर ब्राह्मण धन-धर्म-मोक्ष (सायुज्य) और अग्रगण्य यश को प्राप्त करता है ॥२१॥

ब्राह्मण निर्णय ज्ञान--

ब्राह्मणेष्वपि परीक्षिताय देयमित्युक्तमरुणं प्रति सूर्येण—

जितेन्द्रियाय विदुषे चिरकालनिवासिने ।
आत्मज्ञानविदे सूत ! प्रकाश्यं शास्त्रमुत्तमम् ॥२२॥

१. मु० चिं० पी० टी० में है ।

ब्राह्मणों में भी जिसका परीक्षण कर लिया हो उसी ब्राह्मण को इस ज्योतिष शास्त्र को देना चाहिये ऐसा श्री सूर्य ने अरुण के प्रति कहा है। जैसे जितेन्द्रिय विद्वान् अधिक समय तक समीप में रहने वाले एवं आत्मज्ञानी ब्राह्मण को हे सूत इस उत्तम ज्योतिष शास्त्र का प्रकाश करना चाहिये ॥२२॥

अनधिकारी का ज्ञान—

अनधिकारिणमाह—

तदेतज्ज्योतिषं शास्त्रं मया ज्ञानधिया तव।
प्रकाश्यते न प्रकाश्यं होराज्ञानं यथा तथा ॥ २३ ॥
असूयकायानृजवे ज्योतिर्विद्द्वेषिणे ततः।
अचिरावासिने दुष्टचेतसे दुर्जनाय च ॥ २४ ॥ इति।

अब इस ज्योतिष शास्त्र के अध्ययनादि का अधिकारी कौन नहीं है। इसका वर्णन ग्रन्थकार करता है।

मैंने ज्ञान बुद्धि से तेरे लिये इस ज्योतिष शास्त्र का कथन किया है किन्तु वैसे होरा ज्ञान का प्रकाशन जैसे व्यक्तियों से नहीं करना चाहिये उनको मैं कहता हूँ। जैसे ईर्ष्या करने वाले व कुटिल, ज्योतिषियों से द्रोह करने वाले, अल्प समय तक रहने वाले, दुष्टात्मा और दुर्जन के लिये इस शास्त्र को नहीं कहना चाहिये ॥ २३-२४ ॥

कल्याण वर्मा द्वारा कथित होरा शब्द की व्युत्पत्ति का ज्ञान—

होरा शब्दस्योत्पत्तिमाह-कल्याणवर्मा—

[1]आद्यन्तवर्णलोपाद्, होराशास्त्रं भवत्यहोरात्रात्।
तत्प्रतिबद्धः सर्वे ग्रहभगणाश्चिन्त्यते यस्मात् ॥ २५ ॥
होरेति शास्त्रसंज्ञा लग्नस्य तथार्द्धराशेश्च। इति

अयमर्थः। होराशब्देन प्रागपरवर्णलोपादहोरात्रमेवोच्यते। तत्प्रधानकः स्कन्धः होरा स्कन्धः। अत्राहोरात्रप्राधान्यं कथमिति चेदित्थम्। इह मेषादि द्वादशलग्नवशेन फलानि वक्तव्यानि तानि च लग्नानि कालवश्यानि। स च काल अहोरात्र इति युक्तमहोरात्रस्य मुख्यत्वम्।

आचार्य कल्याण वर्मा ने होरा शब्द की उत्पत्ति (व्युत्पत्ति) निम्न प्रकार से अपने सारावली नामक ग्रन्थ में की है। यथा—होरा शब्द से अहोरात्र ही कहा जाता है क्योंकि अहोरात्र शब्द के आदि के अ और अन्त के त्र अक्षर का लोप करने से होरा शब्द बचता है, अर्थात् अहोरात्र शब्द से होरा शब्द निष्पन्न होता है। उसी अहोरात्र में बँधे हुए ग्रह व राशियों की शुभाशुभता का विचार होरा शास्त्र से किया जाता है। होरा यह शास्त्र की संज्ञा वा लग्न की वा राशि के अर्द्धभाग को कहते हैं ॥ २५ ॥

१. सारावली २ अ० २ श्लो०।

बृहत्पाराशर में कहा है—

'अहोरात्रस्य पूर्वान्त्यलोपाद् होराऽवशिष्यते (४ अ० १ श्लो०)

बृ० जा० में भी—

'होरेत्यहोरात्रविकल्पमेके वांछन्ति पूर्वापरवर्णलोपात्' (१ अ० ३ श्लो०)

इसका आशय यह है कि होरा शब्द के आदि के अ, व अन्त के त्र अक्षर का लोप हो जाने से अहोरात्र का ही कथन होता है। अहोरात्र की प्रधानता से युक्त स्कन्ध, होरा स्कन्ध होता है। यहाँ होरा शास्त्र में अहोरात्र की प्रधानता कैसे है इसका उत्तर यह है—इस होराशास्त्र में मेषादि बारह लग्नों के आधार पर जातक के फलों का वर्णन होता है। वे बारह लग्न काल के आधीन हैं और वह काल (समय) अहोरात्र (दिन, रात्रि) में होता है। इसलिये अहोरात्र को प्रधानता कथित है ॥ २५ ॥

होरा शास्त्र की प्रशंसा का ज्ञान—

होराशास्त्रप्रशंसोक्ता जातकरत्नमालायाम्—

पाटी-कुट्टक बीजमन्दिरपदारूढोऽपि यो प्रौढधीः
सिद्धान्तोक्तसहस्रयुक्तिचटुलो नो वेत्त्यसत्सत्फले।
होरातन्त्रमनन्तयुक्तिविहितं दैवज्ञवृन्दे तथा
राज्ञां सत्सदसि प्रगल्भगणको हास्यं परं गच्छति ॥ २६ ॥

जो परम बुद्धिमान् पाटी-कुट्टक-बीजादि गणित का ज्ञाता व सिद्धान्त ग्रन्थोक्त हजारों युक्तियों का जानकार होकर भी, अनन्त युक्तियों से युक्त होराशास्त्र में कथित शुभ व अशुभ फल को नहीं जानता है वह ज्योतिषियों के समुदाय में एवं राजा की सभा में प्रौढ़ ज्योतिषी भी हास्य का पात्र होता है, ऐसा जातक रत्नमाला में कहा है ॥ २६ ॥

होरा शास्त्र के प्रयोजन का ज्ञान—

होराशास्त्रप्रयोजनमुक्तं सारावल्याम्—

अर्थार्जने [1]सहायः पुरुषाणामापदर्णवे पोतः।
[2]यात्रा समये मन्त्री जातकमपहाय नास्त्यपरः ॥ २७ ॥

होराशास्त्र की आवश्यकता का वर्णन आचार्य कल्याण वर्मा ने इस प्रकार सारावली में किया है—मनुष्यों को धन अर्जित करने में यह होराशास्त्र सहायता करता है अर्थात् शुभ दशा का ज्ञान होने पर लाभ होता है। विपत्ति रूप समुद्र में नौका वा जहाज का कार्य करता है एवं यात्रा के समय में मन्त्री अर्थात् उत्तम सलाहकार होराशास्त्र को छोड़कर अन्य कोई नहीं हो सकता है ॥ २७ ॥

---

१. सहायं। २. २ अ० ५ श्लो०।

नारदोऽपि—अज्ञातजन्मनां नृणां फलाप्तिर्घुणवर्णवत्

नारद ने भी कहा है कि जिनका जन्म समय ज्ञात नहीं है उनको फल की प्राप्ति घुन के वर्ण की तरह होती है अर्थात् कुछ भी नहीं होती है।

अन्य प्रयोजन का ज्ञान

प्रयोजनोत्तरमाह वराहः

[1]यदुपचितमन्यजन्मनि शुभाशुभं तस्य कर्मणः पंक्तिः।
व्यञ्जयति शास्त्रमेतत्तमसि द्रव्याणि दीप इव ॥२८॥

अन्य प्रयोजन का वर्णन आचार्य वराह मिहिर ने लघु जातक में इस प्रकार से किया है—जो शुभाशुभ पूर्व जन्म में प्राणी अर्जित करता है उस शुभाशुभ का ज्ञान होराशास्त्र से होता है। जैसे अन्धकार में रखी हुई वस्तुओं का ज्ञान दीपक से होता है ॥२८॥

अत्र व्यञ्जयतीत्यनेन तात्कालिकजन्मलग्नशुभाशुभस्थितिवशेन जन्मान्तरार्जितशुभाशुभकर्मफलपाकनिरूपयतां ग्रहाणां फलसूचकतैव न तु जनकता, इति स्पष्टं प्रतीयते। अत एव प्राणिनां शुभाशुभफलस्य तत्तत्पुरुषार्जितनानाविधादृष्टजन्यत्वाद् ग्रहाणां न शुभाशुभफलजनकत्वमिति निरस्तम्। तत्फलस्य तत्तत्पुरुषार्जितादृष्टजन्यत्वेऽपि ग्रहाणां फलसूचकत्वे बाधकाभावात्। एवं सम्यक् होराज्ञाने सति यस्य जन्मकुण्डलीतोऽरिष्टं यस्मिन् काले उपलभ्यते तदा तस्य जपपुरश्चरणादिना निराकरणं कर्त्तव्यं तेन शुभम्। यदा तु शुभफलमुत्पद्यते तदार्थयात्रा-राजाभिषेकादिकं विधेयमिति तात्पर्यम्।

यहाँ इस श्लोक में व्यञ्जयति इस पद से जन्म कालीन लग्न की शुभाशुभस्थिति वश से जन्मान्तर में अर्जित शुभ व अशुभ कर्म फल प्राप्ति निरूपण करने वाले ग्रह फल की सूचना मात्र ही देते हैं न कि जन्मकालीन ग्रह शुभ व अशुभ फल को उत्पन्न करते करते हैं, ऐसा स्पष्ट प्रतीत होता है। इसलिये ही प्राणियों के शुभ व अशुभ फल का उन उन पुरुषों (व्यक्तियों) द्वारा अर्जित अनेक प्रकार के अदृष्ट उत्पन्न होने के कारण ग्रहों का शुभ और अशुभ फल को उत्पन्न करना यह निरस्त नहीं हुआ। यद्यपि उक्त शुभाशुभ फल का उन उन पुरुषों (व्यक्तियों) द्वारा अर्जित अदृष्ट को जन्यत्व प्राप्त होता है। तथापि ग्रहों को फल की सूचना देने में बाधा का अभाव है। इस प्रकार अच्छी रीति से होराशास्त्र का ज्ञान होने पर जिसकी कुण्डली से जिस समय में अरिष्ट की प्राप्ति हो तो उस समय में उस अरिष्ट का निराकरण (दूरी करण) जप पुरश्चरणादि से करना चाहिये। इस जप पुरश्चरणादि से अशुभ फल नष्ट होकर शुभ फल की प्राप्ति होती है। जिस समय में कुण्डली से शुभ फल प्राप्त हो तो उस समय में धनार्थ यात्रा व राजा का अभिषेक आदि करना चाहिये यह तात्पर्य है।

१—लघुजातक १ अ० ३ श्लो०।

होरा ज्ञान की विफलता—

ननु प्राचीनसदसत्कर्मविपाकरूपस्यावश्यं भावित्वादेतज्ज्ञानफलं व्यर्थम् ।

तथा च शौनकः—

येन तु यत्प्राप्तव्यं तस्य विधानं सुरेशसचिवोऽपि।
यः साक्षान्नियतिज्ञः सोऽपि शक्तोऽन्यथा कर्त्तुम् ॥२९॥

अन्यत्राप्युक्तं--

यदभावि न तद् भावि भावि चेन्न तदन्यथा।
श्लोकार्द्धेन प्रवक्ष्यामि यदुक्तं ग्रन्थकोटिभिः ॥३०॥
सा सा संपद्यते बुद्धिः सा मतिः सा च भावना।
सहायास्तादृशा एव यादृशी भवितव्यता ॥३१॥ इति ॥

यहाँ प्रश्न होता है कि प्राचीन अर्थात् पूर्व जन्म में अर्जित शुभ व अशुभ फल की प्राप्ति अवश्य होती है तो इस कारण से होराशास्त्र ज्ञान फल व्यर्थ है। ऐसा शौनक ऋषि ने कहा है।

जिस पुरुष (व्यक्ति) को जो लब्ध होने वाला होता है उसका विधान स्वयं बृहस्पति भी नहीं कर सकता। जो कि साक्षात् ब्रह्मा है वह भी लब्ध होने वाले पदार्थ को नष्ट करने में या उसके विपरीत करने में समर्थ नहीं होता है।

अन्य ग्रन्थ में भी कहा है—जो न होने वाला है, वह नहीं होता और जो होने वाला है वही होता है। होने वाले के विरीत नहीं होता है। करोड़ों श्लोकों से जो कहा है मैं उसको आधे श्लोक से कहता हूं। वैसी-वैसी बुद्धि उत्पन्न होती है उसी प्रकार की मति होती है वही भावना जागृत होती है तथा सहायक भी वैसे ही मिलते हैं जैसी भवितव्यता होती है ॥२९—३१॥

तथा च दैवस्य बलवत्वेन पुरुषकारो निरर्थक इति। अत्राहुः—केवलं दैववशात एव कर्मसिद्ध्यङ्गीकारे श्रुतिस्मृत्यावेदित 'ज्योतिष्टोमेन स्वर्गकामो यजेत' 'श्रीकामः पुष्टिकामो वा ग्रहयज्ञं समाचरेत्' इत्यादि विधानम्। तथा 'न कलञ्जं भक्षयेत्' 'न वृक्षमारोहयेत्' इत्यादि निषेधाश्च निरर्थकाः स्युः।

और भी यदि भवितव्यता बदलती नहीं है तो भाग्य की प्रधानता होने से पुरुषार्थ की व्यर्थता सिद्ध होती है। यहाँ पर कथन है कि यदि केवल भाग्य वश से ही कर्म (कार्य) की सिद्धि होती है ऐसा अङ्गीकार करने पर श्रुति-स्मृति प्रतिपादित ज्योतिष्टोम से स्वर्ग की कामना होने पर यज्ञ, लक्ष्मी की वा पुष्टता की कामना होने पर ग्रह यज्ञ करना चाहिये ये विधि वाक्य व जहरीला मांस नहीं खाना चाहिये, वृक्ष पर नहीं चढ़ना चाहिये इत्यादि निषेध वाक्य व्यर्थ हो जाँयगे।

किञ्च यदि दैवमेव फलेत्तदा कृष्याद्युपायेषु प्रवृत्तिर्न स्यादिति।

केशवार्कः—

फलेद्यदि प्राक्तनमेव तत्किं कृष्याद्युपायेषु परः प्रयत्नः ।
श्रुतिः स्मृतिश्चापि नृणां निषेधविध्यात्मके कर्मणि किं निषण्णा ॥३२॥इति

अन्य भी यदि भाग्य ही फलीभूत होता है तो खेती के उपायों में प्रवृत्ति नहीं होनी चाहिये ऐसा केशवार्क ने कहा है—यदि पूर्वजन्मार्जित भाग्य ही फल देता है तो खेती के उपायों में अधिक उद्योग क्यों किया जाता है। तथा श्रुति व स्मृति भी मनुष्यों के निषेध व विधान में क्यों आसीन हैं अर्थात् कर्त्तव्य का प्रतिपादन क्यों करती हैं ॥३२॥

अपि वा जन्मान्तरार्जितदैवमपि पुरुषकारं विना न घटत इति पुरुषार्थकस्य मुख्यत्वम् ।

पुरुषार्थ की प्रधानता का ज्ञान--

तथा च वसन्तराजः—

पूर्वजन्मजनितं पुराविदः कर्मदैवमिति संप्रचक्षते ।
उद्यमेन तदुपार्जितञ्च वै वांछितं फलति नैव केवलम् ॥३३॥ इति

याज्ञवल्क्योऽपि--

दैवे पुरुषकारे च कर्मसिद्धिर्व्यवस्थिता ।
तत्र दैवमभिव्यक्तं पौरुषं पौर्वदैहिकम् ॥३४॥ इति ॥

तस्मात्प्रयत्नाभावे दैवमेव नास्तीत्यतः सिद्धं प्रयत्नस्य मुख्यत्वम् ।

अथवा और भी पूर्व जन्म में उपार्जित भाग्य भी पुरुषार्थ (उद्योग) के विना फल नहीं देता है। अतः उद्योग की प्रधानता होती है ऐसा वसन्तराज ने कहा है—

प्राचीनाचार्यों का कथन है कि पूर्व जन्म में उत्पन्न कर्म दैव अर्थात् कर्म से भाग्य कहा जाता है। उद्योग के द्वारा उपार्जित भाग्य ही अभीष्ट सिद्धि देने वाला होता है न कि केवल भाग्य अभीष्ट प्रद होता है।

महर्षि याज्ञवल्क्य ने भी कहा है—पुरुषार्थ व भाग्य में कार्यो की सिद्धि स्थित होती है। कार्य सिद्धि होने पर भाग्य तो स्पष्ट है किन्तु पुरुषार्थ भी वहाँ पूर्व जन्मार्जित रहता है। इस कारण से उद्योग के अभाव में भाग्य भी नहीं होता है। इसलिये उद्योग की प्रधानता सिद्ध हुई ॥३३–३४॥

भाग्य की प्रधानता का कथन—

अथ च-- अवश्यं भाविभावानां प्रतीकारो भवेद् यदि ।
तदा दुःखैर्न बाध्येरन्नलरामयुधिष्ठिराः ॥३५॥

तथा च-- ना भुक्तं क्षीयते कर्मकल्पकोटिशतैरपि ।
अवश्यमेव भोक्तव्य कृतं कर्म शुभाशुभम् ।। इत्याद्युक्तं

दैवमुख्यत्वम् । कृतेऽपि यत्ने कार्यसिद्धेरनुपलम्भात्तस्य मुख्यत्वम् ।

अब भाग्य की प्रधानता का वर्णन किया जाता है—यदि अवश्य होने वाले पदार्थो का प्रतीकार होता तो राजा नल व श्रीरामचन्द्रजी एवं राजा युधिष्ठिर दुःखों से पीड़ित

नहीं होते। और भी कहा है करोड़ों कल्प तक भी कृत शुभाशुभ क्षीण नहीं होता है। किया हुआ शुभ वा अशुभ कार्य अवश्य ही भोगना पड़ता है। इत्यादि कथन से भाग्य की प्रधानता सिद्ध होती है। उद्योग करने पर भी यदि कार्य की सिद्धि नहीं होतो है तो वहाँ भाग्य की प्रधानता है अर्थात् दुर्भाग्य वश ही कार्य नहीं होता है ॥३५॥

तथा च ज्योतिष-स्मृत्यावेदितजातकादिफलनिरूपणस्य वैयर्थ्यं भासत इति चेन्नैवं कर्मणां हि वैचित्र्यं कानि चिद् दृढमूलानि कानिचिच्छिथिल-मूलानि। तत्र च दृढमूलानि स्थिराख्यानि, अदृढमूलोत्पातसंज्ञकानि।

यदाह वृद्धयवनः

यद्यद्विधानं नियतं प्रजानां ग्रहर्क्षयोगप्रभवं प्रसूतौ ॥ ३६ ॥
[1]भाग्यानि तानीत्यभिशब्दयन्ति वार्ता नियोगेति दशा नराणाम्।
तदर्थभिज्ञैर्द्विविधं निरुक्तं स्थिराख्यमौत्पातिकसंज्ञकञ्च।
कालक्रमाज्जातकनिश्चितं यत्कर्सोपसर्पिस्थिरमुच्यते तत् ॥ ३७ ॥
सप्तग्रहाणां प्रथितानि यानि[2] स्थानानि जन्म प्रभवानि[3] सद्भिः।
[4]तेभ्यः फलं चारग्रहाः क्रमस्था दद्युर्यदौत्पातिक संज्ञितं तत् ॥३८॥ इति

और भी यदि भाग्य की ही विशेषता है तो ज्योतिष व स्मृति प्रतिपादित जातकादि फल निरूपण की व्यर्थता प्रतीत होती हैं किन्तु ऐसा नहीं है। क्योंकि कर्मों की विशेष विचित्रता है कोई-कोई कर्म दृढ़ मूलक और कोई-कोई कर्म अदृढ़ मूलक होता है। वहाँ पर दृढ़मूलक कर्म स्थिर और अदृढ़ मूलक कर्म उत्पात संज्ञक होते हैं जिसका कथन प्राचीन यवनाचार्यों ने इस प्रकार किया है।

जन्म के समय प्राणियों के ग्रह-नक्षत्र योगादि से उत्पन्न निश्चित जो जो विधान हैं वे मनुष्यों की दशा वार्ता के नियोग में भाग्य शब्द से व्यवहृत होते हैं। भाग्य वेत्ताओं ने भाग्य का दो भागों में विभाजन किया है। एक स्थिर संज्ञक और दूसरा उत्पात संज्ञक भाग्य होता है। जो कि कर्मों द्वारा उपस्थित कालक्रम वश से जातक का शुभाशुभ फल निश्चित होता है वह स्थिर संज्ञक होता है। सात ग्रहों के जन्म के समय उत्पन्न जो विद्वानों द्वारा प्रशस्त स्थान उन स्थानों से क्रम पूर्वक ग्रह चार वश जो फल देते हैं वह उत्पात संज्ञक होता है ॥ ३६-३८ ॥

एवं यत्र जन्मपत्रशकुनप्रश्नादिभिर्दशाफलपाकक्रमेण संतानविद्याद्य-भावो निर्णीतस्तत्र ग्रहशान्त्यादि रूपेण पूर्णप्रयत्नेनाऽपि संतानादि प्रतिबन्धकीभूतं दुरितं दृढमूलत्वान्निवारयितुं शक्यते।

यत्र ग्रहचारवशेन संतानयोगादिसंभवे आयुर्दायसंभवे राज्यादिसंभवे निर्णीते प्रतिबन्धकीभूतं दुरितं दृढमूलत्वान्निवारकग्रहसूचितफलसंभव-स्तच्छिथिलमूलत्वेन स्वस्त्ययनादिनोत्पाद्यम्।

---

१. भोग्यानि यह मूल में पाठ हैं। २. तानि मू० पा० है। ३. कर्म प्रसवानि मू० पा० है। ४. बृ० जा० १अ० ३ श्लोक भट्टो०।

तदुक्तं--हन्यते दुर्बलं दैवं पौरुषेण विपश्चिता, इति ॥

इसी प्रकार जहाँ जन्मपत्र, शकुन, प्रश्न आदि से दशाफल के परिणाम स्वरूप सन्तान या विद्या आदि का अभाव निर्णीत हो चुका है वहाँ ग्रहशान्ति आदि रूप पूर्ण प्रयत्नों से भी सन्तान आदि को रोकनेवाले पाप, जिनकी जड़ जमी हुई हैं, वे भी निवृत्त किये जा सकते हैं।

जहाँ ग्रहों के संचार वश सन्तान योगादि संभव हैं, आयुर्दाय संभव है राज्यादि योग संभव हैं ऐसा कुण्डली आदि से निर्णय हो चुका है किन्तु उन योगों को रोकने वाले पाप इतने प्रबल हैं कि उन्हें होने नहीं देते वहाँ भी स्वस्त्यनादि प्रयोगों से उनको जड़ को हिलाकर उन्हें शिथिल कर देना चाहिए, जैसा कि कहा है—विद्वान् व्यक्ति अपने पुरुषार्थ द्वारा दुर्बल भाग्य को परास्त कर देता है। अर्थात् पुरुषार्थ द्वारा भाग्य बदला जा सकता है।

अन्यच्च। यद्यपि पूर्वोपार्जितसदसत्कर्मपरिपाकः शुभाशुभफलोपलब्धिदर्शनादेव ज्ञायते परमभीष्टकालो ज्ञातुं न शक्यते।

तथा च भाग्यमग्रे खण्डितमखण्डितमित्यादिना ज्ञातार्थसमर्थस्ततस्तस्यैकशरणात्।

तथा हि दिनरात्रिविभागेन सूक्ष्मकालावयवसाधनोपायैर्यन्त्रतुर्यध्रुवभ्रमादिविचित्रयन्त्रोपलक्षितस्पष्ट जन्मसमयोपात्तलग्नादिद्वादशभावचक्रे स्वोच्च-मूलत्रिकोण-स्वगृह-मित्रगृहवर्तिनां तथा शत्रुनीचगृहाश्रितानां ग्रहाणां सदसद् दशाक्रमेणाभीष्टसमयेऽपि सदसत्प्राक्कर्मपरिपाको गण्यते।

एवं शुभफलसूचकदशापाककाले क्रियमाणा यात्रा विनायासेन फलसाधिका। अशुभफलसूचकदशापाककाले क्रियमाणा यात्रा हानिदेत्यतोऽवश्यं जातकगणनोपयोगः।

किञ्च यत्र दशारिष्टादिपाककाले पुरुषायुर्विनाशसंभावना तत्रापि शान्त्यादिना तत्प्रतीकारार्थमस्योपयोग इति।

यत्तु 'येन तु यत्प्राप्तव्यं' इत्यादि शौनकवचनं तस्यायमर्थः—येन यत्प्राप्तव्यं अवश्यं भोक्तव्यं तद्बृहस्पतिः कर्तुमशक्तः, अर्थादेवान्यदृढकर्मोपार्जितं निराकर्त्तुं शक्त इत्यर्थः। तस्माद्दैवपुरुषकारयोः साचिव्यमभ्युपगन्तव्यम्। इति युक्तम्।

अत एवाह याज्ञवल्क्यः—

यथा ह्येकेन चक्रेण रथस्य न गतिर्भवेत्।
तद्वत्पुरुषकारेण विना दैवं न सिध्यति ॥ ३९ ॥

इति संक्षेपः।

और भी ! यद्यपि पूर्व जन्म के अच्छे-बुरे कर्मों का परिणाम शुभ या अशुभ फलों को देखने पर ही जाना जाता है किन्तु यह शुभ-अशुभ फल कब मिलेगा यह नहीं जाना जाता और भाग्य आगे खण्डित है या फलद है यह ज्ञान होना संभव नहीं क्योंकि वह पूर्व कर्मों के अधीन है और वे अदृष्ट हैं। वैसे तो दिन रात्रि के विभाजन से सूक्ष्मकाल का ज्ञान यन्त्रराज, वा तुरीययन्त्र, वा ध्रुवभ्रमादि यन्त्र से कर के उस काल में जो लग्नादि द्वादशभावचक्र हो उस लग्नचक्र में स्वोच्च-मूलत्रिकोण, अपनी राशि वा मित्र की राशि में स्थित ग्रह अपनी दशा में पूर्व जन्म में कृत शुभ फल को देने वाले तथा शत्रु-नीच राशिस्थ ग्रह अपनी दशा में अशुभ फल को देने वाले होते हैं ऐसा होराशास्त्र के आधार पर जाना जाता है। इसी प्रकार शुभ फलद दशा का ज्ञान करके उसमें यात्रा करने पर बिना परिश्रम से अभीष्ट की सिद्धि होती है तथा अशुभ दशा का ज्ञान करके उसमें यात्रा यदि की जाय तो हानि होती है। इसलिये जातक ग्रन्थों की दशा ज्ञान के लिये परमावश्यकता होती है।

और भी जहाँ पर अरिष्ट दशा का ज्ञान होता है वहाँ (उस समय) पर जातक की आयु के विनाश की संभावना प्राप्त होने पर भी शान्त्यादिक से उसका प्रतीकार करने के लिये इस होरा शास्त्र का उपयोग होता है।

जो कि 'येन तु यत्प्राप्तव्यं' शौनक मुनि का वचन है उसका आशय यह है कि जिसका जो अवश्य भोक्तव्य होता है उसे बृहस्पति भी दूर नहीं कर सकता है। अर्थात् अदृढ़ कर्मोपार्जित अशुभ शान्ति से दूर करने में होराशास्त्रज्ञ ही समर्थ होता है। इसलिये भाग्य व पुरुषार्थ में भिन्नता है अर्थात् एक दूसरे से अभिन्न है। इसीलिये ही याज्ञवल्क्यमुनि ने कहा है—

जैसे कि एक पहिये के रथ की गति नहीं होती अर्थात् १ पहिये से रथ या गाड़ी नहीं चलती उसी प्रकार बिना पुरुषार्थ के भाग्य फलद नहीं होता है।

अथ होरा प्रशंसाकल्याणवर्मा[१] (आह ?) !

होरा शास्त्र की प्रशंसा आचार्य कल्याणवर्मा ने निम्न की है।

विधात्रा लिखिता यस्य (याऽसौ) ललाटेऽक्षरमालिका।
दैवज्ञस्तां पठेत्प्राज्ञः होरानिर्मलचक्षुषा ॥ ४० ॥

आचार्य कल्याण वर्मा ने अपने सारावली ग्रन्थ में प्रतिपादित किया है कि प्राणियों के मस्तक पर विधाता (ब्रह्मा) अर्थात् सृष्टिकर्ता द्वारा लिखी हुई शुभाशुभ पंक्ति को प्रौढ़ ज्योतिषी अपने होराशास्त्र ज्ञान रूपी निर्मल चक्षु से जानने में समर्थ होता है ॥ ४० ॥

गुणाकर ने भी प्रशंसा में कहा है—

[२]गुणाकरोपि—

वर्णावली या लिखिता विधात्रा
ललाटपट्टे भुवि मानवानाम् !

---

१. सारा० २. अ० १ श्लो०। २. होरा मकरन्द १ अ. ८ श्लोक।

होरादशानिर्मलया यथाव—

त्तां दैवविद्वाचयतीति नान्यः ॥ ४१ ॥

आचार्य गुणाकर ने भी अपने होरामकरन्द नामक ग्रन्थ में कहा है कि जीवों के मस्तक पर ब्रह्माजी शुभाशुभ की जो रेखा अङ्कित करते हैं उसे प्रौढ़ होराशास्त्र का ज्ञाता अपनी बुद्धि से जानकर शुभाशुभ फलादेश में समर्थ होता है न कि अन्य कोई फलादेश में समर्थ होता है ॥ ४१ ॥

शम्भुहोरा प्रकाश में कहा है—

वर्णावली तु लिखिता भुवि मानवनां धात्रा ललाटपटले किल दैववित्ताम्। संवाचयत्यपि च हौरिकशास्त्रदृष्ट्या नान्यो घटादि सकलं तमसि प्रदीपः' (१ अ०-१५ श्लो०) ॥ ४१ ॥

तत्र प्रथमराशिप्रभेदाध्यायो निरूप्यते ।

होरारत्न ग्रन्थ में सर्वप्रथम राशि प्रभेद अध्याय का निरूपण ग्रन्थकार करते हैं ।

राशिप्रभेदाध्यायो प्रथमः

तत्र प्रथमतो राशिनामान्याह कल्याण वर्मा –

प्रथम में कल्याण वर्मा द्वारा कथित राशियों के नाम—

मेषवृष-मिथुन-कर्कट-सिंह-कन्या-तुला-वृश्चिकः ।

धनुरिह मकरकुम्भौ मीन इति राशिनामानि ॥ १ ॥

१ मेष, २ वृष, ३ मिथुन, ४ कर्क, ५ सिंह, ६ कन्या, ७ तुला, ८ वृश्चिक, ९ धनु, १० मकर, ११ कुम्भ, १२ मीन ये १२ बारह राशियों के नाम हैं ॥ १ ॥

अथ कालपुरुषस्य मेषादिराशिक्रमेण शिरः प्रभृत्यङ्गविभागमाह वराहः ।

भगवान् कालपुरुष के मेषादि क्रम से मस्तकादि चरणपर्यन्त शरीराङ्गविभाग का ज्ञान—

[1]शीर्ष-मुख-बाहु-हृदयोदराणि कटि-वस्ति-गुह्य संज्ञकानि ।

ऊरू जानुकजंघे चरणाविति राशयोऽजाद्याः ॥ २ ॥

यथा-मेष=शिर । वृष=मुख । मिथुन=हाथ । कर्क=हृदय । सिंह=पेट । कन्या=कमर । तुला=वस्ति । वृश्चिक=लिङ्ग । धनु=जांघ । मकर=घेंट्ठ (घुटना)। कुम्भ=पींड़री । मीन=पैर । यह १२ राशियों के क्रम से कालपुरुष के शरीरावयव का विभाग है ॥ २ ॥

पुनः बादरायण के मत से अङ्गविभाग ज्ञान—

[2]बादरायणोऽपि—

मेषः शिरोऽथ वदनं वृषभो विधातु-

र्वक्षो भवेन्नृमिथुनं हृदयं कुलीरः ।

सिंहस्तथोदरमथो युवतिः कटिश्च

वस्तिस्तुलाभृदथ मेहनमष्टमं स्यात् ॥ ३ ॥

---

१. लघु जा० १ अ० ४ श्लो० है । २. बृ० जा० ४ श्लो० भट्टो० टी० में प्राप्त है ।

धन्वी चास्योरुयुगं मकरो जानुद्वयं भवति।
जङ्घाद्वितयं कुम्भः पादौ मत्स्यद्वयं चेति॥ ४॥

वस्तिर्नाभिगुह्ययोरन्तरं चेति। वस्तिर्नाभेरधो द्वयोरित्यमरोक्तेः। मेहनं लिङ्गम्।

श्री बादरायण जी का कथन है कि कालपुरुष विधाता का मेष राशि शिर = मस्तक। वृष = वदन = मुख। मिथुन = छाती। कर्क = हृदय। सिंह = पेट। कन्या = कमर। तुला = वस्ति। वृश्चिक = लिङ्ग। धनु = दोनों जांघ। मकर = दोनों घेंट्र (घुटना)। कुम्भ = दोनों पींड़री और मीन राशि दोनों पैर हैं॥ ३-४॥

वस्ति नाभि व लिङ्ग के मध्य स्थान को कहते हैं। अमरकोश में कहा है—कि वस्ति नाभि के नीचे मूत्राशय की संज्ञा है। यह शब्द पुरुष व स्त्री लिङ्ग संज्ञक है। मेहन 'मिहतीति मेहनम्' लिङ्ग को कहते हैं।

अत्र कालपुरुषस्य वक्षस्थले मिथुन राशिरुक्तस्तच्चिन्त्यम्। यतो वक्षो हृदययोः को वा लक्षणभेदः कथं वा पुंसो विभुजत्वमिति अप्रयोजकत्वात्। अत एव वक्ष्यमाणयवनमुनिवाक्ये—

वीणागदाभृन्मिथुनं तृतीयः (सं० ?) प्रजायते स्कन्धभुजांशदेशः इति स्पष्टं भुजस्थलमेवोक्तम्।

इस बादरायण के वचन में मिथुन राशि कालपुरुष का वक्षस्थल है यह कथन ग्रन्थकार के मत में चिन्त्य है अर्थात् उचित नहीं है। क्योंकि छाती व हृदय के लक्षण में कोई भेद अर्थात् पृथक्ता प्रतीत नहीं होती तथा पुरुष के हाथों में राशि विन्यास न करने का कोई प्रयोजन दृष्टि पथ पर नहीं आता एवं बिना हाथ के पुरुष का होना भी संभव नहीं है।

श्री भगवता सूर्येणाऽपि स्वजातके उक्तम्—

भगवान् सूर्य ने भी अपने जातक ग्रन्थ में कहा है—

भगवान् सूर्य के मत में कालपुरुषाङ्ग विभाग—

शिरोवक्त्र भुजाहृच्च क्रोडः कटिरिति क्रमात्।
वस्तिर्व्यञ्जनके ऊरू-जानु जङ्घे च पद्युगम्॥ ५॥ इति॥

'शीर्षास्यबाहुहृदयमिति वदन् कल्याण वर्मानुकूलः 'शीर्षास्य दोरुरः क्रोड' इति वदन् न छन्दोऽप्यनुकूलः[1]।

अब भगवान् सूर्य के वचन से कालपुरुष के अङ्ग में राशियों के विन्यास को बतलाते हैं।

मेष = शिर। वृष = मुख। मिथुन = हाथ। कर्क = हृदय। सिंह = क्रोड (पेट)। कन्या = कमर। तुला = वस्ति (नाभि से नीचे उपस्थ तक)। वृश्चिक = गुह्य स्थल। धनु = जांघ। मकर = घेंट्र (ठेहुना)। कुम्भ = पींड़री। मीन = पैर हैं॥ ५॥

---

१. सारा० ३ अ० ५ श्लो०।

यह वचन कल्याण वर्मा के अनुकूल है यथा सारावली में 'शीर्षास्यबाहु हृदयं जठरं कटिवस्तिमेहनोरुयुगम्' यहाँ पर 'शीर्षास्य दोरुरः क्रोड' ऐसा कहने पर छन्द अनुकूल प्रतीत नहीं होता है ।

विशेष—कालपुरुष के अङ्ग में राशियों की कल्पना ग्रन्थान्तरों में निम्न प्रकार से प्राप्त होती है । यथा—

बृ० पा० में—'शीर्षानने तथा बाहू हृत्कोडकटिवस्तयः । गुह्योरुयुगले जानुयुग्मे वै जङ्घके तथा । चरणौ द्वौ तथा मेषात् ज्ञेयाः शीर्षादयः क्रमात् (४ अ० ४ श्लो०)

बृ० जा० में—'कालाङ्गानिवराङ्गमाननमुरो हृत्क्रोडवासोभृतो (१ अ० ४ श्लो०)

तथा सर्वार्थचि० में—'मेषादि मूर्धा वदनं गलोरो हृत्कुक्षिवासोभृत-वस्तिगुह्यम् (१ अ० ७ श्लो०) ।

एवं फलदीपिका में—

शिरो वक्त्रोरो हृज्जठरकटिवस्तिप्रजननस्थलान्यूरूजान्वोर्युगलमिति जङ्घे पद युगम् (१ अ० ४ श्लो०)

और भी शम्भुहोराप्रकाश में—

शीर्षाख्यं वदनं च बाहुयुगलं हृच्चोदरं कटचथौ, वस्तिगुह्यमुरू च जानुजघनौ पादद्वयं वै क्रमात् (१ अ० १६ श्लो०)

एवं जातक परिजात में भी—

कालात्मकस्य च शिरोमुखदेशवक्षो हृत्कुक्षिभागकटिवस्तिरहस्यदेशाः । ऊरू च जानुयुगलं परतस्तु जङ्घे पादद्वयं क्रियमुखावयवाः क्रमेण (१ अ० ८ श्लो०) ।

अङ्गविभाग प्रयोजनमाह कल्याणवर्मा—

[1]कालनरस्यावयवान् पुरुषाणां चिन्तयेत्प्रसवकाले ।
सदसद्ग्रहसंयोगात्पुष्टान्सोपद्रवाँश्चापि ॥ ६ ॥

अयमर्थः—यो राशिर्जन्मकाले शुभग्रहाक्रान्तः स राशिः कालपुरुषस्य यदङ्गे भवति तदङ्गे पुष्टिर्भवति । यो राशिः पापग्रहाक्रान्तः तद्राश्यङ्गे उपघात इति ॥

इस कालपुरुषाङ्ग विभाजन का क्या प्रयोजन होता है इसके उत्तर में आचार्य कल्याण वर्मा ने अपने सारावली नामक ग्रन्थ में प्रतिपादित किया है कि पुरुषों के जन्म समय में इस काल पुरुषाङ्ग की जो राशि शुभग्रह से युक्त हो वह कालपुरुष के जिस अङ्ग में होती है वह अङ्ग जातक का पुष्ट होता है तथा जो राशि पापग्रह से आक्रान्त हो अथवा पापग्रह से युत जन्म के समय होतो है वह राशि जिस अङ्ग में स्थित हो वह अङ्ग जातक का कमजोर वा उसमें चोट लगती है ॥ ६ ॥

भचक्रे मेषादिव्यवस्थामाह गर्गः—

१. टि० यह पद्य लघुजातक में भी है ।

[1]अश्विनी-भरणीमेषः कृत्तिका पादमेव च।
तत्पादत्रितयं केशः वृषः सौम्यदलं तथा ॥ ७ ॥
सौम्यार्द्धमार्द्रामिथुनमादित्यचरणत्रयम् ।
तत्पादः पुष्यमाश्लेषा राशिः कर्कटकः स्मृतः ॥ ८ ॥
पित्र्यं भाग्यमथार्य्यम्ण भागः सिंहः प्रकीर्तितः।
तत्पादं त्रितयं कन्या हस्तचित्रार्द्धमेव च ॥ ९ ॥
तुलाश्चित्रा दलं स्वाती विशाखचरणत्रयम्।
तत्पादं मित्रदैवत्यं ज्येष्ठा वृश्चिक उच्यते ॥ १० ॥
मूलमाप्यं तथा धन्वी पादो विश्वेश्वरस्य च।
तत्पादत्रितयं विष्णुर्मकरो वासवं दलम् ॥ ११ ॥
तद्दलं वारुणं कुम्भं तथा च चरणत्रयम्।
तत्पादमेकं मीनः स्यादहिर्बुध्न्यश्च रेवती ॥ १२ ॥

श्री गर्गाचार्यजी ने नक्षत्र चक्र में राशियों की व्यवस्था निम्न प्रकार से की है।

मेष	वृष	मिथुन
अश्विनी, भरणी कृत्तिका १ पाद	३ पाद कृत्तिका रोहिणी मृग० २ पा०	२ पा० मृ० शि० आर्द्रा ३ पा० पुनर्वसु०
कर्क	**सिंह**	**कन्या**
१ पा० पु० व० पुष्य आश्लेषा	मघा, पू० फ० १ पा० उ० फा०	३ पा० उ० फा० हस्त २ पा० चित्रा
तुला	**वृश्चिक**	**धनु**
२ पा० चित्रा, स्वाती ३ पा० विशाखा	१ पा० विशाखा, अनुराधा, ज्येष्ठा	मूल, पू० षा० १ पा० उ० षा०
मकर	**कुम्भ**	**मीन**
३ पा० उ० षा०, श्रवण, २ पा० धनिष्ठा	२ पा० धनिष्ठा, शतभिषा, ३ पा०पू०भा०	१ पू० भा०, उत्तराभा०, रेवती।

अथ व्यवहारार्थं मेषादि राशिसंज्ञामाह कल्याण वर्मा[2]—

मेषादीनां क्रिय तावुरि जितुम कुलीरलेय पाथोना।
संज्ञा जूककौर्पिक तौक्षिकाकोकेरहृदयरोगान्त्या ॥ १३ ॥

आचार्य कल्याण वर्मा ने व्यवहार के लिये मेषादि १२ राशियों की संज्ञा इस प्रकार से अपने सारावली नामक ग्रन्थ में की है। यथा—मेष = क्रिय। वृष =

१. बृ० जा० १ अ० ४ श्लो० भट्टो० टी० में प्राप्त है।

२. सारावली में तावुरि के स्थान पर तावुरु है (३ अ० ७ श्लो०)।

तावुरि । मिथुन = जितुम । कर्क = कुलीर । सिंह = लेय । कन्या = पाथोन । तुला = जूक । वृश्चिक = कौर्पिक । धनु = तौक्षिक । मकर = आकोकेर । कुम्भ = हृदय रोग और मीन = अन्त्य ॥ १३ ॥

विशेष—यह श्लोक बृहज्जातक (१ अ० ८ श्लो०) में भी पठित है।

जातक पारिजात में राशियों के पर्यायवाची शब्द इस प्रकार से हैं—

मेष = अज = विश्व = क्रिय = तुम्बुर = आद्य । **वृष** = उक्ष = गो = ताबुरु = गोकुल । **मिथुन** = द्वन्द्व = नृयुग्म = जुतुम = यम = युग = तृतीय । **कर्क** = कुलीर = कर्काटक = कर्कट । **सिंह** = कण्ठीरव = मृगेन्द्र = लेय । **कन्या** = पाथौन = रमणी = तरुणी । **तुला** = तौली = वणिक् = जूक = धट । **वृश्चिक** = अलि = अष्टम = कौर्पि = कीट । **धनु** = चाप = शरासन । **मकर** = मृगास्य = नक्र । **कुम्भ** = घट = तोयधर । **मीन** = अन्त्य = मत्स्य = पृथुरोम = झष । (१ अ० ४–६½ श्लो०) ॥ १३ ॥

राशिस्वरूपमाह सत्याचार्यः—

सत्याचार्य के आधार पर राशियों का स्वरूप—

[1]छागो वृषभो वीणागदाधरः मिथुनमंभसि कुलीरः ।
सिंहः शैले कन्या नौस्था सवह्निसस्यकरा ॥ १४ ॥
पुरुषस्तुलाधरौ वृश्चिकोऽथ धन्वी हयान्त्यार्ध ।
मकरा (र्ध) मृगपूर्वं कुम्भी पुरुषो झषौ मीनौ ॥ १५ ॥

मेष राशि का स्वरूप मेढा के समान है तथा वृष बैल के सदृश हैं। मिथुन = वीणा से युत स्त्री व गदा से युक्त पुरुष का जोड़ा मिथुन राशि का स्वरूप है। जल में वास करने वाली कर्क राशि है। पर्वत वनवासी सिंह राशि है। हाथ में अग्नि व अन्न लिये हुए नौका पर बैठी हुई कन्या के समान कन्या राशि है। हाथ में तराजू लिये हुए पुरुष तुला राशि का स्वरूप है। वृश्चिक बिच्छू के समान है। धनु = धनुषधारी कमर के ऊपर मनुष्य और कमर के नीचे घोड़े के समान है। मकर = हिरन के समान मुख वाला मगर है। कुम्भ = घड़ा धारण किये हुए पुरुष है। मीन = २ मछली मिली हुई हैं ॥ १४-१५ ॥

यवनोक्त १२ राशियों का स्वरूप

[2]यवनेश्वरोऽपि—

आद्यः स्मृतो मेष समानमूर्तिः कालस्य मूर्धा गदितः पुराणैः ।
सोऽजाविका [3]सञ्चरकन्द [4]राद्रिस्तेनाग्निधात्वाकररत्नभूमिः ॥ १६ ॥
वृषाकृतिस्तु कथितो द्वितीयः सवक्त्रकण्ठायतनं विधातुः ।
बला (ना) द्रिसानुद्विपगोकुलानां कृषीवलानामधिवासभूमिः ॥ १७ ॥

---

१. बृ० जा० १ अ० ५ श्लो० भट्टो० टी० में प्राप्त है। २. मीन राज कृ० १ अ० ४–१५ श्लो०।
३. संवर इति० पु० पा०। ४. कंदरादि इ० पु० पा०।

वीणागदाभृन्मिथुनं तृतीयः प्रजापतेः स्कन्धभुजांसदेशे[1]।
प्रनर्तका (की) गायनशिल्पकस्त्री क्रीडारतिद्यूतविहारभूमिः ॥ १८ ॥
कर्को कुलीराकृतिरम्बुसंस्थो वक्षः प्रदेशे विहितश्च धातुः।
केदारवापीपुलिनानि तस्य देवाङ्गनारम्यविहारभूमिः ॥ १९ ॥
सिंहस्तु शैले हृदयप्रदेशः (शे) प्रजापतेः पञ्चममाहुरार्याः।
तस्याटवीदुर्गगुहावनाद्रि [2]व्याधावनी दुर्गवनप्रदेशः (शाः) ॥ २० ॥
प्रदीपिकां गु (गृ) ह्य करेण कन्या
नौस्था जले षष्ट (ष्ठ) मिति ब्रुवन्ति।
कालार्थ वी (धी) रां (रा) जठरं विधातुः
स शाड्बल (ला) स्त्री रतिशिल्पभूमिः ॥ २१ ॥
वीथ्या (थ्यां) तुला पण्यधरो मनुष्यः
स्थितः सनाभीकटिवस्तिदेशे ।
शुक्ता (ल्का) र्थवीथ्यापणपट्टताध्व
सार्थो विधातोऽत्र न सस्य भूमिः ॥ २२ ॥
पाठान्तर नाध्वसार्थाधिवासोन्नत सस्य भूमिः ॥ २२ ॥
श्वभ्रे (भ्रो) ऽष्टमो वृश्चिक विग्रहस्तु
प्रोक्तः प्रभा (भोः) मेढ्रगुदप्रदेशे।
[3]गुहाबिलश्वभ्रविषाश्मगुप्ति वा-
(व) ल्मीक कीटाजगराहि भूमिः २३ ॥
धन्वी मनुष्यो हयपश्चिमार्द्धस्त-
माहुरूरुं (रू) (रूरू) भुवनप्रणेतुः।
समस्थितव्यस्तसमस्तवाजिसुरास्त्र-
भृद्यज्ञरथाश्वभूमिः ॥ २४ ॥
मृगार्ध पूर्वं (र्वो) मकरोर्धगात्रो (शृ)
(म्बुगार्धो) जानुप्रदेशं तमुशन्ति धातुः।
नदीवनारण्य स[4] (रो) द्रयनूपः
श्वभ्रादि (धि) वासो दशमः प्रदिष्टः ॥ २५ ॥
स्कन्धे तु रिक्तः पुरुषस्य सिंहो
(कुम्भो) जघे र्थ (त) मेकादशमाहुरार्याः।
तस्यो (शुष्को) दकाधारकुशस्य पक्षि
(क्षी) स्त्री शौण्डिक (को) द्यूतनिवास भूमिः ॥ २६ ॥

१. देशः इ० पु० पा०।
२. व्याधावनी।
३. विलः पु० पा०।
४. सराज रूपः पु० पा०।

जाने (जले) तु मीनद्वयमन्त्यराशिः
कालस्य पादौ विहितौ वरिष्ठौ।
स पुण्यदेवद्विजतीर्थभूमिन (र्न)
दी समुद्राम्बुचया म्बु (धि) वासः[1] ॥ २७ ॥

एतत्स्वरूप प्रयोजनन्तु हृतनष्टादिषु स्थानपरिज्ञानम् ।

तथा च [2]'षट्पञ्चाशिकायां राशिभ्यः कालदिग्देशाः' इति ।।

अब यवनाचार्य द्वारा वर्णित १२ राशियों के स्वरूपों का वर्णन करते हैं।

मेष राशि का स्वरूप —

प्रथम मेष राशि होती है। इसकी आकृति बकरे के समान होती है। कालपुरुष की देह में यह राशि शिर स्थान प्राचीनाचार्यों ने कथित की है। इस राशि का निवास स्थान बकरी व भेंड़ा के घूमने की भूमि, गुफा, पर्वत, चोर स्थान, अग्नि व धातुओं की खान और रत्न की भूमि होता है ॥ १६ ॥

वृष राशि का स्वरूप—

दूसरी वृष राशि होती है, इसकी आकृति बैल के सदृश होती है। कालपुरुष विधाता के देह में मुख से कण्ठ तक इसका स्थान है। वन, पर्वत, शिखर, हाथी, गौशाला और कृषकों की भूमि इस राशि की निवास भूमि होती है ॥ १७ ॥

मिथुन राशि का स्वरूप—

तीसरी मिथुन राशि है यह स्त्री-पुरुष का जोड़ा है स्त्री वीणा हाथ में लिये हुए है, तथा पुरुष गदा को धारण किये हुए है। कालपुरुष विधाता के देह में इस राशि का स्थान कन्धे से लेकर हाथ पर्यन्त है। नृत्य स्थल, गाने का स्थान, शिल्प, स्त्री, खेलने का स्थान, रति स्थान, जुआ और विहार करनेयोग्य भूमि में निवास इसका है ॥ १८ ॥

कर्क राशि का स्वरूप—

चौथी कर्क राशि है इसकी केकड़ा के समान आकृति है तथा जलचर संज्ञा है। कालपुरुष विधाता के देह में इसका वक्षस्थल स्थान है। खेत, बाबरी, तट, देवस्त्री, मनोहर और विहार योग्य भूमि में कर्क राशि का निवास होता है ॥ १९ ॥

सिंह राशि का स्वरूप—

पाचवीं पर्वत पर निवास करने वाले सिंह के समान सिंह राशि है। इसका कालपुरुष विधाता के शरीर में हृदय स्थान है। जङ्गल, किले की गुफा, वन, पर्वत, व्याध (हिंसक) भूमि, किला और वनभूमि में इसका निवास है ॥ २० ॥

कन्या राशि का स्वरूप—

छटी कन्या राशि है। हाथ में दीपक धारण किये हुए जल में नौका पर बैठी हुई कन्या राशि है। इसका कालपुरुष के अङ्ग में पेट स्थान है। नवीन घासों से हरी भरी, स्त्री रति और चित्रकारी की भूमि में निवास है ॥ २१ ॥

---

१. बृ० य० व० जा० में १ अ० ३ श्लो० से १५ तक उपलब्ध हैं तथा बृ० जा० १ अ० ५ श्लो० की भट्टो० टी० में हैं।

२. ७ अ० १३ श्लो०।

तुला राशि का स्वरूप—

सातवीं तराजू को धारण किये हुए पुरुष गली (बाजार) में स्थित तुला राशि है। कालपुरुष के देह में नाभी, कटि (कमर) व वस्ति इसका स्थान है। रुपयों के निमित्त नगर के बाजार में बनियों की कतार में व उच्च हरित घास में इसका निवास है ॥ २२ ॥

वृश्चिक राशि का स्वरूप—

अठवीं स्वच्छ विच्छू की आकृति के सदृश वृश्चिक राशि है। काल पुरुष के देह में इस का गुह्य (लिङ्ग व गुदा) स्थान है। गुफा, बिल, सफेद जहर, पत्थर, छिपने का स्थान, टीला, कीड़ा और अजगर सर्प की भूमि में इसका निवास है ॥ २३ ॥

धनु राशि का स्वरूप

नवमी धनु राशि है। इसका कमर से ऊपर का भाग मनुष्य का तथा कमर के नीचे का हिस्सा घोड़े के समान है। काल पुरुष के अङ्ग में दोनों जांघ इसका स्थान है। समान, विपरीत व सम्पूर्ण हाथी, देवता, अस्त्र धारण, यज्ञ, रथ (सवारी) और घोड़ों के रहने की भूमि में निवास है ॥ २४ ॥

मकर राशि का स्वरूप

दशवीं मकर राशि है। इसका ऊपरी भाग मगर के समान है। काल पुरुष के अङ्ग में इसका दोनों घुटने स्थान है। नदी, वन, जङ्गल, तालाब, पर्वत, व अनेक प्रकार के पेड़ लता और झरने वाले जङ्गल और स्वच्छ स्थान में इसका निवास है ॥ २५ ॥

कुम्भ राशि का स्वरूप—

ग्यारहवीं कंधे पर खाली घड़ा लिये हुए पुरुष के समान कुम्भ राशि है। काल पुरुष के अङ्ग में इसका दोनों पींड़री स्थान है। सुखी व जल के ऊपरी भाग, कुश बाहुल्य, पक्षी, स्त्री, मद्य बनाने वाले व जुआ के स्थान की भूमि में इसका निवास है ॥ २६ ॥

मीन राशि का स्वरूप—

बारहवीं परस्पर मुख पुच्छ मिलित जल में दो मछलियों के समान मीन राशि है। काल पुरुष के अङ्ग में इसका दोनों पैर स्थान है। पुष्प स्थल, देवता, ब्राह्मण व तीर्थ भूमि व नदी-समुद्र-जल संग्रह भूमि में इसका निवास है ॥ २७ ॥

इन राशियों के स्वरूप का प्रयोजन चुराई हुई वस्तु व नष्ट द्रव्यज्ञान एवं जन्म के समय प्रसवादि स्थान जानने के लिए होता है।

'षट् पन्चाशिका' में कहा है कि राशियों से समय, दिशा व देश का ज्ञान करना चाहिए।

अथ राशीनां ग्राम्यादिसंज्ञा जातकरत्नावल्याम्

जातकरत्नावली में राशियों की ग्राम्यादि संज्ञा का बर्णन

ग्राम्यादिमिथुनतुलास्त्रीचापालिघटा निशासु वृषमेषौ।
मकरादि सार्धं सिंहौ वन्यौ दिनेऽजवृषभौ च ॥ २८ ॥
जलजौ कर्कटमीनौ मकरान्त्यार्धं च शिवमते कुम्भः।
राशिस्वरूपमेतन्मार्कण्डेयादि मुनिभिरुक्तम् ॥ २९ ॥

मिथुन, तुला, कन्या, धनु, वृश्चिक, कुम्भ ये राशि ग्राम्य हैं। मेष वृष राशि रात्रि में बली होतो हैं। मकर राशि का पूर्वार्ध व सिंह, राशि वन चर एवं दिन में बलवान् होती हैं। मेष, वृष, कर्क, मीन व मकर का उत्तरार्ध तथा कुम्भ राशि शिव के मत में जलचर है। यह राशियों का स्वरूप मार्कण्डेयादि मुनियों ने कहा है ॥२८-२९॥

एषां प्रयोजनमुक्तं वराहेण

ग्रा[1]म्यारण्य जलोद्भवराशिषु जाता भवन्ति तच्छीला इति ।

इन राशियों की संज्ञा के प्रयोनन में वराह मिहिर ने अपने लघु जातक ग्रन्थ में कहा है कि यदि जन्म के समय में चन्द्रमा ग्राम्य राशियों में हो तो जातक ग्राम्य प्रिय, यदि अरण्य संज्ञक राशियों में हो तो वन में रहने वाला, यदि जलचर राशियों में चन्द्रमा हो तो जातक जल प्रिय होता है।

अथ राशीनां द्विपदादि संज्ञामाह वराहः--

[2]मेष-वृष-धन्वि-सिंहाश्चतुष्पदा मकरपूर्वभागश्च।
कीटः कर्कट राशिः सरीस्टपो वृश्चिकः कथितः ॥ ३० ॥
मकरस्य पश्चिमार्धं (ज्ञेयो) कुम्भ मीनश्च जलचरः ख्यातः।
मिथुन तुला, घट (धर) कन्या द्विपदाख्या धन्विपूर्वभागश्च ॥३१॥
इति

अब वराह मिहिरोक्त १२ राशियों की द्विपदादि संज्ञा को कहते हैं।

मेष-वृष-धनु सिंह और मकर राशि का पूर्व भाग इनकी चतुष्पद संज्ञा होती है। कर्क व वृश्चिक राशि की कीट व सरीसृप संज्ञा तथा मकर का उत्तरार्ध और मीन इनकी जलचर संज्ञा एवं मिथुन तुला कुम्भ कन्या व धनु राशि का पूर्वार्ध इन सबकी द्विपद संज्ञा होती है ॥ ३०–३१ ॥

अत्र वराहेण कर्कराशेर्जलचरत्वं विहाय कीटत्वमुक्तम्। कुम्भस्य द्विपदत्वं विहाय जलराशित्वमुक्तं तच्चिन्त्यम्। यतः पूर्वं वृद्धयवनोक्तं (क्त) राशिस्वरूपे 'कर्कः कुलीराकृतिरम्बुसंस्थः' इति कर्कस्य जलचरत्वं 'स्कन्धे तु रिक्तः पुरुषस्य कुम्भ' इति कुम्भस्य द्विपदत्वमेवोक्तम्।

वक्ष्यमाणगर्गवचनेऽपि 'नृयुक्तुलाघटः कन्या' इत्यनेन कुम्भस्य द्विपदत्वं कर्कस्य जलचरत्वं स्पष्टमेवोक्तम्।

श्रीमत्सूर्येणापि राशिस्वरूपे- -

१. लघुजातक में (१२ अ० २ श्लो०) है। २. ये दोनों पद्य लघुजातक में प्रथमाध्याय में हैं। (१ अ० १२–१३ श्लो०)

स्कन्धासक्तो रिक्तघटः पुमान् स्यात्कुम्भसंज्ञकः।
कर्कस्य जलसंवासी, इति स्पष्टतरमुक्तम्।

पराशरजातकेऽपि—

'नृयुग्मयूकपाथोन चापपूर्वार्धकुम्भभान्' इत्यादिकेन कुम्भस्य द्विपदत्वं कर्कस्य जलचरत्वमुक्तम्।

एवं दिनादिबले वक्ष्यमाणदेवकीर्तिवचनेऽपि स्पष्टमुक्तं, तदुपजीव्य सत्याचार्येणापि 'अम्भसि कुम्भी पुरुषः' इति स्पष्टमुक्तम्।

यहाँ अर्थात् द्विपदादि संज्ञा कथन में आचार्य वराह मिहिर ने कर्क राशि की जल चर संज्ञा का त्याग करके कीट संज्ञा की है, तथा कुम्भराशि की द्विपद संज्ञा को छोड़कर जल संज्ञा जो की है वह ठीक नहीं है। क्योंकि पहिले वृद्धयवनोक्त राशि स्वरूप वर्णन में कर्क राशि की जल चर संज्ञा व कुम्भराशि की द्विपद संज्ञा कथित है। तथा आगे के गर्गाचार्य जी के 'नृयुक्तुला' इत्यादि वाक्य में भी कुम्भराशि की द्विपद संज्ञा व कर्क राशि की जलचर संज्ञा स्पष्ट रूप से वर्णित है।

श्रीमान् सूर्य ने भी राशि स्वरूप वर्णन में कुम्भराशि की द्विपद कर्क राशि की जलचर ही संज्ञा की है। पराशर जातक में भी इसी प्रकार से कुम्भ व कर्क की संज्ञा प्राप्त होती है। एवमेव आगे कथित देवकीर्ति के वचन में स्पष्टता से वर्णन मिलता है। इसी का आधार मानकर सत्याचार्य जी ने भी कुम्भ राशि की द्विपद संज्ञा की है।

विशेष—यहाँ पर ग्रन्थकार ने कुम्भ राशि की जलचर व कर्क राशि की कीट संज्ञा न मानना कहा है किन्तु यह कथन युक्ति सङ्गत प्रतीत नहीं होता है। क्योंकि कर्क का अर्थ केंकड़ा होता है। केंकड़ा एक कीट (कीड़ा) है। इसलिये कर्क राशि की कीट संज्ञा वराह मिहिर ने की। आचार्य वराह ने तो मकर व मीन तथा कुम्भ राशि की ही जलचर संज्ञा की है। किन्तु ग्रन्थान्तरों से कर्क राशि की जलाश्रयी संज्ञा के प्रमाणों में भी अल्पता नहीं है।

मेरी दृष्टि में कर्क राशि की कीट व जलचर दोनों ही संज्ञा उचित हैं। कुम्भ राशि के विषय में भी कुम्भ इस शब्द से तथा 'अम्भसि कुम्भी पुरुषो' इत्यादि वाक्यों से भी कुम्भ भी जल का आश्रय करता है यह स्पष्ट प्रतीत होता है। इसलिये कुम्भ राशि की जलचर संज्ञा होने में कोई कठिनाई नहीं है। प्रकाशित लघुजातक ग्रन्थ में इस श्लोक का जो पाठान्तर मिलता है उससे तो [यथा कुम्भो] के स्थान 'ज्ञेयो' तथा 'तुलाधर' के स्थान पर 'तुलाघट' यह सिद्ध होता है कि आचार्य वराह ने कुम्भ राशि की जलचर संज्ञा का त्याग कर द्विपद ही संज्ञा की है। या यह लघुजातक का पद्य बाद में बदला गया हो ऐसा ग्रन्थकार के कथन से प्रतीत होता है।

जातक परिजात में कहा है—मीनालि कर्कटमृगा सलिलाभिधानास्तोयाश्रया घटवधूयुगगोपसंज्ञाः' (१ अ० १५ श्लो०)॥ ३०–३१॥

---

१. बृ० जा० १ अ० १७ श्लो० भट्टोत्पली में प्राप्त है।

राशीनां दिग्बलमाह गर्गः—

'नृयुक्तुलाघटः कन्या पूर्वमर्धं च धन्विनः।
लग्नस्था बलिनो नित्यमेते हि नरराशयः ॥३२॥
चतुर्थे कर्कटो मीनो मकरार्धं हि पश्चिमे।
विज्ञेया बलिनो नित्यमेते हि जलराशयः ॥३३॥
सप्तमे वृश्चिकः कीटो बलवान् परिकीर्त्तितः।
धनुषोऽर्धाजगोसिंहा बलिनः खे चतुष्पदाः ॥३४'।
प्रागर्धे नक्रराशेश्च कैश्चिद्दिग्बलमेव हि।

अब गर्गाचार्य जी के मत से १२ राशियों का दिग्बल अर्थात् दिशा बल का वर्णन करते हैं। सारांश यह है कि कौन-कौन राशि किस-किस दिशा में बलवान् होती है। यह जानने के लिये ज्योतिष शास्त्र के वेत्ताओं ने लग्न को पूर्व, सप्तम भाव को पश्चिम, चतुर्थ को उत्तर और दशम को दक्षिण दिशा मान कर राशियों के बलाबल का विवेचन किया है। यहाँ पर ग्रन्थकार ने गर्गोक्त वचन द्वारा बतलाया है कि कौन-कौन सी राशि किस दिशा में बली होती है।

मिथुन, तुला, कुम्भ कन्या व धनु राशि का पूर्वार्ध ये सब द्विपद राशियां लग्न में, कर्क मीन, मकर का उत्तरार्ध ये जलचर राशियां चतुर्थभाव में अर्थात् उत्तर में, सप्तम भाव में अर्थात् पश्चिम दिशा में कीट राशि वृश्चिक और दशमभाव में अर्थात् दक्षिण दिशा में धनु का उत्तरार्ध, मकर का पूर्वार्द्ध व मेष, वृष, सिंह ये सब चतुष्पद राशियां बलवान् होती हैं। सारांश-लग्न में द्विपद, चतुर्थ में जलचर, सप्तम में कीट और दशम में चतुष्पद राशियां बलवान् होती हैं ॥३२–३४॥

बृहज्जातक में कहा है—'कण्टककेन्द्रचतुष्टयसंज्ञाः सप्तमलग्नचतुर्थ खभानाम्। तेषु यथाभिहितेषु बलाढ्याः कीटनराम्बुचराः पशवश्च' (१ अ० १७ श्लो०)।

तथा लघुजातक में भी—'नृचतुष्पदकीटाप्या बलिनः प्राग्दक्षिणापरोत्तरगाः।' (१ अ० ११ श्लो०)

और भी सर्वार्थचिन्तामणि में—'जलचरपशुनरकीटा तनौ मदे चापि। क्रमशो भवन्ति वीर्या विगतबलास्तत्सप्तमे वापि (१ अ १७ श्लो०)

अपि च जातकपारिजात में–'चापापरार्द्धं हरिगोमकरादिमेषा मानस्थिता बलयुताश्च चतुष्पदा ख्याः कन्यानृयुग्मघटतौलिशरासनद्या लग्नान्विता यदि नरा द्विपदा बलाढ्याः ॥ मृगापरार्द्धान्यकुलीरसंज्ञा जलाभिधाना बलिनश्चतुर्थे। जलाश्रयो वृश्चिक नामधेयः स सप्तमस्थानगतो बली स्यात्' (१ अ० १६–१७ श्लो०)।

तथा पुञ्जराज ने भी कहा है—लग्नस्थिताः पूर्वगता नराख्याश्चतुष्पदा याम्यगताः खभस्थाः। कीटाः प्रतीच्चां बलिनोऽस्तसंस्था रसातलस्था जलजाश्च सौम्ये' (१ अ० ३१ श्लो०) ॥

विशेष—गर्गोक्त वचन बृहज्जातक [१ अ० १७ श्लो०] को भट्टोत्पली टीका में प्राप्त है। किन्तु 'लग्नस्था बलिनो नित्यं के स्थान पर 'लग्नस्था बलिनो ज्ञेया' यह

पाठान्तर एवं 'धनुषोऽर्धाजगो' के स्थान पर 'धन्व्यन्ताद्धाज, यह पाठान्तर उपलब्ध होता है ।। ३२–३४ ।।

राशीनां दिन-रात्रि-सन्या बलमाह देवकीर्तिः—

[1]मिथुनतुल (घट) कन्ध्या दिवाबला धन्विनः पूर्वार्धम् ।
अजवृषसिंहा रात्रौ मृगह (य) योः पूर्वपश्चार्धे ।।३५।।
वृश्चिकमीनकुलीराः मकरान्त्यार्धं च सन्ध्यायाम् । इति ।

अब कौन-कौन राशि दिन में, कौन-कौन राशि रात्रि में, कौन-कौन सी राशि सन्ध्या में बली होती है यह देवकीर्ति के मत से बतलाते हैं ।

मिथुन, तुला, कन्या, कुम्भ और धनु राशि का पूर्वार्ध ये दिन में बलवान् होती हैं । मेष, वृष, सिंह, मकर का पूर्वार्ध व धनु राशि का उत्तरार्ध ये राशियां रात में बली होती हैं ।

वृश्चिक, मीन, कर्क और मकर का परार्ध ये राशियां दोनों सन्ध्या के समय में बलवान् होती हैं ।।३५।।

बृहज्जातक में कहा है—केन्द्रस्था द्विपदादयोऽह्नि निशि च प्राप्ते च सन्ध्याद्वये' ।

तथा लघु जातक में भी—सन्ध्याद्युरात्रबलिनः कीटा नृचतुष्पदाश्चैवम्' । (१अ० ११ श्लो०) ।

एवं सारावली में भी—निशि दिवसे सन्ध्यागां पशनः पुरुषो मृगालिझषाः' (३अ० २३ श्लो०) ।

और भी सर्वार्थचिन्तामणि में—दिवाबला मानुषराशयःस्यू रात्रौ बलाढ्याः पशवश्च कीटाः । सन्ध्याद्वये' (१ अ० २० श्लो०) ।

तथा जातक पारिजात में भी—'केन्द्रं गतोऽह्नि द्विपदो बलाढ्याः चतुष्पदाः केन्द्रगता रजन्याम् । कीटास्तु सर्वे यदि कण्टकस्थाः सन्धिद्वये वीर्ययुता भवन्ति' (१अ० १७श्लो०) ।

ऐसा ही पुञ्जराज ने भी कहा है—मेषोवृषद्वन्द्वकुलीरचापकुरङ्गवक्त्राश्च निशाबलाः स्युः । तुलाधरो वृश्चिककुम्भभृच्च कन्यालिमीना दिवसात्मिकाः स्युः' (१ अ० ३४ श्लो०) सन्ध्या द्युरात्रं बलिनो भवन्ति कीटा नराः सार्प्यचतुष्पदाः (१ अ० ३० श्लोक) ।। ३५ ।।

[अथ] राशीनां शीर्षोदयाद्युग्रसौम्यपुंस्त्रीचरादिसंज्ञा दिगीशत्वं च होरामकरन्दे[2]—

कन्यालिजूकहरिमीनघटा दिनाख्या मूर्धोदया समिथुनास्त्वपरे निशाख्याः ।
पृष्ठोदयाश्च शफरो ह्युभयोदया स्यान्मीनालिकर्कटविराम इहर्क्षसन्धिः ।।३६।।

१–यह पद्य बृहज्जातक (१ अ०) की भट्टोत्पली टीका में उपलब्ध है ।

२–१ अ० ३५ श्लो०

दिनाख्या दिनबला इत्यर्थः। एतत्स्पष्टमुक्तं—

[1]पराशर जातके—

दिवा शीर्षोदयाश्चैव सन्ध्यायामुभयोदयाः।
नक्तं पृष्ठोदयाश्चैव बलाधिक्या उदीरिताः ॥ ३७ ॥ इति

मीनादि राशीनामन्तिमनवांश ऋक्षसन्धिसंज्ञः।

अब द्वादश राशियों की शीर्षोदय-पृष्ठोदय-उग्र-सौम्य-पुरुष-स्त्री-चर-स्थिर-द्विस्वभाव संज्ञा का तथा कौन-कौन राशि किस-किस दिशा की मालिक (स्वामी) है यह होरामकरन्द के आधार पर वर्णन करते हैं।

शीर्षोदय का तात्पर्य है कि जिस राशि का उदय अर्थात् प्रारम्भ शीर्ष नाम शिर (आगे) से होता है वह राशि शीर्षोदय संज्ञक कहलाती है। जिस राशि का पृष्ठ (पीछे) से उदय होता है वह राशि पृष्ठोदय संज्ञक होती है। जिस राशि का आगे पीछे मिलकर उदय होता है वह राशि उभयोदय संज्ञक मानी गई है। उभयोदय संज्ञक एक मात्र मीन राशि है क्योंकि दो मछलियों का जोड़ा एक की पूँछ व द्वितीय का मुख मिला हुआ ही मीन राशि है।

गुणाकार रचित होरामकरन्द में—कन्या-वृश्चिक-तुला-सिंह-मीन-कुम्भ-मिथुन राशियां दिन सज्ञक अर्थात् दिन में मिथुन रहित बली होती हैं। इनमें मीन राशि का त्याग करके शेष राशियों की शीर्षोदय संज्ञा होती है।

मेष-वृष-कर्क-धनु-मकर मिथुन ये राशियां रात्रि में बली होती हैं तथा मिथुन हीन इन राशियों की पृष्ठोदय संज्ञा होती है। मीन राशि की उभयोदय संज्ञा है।

मीन—वृश्चिक-कर्क राशि के अन्तिम नवांश में अर्थात् रेवती नक्षत्र व ज्येष्ठा तथा आश्लेषा नक्षत्र के अन्तिम चरण की सन्धि संज्ञा है। इसे गण्डान्त भी कहते हैं ॥ ३६ ॥

दिनाख्या का अर्थ है कि दिन में बलवान् होना। इन शीर्षोदयादि का कथन स्पष्ट रूप से पराशर जातक में इस प्रकार से है—

शीर्षोदय राशि दिन में, उभयोदय दोनों सन्ध्याओं में और पृष्ठोदय राशियां रात्रि में अधिक बलवान् होती हैं ॥ ३७ ॥

विशेष—इस वाक्य में शीर्षोदयादि संज्ञाओं का वर्णन नहीं है किन्तु कालक्रम के आधार पर बल का प्रतिपादन है। न जाने ग्रन्थकार ने स्पष्टता से कैसे कथन किया कि 'एतत्स्पष्टमुक्तं पराशरजातके' मेरी दृष्टि से केवल बल का ही वर्णन इस वाक्य में प्राप्त होता है न कि शीर्षोदयादि संज्ञा का इन संज्ञाओं का क्या प्रयोजन है। उत्तर—शीर्षोदये समभिवाञ्छितकार्य सिद्धिः 'पृष्ठोदये विफलता बलविद्रवश्च' तथा 'शस्तं दिवा दिनबले निशि नक्तवीर्ये रात्रौ विपर्यबले गमनं न शस्तम्' ॥ ३७ ॥

बृहज्जातक में कहा है—'गोजाश्विकर्किमिथुनाः समृगा निशाख्या, पृष्ठोदया विमिथुनाः कथितास्त एव 'शीर्षोदया दिनबलाश्च भवन्ति शेषा लग्नं समेत्युभयतः पृथुरोमयुग्मम्' (१ अ० १० श्लो०)।

१—२ अ० ३७ श्लो०।

तथा सारावली में भी—'नक्तं बला मिथुनकर्किमृगाजगोश्वा द्युः श्रेष्ठका हरितुलालिघटान्त्यकन्याः। पृष्ठोदयाः समिथुना मिथुनं विहाय, शेषाः शिरोभिरुदयन्त्युभयेन मीनः' (३ अ० २४ श्लो०)

'कुलीरमीनालिगृहान्तसन्धि वदन्ति गण्डान्तमिति प्रसिद्धम्' (३ अ० २० श्लो०) ॥ ३६–३७ ॥

ऋक्षसन्धिफलमुक्तं सारावल्यां[1]—

जातो न जीवति जनो मातुरपथ्यो भवेत्सकुलहन्ता।
यदि जीवति गण्डान्ते बहुगजतुरगो भवेद्भूपः॥ ३८॥

अब सरावली ग्रन्थ में कथित राशि सन्धि (गण्डान्त) में जायमान के फल को बतलाते हैं।

गण्डान्त में उत्पन्न होने वाला जीव विशेषकर जीवित नहीं रहता है। यदि जीवित रहे तो माता को कष्ट कारक या कुल का नाशक होता है तथा बहुत हाथी घोड़ों से युक्त राजा वा राजतुल्य सुख को भोगने वाला होता है॥ ३८॥

विशेष—प्रकाशित सारावली में 'जनो' के स्थान पर 'नरो' तथा 'सकुलहन्ता' के स्थान पर 'स्वकुलहन्ता' यह पाठान्तर उपलब्ध है॥ ३८॥

नृयोषितावुग्रमृदुक्रमेण चरस्थिरद्विप्रकृतिस्वरूपाः।
अजादयस्त्रिः परिवर्तनेन दिगीश्वरा शक्रदिगादितः स्यु॥ ३९॥

अत्र पुरुषस्त्रीप्रभृतिषु लग्नवर्तिषु जातास्तत्स्वभावो भवतीति प्रयोजनं ज्ञेयम्।

यदाह सत्यः—

ओजाः पुरुषा ज्ञेया मेषात्स्त्री संज्ञका युग्माः।
उग्रेषूग्रा पुरुषाः सौम्याः सौम्येषु लग्नेषु॥ ४०॥
चरसंज्ञाः स्थिरसज्ञा मेषात् (द्) द्विः प्रकृतिराशयः क्रमशः।
राशिस्वभावतुल्याः ज्ञेया प्रकृतिप्रसूतानाम्॥ ४१॥

अजादय इति। मेषादयस्त्रिः वारमावृत्य पूर्वादिदिशां स्वामिन इत्यर्थः। तथा च मेष सिंह धन्विनः पूर्वस्यां, वृषकन्या मकरा (दि ?) दक्षिणस्यां, मिथुन तुला कुम्भाः पश्चिमायां, कर्क वृश्चिक मीना उत्तरस्यामिति। एतत्प्रयोजनन्तु सूतिकागृहद्वारज्ञानं तथा हृतनष्टादिषु चौरादेर्याने दिग् (ज्) ज्ञानम्

तथा यातव्यदिङ्मुखगतस्य सुखेन सिद्धिर्व्यर्थश्रमो भवति दिक प्रतिलोमलग्ने इत्यादिकं बोध्यम्।

अब १२ राशियों की पुरुष-स्त्री-उग्र (क्रूर) पाप-सौम्य-चर-स्थिर-द्विस्वभाव संज्ञा तथा दिशा को बतलाते हैं।

१–३ अ० २१ श्लो०।

मेष-मिथुन-सिंह-तुला-धनु-कुम्भ इनकी पुरुष और उग्र संज्ञा, वृष-कर्क-कन्या-वृश्चिक-मकर-मीन इन राशियों की स्त्री व सौम्य (अक्रूर, शुभ) संज्ञा होती है।

मेष-कर्क-तुला-मकर की चर संज्ञा, वृष-सिंह-वृश्चिक--कुम्भ की स्थिर संज्ञा और मिथुन-कन्या-धनु-मीन की द्विस्वभाव संज्ञा होती है।

पूर्वादि दिशाओं में मेषादि राशियों की तीन वार परिक्रमा (आवृत्ति) से एक-एक पूर्वादि दिशा में तीन-तीन जो राशियां होती हैं वे ही उन-उन दिशाओं की अधीश्वर हैं। यथा मेष-सिंह-धनु पूर्व में, वृष-कन्या-मकर दक्षिण में, मिथुन-तुला-कुम्भ पश्चिम में कर्क-वृश्चिक-मीन उत्तर में।

यहाँ पर राशियों की स्त्री पुरुषादि संज्ञा का क्या प्रयोजन होता है इसके उत्तर में ग्रन्थकार ने सत्याचार्य का वचन उद्‌धृत करके समझाया है कि जन्म या प्रश्न के विषय में लग्नस्थ राशि की संज्ञाओं का ज्ञान करके फलादेश करना चाहिये। अर्थात् लग्नस्थ राशि से जातक का सौम्य क्रूरादि स्वभाव का ज्ञान करना चाहिये।

पुरुष संज्ञक राशि का तात्पर्य है कि ओज राशि, ओज तेज वा पुरुषार्थ को कहते हैं। इसीलिये पुरुष संज्ञक राशियों में जन्म लेने वाले ओजस्वी व पुरुषार्थी होते हैं, इत्यादि विचारना चाहिये। स्त्री संज्ञक का मतलब है कि सम स्वभाव अर्थात् समानता की भावना होती है। उग्र से उग्र स्वभाव, सौम्य संज्ञक से मृदुल स्वभावादि का ज्ञान होता है।

चर का अर्थ यह है कि शीघ्र इन चर संज्ञक राशियों में जातक चञ्चल स्वभावी वा ये राशियाँ जल्दी से कार्य करने में समर्थ होती हैं। स्थिर राशियों में कार्य की स्थिरता होती है इसलिये स्थिर कार्य करना चाहिये तथा स्वभाव की स्थिरतादि का ज्ञान भी करना चाहिये। द्विस्वभाव से मतलब है कि मिला जुला स्वभाव इसी से द्विस्वभाव इनकी संज्ञा है।

राशियों की दिशाओं का प्रयोजन यह है कि जन्म के समय में सूतिका घर के दरवाजे का ज्ञान तथा चुराई हुई वस्तु वा नष्ट वस्तु अर्थात् खोई हुई वस्तु का ज्ञान एवं चोर की दिशा का ज्ञान करना चाहिए।

और भी दिशा का प्रयोजन यात्रा के समय जिस दिशा में यात्रा करनी हो तो उसी दिशा की राशि लग्न में यात्रा करने से सिद्धि होती हैं और विपरीत लग्न राशि में यात्रा करने से व्यर्थ का परिश्रम होता है॥ ४०–४१ ॥

विशेष—४०,४१ संज्ञक श्लोक बृहज्जातक १ अ० ११ श्लो० की भट्टोत्पली टीका में उपलब्ध होते हैं किन्तु कुछ अंशों में पाठान्तर निम्न प्रकार से उपलब्ध है। जैसे—ओजे पुरुषा, ज्ञेयाः सौम्याः संज्ञकाः क्रमाद् युग्मे। उग्रेषूग्राः सौम्याः सौम्ययुग्मेषु भवनेषु' 'चरसंज्ञाः स्थिरसंज्ञा द्विप्रकृतिरिति राशयः क्रमशः। राशिस्वभावतुल्या जायन्ते प्रकृतयः प्रसूतानाम्'॥ ४०–४१ ॥

राशि संज्ञाओं का स्पष्टार्थ चक्र—

राशि	मेष	वृष	मिथुन	कर्क
पृष्ठोदयादि	पृष्ठोदय	पृष्ठोदय	शीर्षोदय	पृष्ठोदय
द्विपदादि	चतुष्पद	चतुष्पद	द्विपद	जलचर
दिन रात्रिबल	रात्रि	रात्रि	दिन	सं०
दिशा	पू०	द०	प०	उ०
पुरुष स्त्री	पु०	स्त्री	पु०	स्त्री
क्रूर सौम्य	क्रूर	सौ०	क्रूर	सौ०
चर स्थिरादि	चर	स्थि०	द्विस्व०	चर

राशि	सिंह	कन्या	तुला	वृश्चिक
पृष्ठोदयादि	शीर्षोदय	शीर्षोदय	शीर्षोदय	शीर्षोदय
द्विपदादि	चतुष्पद	द्विपद	द्विपद	कीट
दिन रात्रिबल	रात्रि	दिन	दिन	सं०
दिशा	पू०	द०	प०	उ०
पुरुष स्त्री	पु०	स्त्री	पु०	स्त्री
क्रूर सौम्य	क्रूर	सौ०	क्रूर	सौ०
चर स्थिरादि	स्थि०	द्वि० भा०	चर	स्थि०

राशि	धन	मकर	कुम्भ	मीन
पृष्ठोदयादि	पृष्ठोदय	पृष्ठोदय	शीर्षोदय	उभयोदय
द्विपदादि	द्विपद पूर्वार्ध उत्तरार्ध चतु०	पूर्वार्ध चतु. उत्तरा०जलच	द्विपद	जलचर
दिन रात्रिफल	पूर्वार्ध दिन उत्तरा० रात्रि	पू० रात्रि उत्तरा०सं०	दिन	सं०
दिशा	पू०	द०	प०	उ०
पुरुष स्त्री	पु०	स्त्री	पु०	स्त्री
क्रूर सौम्य	क्रूर	सौ०	क्रूर	सौ०
चर स्थिरादि	द्वि० भा०	चर	स्थि०	द्विस्व०

अथ षड्वर्ग निरूपणम् ।

तत्र वराह—

गृ (ग्र) ह-होरा-द्रेष्काणो (णा ?) नवभागो द्वादशांशकस्त्रिंशः[१]।
वर्गः प्रोक्तव्यो ग्रहस्य यो यस्य निर्दिष्टः॥ ४२ ॥

अब षड्वर्ग का निरूपण करते हैं प्रथम आचार्य वराह मिहिर कथित षड्वर्ग को कहते हैं।

१ गृह, २ होरा, ३ द्रेष्काण, ४ नवांश, ५ द्वादशांश, ६ त्रिशांश ये ६ प्रकार के वर्ग को षड्वर्ग कहते हैं। अर्थात् जिस ग्रह की जो राशि होती है वही उसका घर तथा आगे वर्णित होरा द्रेष्काणादि का ज्ञान भी करके इच्छित ग्रहों का षड्वर्ग जानना चाहिये।

विशेष—कोई भी ग्रह षड्वर्गस्थ नहीं हो सकता। क्योंकि सूर्य व चन्द्रमा का त्रिंशांश नहीं होता तथा भौमादि ग्रहों की होरा नहीं होती है इसलिये पाँच ही अपने वर्गों में ग्रह हो सकता है। यह भी उपलक्षण मात्र ही है। इसलिये यथासम्भव तीन अपने वर्गों में स्थित ग्रह स्ववर्ग में कहलाता है। इसमें भगवान् गार्गि का वचन आगे ग्रन्थकार ने उद्धृत किया है॥ ४२ ॥

गर्गोऽपि—

क्षेत्रं होराऽथ द्रेष्काणो नवांशो द्वादशांशकः।
त्रिंशांशकश्च वर्गोऽयं सर्वस्य समुदाहृतः॥ ४३ ॥
त्र्यादिष्वपि पदार्थेषु स्थितः स्वेषु स्ववर्गगः।
पर (पञ्च) वर्गगतोऽप्येवं ग्रहो भवति नान्यथा। ४४ ॥ इति।

ग्रहों के ६ प्रकार के वर्गों का वर्णन गर्गाचार्य ने भी किया है।

१ गृह, २ होरा, ३ द्रेष्काण, ४ नवांश, ५ द्वादशांश, ६ त्रिंशांश ये ६ प्रकार के ग्रहों के वर्ग कहलाते हैं। इन्हीं की षड्वर्ग संज्ञा है।

इन ६ प्रकार के वर्गों में से यदि ग्रह अपने तीन वर्गों में स्थित हो तो कहना चाहिये कि ग्रह अपने वर्ग में है। तथा पाँच वर्गों में भी ग्रह हो सकता है। ६ अपने वर्गों में ग्रह की सत्ता असंभावित है॥ ४३-४४ ॥

श्रीमत्सूर्येण सप्तवर्गमुक्तम्—

लग्नं होरा त्रिभागश्च सप्तांशो नवमांशकः।
द्वादशांशस्ततस्त्रिंशल्लवः सप्तकवर्गिका॥ ४५ ॥

श्रीमान् सूर्य ने ग्रहों के सात प्रकार के वर्गों का वर्णन किया है। जैसे १ लग्न (गृह) २ होरा, ३ द्रेष्काण, ४ सप्तमांश, ५ नवांश, ६ द्वादशांश, ७ त्रिशांश ये सात प्रकार के वर्ग होते हैं॥ ४५ ॥

१—यह श्लोक लघुजातक में (१ अ० २३ श्लो०) कथित है। केवल (प्रोक्तव्यो) के स्थान पर (प्रत्येतव्यो) यह पाठान्तर उपलब्ध है।

२—ये दोनों पद्य बृहज्जातक १ अ० ९ श्लोक की भट्टोत्पली में प्राप्त हैं।

विशेष--ग्रहों के बल ज्ञान के लिये षोडश वा दश वा सप्त वा षड्वर्ग शास्त्रों में वर्णित हैं। प्रायः ६ वर्गों का विवेचन ग्रन्थान्तरों में उपलब्ध होता है ॥ ४५ ॥

तत्र ग्रहस्वामिनो नवांशस्वामिनश्चाह कल्याणवर्मा—

[1]कुज-भृगु-बुधेन्दु-रवि-शशिसुत-सित-रुधिरेज्य-मन्द-शनि-जीवाः।
गृहपा नवभागानामजमृगघटकर्कटाद्याश्च ॥४६॥

अब किस राशि का कौन-सा ग्रह स्वामी तथा किस राशि में किस राशि से नवांश प्रारम्भ होता है। इसका वर्णन कल्याण वर्मा के मत से करते हैं।

भौम, शुक्र, बुध, चन्द्र, सूर्य, बुध, शुक्र, भौम, गुरु, शनि, शनि गुरु ये मेषादि क्रम से द्वादश राशियों के स्वामी होते हैं।

नवमांश मेष, सिंह, धनु राशि में प्रथम नवांश मेष का द्वितीय वृष का, तृतीय मिथुन का इसी रीति से आगे भी जानना चाहिये। एक नवांश का मान ३ अंश २० कला होता है।

वृष, कन्या, मकर राशि में प्रथम नवांश मकर से, मिथुन, तुला, कुम्भ में प्रथम नवांश तुला से और कर्क, वृश्चिक, मीन राशि में प्रथम नवांश कर्क से प्रारम्भ होता है ॥ ४६ ॥

स्पष्टार्थ स्वामी चक्र--

मे०	वृ०	मि०	क०	सिंह	क०	तु०	वृ०	ध०	म०	कुं०	मी०
मं०	शु०	बु०	चं०	सू०	बु०	शु०	मं०	गु०	श०	श०	गु०

स्पष्टार्थ नवांश चक्र—

राशि अंश	मे०	वृ०	मि०	क०	सिं०	क०	तु	वृ०	ध०	म०	कुं०	मी०
३।२०	में०	म०	तु०	क०	मे०	म०	तु०	क०	मे०	म०	तु०	क०
६।४०	वृ०	कुं०	वृ०	सिं०	वृ०	कुं०	वृ०	सिं०	वृ०	कुं०	वृ०	सिं०
१०।०	मि०	मो०	ध०	क०	मि०	मो०	ध०	क०	मि०	मी०	ध०	क०
१३।२०	क०	मे०	म०	तु०	क०	मे०	म०	तु०	क०	मे०	म०	तु०
१६।४०	सिं०	वृ०	कुं०	वृ०	सिं०	वृ०	कुं०	वृ०	सिं०	वृ०	कुं०	वृ०
२०।०	क०	मि०	मो०	ध०	क०	मि०	मो०	ध०	क०	मि०	मो०	ध०
२३।२०	तु०	क०	मे०	म०	तु०	क०	मे०	म०	तु०	क०	मे०	म०
२६।४०	वृ०	सिं०	वृ०	कुं०	वृ०	सिं०	वृ०	कुं०	वृ०	सिं०	वृ०	कुं०
३०।०	ध०	क०	मि	मी०	ध०	क०	मि०	मी०	ध०	क०	मि०	मी०

विशेष--फलादेश के लिये महर्षियों ने व आचार्यों ने बारह राशियों के सात ग्रह स्वामी होते हैं ऐसा कथन प्रायः सभी ने अपने ग्रन्थों में किया है। मेरी दृष्टि में राशियों के स्वामी ग्रह मानने का तात्पर्य यह है कि जो ग्रह जिस राशि का स्वामी होता है, उस ग्रह का उस राशि पर पूर्ण अधिकार रहता है। जैसे गाँव के मुखिया का ग्राम

१—सारावली ३ अ० ११ श्लो०।

से अधिक प्रेम होता है वैसे ही ग्राम वाले भी मुखिया से प्रेम का नाता ग्रामीण सुविधा के लिये रखते हैं तथा मुखिया का अधिकार भी गाँव तक ही सीमित रहता है। इसलिये राशीश का राशि पर अधिकार रहना स्वाभाविक है। विशेषकर राशीश अपनी राशि में स्थित होकर बली माना जाता है।

यहाँ पर यह जिज्ञासा होती है कि मेष का भौम व सिंह का सूर्य क्यों स्वामी कहा गया है। उत्तर ग्रह परिषद् में सूर्य व चन्द्रमा को राजा माना गया है तथा आगे वर्णित सूर्य जातक के वचन से चन्द्रमा को रानी व शुक्र को गुरु की पत्नी स्वीकार किया है किन्तु इस कथन में प्रमाणान्तर की अप्राप्ति दृष्टिगोचर होती है। ग्रन्थान्तरों में तो सूर्य चन्द्र राजा, मङ्गल को नेता, बुध को कुमार, गुरु शुक्र को मन्त्री और शनि को सेवक ही माना गया है। इन बारह राशियों में सबसे बली सिंह राशि है ऐसा नाममात्र से सिद्ध होता है। सिंह राशि का स्वामी सूर्य माना जाता है क्योंकि राजा ही स्वतन्त्र बुद्धि के होते हैं और अपनी इच्छानुसार कार्य करते हैं। इसलिये सूर्य पुरुष ग्रह होने के नाते सिंह राशि पर सर्वप्रथम अपना अधिकार कर लिया। इसके बाद ग्रहों में रानी का या अन्य सूर्य के मित्र का अवसर आया तो वह है चन्द्रमा। इसने मित्रता के नाम या रानी होने के नाते अपने स्वभावानुकूल समीपस्थ कर्क राशि पर अधिकार कर लिया। तदनन्तर राजकुमार बुध ने राजाओं से या रानी राजा से याचना की कि मेरा अधिकार इस राशिमण्डल में कहाँ होगा तो सूर्य चन्द्रमा ने अपने समीपस्थ एक-एक राशि अर्थात् चन्द्रमा ने मिथुन व सूर्य ने कन्या पर अधिकार करने को कहा। अब कुमार व नेता ने सलाह की प्रथम दैत्यगुरु को राजाओं के पास जाने दो इसके बाद तुम आना क्योंकि यह आसुरी बुद्धि का हम दोनों के मध्य में ही शान्ति से रहेगा। इसलिये बुध के बाद शुक्र आये और उसको भी सूर्य चन्द्र ने तुला व वृष अर्पण की। इसके पीछे भौम नेता उपस्थित हुआ तो इसको भी मेष वृश्चिक राशि पर अधिकार मिला। इसी क्रम से गुरु को व शनि को भी दो दो राशियाँ अधिकार के लिये मिलीं। होरा मकरन्द में कहा है—

'कण्ठीरवं विक्रमिणं विलोक्य स्वीयं पदं तत्र चकार सूर्यः मैत्र्या तदासन्नतया कुलीरे निजं बबन्ध्यालयमेणलक्ष्मा। अन्ये ग्रहा गृहयियाचिषया क्रमेण शीतांशुतिग्म-महसो सधनं समीयुः। प्राप्तक्रमेण ददतुर्भवनानि तौ तु ताराग्रहा द्विभवनास्तत एव जाताः' ॥ ४६ ॥

भवनाधिप के बिना फलादेश में कठिनाई

'भवनाधिपात्समस्तं जातकविहितं विचिन्तयेन्मतिमान्।
पतिभिर्विना न गन्तुं पदमपि गन्तुं महाशास्त्रे ॥ ४७ ॥

अब राशियों के स्वामी ज्ञान बिना फलादेश में कठिनाई होती है यह कल्याण वर्मा के मत से कहते हैं।

१—सारावली ३ अ० १२ श्लो०।

बुद्धिमान् ज्योतिषी को इस महान् होराशास्त्र में वर्णित फलादेश को भावाधिपति के आधार पर ही विचार करना चाहिये। क्योंकि भावेशों के बिना इस जातक शास्त्र में एक पद भी चलना अशक्य है ॥ ४७ ॥

विशेष—प्रकाशित सारावली में 'भवनाधिपैः समस्तं' तथा श्लोक के तृतीय चरण में 'एभिर्विना न शक्यं' यह पाठान्तर उपलब्ध होता है। मेरी दृष्टि में प्रकाशित पुस्तक का ही पाठ उचित प्रतीत होता है, क्योंकि 'भवनाधिपात्' इस पञ्चमी का कोई अर्थ सिद्ध नहीं होता तथा 'गन्तु' इस पद की द्विरावृत्ति का भी कोई तात्पर्य नहीं है ॥ ४७ ॥

एतत् (ल्) लग्नेस (श) स्य स्तुतिपरं ज्ञेयम्।

यह सारावलीकार का वचन राशीशों की प्रशंसा में किया गया है। ऐसा ग्रन्थकार का आशय है।

अत्र नवांश गणना स्पष्टोक्ता गर्गजातके--

मेषकेसरिचापानां मेषाद्या नवमांशकाः।
वृषकन्यामृगांशाश्च मकराद्या नवांशका ॥ ४८ ॥
तुलामिथुनकुम्भानां तुलाद्या नवभागकाः।
कर्कटालिझषाणां च कर्कटाद्या नवांशकाः ॥ ४९ ॥ इति।

गर्ग जातक में स्पष्ट रीति से नवांश गणना मिलती है। अब उसी को कहते हैं—मेष, सिंह, धनु राशि में प्रथम नवांश मेष राशि का, द्वितीय वृष का, इसी प्रकार आगे भी वृष, कन्या, मकर राशियों में प्रथम नवांश मकर का, द्वितीय कुम्भ का इत्यादि।

तुला, मिथुन, कुम्भ में तुला से और कर्क, वृश्चिक, मीन राशियों में कर्क राशि से नवांश प्रारम्भ होता है ॥ ४८-४९ ॥

विशेष—ये दोनों पद्य बृहज्जातक (१ अ० ६ श्लो०) की भट्टोत्पली टीका में प्राप्त होते हैं, किन्तु पाठान्तर इस प्रकार मिलता है—'मेषकेसरिधन्वी (धन्वि) नां मेषाद्या अंशकाः स्मृताः। वृषकन्यामृगाणां च मकराद्या नवस्मृताः।····तुलाद्या नवकीर्तिताः' ॥ ४८-४९ ॥

अत्र नवांशप्रमाणं विंशतिकलास्त्रयोंऽशाः ३।२०। ते यावन्तो भुक्तास्तावन्तस्त्याज्याः। पूर्वोक्तगणनाक्रमेण वर्तमानवांशराशिस्वामी नवपतिः स्यादिति।

षड्वर्ग प्रयोजनं गर्गवाक्येन पूर्वमेव प्रदर्शितम्।

एक नवांश में तीन अंश बीस कला होती हैं क्योंकि एक राशि में ३० अंश होते हैं और ३० अंशों के ९ भाग करने पर एक भाग ३ अं० २० कला ही होता है।

अभीष्ट स्पष्ट राश्यंश में जितने नवांश ३।२० क्रम से व्यतीत हो गये हों उनका त्याग करके वर्तमान नवांश राशि स्वामी ही नवांश पति होता है ऐसा जानना चाहिये। षड्वर्ग का क्या प्रयोजन है, यह पहिले गर्ग के वचन से बतला दिया है।

अथ द्वादशांश-द्रेष्काण-होरा-त्रिंशांशकानाह वराहः--

[1]स्वगृह [हाद्] द्वादशभागा द्रेष्काणाः प्रथमपञ्चमनवमानाम्।
होरे विषमेऽर्केन्द्वोः समराशौ चन्द्रतीक्ष्णांशोः ॥ ५० ॥
[2]कुजयमजीवज्ञसिताः पञ्चेन्द्रियवसुमुनीन्द्रियांशानाम्।
विश (ष) मेषु समर्क्षेषूत्क्रमेण त्रिंशांशकाः कल्प्याः ॥ ५१ ॥

अब द्वादशांश, द्रेष्काण, होरा, त्रिशांश का ज्ञान आचार्य वराह मिहिर के बतलाये हुए मार्ग से कहते हैं।

द्वादशांश—इसका अर्थ हाता है बारह भाग अर्थात् एक राशि में तीस अंश होते हैं। यदि तीस में १२ का भाग दिया जाय तो एक भाग में २ अंश ३० तीस कला होती हैं। बारह राशियों में यह द्वादशांश अपनी-अपनी राशियों से प्रारम्भ होता है।

द्रेष्काण—इसका अर्थ है कि तीन भाग अर्थात् प्रत्येक राशि के तीन हिस्सा करने पर एक भाग में १० अंश होते हैं। प्रत्येक राशि में प्रथम द्रेष्काण उसी राशि का होता है, तथा दूसरा द्रेष्काण उस राशि से पञ्चम राशि का और तीसरा द्रेष्काण इष्ट राशि से नवमी राशि का होता है।

होरा—'होरेति लग्नं भवनस्य चार्धम्' होरा यह लग्न अर्थात् राशि की और राशि के आधे भाग की संज्ञा का नाम है। षड्वर्ग विचार में अर्थात् यहाँ पर राशि = ३० अंश के आधे भाग की संज्ञा को कहते हैं। तात्पर्य यह है कि एक राशि के दो भाग करने पर १५-१५ अंश की होरा संज्ञा होती है।

विषम राशियों १, ३, ५, ७, ९, ११ में पहिले पन्द्रह अंश तक सूर्य की और सोलह से तीस अंश तक चन्द्रमा की होरा होती है। सम राशियों २, ४, ६, ८, १०,१२ में इसके विपरीत अर्थात् प्रारम्भ के पन्द्रह अंश तक चन्द्रमा की और १६-३० अंश तक सूर्य की होरा होती है।

त्रिशांश—इसका तात्पर्य है कि तीस भाग किन्तु जातक शास्त्र के ग्रन्थों में ऐसा नियम न होकर एक राशि के पाँच हिस्से ही किये हैं। वे भी एक रीति से नहीं हैं।

विषम सम राशि के भेद से असमान भाग निम्न प्रकार से किये हुए प्राप्त होते हैं। जैसे विषम राशियों [मे० मि० सिंह, तुला, धनु, कुम्भ] में प्रथम भाग १ से ५ अंश तक, दूसरा ६ से १० तक, तीसरा ११ से १८ तक, चौथा १९ से २५ अंश तक और पाँचवाँ २६ अंश से ३० तक होता है।

१—लघुजातक १ अ० ९ श्लो०।

२— ,, १ अ० १० श्लो०।

सम राशियों [वृ० क० क० वृ० म० मी०] में प्रथम भाग १ से ५ अंश तक, दूसरा ६ से १२ अंश तक, तीसरा १३ से २० अंश तक, चौथा २१ से २५ अंश तक और पाँचवाँ २६ से तीस अंश तक होता है।

इन विषम सम राशियों के पाँच-पाँच भागों के स्वामी ग्रह निम्न प्रकार से होते हैं। जैसे—विषभ राशियों में प्रथम भाग का स्वामी भौम, २ रे का शनि, ३ रे का गुरु, चौथे का बुध और पाँचवें भाग का शुक्र होता है तथा सम राशियों में प्रथम भाग का शुक्र, द्वितीय का बुध, तृतीय का गुरु, चौथे का शनि और पाँचवें का भौम होता है ॥ ५०-५१ ॥

त्रिंशांशके राशिज्ञानं होरासारे—

विषमे गृहेऽस्य विषमो राशिः समभे समो ज्ञेय इति। अत्र समराशौ ग्रहाणामंशानाञ्च वैपरीत्यं ज्ञेयम्।

होरासार नामक ग्रन्थ में त्रिशांश ज्ञानार्थ कहा है कि विषम घर में विषम व सम में सम राशि का त्रिशांश होता है। यहाँ पर अर्थात् सम राशि में ग्रह व अंशों की विपरीतता होती है। ऐसा समझना चाहिये।

तथा च श्रुतिकीर्तिः[1]—

पञ्चाथ पञ्च चाष्टौ सप्त च पञ्चैव ओजभु भ) वनेषु।
धरणीसुतमन्दसुरगुरुबुधशुक्राणां क्रमेणांशाः ॥ ५२ ॥
पञ्चैव सप्त चाष्टौ पञ्च (च) पञ्चाथ युग्मभवनेषु।
[भागा] भार्गवशशिसुतसुरेज्यमन्दभूमिपुत्राणाम् ॥ ५३ ॥

आचार्य श्रुति कीर्ति ने भी विषम राशियों में ५, ५, ८, ७, ५ इस प्रकार पाँच भाग करके क्रम से भौम, शनि, गुरु, बुध, शुक्र ये स्वामी ग्रह होते हैं। ऐसा कहा है।

तथा सम राशियों में ५, ७, ८, ५, ५, ये भाग करके क्रम से शुक्र, बुध, गुरु, शनि, भौम ग्रहों को अधिप कहा है ॥ ५२—५३ ॥

यत्तु कल्याणवर्मा—

[2]शरपञ्चाष्टमुनीन्द्रियभागास्त्रिंशांशकास्तु विषमेषु।
युग्मेषूत्क्रमगत्या कुजार्किजीवज्ञशुक्राणाम् ॥ ५४ ॥

इत्यूचे तच्चिन्त्यम्। यतो युग्मेषूत्क्रमगत्या भागा एव विपरीताः। एषां ग्रहाणामित्यलाभेन श्रुतिकीर्तिवचनविरोधादिति।

जो कि कल्याण वर्मा ने अपने सारावली ग्रन्थ में 'शरपञ्चा' इत्यादि पद्य में कहा है वह त्याज्य है क्योंकि सम राशियों में विपरीत भाग मानने पर यह ग्रह क्रम से स्वामी नहीं हो सकते तथा श्रुति कीर्ति के वचन से विरोध उत्पन्न

१—ये श्रुतिकीर्ति के वचन बृहज्जातक (१ अ० ७ श्लो०) की भट्टोत्पली टीका में प्राप्त हैं।

२—सारावली (३ अ० १३ श्लो०) पाठान्तर 'षूत्क्रमगण्याः' मात्र है।

होता है कि सम राशियों में भौमादि स्वामी न होकर शुक्रादि प्रथमादि भाग के स्वामी होते हैं ॥ ५४ ॥

विशेष—मेरी दृष्टि में यदि कल्याण वर्मा के वचन में 'उत्क्रम गत्या' यह अधिपों के साथ भी अन्वय कर लिया जाय तो कोई विरोध नहीं है अर्थात् यहाँ पर यही आशय है। न जाने ग्रन्थकार ने क्यों इस प्रकार का संदेह किया समझ में नहीं आता है ॥५२॥

अत्र द्वादशांश प्रमाणं सार्द्धद्वयमंशाः २।३०'। द्रेष्काणं दशांशाः १०°। होराप्रमाणं पञ्चदशांशाः १५। इति।

एक द्वादशांश २ अंश ३० कला का, एक द्रेष्काण १० अंश का और प्रत्येक राशि में एक होरा १५ अंश की होती है।

यवनाचार्यस्तु होराद्रेष्काणस्वामिन अन्यथा आह—

[1]आद्या तु होरा भवनस्य पत्युरेकादशक्षेत्रपतेर्द्वितीया।
स्वद्वादशैकादशराशिपानां द्रेष्काणसंज्ञाः क्रमशस्त्रयोऽत्र ॥५५॥

अब यवनाचार्यजी के मत से पूर्वोक्त से विपरीत होरा व द्रेष्काण स्वामिओं को कहते हैं। यवनाचार्य जी प्रत्येक राशि में प्रथम होरा उसी राशीश की व द्वितीय होरा उस राशि से ग्यारहवें राशीश की होती है, ऐसा कहते हैं।

द्रेष्काण के विषय में प्रथम द्रेष्काणेश उसी राशि के स्वामी का, द्वितीय उस राशि से बारहवीं राशि का स्वामी और तीसरा द्रेष्काणेश विचारणीय राशि से ग्यारहवीं राशि का स्वामी होता है ॥ ५३ ॥

बृहज्जातक में कहा है—'केचित्तु होरां प्रथमां भपस्य वाञ्छन्ति लाभाधिपतेर्द्वितीयाम्। द्रेष्काण-संज्ञामपि वर्णयन्ति स्वद्वादशैकादशराशिपानाम्' (१ अ० १२ श्लो०) ॥ ५५ ॥

सत्याचार्यस्य तु पूर्वमतमेवाभिप्रेतम्। यदाह सत्यः—

[2]ओजेषु रवेर्होरा प्रथमा युग्मेषु चोत्तरा शेषाः।
इन्दोः क्रमशो ज्ञेया जन्मनि चेष्टौ स्वहोरास्थौ ॥ ५६ ॥
राशिस्तद्द्रेष्काणस्तत्पञ्चमनवमभवनपतयः स्युः।
तेषामधिपतयश्च स्वस्वद्रेष्काणगा बलिनः ॥ ५७ ॥

सत्याचार्य जी ने तो पूर्व कथित होरा द्रेष्काण के पक्ष को स्वीकार करके कहा है कि विषम राशियों में प्रथम सूर्य की व दूसरी चन्द्रमा की तथा सम राशियों में प्रथम चन्द्रमा की व द्वितीय सूर्य की होरा होती है। द्रेष्काण पहिला उसी का, दूसरा पाँचवीं राशि का और तीसरा नवीं राशि का होता है ॥ ५६-५७ ॥

विशेष—इस सत्याचार्य के वचन का पाठान्तर भट्टोत्पली टीका में निम्न प्रकार से उपलब्ध है। 'राशिपतेर्द्रेष्काणस्तत्पञ्चमनवमभवनपतयः स्युः। तेषामधिपतयः स्वस्वदृकाणे ग्रहा बलिनः' ॥ ५४-५५ ॥

१—बृहज्जातक (१ अ० १२ श्लो०) भट्टोत्पली टीका में उपलब्ध है।

२—बृहज्जातक (१ अ० १२ श्लो०) की भट्टोत्पली टीका में प्राप्त है।

अत्र बहुमुनिसम्मतत्वादेतदेव प्रमाणम् ।
पूर्वपक्षः एकसम्मतत्वादुपेक्ष्यः ।

यहाँ होरा द्रेष्काण के निर्णय में अधिक ऋषियों से सम्मत श्री सत्याचार्य का मत ही ठीक है। पहिला पक्ष अर्थात् यवनाचार्य जी का मत एकाकी होने से त्याज्य है। अब सत्याचार्य जी के मत में अन्य ऋषियों के सम्मत वाक्यों को कहते हैं।

तथा च कश्यपः —

होरार्केन्द्वोरोजराशौ युग्मभे चन्द्रसूर्ययोः ।
लग्नपञ्चनवक्षेत्रनाथा द्रेष्काणपाः क्रमात् ॥ ५८ ॥

नारदोऽपि—

होरारवीन्द्वोरोजर्क्षे समभे चन्द्रसूर्ययोः ।
स्युर्द्रेष्काणा लग्नपञ्चनवराशीश्वराः क्रमात् ॥ ५९ ॥

सूर्यजातके सूर्योऽपि—

होराधिपोऽहं चन्द्रश्च विषमेष्वपि राशिषु ।
युग्मे व्यस्तविधिः सूत होरोक्ता भदलं बुधैः ॥ ६० ॥
राशेस्त्रिभागा द्रेष्काणाः प्रागंशाधिपतिस्तनोः ।
अधिपोऽथ द्वितीयस्य पञ्चमाधिपतिः स्मृतः ॥ ६१ ॥
एवमन्त्यत्रिभागस्य नवमाधिपतिः प्रभुः ।

प्रथम कश्यप ऋषि के मत से होरा व द्रेष्काण जानने के प्रकार को कहते हैं। कश्यप ऋषि का कहना है कि विषम राशियों में पहिली सूर्य की व दूसरी होरा चन्द्र की होती है। सम राशियों में प्रथम होरा चन्द्रमा की और द्वितीय सूर्य की होरा होती है।

प्रथम द्रेष्काण विचारणीय राशि का, दूसरा विचारणीय राशि से पञ्चम राशि का और तीसरा द्रेष्काण विचारणीय राशि से नवीं राशि का होता है।

नारद ऋषि ने भी इसी प्रकार से वर्णन किया है।

सूर्य जातक में भगवान् सूर्य ने भी विषम राशियों में पहिली होरा का स्वामी मैं हूँ अर्थात् सूर्य होता है तथा दूसरी का स्वामी चन्द्रमा होता है। सम राशियों में इसके विपरीत अर्थात् प्रथम का चन्द्र और द्वितीय का सूर्य स्वामी होता है। होरा राशि के आधे हिस्से को कहते हैं।

राशि के तृतीय भाग (१० अं०) को द्रेष्काण कहते हैं। प्रथम द्रेष्काणेश इष्ट राशीश का, द्वितीय इष्ट राशि से पाँचवीं राशि का स्वामी और तृतीय द्रेष्काणेश इष्ट राशि से नवीं राशि का स्वामी ग्रह होता है ॥ ५८-६१ ॥

विशेष – होरा व द्रेष्काण के आनयन में प्रमाणान्तरों की अधिकता है। कुछ यहाँ पर पाठकों की सुविधा के लिये दिये जा रहे हैं – बृहत्पाराशरे—'सूर्येन्द्वोर्विषमे राशौ समे तद्विपरीतकम्' राशेरर्धं भवेद्धोरा (६ अ० ५ श्लो०) 'राशित्रिभागा द्रेष्काणास्ते च षट्त्रिंशदीरिता' स्वपञ्चनवमानां च राशीनां क्रमशश्च ते' (६ अ० ७ श्लो०)। तथा बृहज्जातक में भी—'मार्तण्डेन्द्वोरयुजि समभे चन्द्रभान्वोश्च होरे द्रक्काणाः स्युः स्वभवनसुतत्रित्रिकोणाधिपानाम्' (१ अ० ११ श्लो०)। और भी सारावली में—'स्वर्क्षसुतनवमभेशा द्रेक्काणानां क्रमाच्च होराणाम्। रविचन्द्राविन्दुरवी विषमसमेष्वर्धराशीनाम्' (३ अ० १४ श्लो०)।

अन्य फलदीपिका में भी - क्षेत्रस्यार्द्धं हि होरा त्वयुजि रविसुधांशोः समे व्यस्तमेतद्।

द्रेष्काणेशास्त्रिभागैस्तनुसुतशुभपा' (३ अ० ४ श्लो०)। एवं सर्वार्थचिन्तामणि में भी 'राशिं त्रिधा कृत्य दृकाणमाहुस्तदीशपुत्रेशशुभाधिनाथाः। युजीन्दुसूर्यो भवने रवीन्द्रनाथौ त्वयुग्मे भवनस्य चार्धे (१ अ० १० श्लो०)॥

विशेष–इसी प्रकार से अन्य जातक ग्रन्थों में भी होरा व द्रेष्काण का ज्ञान वर्णित है। उत्तरकालामृत में होरानयन तो उक्त रीति से ही उपलब्ध है किन्तु द्रेष्काण ज्ञान में यवनों से भी भिन्न मार्ग का आश्रय किया है।

यथा—'अर्केन्द्वोर्विषमेऽन्यथा समगृहे होरेऽथ द्रेक्काणके लग्नेष्वङ्कगृहेश्वराश्चरगृहे भाग्येश्वरात्स्युः स्थिरे ॥ ७ ॥ पुत्रेशाच्च त एव तु द्वितनुभे' (प्रथम काण्ड २ प्रकरण ७ श्लो०)।

अर्थात् चर राशियों [मेष, कर्क, तुला, मकर] में प्रथम द्रेष्काणेश उसी (विचारणीय) राशि स्वामी का, द्वितीय द्रेष्काणेश उस राशि से पञ्चम राशीश का और तृतीय उस राशि से नवम राशीश का होता है।

स्थिर राशियों [वृष, सिंह, वृश्चिक, कुम्भ] में प्रथम द्रेष्काणेश इष्ट राशि से नवम राशीश का, द्वितीय उसी (इष्ट) राशीश का और तृतीय उस राशि से पञ्चम राशीश का होता है।

द्विस्वभाव राशियों [मिथुन, कन्या, धनु, मीन] में प्रथम द्रेष्काणेश उस राशि से पञ्चम राशि स्वामी का, दूसरा उस राशि से नवम राशि स्वामी का और तीसरा द्रेष्काणेश उसी राशि स्वामी का होता है ॥ ५६-५९ ॥

अथ जातके सप्तमांशस्याप्युपयोगात् तमप्याह श्रीभगवान्सूर्यः —

ओजराशौ स्वरांशाद्या युग्मे सप्तभतो मताः।
सप्तमांशाधिपतयः सम्यक् सूत मयोदिताः ॥ ६२ ॥

इस जातक शास्त्र में सप्तमांश का भी उपयोग होता है इस कारण से भगवान् सूर्य के द्वारा कथित सप्तमांश के स्वामियों को कहते हैं।

विषम राशियों में इष्ट राशि से सप्तमांश प्रारम्भ होता है तथा सम राशियों में इष्ट राशि से सप्तम जो राशि होती है उसी से सप्तमांश प्रारम्भ होता है ॥ ६२ ॥

कल्याणवर्माऽपि—

[1]मेषालिमिथुनमृगहरिमीनतुलावृषभचापधराः ।
कर्कीघटभृत्कन्यापूर्वा स्युः सप्तभागेशाः ॥ ६३ ॥

सप्तवर्गप्रयोजनन्तु—

क्रूरेषु जाताश्च शठस्वभावाः सौम्येषु जाताः प्रभवन्ति सौम्याः ।

तथा—

[2]अंशकाज्ज्ञायते द्रव्यं द्रेष्काणैस्तस्कराः स्मृताः इत्यादिकमूलम् ।

आचार्य कल्याण वर्मा ने भी अपने सारावली ग्रन्थ में स्पष्ट रीति से सप्तमांश ज्ञान का वर्णन जैसे किया है उसे अब कहते हैं ।

मेष राशि में प्रथम सप्तमांश मेष का, द्वितीय वृष का, तृतीय मिथुन का इसी प्रकार आगे भी जानना चाहिये । वृष राशि में वृश्चिक राशि से अर्थात् सप्तम राशि से सप्तमांश का आरम्भ होता है । मिथुन में मिथुन से, कर्क में मकर से, सिंह में सिंह से, कन्या में मीन से, तुला में तुला से, वृश्चिक में वृष से, धनु में धनु से, मकर में कर्क से, कुम्भ में कुम्भ से और मीन राशि में कन्या राशि से सप्तमांश प्रारम्भ होकर सप्तम राशि तक होते हैं । उक्त राशियों के स्वामी ही सप्तमांश स्वामी होते है ॥ ६३ ॥

सप्तवर्ग का क्या प्रयोजन होता है इसके उत्तर में ग्रन्थकार का कथन है कि क्रूर ग्रह के वर्ग में उत्पन्न जीव क्रूर (कठिन) स्वभाव और सौम्य वर्ग में उत्पन्न का सरल स्वभाव होता है ।

प्रश्न लग्न के नवमांश से नष्ट हुए द्रव्य का अर्थात् किसी की वस्तु का कोई हरण किया हो वा कोई वस्तु खो गई हो, वा कोई वस्तु मन में हो वा मुठ्ठी में रख कर पूछें कि वस्तु धातु, मूल, जीवादि में किस कोटि की है तो प्रश्न लग्न के नवमांश से ज्ञान करना चाहिये । लग्नस्थ द्रेष्काण से जातक या चोर की आकृति का ज्ञान तथा लग्नस्थ राशि से काल, दिशा व देश का ज्ञान, लग्नेश से अवस्था व जाति का ज्ञान होता है । इसके समझने के लिये षट् पञ्चाशिका की भट्टोत्पली टीका का अवलोकन करना चाहिये ।

विशेष—प्रकाशित सारावली ग्रन्थ में इस सप्तमांशानयन श्लोक का पाठान्तर निम्न प्राप्त है—

मेषालिमिथुनमृगहरिमीनतुलावृषभचापधरकर्की ।
घटधरकन्यापूर्वाः सप्तांशानां भवन्तीशा' ॥६३॥

१—सारावली ३ अ० १६ श्लो० ।

२—षट्पञ्चाशिका ७ अ० १३ श्लो० ।

स्पष्टार्थ होरा चक्र

राशि	मे०	वृ०	मि०	क०	सिं०	क०	
प्रथम भाग	सू०	चं०	सू०	चं०	सू०	चं०	अंश १—१५
द्वितीय भाग	चं०	सू०	चं०	सू०	चं०	सू०	अंश १६—३०
राशि	तु०	वृ०	ध०	म०	कुं०	मी०	
प्रथम भाग	सू०	चं०	सू०	चं०	सू०	चं०	अंश १—१५
द्वितीय भाग	चं०	सू०	चं०	सू०	चं०	सू०	अंश १६—३०

स्पष्टार्थ द्रेष्काण चक्र

राशि	मे०	वृ०	मि०	क०	सिं०	क०
प्रथम भाग	१	२	३	४	५	६—१ अंश से १० अंश तक
द्वितीय भाग	५	६	७	८	९	१०—११ अंश से २० अंश तक
तृतीय ,,	९	१०	११	१२	१	२—२१ अंश से ३० अंश तक
राशि	तु०	वृ०	ध०	म०	कुं०	मी०
प्रथम भाग	७	८	९	१०	११	१२—१ अंश से १०अंश तक
द्वितीय ,,	११	१२	१	२	३	४—११ अंश से २० अंश तक
तृतीय ,,	३	४	५	६	७	८—२१ अंश से ३० अंश तक

स्पष्टार्थ सप्तमांश चक्र

राशि	मे०	वृ०	मि०	क०	सिं०	क०
पहिला भाग	१	८	३	१०	५	१२—४°—१७'—८'' अंशादि तक
दूसरा ,,	२	९	४	११	६	१—८°—३४'—१७'' अंशादि तक
तीसरा ,,	३	१०	५	१२	७	२—१२°—५१'—२५'' अंशादि तक
चौथा ,,	४	११	६	१	८	३—१७°—९'—३४'' अंशादि तक
पाँचवाँ ,,	५	१२	७	२	९	४—२१°—२५'—४२'' अंशादि तक
छटा ,,	६	१	८	३	१०	५—२५°—४२'—५१'' अंशादि तक
सातवाँ ,,	७	२	९	४	११	६—३०°—०'—०'' ,, ,,
राशि	तु०	वृ०	ध०	म०	कुं०	मी०
पहिला भाग	७	२	९	४	११	८—४°—१७'—८'' अंशादि तक
दूसरा ,,	८	३	१०	५	१२	७—८°—३४'—१७'' अंशादि तक
तीसरा ,,	९	४	११	६	१	८—१२°—५१'—२५'' अंशादि तक
चौथा ,,	१०	५	१२	७	२	९—१७°—९'—३४'' अंशादि तक
पाँचवाँ ,,	११	६	१	८	३	१०—२१°—२५'—४२'' अंशादि तक
छटा ,,	१२	७	२	९	४	११—२५°—४२'—५१'' अंशादि तक
सातवां ,,	१	८	३	१०	५	१२—३०°—०'—०'' अंशादि तक

स्पष्टार्थ द्वादशांश चक्र

राशि	मे०	वृ०	मि०	क०	सिं०	क०
पहिला भाग	१	२	३	४	५	६—२°—३०' अंशादि तक
दूसरा ,,	२	३	४	५	६	७—५°—०' अंशादि तक
तीसरा ,,	३	४	५	६	७	८—७°—३०' अंशादि तक
चौथा ,,	४	५	६	७	८	९—१०°—०' अंशादि तक
पाँचवां ,,	५	६	७	८	९	१०—१२°—३०' अंशादि तक
छटा ,,	६	७	८	९	१०	११—१५°—०' अंशादि तक
सातवां ,,	७	८	९	१०	११	१२—१७°—३०' अंशादि तक
आठवां ,,	८	९	१०	११	१२	१—२०°—०' अंशादि तक
नवाँ ,,	९	१०	११	१२	१	२—२२°—३०' ,, ,,
दशवाँ ,,	१०	११	१२	१	२	३—२५°—०' ,, ,,
ग्यारहवाँ	११	१२	१	२	३	४—२७°—३०' ,, ,,
बारहवाँ	१२	१	२	३	४	५—३०°—०' ,, ,,
राशि	तु०	वृ०	ध०	म०	कुं०	मी०
पहिला भाग	७	८	९	१०	११	१२—२°—३०' अंशादि तक
दूसरा ,,	८	९	१०	११	१२	१—५°—०' अंशादि तक
तीसरा ,,	९	१०	११	१२	१	२—७°—३०' अंशादि तक
चौथा ,,	१०	११	१२	१	२	३—१०°—०' अंशादि तक
पाँचवाँ ,,	११	१२	१	२	३	४—१२°—०' अंशादि तक
छटा ,,	१२	१	२	३	४	५—१५°—०' अंशादि तक
सातवाँ ,,	१	२	३	४	५	६—१७°—३०' अंशादि तक
आठवाँ ,,	२	३	४	५	६	७—२०°—०' अंशादि तक
नवाँ ,,	३	४	५	६	७	८—२२°—३०' अंशादि तक
दशवाँ ,,	४	५	६	७	८	९—२५°—०' अंशादि तक
ग्यारहवाँ	५	६	७	८	९	१०—२७°—३० अंशादि तक
बारहवाँ	६	७	८	९	१०	११—३०°—०' अंशादि तक

विषम राशियों का स्पष्टार्थ त्रिंशांश चक्र

		मे०	मि०	सिं०	तु०	ध०	कुं०	राशि
अंशपति	प्रथम भाग	मं०	मं०	मं०	मं०	मं०	मं०	१— अंश तक
,,	द्वितीय	श०	श०	श०	श०	श०	श०	६—१० अंश तक
,,	तृतीय	गु०	गु०	गु०	गु०	गु०	गु०	११—१८ अंश तक
,,	चतुर्थ	बु०	बु०	बु०	बु०	बु०	बु०	१९—२५ अंश तक
,,	पञ्चम	शु०	शु०	शु०	शु०	शु०	शु०	२६—३० अंश तक

सम राशियों का स्पष्टार्थ त्रिंशांश चक्र

		वृ०	क०	क०	वृ०	म०	मी०	राशि
अंशपति	प्रथम भाग	शु०	शु०	शु०	शु०	शु०	शु०	१—५ अंश तक
,,	द्वितीय	बु०	बु०	बु०	बु०	बु०	बु०	६—१२ ,, ,,
,,	तृतीय	गु०	गु०	गु०	गु०	गु०	गु०	१३—२० ,, ,,
,,	चतुर्थ	श०	श०	श०	श०	श०	श०	२१—२५ ,, ,,
,,	पञ्चम	मं०	मं०	मं०	मं०	मं०	मं०	२६—३० ,, ,,

राशिषु वर्गोत्तमनवांशमाह सत्यः--

चरभवनेष्वाद्यंशाः[१] स्थिरेषु मध्या द्विमूर्तिषु तथान्त्याः।
[२]वर्गोत्तमाः प्रदिष्टास्तेष्विह जाताः कुले मुख्याः ॥६४॥

अब राशियों में वर्गोत्तम नवांश का विचार सत्याचार्य जी के मत से कहते हैं।

वर्गोत्तमाः वर्गेषु (षड्, सप्त, दश वा षोडशवर्गेषु) उत्तमाः श्रेष्ठाः प्रधाना, इत्यर्थः।

६, ७, १०, १६ वर्गों में जो श्रेष्ठ वर्ग अर्थात् नवांश वर्ग उसमें भी जो उत्तम नवांश राशियों में होता है उसको वर्गोत्तम नवांश कहते हैं। अब उसी नवांश को बतलाते हैं।

चर राशियों (मेष, कर्क, तुला, मकर) में प्रथम नवांश, स्थिर राशियों (वृष, सिंह, वृश्चिक, कुम्भ) में मध्य नवांश अर्थात् पाँचवाँ नवांश और द्विस्वभाव राशियों (मिथुन, कन्या, धनु, मीन) में अन्तिम नवांश वर्गोत्तम नवांश होता है। या इस प्रकार समझिये कि स्वराशि अर्थात् अपनी राशि का नवांश ही वर्गोत्तम नवांश होता है। जैसे मेष राशि में मेष का, वृष में वृष का, मिथुन में मिथुन का इसी क्रम से आगे भी जानना चाहिये ॥६४॥

बृहज्जातक में कहा है—'वर्गोत्तमाश्चरगृहादिषु पूर्वमध्यपर्यन्ततः शुभफला नवभाग संज्ञाः' (१ अ० १४ श्लोक)।

तथा शम्भुहोराप्रकाश में भी '....निजंनवांशं वर्गोत्तमाख्यं विबुधाःवदन्ति' (१ अ० ४६ श्लो०) ॥६४॥

स्पष्टञ्चतदुक्तं यवनेन[३]—

स्वे स्वे गृहेषु स्वगृहांशका ये वर्गोत्तमास्ते मुनिभिर्निरुक्ता इति।

इस वर्गोत्तम नवांश का कथन यवनाचार्य ने स्पष्टतापूर्वक किया है। उनका मत है कि अपनी-अपनी राशियों में अपनी राशि का जो नवांश होता है उसे वर्गोत्तम नवांश कहते हैं।

१–भवने चाद्यंशाः पु० में पाठ है।

२–बृ० जा० (१ अ० १४ श्लो०) की भट्टोत्पली में मिलता है।

३–बृ० जा० (१ अ० १४ श्लो०) की भट्टोत्पली में उपलब्ध है।

प्रयोजनन्तु —

'स्वतुङ्गवक्रोपगतैस्त्रिसंगुणं द्विरुत्तमस्वांशकभत्रिभागगैरित्यादि ।

इस वर्गोत्तम नवांश का क्या प्रयोजन होता है। इसका उत्तर यह है कि ग्रहों की आयु के आनयन में यदि ग्रह अपने वर्गोत्तम नवांश में उपलब्ध हो तो ग्रहागत आयु वर्षादि को दो से गुना करके ग्रहण करना चाहिये। अन्य भी वर्गोत्तम नवांश में स्थित ग्रह शुभ फल दायक होता है एवं लग्नस्थ होने पर जातक प्रधान या श्रेष्ठ पुरुष होता है ऐसा मेरा व्यक्तिगत अनुभव है।

मेष (षादि) राशिषु ह्रस्वादिसंज्ञामाह वृद्धयवनः—

'आद्यन्तराशेरुदयप्रमाणे द्वौ द्वौ मुहूर्तौ नियतं प्रदिष्टौ।
क्रमोत्क्रमाभ्यामधिकं शरांशश्चक्रार्धयोर्विद्धयुदयप्रमाणम् ॥६५॥
एवं प्रमाणानि गृहाणि विद्धि ह्रस्वानि मध्यानि तथाऽयतानि।
चक्राङ्गभेदैः सदृशाकृतीनि चाङ्गप्रमाणानि विकल्पयेति ॥६६॥

अथायमुदयप्रमाणोऽङ्गह्रस्वादिः न वास्तविकः।
'पूर्वार्द्धे[3] विषयादयः कृतगुणा मानम्' इति वराहोक्तमानमप्येतादृशं ज्ञेयम्।

अब मेषादि १२ राशियों में किस राशि की ह्रस्व किस की मध्य और किस राशि की दीर्घ संज्ञा है। इसका वर्णन करते हैं।

आदि अर्थात् मेष, अन्त नाम मीन इन दो राशियों के उदय प्रमाण दो-दो मुहूर्त नियत हैं अर्थात् 'मुहूर्तं घटिकाद्वयम्' प्रत्येक का चार घटी प्रमाण उदय होता है। इन दोनों के प्रमाणों को पाँच आदि संख्या से गुणने पर अर्थात् ५, ६, ७, ८, ९, १० से गुणने पर मेष राशि से क्रम बार और मीन से विपरीत ६, ६ राशियों के उदय प्रमाण होते हैं—

जैसे—५×४=मे० २० मी०
६×४=वृ० २४ कु०
७×४=मि० २८ म०
८×४=क० ३२ ध०
९×४=सिं ३६ वृ०
१०×४=क० ४० तु०

इन उदय प्रमाणों के आधार पर मेष, वृष, कुम्भ, मीन राशियों की ह्रस्व, मिथुन, कर्क, धनु, मकर की मध्य, सिंह, कन्या, तुला, वृश्चिक राशि की दीर्घ संज्ञा होती है। किन्तु ये राशियों के उदय प्रमाण लग्नानयन के लिए सब स्थानों में उचित नहीं हैं। यहाँ पर जातक के दीर्घ मध्य ह्रस्व अङ्गादि ज्ञान के लिये ही कहा है॥ ६५–६६॥

१–बृहज्जातक ७ अ० ११वां श्लोक है। तथा भट्टोत्पली (१ अ० १४ श्लो०) में प्राप्त है।

२–बृहज्जातक (१ अ० १९ श्लो०) भट्टोत्पली में ये पद्य प्राप्त हैं।

३–बृहज्जातक का (१ अ० १९ श्लो०) पद्य है।

तथा यह उदय प्रमाण वराहमिहिर के अनुकूल है अर्थात् वराह मिहिर ने भी इसी प्रकार वर्णन किया है।

विशेष--भट्टोत्पली टीका में जो पाठान्तर उपलब्ध होता है वह निम्न प्रकार से है—

क्रमोत्क्रमाभ्यामधिपञ्चमं स्याच्चक्रार्धं·······ग्रहाणि बुध्वा·······विकल्पयीत ॥६७॥

एतत्स्पष्टमाह कल्याणवर्मा

[1]ह्रस्वा वृषमीनाजघटा मिथुनधनुः कर्किमृगमुखाश्च समाः।
वृश्चिककन्यामृगपतिवणिजो दीर्घाः समाख्याताः॥६७॥
एभिर्लग्नादिगतैः शीर्षप्रभृतीनि नरशरीराणि।
सदृशानि विज्ञायान्तःस्थितगगनचरश्च तुल्यानि॥६८॥

इन बारह राशियों की ह्रस्वादि संज्ञा का वर्णन कल्याण वर्मा ने अपने सारावली नामक ग्रन्थ में स्पष्ट रीति से किया है। अब उसी को कहते हैं।

वृष, मीन, मेष, कुम्भ की ह्रस्व, मिथुन, धनु, कर्क मकर की सम और वृश्चिक, कन्या, सिंह, तुला राशियों की दीर्घ संज्ञा होती है।

इन ह्रस्वोदयादि राशियों में जिसका जन्म होता है उस जातक के लग्नादि क्रम से शीर्षादि अवयव को जानकर तत्तदवयव का ज्ञान करना चाहिये। अर्थात् पूर्वोक्त काल-पुरुष के अङ्ग विभाजन से जिस अङ्ग में जिस प्रकार की राशि हो तदनुरूप वह अङ्ग जातक का होता है॥ ६५-६६॥

विशेष—इन पद्यों के प्रकाशित सारावलो ग्रन्थ में और भट्टोत्पली टीका में जो पाठान्तर उपलब्ध हैं वह निम्न प्रकार से हैं—प्रकाशित में—ह्रस्वास्तिमिगोजघटा······· ·······शीर्षप्रभृतीनि वै शरीराणि। सदृशानि विजायान्ते युतगगनचरैश्च तुल्यानि। तथा भट्टोत्पली में--ह्रस्वास्तिमिगोजघटा·······। शीर्षप्रभृतीनि सर्वजन्तूनाम्। सदृशानि च जायन्ते गगनचरैश्चैव तुल्यानि' मेरी दृष्टि में इन पाठान्तरों से अर्थ में कोई भेद प्रतीत नहीं होता है।

इन ह्रस्वादि संज्ञाओं का वर्णन जातक पारिजात में कुछ विपरीत इस प्रकार से उपलब्ध होता है–'ह्रस्वा गोऽजघटाः समा मृगनृयुक्चापान्त्यकर्काटकाः' (१अ० १३श्लो०) इस वाक्य में मीन राशि की संज्ञा सम प्राप्त है किन्तु गणित की युक्ति से लङ्कोदय मेष व मीन के समान ही होते हैं इस लिये मेरी दृष्टि में मीन राशि की ह्रस्व ही संज्ञा उचित है॥ ६७-६८॥

एतत्स्पष्टतरमाह सत्यः—

[2]दीर्घाधिपतिर्दीर्घे गृहे स्थितोऽवयवदीर्घकृद्भवति।
एवं युक्त्याऽवयवा लघुमध्याः कल्पनीयाश्च॥ ६९॥

१-सारावली (३ अ० ३७-३८ श्लो०)।

२–बृ० जा० की (१ अ० १९ श्लो०) भट्टोत्पली में अर्ध श्लोक ही उपलब्ध है।

इन ह्रस्वादि अवयवों का ज्ञान अत्यन्त स्पष्टता पूर्वक सत्याचार्य जी ने किया है। अब उसी को कहते हैं।

कालपुरुष के अवयव ज्ञान पूर्वक जिस अङ्ग में जो राशि जातक के में उपलब्ध हो उस राशि का स्वामी ग्रह भी यदि उसी ह्रस्वादि संज्ञा वाली राशि में हो तो वह अङ्ग जातक का तदनुरूप होता है। उदाहरणार्थ यदि लग्न में दीर्घ संज्ञक राशि है तथा लग्नेश भी दीर्घ संज्ञक राशि में हो तो सिर दीर्घ होता है। ह्रस्व संज्ञक का स्वामी ह्रस्व में हो तो ह्रस्व और सम संज्ञक का स्वामी सम संज्ञक में हो तो वह जातक का अवयव समान अर्थात् न बड़ा न छोटा होता है ॥ ६९ ॥

स्पष्टार्थ ह्रस्व-सम-दीर्घ चक्र

मे.	वृ.	मि.	क.	सिं.	क.	तु.	वृ.	ध.	म.	कु.	मी.
ह्रस्व	ह्रस्व	सम	सम	दीर्घ	दीर्घ	दीर्घ	दीर्घ	सम	सम	ह्रस्व	ह्रस्व

अथ ग्रहाणामुच्चराशयः।

तत्र वराहः--

[1]अजवृषभमृगाङ्गनाकुलीरा झषवणिजौ च दिवाकरादितुङ्गाः।
दश-शिखि-मनुयुक्-तिथीन्द्रियांशैस्त्रिनवकविंशतिभिश्च तेऽस्तनीचाः ॥७०॥

सूर्यस्य मेष राशिः, उच्चं, स च दशमेंऽशे परमोच्चः। चन्द्रस्योच्च-राशिः वृषस्तृतीयेंऽशे परमोच्चः। एवमन्यत्रापि।

अब किस ग्रह की कौन सी उच्च राशि होती है और कौन सी नीच राशि है तथा उस उच्च नीच राशि में कितने अंश पर परम उच्च व परम नीच होता है इसको ग्रन्थकार वराह कथित वचन से बतलाते हैं।

सूर्य की मेष राशि उच्च व मेष के दशवें अंश में परमोच्च; चन्द्रमा की वृष राशि उच्च है तथा इसी के तीसरे अंश में परमोच्च स्थान ग्रह का होता है। इन उच्च राशियों से सातवीं राशि ग्रह की नीच राशि होती है और नीच राशि में परमोच्चांश तुल्य अंश में परम नीच स्थान ग्रह का होता है। आगे दिये हुए चक्र से सरलता पूर्वक समस्त ग्रहों के उच्चादि का ज्ञान पाठकों की सेवा में प्रस्तुत है ॥ ७० ॥

तथा च यवनेश्वरोऽपि---

[2]सूर्यस्य भागे दशमे तृतीये चन्द्रस्य जीवस्य तु पञ्चमेंऽशे।
शुक्रस्य विंशे त्वधिसप्तके च विद्यात्तथा पञ्चदशे बुधस्य ॥ ७१॥
भौमस्य विंशेऽष्टयुते च नूनं विंशे तथा सूर्यसुतस्य चोच्चम्।
स्वोच्चात्तु यामित्रमुशन्ति नीचं त्रिंशल्लवो यश्च समानसङ्ख्यः ॥ ७२ ॥

१. बृहज्जातक (१ अ० १३ श्लो०) २. बृहज्जातक (१ अ० १३ श्लो०) भट्टी० में प्राप्त है।

एवं गणितनिमित्तं परमोच्चं परमनीचञ्च ज्ञेयम् ।

अन्यत्र 'रूपं स्वोच्चे, चरणरहितं स्वमूलत्रिकोणे स्वभेऽर्धम्' इत्यादौ दशमांशपर्यन्तं मेषे परमोच्चमर्कस्य । वृषे अंशत्रयपर्यन्तपरमोच्चमिन्दोः । अन्यथा चन्द्रस्य वृषे उच्चमूलत्रिकोणयोः सत्वेन तृतीयेंऽशे रूपं चतुर्थांशात्त्रिंशांशं चरणरहितं पूर्वं पूर्वांशद्वये बलाभावप्रसक्तेः । एवमेव कन्यायां बुधस्य चतुर्दशांशपर्यन्तं बलाभावः । एवं राजयोगादौ उच्चपदेन संपूर्णराशिर्ज्ञेयः । परमोच्चपदेन सूर्यादीनां दशशिखिइत्यादिपदेन सर्वे भागा ज्ञेयाः ।

अत एव वृद्ध यवनेन राजयोगेषु 'स्वोच्चेषु स्वोच्चान् भागान्' इति बहुवचनेन सर्वेषां स्वोच्चत्वेन गृहीतत्त्वान्नैकोंऽश इति तत्त्वम् ।

अब यवनेश्वर आचार्य के वचन से भी ग्रहों की उच्च नीचादि राशियों को कहते हैं ।

सूर्य अपनी उच्च राशि में दशवें अंश तक, चन्द्रमा वृष राशि में तीसरे अंश तक, कर्क में गुरू पांच अंश तक, मीन में शुक्र २७ अंश तक, कन्या में बुध १५ अंश तक, मकर में भौम २८ अंश तक और शनि तुला राशि में २० अंश तक उच्च का फल प्रदान करता है ।

अपनी अपनी उच्च राशि से सप्तम राशि नीच तथा उच्चांश तुल्य अंश तक नीच जन्य फल होता है ।। ७१—७२ ।।

परम उच्च परम नीच संज्ञा का प्रयोजन गणित के लिए है । जैसे अपनी उच्च राशि में फलपूर्ण, अपनी मूल त्रिकोण राशि में $\frac{3}{4}$, अपनी राशि में आधा इत्यादि ।

मेष राशि में सूर्य १० अंश तक परमोच्च तथा वृष राशि में चन्द्र तीन अंश तक परमोच्च में होता है । यदि ऐसा न होकर केवल १० वें ही अंश में सूर्य और चन्द्रमा को केवल तीसरे ही अंश में परमोच्च में मान लिया जायगा तो चन्द्रमा की वृष राशि उच्च व मूलत्रिकोण दोनों ही होने से तीसरे अंश में परमोच्च का फल और चतुर्थ अंश से तीस अंश तक मूलत्रिकोण का फल होगा । पूर्व के दो अंशों में फलाभाव हो जायगा । इस कारण से १-३ अंश तक परमोच्च संज्ञा ग्रन्थकार के मत से ज्ञात होती है । इसी प्रकार कन्या राशि में बुध चौदह अंश तक निर्बल हो जायगा ।

अन्य विशेष बात—राजयोगादि विचार करने के लिये उच्च पद से संपूर्ण राशि समझना चाहिये । तथा परमोच्च पद से १०, ३ इत्यादि अंश तक जानना चाहिए । इसी लिये ही वृद्धयवनाचार्य ने राजयोगादि विचार में उच्च राशि में उच्च भागों को लेना चाहिये इस बहुवचन से समस्त राशि की उच्च संज्ञा मानी है, ऐसा प्रतीत होता है । न कि किसी विशेष अंश की उच्च संज्ञा है ।

स्वोच्चांश--स्वोच्चराश्योर्भिन्नप्रयोजनमाह गर्गः--

स्वोच्चगौ रविशीतांशू जनयेतां महीपतिम्।
उच्चस्थौ धनिनं ख्यातं स्वत्रिकोणगतावपि ॥ ७३ ॥

वृद्धयवनोऽपि—

स्वोच्चेषु स्वोच्चान् परिगृह्य भागान् तिष्ठत्सु सर्वेषु बलाधिकेषु।
लग्ने शुभे पूर्णवपुष्मतीन्दौ त्रैलोक्यराज्याधिपतिः प्रसूतौ ॥ ७४ ॥

श्रीगर्गाचार्य जी ने स्वोच्चांश अर्थात् अपना परम उच्चांश और अपनी उच्च राशि का अन्य प्रयोजन बतलाया है। उसे अब कहते हैं।

जिस जातक की कुण्डली में सूर्य और चन्द्रमा परमोच्चांश में होते हैं वह राजा होता है। तथा जिसकी कुण्डली में उच्च राशि में व मूल त्रिकोण राशि में भी सूर्य चन्द्र होते हैं वह जातक धनी होता है ॥ ७३ ॥

तथा वृद्धयवनाचार्यजी ने भी जिस जातक की कुण्डली में चन्द्रमा को छोड़ कर समस्त अन्य ग्रह यदि अपनी-अपनी उच्च राशियों में स्थित होकर परमोच्चांश में हों तथा शुभ लग्न में परिपूर्ण चन्द्रमा विद्यमान हो तो वह तीनों लोकों का स्वामी (राजा) होता है ॥ ७४ ॥

विशेष--मेरे विचार से यह योग कुण्डली में घटित होना असंभव है। क्योंकि गणित की युक्ति से बुध शुक्र में इतना अन्तर सिद्ध नहीं होता है।

अत्र स्वोच्चांशा एव प्रधानतया उक्ताः। उच्चात्सप्तमराशौ तैरेव भागैः परमनीचं ज्ञेयम्।

उक्तञ्च सूर्यजातके—

उच्चभात्सप्तमं नीचं गृहं यातो भवेत्खगः।
उच्चांशा एव नीचांशास्तत्र स्युः परगाभिधाः ॥ ७५ ॥

अतिनीचप्रयोजनमाह गर्गः—

[1]अन्धं दिगम्बरं मूकं परपिण्डोपजीविनम्।
कुर्यातामतिनीचस्थौ पुरुषं शशिभास्करौ ॥ ७६ ॥

तथा स्वोच्चे रूपं चरगर्हितमित्यादिकमपि प्रयोजनं ज्ञेयम्।

यहाँ पर परमोच्चांश की प्रधानता उक्त वाक्य से सिद्ध होती है। उच्चराशि से सप्तम नीच राशि तथा उच्चांश तुल्य अंश परम नीचांश होता है ॥ ७५ ॥

सूर्य जातक में कहा है कि उच्चराशि से जब सप्तम राशि में संचार वश ग्रह जाता है तो ग्रह नीच राशि में है और उसी राशि के परमोच्चांश तुल्य अंश पर स्थित होने से ग्रह परम नीच में है ऐसा समझना चाहिये।

अब अति नीच अर्थात् परम नीचांश में ग्रह रहने का तात्पर्य गर्गाचार्य के वचन से कहा जा रहा है।

१–बृ० जा० (१ अ० १३ श्लो०) की भट्टोत्पली में प्राप्त है तथा मूकं के स्थान पर 'मूर्खं' यह पाठान्तर भी है।

यदि कुण्डली में सूर्य व चन्द्र दोनों ही परम नीचांश में हों तो जातक–अन्धा, वस्त्र-रहित (नंगा), बोलने में असमर्थ, विकल्प से मूर्ख, अर्थात् विना पढ़ा लिखा और दूसरे के अन्न से जीवन यापन करने वाला होता है ॥ ७६ ॥

तथा अन्य प्रयोजन यह है कि परमोच्च में ग्रह १ बल और मूलत्रिकोण में $\frac{3}{4}$ बल प्राप्त करता है। इत्यादि आगे कहे हुए वचन से जानना चाहिये।

स्पष्टार्थ उच्च, नीच, परमोच्चांश, परमनीचांश चक्र--

	ग्रह	सूर्य	चन्द्र	भौम	बुध	गुरु	शुक्र	शनि
उच्च	राशि	मेष	वृष	मकर	कन्या	कर्क	मीन	तुला
परमोच्च	अंश	१०	३	२८	१५	५	२७	२०
नीच	राशि	तुला	वृश्चिक	कर्क	मीन	मकर	कन्या	मेष
परमनीच	अंश	१०	३	२८	१५	५	२७	२०

(अथ) रव्यादिक्रमेण मूलत्रिकोणराशीनाह श्रीसूर्यः—

सिंहो वृषस्तथा मेषः कन्या कोदण्डकः क्रमात् ।
तुलाधरो घटो मतस्त्रिकोणभवनानि च ॥ ७७ ॥

उच्चस्वत्रिकोणगैर्बलस्थैरित्याद्येषां प्रयोजनम् ।

अब सूर्यादि क्रम से ग्रहों की मूलत्रिकोण राशियों को भगवान् सूर्य के वचन से समझाते हैं।

यथा—सूर्य की सिंह, चन्द्रमा की वृष, भौम की मेष, बुध की कन्या, गुरु की धनु, शुक्र की तुला और शनि की कुम्भ राशि मूल त्रिकोण राशि होती है ॥ ७७ ॥

बृहज्जातक में कहा है—'सिंहो वृषः प्रथमषष्ठहयाङ्गतौलिकुम्भास्त्रिकोणभवनानि भवन्ति सूर्यात्' (१ अ० १४ श्लो० ॥ ७७ ॥

अपनी मूलत्रिकोण राशि में ग्रह राजयोग कारक होता है यह इसका प्रयोजन है।

स्पष्टार्थ मूलत्रिकोण राशि चक्र--

ग्रह	सूर्य	चन्द्र	भौम	बुध	गुरु	शुक्र	शनि
राशि	सिंह	वृष	मेष	कन्या	धनु	तुला	कुम्भ

नन्वत्र सूर्यस्य सिंहेऽधिकारद्वयं स्वगृहं मूलत्रिकोणञ्च। तथा बुधस्य कन्यायां स्वगृह- स्वोच्च-मूलत्रिकोण रूपास्त्रयोऽधिकाराः सन्ति। तत्र स्वोच्चे रूपं चरणरहितमित्याद्युक्तं सप्तवर्गजबलं किं रूपं ग्राह्यं, किं पादोनं रूपं उतार्धमिति ।

यहाँ पर अर्थात् ग्रहों की स्वराशि- स्वोच्च राशि, मूलत्रिकोण राशि से शङ्का होती है कि सूर्य की सिंह राशि स्वराशि व मूल त्रिकोण राशि है और बुध की कन्या राशि स्वराशि, स्वोच्च राशि व मूलत्रिकोण राशि ये तीन संज्ञा कन्या राशि को प्राप्त हैं तो सूर्य व बुध सप्तवर्ग बल विचार में एक बल या एकोनचतुर्थांश वा आधा बल प्राप्त

करेगा। अर्थात् बुध उच्च का या मूलत्रिकोण का वा स्वराशि का फल देगा। इसका उत्तर अंशों के आधार पर कल्याण वर्मा के वचन से आगे किया जाता है।

अतोंऽशवशेनोच्चा-स्वगृह-मूलत्रिकोणानां विभागमाह मिश्रकाध्याये कल्याणवर्मा[1]—

विंशतिरंशाः सिंहे त्रिकोणमपरे स्वभवनमर्कस्य।
उच्चं भागत्रितयं वृष इन्दोः स्यात्त्रिकोणमपरेंऽशाः ॥७८॥
द्वादशभागा मेषे त्रिकोणमपरे स्वभं तु भौमस्य।
उच्चफलं कन्यायां बुधस्य तुङ्गाशकैः सदा चिन्त्यम् ॥७९॥
यत (परत) स्त्रिकोणजातं पञ्चभिरंशैः स्वराशिजं परतः।
दशभिर्भागैर्जीवस्य त्रिकोणफलं स्वभं परं चापे ॥८०॥
शुक्रस्यांशास्तिथयस्त्रिकोणमपरे स्वराशिश्च।
कुम्भे त्रिकोणनिजभे रविजस्य रवेर्यथा सिंहे ॥ ८१॥

शनेः कुम्भ विंशतिरंशास्त्रिकोणं दशांशा स्वगृहमित्यर्थः। एतत्त्रिकोणकं स्मृतं सिंहे नखांशप्रमितं खगः। गृहं द्वा (बा) दशांश प्रमितमित्यादि श्लोकैः।

अब सिंहादि राशियों में स्वगृहादि कितने-कितने अंश होते हैं इसे सारावली ग्रन्थ के आधार पर बतलाते हैं।

सूर्य—सिंह राशि में १—२० अंश तक मूल त्रिकोण का तथा २१—३० अंश अपने घर का फल देता है।

चन्द्रमा—वृष राशि में १—३ अंश तक उच्च का व ४—३० अंश तक मूल त्रिकोण का फल देता है।

भौम—मेष राशि में १—१२ अंश तक मूल त्रिकोण का तथा १३—३० अंश तक अपने घर का फल होता है।

बुध—कन्या राशि में १—१५ अंश तक उच्च का, १६—२० अंश तक मूल त्रिकोण का और २१—३० तक अपने घर का फल देता है।

गुरू—धनु राशि में १—१० अंश तक मूल त्रिकोण का व ११—३० तक अपने (स्वगृह) घर का फल देता है।

शुक्र—तुला राशि में १—१५ अंश तक मूल त्रिकोण का व १६—३० तक स्वगृह का फल प्रदान करता हैं।

शनि—कुम्भ राशि में १–२० अंश तक मूल त्रिकोण का और २१–३० अंश तक अपने घर का फल देता है ॥७८—८१॥

श्रीमत्सूर्येणाप्येवमेवोक्तम्। यत्तु 'सूर्यारजीवभृगुभानुभवा नखांशैः मूलत्रिकोणभवनम्' इति गुणाकरोक्तं निर्मूलत्वादुपेक्ष्यम्।

१—सारावली (५ अ० २१–२४ श्लो०)।

श्रीमान् सूर्य ने भी ऐसा ही कहा है। जो कि गुणाकर ने सूर्य-भौम-गुरू-शुक्र-शनि के विषय में १--२० अंश तक मूल त्रिकोण का फल वर्णन किया है वह प्रमाणान्तर के अभाव में त्याज्य है। अर्थात् गुणाकर के मार्ग का फलादेश में अनुसरण नहीं करना चाहिये।

इस सारावली कार के कथन में ग्रन्थान्तरों के कुछ प्रमाण पाठकों की सुविधा के लिये प्रस्तुत किये जा रहे हैं।

यथा-- बृहत्पाराशर में--'रवेःसिंहे नखांशाश्च त्रिकोणमपरे स्वभम्। उच्चमिन्दोर्वृषे त्र्यंशास्त्रिकोणमपरेंऽशकाः ॥५१॥ मेषेऽर्कांशास्तु भौमस्य त्रिकोणपरे स्वभम्। उच्चं बुधस्य कन्यायामुक्तं पञ्चदशांशकाः ॥५२॥ ततःपञ्चांशकाः प्रोक्तं त्रिकोणमपरे स्वभम्। चापे दशांशाः जीवस्य त्रिकोणमपरे स्वभम् ॥५३॥ तुले शुक्रस्य तिथ्यंशास्त्रि-कोणमपरे स्वभम्। शनेः कुम्भे नखांशाश्च त्रिकोणमपरे स्वभम् ॥५४॥

(३ अ० ५१-५४ श्लो०) ॥

तथा शम्भु होरा प्रकाश में-- 'हरौ रवेर्नखा लवास्त्रिकोणकं परे गृहम्। वृषे विधोस्तु तुङ्गजा गुणाः परे त्रिकोणजाः। कुजस्य भास्करा अवौ त्रिकोणजाः परे स्वभम्। धनुर्धरे गुरोर्दिशस्त्रिकोणजाः परे स्वभम् ॥ घटे भृगोः शरेन्द्रवस्त्रिकोणकाः परे स्वभम्। घटे शनेस्त्रिकोणजा नखाः परे-स्वगेहजाः। बुधस्य तुङ्गजाः स्त्रियां शरेन्दवः परे शराः। स्वभं परे त्रिकोणजा दिशस्तु सँस्मृता बुधैः' (२ अ० १५- ८ श्लो०)।

और भी जातक परिजात में 'सितासितार्काङ्गिरसां नखांशास्त्रिकोणमादौ परतः स्वमन्दिरम्। वृषादिभागत्रयमुच्चमिन्दोर्मूलत्रिकोणं परतस्तु सर्वम्। मेषादिगा द्वादश-भागसंज्ञाः कुजस्य कोणं परतः स्वभं स्यात्। कन्याद्धंमुच्चं शशिजस्य कोणं दशांशकाः स्वर्क्षफलं शरांशाः। (१ अ० २६-२८ श्लो०)।

इस वचन में सूर्य, गुरू, शुक्र और शनि का १-२० अंश तक मूल त्रिकोण का फल वर्णित है जो कि ग्रन्थकार को मान्य नहीं है। इसकी समता गुणा करके वचन से होती है। जातक परिजातक कार ने 'सङ्गृह्य सारावलिमुख्य तन्त्र' यह प्रतिज्ञा करके भी इस विभाजन में कल्याण वर्मा का आश्रय नहीं लिया यह समझ में नहीं आता है ॥७६-७९॥

विशेष--प्रकाशित सरावली में 'उच्चबलंकन्यायां बुधस्य' प्रथम बुध से विभाजन किया हुआ पाठ प्राप्त होता है। तथा सारावली के वचन बृहज्जातक की (२ अ० १९ श्लो०) भट्टोत्पली में प्राप्त हैं और पाठान्तर' 'बुधस्य तुङ्गांशकै' के स्थान पर 'तिथ्यंशकै' यह है। 'शुक्रस्यांशस्तिथयस्त्रिकोण' के स्थान पर 'शुक्रस्य तु त्रयोंशास्त्रि-कोण' यह है तथा प्रकाशित सारावली पुस्तक में 'शुक्रस्य तु त्रिकोणं पञ्चभिरपरे' यह पाठान्तर उपलब्ध होता है। मेरी दृष्टि में प्रमाणान्तरों के आधार पर इस ग्रन्थ में कथित शुक्र के अंशों का ही विभाजन समुचित है।

अब यहाँ पर जिज्ञासा होती है कि सूर्यादि सात ग्रहों की तुङ्गादि राशियों का तो वर्णन किया किन्तु राहु केतु की कौन-कौन सी राशि उच्च, स्वगृह मूलत्रिकोण होती

है इसका वर्णन क्यों नहीं किया। फलादेश में राहु केतु भी उपयुक्त होते हैं अतः पाठकों की सुविधा के लिए यहाँ लिख देना आवश्यक है। यथा- बृहत्पाराशर में-- राहोस्तु वृषभं केतोर्वृश्चिकं तुङ्गसंज्ञकम्। मूलत्रिकोणकं ज्ञेयं युग्मं चापं क्रमेण च॥ कुम्भाली च गृहौ प्रोक्तौ कन्यामीनौ च केनचित् (४७ अ० ३५-३६)। जातक पारिजात में—'कुम्भस्त्रिकोणं फणिनायकस्य तुङ्गं नृयुग्यं रमणी गृहं स्यात्' (१ अ० २८ श्लो०)। तथा प्रश्नभैरव में—'अङ्गीकृतं सौम्यगृहं सुहृत्वात्वात् कन्याह्वयं तच्च विधुन्तुदेन। तत्सप्तमं यच्छिखिना गृहीतं मीनाह्वयंञ्चेति बुधा वदन्ति॥ स्यात् सिंहिकायास्तनयस्य तुङ्गनृयुमग्संज्ञं बुधदैवतञ्च। पुच्छस्य केतोर्गदितञ्च तुङ्गं तत्कामुकाख्यं गुरुदैवतञ्च' (जा० पा० टी० १ अं० २८ श्लो०)।

और भी ज्योतिष सार में—'कन्या राहोर्गृहं तथा। राहुर्युग्मे तु चापे च तमोवत्केतुर्ज फलम्' (९ अ० १ श्लो०)।

तथा भावकुतूहल में भी 'मिथुने तमसः शिखिनो धनुषि प्रथमे बुधमे गुरुमे भवनम्' (१ अ० ९ श्लो०)॥

राहु केतु के तुङ्गादि विचार में भिन्नता प्राप्त होती है इसलिये अपने अनुभव से समझना चाहिये।

स्पष्टार्थ चक्र—

ग्रह	राशि	मूलत्रिकोणांश	स्वगृहांश	उच्चांश
सूर्य	सिंह	१°—२०° तक	२१°—३०° तक	
चन्द्रमा	वृष	४°—३०° तक		१°—३°तक
भौम	मेष	१°—१२° तक	१३°—३०° तक	
बुध	कन्या	१५°—२०° तक	२१°—३०° तक	१°—१५° तक
गुरु	धनु	१°—१०° तक	११°—३०° तक	
शुक्र	तुला	१°—१५° तक	१६°—३० तक	
शनि	कुम्भ	१°—२०° तक	२१°—३० तक	

(अथ) बलिष्ठराशेर्लक्षणमाह वराहः—

[1]अधिपयुतो दृष्टो वा बुधजीवनिरीक्षितश्च यो राशिः।
स भवति बलवान्न यदा युक्तो दृष्टोऽपि वा शेषैः॥८२॥

जन्म के समय जो राशि अपने स्वामी ग्रह से युक्त वा दृष्ट हो अथवा बुध और गुरू से दृष्ट वा युक्त हो तथा अन्य ग्रहों से दृष्ट व युत न हो तो वह राशि बलवान् होती है॥८२॥

[2]बादरायणोऽपि—

जीवस्वनाथशशिजैर्युतदृष्टा बलवती होरा।
शेषैर्बलहीना स्यादेवं मिश्रैस्तु मिश्रफला॥८३॥

१-लघु० जा० १ अ० १४ श्लो०।

२-बृ० जा० १ अ० १९ श्लो० की भट्टोत्पली टीका में प्राप्त है।

बलहीना यदि सर्वैर्निरीक्षिता नैव युक्ता वा।

श्रीबादरायणजी ने भी कहा है कि जो होरा अर्थात् 'होरेतिलग्नं' राशि अपने स्वामी ग्रह से युक्त या दृष्ट हो अथवा बुध गुरू से दृष्ट वा युत हो और अन्य शेष ग्रहों से दृष्ट युत न हो तो वह राशि पूर्ण बलवान् होती है।

जो राशि स्वामी ग्रह वा बुध गुरू से दृष्ट युत होकर अन्य ग्रहों से भी दृष्ट युत हो तो वह राशि मध्य बली होती है, और जो राशि किसो भी ग्रह से दृष्ट वा युक्त न हो तो वह है राशि बलहीन होती ॥८३॥

श्रीमत्सूर्येण चन्द्रदृष्टो (ष्टा शुभस्थानगतोऽपि राशिर्बली भवतीत्युक्तम् —

योऽधिनाथयुतो दृष्टो बुधजीवेन्दुवीक्षितः।
शुभस्थानगतो राशिर्वीर्यवान (न्न) न्यथा नहि ॥८४॥

श्री भगवान् सूर्य ने चन्द्रमा से दृष्ट और शुभ स्थान में गत राशि भी बलवान् होती है। यह विशेष कहा है इसको अब कहते हैं।

जन्म काल या प्रश्न में जो राशि अपने स्वामी ग्रह से दृष्ट या युत वा बुध, गुरू चन्द्रमा से दृष्ट या युत हो और जो राशि शुभ स्थान में अर्थात् शुभ भाव में हो तो वह राशि बलवान् होती है। इसके विपरीत राशि निर्बल होती है ॥८४॥

राशीनां प्लव संज्ञा आह कल्याण वर्मा—

[1]भवनाधिपदिग्राशिः प्लव इह यवनैः प्रयत्नतः कथितः।
तत प्लवगो विनिहन्यादचिरेण महीपतिः शत्रून् ॥८५॥

अस्यार्थऽ— यस्य भवनस्य राशेः स्वामिनो या दिक् तस्यां दिशि स राशिः प्लव संज्ञ इत्यर्थः।

यथा मेष वृश्चिकयोःस्वामी भौमस्तस्य दिक् दक्षिणा अतस्तत्र मेषवृश्चिकौ प्लवसंज्ञावित्यन्यत्रापि ज्ञेयम्।

अब राशियों के प्लव (झुकाव, ढरकाव वा निम्न भूतल) को कल्याण वर्मा के मत से कहते हैं।

राशि स्वामी की जो दिशा होती है वह राशि की प्लव दिशा होती है ऐसा यवनाचार्यों का कथन है। उदाहरण के लिये जैसे मेष वृश्चिक राशि का स्वामी भौम है और भौम दक्षिण दिशा का स्वामी है इसलिये मेष वृश्चिक का प्लव दक्षिण में हुआ। इस प्रकार अन्य भी जानना।

इसका प्रयोजन यह है कि यदि राजा गमन के समय प्लव राशि की दिशा में यात्रा करे तो शीघ्र ही शत्रुओं को पराजित करता (मारता) है ॥८५॥

विशेष—यह पद्य बृ० जा० की (१ अ० २० श्लो०) भट्टोत्पली में इस प्रकार से प्राप्त है—भवनाधिपतिग्रामप्लव इह यवनैः प्रबन्धतः कथितः।

१–सारावली ३ अ० ३९ श्लो०।

मेषादीनां वर्णा उक्ता लघुजातके—

[1]अरुणसितहरितपाटलपाण्डुविचित्राः सितेतरपिशङ्गौ ।
पिङ्गलकर्बुरबभ्रूर्मलिना रुचयो यथासङ्ख्यम् ॥ ८६ ॥

अरुणो रक्तः। पाटलो श्वेतरक्तः। पिशङ्गः स्वर्णवर्णः। पाण्डुरीषच्छुक्लः। पिङ्गलः कपिलः। मलिनारुचयो मत्स्यवर्णाः। कर्बुरः श्वेतकपिलवर्णसंयोगः। बभ्रूर्नकुलवर्णः।

अब द्वादश राशियों के वर्ण कौन-कौन से होते हैं, इसको वराह मिहिर के मत से कहते हैं।

१ मेष का लाल, २ वृष का सफेद, ३ मिथुन का हरा, ४ कर्क का सफेद लाल मिला हुआ, ५ सिंह का अल्प सफेद, ६ कन्या का अनेक रङ्ग मिश्रित, ७ तुला का काला, ८ वृश्चिक का सुवर्ण के समान, ९ धनु का लाल पीला मिश्रित, १० मकर का श्वेत लाल पीला मिश्रित, ११ कुम्भ का नकुल (न्यौला) के सदृश और १२ मीन राशि का मलिन (मछली के समान) वर्ण होता है ॥ ८६ ॥

[2]यत्तु सारावल्यां—

लोहित सितशुक(क्ल) हरिताः पाटलपरिधूम्रपाण्डुविचित्राश्च ।
कृष्णः कनकाभपिङ्गाः कर्बुरबभ्रु(त्व) अजादिवर्णाः स्युः ॥ ८७ ॥ इति

कन्यादि वर्णाः स्युरिति कन्यादि राशिषु वर्णान्यथात्वमुक्तं तच्चिन्त्यम्।

अब सारावली ग्रन्थ के आधार पर राशियों के वर्णों को कहते हैं।

१ मेष का लाल, २ वृष का सफेद, ३ मिथुन का तोता के समान हरा, ४ कर्क का लाल उजाला मिला हुआ, ५ सिंह का धूम्र, ६ कन्या का पाण्डु अल्प सफेद मिश्रित पीला, ७ तुला का अनेक वर्ण (रङ्ग) ८ वृश्चिक का काला, ९ धनु का सुवर्ण के समान, १० मकर का पिङ्ग अर्थात् लाल पीला मिला हुआ, ११ कुम्भ का कर्बुर-पीला कपिल मिश्रित और १२ मीन राशि का रङ्ग नकुल के समान होता है ॥ ८७ ॥

इस सारावली के वचन में कन्यादि राशियों के वर्ण वराहोक्त से विपरीत होने के कारण त्याज्य हैं। ऐसा ग्रन्थकार का आशय है।

एतत्स्पष्टमुक्तं भगवता सूर्येण –

रक्तः सितः शुकनिभः पाटलो धूम्रपाण्डुरः ।
चित्रः कृष्ण सु (स्व) वर्णाख्यः पिङ्गलः कर्बुरः स्थितः ॥ ८८ ॥
बभ्रुर्मत्स्यनिभः पूर्वं राशेर्वर्णाः क्रमात्स्मृताः ।
प्रयोजनन्तु सूतिकावस्त्रवर्तिकादिवर्णज्ञानम् ॥

इन राशियों के वर्णों को स्पष्टता से भगवान् सूर्य ने कहा है। अब उसे बतलाते हैं। १ लाल, २ सफेद, ३ तोता के समान हरा, ४ सफेद लाल मिला हुआ, ५ अल्प सफेद

१–१ अ० ६ श्लो०। २–३ अ० ४० श्लो०।

(धुआं के सम) ६ अनेक रङ्ग, ७ काला, ८ सुवर्ण के समान, ९ लाल पीला मिला हुआ, १० श्वेत लाल पीला मिश्रित, ११ न्यौला के समान, १२ मछली के सदृश रङ्ग होता है ॥ ८८ ॥

राशियों के वर्ण कथन का प्रयोजन यह है कि सूतिका के वस्त्र, और दीपक की बत्ती का ज्ञान इन राशिवर्णों से करना चाहिये।

विशेष—इसके प्रयोजन के विषय में कल्याल वर्मा ने कहा है—'जन्मोदयगृहवर्णाः तदधिपतेः पूजिता प्रतिमा। हन्ति हरेरिव शत्रूनिन्द्रध्वजिनीव देवरियुन्' जन्म के समय लग्न में जो राशि हो उसके समान जातक का वर्ण कहना चाहिये। तथा जिस भाव में हानि प्रतीत होती हो तो उस उस राशि वर्ण के सदृश वर्ण की प्रतिभा बना कर पूजन करने से तज्जन्य दुःखादि का नाश होता है, जैसे इन्द्र की सेना द्वारा राक्षसों का नाश होता है ॥ ८६ ॥

अथ भावसंज्ञाः [1]वराहः--

तनु-धन-सहज-सुहृत्-सुत-रिपु-जाया-मृत्यु-धर्म-कर्मायाः।
व्यय इति लग्नाद्भावाश्चतुरस्राख्योऽष्टमचतुर्थे ॥ ८९ ॥
पातालहिबुकसुखवेश्मबन्धुसंज्ञाश्चतुर्थस्य ।
नवपञ्चमं त्रिकोणं नवमर्क्षं त्रित्रिकोणञ्च ॥ ९० ॥
धीः पञ्चमं तृतीयं दुश्चिक्यं सप्तमञ्च यामित्रम्।
द्यूनं द्युनमस्तञ्च तच्छिद्राष्टमं द्वादशं रिष्फम् ॥ ९१ ॥

अब भावों की संज्ञा को वराह मिहिर के वचन से बतलाते हैं।

प्रथम भाव अर्थात् लग्न की तनु, २ य भाव की धन, ३ य की भ्रातृ, चतुर्थ की मित्र, पञ्चम की पुत्र, षष्ठ की शत्रु, सप्तम की स्त्री, अष्टम की मृत्यु, नवम की धर्म, दशम की कर्म, एकादश की आय और बारहवें की व्यय संज्ञा होती है अर्थात् लग्नादि बारहभावों को इन इन नामों से पुकारा जाता है।

चौथे व आठवें भाव की चतुरस्त्र संज्ञा होती है तथा चतुर्थ भाव के नामान्तर १ पाताल, २ हिबुक, ३ सुख, ४ गृह, ५ बन्धु हैं, अर्थात् चतुर्थ भाव को इन नामान्तरों से भी पुकारा जाता है। नवम व पञ्चम भाव त्रिकोण तथा केवल नवम की त्रित्रिकोण संज्ञा होती है। पञ्चमभाव की धी, (बुद्धि) तृतीय की दुश्चिक्य, सप्तम की यामित्र, द्यून, द्युन, अस्त, अष्टम की छिद्र और बारहवें भाव की रिष्फ संज्ञा होती है ॥८९-९१॥

केन्द्रादि भवनानि उपचयभवनान्याह स एव (वराहः)

[2]केन्द्रचतुष्टयकष्टकसंज्ञा लग्नास्तदशमचतुर्थानाम्।
संज्ञा परतः पणफरमापोक्लिमञ्च तत्परतः ॥ ९२ ॥

अब वराह मिहिर के मत से केन्द्र, पणफर, आपोक्लिम संज्ञा को कहते हैं।

लग्न, चतुर्थ, सप्तम, दशम, भाव की केन्द्र, २, ५, ८, ११ भाव की पणफर और ३, ६, ९, १२ भाव की आपोक्लिम संज्ञा होती है ॥ ९२ ॥

१–लघुजातक १ अ० १५–१७ श्लो०। २–लघुजातक १ अ० १८ श्लो०।

त्रिषडेकादशदशमान्युपचयानि। एतद्भिन्नानि, अन्यथा, अपचय संज्ञानीत्यर्थः।

अब भावों की उपचय, अपचय संज्ञा को बतलाते हैं।

३, ६, १०, ११ भावों की उपचय, १, २, ४, ५, ७, ८, ९, १२ भावों की अपचय संज्ञा होती है।

तथा च सत्यः—

[1]दशमैकादशषष्ठतृतीयसंज्ञानि जन्मलग्नाभ्याम्।
उपचयभवनानि स्युः शेषाण्यृक्षाण्यपचयाख्यानि॥ ९३॥

अब सत्याचार्य के मत से भावों की उपचय व अपचय संज्ञा को कहते हैं।

जन्मलग्न से ३, ६, १०, ११ भावों की उपचय संज्ञा और १, २, ४, ५, ७, ८, ९, १२ भावों की अपचय संज्ञा होती है॥ ९३॥

अत्र जन्मलग्नाभ्यामिति चोपलक्षणम्। यस्माद्(त्) भावाद्(त्) ग्रहादुपचयजिज्ञासा तस्मादेवैतान्युपचयानि।

तथा च यवनः—

[2]षष्ठं तृतीयं दशमं च राशिमेकादशं चोपचयर्क्षमाहुः।
होरागृहस्थानशशाङ्केभ्यः शेषाणि चैभ्योऽपचयात्मकानि॥ ९४॥

यहाँ पर अर्थात् पूर्व कथित सत्याचार्य के वचन में जो जन्मलग्न से उपचयादि का कथन है वह केवल उपलक्षण मात्र है। क्योंकि प्रत्येक भाव व ग्रह से उपचयादि जानने के लिये इष्ट भाव व ग्रह से ही उपचयादि का ज्ञान होता है।

इसमें यवनाचार्य का वचन देकर ग्रन्थकार कह रहे हैं कि लग्न, भाव व ग्रह से ३, ६, १०, ११ की उपचय संज्ञा और इनसे भिन्न स्थानों की अपचय संज्ञा होती है। केवल लग्न से ही ३, ६, १०, ११ भावों की संज्ञा नहीं होती है॥ ९४॥

अत्र केचित् त्रिषडेकादशदशमानि यदि पापग्रहेण (स्व) स्वामिशत्रुणा वा यदि दृष्टानि भवन्ति तदा ता (नि) (न्यु) (नो) पचयसंज्ञानि भवन्ति।

तथा च गर्गः—

[3]अथोपचयसंज्ञा स्यात् त्रिलाभरिपुकर्मणाम्।
न चेद् भवन्ति दृष्टास्ते पापस्वस्वामिशत्रुभिः॥ ९५॥ इति।

यहाँ उपचयादि के विचार में गर्गाचार्य ने कुछ विशेष बात बतलाई है। उसे अब कहते हैं।

श्रीगर्गाचार्य जी का कथन है कि ये (३, ६, १०, ११) उपचय स्थान यदि पापग्रह वा अपने स्वामी ग्रह अथवा शत्रुग्रह से दृष्ट हों तो उपचय संज्ञक नहीं होते हैं।

१–बृ० जा० (१ अ० १५ श्लो०) की भट्टोत्पली में प्राप्त है। २–बृ० जा० (१ अ० १५ श्लो०) की भट्टोत्पली टीका में उपलब्ध है। ३–बृ० जा० (१ अ० १५ श्लो०) की भट्टोत्पली टीका में मिलता है।

किन्तु यह पक्ष सर्वसम्मत नहीं है केचित् (किसी) का है अर्थात् केवल गर्गाचार्य जी का है ।। ९५ ।।

भावानां संज्ञान्तरं [1]सारावल्याम्--

कल्प-स्व-पौरुष-गृह-प्रतिभा-व्रण-कामदेव-विवराणि ।
गुरु-मान-भव-व्ययमिति कथितान्यपराणि नामानि (मेति) ।।९६।।

अत्र भावसंज्ञा फलनिर्देशप्रयोजना ज्ञेया ।

अत्र लग्नस्य कल्पसंज्ञत्वाल्लग्नदेहवृद्धान्वेषणमारोग्यान्वेषणञ्च लग्नात्कार्यम् । द्वितीयस्य कुटुम्बसंज्ञत्वाद् धनजातिविचारो द्वितीयात् । एवं भ्रातृपुरुषार्थान्वेषणं तृतीयात् । बन्धुसुखार्थान्वेषणञ्च चतुर्थात् । पुत्र-बुद्धयन्तरान्वेषणं पञ्चमात् । शत्रुरोगान्वेषणं षष्ठात् । भार्याकामविवाहोन्वेषणमष्टमात् । धर्ममातृ-पित्रादिगुरूणां तपसां चान्वेषणं नवमात् । आस्पद-शब्दस्य स्थानवाचित्वादाज्ञाशब्दस्य (च ?) प्रभुत्ववाचित्वात् स्थान-प्रभुत्व-सन्मान-कर्मविचारो दशमात् । भवशब्दस्य विद्यादिगुणसंपत्प्राप्ति-वाचकत्वादेषां द्रव्यादिलाभस्य च विचार एकादशात् । सर्वव्ययविचारो व्ययभावादिति ।

अब उक्त भावों के अन्य नामों को सारावली ग्रन्थ के आधार पर बतलाया जाता है ।

प्रथम भाव की कल्प, द्वितीय की स्व (धन), तृतीय की पौरुष (पराक्रम), चतुर्थ की गृह (घर, भूमि) पञ्चम की प्रतिभा (योग्यता, विद्या), षष्ठ की व्रण (रोग, घाव), सप्तम की कामदेव, अष्टम की विवर (छिद्र), नवम की गुरू, दशम की मान (प्रतिष्ठा), एकादश की भव और बारहवें भाव की व्यय (खर्च) संज्ञा होती है ।। ९६ ।।

यहाँ भावों के नामान्तरों का प्रयोजन यह है कि इन १२ भावों के आधार पर ही प्राणियों के नानाविध शुभाशुभ फल की जानकारी प्राप्त होती है ।

यहाँ पर इस श्लोक में लग्न की कल्पसंज्ञा मानी है और लग्न से देह का ज्ञान होता है । इसलिये कल्प शब्द शक्तिवाची होने से देह की अल्प महान् शक्ति का व शरीर की स्वस्थता का ज्ञान लग्न से अर्थात् प्रथम भाव से करना चाहिये ।

द्वितीय की कुटुम्ब संज्ञा है, कुटुम्ब का पालन धन से होता है, इसलिये धन व जाति (स्ववंश) आदि का विचार द्वितीय भाव से करना चाहिये ।

इस प्रकार भाई व पुरुषार्थ (पराक्रम) का तृतीय भाव से विचार करना चाहिये । बन्धु सुखादि का चतुर्थ से, पुत्र (सन्तान) बुद्धि (विद्या) आदि का पञ्चम से, शत्रु-रोग का षष्ठ से, स्त्री-काम-विवाहादि का सप्तम से, मृत्यु पाप भय का अष्टम से, धर्म, माता-पितादि, गुरू और तपस्या (धार्मिकता) का नवम भाव से विचार करना चाहिये ।

१—१ अध्याय २७ श्लो० ।

आस्पद शब्द स्थानवाचो व प्रभुत्व (सामर्थ) वाची होने से स्थान-सामर्थ्य-सम्मान-कर्म (कार्य) आदि का विचार दशम से, भव शब्द विद्यादि गुण, लक्ष्मी प्राप्ति वाची होने से धनागम का एकादश भाव से और समस्त व्यय (खर्च) का बारहवें भाव से विचार करना चाहिये ।

विशेष--इन १२ भावों से अन्य भी बातों का ज्ञान होता है ।

अथैवं विचारणमुक्तं पराशरजातके--

लग्नादिव्ययपर्यन्तं भावाः संज्ञानुरूपतः ।
फलदाः शुभसंदृष्टाः युक्ता वा शोभनप्रदाः ॥ ९७ ॥
पापदृष्टयुता भावाः कल्याणेतरदायकाः ।
नितरां शत्रुनीचस्थैर्न मित्रोच्चगतैश्च तैः ॥ ९८ ॥
सौम्यैर्दृष्टयुता भावाः ग्रहवीर्यात्फलप्रदाः । इति ॥

इन भावों की संज्ञा के विषय में पराशर जातक में जिस प्रकार से विचार किया है, अब उसी को कहते हैं ।

लग्न से व्यय पर्यन्त अर्थात् प्रथम भाव से बारहवें भाव तक जो भावों की संज्ञा होती है उसी संज्ञा के अनुसार भाव, शुभग्रहों से दृष्ट या युत होने पर बली ग्रह के तुल्य भावजन्य शुभ फल को देता है और पापग्रहों से दृष्ट या युत होने पर तथा शत्रु नीच राशि में स्थित ग्रह से दृष्ट या युत भाव अशुभ फल प्रदान करता है न कि मित्र उच्च राशिस्थ ग्रह भावजन्य अशुभ फल देता है ॥ ९७-९८ ॥

राशीनां बलमाह बादरायणः--

केन्द्रस्थाः सबलाः स्युर्मध्यमबलाः पणफराश्रिता ज्ञेयाः ।
आपोक्लिमगाः सर्वे हीनबला राशयः कथिताः ॥ ९९ ॥

एतेन केन्द्रादि संज्ञा भावानामेव न राशीनामिति सूचितम् । अन्यथा 'राशौ राशिबली वह्निरात्मदेहदाहको द्रष्टा स्वदृष्टदर्शक इत्यादिवद् (तु) विरुद्धार्थाप्रसक्तः ।

तथा च राशीनामेव केन्द्रादिसंज्ञेति सुन्दरमिश्रोक्तमपास्तम् । केन्द्रस्था इति ब्रुवतो वराहस्य शब्दाल्पत्वेनार्थाल्पता स्पष्टैव ।

॥ इति राशिप्रभेदाध्यायः ॥ १ ॥

अब भावस्थ राशियों के बल को बादरायण के वाक्य से कहते हैं ।

केन्द्र (१, ४, ७, १०) में स्थित राशि बलवान् होती हैं । पणफरस्थ राशियाँ मध्य बली और आपोक्लिमस्थ राशियाँ निर्बल होती हैं ।

इससे ज्ञात होता है कि केन्द्र, पणफर, आपोक्लिम संज्ञा भावों की ही होती है न कि राशियों की । यदि राशियों की ही केन्द्रादि संज्ञा मानी जाय तो राशियों में बली अग्नि राशि होने से वह राशि अपने देह को जलाने वाली व जिसको देखेगी या जो इसको देखेगा वह जल जायगा । यह विरुद्ध अर्थ यहाँ प्राप्त होगा । इसलिये राशियों की जो केन्द्रादि संज्ञा सुन्दर मिश्र ने की है व सिद्ध नहीं हो पाती है ॥ ९७ ॥

अथ ग्रहयोनिभेदो निरूप्यते—

तत्र व्यवहारार्थं ग्रहपर्यायाः[1] शुकजातके--

सूर्यो भानुस्तथादित्यो रविः प्रभाकरस्तथा ।
दिनेशस्तमोहन्ता च दिनकर्त्ता दिवामणिः ॥ १ ॥
शीतगुश्चन्द्रमा सोमो रजनीपतिरेव च ।
शीतरश्मिर्दिवानाथः [2]रात्रीशो कुमुदिनीपतिः ॥ २ ॥
आरो वक्रो महीसूनु रुधिरो रक्त एव च ।
अङ्गारक इति ख्यातः क्रूरदृक क्रूरकृत्तथा ॥ ३ ॥
सौम्यो ज्ञोऽत्र बुधश्चेति सोमजो बोधनस्तथा ।
एते सौम्यस्य पर्यायाः कुमारश्च प्रभासुतः ॥ ४ ॥
गुरुर्जीवो देवमन्त्री देवतानां पुरोहितः ।
देवेज्यअङ्गिरासूनुः बृहस्पतिरिति स्मृतः ॥ ५ ॥
शुक्रो भृगुर्भृगुसुतः आस्फुजिच्च सितस्तथा ।
उशना दैत्यपूज्यश्च कामः कविरिति स्मृतः ॥ ६ ॥
कोणो मन्दः शनिः कृष्णः सूर्यपुत्रो यमस्तथा ।
पंगुः शनैश्चरः सौ (शौ) रिः कालछायासुतोऽसितः ७ ॥
राहुस्तमोऽसुरोऽगुश्च स्वर्भानुश्च विधुन्तुदः ।
धाता च सैंहिकेयश्च भुजङ्गो भुजगस्तथा ॥ ८ ॥
शिखी केतुर्ध्वजो धूम्रो मृत्युपुत्रोऽनिलस्तथा ।

अब ग्रहयोनि भेद का निरूपण करते हैं ।

प्रथम लोक व्यवहार के लिये शुक जातक के आधार पर ग्रहों के नामान्तरों का वर्णन करते हैं ।

सूर्य के नाम--१ सूर्य, २ भानु, ३ आदित्य, ४ रवि, ५ प्रभाकर, ६ दिनेश, ७ तमोहन्ता, ८ दिनकर्त्ता, ९ दिवामणि ये हैं ।

चन्द्रमा के पर्यायवाची शब्द—१ शीतगु, २ चन्द्रमा, ३ सोम, ४ रजनी पति, ५ शीत रश्मि, ६ रात्रीश वा शशि, ७ कुमुदिनीपति ये हैं ।

मङ्गल के पर्यायवाची शब्द—१ आर, २ वक्र, ३ महीसूनु, ४ रुधिर, ५ रक्त, ६ अङ्गारक, ७ क्रूरदृक्, ८ क्रूरकृत ये हैं ।

बुध के पर्यायवाची शब्द—१ सौम्य, २ ज्ञ, ३ बुध, ४ सोमज, ५ बोधन, ६ कुमार, ७ प्रभासुत ये हैं ।

१—योनिभेदः इ० पाठान्यरम् ।

२—शशीति पुस्तकान्तरे ।

गुरू के पर्यायवाची शब्द—१ गुरू, २ जीव, ३ देवमन्त्री, ४ देव पुरोहित, ५ देवेज्य, ६ अङ्गिरासूनु, ७ बृहस्पति ये हैं।

शुक्र के नामान्तर—१ शुक्र, २ भृगु, ३ भृगुसुत, ४ आस्फुजित्, ५ सित, ६ उशना, ७ दैत्यपूज्य, ८ काम, ९ कवि ये हैं।

शनि के नामान्तर—१ कोण, २ मन्द, ३ शनि, ४ कृष्ण, ५ सूर्य पुत्र, ६ यम, ७ पङ्गु, ८ शनैश्चर, ९ सौरि, १० छायासुत ये हैं।

राहु के नामान्तर—१ राहू, २ तम, ३ असुर, ४ अगु, ५ स्वर्भानु, ६ विधुन्तुद, ७ धाता, ८ सैंहिकेय, ९ भुजङ्ग, १० भुजग ये हैं।

केतु के पर्यायवाची शब्द—१ शिखी, २ केतु, ३ ध्वज, ४ धूम्र, ५ मृत्यु, पुत्र ६ अनिल ये हैं ॥१–८॥

विशेष—इन ग्रहों के नामान्तर ग्रन्थन्तरों में अन्य भी इस प्रकार से प्राप्त होते हैं।

यथा सर्वार्थ चिन्ताभणि में—'सूर्योहेलिर्भानुमान् दीप्तरश्मिश्चण्डांशुः स्याद्भास्करोऽहस्करश्च। अब्जः सोमश्चन्द्रमाः शीतरश्मिः शीतांशुः स्यात् ग्लौर्मृगाङ्कः कलेशः ॥२५॥ आरोवक्रश्चावनेयः कुजः स्याद्भौमः क्रूरो लोहिताङ्गोऽथ पापी। विज्ञः सौम्यो बोधनश्चन्द्रपुत्रश्चान्द्रिः शान्तः श्यामगात्रोऽतिदीर्घः ॥२६॥ जीवोऽङ्गिरा देवगुरुः प्रशान्तो वाचांपतीज्यत्रिदिवसेशवन्द्याः। भृगूशनो भार्गवसूनवोऽच्छकाणः कविर्दैत्यगुरुः सितश्च ॥२७॥ छायात्मजः पङ्गुयमार्कपुत्राः कोणोऽसितः सौरिशनी च नीलः। क्रूरः कृशाङ्गः कपिलाक्षदीर्घौ तमो सुरश्चेत्यगुसैंहिकेयौ ॥२८॥ स्वर्भानुराहू च बिधुन्तुदो स्यात्केतुः शिखी स्याद् ध्वजनामधेय' (१ अ० २४—२८½ श्लो०) ॥

तथा जातक पारिजात में—'हेलिः सूर्यस्तपनदिनकृद्भानुपूषारुणार्काः। सोमः शीतद्युतिरुडपतिग्लौर्मृगाङ्केन्दुचन्द्राः। आरो वक्रक्षितिजरुधिराङ्गारकक्रूरनेत्राः, सौम्यस्तारातनय बुधविद्बोधनाश्चेन्दुपुत्रः ॥ ३ ॥ मन्त्री वाचस्पतिगुरुसुराचार्यदेवेज्यजीवाः, शुक्रः काव्यः सितभृगुसुताच्छास्फुजिद् दानवेज्याः। छायासूनुस्तरणितनयः कोणशन्यर्किमन्दाः, राहुः सर्पासुरफणितमः सैंहिकेयागवश्च ॥४॥ ध्वजः शिखी केतुरिति प्रसिद्धा' (२ अ० ३—४ श्लो०) ॥१—८॥

अथ कालपुरुषस्यात्मादिस्वरूपान् ग्रहानाह कल्याणवर्मा[1]—

आत्मा रविः शीतकरस्तु चेतः सत्वं धराजः शशिजोऽथवाणी।
ज्ञानं सुखं चेन्द्रगुरुर्मदश्च शुक्रः शनिः कालनरस्य दुःखम् ॥९॥

अब काल रूप पुरुष के आत्मादि का विभाग अर्थात् कौन-सा ग्रह कालपुरुष के किस-किस अवयव का स्वामी होता है। इसे कल्याण वर्मा के आधार पर कहते हैं।

काल रूप पुरुष की आतमा सूर्य है। चन्द्रमा चित्त (मन), भौम सत्व (बल), बुध वाणी (वचन) बृहस्पति ज्ञान व सुख, शुक्र मद (कन्दर्प, काम) और शनि दुःख है ॥९॥

१–सारावली ४ अ० १ श्लो०। तथा लघुजातक २ अ० १ श्लो।

बृहत्पाराशर में भी कहा है—सर्वात्मा च दिवानाथो मनः मुकुदबान्धवः सत्वं कुजो बुधैः प्रोक्तो बुधः वाणी प्रदायकः। देवेज्यो ज्ञानसुखदो भृगुर्वीर्यप्रदायकः। ऋषिभिः प्राक्तनैः प्रोक्तच्छायसनूश्च दुःखदः' (२ अ० १२-१३ श्लो०)

तथा बृहज्जातक में भी—कालात्मादिनकृन्मनस्तुहिनगुः सत्वं कुजो ज्ञो वचो, जीवो ज्ञानसुखे सितश्च मदनो दुःखं दिनेशात्मजः' (२ अ० १ श्लो०)।

अन्य भी सर्वार्थ चिन्तामणि में 'आत्मा रविः शीतकरो मनस्तु सत्वं कुजो भाषणमब्जसूनुः। वाचां पतिर्ज्ञानसुखे मदश्च शुक्रो भवेदर्कसुतस्तु दुःखम्' (१ अ० २४ श्लो०) ॥९॥

[1]आत्माद्यो गगनगैर्बलिभिर्बलवत्तरा।
दुर्बलैर्दुर्बला ज्ञेया विपरीतं शनेः फलम् ॥१०॥

शनौ बलिनि दुःखाभावः। अबले दुःखप्राबल्यमित्यर्थः। इदं च फलं तत्तद् ग्रहाणां दशासु बोध्यम्।

अब ग्रहों की आत्मादि संज्ञा का क्या उपयोग होता है इसे बतलाते हैं।

जन्म के समय में अत्मादि (सूर्यादि) ग्रह बलवान् हों तो जातक के आत्मादि भी बली होते हैं। जैसे—जिसकी कुण्डली में सूर्य पूर्ण बली होता है उस जातक की आत्मा बलवान् होती हैं अर्थात् वह कठिन से कठिन कार्य भी करने में समर्थ होता है। जिसकी कुण्डली में चन्द्र बली होता है उस जातक का चित्त (मन) प्रबल होता है। इसी प्रकार से अन्य ग्रहों का बलाबल जानकर तत्तदवयव का फलादेश करना चाहिए।

यदि आत्मादि ग्रह निर्बल हों तो आत्मादि भी हीन बल समझना चाहिये। शनि का फल विपरीत होता है, अर्थात् शनि निर्बल हो तो दुःखों की अधिकता होती है और शनि के बलवान होने पर दुःखों का अभाव होता है। ऐसा जानना चाहिये यह फल ग्रहों की दशा में होता है ॥१०॥

राजादि ग्रहाणामाह[2] स एव—

राजा रविः शशधरश्च बुधः कुमारः
सेनापतिः क्षितिसुतः सचिवौ सितेज्यौ।
प्रेष्यस्तयोस्तरणिजः सबला नराणां
कुर्वान्ति जन्मसमये निजमेव रूपम् ॥११॥

अब ग्रहों के राजत्वादि अधिकार को अर्थात् ग्रह समिति में कौन ग्रह राजा व कौन-कौन-सा ग्रह मन्त्री राजकुमारादि होता है इसे कल्याण वर्मा के आधार पर बताया जाता है।

ग्रह कौंसिल में सूर्य व चन्द्र राजा, बुध राज कुमार, मङ्गल सेना नायक, शुक्र गुरू मन्त्री और शनि प्रेष्य (सेवक) है। इसका प्रयोजन यह है कि जन्म के समय में

१–सारावली ४ अ० २ श्लो०। तथा लघुजातक १ अ० २ श्लो० में पठित है।

२–सारावली ४ अ० ७२ श्लो०, तथा लघुजातक १ अ० ३ श्लो० में प्राप्त है।

जो ग्रह बलवान् होता है वह जातक को अपने राजत्वादि के समान बनाता है। यदि २, ३ ग्रह बली हों तो जातक में उतने गुण अवश्य होते हैं ॥११॥

बृहत्पाराशर में कहा है—रविचन्द्रौ तु राजानौ नेता ज्ञेयो धरात्मजः। बुधो राजकुमारश्च सचिवौ गुरुभार्गवौ ॥१४॥ प्रेष्यको रविपुत्रश्च सेना स्वर्भानुपुच्छकौ' (३ अ० १३—१४)।

और भी शम्भु होरा प्रकाश में—'नृपौ रवीन्दू किल सैन्यनेता भौमः कुमारः शशिजो निरुक्तः सन्मन्त्रिणौ देवगुरूशनाख्यौ सूर्यात्मजः सेवकसंज्ञकः स्यात्' (२ अ० ३ श्लो०)।

तथा सर्वार्थचिन्तामणि में भी—दिनेशचन्द्रौ नरपालमुख्यौ सेना कुजः सोमसुतः कुमारः। शुक्रेज्यपूज्यौ सचिवौ शनिश्च प्रेष्यस्तु तद्वृत्तिमुपैति जातः' (१ अ० ३३ श्लो०) ॥११॥

विशेष—प्रकाशित सारावली में श्लोक के तृतीय पाद में 'भृत्यस्तयोश्च रविजः सबला नराणां' यह पाठान्तर है तथा प्रकाशित लघुजातक में भी श्लोक के तृतीय पाद में 'भृत्यस्तथा तरणिजः सबला ग्रहाश्च' यह पाठान्तर उपलब्ध होने पर भी अर्थ में कोई विरोध नहीं है।

इन ग्रन्थान्तरों के वचनों से यह ज्ञात होता है कि २ ग्रह राजा, २ ग्रह मन्त्री हैं १ नेता, १ कुमार, १ ग्रह सेवक है। किन्तु सर्वार्थचिन्तामणि के वाक्य में भौम को नेता व नायक न कह कर सेना बताया है। मेरी दृष्टि में यह उचित इसलिये नहीं है कि बृ० पा० के उद्धरण से सिद्ध होता है कि सेना तो राहु व केतु है तथा ग्रन्थान्तर में सर्वत्र भौम को सेना नायक या नेता ही माना गया है ॥११॥

अत्राऽर्को राजा चन्द्रो राज्ञी गुरुर्मन्त्री शुक्रो मन्त्रिणः पत्नी ज्ञेयः।

उक्तञ्च सूर्यजातके—

अहं राजा शशी राज्ञी नेता भूमिसुतः खगः।
सौम्यः कुमारो मन्त्री च गुरुस्तद्वल्लभा भृगुः ॥१२॥
प्रेष्यस्तथैव संप्रोक्तः सर्वदा तनुजो मम ॥

एषां प्रयोजनं जन्मनि प्रश्नलग्ने वा यो ग्रहः सबलः सराजत्वादिकं करोति। निर्बलो राजत्वादिनाशकरः। यद्वा जन्मनि प्रश्नकाले वा बलवानुपचयस्थो यो ग्रहःस्यात् तदा तदुक्तो राजादिकस्तस्य साधकः स्यादन्यथा हानिकरः।

यहाँ ग्रहों के राजादि विभाजन में सूर्य और चन्द्रमा को राजा, तथा गुरू शुक्र को मंत्री माना गया है किन्तु सूर्य जातक के वचन से सूर्य को राजा और चंद्रमा को रानी, एवं गुरू को मन्त्री और शुक्र को मन्त्री की पत्नी माना है उसे अब बतलाते हैं।

सूर्य भगवान् कहते हैं कि मैं (सूर्य) राजा हूँ। चन्द्रमा रानी, भौम नेता, राजकुमार बुध, गुरू मन्त्री, शुक्र गुरू की पत्नी और मेरा पुत्र शनि सेवक है ॥१२॥

ग्रहों के इस राजत्वादि विभाजन का प्रयोजन (उपयोग) यह है कि प्राणियों के जन्म के समय में अथवा प्रश्न के समय में जो ग्रह पूर्ण बली होता है उसके अनुसार राजत्वादिक गुण से युक्त जातक वा प्रश्न सम्बन्धी विचार होता है। बलहीन सूर्यादि के होने पर राजत्वादि का अभाव होता है अथवा जन्म व प्रश्न के समय में लग्न से उपचय स्थान में बलवान् जो राजादि ग्रह हो तो उसके अनुसार राजादि हो अथवा राजादि के द्वारा कार्य सिद्धि होती है। इसके विपरीत में उपचयस्थ सूर्यादि ग्रह निर्बल हों तो राजत्वादि का अभाव होता है।

वर्णानाह वराहः[1]--

रक्तः श्यामो भास्करो गौर इन्दुर्नात्युच्चाङ्गो रक्तगौरश्च वक्रः।
दूर्वाश्यामो ज्ञो गुरुर्गौरगात्रः श्यामः शुक्रो भास्करिः कृष्णदेहः ॥१३॥

प्रयोजनन्तु--बलिनः सदृशी मूर्तिरित्यादिना वर्णज्ञानम्। तथा प्रश्नकाले चौरादेर्वर्णज्ञानमपीति।

अब सूर्यादि सात ग्रहों के वर्णों को वराहमिहिर के आधार पर बताया जाता है। अर्थात् कौन से ग्रह का क्या रङ्ग है इसे कहते हैं।

सूर्य का लाल मिश्रित श्यामवर्ण है अर्थात् पाटल (धान) पुष्प के समान सूर्य का रङ्ग है। चन्द्रमा का सफेद वर्ण है। मङ्गल-सामान्य लम्बा और लालिमा से युक्त गौर (शुभ्र) वर्ण है। बुध का दूब के समान श्याम (हरा) वर्ण। गुरु का सफेद वर्ण। शुक्र का श्याम अर्थात् न अधिक सफेद, न ज्यादे कृष्ण वर्ण, तात्पर्य शुक्ल कृष्ण मिश्रित तथा शनि का रङ्ग काला होता है॥ १३॥

ग्रहों के वर्णों का प्रयोजन यह है कि जन्म के समय बलवान् ग्रह के समान जातक का रङ्ग होता है तथा प्रश्नकाल में जो ग्रह बली होता है उसके सदृश चोर का वर्ण जानना चाहिये।

अथ ग्रहाणां वर्णस्वामित्वं दिगीशत्वञ्च होरामकरन्दे[2]—

ताम्रः श्वेतः शोणनीलातिपीतश्चित्रः कृष्णश्चेति सूर्यादिवर्णाः।
प्राच्यादीशाः सूर्यशुक्रारदैत्याः मन्दश्चन्द्रः सौम्यजीवौ क्रमेण॥ १४॥

सूर्यादि वर्णाः सूर्यादि स्वामिका वर्णा इत्यर्थः। अन्यथा 'रक्तः श्यामः' इत्यादिना पौनरुक्त्या (क्तिः स्यात्)। तथा च ताम्रगुणविशिष्टद्रव्यस्य सूर्यः स्वामी। श्वेतरूपविशिष्टस्य चन्द्र इत्याद्यग्रे वक्ष्यति।

अब कौन सा ग्रह किस वर्ण व किस दिशा का स्वामी होता है। इसे होरा मकरन्द ग्रन्थ के आधार पर समझाते हैं।

ताम्र वर्ण का सूर्य, सफेद का चन्द्रमा, अधिक लाल का भौम, नील का बुध, अधिक पीले का गुरु, अनेक वर्ण का शुक्र और काले रङ्ग का स्वामी शनि होता है।

१—बृहज्जातक २ अ० ४ श्लो०।

२—२ अ० २ श्लो०।

दिशा स्वामी—पूर्व दिशा का सूर्य, पूर्व दक्षिण कोण का शुक्र, दक्षिण का मङ्गल, दक्षिण पश्चिम कोण का राहु, पश्चिम का शनि, पश्चिम उत्तर कोण का चन्द्रमा, उत्तर का बुध और उत्तर पूर्व कोण का बृहस्पति स्वामी होता है ॥ १४ ॥

यहाँ इस श्लोक में 'सूर्यादि वर्णाः' इसका यह अर्थ है कि इन वर्णों के स्वामी सूर्यादि ग्रह हैं। न कि ये वर्ण सूर्यादि ग्रह के हैं। यदि ये ताम्रादि वर्ण सूर्यादि ग्रहों के हैं ऐसा मानने पर 'रक्तः श्यामः' इस १३वें श्लोक से समता होने के नाते पुनरुक्ति दोष हो जायगा। इसलिये इन वर्णों के स्वामी सूर्यादि ग्रह होते हैं यही अर्थ उचित है।

बृहज्जातक में कहा है—'वर्णास्ताम्रसितातिरक्तहरितव्यापीतचित्रासिता प्रागाद्या रविशुक्रलोहिततमः सौरेन्दुवित्सूरयः' (२ अ० ५ श्लो०)।

तथा शम्भु होरा प्रकाश में भी—'रक्तः सितो रक्ततरः सुनीलः पीतोऽतिशुक्लस्त्वसितोऽत्र वर्णः सूर्यादधीशाः' प्राच्यादितः सूर्यसिताररराहुमन्देन्दुसोम्याङ्गिरसो दिगीशाः' (२ अ० ४-५ श्लो०) ॥ १४ ॥

एतत्स्पष्टमुक्तं सूर्यजातके—

ताम्रः शुभ्राणि रक्तानां तथा हरितपीतयोः।
विचित्रासितयोः सूत मन्मुखाः स्वामिनः स्मृताः ॥ १५ ॥

प्रयोजनन्तु जन्मयात्रा प्रश्नादौ बलिष्ठग्रहवर्णद्रव्यलाभः। अन्यथा हानिकरः (राः)। ग्रहदौष्ट्ये तत्तद्वर्णपुष्पैर्दिक् स्वामिपूजा कार्या। इति।

दिक्स्वामिप्रयोजनन्तु केन्द्रस्थे गृहे सूतिकागृहद्वारज्ञानम्। हृतनष्टादिषु चोरादे (दि) गमनीय दिज् (ग्) ज्ञानम्।

वर्ण स्वामियों के विचार में स्पष्टतापूर्वक सूर्य जातक में इस प्रकार से कहा है कि सूर्य ताम्रवर्ण के पदार्थों का, चन्द्रमा सफेद रंग के, भौम लाल रंग के, बुध हरे रंग के, गुरु पीले रङ्ग के, शुक्र अनेक प्रकार के और शनि काले पदार्थों का स्वामी होता है।

इन वर्णों के स्वामियों का उपयोग जन्म के समय में वा यात्रा के समय में या प्रश्न आदि के समय में सबसे बली ग्रह के वर्ण के आधार पर द्रव्य लाभ के लिये होता है। जैसे—मान लिया कि किसी की कुण्डली में चन्द्रमा सबसे बली है। चन्द्रमा सफेद वस्तुओं का स्वामी है। इसलिये सफेद वस्तुओं से धनागम होगा ऐसा समझना चाहिये। इसी रीति से अन्य ग्रहों के वर्णों के आधार पर फलादेश करने में सुविधा होती है।

अन्यथा इसके विपरीत में अर्थात् ग्रह बलाभाव में तत्तत्पदार्थों से हानि होती है। अशुभ ग्रह शान्ति के लिये ग्रहों के वर्णतुल्य रंग के समान पुष्पों से ग्रहों की पूजा करना चाहिये।

दिशाओं के स्वामियों का प्रयोजन यह है कि जन्म के समय में केन्द्रस्थ बली ग्रह से सूतिका के दरवाजे का ज्ञान होता है तथा चोरी हुई वा नष्ट हुई वस्तुओं के विचार में चोर के जाने की दिशा वा नष्ट वस्तु की दिशा जानने के लिये भी दिशा स्वामियों का उपयोग होता है।

प्रयोजनं सारावल्याम्[1]—

पावकजलगुहकेशवशक्रशचीवेधसः पतयः।
सूर्यादिग्रहदेवस्तन्मन्त्रैः समभिपूज्य तामाशाम्।
कनकगजवाहनादीन् प्राप्नोति नृपोऽरितो शीघ्रम्॥ १६॥

दिशाओं के स्वामियों का अन्य प्रयोजन सारावली में वर्णित है उसे अब बताया जाता है।

सूर्य का अग्नि, चन्द्रमा का जल, भौम का कार्तिकेय, बुध का विष्णु, गुरु का इन्द्र, शुक्र का इन्द्राणी और शनि का ब्रह्मा अधिदेवता होता है।

इस प्रकार सूर्यादिग्रह का जो देवता होता है उसी देव की पूजा उसके मंत्रों से करके उसी दिशा में (जिस दिशा का वह स्वामी है) यात्रा करने पर शत्रु को जल्दी पराजित करके उससे सुवर्ण, रत्न, हाथी आदि का लाभ होता है॥ १६॥

विशेष—प्रकाशित सारावली में 'अर्कादि ग्रहदैवमन्त्रैः संपूज्य' तथा 'गतोऽरितः' यह पाठान्तर प्राप्त होता है तथा बृहज्जातक (२ अ० ५ श्लो०) की भट्टोत्पली में 'पूर्वादिग्रहदेवांस्तन्मत्रैः समभिप्य' यह पाठान्तर मिलता है।

यवनेश्वरोऽपि—

[2]देवा ग्रहाणां जलवह्निविष्णुप्रजापतिस्कन्दमहेन्द्रदेव्यः।
चन्द्रार्कचान्द्रयर्कजभौमजीवशुक्राश्च यज्ञेषु यजेत शश्वत्॥ १७॥
तथा चोरनामानयने बलवद्ग्रहोक्तदेवतापर्यायनाम वक्तव्यः।

यवनाचार्य जी ने भी ग्रहों के अधिदेवता निम्न प्रकार से बतलाये हैं।

जैसे—चन्द्रमा का जल, सूर्य का अग्नि, बुध का विष्णु, शनि का ब्रह्मा, भौम का कार्तिकेय, गुरु का इन्द्र और शुक्र का इन्द्राणी अधिदेवता होता है। इन देवग्रहों के नाम पर सदा आहुति यज्ञों में दी जाती हैं॥ १७॥

चोर के नाम जानने के लिये बलवान् ग्रह के अधिदेव के तुल्य नाम चोर का जानना चाहिये।

अथ ग्रहाणां क्रूरसौम्यविभागो होरामकरन्दे[3]—

क्रूरग्रहाः कुजदिवाकर-सूर्यसूनुक्षीणेन्दवः
शशिसुतः सहितस्तु तैः स्यात्।

१—४ अ० १२-१३ श्लो०।

२—बृहज्जातक (२ अ० ५ श्लो०) की भट्टोत्पली में प्राप्त है।

३—२ अ० ३ श्लो०।

पूर्णेन्दु-जीव-भृगुजाः शुभसंज्ञिताः स्युस्तैः
संयुतस्तुहिनरश्मिसुतोऽपि सौम्यः ॥ १८ ॥

अत्र बुधो रवि-भौम-शनिभिर्युतः पापत्वमेति न तु क्षीणेन्दुसंयुतोऽपि।

अब ग्रहों की क्रूर (अशुभ) सौम्य (शुभ) संज्ञा को बतलाते हैं। अर्थात् ग्रहों में कौन-कौन सा ग्रह शुभ तथा कौन-कौन सा अशुभ होता है इसको होरा मकरन्द ग्रन्थ के आधार पर कहते हैं।

भौम सूर्य-शनि-क्षीण चन्द्रमा और इनके साथ बुध की भी क्रूर (अशुभ) संज्ञा होती है अर्थात् ये ग्रह पापग्रह होते हैं।

पूर्ण चन्द्रमा-गुरु-शुक्र इनकी सौम्य (शुभ) संज्ञा अर्थात् ये ग्रह शुभ ग्रह होते हैं और इनके साथ में यदि बुध हो तो बुध भी शुभग्रह होता है ॥ १८ ॥

ग्रहों के इस शुभ पाप विभाजन में सूर्य-मङ्गल-शनि से युत बुध होने पर ही पापग्रह कहलाता है न कि क्षीण चन्द्रमा के साथ बुध पापी होता है।

यदाह कल्याण वर्मा[१]—

गुरुबुधशुक्राः सौम्याः शौ (सौ) रिकुजार्का निसर्गतः पापाः।
शशिजोऽशुभसंयुक्तः क्षीणश्च निशाकरः पापः ॥ १९ ॥

आयुर्दायविधौ कृष्णत्रयोदश्या शुक्लद्वितीयापर्यन्तं क्षीणत्वं क्रूरलग्नगतेन भवति। अत एव यवनेश्वरेण क्षीणचन्द्रस्य पापत्वेनोक्तम्।

आचार्य कल्याण वर्मा ने कहा है कि स्वभाव से ही बुध, गुरु, शुक्र शुभग्रह हैं और शनि, भौम, सूर्य पापग्रह हैं तथा बुध अशुभ से युक्त हो तो अशुभ होता है एवं क्षीण चन्द्रमा पापी होता है ॥ १९ ॥

आयु के आनयन में कृष्ण पक्ष की त्रयोदशी से शुक्ल पक्ष की द्वितीया तक चन्द्रमा क्षीण क्रूर लग्न में होने से होता है। इसलिये यवनाचार्य ने क्षीण चन्द्रमा का पापग्रह में वर्णन किया है।

तदुक्तम्—

[२]मासे तु शुक्लप्रतिपत्प्रवृत्तः पूर्णः शशी मध्यबलो दशाहे।
श्रेष्ठो द्वितीयेऽल्पबलस्तृतीये सौम्यैश्च दृष्टो बलवान्सदैव ॥२०॥
क्रूरग्रहोऽर्कः कुजसूर्यजौ च [३]पापौ शुभाः शुक्रशशाङ्कजीवाः।
सौम्यस्तु सौम्यो व्यतिमिश्रितोऽन्यैर्वर्णैः स्वतुल्यप्रतिमत्वमेति॥२१॥

यवनाचार्यजी के मत में चन्द्रमा कभी पापी नहीं होता है अब इसे बताया जाता है।

१—सारावली ४ अ० ९ श्लो०।

२—बृ० जा० (२ अ० ५ श्लो०) की भट्टोत्पली में उपलब्ध हैं।

३—पाया : पु० पा०।

चन्द्र शुक्ल पक्ष की प्रतिपदा से दशमी तक मध्यबली, शुक्ल ११ एकादशी से कृष्ण पक्ष की पञ्चमी तक पूर्ण बली और कृष्णपक्ष की षष्ठी से अमावास्या तक अल्प (थोड़ा) बली होता है। इस विभाजन से यह सिद्ध होता है कि चन्द्रमा कभी भी बलहीन नहीं होता है अर्थात् चन्द्र पापी नहीं होता है।

सूर्य-क्रूर, भौम शनि पापग्रह, शुक्र-चन्द्र-गुरु शुभग्रह और बुध भी शुभ होता है।

बुध में विशेषता यह है कि बुध जिस क्रूर, पाप, शुभ के साथ में रहता है उसी के अनुरूप जातक को फल प्रदान करता है ॥ २०-२१ ॥

राहुकेत्वोः पापत्वमुक्तं वसिष्ठेन —

सूर्यभौमशनिराहुकेतवः क्रूरसंज्ञखचराः क्षयचन्द्रः।
पूर्णचन्द्रगुरुशुक्रचन्द्रजाः सर्वकर्मसु हि सौम्यखेचराः ॥ २२ ॥

राहु केतु की भी पाप संज्ञा वसिष्ठ ऋषि ने की है अब उसी को कहते हैं।

वसिष्ठ ऋषि का कथन है कि सब कार्यों में सूर्य, भौम, शनि, राहु, केतु और क्षीण चन्द्रमा ये पाप ग्रह और पूर्ण चन्द्रमा गुरु-शुक्र बुध शुभग्रह होते हैं ॥ २२ ॥

बृहत्पाराशर में भी कहा है - 'तत्रार्कशनिभूपुत्राः क्षीणेन्दुराहुकेतवः। क्रूराः शेषग्रहाः सौम्याः क्रूरः क्रूरयुतो बुधः' (३ अ० ११ श्लो०) ॥ २२ ॥

ग्रहाणां विप्रादिवर्णाधीशत्वं [1]सूक्ष्मजातके—

जीवसितौ विप्राणां क्षत्रस्यारोष्णगू विशां चन्द्रः।
शूद्राधिपः शशिसुतः शनैश्चरः सङ्करजातीनाम् ॥२३॥

प्रयोजन्तु हृतनष्टादिषु ग्रहबला (त्) च्चौरादीनां जातिज्ञानम्।

तदुक्तञ्च—[2]वयोजातिश्च लग्नपादिति।

अब ग्रहों की वर्णाधीशता अर्थात् कौन सा ग्रह किस वर्ण का स्वामी होता है इसे लघुजातक के आधार पर बताया जाता है।

ब्राह्मण जाति के स्वामी गुरू व शुक्र, क्षत्रियों के सूर्य, मङ्गल, वैश्यों के स्वामी चन्द्र, शूद्रों के बुध और सङ्करजातियों (अन्त्यजनों) का स्वामी शनि होता है ॥२३॥

इन विप्रादि संज्ञाओं का प्रयोजन यह है कि चोरी हुई व नष्ट हुई वस्तु के प्रश्न में बलवान् ग्रह से चोरादि की जाति का ज्ञान होता है अर्थात् चोर किस जाति का है इसका निर्णय करना चाहिये।

षट्पञ्चाशिका में कहा है कि प्रश्न लग्न के लग्नेश से अवस्था व जाति का ज्ञान करना चाहिये। विप्रादि वर्ण का ज्ञान तो इससे समझ में आता है किन्तु अवस्था का ज्ञान कैसे करना चाहिये। इस प्रश्न का उत्तर भी पाठकों की सुविधा के लिये यहाँ पर दिया जा रहा।

१—लघुजातक ३ अ० ६ श्लो०।

२—षट्पञ्चाशिका ७ अ० १३ श्लो०।

ग्रन्थान्तर में कहा है--'वयांसि तेषां स्तनपानबाल्यव्रतस्थिता यौवनमध्यवृद्धाः। अतीववृद्धा (वय) रविचन्द्रभौमज्ञशुक्रवाग्मीनशनैश्चराणाम्' यदि चन्द्रमा प्रश्न लग्नेश हो तो चोर की अवस्था स्तनपान करने वाले बालक के समान, भौम हो तो चार वर्ष से अधिक, बुध हो तो ब्रह्मचारी बारह वर्ष तक शुक्र हो तो जवान तीस वर्ष तक, गुरू हो तो ३१ से ५० तक, सूर्य हो तो ७० वर्ष तक और शनि हो तो ७० से ऊपर अवस्था का जानना चाहिये।

विशेष--प्रकाशित लघुजातक में 'क्षत्राणां रविकुजौ' तथा 'सङ्करभवानाम्' यह पाठान्तर है ॥२३॥

एषामपघातेन वर्णोपघातो वाच्यः। यदाह सत्यः—

'गुरुशुक्रौ रविभौमौ चन्द्रः सौम्यः शनैश्चरेति।
विप्रक्षत्रियविट्शूद्र (द्राः) सङ्कराणां प्रभुत्त्वकराः ॥ २४ ॥
अजये जयेऽपि(ऽथ) तु (मु) ष्टावप्रीतौ वित्तनाशने लाभे।
[तेभ्यस्तेभ्यः कुर्युँगुँणांश्च दोषांश्च पक्षांस्तान्] ॥ २५ ॥

अब इन वर्ण संज्ञक ग्रहों की निर्बलता से उस वर्ण के मनुष्य से हानि होती है। यह सत्याचार्य जी के मत से कहते हैं।

ब्राह्मणों के स्वामी गुरू व शुक्र, क्षत्रियों के सूर्य व भौम, वैश्यों के चन्द्रमा, शूद्रों के बुध और अन्त्यज जाति का स्वामी शनि ग्रह होता है।

कुण्डली में जिस वर्ण का ग्रह बलवान् होता है जातक उसी वर्ण के जनों का नेता वा मुखिया वा उस वर्ण के मनुष्य से लाभ करता है। निर्बल ग्रह के वर्ण से लड़ाई में पराजय, लाभ में हानि इत्यादि ग्रहों के आधार पर तत्तद् वर्ण से अन्य भी जानना चाहिये ॥ २४-२५ ॥

अथ ग्रहाणां वेदेशत्वमुक्तं [२]सारावल्यां
ऋग्वेदाधिपतिर्जीवो यजुर्वेदाधिपः सितः।
सामवेदाधिपो वक्रः शशिजोऽथर्ववेदपः ॥ २६ ॥

प्रयोजनन्तु शाखेशबले उपनयनादि प्राशस्त्यमिति।

अब ग्रहों के वेदेशत्व को अर्थात् कौन-सा ग्रह किस वेद का स्वामी होता है इसे सारावली ग्रन्थ के आधार पर बताया जाता है।

ऋग्वेद का स्वामी गुरू, यजुर्वेद का शुक्र, सामवेद का भौम और अथर्ववेद का बुध स्वामी होता है ॥ २६ ॥

लघुजातक में कहा है—'ऋगथर्वसामयजुषामधिपा गुरुसौम्यभौमसिताः' (२ अ० ५ श्लो०)।

नारद ऋषि ने भी कहा है—'वेदानामधिपा जीवशुक्रभौमबुधाः क्रमात्'।

१–बृ० जा० २ अ० ७ श्लो० की भट्टोत्पली टीका में प्राप्त है।

२–४ अ० १९ श्लोक।

तथा वसिष्ठ ने भी 'ऋग्यजुः सामशाखेशा गुरुशुक्रधरात्मजाः । अथर्वणस्य वेदस्य शाखेशश्च द्रनन्दनः' ॥ (पीयूषधारा सं० प्र० ४३ श्लो०) ॥ २६ ॥

इन वेदाधीशों का प्रयोजन यह है कि इनके बलवान् होने पर यज्ञोपवीतादि संस्कार करना चाहिए । अर्थात् जिस वर्ण का जो वेदाधिपति होता है उसके बलवान् होने पर उसी के वार में उस ग्रह की राशि (लग्न) में यज्ञोपवीतादि संस्कार होने से शुभता होती है ।

मुहूर्तचिन्तामणि में कहा है—'शाखेशवारतनुवीर्यमतीव शस्तं' तथा नारद का वचन भी इस प्रकार है 'शाखाधिपतिवारश्च शाखाधिपबलं शिशोः । शाखाधिपतिलग्नश्च त्रितयं दुर्लभं व्रते' । यहाँ जातक ग्रन्थ में जो वेदाधीशता का वर्णन है वह मेरी दृष्टि में तत्तद्वर्णों के अधिपति ग्रह के बलवान् होने पर अपने वेद का अध्ययन जातक करेगा या नहीं इसका विचार करना चाहिये ।

तथा अन्य भी प्रयोजन यह है कि वेदाधीश यदि अनिष्ट स्थान में हो तो उसकी शान्ति के लिये तत्तद् वेदोक्त मन्त्रों से पूँजा करने पर अशुभता नष्ट होती है ।

विशेष—प्रकाशित सारावली में 'यजुर्वेदपतिः' तथा 'शशिजोऽथर्ववेदराट्' यह पाठान्तर है ॥ २६ ॥

(अथ) ग्रहाणां पुंस्त्रीनपुंसकविभागः पञ्चतत्त्वविभागश्च बृहज्जातके[1]—

बुधसूर्यसुतौ नपुंसकाख्यौ शशिशुक्रौ युवती नराश्च शेषाः ।
शिखि-भू-ख-पयो-मरुद्गणानामधिपा भूमिसुतादयः क्रमेण ॥ २७ ॥

जन्मनि चिन्तायां हृतनष्टादिषु बलवतः स्वपक्षमेव कुर्वन्तीति प्रयोजनम् ।

अब ग्रहों के पुरुष-स्त्री-नपुंसक विभाग व पञ्चतत्व विभाग को अर्थात् कौन-कौन सा ग्रह पुरुष संज्ञक, कौन-कौन सा स्त्री और कौन-कौन सा ग्रह नपुंसक होता है, तथा किस ग्रह का कौन सा तत्व है इसको बृहज्जातक के आधार पर बताया जा रहा है ।

बुध व शनि नपुंसक, शुक्र व चन्द्रमा स्त्री ग्रह और शेष ग्रह (सूर्य, भौम, गुरू) पुरुष ग्रह होते हैं ।

भौम का अग्नि, बुध का भूमि, गुरू का आकाश, शुक्र का जल और शनि का वायु तत्त्व होता है । अर्थात् ये ग्रह इन तत्त्वों के स्वामी होते हैं ॥ २७ ॥

इस पुरुष स्त्री नपुंसक विभाग का यह प्रयोजन है कि जन्म के समय जो ग्रह सबसे बलवान् होता है उसी के तुल्य जातक का स्वभावादि होता है तथा चुराई हुई व खोई वस्तु के प्रश्न में बलवान् ग्रह के आधार पर स्त्री पुरुषादि का ज्ञान होता है ।

विशेष—प्रकाशित बृहज्जातक में 'मरुद्गणानां वशिनो भूमि····' यह पाठान्तर उपलब्ध है ॥ २७ ॥

पञ्चभूतप्रयोजनं तत्रैव[2]—

१–२ अ० ६ श्लो० ।

२–बृ० जा० ८ अ० २१ श्लो० ।

छायां महाभूतकृतां च सर्वे निवृत्तयन्ति स्वदशामवाप्य।
क्ष्मम्ब्वग्निवाय्वम्बरजान्गुणांश्च नासास्यदृक्त्वक्श्रवणानुमेयान् ।।२८।।

अब ग्रहों के पञ्चमहाभूत विभाग का क्या प्रयोजन होता है। इसे बृहज्जातक के आधार पर कहते हैं।

पूर्व के (२७ श्लो०) श्लोक में सूर्य व चन्द्रमा के तत्त्वों का वर्णन नहीं किया गया है क्योंकि सूर्य का अग्नि और चन्द्रमा जल तत्व होता है यह प्रसिद्ध है। समस्त ग्रह अपनी-अपनी दशा में अपने-अपने तत्त्व सम्बन्धिनी छाया अर्थात् शारीरिक कान्ति को प्रकट करते हैं। तथा नासिका, मुख, दृष्टि व कान के द्वारा ग्राह्य क्रम से पृथ्वी, जल, अग्नि, वायु और आकाश के गुण (गन्ध, रस, रूप, स्पर्श और शब्द) को भी अपनी-अपनी दशा में अभिव्यक्त करते हैं।

उदाहरणार्थ जैसे—सूर्य व भौम का महाभूत अग्नि है, और अग्नि की छाया इस देह में नेत्र है तथा उसका गुण रूप है। इसलिये शुभद कुण्डली में यदि सूर्य या भौम हो तथा इन्हीं की महादशा या अन्तर्दशा हो तो नेत्र में नीरोगता तथा सुन्दर-सुन्दर रूपों के दर्शन सुख होते हैं। इसी प्रकार बुध का तत्त्व पृथ्वी है, बुध की छाया नासिका की शोभा है तथा गुण गन्ध है। इसीलिये बुध की शुभ दशा में नाक की शोभा व नीरोगता रहती है और सुगन्धित द्रव्य से लाभ होता है वा सुगन्ध से सुख होता है। अशुभ दशा में उक्त अङ्ग रोग से युक्त होता है तथा उक्त द्रव्यों से हानि होती है। इसी प्रकार अन्य ग्रहों से भी इन तत्त्वों के आधार पर फल समझना चाहिये ।। २८ ।।

विशेष—प्रकाशित बृहज्जातक में 'सर्वेऽभिव्यञ्जयन्ति' यह समुचित ही पाठ उपलब्ध होता है। 'निवृत्तयन्ति' इसका अर्थ यहाँ उचित नहीं प्रतीत होता है ।। २८ ।।

ग्रहाणां सत्वादिगुणं सप्रयोजनमाह गुणाकरः—

[१]सत्वं शशीज्योष्णकराः सितज्ञौ रजस्तमक्ष्मातनयार्कपुत्रौ।
यस्याभ्रवन्द्यंशगतो दिनेशस्तत्तुल्यसत्त्वादिगुणो नरः स्यात् ।।२९।।

अब ग्रहों के सत्वादि गुण विभाजन को अर्थात् कितने ग्रहों की सत्व, किस-किस ग्रह की रज और किस-किस ग्रह की तम संज्ञा होती है। इस विषय को गुणाकर के कथित वाक्य से बताते हैं।

चन्द्रमा, गुरू व सूर्य की सत्व संज्ञा होती है अर्थात् ये ग्रह सात्विक प्रकृति के होते हैं। शुक्र बुध राजसी और भौम व शनि तामसी प्रकृति वाले होते हैं।

इस ग्रहों के सत्वादि विभाजन का उपयोग यह होता है कि कुण्डली में सूर्य जिस ग्रह के त्रिंशांश में होता है उस ग्रह की प्रकृति (सत्वादि गुण) के अनुसार ही जातक की अन्तःकरण की वृत्ति होती है ।। २९ ।।

वराहोऽपि—

[२]सत्वं रजस्तमो वा त्रिंशांशे यस्य भास्करस्तादृक्। इति ।।

१–२ अ० ४ श्लो०।
२–लघुजातक ६ अ० २ श्लो०।

अत्र पूर्वोक्तपञ्चभूतलक्षणं सत्वादिगुणलक्षणञ्च वक्ष्यमाणपञ्चमहापुरुषराजयोगविचारे विस्तारेण(रं) लिख्यते। तत्रत एवावधार्यम्। नन्वर्कस्येन्दोश्च त्रिंशांशकाभावादनयोः सत्वादिगुणनिरूपणं व्यर्थं स्यादिति चेन्न। यतो बलवद्ग्रहवशादपि प्रकृतिर्भवति।

तदुक्तं देवकीर्तिना—

'बलवद्भिर्गुणो भवेज्जातः

अत्र त्रिंशांशकतो गुणविचारो मुख्यः। यहाह श्रीसूर्यः—

यस्य त्रिंशांशगश्चाहं तद्गुणो जातको भवेत्।

सत्वादिप्रकृतिरन्तरात्मनो भवतीत्युक्तं शुकजातके—

सत्वादिप्रकृतिं स्वीयां प्रयच्छन्त्यन्तरात्मन इति।

आचार्य वराह मिहिर जी ने भी अपने लघुजातक ग्रन्थ में कहा है कि जन्म या आधान काल में सूर्य जिस सत्वदि गुण ग्रह के त्रिंशांश में होता है तदनुरूप जातक में भी सत्वादि गुण का निवास रहता है।

इस ग्रन्थ में पूर्वकथित पञ्चभूत लक्षण तथा सत्वादि गुण लक्षण का विचार विस्तार से आगे कथित पञ्चमहापुरुष राज योग विचार प्रकरण में किया गया है। वहीं से इन दोनों को समझना चाहिये।

यहाँ यह शङ्का होती है कि त्रिशांश गणना में सूर्य और चन्द्रमा के जब त्रिशांश नहीं होते तो सत्वादि संज्ञा में इन दोनों की गणना व्यर्थ हो जायगी। किन्तु ऐसा नहीं होता क्योंकि सबसे बली ग्रह के आधार पर भी सत्वादि गुण का विचार होता है। केवल त्रिंशांश से ही सत्वादि गुण का विचार नहीं होता है॥

श्री देवकीर्ति ने कहा कि जन्म या आधान के समय में जो ग्रह सबसे बलवान् होता है, उसके आधार पर सत्वादि गुण का विचार करना चाहिए।

ग्रन्थकार का कथन है कि त्रिंशांश से सत्वादि गुण का विचार मुख्य है। क्योंकि श्री सूर्य भगवान् ने कहा है कि मैं (सूर्य) जिस ग्रह के त्रिंशांश में होता हूँ उस ग्रह के सत्वादि गुण समान जातक होता है।

सत्वादि प्रकृति जातक की अन्तरात्मा से होती है। ऐसा शुक जातक में कहा है। ये ग्रह अपनी प्रकृति के अनुसार जातक के अन्तः करण में सत्वादि प्रकृति को देनेवाले होते हैं।

विशेष— ग्रहों के सत्वादि विभाजन में यवेश्वराचार्य जी से मतभेद प्रतीत होता है क्योंकि यवनेश्वर ने कहा है—'सत्वाधिका भास्करभौमजीवा भृग्वात्मजो राजसिकः शशी च। शनैश्चरस्तामसिको बुधस्तु संयोगतोऽस्माल्लभते विशेषान्' इस वाक्य में भौम की सत्व चन्द्रमा की राजस ओर बुध की संयोगवश संज्ञा का वर्णन विपरीत है।

मेरी दृष्टि में ग्रन्थान्तरों से विरोध होने के नाते इस मत को ग्रन्थकार ने स्वीकार नहीं किया है क्योंकि वराह ने भी इसी प्रकार से ग्रहों की सत्वादि संज्ञा का वर्णन

१–बृ० जा० २ अ० ७ श्लो० की भट्टोत्पली में प्राप्त है।

किया है। पाठकों की सुविधा के लिये कुछ वाक्य ग्रन्थान्तरों के यहाँ दिये जा रहे हैं।

यथा बृहत्पाराशर में—'सूर्यजीवेन्दवः सत्वं बुधशुक्रौ रजस्तथा। सूर्यपुत्र-धरापुत्रौ तमः प्रकृतिकौ द्विज' (३ अ० २२ श्लो०)।

लघुजातक में—'गुरुशशिरवयः सत्वं रजः सितज्ञौ तमोऽर्कसुतभौमौ। एतेऽन्तरात्मनि स्वां प्रकृतिं जन्तोः प्रयच्छन्ति' (६ अ० १ श्लो०)।

एवं सत्याचार्य ने भी कहा है—'तामसिकौ कुजसौरी राजसिको भार्गवः शशि-सुतश्च। जीवशशिभास्कराः सात्त्विका ग्रहवत्प्रकृतयो नृणाम्' (बृ० जा० २ अ० ७ श्लो० की भट्टोत्पली टीका में)।

और भी शम्भुहोरा प्रकाश में—'सत्वं रवीज्यक्षणदाधिपाः स्यू रजः सितारौ ज्ञयमौ तमश्च' (२ अ० ८ श्लो०)। इत्यादि वाक्य ही ग्रन्थान्तरों में उपलब्ध होते हैं।

जिस जातक की सात्विक प्रकृति होती है उसमें दया की भावना, स्थिरता, सत्यता, मृदुता और ब्राह्मण व देवता की भक्ति ये गुण होते हैं।

जिसकी राजसिक प्रकृति होती है वह जातक काव्यकला में अर्थात् रचना करने में निपुण या ग्रन्थ बनाने वाला, ललित कलाओं का विशेषज्ञ, यज्ञ करने वाला, स्त्रियों में दत्त चित्त और अधिक पराक्रमी वीर होता है।

जिसकी तामसी प्रकृति होती है वह जातक अधिक क्रोधी, दूसरों को ठगने वाला, मूर्ख, आलसी और अधिक सोने वाला होता है। कहा है—

'यः सात्विकस्तस्य दयास्थिरत्वं सत्यार्जवं ब्राह्मणदेव भक्तिः। रजोऽधिकः काव्य-कलाक्रतुस्त्रीसंसक्तचित्तः पुरुषोऽतिशूरः। रजोऽधिको वञ्चयिता परेषां मूर्खोऽलसः क्रोधपरोऽतिनिद्रः' ॥ २९ ॥

अथ ग्रहस्वरूपम्। तत्र वराहः[1]—

(सू०) मधुपिङ्गलदृक्चतुरस्रतनुः पित्तप्रकृतिः सवितालपकचः।
(च०) तनुवृत्ततनुर्बहुवातकफः प्राज्ञश्चेन्दुर्मृदुवाक् शुभदृक् ॥ ३० ॥

मधुपिङ्गलदृष्टिश्चतुरस्रतनुः प्रसारितभुजद्वयोच्छ्रायसमः। तनुवृत्ततनुः कृशवर्तुलाङ्गः।

(भौ०) क्रूरदृक्तरुणमूर्तिरुदारः पैत्तिकः सुचपलः कृशमध्यः
(बु०) श्लिष्टवाक् सततहास्यरुचिर्ज्ञः पित्तमारुतकफप्रकृतिश्च ॥ ३१ ॥

क्रूरदृग् भौमः कृशमध्यस्तनूदरः श्लिष्टवाग् गद्गदभाषी।

(गु०) बृहत्तनुः पिङ्गलमूर्धजेक्षणो बृहस्पतिः श्रेष्ठमतिः कफात्मजः।
(शु०) भृगुः सुखी कान्तवपुः सुलोचनः कफानिलात्मा सितवक्रमूर्धजः॥३२॥

---

१. बृहज्जातक २ अ० ८–१. श्लो०।

(शा०) मन्दोऽलसः कपिलदृक्कृशदीर्घगात्रः
स्थूलद्विजः परुषलोमकचोऽनिलात्मा ।
स्नाय्वस्थ्यसृक्त्वगथ शुक्रवसासमज्जा
मन्दार्कचन्द्रबुधशुक्रसुरेज्यभौमाः ॥ ३३ ॥

स्थूला महान्तो द्विजा दन्ता यस्य स स्थूलद्विजः । मज्जा अस्थ्यन्तरगतो धातुविशेषः ।

प्रयोजन्तु जन्मकाले यो ग्रहो बलवांस्तत्प्रकृतिकस्तद्धातुसारश्च तात्कालजातो भवति ।

यद्वा हृतनष्टप्रश्ने एवंविधरूपाश्चौरादयः व्याधितप्रश्ने च लग्नस्वामिलग्नवांशस्वामिवशेन तद्दोषोद्भवा पीड़ा च वक्तव्येति ।

अब किस ग्रह का कैसा स्वरूप व प्रकृति होती है इसे वराह मिहिर के आधार पर बताते हैं ।

सूर्य—इसके नेत्र की पुतलियाँ शहद के समान कुछ भूरापन से युक्त लाल होती हैं । शरीर की बनावट चौकोर है तथा इसकी पित्त प्रकृति और थोड़े केश अर्थात् सिर के बाल होते हैं ।

चन्द्रमा—इसका शरीर नाटे कद का व गोलाकृति, त्रिदोषों में से वायु व कफ की प्रधानता होती है । यह विद्वान् है अर्थात् विशेष जानकार । इसकी बोली में मीठापन व नम्रता है और इसके नेत्र अच्छे हैं अर्थात् बुरी निगाह से देखने वाला नहीं है ।

मङ्गल—इसके नेत्रों में क्रूरता है और तरुण अवस्था के सदृश इसका स्वरूप (आकृति) है । क्रोध से युक्त दृष्टि होते हुए भी स्वभाव से उदार है । त्रिदोषों में से पित्त की प्रधानता है अर्थात् पित्त की प्रकृतिवाला है । इसका चित्त अधिक चञ्चल है और इसका शरीर का मध्य भाग अर्थात् पेट छोटा है वा कमर पतली है ।

बुध—इसकी बोली में गदगदता अर्थात् मधुरता होती है । हमेशा हँसने में प्रीति रखने का स्वभाव और त्रिदोष से युक्त अर्थात् कफ, वात, पित्त से युक्त प्रकृति वाला होता है ।

गुरू—इसके शरीर की आकृति लम्बी और स्थूल होती है । मूर्धज–सिरके बाल व नेत्र भूरे होते हैं । इसकी बुद्धि श्रेष्ठ होती है या यों जानिये इसकी बुद्धि सत्कार्यों में प्रवृत्त होती है । इसमें कफ की प्रधानता होती है या इस प्रकार समझिये कि इसकी कफ प्रकृति होती है ।

शुक्र—यह सुखमय है अर्थात् इसके आधार पर कुण्डलो में इसकी स्थिति से पता चलता है कि जीवन में सुख कैसा रहेगा । इसकी शुभता प्राप्त होने पर सुख अन्यथा अभाव होता है इसके शरीर की बनावट अधिक सुन्दर व अच्छी दृष्टि होती है । इसकी कफ व वायु प्रकृति है या यों समझिये कि कुण्डली में यदि शुक्र मृत्यु देने वाला है तो कफ वा वायु वा दोनों के दोष जन्य व्याधि से अन्तकाल होता है इसके सिर के बाल काले घुँघराले होते हैं ।

शनि—यह आलसी है क्योंकि समस्त ग्रहों से इसकी कक्षा ऊपर है और इसे भगण भोगने में तीस वर्ष लगते हैं जब कि अन्य ग्रहों को इतना समय नहीं लगता, इससे कम समय में ही अपने भगण को पूर्ण कर लेते हैं। या यों समझिये कि यदि कुण्डली में सबसे बलवान् ग्रह शनि हो या लग्नगत नवांश शनि का हो तो जातक का स्वभाव आलसी होता है अर्थात् इसके प्रत्येक कार्य धीरे-धीरे होते हैं। इसकी आँख भूरापन से युक्त लालिमा लिये हुए होती है। इसके शरीर की बनावट लम्बी किन्तु दुबली पतली है। इसके दांत बड़े या मोटे हैं। इसके शरीर के लोम और बाल कठोर हैं। इसके शरीर में वायु की प्रधानता है। या इस प्रकार जानिये कि इसकी वायु प्रकृति है। या यों समझिये कि यदि कुण्डली में शनि मृत्युकारक है तो वायुजनित पीड़ा से मृत्यु होगी।

अब शरीर धातुओं में किस ग्रह की कौन धातु है अर्थात् किस धातु पर किस ग्रह का अधिकार है। इसे बताते हैं।

शनि की धातु शरीर में नस होती हैं। शनि की स्थितिवश से जातक की कैसी नसें हैं इसका ज्ञान करना चाहिये।

सूर्य की अस्थि=हड्डी, चन्द्रमा की रुधिर=खून, बुध की त्वक्=खाल, (शरीर का ऊपरी भाग) शुक्र की शुक्र=वीर्य, गुरू की वसा=चर्वी और भौम की मज्जा=सार =हड्डी के भीतर की ताकत, धातु है ॥ ३१-३३ ॥

इन ग्रहों के स्वरूपों व आकृतियों का तात्पर्य यह है कि जन्म के समय में अर्थात् जन्मकुण्डली में जो ग्रह सबसे बलवान् होता है उसके समान जातक की प्रकृति व तत्तुल्य धातु में पुष्टता होती है।

अथवा चोरी हुई वस्तु व खोई हुई वस्तु के प्रश्नकाल में जो ग्रह बली होता है उस ग्रह के समान ही चोर का स्वरूप व प्रकृति होती है, और रोगी के प्रश्नकाल में लग्नस्थ नवांश स्वामी ग्रह के समान वातादि से उत्पन्न पीड़ा होती है। अतः ग्रहों के स्वरूप व आकृति आदि का ज्ञान फलादेश में महत्व रखता है।

विशेष—प्रकाशित बृहज्जातक में 'प्राज्ञश्च शशी' तथा 'शुक्रवसे च मज्जा' यह पाठा तर प्रतीत होता है ॥ ३१-३३ ॥

अथ ग्रहाणामवस्थावर्षाणि शुकजातके--

बालवयस्को भौमः कुमारवेषो बुधो गुरोस्त्रिंशत्।
शुक्रः षोडशवर्षो रविश्च पञ्चाशदब्दश्च ॥ ३४ ॥
चन्द्रः सप्ततिवर्षः शतवर्षं शनिराहुकेतोः स्यात्।
येषां प्रसूतिसमये सदसत्फलदायकः खेटः ॥ ३५ ॥
बल सहितः स्वावस्थाकालस्वरूपं विशेषतः कुर्यात्।

अब किस ग्रह की कितने वर्ष की अवस्था होती है इसे शुकजातक के आधार पर कहते हैं। इस का ज्ञान चक्र से निम्न है।

सू०	चं०	मं०	बुध	गुरु	शुक्र	शनि	राहु	केतु
५०	७०	५	१०	३०	१६	१००	१००	१००

५ वर्ष बालक अवस्था मङ्गल की, १० वर्ष कुमार बुध की, ३० वर्ष गुरू की, १६ वर्ष शुक्रकी, ५० वर्ष सूर्य की, ७० वर्ष चन्द्रमा और शनि-राहु-केतु की सौ सौ वर्ष की अवस्था होती है। इन अवस्थाओं का प्रयोजन यह है कि जन्म के समय ग्रहों की शुभ वा अशुभ स्थिति से उक्त अवस्थाओं में शुभ वा अशुभ फल जातक को प्राप्त होता है ॥ ३४-३५ ॥

अथ ग्रहाणां वस्त्रज्ञानं धातुज्ञानञ्च जातकरत्नमालायाम्--

स्थूलं नूतनमेव वन्हिकहतं वस्त्रं जलैराहतं,
मध्यस्थं दृढमेव जीर्णकमिदं रव्यादितश्चिन्तयेत् ।
ताम्रं स्यान्मणिहेममिश्रितमतो रौप्यं तु मुक्ताऽयसी ।
प्रश्ने जन्मनि वा बलाधिकतराल्लाभादिकं चिन्तयेत् ॥ ३६ ॥

अब किस ग्रह का किस प्रकार का वस्त्र तथा धातु विशेष होता है इसको जातक रत्नावली के आधार बताया जाता है।

वस्त्र—सूर्य का स्थूल = मोटा, चन्द्रमा का बिलकुल नया, भौम का अग्नि से जला हुआ, बुध का जल से भीगा हुआ, गुरू का मध्यम अर्थात् न अति नवीन न अधिक पुराना, शुक्र का दृढ़ मजबूत और शनि का जीर्ण फटा हुआ वस्त्र होता है।

धातु—सूर्य की तामा, चन्द्रमा की मणि, भौम की सुवर्ण, बुध की मिश्रित कांसा आदि गुरू की चांदी, शुक्र की मोती और शनि की लोहा धातु होती है।

इन ग्रहों की संज्ञाओं का प्रयोजन यह है कि प्रश्न काल के समय में वा जन्म के समय में बलवान् ग्रह के आधार पर चोर के वस्त्र का ज्ञान वा जन्म के समय सूतिका का के वस्त्र का परिज्ञान होता है।

धातु संज्ञा का उपयोग प्रश्न के समय बली ग्रह से तत्सम्बन्धिधातु विशेष की चिन्ता वा जन्म के समय में सूतिका के घर में उस धातु की सत्ता वा जीवन में उससे लाभादि का ज्ञान होता है ॥ ३६ ॥

अत्र स्वगृहे स्थितगुरोः सुवर्णमपि वेदितव्यम्। एतदुक्तं बादरायणेन[1]—

अर्कस्य ताम्रं मणयो हिमांशोर्भौमस्य हेमेन्दुसुतस्ययु (शु)क्तिः ।
जीवस्य रौप्य स्वगृहे स्थितस्य तस्यैव हेमोशनसश्च मुक्ता ॥ ३७ ॥
तीक्ष्णांशुदेहप्रभवस्य सीसं कृष्णायसं वा प्रवदन्ति तज्ज्ञाः ॥

प्रयोजनं सूतिकागृहे बलवद्ग्रहधातुसत्ता (मता) वाच्या। तच्छुभदशायां तद्द्रव्यलाभः। अथाशुभदशायां तद्द्रव्यहानिर्ज्ञेया।

ग्रहों की धातु सम्बन्धी जानकारी के विषय में यदि गुरू अपनी राशियों में स्थित हो तो उससे सुवर्ण (सोना) भी जानना चाहिए। यह विशेष बात बादरायण ऋषि ने बतलाई है। अब उसी को कहते हैं।

सूर्य की धातु तामा, चन्द्रमा की मणि, मङ्गल की सोना, बुध की युक्ति (मिश्रित) गुरू की चांदी और अपने घर (धनु, मीन) में होने पर हेम अर्थात् सुवर्ण, शुक्र की मोती और शनि की सीसा या काला लोहा धातु है ॥ ३७ ॥

१—बृहज्जातक २ अ० १२ श्लो० की टीका में उद्धृत है।

विशेष—भट्टोत्पली टीका में 'सीसंक्रृष्णायसं वा' इसके स्थान पर 'सीसकृष्णायसं च' यह पाठान्तर उपलब्ध है। इसलिये सीसा और काला लोहा यह दोनों ही धातु हैं। यह भी शनि के विषय में विशेष जानकारी प्राप्त होती है ॥ ३७ ॥

अथ ग्रहाणां रसस्थानानि सारावल्याम्[१]—

कटु-लवण-तिक्त-मिश्र-मधुराम्ल-कषायरसविशेषाणाम्।
सुरगृहकाग्निविहारार्थशयनपांसूत्कराणाञ्च ॥ ३८ ॥

रव्यादयः स्वामिन इति शेषः। कं जलगृहं, पांसू (शू) त्करोऽवकर-स्थानम्।

प्रयोजन्तु—

मासि तृतीये स्त्रीणां दौहृदकं जायते तथावश्यम्[२]।
मासाधिपस्वभावैर्विलग्नयोगादिभिश्चान्यत् ॥ ३९ ॥

भोजनप्रश्ने च तद्ग्रहलग्ननवांशवशात्तत्तद्रसान्वितभोजनं वक्तव्यम्। उत्तरार्धप्रयोजनन्तु बलवद्ग्रहवशात्प्रसवस्थानज्ञानं हृतनष्टादौ तत्तत्स्थान-ज्ञानम्

प्रत्येक ग्रह के वस्त्र व धातुओं को बताकर अब रस और स्थान को प्रयोजन के साथ सारावली ग्रन्थ के आधार पर बताते हैं।

रस = सूर्य का कड़ुवा, चन्द्रमा का क्षार (क्योंकि समुद्र से उत्पत्ति है), भौम का तिक्त (तीता) बुध का मिश्र (मिला जुला), गुरू का मीठा, शुक्र का खट्टा और शनि का कसैला रस है।

स्थान-सूर्य का देव स्थान, चन्द्रमा का जलगृह, भौम का अग्नि, बुध का क्रीडास्थल, गुरू का धन-गृह, शुक्र का शयनागार और शनि का कतवारखाना स्थान है। अर्थात् रव्यादि ग्रह इन रस व स्थानों के स्वामी हैं।

सूर्यादि ग्रहों के रस व स्थान बतलाने का प्रयोजन यह है कि गर्भाधान के अनन्तर तीसरे मास में स्त्रियों को अनेक प्रकार की इच्छा होती हैं उनका ज्ञान उस मास के स्वामी के आधार पर करना चाहिये अर्थात् भोजन में कौन सा रस विशेष प्रिय और किस प्रकार की भूमि में निवास करने की इच्छा गर्भवती की है इत्यादि का ज्ञान करने के लिये ही रस व स्थानों का कथन है।

इन दोनों का विचार मासाधिप के स्वभाव तुल्य या आधान कालिक वा प्रश्न-कालिक लग्नादि ग्रह योगवश पहिचाना जाता है ॥ ३८-३९ ॥

भोजन के प्रश्न में या इस प्रकार समझिये कि यदि कोई भोजन करके आये और प्रश्न करे कि मैंने किस रस से मिश्रित भोजन किया है तो उस समय में जो

१–४ अ० ९५ श्लो०।

२–सारावली ८ अ० ४२ श्लो०।

प्रश्न लग्न में ग्रह स्थित हो उस ग्रह के बल पर वा लग्न नवांश स्वामी के आधार पर रस जानना चाहिये।

सूर्यादि ग्रहों के स्थान बताने का तात्पर्य यह है कि जन्माङ्ग में जो बली ग्रह हो उसी के स्थान में प्रसव हुआ है ऐसा जानना चाहिये। खोई हुई व नष्ट हुई वस्तु के प्रश्न में बलवान् ग्रह के आधार पर वस्तु का स्थान समझना चाहिये।

विशेष—प्रकाशित सारावली में 'सुरगृहकाग्नि' के स्थान पर 'सुरतोयाग्नि' यह व ३९वाँ प्रकाशित सारावली का ही है। प्राप्त होरारत्न की पुस्तक में 'दोहको जायते रूपं वा अवश्यम्' 'माषादिपस्य भावैर्लग्नयोगादिभिश्चिन्त्यम्' यह पाठान्तर मिलता है।

बृ० जा० की २ अ० १४ श्लो० भट्टोत्पली टीका में ३९वें श्लोक का अन्य पाठान्तर इस प्रकार से उपलब्ध है। जैसे—'दोहदको जायतेऽवश्यम्। स रसाधिपस्य भावैर्विलग्नयोगादिभिश्चिन्त्यः' ॥ ३८-३९ ॥

अथ ग्रहाणामयनादिस्वामित्वमृतुस्वामित्वं चोक्तं सारावल्याम्[1]—

अयनक्षणदिवसर्तुकमासाख्यतदर्धशरदां दिनेशाद्याः।
शिशिराद्यानामीशाः शनि (शि) सितभौमेन्दुबुधजीवाः ॥ ४० ॥

अब ग्रहों के काल व ऋतु को अर्थात् कौन-सा ग्रह कितने काल का व कौन-सी ऋतु का स्वामी होता है। इसे सारावली ग्रन्थ के आधार पर ग्रन्थकार बताते हैं।

अयन का स्वामी सूर्य, क्षण का = मुहूर्त = २ घटी का, चन्द्रमा, १ दिन का भौम, ऋतु = २ मास का बुध, १ मास का गुरु, १५ दिन का शुक्र और वर्ष का स्वामी शनि होता है।

ऋतु—शिशिर का शनि, वसन्त का शुक्र, ग्रीष्म का मंगल, वर्षा का चन्द्रमा, शरद का बुध और हेमन्त ऋतु का अधिपति गुरु होता है ॥ ४० ॥

विशेष–प्रकाशित सारावली में—'मासतदर्ध' व 'रादीनामीशाः' यह पाठान्तर प्राप्त हैं ॥ ४० ॥

अयनादि स्वामीप्रयोजनमाह मणित्थ.[2]—

लग्नांशकपतितुल्यः कालो लग्नोदितांशसमसंख्यः।
वक्तव्यो रिपुविजये (षये) गर्भाधानेऽथ कार्यसंयोगे ॥ ४१ ॥

अस्यार्थः। लग्ने यावन्तो नवांशा उदिता भवन्ति तावत्संख्यः कालोंऽशकः स्वामिवशेन वक्तव्यः। तद्यथा। यदि नवांशस्वामी रविर्भवति तदा तावदयनानन्तरं कार्यसिद्धिर्भवति। एवं चन्द्रे तावन्मुहूर्तानन्तरं, भौमे तावद्दिनान्तरमित्यादिज्ञेयम्। एवं प्रश्नलग्नात्प्रसवेऽपि कालो ज्ञेयः।

१—४ अ० १७ श्लो०।

२—बृ० जा० २ अ० १४ श्लो० की भट्टोत्पली टीका में है।

केचित्तु प्रश्नलग्ने यस्य ग्रहस्य नवांशकोदयो भवति स च ग्रहस्तस्मान्नवांशकात् यावत्संख्ये नवांशे भवति तत्संख्यो नवांशस्वामिग्रहवशेनायनादिना वा कालो वक्तव्य इत्याहु ।

ऋतुस्वामिप्रयोजनन्तु नष्टजातके ऋतुनिर्देशः स च लग्ने यो ग्रहो भवति तद्वशेन कार्यः । यदि च लग्ने न कोऽपि ग्रहस्तदा द्रेष्काणस्वामिवशेन । यदि च लग्ने व्याद्याः ग्रहाः भवन्ति तदा बलवद्ग्रहवशेन । तथा च मणित्थः—

व्याद्यैर्लग्नोपेतैर्यो बलवांस्तद्ग्रहस्तु निर्देश इति ।

अब इन अयनादि काल स्वामी व ऋतु स्वामी ग्रहों का क्या प्रयोजन होता है इसे मणित्थ ऋषि के वचन से बताते हैं ।

प्रश्न लग्न में जिस ग्रह का नवांश वर्तमान हो उस ग्रह के समान नवांश संख्या तुल्य अयनादि काल समझना चाहिये । अर्थात् यदि कोई प्रश्न करे कि मेरे कार्य की सिद्धि कितने काल में होगी तो इस प्रश्न के निर्णय में यदि सूर्य नवांशपति हो तो नवांश संख्या तुल्य अयन में, यदि चन्द्रमा हो तो नवांश संख्या तुल्य मुहूर्त में यदि भौम हो तो नवांश संख्या सम दिन में कार्य सिद्धि होगी । इसी प्रकार अन्य ग्रहों से भी समझना चाहिये । इस रीति से शत्रु के जय-पराजय में या गर्भाधान के विषय में काल का ज्ञान करना चाहिये ॥ ४१ ॥

या किसी-किसी का तो यह मत है कि प्रश्न लग्न में जिस ग्रह का नवांश हो और वह ग्रह उस नवांश से जितनी संख्या के नवांश में स्थित हो तथा उस नवांश स्वामी ग्रह के आधार पर सूर्यादि ग्रह होने पर अयनादि काल समझना चाहिये ।

ऋतु स्वामी ग्रहों का प्रयोजन नष्टजातक ज्ञान में ऋतु ज्ञान के लिये होता है । जैसे प्रश्न लग्न में जो ग्रह हो वह जिस ऋतु का स्वामी हो वह ऋतु जन्म की होती है । यदि प्रश्न लग्न में कोई ग्रह न हो तो द्रेष्काण के स्वामी ग्रह की ऋतु समझना चाहिये । यदि प्रश्न लग्न में दो तीन चार आदि ग्रह हों तो बली ग्रह के आधार पर ऋतु को जानना चाहिये ।

अथ दृष्टिः । (तत्र) वराहः[1]—

दशमतृतीये नवपञ्चमे चतुर्थाष्टमे कलत्रे च ।
पश्यन्ति पादवृद्धया फलानि चैवं प्रयच्छन्ति ॥ ४२ ॥

अन्यच्च[2]—

पूर्णं पश्यति रविजस्तृतीयदशमे त्रिकोणमपि जीवः ।
चतुरस्रं भूमिसुतः सितार्कबुधहिमकराः कलत्रञ्च ॥ ४३ ॥

१—लघुजातक २ अ० १२ श्लो० ।
२. लघुजातक २ अ० १३ श्लो० ।

अत्र चकारोऽनुक्तसमुच्चयार्थः। तेन कुजार्कीज्यानां समुच्चयात्सप्तमे सर्व एव संपूर्णदृष्टय इत्यर्थः।

अब ग्रहों की दृष्टि के विषय में अर्थात् किस ग्रह की किस स्थान पर पूर्ण व पाद दृष्टि होती है इसे वराह मिहिर के आधार पर बताते हैं।

समस्त ग्रह अपने-अपने स्थान से दशम व तृतीय स्थान को एक चरण ($\frac{1}{4}$) दृष्टि से, नवम व पञ्चम स्थान को दो चरण ($\frac{1}{2}$) दृष्टि से, चौथे व आठवें स्थान को तीन चरण ($\frac{3}{4}$) दृष्टि से और सप्तम स्थान को पूर्ण दृष्टि से देखते हैं तथा चरण के अनुपात से दृष्टिजन्य फल को देते हैं।

इस कथित दृष्टि में विशेषता यह है कि शनि तीसरे व दशवें स्थान को, गुरु पञ्चम व नवम स्थान को, भौम चौथे व आठवें स्थान को और शुक्र, सूर्य, बुध, चन्द्रमा सप्तम स्थान को पूर्ण दृष्टि से देखते हैं।

इस श्लोक में च शब्द अकथित ग्रह समूह का द्योतक है। इस च शब्द से भौम-शनि-गुरु ये ग्रह भी सप्तम स्थान को पूर्ण दृष्टि से देखते हैं यह सिद्ध होता है ॥ ४२–४३ ॥

यवनेश्वरोऽपि--

जा[1] (या) मित्रभे दृष्टिफलं समग्रं स्वपादहीनं चतुरस्रयोश्च।
त्रिकोणयोर्दृष्टिफलार्धमाहुर्दुश्चिक्यसंज्ञे दशमे च पादम् ॥४४॥
फलं विशेषं प्रवदाम्यथातो भौमस्य पूर्णं चतुरस्रभे स्यात्।
फलं च जीवस्य यथा त्रिकोणं पूर्णं शनेः स्याद्दशमे तृतीये ॥४५॥
स्वाक्रान्तभात्सप्तमभे समस्तं फलं दृगुत्थं निखिलग्रहाणाम्।

यवनाचार्य जी ने भी ग्रहों की दृष्टि निम्न प्रकार से बतलाई है।

सप्तम स्थान पर ग्रहों की दृष्टि का पूर्ण फल चतुर्थ व अष्टम पर एक चतुर्थांश अल्प पूर्ण दृष्टि से, नवम व पञ्चम पर आधा और दशम व तृतीय पर चतुर्थांश दृष्टि फल होता है। इस दृष्टि से ग्रहों की विशेष दृष्टि इस प्रकार होती है। जैसे—गुरु नवम व पञ्चम स्थान को, भौम चतुर्थ व आठवें स्थान को और शनि दशम व तृतीय स्थान को तथा समस्त ग्रह अपनी राशि से सप्तम राशि को पूर्ण दृष्टि से देखते हैं ॥ ४४–४५ ॥

सूर्यजातके श्री सूर्योऽपि।

तृतीयदशमे सौ (शौ) रिः जीवस्तद्वत् त्रिकोणगे (के)।
चतुरस्रं धरासूनुः कलत्रे निखिला ग्रहाः ॥ ४६ ॥
पूर्णं पश्यन्ति सर्वत्र प्रयच्छन्ति फलं तथा। इति।
[2]दुश्चिक्यदशगान् सौरिः त्रिकोणस्थान् बृहस्पतिः।

१—बृ० जा० २ अ० १३ श्लो० की भट्टोत्पली टीका में ४४वां मात्र प्राप्त है।
२—बृ० जा० २ अ० १३ श्लोक की भट्टोत्पली में प्राप्त है।

चतुर्थाष्टमगान् भौमः शेषाः सप्तमसंस्थितान् ॥ ४७ ॥
भवन्ति वीक्षणे नित्यमुक्ताधिकफला ग्रहाः ॥ इति ॥

अत्र भौमशेषाः सप्तमसंस्थितानिति पाठो लेखकदोषजो ज्ञेयः। अन्यथा पूर्वोपन्यस्तमुनिवचनैर्विरुद्धता स्यात्। केवलं भ्रमादेव भौमादीनां सप्तमे पूर्णदृष्टिर्न वदन्ति तच्चिन्त्यम्।

सूर्य जातक में भगवान् सूर्य ने भी ग्रहों की दृष्टि इसी प्रकार से वर्णन की है।

गार्गी ने भी शनि, गुरु, भौम को छोड़कर शेष ग्रहों की सप्तम स्थान पर पूर्ण दृष्टि का कथन लेखक के दोष से ही प्रतीत होता है। यदि ऐसा नहीं मानेंगे तो पूर्वकथित मुनि वाक्यों से इस गार्गी के कथन में विपरीतता उत्पन्न हो जायेगी। केवल भ्रम से ही भौमादिक (मं० गु० श०) ग्रहों की सप्तम स्थान पर पूर्ण दृष्टि नहीं कही गई है यह जो कहते हैं वह विचारणींय है ॥ ४६-४७ ॥

विशेष—शनि तीसरे व दशम स्थान को, गुरु पञ्चम व नवम स्थान को और भौम चौथे व आठवें स्थान को पूर्ण दृष्टि से क्यों देखते हैं। इसका उत्तर यह है कि शनि, ग्रह परिषद में सेवक है। सेवक की मुख्य पराक्रम पर ही निगाह होती है तृतीय स्थान से पराक्रम का परिचय प्राप्त होता है तथा दशम, राज्य व कर्म स्थान होता है राजा की रक्षा अपने कर्त्तव्य से करना सेवक का धर्म होता है इसलिये इन दोनों स्थानों पर शनि की दास संज्ञा होने से पूर्ण दृष्टि होती है।

गुरु—पञ्चम विद्या व नवम धर्म स्थान कहा गया है। विद्या व धर्म की रक्षा करना गुरु का कर्तव्य होता है इसलिये विद्या (पञ्चम) व धर्म (नवम) पर गुरु की पूर्ण दृष्टि होती है।

भौम—इसकी नेता संज्ञा कथित है। नेता मृत्यु व सुख की रक्षा करता है। चौथा स्थान सुख संज्ञक व अष्टम मृत्यु संज्ञक होता है। इसलिये भौम की पूर्ण दृष्टि ४, ८ पर होती है ॥ ४७ ॥

स्पष्टार्थं दृष्टि चक्र

	सू०	चं०	मं०	बु०	गु०	शु०	श०
पूर्ण	७	७	४,८,७	७	५,७,९	७	३,७,१०
त्रिपाद	४, ८	४, ८		४, ८	४, ८	४, ८	४,८
आधी	५, ९	५, ९	५,९	५, ९		५, ९	५,९
चौथाई	३,१०	३,१०	३,१०	३,१०	३,१०	३,१०	×

अथ मित्रामित्रविभागः

सत्याचार्यः—

¹सुहृदस्त्रिकोणभवनाद् ग्रहस्य सुतभे व्ययेऽथ धनभवने ।
स्वजने निधने धर्मे स्वोच्चे च भवन्ति न (नो) शेषाः ॥४८॥

अस्यार्थः-- ग्रहस्य स्वात्त्रिकोणभवनात्सुहृभं ज्ञेयं चरमभवने व्यये द्वादशे, धनभवने द्वितीये, स्वजने चतुर्थभवने, निधनेऽष्टमभवने, धर्मे नवमे, स्वोच्चे भवने च सुहृदस्तद्भवनस्वामिनो मित्राणीत्यर्थः । शेषा अनुक्तराशिस्वामिनः शत्रवः । तत्र द्विराशिस्वामी मित्रं एकराशिस्वामी समः ।

सूर्यचन्द्रमसोस्तु एकराशिस्वामित्वेऽपि मित्रत्वमिति वेदितव्यम् ।

तद्यथा । सूर्यमूलत्रिकोणं सिंहस्तस्माद् द्वादशस्थानं कर्कस्तत्स्वामी चन्द्रः सच एकराश्यधिपोऽपि स्वमित्रमेव । एवं सिंहात्पञ्चामाष्टमौ धनुर्मीनौ तत्स्वामी गुरुः सोऽपि स्थानद्वयस्याधिपत्याद् रवेर्मित्रमेव । एवं सिंहाद् द्वितीयभवनं कन्या तत्स्वामी बुधः एकराश्यधिपत्वाद् रवेः सम एव । एवमनुक्तस्थानस्वामिनौ शुक्रशनी शत्रु इति । एवं चन्द्रादीनामपि ।

अब किस ग्रह का कौन-कौन सा ग्रह मित्र, कौन शत्रु कौन ग्रह न शत्रु, न मित्र होता है जिसे अर्थात् सम कहा जाता है। इसे सत्याचार्य जी के वचन से प्रथम कहते हैं ।

प्रत्येक ग्रह अपनी मूल त्रिकोण राशि से २, ४, ५, ८, ९, १२ व स्वोच्च राशि व इन उक्त स्थानों के स्वामी ग्रह मित्र होते हैं। अवशिष्ट राशियों के स्वामी ग्रह शत्रु होते हैं। इसमें विशेष ध्यान रखने की बात यह है कि उक्त दो राशियों के स्वामी ग्रह मित्र, उक्त एक राशि स्वामी ग्रह सम (न मित्र, न शत्रु) होते हैं किन्तु सूर्य व चन्द्रमा में यह नियम लागू नहीं होता क्योंकि ये दोनों एक एक राशि के स्वामी होते हैं। इसलिये उक्त एक राशि स्वामी होने पर भी मित्र होते हैं। उदाहरण के लिए जैसे सूर्य की मूल त्रिकोण राशि सिंह है। सिंह से बारहवीं राशि कर्क होती है और कर्क का स्वामी चन्द्रमा एक राशि का स्वामी होने पर भी सूर्य का मित्र हुआ। इसी प्रकार सिंह से पञ्चम राशि धनु व अष्टम राशि मीन हुई इन दोनों का स्वामी गुरू है अतः दो राशियों के स्वामी होने से यह भी सूर्य का मित्र हुआ। इसी प्रकार सिंह से द्वितीय राशि कन्या होती है कन्या का स्वामी बुध है। दूसरी मिथुन राशि ११वीं राशि होने से अनुक्त है। अतः एक राशि स्वामी होने से बुध सूर्य का सम है। इसी प्रकार सूर्य की मूल त्रिकोण राशि सिंह से चौथी वृश्चिक राशि व नवम मेष राशि हुई। तथा सूर्य की मेष राशि उच्च है इसलिये सूर्य का भौम मित्र हुआ। सिंह से ३, ६, ७ १०, ११ राशियां अनुक्त राशियां हैं। इनमें ३, (तुला) व १० (वृष) का स्वामी शुक्र और ६ (मकर) व ७ (कुम्भ) का स्वामी शनि है। अतः अनुक्त राशियों के स्वामी ग्रह शुक्र व शनि सूर्य के शत्रु ग्रह होते हैं। बुध अनुक्त राशियों में १ राशि का स्वामी होने उदासीन अर्थात् सम होता है। इससे सूर्य के मित्र ग्रह चन्द्रमा, गुरू, भौम, शत्रु ग्रह शनि व शुक्र और समग्रह बुध सिद्ध होते है।

१—बृ० जा० २ अ० १५ श्लो० की भट्टोत्पली में प्राप्त है।

इसी प्रकार चन्द्रमा की मूल त्रिकोण राशि वृष होती है इससे चतुर्थ राशि सिंह हुई इसका स्वामी सूर्य है सूर्य एक राशि का स्वामी होने पर भी मित्र होता है क्योंकि दूसरी राशि का सूर्य को आधिपत्य प्राप्त नहीं है। वृष से दूसरी राशि मिथुन व पञ्चम राशि कन्या हुई इन दोनों का स्वामी बुध है अतः उक्त दो राशियों के स्वामी होने से बुध चन्द्रमा का मित्र हुआ। वृष से सप्तम राशि वृश्चिक व द्वादश राशि मेष है इन दोनों का स्वामी भौम होता है। इसमें द्वादश राशि तो उक्त है और सप्तम राशि अनुक्त होने से एक राशि के स्वामी वश भौम सम हुआ। वृष से अष्टम धनु व एकादश में मीन राशि है इनका स्वामी गुरू है। अष्टम उक्त और एकादश अनुक्त राशि है। अतः एक राशि स्वामी होने से चन्द्रमा का गुरू सम हुआ। चन्द्रमा की वृष उच्च राशि है। वृष से छटी राशि तुला होती है। इन दोनों का स्वामी शुक्र है। इनमें वृष तो उच्चत्वेन उक्त है और छटी तुला अनुक्त है अतः एक राशित्वेन चन्द्रमा का शुक्र सम हुआ। वृष से नवम व दशम राशि मकर व कुम्भ हैं। इन दोनों का स्वामी शनि होता है। इसमें नवम तो उक्त राशि है और दशम अनुक्त राशि है। इसलिये उक्त एक राशि स्वामी होने से चन्द्रमा का शनि सम होता है। इसी रीति से अर्थात् ग्रहों की मूल त्रिकोण राशि से कथित स्थानों के आधार पर एक राशि स्वामी वश व दो राशि स्वामी वश निर्णय करना चाहिये ॥४८॥

अनयैव रीत्या रव्यादीनां मित्र-सम-शत्रून् सिद्धवत्कृत्याह—

बराहः—[1]शत्रूमन्दसितौ समश्च शशिजो मित्राणि शेषा रवे-
स्तीक्ष्णांशुर्हिमरश्मिजश्च सुहृदौ शेषाः समाः शीतगोः।
जीवेन्दूष्णकराः कुजस्य सुहृदो ज्ञोऽरिः सितार्की समौ
मित्रे सूर्यसितौ बुधस्य हिमगुः शत्रुः समाश्चापरे ॥४९॥
सूरेः सौम्यसितावरी रविसुतो मध्योऽपरे त्वन्यथा
सौम्यार्की सुहृदौ समौ कुजगुरू शुक्रस्य शेषावरी।
शुक्रज्ञौ सुहृदौ समः सुरगुरुः सौरस्य चान्येऽरयो
ये प्रोक्ताः स्वत्रिकोणभादिषु पुनस्तेऽमी मया (यथा ?)
कीर्तिताः ॥५०॥

अब श्रीसत्याचार्य जी के बतलाये हुए मार्ग से सूर्यादिग्रहों के मित्र-सम-शत्रु सिद्ध करके श्री वराह मिहिर के वचन से कहते हैं।

सूर्य के—शनि, शुक्र, शत्रु, बुध सम और शेष ग्रह अर्थात् चन्द्रमा, मंगल व गुरू ये मित्र होते हैं। चन्द्रमा के सूर्य व बुध मित्र और अवशिष्ट भौम, गुरू, शुक्र, शनि सम होते हैं।

भौम के —गुरू, चन्द्र व सूर्य मित्र, बुध शत्रु और शुक्र व शनि सम होते हैं।

१—बृ० जा० २ अ० १५—१६ श्लो०।

बुध के--सूर्य और शुक्र मित्र, चन्द्रमा शत्रु और भौम, बुध, गुरू व शनि सम होते हैं।

गुरू के—बुध व शुक्र शत्रु, शनि सम और सूर्य, चन्द्रमा, भौम मित्र होते हैं।

शुक्र के--बुध व शनि मित्र, भौम तथा गुरू सम और सूर्य व चन्द्रमा शत्रु होते हैं।

शनि के -शुक्र व बुध मित्र, गुरू सम, सूर्य, चन्द्रमा भौम शत्रु होते हैं।

पूर्व में सत्याचार्य जी के बतलाये हुए स्वत्रिकोणादि से जिस प्रकार शत्रु मित्रादि का ज्ञान होता है उसी प्रकार से मैंने अर्थात् वराह मिहिर ने वर्णन किया है ॥४९–५०॥

श्रीसूर्योऽपि--

शत्रू मन्दसितौ सौम्यः समो मित्राणि मेऽपरे।
अहमिन्दुसुतो मित्रं शशिनोऽन्ये समाः खगाः ॥५१॥
अहमिन्दुगुरू मित्रे ज्ञोऽरिः शुक्रयमौ समौ।
भौमस्याथ विदो मित्रः शुक्रोऽहमरिरब्धिभूः ॥५२॥
अतोऽन्येऽपि गुरोः सौम्यसितौ शत्रू यमः समः।
सुहृदोऽन्ये भृगोः सौम्ययमौ मित्रे समौ स्मृतौ ॥५३॥
गुर्वारावरयोऽन्ये स्युः मित्रे शुक्रबुधौ शनेः।
गुरुः समो वैरिणोऽन्ये एवं मित्रादिकाः स्मृताः ॥५४॥इति।

श्री सूर्य भगवान् ने सूर्य जातक में भी इसी प्रकार से अर्थात् उक्त प्रकार से ग्रहों के मित्र सम शत्रुओं का वर्णन किया है ॥५१–५४॥

वसिष्ठोऽपि--

[1]रवेः समो ज्ञः सितसूर्यपुत्रावरी परेन्ये सुहृदोंऽवराटाः।
चन्द्रस्य नारी रविचन्द्रपुत्रौ मित्रे समाः शेषनभश्चराः स्युः ॥५५॥
समौ सितार्की शशिजश्च शत्रुर्मित्राणि शेषाः पृथिवीसुतस्य।
शत्रुः शशी सूर्यसितौ च मित्रे समाः परे स्युः शशिनन्दनस्य ॥५६॥
गुरोर्ज्ञशुक्रौ रिपुसंज्ञकौ तु शनिः समोऽन्ये सुहृदो भवन्ति।
शुक्रस्य मित्रे बुधसूर्यपुत्रौ समौ कुजार्यावितरावरी तौ ॥५७॥
शनेः समो वाक्पतिरिन्दुसूनुशुक्रौ च मित्रे रिपवः परेऽपि।
ध्रुवं ग्रहाणां चतुराननेन शत्रुत्वमित्रत्वसमत्वमुक्तम् ॥५८॥

वसिष्ठ ऋषि ने भी ग्रहों के मित्र सम शत्रुओं का विभाग इसी प्रकार से ही किया है ॥५५–५८॥

[2]कश्यपोऽपि--

१—व० सं० ३२ अ० १९७–२०० श्लो०।

२—मुहूर्त चिंतामणि विवाह प्रकरण श्लो० सं० २७–२८ की पीयूषधारी टीका में प्राप्त है।

रवेः समो ज्ञो मित्राणि चन्द्रारेज्याः परावरी।
इन्दोर्न [1]शत्रवो मित्रे [2]रविज्ञावितरे समाः॥[3]५९॥
समौ कुजस्य शुक्रार्की बुधोऽरिः सुहृदः परे।
ज्ञस्य चन्द्रो रिपुर्मित्रे शुक्रार्कावितरे समाः॥६०॥
गुरोः कुजेन्द्विनाः मित्राण्यार्किर्मध्यो परावरी।
भृगोः समावीज्यकुजौ मित्रे ज्ञार्की परे रिपू॥६१॥
शनेर्गुरुः समो मित्रे ज्ञशुक्रौ शत्रवः परे।

नारदेनाप्येवमुक्तम्।

अब कश्यप ऋषि ने भी इसी प्रकार से शत्रु-मित्रादि का वर्णन किया है उसे कहते हैं।

सूर्य के--चन्द्रमा, भौम व गुरू मित्र, बुध सम और शुक्र शनि शत्रु होते हैं।

चन्द्रमा के--शत्रु ग्रह नहीं होते हैं। सूर्य व बुध मित्र और भौम, गुरू, शुक्र, शनि सम होते हैं।

भौम के--शुक्र व शनि सम, बुध शत्रु और सूर्य, चन्द्रमा गुरू मित्र होते हैं।

बुध के--चन्द्रमा शत्रु, शुक्र व सूर्य मित्र और बुध, गुरू शनि सम होते हैं।

गुरू के--भौम, चन्द्र, सूर्य मित्र, शनि सम और बुध व शुक्र शत्रु होते हैं।

शुक्र के--गुरू व भौम सम, बुध शनि मित्र और सूर्य व चन्द्र शत्रु होते हैं।

शनि के--गुरू सम, बुध शुक्र मित्र तथा सूर्य, चन्द्रमा, भौम शत्रु होते हैं॥ ५९-६१॥

इसी प्रकार नारद ऋषि ने भी शत्रु सम मित्रादि का वर्णन किया है।

केचित्तु, अन्यथा निसर्गमैत्रीमाहुः सा च यवनेश्वरोक्ता।

यथा--[3]रवेर्गुरुर्मित्र[4]मतोऽन्यथान्ये गुरोस्तु भौमं परिहृत्य सर्वे।
चान्द्रेरनर्कौ भृगुनन्दनस्य रवीन्दुवर्ज्यं सुहृदः प्रदिष्टाः॥६२॥
भौमस्य शुक्रः शशिजश्च[5] मित्रे इन्दोर्बुधं देवगुरुञ्च विन्द्यात्।
सौरस्य मित्राण्य[6] कुजेन्दुसूर्याः शेषानरीन् विद्धि श्रुतज्ञ तद्वत्॥६३॥

अत्र वसिष्ठ-कश्यप-नारदादिमुनीनां सत्यादिबहूनामाचार्याणामसम्मतेश्च वराहादीनामनादर एव।

किसी आचार्य ने अर्थात् यवनेश्वराचार्य जी ने ग्रहों की नैसर्गिक मैत्री के विषय में पूर्वोक्त के विपरीत वर्णन किया है। अब उसे कहते हैं।

१—शत्रू स्तो पु० में है। २—रविजा यह पुस्तक में पाठ है।

३—बृ० जा० २ अ० १५ श्लो० की भट्टोत्पली में प्राप्त है।

४—समोऽन्यथा पु० में पाठ है।

५—शशिजस्य पु० में पाठ है।

६—णि कुजे...पु० में पा० है।

सूर्य का गुरू मित्र और अन्य (चं० भौ० बु० शु० श०) ग्रह शत्रु होते हैं। गुरू के भौम को छोड़ कर सब ग्रह (सू० चं० बु० शु० श०) मित्र होते हैं। भौम शत्रु होता है। बुध के सूर्य को छोड़ कर अर्थात् चन्द्रमा, भौम, गुरू, शुक्र, शनि, मित्र तथा सूर्य शत्रु होता है। शुक्र के सूर्य-चन्द्रमा का त्याग करके अर्थात् भौम, बुध, गुरू, शनि मित्र तथा सूर्य चन्द्रमा शत्रु होते हैं। भौम के शुक्र व बुध मित्र और सूर्य, चन्द्रमा, गुरू, शनि शत्रु होते हैं। चन्द्रमा के बुध और गुरू मित्र तथा सूर्य, भौम, शुक्र, शनि शत्रु होते हैं। शनि के भौम चन्द्रमा, सूर्य को छोड़कर अर्थात् बुध, गुरू, शुक्र मित्र और सूर्य चन्द्र भौम शत्रु ग्रह होते हैं ॥ ६२-६३ ॥

बृहज्जातक में कहा है—'जीवो जीवबुधौ सितेन्दुतनयौ व्यर्का विभौमाः क्रमाद्वीन्द्वर्का विकुजेन्द्विनाश्च सुहृदः केषाञ्चिदेवं मतम्' बृ० जा० २ अ० १५ श्लो० ॥ ६२-६३ ॥

यहाँ यवनेश्वराचार्य की नैसर्गिक मैत्री में वसिष्ठ-कश्यप-नारदादि ऋषि की असम्मति के अभाव में वराहमिहिराचार्य जी का भी समादर न होने से यह यवनाचार्य जी का प्रकार समुचित नहीं है क्योंकि ऋषि प्रणीत नैसर्गिक शत्रु मित्रादि के प्रकार से भिन्न है तथा सम्मति वाक्यों का अभाव होने से त्याज्य है ॥

स्पष्टार्थ यवनोक्त नैसर्गिक मैत्री चक्र—

ग्रह	सू०	चं०	मं०	बु०	गु०	शु०	श०
मित्र	गु०	गु० बु०	बु० शु०	चं० मं० गु० शु० श०	सू० चं० बु० शु० श०	मं० बु० गु० श०	बु० गु० शु०
शत्रु	चं० मं० बु० शु० श०	सू० मं० शु० श०	सू० चं० गु० श०	सू०	मं०	सू० चं०	सू० चं० मं०

स्पष्टार्थ सर्वसम्मत मैत्री चक्र—

ग्रह	सू०	चं०	मं०	बु०	गु०	शु०	श०
मित्र	चं० मं० गु०	सू० बु०	सू० चं० गु०	सू० शु०	सू० चं० मं०	बु० श०	बु० शु०
सम	बु०	मं० गु० शु० श०	शु० श०	मं० गु० श०	श०	मं० गु०	गु०
शत्रु	श० शु०	×	बु०	चं०	बु० शु०	सू० चं०	सू० चं० मं०

तात्कालिकमैत्रीमाह श्रीभगवान् सूर्यः—

दशायबन्धुसहजस्वान्त्यस्थास्ते परस्परम् ।
सुहृद्भवेदधिसुहृत्समो मित्रं परः समः ॥ ६४ ॥
तथा त्रिकोणषष्ठाष्टसप्तैकस्थानखेचराः ।
अन्योन्यं रिपुतां यान्ति तत्कालं वनितासुतः ॥ ६५ ॥
परोऽधिशत्रुर्भवति ग्रहः शत्रुर्भवेत्समः ।
मित्रग्रहश्च समतां तत्कालं याति सारथे ॥ ६६ ॥

अभी पूर्व में ग्रहों के नैसर्गिक अथवा स्वभाव से मित्र सम शत्रु का वर्णन करने के बाद अब ग्रहों की तात्कालिक मैत्री एवं पञ्चधा मैत्री को सूर्य भगवान् के वचन से कहते हैं। इसमें ग्रहों के ग्रह शत्रु मित्र ही होते हैं समता रखने वाले ग्रह नहीं होते हैं।

तात्कालिक मैत्री देखने के समय विचारणीय ग्रह से दशम, एकादश, चतुर्थ, तृतीय, द्वितीय और बारहवें स्थान में स्थित ग्रह आपस में मित्र होते हैं तथा पञ्चम, नवम, षष्ठ, अष्टम, सप्तम और प्रथम (उसी में) स्थान में स्थित ग्रह शत्रु होते हैं।

इन दोनों (नैसर्गिक, तात्कालिक) से ग्रहों की स्थिति पाँच प्रकार से होती है उसे पञ्चधा मैत्री कहते हैं। यथा—

१ जो ग्रह जिस ग्रह का दोनों (नैसर्गिक व तात्कालिक) प्रकार से मित्र हो वह अधिमित्र अर्थात् अधिकमित्र होता है।

२–जो दोनों प्रकार से शत्रु हो वह अधिशत्रु या अधिकशत्रुता करने वाला होता है।

३–जो एक प्रकार से मित्र और दूसरी रीति से शत्रु हो वह सम अर्थात् न शत्रु न मित्र होता है।

४–जो एक प्रकार से मित्र व दूसरे प्रकार से सम हो वह मित्र होता है।

५–जो एक प्रकार से सम तथा दूसरे प्रकार से शत्रु हो वह शत्रु होता है।

॥ ६४-६६ ॥

यवने(नोपि ?) नापि मुख्यतया पूर्वोक्तमैत्री उक्ता। तद्यथा—

[1]मूलत्रिकोणाद्धनकर्मबन्धुपुत्रव्ययस्थानगता ग्रहेन्द्राः ।
तत्कालमेते सुहृदो भवन्ति[2] स्वोच्चे च यो यस्य विकृष्टवीर्यः ॥ ६७ ॥

श्रीयवनाचार्य जी ने भी पूर्व कथित तात्कालिक मैत्री का ही मुख्यरूप से वर्णन इस प्रकार किया है कि ग्रह अपनी मूलत्रिकोण राशि से द्वितीय, दशम, चतुर्थ, पञ्चम, द्वादश स्थान में ग्रह स्थित हों और जो ग्रह जिस ग्रह की उच्च राशि में स्थित हो तो मित्र होते हैं ॥ ६७ ॥

[3]कल्याणवर्मा च—

१—बृ० जा० २ अ० १८ श्लोक की भट्टोत्पली में प्राप्त है।

२—स्वोच्चाधिपो मुख्यतया च मैत्री यह पुस्तक में है। मूल में उत्पलोद्धृत दिया गया है।

३—सारावली ४ अ० ३०-३१ श्लो०।

व्यया १२ म्बु ४ धन २ खा १० येषु ११ तृतीये मित्रमाश्रिताः ।
तत्कालरिपवः षष्ठसप्ताष्टकत्रिकोणगाः ॥ ६८ ॥
हितसमरिपुसंज्ञा ये निसर्गान्निरुक्ता
अधिहितहितमध्यास्तेऽपि तत्कालमित्राः ।
रिपुसमसुहृदाख्या सूतिकाले ग्रहेन्द्रा
अधिरिपुरिपुमध्या शत्रवश्चिन्तनीयाः ॥ ६९ ॥

अब तात्कालिक मैत्री व पञ्चधा मैत्री को सारावलीकार श्रीकल्याणवर्मा के कहे हुए मार्ग से कहते हैं।

अभीष्टकाल (जन्माऽङ्ग) में जो ग्रह जिस राशि में विद्यमान हो उस राशि (स्थान) से (व्यय) १२, (अम्बु) ४, २, १०, ११ और ३ तृतीय स्थान में रहने वाला ग्रह उस ग्रह का तात्कालिक मित्र होता है तथा ६, ७, ८, १, ५, ९ इन स्थानों में विद्यमान ग्रह विचारणीय ग्रह राशि से तात्कालिक शत्रु होता है।

पञ्चधा मैत्री—

१—जिस ग्रह का जो ग्रह नैसर्गिक मित्र हो तथा तात्कालिक भी मित्र हो तो वह अधिमित्र होता है।

२—जिस ग्रह का जो ग्रह नैसर्गिक सम हो एवं तात्कालिक मित्र हो तो मित्र होता है।

३—यदि नैसर्गिक रिपु और तात्कालिक मित्र हो तो सम होता है।

४—यदि नैसर्गिक शत्रु हो तथा तात्कालिक भी शत्रु हो तो अधिशत्रु होता है।

५—यदि नैसर्गिक सम व तात्कालिक शत्रु हो तो शत्रु होता है।

६—यदि नैसर्गिक मित्र हो और तात्कालिक शत्रु हो तो सम होता है।

इस प्रकार तात्कालिक व नैसर्गिक मैत्री से अधिमित्र, मित्र, सम, अधिशत्रु, शत्रु इस पञ्चधा (पाँच प्रकार की) मैत्री का निर्णय करके ही फलादेश करना चाहिये ॥ ६८-६९ ॥

विशेष—प्रकाशित सारावली में 'तृतीये सुहृदः स्थिता' 'हिततमहितमध्यास्तेऽपि तत्काल मित्रैः' 'शत्रुभिश्चिन्तनीयाः' यह पाठान्तर है। तात्कालिक मैत्री के विचार में यवनाचार्यजी ने अपनी मूलत्रिकोणराशि से २, १०, ४, ५ और १२ वीं राशि में ग्रह रहने पर तथा जो ग्रह जिस ग्रह की उच्च राशि में स्थित हो वह उसका मित्र होता है यह मत सर्वसम्मत नहीं प्रतीत होता है क्योंकि ग्रन्थान्तर में ऐसा वर्णन नहीं है।

बृहत्पाराशर में कहा है—'दशबन्ध्वायसहजस्वान्त्यस्थास्ते परस्परम् । तत्काले मित्रतां यान्ति रिपवोऽन्यत्र संस्थिताः' (३ अ० ५६ श्लो०)

तथा बृहज्जातक में भी—'अन्योन्यस्य धनव्ययायसहजव्यापारबन्धुस्थितास्तत्काले सुहृदः (२ अ० १८ श्लो०)।

और भी सर्वार्थचिन्तामणि में—भवन्ति तात्कालिकमित्रभूताः सर्वे च वाक्सोदरबन्धु-युक्ताः (१ अ० ६१ श्लो०)।

एवं शम्भुहोराप्रकाश में भी––'तात्कालिकाः सुहृदो नभोगाः खविक्रमायाम्बुधनव्ययस्थाः । एकर्क्षसप्ताष्टमधर्मपुत्रोपगारिगास्ते रिपवो निरुक्ताः । (२ अ० २३ श्लो०)

और भी फलदीपिका में—अन्योन्यं त्रिसुखस्वखान्त्यभवगास्तत्कालमित्राण्यमी (२ अ. २३ श्लो०) ।

इससे सिद्ध होता है कि यवनाचार्य जी मत सर्वसम्मत मत नहीं हैं । इन दोनों (स्वाभाविक, तात्कालिक) प्रकार की मैत्री से पञ्चधा मैत्री का निर्णय होता है । अधिमित्र का तात्पर्य यह है कि अत्यन्त मित्रता रखने वाला व अधिशत्रु का अर्थ है कि अधिक शत्रुता वाला होता है ।

उदाहरण के लिए मान लिया किसी का जन्माङ्ग यह है—

जन्माऽङ्गम्

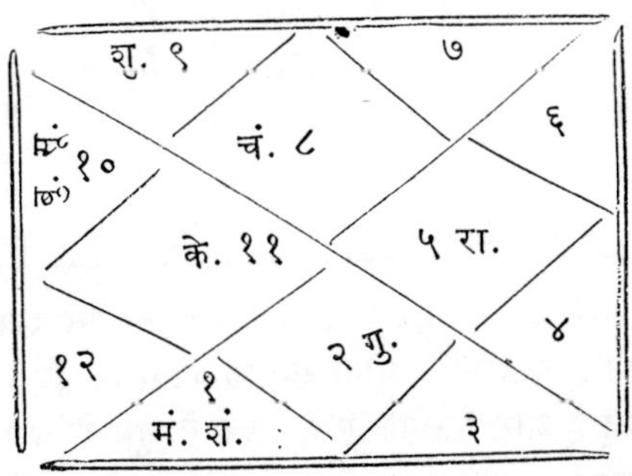

इस जन्माङ्ग में सूर्य मकर राशि में है सूर्य से चतुर्थ स्थान में मङ्गल व शनि हैं तथा ११ वें चन्द्रमा व १२ वें शुक्र है इसलिये सूर्य के मङ्गल, शनि, चन्द्रमा और शुक्र तात्कालिक मित्र हैं । सूर्य के साथ अर्थात् प्रथम राशि में बुध है व पञ्चम राशि में गुरू है अतः ये दोनों (बुध, गुरु) सूर्य के शत्रु हुए । बुध भी मकर में है इसलिये मङ्गल, शनि, चन्द्रमा, शुक्र मित्र हैं तथा सूर्य गुरू बुध के शत्रु हैं । इसी प्रकार चन्द्रमा से द्वितीय राशि में शुक्र, तृतीय में सूर्य, बुध होने से ये शुक्र, सूर्य बुध, मित्र हैं, एवं षष्ठ में मंगल व शनि तथा सप्तम में गुरू होने से ये मङ्गल, शनि, गुरू चन्द्रमा के शत्रु हैं । इसी रीति से अन्य ग्रहों के शत्रु मित्र समझना चाहिये ॥ ६८-६९ ॥

स्पष्टार्थ तात्कालिक मैत्री चक्र

सू०	चं०	मं०	बु०	गु०	शु०	श०	
मं० श० शु० चं०	शु० सू० बु०	सू० गु० बु०	मं० श० शु० चं०	मं० श०	सू० बु० चं०	सू० गु० बु०	मित्र
गु० बु०	मं० श० गु०	चं० श० शु०	सू० गु०	चं० शु० सू० बु०	मं० श० गु०	मं० चं० शु०	शत्रु

स्पष्टार्थ पञ्चधा मैत्री चक्र

सू०	चं०	मं०	बु०	गु०	शु०	श०	
मं० चं०	सू० बु०	गु० सू०	शु०	चं० मं०	बु०	बु०	अधिमित्र
×	शु०	×	मं० श०	श०	×	गु०	मित्र
गु० शु० श०	×	बु० चं०	सू०	सू० चं०	श० सू० चं०	शु० सू०	सम
×	×	×	×	बु० शु०	×	चं० मं०	अधिशत्रु
बु०	मं० गु० श०	चं० श० शु०	गु०	×	मं० गु०	×	शत्रु

यहाँ तात्कालिक मैत्री चक्र में सूर्य के मङ्गल व चन्द्रमा दोनों मित्र हैं एवं नैसर्गिक मैत्री चक्र में भी मित्र हैं इसलिये ये दोनों सूर्य के अधिमित्र हुए। शुक्र शनि तात्कालिक मैत्री चक्र में मित्र ग्रह हैं और नैसर्गिक मैत्री चक्र में सूर्य के ये दोनों शुक्र, शनि शत्रु हैं अतः सम हुए सूर्य का गुरु तात्कालिक मैत्री में शत्रु है तथा नैसर्गिक मैत्री में मित्र है इस लिये सूर्य का गुरु भी सम है अर्थात् न शत्रु है, न मित्र है, उदासीन ही सम होता है। सूर्य का बुध तात्कालिक मैत्री में शत्रु है तथा नैसर्गिक मैत्री में सम है इसलिए सूर्य का बुध शत्रु हुआ। इसी रीति से अन्य ग्रहों के अधिमित्रादि सिद्ध करके पञ्चधा मैत्री चक्र में दिये गये हैं ॥ ६८-६९ ॥

अथ ग्रहाणां षड्बलानि

तत्र दिक्-स्थान-काल-चेष्टाबलान्याह कल्याणवर्मा[1]—

दिक्स्थानकालचेष्टाकृतं बलं सर्वनिर्णयविधाने।
वक्ष्ये चतुः प्रकारं ग्रहश्च रिक्तो भवेद्बलः ॥ ७० ॥
लग्ने जीवबुधौ दिवाकरकुजौ व्योम्नि द्युने भास्करि-
र्बन्धाविन्दुसितौ निशाकृतिमिदं स्वोच्चे त्रिकोणे स्वभे
मित्रस्वांशकसंस्थितः शुभफलैर्दृष्टो बलीयान् ग्रहः
स्त्रीक्षेत्रे शशिभार्गवौ नरगृहे शेषा बले स्थानजे ॥ ७१ ॥

१. सारावली ४ अ० ३४-३६ श्लो.।

जीवार्कास्फुजितोऽह्नि विच्च सततं मन्देन्दुभौमा निशि
होरामासदिनाधिपाश्च बलिनः सौम्याः सितेऽन्येऽसिते।
सङ्ग्रामे जयिनो विलोमगतयः संपूर्णगावो ग्रहाः
सूर्येन्दू पुनरुत्तरेण बलिनौ सत्योक्तचेष्टाबले ॥ ७२ ॥

अब ग्रहों की पञ्चधा मैत्री बतलाकर ग्रहों के ६ प्रकार के बल होते हैं इसको समझाया जाता है। षड्बलों में ४ प्रकार के बलों को श्रीकल्याणवर्मा के वचन से उनकी आवश्यकता बतलाते हुए कहते हैं।

जीवन में आने वाले समस्त शुभाशुभ फल ज्ञान के लिये ग्रहों के दिक्, स्थान, काल, चेष्टा इन ४ प्रकार के बलों को मैं कल्याणवर्मा कहता हूं। इन चारों बलों से हीन ग्रह निर्बल होता है।

दिग्बल या दिशाबल अर्थात् यों समझिये कि कौन सा ग्रह किस पूर्वादि दिशा में बली होता है। कुण्डली में जन्म लग्न में गुरू और बुध, दशम में सूर्य व भौम, सप्तम में शनि और चतुर्थ भाव में चन्द्रमा व शुक्र बली होते हैं। इसे दिग्बल कहते हैं।

विशेष—दिग्बल में लग्न को पूर्व, दशम को दक्षिण, सप्तम को पश्चिम और चतुर्थ को उत्तर दिशा समझना चाहिये क्योंकि ग्रन्थान्तर में इसी प्रकार का विवेचन प्राप्त होता है।

यथा बृहत्पाराशर में कहा है—'बुधेज्यौ बलिनौ पूर्वे रविभौमौ च दक्षिणे। पश्चिमे सूर्यपुत्रश्च सितचन्द्रौ तथोत्तरे' (३ अ० ३५ श्लो०)।

तथा सर्वार्थ चिन्तामणि में और भी स्पष्ट रूप से वर्णन प्राप्त होता है।

लग्ने बुधेज्यौ बलिनौ तु पूर्वे वीर्ये यमे तद्दशमेऽर्कभौमौ। कामेऽर्कसूनुर्बलवाञ्जलेशे बन्धौ निशानाथकवी कुबेरे। ६४। तत्सप्तमे दिग्बलशून्यमाहुस्तदन्तरे चेत्त्वनुपात एव' (१ अ० ६४–६४½)।

इस सर्वार्थ चिन्तामणि के वाक्य से ज्ञात होता है कि बुध व गुरू सप्तम में, सूर्य, भौम चतुर्थ में, शनि लग्न में और चन्द्रमा व शुक्र दशमभाव में दिग्बल से हीन होते हैं अर्थात् यों जानिये कि उक्त स्थानों में उक्त ग्रहों का दिशाबल शून्य होता है। इसके मध्य में ग्रह होने पर अनुपात द्वारा दिशा बल का ज्ञान करना चाहिए। यह बिशेष बात मालूम होती है।

सिद्धान्त ग्रन्थों के आधार पर भी लग्नादि की पूर्वादिसंज्ञा स्पष्ट है। कहा है—यत्र लग्नमपमण्डलं कुजे तद् ग्रहाद्यमिह लग्नमुच्यते। प्राचि पश्चिमकुजेऽस्तलग्नकं मध्यलग्नमिति दक्षिणोत्तरे।

अब ग्रहों के स्थान बल को बतलाते हैं।

स्थानबल—ग्रह किस राशि नवांशादि में और सम विषमादि राशि में स्थित है इस स्थिति से स्थानबल का ज्ञान होता है।

जो ग्रह अपनी उच्चराशि में, या अपनी मूल त्रिकोण राशि में, या अपनी राशि में, वा अपनी नवांश राशि में हो और शुभ ग्रह से दृष्ट हो तो बली होता है। सम

राशियों में चन्द्रमा व शुक्र एवं विषम (पुरुष) राशियों में शेष (सूर्य, भौम, बुध, गुरू, शनि) ग्रहबली होते हैं। इसे स्थानबल कहते हैं।

कालबल—समय के आधार पर इसका ज्ञान होता है। जैसे दिन में जन्म होने पर गुरू, सूर्य व शुक्र, दिन या रात्रि सब समय में बुध, रात्रि में शनि, चन्द्रमा, भौम बलवान् होते हैं। जिस होरा में जन्म हो उस होरा का स्वामी अर्थात् होरेश, मास में मासेश, दिन में दिनपति, वर्ष में वर्षेश बली होता है। शुक्लपक्ष में शुभग्रह, कृष्णपक्ष में पाप ग्रह बली होते हैं। इसे कालबल कहते हैं।

बृहत्पाराशर में कहा है—'निशायां बलिनश्चन्द्रकुजसौरा भवन्ति हि। सर्वदाज्ञो बली ज्ञेयो दिने शेषा द्विजोत्तम। कृष्णे च बलिनः क्रूराः सौम्या वीर्ययुताः सिते' (३ अ० ३६ श्लो०)

चेष्टाबल—ग्रहों की मार्गी वक्री युद्ध, अयन, किरणादि स्थितिवश इसका ज्ञान करना चाहिये।

जो ग्रह युद्ध में विजयी हो, जो वक्रगति हो, जिन ग्रहों की किरणपूर्ण हों वे ग्रह बली होते हैं। रवि और चन्द्रमा उत्तरायण में बली होते हैं। यह सत्याचार्यजी के मत से चेष्टाबल होता है।

विशेष—सूर्य और चन्द्रमा कभी भी वक्री नहीं होते हैं। शेष भौमादि ग्रह ही कभी वक्री कभी मार्गी होते हैं। इसीलिये इन्हीं भौमादि ग्रहों में युद्धादि का विचार किया जाता है। इन भौमादि ग्रहों का सूर्य के साथ अस्तमन और चन्द्रमा के साथ समागम होता है।

आचार्य विष्णुचन्द्रजी ने कहा है—'दिवाकरेणास्तमयः समागमः शीतरश्मिसहिता नाम्। कुसुतादीनां युद्धं निगद्यतेऽन्योन्ययुक्तानाम्' (बृ० जा० भ० टी० २० श्लो०) ॥ ७०-७२ ॥

जयलक्षणन्तु ग्रहयुद्धप्रकरणे निरूपितं वराहेण—

'विपुलः स्निग्धो द्युतिमान्' उत्तरदिक्स्थो जयी ज्ञेय, इति।

ग्रहपराजयलक्षणं तत्रैव—

'दक्षिणदिक्स्थः(स्थाः) परुषो(परुषा) वेपथुरप्राप्य सन्निवृत्तोऽणुः।

अधिरूढो विकृतो निष्प्रभो विवर्णश्च यः स जितः॥ ७३॥ इति।

अत्र विपुलादि लक्षणयुक्तो दक्षिणदिक्स्थो विजयी ज्ञेय इति विलोमगतयो वक्रिणः। संपूर्णगावः संपूर्णरश्मयः।

अब तारा ग्रहों के युद्ध में कौन सा ग्रह विजयी होता है इसको वराह मिहिराचार्य के द्वारा निर्मित बृहत्संहिता ग्रन्थ के ग्रहयुद्धाध्यायोक्त वचन से बतलाते हैं।

जो ग्रह पराजित लक्षणों से विपरीत लक्षण युत (उत्तर दिशा में स्थित, स्निग्ध, कम्पन से रहित, दूसरे ग्रह को प्राप्त करने वाला, ऊपर में स्थित और तेजस्वी) हो, तथा दक्षिण में स्थित होने पर भी यदि विपुल, निर्मल कान्तियुत बिम्ब वाला ग्रह हो तो विजयी होता है।

१—बृहत्संहिता १७ अ० १० श्लो०।

बृहत्संहिता में ही ग्रहों के पराजित होने का भी लक्षण निम्न प्रकार से है। जो ग्रह युद्ध में दक्षिण दिशा में स्थित हो, रूक्ष, कम्पायमान, दूसरे ग्रह के पास में न जाकर अर्थात् किसी से संयोग न करके लोटने वाला, सूक्ष्म बिम्ब वाला, अन्य ग्रह से आक्रान्त, विकारयुत, तेजहीन, (किरण रहित) विवर्ण हो वह पराजित होता है ॥ ७३ ॥

विशेष—विजयी या जेता ग्रह का लक्षण बृहत्संहिता में इस प्रकार है—

उक्त विपरीत लक्षण सम्पन्नो जयगतो विनिर्देश्यः। विपुलः स्निग्धो द्युतिमान् दक्षिणदिक्स्थोऽपि जययुक्तः (१७ अ० १० श्लो०)।

तथा गर्गाचार्य जी ने भी जयी ग्रह का लक्षण यह बताया है—

द्युतिमान् रश्मिसम्पन्नः प्रसन्नो रजतप्रभः।
बृहद्रूपधरश्चैव यः समेत्य ग्रहो भवेत् ॥
प्रभावर्णाधिको यश्च ग्रहमावृत्य तिष्ठति।
तादृशं जयिनं विन्द्याद्ग्रहं ग्रहसमागमे ॥

(बृ० सं० १७ अ० १० श्लो० भट्टो० टी०)

यहाँ जेता ग्रह के निर्णय में पुलिशाचार्य जी ने विशेष यह बात बताया है कि समस्तग्रह उत्तर की ओर विजयी होते हैं किन्तु शुक्र दक्षिण दिशा में भी विजयी होता है।

यथा 'सर्वे जयिन उदक्स्था दक्षिणदिक्स्थो जयी शुक्रः' (बृ० सं० १७ अ० १० श्लो० भट्टो० टी०)।

आचार्य पराशर ने दश लक्षणों से पराजित ग्रह का वर्णन किया है वह इस प्रकार से है—

'विवर्णः, पुरुषः, सूक्ष्मो, याम्याशामार्गस्थोऽधिरूढो, निष्प्रभो, विकृताऽभिहतोऽप्राप्य, निवृत्तो, वेपनश्च' इति।

श्रीगर्गाचार्य जी ने सत्रह प्रकार से पराजित का लक्षण बताया है। यथा—

अरश्मिर्लोहितः श्यामः परुषः सूक्ष्म एव च।
अपसव्यगतो यश्च चक्रान्तः पतितस्तथा ॥
च्युतः स्थानाद्धतो यश्च प्रतिस्तब्धस्तथैव च।
निष्प्रभो विकृतश्चापि जवेनाभिहतश्च यः ॥
अप्राप्य वा निवृत्तो यो वेपनः कृष्ण एव च।
लक्षणैः सप्तदशभिर्ग्रहं विन्द्यात्पराजितम् ॥

एवं सूर्य सिद्धान्त में भी जित पराजित का लक्षण बताया है। यथा—

अपसव्ये जितो युद्धे पिहितोऽणुरदीप्तमान्। रुक्षो विवर्णो विध्वस्तो विजितो दक्षिणाश्रितः।

उदक्स्थो दीप्तमान् स्थूलो जयी याम्येऽपि यो बली ॥ (७ अ० २०-२१ श्लो०)।

तथा शुक्र के विषय में—'उदक्स्थो दक्षिणस्थो वा भार्गवः प्रायशो बली' (७ अ० २३ श्लो०) ॥ ७३ ॥

नोट--यहाँ पर यह आकाङ्क्षा होती है कि जिताजित तो युद्ध में होता है। ग्रहों में जिताजितलक्षण बतलाने का तात्पर्य है कि ताराग्रहों में, भिन्न-भिन्न कक्षा में रहने पर भी चार प्रकार से युद्ध का वर्णन मिलता है। १ भेद, २ उल्लेख, ३ अंशुमर्दन, ४ अपसव्य नामक है।

भेद--अधः स्थित बिम्ब से उर्ध्वस्थित बिम्ब आच्छादित होने से।

उल्लेख--एक बिम्ब की परिधि से दूसरे बिम्ब की परिधि स्पर्श करे तो।

अंशुमर्दन--आसन्नस्थित दोनों ग्रहों के परस्पर किरण का संयोग होने से।

अपसव्य--ठीक दक्षिणोत्तर में स्थित होने से होता है॥

यहाँ विपुलादि लक्षण से युक्त ग्रह दक्षिणदिशा में बली होता है। विलोम गति का अर्थ है वक्री। सम्पूर्णगावः का अर्थ समस्त रश्मियाँ समझना चाहिये॥ ७३॥

[१]उत्तरमयनं प्राप्ताः शशिशुक्रकुजार्कसुरमन्त्रिणो बलिनः।
याम्ये रविशशिपुत्रौ द्वयेऽपि शशिजः स्ववर्ग (संस्थाश्च) स्थः॥७४॥

अब कौन सा ग्रह किस अयन में बलवान् होता है इस बात को कहते हैं। इसे अयन बल कहते हैं।

अयन बल—उत्तर अयन में चन्द्र, शुक्र, भौम, सूर्य, गुरू बली होते हैं।

दक्षिण अयन में चन्द्रमा व शनि और अपने वर्ग में स्थित होने पर बुध उत्तर व दक्षिण दोनों अयनों में बली होता है॥७४॥

[२]पुंस्त्री नपुंसकाख्याः क्षेत्रेष्वाद्यन्तमध्यमं प्राप्ताः।
सूर्यान्निर्गत्य सदा नवोदिता यवनराजमतम्॥७५॥
प्रागूरात्रिभागेऽतिबली शशाङ्कः शुक्रो निशार्द्धेऽवनिजो निशान्ते।
प्रातर्बुधो मध्यदिने च सूर्यः सर्वत्र जीवोऽर्कसुतो दिनान्ते॥७६॥
कृष्णारबुधगुरुसिताः शशिसूर्यावुत्तरोत्तरं बलिनः।
स्वाभाविकबलमेतद्बलसाम्ये चिन्तयेन्मतिमान्॥७७॥

अब कल्याण वर्मा के बताये हुए मार्ग से ग्रहों के द्रेष्काण, दिन रात्रि त्रिभाग और नैसर्गिक बल को कहते हैं।

द्रेष्काण बल--पुरुष ग्रह (सूर्य, भौम, गुरु) किसी भी राशि के प्रथम द्रेष्काण में होने पर, स्त्रीग्रह (शु० चं०) तृतीय द्रेष्काण में और नपुंसक ग्रह (शनि बुध) दूसरे द्रेष्काण में बली होते हैं। सूर्य के सान्निध्य से निकलकर ही ग्रहबली होते हैं ऐसा यवन राज का मत है। इसे द्रेष्काण बल कहते हैं।

दिनरात्रि त्रिभाग बल—रात्रि के प्रथम त्रिभाग में चन्द्र, मध्य रात्रि (निशार्ध) में शुक्र, अन्तिम त्रिभाग में भौम बली होता है।

एवं दिन के प्रथम त्रिभाग में बुध, द्वितीय त्रिभाग में सूर्य और अन्तिम त्रिभाग में शनि तथा गुरू समस्त दिन में या यों समझिये सूर्योदय से सूर्यास्त तक बली होता है।

---

१. सारावली ४ अ० ३७ श्लो.। २. सारावली अ४० ३८-४० श्लो०।

नैसर्गिक बल—शनि, भौम, बुध, गुरू, शुक्र, चन्द्र, सूर्य ये क्रम से उत्तरोत्तर बली होते हैं। इसका मतलब यह है कि शनि से भौम, भौम से, बुध, बुध से गुरू इत्यादि। इसे स्वाभाविक बल कहते हैं। यदि अन्य बलों में समता हो तो जिसका स्वाभाविक बल अधिक हो वह बलवान् होता है ।।७५-७७।।

[1]उच्चराशौ बिलोमे (च) बलं नान्यैरिहेष्यते।
कालस्यातिबहुत्वात्स्यात्तस्मात् क्रूरेऽतिवक्रिते ।।७८।।

अब उच्चराशि में वक्री होने पर बल का अभाव अन्य आचार्यों को अभीष्ट नहीं होता इसको कल्याणवर्मा के वचन से कहते हैं।

यदि उच्चराशि में स्थित ग्रह वक्री हो तो अन्य आचार्यों का कहना है कि वह निर्बल होता है। एवं उच्चराशि में अतिवक्र हो तो काल की अधिकता से बल का अभाव होता है।

विशेष—प्रकाशित सारावली में 'बलं' के स्थान पर 'फलं' यह पाठान्तर होने से फल का अभाव होता है। तथा 'बहुत्वात्स्यात्' के स्थान पर 'बहुत्वाच्च' एवं 'क्रूरेऽतिवक्रिते' के स्थान पर 'उच्चेऽतिवक्रिते' यह पाठान्तर मिलता है ।।७८।।

[2]स्वोच्चे स्थिताः श्रेष्ठ (फ)लाः भवन्ति मूलत्रिकोणे स्वगृहे च मध्याः।
इष्टेक्षिता मित्रगृहाश्रिता वा वीर्यं कनीयः समुपो (पा) द्वहन्ति ।।७९।।

अब उच्चादि बल में श्रेष्ठ, मध्य, अल्पबल को कल्याणवमा के वचन से कहते हैं। ग्रह अपनी उच्चराशि में श्रेष्ठ बली या उत्तम फल को देता है। तथा मूल त्रिकोण राशि व अपनी राशि में मध्यबलवान् या मध्य फलद और मित्र ग्रह से दृष्ट या मित्र ग्रह की राशि में अल्पबली या अल्प फल देने वाला होता है ।। ७९ ।।

[3]शुक्लः प्रतिपद्दशके मध्यबलः कीर्तितो यवनवृद्धैः।
श्रेष्ठो द्वितीयदशके स्वल्पबलश्चन्द्रमा तृतीये च ।।८०।।

अब यवनाचार्य जी द्वारा कथित चन्द्रबल में श्रेष्ठादि बल का कथन कल्याण वर्मा के वचन से कहते हैं।

यवनाचार्य जी का कहना है कि शुक्लपक्ष को प्रतिपदा से दशमी तक चन्द्रमा उत्तम बली, शुक्ल एकादशी से कृष्ण पञ्चमी पर्यन्त मध्यबली और कृष्ण पक्ष की षष्ठी से अमास्या तक चन्द्रमा अल्पबली होता है ।।८०।।

[4]आहितकला समूहः प्रसन्ननिजमण्डलश्च परिपूर्णः।
अप्रतिहतमिह कुरुते भूपतिबलमुड (मूढ़) गणाधिपतिः ।।८१।।

अब परिपूर्ण चन्द्रमा होने पर जातक राजा होता है। इसको कल्याण वर्मा के वचन से कहते हैं।

१—सारावली ५ अ० १४ श्लो०।

२—सा० व० ५ अ० १५ श्लो०।

३—सा० व० ५ अ० १६ श्लो०।

४—सा० व० ५ अ० १७ श्लो०।

यदि जन्म के समय चन्द्रमा समस्त किरणों से युत प्रसन्न मण्डलपूर्ण हो तो जातक को किसी से पराजित न होने वाला राजा बना देता है ॥८१॥

[1]राशेस्तदीश्वरस्य च बलेन परिकल्प्यमृक्षभेदफलम् ।
युगपत्फलोपलब्धौ निवृत्तिरेकस्य कर्तव्या ॥८२॥

राशि व राशीश के बल से राशि भेद फल (बल भेद, का ज्ञान करके यदि दोनों (राशि, राशीश) का एक सा फल (बल) हो तो एक को ग्रहण करना चाहिये ॥८२॥

[2]होराग्रहबलसाम्ये निसर्गतश्चिन्तनीयमाचार्यैः ।
लग्नाधिपेन तुल्यं बलमिह चूणामणिर्वदति ॥८३॥

उच्चमूलत्रिकोणस्वगृहविभागस्तु प्रागुक्त एव ।

अब फल भेद का निर्णय कल्याणवर्मा के कथित वाक्य से कहते हैं ।

यदि राशि व ग्रह के बल में समता हो तो नैसर्गिक बल के आधार पर बली का निर्णय अर्थात् जिसका नैसर्गिक बल अधिक हो उसे बलवान् समझना चाहिए । ऐसा पक्ष बहुत आचार्यों का है किन्तु चूड़ामणि आचार्य का कहना है कि राशि वह ग्रह बल समता में राशीश ही बली होता है ॥८३॥

उच्च मूल त्रिकोणादि विभाग तो पूर्व में कह दिया है ।

अथ दीप्तादिफलञ्चाह गुणाकरः ।[3]

दीप्तः स्वोच्चगतः स्ववेश्मनि भवेत्स्वस्थस्तथा हर्षितो
मित्रर्क्षे शुभवर्गगो गगनगः शान्तः प्रदिष्टो बुधैः ।
शक्तो रश्मिवितानभृच्च विकलः सूर्यांशलुप्तद्युतिः
दीनो नीचगतः खलोऽशुभयुतः खेटोर्दितः पीडितः ॥८४॥

दीप्ते प्रतापविजिताखिलशत्रुपक्षो
लक्ष्मीयुतः समदकुञ्जरराजकेलिः ।
स्वस्थे गृहाश्च मणिधान्यकुटुम्बयुक्तः
सेनापतिर्भवति हन्त्यखिलारिपक्षान् ॥८५॥
कनकयुवतियुक्तो हर्षितो निर्जितारिः,
ससुखधनविलासो धर्मधीयुक् प्रशान्ते ।
वसनकुसुमकान्ता केलिनिष्ठश्च (स्त्व) शक्ते
व्रजति गतधनत्वं दैन्ययुक्तस्तु दीने ॥८६॥
स्थानच्युतः क्षतधनो विकलेऽरिभीतिः,
स्यात्पीडिते गदयुतो बहुदुःखशोकः ।
दुखान्वितो गतधनो वनिता वियुक्तो
देशान्तरं व्रजति वीतसुहृत् खलाख्ये ॥८७॥

१—सा० व० ५ अ० १९ श्लो० । २—सा० व. ५ अ० २० श्लो० ।
३—२ अ० ३५–३८ श्लो० ।

अब ग्रहों की दीप्तादि अवस्था व उन अवस्थाओं के फल को गुणाकर के कहे हुए वाक्य से बतलाते हैं।

ग्रह अपनी उच्चराशि में दीप्त, अपनी राशि में स्वस्थ, मित्र की राशि में हर्षित, शुभग्रह के वर्ग शान्त, अपनी किरणों से युक्त अर्थात् अनस्तङ्गत शक्त, सूर्य की किरणों से अस्त विकल, नीच राशि में दीन, पापग्रह के युक्त खल और युद्ध से पराजित ग्रह पीड़ित अवस्था को प्राप्त होता है।

अब इन अवस्थाओं के फल को कहते हैं।

यदि दीप्त अवस्थागत ग्रह हो तो जातक अपने प्रताप (पराक्रम) से समस्त शत्रुओं को मारनेवाला, धन से युक्त और मतवाले हाथियों से राजा के समान क्रीडा करनेवाला होता है। सारावली में दीप्त अवस्था का फल इस प्रकार वर्णित है —

दीप्ते विचरति पुरुषः प्रतापविषमाग्निदग्धरिपुवर्गः। लक्ष्म्यालिङ्गितदेहो गजमद-संसिक्तभूपृष्ठः। (५ अ० ५२ श्लो०)।

यदि स्वस्थ अवस्थागत ग्रह हो तो जातक—मणि, धान्य व परिवार से युक्त सेना-पति और समस्त शत्रुओं को मारने वाला होता है।

सारावली में स्वस्थ अवस्था का फल निम्न प्राप्त है—

स्वस्थः करोति जन्मनि रत्नानि सुखानि कनकपरिवारान्। नृपतेर्दण्डपतित्वं गृह-धान्यकुटुम्बपरिवृद्धम् (५ अ० ६ श्लो०)।

यदि हर्षित (मुदित) अवस्थागत ग्रह हो तो जातक—सुवर्ण वस्त्रों से युक्त और शत्रुओं को जीतने वाला होता है। सारावली में हर्षित (मुदित) अवस्था का फल यह है—

'मुदिते विलसित मुदितो विलासिनीकनकरत्नपरिपूर्णः। विजितसकलारिपक्षः समस्तसुखभाङ्नरो भवति। (५ अ० ७ श्लो० ।

यदि प्रशान्त अवस्थागत ग्रह हो तो जातक—सुखी, धनी विलासी धर्मात्मा और बुद्धिमान् होता है

सारावली में शान्त अवस्था का फल यह है—

'शान्ते प्रशान्तचित्तः सुखधनभागी महीपतेः सचिवः। विद्वान् परोपकारी धर्मपरो जायते पुरुषः' ५ अ० अ श्लो०)।

यदि शक्त अवस्थागत ग्रह हो तो जातक—वस्त्र, पुष्प और स्त्री के लिए प्रेम करने वाला होता है।

सारावली में शक्त अवस्थागत ग्रह का फल ऐसा है—

स्त्रीवस्त्रमाल्यगन्धैर्विलसति पुरुषः सदा विततकीर्तिः। दयितः सर्वजनस्य च शक्ता-ख्ये भवति विख्यातः'। (५ अ० ९ श्लो०)।

यदि दीन अवस्थागत ग्रह हो तो जातक—निर्धनी और दीनता से युक्त होता है।

यदि विकल अवस्थागत ग्रह हो तो जातक—अपने स्थान से परिभ्रष्ट, निर्धन और शत्रु से भय करने वाला होता है।

सारावली में विकल अवस्था का यह फल प्राप्त होता है—

स्वस्थानपरिभ्रष्टः क्लिष्टो मलिनः प्रयाति परदेशम् । विध्वस्तबलो विकले रिपुबल संचकितचित्तश्च । (५ अ० १२ श्लो०) ।

यदि पीड़ित अवस्थागत ग्रह हो तो जातक—रोगी अनेक प्रकार से दुःखी और विविध शोकों से युत होता है ।

सारावली में पीड़ित अवस्थागत ग्रह का फल इस प्रकार है—

'दुःखैर्व्याधिभिररिभिः प्रपीडचते पीड़िताख्ये तु । देशाद्देशं विचरति बन्धुवियोगाभिसन्तप्तः' (५ अ० १० श्लो०) ।

यदि खल अवस्थागत ग्रह हो तो जातक - दुःखी निर्धन, स्त्री से त्यक्त होकर देशान्तर में घूमने वाला होता है ।

सारावली में खल अवस्थागत ग्रह का फल इस प्रकार वर्णित है —

'स्त्रीमरणदुःखतप्तः समस्तधननाशकलुषितमनस्कः । न जहाति शोकभारं कथमपि खलसंज्ञिते पुरुषः' (५ अ० १३ श्लो०) ॥८४–८७॥

बलवतां (शुभपाप) ग्रहाणां संक्षेपेण फ (ब) लमाह कल्याणवर्मा ।

[1]आचारसत्यशुभशौचयुताः सुरूपा-
स्तेजस्विनः स्मृतिविदो द्विजदेवभक्ताः ।
सद्वस्त्रमाल्यजलभूषणसंप्रियाश्च
सौम्यग्रहैर्बलयुतैः पुरुषा भवन्ति ॥८८॥
[2]लुब्धाः कुकर्मनिरता निजकार्यनिष्ठाः
पापान्विताः सकलहाश्च तमोऽभिभूताः ।
क्रूराः शठा वधरता मलिनाः कृतघ्नाः
पापग्रहैर्बलयुतैः पिशुनाः कुरूपाः ॥८९॥
[3]पुंराशिषु ग्रहेन्द्रैर्वीराः सङ्ग्रामकाङ्क्षिणो बलिनः ।
निःस्नेहाः सुकठोराः क्रूरा मूर्खाश्च जायन्ते ॥९०॥
[4]युवतिभवनस्थितेषु च मृदवः संप्राप्तभीरवः पुरुष ।
जलकुसुमवस्त्रनिरताः सौम्याः सकलाश्च वस्त्रसंहृष्टाः ॥९१॥

इति ग्रहयोनिप्रकरणम् ॥

अब कल्याण वर्मा के कहे हुए वाक्य से संक्षेप में ग्रहों के बल के आधार पर फल को कहते हैं ।

बलवान् शुभग्रहों का फल —

१—साराव० ५ अ० ४५ श्लो० ।

२—सा० व० ५ अ० ४६ श्लो० ।

३—सा० व० ५ अ० ५१ श्लो० ।

४—सा० व० ५ अ० ५२ श्लो० ।

यदि जन्मकाल में समस्त शुभग्रह बलवान् हों तो जातक—अच्छे आचरण करने वाला, सत्यवादी, शुभ पवित्रता से युत सुन्दर स्वरूपवान्, तेजस्वी स्मरण करने वाला वा धर्मात्मा (कार्यकुशल) ब्राह्मण और देवता का भक्त, (माला) अच्छे वस्त्र, इत्र जल और अलङ्कारों में प्रीति रखने वाला होता है।

अब बलवान् पापग्रहों के फल को कहते हैं।

यदि जन्म के समय समस्त पापग्रह बलवान् हों तो जातक—लोभी, दुष्कर्म में प्रीति करने वाला, स्वार्थ परायण (सज्जन द्वेषी) कलही (कलहमति) तामसी, क्रूर शठ, हिंसक, मलिन वा तेज हीन कृतघ्न, चुगल खोर और कुरूप होता है।

अब विषम राशि गत ग्रह फल को कल्याण वर्मा की उक्ति से कहते हैं।

यदि जन्म के समय में पुरुष अर्थात् विषम राशिस्थ बलवान् ग्रह हों तो जातक—वीर और लड़ाई की इच्छा करने वाला होता है। यदि विषम राशिगत निर्बल ग्रह हों तो जातक कठोर, क्रूर और मूर्ख होता है।

अब सम राशिस्थ ग्रह फल को भी कल्याण वर्मा की सूक्ति से बतलाते हैं।

यदि जन्म के समय में स्त्री (सम) राशिस्थ ग्रह हों तो जातक—सरलस्वभावी, डरपोक, जल, पुष्प, वस्त्र में प्रीति करने वाला, सौम्य, कलाओं से युक्त और वस्त्रों से प्रसन्न होने वाला होता है॥ ८८–९१॥

विशेष—प्रकाशित सारावली में 'स्मृति विदो' के स्थान पर 'कृतिविदो' 'सद् वस्त्र' के स्थान पर 'स्रग्वस्त्र' 'पापान्विता' के स्थान पर 'साधुद्विषः' 'सदा' के स्थान पर 'शठा' 'पुंराशिषु' के स्थान पर 'पुंराशिगैः' 'वीरा' के स्थान पर 'धीरा' 'ग्रहेन्द्रैः' के स्थान पर 'शुभखगै'' 'निः स्नेहाः' के स्थान पर 'निश्चेष्टैः' 'संप्राप्त भीरवः' के स्थान पर 'सग्रङामकाक्षिङणो वा सग्रङामरक्षिणः' 'सकलाश्च वस्त्र संहृष्टाः' के स्थान पर 'कल्याः स्वजनहृष्टाः' ये पाठान्तर उपलब्ध हैं।

इस प्रकार ग्रहयोनि प्रकरण समाप्त हुआ।

अथाधानप्रकरणम्

अथ वृद्धयवनः—

आधान[1]प्टच्छोद्भवसाम्यमुक्तं फलं यतस्तस्य परीक्षणार्थम्।
योगान् विचित्रान् [2]प्रवदाम्यतोऽहं चह्नैर्यथा जन्तु विनिश्चयं स्यात्॥१॥
लग्नं [3]यदा पश्यति सूर्यसूनुः नीचाश्रितः सौम्यदृशा विहीनः।
तदाऽन्यजातं प्रवदन्ति मर्त्यं सूर्यस्य वीर्येण दिवाप्रसङ्गात्॥ २॥
भौमो [4]यदा वैश्यसमुद्भवेन सक्षीणचन्द्रो नृपसंभवेन।
अस्तङ्गतो ज्ञो द्विजवीर्ययोगात्सर्वैरथ म्लेच्छसमुद्भवेन॥ ३॥

---

१ पृष्टो पु० में। २ प्रवदे स्मतो पु०। ३ लग्न पु०। ४ यथा पुस्तक में है।

अब गर्भाधान नामक प्रकरण को वृद्धयवनाचार्य जी के वाक्यों से कहते हैं। गर्भाधान एक संस्कार को भी कहते हैं। स्त्रियों को प्रथम मासिक धर्म होने पर उनके वस्त्र कालादि से उनके शुभाशुभ का विचार किया जाता है। ऋतु काल में ही पुरुष के संयोगवश वंश वृद्धि होती है। वंशवृद्धि का बड़ा महत्त्व शास्त्रों में वर्णित है। रजोदर्शन से चार दिन तक निषेक नहीं होना कहा है 'नाद्याश्चतस्रो तु निषेकयोग्या:' पाँचवे दिन से सोलहवें दिन तक ही स्त्री पुरुष संयोगवश सन्तान का प्रादुर्भाव होता है अर्थात् इन्हीं दिनों में गर्भ की स्थिति होती है। इसका ज्ञान ज्योतिष शास्त्र में प्रश्न के आधार पर गर्भ का शुभाशुम स्त्री पुरुष की स्थिति, मैथुन प्रकार, गर्भपतनादि समय का ज्ञान जिस प्रकरण में किया जाता है उसे गर्भाधान या निषेक कहते हैं।

वृद्धयवनाचार्य जी का कथन है कि आधान (गर्भाधान समय) काल और प्रश्न काल के फलों में समता होती है इसलिये इस समता की परीक्षा हेतु जिन योगों के चिन्हों से जन्तु का निश्चय होता है ऐसे विचित्र योगों को मैं कहता हूँ।

यदि शुभग्रह की दृष्टि से रहित प्रश्न या जन्म लग्न को नीच राशि में बैठा हुआ शनि देखता हो तो जातक को दूसरे से अर्थात् पर पुरुष से उत्पन्न, तथा सूर्य के बली होने पर दिन के संयोग में जातक उत्पन्न हुआ है ऐसा जानना चाहिये।

यदि नीचाश्रित भौम से प्रश्न लग्न दृष्ट हो तो वह परपुरुष वैश्य (बनिया), क्षीण चन्द्र से दृष्ट होने पर राजपुरुष या राजकीय पुरुष, एवं सप्तम में स्थित बुध से लग्न दृष्ट हो तो ब्राह्मण और समस्त ग्रहों से दृष्ट हो तो म्लेच्छ जाति का परपुरुष समझना चाहिये ॥ १–३ ॥

एषां मृतिर्भीः जननादिनीचैः द्वाभ्यां बहूनि विकृतिर्नरैश्च ।
चतुष्पदे मूर्तिषु कल्पयित्वा आप्येक्षिते स्वस्तकरे नृसंज्ञे ॥ ४ ॥
कीटे विलोमं प्रवदन्ति भावं वाच्यं विलग्नाधिपतेः स्वभावात् ।
कलत्रतः सङ्गविधिः प्रदिष्टो विकारवैकृत्यसमो ग्रहाच्च ॥ ५ ॥

अब पूर्वोक्त अन्यजात योग के आधार पर जातक का शुभाशुभ फल तथा गर्भाधान के समय स्त्री पुरुष की मनोभाव स्थिति को कहते हैं।

प्रश्न या जन्म के समय में पूर्वोक्त अधिक ग्रह नीच राशि में स्थित हों तो जातक को मरण भय, दो ग्रह नीच में होकर लग्न को देखते हों तो शरीर में विकार उत्पन्न होता है।

यदि लग्नेश चतुष्पद में हो तो चतुष्पद (चार पैर वाले) के समान, यदि जलचर राशिस्थ ग्रह से दृष्ट लग्नेश हो तो जलचर जीव की तरह, यदि लग्नेश अपनी किरणों से युक्त पुरुष ग्रह हो तो पुरुष की भाँति और कीट संज्ञक राशि में लग्नेश हो तो विपरीत भावना के साथ गर्भाधान के समय मन की भावना होती है।

सप्तम भावस्थ राशि व ग्रह के आधार पर ही सुरति कुरति का ज्ञान करना चाहिए ॥ ४-५ ॥

यदा रविर्नेक्ष्यति जन्मलग्नं सदान्धकारे सुरतप्रयोगः ।
तस्मिनुदक्स्थे स्वनवांशभागे दिवा प्रसङ्गःसविता च रात्रौ ॥६॥
सर्वैरदृष्टे प्रवदेदरण्ये जलस्य मध्ये जललग्नसंस्थे ।
कलत्रगः शीतमयूखमाली यदा रविमूर्तिगतस्तदा स्यात् ॥७॥
सन्ध्याप्रसङ्गो व्ययगेऽथ भौमे ऊर्ध्वं प्रशस्तं रविनन्दनेन ।
सीत्कारमिश्रं सुरपूजितेन शश्वत्क्षतक्रान्तमुरुप्रचण्डम् ॥८॥
शुक्रेण लीनं शशिना विदग्धं स्यात् सोमजेनैव नितान्तदीर्घम् ।

अब किस समय व किस भावना के साथ स्त्री पुरुष का संभोग हुआ है इसको बताते हैं ।

यदि जन्म लग्न सूर्य से अदृष्ट हो तो रात्रि के समय अन्धकार में गर्भाधान होने से जातक का जन्म हुआ है । ऐसा जानना चाहिए ।

यदि जन्माऽङ्ग में सूर्य उत्तर दिशा में अपने नवांश में स्थित हो तो दिन में गर्भाधान समझना चाहिए ।

यदि लग्न समस्त ग्रहों से अदृष्ट हो तो वन में, जलचर राशिलग्न में जल के मध्य में यदि सप्तम में चंद्रमा और लग्न में सूर्य व बारहवें भौम हो तो सन्ध्या के समय में, शनि से दृष्ट लग्न हो तो ऊपरी भाग में सुरत का प्रयोग हुआ है ।

अब संभोग के समय स्त्री पुरुष की चेष्टा को बतलाते हैं ।

यदि लग्न गुरू से दृष्ट हो तो सीत्कार युक्त, निरन्तर प्रचण्डता से युत संभोग, शुक्र से तल्लीनता युक्त, चन्द्रमा से विदग्धता (श्रमहीन) युत और बुध से लग्न दृष्ट होने पर अधिक समय तक संभोग की स्थिति का ज्ञान होता है ॥६–८½॥

आद्यस्य मासस्य भृगुर्विधाता तस्मिन् भवेच्छोणितशुक्रसङ्गः ॥९॥
[1]तद्रूपचेष्टाबलहानिदीप्त्या गर्भस्य वाच्यं स्वफलं जनन्याः ।
द्वितीयमासाधिपतिः कुजश्च तस्मिद् घनं तस्य भवेत् समन्तात् ॥१०॥
जीवस्तृतीयस्य [2]कराङ्घ्रिवक्त्रग्रीवादिकं तत्र भवेत्ससम्रम् ।
सूर्यश्चतुर्थस्य पतिः प्रदिष्टः अस्थीनि तत्र प्रभवन्ति पुंसाम् ॥११॥
मज्जा च मेदश्च सुमांसरक्तं व्यक्तिं समायाति विभागतश्च ।
तस्मिन् स सौरिःकिल पञ्चमस्य तस्मिन् समन्तात् कृतिमाकृणोति ॥१२॥
प्राप्नोति पुष्टिं विविधाञ्च गर्भः व्यक्तिं समागच्छति कायजातम् ।
षष्ठस्य चन्द्रो विभुतामुपैति रोमाणि तत्र प्रभवन्ति गात्रे ॥१३॥
नखाश्च जिह्वागुदरन्ध्रभावे गुप्तं स्वरं ब्रह्मभवे हि तत्र ।
स्याच्चन्द्रसूनुः किल सप्तमस्य तस्मिन् स्मृतिः स्यात् सततं नराणाम् ॥१४॥
पञ्चेन्द्रियत्वञ्च[4] विवेकिता च कोऽहं कुतोऽत्राश्रयमभ्युपेतः ।
लग्नाधिनाथस्त्वथवाष्टमस्य मासस्य तस्मिन् प्रचुरा बुभुक्षा[5] ॥१५॥

१—तद्रूपविष्ठा पु० में है। २—कराङ्घ्रिवक्र पु० में पा० है। ३—मावृणोति पु० में है।
४—पञ्चेन्द्रियस्त पु० पाठ है । ५—त्राऽश्रमभ्युपेत: पु० पाठ है ।

भवेन्मनुष्यस्य ततः सुतृप्तिः (प्तिं) भुङ्क्ते जनित्र्या रसभावसङ्गात् ।
नक्षत्रनाथो नवमस्य नाथस्तस्मिन् विरक्तिर्विविधा नराणाम् ॥ १६ ॥
गर्भाश्रयाद् दुःखमनन्तमेकं कृतं स्मृतिः पूर्वशुभाशुभस्य ।
दिवाकरस्तत्परतोऽधिनाथस्तस्मिन् प्रदिष्टः प्रसवो नराणाम् ॥ १७ ॥
तस्मिन् यदि स्याद् व्ययगः शशाङ्कः स्यादष्टमो भूतनयः प्रपातः ।
यो यस्य मासस्य भवेद्धि नाथः संयोगमेनं तु यदा प्रयाति ॥ १८ ॥
अर्वाक विधत्ते [1]स तदास्य जन्म वीर्येण हीनो यदि वात्मजेन ।

अब गर्भ की स्थिति के बाद गर्भ के १० मासों के स्वामियों को, प्रति मास में गर्भ के स्वरूप को और गर्भवती की प्रति मास में क्या-क्या इच्छा होती है इसको बतलाते हैं ।

प्रथम मास में गर्भाधान के अनन्तर रजवीर्य का सङ्गम होता है । तथा इस मास का स्वामी शुक्र होता है । गर्भाधान के समय शुक्र की स्थिति वश प्रथम मास के शुभाशुभ फल का ज्ञान एवं जननी के रूप, इच्छा, बल, गर्भपतन, कान्ति का ज्ञान तत्तत् मासों के अधिपति से करना चाहिये । द्वितीय मास का अधिपति भौम होता है । भौम की सत्ता से गर्भ के द्वितीय मास का शुभाशुभ फल समझना चाहिये । द्वितीय मास में गर्भ का स्वरूप घन अर्थात् पिण्डात्मक होता है ।

तीसरे मास का स्वामी गुरू होता है। गर्भाधान के समय गुरू की स्थिति वश तृतीय मास का शुभाशुभ फल जानना चाहिये । इस मास में गर्भस्थ जीव के हाथ, पैर, मुख, ग्रीवादि अवयव उत्पन्न होते हैं ।

चौथे महिने का स्वामी सूर्य होता है । इस चौथे मास में अस्थि, (हड्डी) मज्जा, मेदा, मास, रक्त का विभाग होकर व्यक्तित्व होता है ।

पाँचवें मास का स्वामी शनि होता है । इस में आकृति (बनावट) होती है । तथा अनेक प्रकार से गर्भ की पुष्टता होकर शरीर का रूप बन जाता है ।

छटे मास का स्वामी चन्द्रमा होता है । इस मास में शरीर में रोम, नख, बनते हैं तथा जिह्वा गुदादि छिद्रों में ब्रह्माण्ड में गुप्तस्वर होता है ।

सातवें मास का स्वामी बुध होता है । इसमें पाँचों इन्द्रियां स्पष्ट होकर विवेकता आने से निरन्तर स्मरण शक्ति इस प्रकार होती है कि मैं कौन हूं और कहाँ से मैंने इस गर्भ में आश्रय किया है ।

आठवें मास का स्वामी लग्नेश होता है । इस आठवें मास में गर्भस्थ जीव को अधिक भूंख लगती है और माता के खाये हुए पदार्थों के रस से भूख की तृप्ति करता है ।

नवम मास का स्वामी चन्द्रमा होता है इसमें अनेक प्रकार की विरक्ति और गर्भाश्रय से अनेक दुःख प्राप्त करके अपने पूर्वजन्मार्जित सुख दुःखादिकों का एक मात्र स्मरण जीव को होता है ।

दशवें मास का स्वामी सूर्य होता है । इसमें गर्भ से जीव बाहर आता है

---

१ य सदास्य ऐसा पाठ पु० में है ।

यदि सूर्य से व्यय स्थान में चन्द्रमा और अष्टम में भौम हो तो गर्भपात होता है अर्थात् दशम मास से पूर्व ही गर्भ बाहर आता है। जो जिस मास का स्वामी होता है वह यदि आत्मीय बल से निर्बल हो और उससे १२ वें चन्द्रमा व अष्टम भौम हो तो उस मास से पूर्व ही गर्भ बाहर आता है ॥ ८½–१८½ ॥

योगो यदाधानगतः[1] सुतारिद्वितीयदुश्चिक्यगतैः समस्तैः ॥ १९ ॥
भवेत् प्रसूतिर्दशमे[2] परेण तदा नराणां [3]न च योषितानाम्।
सूर्येण तासां प्रवदन्ति शेषं योगं नृणां बाध्यमनेकरूपम् ॥ २० ॥

अब आधानकालीन ग्रह स्थिति के आधार पर अन्य योगों को कहते हैं।

यदि आधान लग्न से ५, ६, २, ३ भावों में समस्त ग्रह हों तो दशम मास के अनन्तर पुरुष का जन्म होता है। न कि कन्या का जन्म। सूर्य से उन प्रसूतियों के बाधक अनेक प्रकार के शेष योगों को कहते हैं ॥ १८½-२० ॥

क्लीबोदये क्लीबयुते[4] नवांशे क्लीबस्य जन्म प्रभवेन्नराणाम्।
एवं पुमांसः[5] प्रभवन्ति नार्यो स्त्रीभावयोगाद्-बहुधा विशेषः ॥ २१ ॥

अब लग्न के आधार पर पुरुष, स्त्री, नपुंसक जन्म को कहते हैं।

यदि नपुंसक ग्रह की राशि लग्न में हो और नपुंसक ग्रह राशि का नवांश भी हो तो नपुंसक का जन्म, यदि पुरुष ग्रह की राशि लग्न में हो व पुरुष ग्रह राशि नवांश हो तो पुरुष का जन्म यदि स्त्री ग्रह राशि लग्न में स्त्री ग्रह राशि का नवांश हो तो स्त्री का जन्म होता है। इन स्त्री पुरुषादि ज्ञान में इस विशेषता का ध्यान रखना चाहिये ॥ २१ ॥

नवांशनाथश्च यदा विलग्नं पश्येत् सुहृत्केन्द्रगतः सुदीप्तः।
तदात्मवर्गेण करोति जन्म प्रधानभूत मनसा नराणाम् ॥ २२ ॥
दुश्चिक्यजामित्रगताः प्रचण्डाः सौम्या यदा कोशत्रिकोणसंस्थाः।
पुंजन्मदास्तत्र भवन्ति [7]दृष्टाश्चन्द्रेण जीवेन शशाङ्कजेन ॥ २३ ॥

अब पुरुष पुत्र जन्मप्रद योगों को कहते हैं।

यदि आधान लग्न वा प्रश्न लग्न वा जन्म लग्न स्वमित्र की राशि में केन्द्रस्थ बली नवांमेश से दृष्ट हो तो नवांशेश के स्वभावानुसार पुरुष का जन्म होता है।

यदि आधान के समय तृतीय व सप्तम में पापग्रह और द्वितीय, पञ्चम व नवम में शुभ ग्रह चन्द्रमा, गुरु और बुध से दृष्ट हों तो पुरुष (पुत्र) का जन्म होता है ॥२२-२३॥

मन्दारयोः सप्तमराशिसंस्थयो[8] यदा निषेको मरणं तदा पितुः।
रवेः शशाङ्कात् त्वथ तज्जनन्या [9]एकान्तरोधः पुरुषस्य[10] वाच्यः[11] ॥२४॥

---

१. सुतारो पु० में पा०।
२. दशमो पु० में पा०।
३. वन पु० पाठा०।
४. क्लीभवो पु० पा०।
५. पुमांसं पु० पा०।
६. नाथस्य पु० पा०।
७. दृष्ट्वा पु० पा०।
८. संस्था पु० पा०।
९. एकं निरोधा: पु० पा०।
१०. पुरुष: पु० पा०।
११. प्रवाच्य पु० पा०।

अब आधान समय के आधार पर आधान कर्त्ताओं (पिता-माता) के अशुभ योग को बताते हैं।

यदि आधान के समय सूर्य से सप्तम भाव में या यों समझिये गर्भाधान के समय सूर्य जिस राशि में हो उससे सप्तम राशि में भौम शनि हों तो आधान कर्त्ता का अर्थात् जातक के पिता का मरण होता है। इसी प्रकार चन्द्रमा से सप्तम राशि में भौम शनि होने पर माता का निधन होता है ॥ २४ ॥

यदा हिमांशुर्व्ययगो दिवाकरश्छिद्र गतो भूतनयश्चतुर्थे।
मृत्युस्तदा संभवति ह्युभाभ्यां शस्त्रेण सौरेण तु बन्धनेन ॥ २५ ॥

अब पिता-माता की एक साथ किस प्रकार से मृत्यु होगी उस मृत्यु योग कारक ग्रह स्थिति को बताते हैं या यों जानिये कि माता-पिता के एक साथ मरण योग को कहते हैं।

यदि आधान के समय में व्यय भाव में चन्द्र, अष्टम में सूर्य, चतुर्थ में मङ्गल हो तो दोनों (माता-पिता) की एक साथ शस्त्र से मृत्यु की सम्भावना होती है।

यदि गर्भाधान के समय चन्द्रमा व्यय में, सूर्य अष्टम में और शनि चतुर्थ में हो तो जातक के पिता-माता की मृत्यु बन्धन अर्थात् कारागार से होती है ॥२५॥

मृत्युङ्करः शीतकरश्च[1] रिष्फे सुखस्थितः सूर्यसुतः सभौमः।
न गर्भसंभूतिरिह प्रदिष्टा योगैः ससौम्यैः प्रवदन्ति कृच्छ्रात् ॥ २६ ॥
मूर्तिस्थितस्तीक्ष्णकरः कुजो वा [2]सक्षीणमूर्तिर्विधुरिष्फगो[3] वा।
वृथाफलः स्यात्सुरतोपचारो नीचाश्रितैस्त्र्यादिभिरेव पुंसाम् ॥ २७ ॥

अब गर्भाधान काल में गर्भ स्थिति की असम्भवता और निष्फल सुरतोपचार जन्य ग्रह स्थिति को बताते हैं।

यदि गर्भाधान के समय में द्वादश भाव में या राशि में चन्द्रमा और चतुर्थ भाव में शनि व भौम हों तो गर्भ स्थिति रहने की सम्भावना नहीं होती है अर्थात् गर्भ का विनाश होता है। उक्त योग में यदि शुभ ग्रहों का योग व दृष्टि हो तो कष्ट से गर्भ की सम्भावना होती है।

यदि गर्भाधान के समय लग्न में सूर्य वा भौम अथवा द्वादश में क्षीण चन्द्रमा हो तो सुरतोपचार वृथा अर्थात् निष्फल वा यों समझिये गर्भ की स्थिति नहीं होती है अथवा आधान के समय तीन-चार आदि ग्रह नीच राशि में हों तो गर्भ की सम्भावना नहीं होती है ॥ २६-२७ ॥

क्लीबस्य लग्ने बुधसौरयुक्ते सुतस्थिते वा त्वथ रिष्फगे वा।
क्लीबस्य जन्म प्रवदन्ति पुंसां शुभेक्षिते तत्र यथा स्वरूपम् ॥ २८ ॥

अब नपुंसक योग को बताते हैं।

यदि आधान के समय नपुंसक ग्रह राशि लग्न (३, ६, १०, ११) में बुध व

---

१. स्व० पु० पा०। २. संक्षीण पु० पा०।
३. रिष्फगे पु० पा०।

शनि हों वा पञ्चम में वा द्वादश भाव में हों तो जातक नपुंसक होता है। इस योग में जिस शुभग्रह की दृष्टि हो उसके समान स्वरूप जातक का होता है ॥ ८ ॥

यदा कुजः सप्तमराशिमाश्रितः शनैश्चरो वा रविणा समाहितः।
न मूर्तिगो देवगुरुः सितो वा तदा न गर्भं प्रवदन्ति योषिताम् ॥ २९ ॥

अब पुनः गर्भ स्थिति अभाव के योग को कहते हैं।

यदि गर्भाधान के समय सप्तम राशि में भौम वा सूर्य के साथ शनि हो और लग्न में गुरु व शुक्र का अभाव हो तो गर्भ नहीं रहता है ॥ २९ ॥

[1]नभस्थलस्थो यदि वा सुरार्चितस्त्रिकोणगो देवगुरुः सशीतगुः।
गर्भस्तदा संभवति प्रजानां[2] नवांशको वा हिमरश्मिजस्य ॥ ३० ॥

अब गर्भ की सम्भावना के योग को कहते हैं।

यदि गर्भाधान काल में दशम भाव में वा सप्तम में, शुक्र और चन्द्रमा के साथ गुरु नवम वा पञ्चम में हो तो गर्भ की सम्भावना होती है वा बुध का नवांश हो तो भी गर्भ की सम्भावना होती है ॥ ३० ॥

तृतीयजामित्रगतौ सितार्कौ [3]शनैश्चरो लाभगतो यदा स्यात्।
पुमांस्तदा गर्भगतः प्रवाच्यो जीवोऽथवा स्वोच्चगतस्त्रिकोणे ॥ ३१ ॥
पुंवर्गगे सूर्यसुते महीजे दिवाकरे लग्नमुपाश्रिते[4] वा।
गर्भे पुमान् [5]शीतकरेऽथवाम्बरे स्वतुङ्गगे शुक्रदृशा समन्विते ॥ ३२ ॥

अब प्रश्न लग्न वा आधान लग्न के आधार पर गर्भ में पुरुष सन्तति है इसको कहते हैं। या यों समझिये कि किसी के पूछने पर गर्भ में पुत्र है या कन्या इसके उत्तर में पुत्र जन्मप्रद योग को बतलाते हैं।

यदि आधान या प्रश्न के समय लग्न से तृतीय व सप्तम में शुक्र और सूर्य हों तथा लाभ (ग्यारहवें) भाव में शनैश्चर हो अथवा पञ्चम वा नवम में उच्च राशिस्थ गुरु हो तो गर्भ से पुत्र का जन्म होता है या यों जानिये उक्त योग परिस्थितियों में गर्भाधान या प्रश्न होने पर पुरुष जीव ही गर्भस्थ समझना चाहिये।

यदि गर्भाधान या प्रश्न के समय पुरुष राशियों के वर्ग में शनि, भौम, सूर्य हों वा लग्नस्थ हों अथवा दशम में उच्चस्थ चन्द्रमा शुक्र से दृष्ट हो तो गर्भ में पुरुष (पुत्र) होता है। पाठान्तर से पुरुष राशि में वा वर्ग में सूर्य, भौम, शनि हों और लग्न में चन्द्र हो अथवा दशम में मीन राशि में शुक्र हो तो पुत्र जन्म होता है ॥ ३१-३२ ॥

कुम्भे विलग्ने मिथुनेऽथ कन्ये नपुंसके [6]तत्सुतवर्गगे वा।
नपुंसकाख्यं प्रवदन्ति गर्भं तदा नराणां च नवांशके वा ॥ ३३ ॥

---

१. अस्तालयस्थो यदि वा समर्चितः पु० पा०। २. नवांबरस्ये पु० पा०।
३. शनिश्चरो पु० पा०। ४. मुपाश्रिटेन बु. पा.।
५. शीतकरोऽथवाम्बरे स्वतुंगगः शुक्रन् राशि मन्वितः पु पा.। ६. तत्सुतर्क्षगे वा पु; पा.।

सौम्यान्विते तत्र यथा स्वरूपं नरं स्त्रियं वा तनयैर्विहीनम्।
पापान्विते चार्धमुशन्ति नार्या अर्धं नरस्यैव भवेद्धि गर्भे ॥ ३४ ॥

अब गर्भ में नपुंसक का जन्म होगा यह बतलाते हैं।

यदि गर्भाधान या प्रश्न के समय में कुम्भ, मिथुन, कन्या लग्न में शनि बुध हों वा पञ्चम में इन राशियों में नपुंसक ग्रह का वर्ग हो तो गर्भ में नपुंसक का जन्म कहना तथा उक्त लग्न राशि में पुरुष ग्रह राशि का नवांश शुभ ग्रह या बुध से युत हो तो उस ग्रह के स्वरूप तुल्य गर्भस्थ का स्वरूप होता है। यदि पापग्रह से युक्त उक्त योग हो तो सन्तान से रहित गर्भ होता है। गर्भ में अर्धभाग स्त्री का व आधा पुरुष का होता है ॥ ३३-३४ ॥

स्त्रीलग्नगे रात्रिकरे खशुक्रे समस्थिते सूर्यसुते सजीवे।
स्त्रीगर्भमुक्तं धरणीसुतेन स्ववर्गसंस्थे [1]शशिना च दृष्टे ॥३५॥
यदा हिमांशुः सुरपूजितोऽथवा शुक्रेण दृष्टः समराशिसंस्थितः।
तदाबला गर्भगता[2] नृणां च शनैश्चरे वा रविभागमाश्रिते ॥३६॥

अब गर्भ में कन्या है इसको कहते हैं।

यदि गर्भाधान या प्रश्न के समय में स्त्री संज्ञक राशि लग्न में चन्द्रमा व शुक्र दशम में स्थित हो व गुरू के साथ शनि समराशि में स्ववर्गस्थ भौम व चन्द्रमा से दृष्ट हो तो गर्भ में कन्या (स्त्री) उत्पन्न होती है।

यदि समराशिस्थ चन्द्रमा वा गुरू शुक्र से दृष्ट हो तो कन्या वा शनि सूर्य के नवांश में हो तो पुत्र गर्भ में समझना चाहिये ॥३५–३६॥

द्विदेहलग्ने हिमरश्मियुक्ते बुधे स्वसंस्थे रविजे च लाभे।
युग्मं वदेल्लग्नगतं[3] बुधेन दृष्टं स्त्रियत्वं प्रवदेदुभाभ्याम् ॥३७॥
शनैश्चरे मूर्तिगते शशाङ्के षष्ठे बुधे सप्तमगे च शुक्रे।
सूर्येऽष्टमे सौम्यविवर्जिते च त्रयः पुमांसः प्रवदन्ति गर्भे ॥३८॥
एवं कुजे संप्रवदन्ति[4]नार्यो नपुंसकाख्यानि दिवाकरे[5] च।
इति वृद्धयवने आधानाध्यायस्तृतीयः।

अब गर्भ में एक से अधिक सन्तति हैं इसको कहते हैं।

यदि गर्भाधान के समय में द्विस्वभाव राशि लग्न में चन्द्रमा, अपनी राशि (३, ६) में बुध और लाभ भाव में शनि हो तो गर्भ में यमल (दो) सन्तान का जन्म होता है।

यदि द्विस्वभाव लग्नस्थ चन्द्रमा बुध से दृष्ट हो तो दो कन्याओं का जन्म समझना चाहिये।

१—शसिता पु० पा०। २—गते पु० पा०। ३—लग्नगते बुधेन दृष्टे स्वयं राशित्रर्दिदुभाभ्यामिति पु० पा०। ४—भार्यो पु० पा०। ५—दिवाकरेण पु० पा०।

यदि आधान वा प्रश्न के समय में शनि चन्द्र लग्न में, बुध षष्ठ में, शुक्र सप्तम में और सूर्य अष्टम में शुभग्रह से रहित हो तो गर्भ में तीन पुत्र सन्तान उत्पन्न होते हैं। इस प्रकार पूर्वोक्त योग में लग्न में भौम हो तो तीन कन्या और लग्न में सूर्य व अष्टम में शनि हो तो तीन नपुंसकों का जन्म होता है ॥३७–३८॥

(अथ) सूति (त) कालः

लग्नं यदा पश्यति देवमन्त्री सितोऽथवा रात्रिकरः प्रपूर्णः।
स्वोच्चाश्रितः केन्द्रगतः स्ववर्गे सुशुद्धवीर्यस्य भवेत्प्रसूतिः ॥१॥

अब वृद्धयवनोक्त सूति काल के योगों का वर्णन करते हैं। प्रथम शुद्ध वीर्य से (अपने पिता से) उत्पन्न के योग को बतलाते हैं।

यदि जन्म के समय में गुरू से दृष्ट लग्न हो अथवा परिपूर्ण अपने वर्ग में स्वोच्चाश्रित केन्द्रस्थ चन्द्रमा से लग्न दृष्ट हो तो जातक का जन्म शुद्धवीर्य से अर्थात् अपने पिता से गर्भाधान होने पर हुआ है। ऐसा समझना चाहिये ॥१॥

लग्नाश्रिते शीतकरे बुधे वा नीचाश्रिते वा गुरुणा तु दृष्टे।
लग्नेऽथवा सूर्यसुतेन दृष्टा अन्येन जातं प्रवदन्ति मानवम् ॥२॥
शनैश्चरे लग्नगते च नीचगे पापांशके पापयुते च दृष्टे।
पापस्य लग्ने गुरुणा विमुक्ते पापात्प्रसूतिं प्रवदन्ति चन्द्रे ॥३॥

अब जातक अपने पिता से उत्पन्न है या अन्य से गर्भाधान होने पर पैदा हुआ है ऐसे योगों को कहते हैं।

यदि जन्म के समय लग्न में चन्द्रमा व बुध हों वा चन्द्र बुध नीच राशि में हों और गुरू से दृष्ट हों तो जातक अन्य से अर्थात् अपने पिता से अतिरिक्त व्यक्ति के गर्भाधान से पैदा हुआ है।

अथवा बुध चन्द्रमा लग्न में हों और शनि से दृष्ट हों तो भी परजात जातक होता है।

यदि जन्म के समय में नीच राशिगत शनि लग्न में पापग्रहों के नवांश में पापग्रह से दृष्ट वा युत हो तो भी जातक परजात होता है अर्थात् पाप से उत्पन्न जातक को समझना चाहिये।

अथवा पापग्रह राशि में चन्द्रमा गुरू से अदृष्ट हो तो भी अन्य जात जातक होता है ॥२–३॥

स्वनीचसंस्थे रविणा समन्विते लग्ने चरे सूर्यसुतेन वक्रे।
व्ययस्थिते वा[1] धनगे च चन्द्रे पितुः परोक्षस्य भवेत् प्रसूतिः ॥४॥

अब जातक का जन्म पिता की अनुपस्थिति में अर्थात् घर पर न रहने के योग को कहते हैं।

१—चेद्धनगे च पु० पा०।

यदि जन्म के समय में भौम अपनी नीच चर राशि में लग्नस्थ होकर सूर्य से या शनि से या दोनों से युक्त हो व बारहवें वा द्वितीय चन्द्रमा हो तो जातक का जन्म पिता के परोक्ष में होता है ॥४॥

द्वारं [1]वदेत्केन्द्रमुपागताच्च तत्र ग्रहाभावत एव लग्नात् ।
दीपोऽर्कतः लग्नवशेन वर्तिः स्नेहं शशाङ्कात्प्रवदेद्यथावत् ॥५॥
विलग्नभावोद्गममूर्तिकाः स्युर्नाथाद् वदेद् वर्णविशेषमेषाम्[2] ।
[3]शय्या विभागाद्गृहमुच्चनीचात्तेषां वराङ्गानि तथा परेषाम् ॥६॥

अब सूतिका के द्वार को अर्थात् जन्म के समय सूतिका के घर के दरवाजे का मुख किस दिशा में था एवं दीपक, वर्ति, (बत्ती, तेल, वर्ण शय्या की स्थिति इत्यादि को कहते हैं ।

द्वार (दरवाजे) का ज्ञान —जन्म के समय केन्द्र में (१, ४, ७, १०) जो ग्रह बलवान् हो उस ग्रह की दिशा में सूतिका के घर का दरवाजा होता है ।

अथवा लग्न में बली हो तो पूर्व, चतुर्थ में बली ग्रह हो तो उत्तर, सप्तमस्थ ग्रह से पश्चिम और दशमस्थ बली ग्रह से दक्षिण दिशा समझना चाहिये ।

यदि केन्द्र में ग्रहों का अभाव हो तो लग्न राशि जिस दिशा में हो उस दिशा में प्रसूति के घर का दरवाजा होता है ।

दीप ज्ञान – सूर्य की सत्ता वश दीपक जानना चाहिये । सारांश यह है कि यदि सूर्य चर राशि में हो तो जन्म के समय दीपक चलायमान रहता है । स्थिर राशि में होने से दीपक स्थिर और द्विस्वभाव राशिस्थ सूर्य हो तो दीपक कभी चल, कभी अचल अर्थात् द्विस्वभाव राशि के पूर्वार्ध में हो तो स्थिर, उत्तरार्ध में दीपक चञ्चल रहता है ऐसा जानना चाहिये । एवं जिस दिशा की सूर्य राशि हो उस दिशा में दीपक की स्थिति होती है ।

आशय यह है कि लग्नादि द्वादश भाव के अनुसार सूर्य जिस दिशा में हो उस दिशा में जन्म के समय दीपक होता है । द्वादश भाव का भोग्यांश (उत्तरार्ध) प्रथम भाव तथा द्वितीय भाव का पूर्वार्ध ये मिलकर पूर्व दिशा होती है यदि इसमें सूर्य हो तो सूतिका के घर में पूर्व दिशा में दीपक की स्थिति समझनी चाहिये । द्वितीय भाव का उत्तरार्ध और तृतीय का पूर्वार्ध ये दोनों मिलकर १ भाव हुआ यदि इसमें सूर्य हो तो दीपक की दिशा ईशान कोण होती है इसी प्रकार उत्तर में दो भाव, वायव्य में १ भाव, पश्चिम में दो भाव, नैऋत्य में १ भाव दक्षिण में २ भाव और अग्निकोण में १ भाव का न्यास करने से द्वादश भाव वश सूर्य की दिशा का ज्ञान करना चाहिये । सारांश २, २ भाव पूर्वादि दिशाओं में और १, १ कोणों में कल्पना करके दीपक की दिशा का ज्ञान करना चाहिये ।

१—वदेत्केन्द्रमुपागतस्य ग्रहस्य योऽभावतदेव लग्नात्, इति पु० में पा० ।

२—मासामिति पु० पा० ।

३—सव्यात्रिभागो गृहमुच्चनीचा इति पु० पा० ।

वर्ति (बत्ती) ज्ञान—इसका लग्न से इस प्रकार करना कि यदि प्रारम्भिक अंशों में लग्न जन्म के समय में हो तो दीपक में बत्ति पूर्ण, अन्तिम अंशों में लग्न हो तो बत्ति का अभाव या अल्प, मध्य में अनुपात से जानना चाहिये।

तेल का ज्ञान—यदि जन्म के समय चन्द्रमा प्रारम्भिक अंशों में हो तो तेल पूर्ण, अन्तिम अंशों में तेल का अभाव, मध्य में अनुपात से ज्ञान करना चाहिये।

अब जातक के स्वरूप व वर्ण को कहते हैं।

जन्म के समय लग्न में जो ग्रह होता है उसके समान जातक का स्वरूप, यदि अधिक ग्रह हों तो बलवान् ग्रह के समान स्वरूप और लग्नेश के वर्ण के समान वर्ण होता है। ऐसा समझना चाहिये।

सूतिका की शय्या का ज्ञान घर की तरह करना चाहिये अर्थात् पूर्वादि दिशा में दो दो राशि एवं एक-एक राशि कोणों में न्यास करने से शय्या की स्थिति का ज्ञान करना चाहिये।

सारांश यह है कि शय्या में १२ भावों का न्यास इस प्रकार करना चाहिये—लग्न व द्वितीय भाव को शिर की ओर, तृतीय भाव को शिर के दक्षिण पावा पर, चतुर्थ व पञ्चम भाव को दक्षिण पाटी पर, षष्ठ भाव को दाहिने पैर के पावे पर, सप्तम व अष्टम भाव को पैर की पाटी पर, नवम भाव को वायीं ओर पैर के पावे पर, दशम व एकादश को वायीं पाटी पर और बारहवें भाव को शिर के वायीं ओर पावा पर न्यास करके सूतिका की शय्या के शुभाशुभ का विचार तत्तद्भावों में स्थित उच्च नीचादि शुभाशुभादि वश उस स्थान को समझकर शय्या के उस अङ्ग का फलादेश करना चिहिये ॥ ५–६ ॥

यदा शनिः पञ्चमधर्मगोऽथवा भौमोऽथ बन्धुव्ययगः कथञ्चन।
तदाऽङ्गभङ्गं प्रवदेत् समग्रं [1]कृष्टं बलोनं प्रवदन्ति किञ्चित् ॥ ७ ॥

अब जातक के अङ्ग भङ्ग अर्थात् शरीर को क्षति पहुंचाने वाले योग को कहते हैं।

यदि जन्म के समय में बली शनि पञ्चम भाव में अथवा नवम भाव में हो और बलवान् भौम चतुर्थ या व्यय में हो तो जातक का समग्र शरीर भङ्ग होता है। यदि भौम शनि निर्बल हों तो कुछ शरीर कष्ट होता है ॥ ७ ॥

हिमांशुमाली स्वनवांशकस्थितः स्वोच्चेऽथ केन्द्रे सुरनाथपूजितः।
तुल्यं तदा धातुविवृद्धगात्रं शुक्रेण बध्नाति समन्वितञ्च ॥ ८ ॥

यदि जन्म के समय चन्द्रमा अपने नवांश में हो तथा गुरू केन्द्र में वा उच्च में हो तो समान रूप से शरीर के धातुओं की वृद्धि एवं वीर्य से युक्त जातक होता है ॥ ८ ॥

भौमेऽष्टमे सूर्यसुते विलग्ने नभस्थलस्थे हिमरश्मिजे च।
वने प्रसूतिं प्रवदन्ति योषितां सूर्येण मार्गे मनुजैर्विवर्जिते ॥ ९ ॥

अब जातक का जन्म वन में, मनुष्य रहित मार्ग में हुआ है इसको बतलाते हैं।

१–दृष्ट बलेश प्रवदन्ति किञ्चित्। इ० पु० पा०।

यदि जन्म के समय में भौम अष्टम में, शनि लग्न में और बुध दशम में हो तो जातक का जन्म वन में हुआ है। तथा उक्त योग में दशममें सूर्य हो तो मनुष्य रहित मार्ग में हुआ है ऐसा समझना चाहिये ॥ ९ ॥

शनैश्चरे मूर्तिगते हिमांशुजे [1]व्ययस्थिते नीचगते प्रभाकरे।
विलोमजन्म प्रवदन्ति भूमिजे सभार्गवे नालविवेष्टितस्य ॥ १० ॥

अब नालवेष्टित विलोम जन्म योग को कहते हैं।

यदि जन्म के समय लग्न में शनि, व्यय (१२) में बुध, सूर्य नीच राशि में और भौम व शुक्र एक राशि में हों तो जातक का जन्म नाल में बंधा हुआ विलोम (पैर से) जन्म होता है ॥ १० ॥

चन्द्रेऽम्बरस्थे शशिजे च कामे बृहस्पतौ मूर्तिगते स्तनान्तरे।
गर्भस्य तल्लांच्छनमुक्तमाद्यैर्विपर्यये पृष्ठविभागतश्च ॥ ११ ॥
जीवे विलग्ने भृगुजे व्ययस्थे शशाङ्कजे लाभमुपाश्रिते च।
वामाङ्गसंस्थस्तिलकः प्रवाच्यः षड्वर्गशुद्धौ त्वथ दक्षिणस्थः ॥ १२ ॥

अब जातक के शरीर में कहाँ पर लहसन वा तिल है इसको कहते हैं।

यदि जन्म के समय में चन्द्रमा दशम में, बुध सप्तम में और गुरू लग्न में हो तो जातक के स्तनान्तर अर्थात् छाती पर लहसन का चिन्ह होता है।

यदि ये उक्त ग्रह उक्त विपरीत भावों में स्थित हों तो पीठ पर लहसन का चिन्ह समझना चाहिये।

यदि जन्म के समय में गुरू लग्न में, शुक्र बारहवें में और बुध लाभ भाव में हो तो जातक के वाम भाग में तिल का चिन्ह होता है। यदि ये उक्त ग्रह षड्वर्ग से शुद्ध हों अर्थात् शुभ हों तो दक्षिण भाग में चिन्ह समझना चाहिये ॥ ११-१२ ॥

व्यये शशी लाभगतः खरांशुस्त्रिकोणगः सूर्यसुतः सपापः।
हीनाङ्गतां तत्र वदन्ति भूमिजे गात्राधिकत्वं प्रवदन्ति भागतः ॥ १३ ॥

यदि जन्म के समय में चन्द्रमा बारहवें हो व सूर्य ग्यारहवें हो और त्रिकोण में पापग्रह के साथ शनि हो तो जातक का कोई अङ्ग हीन होता है।

यदि १२वें भौम व ११ वें सूर्य और सपाप शनि त्रिकोण में हो तो जातक का कोई अङ्ग अधिक होता है ॥ १३ ॥

शनैश्चरे वीर्ययुते तु तैजसं सूर्येण ताम्रोद्भवमेव भूषणम्।
चन्द्रेण माणिक्यभवं हिरण्यजं सौम्येन शुक्रेण च रीतिसम्भवम् ॥१४॥
जीवेन नानाविधमिष्टकामदं भौमेन विन्द्याद्बहुवस्त्रसम्भवम्।

अब बली ग्रह के आधार पर भूषण की प्रधानता को बतलाते हैं।

१–विपस्थिते इ० पु० पा०।

यदि जन्म के समय में शनि पूर्ण बली हो तो जातक तेजस वा चमकीले, सूर्य से ताँबे के समान, चन्द्रमा से माणिक्य के समान, बुध से सुवर्ण से युत, शुक्र से पीतल के, गुरू से नाना प्रकार के अभीष्ट और भौम से अनेक प्रकार के वस्त्रों से उत्पन्न पदार्थों के भूषणों का प्रेमी होता है ॥ १४ ॥

गृहं शशाङ्केन सुदारुसंभवं मनोज्ञरूपं विविधान्वितञ्च
सुसूत्रमुक्तं मणिकुट्टिमान्वितं षड्वर्गशुद्धेन च तुङ्गगेन ॥ १५ ॥
भौमेन दग्धं स्वनवांशकस्थे परांशकस्थ शिथिलस्वभावम् ।
कुवस्तुयुक्तं बहुपापदृष्टे सौम्येक्षिते वा धनधान्ययुक्तम् ॥ १६ ॥
सूर्येण चित्रं बहुगैरिकाद्यैः प्रभासमेतं बहुभूमिकञ्च ।
एकत्र रम्यं त्वपरत्र शीर्णं पापेक्षिते वा तपनस्वभावः ॥ १७ ॥
बुधेन रम्यं बहुवंशयुक्तं पटावृतं भूरिवनाढ्यमेव ।
शुचिप्रगल्भैः पुरुषैः समेतं विचित्ररूपं प्रभया समेतम् ॥ १८ ॥
जीवेन नानाविधरत्नयुक्तं सुभूरिशीलं बहुमण्डलाढ्यम् ।
वितानमूला ध्वजसर्वदिक्षु प्रमण्डितं धातुरसैर्विशालम् ॥ १९ ॥
स्वभावरम्यं सुविदग्धलोकं मनोरमं स्फाटिककाञ्चनाढ्यम् ।
तुङ्गं विशालं सुविभक्तमार्गं विचित्रकाष्ठप्रभवं नितान्तम् ॥ २० ॥
शीर्णं कुचेलैः मनुजैः समेतं रक्तान्वितं स्त्रीरहितं सदैव ।
भवेद्गृहं कण्टकसङ्घयुक्तं रौद्रं करालं विकृतं प्रतीपम् ॥ २१ ॥

अब जातक का जन्म कैसे घर में हुआ है इसको बतलाते हैं ।

यदि जन्म के समय में सबसे बली चन्द्रमा उच्च राशि में षड्वर्ग से शुद्ध या शुभ होकर स्थित हो तो जातक का जन्म सुन्दर देवदारु की लकड़ी से रचित, मन को आनन्द देने वाला, अनेक सुख साधनों से सम्पन्न, सुन्दर रीति से बने हुए और मणिओं (शुभ्रचमकदार) की भित्तियों से युक्त घर में जन्म होता है ।

यदि मङ्गल बली होकर अपने नवाँश में स्थित हो तो जला हुआ, दूसरे ग्रह के नवांश में हो तो आलस्ययुक्त, यदि भौम अधिक पापी ग्रहों से दृष्ट हो तो दूषित वस्तु से युक्त और शुभ ग्रह से दृष्ट भौम हो तो जातक का जन्म धनधान्य से परिपूर्ण घर में होता है ।

यदि सूर्य जन्माङ्ग में सबसे बली हो तो जातक का जन्म अनेक प्रकार के गेरू आदि रङ्गों से चित्रित, चमकदार, अधिक बड़े, एक स्थान में अधिक सुन्दर और जगह से टूटा हुआ, यद्वा सूर्य पाप ग्रह से दृष्ट हो तो तापयुक्त घर में होता है ।

यदि जन्म के समय में बुध सबसे बली हो तो जातक का अधिक परिवारों से युक्त मनोहर, वस्त्रों से ढका हुआ, अधिक वनों से युक्त, पवित्र प्रौढ़ मनुष्यों से सम्पन्न, विचित्र रचना और चमकदार घर में जन्म होता है ।

यदि गुरू जन्म के समय में सबसे बली हो तो जातक का अनेक प्रकार के रत्नों से परिपूर्ण, सुन्दर अधिक शीलयुक्त, अधिक भागों में विभक्त, समस्त दिशा ध्वजाओं से व्याप्त, धातु व रसों से परिपूर्ण और विशाल घर में जन्म होता हैं।

यदि जन्म के समय शुक्र सबसे बली हो तो जातक का स्वभाव (प्रकृति) सुन्दर, सुन्दर चतुरजनों से युक्त, मनमोहक, स्फटिक व सुवर्ण से युक्त, ऊँचे, विशाल, सुन्दर मार्गों में विभाजित और अत्यन्त विचित्र काष्ठों से युक्त घर में जन्म होता है।

यदि शनि सब से बलवान् होकर कुण्डली में स्थित हो तो जातक का पुराने टूटे हुए, बुरे वस्त्रों से एवं मनुष्यों से युक्त, लाल पदार्थों से युक्त, स्त्री से हीन, काँटे के जालों से युक्त, भयङ्कर, विकराल, विकार से सम्पन्न और विपरीत घर में जन्म होता है ॥ १५-२१ ॥

शनैश्चरे केन्द्रगते स्वनीचगे सुतस्थिते भूतनये सभास्करे।
गृहं तृणैः सर्वत एव युक्तं जीर्णं नितान्तं तपनस्वभावम् ॥ २२ ॥
शनैश्चरांशे हिमरश्मिपुत्रे यदा तनुस्थः स्वगृहे शशाङ्कः।
तदा गृहं नूतनवीरुधावृतं क्वचित् सुकाष्ठैः परितो विपश्चितम् ॥ २३ ॥
जीवो यदा बन्धुगतः स्वभागगो नभस्तलस्थो भृगुनन्दनस्तदा।
चन्द्रोऽस्तगो मूर्तिगतश्शनैश्चरस्तदावृतं वस्त्रवरैः सुमन्दिरम् ॥ २४ ॥
शनैश्चरे मूर्तिगते कुजेऽथवा पापांशकस्थे बहुपापवीक्षिते।
गृहाश्रयं जन्मवदेच्छुभांशके कुटीरके छिद्रयुते विरूपके ॥ २५ ॥

अब कुछ योगों द्वारा जातक के जन्म घर का वर्णन करते हैं। अर्थात् अभी पूर्व में एक ग्रह के बली होने पर जातक के जन्म के घर को बतला कर यहाँ योगों द्वारा घर का ज्ञान कराया गया है।

१—यदि जन्म के समय में नीचस्थ शनि केन्द्र में, भौम सूर्य के साथ पञ्चम भाव में हो तो जातक का जन्म चारों तरफ तृणों (तनिका) से युक्त, पुराने और अत्यन्त ताप से युक्त घर में होता है।

२—यदि जन्म के समय में बुध शनि के नवांश में और लग्नस्थ चन्द्रमा अपनी राशि (कर्क) में हो तो जातक का नवीन वृक्षों से युक्त कहीं काष्ठ से युत घर में होता है।

यदि जन्म के समय में गुरु अपने नवांश में स्थित होकर चतुर्थ में और दशम में शुक्र, चन्द्रमा सप्तम में और लग्न में शनि हो तो जातक का जन्म सुन्दर वस्त्रों से आवृत घर में होता है।

यदि जन्म के समय में शुभग्रह नवांशस्थ शनि लग्न में वा पापग्रह के नवांश में भौम पापग्रह से दृष्ट हो तो जातक का जन्म सुन्दरता से हीन, छिद्रों से युत कुटी रूप घर में होता है ॥ २२-२५ ॥

इति वृद्धयवने जन्माऽध्यायः।

दिशः खरांशोर्हिमदीधितेर्गो बाणास्तथा सौम्यकुजार्कजानाम्।
नगाः सुरेज्यस्य सितस्य नागाः प्रमाणता दीधितयः स्वरूपाः॥ १॥

अब प्रत्येक ग्रह की रश्मियों को बतलाते हैं अर्थात् किस ग्रह की कितनी रश्मियाँ होती हैं इसको कहते हैं॥ १॥

सूर्य की १०, चन्द्रमा की ९, बुध, भौम व शनि की पाँच-पाँच, गुरु की ७ और शुक्र की ८ रश्मियाँ होती हैं॥ १॥

स्पष्टार्थ रश्मि चक्र—

ग्रह	सू०	चं०	मं०	बु०	गु०	शु०	श०
रश्मि	१०	९	५	५	७	८	५

नीचाच्च्युतः सन्मुखरश्मिरत्र षड्भिस्तु भैषाः परिचिन्तनीयाः।
स्वोच्चे त्रिकोणे च वसुस्वभागो सार्द्धं स्वहर्म्ये मुनिभिस्तथैव॥ २॥
सुहृद्गृहे पञ्चभिरेव अंशैः परान्मुखः स्वोच्चगृहाच्च खेटः।
नीचाश्रितो रश्मिविवर्जितश्च मध्येऽनुपातात्किरणाश्च यैः स्युः॥ ३॥
ते ताडिताः स्वैः किरणैर्विभक्ता नेत्रैर्गुणैः सौम्यनिरीक्षिते च।
त्रिंशल्लवे सौम्यसमुद्भवे च द्विघ्नाः समा स्युर्यदि चन्द्रहोरा॥ ४॥
जाते बहुत्वे परिहृत्य शेषाच्चैकेन हन्यात्परमायुषं स्यात्।

जब ग्रह अपनी नीच राशि से हटकर ६ राशि पर्यन्त अर्थात् उच्च तक रहता है तब तक उसकी रश्मियों की सन्मुख रश्मि संज्ञा और उच्च राशि से चलकर नीच राशि तक होता है तब परान्मुख संज्ञा रश्मियों की होती है। उच्च में रश्मि पूर्ण व नीच में रश्मियों का अभाव होता है। मूल त्रिकोण में ग्रह होने पर पञ्चमांश से युक्त करके रश्मि जानना चाहिए। यदि शुभग्रह से दृष्ट या शुभ के त्रिंशांश में या चन्द्रमा की होरा में ग्रह हो तो आगत रश्मियों को द्विगुणित करके समझना चाहिए। नीच और उच्च के बीच में अनुपात द्वारा रश्मियों का ज्ञान करना चाहिए यथा जिस ग्रह की रश्मियों का आनयन अभीष्ट हो उसमें उसका नीच राश्यंश घटाकर यदि शेष ६ राशि से अधिक को तो १२ में से घटाकर अपनी रश्मि संख्या से गुणा करके ६ का भाग देने पर अभीष्ट रश्मि होती हैं। जिस ग्रह में सवर्णन दो-तीन प्रकार से प्राप्त होता है वहाँ उनमें जो अधिक हो उसी एक से सवर्णन करके ग्रहण करना चाहिए॥ २-४॥

आयुः परं मानववारणानां शतं सविंशं कुलसंभवानाम्।
द्वात्रिंशतिर्जात्यतुरङ्गमाणां खरोष्ट्रयोर्विंशतिवर्षसङ्ख्या॥ ५॥

चतुर्विहीना[1] च तथाविकानां कासारगोशूकरमर्कटानाम् ।
चत्वारिविंशत् कथिता शुनाञ्च तदर्धतो व्याघ्रहरिवृकाणाम् ॥ ६ ॥
त्रिषष्टिसंज्ञः [3]पदभाजनानां द्विजिह्वगृध्रप्रभवः सहस्रम् ।
संवत्सरं षट्पदटिट्टिभानां यूकापतङ्गाः कृमिकीटकानाम् ॥ ७ ॥
मासार्द्धजश्चैव पिपीलिकानां वृक्षोद्भवो वर्षशतं प्रदिष्टम् ।
तेषां [4]पलाशो द्विगुणेन वाच्यः अश्वत्थन्यग्रोधशमीसमुत्थः ॥ ८ ॥
शतं विवृद्धया द्विजवृक्षतश्च ।

अब प्राणियों की परमायु को बताते हैं ।

मनुष्य व हाथियों की १२० वर्ष, घोड़ों की ३२ वर्ष, गधा व ऊँट की २५ वर्ष, भेड़ (बकरा), भैंसा, गाय, सूअर और बन्दरों की २१ वर्ष, कुत्तों की २४ वर्ष, बाघ, सिंह, भेड़िया की १२ वर्ष ।

पशुओं की ६३ वर्ष, सर्प, गीध की १००० वर्ष, भौरा, टिट्टिभ, कीट, पतङ्गादि की १ वर्ष, चीटियों की १५ दिन, वृक्षों की १०० वर्ष, वृक्षों में पलाश की २०० वर्ष, पीपल की ३०० वर्ष, बरगद की ४०० वर्ष और सीसम के वृक्ष की ५०० वर्ष की परमायु होती है ॥ ५-८ ॥

केन्द्रेषु सौम्या यदि पापहीनाः सर्वेषु जातस्य मितिर्न वाच्या ।
उच्चाश्रिता वा ह्यपि पापसंज्ञा विमिश्रिता वा मनुजस्य तज्ज्ञैः ॥ ९ ॥
सुहृद्गृहस्थैः सकलैस्तु तुङ्गमथ प्रयातैर्गृहसंशकं वा ।
आयुः परं सूत्रनरस्य वाच्यं सर्वैश्च वै वृद्धिगृहप्रयातैः ॥ १० ॥

अब योग द्वारा परमायु ज्ञान को कहते हैं ।

यदि जन्म के समय में समस्त केन्द्रों में शुभग्रह पापग्रहों के संयोग से रहित होकर स्थित हों वा उच्च राशि में हों वा उच्चाश्रित पापग्रहों से मिश्रित हों तो जातक की परमायु होती है ।

यदि जन्म के समय समस्त ग्रह मित्र राशि में वा तुङ्ग (उच्च) राशि में वा अपनी राशि में हों वा सब ग्रह ३, ६, १०, ११ भावों में हों तो जातक की परमायु होती है ॥ ९-१० ॥

[5]व्ययार्थसंस्था यदि पापखेटाः षष्ठाष्टसस्था यदि वा स्युरेव ।
षडब्दको मृत्युरिहः प्रदिष्टः सौम्यैर्विना प्रोद्गतवंशयोगे ॥ ११ ॥

अब छठे वर्ष में मृत्युकारक योग को बतलाते हैं ।

यदि जन्म के समय में बारहवें व द्वितीय भाव में अथवा छठे व आठवें भाव में शुभग्रहों से हीन सब पापग्रह हों तो जातक की मृत्यु छठे वर्ष में होती है ॥ ११ ॥

---

१. नाज तथा पु. में पा ।   २. गवानामू पु. में पा. ।   ३. खरभाजनानां पु. में पा. ।
४. प-ाशो पु. में पा. ।
५. व्ययार्थशको मृत्युरिह प्रदिष्टः सौम्यैर्विना प्रोद्गलवंगयोगे पुस्तक में ऐसा श्लोक है ।

केन्द्रेषु पापा यदि सौम्यहीना न वीक्षते देवगुरुः सितो वा।
मृत्युस्तदा शस्त्रकृतः प्रवाच्यो वर्षस्य मध्ये कृतसंभवे वा॥ १२॥

अब एक वर्ष में शस्त्र द्वारा मृत्युकारक योग को कहते हैं।

यदि जन्म के समय में शुभग्रहों से रहित पापग्रह केन्द्र में गुरु वा शुक्र से अदृष्ट स्थित हों तो जातक की एक वर्ष के मध्य में शस्त्रकृत (आपरेशनादि) मृत्यु होती है॥ १२॥

षष्ठाष्टमस्था यदि सौम्यखेटाः पापा धनद्वादशगा यदा स्युः।
तदा विनाशो मनुजस्य वाच्यो मासद्वयेनैव चतुष्पदोत्थः॥ १३॥

अब दो मास में पशु द्वारा मृत्युकारक योग को कहते हैं।

यदि जन्म के समय में छठे व आठवें भाव में शुभग्रह और दूसरे व बारहवें भाव में पापग्रह हों तो जातक की मृत्यु पशु द्वारा दूसरे मास में होती है॥ १३॥

षष्ठेऽष्टमे वा यदि शीतरश्मिः पापेन दृष्टे सहितेऽथवा स्यात्।
सद्यो विहन्यान्मनुजं न दृष्टो यदा सुरेज्येन शुभाश्रितेन॥ १४॥

अब शीघ्र मृत्युकारक योग को कहते हैं।

यदि जन्म के समय में छठे या आठवें भाव में चन्द्रमा पापग्रह से दृष्ट अथवा पापग्रह से युक्त हो तथा शुभ राशिस्थ गुरु से अदृष्ट हो तो जातक की मृत्यु शीघ्र ही होती है॥ १४॥

क्षीणः शशी मूर्तिगतः सपापो द्यूने च पापो न शुभस्तु केन्द्रे।
मृत्युस्तदा वत्सरमध्यमे स्यान्नरस्य दृष्टो न यदा शुभेन॥ १५॥

अब १ वर्ष में मृत्युकारक योग को कहते हैं।

यदि जन्म के समय में क्षीण चन्द्रमा लग्न में शुभग्रह से अदृष्ट व पापग्रह से युक्त और सप्तम में पापग्रह हो व केन्द्र में शुभग्रह न हों तो जातक की मृत्यु १ वर्ष के भीतर होती है॥ १५॥

एतैर्विवादांशगुणैर्विलग्ने ताड्यो ग्रहो नागनभः शशाङ्कैः।
राश्यादितो दस्रशशाङ्कभक्तः शेषाब्दपूर्वस्य नरायुरुक्तः॥ १६॥
द्रेष्काणवर्गोत्तमरन्ध्र (धर्म भाग स्ववेश्मगस्य द्विगुणः प्रदिष्टः।
द्विघ्नः स्वतुङ्गे कुटिले च मार्गे द्वयोश्च लब्धौ त्रिगुणः प्रदिष्टः॥ १७॥
अर्धं हरत्येव हि नीचसंस्थः अस्तङ्गतश्चार्कसुतो निहन्ति।
शुक्रस्य आयुः कलुषोऽस्तगो वा सर्वत्रिभागा रिपुगा भवन्ति॥ १८॥
अर्धादिषष्ठान्तमपक्रमेण त्वेकादशादेः प्रहरन्त्यनिष्टाः।
सर्वंव्ययस्थाश्च शुभास्तदर्धं विलोमतो वीर्ययुतश्च सौम्यः॥ १९॥

॥ इति वृद्धयवने आयुर्दायाध्यायः पञ्चमः॥

इन पूर्वोक्त योगों से युक्त यदि लग्न में या राशियों में ग्रह हो तो १०८ से गुणा करके १२ का भाग देने पर शेष तुल्य वर्ष मनुष्य की आयु होती है।

यदि ग्रह अपने द्रेष्काण या वर्गोत्तम या नवांश या घर में हो तो आगत आयु को दुगुनी तथा उच्च में या वक्री होने पर भी द्विगुणित आयु समझना चाहिए।

यदि दो रीति से गुणन प्राप्त हो तो तीन से आगत आयु को गुना करके जानना चाहिए।

यदि नीच में ग्रह हो तो आगत आयु का आधा हिस्सा तथा शनि शुक्र को छोड़कर अन्य ग्रह अस्त हों तो भी अर्द्धभाग ग्रहण करना चाहिये।

शत्रु राशिगत ग्रह की आयु में तृतीयांश घटाकर लेना चाहिए।

यदि व्यय स्थान में शुभ हो तो आधा भाग और पापग्रह हो तो समस्त आगत का त्याग करना चाहिए तथा एकादश में पापग्रह का आधा भाग व शुभग्रह का चतुर्थांश, दशम में पाप का तृतीयांश व शुभ षष्ठांश, नवम में पाप का चतुर्थांश व शुभ का अष्टमांश भाग इसी प्रकार आगे षष्ठभाव तक पाप शुभ भेद से आगत आयु में घटाकर ग्रहण करना चाहिए।

यदि शुभग्रह बली हो तो इसके विपरीत ही समझना चाहिए॥ १६-१९॥

इस प्रकार वृद्ध यवनोक्त पाँचवाँ आयुर्दाय अध्याय समाप्त हुआ।

(अथ) सारावल्यां (आधानाध्यायः)।

[1]राश्यादिफलविचार कस्य विधेयो विना समुत्पत्तेः।
आधानमतो वक्ष्ये कारणभूतं समस्तजन्तूनाम्॥ १॥

अब राश्यादि फल विचार, विना जन्म के संभव नहीं होता इसलिये कल्याणवर्मा के वाक्यों से आधान विषयक बातों का यहाँ विवेचन करते हैं।

राशि, होरा द्रेष्काण, नवांशादि का फल विचार उत्पत्तिकाल के विना जानें किसका कौन समझ व जान सकता है इसलिये समस्त जीवों के कारण भूत मैं कल्याण वर्मा आधानाध्याय को कहता हूं क्योंकि उत्पत्ति जीवों की गर्भाधान से होती है॥ १॥

[2]अनुपचयराशिसंस्थे कुमुदाकरबान्धवे रुधिरदृष्टे।
प्रतिमासं युवतीनां भवति रजो दर्शनं ब्रुवन्त्येके॥ २॥

अब गर्भाधान के योग्य रजोदर्शन (मासिक धर्म) समय को बतलाते हैं।

स्त्री की जन्म राशि से अनुपचय (१, २, ४, ५, ७, ८, ९, १२) स्थान में चन्द्रमा भौम से दृष्ट होने पर मासिक धर्म होता है। ऐसा बहुत आचार्यों का मत है। ऐसी स्थिति का मासिक धर्म वंशवृद्धि कारक होता है॥ २॥

इन्दुर्जलं कुजोऽग्निर्जलमसृगथ[3] वाग्निरेव पित्तं स्यात्।
एवं रक्ते क्षुभिते पित्तेन रजः प्रवर्तते स्त्रीषु[4]॥ ३॥

१–प्रकाशित सारा० में 'फल विभागः' यह पा०। सा० ८ अ० १२ श्लो.। २–सा० ८अ० २ श्लो०। ३–जलेन संकरत्व पु० में पा० 'जलमस्त्र' त्वग्नि' यह भट्टो० बृ० जा० ४१ श्लो० की में पा०। ४–सा. ८ अ० ३ श्लो०।

अब स्त्रियों को रजो दर्शन अर्थात् मासिक धर्म किस कारण से होता है इसे कहते हैं। स्त्रियों के गुह्याङ्ग से तीन दिन तक जो रुधिर बाहर निकलता है उसी को रजोदर्शन संस्कृत में कहते हैं। उस रजो दर्शन का कारण मङ्गल और चन्द्रमा है। क्योंकि शास्त्रों में चन्द्रमा को जलमय व भौम को अग्निमय कहा गया है। इसलिये जल से रुधिर तथा अग्नि से पित्त उत्पन्न होता है। जब पित्त के द्वारा खून में हलचल होती है तो स्त्रियों को मासिक धर्म होता है ॥ ३ ॥

[1]एवं यद्भवति रजो गर्भस्य निमित्तमेव कथितं तत्।
उपचयसंस्थे विफलं प्रतिमासं दर्शनं तस्य ॥ ४ ॥

अब गर्भाधान में अक्षम मासिकधर्म योग को बतलाते हैं।

इस प्रकार जो प्रत्येक मास स्त्रियों को मासिकधर्म होता है वही गर्भ का कारण है। यदि स्त्री की राशि से तृतीय, षष्ठ, दशम, एकादश राशि में चन्द्रमा होने पर मासिक धर्म हो तो वह निष्फल अर्थात् गर्भधारण की क्षमता उसमें नहीं होती है ॥ ४ ॥

स्त्रीजन्मभादनुपचयगृहस्थं (चन्द्रं) यदि कुजः पश्यति तदा रजो दर्शनं गर्भधारणयोग्यं स्यात्। परन्तु वृद्धबन्ध्यातुराद्यतिरिक्तास्त्रीषु बोध्यम्।

तथा बादरायणः—

स्त्रीणां गतोऽनुपचयर्क्षमनुष्णरश्मिः
सद्दृश्यते यदि धरातनयेन तासाम्।
गर्भग्रहार्तवमुशन्ति तदा न वन्ध्या-
वृद्धातुराल्पवयसामपि चैतदिष्टम् ॥ ५ ॥

अब बादरायण जी के वचन से गर्भधारण करने के उपयुक्त मासिक धर्म को कहते हैं।

आचार्य बादरायण जी का कहना है कि स्त्री की जन्म राशि से अनुपचय १, २, ४, ५, ७, ८, ९, १२ राशि में चन्द्रमा भौम से दृष्ट हो तो ऐसे समय में जो मासिक धर्म होता है उसमें गर्भधारण करने की क्षमता होती है किन्तु इस परिस्थिति में भी वन्ध्या, वृद्धा, रोगिणी अल्प अवस्था वाली स्त्री गर्भधारण नहीं कर सकती हैं ॥ ५ ॥

[3]उपचयभवने शशभृद्दृष्टो गुरुणा सुहृद्भिरथवासौ।
पुंसां करोति योगं विशेषतः शुक्रसंदृष्टः ॥ ६ ॥

अभी स्त्री की जन्मराशि से शुभ राशिस्थ चन्द्रमा को बतलाकर अब पुरुष की राशि से गर्भाधान योग्य चन्द्रमा की स्थिति को बतलाते हैं।

पुरुष की राशि से उपचय (३, ६, १०, ११) राशि में चन्द्रमा हो और उस पर गुरू की या मित्र ग्रह की या विशेषकर शुक्र की दृष्टि रहने पर यदि स्त्री पुरुष संयोग होता है तो गर्भ होने की संभावना होती है ॥ ६ ॥

[4]चन्द्रे कुजेन दृष्टे पुष्पवती सह विटेन संयोगम्।
सौम्येन चपलमतिना भृगुणा कान्तेन रूपवता ॥ ७ ॥

---

१ सारा. ८ अ. ४ श्लो.। २–बृ. जा. ४ अ. १ श्लो. गद्यो. में आता है।
३–सा. ८ अ. ५ श्लो.। ४–सारा. ८ अ. ६–७ श्लो.।

राजपुरुषेण रविणा रविजेनाप्नोति भृत्येन।
एकैकेन फलं स्याद् दृष्टे नान्यैः कुजादिभिः पापैः ॥ ८ ॥
सर्वैः स्वगृहं त्यक्त्वा गच्छति वेश्यापदं युवतिः।
उपचयभवने शशभृद्दृष्टे इत्यत्रोपचयभवनं पुरुषस्यैव।

अब स्त्री की जन्मराशि से उपचयस्थ चन्द्रमा भिन्न-भिन्न ग्रहों से दृष्ट होने पर स्त्री रजोदर्शन के समय कैसे पुरुष से संभोग करेगी इसे कहते हैं।

यदि स्त्री के रजो दर्शन काल में चन्द्रमा भौम से दृष्ट हो तो धूर्त पुरुष से, बुध से दृष्ट हो तो चञ्चल बुद्धि वाले पुरुष से, शुक्र से दृष्ट हो तो रूपवान् पति से, सूर्य से दृष्ट होने पर राजपुरुष से, शनि से दृष्ट हो तो नौकर से पुष्पवती का संयोग होगा ऐसा समझना चाहिये। इस प्रकार एक-एक ग्रह से चन्द्र दृष्ट हो और अन्य कुजादि पापग्रहों से अदृष्ट हो तो कथित फल की पूर्ण संभावना होती है।

यदि चन्द्रमा पर समस्त पापग्रहों की दृष्टि मासिकधर्म के समय में हो तो पुष्पवतो घर का परित्याग करके वेश्या हो जाती है ॥ ७-८ ॥

विशेष—प्रकाशित सारावली में 'सौम्येन चपलमतिना भृगुणा कान्तेन रूपवता' यह आधा श्लोक उपलब्ध नहीं होता है किन्तु बृ० जा० ४ अध्याय प्रथम श्लोक की भट्टोत्पली टीका में मणित्थाचार्य जी के वाक्य में प्राप्त होता है ॥ ७–८ ॥

उपचय स्थान में चन्द्रमा गुरू से दृष्ट हो यह विचार पुरुष की राशि से चन्द्र के होने पर ही करना चाहिये जो कि बादरायण जी ने कहा है।

यदाह बादरायणः—

[1]पुरुषोपचयगृहस्थो गुरुणा यदि दृश्यते हिममयूखः।
स्त्रीपुरुषसंप्रयोगं तदा वदेदन्यथा नैवम् ॥ ९ ॥ इति।

अयं विचारश्चतुर्थदिने तदाह मणित्थः –

[2]ऋतुविरमे स्नातायां यद्युपचयसंस्थितः शशी भवति।
बलिना गुरुणा दृष्टे भर्त्रा सह सङ्गमश्च तदा ॥ १० ॥

बादरायण जी ने अपने जातक ग्रन्थ में कथित किया है कि पुरुष की राशि से ३, ६, १०, ११ राशियों में चन्द्रमा यदि गुरू से दृष्ट हो तो स्त्री पुरुष संभोग सफल होता है तथा गुरु से अदृष्ट होने पर सफल नहीं होता है ॥ ९ ॥

यह विचार अर्थात् पुरुष स्त्री राशि से उपचयानुपचय विचार ऋतुमती के चौथे दिन से करना चाहिये। मणित्थाचार्य ने कहा है कि ऋतु (मासिक) की समाप्ति में अर्थात् चतुर्थ दिन से स्त्री के स्नान करने पर चन्द्रमा का विचार होता है क्योंकि शास्त्रों में कहा है कि 'भर्तुः स्पृश्या चतुर्थेऽन्हि' किन्तु चौथे दिन भी गर्भ की स्थिति स्थिर नहीं होती है। शास्त्रान्तर में वर्णित है 'नाद्याश्चतस्रोऽथ निषेकयोग्याः' 'पुत्रोऽल्पायुः' इत्यादि। यदि चन्द्रमा बली गुरू से दृष्ट हो तो अपने पति के साथ संयोग होता है ॥ १० ॥

१–बृ. जा. ४ अ. १ श्लो. भट्टो. टीका में प्राप्त है। २–बृ. जा. ४ अ. १ श्लो. की भट्टो. टीका में उपलब्ध है। पुस्तक में तायां यद्रूपः संस्थितः यह पाठ है।

ननु पूर्वोक्तसारावलीपद्ये शुक्रदृष्टे चन्द्रे स्वपुरुषयोगोऽन्यदृष्टे राजपुरुषादिभिः पुष्पवती संयोग उक्तोऽस्ति। तत्र साध्वीनां परपुरुषाभावात्कथं योगो घटत इति चेदुच्यते। राजपुरुषादि चेष्टास्वरूपादियुतेन स्वपुरुषेणैव योगो वाच्यो न तु परपुरुषेण। वेश्यापदं चात्रातिनिर्लज्जत्वद्योतकमिति सर्वं सुस्थम्।

यहाँ पर यह शङ्का होती है कि पूर्वोक्त सारावली के श्लोक में शुक्र से चन्द्रमा दृष्ट होने पर अपने पति के साथ संभोग तथा अन्य ग्रह से दृष्ट होने पर राजपुरुषादि से संयोग कहा है, किन्तु पतिव्रता स्त्रियों के लिये पर पुरुष का अभाव होने से योग कैसे बन सकेगा। इसका उत्तर यह है कि अन्य ग्रहों से चन्द्र दृष्ट होने पर पतिव्रता स्त्री अपने पुरुष के साथ ही संयोग करती है किन्तु पति की इच्छा संभोग के समय में दृष्ट ग्रह के अनुरूप ही होती है। वेश्या शब्द यहाँ अत्यन्त निर्लज्जता का प्रतीक है।

[1]द्विपदादयो विलग्नात्सुरतं कुर्वन्ति सप्तमे यद्वत्।
तद्वत् स्त्रीपुरुषाणामपि गर्भाधानं समादेश्यम्॥ ११॥
अस्तेऽशुभदृष्टयुते सरोषकलहं सदा भवेद्ग्राम्यम्।
सौम्यैः सौम्यं सुरतं वात्स्यायनसंप्रयोगकाख्यातम्॥ १२॥
तत्र शुभाशुभमिश्रैः कर्मभिरधिवासिताविषयवृत्तिः।
गर्भावासे निपतति संयोगे शुक्रशोणितयोः॥ १३॥

अब गर्भाधानकाल में संभोग किस प्रकार से अर्थात् प्रेम वा कलह से हुआ है इसको बतलाते हैं।

गर्भाधान कालिक या प्रश्नकालिक लग्न से सप्तमभावस्थित द्विपदादि राशि जिस रीति से संभोग करता है उसी रीति से संभोग हुआ है ऐसा जानना चाहिये।

अर्थात् यदि सप्तमभाव में द्विपद राशि हो तो द्विपद की भाँति, चतुष्पद हो तो चार पैर वालों की तरह, कीट या जलचर संज्ञक हो तो कीट वा जलचर जीव की तरह संभोग हुआ है। यह समझना चाहिये।

यदि सप्तम भाव पाप ग्रह से दृष्ट या युक्त हो तो क्रोध व कलह के साथ असमाजिक रीति से, यदि सप्तम भाव शुभ ग्रह से दृष्टयुत हो तो कामशास्त्र की रीति से शान्तिपूर्वक हासादि से युत, यदि शुभ पाप दोनों से युत दृष्ट सप्तम भाव हो तो मिश्र रीति से संभोग होता है। कर्मानुकूल विषयवृत्ति के आधार पर संभोग काल में रज वीर्य संयुक्त होकर बच्चेदानी में पतित होता है॥ ११–१३॥

बृ० जा० में भी कहा है—'यथास्तराशिर्मिथुनं समेति तथैव वाच्यो मिथुन प्रयोगः। असद्ग्रहालोकितसंयुतेऽस्ते सरोष इष्टैः सविलासहासः' (४ अ० २ श्लो०)॥११–१३॥

[2]उपचयगौ रविशुक्रौ बलिनौ पुंसः स्वमंशकं प्राप्तौ।
युवतेर्वा कुजचन्द्रौ यदा तदा गर्भसंभवो भवति॥ १४॥

१—साराव. ८ अ. ८–१० श्लो.। २—सारा० ८ अ० ११ श्लो०।

अयमर्थो न्यायसिद्धः। तद्यथा सूर्यस्य पुंग्रहत्वादुपचयगतः तदीयपुंस्त्वोपचयकरः शुक्र उपचये स्थितश्चेच्छुक्रपुष्टिकरः। अत्र उभयोर्बलं पुरुषस्य-युज्यते। भौमबलेन शोणितोपचयात्पुष्ट्या प्रादुर्भाव इति चन्द्रस्य स्त्रीग्रहत्वाच्चन्द्रबलं स्त्रीणामुपयुज्यते। एवं स्त्रीपुंसोः प्राबल्याच्छुक्रशोणितसन्निपाते हि गर्भग्रहणं भवतीति ज्ञेयम्।

अत्र समुद्रजातकटीकाकृतः पुरुषस्त्रीजन्मराशिं विहाय मेषाद्याः पुंराशयो वृषाद्याः स्त्रीराशय इति व्याख्यातं तदसत्। यतः स्पष्टमेतदुदितं शुक्रजातके—

सूर्यशुक्रौ स्वांशकस्थौ पुरुषोपचयर्क्षगौ।
स्त्रीणां कुजेन्दुर्वीर्याढ्यौ स्वांशोपचयसंस्थितौ ॥१५॥
गर्भप्रदौ पञ्चमे च निर्बले क्रूरसंयुते।
सुतेशेऽस्तङ्गते नीचे न गर्भः क्रूरसंयुते ॥१६॥

अब पुरुष स्त्री राशि से गर्भप्रद योग को बतलाते हैं।

यदि गर्भाधान के समय पुरुष राशि से बली व अपने नवांश में सूर्य व शुक्र उपचय (३, ६, १०, ११) स्थान में हों तथा स्त्री राशि से बलवान् अपने २ नवांश में भौम तथा चन्द्रमा उपचय स्थान में हों तो गर्भस्थिति की संभावना होती है ॥१४॥

यह योग न्याय सिद्ध प्रतीत होता है क्योंकि सूर्य पुरुष ग्रह होने से पुरुष की वृद्धि करने वाला तथा उपचय में स्थित शुक्र अर्थात् वीर्य की पुष्टि करने वाला होता है।

इसलिये सूर्य शुक्र उपचयस्थ पुरुष के लिये उपयुक्त ही हैं।

इसी प्रकार स्त्री राशि से भौम व चन्द्रमा इसलिये शुभद होते हैं कि भौम रुधिर का कारण है और रुधिर से रज की पुष्टि होने से पुष्ट गर्भ का जन्म तथा चन्द्र स्त्री ग्रह है। अतः स्त्री के लिये चन्द्र बल आवश्यक होने के कारण यहाँ चन्द्रमा का उपचय में प्रयोग उचित ही है।

इस प्रकार पुरुष ग्रहों की प्रबलता से रजवीर्य एकत्रित होकर गर्भ का रूप धारण करते हैं। ऐसा समझना चाहिये।

यहाँ पर समुद्र जातक के टीकाकार ने पुरुष-स्त्री की जन्म राशि को छोड़कर मेषादि पुरुष राशि या वृषादि स्त्री राशि हैं ऐसी व्याख्या की है वह ठीक नहीं है। क्योंकि शुक्र जातक में स्पष्टता से उपलब्ध है कि स्त्री व पुरुष की जन्म राशि से इसका विचार करना चाहिये।

शुक्र जातक में कहा है कि गर्भाधान समय में पुरुष की जन्म राशि से उपचय स्थान में यदि बलवान् अपने-अपने नवांश में स्थित सूर्य व शुक्र हो तथा स्त्री की जन्म राशि से उपचय (३, ६, १० ११) स्थान में यदि बली अपने-अपने नवांश में स्थित चन्द्रमा तथा भौम हो तो गर्भ स्थिर रहने की भंभावना होती है।

यदि गर्भाधान समय में पञ्चम भाव में निर्बल पापग्रह और पञ्चमेश अस्त हो या नीच में या पापग्रह से युक्त हो तो गर्भ की संभावना नहीं होती है ॥१५–१६॥

सारावल्याम्—

'शुक्रार्कभौमशशिभिः स्वांशोपचयसंस्थितैः [सुरेड्ये वा]
धर्मोदयात्मजस्थे बलवति गर्भस्य संभवो भवति ॥१७॥

अब गर्भ के संभवासंभव को अर्थात् संभोग के अनन्तर गर्भ की स्थिरता हुई या नहीं या यों समझिये कि गर्भ है या नहीं इसे बतलाते हैं।

यदि प्रश्न कालिक लग्न से या आधान कालिक लग्न से उपचय राशि में अपने-अपने नवांश में शुक्र, सूर्य, भौम व चन्द्रमा हों अथवा बलवान् बृहस्पति नवम, लग्न या में पञ्चम हो तो गर्भ रहने की सम्भावना होती है या ऐसा जानिये कि ऐसी परिस्थिति में स्त्री-पुरुष का संयोग होने पर गर्भ की स्थिरता होती है ॥१७॥

विशेष—इस श्लोक के तृतीय चरण में 'धर्मेऽथवात्मजे वा' यह पाठ पुस्तक में प्राप्त है किन्तु प्रकाशित सारावली में जो पाठ दिया है वही यहाँ मूल में दिया है क्योंकि इस पाठान्तर की ग्रन्थान्तर से समता उपलब्ध होती है।

बृहज्जातक में कहा है—'रवीन्दुशुक्रावनिजैः स्वभागगैर्गुरौ त्रिकोणोदगसंस्थितेऽपि वा' (४ अ० ३ श्लो०) ॥१७॥

²मिथुनस्य मनोभावो यादृङ्मदलालसं भवति।
श्लेष्मादिभिः स्वदोषैस्तत्तुल्यगुणो निषिक्तः स्यात् ॥१८॥

अब गर्भ है यह ज्ञान होने पर गर्भस्थ जीव का गुण दोष कैसा होगा इसे कहते हैं। गर्भाधान काल में स्त्री-पुरुष की जैसी भावना, जिस प्रकार की इच्छा वा आलस्यता, कफ, वातादि दोष से युक्त होती है तदनुरूप गुण दोष से युत गर्भस्थ जीव होता है ॥१८॥

विशेष—पुस्तक में यह 'मिथुनस्य सप्तमो भावो' 'त-दृक् श्लेष्माभिः स्वादोषैस्त-तस्तु तुल्यगुणो निषिक्तः स्यात्' पाठान्तर है यहाँ प्रकाशित सारावली से दिया गया है इसकी समता प्रायः बृ० जा० ४ अ० १६ श्लो० की भट्टोत्पली टीका में उद्धृत पद्य से है किन्तु कुछ पाठान्तर भी 'मदालस्यतो' 'भिश्च दोषैः' 'षिक्तस्य' उपलब्ध है ॥१८॥

अयं योगो निषेककाले ज्ञेयः। उक्तञ्च

सूर्यजातके—

सद्युक्तैश्चन्द्रशुक्रारैः स्वांशोपचयसंस्थितैः।
आधानलग्ने गर्भस्य संभवो भवति ध्रुवम् ॥१९॥

यह योग निषेक अर्थात् गर्भाधान समय में जानना चाहिये। ऐसा सूर्य जातक में कहा है—

यदि आधान के समय में अर्थात् गर्भाधान लग्न से या प्रश्न लग्न से उपचय (३, ६, १०, ११) राशि में अपने-अपने नवांश में शुभग्रह से युक्त या बली चन्द्रमा, शुक्र, भौम हों तो गर्भ की संभावना अवश्य होती है ॥१९॥

१—सारा० ८ अ० १२ श्लो०। २—सा० ८ अ० १३।

अत्र लग्नस्थोऽपि गुरुर्ज्ञेयः । उक्तञ्च

गर्गेण—

लग्नस्थो वा सुतस्थो वा धर्मस्थो वा बली गुरुः ।
प्रोक्तर्क्षे शुभवारे च धारयेद्गर्भमुत्तमम् ॥२०॥

यहाँ गर्भसंभव योग विचार में लग्नादिस्थ गुरू भी समझना चाहिये क्योंकि गर्गाचार्य जी ने कहा है कि लग्न वा नवम में स्थित गुरू भी शुभ वार में गर्भ की स्थिरता करता है यह प्रकारान्तर से समझना चाहिये ॥२०॥

अन्येऽपि निषेकलग्नाद्योगा उक्तास्तेनैव ।
पुङ्ग्रहाः षष्ठलाभस्थाः पञ्चमेशो यदा बली ।
अन्ये विषमराशिस्था गर्भयोगा इमे स्मृताः ॥२१॥
लग्नात्मजेशौ संयुक्तावन्योन्यं चाभिवीक्षितौ ।
परस्परं क्षेत्रगौ वा गर्भयोगा इमे स्मृताः ॥२२॥
ओजराश्यंशगे चन्द्रे लग्ने पुंग्रहवीक्षिते ।
स्ववर्गगेष्विन्दुजीवभौमाः स्युर्गर्भयोगकाः ॥२३॥ इति ।

अब गर्गाचार्य जी ने और भी निषेकलग्न से जो गर्भ संभव योग कहे हैं उनको मैं उनके ही वचन से कहता हूँ।

यदि गर्भाधान के समय में पुरुष ग्रह षष्ठ व लाभ भाव में हों तथा पञ्चमेश बलवान् हो तथा अन्य ग्रह विषम राशि में हों तो गर्भ स्थिति होने की सम्भावना होती है ।

यदि आधान के समय या प्रश्न के समय में लग्नेश व पञ्चमेश एक राशि में या परस्पर दृष्ट हों वा लग्नेश पञ्चमेश की राशि में व पञ्चमेश लग्नेश की राशि में हो तो गर्भ रहने की सम्भावना होती है ।

यदि विषम राशि के नवांश में लग्नस्थ चन्द्रमा पुरुष ग्रह से दृष्ट हो तथा अपने-अपने वर्ग में चन्द्रमा, गुरू, भौम हों तो संभोग के समय गर्भ की स्थिरता होती है ॥ १–२३॥

अन्यान् शुभाशुभयोगानाह श्रीशुक्राचार्यः—

लग्नाधिपः सुतस्थाने जायास्थानगतोऽपिवा ।
सुतजायाधिपौ लग्ने तदा स्याद्गर्भसंभवः ॥२४॥
निषेककाले सूर्यस्य (र्यात्तु ? सप्तमस्थौ कुजार्कजौ ।
पुंसो रोगप्रदौ वार्कात्कुजमन्दौ द्विरिष्फगौ ॥२५।
पुंसो मृत्युप्रदो वार्कः पूर्णदृष्ट्या च वीक्षितः ।
मध्ये मन्दारयोरेकतरेणा (ना) न्येन संयुतः ॥२६॥
पुंसो मृत्युप्रदश्चन्द्रः सूर्यवत् स्त्रीमृतिप्रदः ।
योगकारकयोर्वीर्यात्तन्मासे मृत्युमादिशेत् ॥२७॥

एते पूर्वोक्ता गर्भधारणयोगाः त्रिबीजिनां न विचार्या इत्याह श्रीसूर्यः—
'त्रिबीजिनामिमे योगा न विचार्याःकदाचन' इति।

अब अन्य शुभाशुभ योगों को अर्थात् यों समझिये कि गर्भाधान काल में स्थिरता वा अस्थिरता कारक योगों को बतलाते हैं।

यदि गर्भाधान काल में लग्नेश पञ्चम वा सप्तम में तथा पञ्चमेश व सप्तमेश लग्न में हो तो गर्भ की स्थिरता समझनी चाहिये।

यदि संभोग समय में सूर्य से सप्तम में भौम व शनि हों अथवा सूर्य से द्वितीय व द्वादश में भौम व शनि हों तो पुरुष के लिये रोग प्रद होते हैं।

यदि आधान के समय में सूर्य, भौम व शनि के मध्य में हो वा सूर्य एक से अर्थात् शनि भौम में किसी एक से युत एवं एक से पूर्ण दृष्ट हो तो पुरुष की मृत्यु करने वाला होता है।

सूर्य की तरह ही चन्द्रमा से पूर्वोक्त प्रकार से विचार करने पर स्त्री के लिये कष्ट वा मृत्यु का ज्ञान करना चाहिये।

जैसे आधान के समय में चन्द्रमा यदि पापग्रह अर्थात् शनि भौम के मध्य में वा एक से दृष्ट, एक से युत इत्यादि स्त्री के लिये अरिष्ट योग समझना चाहिये।

इन स्त्री पुरुष कारक ग्रहों की सबल निर्बलता से उनके ही मास में अर्थात् निर्बलता जिस मास में कारक ग्रह को प्राप्त हो उसी ही मास में माता पितादि का अरिष्ट समझना चाहिये ॥२४–२७॥

पूर्वोक्त गर्भधारण योग नपुंसक स्त्री पुरुष संभोग में नहीं विचारने चाहिये ऐसा श्री सूर्य ने कहा है कि नपुंसकों की संभोग अवस्था में इनका विचार नहीं करना चाहिये।

विशेषयोगा मीनराजजातके[1]

मन्दारयोः सप्तमराशिसंस्थयोः यदा निषेको मरणं तदा पितुः।
रवेः शशाङ्कात्त्वथ तज्जनन्याः एकेन रोगाः पुरुषप्रवादाः ॥२८॥
यदा हिमांशुर्व्ययगो दिवाकरश्छिद्रं गतो भूतनयश्चतुर्थः।
मृत्युस्तदा संभवति ह्युभाभ्यां शस्त्रेण सौरेण तु बन्धनेन ॥२९॥
मृत्युङ्करः शीतकरः खरिष्फे सुखस्थितः सूर्यसुतः सभौमः।
न गर्भसंभूतिरिह प्रदिष्टा योगैः ससौम्यैः प्रवदन्ति कृच्छ्रात् ॥३०॥
मूर्तिस्थितस्तीक्ष्णकरः कुजो वा सक्षीणमूर्तिर्विधुरिष्फगो वा।
वृथाफलं स्यात्सुरतोपचारैर्नीचाश्रितस्त्र्यादिभिरत्र पुंसाम् ॥३१॥

अब मीनराज जातक के वचन से गर्भासंभव योगों को कहते हैं।

यदि गर्भाधान के समय सूर्य से सप्तम राशि में शनि व भौम हों तो पिता के लिये मरण कारक होते हैं तथा चन्द्रमा से सप्तम में स्थित होने पर माता के लिये मृत्यु कारक होते हैं। यदि दोनों में से एक हो तो रोग वा प्रवाद होता है।

१–३ अ० २५–श्लो०। २–सारा० ८अ० २७ श्लो०।

यदि निषेक के समय में व्यय में चन्द्रमा, अष्टम में सूर्य और चतुर्थ में भौम हो तो दोनों (स्त्री पुरुषों की) की शस्त्र से यदि अष्टम में शनि हो तो बन्धन से दोनों की मृत्यु की संभावना होती है।

यदि संभोग के समय में चन्द्रमा दशम वा द्वादश में और शनि भौम के साथ चतुर्थ भाव में हो तो गर्भ की स्थिति नहीं होती है। यदि शुभग्रहों की युति या दृष्टि इस योग में हो तो कष्ट से गर्भ रहने की संभावना होती है।

यदि गर्भाधान के समय में लग्न में सूर्य वा भौम, क्षीण चन्द्रमा द्वादश में हो वा तीन ग्रह नीच राशि में हों तो गर्भ की संभावना नहीं होती है अर्थात् इस परिस्थिति में किये हुए संभोग का कोई फल नहीं होता है ॥ २८–३१ ॥

अथ पितृमातृपितृव्यमातृष्वसृसंज्ञकान् ग्रहान् तत्फलञ्चाह [२]कल्याणवर्मा—

दिवसे मातापितरौ शुक्ररवी (शशि) शनी निशायाञ्च।
मातृ भगिनी पितृव्यौ विपर्ययात् कीर्तितौ यवनवृद्धैः॥ ३२ ॥
दिवसे निषिक्तस्य जातस्य चेति शेषः। एवं निशायामित्यत्रापि।

अब कौन-कौन सा ग्रह पिता, माता, मौसी, संज्ञक होता है इसे कल्याणवर्मा के वचन से कहते हैं।

यदि दिन में गर्भाधान या जन्म हो तो शुक्र की माता और सूर्य की पिता, यदि

रात्रि में जन्म या गर्भाधान हो तो चन्द्रमा की माता और शनि की पिता संज्ञा होती है। इसके विपरीत अर्थात् रात्रि के ग्रह दिन में और दिन के ग्रह रात्रि में मौसी चाचा संज्ञक होते हैं यथा दिन में जन्म या गर्भाधान हो तो चन्द्रमा की मौसी और शनि की चाचा यदि रात्रि में जन्म या गर्भाधान हो तो शुक्र की मौसी व सूर्य की चाचा संज्ञा होती है ॥ ३२ ॥

बृहज्जातक में भी कहा है—'दिवार्कशुक्रौ पितृमातृसंज्ञितौ शनैश्चरेन्दू निशि तद्विपर्ययात्। पितृव्यमातृष्वसृसंज्ञितौ च' (४ अ० ५ श्लो०) ॥ ३२ ॥

[१]लग्नाद्विषमर्क्षगतः पितुः पितृव्यस्य खेचरः शस्तः।
मातृभगिनीजनन्यौ समगृहगोऽन्योऽन्यथा तेषु ॥३३॥
अन्यथोक्तवैपरीत्येषु मातृपित्रादिषु अन्यः विपरीतफलः। अशस्त इत्यर्थः।

अब माता पिता मौसी चाचादि संज्ञा का क्या उपयोग होता है इसको बतलाते हैं।

यदि गर्भाधान या जन्म या प्रश्न लग्न से विषम राशियों में पिता व चाचा संज्ञक ग्रह हों तो उनके लिये शुभ फलद होते हैं तथा माता व मौसी संज्ञक ग्रह यदि लग्न से सम राशियों में हों तो उनके लिये शुभकारक होते हैं।

यदि लग्न से विषम राशि में मौसी व माता संज्ञक हों तथा लग्न से सम राशियों में पिता व चाचा ग्रह हों तो उनके लिये श्रेयस्कर नहीं होते हैं ॥ ३३ ॥

१—सारावली ८अ० २७ श्लो०।

विशेष उक्तो होरामकरन्दे[1]—

आदौ युरात्र्योः पितृमातृखेटौ फलं तु पूर्णं ददतुः स्वकीयम् ।
अन्ते तयोस्तुच्छमतीव मध्ये पापं शुभं वा परिकल्पनीयम् ॥३४॥

अब पिता मातादि संज्ञक ग्रह कितना शुभाशुभ फल प्रदान करेंगे इसको कहते हैं।

दिन व रात्रि की आदि में पिता, माता, संज्ञक ग्रह पूर्वोक्त शुभ स्थान में हों तो शुभ फल पूर्ण, अन्त में अर्थात् दिन रात्रि के अन्त में गर्भाधान या जन्म हो तो पिता माता संज्ञक ग्रह अत्यल्प शुभफल देते हैं। इसी प्रकार पाप (अशुभ) फल का पूर्णापूर्ण समझना चाहिये तथा आदि व अन्त के मध्य में अनुपात द्वारा फल जानना चाहिये ॥ ३४ ॥

[2]सारावल्याम्—

अथवा निषेककाले विलग्नसंस्थौ यदा रुधिरमन्दौ ।
तद्गृहगतेऽथवेन्दौ तदीक्षते वा पतति गर्भः ॥ ३५ ॥

अब गर्भ पतन योग को कहते हैं।

अथवा गर्भाधान के समय लग्न में भौम व शनि हों अथवा शनि भौम (१०, ११, १, ८) की राशि में चन्द्रमा हो अथवा शनि भौम से दृष्ट चन्द्रमा हो तो गर्भ का पतन होता है ॥ ३५ ॥

विशेष—श्लोक में अथवा होने से जानकारी मिलती है कि इसके पूर्व भी गर्भ पतन का योग होना चाहिये। इसलिये पूर्व में जो योग है व पाठकों की सुविधा के लिये दिया जा रहा है—

'उत्पातक्रूरहते तस्मात् स्वस्याधिपे पतति गर्भः। लग्नगृहं वा हेतुर्योगोऽसौ गर्भपतनस्य' (८ अ० ३२ श्लो०) ॥ ३५ ॥

[3]होरेन्दुयुतैः सौम्यैस्त्रिकोणजायार्थखाम्बुसंस्थैर्वा ।
पापैस्त्रिलाभयातैः सुखी तु गर्भो निरीक्षिते रविणा ॥३६॥

यदि चन्द्रराशिर्लग्नराशिर्वा निरीक्षित इत्यर्थः।

अब गर्भ सुखी रहेगा इसको बतलाते हैं।

यदि आधान कालिक वा प्रश्नकालिक होरा 'होरेति लग्नं' अर्थात् लग्न में शुभ ग्रह हों या चन्द्रमा शुभग्रह से युत हो अथवा लग्न वा चन्द्रमा से ९, ५, ७, २, १०, ४ इन स्थानों में शुभग्रह हों तथा ३, ११ भाव में पापग्रह हों चन्द्रमा वा लग्न पर सूर्य की दृष्टि हो तो प्रसव पर्यन्त गर्भ सुखी रहता है ॥३६॥

बृहज्जातक में कहा है—शशाङ्कलग्नोपगतैः शुभग्रहैस्त्रिकोणजायार्थसुखास्पदस्थितैः। तृतीयलाभर्क्षगतैश्च पापकैः सुखी तु गर्भो रविणा निरीक्षितः' (४ अ० १० श्लो०) ॥३६॥

[4]क्रूरान्तरथश्चन्द्रः सूर्यो वा युगपदेव मरणाय ।
सौम्यैरदृष्टमूर्तिर्युवतीनां गर्भसहितानाम् ॥३७॥

१—४ अ० ८ श्लोक। २—८ अ० ३३ श्लोक।
३—सारा. ८ अ. ३४ श्लो.। ४—सारा. ८ अ. ३५ श्लो.।

अब गर्भ सहित गर्भवती के मरण कारक योग को बतलाते हैं।

यदि आधान समय में सूर्य या चन्द्रमा पापग्रह के मध्य हो और उन पर शुभग्रहों की दृष्टि का अभाव हो तो गर्भ सहित गर्भवती का मरण होता है ॥३७॥

अत्र लग्नेन्दू पापान्तस्थौ ज्ञेयौ इति वराहः।

तद्यथा—

[1]पापद्वयमध्यसंस्थितौ लग्नेन्दू न च सौम्यवीक्षितौ।
युगपत्पृथगेव सा वदेन्नारी गर्भयुता विपद्यते ॥३८॥

अब सगर्भा के पूर्वोक्त मरण योग में वराहोक्त विशेष बात यह कहते हैं कि सूर्य के वजाय लग्न व चन्द्रमा यदि हों तो योग घटित होता है। सूर्य तो पिता कारक ग्रह है इससे गर्भवती का मरण कैसे हो सकता है।

यदि गर्भाधान के समय में लग्न व चन्द्रमा दोनों पाप ग्रहों के मध्य में शुभ ग्रहों से अदृष्ट हों तो गर्भवती का गर्भ के साथ मरण होता है ॥३८॥

[2]उदयं यातैः पापैः सौम्यैरनिरीक्षितैर्मरणमस्याः।
उदयस्थेऽर्कजे वा क्षीणेन्दौ भौमसंदृष्टे ॥३९॥

अब प्रकारान्तर से सगर्भा के मरण योग को कहते हैं।

यदि आधान के समय में लग्न में पापग्रह शुभग्रहों से अदृष्ट हों या पाठान्तर से सप्तम में पापग्रह शुभग्रहों से अदृष्ट हों तो सगर्भा का मरण, अथवा लग्न में शनि हो और उस पर क्षीणचन्द्र व भौम की दृष्टि हो तो गर्भवती का मरण होता है ॥३९॥

अत्र द्वादशगैर्क्रूरैर्योगमाह गर्गः—

[3]अशुभैर्द्वादशर्क्षस्थैः शुभदृष्टिविवर्जितैः।
आधानलग्ने मरणं योषितःप्रवदेद्बुधः ॥४०॥

अब सगर्भा मरण योग में द्वादशस्थ पापग्रह भी कारण होता है इसे गर्गाचार्य जी के वचन से बतलाते हैं।

यदि आधान के समय में लग्न से बारहवें पापग्रह शुभग्रहों से अदृष्ट हों तो गर्भवती का मरण होता है ॥ ४० ॥

[4]अभिलषद्भिरुदयर्क्षमसद्भिरित्यनेन द्वादशे क्रूरग्रहा उक्ता इति।

सारावली के श्लोक में प्रणाम का अभाव है। द्वादशस्थ पापग्रह का कथन तो वराह मिहिराचार्य जी ने भी किया है कि यदि द्वादशस्थ पापग्रह लग्न में जाने वाले हों तो सगर्भा का मरण होता है।

[5]व्ययगेऽर्के शशिनि कृशे पाताले लोहिते सगर्भा स्त्री।
म्रियते तस्मिन्नथवा शुक्रे पापद्वयान्तःस्थे ॥ ४१ ॥

१—बृ. जा. ४ अ. ७ श्लो०। २—सारा० ८ अ० ३६ श्लोक तथा प्रकाशित में 'उदयास्तगतैः पापैः सौम्यैरनवीक्षितैश्च मरणं स्यात्' पाठा। ३—बृ. जा. ४अ. ६ श्लो. की भट्टो में प्राप्त है। ४—बृ. जा. ४अ. ६ श्लो.। ५–सारा. ८अ. ३७- ४१ श्लो.।

चन्द्रचतुर्थैः क्रूरैर्विलग्नतो वा विपद्यते गर्भः।
होराष्टमे क्षितिसुते म्रियते सगर्भं सह जनन्या ॥ ४२ ॥

वराहेणायं योगोऽन्यथोक्तः—

क्रूरैः शशिनश्चतुर्थगैर्लग्नाद् वा निधनाश्रिते कुजे।

अत्र निधनाश्रिते कुजे चन्द्राल्लग्नाच्च योगद्वये ज्ञेये।

हिबुकगते धरणिसुते रिष्फगतेऽर्के क्षपाकरे क्षीणे।
गर्भेण समं म्रियते पापग्रहदर्शनं प्राप्ते ॥ ४३ ॥
लग्ने रविसंयुक्ते क्षीणेन्दौ वा कुजेऽथवा म्रियते।
व्ययधनसंस्थैः पापैस्तथैव सौम्यग्रहादृष्टैः ॥ ४४ ॥
जामित्रे रवियुक्ते लग्नगते वा कुजे निषिक्तायाः।
गर्भस्य भवति मरणं शस्त्रच्छेदैः सह जनन्या ॥ ४५ ॥

अब पुनः प्रकारान्तर से सगर्भा गर्भवती के मरण योग को बतलाते हैं।

यदि आधान के समय में द्वादशभाव में सूर्य या क्षीण चन्द्रमा हो वा दोनों हों और चतुर्थ भाव में भौम हो अथवा शुक्र दो पापग्रहों के बीच में हो तो गर्भवती का गर्भ के साथ मरण होता है।

यदि चन्द्रमा या लग्न से चतुर्थ भाव में पापग्रह हों तो गर्भ नष्ट होता है।

यदि लग्न से अष्टम में भौम हो तो गर्भ के साथ गर्भवती का मरण होता है।

आचार्य वराह मिहिर ने इस योग का वर्णन अन्य रीति से किया है जैसे लग्न या चन्द्रमा से चतुर्थ भाव में पापग्रह हो और अष्टम में भौम हो तो गर्भवती का गर्भ के साथ मरण होता है।

यदि आधान के समय में चतुर्थ में भौम और द्वादश में सूर्य व क्षीण चन्द्रमा हो व उन पर पापग्रह की दृष्टि हो तो सगर्भा का मरण होता है।

यदि गर्भाधान के समय लग्न में सूर्य वा क्षीण चन्द्रमा अथवा भौम हो और द्वितीय द्वादश में पापग्रह शुभग्रहों से अदृष्ट हो तो भी गर्भवती का गर्भ के साथ मरण-

यदि गर्भाधान के समय में सप्तम में सूर्य और लग्न में भौम हो तो शस्त्र (आपरेशन) के द्वारा सगर्भा का मरण होता है ॥ ४१–४५ ॥

बृहज्जातक में कहा है—'क्रूरे शशिनश्चतुर्थगे लग्नाद्वा निधनाश्रिते कुजे। बन्ध्वन्त्यगयोः कुजार्कयोः क्षीणेन्दौ निधनाय पूर्ववत्' 'उदयास्तगयोः कुजार्कयोर्निधनं शस्त्रकृतं वदेत्तथा' (४ अ० ८–९ श्लो०) ॥ ४१–४५ ॥

विशेष—पुस्तकीय सारावली श्लोक व प्रकाशित सारावली श्लोकों में जो पाठान्तर उपलब्ध है वह दिया जा रहा है 'व्ययगैरर्कशनिक्रशे पाताले लोहिते सगर्भैव स्त्री म्रियते अस्मिन्नथवा'। 'चन्द्रचतुर्थे कूरैर्लग्नतैर्वा' यह पुस्त० में। 'होराद्यूने' 'गर्भः सह जनन्या' यह प्रकाशित सारा० पु० में, 'रिष्फगते क्षपाकरे क्षीणे' पु० में, 'गर्भेण सह' प्रका० सारा० पु० में, 'यामित्रगेर्कदृष्टे' पु० में पाठान्तर है ॥ ४१–४५ ॥

[1]बलिभिर्बुधगुरुशुक्रैर्दृष्टेऽर्केण च विवर्धते गर्भः ।
मासाधिपबलतुल्यैस्तैस्तैः संयुज्यते भावैः ॥ ४६ ॥
मासि तृतीये स्त्रीणां दोहदको जायतेऽवश्यम् ।
मासाधिपस्वभावैर्विलग्नगयोगादिश्चिन्त्यम् ॥ ४७ ॥

अब गर्भ की वृद्धि या पुष्टि कारक योग को कहते हैं ।

यदि गर्भाधान कालिक लग्न बलवान् बुध, गुरू, शुक्र से दृष्ट हो तो गर्भ की वृद्धि होती है ऐसा समझना चाहिये । एवं प्रत्येक मास में मास स्वामी के बलानुसार मासेश के स्वभाव व गुणों से युत गर्भ होता है ।

गर्भवती स्त्री को तीसरे मास में खान पान की इच्छा (दोहद) होती है । उस इच्छा का ज्ञान मास स्वामी के स्वभावादि से व लग्नगत ग्रह के स्वाभावादि से समझना चाहिये ॥ ४६–४७ ॥

अथ प्रतिमासं गर्भस्यावयवोत्पत्तिमासाधिपानाह यवनः—

आद्ये तु मासे कल (क) लं द्वितीये[2] पेशिस्तृतीयेऽपि भवन्ति शाखाः ।
अस्थीन्यथ स्नायुशिराश्चतुर्थे मज्जा च चर्माण्यपि पञ्चमे तु ॥४८॥
षष्ठे त्वसृग्रोमनखैः[3] यकृच्च[4] चेतस्विता[5]सप्तमसासि चिन्त्या[6] ।
तृष्णाशनास्वादनमष्टमे स्या[7]त्स्पर्शोऽपरोधो नवमे रतिश्च [8]॥४९॥
स्रोतोभिरुद्घाटितपूर्णदेहो गर्भोऽर्कमासे दशमे प्रसूतेः ।
कुजास्फुजिज्जीवरवीन्दुसौर शशाङ्कलग्नेन्दुदिवाकराणाम् ॥५०॥
मासाधिपत्यप्रभवो न चैषां[9]जयोपघातैर्ग्रहवद्ब्रुवन्ति[10] ।

अब प्रत्येक मास में गर्भ के किस-किस अवयव की उत्पत्ति होती है व किस मास का कौन ग्रह स्वामी होता है इसको यवनाचार्यजी के वचन से बतलाते हैं ।

गर्भ के प्रथम मास में कलल अर्थात् रजवीर्य का संमिश्रण, द्वितीय में पेशी अर्थात् अण्डा, तृतीय मास में अवयव, चतुर्थ में हड्डी नस व जोड़ों की नस, पाँचवे मास में ताकत व चमड़ा, छटे मास में रुधिर, रोम, (लोम) नख, सातवे मास में चित्त में चैतन्यता, अष्टम मास में भूँख प्यास की तृष्णा अर्थात् गर्भस्थ जीव माता के खाये हुए पदार्थों के रस को खाता है, नवम मास में बाहर निकलने की इच्छा और दशम मास में समस्त अवयवों से परिपूर्ण सूर्य के स्वामित्व में गर्भ से जीव बाहर आता है ॥

अब प्रत्येक मास के अधिपों को बतलाते हैं ।

प्रथम मास का भौम, द्वितीय का शुक्र, तृतीय का गुरू, चतुर्थ का सूर्य, पञ्चम का चन्द्र, छटे का शनि, सातवे का चन्द्र, आठवे का लग्नेश, नवे का चन्द्रमा और दशवें मास का स्वामी सूर्य होता है ।

१. सारा. ८ अ. ४२-४३ श्लो. । २—शिर इ० पु० में पा० है । ३—नखा पु० पा० है ।
४—शकृच्च पु० पा० है । ५—चेतः स्थिता पु० पा है । ६—चेतः पु० पा० है ।
७—स्पर्शापराधी पु० में पा० है । ८—मतिश्च पु० पा० है । ९—जयो यथार्तै पु० पा० है ।
१०—बृ० जा० ४ अ० १६ श्लो० भट्टो० टी० प्राप्त है ।

इन मासेशों की शुभ वा अशुभ स्थिति से उस मास का शुभाशुभ गर्भ का समझना चाहिये ॥४८–५०॥

मासलक्षणसंयुक्तो गर्भः शुभः इत्युक्तं शुक्रजातके—

मासलक्षणसंयुक्तो गर्भः सुखमवाप्नुयात् ।
ऊनाधिकगुणो गर्भः सर्वदा दुःखमाप्नुयात् ॥५१॥

अब अपने मास लक्षणों से युक्त अर्थात् जिस मास में जिसकी उत्पत्ति होनी चाहिए और वह हो तो गर्भ सुख से अपने मास व्यतीत करता है इसे शुक्र जातक के वचन से बतलाते हैं।

यदि अपने मास लक्षणों से युत गर्भ हो तो सुख से प्रसव होता है। यदि मास लक्षणों से अधिक या अल्प गर्भ स्थिति हो तो गर्भवती व गर्भ दोनों ही दुःख भोगते हैं ॥५१॥

वराहेण प्रथमद्वितीयमासेशयोर्विपर्ययो उक्तः ।
तद्विशिष्टवाक्यानुरोधाज्ज्ञेयम् ।

आचार्य वराह मिहिर ने प्रथम द्वितीय मास के अधिपों को विपरीतता से कहा है अर्थात् यवनोक्त प्रथम मास का स्वामी वराह ने द्वितीय मास का माना है तथा द्वितीय का स्वामी प्रथम मास का माना है यह विपरीतता मासेशों के निर्णय में प्रतीत होती है।

मेरी दृष्टि में इसके अतिरिक्त सप्तम मास के स्वामी में भी विपरीतता आती है।

आचार्य वराह मिहिर ने कहा है—'सितकुजजीवसूर्यचन्द्रार्किबुधाः परतः। उदयपचन्द्र सूर्यनाथाः क्रमशो गदिताः' (४ अ० १६ श्लो० बृ० जा०) ॥

तथा च वसिष्ठः—

सितावनेयामरपूज्यसूर्यचन्द्रार्किसौम्योदयपेन्दुसूर्याः ।
मासाधिपाः स्युः क्रमशो दशैते निपीडिता नाशयति स्वमासि ॥५२॥

इति । अत्रान्योन्यविरुद्धद्वयोर्वृद्धयवनवसिष्ठयोरेकवाक्यता कथमर्हति ।
परन्तु बहुसंमतत्वाद्वसिष्ठोक्त पक्ष एव प्रमाणम् ।

तथा च गर्गः—

कललं प्रथमे मासि तस्य मासाधिपो भृगुः ।
द्वितीये मासिभूसूनुर्गर्भपिङ्गाक्षबीजवत् ॥५३॥
गर्भाङ्कुरस्तृतीये स्यात्तस्य मासाधिपोऽङ्गिरा ।
मज्जास्थिसंभवो मासि चतुर्थे भास्करोऽधिपः ॥५४॥
पञ्चमे मासि सोमेशस्त्वचस्तत्रापि संभवः ।
सर्वाङ्गसम्भवः षष्ठे तस्य मासाधिपः शनिः ॥५५॥
ज्ञानेन्द्रिययुतः पश्चात्सप्तमे त्वीश्वरो बुधः ।
आधानेशोऽष्टमे मासि क्षुत्तृष्णसंभवो भवेत् ॥५६॥

उद्वेगो गर्भसंस्थश्च मासेशो नवमे शशी।
प्रसूतिर्दशमे मासि मासेशो भास्करो मतः ।।५७।।
यस्य मासाधिपो रिक्तो नीचो वास्तङ्गतोऽपिवा।
तस्मिन् गर्भक्षयं याति प्रसवो वा भविष्यति ।।५८।।

अब वराह मिहिर के समर्थन में वसिष्ठ ऋषि के वचन से मासेशों को बतलाते हैं।

वसिष्ठ ऋषि का कहना है कि प्रथम मास का शुक्र, द्वितीय का भौम, तृतीय का गुरू, चतुर्थ का सूर्य, पञ्चम का चन्द्र, षष्ठ का शनि सप्तम का बुध, अष्टम का लग्नेश, (आधान लग्नेश), नवम का चन्द्रमा और दशवें मास का स्वामी सूर्य होता है। ये मासेश जब पीड़ित होते हैं तो अपने मास में गर्भ का पतन करते हैं ।।५२।।

यहाँ मासेश के विचार में वृद्ध यवन और वसिष्ठ के वाक्य में विरुद्धता होने से एक वाक्यता नहीं बनती है परन्तु वसिष्ठ ऋषि के वाक्य की अन्य अधिक मतों से समता होने के कारण वसिष्ठ ऋषि का पक्ष ही समादरणीय है।

और भी गर्गाचार्य जी ने वसिष्ठ के मत में ही मासेशों का वर्णन किया है उसे अब कहते हैं।

प्रथम मास में गर्भ का स्वरूप कलल अर्थात् रजवीर्य का संमिश्रण होता है तथा इसका स्वामी (प्रथम मास का) शुक्र होता है। गर्भाधान समय में शुक्र की शुभाशुभ परिस्थिति वश प्रथम मास में गर्भ की शुभाशुभता का ज्ञान करना चाहिये।

द्वितीय मास में गर्भ कञ्जे नेत्र के समान रङ्ग का अण्डा होता है तथा इसका स्वामी भौम होता है।

तीसरे मास में उस अण्डे में अङ्कुर उत्पन्न होते हैं अर्थात् शरीर अवयवों की उत्पत्ति होती है इस मास का स्वामी गुरू होता है।

चौथे मास में बल व हड्डी उन अवयवों में आती है इस मास का स्वामी सूर्य होता है। सूर्य की परिस्थिति वश चौथे मास की शुभाशुभता का ज्ञान करना चाहिये।

पाँचवें मास में खाल बनती है इस मास का स्वामी चन्द्रमा होता है।

छटे मास में गर्भ सब अङ्गो से पूर्ण होता है इस मास का स्वामी शनि होता है।

सातवें मास में ज्ञानेन्द्रिय से युत जीव होता है इस मास का स्वामी बुध होता है।

आठवें मास में भूख, प्यास लगती है और माता के खाये हुए पदार्थों के रस को जीव खाता है। इस मास का स्वामी गर्भाधान लग्नेश होता है।

नवें मास में बाहर निकलने का उद्वेग होता है। इस मास का स्वामी चन्द्र होता है।

दशवें मास में प्रसव होता है। इस मास का स्वामी सूर्य होता है।

जिस मास का स्वामी निर्बल वा नीचस्थ अथवा अस्त होता है उस मास में गर्भ, स्राव हो जाता है अन्यथा प्रसव होता है ऐसा समझना चाहिये ।।५३ ५८।।

मासे तु विशेषमाह पराशरः—

द्रवत्वं प्रथमे मासि कललाख्यं प्रजायते।
द्वितीये तु घनः पिण्डः पेशीप्रच्छन्नबुद्‌बुदः ॥५९॥
पुंस्त्रीनपुंसकानां हि प्रागवस्थाः क्रमादिमाः।
तृतीये त्वङ्कुराद्यङ्गकराङ्घ्रिशिरसो मतम् ॥६०॥
अङ्गप्रत्यङ्गभागाश्च सूक्ष्माः स्युर्युगपत्तथा।
चतुर्थे व्यक्तता तेषां भागानामपि जायते ॥६१॥
पुंसां शौर्यादयो भावा भीरुत्वाद्यास्तु योषिताम्।
नपुंसकानां सङ्कीर्णा भवन्तीति प्रचक्षते ॥६२॥
मातृजं (जान् ?) चास्य हृदयं विषयानतिकाङ्क्षति।
अतो मातुर्मनोऽभीष्टं कुर्याद्‌गर्भसमृद्धये ॥६३॥
मातुश्चेद्विषयालाभस्तदार्तो जायते सुतः।
प्रबुद्धं पञ्चमे चित्तं मासि शोणितपुष्टता ॥६४॥
षष्ठेऽस्थिस्नायुनखरकेशो रोमविविक्तता।
बलवर्णौ चोपचितौ सप्तमे त्वङ्गपूर्णता ॥६५॥
आद्यो मुखस्वहस्ताभ्यां श्रोत्ररन्ध्रे पिधाय सः।
उद्विग्नो गर्भसंवासादास्ते गर्भालयान्वितः ॥६६॥
स्मरन्पूर्वानुभूतान्स नानायातानुयातनात्।
मोक्षोपायमपि ध्यास्यन्वर्ततेऽभ्यासतत्परः ॥६७॥
अष्टमे त्वक्श्रुती स्यातामोजश्चैतन्यहृद्‌भवम्।
शुद्धमेतच्च रक्तञ्च निमित्तं जीवितं मतम् ॥६८॥
अष्टमेन पुनर्गर्भचञ्चलं तत्प्रधावति।
अतो जातोऽष्टमे मासि न जीवेद्योऽथ शोभनः ॥६९॥
समयः प्रसवश्चास्य मासेषु नवमादिषु ॥

अब प्रत्येक मासों में विशेष बात पराशर के वचन से बतलाते हैं।

प्रथम मास में जो गिरा हुआ रजवीर्य होता है उसका सम्मिश्रण होता है।

द्वितीय मास में सम्मिश्रण हुए का पिण्ड वा अण्डा अथवा बबूला (पानी वरसने में जो पानी का बनता है) और पुरुष स्त्री नपुंसकादि की प्रथम अवस्था उत्पन्न होती है।

तीसरे मास में उस बबूले में अङ्कुर उत्पन्न होते हैं या यों समझिये कि शरीर के हाथ पैर शिर के अवयवादि अङ्ग प्रत्यङ्ग सूक्ष्म एक साथ उत्पन्न होते हैं।

चौथे मास में उन अवयवों की स्पष्ट प्रतीति होती है तथा पुरुष गर्भ होने पर पराक्रम व स्त्री गर्भ होने पर डर और नपुंसक होने पर पराक्रम व डर दोनों ही उत्पन्न होते हैं। एवं माता के हृदय में पैदा होने वाले विषयों की इस जीव को भी इच्छा उत्पन्न होती है। इसलिये माता के मन की पूर्ति गर्भ की रक्षा के लिये करनी चाहिये ॥

यदि माता को विषय (काम) लाभ होता है अर्थात् संभोग करती है तो गर्भस्थ जीव रोगी होता है ।

पाँचवें मास में चित्त प्रबुद्ध होता है तथा खून भी गर्भस्थ का पुष्ट होता है ।

छटे मास में हड्डी, नस, नख, बाल और लोम उत्पन्न होते हैं ।

सातवें मास में बल व वर्ण की वृद्धि, अङ्गों में पूर्णता, अपने हाथों से मुख व कान के छेदों को ढ़क कर जीव गर्भालय में गर्भ के निवास से उद्विग्न होकर पूर्व जन्म की अनेक यातनाओं का स्मरण करता हुआ अपनी मुक्ति के उपायों का अन्वेषण करता है ।

आठवें मास में खाल, कान, तेज़, हृदय में चैतन्यता, रक्त (खून) में शुद्धता और गर्भ में भ्रमण जीव करता है । इसलिये इस मास में जो नहीं गर्भ में जीवन धारण करता है वह अच्छा ही है । यदि अष्टम मास तक गर्भ में जीवन होता है तो नवम या दशम मास में गर्भस्थ का प्रसव होता है ।। ५९-६९ ।।

मासि मासि ग्रहाणां शान्तिः कर्तव्येत्याह वसिष्ठः—

मासे मासे मासपादिग्रहाणां शान्तिं कुर्याच्छान्तिशुक्लैर्यवैश्च ।

होमैर्दानैः सज्जनानाञ्च वाक्यैर्गर्भं सम्यग्रक्षयेत्पुत्रकामी ।।७०।। इति

अब मास मास में ग्रहों की शान्ति करना चाहिये ऐसा वसिष्ठ मुनि ने कहा है उसे कहते हैं ।

जिस मास का जो स्वामी ग्रह हो उस ग्रह की शान्ति सफेद यवों के हवन से, दान से वा सत्पुरुषों के आशीर्वाद से पुत्र कामना वाले जन को अच्छी तरह गर्भ की रक्षा के निमित्त करनी चाहिये ।। ७० ।।

अथ पुंस्त्रीनपुंसकजन्मयोगाः । वराहः—

[1]विषमर्क्षे विषमांशे संस्थिताश्च गुरुशशाङ्कलग्नार्काः ।
पुंजन्मकराः समभेषु योषितां समनवांशगताः ।। ७१ ।।
बलिनो विषमेऽर्कगुरू नरं स्त्रियं समगृहे कुजेन्दुसिताः ।
यमलं द्विशरीरांशेष्विन्दुजदृष्ट्या स्वपक्षसमम् ।। ७२ ।।

अब गर्भ है यह ज्ञान होने पर वराहोक्त लघुजातक के वचन से गर्भ में पुत्र या नपुंसक अथवा यमल (दो) सन्तान हैं इसको कहते हैं ।

यदि गर्भाधान के समय वा प्रश्न के समय में गुरू, चन्द्रमा, लग्न व सूर्य ये ग्रह विषम राशि में विषम राशिस्थ नवांश में हों तो पुत्र (पुरुष) का जन्म तथा ये ही ग्रह समराशिस्थ समराशि के नवांश में हों तो कन्या (स्त्री) का जन्म गर्भ से होगा ऐसा समझना चाहिये ।

प्रकारान्तर से—यदि गर्भाधान के समय में सूर्य व गुरू बलवान् होकर विषम राशि में हों तो पुत्र का जन्म तथा भौम, चन्द्रमा, शुक्र ये बली होकर समराशि में हों तो कन्या का जन्म गर्भ से होता है ।

१—लघुजा० ५ अ. १०-११ श्लो० ।

यदि मिथुन व धनु के नवांश में सूर्य व गुरू विषम राशि में बुध से दृष्ट हों तो गर्भ से दो पुत्रों का जन्म समझना चाहिये।

यदि कन्या व मीन के नवांश में भौम, चन्द्र, शुक्र समराशि में बुध से दृष्ट हों तो गर्भ से दो कन्या का जन्म होता है।

यदि सूर्य, गुरू, भौम, चन्द्र, शुक्र ये पाँचों ग्रह द्विस्वभाव राशि में बुध से दृष्ट हों तो गर्भ से एक कन्या व एक पुत्र का अर्थात् यमल सन्तान का जन्म होता है ॥ ७१-७२ ॥

एतत्स्पष्टमुक्तं शुकजातके--

रविजीवौ युग्मधनुर्नवांशस्थौ बुधेक्षितौ।
पुंयुगं मीनकन्यांशस्थितौ पुंस्त्रीयुगं वदेत् ॥ ७३ ॥
भौमेन्दुशुक्रा मीनस्त्री नवांशस्था बुधेक्षिताः।
स्त्रीयुगं चापयुग्मांशे गर्भे पुंस्त्रीयुगं भवेत् ॥ ७४ ॥

बृहज्जातके 'द्व्यङ्गस्था' द्विस्वभावराशिस्था इति व्याख्येयम्। अन्यथा स्वग्रन्थेन ऋषिप्रणीतग्रन्थेन च विरोधः स्यात्।

इस यमल योग का ज्ञान स्पष्टता से शुक जातक में वर्णित है अब उसको कहते हैं।

यदि गर्भाधान के समय में सूर्य व गुरू मिथुन तथा धनु के नवांश में बुध से दृष्ट हों तो दो पुत्र, यदि सूर्य गुरू मीन व कन्या के नवांश में बुध से दृष्ट हों तो एक कन्या, एक पुत्र गर्भ से उत्पन्न होता है।

यदि गर्भाधान के समय में भौम, चन्द्रमा, शुक्र मीन राशि व कन्या राशि के नवांश में बुध से दृष्ट हों तो दो कन्या गर्भ से जन्म लेती हैं।

यदि भौम, चन्द्रमा, शुक्र धनु व मिथुन के नवांश में बुध से दृष्ट हों तो गर्भ से एक कन्या, एक पुत्र का जन्म होता है ॥ ७३-७४ ॥

बृहज्जातक में 'द्व्यङ्गस्था' इसकी व्याख्या द्विस्वभाव राशि में हों इस प्रकार जानना चाहिये। अन्यथा यदि ऐसी व्याख्या बृहज्जातक की नहीं स्वीकार इसकी करेंगे तो ऋषियों द्वारा ग्रन्थ से बृहज्जातक का विरोध उत्पन्न हो जायगा।

वराहः--

[१]लग्नाद् विषमोपगतः शनैश्चरः पुत्रजन्मदो भवति।
निगदितयोगे बलवानवलोक्य विनिश्चयो वाच्यः ॥ ७५ ॥

निगदितेति। यत्र पुरुषयोगसंभवः स्त्रीयोगसंभवश्च तुल्यो दृश्यते। तदा तत्रैव योगकर्तृग्रहाणां बलाधिक्यं तस्यैव निश्चयो वक्तव्य इति।

अब वराह मिहिराचार्य जी के वचन से पुत्र जन्मप्रद योग को कहते हैं।

१—लघुजातक ५ अ. १२ श्लो.।

यदि गर्भाधान समय में या प्रश्न के समय लग्न से विषम भाव या राशि में शनि हो तो पुत्र का जन्म देने वाला होता है ।

जहाँ पर पुरुष व स्त्री जन्मकारक योग हों अर्थात् जिस कुण्डली में पुत्र व कन्या प्रद दोनों योग उपलब्ध हों तो वहाँ बली ग्रह द्वारा जो योग उपस्थित हो उसे ही निश्चय करके कहना चाहिये ।। ७५ ।।

अत्र विशेषः शुकजातके—

लग्नं त्यक्त्वा च विषमे पुत्रदो भास्करात्मजः ।
समे कन्याप्रदः प्रोक्तो नान्यग्रहनिरीक्षितः ।। ७६ ।।

[1]होरामकरन्दे—

एकोऽपि केन्द्रे नृखगो बलीयान्स्वांशे स्ववर्गे नरखेटदृष्टः ।
सूते नरं स्वोच्चगतोऽथ केन्द्रे स्त्रीसंज्ञकः स्त्रीजनकस्तथैव ।। ७७ ।।

इस पुत्र जन्म योग में विशेष बात शुक जातक व होरा मकरन्द नामक ग्रन्थ में है अब उसको बतलाते हैं ।

यदि गर्भाधान के समय में लग्न को छोड़कर शनि अन्य ग्रहों से अदृष्ट विषम (३, ५, ७, ९, ११) भाव में हो तो पुत्र का जन्म तथा सम भावों में अन्य ग्रहों से अदृष्ट शनि हो तो कन्या का जन्म गर्भ से होता है ।

होरा मकरन्द में कहा है कि यदि आधानकाल में एक भी पुरुष ग्रह केन्द्र में बली होकर अपने नवांश में या अपने वर्ग में पुरुष ग्रह से दृष्ट हो तो पुरुष अर्थात् पुत्र का जन्म होता है ।

यदि स्त्री संज्ञक ग्रह स्वोच्चस्थ केन्द्र में स्त्री ग्रह से दृष्ट हो तो कन्या का जन्म होता है ।। ७६-७७ ।।

अथ क्लीबयोगाः सारावल्याम्—

[2]अन्योन्यं रविचन्द्रौ विषमर्क्षसमर्क्षगौ निरीक्षेते ।
इन्दुजरविपुत्रौ वा दृष्टौ बलिनौ नपुंसकं कुरुतः ।। ७८ ।।

सूर्यं समराशिगतं वक्रो विषमर्क्षगोऽवलोकयति ।
विषमर्क्षे लग्नेन्दू कुजेक्षितौ षण्ढसंभवं कुरुतः ।। ७९ ।।

बुधचन्द्रौ कुजदृष्टौ विषमर्क्षसमर्क्षगौ तथा कुरुतः ।
ओजनवांशकसंस्था लग्नेन्दुसितास्तथैवोक्ताः ।। ८० ।।

पश्यति वक्रः समभे सूर्यं चन्द्रोदयौ च विषमर्क्षे ।
यद्येवं गर्भस्थः क्लीबो मुनिभिः सदा दृष्टः ।। ८१ ।।

ओजसमराशिसंस्थौ ज्ञेन्दू षण्ढं कुजेक्षितौ कुरुतः ।
नरभे विषमनवांशे होरेन्दुसिता बुधार्किदृष्टा वा ।। ८२ ।।

२—४ अ० ,९ श्लोक । १—८ अ. १८-२० श्लो० ।

ग्रन्थान्तरे--

जायास्थाने यदा खस्थे मिश्रं च हिबुके तथा।
नपुंसको भवेज्जातो यदि रक्षेत्स्वयं हरिः॥ ८३॥

एते क्लीबयोगाः पूर्वोक्तपुंस्त्रीयोगानामभावे वक्तव्याः। यदि तु तेषामेतेषां च संभवस्तदा तेषामेव बलवत्वम्। तदुक्तम्—

[1]होरामकरन्दे--

बलाबलं विलोक्यैषां ग्रहाणां योगकारिणाम्।
स्त्रीपुंसो निर्णयः क्लीबयोगास्तु तदसंभवात्॥ ८४॥

अब सारावली के वचन से नपुंसक योगों को कहते हैं। ये ६ प्रकार से होता है।

१—यदि आधान या प्रश्न के समय में सूर्य चन्द्रमा से या चन्द्रमा सूर्य से अर्थात् परस्पर दृष्ट समराशि में या विषम राशि में हों तो गर्भ में नपुंसक का जन्म होता है। यह एक योग है।

२—यदि विषम सम राशिगत शनि, बुध आपस में दृष्टि सम्बन्ध रखते हों तो द्वितीय योग।

३—यदि विषम राशिस्थ भौम सम राशिस्थ सूर्य को देखता हो तो तृतीय योग।

४--यदि सम राशिगत भौम विषम राशिस्थ लग्न व चन्द्रमा को देखता हो तो चतुर्थ योग।

५—यदि विषम राशिस्थ बुध व समराशिस्थ चन्द्रमा भौम से दृष्ट हो तो पांचवां योग।

६--यदि विषम राशिस्थ विषम राशि के नवांश में लग्न, चन्द्रमा, शुक्र ये बुध वा शनि से दृष्ट हों तो भी नपुंसक का जन्म समझना चाहिये। यह छठा योग है।

ग्रन्थान्तर में तो सप्तम, दशम, चतुर्थ में नपुंसक ग्रह हों तो नपुंसक का ही जन्म होता है चाहें उस जीव की भगवान् भी रक्षा करते हों। इस प्रकार से नपुंसक योग प्राप्त होता है।

ये पूर्वोक्त क्लीब योग स्त्री, पुरुष योगों के अभाव में होते हैं ऐसा समझना चाहिए।

यदि स्त्री पुरुष योग की प्राप्ति व नपुंसक योग की भी लब्धि हो तो स्त्री वा पुरुष योग की प्रधानता समझनी चाहिये। इनमें भी बली ग्रह द्वारा जो योग बनता हो उसे ही फलादेशार्थ ग्रहण करना चाहिये। ऐसा होरामकरन्द नामक ग्रन्थ में कहा है। इन योग कारक ग्रहों की बलवत्ता व निर्बलता का अवलोकन करके स्त्री पुरुष याग

२—४ अ० २१ श्लोक।

में से एक को मान कर फलादेश करना चाहिये। स्त्री पुरुष योगों के अभाव में ही नपुंसक योगों की सम्भावना होती है ॥७८–८४॥

विशेष—प्रकाशित सारावली में 'चन्द्रौ विषमर्क्षगतौ' 'होरेन्दुबुधा सितार्किदृष्ट वा' यह पाठान्तर उपलब्ध है। तथा ७८–७९ श्लोक भी प्राप्त नहीं होते हैं।

इन ७८–७९ तक श्लोकों का अर्थ ८०–८१ में प्राप्त हो जाने से अनुपलब्धि हानिदायक प्रतीत नहीं होती है।

प्रकाशित सारावली में सूर्य व चन्द्रमा को विषम राशिस्थ ही कहा गया है यहाँ के वाक्य में विषम व सम दोनों में ही वर्णन किया हुआ मिलता है। प्रकाशित में होरा, चन्द्र, बुध को विषम राशि के नवांश में शुक्र वा शनि से दृष्ट होने पर योग का वर्णन मिलता है यहाँ सारावली के वाक्य में लग्न, चन्द्रमा, विषम राशि के नवांश में बुध या शनि से दृष्ट होने पर योग का वर्णन मिलता है। मेरी दृष्टि में बादरायण के वचन से सम्मत वाक्य यही है। किन्तु सूर्य चन्द्रमा में प्रकाशित का ही समर्थन है जैसा कि बृ० जा० ४ अ० १३ श्लो० की भट्टोत्पली टीका में उपलब्ध है—'अन्योन्यं रविशशिनौ विषमौ विषमर्क्षगौ निरीक्षेते। इन्दुजरविपुत्रौ वा तथैव नपुंसकं कुरुतः। वक्रो विषमे सूर्यः समगश्चैवं परस्परालोकात्। विषमर्क्षे लग्नेन्दू समराशिगतः कुजोऽवलोकयति। बुधचन्द्रौ कुजदृष्टौ विषमर्क्षसमर्क्षगौ तथैवोक्तौ। ओजनवांशकसंस्था लग्नेन्दुसितास्तथैवोक्ता' ॥७८–८४॥

अथ द्वित्र्याद्युत्पत्तियोगानाह कल्याणवर्मा—

लग्ने समराशिगते चन्द्रेण निरीक्षिते बलयुतेन[1]।
गणितविदा वक्तव्यं मिथुनं गर्भसंस्थितं नूनम् ॥८५॥
[2]लग्नेन्दू समराशौ पुंग्रहदृष्टौ च मिथुनजन्मकरौ।
उदयज्ञवक्रगुरवो बलिनः समराशिगास्तथैवोक्ताः ॥८६॥
समराशौ शशिसितयोर्विषमे गुरुवक्रसौम्यलग्नेषु।
द्विशरीरे वा बलिषु प्रवदेत्स्त्रीपुरुषमत्रैव ॥८७॥
द्विशरीरांशकयुक्तान् ग्रहान् विलग्नं च पश्यतीन्दुसुते।
कन्यांशे द्वे कन्ये पुरुषश्च निषिच्यते गर्भे ॥८८॥
[3]मिथुनांशे कन्यैका द्वौ पुत्रौ त्रितयमेवं स्यात्।
मिथुनधनुरंशगतान् ग्रहान् विलग्नं च पश्यतीन्दुसुतः ॥८९॥
मिथुनांशस्थश्च यदा पुरुषत्रितयं तदा गर्भे।
कन्यामीनांशस्थान् विगहानुदयं च युवतिभागगतः ॥९०॥
पश्यति शिशिरगुतनयः कन्यात्रितयं तदा गर्भे।

१—सारा. ८ अ. २१ श्लो.। पाठान्तर—'चन्द्रे च निरीक्षिते' किन्तु टीका में 'चन्द्रेणनिरी' है।
२—प्रकाशित सारावली ८ अ. २१ श्लो की मेरी व्याख्या में प्राप्त है।
३—सारा० ८ अ० २३–२७ श्लो०।

अब गर्भस्थ दो या तीन जीव हैं। इन योगों का वर्णन कल्याण वर्मा के वचनों से कहते हैं।

१—यदि गर्भाधान के समय में समराशिस्थ लग्न बली चन्द्रमा से दृष्ट हो तो गर्भ से २ सन्तान का जन्म होता है ऐसा ज्योतिषी को कहना चाहिये।

प्रकाशित सारावली में—'लग्ने समराशिगते चन्द्रे च निरीक्षिते बलयुतेन गगनसदा वक्तव्यम्' यह पाठान्तर होने से लग्न व चन्द्र समराशि में बली ग्रह से दृष्ट हों तो यमल का जन्म कहना चाहिये। यह अर्थ समझना चाहिये। किन्तु 'चन्द्रेण निरीक्षिते' यह पाठ ही मेरी दृष्टि में सं० वि० वि० की मातृका में प्राप्त होने से उचित है।

२—यदि समराशिस्थ लग्न व चन्द्रमा पुरुष ग्रह से दृष्ट हों तो गर्भ में यमल का जन्म।

३—यदि समराशि में बली लग्न, बुध, भौम गुरु हों तो भी गर्भ में यमल का जन्म।

४—यदि समराशि में चन्द्रमा व शुक्र हो और विषम राशि में गुरु, भौम, बुध और लग्न हो तो भी यमल का जन्म।

यदि द्विस्वभाव राशिस्थ बली गुरू, भौम, बुध व लग्न हो तो भी यमल (दो) का जन्म कहना चाहिये।

अब गर्भ में तीन बालक होने के योग बतलाते हैं।

१—यदि द्विस्वभाव राशि के नवमांश में ग्रह व लग्न हों और मिथुन राशि के नवांश में स्थित बुध, लग्न व ग्रहों को देखता हो तो गर्भ से १ कन्या व २ पुत्रों का जन्म होता है।

२—यदि द्विस्वभाव राशि के नवमांश में ग्रह व लग्न हों और कन्याराशि के नवांश में स्थित बुध, लग्न व ग्रहों को देखता हो तो गर्भ में २ कन्या १ पुत्र है ऐसा समझना चाहिये।

३—यदि मिथुन व धनुराशि के नवांश में ग्रह व लग्न हों और मिथुन राशि के नवांश में स्थित बुध ग्रह व लग्न को देखे तो गर्भ में तीन पुरुष जीव उत्पन्न होते हैं।

४—यदि कन्या व मीन राशि के नवांश में ग्रह व लग्न हो और कन्या राशि के नवांश में स्थित बुध से लग्न व ग्रह दृष्ट हों तो गर्भ में तीन कन्या समझनी चाहिये ॥८५ ९०॥

बृहज्जातक में कहा है—'युग्मे चन्द्रसितौ तथौजभवने स्युर्ज्ञारजीवोदयाः लग्नेन्दू-नृनिरीक्षितौ च समगौ युग्मेषु वा प्राणिनः। कुर्युस्ते मिथुनं ग्रहोदयगता द्व्यंगांशकान् पश्यति, स्वांशे ज्ञे त्रितयं ज्ञगांशकवशाद् युग्मं त्वमिश्रैः समम्' (४ अ० १४ श्लो०) ॥८५–९०॥

वराहः—

[1]धनुर्धरस्यान्त्यगते विलग्ने ग्रहैस्तदंशोपगतैर्बलिष्ठैः ।
ज्ञेनार्किणा वीर्ययुतेन दृष्टे सन्ति प्रभूता अपि कोशसंस्था ।।९१।।

अस्यार्थः धनुर्धरस्यान्त्यगते विलग्ने धनुर्लग्नस्यान्तिमनवांशे प्रभूता पञ्च, सप्त, दश सिता इत्युत्पलः ।

यदि गर्भाधान के समय में धनु राशिस्थ अन्तिम नवांश लग्न में हो और समस्त ग्रह धनु राशि के नवांश में हों एवं बली बुध व शनि से लग्न दृष्ट हो तो गर्भ में अधिक अर्थात् तीन से ज्यादा सन्तान हैं । ऐसा कहना चाहिए ।।९१।।

यहाँ इस श्लोक की भट्टोत्पली व्याख्या में प्रभूत का अर्थ ५, ७, १० किया है ऐसा होना सम्भव नहीं प्रतीत होता है ।।९१।।

गर्भाधानलग्नात्प्रसवमासज्ञानं शुकजातके—

गर्भाधानं चरे राशौ नवमे मासि सूयते ।
स्थिरभे दशमे मासि द्व्यङ्गे चैकादशे तथा ।।९२।।

अब गर्भाधान की लग्न के आधार पर प्रसव मास को बतलाते हैं ।

यदि गर्भाधान के समय में चर लग्न हो हो नवे मास में, स्थिर लग्न हो तो दशवें मास में और द्विस्वभाव लग्न गर्भाधान के समय में हो तो ग्यारहवें मास में गर्भस्थ का जन्म होता है ।।९२।।

कस्मिन् राशौ चन्द्रे सति प्रसवो भविष्यतीत्येतज्ज्ञानार्थमाह गार्गिः—

[2]यावत्सङ्ख्ये द्वादशांशे शीतरश्मिर्यदा स्थितः
तत्सङ्ख्यो यस्ततो राशिर्जन्मेन्दौ तद्गते भवेत् ।।९३।।

अस्यार्थः मेषादिगणनया यावत्सङ्ख्ये द्वादशांशे चन्द्रमा व्यवस्थितस्तावत्सङ्ख्यो यो राशिस्तत्र वर्तमाने जन्मवक्तव्यमिति ।

अत्र चन्द्रद्वादशांशप्रमाणेन २ अं० ३० कलात्मकेन १५० सकलश्चन्द्रराशिरष्टादशशतकला १८०० लभ्यते तदा भुक्तद्वादश कला प्रमाणे किमित्यनुपातलब्धं चन्द्रराशिभुक्तं कलात्मकं ज्ञेयम् । ततोऽष्टशतकलाकल्पनया चन्द्रनक्षत्रं ज्ञेयमिति विशेषः ।

अन्ये तु तत्कालेन्दुना यावत्सङ्ख्यो द्वादशभाग अधिष्ठितस्तावत्सङ्ख्याराशिस्थे चन्द्रे सति प्रसवकाले प्रसवो वक्तव्यः ।

तथा च सारावल्याम्—

[3]यस्मिन् द्वादशभागे गर्भाधाने व्यवस्थितश्चन्द्रः ।
तत्तुल्यर्क्षे प्रसवं गर्भस्य समादिशेत्प्राज्ञः ।।९४।।

१—बृ० जा० ४ अ० १५ श्लो० ।

२—बृ० जा० ४ अ० २१ श्लो० की भट्टोत्पली टीका में प्राप्त है ।

३—सारा० ८ अ० ४८ श्लो० ।

समुद्रजातकेऽपि—

'यतमे द्वादशांशेऽतः सूतिस्तत्सङ्ख्यगे विधाविति'

अत्र चन्द्रलग्नयोर्मध्ये यो बलवान् तस्य द्वादशांशकवशेन चन्द्रराशिर्ज्ञेयः।

इत्युक्तं शुकजातके—

लग्नेन्द्वोर्यो बलवान् तस्य द्विरसांशकान्वितो राशिः।

यावत्तस्मात्परतो राशिस्थिते विधौ प्रसवः ॥९५॥ इति।

अत्र गर्गशुकाचार्ययोरेकवाक्यत्वात्सारावलीसमुद्रजातकादिमते मूलं मृग्यम्।

अब किस राशि में चन्द्रमा के होने पर प्रसव होगा इसको गार्गी के वचन से बतलाते हैं।

गर्भाधान के समय में चन्द्रमा जिस राशि में जितने सङ्ख्यक द्वादशांश में हो उस द्वादशांश राशि से उतने सङ्ख्यक आगे राशि में दशवें मास में चन्द्रमा के जाने पर प्रसव अर्थात् जन्म होता है।

मेषादि गणना से जितने संख्यक द्वादशांश में चन्द्रमा हो उतनी संख्या तुल्य आगे जो राशि हो उसमें चन्द्रमा के आने पर प्रसव समझना चाहिये।

यहाँ चन्द्रमा की अंशकला समझने के लिए त्रैराशिक से ऐसा अनुपात है कि यदि एक द्वादशांश २°।३०' की कला = १५०' में ३० अंश मिलते हैं तो आधानकालिक चन्द्रभुक्त कला में क्या ? इस प्रकार जन्मकालिक चन्द्रमा के लब्ध अंशादि = $\frac{\text{३० × चं० भु० क०}}{\text{१५०}} = \frac{\text{चं० भु० कला}}{\text{५}}$ इन अंशादि से जन्म नक्षत्र का ज्ञान होता है।

अन्य आचार्य तो अर्थात् सारावलीकार व समुद्रजातक के कर्ता इसका इस प्रकार से अर्थ करते हैं कि गर्भाधान कालिक चन्द्रमा जितने संख्यक मेषादिगणनया से द्वादशांश में हो उस राशि के तुल्य राशि में चन्द्रमा के जाने पर प्रसव होता है।

ऐसा सारावली के कर्त्ता कल्याणवर्मा का मत है।

समुद्रजातक में भी ऐसा ही वर्णन मिलता है।

जन्मकालीन चन्द्र ज्ञान के लिये लग्न व चन्द्रमा में जो बली हो उसके द्वादशांश से करना चाहिए। ऐसा शुकजातक में कहा है।

गर्भाधान के समय में लग्न व चन्द्रमा में जो बलवान् हो उसके द्वादशांश से अर्थात् बलवान् जितने सङ्ख्यक द्वादशांश राशि में हो उस राशि से उतने सङ्ख्यक राशि में दशम मास में चन्द्र के जाने पर प्रसव होता है ॥९३-९५॥

जन्मकालीन चन्द्र ज्ञान में गर्ग व शुकाचार्य जी का एक मत होने से यह पक्ष श्रेष्ठ है। तथा सारावली व समुद्र जातक के वचनों में ऋषिप्रणीत मत की अप्राप्ति होने से पक्ष सुन्दर नहीं प्रतीत होता है।

दिनरात्रिकालज्ञानं सारावल्याम्[1]—

तत्कालदिवसनिशासंज्ञः समुदयति राशिभागो यः।
यावानुदयस्तावान् वाच्यो दिवसस्य रात्रेर्वा ॥९६॥

अत्रोदाहरणम्। तत्र प्रश्नकाले दिनमानं ३०।०। रात्रिमानं च। स्पष्ट चन्द्रो राश्यादिः ४।१०।२५।३५ लग्नञ्च ३।८।१२।३०। अत्र चन्द्रः सिंहराशौ पञ्चेमे द्वादशांशे धन्वाख्येऽस्ति। ततो धनुषः पञ्चमे मेषराशौ चन्द्रे सति जन्मनः सामान्यज्ञानम्।

तत्र नक्षत्रानयनार्थमनुपातः। अत्र पञ्चमे द्वादशांशे भुक्तं कलादिः २५।३५। ततो द्वादशांशप्रमाणेन १५० राशिकला १८०० लभ्यन्ते तदा आभि-र्भुक्तकलाभिः २५।३५ किमिति।

अत्र फलार्थद्वयोः सार्धशतेनापवर्त्ते इति इच्छायाः २५।३५ गुणाः १२ गुणिते जातः ३०७। ततो नक्षत्रप्रमाणेन ८०० भक्ते लब्धमृक्षं अश्विनी। ततश्चरणप्रमाणलिप्ताभि २०० र्भक्ते शेषं ३०७ लब्धचरणे भुक्तः तेनाश्विनी द्वितीचरणे जन्म इति ज्ञातम्।

अथ कालज्ञानम् तत्र कर्कराशि रात्रिबलसंज्ञकस्तेन रात्रौ जन्मेति ज्ञानम्।

अथ घटिका ज्ञानार्थमुपायः। यदि त्रिंशद्भिरंशैर्निशा प्रमाणं त्रिंशत् घटिकात्मकं लभ्यते तदा लग्नभुक्तांशैः ८।१२।३० किमत्रापि फलार्थं द्वयोस्त्रिं-शतापवर्त्ते कृते लब्धं रूपं तेन भुक्ते गुणिते च लब्धमविकृतम्। अतो जाता रात्रिघटिकाः ८।१२।२० एवं सर्वत्र ज्ञेयम्।

एवं कालज्ञाने चन्द्राद्दिनज्ञाने च जाते जन्मोक्तं चिन्त्यमित्याह कल्याणवर्मा—

[2]इत्याधाने प्रथमं प्रसूतिकालं सुनिश्चितं कृत्वा।
जातकविहितं च विधिं विचिन्तयेत्तत्र गणितज्ञः ॥ ९७ ॥

अथ जन्मनि चन्द्रज्ञाने प्रकारान्तरम्।

यदेकराशिसंस्थितौ सुतेश्वरक्षपाकरौ।
तदैव गुर्विणीवधूः प्रसूयते तु नान्यथा ॥ ९८ ॥

प्रश्नलग्नादासन्नप्रसवे कदाचिन्मिलति।

अभी-अभी आप जन्म कालीन चन्द्रानयन विधि को पूर्व में समझ पाये हैं। अब दिन या रात्रि के किस भाग में जन्म होगा यह बतलाते हैं।

गर्भाधान कालिक लग्न दिन संज्ञक या रात्रि संज्ञक जो हो उस राशि के जितने अंश उदित हों अर्थात् भुक्त हों उतना ही दिन या रात्रि व्यतीत होने पर प्रसव कहना चाहिए ॥ ९६ ॥

१—८ अ. ५० श्लो.। २—सारा० ८ अ. ५२ श्लो.।

बृहज्जातक में कहा है—'यावानुदेति दिनरात्रिसमानभागस्तावद्गते दिननिशोः प्रवदन्ति जन्म' (४ अ० २१ श्लो०) ॥ ९६ ॥

विशेष—प्रकाशित सारावली में 'तात्कालिकदिवसनिशासंज्ञः समुदेति' यह पाठान्तर है।

बृ० जा० के 'तत्कालमिन्दु' इस श्लोक की भट्टोत्पली में होरारत्नोक्त पद्य ही सारावली का मिलता है किन्तु 'समुदेति' के स्थान पर 'समुदयति' पाठान्तर है ॥ ९४ ॥

अब उदाहरण के द्वारा जन्म के चन्द्रमा को राशि ज्ञान, नक्षत्रानयन और दिन या रात्रि के कितने समय व्यतीत होने पर जन्म होगा इसे बतलाते हैं।

कल्पना किया कि किसी के प्रश्न समय में दिनमान ३०।०। रात्रिमान ३०।०। स्पष्ट चन्द्रमा ४।१०।२५।३५ और लग्न राश्यादि ३।८।१२।२० है।

यहाँ पर चन्द्रमा सिंह राशि के पाँचवें द्वादशांश में है क्योंकि एक द्वादशांश २ अं० ३० कला का होता है। सिंह राशि में पाँचवाँ द्वादशांश धनु राशि का होता है। इसलिये धनु राशि से पञ्चम राशि अर्थात् मेष राशि में चन्द्रमा के जाने पर दशम मास में प्रसव होगा यह समझना चाहिए।

अब राशि ज्ञान हो जाने पर नक्षत्र ज्ञान को बतलाते हैं क्योंकि सवा दो नक्षत्र की एक राशि होती है अतः जन्म दिन रात्रि ज्ञान के लिये नक्षत्र का ज्ञान आवश्यक होता है।

यहाँ पूर्वोक्त उदाहरण में चन्द्रमा की पाँचवें द्वादशांश में भुक्त कलादि २५।३५ हैं। अतः अनुपात किया कि यदि एक द्वादशांश प्रमाण कला $१५०'$ (एकद्वादशांश २ अं० ३० कला $\therefore$ कला $= २ \times ६० + ३० = १२० + ३० = १५०$) में एक राशि कला १८०० (१ रा० $= ३०^\circ । १^\circ = ६०$ कला $\therefore ३०^\circ \times ६० = १८००'$) प्राप्त होती हैं तो भुक्तकलादि में क्या लब्धि गत नक्षत्र संज्ञा $= \frac{१८०० \times (२५।३५)}{१५०}$ यहाँअभीष्ट फल के लिये भाज्य भाजक में १५० से अपवर्त्तन अर्थात् भाग देने पर लब्धि $= १२ \times २५।३५ = ३००।४२० \div ६० = ३०७$। इसमें एक नक्षत्र भोगकला $= ८००$ (भभोगोऽष्टशतीलिप्ता) एक नक्षत्र का भोग ८०० कला होता है यह सूर्य सिद्धान्त के वचन से सिद्ध होता है। यहाँ पर यह जिज्ञासा होती है कि ८०० कला ही क्यों माना गया इससे अधिक अल्प क्यों नहीं। इसका समाधान यह है कि मेषादि बिन्दु से क्रान्तिवृत्त के सत्ताईस भाग ही २७ नक्षत्र हैं इसलिये २७ नक्षत्र में यदि द्वादश राशि कला (१२ रा $= ३६०^\circ । ३६०^\circ \times ६०' = २१६००$) तो एक नक्षत्र में क्या इस अनुपात से $\frac{२१६००' \times १}{२७} = \frac{२१६००}{२७} = ८००'$ कला ही एक नक्षत्र का भोग सिद्ध होता है न कि न्यूनाधिक से भाग देने पर लब्धि ० शून्य आती है इसमें १ जोड़ने से अश्विनी नक्षत्र में जन्म होगा यह ज्ञान हुआ।

अब इस नक्षत्र के किस चरण में जन्म होगा यह जानने के लिये एक चरण प्रमाण कला २०० से ३०७ में भाग देने पर ३०७ ÷ २०० = लब्धि एक प्राप्त होती है। इसलिये अश्विनी नक्षत्र के द्वितीय चरण में जन्म होगा यह अवगत हुआ।

अब दिन रात्रि ज्ञान के लिये उदाहरण में कर्क लग्न राशि है। यह राशि रात्रि में बली होती है, यह पूर्व में बतला दिया है। अतः रात्रि में जन्म होगा इसका पता चला।

अब रात में भी कितनी घटी व्यतीत होने पर जन्म होगा इसे बतलाते हैं।

यहाँ पर भी अनुपात द्वारा यदि तीस अंश में तीस घटी प्रमाण रात का समय प्राप्त होता है तो लग्न के भुक्तांश में क्या लब्धि घटयात्मक रात का गत समय प्रकृत उदाहरण में यथा— $\frac{३० \times ८।१२।३०।}{३०}$ इस जगह ३० अपवर्त्तन देने पर लब्धि १ इससे भुक्त अंशादि को गुना करने से फल अविकृत ही प्राप्त हुआ। इसलिये ८।१२।३० घटयादि व्यतीत होने पर जन्म होगा यह ज्ञान हुआ ॥ ९६ ॥

इस प्रकार चन्द्रमा से रात, दिन और समय का ज्ञान करके जन्मोक्त फल कहना चाहिए यह कल्याण वर्मा ने कहा है।

इस रीति से गर्भाधान के समय में प्रथम प्रसव समय का अच्छी प्रकार से निश्चय करके ज्योतिषी को जातकोक्त फलादेश का विचार करना चाहिए ॥९७॥

अब जन्म के चन्द्र ज्ञान को प्रकारान्तर से कहते हैं।

जब पञ्चमेश व चन्द्रमा एक राशि में हों तो गर्भवती सन्तान उत्पन्न करती है इसके विपरीत में नहीं ॥ ९८ ॥

मेरी दृष्टि में यह प्रकारान्तर उचित इसलिये नहीं है कि एक तो इसमें ग्रन्थ वा ग्रन्थकर्त्ता का नाम नहीं है तथा लोक में ऐसा देखा भी नहीं जाता है कि जन्म के समय सभी के सुतेश व चन्द्रमा एक राशि में हों इसके विपरीत नहीं ॥ ९६-९८ ॥

अथ प्रश्नलग्नाद्गर्भमासज्ञानमुक्तं समुद्रजातके[1]—

लग्नांशकास्तु यावन्तस्तावन्तो गर्भमासकाः।
सुताद्वाङ्गाद् बली शुक्रो यावद्गेहेऽथ तन्मितः ॥ ९९ ॥

वराहः—

[2]उदयतिमृदुभांशे सप्तमस्थे च मन्दे।
यदि भवति निषेकः सूतिरब्दत्रयेण ॥
शशिनि तु विधिरेष द्वादशाब्देऽपि कुर्या-।
न्निगदितमिह चिन्त्यं सूतिकालेऽपि युक्त्या ॥ १०० ॥

मृदोः शनैश्चरस्य भांशे मकरांशे कुंभांशे वोदयति लग्नवर्तिनीत्यर्थः।

१—अ. २७ श्लो. [मातृका सं. ३६६६६।　　　　२—बृ. जा. ४ अ. २२ श्लो.।

समुद्रजातके--

लग्ने यमांशे मन्देऽस्ते निषेकश्चेत्समा त्रयात्।
सूतिः कर्काशगेऽङ्गस्थे चन्द्रेऽस्ते द्वादशाब्दकः ॥ १०१ ॥

अब प्रश्न लग्न से गर्भ के मास को बतलाते हैं। अर्थात् यदि कोई प्रश्नकर्ता पूछे कि अमुक स्त्री को कितने मास का गर्भ है इस बात को समुद्र जातक के वचन से कहते हैं।

प्रश्न लग्न के जितने नवांश व्यतीत हुए हैं उतने ही गत मास गर्भ के समझने चाहिए अथवा प्रश्नलग्न से जितनी संख्या दूर स्थान में बली शुक्र हो उतने ही गर्भ के गत मास समझना चाहिए। यहाँ विशेष यह है कि यदि नवम भाव से आगे शुक्र हो तो पञ्चम भाव से गिनना चाहिए ॥ ९९ ॥

ताजिक नीलकण्ठी में कुछ विशेष इस विषय में कहा गया है। यथा—'प्रसवज्ञान-प्रश्ने भुक्तांल्लग्नांशकान् परित्यज्य। भोग्याद्विचिन्त्य शेषाननुमित्येवं वदेद्दिवसान्। मासज्ञानस्य पृच्छायां गर्भिण्या भृगुनन्दनः। लग्नात्स्याद्यावति स्थाने मासानाख्याति तावतः। सुतात्सङ्ख्या तदा वाच्या यदा धर्मात्परं गतः' (प्र० तं० पं० भा० ३६-३८ श्लो०) ॥ ९९ ॥

अब तीन वर्ष के अनन्तर वा बारह वर्ष के बाद गर्भस्थ जीव के प्रसव योग को कहते हैं।

यदि गर्भाधान के समय में शनि राशि अर्थात् मकर या कुम्भ राशि का नवांश लग्न में हो और शनि सप्तम भाव में हो तो तीन वर्ष में प्रसव होता है।

यदि इस प्रकार चन्द्रमा हो अर्थात् लग्न में चन्द्रमा का नवांश हो और चन्द्रमा सप्तम भाव में हो तो बारह वर्ष के बाद प्रसव होता है। ऐसा समझना चाहिए ॥१००॥

समुद्र जातक में भी इसी प्रकार से तीन वर्ष के बाद व बारह वर्ष के बाद प्रसव के योगों का वर्णन है ॥१०१॥

अथ जात्यन्धादियोगाः सारावल्याम्[1]--

स्यातां यद्याधाने रविशशिनौ सिंहराशिगौ लग्ने।
दृष्टौ कुजसौराभ्यां जात्यन्धः संभवति तत्र ॥१०२॥
आग्नेय सौम्यदृष्टौ रविशशिनौ बुद्बुदेक्षणं कुरुतः।
नयनविनाशोऽपि यथा तथाधुना संप्रवक्ष्यामि ॥१०३॥
व्ययभवनगतश्चन्द्रो वामं चक्षुर्विनाशयति हीनः।
सूर्यस्तथैव सव्यं शुभदृष्टौ याप्यतां नयति ॥१०४॥

याप्यतामपूर्णफलताम्। अत्र राशिषु वक्ष्यमाणेष्वंशांशेषु यदार्कचन्द्रौ द्वादशस्थौ भवतस्तदा नेत्रनाशोऽवश्यं भवति। तद्दशायामन्यथा नेत्रपीडा-व्रणादि ज्ञेयमित्यर्थः।

१--८ अ० ५१ '११ श्लो०।

अब सारावली ग्रन्थ के आधार पर जन्म से ही आँख न होना, आँखों का पुनः पुनः खुलना व बन्द होना और दाहिनी वा बायीं आँख का न होना, इन योगों को कहते हैं।

जन्मान्ध योग—यदि गर्भाधान कालिक सिंह लग्न में सूर्य व चन्द्रमा हों और उन पर मङ्गल व शनि की दृष्टि हो तो जातक जन्म से ही अन्धा होता है।

बुद्बुदेक्षण योग—यदि गर्भाधान के समय सूर्य व चन्द्र, भौम तथा बुध से दृष्ट हों तो जातक के बुद्बुद अर्थात् पुनः पुनः खुलने व बन्द होने वाले नेत्र होते हैं। जिन योगों में नेत्र का विनाश भी होता है ऐसे योगों को आगे मैं कहता हूं।

वाम व दक्षिण नेत्र विनाश योग—यदि गर्भाधान के समय में क्षीण चन्द्रमा बारहवें भाव में हो तो वाम (बायां) नेत्र, निर्बल सूर्य बारहवें भाव में हो तो दाहिनी आँख नष्ट होती है।

यदि द्वादशस्थ सूर्य व चन्द्रमा शुभग्रह से दृष्ट हो तो योग में अल्पता समझनी चाहिए।

यहाँ राशियों में आगे कहे हुए अंशों में जब सूर्य चन्द्रमा बारहवें भाव में होते हैं तब आँखें अवश्य नष्ट होती हैं। इसके विपरीत इनकी दशा में नेत्र रोग घाव आदि पीड़ा होती है ॥१०२–१०४॥

क्रूरैर्ग्रहसन्धिगतैः[1] शशिनि वृषे भौमसौर (रवि) संदृष्टे।
[2]मूकः सौम्यैर्दृष्टे वाचं कालान्तरे वदति ॥१०५॥

विशेषो गर्गजातके—

[3]कुलीरालिझषान्तस्थैः पापैश्चन्द्रे वृषस्थिते।
मूकः पापेक्षितैः सौम्यैश्चिरेण लभते गिरम् ॥१०६॥
मिश्रदृष्टे ग्रहबलान्मूकोऽमूको चिरादिति।

अब मूक अर्थात् बोलने के अभाव कारक योग को सारावली व गर्ग जातक के वचन से कहते हैं।

यदि गर्भाधान के समय क्रूर ग्रह (पाप ग्रह) राशि की सन्धि में, चन्द्रमा वृष राशि में भौम शनि पाठान्तर से सूर्य भी इनसे दृष्ट हो तो जातक गूंगा होगा।

यदि चन्द्रमा शुभग्रहों से दृष्ट हो तो कुछ समय के अनन्तर वाणी खुल जायेगी। अर्थात् जातक बोलने लगता है।

यदि पाप ग्रह कर्क वृश्चिक, मीन राशि के अन्त में हों चन्द्रमा वृष राशि में पाप ग्रहों से दृष्ट हो तो जातक गूंगा होता है। यदि शुभग्रह से दृष्ट हो तो अधिक समय के बाद जातक बोलता है।

यदि शुभ व पाप ग्रह दोनों से दृष्ट हों तो बली ग्रह के आश्रय से वाणी की स्पष्टता व अस्पष्टता का निर्णय करना चाहिए ॥१०५–१०६॥

१—संबंधिगत पु. में पाठ है। ३—सारा. ८ अ. ५६ श्लो.।

विशेष—बृ० जा० ४ अ० १७ श्लो० की भट्टोत्पली में प्राप्त है किन्तु 'मिश्र-दृष्टैग्रहैर्हीनैर्मूको वा लब्धवाक् चिरात्' यह पाठान्तर होने से निर्बल शुभ पाप दोनों से दृष्ट होने पर गूंगा अथवा अधिक काल में वाणी खुलती है ॥१०५-१०६॥

[1]क्रूरेषु शशिसन्धिषु शशिनि च सौम्यैरवीक्षिते तु जडः।
बुधनवभागसंस्थौ [2]शनिभौमौ यदि सदन्तः स्यात् ॥१०७॥

अब जडयोग अर्थात् मूर्ख योग और दांत के साथ जन्म योग को कल्याणवर्मा के वाक्य से कहते हैं।

यदि समस्त पापग्रह राशि सन्धि में हों व चन्द्रमा शुभग्रहों से अदृष्ट हो तो जातक जड़ होता है।

यदि शनि मङ्गल बुध के नवांश में हों तो गर्भस्थ बालक का जन्म दांत के साथ होता है ॥१०७॥

बृहज्जातक में कहा है—

'सन्धौ पापे शशिनि च जडःस्यान्न चेत्सौम्यदृष्टः।
सौम्यर्क्षांशे रविजरुधिरौ चेत्सदन्तोऽत्र जातः।
(४ अ० १० श्लो०)।

[3]सौम्ये त्रिकोणसंस्थे लग्नाच्छेषग्रहैर्बलविहीनैः।
द्विगुणास्यपादहस्तो योगेऽस्मिन्नाहितो भवति गर्भः ॥ १०८ ॥

अब दूने हाथ-पैर मुख कारक योग को बतलाते हैं।

यदि गर्भाधान के समय में लग्न से बुध नवम वा पञ्चम भाव में हो और अवशिष्ट ग्रह निर्बल हों तो जातक के दूने मुख, पैर व हाथ होते हैं ॥ १०८ ॥

त्रिकोणे नवपञ्चमे। यदाह गर्गः—

[4]बलहीनैर्ग्रहैः सर्वैर्नवपञ्चमगे विधौ।
द्विगुणाङ्घ्रिशिरोहस्तो भवत्येकोदरस्तथा ॥ १०९ ॥

त्रिकोण का अर्थ नवम व पञ्चम भाव होता है यथा गर्गाचार्य जी ने कहा है।

यदि गर्भाधान के समय में समस्त ग्रह निर्बल हों और नवम वा पञ्चम में चन्द्रमा हो तो जातक के चार हाथ, चार पैर, दो शिर (मस्तक) और पेट एक होता है ॥ १०९ ॥

[5]वामनको मकरान्त्ये लग्ने रविचन्द्रसौरिभिर्दृष्टे।
शशिनि विलग्ने कर्किणि कुजार्किदृष्टे तथा कुब्जः ॥ ११० ॥

अब किस योग में जातक छोटे कद का और कुब्ज होता है। इन दोनों योगों को कहते हैं।

१—सारा. ८ अ. ५७ श्लो.। २—शशिनौचेस. . .पु. में पाठ। ३—सारा० ८ अ. ५८ श्लो०।

४—बृ. जा. ४ अ. १७ श्लो. की भट्टोत्पली टीका में प्राप्त है। ५—सा० ८ अ० ५९ श्लो०।

यदि गर्भाधान के समय मकर राशि के अन्तिम नवांशस्थ लग्न पर सूर्य, चन्द्रमा, शनि की दृष्टि हो तो जातक छोटे (नाटे) कद का होता है।

यदि गर्भाधान के समय कर्क लग्न में चन्द्रमा, भौम व शनि से दृष्ट हो तो जातक कुबड़ा होता है ॥ ११० ॥

बृहज्जातक में कहा है—'सौरशशाङ्कदिवाकरदृष्टे वामनको मकरान्त्यविलग्ने' (४ अ० १९ श्लो०)।

'कुब्जः स्वर्क्षे शशिनितनुगे मन्दमाहेयदृष्टे' (४ अ० १८ श्लो०) ॥ ११० ॥

[1]मीनोदये च दृष्टे कुजार्किशशिभिः पुमान् भवति पंगुः।
व्यर्था भवन्ति योगाः सौम्यग्रहवीक्षिताः सर्वे ॥ १११ ॥

अब जिस योग में जातक लँगड़ा होता है उसको कहते हैं।

यदि गर्भाधान के समय में मीन लग्न हो और उस पर मङ्गल, शनि, चन्द्रमा की दृष्टि हो तो गर्भस्थ बालक लँगड़ा होता है। पूर्वोक्त समस्त योग यदि शुभग्रह से दृष्ट हों तो अपूर्ण फल देनेवाले या व्यर्थ होते हैं ॥ १११ ॥

बृहज्जातक में कहा है—'पङ्गुर्मीने यमशशिकुजैर्वीक्षिते लग्न संस्थे' (४ अ० १८ श्लो०) ॥ १११ ॥

भगवान् गार्गिः—

[2]लग्नद्रेष्काणगो भौमः सौरसूर्येन्दुवीक्षितः।
कुर्यादशिरसं तद्वत्पञ्चमे बाहुवर्जितम् ॥ ११२ ॥
विपादं नवमे स्थाने यदि सौम्यैर्न वीक्षितः।

एते च सर्वे योगा जन्मकालेऽपि विचारणीयाः। जन्मकालोक्ताश्चात्र चिन्त्याः।

तदुक्तं सारावल्याम्—

[3]इत्याधानविधान प्रसूतिसमयेऽपि योजयेद्योग्यम्।
आधाने यन्नोक्तं (तत्रोक्तं) प्रसूतिविहितं तदपि चिन्त्यम् ॥ ११३ ॥

इत्याधानाध्यायः।

अब बिना मस्तक, हाथ व पैर वाले गर्भस्थ बालक के योग को भगवान् गार्गी के वचन से बतलाते हैं।

यदि गर्भाधान के समय लग्नस्थ द्रेष्काण भौम से युत शुभ से अदृष्ट शनि, सूर्य व चन्द्र से दृष्ट हो तो गर्भस्थ बालक बिना मस्तक के जन्म लेता है।

यदि पञ्चमस्थ द्रेष्काण भौम से युत शुभग्रह से अदृष्ट शनि, सूर्य व चन्द्र से दृष्ट हो तो गर्भस्थ बालक हाथों से रहित जन्म ग्रहण करता है।

यदि नवमस्थ द्रेष्काण भौम से आक्रान्त व शुभग्रहों से अदृष्ट सूर्य, शनि चन्द्र से दृष्ट हो तो गर्भस्थ बालक पैरों से हीन होता है ॥ ११२ ॥

१—सारा. ८ अ. ६० श्लो. व्यर्था के स्थान पर 'याप्या' यह पाठान्तर है।

२—बृ० जा० ४ अ० १९ श्लोक की उत्पल टीका में प्राप्त है। ३—८ अ० ६२ श्लोक।

पूर्वोक्त समस्त योगों का जन्म के समय में भी विचार करना चाहिए तथा जन्मकालीन योगों का विचार गर्भाधान के समय में करना चाहिए।

ऐसा सारावली में कहा है।

इस अधानाध्याय में जिन-जिन योगों का वर्णन किया है उन उपर्युक्त योगों का विचार जन्मकालीन लग्न से भी करना चाहिए एवं जिन योगों का विचार इस अध्याय में नहीं है उनका भी यहाँ विचार करना चाहिए अर्थात् जन्माध्यायोक्त योगों का विचार गर्भाधान के समय में भी करना चाहिए ॥ ११३ ॥

—:o:—

अथ सूतिकाध्यायः

वृद्धयवनः—

वाच्यं शिशोर्जन्म पितुः परोक्षे क्षपाकरः पश्यति चेन्न लग्नम्।
चरस्थितेऽर्केऽष्टमधर्मगे वा विदेशसंस्थे पितरीह वाच्यम् ॥ १ ॥

अत्र चन्द्रे लग्नमपश्यति स्वदेशस्थव पितुः सन्निधौ जन्म वाच्यम्। चरराशिस्थेऽर्के नवमाष्टमस्थे विदेशस्थे पितरि जन्म वाच्यम्। अस्मिन्योगेऽपि लग्नं चन्द्रदृष्टिविवर्जितं ज्ञेयमित्युक्तं शुकेन—

चरराशिगते भानौ नवमाष्टमसंस्थिते।
शिशोः पिता विदेशस्थो लग्नं चन्द्रेण नेक्षितम् ॥ २ ॥ इति।

लग्नस्थिते वासरनाथपुत्रे यामित्रसंस्थेऽप्यथवा महीजे।
चन्द्रेऽथवा सूर्यमहीजमध्ये विदेशसंस्थे जनके बभूव ॥ ३ ॥

शुकजातके—

दिनेऽर्ककुजसंदृष्टे रात्रौ मन्दकुजेक्षिते।
पितुः परोक्षे वक्तव्यं जननं जातकस्य वा ॥ ४ ॥
सूर्यमन्दौ चरर्क्षस्थौ भौमेन युतवीक्षितौ।
परदेशे पिता तस्य मतो वाच्यो विनिश्चयात् ॥ ५ ॥
भाग्यबन्धुगतौ पापौ लग्नेशे बलवर्जिते।
सूतिकाले पिता दुःखी शिशोरम्बाष्टरिष्फगे ॥ ६ ॥

एको द्वादशाष्टमगे पापे लग्नेशे हीनबले जन्मनि माता दुःखयुता वाच्येत्यर्थः।

अर्कांशकस्थिते मन्दे अर्केणैव निरीक्षिते।
जन्मकाले पिता रोगी कुजदृष्टेऽथवा युते ॥ ७ ॥
वागीशे नीचसंस्थे च चन्द्रे राश्यंशसन्धिगे।
मूको वापि जडो वापि सौम्यैः पापसमन्वितैः ॥ ८ ॥

सूर्याच्च पञ्चमे द्यूने नवमे क्रूरखेचराः ।
क्रूरैर्दृष्टाः स्थिरे राशौ स्वदेशे बन्धनं पितुः ॥ ९ ॥
चरेऽन्यदेशे मार्गे च द्विस्वभावेन बन्धनम् । इति ।

अस्मिन्नेव योगे सूर्यात्पञ्चमसप्तमनवमस्थानां पापानां पापर्क्षगत्वमपि प्रयोजकं पापदृष्टिश्च न प्रयोजिकेत्याह ।

वराहः—

क्रूरर्क्षगतावशोभनौ सूर्याद्द्यूननवात्मजस्थितौ ।
बद्धस्तु पिता विदेशगः स्वे वा राशिवशादथो पथि ॥ १० ॥

अत्र वराहमिहिरेण राहुकेत्वोर्निरासार्थमेव द्विवचनं दत्तम् । पूर्वोक्त-शुकजातकवचने तु बहुवचनत्वाद्राहुकेत्वोरपि ग्रहणं कृतमिति ज्ञेयम् ।

अब सूतिकाध्याय के प्रारम्भ में प्रथम वृद्ध यवनाचार्य जी के वाक्य से पिता के परोक्ष में जातक का जन्म हुआ है इसको बतलाते हैं ।

यदि जन्म लग्न चन्द्रमा से अदृष्ट हो तो जातक का जन्म पिता के स्वदेश रहने पर परोक्ष में हुआ है । ऐसा समझना चाहिए ।

वा यदि चर राशि में सूर्य नवम वा अष्टम भाव में हो तो जातक का जन्म पिता के परोक्ष में विदेश रहने पर होता है ।

इस योग में भी अर्थात् चर राशिस्थ सूर्य अष्टम वा नवम में होने पर भी चन्द्रमा से अदृष्ट जन्म लग्न होना चाहिये । ऐसा शुकाचार्य ने कहा है—

यदि जन्म के समय चर राशि में सूर्य अष्टम वा नवम भाव में हो और चन्द्रमा से जन्मलग्न अदृष्ट हो तो जातक का जन्म पिता के परदेश रहने पर होता है ।

विशेष—वृद्ध यवनाचार्य जी के वाक्य में व शुकाचार्य जी के वचन में अष्टम वा नवम भाव में चर राशिस्थ सूर्य के होने पर योग का वर्णन मिलता है किन्तु बृहज्जातक व सारावली के वचनों में 'मध्याद् भ्रष्टे व मेषूरणाच्च्युते' यह होने से ज्ञात होता है कि अष्टम वा नवम, वा एकादश या द्वादश भाव में चर राशिस्थ सूर्य होने पर विदेश में पिता के रहने पर जन्म समझना चाहिए । तथा इन्हीं भावों में स्थिर वा द्विस्वभाव-राशिस्थ होने पर स्वदेशस्थ पिता के परोक्ष में जन्म होता है ।

बृहज्जातक में कहा है—'पितुर्जातः परोक्षस्य लग्नमिन्दावपश्यति । विदेशस्तस्य चरभे मध्याद्भ्रष्टे दिवाकरे' (५ अ० १ श्लो०)

तथा सारावली में भी—'होरामनीक्षमाणे शशिनि परोक्षस्थिते पितरि जातः । मेषूरणाच्च्युते वा चरभे भानौ विदेशगते' (९ अ० २८ श्लो०) ।

बृ० जा० ५ अ० १ श्लो० की भट्टोत्पली टीका में सारावली के वाक्य का पाठान्तर 'होरामनीक्ष्यमाणे पितरि न गेहस्थिते शशिनिजातः' प्राप्त है किन्तु अर्थ में विपरीतता नहीं है ॥ १–२ ॥

अथवा यदि जन्मलग्न में शनि वा सप्तम में भौम अथवा चन्द्रमा, सूर्य व भौम के बीच में हो तो जातक का जन्म पिता के परदेश रहने पर होता है ॥ ३ ॥

अब शुक जातक के आधार पर पिता के परोक्ष वा मृत वा परदेश में रहने पर जन्म योगों को कहते हैं।

यदि जातक का जन्म दिन में हो और सूर्य, भौम से दृष्ट हो तो अथवा रात्रि में जन्म हो तथा शनि, भौम से दृष्ट हो तो भी जातक का जन्म पिता के परोक्ष में होता है ॥ ४ ॥

पिता के मरने पर जन्म योग—यदि सूर्य व शनि चर राशि में मङ्गल से युत या दृष्ट जन्मकुण्डली में हों तो निश्चय ही जातक का पिता परदेश में मृत समझना चाहिए ॥ ५ ॥

यदि जन्म के समय में नवम व चतुर्थ भाव में दो पापग्रह हों तथा लग्नेश निर्बल हो तो पिता दुःखी जन्म काल में रहता है।

यदि एक पापी ग्रह चतुर्थ व द्वादश में हो तो जन्म के समय माता को दुःखी समझना चाहिए ॥ ६ ॥

यदि जन्म के समय में शनि सूर्य के नवांश में सूर्य से ही दृष्ट हो अथवा सूर्य के नवांश में शनि, भौम से दृष्ट या युक्त हो तो जातक का पिता जन्मकाल में रोगी होता है ॥ ७ ॥

यदि जन्म के समय गुरू नीच राशि में और चन्द्रमा राशियों की नवांश सन्धि में एवं शुभग्रह पापग्रहों से युत हों तो जातक मूक, (गूगा) वा जड (मूर्ख) होता है ॥ ८ ॥

यदि जन्म के समय में सूर्य से पञ्चम, सप्तम, नवम में पापग्रह, पापग्रहों से दृष्ट स्थिर राशि में हों तो अपने देश में जेल में पिता को समझना चाहिए।

यदि चर राशि में पाप ग्रह हों तो परदेश में द्विस्वभाव राशि में हों तो मार्ग में पिता का बन्धन अर्थात् जेल में निवास जानना चाहिए ॥ ९ ॥

इस योग में अर्थात् सूर्य से ५, ७, ९ में पापग्रह होने पर ही योग बनता है। पाप दृष्टि को प्रधानता नहीं होती है ॥ ९ ॥

विशेष—तृतीय श्लोक में चन्द्रमा, सूर्य व भौम के मध्य में रहने पर योग का वर्णन है किन्तु बृहज्जातक व लघुजातक में शुक्र व बुध के मध्य में चन्द्रमा की सत्ता से योग का कथन है। यथा—'उदयस्थेऽपि वा मन्दे कुजे वास्तं समागते। स्थिते वान्तः क्षपानाथे शशाङ्कसुतशुक्रयोः' (५ अ० २ श्लो०)। तथा लघुजातक में भी—'चन्द्रे लग्नमपश्यति मध्ये वा सौम्यशुक्रयोश्चन्द्रे। जन्म परोक्षस्य पितुर्यमोदये वा कुजे चास्ते' (६ अ० ४ श्लो०)। तथा शम्भु होरा प्रकाश में भी बुध व शुक्र के मध्य में चन्द्रमा के होने पर योग का वर्णन इस प्रकार है—'न प्राग्विलग्नं यदि पश्यतीन्दुर्ज्ञशुक्रयोर्मध्यगतेऽथवाब्जे। यमोदये वा कुसुतेऽस्तसंस्थे पितुः परोक्षस्य तदा हि जन्म' (५ अ० ३५ श्लो०) ॥ ९ ॥

आचार्य वराह मिहिर ने पिता के बन्धन योग को इस प्रकार से कहा है कि यदि दो पाप ग्रह पापग्रहों की राशि में स्थित होकर सूर्य से ५, ७, ९ स्थानों में हों तो जातक के पिता को जन्म के समय जेल में समझना चाहिए। यदि सूर्य चर राशि में हो तो परदेश में, स्थिर राशि में हो तो स्वदेश में अर्थात् अपने स्थान में और द्विस्वभाव राशि में सूर्य के होने पर मार्ग में पिता को जेल में समझना चाहिए ॥ १० ॥

[1]सारावल्याम्—

शीर्षोदये विलग्ने मूर्ध्ना प्रसवोऽन्यथोदये चरणैः।
उभयोदये च हस्तैः शुभदृष्टे शोभनोऽन्यथा कष्टः ॥ ११ ॥

अथ मूर्धादिप्रसवे जन्मकालनिर्णयो गर्गजातके—

शिरसा प्रसवो ज्ञेयः समयः स्कन्धदर्शनात्।
अङ्घ्रिभ्यां प्रसवो कालो जङ्घासंदर्शनाद्भवेत् ॥ १२ ॥
कराभ्यां प्रसवः कालो मणिबन्धस्य दर्शनात्।

[2]मणित्थः—

लग्नाधिपेंऽशकपतौ लग्नस्थे वक्रिते चापि।
विपरीतगतो मोक्षो वाच्यो गर्भस्य संक्लेश ॥ १३ ॥

अब सारावली ग्रन्थ के आधार पर जातक के मस्तकादि से जन्म योग को कहते हैं।

यदि जन्म के समय शीर्षोदय संज्ञक लग्न हो तो प्रथम गर्भ से मस्तक का उदय, पृष्ठोदय लग्न हो तो प्रथम चरण का उदय उभयोदय लग्न हो तो प्रथम हाथ का उदय होकर जातक का जन्म होता है। इसमें विशेष यह है कि यदि लग्न शुभ ग्रह से दृष्ट हो तो सुखपूर्वक, पापग्रह से दृष्ट हो तो कष्ट से जन्म जानना चाहिए।

अब मस्तकादि से प्रसव का ज्ञान गर्गजातक के आधार पर कहते हैं।

यदि जन्म के समय में प्रथम कन्धे का उदय हो तो मस्तक से, प्रथम जंघा का दर्शन हो तो चरण से और यदि प्रथम मणिबन्ध का उदय गर्भ से हो तो जातक का जन्म हाथ से कहना चाहिए।

प्रसव के विषय में मणित्थाचार्य जी का कहना है कियदि जन्म के समय में लग्नेश और लग्नस्थ नवांश का स्वामी वक्री होकर लग्न में हो तो जातक का जन्म क्लेशपूर्वक विपरीत होता है ॥ ११–१३ ॥

[3]सारावल्याम्—

भवनांशसदृशदेशे प्रसवो ज्ञेयः सदात्र युवतीनाम्।
मिश्रगृहांशे वर्त्मनि चरराश्यंशे तथान्यगृहे ॥ १४ ॥

१–९ अ० २ श्लो०।

२–बृ० जा० ५ अ० १७ श्लो० की भट्टोत्पली में प्राप्त है किन्तु पाठान्तर 'लग्नस्थे वक्रिते ग्रहेऽप्यथवा' मिलता है।

३–९ अ० ३ श्लो०।

स्वगृहनवांशे लग्ने स्वगृहेऽन्यस्मिन् प्रतिद्वन्द्वे।

अत्र लग्ननवांशयोर्मध्ये यो बलवान् तस्य राशिस्वरूपोक्तप्रदेशे जन्म वाच्यम्।

तत्र स्थिरे स्वगृहे जन्म, चरेऽन्यगृहे, द्विस्वभावे मार्गे। सर्वस्मिन् राशौ स्वनवांशे स्वगृहे जन्म वाच्यम्। शत्रुनवांशे शत्रुगृहे जन्म वाच्यमित्यर्थः।

[1]पितृमातृग्रहवर्गे तत्स्वजनग्रहेषु बलयोगात् ॥ १५ ॥

पितृमातृग्रहौ प्रागुक्तौ तद्बलात्पितृमातृगृहेषु प्रसूतिर्वक्तव्या। तत्रार्कशन्योरन्यतरो यदि बलवान् भवति तदा पितृगृहे पितृव्यस्वसृपितृव्यादिगृहे प्रसूतिः।

यदि शुक्रारयोरन्यतरो बलवान् भवति तदा मातृगृहे मातृष्वस्टमातुलादिगृहे प्रसूतिर्वक्तव्या।

[2]प्राकार [तरु ?] नदीषु च प्रसवो नीचाश्रितैः सौम्यैः।
नेक्षन्ते लग्नेन्दू यद्येकस्था ग्रहास्तदाटव्याम् ॥ १६ ॥

अत्र बहुवचनात्, आदिभिरेकराशिगैर्ग्रहैर्लग्नेन्दू न दृष्टौ तदा अटव्यां विजने जन्म। अर्थात् दृष्टौ जनाकीर्णे जन्म वाच्यम्। अत्रैकराशिगैः सौम्यरेव योगो भवतीत्युत्पलः।

सलिलभलग्ने चन्द्रो जलराशौ वीक्षतेऽथवा पूर्णः।
प्रसवं सलिले विन्द्याद्बन्धूदयदशमगश्च यदा ॥ १७ ॥

तत्र कर्कमीनमकरपश्चिमार्धं लग्नगं एष्वेव स्थिते चन्द्रे जले जन्म अथवा पूर्णेन्दुर्जलभं लग्नं पश्यति तदापि जले जन्म।

अथवा जलराशावुदयगते चन्द्रो दशमचतुर्थलग्नगतस्तदा जले जन्म।

सौम्ये लग्ने पूर्णे स्वगृहगते शशिनि सलिलसंयाते।
पातालस्थैश्च शुभैर्जलजे लग्नेऽस्तगे शशिनि ॥ १८ ॥

अत्र स्वराशिगे पूर्णेन्दौ बुधे लग्नगे अन्यैः सौम्यैश्चतुर्थगैः सलिलसंयाते सलिलं जलं तत्र संयातः संबन्धो यस्येति नौकादिके जन्म वाच्यम्। अत्र बुधाच्छुक्रस्य चतुर्थगत्वासंभवात् चतुर्थगो गुरुर्ज्ञेयः।

उक्तञ्च समुद्रजातके[3]--
'पूर्णेन्दोः स्वगृहेऽगे ज्ञे जीवे तुर्ये तरीगतः' इति।

अथवा जललग्ने सप्तमगेन्दौ नौकायां जन्म वाच्यम्।

वृश्चिककुलीरलग्ने सौरे चन्द्रेक्षिते त्ववटे।
भवति प्रसवः स्त्रीणां वदन्ति यवना सह भणितथैः ॥१९॥

१-सारा ९ अ० ४ श्लो०। २-सारा० ९ अ० ५-११ श्लो० १६-२२।
३-२ अ० ६ श्लो०।

अवटे गर्ते ।

रविजे जल (जवि) लग्ने क्रीडोद्याने बुधेक्षितः प्रसवः ।
रविणा देवागारे तथोषरे चैव चन्द्रेण ॥ २० ॥
आरण्यभवनलग्ने गिरिवप्र (न) दुर्गे तथा नरविलग्ने ।
रुधिरेक्षिते श्मशाने शिल्पकनिलयेषु सौम्येन ॥ २१ ॥
सूर्योक्षिते गोनृपदेवबासे शुक्रेन्दुजाभ्यां रमणीयदेशे ।
सुरेज्यदृष्टे द्विजवन्हिहोत्रे नरोदये संप्रवदन्ति सूतिम् ॥ २२॥

अत्र नृराशिगे शनौ भौमादिदृष्टे श्मशानादौ जन्म वाच्यम् ।

उक्तञ्च समुद्रजातके[१]—

पुंलग्नगं यमं पश्येदर्कादिश्चैत्यगोकुले ।
चरे श्मशाने शिल्पीयगृहे वन्हिगृहे वरे ॥ २३ ॥

अब सारावली के वचनों से विविध योगों द्वारा प्रसव स्थान का वर्णन करते हैं। अर्थात् किस प्रकार की भूमि में जातक जन्म हुआ है इसे बताया जाता है।

जन्म के समय में लग्न में जो राशि वा नवांश जिस राशि का हो उस राशि के सदृश स्थान पर जातक का जन्म होता है।

यहाँ विशेष ध्यान पूर्वक यह भी स्मरण रखना चाहिए कि यदि लग्न में द्विस्वभाव राशि या द्विस्वभाव राशि का नवांश हो तो मार्ग में, स्थिर राशि या स्थिर राशि का नवांश होने पर अपने घर में, चर राशि या चर राशिस्थ नवांश लग्न में हो तो दूसरे के घर में जन्म होता है।

यदि सर्व राशि लग्न में अपनी राशि का नवांश हो तो अपने घर में, अन्य राशि का नवांश लग्न में हो तो दूसरे के घर में जन्म कहना चाहिए। शत्रु नवांश हो तो शत्रु के घर में जन्म समझना चाहिए।

लग्न व नवांश में जो बली हो उसके समान भूमि में जन्म होता है।

बृहज्जातक में कहा है 'राश्यंश समानगोचरे मार्गे जन्म चरे स्थिरे गृहे। स्वर्क्षांशगते स्वमन्दिरे बलयोगात्फलमंशकर्क्षयोः'। (५ अ० १३ श्लो०)

विशेष—प्रकाशित सारावली में 'स्थिर राश्यंशे तथा स्वगृहे' 'अन्यस्मिन् यदि प्रथम हर्म्ये' यह पाठान्तर उपलब्ध है ॥ १४[१/२] ॥

अथवा पितृ मातृ संज्ञक ग्रह पूर्व में बतला चुके हैं। इनमें जो बलवान् ग्रह हो उसके आधार पर पिता माता के घर में जन्म समझना चाहिए।

पिता व माता के विचार में यदि सूर्य वा शनि बली हो तो पिता के या पिता की वहिन के या चाचा के या अन्य पिता के स्नेही के घर में जातक का जन्म होता है।

१—२ अ० ९ श्लो०

यदि जन्म के समय शुक्र वा चन्द्रमा बली हो तो माता के या मौसी के वा मामा आदि के घर में जन्म होता है ॥ १५ ॥

विशेष—यहाँ गद्य में 'शुक्रारयो' यह उचित नहीं है क्योंकि पूर्वोक्त मातृ संज्ञा में भौम का वर्णन नहीं है। अतः 'शुक्रचन्द्रयो' ऐसा होना चाहिए ॥ १५ ॥

अथवा—यदि जन्म के समय समस्त शुभग्रह नीचराशि में हों तो जातक का जन्म घर के बाहर बांस या काँटा आदि के घेरे में, या वृक्ष के नीचे, या काष्ठ के घर में, या नदी के किनारे पर जन्म होता है।

वा यदि जन्माङ्ग में समस्त ग्रह एक राशि में स्थित होकर लग्न व चन्द्रमा को न देखते हों तो जातक का जन्म निर्जन वन (जहाँ कोई मनुष्य हो) में होता है।

यदि लग्न व चन्द्रमा एकस्थ सब ग्रहों से दृष्ट हों तो मनुष्यों से युक्त स्थान में जन्म होता है।

यहाँ एकस्थ शुभग्रहों से ही योग समझना चाहिए। ऐसा उत्पलाचार्य का मत है।

बृहज्जातक में कहा है—पितृमातृग्रहेषु तद्बलात्तरुशालादिषु नीचगैः शुभैः। यदि नैकगतैस्तु वीक्षितौ लग्नेन्दू विजने प्रसूयते' (५ अ० १६ श्लो०)।

विशेष—प्रकाशित सारावली में 'पितृमातृग्रह बलतस्तत्तत्स्वजनगृहेषु बलयोगात्। प्राकारतरुनदीषु च सूतिर्नी' यह पाठान्तर उपलब्ध है।

अब जल में या जल के ऊपर या समीप में जातक के जन्म योग को कहते हैं।

यदि जन्म के समय में जलचर राशि (कर्क, मीन, मकर का पश्चिमार्ध) लग्न में और चन्द्रमा भी जलचर राशि में हो तो जल में अथवा पूर्ण चन्द्रमा जलचर राशिस्थ लग्न को देखता हो तो भी जल में, यद्वा जलचर राशि का लग्न हो और चन्द्रमा दशम या चतुर्थ भाव में हो तो भी जल में जन्म समझना चाहिए ॥ १७ ॥

बृहज्जातक में कहा है—'आप्योदयमाप्यगः शशी संपूर्णः समवेक्षतेऽथवा। मेषूरण-बन्धुलग्नगः स्यात्सूतिः सलिले न संशयः' (५ अ० ९ श्लो०) ॥ १७ ॥

अब पुनः प्रकारान्तर से प्रसव स्थल का ज्ञान बतलाते हैं।

यदि जन्म के समय में बुध लग्न में, पूर्ण चन्द्रमा कर्क राशि में और अन्य शुभग्रह चतुर्थ भाव में हों अथवा जलचर राशि लग्न हो तथा सप्तम भाव में चन्द्रमा हो तो जातक का जन्म नौका में होता है ॥ १८ ॥

बृहज्जातक में कहा है—'पूर्णे शशिनि स्वराशिगे सौम्ये लग्नगते शुभे सुखे। लग्ने जलजेऽस्तगेऽपि वा चन्द्रे पोतगता प्रसूयते' (५ अ० ८ श्लो०) ॥ १८ ॥

यहाँ पूर्वोक्त योग में बुध को लग्न में मानकर लग्न से चतुर्थ में शुभग्रहों की सत्तावश योग का उल्लेख है किन्तु बुध से चतुर्थ राशि में गणित की युक्ति से शुभग्रहों में शुक्र की गणना होने से शुक्र चतुर्थ भाव में नहीं हो सकता अतः बुध से चतुर्थ गुरु होने से योग बनता है ऐसा समुद्र जातक में कहा भी है।

विशेष—प्रकाशित सारावली में यह श्लोक भिन्न प्राप्त होता है। यथा—'सौम्यैर्लग्ने पूर्णे स्वगृहगते शशिनि सलिलसंपाते। पातालैश्च शुभैर्जलजे लग्नेऽम्बुगेहगे शशिनि (९ अ० ७ श्लो०) ॥ १८ ॥

ससुद्र जातक में कहा है कि यदि जन्म के समय में पूर्ण चन्द्रमा कर्क राशि में व बुध लग्न में और गुरु चतुर्थ में हो तो जातक का जन्म नौका में होता है।

अथवा जलचर राशि लग्न में और चन्द्रमा सप्तम में हो तो नौका में जन्म समझना चाहिए।

पुनः प्रकारान्तर से प्रसव स्थान के ज्ञान को कहते हैं।

यदि जन्म के समय में वृश्चिक या कर्क लग्न में शनि, चन्द्रमा से दृष्ट हो तो गर्त (गड्ढे) में स्त्रियों को प्रसव होता है। ऐसा मणित्थाचार्यादि यवनों का कहना है ॥ १९ ॥

यदि जन्माऽङ्ग में जलचर राशिस्थ शनि लग्न में बुध से दृष्ट हो तो खेलने के स्थान में या बगीचे में वा क्रीड़ा के उद्यान में, उक्त स्थिति में शनि यदि सूर्य से दृष्ट हो तो मन्दिर की भूमि में, यदि चन्द्र से दृष्ट शनि जलचर राशिस्थ लग्न में हो तो जातक का जन्म ऊषर भूमि में होता है ॥ २० ॥

यदि वनचर राशि लग्न में जन्म हो तो पर्वत पर वा किले के बाहर ऊँचे मिट्टी के किए हुए ढेर में वा खेत क्यारी में या किले में जन्म होता है।

यदि द्विपद राशिस्थ शनि लग्न में भौम से दृष्ट हो तो श्मशान में, बुध से दृष्ट हो तो चित्रकार के घर में, सूर्य से दृष्ट हो तो गौशाला या राजभवन या देव मन्दिर में।

चन्द्र वा शुक्र से नर राशिस्थ लग्न में शनि दृष्ट हो तो सुन्दर स्थान में, गुरु से दृष्ट शनि व नर राशिस्थ लग्न में हो तो जातक का जन्म अग्निहोत्र शाला में होता है ॥ २१-२२ ॥

विशेष—यहाँ बाइसवें श्लोक में 'शुक्रेन्दुजाभ्यां' यह पाठ पादपूर्ति के लिये है ऐसा प्रतीत होता है क्योंकि बुध से दृष्ट का फल तो २१वें श्लोक में है ही चन्द्रमा से दृष्ट का फल इन श्लोकों में नहीं है तथा ग्रन्थान्तर से सामञ्जस्य भी नहीं होता है। इसलिये ही चन्द्रमा से दृष्ट का फल लिखा है।

बृहज्जातक में कहा है—'नृलग्नगं प्रेक्ष्य कुजः श्मशाने रम्ये सितेन्दू गुरुरग्निहोत्रे। रविर्नरेन्द्रामरगोकुलेषु शिल्पालये ज्ञः प्रसवं करोति' (५ अ० १२ श्लो०) ॥ २१-२२ ॥

नर राशिस्थ लग्न में शनि, भौमादि से दृष्ट हो तो श्मशानादि में जन्म कहना चाहिए। समुद्र जातक में कहा है।

यदि नर राशिस्थ लग्न में शनि सूर्य से दृष्ट हो तो यज्ञ स्थान या गौशाला में, भौम से दृष्ट हो तो गुप्त स्थान में या श्मशान में, बुध से दृष्ट हो तो चित्रकार के घर में गुरू से दृष्ट हो तो अग्निहोत्रशाला में और शुक्र से दृष्ट हो तो सुन्दर श्रेष्ठ स्थान में जातक का जन्म होता है ॥ २३ ॥

[1]जायात्रिकोणसंस्थैः क्रूरैरानन्दवर्जितः प्रसवः ।
दशमचतुर्थोपगतैः सौम्यैः संपत्तयो बहुलाः ॥ २४ ॥

अब कष्टपूर्वक प्रसव व अधिक सम्पत्ति प्राप्ति योग को कहते हैं ।

यदि जन्मकाल के समय में सप्तम, नवम, पञ्चम भाव में पापग्रह हों तो कष्ट से जातक का जन्म होता है अर्थात् माता को कष्ट होता है ।

यदि चतुर्थ व दशम में शुभग्रह हों तो सुख से प्रसव व अधिक धन की प्राप्ति होती है ॥ २४ ॥

क्लेशो मातुः क्रूरैर्बन्धुवस्तगैः शशाङ्कयुक्तैर्वा[2] ।
चन्द्रात्सप्तमराशौ पापा मरणाय [वक्र] संदिष्टाः (संदृष्टाः) ॥ २५ ॥
[3]चन्द्राद्दशमे भानुर्मातुर्मरणं करोति पापयुतः ।
शुक्रात्पञ्चमभवने सौरियुतोऽथवा दृष्टः ॥ २६ ॥

अब प्रसव के समय में माता के लिये पीड़ा कारक योगों को सारावली के आधार पर बतलाते हैं ।

यदि जन्म के समय में पापग्रहों के साथ चन्द्रमा चतुर्थ या सप्तम भाव में हो तो प्रसव के समय माता को कष्ट होता है ।

अथवा चन्द्रमा से सप्तम राशि में पापग्रह हों तो माता का मरण होता है किन्तु प्रकाशित सारावली में भौम से दृष्ट पापग्रह हों तो मृत्यु होती है । ऐसा प्राप्त होता है ॥ २५ ॥

अथवा जन्म के समय में चन्द्र राशि से दशम में पापग्रह से युक्त सूर्य हो तो माता मरण होता है ।

यदि शुक्र राशि से पञ्चम में सूर्य, शनि से दृष्ट या युत हो तो भी माता का मरण समझना चाहिए ॥ २६ ॥

[4]कुजसौरयोस्त्रिकोणे चन्द्रेऽस्तगते वियुज्यते मात्रा ।
दृष्टे सुरेन्द्रगुरुणा सुखान्वितो दीर्घजीवी च ॥ २७ ॥

अत्रैकराशिगयोभौमशन्योर्योगो ज्ञेयः । उक्तञ्च समुद्रजातके—
'एकस्थार्क्यारयोः कोणेऽस्ते चन्द्रे विसृज्यतेऽम्बया' इति ।

अब माता से त्यक्त जातक योग को कहते हैं ।

यदि जन्म के समय में एक राशिस्थ भौम व शनि से नवम वा पञ्चम वा सप्तम में चन्द्रमा हो तो जातक का माता त्याग कर देती है ।

यदि उक्त योग में चन्द्रमा गुरु से दृष्ट हो तो माता से त्यागने पर भी जातक दीर्घायु और सुखी होता है ॥ २७ ॥

१—सारा. ९ अ. ३१ श्लो. २—सारा. ९ अ. ३४ श्लो. ।
३—सारा० ९ अ० ३५ श्लो० । ४—सारा० ९अ० ३७ श्लो० ।

यह योग शनि व भौम के एक राशि में रहने पर ही होता है। ऐसा समुद्र जातक में कहा है कि एक राशि में शनि व भौम हों और उस राशि से नवम वा पञ्चम वा सप्तम राशि में चन्द्रमा हो तो जातक का माता त्याग कर देती है।

विशेष—इस पद्य में सौर शब्द से शनि का ग्रहण ग्रन्थान्तर से सामञ्जस्य के लिये ही किया है ॥ २७ ॥

सारावली में मातृ कष्ट कारक और भी जो योग हैं उन्हें अब कहते हैं।

[1]चन्द्रात्त्रिकोणराशौ रविजो मातुर्वधं दिशति रात्रौ।
शुक्रात्तथैव दिवसे भौमः पापेन संदृष्टः ॥ २८ ॥

यदि चन्द्रराशि से नवम वा पञ्चम में शनि पापग्रह से दृष्ट हो तथा जातक का जन्म रात्रि में हो तो माता का मरण यदि शुक्रराशि से नवम वा पञ्चम में भौम पापग्रह से दृष्ट हो और जातक का जन्म दिन में हो तो भी माता का मरण समझना चाहिए ॥ २८ ॥

[2]म्रियते पापैर्दृष्टे शशिनि विलग्ने कुजेऽस्तगे त्यक्तः।
लग्नेऽस्तलाभगतयोर्वसुधासुतमन्दयोरेवम् ॥ २९ ॥

अत्र लग्ने चन्द्रे पापैर्दृष्टे सप्तमैकादशस्थयोर्भौमशन्योर्मात्रा त्यक्तोऽपि म्रियते।

उक्तञ्च सूर्यजातके —

लग्नेऽब्जे पापसंदृष्टे वसुधासुतमन्दयोः।
लाभास्तसंस्थयोर्बालो मात्रा त्यक्तो विनश्यति ॥ ३० ॥
[3]पश्यति सौम्यो बलवान् यादृग्गृह्णाति तादृशो जातः।
शुभपापग्रहदृष्टे परैः संगृहीतोऽपि स म्रियते ॥ ३१ ॥

पूर्वोक्तयोगद्वये चन्द्रे सबले शुभग्रहदृष्टे तादृग्ब्राह्मणादिवर्णो मात्रा त्यक्तं बालं गृह्णाति।

उक्तञ्च भौमजातके —

मातृसंत्यक्तयोगेषु चन्द्रं पश्यन्ति ये शुभाः।
ग्रहवर्णसमो बालं गृह्णाति नियतं नरः ॥ ३२ ॥

शुभपापदृष्टे चन्द्रे परहस्तगोऽपि बालो म्रियत इति।

[4]एकांशावस्थितयोर्यमारयोस्त्यज्यते मात्रा।
सर्वष्वेतेषु योगेषु यदा शशी सुरेज्यसंदृष्टः ॥ ३३ ॥
भवति तदा दीर्घायुर्हस्तगतः सर्ववर्णेषु।
लग्नात्सप्तमभवने भौमे रविपुत्रवीक्षिते नियतम् ॥ ३४ ॥

१—सारा० ९ अ० ३६ श्लोक। २—सारा० ९अ० ३८ श्लोक। ३—सारा० ९अ० ३९ श्लोक। ४—सारा० ९अ० ४० श्लोक।

[1]याद्दक् पश्यति सौम्यस्तत्तुल्यगुणं सुतः समाधत्ते।
पितृजननी सादृश्यं रवेः शशाङ्कस्य बलयोगत् ॥ ३५ ॥

अब माता से त्यक्त जातक के मरण योग को तथा दूसरे के हाथ में जाने पर भी मृत व दीर्घायु योग को कहते हैं।

यदि जन्म के समय में लग्न में चन्द्रमा पापग्रहों से दृष्ट हो एवं सप्तम में भौम हो तो अथवा पाप दृष्ट चन्द्रमा लग्न में हो और सप्तम वा एकादश में भौम शनि हों तो माता के त्याग ने पर भी बालक (जातक) का मरण होता है ॥ २९ ॥

यहाँ पापदृष्ट चन्द्रमा लग्न में और सप्तम वा एकादश में भौम शनि हो तो जातक का माता से त्याग होने पर भी मरण होता है। ऐसा सूर्य जातक में कहा है।

यदि जन्म कालीन लग्न में चन्द्रमा पापग्रहों से दृष्ट हो और एकादश वा सप्तम में भौम शनि हों तो जातक का माता त्याग कर देती है तथा उसका मरण हो जाता है ॥ ३० ॥

इन पूर्वोक्त दोनों योगों में लग्नस्थ चन्द्रमा यदि बली शुभग्रह से दृष्ट हो तो उस शुभग्रह का जो वर्ण हो उस वर्ण का मनुष्य जातक का ग्रहण करता है।

यदि चन्द्रमा शुभ पाप दोनों से दृष्ट हो तो दूसरे के हाथ में जाने पर भी जातक का मरण होता है ॥ ३१ ॥

भौम जातक में भी ऐसा ही वर्णन प्राप्त होता है।

माता से त्यक्त के योगों में चन्द्रमा जिस वर्ण के शुभग्रह से दृष्ट हो उस वर्ण का मनुष्य उस जातक का अवश्य ग्रहण करता है ॥ ३२ ॥

शुभ व पापग्रह से दृष्ट चन्द्रमा यदि हो तो दूसरे के ग्रहण करने पर भी मरण होता हैं।

अथवा यदि जन्म के समय में शनि व भौम एक नवांश में किसी भी राशि में स्थित हों तो जातक का माता त्याग कर देती है।

समस्त इन योगों में यदि लग्नस्थ चन्द्रमा गुरू से दृष्ट हो तो सर्व वर्ण के हाथों में जाने पर जातक दीर्घायु होता है ॥

अथवा जन्मलग्न से सप्तम राशि में मङ्गल, शनि से दृष्ट हो तो अवश्य जातक का माता त्याग कर देती है ॥ ३३-३४ ॥

जिस शुभग्रह की दृष्टि लग्न व चन्द्रमा पर हो उस शुभग्रह के समान जातक गुण धारण करता है।

यदि जन्म काल में सूर्य बली हो तो पिता के तुल्य, चन्द्रमा बली हो तो माता के सदृश गुण जातक में होते हैं ॥ ३५ ॥

विशेष—प्रकाशित सारावली में 'लग्नाच्च लाभगतयो' 'परैः गृहीतोऽथवा' 'एकांशस्थितयोर्वा' यह पाठान्तर है। तथा ३३ श्लो० का उत्तरार्ध और ३४ श्लो० का पूर्वार्ध यह उपलब्ध नहीं है ॥ २९-३५ ॥

१–सारा० ९अ० ४१श्लोक।

सिंहाजगोभिरुदये सूतौ नालेन वेष्टितो जन्तुः।
लग्ने कुजेऽथ सौरे राश्यंशसमानगात्रे च ॥ ३६ ॥

राश्यंशेति राशिर्लग्नं तत्र यद्राशिनवांशस्योदयो भवति स राशिः कालपुरुषस्य यस्मिनङ्गे व्यवस्थितस्तस्मिन्नङ्गे नालवेष्टित इत्यर्थः।

सूर्यश्चतुष्पदस्थः शेषा द्विशरीरसंस्थिता बलिनः।
कोशावेष्टितदेहौ यमलौ खलु संप्रसूयेते ॥ ३७ ॥

गर्गः—

'भौमद्रेष्काणगे चन्द्रे सौम्यैरायधनस्थितैः।
सर्पस्तद्वेष्टितस्तद्वत्पापलग्ने विनिर्दिशेत् ॥ ३८ ॥

अब नाल से वेष्टित जातक के योग को बताते हैं।

यदि जन्म के समय में सिंह या मेष वा वृष लग्न में मङ्गल या शनि हो तो जातक का जन्म नाल से वेष्टित कहना चाहिए। लग्न में जिस राशि का नवांश हो वह राशि कालपुरुष के जिस अङ्ग में हो वह अङ्ग नाल से वेष्टित समझना चाहिए ॥ ३६ ॥

बृ० जा० में कहा है—'छागे सिंहे वृषे लग्ने तत्स्थे सौरेऽथवा कुजे। राश्यंशसदृशे गात्रे जायते नालवेष्टितः' (५ अ० ५ श्लो०) ॥ ३६ ॥

अब एक जरायु वेष्टित यमल योग को कहते हैं।

यदि जन्म के समय सूर्य चतुष्पद (मेष, वृष, सिंह, धनु का परार्ध और मकर का पूर्वार्ध) राशि में हो और बली अन्य सब ग्रह द्विस्वभाव राशि में हों तो एक जरायु वेष्टित दो बालक का जन्म कहना चाहिए ॥ ३७ ॥

बृहज्जातक में कहा है—'चतुष्पादगते भानौ शेषैर्वीर्यसमन्वितैः। द्वितनुस्थैश्च यमलौ भवतः कोशवेष्टितौ' (५ अ० ४ श्लो०) ॥ ३७ ॥

अब सर्पवेष्टित जन्मयोग को बतलाते हैं।

यदि जन्म के समय में चन्द्रमा भौम के द्रेष्काण में हो वा पाप से युत लग्न में भौम का द्रेष्काण हो और शुभग्रह द्वितीय व एकादश में हों तो जातक का जन्म सर्प से वेष्टित होता है ॥ ३८ ॥

बृ० जा० में कहा है—'शशाङ्के पापलग्ने वा वृश्चिकेशत्रिभागगे। शुभैः स्वायस्थितैर्जातः सर्पस्तद्वेष्टितोऽपि वा' (५ अ० ३ श्लो०)।

तथा इसी श्लोक की भट्टोत्पली टीका में सारावली का वचन—'भौमदृकाणगतेन्दौ लग्ने वा संस्थिते वदेज्जातम्। द्व्येकादशगैः सौम्यैरहिवेष्टितको भुजङ्गो वा।'

किन्तु प्रकाशित सारावली में इस प्रकार कल्याण वर्मा का वाक्य उपलब्ध है—'भौमशनिद्रेष्काणे पापे लग्ने स्थिते शशियुते वा। द्व्येकादशगैः सौम्यैरभिवेष्टितको-भुजङ्गेन' (९ अ० ४३ श्लो०) ॥ ३८ ॥

अथ जारजातयोगः होरामकरन्दे[2]—

१—बृ० जा० ५ अ० ३ श्लोक की भट्टोत्पली टीका में प्राप्त है। २—४ अ० ६ श्लो०।

न प्राग्लग्नं पश्यतीन्दुं च जीवः सूर्योपेतं शीतरश्मिं च यद्वा ।
सार्कचन्द्रे पापयुक्तेऽथवा स्यान्निः संदिग्धं जारजातस्य जन्म ॥ ३९ ॥

अत्र सूर्येन्दू एकत्र पृथक्स्थौ वा पापयुक्तौ गुरुणा न दृष्टौ जारजातजन्मकरौ इत्युक्तं

शुकजातके--

न पश्यति गुरुश्चन्द्रं लग्नञ्च परजातकः ।
सार्केन्दू नेक्षिते जीवे सूर्येन्दू पापसंयुतौ ॥ ४० ॥
एकस्थौ वा पृथक्स्थौ वा नेक्षिते गुरुणा तथा । इति

योगान्तरमाह गुणाकरः--

[1]नीचस्थिताश्चन्द्रदिवाकरेज्याः कुर्वन्त्यमी जन्मनि जारजातम् ।
लग्नेऽथवा सूर्यसुतेन दृष्टाः सौम्यैश्च शुक्रोदयशीतभासः ॥ ४१ ॥

तिथिवारर्क्षयोगेन जारजातयोगमाह तातमिश्रः--

स्वातौ द्वितीयारविवारयोगे सोमात्मजे सप्तमि रेवतीषु ।
स्याद् द्वादशी वासवमन्दवारे जारेण जातं प्रवदन्ति बालम् ॥ ४२ ॥
नवमस्थो गुरुर्यत्र धने चन्द्रोऽर्कमण्डले ।
अन्यजातः स विज्ञेयो योगेऽस्मिन् पतते ध्रुवम् ॥ ४३ ॥
चन्द्रारभानवः षष्ठे गुरुः पञ्चमगो यदि ।
योगेऽस्मिन्नात्र संदेहश्चान्यजातः स उच्यते ॥ ४४ ॥

जातकोत्तमे--

अर्यम्णभे स्याद्रविवासरेऽष्टमी विश्वे चतुर्थी गुरुवासरञ्च ।
हिबुध्नभे भौमदिने चतुर्दशी स्याज्जारजातस्य च जन्मकाले ॥ ४५ ॥
दिनान्ते च तिथिप्रान्ते लग्नप्रान्ते च सूतिषु ।
वारस्यान्ते च यो जातः सोऽन्यजातः प्रकीर्तितः ॥ ४६ ॥
भग्नपादर्क्षसंयोगाद् द्वितीया द्वादशी यदि ।
सप्तमी चार्कमन्दारे जारजो जायते ध्रुवम् ॥ ४७ ॥

अत्रापवादमाह गार्गिः--

गुरुक्षेत्रगते चन्द्रे तद्युक्ते चान्यराशिगे ।
तद्द्रेष्काणे तदंशे वा न परैर्जात इष्यते ॥ ४८ ॥

शुकजातके जारजातयोगापवाद उक्तः--

सौम्यराश्यंशगे चन्द्रे गुरुराश्यंशगेऽपि वा ।
जारजातस्य योगेऽपि न परैर्जात इष्यते ॥ ४९ ॥

१—होराम०० ४ अ० ७ श्लो० ।

अब होरामकरन्द नामक ग्रन्थ के आधार पर जारजात (दूसरे से उत्पन्न) याग का वर्णन करते हैं।

१ -यदि जन्म के समय में लग्न व चन्द्र, गुरु से अदृष्ट हो तो जातक को दूसरे से उत्पन्न समझना चाहिए।

२ -- अथवा सूर्य से युक्त चन्द्रमा गुरु से अदृष्ट हो तो जातक को अन्य से उत्पन्न कहना चाहिए।

३—अथवा सूर्य चन्द्रमा पापग्रह से युक्त हो तथा गुरु से अदृष्ट हो तो भी अन्य जात जातक होता है।

इस तीसरे योग में पापग्रह से युक्त सूर्य चन्द्रमा एक राशि में वा पृथक् राशि में गुरू से अदृष्ट होने पर भी जारजात होता है ऐसा शुकजातक में कहा है।

यदि जन्म के समय में चन्द्रमा व लग्न गुरू से अदृष्ट हो अथवा सूर्य से युक्त चन्द्रमा, गुरु से अदृष्ट हो वा पापग्रह से युक्त सूर्य चन्द्रमा एक राशि में वा पृथक् राशि में गुरू से अदृष्ट हो तो भी जातक को दूसरे से उत्पन्न समझना चाहिये ॥ ३९-४० ॥

अब गुणाकर के वचन से पुनः जारजातयोगान्तर को कहते हैं।

यदि जन्म के समय में जिस किसी भाव में सूर्य, चन्द्र, गुरू नीच राशि में हों तो जातक जारजात होता है।

अथवा जन्म के समय में सूर्य, चन्द्रमा व गुरू लग्न में स्थित हों और शनि से दृष्ट हों तो जातक अन्य जात होता है।

विशेष—प्रकाशित होरामकरन्द में श्लोक का उत्तरार्ध लग्ने कुजे वार्कसुतेन दृष्टाः सौम्यैश्च युक्तोदयशीतभासः' है अतः लग्न में भौम शनि से दृष्ट हो व शुभ से युत लग्न व चन्द्र हो तो भी परजात होता है।

अब तिथि, वार व नक्षत्र के योग से दामोदर मिश्र के वचन से जार जात योग को बताते हैं।

यदि जन्म के समय में स्वाती नक्षत्र, द्वितीया तिथि और रविवार हो, अथवा रेवती नक्षत्र, सप्तमी तिथि व बुधवार हो, यद्वा धनिष्ठा नक्षत्र, द्वादशी तिथि और शनिवार हो तो इन तीनों योगों में परजात का जन्म समझना चाहिए ॥ ४२ ॥

यदि जन्माङ्ग में नवम स्थान में गुरू और धन स्थान में सूर्य चन्द्रमा हों तो इस योग में उत्पन्न मनुष्य अवश्य परजात होता है ॥ ४३ ॥

यदि जन्म के समय में सूर्य, चन्द्रमा, मङ्गल षष्ठ भाव में हों और गुरू पञ्चम में हो तो इस योग में उत्पन्न बालक निःसंदेह परजात (दूसरे से उत्पन्न) होता है ॥४४॥

अब जातकोत्तम ग्रन्थ के वाक्य से अन्यजात योग का वर्णन करते हैं।

यदि जन्म के समय में उत्तराफाल्गुनी नक्षत्र, सूर्यवार और अष्टमी तिथि हो, अथवा उत्तराषाढ़ा नक्षत्र, गुरूवार एवं चतुर्थी तिथि हो, यद्वा उत्तरा भाद्रपद नक्षत्र,

मङ्गलवार तथा चतुर्दशी (चौदश) तिथि हो तो इन तीनों योगों में परजात का जन्म कहना चाहिए ॥ ४५ ॥

अथवा जिसका दिन के अन्त में वा तिथि वा लग्न वा वार के अन्त में जन्म होता है वह जातक परजात होता है ॥ ४६ ॥

यदि जन्म के समय में उत्तराषाढ़ नक्षत्र, द्वितीया तिथि व सूर्यवार हो, वा द्वादशी तिथि तथा शनिवार हो, अथवा सप्तमी तिथि और मङ्गलवार हो तो जातक दूसरे से उत्पन्न होता है ॥ ४७ ॥

अब इन जारजात योगों का अपवाद गार्गि के वाक्य से कहते हैं ।

यदि जन्म के समय में चन्द्रमा, गुरू की राशि में वा अन्य किसी भी राशि में गुरू से दृष्ट वा गुरू के द्रेष्काण में वा चन्द्रमा गुरू के नवांश में हो तो जातक दूसरे से उत्पन्न नहीं होता है अर्थात् परजात नहीं होता है ॥ ४८ ॥

शुकजातक में जारजात योग का अपवाद इस रीति से है —

यदि जन्म के समय में चन्द्रमा बुध के नवांश में वा गुरू के नवांश में हो तो जारजात योग होने पर भी जातक परजात नहीं होता है ॥ ४९ ॥

अथार्कलग्नद्वादशांशवशेन दीपज्ञानमुक्तं गर्गेण—

लग्नस्य प्रथमे भागे सूर्ये प्राच्यां प्रदीपकः ।
द्वितीये च तृतीये च भवेदीशानकोणगः ॥ ५० ॥
चतुर्थे चोत्तरे वायोः कोणे पञ्चमषष्ठगे ।
सप्तमे पश्चिमायां च नैर्ऋत्यां नवमेऽष्टमे ॥ ५१ ॥
दशमेऽर्के दक्षिणस्यामग्निकोणे च दीपकः ।
द्वादशैकादशे प्रोक्तो दीपाभावः स्वयम्भुवा ॥ ५२ ॥

अन्यच्च तत्रैव —

चरलग्ने करे दीपः स्थिरे तत्रैव संस्थितः ।
द्विस्वभावे तथा लग्ने करेण परिचालितः ॥ ५३ ॥
द्रेष्काणे प्रथमे चन्द्रे दीपः पूर्णो द्वितीयके ।
अर्धपूर्णो हि तैलेन तैलहीनस्तृतीयके ॥ ५४ ॥ इति

सारावल्यां चन्द्रस्य पूर्णत्वे दीपपूर्णत्वं क्षीणत्वे तैलक्षयत्वमुक्तं तत्र य(त)द्युक्तिसहम् । यतोऽमावास्यायां सर्वस्यान्धकारे जन्म संभवः स्यात् ।

लग्नभुक्तानुमानेन दग्धवर्ती विनिर्दिशेत् ।
तनुस्थानगतश्चन्द्रोऽप्यष्टमस्थो यदा भवेत् ॥ ५५ ॥
बालस्य जन्मसमये दीपस्य परिपूर्णता ।

वर्तिपूर्णस्तु लग्नराशिवर्ण सदृश एव वाच्यः । लग्नस्य योऽत्र वर्णो निर्दिष्टस्तेन वर्तिरादिशेदिति मणित्थोक्तेः ।

[1]सारावल्याम्—

बलवति सूर्ये दृष्टे बहुप्रदीपान्वदेत् कुपुत्रेण।
अन्यैर्व्यपगतवीर्यैः सूतौ ज्योतिस्तृणैर्भवति ॥ ५६ ॥

भौमार्करहितैरन्यैग्रहैर्बलहीनैः सूतौ तृणैर्ज्योतिरिति वर्तिचेष्टाकृत्।

[2]सौरांशे जलजांशे चन्द्रेऽर्कजसंयुतोऽथवा हिबुके।
तद्दृष्टे वा कुर्यात्तमसि प्रसवं न संदेहः ॥ ५७ ॥

एतेषां च योगानां बलवति सूर्ये दृष्ट इत्यसंयोगापवादकः। यदि च एतेषु योगेषु चन्द्रो रविदृष्टः स(त)दाप्यपवाद एव।

तथा च यवनेश्वरः—

[3]सौरांशकस्थे शशिनि प्रलग्ने जले जलर्क्षांशकमाश्रिते वा।
स्वांशस्थिते सौरविलोकिते वा जातस्तमिश्रे यदि नार्कदृष्टः ॥ ५८ ॥

अब सूर्य के द्वादशांश वश जन्म के समय में दीपक की दिशा व दीपक के अभाव को गर्गाचार्य जी के वचन से कहते हैं।

यदि जन्म के समय में सूर्य प्रथम द्वादशांश में हो तो पूर्व में, दूसरे या तीसरे द्वादशांश में हो तो ईशानकोण में, चौथे द्वादशांश में उत्तर में, पाँचवे या छटे द्वादशांश में वायव्यकोण में, सप्तम द्वादशांश में पश्चिम में, आठवें वा नवें द्वादशांश में नैर्ऋत्यकोण में, दशवें द्वादशांश में सूर्य हो तो दक्षिण व अग्निकोण में दीपक समझना चाहिए। और ग्यारहवें या बारहवें द्वादशांश में सूर्य हो तो दीपक का अभाव होता है ॥ ५०–५२॥

अब और भी दीपक के बारे में अर्थात् दीपक स्थिर था या चञ्चल तथा दीपक में तेल की पूर्णता वा अपूर्णता वा तेल के अभाव को बतलाते हैं।

यदि जन्म के समय चर लग्न हो तो दीपक हाथ में, स्थिर लग्न हो तो कहीं दीपक एक स्थान में और द्विस्वभाव लग्न हो तो हाथ के द्वारा इधर उधर दीपक को जानना चाहिए।

अब चन्द्रमा के द्रेष्काण से दीपक में तेल के ज्ञान को अर्थात् दीपक में तेल कितना था। इसे बताया जा रहा है।

यदि जन्म के समय में चन्द्रमा प्रथम द्रेष्काण में हो तो तेल से पूर्ण (भरा हुआ), द्वितीय द्रेष्काण में आधा तेल और तीसरे द्रेष्काण में यदि चन्द्रमा हो तो तेल का अभाव दीपक में होता है ॥ ५३–५४ ॥

सारावली में चन्द्रमा के पूर्ण होने पर दीपक में तेल पूर्ण और क्षीण होने पर तेल का अभाव कहा है यथा—'दीपः पूर्णे पूर्णः शशिनि क्षीणे क्षयस्तु तैलस्य' (९ अ० २५ श्लो०)।

१—९ अ० २६ श्लो०।
२—९ अ० २७ श्लो०।
३—बृ० जा० ५ अ० १७ श्लो० भट्टो० में लब्ध है।

यह युक्ति द्वारा उचित नहीं है। क्योंकि अमावास्या के दिन अथवा जब क्षीण चन्द्रमा रहता है तब समस्त जातकों का जन्म अन्धकार में सिद्ध होगा। ऐसा उपयुक्त नहीं है।

जन्मलग्न के भुक्तांशों से जली हुई दीप की बत्ती का अनुमान करके आदेश करना चाहिए।

यदि जन्म के समय में लग्न में या अष्टम में चन्द्रमा हो तो दीपक की पूर्णता समझनी चाहिए। बत्ती की पूर्णता वा अपूर्णता तथा वर्ण का ज्ञान लग्न राशि से करना चाहिए। लग्न राशि का जो वर्ण हो उस वर्ण की बत्ती जन्म के समय में होती है ऐसा मणित्थाचार्य जी का कथन है॥ ५५॥

अब सारावली के आधार पर अधिक दीप ज्ञान व तृण के द्वारा प्रकाश के योग को कहते हैं।

यदि जन्म के समय में बली सूर्य, भौम से दृष्ट हो तो अधिक दीपक कहना चाहिए।

यदि सूर्य भौम को छोड़ कर समस्त ग्रह निर्बल हों तो जन्म के समय में तृण समुदाय से प्रकाश समझना चाहिए॥ ५६॥

अब प्रसव के समय में अन्धकार योग को बतलाते हैं।

यदि जन्म के समय में चन्द्रमा मकर या कुम्भ राशि के नवांश में या जलचर राशि के नवांश में अथवा चतुर्थ भाव में शनि से दृष्ट या युक्त हो तो जातक का अन्धकार में जन्म होता है॥ ५७॥

इन पूर्वोक्त जारजात योगों में यदि बलवान् सूर्य की दृष्टि हो तो योग की प्राप्ति नहीं होती है। तथा इन योगों में चन्द्रमा, सूर्य से दृष्ट हो तो भी योग नहीं बनता है। ऐसा यवनेश्वर ने कहा है।

यदि जन्म के समय में लग्नस्थ चन्द्रमा शनि के नवांश में या जलचर राशि में वा चतुर्थ में जलचर राशि के नवांश में वा अपने नवांश में शनि से दृष्ट और सूर्य से अदृष्ट हो तो जातक का जन्म अन्धकार में होता है॥५८॥

विशेष—प्रकाशित सारावली में 'अन्यैरपि गतवीर्यैः' तथा भट्टोत्पली में 'बहुप्रदीपा धरा कुपु' 'सौरांशेऽथजलांशे' भट्टोत्पली में 'स्वांशस्थिते केन्द्रगतेऽर्कजे वा' ये पाठान्तर उपलब्ध हैं॥५२–५८॥

अथ गृहस्वरूपं होरामकरन्दे—

जीर्णं काष्ठयुतं रवौ शशिधरे स्यान्नूतनं मन्दिरं
दग्धं वासृजि भूरिशिल्पिविहितं सौम्ये दृढं वाक्पतौ।
कान्तं चित्रयुतं नवं भृगुसुते जीर्णं भवेत्सूर्यजे
द्वारं केन्द्रगतादथातिबलितो लग्नर्क्षतो वा भवेत्॥५९॥

विशेषो होरासारे—

एकं द्वारं स्थिरांशे तु द्वयंशे द्वारद्वयं भवेत्।
चरांशे च बहुद्वारं सूतिका संभवं वदेत्॥६०॥

पूर्वपदस्यार्थः. रव्यादिग्रहमध्ये यः सर्वापेक्षया प्रबलस्तादृशं सूतिकागृहं वक्तव्यम्। बलिनि चन्द्रे शुक्लपक्षे उपलिप्तं सूतिकागृहं वक्तव्यम्।

तथा च यवनः—

'संवर्द्धता चन्द्रमसोपलिप्तमिति'

विशेषमाह वृद्धयवनः—

गृहं शशाङ्केन सुदारुसंभवं मनोज्ञरूपं विबुधान्वितञ्च।
सत्सूत्रयुक्तं मणिकुट्टिमान्वितं षडवर्गशुद्धेन च तुङ्गगेन॥६१॥
भौमेन दग्धं स्वनवांशकस्थे परांशकस्थे शिथिलस्वभावम्।
क्रूरैस्तु युक्तं यदि पापदृष्टे सौम्येक्षिते वा धनधान्ययुक्तम्॥६२॥
सूर्येण चित्रं बहुगैरिकाद्यैः प्रभासमेतं बहुभूमिकञ्च।
एकत्र रम्यं त्वपरत्र शीर्णं पापेक्षिते वा तपनस्वभावम्॥६३॥
बुधेन चोक्तं बहुवंशयुक्तं पट्टावृतं भूरिधनाढ्यमेव।
शुचिः प्रगल्भैः पुरुषैः समेतं विचित्ररूपं प्रभया समेतम्॥६४॥
जीवेन नानाविधरत्नयुक्तं सुभूरिशालं बहुमण्डलाढ्यम्।
वितानतूलध्वजवस्त्रसङ्घैः प्रमण्डित धातुरसैर्विशालैः॥६५॥
स्वभावरम्यं सुविदग्धलोकं मनोरमं स्फाटिककाञ्चनाढ्य म्।
समं विशालं सुविभक्तमार्गं विचित्ररूपं प्रवदन्ति शुक्रे॥६६॥
जीर्णं कुचेलैर्मनुजः प्रयुक्तं रक्तान्वितं भानुसुते किलाथ।
भवेद्गृह कण्टकसप्रयुक्तं रौद्रं करालं विकृतं बलाढ्यम्॥६७॥
अंशाधिनाथे स्वनवांशसंस्थे मित्रांशगे सौम्यखगेंशके वा।
परांशकस्थ त्वतिशीर्णमुक्तं मिश्रांशके मिश्रमिति ब्रुवन्ति॥६८॥

गृहद्वारनिर्णयमाह। द्वारमिति। जन्मकाले यः केन्द्रस्थो ग्रहो भवति तस्य या दिक् तदभिमुखं द्वारं वक्तव्यम्। यदि च केन्द्रे भूयांसस्तदा तन्मध्ये योऽतिबली तदभिमुखं द्वारम्। यदि च केन्द्रे कोऽपि ग्रहो नास्ति तदा लग्नराशिदिगभिमुखं द्वारं वक्तव्यम्। उत्पल तु लग्ने यो द्विरसांशस्तदभिमुखं सूतिकागृहद्वारमिति मणित्थोक्तेः। सवादित्वेनानुभूतत्वाच्च लग्ने यद्राशिद्वादशांशस्तद्राशिदिगभिमुखं द्वारं वक्तव्यमित्याह।

[१]सारावल्यां सबलग्रहवशादेव गृहद्वारमुक्तम्।

१—९ अ० १६–१७ श्लो०।

वासगृहे गृहद्वारं दिक्पालकाद्वदेद्बलोपेतात् ।
भवनग्रहसंयोगे प्रतिवेश्मनश्चिन्तनीयास्तु ॥६९॥
देवालयाम्बुपावककोशविहाराद्यावकरस्थानम् ।
निद्रागृहं च भास्करशशिकुजगुरुभार्गवार्किबुधयोगात् ॥७०॥

अत्र विशेषो जातकचिन्तामणौ—

तनुभाद्यं पंचगृहं धनभे गृहाङ्गणमिहास्तभे मुखं
ज्ञबले स एवासुर सभूरुहो गणजले पुष्पभूरुहो विधौ ब्रुवते सवीर्यात् ॥७१॥
अथ कटकीभिरीक्षितसुते सिते जलस्थे अवटः शनौ सुरगृहं गुरौ स्मृतमिति ।
अवटो गर्तः अत्र गृहाङ्गणपश्चिमादिस्थले सबलेऽर्के अन्तः सारवृक्षान्वदेत् ।

चन्द्रे दुग्धवृक्षान् भौमे कटुकान् कण्टकाढ्यांश्च बुधे फलहीनान् गुरौ फलयुतान् शुक्रे पुष्पवृक्षान् शनावरोचकवृक्षान् तत्र तत्र वदेदिति विशेषः ।

अथ समस्तवास्तुनि कुत्र सूतिकागृहद्वारमिति निर्णयार्थमाह वराहः—

[2]मेषकुलीरतुलालिघटैः प्रागुत्तरतो गुरुसौम्यगृहेषु ।
पश्चिमतश्च वृषेण निवासो दक्षिणभागकरौ मृगसिंहौ ॥७२॥

अब जन्म के अनन्तर सूतिका का निवास किस प्रकार के घर में है तथा उस घर के दरवाजे का मुख किस दिशा की तरफ है। इसको गुणाकर के द्वारा रचित होरा मकरन्द के वाक्य से कहते हैं।

यदि जन्म के समय में सबसे अधिक बली सूर्य हो तो पुराना लकड़ी का घर, चन्द्रमा बलवान् हो तो नवीन (नया), भौम बली हो तो जला हुआ, बुध बली हो तो अनेक चित्रकारी से युत, गुरू बलवान् हो तो मजबूत, शुक्र बली हो तो सुन्दर चित्रों से युक्त नवीन और सर्वाधिक बली शनि हो तो सूतिका का घर पुराना कहना चाहिए ॥५९॥

अब सूतिका के घर के दरवाजे का मुख किस दिशा में है इसे बतलाते हैं।

जन्म के समय में जो ग्रह केन्द्र में हो उस ग्रह की जो दिशा हो उसी दिशा की तरफ सूतिका के घर का दरवाजा होता है।

यदि केन्द्र में अधिक ग्रह हों तो उनमें से जो बली ग्रह हो उसी दिशा की ओर सूतिका के घर का दरवाजा कहना चाहिए।

यदि केन्द्र में कोई ग्रह न हो तो लग्न राशि की दिशा की तरफ सूतिका के घर के दरवाजे का मुख होता है ॥५९॥

२—वृ० जा० ५ अ० २० श्लो० ।

अब द्वार ज्ञान के विषय में होरासार नामक ग्रन्थ में जो विशेष बात बतलाई गई है, उसे कहते हैं।

यदि दरवाजे को बतलाने वाला ग्रह स्थिर राशि के नवांश में हो तो पूर्वोक्त रीति से घर का दरवाजा जानना चाहिए।

यदि द्वार दायक ग्रह द्विस्वभाव राशि के नवांश में हो तो सूतिका के घर में दो दरवाजे समझना चाहिए।

यदि चरराशि के नवांश में ग्रह हो तो सूतिका के घर में अधिक दरवाजे समझना चाहिए। इसी प्रकार केन्द्र में ग्रहों का अभाव हो तो लग्नस्थ नवांश से भी पूर्वोक्त रीति से घर के दरवाजे को समझना चाहिए ॥६०॥

सूर्यादि ग्रहों में जो सबसे अधिक बली ग्रह हो उसके समान सूतिका के घर का स्वरूप होता है।

यदि सबसे अधिक बली शुक्ल पक्ष का चन्द्रमा जन्माऽङ्ग में हो तो सफेदी वा सुन्दर रङ्ग से रंगा हुआ सूतिका का घर होता है। ऐसा यवनाचार्य जी का कथन है। यह वाक्य भी भट्टोत्पली में प्राप्त है।

अब घर की आकृति के विषय में वृद्धयवनाचार्य जी ने अपने ग्रन्थ में जो विशेष फल कहा है, उसे कहते है।

यदि जन्म के समय में चन्द्रमा पूर्ण बली हो तो सुन्दर लकड़ी से बना हुआ, मन को आनन्द देने वाला और विद्वानों से युक्त सूतिका का घर जानना चाहिए।

यदि चन्द्रमा षड्वर्ग से शुद्ध होकर उच्च में हो तो सुन्दर परिमाण से युक्त व मणियों के पत्थर से जड़ा हुआ सूतिका का घर समझना चाहिए।

यदि जन्म के समय में भौम बली होकर अपने नवांश में हो तो जला हुआ।

यदि भौम दूसरे ग्रह के नवांश में क्रूर ग्रह से युक्त वा दृष्ट हो तो शिथिलस्वभाव का, भौम यदि शुभग्रह से दृष्ट हो तो धनधान्य युक्त सूतिका का घर होता है।

यदि सूर्य बली हो तो अधिक गेरू आदि विचित्र रङ्गों से चित्रित, चमकदार, बड़ी भूमि का, एक स्थान में सुन्दर और दूसरे स्थान पर टूटा हुआ, यदि सूर्य पापग्रह से दृष्ट हो तो गर्मी से युक्त सूतिका का घर कहना चाहिए ॥

यदि जन्म के समय बुध बलवान् हो तो अधिक परिवार के मनुष्यों से काष्ठ के आसनों से, अधिक धन से, पवित्र प्रौढ़ मनुष्यों से और कान्ति से युक्त विचित्र स्वरूप सूतिका का घर जानना चाहिए।

यदि गुरू बली हो तो अनेक प्रकार के रत्नों से युक्त, सुन्दर अधिक विशाल, अधिक परिधियों से परिवेषित, चंदोवा, कपास (कपड़) की ध्वजा व वस्त्र के समुदायों से विस्तृत धातु और रसों से सुशोभित सूतिका का घर होता है।

यदि शुक्र बली हो तो स्वभाव से सुन्दर, चतुर पुरुषों से युत रमणीक, स्फटिक व सुवर्ण से युक्त, सम, विशाल, सुन्दर मार्गों से विभक्त और विचित्र सूतिका का घर होता है।

यदि जन्म के समय में शनि सबसे अधिक बलवान् हो तो पुराना, मेले वस्त्र धारण किये हुए मनुष्यों से युक्त, लालिमा से युत, काटों से व्याप्त, भयंकर, कठिन और विकार से युक्त सूतिका का घर होता है।

यदि नवांश स्वामी अपने नवांश में वा मित्र के नवांश में वा शुभग्रह के नवांश में या शत्रु के नवांश में हो तो अधिक टूटे हुए मकान में तथा द्विस्वभाव राशि के नवांश में हो तो मिश्रित घर सूतिका का होता है।

अब घर के दरवाजे का निर्णय करते हैं।

जन्म के समय में जो ग्रह केन्द्र में हो उस ग्रह की दिशा में सूतिका के घर का दरवाजा होता है।

यदि केन्द्र में अधिक ग्रह हों तो उनमें जो बली ग्रह हो उसकी दिशा में, यदि केन्द्र में एक भी ग्रह न हो तो लग्न राशि की जो दिशा हो उसमें सूतिका के घर का दरवाजा समझना चाहिए ॥६१–६८॥

उत्पलाचार्यजी का कहना है कि लग्न में जिस राशि का द्वादशांश हो उस राशि की दिशा में दरवाजा होता है क्योंकि मणित्थाचार्य जी ने कहा है—'लग्ने यो द्विर-सांशस्तदभिमुख सूतिकागृहे द्वारम्'। तथा इसका अनुभव करके देखा है कि केन्द्र में ग्रह न होने पर लग्न में जिस राशि का द्वादशांश हो उस राशि की दिशा में सूतिका के घर का दरवाजा होता है।

सारावली में तो बली ग्रह के आधार पर ही सूतिका के घर के दरवाजे का ज्ञान करना चाहिये। ऐसा कथन है, अब उसे बतलाते हैं।

जन्म के समय में केन्द्रस्थ जो ग्रह बली हो उस ग्रह की दिशा में सूतिका के घर का दरवाजा कहना चाहिए तथा घर के देने वाले ग्रह के समीप में जो-जो ग्रह जिस परिस्थिति में हों उनसे समीपस्थ अन्य घरों का निर्णय करना चाहिए।

यथा रवि से उस दिशा में देवता का मन्दिर, चन्द्रमा से जलाशय, मङ्गल से रसोई घर, गुरू से धन संग्रह घर, शुक्र से रति घर, शनि से कतवार खाना और बुध से उस दिशा में शयनागार समझना चाहिए ॥ ६९-७० ॥

घरों की जानकारी के विषय में जातक चिन्तामणि में जो विशेष फल वर्णित है, अब उसे कहते हैं।

लग्न से पञ्चम स्थान तक घर के आँगन का पश्चिमी भाग तथा सप्तम से एकादश पर्यन्त आँगन का पूर्व भाग होता है। इन भागों में यदि बलवान् सूर्य हो तो मजबूत लकड़ी का वृक्ष, चन्द्रमा हो तो दुग्ध वृक्ष अर्थात् सरस वृक्ष, भौम हो तो कड़वे

और काँटे वाले वृक्ष, बुध हो तो फल से रहित वृक्ष, गुरू हो तो फल वाले वृक्ष, शुक्र हो तो पुष्प के वृक्ष और शनि हो तो आरोचक वृक्ष उन-उन स्थानों में समझना चाहिए ॥ ७१ ॥

अब समस्त घर में किस दिशा में सूतिका का घर है, इसे वराह मिहिरोक्त बृहज्जातक के वाक्य से कहते हैं।

यदि जन्म के समय में मेष या कर्क या तुला या वृश्चिक या कुम्भ लग्न हो तो घर के पूर्व भाग में सूतिका का निवास कहना चाहिए।

यदि धनु, मीन, मिथुन, कन्या लग्न हो तो उत्तरी भाग में, वृष लग्न हो तो पश्चिम भाग में और मकर या सिंह लग्न जन्म के समय में हो तो दक्षिण भाग में सूतिका का निवास समझना चाहिए ॥ ७२ ॥

तस्मिन्नेव सूतिकागृहे कस्मिन्प्रदेशे शयनमिति ज्ञानार्थमाह—

द्वौ द्वौ क्रमात् क्रियमुखाः खलु राशयः स्युः,
प्राच्यादितो द्वितनवश्च विदिक्षु गेहे।
शय्यासु तद्वदिह षट्त्रिनवान्त्यपादाः,
भङ्गः खलैर्भवति वा च नतिर्द्विदेहैः ॥ ७३ ॥

अयं भावः। क्रियमुखाः मेषादयो राशयः क्रमेण दिशासु ज्ञेयाः। तद्यथा मेषवृषौ पूर्वस्यां मिथुन, आग्नेयां, कर्कसिंहौ दक्षिणस्यामित्यादि। तथा च येन लग्नेन प्रसवस्तद्दिशि शय्यायाः शिरः। लग्नात्तृतीयं खट्वाया दक्षिणपादः। द्वादशो वामः षष्ठस्तु पश्चाद्दक्षिणः नवमो वाम इत्यर्थः।

प्रयोजनमाह। भङ्गः खलैरिति। यत्र पापग्रहस्तत्र तत्सदृश उपघातो वक्तव्यः। यत्र द्विस्भावराशयोऽपि तत्र विनतत्वम्। अत्र यदि स्वोच्चत्रिकोणमित्रर्क्षस्थः पापो भवति तदा नाशुभकरः। द्विस्वभावराशयोऽपि यदि शुभस्वामियुतदृष्टा न भवन्ति तदेव विनत्वमित्युत्पलो व्याख्यानात्।

उक्तञ्च जातकचिन्तामणौ—

क्रूरैः स्यादुपघातः स्वोच्चादिगतैर्न चैवायम्।
स्वस्वामिसौम्यदृष्टैर्द्विशरीरैर्नो नतत्वञ्च ॥ ७४ ॥

सारावल्याम्—

[1]खट्वास्थितिर्भवनवद्युतिविहगसमानि तत्र चिन्हानि।
आभरणानि च विन्द्याच्छुभदृष्टिकृतानि दैवज्ञः ॥ ७५ ॥

---

१. ९ अ. १८ श्लो.।

[1]नीचस्थैर्भूशयनं चन्द्रेऽप्यथवा सुखे विलग्ने वा।
[2]स्वोच्चे दशमे जीवे द्वित्रिचतुर्भूमिके गृहे प्रसवः॥ ७६॥
मन्दर्क्षांशेऽशालं चतुर्थदशमस्थितैः सौम्यैः।

वराहेण—

[3]धनुषि सबले त्रिशालं द्विशालमन्येषु यमलेषु इत्युक्तम्।
[4]द्विस्भागराशिमण्डलकेन्द्रेषु खगेषु तच्छाला।
झषमृगहयबलवत्त्वे गृहं द्विशालं त्रिशालञ्च॥ ७७॥

सूतिका घर का ज्ञान होने पर उस सूतिका घर के किस भाग में सूतिका की खटिया या चारपाई है तथा चारपाई की स्थिति कैसी है अब इसे कहते हैं।

यदि जन्म के समय में मेष या वृष लग्न हो तो घर के पूर्व भाग में, मिथुन लग्न हो तो अग्निकोण में, कर्क या सिंह लग्न हो तो दक्षिण भाग में, कन्या लग्न हो तो नैर्ऋत्य कोण में, तुला या वृश्चिक लग्न हो तो पश्चिम भाग में, धनु लग्न हो तो वायव्य कोण में, मकर या कुम्भ लग्न हो तो उत्तरी भाग में और यदि मीन लग्न हो तो घर के ईशान कोण में सूतिका का शयन स्थान समझना चाहिए।

इसी प्रकार शय्या (चारपाई) में भी विचार करना चाहिए। यहाँ विशेषता यह है कि शय्या में भावों की स्थापना निम्न प्रकार से करना चाहिए। यथा लग्न और द्वितीय भाव को सिर की ओर पाटी में, तृतीय भाव को सिर के दाहिने पावा में, चतुर्थ व पञ्चम भाव को दाहिनी पाटी में, षष्ठ भाव को पैर के दाहिने पावे पर, सप्तम व अष्टम भाव को पैर की पाटी पर, नवम भाव को पैर के वाम पावे पर, दशम व एकादश भाव को बायीं पाटी पर और बारहवें भाव को शिर की ओर बाँयें पावे पर स्थापित करना चाहिए। इनकी स्थापना करने का अभिप्राय यह है कि जिस स्थान में पापग्रह हो वहाँ पर उपघात समझना और जिस भाग में द्विस्वभाव राशि हों तो वहाँ पर टेढ़ापन कहना चाहिए।

यहाँ विशेष यह है कि यदि पापग्रह अपनी उच्च राशि में वा मूलत्रिकोण में वा मित्र की राशि में हों तो अशुभ कारक अर्थात् उपघात करने वाले नहीं होते हैं।

यदि द्विस्वभाव राशि भी शुभग्रह या अपने स्वामी ग्रह से दृष्ट या युक्त हों तो टेढ़ापन नहीं करते यह उत्पलाचार्य का कथन है॥ ७३॥

---

१. ९ अ. २१ श्लो.।
२. ९ अ. १२ श्लो. सारा.।
३. लघुजा. ६ अ. ८ श्लो.।
४. सारा० ९ अ. १४ श्लो.।

स्पष्टार्थ सूती घर में शयन ज्ञान चक्र

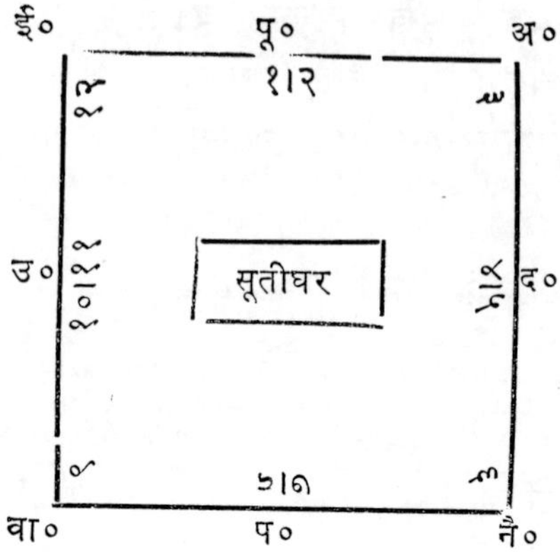

स्पष्टार्थ शय्या में स्थापना चक्र

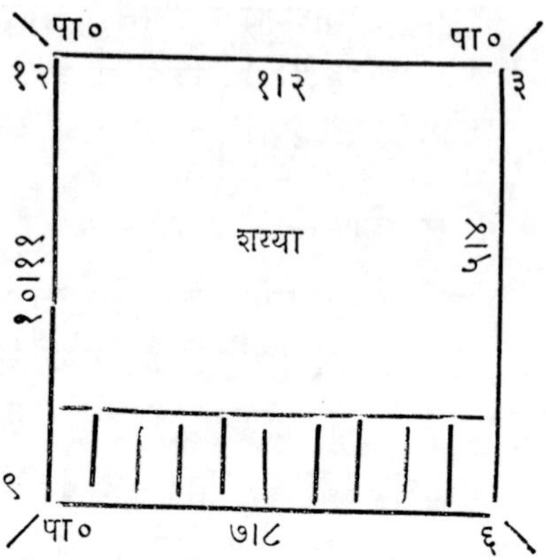

इस उत्पल के कथन में जातक चिन्तामणि कार का समर्थन है। अर्थात् जातक चिन्तामणि में कहा है कि यदि उक्त स्थानों में जहाँ कहीं पापग्रह हों तो वहाँ उपघात कहना चाहिए किन्तु पापग्रह स्वोच्चादि में हों तो उपघात नहीं समझना। इसी प्रकार अपने स्वामी व शुभग्रहों से दृष्ट द्विस्वभाव राशि हों तो टेढ़ापन भी नहीं कहना चाहिए ॥ ७४ ॥

अब सूतिका की शय्या का ज्ञान सारावली ग्रन्थ के आधार पर कहते हैं।

सूतिका की शय्या का ज्ञान घर की तरह करना चाहिए। शय्या के जिस भाग में ग्रह जिस स्थिति में हो उसी प्रकार से वहाँ चिह्नों को कहना तथा शय्या के आभरणों को अर्थात् विस्तरादि को लग्न पर शुभ ग्रह की दृष्टि से ज्योतिषी को कहना चाहिए।

यदि जन्मकाल में ग्रह नीच राशि में हों अथवा चन्द्रमा नीचस्थ लग्न में वा चतुर्थ भाव में हो तो सूतिका का शयन भूमि में होता है।

अब प्रकारान्तर से सूतिका के घर को कहते हैं।

यदि जन्म के समय में गुरू कर्क राशि का दशम भाव में हो तो २, ३ या ४ तल्ले (मञ्जिल) के मकान में जन्म जातक का होता है। यहाँ विशेष यह है कि यदि कर्क में गुरू अपने परमोच्च अंशों से आगे हो तो २ मञ्जिल, परमोच्च भाग से पूर्व अंश में हो तो ३ तल्ले के और परमोच्चाँश में हो तो चार मञ्जिल के मकान में जन्म कहना चाहिए।

शुभ ग्रह यदि शनि के नवांश में स्थित होकर चतुर्थ वा दशम भाव में हों तो वरामदा रहित मकान में प्रसव कहना चाहिए ॥ ७५-७६ ॥

यदि बली गुरू धनु राशि में हो तो तीन बरामदे वाले मकान में तथा अन्य द्विस्वभाव (मिथुय, कन्या, मीन) राशि में हो तो दो बरामदे के घर में जन्म कहना चाहिए।

पूर्वोक्त रीति से दिशाओं में राशियों का न्यास करने से जिस दिशा में ग्रह हो उस दिशा के घर के आगे बरामदा कहना चाहिए। यदि मीन, मकर, धनु राशि बली हों तो दो या तीन बरामदे के मकान में प्रसव होता है ॥ ७७ ॥

बालस्यान्तरिक्षादिके जन्मज्ञानमुक्तं होराप्रदीपे—

धनुर्मीने च कन्यायां मिथुने च विशेषतः।
अन्तरिक्षे भवेज्जन्म शेषे भूमौ विनिर्दिशेत् ॥ ७८ ॥

जन्मसमये बालस्य रोदनज्ञानमुक्तं तत्रैव--

मेषत्रये धनुः सिंहे बालोच्चैः खलु रोदति।
अर्धशब्देन मकरे कन्यायां कुम्भभे तथा ॥ ७९ ॥
तुलालिमीने रुदनमल्पञ्च चिरकालतः।
लग्नचन्द्रमसोर्मध्ये वाच्यं बलिविवेकतः ॥ ८० ॥ इति।

अथ बालस्य गौरवर्णादिज्ञानं जन्मप्रदीपे--

जीवेन्दुभूमिपुत्राणां द्रेष्काणे गौरवर्णता।
कृष्णत्वं मन्दद्रेष्काणे शेषाणाञ्चैव मिश्रता ॥ ८१ ॥

वर्णस्तु जातिकुलदेशानुमानतो ज्ञेय इति।

अब जातक का अन्तरिक्ष में या भूमि में जन्म हुआ है इसे होरा प्रदीप नामक ग्रन्थ के वचन से बतलाते हैं।

यदि जन्म के समय में धनु, मीन, कन्या, मिथुन लग्न हो तो जातक का जन्म अन्तरिक्ष में अर्थात् घर के ऊपरी भाग में होता है। इन लग्नों के अतिरिक्त लग्न हो तो भूमि में जन्म कहना चाहिए ॥ ७८ ॥

अब होरा प्रदीप के आधार पर जन्म के समय बालक के रुदन (रोने) को बतलाते हैं।

यदि जन्म के समय में मेष, वृष, मिथुन, सिंह, धनु में चन्द्रमा या लग्न हो तो बालक जोर से रोता है। कन्या, मकर, कुम्भ में हो तो अर्धस्वर से और तुला, वृश्चिक या मीन में लग्न या चन्द्रमा हो तो बहुत दिन में अल्प रोता है। यहाँ लग्न व चन्द्रमा में जो बलवान् हो उसी के आधार पर फलादेश कहना चाहिए ॥ ७९-८० ॥

अब जातक के शरीर के रङ्ग को जन्म प्रदीप के वाक्य से कहते हैं।

यदि जन्म के समय लग्न या चन्द्रमा गुरू वा चन्द्र वा भौम के द्रेष्काण में हो तो जातक गौर (सफेद) वर्ण का, शनि के द्रेष्काण में काले रंग का और शेष ग्रहों के द्रेष्काण में मिश्रित देह का होता है ॥ ८१ ॥

अथोपसूतिकाज्ञानं सारावल्याम्[1]--

शशिलग्नविवरयुक्तोग्रहतुल्याः सूतिकाश्च वक्तव्याः ।
अनुदितचक्रार्धयुतेरन्तर्बहिरन्यथा वदन्त्येके ॥ ८२ ॥

लक्षणरूपविभूषणयोगास्तासां शुभैर्योगात् ।
क्रूरैर्विरूपदेहाः लक्षणहीनाश्च रौद्रमलिनाश्च ॥ ८३ ॥
मिश्रैर्मध्यमरूपा बलसहितैः सर्वमेतदवधार्यम् ।

अत्र चन्द्रमारभ्य लग्नपर्यन्तं गणना कर्त्तव्या । तदन्तर्वर्तिनो ग्रहाः, अनुदिते दृश्ये चक्रार्धे यदि भवन्ति तदा तावन्त्य उपसूतिका गृहमध्ये वक्तव्याः । अन्यथा दृश्यचक्रार्धे यदि भवन्ति तदा गृहाद् बहिर्वाच्या ।

लग्नादारभ्य सप्तमपर्यन्तमदृश्यचक्रार्धमपरं दृश्यम् ।

यदाह वराहः[2]--

शशिलग्नान्तरसंस्था ग्रहतुल्यप्रसूतिकाश्च वक्तव्याः ।
उदगर्धेऽभ्यन्तरगा बाह्याश्चक्रस्य दृश्येऽर्धे ॥ ८४ ॥

समुद्रजातकेऽपि--

यावन्तः शशिलग्नान्तर्ग्रहास्तत्सङ्ख्यसूतिकाः ।
उत्तरे मध्यगा बाह्ये बाह्यास्तत्समलक्षणाः ॥ ८५ ॥

सूर्यजातके सूर्योऽपि--

चन्द्रलग्नान्तरस्थैर्हि ग्रहैर्वाच्याश्च योषितः ।
मध्ये षट्के मध्यगास्ताः बाह्ये षट्के च बाह्यगाः ॥ ८६ ॥ इति ।
बहुसम्मतत्वादयमेव मुख्यः पक्षः ।
लग्नगे चन्द्रे विशेषश्चन्द्रिकायाम्--
योषितो लग्नगे चन्द्रे तिस्रः स्युः सूतिकोद्भवा इति ।
अन्ते तु उदगर्द्धस्थग्रहैर्बाह्याः सूतिकाः पूर्वार्द्धे गृहे मध्यगा इति ।

तदाह जीवशर्मा[3]--

उदयशशिमध्यस्थैर्ग्रहैः स्युरुपसूतिकास्तत्र ।
उदगर्धस्थैर्बाह्या दक्षिणगैरन्तरे ज्ञेयाः ॥ ८७ ॥
लग्ने तदीशपार्श्वे वा यावन्तः स्युः खयायिनः ।
धनस्था व्ययगा ये च तावतीः सूतिका वदेत् ॥ ८८ ॥ इति ।

१—९ अ० २१-२३ श्लो० ।
२—लघुजातक ६ अ० १२ श्लोक ।
३—बृ० जा० ५ अ० २२ श्लोक की भट्टोत्पली में है ।

गृहस्थेऽपित्रि (तृ) सूतिकायोगयोर्विशेषः ज्ञानप्रकाशे—

तुर्यं दृष्ट्वा सूतिकाः खेटतुल्याः खेशे खस्थे तत्पिता तद्गृहेऽस्तीति अत्रायुर्दायोक्तविधिना द्वित्रिगुणत्वं विज्ञेयम्। चन्द्रलग्नयोर्मध्ये ग्रहाभावे एते योगाः विचार्याः।

जन्मलग्नवशादुपसूतिकाज्ञानमुक्तं ग्रन्थान्तरे—

मीने मेषे भवेदेका चत्वारि वृषकुम्भयोः।
संख्याश्च सप्तबाणाश्च धनुः कर्कटयोरपि॥ ८९॥

अन्ये लग्ने भवेत्त्रीणि सूतिकायाः प्रमाणकम्।
राजादिगृहे बहुस्त्रीसंभवे लग्नवशेन उपसूतिका ज्ञानम्।
खनन्दा ९० मेषतुलयोस्त्रिनन्दा ९३ वृषकन्ययोः।
सप्तनागा ८७ त्रिनन्दाश्च ९३ प्रोक्ता मिथुनसिंहयोः॥ ९०॥
नन्दाङ्का ९९ कर्कमृगयोर्विज्ञेयाः सूतिकाः स्त्रियः।
बहुस्त्रीसंभवे वाच्या नृपादीनां गृहे बुधैः॥ ९१॥ इति।

अत्र विशेषो जातकोत्तमे—

युग्मायुग्मविलग्नस्य वशात्प्रसवकारिणी।
विधवा सधवा ज्ञेयाः क्रमात् खलु विचक्षणैः॥ ९२॥

लग्नादष्टमगः पापः पापादष्टमगः शशी।
उपसूती भवेद्रण्डा रण्डा चेवोपसूतिका॥ ९३॥

पञ्चमे सूर्यपुत्रश्च शशिशुक्रौ च कर्मगौ।
तत्रैका कन्यका ज्ञेया शिशोर्जन्मनि निश्चितम्॥ ९४॥

अब जन्म के समय में कितनी स्त्रियां सूतिका की सहायक घर के बाहर व भीतर थीं इसे प्रथम सारावली ग्रन्थ के आधार पर बतलाते हैं।

जन्म कुण्डली में चन्द्रमा व लग्न के बीच में जितने ग्रह हों उतनी सङ्ख्या में प्रसव के समय उपसूतिका अर्थात् सहायक स्त्री कहना चाहिए। आचार्य उत्पल ने लग्न से चन्द्रमा के मध्य में ग्रह होने पर उपसूतिका का वर्णन किया है, किन्तु ग्रन्थकार ने चन्द्रमा से लग्न तक जितने ग्रह हों उतनी उपसूतिका जातक के जन्म समय में होती हैं ऐसा कथन किया है। अनुदित चक्रार्ध में अर्थात् लग्न के भोग्यांश द्वितीय, तृतीय, चतुर्थ, पञ्चम, षष्ठ, और सप्तम भाव का भुक्तांश इनमें ग्रह जितने हों उतनी स्त्रियाँ (उपसूतिका) घर के भीतर सूतिका की सहायक होती हैं। यदि दृश्य चक्रार्ध में अर्थात् सप्तम भाव के भोग्यांश, अष्टम, नवम, दशम, एकादश, द्वादशभाव और लग्न के भुक्तांश इनमें जितने ग्रह हों उतनी स्त्रियां घर के बाहर सूतिका की सहायक समझना चाहिए।

किसी किसी आचार्य के मत में अनुदित चक्रार्ध में जितने ग्रह हों उतनी उपसूतिका घर के बाहर और दृश्य चक्रार्ध में घर के भीतर उपसूतिका होती हैं। ऐसा वर्णन प्राप्त होता है।

उन उपसूतिकाओं के लक्षण, स्वरूप व आभरणादि का ज्ञान शुभग्रह की स्थितिवश अर्थात् लग्न व चन्द्रमा के मध्य में शुभ ग्रह होने पर रूपवती गुणवती सुन्दर वस्त्र व आभूषणों से युक्त उपसूतिका समझना चाहिए। तथा क्रूरग्रह की स्थिति वश कुरूप शरीर वाली शुभ लक्षणों से हीन, विकराल व मलिन वस्त्र वाली उपसूतिका जानना चाहिए। यदि शुभ व पाप दोनों ग्रह हों तो उपसूतिका भी मिश्रित (अच्छी, बुरी) कहना चाहिए ॥ ८२–८३ ॥

लग्न से सप्तमपर्यन्त अदृश्य चक्रार्ध और अवशिष्ट दृश्य चक्रार्ध होता है, ऐसा वराह मिहिर ने अपने लघुजातक ग्रन्थ में कहा है।

चन्द्रमा व लग्न के बीच में जितने ग्रह हों उतनी उपसूतिका जन्म के समय में होती हैं। जितने उत्तरार्ध में अर्थात् अदृश्य चक्रार्ध में हों उतनी घर के भीतर और जितने ग्रह दृश्य चक्रार्ध में हों उतनी घर से बाहर उपसूतिका होती हैं ॥ ८४ ॥

समुद्र जातक में भी इसी प्रकार वर्णन मिलता है किन्तु ग्रहों की शुभाशुभ स्थिति वश उपसूतिकाओं के स्वरूप लक्षण को जानना चाहिए। यह विशेष कथन है ॥ ८५ ॥

तथा भगवान् सूर्य ने भी सूर्यजातक में कहा है कि चन्द्रमा व लग्न के मध्य में जितने ग्रह हों उतनी उपसूतिका जन्म के समय में कहना चाहिए। तथा मध्य षट्क में जितने ग्रह हों उतनी भीतर और बाह्य ६ राशियों या भावों में जितने ग्रह हों उतनी उपसूतिका घर के बाहर कहना चाहिए ॥ ८६ ॥

अधिक मुनियों की सम्मति होने के नाते उपसूतिका के विचार में यह ही मुख्य पक्ष है।

लग्न में चन्द्रमा हो तो जातक चन्द्रिका में विशेष फल यह कहा है कि यदि जन्म लग्न में चन्द्रमा हो तो तीन उपसूतिका जन्म के समय में होती हैं।

अन्य आचार्य तो अनुदित चक्रार्ध में जितने ग्रह हों उतनी घर के बाहर और दृश्य चक्रार्ध में जितने ग्रह हों उतनी घर के भीतर उपसूतिका होती हैं यह विपरीत जीवशर्मा नामक आचार्य ने कहा है अब उसे कहते हैं।

जन्म कुण्डली में लग्न व चन्द्रमा के मध्य में जितने ग्रह हों उतनी उपसूतिका समझना चाहिए। उनमें (लग्न चन्द्र के मध्य) जितने ग्रह उत्तरार्ध में अर्थात् अनुदित चक्र में हों उतनी घर से बाहर और जितने ग्रह पूर्वार्ध में अर्थात् दृश्य चक्रार्ध में हों उतनी घर के भीतर उपसूतिका समझनी चाहिए।

अथवा लग्न धन और व्यय भाव में जितने ग्रह हों वा जन्मकुण्डली में जहाँ लग्नेश हो उस स्थान में और लग्नेश से द्वितीय व द्वादश भाव में जितने ग्रह हों उतनी उपसूतिका कहना चाहिए ॥ ८७–८८ ॥

चतुर्थ में जितने ग्रह हों उतनी उपसूतिका और दशमेश दशम में हो तो पिता घर में है, यह पिता व उपसूतिका ज्ञान में ज्ञानप्रकाश नामक ग्रन्थ में विशेष बात बतलाई गई है अब उसे कहते हैं।

चतुर्थभाव को देखकर उसमें जितने ग्रह हों उतनी उपसूतिका कहना चाहिए। तथा दशमभाव का स्वामी यदि दशम में हो तो जन्म के समय पिता घर में था यह जानना चाहिए।

यहाँ उपसूतिका विचार में आयुर्दायोक्त विधि की तरह अर्थात् उपसूतिका दाता ग्रह यदि उच्च में या वक्री हो तो तीन से, स्वनवांश, स्वराशि, वर्गोत्तम, स्वद्रेष्काण में दो से गुना करके उपसूतिका सङ्ख्या जानना चाहिए।

लग्न व चन्द्र के बीच में ग्रह न हों तो प्रकारान्तर से बतलाये हुए योगों का विचार करना चाहिए।

अब जन्म लग्न के आधार पर ग्रन्थान्तरों में वर्णित उपसूतिका ज्ञान को कहते हैं।

यदि जन्म के समय में मीन या मेष लग्न हो तो एक, वृष या कुम्भ में चार, धनु लग्न में सात, कर्क में पांच और इनके अतिरिक्त अर्थात् मिथुन, सिंह, कन्या, तुला, वृश्चिक व मकर लग्न में तीन उपसूतिका समझनी चाहिए।

राजादि घरों में अधिक स्त्री होने के कारण लग्न के आधार पर अब उपसूतिकाओं की संख्या को कहते हैं॥ ८९॥

यदि मेष या तुला लग्न हो तो ९०, वृष या कन्या में ९३, मिथुन में ८७, सिंह में ९३, कन्या या मकर में ९९, राजादिकों के घर में अधिक स्त्रियों की संभावना होने से उपसूतिका विद्वानों को कहना चाहिए॥ ९०–९१॥

यहाँ पर उपसूतिका विचार में जातकोत्तम नामक ग्रन्थ में जो विशेष फल कहा है अब उसे कहते हैं।

प्रसव कराने वाली स्त्रियों (उपसूतिकाओं) में सम विषम लग्न या राशि के आधार पर विधवा सधवा का ज्ञान क्रम से विद्वानों को कहना चाहिए।

यदि लग्न से अष्टम में पापग्रह और पापग्रह से अष्टम में चन्द्रमा हो तो विधवा स्त्री प्रसवा और विधवा ही उपसूतिका होती है।

यदि पञ्चमभाव में शनि और दशम में चन्द्रमा व शुक्र जन्म के समय में हो तो निश्चय ही उपसूतिकाओं में एक कन्या होती है॥ ९२–९४॥

विशेष — यहां होरारत्न में सारावली का वाक्य 'शशिलग्न विवरयुक्तगृहैस्तुल्याः सूति अनुदितचक्रार्धयुतेरंतर्बहिर्नान्यथा त्वेके' इस प्रकार है॥ ८२–९४॥

चतुर्थस्थानगश्चन्द्रश्चतुर्थस्थानगो बुधः।
तत्काले जातबालस्तु छिक्कां प्रकुरुते सदा॥ ९५॥

अब जातक को सदा छींक आने वाले योग को बतलाते हैं।

यदि जन्म के समय में चौथे स्थान में चन्द्रमा और बुध हों तो जातक प्रायः छींकता रहता है। या यों समझिये कि दिन में लगातार एक समय छींक अवश्य आया करती हैं ॥ ९५ ॥

एकः पापो यदा लग्ने पापश्चैव रसातले।
ज्ञेयो नालाङ्कितो बालो लशुनेनाङ्कितोऽपि वा ॥ ९६ ॥

अब नाल वा लहसुन से चिह्नित जातक के योग को कहते हैं।

यदि जन्म के समय में एक पापग्रह लग्न में और एक चतुर्थ में पापग्रह हो तो जातक नाल वा लहसुन से चिह्नित होता है ॥ ९६ ॥

इन्दुपुत्रे धनस्थे च द्वादशे च निशापतौ।
सूर्यपुत्रे च लग्ने च जातो बालः षडङ्गुलः ॥९७॥
नवमे भूमिपुत्राच्च योगे जीवेन्दुपुत्रयोः।
केन्द्रस्थाने यदा सूर्यो जातो बालः षडङ्गुलः ॥९८॥

अब किन-किन योगों में जातक ६ अङ्गुल का होता है इसे बतलाते हैं।

यदि जन्म के समय में बुध द्वितीय भाव में व चन्द्रमा बारहवें भाव में और शनि लग्न में हो तो जातक ६ अङ्गुल का होता है ॥ ९७ ॥

यद्वा यदि जन्मकुण्डली में मङ्गल से नवम भाव में गुरु व बुध हों और केन्द्र (१, ४, ७, १०) स्थान में सूर्य हो तो जातक ६ अङ्गुल का होता है ॥ ९८ ॥

अत्र 'अजवृषमिथुनकुलाराः पञ्चमनवमैः सहेन्द्राद्याः' इत्यादिना बालशिरो दिज्ज्ञानम्। सबलग्रहोक्तरसभोजनानन्तरं मातुः प्रसवो वाच्य इति विशेषः।

यहाँ सूतिकाध्याय में मेष, सिंह, धनु लग्न पूर्व में, वृष, कन्या, मकर दक्षिण में, मिथुन, तुला, कुम्भ पश्चिम में और कर्क, वृश्चिक, मीन लग्न उत्तर में कल्पना करके जातक के शिर का ज्ञान करना चाहिए। तथा सबसे बली ग्रह के आधार पर उसके रस के सदृश रसीले भोजन करके माता को प्रसव हुआ है। ऐसा विशेष समझना चाहिए।

पितृमातृशुभाशुभज्ञानमुक्तं सारावल्याम्—

[1]क्षीणे शशिनि सपापे माता म्रियते रवौ पिता तद्वत्।
बलिभिर्दृष्टे मिश्रैर्व्याधिः सौम्यैः शुभं भवति ॥९९॥
[2]विपुलविमलमूर्तिः स्वोच्चगो वा स्ववर्गे
गुरुसितयुतइन्दुर्बोधनेनाथ दृष्टः।
अतिशुभफलदाता पञ्चमे वापि मातुः,
पितुरपि खलु तद्वद् भास्करः सर्वदैव ॥१००॥

जातकसर्वस्वे—

चन्द्रात्त्रिकोणगे सूर्ये मातुलो म्रियते ध्रुवम्।
कुजे त्रिकोणगे शुक्रात् मातृमाताऽशुभेक्षिते ॥१०१॥

१—९ अ० ४९ श्लो०। २—९ अ० ५० श्लो०।

सूर्यात् क्रमेण पितृमातृसहोत्थबन्धु-
पुत्रा कलत्रमथ दासजनो विचिन्त्यः।
गर्भस्थितिश्च शिशुताधिषणा सुखञ्च,
प्रोक्ता इति त्वथ परायगतैर्बलेन ॥१०२॥
स्वगृहोच्चत्रिकोणस्थैः सुखमेषां यथोदितम्।

एतैश्च नीचस्थितैः शत्रुगतैः स्वहीनशरीराकारादिकं व्रणचिह्नज्ञानं तनुभावविचारे निर्णेष्यते।

इति श्रीमद्दैवज्ञवर्यपण्डितदामोदरात्मजबलभद्रविरचिते, होरारत्ने राशिग्रहस्वरूपनिषेकजन्माध्यायः प्रथमः।

इति सूतिकाध्यायः।

अब पिता व माता के शुभ व अशुभ योग को सारावली के वाक्य से कहते हैं।

यदि जन्म के समय में क्षीण चन्द्रमा, पापग्रह से युत एवं दृष्ट हो तो जातक की माता का मरण होता है। इसी प्रकार यदि सूर्य पापग्रह से युत व दृष्ट हो तो पिता का मरण होता है। यदि बली शुभ व पाप दोनों से सूर्य चन्द्रमा दृष्ट हों तो पिता माता को रोग होता है। यदि सूर्य चन्द्रमा केवल शुभग्रह से दृष्ट हों तो पिता माता के लिये शुभफल दाता होते हैं॥ ९९ ॥

अब माता पिता के सुखकारी योग को बतलाते हैं।

यदि जन्म के समय में परिपूर्ण निर्मल चन्द्रमा पञ्चम भाव में गुरू व शुक्र से युक्त और बुध से दृष्ट हो वा अपनी राशि में वा उच्च राशि में गुरू व शुक्र से युक्त और बुध से दृष्ट हो तो माता के लिये शुभकारी होता है।

इसी प्रकार सूर्य, गुरू व शुक्र से युत और बुध से दृष्ट पञ्चम में वा स्वराशि में वा स्वोच्च राशि में हो तो पिता के लिये सब समय शुभफल देने वाला होता है॥ १०० ॥

विशेष—यहाँ बुध की पूर्ण दृष्टि गणित की युक्ति से संभव होना नहीं प्रतीत होता है। केवल पाद दृष्टि से योग की संभावना हो सकती है॥ ९९–१०० ॥

अब जातक सर्वस्व नामक ग्रन्थ के आधार पर अन्य सम्बन्धियों के शुभाशुभ योग को कहते हैं।

यदि जन्म के समय चन्द्रमा से नवम वा पञ्चम में सूर्य पापग्रहों से दृष्ट हो तो माता का मरण होता है। यदि शुक्र से नवम वा पञ्चम में भौम पाप दृष्ट हो तो माता की माता अर्थात् जातक की नानी का निधन होता है॥ १०१ ॥

सूर्य से पिता, चन्द्रमा से माता, भौम से भाई, बुध से बन्धु, गुरू से सन्तान (पुत्र कन्या) शुक से स्त्री और शनि से नौकर का ज्ञान, इनकी स्थितिवश अर्थात् बल के आधार पर बाल्य काल, बुद्धि व सुखादिक का ज्ञान करना चाहिए।

यदि पूर्वोक्त ग्रह अपनी राशि या उच्च राशि या मूलत्रिकोण राशि में हों तो पिता मातादि का सुख समझना चाहिए॥ १०१–१०२ ॥

इति श्रीमधुपुरीनिवासी श्रीमद्भागवताभिनवशुक पं० केशवदेव शास्त्री चतुर्वेदात्मज-मुरलीधरचतुर्वेदिकृता होरारत्नप्रथमाध्यायस्येन्दुमती व्याख्या परिपूर्णा।

[अथ द्वितीयाऽध्यायः]

अथ जन्मनि निषिद्धकालाः सशान्तयो लिख्यन्ते।

तत्र निषिद्धं अभुक्तमूललक्षणमाह नारदः—

[1]यो ज्येष्ठामूलयोरन्तरालप्रहरजः शिशुः।
अभुक्तमूलजः सार्पमघानक्षत्रयोरपि ॥१॥

अत्र कश्यपादिबहुमुनिसंवादादयमेव मुख्यः पक्षः।

तथा च कश्यपः—

[2]ज्येष्ठान्त्यमूलयोरन्तरालकालोद्भवः शिशुः।
अभुक्तमूलजः सोऽथ श्लेषापितृभयोरपि ॥२॥

वसिष्ठोऽपि—

[3]भुजङ्गपौरन्दरपौष्णभानां तदग्रभानां च यदन्तरालम्।
अभुक्तमूलं प्रहरप्रमाणं त्यजेत्सुतं तत्र भवां सुताञ्च ॥३॥

शौनकोऽपि—

भुजङ्गपित्र्योरथ चेन्द्रमूलपौष्णाश्वयोश्चापि यदन्तरालम्।
अभुक्तमूलं प्रहरप्रमाणं तदुत्थबालं न विलोकयेत्पिता ॥४॥

पितामहोऽपि—

सार्पेन्द्रपौष्णधिष्ण्यान्ते षोडशांशा भसन्धयः।
तदग्रिमेष्वादिमाश्च पापा गण्डान्तसंज्ञकाः ॥५॥

अत्र कालाल्पन्यूनाधिककालविषयकानि वचनानि बहुमुनिसंवादादुपेक्ष्यानि।

अब इस अध्याय में पहिले जन्म के समय में जो निषिद्ध (अशुभ) समय होता है उसे शान्ति के साथ अर्थात् उस अशुभ समय की कैसे निवृत्ति हो एतदर्थं उपायों को भी यहाँ बतलाते हैं।

प्रथम में निषिद्ध या यों जानिये कि अशुभकारी अभुक्त मूल के लक्षणों को नारद ऋषि के वाक्य से कहते हैं।

नारद ऋषि ने कहा है कि जो बालक ज्येष्ठा व मूल के मध्य में तथा आश्लेषा व मघा नक्षत्र के एक प्रहर मध्य में उत्पन्न होता है वह अभुक्तमूल में जायमान कहा

१—मुहूर्त चिंतामणि २ प्रक० ५२–५३ श्लो० की पीयूषधारा टीका में प्राप्त है।

२—मु० चिं० २ प्रक० ५२–५३ पी० टी० में उपलब्ध है।

३—३–४ श्लो० भी० मु० चिं २ प्रक० ५२–५३ श्लो० की पी० टी० में उपलब्ध हैं। तथा वसिष्ठ संहिता ४२ अ० १२० श्लो० हैं किन्तु 'भौजङ्ग' 'अभुक्तसंज्ञ'' यह पाठान्तर है।

जाता है। १ प्रहर ३ घंटे का होता है इसलिये डेढ़ घंटा समय अन्तिम वाला ज्येष्ठा नक्षत्र का तथा मूलनक्षत्र का डेढ़ घंटा आदि का अभुक्त मूल होता है। यह काल कल्याण-प्रद नहीं होता है ॥१॥

यहाँ अभुक्त मूल के विचार में कश्यपादि अधिक ऋषियों से सम्मत यही मुख्य मत है।

और भी कश्यप ऋषि ने अभुक्त मूल के विषय में कहा है।

जिसका जन्म ज्येष्ठा के अन्त व मूल के आदि समय में और श्लेषा नक्षत्र के अन्त व मघा के आदि में होता है वह अभुक्त मूल में उत्पन्न होता है ऐसा समझना चाहिए ॥ ॥

वसिष्ठ ऋषि ने भी कहा है कि श्लेषा, ज्येष्ठा, रेवती नक्षत्र का अन्तिम भाग और इनसे आगे वाले अर्थात् मघा, मूल, अश्विनी नक्षत्र का आदि का भाग ये आदि अन्त के दोनों भाग मिलकर एक प्रहर या यों समझिये साढ़े सात घड़ी काल अभुक्त मूल होता है। इसमें पैदा होने वाला अभुक्त मूल में उत्पन्न कहा जाता है ॥३॥

शौनक मुनि ने भी कहा है कि श्लेषा मघा, ज्येष्ठा मूल, रेवती व अश्विनी के एक प्रहर मध्य भाग की अभुक्त मूल संज्ञा होती है। इस अभुक्त मूल में पैदा हुए बालक का मुख पिता को नहीं देखना चाहिए ॥४॥

पितामह ने भी कहा है कि श्लेषा, ज्येष्ठा, रेवती नक्षत्रों के अन्तिम सोलहवें भाग और मघा, मूल, अश्विनी नक्षत्र के आदि के सोलहवें हिस्से की गण्डान्त संज्ञा होती है। इसमें उत्पन्न बालक शुभकारी नहीं होता है ॥५॥

यहाँ अभुक्त मूल विचार में एक प्रहर से कम वा अधिक समय को बताने वाले वाक्य अधिक मुनि वाक्यों से विरोध उत्पन्न होने के कारण छोड़ दिये हैं।

अभुक्तमूलोत्पन्नबालस्य त्यागो मुख्यः पक्षः। त्यागाशक्तौ अष्टवर्षानन्तरं विधिवच्छान्तिकं कृत्वा पिता मुखं पश्येत्।

उक्तञ्च शौनकेन—

अभुक्तमूलजातानां परित्यागो विधीयते।
अदर्शने वापि पितुः स तु तिष्ठेत्समाष्टकम्[1] ॥६॥
नवमे वत्सरे जन्मर्क्षे तस्य कारयेत्।
शान्तिं कृत्वा मुखं पश्येत्पिता पुत्रस्य निश्चयात् ॥७॥

[2]नारदोऽपि—

अभुक्तमूलजं पुत्रं पुत्रीमपि परित्यजेत्।
अथवाद्वाष्टकं तातस्तन्मुखं न विलोकयेत् ॥८॥

१—मु० चिं० २ प्र० ५६ श्लो० पी० धा० में है।

२—मु० चिं० २ प्र० ५२-५३ श्लो० पी० धा० में है।

अब अभुक्त मूल में उत्पन्न बालक का त्याग कर देना चाहिए तथा त्यागने में असमर्थता हो तो आठ वर्ष बाद नवें वर्ष में विधि विधान से शान्ति करके पिता को मुख देखना चाहिए। इसे शौनक ऋषि के वाक्य से कहते हैं।

शौनक ऋषि ने कहा है कि अभुक्त मूल में उत्पन्न होने वाले बालकों का त्याग कर देना चाहिए। अथवा त्याग की सामर्थ्य न हो तो पिता को उस बालक का मुख आठ वर्ष तक नहीं देखना चाहिए। तथा नवम वर्ष में जन्म के नक्षत्र में अवश्य ही विधि पूर्वक शान्ति करके पुत्र का मुख पिता को देखना चाहिए ॥६-७॥

नारद मुनि ने भी कहा है कि अभुक्त मूल में उत्पन्न पुत्र वा पुत्री का त्याग कर देना मुख्य मत है।

अथवा आठ वर्ष तक पिता को पुत्र का मुख नहीं देखना चाहिए ॥८॥

च्यवन मुनि ने भी कहा है— अभुक्तमूलभे भवं परित्यजेच्च बालकम्। समाष्टकं पिताऽथवा न तन्मुखं विलोकयेत्' ॥८॥

अथ मूलश्लेषाजातस्य चरणवशेन फलमाह—

[1]'मूलाद्येंऽशे पितुर्नाशो द्वितीये मातुरेव च।
तृतीये धनधान्यादि नाशस्तुर्ये धनागमः ॥९॥
फलं तदेव सार्पर्क्षे प्रतीपं त्वन्त्यपादतः।

कन्याजन्मनि मूलचरणफलमाह शौनकः—

मूलस्य प्रथमे पादे पशुपीडा प्रजायते।
द्वितीयचरणे जाता सर्वसौख्यप्रदा भवेत् ॥१०॥
तृतीयाङ्घ्रौ च मूलस्य पितृपक्षविनाशिनी।
चतुर्थाङ्घ्रिप्रजाता स्त्री मातुः पक्षक्षयङ्करी ॥११॥

नारदः—

[2]सुतः सुता च नियतं श्वसुरं हन्ति मूलजा।
तदन्त्यपादयोर्नैव तथाश्लेषाद्यपादजा ॥१२॥
मूलजाश्वसुरं हन्ति व्यालजा तु तदङ्गनाम्।
ऐन्द्री तदग्रज हन्ति देवरं तु द्विदैवजा ॥१३॥
जनकं जननीं हन्ति भर्तुर्मूलाहिधिष्ण्यजा।
द्वीशान्त्यपादजौ दुष्टौ तद्वज्ज्येष्ठान्त्यपादजौ ॥१४॥

अब मूल व श्लेषा के चारों चरणों में उत्पन्न जातक के फल को कहते हैं।

यदि जातक का जन्म मूल के प्रथम चरण में हो तो पिता का, द्वितीय चरण में माता का, तृतोय में धनधान्यादि का विनाश होता है तथा चतुर्थ चरण में उत्पन्न होने पर धनागम होता है।

१—मु० चिं० २ प्र० ५४ श्लो० पी० धा० में है।

२—मु० चिं० ६ प्र० ८० श्लो० पी० धा० में है।

आश्लेषा नक्षत्र में जातक का जन्म होने पर चौथे चरण से विपरीत फल होता है। अर्थात् आश्लेषा के चौथे चरण में पिता का, तीसरे चरण में माता का और दूसरे चरण में धनधान्यादि का नाश होता है तथा प्रथम चरण में धनागम होता है। अब मूल में कन्या उत्पन्न होने से चारों चरणों के फल को शौनक ऋषि के वचन से कहते हैं ॥९॥

यदि कन्या का जन्म मूल के प्रथम चरण में हो तो पशु पीड़ा होती है। द्वितीय में जन्म होने पर समस्त प्रकार के सुखों की प्राप्ति होती है। तृतीय चरण में उत्पन्न कन्या पिता के पक्ष का क्षय करती है, एवं चतुर्थ चरणोत्पन्ना माता के पक्ष का क्षय करती है ॥१०-११॥

अब नारद ऋषि के वचन से चारों चरणों में जायमान के फल को कहते हैं। मूल नक्षत्र में उत्पन्न पुत्र व कन्या श्वसुर का विनाश करते हैं किन्तु मूल के अन्त्य चरण में उत्पन्न पुत्र कन्या श्वसुर का तथा आश्लेषा के प्रथम चरण में उत्पन्न पुत्र व कन्या श्वसुर का नाश नहीं करते हैं।

मूल नक्षत्र में उत्पन्न कन्या श्वसुर का, आश्लेषा में श्वसुर की स्त्री का अर्थात् सास का ज्येष्ठा में जायमान कन्या पति के बड़े भाई का और विशाखा में उत्पन्न कन्या देवर का नाश करती है।

यदि मूल में पुत्री का जन्म हो तो श्वसुर का और आश्लेषा में जन्म हो तो सास का विनाश करती है ॥१२-१४॥

विशाखा व ज्येष्ठा नक्षत्र के चतुर्थ चरण में पैदा होने वाली कन्या अशुभ कारी होती है।

मुहूर्त चिन्तामणि में कहा—'आद्ये पिता नाशमुपैति मूलपादे द्वितीये जननी तृतीये। धनं चतुर्थोऽस्य शुभोऽथ शान्त्या सर्वत्र सत्स्यादहिभे विलोमं (२ प्र० ५४ श्लो०)।

तथा कश्यप ऋषि ने भी कहा है—'मूलाद्यपादजो हन्ति पितरं तु द्वितीयजः। मातरं स्वां तृतीयोऽर्थान्सुहृदश्च तुरीयजः' (मु० चि० २ प्र० ५४ श्लो० पीयू० टी०)।

और भी भास्कर व्यवहार में—श्लेषा के चारों चरणों का फल 'सार्पांशे प्रथमे राज्यं द्वितीये तु धनक्षयः। तृतीये जननीनाशश्चतुर्थे मरणं पितुः' (मु० चि० २ प्र० ५४ श्लो० पीयू० टी०)।

मुहूर्त चिंतामणि में कहा है—'श्वश्रूविनाशमहिजौ सुतरां विधत्तः, कन्यासुतौ निर्ऋतिजौ श्वशुरं हतश्च। ज्येष्ठाभजाततनया स्वधवाग्रजं च, शक्राग्निजा भवति देवर-नाशकर्त्री' (मु० चि० ६ प्र० १९ श्लो०) ॥१२-१४॥

अत्र त्रिविधं गण्डान्तं श्रीपतिः[१]—

पौष्णाश्विन्योः सार्पपित्रर्क्षयोश्च यत्र (च्च ?) मूलज्येष्ठयोरन्तरालम्।
तद्भं गण्डं स्याच्चतुर्नाडिकं हि यात्राजन्मोद्वाहकालेष्वनिष्टम् ॥१५॥

१—मु. चिं. २ प्र. ४१ श्लो. पी. भा. में है।

[1]नारदः—

पूर्णानन्दाख्ययोस्तिथ्योः सन्धिर्नाडीद्वयं सदा।
गण्डान्तं मृत्युदं जन्मयात्रोद्वाहव्रतादिषु ॥१६॥
कुलीरसिंहयोः कौर्प्यचापयोर्मीनमेषयोः।
गण्डान्तमन्तरालं स्याद्घटिकार्धं मृतिप्रदम् ॥१७॥
[2]दिवा जातस्तु पितरं रात्रौ च जननीं तथा।
सन्ध्ययोर्हन्ति चात्मानं नास्ति गण्डे निरामयः ॥१८॥
वत्सरात्पितरं हन्ति मातरं तु त्रिवर्षतः।

यवनः—

सर्वेषां गण्डजातानां परित्यागो विधीयते।
वर्जयेद्दर्शनं तावद्यावत्षाण्मासिको भवेत् ॥१६॥

अथैषामपवादमाह गर्गः—

रवियुक्ताश्विनी सौम्यादित्यहस्तादिकं त्रयम्।
मैत्रं च रेवती ज्येष्ठा तदा मूलं न दोषकृत् ॥२०॥

[3]बादरायणः—

मूलसार्पादिजं सौम्यं स्यादपश्यति लग्नपे।
सक्रूरेऽब्जे च विबले शुभदृष्टिविवर्जिते ॥२१॥

[4]वसिष्ठः—

मूलाद्यपादो यदि रात्रिभागे तदात्मजे नास्ति पितुर्विनाशः।
द्वितीयपादो दिनगो यदि स्यान्न मातुरल्पोऽपि तदास्ति दोषः ॥२२॥

पितामहः—

नक्षत्रतिथिगण्डानां नास्तीन्दौ बलभाजिनि।
तथैव लग्नगण्डान्तं नास्ति जीवे बलान्विते ॥२३॥

[5]वसिष्ठः—

गण्डान्तदोषमखिलं मुहूर्तोऽभिजिताह्वयः।
हन्ति (य) तद्वन्मृगव्याधः पक्षिसङ्घमिवाखिलम् ॥२४॥

अब प्रसिद्ध तीन प्रकार के गण्डान्त को अर्थात् अशुभ सूचक समय को बतलाते हैं। प्रथम नक्षत्र गण्डान्त को श्रीपति कृत रत्नमाला नामक ग्रन्थ के वाक्य से कहते हैं।

१—मु. चिं. प्र. ४१ श्लो. पी. धा. में है। २—मु. चिं. ७ प्र. ५४ श्लो. पी० धा. में है।
३—मु. चिं. ७ प्र. ५४ श्लो. पी. धा. में है। ४—वसि. संहि. ४२ अ. १३० श्लो.।
५—वसिष्ठ संहि. ४३ अ. १५४ श्लो. है किन्तु 'रिवलमभिजियोग संज्ञकः' हन्ति य द्वत्सर्वपापान्राजसूयपरो नृपः' यह पाठान्तर है। तथा ४३ अध्याय में ८१ श्लोक' अभिजित्संज्ञकं योगं गण्डान्त- संज्ञकः। हन्ति यद्वन्मृगव्याधः पक्षि...' इस प्रकार है।

रेवती व अश्विनी नक्षत्र के बीच में चार घटी अर्थात् रेवती नक्षत्र के अन्त की दो घटी व अश्विनी नक्षत्र के आदि की दो घटी की गण्डान्त संज्ञा होती है।

इसी प्रकार श्लेषा की अन्तिम दो घटी व मघा नक्षत्र के आदि की दो घटी की और ज्येष्ठा की अन्तिम दो घटी एवं मूल की आदि दो घटी की नक्षत्र गण्डान्त संज्ञा होती है। अर्थात् उक्त नक्षत्रों के मध्य ४ घटी समय की गण्डान्त संज्ञा होती है।

यह गण्डान्त का समय यात्रा, जन्म व विवाह में अशुभ फल दायक होता है।

महर्षि वसिष्ठ ने कहा है — 'यदन्तरालं पितृसार्पयोश्च मूलेन्द्रयोराश्विनपौष्णयोश्च। भसन्धिगण्डान्तमिति त्रयं तद्यामप्रमाणं शुभकर्महंतृ'॥

अब नारद मुनि के वचन से तिथि व राशि गण्डान्त दोष को कहते हैं।

पूर्णा तिथियों (पञ्चमी, दशमी, पूर्णिमा) की अन्तिम वाली एक घटी और नन्दा तिथियों (प्रतिपदा, षष्ठी, एकादशी) की आदि की एक घटी की गण्डान्त संज्ञा होती है। इसको तिथि गण्डान्त कहते हैं।

यह तिथि संज्ञक गण्डान्त जन्म, यात्रा, विवाह, उपनयनादि में मृत्यु को देने वाला होता है।

कश्यप ऋषि ने चार घटी प्रमाण इसको भी माना है।

यथा—'पूर्णानन्दाख्ययोस्तिथ्योः सन्धिर्नाडीचतुष्टयम्। उद्वाहजन्मयानेषु गण्डान्तं निधनप्रदम्'। (मु० चिं० पू० टी० ६ प्र० ४१ श्लो०)।

अब राशि गण्डान्त का लक्षण बतलाते हैं।

कर्क राशि के अन्तिम की आधी घटी व सिंह राशि के प्रारम्भ की अर्ध घटी की, वृश्चिक राशि की अन्तिम अर्ध घटी एवं धनु राशि की आदि की आधी घटी की और मीन की अन्तिम तथा मेष की आदि की अर्ध २ घटी की राशि गण्डान्त संज्ञा होती है। यह समय भी जन्म व शुभारम्भ में मृतिप्रद होता है।

कश्यप ऋषि ने कहा है—'सिंहकर्कटयोश्चापकीटयोर्मीनमेषयोः। गण्डान्तमन्तरालं तन्नाडिका निधनप्रदा'।

वसिष्ठ मुनि ने भी कहा है—'लग्नान्तरालं घटिकार्धमेतत्कुलीरहर्योरलिचापयोश्च। मीनाजयोः सर्वगुणान्निहन्ति लोभो यथा सर्वगुणान्नरस्य' (मु० चि० पी० टी० ६ प्र० ४१ श्लो०)।

अब इस गण्डान्त में जो फल होता है उसको कहते हैं।

यदि दिन में गण्डान्त हो तो पिता का, रात्रि में माता का और सन्ध्याओं में हो तो अपना स्वयं विनाश होता है। इस गण्डान्त में नीरोगता नहीं रहती है।

इस गण्डान्त में पैदा हुआ बालक एक वर्ष में पिता का और तीन वर्ष में माता का नाश करता है।

अब यवनाचार्योक्त फल को कहते हैं।

समस्त गण्डान्तों में उत्पन्न बालक का त्याग करना चाहिए। यह मुख्य पक्ष है अथवा ६ मास तक जिसके लिए अशुभ हो उसे देखना नहीं चाहिए।

अब गर्गाचार्यजी के वाक्य से गण्डान्त दोष के परिहार को कहते हैं।

यदि रविवार से युत अश्विनी नक्षत्र हो तथा बुध वा सूर्य वार के दिन हस्त, चित्रा, स्वाती, अनुराधा, रेवती, ज्येष्ठा नक्षत्र हों तो त्रिविध गण्डान्त का दोष नहीं होता है।

अब बादरायण के वाक्य से गण्डान्त दोष के परिहार को बताते हैं।

यदि जन्म के समय में मूल, आश्लेषा, रेवती जन्य गण्डान्त हो और निर्बल क्रूर ग्रह से युक्त शुभग्रह से अदृष्ट चन्द्रमा, लग्नेश को न देखता हो तो गण्डान्त दोष नहीं होता है।

अब वसिष्ठ ऋषि के वचन से कहते हैं।

यदि मूल नक्षत्र के प्रथम चरण में रात्रि में जातक का जन्म हो तो बालक पिता का विनाशकारी नहीं होता है।

यदि मूल के द्वितीय चरण में दिन में जन्म हो तो जातक माता के लिये अल्प भी दोषकारक नहीं होता है।

अब पितामह के मत से परिहार कहते हैं।

यदि जन्म के समय में चन्द्रमा पूर्ण बली हो तो नक्षत्र व तिथि गण्डान्त का दोष नहीं होता है।

यदि गुरू बलवान् हो तो लग्न गण्डान्त का दोष नहीं होता है।

अब वसिष्ठ ऋषि के वचन से कहते हैं।

यदि जातक का जन्म अभिजित मुहूर्त में हो तो समस्त गण्डान्तों के दोष का विनाश उसी प्रकार होता है जैसे बहेलिया पक्षियों के समुदाय की तरह समस्त हिरनों को मारता है॥ १५-२४॥

अथ कैश्चिन्मूलवृक्षविचार उक्तो जयार्णवे—

[1]मूलं स्तंभस्त्वचा शाखा पत्रं पुष्पं फलं शिखा।
मुनयोऽष्टौ दिशो रुद्राः सूर्याः पञ्चाब्धयोऽग्नयः॥ २५॥
मूले तु मूलनाशः स्यात्स्तम्भे वंशविनाशनम्।
त्वचि मातुर्भवेत्क्लेशः शाखायामखिलस्य च॥ २६॥
पत्रे राज्यं विजानीयात्पुष्पे मन्त्रिपदं स्मृतम्।
फले च विपुला लक्ष्मीः शिखायामल्पजीवितम्॥ २७॥

अथ मूलपुरुषस्याऽङ्गेऽपरोन्यासस्तत्रैव—

[2]मूलस्य घटिका न्यासो मूर्ध्नि पञ्च ५ नृपो भवेत्।
मुखे सप्त ७ मृतिः पित्रोः स्कन्धे वेदा ४ महाबलः॥ २८॥
बाह्वोरष्टौ ८ बली कण्ठे तिस्रो [3]हत्यान्वितो भवेत्।
हृदि खेटा ९ भूपमन्त्री नाभौ द्वौ २ बलविद्भवेत्॥ २९॥

१—मु. चिं. २ प्र. ५३ श्लो. की पी. टी. में प्राप्त है।

२—मु. चिं. २ प्र. ५३ श्लो. की पी. टीका में उपलब्ध है। ३—'हर्म्यो' यह पुस्तक में है।

गुह्ये दशातिकामी स्याज्जानुनो ६ षण्महामतिः।
पादयोः षण्मृ २ तिस्तस्येत्युक्तवान् कमलासनः ॥ ३० ॥

अथ मूलविचारो जातकाभरणे –

मूलं विरुद्धावयवं समूलं कुलं हरत्येव वदन्ति सन्तः।
चेदन्यथा तत्कुरुते विशेषात्सौभाग्यमायुश्च कुलाभिवृद्धिम् ॥ ३१ ॥
ज्येष्ठान्ते घटिकैकात्र मूलस्याद्यघटीद्वयम्।
अभुक्तमूलमित्युक्तं तत्रोत्पन्नशिशोर्मुखम् ॥ ३२ ॥
अष्टवर्षाणि नालोक्यं तातेन शुभमिच्छता।
तद्दोषपरिहारार्थं शान्तिकं प्रोच्यतेऽधुना ॥ ३३ ॥
रत्नैः शतौषधीमूलैः सप्तमृद्भिः प्रपूजयेत्।
शतच्छिद्रो घटस्तस्मान्निर्गतेन जलेन हि ॥ ३४ ॥
बालकाम्बापितृस्नाने विप्रैः सम्पादिते सति।
जपहोमप्रदानेन कृते स्यान्मङ्गलं ध्रुवम् ॥ ३४ ॥
विरुद्धावयवे मूले विधिरेव स्मृतो बुधैः।
मुनीनां वचनं सत्यं मन्तव्यं क्षेममीप्सुभिः ॥ ३६ ॥
मूलस्य पादत्रितयं क्रमेण पितुर्जनन्याश्च धनस्य रिष्टम्।
चतुर्थपादः शुभदो नितान्तं सार्पं विलोमं परिकल्पनीयम् ॥ ३७ ॥

इति चरणफलम्।

कृष्णे तृतीया दशमी वलक्षे भूतो महीजार्किबुधैः समेतः।
चेज्जन्मकाले किल तत्र मूलमुन्मूलनं तत्कुरुते कुलस्य ॥ ३८ ॥
दिवा सायं निशि प्रातस्तातस्य मातुलस्य च।
पशूनां मित्रवर्गस्य क्रमान्मूलमनिष्टदम् ॥ ३९ ॥

इति मूलवेलाफलम्।

मूर्ध्नि पञ्च ५ मुखे पञ्च ५ स्कन्धयोर्घटिकाष्टकम्।
गजा ८ श्वि २ भुजयोर्युग्मं हस्तयोर्हृदयेऽष्टकम् ॥ ४० ॥
युग्मं नाभौ दिशो गुह्ये षड्जान्वोः षट् च पादयोः।
विन्यस्य पुरुषाकारे मूलस्य फलमादिशेत् ॥ ४१ ॥

शिरः ५ मुख ५ (१०) स्कन्ध ८ (१८) भुजा ८ (२६), हस्तौ २ (२८), हृदि ८ (३६) नाभौ २ (३८) गुदे १० (४८) जानू ६ (५४), पादू ६ (६०)।

छत्रलाभः शिरो देशे वदने पितृकान्तकम्।
स्कन्धयोर्धनहृत्त्वञ्च बाहुयुग्मे त्वकर्मकृत् ॥ ४२ ॥

१—अप्लुपय यह पुस्तक में है।

हत्याकरं करद्वन्द्वे राज्याप्तिर्हृदये भवेत् ।
अल्पायुर्नाभिदेशे च गुह्ये च सुखमद्भुतम् ॥ ४३ ॥
जङ्घायां भ्रमणप्रीतिः पादयोर्जीविताल्पता ।
घटीफलं किल प्रोक्तं मूलस्य मुनिपुङ्गवैः ॥ ४४ ॥
विज्ञेय विबुधैः सर्वं सार्पे तच्च विपर्ययात् ।
इति पुरुषाकृतौ मूलाश्लेषाफलम् ।
मार्गफाल्गुनवैशाखज्येष्ठे मूलं रसातले ।
श्रावणे कार्तिके चैत्रे पौषे मूलञ्च भूतले ॥ ४५ ॥
आषाढ़े चाश्विने भाद्रे माघे मूलं दिवि स्थितम् ।
स्वर्गे मूले भवेद्राज्यं पाताले च धनागमम् ॥ ४६ ॥
मृत्युलोके यदा मूलं तदा विघ्नं विनिर्दिशेत् ॥

अत्रोक्तेषु मूलज्येष्ठाश्लेषाविचारेषु शुभफलाधिक्याच्छान्तेरनावश्यकत्वाच्छक्तेन शान्तिर्न विधेया । दुष्टफलाधिक्ये सर्वैः शान्तिर्विधेया । शक्तेन तु सर्वत्र शान्तिर्विधेयेति गुरुचरणाः ।

अब जयार्णव ग्रन्थ के आधार पर मूल वृक्ष के विचार को कहते हैं अर्थात् मूल नक्षत्र को वृक्ष रूपी मानकर उसके आठ विभाग करके जातक के शुभाशुभ फल को बतलाते हैं कि मूलजन्य फल उत्पन्न हुए व्यक्ति को होगा या नहीं ।

मूल नक्षत्र रूपी वृक्ष के १ मूल (जड़ वृक्ष की), २ स्तम्भ वृक्ष की मोटाई, लम्बाई, ३ त्वचा छाल=वल्कल, ४ शाखा=डाल, ५ पत्र=पत्ता, ६ पुष्प=फूल, ७ फल और ८ शिखा वृक्ष का ऊपरी भाग, ये आठ हिस्से होते हैं ।

इन आठ भागों में घटिकाओं का न्यास इस प्रकार करना चाहिए ।

१ मूल में ७ घ०, २ स्तम्भ में ८ घ०=(१५), ३ छाल में १० घ०=(२५), ४ शाखा में ११ घ० (३६ , ५ पत्र में १२ घ०=(४८ , ६ पुष्प में ५ घ०=(५३), ७ फल में ४ घ०=(५७) ८ शिखा में ३ (६०) । इस प्रकार ६० घटी मित नक्षत्र भोग होने पर विभाजन के द्वारा फल समझना चाहिए । इससे न्यूनाधिक हो तो अनुपात से न्यास करके फल कहना चाहिए ।

अब इन भागों में इष्ट काल होने पर जो फल होता है उसे कहते हैं ।

यदि १ मूल में इष्ट समय हो तो जड़ का नाश अर्थात् जातक स्वयं मृत होता है । २ स्तम्भ में वंश का क्षय, ३ छाल में माता को क्लेश, ४ शाखा में समस्त का क्षय, ५ पत्र में राज्य की प्राप्ति, ६ पुष्प में सचिव पद का लाभ, ७ फल में प्रचुर लक्ष्मी की प्राप्ति और शिखा में अर्थात् ५७ से ६० घटी तक इष्टकाल हो तो जातक की अल्पायु होती है ॥ २८-३७ ॥

उसी जयार्णव ग्रन्थ में मूल नक्षत्र को पुरुष मानकर उस मूल पुरुष के शरीरावयवों में घटियों का न्यास निम्न प्रकार से जानना चाहिए ।

स्पष्टार्थ वृक्षाकार मूलचक्र—

भाग	वृक्ष	घटी	फल
१	मूल	७	मूल नाश
२	स्तम्भ	८	वंशक्षय
३	त्वचा	१०	मातृक्लेश
४	शाखा	११	सर्वनाश
५	पत्र	१२	राज्याप्ति
६	पुष्प	५	सचिवाप्ति
७	फल	४	प्रचुर धनागम
८	शिखा	३	अल्पायु

१ मस्तक में ५ घटी यदि इसमें जन्म हो तो जातक राजा होता है। २ मुख में ७, इसमें अर्थात् ६ घटी से १२ घटी तक इष्टकाल जातक का हो तो पिता की मृत्यु होती है।

कन्धे में ४ घटी इसमें अर्थात् १३ से १६ घटी में जन्म हो तो जातक अधिक बली होता है। भुजाओं (हाथों) में ८ इसमें अर्थात् १७ घ० से २४ घटी तक जन्म हो तो जातक बली, कण्ठ (गला) में ३ घटी अर्थात् २५ घ० से २७ घटी तक जन्म मूल में होने से घर से युक्त अर्थात् घर की प्राप्ति होती है। हृदय में ९ घटी इसमें अर्थात् २८ घ० से ३६ घटी तक मूल में उत्पन्न होने पर जातक राजा का सचिव होता है। नाभि में २ घटी इसमें अर्थात् ३७ घ० से ३८ घटी तक जन्म हो तो जातक बली होता है। गुह्य स्थान में १० घटी इसमें अर्थात् ३८ घ० से ४८ घटी तक जन्म होने पर जातक अधिक कामी होता है।

जानुओं में ६ इसमें अर्थात् ४९ घ० से ५४ घटी तक जन्म हो तो जातक बड़ा बुद्धिमान् होता है। पैरों में ६ घटी इसमें अर्थात् ५५ से ६० घटी तक जन्म होने पर जातक की मृत्यु होती है ॥२८–३०॥

स्पष्टार्थ मूल पुरुषाकार चक्र—

भाग	मूल पुरुष	घटी	फल
१	मस्तक	५	राज्याप्ति
२	मुख	७	पिता मृत्यु
३	कन्धा	४	बड़ा बली
४	भुजा	८	बलवान्
५	कण्ठ	३	गृहाप्ति
६	हृदय	९	राजा का मन्त्री
७	नाभि	२	बली
८	गुह्य	१०	कामी
९	जानु	६	अधिक बुद्धिमान्
१०	पैर	६	मृत्यु

स्पष्टार्थ कन्याकार मूलचक्र—

भाग	मूल स्त्री	घटी	फल
१	शीर्ष	४	पशु नाश
२	मुख	६	धन हानि
३	कण्ठ	५	धनागम
४	हृदय	५	कुटिलता
५	बाहु	१०	वित्तागम
६	पाणि	८	दया धर्म
७	गुह्य	४	कामिनी
८	जंघा	४	ज्ये० मामा का नाश
९	जानु	४	ज्येष्ठ भाई नाश
१०	चरण	१०	विधवा

विशेष—यदि मूल नक्षत्र में कन्या उत्पन्न हुई हो तो कन्या के शरीरावयवों में निम्न प्रकार से घटिकाओं का विभाजन करके फल समझना चाहिए। यथा—'चतस्रो ४ नाडिकाः शीर्षे कुर्वन्ति पशुनाशनम्। मुखे षड् ६ धनहानिश्च कण्ठे पञ्च ५ धनागमः। कौटिल्यं हृदये पञ्च ५ बाह्वोर्वित्तागमश्च तत् ५। वेदाः पाण्योर्दयाधर्मं वेदा ४ गुह्येऽतिकामिनो। ज्येष्ठमातुलनाशश्च जंघयोर्युग ४ नाडिकाः। ज्येष्ठभ्रातृविनाशश्च चतस्रो जानुयुग्मके। पदायोर्दश १० नाड्यश्च तत्र वैधव्यमादिशेत्'।

यदि आश्लेषा नक्षत्र में पुत्र कन्या उत्पन्न हों तो श्लेषावृक्ष व श्लेषा के अङ्गों में नीचे लिखित श्लोकों से न्यास करके फल समझना चाहिए। यथा—'फलं पुष्पं दलं शाखा त्वग्लताकंद एव च। सार्पवल्ल्यां दशा १० क्षां ५ क ९ स्वर ७ विश्वाऽ १३ र्क १२ सागराः ४। नाडिकास्तद्भवे बाले फलं ज्ञेयं यथाक्रमम्। श्रीः श्रीराजभयं हानिर्भ्रातृपित्रात्मसंक्षयः'। यह श्लेषा रूपी वृक्ष विचार है।

अब श्लेषा के शरीर अङ्ग विभाग को कहते हैं 'मूर्ध्नि पञ्च ५ सुपुत्राप्तिर्मुखे सप्त, पितृक्षयः। नेत्रे द्वे २ जननी नाशो ग्रीवायां त्रिषु ३ लंपटः। स्कन्धे वेदा ४ गुरौ मुक्तिर्हस्तेऽष्टौ ८ च बलो भवेत्। हृद्येकादश ११ भिश्चात्मघाती संजायते नरः। स्त्री वा नाभौ भ्रमः ६ षड्भिर्गुदे नन्दै ९ स्तपो धनः। पादे पञ्च ५ धनं हन्ति सार्पादितत्फलं क्रमात्।'

वसिष्ठ ऋषि ने जिन इन से अन्य नक्षत्रों में भी जातक के अरिष्ट का वर्णन किया है। यथा 'चित्राद्यर्धे पुष्पमध्ये द्विपादे पूर्वाषाढाधिष्ण्यपादे तृतीये। जातः पुत्रश्चोत्तराद्ये विधत्ते पित्रोर्भ्रातुः स्वस्य चापि प्रणाशम्। द्विमासस्योत्तरादोषः पुष्ये चैव त्रिमासिकः। पूर्वाषाढाष्टमे मासि चित्रा षाण्मासिकं फलम्' (मु० चि० २ प्र० ५३ श्लो० पी० टी०)॥२८-३०॥

अब जातकाभरण ग्रन्थ के आधार पर मूल के विचार को कहते हैं।

यदि जातक का जन्म मूल के विरुद्ध (अशुभ) अवयवों में हो तो उत्पन्न बालक समस्त वंश का विनाश करता है। ऐसा विद्वान् लोग कहते हैं यदि मूल के शुभ अवयवों में जातक का जन्म हो तो विशेषता से सुख, सौभाग्य, आयु और कुल की वृद्धि होती है।

अब अभुक्त मूल को बतलाते हैं।

ज्येष्ठा नक्षत्र की अन्तिम १ घटी व मूल की आदिम २ घटी की अभुक्त मूल संज्ञा होती है। इसमें उत्पन्न पुत्र वा पुत्री का आठ वर्ष पर्यन्त अपने शुभ की इच्छा करने वाले पिता को मुख अवलोकन नहीं करना चाहिए।

इस अभुक्त मूल जन्य दोष निवृत्ति के लिये अब शान्ति का कथन निम्न प्रकार से किया जा रहा है।

रत्नों व शतौषधि मूल व सात प्रकार की मिट्टी सौ छेद वाले जलपूर्ण घड़े में डालकर उस जल से बालक व माता-पिता को ब्राह्मणों द्वारा स्नान करा कर जप, होमादि करने से अशुभता नष्ट हो जाती है एवं शुभ होता है। यह विरुद्धावयव मूल शान्ति की विधि है। इस मुनि वचन को सत्य मानना चाहिए। तथा कल्याण की इच्छा करने वाले को उक्त प्रकार से शान्ति करनी चाहिये।

अब मूल नक्षत्र के चरणों का फल कहते हैं।

यदि मूल के प्रथम चरण में जन्म हो तो पिता का, द्वितीय में माता का, तृतीय में धन का नाश होता है। मूल नक्षत्र का चौथा चरण अधिक शुभ होता है। इसमें हानि नहीं होती है।

आश्लेषा नक्षत्र में इसके विपरीत अर्थात् चौथे चरण में पिता का, तृतीय में माता, दूसरे में धन का नाश होता है तथा प्रथम चरण शुभ दायक होता है ॥३१–३७॥

अब मूलोत्पन्न कुल का कब नाशक होता है तथा माता, पिता, पशु, मित्र वर्ग का किस समय में जन्म होने पर नाश करता है, इसे बतलाते हैं।

यदि जन्म के समय में कृष्ण पक्ष की तृतीया या दशमी वा शुक्ल पक्ष की चौदस तिथि हो एवं मङ्गल या शनि या बुधवार हो तो जातक कुल का विनाश करता है ॥३८॥

यदि जन्म के समय में मूल नक्षत्र हो और दिन में जन्म हो तो पिता का, मूल नक्षत्र में सायं काल जन्म हो तो मामा का, मूल नक्षत्र में रात्रि में जन्म हो तो पशुओं का और प्रातःकाल मूल में जन्म हो तो मित्र समुदाय का अनिष्ट (अशुभ) होता है ॥३९॥

अब मूल व श्लेषा नक्षत्र को पुरुषाकार मानकर उनके शरीर के अङ्गों में घटियों का न्यास करके फलादेश को बतलाते हैं।

अब घटियों का न्यास मूल पुरुष के अङ्ग में कहते हैं।

५ घ० मस्तक में, ५ घ० मुख में, ८ घ० दोनों कन्धों में, ८ घ० भुजा में, २ घ० हाथों में, ८ घ० हृदय में, २ घ० नाभि (ढुन्ड़ी) में, १० घ० गुह्यस्थान में, ८ घ० घुटनों में और ६ घटियों का न्यास पैरों में करना चाहिए।

अब इनके फल को बतलाते हैं।

यदि १ से ५ घटी तक इष्ट काल मूल में हो तो छत्रलाभ अर्थात् राज्य की प्राप्ति होती है।

यदि ६ से १० तक इष्ट हो तो पिता का नाश, ११ से १८ तक धन का नाश, १९ से २६ तक अर्थात् भुजाओं में इष्टकाल हो तो जातक कुकर्मी, २७ से २८ तक अर्थात् हाथों में इष्टकाल हो तो जातक हिंसक, २९ से ३६ तक इष्ट समय हो अर्थात् हृदय में रहने पर राज्य की प्राप्ति ३७ से ३८ तक नाभि में होने से अल्पायु, ३९ से ४८ तक गुह्य स्थान में रहने पर विचित्र सुख की प्राप्ति, ४९ से ५४ तक जानु या जंघा में होने से घूमने में प्रेम और ५५ से ६० तक पैरों में इष्टकाल होने पर जातक का अल्प जीवन होता है। यह श्रेष्ठ ऋषियों ने घटियों के आधार पर मूल का फल कहा है। आश्लेषा नक्षत्र में इसके विपरीत फल समझना चाहिए ॥४०-४४॥

अब चान्द्र मासों के आधार पर मूल की स्वर्ग पातालादि सत्ता को बतलाकर उसके फल को कहते हैं।

यदि जातक का जन्म मार्गशीर्ष, फाल्गुन, वैशाख या ज्येष्ट में हो तो मूल का वास रसातल में, श्रावण कार्तिक चैत्र व पौष में पृथ्वी पर और आषाढ़, आश्विन, भाद्र पद व माघ में जातक का जन्म हो तो मूल का निवास स्वर्गलोक में होता है।

यदि जन्म के समय में स्वर्ग का मूल हो तो राज्य की प्राप्ति, पाताल के मूल में धन का आगमन और मृत्युलोक के मूल में जन्म होने पर विघ्न वा अशुभ होता है।.४५-४६॥

यहाँ पूर्व कथित मूल ज्येष्ठा, आश्लेषा के विचार में यदि शुभ फल की अधिकता हो व शान्ति करने मे असमर्थता हो तो शान्ति नहीं करनी चाहिए।

अशुभ फल की अधिकता में शान्ति सबको करनी चाहिए। तथा समर्थ व्यक्ति को तो शुभ फल अधिक होने पर भी शान्ति करना चाहिए। ऐसा ग्रन्थकार के गुरू जी का कथन है॥

विशेष—ज्योतिरत्न ग्रन्थ में सूर्य की संक्रान्ति वश मूल के निवास का वर्णन इस प्रकार है। यथा—वृषालिसिंहेषु घटे च मूलं दिवि स्थितं युग्मतुलाङ्गनान्त्ये। पातालगं मेषधनुः कुलीरनक्रेषु मृत्याविति संस्मरन्ति'।

शान्तौ कालत्रयमाह वसिष्ठः—

शास्त्रोक्तरीत्या खलु सूतकान्ते मासे तृतीयेऽप्यथ वत्सरान्ते।

गर्गः—

[1]मातृगण्डे सुते जाते सूतकान्ते विचक्षणः।
कुर्याच्छान्ति तदृक्षे वा तद्दोषस्यापनुत्तये ॥४७॥

शिष्टास्तु सर्वत्रापि यन्नक्षत्रे जन्म तन्नक्षत्रे शान्तिरिति व्यवहरन्ति।

अब कब शान्ति करना चाहिए इन विषय में वसिष्ठ ऋषि ने तीन कालों का निर्देष किया है उसे बतलाते हैं।

मूल श्लेषा और गण्डान्त में जो दोष होता है उसकी निवृत्ति के लिये शास्त्रोक्त रीति से आशौच के बाद अथवा तीसरे मास में वा एक वर्ष के बाद शान्ति करना चाहिए।

इस वसिष्ठ के वाक्य में कालत्रय का कथन सामर्थ्य व असामर्थ्य का द्योतक है।

यदि माता की शीतोदक से स्नान करने की सामर्थ्य हो तो आशौच के बाद यदि इस समय में असमर्थता हो तो तीसरे मास में, यदि इसमें भी दीर्घ रोग के कारण स्नान करने की शक्ति न हो तो एक वर्ष बाद शान्ति करना चाहिए।

गर्गाचार्य जी ने मातृगण्ड में सन्तान के उत्पन्न होने पर सूतक की समाप्ति होने पर या २७वें दिन उसी नक्षत्र में दोष की निवृत्ति के लिये शान्ति करनी चाहिए। ऐसा प्रतिपादन किया है ॥४७॥

अधिक विद्वानों का कहना है कि जिस नक्षत्र में जन्म हो उसी नक्षत्र में शान्ति करना चाहिए।

अथ शान्तयो लिख्यन्ते।

तत्र प्रथमं मूलशान्तिरुच्यते।

शौनक उवाच[2]

अथातः संप्रवक्ष्यामि मूलजातहिताय च।
मातापित्रोर्धनस्यापि कुले शान्तिर्हिताय च ॥४८॥
जातस्य द्वादशाहे तु जन्मर्क्षे वा शुभे दिने।
समाष्टके वा मतिमान् कुर्याद्वा शान्तिमादरात् ॥४९॥

अत्र मूले द्वादशाहजन्मर्क्षयोर्मध्ये शुभयोगाधिक्ये तत्र शान्तिः कर्तव्या। अभुक्तमूलोत्पन्नस्य समाष्टके शान्तिः कर्तव्येति कालव्यवस्था।

अब अशुभ नक्षत्रों में उत्पन्न जन की शान्तियों को बताते हैं।

उन शान्ति विधियों में प्रथम मूल शान्ति की विधि को कहते हैं।

शौनक ऋषि बोले—अब मैं मूल में जायमान जातक की व माता पिता एवं कुल की शुभ कामना के लिये शान्ति को कहता हूँ।

मूल नक्षत्र में पैदा हुए जातक की बारहवें दिन में या जन्म नक्षत्र में वा शुभ दिन में अथवा आठवें वर्ष में श्रद्धापूर्वक बुद्धिमान् को शान्ति करना चाहिये ॥४८–४९॥

१—मु. चिं. २ प्र. ५४ श्लो. पी. धा. में है।
२—मु. चिं. २ प्र. ५६ श्लो. पी. धा. टी. में है।

यहाँ बारहवें दिन, जन्म नक्षत्र में जिसमें शुभ योग की अधिकता हो उसी में शान्ति करना चाहिए। तथा अभुक्त मूल में उत्पन्न जातक की आठवें वर्ष में शान्ति करना चाहिए। यह काल की व्यवस्था शान्ति करने में है।

वसिष्ठः—

सुसमे पुण्यदेशे तु मण्डपं कारयेद्बुधः।
[1]ऐशान्यामथवा प्राच्यां उदीच्यां दिशि कल्पयेत ॥५०॥
मण्डपं चाष्टभिर्हस्तैश्चतुर्भिर्वा समन्ततः।
[2]चतुर्द्वारसमायुक्तं तोरणाद्यैरलङ्कृतम् ॥ ५१ ॥
कुण्डं च तद्बहिर्कुर्याद्ग्रहयज्ञोक्तमार्गतः।

कुण्डनिर्माण यथा—

कुण्डवत्तद्बहिर्भागे कारयेच्चतुरस्रकम् ॥ ५२ ॥
[3]वितस्तिद्वयखातं यत्स कुण्डं चतुरङ्गुलम्।
विप्राणां क्षत्रियाणां तु चाङ्गुलत्रयसंयुतम् ॥ ५३ ॥
वैश्यानां द्वयङ्गुलाधिक्यं शूद्राणां हस्तमात्रकम्।
प्रथमा मेखला तत्र द्वादशाङ्गलविस्तृता ॥ ५४ ॥
चतुर्भिरङ्गुलैस्तस्याश्चोन्नतत्वं समन्ततः।
तस्याश्चोपरि वप्रः स्याच्चतुरङ्गलमुन्नतः ॥ ५५ ॥
अष्टभिरङ्गुलैः सम्यक् विस्तीर्णश्च समन्ततः।
तस्योपरि पुनः कार्यो वप्रः सोऽपि तृतीयकः ॥ ५६ ॥
चतुरङ्गलविस्तीर्णश्चोन्नतश्च तथाविधः।
योनिश्च पश्चिमे भागे प्राङ्मुखी मध्यसंस्थिता ॥ ५७ ॥
षडङ्गलैश्च विस्तीर्णा चायता द्वादशाङ्गलैः।
पृष्ठोन्नता गजस्येव सच्छिद्रा मध्यमोन्नता ॥ ५८ ॥
एवं लक्षणसंयुक्तं कुण्डमिष्टार्थसिद्धये।
अनेकदोषदं कुण्डं यत्र न्यूनाधिकं भवेत् ॥ ५९ ॥

अब किस देश व किस प्रकार की भूमि में किस दिशा में कितने माप का मण्डप व कुण्ड शान्ति के लिये बनाना चाहिए, इसे बतलाते हैं।

पुण्य देश में अर्थात् धार्मिक स्थान की समान भूमि में, ईशान कोण में वा पूर्व दिशा में अथवा उत्तर दिशा में शान्ति के लिये विद्वान् व्यक्ति को प्रथम मण्डप आठ हाथ लम्बा व आठ हाथ चोड़ा वा चार हाथ लम्बा व चौड़ा बनवाकर चारों दिशाओं में चार दरवाजे बनवाकर मण्डप को ध्वजा पलाका, केले के स्तम्भों से सुसज्जित करना चाहिए। तथा उस मण्डप के बाहर ग्रहयज्ञोक्त विधि से कुण्ड का निर्माण कराना चाहिए।

१—वसिष्ठ सं. ४२ अ. ३१—श्लो.। २—वसिष्ठ सं० ४२ अ. ३३–३४ श्लो.।
३—वसिष्ठ स० १८ अ. २४–३० श्लो०।

अब कुण्ड बनवाने की विधि को बतलाते हैं।

मण्डप से बाहर जिस प्रकार कुण्ड बनवाया है उसी प्रकार कुण्ड के बाहिरी भाग में अर्थात् गड़हे के बाहर एक चतुरस्र की रचना करनी चाहिए। दो बित्ता गर्त का कुण्ड बनवाने से चार अङ्गुल ऊँचा होता है यह चार अङ्गुल वाला ब्राह्मणों के लिये, क्षत्रियों के लिये तीन अङ्गुल, वैश्यों के लिये दो अङ्गुल से कुछ अधिक और शूद्रों के लिये एक हाथ गहरा कुण्ड बनवाना चाहिए। कुण्ड की प्रथम मेखला १२ अङ्गुल चौड़ी और चार अङ्गुल ऊँची बनवाकर पुनः उसके ऊपर दूसरी मेखला आठ अङ्गुल चौड़ी व चार अङ्गुल ऊंची, पुनः इसके ऊपर चार अङ्गुल चौड़ी एवं चार अङ्गुल ऊंची चारो तरफ तीसरी मेखला बनवाना चाहिए। कुण्ड की पश्चिम दिशा में पूर्वाभिमुखी ६ अङ्गुल चौड़ी और १२ अङ्गुल लम्बी मध्य भाग में पीछे से व मध्य में उन्नत एवं छिद्र से युत योनि का निर्माण कराना चाहिए। इस प्रकार उक्त रीति से कुण्ड का निर्माण होने पर यजमान के अभीष्ट कार्य की सिद्धि होती है।

यदि उक्त रीति से न्यून या अधिक कुण्ड होता है तो अनेक प्रकार के दोष उत्पन्न हो जाते हैं। इसलिये मण्डप व कुण्ड परिमाण से ही इन दोनों का निर्माण कराना चाहिए ॥ ५०–५९ ॥

[1]पञ्चामृतं पञ्चगव्यं पञ्च त्वक्पल्लवानि च।
उदुम्बरवटाश्वत्थप्लक्षाम्रत्वक् सपल्लवाः ॥ ६० ॥
रोचनं कुङ्कुमं शङ्खं गजदन्तञ्च गुग्गुलम्।
शतौषधीमूलशङ्खनवरत्नानि मृत्तिकाः ॥ ६१ ॥
याः फलिनीरिति मन्त्रेण मृत्तिकादीन्समाचरेत्।
गजाश्वरथ्यावल्मीकसङ्गमस्थानसंभवाः ॥ ६२ ॥
ह्रद्गोराजनगरद्वारतश्चाष्टमृत्तिकाः।

शतौषधीमूलानि वसिष्ठसंहितायाम्[2]

श्रीवृक्षो बिल्वः खदिरः विष्णुकान्ता पुनर्नवा।
देवदारु जटामांसी सहदेवी मुरा शिवा ॥ ६३ ॥
फलिनी बकुला जाति लता माञ्जिष्ठसंज्ञकाः।
वटप्लक्षाम्रनीवार खदिरा मल्लिकार्जुनाः ॥ ६४ ॥
दमयती महाजात्ती निम्बोशीरहरिद्रका।
सर्पाक्षी तुलसीरौद्रकुटा दाडिमचम्पकाः ॥ ६५ ॥
मातुलुङ्गजपात्वष्टौ कर्णिकारोर्णकाञ्चनाः।
सेवतीपनसं द्राक्षा विश्वाक्षी श्वेतसर्षपा ॥ ६६ ॥

१—वसिष्ठ सं० ४२ अ० ३४ श्लो०। २—१८ अ० १०७ श्लो० से ११७ तक। ग्रन्थ में ७३ श्लो० पर्यन्त हैं।

राजीवकुन्दमुकुलनीलोत्पलकरञ्जकाः ।
पुंनागं चन्दनं द्रोणं मन्दारो हेमदुग्धिका ॥ ६७ ॥
रक्तचन्दनजं वीर यूथिकागृहमल्लिकाः ।
शम्यार्कसिंदुवारेन्द्ररक्तधत्तूरशांडिमः ॥ ६८ ॥
अपामार्गन्तु पालाशबृहतीकरवीरकाः ।
नन्दावर्तकुबेराक्षा पाटला हेमपुष्पिकाः ॥ ६९ ॥
शिरीषामलकाशोकरक्तगास्ति कपित्थकाः ।
बन्धूकभृङ्गराजाख्यकृष्णावी माधवीलताः ॥ ७० ॥
चातुर्जातो बर्हिशिखा कुटजोमधुबिम्बकः ।
तमालमरुपुष्पेन्द्रपुष्पाख्या शुक्रमर्दिनी ॥ ७१ ॥
व्याकुली शाल्मली मौंडीरासा खार्वपटोलिकाः ।
महाखार्जूरिका नारी केलाख्यास्ते शतद्रुमाः ॥ ७२ ॥
एषांमूलानि सर्वाणि गृह्णीयेन्नोनुदन्ति यत् ।
शान्तिकर्मणि सर्वत्र निक्षिपेत्कलशोदके ॥ ७३ ॥
एषामभावे तु दश सर्वौषध्यः प्रकीर्तिताः ।
कुलमांसी हरिद्रेद्वे मुराशैलेयचन्दनम् ॥ ७४ ॥
वचा चंपकहस्ताश्च सर्वौषध्यो दशैव हि ।
विष्णुक्रान्ता सहदेवी तुलसी च शतावरी ॥ ७५ ॥
मूलानीमानि गृह्णीयाद्दशालाभे विशेषत । इति
तिलमाषयवव्रीहिगोधूमानि प्रियङ्गवः ॥ ७६ ॥
चणकैः सहिताः सप्त सद्बीजानि च सर्वदा ।
माणिक्यं विद्रुमं मुक्ताफलं वैदूर्यनीलकम् ॥ ७७ ॥
वज्रं गारुत्मकं पुष्परागं गोमेदसंज्ञकम् ।
नवरत्नमिदं प्रोक्तमभावे पञ्चरत्नकम् ॥ ७८ ॥
वज्रमौक्तिकवैदूर्यपुष्परागेन्द्रनीलकम् ।
पञ्चरत्नमिदं प्रोक्तं मन्त्रैः कुम्भेषु निक्षिपेत् ॥ ७९ ॥
सुवर्णेन प्रमाणेन तदर्धार्धेन वा पुनः ।
निर्ऋतिर्प्रतिमां कुर्याद वित्तशाठ्यविवर्जितः ॥ ८० ॥

अब मूल शान्ति करने के लिये किन किन वस्तुओं की आवश्यकता होती है। इसे बतलाते हैं।

१ पञ्चामृत [१ दूध, २ दही, ३ सहत, ४ घी, ५ शर्करा (खांड)] २ पञ्चगव्य [आगे बतलाया गया है] ३ पांच प्रकार के वृक्षों की छाल व उनके पत्ते। किस किस वृक्ष की छाल व पत्ते होने चाहिए। १ गूलर २ वरगद, ३ पीपल, ४ पाकर ५ आम,

इन वृक्षों की छाल व पत्ता। ४ गोरोचन, ५ रोली [गुलाल वा केशर] ६ शङ्ख, ७ हाथी का दांत, ८ गूगुर, ९ सौ प्रकार की औषधियों की जड़, १० रुपया पैसा, ११ नौ प्रकार के रत्न, १२ आठ स्थान की मिट्टी।

१ हाथी के नीचे की अर्थात् हाथी खाने की, २ घुड़साल अर्थात् जहाँ घोड़ा बँधते हों, ३ गली या पकडंडी या जहाँ रथ चलते हों उस भूमि को, ४ चींटी या दीमक द्वारा विल से निकाली हुई मिट्टी के ढेर की मिट्टी, ५ नदियों के सङ्गम स्थान की, ६ तालाब की, ७ गौशाला की, ८ राजा के नगर के दरवाजे की लेना चाहिए। मिट्टी ग्रहण करते समय 'याः फलिनी' इस मन्त्र का उच्चारण करना चाहिए ॥ ६२ ॥

अब वसिष्ठ संहिता के वचन से सौ प्रकार के औषधि वृक्षों की जड़ को बतलाते हैं। १ तिलक वृक्ष, २ बेल, ३ कत्था या खैर, ४ अपराजिता, ५ गदहपुनी, ६ देवदारु, ७ जटामांसी, ८ सहदेवी, ९ मोरसली, १० हर या छोटा आंवरा, ११ इन्द्रपुष्पी, १२ मोलसरी, १३ चमेली, १४ कला, १५ माञ्जिष्ठ (मजीठ) १६ वरगद १७ पाकर, १८ आम, १९ तीनी सांवा, कोदो आदि २० खैर या कत्था, २१ मल्लिका, २ अर्जुन, २३ मदयन्ती, २४ पीले फूलवाली तरोई, २५ नीम, २६ खश, २७ हल्दी, २८ सर्पाक्षी, २९ तुलसी, ३० रौद्रा, ३१ कुटा, ३२ अनार, ३३ चंपा, ३४ पेठा या विजोरा, ३५ जयपर्ण, ३६ रक्ता, ३७ कर्णिका, ३८ ऊर्णकाञ्चना, ३९ सेवती, ४० कटहल, ४१ अंगूर, ४२ विश्वाक्षी, ४३ सफेद सरसों, ४४ राजीव, ४५ कुन्द, ४६ मुकुल, ४७ नीला कमल, ४८ कञ्जा ४९, पुंनाग, ५० चन्दन, ५१ द्रोष, ५२, मंदार, ५३ हेम, ५४ दुग्धिका, ५५ रक्तचन्दन, ५६ वीर, ५७ यूथिका, ५८ गृहमल्लिका, ५९ शीशम, ६० आक, ६१ सिंदुवार, ६२ इन्द्र, ६३ लाल धतूरा, ६४ शांडिमा, ६५ अपा मार्ग, ६६ ढाक, ६७ बृंहती, ६८ कर, ६९ वीरका, ७० नंदावर्त, ७१ कुबेराक्षी, ७२ पाटला, ७३ हेमपुष्पिका, ७४ शिरीष, ७५ आमला, ७६ अशोक, ७७ रक्तगास्ति, ७८ कपित्थ ७९ बंधूक, ८० भृङ्गराज, ८१ कृष्णावी, ८२ माधवीलता, ८३ चातुर्जातो, ८४ बर्हि, ८५ शिखा, ८६ कुटज, ८७ मधु, ८८ बिंबक, ८९ तमाल, ९० मरुपुष्प, ९१ इन्द्रपुष्प, ९२ शुक्र मर्दिनी, ९३ वाकुची, ९४ शाल्मली, ९५ मौंडी, ९६ राल्लार, ९७ वर्ष पटोलिका, ९८ महा, ९९ खार्जूरिक, १०० नारिकेल (नरियल) ये सौ प्रकार के वृक्ष हैं। इनकी जड़ को ग्रहण करना चाहिए न कि वृक्ष को तोड़ना चाहिए।

सब जगह शान्ति के लिये इन सौ वृक्षों की जड़ कलश के पानी में छोड़ना चाहिए ॥ ६३-७३ ॥

यदि सौ प्रकार के वृक्षों की जड़ उपलब्ध न हों तो दस प्रकार के वृक्षों की ही जड़ ग्रहण कर लेना चाहिए। उन दश वृक्षों के नाम ये हैं।

१ कुल, २ मांसी, ३ हल्दी, ४ दूसरी हल्दी, ५ मुरा, ६ शैलेय, ७ चंदन, ८ वचा, ९ चंपक, १० हस्त वृक्ष हैं।

यदि दश प्रकार की सर्वौषधि न प्राप्त हो तो विशेषकर १ विष्णु क्रान्ता, २ सहदेवी, ३ तुलसी ४ शतावरी की ही जड़ लेकर कलश के जल में छोड़ना चाहिए ॥ ७४-७५½ ॥

अब सात प्रकार के धान्यों को जो समस्त शुभ कार्यों में ग्राह्य होते हैं उनको बताते हैं।

१ तिल, २ उड़द, ३ जौ, ४ चावल, ५ गेहूं, ६ कांगुन और ७ चना ये सात प्रकार के धान्य शुभ कार्यों में ग्रहण करना चाहिए।

अब नव प्रकार के रत्नों को कहते हैं।

१ माणिक, २ मूँगा, ३ मोती, ४ लहसुनिया, ५ नीलम, ६ हीरा, ७ पन्ना, ८ पुखराज और ९वाँ गोमेद नामक रत्न होता है।

ये नवरत्न यदि प्राप्त नहीं हों तो पाँच प्रकार के निम्न रत्न ग्रहण करना चाहिए।

१ हीरा, २ मोती, ३ लहसुनिया, ४ पुखराज और ५वाँ इन्द्रनील होता है तथा इन रत्नों को घड़े में मन्त्रों द्वारा छोड़ना चाहिए।

अपनी आर्थिक दशा के अनुसार लोभ का त्याग करके सुवर्ण के परिमाण से अथवा परिमाण के आधे के तुल्य सुवर्ण की प्रतिमा नैऋत्य कोण में स्थापित करनी चाहिए।

अत्र विशेषः शौनके—

पलमानेन चार्धेन पादेनाथ स्वशक्तितः।
नक्षत्रदेवतारूपं कारयित्वा विचक्षणः॥ ८१॥

यद्वा—

मूल्यं सुवर्णस्य पुनः स्थापयित्वा प्रपूजयेत्।
सुवर्णं सर्वदैवत्यं सर्वदेवात्मकोऽनलः॥ ८२॥
सर्वदेवात्मको विप्रः सर्वदेवमयो हरिः। इति
वस्त्राणि षोडशाष्टौ च शुक्लसूक्ष्माण्यतन्द्रितः॥ ८३॥
ब्राह्मणान् वरयेत्पश्चात्स्वस्तिवाचनपूर्वकम्।
श्रोत्रियाश्चतुरष्टौ च द्वादश त्वथ षोडश॥ ८४॥
प्रधानाचार्यमेतेषां श्रेष्ठं तत्प्रतिमार्चनम्।
ईशानादिचतुष्कोणेष्वव्रणान् जलपूरितान्॥ ८५॥
पूर्वोक्तद्रव्यसंयुक्तान् स्थापयेद्रक्तवर्णकान्।
विप्रान् पृथक् पृथक् वापि मधुपर्कादिनार्चयेत्॥ ८६॥
द्वारेषु जापकानष्टौ द्वौ द्वौ च वरयेत्पुनः।
आप्यैर्वा वारुणैर्मन्त्रैः शुक्लपुष्पाक्षतादिभिः॥ ८७॥
तत्तत्कुम्भे जलान् स्पृष्ट्वा कुशकूर्चैर्जपेत इति।
रुद्रसूक्तं च भद्राग्ने आनोभद्रा इव क्रमात्॥ ८८॥
पुरुषसूक्तञ्च तन्मन्त्रैर्देवान् ध्यात्वा प्रयत्नतः।
गोमूत्रं गोमयं क्षीरं दधिसर्पिः कुशोदकम्॥ ८९॥

पञ्चगव्यमिदं कुम्भे क्षिपेद्गजमदान्वितम् ।
रजतं काञ्चनं ताम्रं विद्रुमं तीर्थवारि च ॥ ९० ॥
निक्षिपेद्धेममूलं च दशाष्टयवनिर्मितम् ।
देवदारुं च शैलेयपद्मनीलोत्पलं तथा ॥ ९१ ॥
वचा लोध्रं प्रियंगुञ्च शतच्छिद्रे घटे क्षिपेत् ।
वंशपात्रोपरिन्यस्तं शतच्छिद्रघटे स्थितम् ॥ ९२ ॥
ततश्च निर्ऋतिं देवमर्चयेत्पश्चिमामुखम् ।
मोषुणस्त्विति मन्त्रेण शुक्लवस्त्राक्षतादिभिः ॥ ९३ ॥
मूलरूपं विधातव्यं श्यामं कुणपवाहनम् ।
खड्गखेटधरं चोग्रं द्विमुखञ्च वृकाननम् ॥ ९४ ॥
स्थापयेत्तु ग्रहांश्चैव वस्त्रगन्धादिभिर्यजेत् ।
चरुं च श्रपयेत्तत्र नैर्ऋतं दुष्कृतापहम् ॥ ९५ ॥

तत्र चत्वारः कुम्भाश्च चतुर्दिक्षु स्थाप्याः । एकः कुम्भो रुद्रस्थापनार्थं अन्यः स्थाप्यः । एकः शतच्छिद्रः कुम्भः । तस्मिन् कुम्भे देवदारुशैलेय-मित्याद्यौषधादीनि तथा सुवर्णमूलमष्टादशयवपरिमितं निक्षिप्य तदुपरि-वंशादिपात्रं निधाय तदुपरि वस्त्रं निधाय तत्र निर्ऋतौ प्रतिमा, रुद्रप्रतिमा जलप्रतिमा सहितं स्थापयेत् ।

अब प्रतिमादि के विषय में शौनक ऋषि ने जो विशेष बात बतलाई है उसे कहते हैं ।

सुवर्ण की १ पल की या आधे पल की वा चौथाई पल की अपनी आर्थिक स्थिति के अनुसार मूल देवता की विद्वान् को प्रतिमा बनवाना चाहिए ।

अथवा अपनी शक्ति के अनुसार सुवर्ण की कीमत (रुपये) रखकर पूजा करना चाहिए क्योंकि सुवर्ण में सब देवताओं का वास तथा अग्नि में भी सब देवता होते हैं एवं ब्राह्मण भी सर्वदेवमय व हरि भगवान् भी समस्त देवात्मक होते हैं ।

अब शान्ति के लिये अन्य बातों को भी कहते हैं ।

सफेद सूक्ष्म नवीन सोलह वा आठ वस्त्र लेकर स्वस्तिवाचन होने के बाद ब्राह्मणों का वरण करना चाहिए । ब्राह्मण श्रोत्रिय चार वा आठ वा बारह वा सोलहों का तथा इनमें एक श्रेष्ठ आचार्य का वरण करके प्रतिमा का पूजन करना चाहिए ।

ईशानादि चारों कोणों में पूर्वोक्त द्रव्य से युक्त लालवर्ण वाले बिना फटे सुन्दर जल से भरे हुए घटों को स्थापित करना चाहिए । पुनः इसके बाद ब्राह्मणों का मधुपर्कादि से पूजन करना चाहिए तथा दो-दो ब्राह्मण चारों दरवाजे पर जप करने के लिये आठ ब्राह्मणों का वरण करना चाहिए । तदनन्तर आप्य वा वारुण मन्त्रों से सफेद पुष्प अक्षतादि से घड़ों का पूजन करके कुश की कुची से घड़ाओं के जल का स्पर्श करता हुआ रुद्रसूक्त भद्राग्ने, आनो भद्रा और पुरुष सूक्त के मन्त्रों से यत्नपूर्वक

देवताओं का स्मरण करके १ गाय का मूत्र, २ गाय का गोबर, ३ गाय का दूध, ४ गाय का दही और ५ गाय का घी ये पञ्चगव्य पदार्थ कुश जल व हाथी के मद के साथ घड़े में छोड़ना चाहिए ।

चाँदी, सोना, ताँबा, मूँगा, तीर्थ जल, दश या अष्ट जौ के समान सुवर्ण का मूल घड़ा में छोड़ना चाहिए ।

सौ छेद वाले घड़े में देवदारु, शैलेय (चन्दन) कमल, नील कमल, वचा, लोध्र और कागुनी को छोड़ना चाहिए ।

इसके बाद बाँस के पत्र से आच्छादित सौ छेदवाले घड़े के ऊपर निर्ऋति दिशा में स्थापित मूल देवता की प्रतिमा का पश्चिमाभिमुख होकर पूजन करना चाहिए । फिर 'मोषुण:' इत्यादि मन्त्र से वस्त्र चन्दनादि अर्पण करना चाहिए ।

अब मूल का स्वरूप कैसा बनाना चाहिए इसे कहते हैं ।

मूल की मूर्ति काले रंग की शव की सवारी पर स्थित खड्ग व ग्रह को धारण किये हुए भेड़िये के समान दो मुख वाली उग्र प्रचण्ड रूप की होनी चाहिए और ग्रहों की स्थापना करके वस्त्र गन्धादि से पूजन करना चाहिए । पाप दूरीकरण के लिये नैर्ऋति दिशा में चरु को बनवाना चाहिए ॥ ८१-९५ ॥

चारों कोणों में चार घट स्थापित करना तथा एक घड़ा महादेव जी की स्थापना के लिये और अन्य एक सौ छेदवाला घड़ा स्थापित करना चाहिए । उस सौ छेदवाले घड़े में देवदारु, शेलेयादि औषधियों की जड़ तथा अठारह यव परिमाण सुवर्ण से निर्मित मूल की प्रतिमा छोड़कर बाँस के पात्र से घड़े को ढक कर उसके ऊपर वस्त्र रखकर निर्ऋति में प्रतिमा रुद्र प्रतिमा व जल की प्रतिमा के साथ स्थापित करना चाहिए ।

ततः षोडशोपचारैर्वा पूजयेत् ।

उक्तञ्च शौनकेन[1]—

पुण्यादिमन्त्रितैः स्तोयैः प्रोक्षितायां क्षितौ ततः ।
तत्रोदकुम्भं सुश्लक्ष्णं रक्तं व्रणविवर्जितम् ॥ ९६ ॥
अकृष्णमूलं निर्णीतं पूरयेन्निर्मलाम्भसा ।
आकलशेष्वित्यनया कलशस्थापनं शुभम् ॥ ९७ ॥
इमं मे इति मन्त्रेण पूरयेत्तीर्थवारिणा ।
कुम्भन्तु वस्त्रगन्धाद्यैस्तत्र मन्त्रैः प्रपूजयेत् ॥ ९८ ॥
याः फलिनीरित्यनया क्षिपेद्रत्नौषधादिकम् ।
वस्त्रावगुंठितं कुर्यात्पूरयेत्तीर्थवारिणा ॥ ९९ ॥

१—मु० चिं० २ प्र० ५६ श्लोक पी० धा० में है तथा ९०½ श्लोक से १०५½ तक श्लोक हैं ।

कुर्वन् हेमसमायुक्तं कृतपल्लवसंयुतम् ।
स्वस्तिकोपरि विन्यस्य क्षीरद्रुमसपल्लवैः ॥ १०० ॥
द्रोणव्रीहिश्च निक्षिप्य ईशाने च निधापयेत् ।
पञ्चरत्नानि निक्षिप्य सर्वौषधिसमन्वितम् ॥ १०१ ॥
अर्चितं गन्धपुष्पाद्यैः श्रीरुद्रं तत्र संजपेत् ।
तत्राप्रतिरथं सूक्तं शतरुद्रानुवाककम् ॥ १०२ ॥
रक्षामन्त्रं तथा पुण्यं रक्षोघ्नञ्च स्पृशं जपेत ।
त्र्यम्बकं च जपेत्सम्यगष्टोत्तरसहस्रकम् ॥ १०३ ॥
एकवारं तथा जाप्यं रक्षोघ्नञ्च स्पृशं जपेत ।
[1]जपस्य पञ्चकुम्भाः स्युर्द्वयं वा तदलाभतः ॥ १०४ ॥
श्रीरुद्रस्यैककुम्भश्च सर्वसूक्तानि तत्र तु ।
तथान्यञ्च शुभं कुम्भं पूर्वोक्तैर्लक्षणैर्युतम् ।
चतुः प्रस्रवणं कुर्यात पञ्चवक्त्रञ्च तद्भवेत ।
वस्त्रावगुंठितं कुर्यात् पूरयेत्तीर्थवारिणा ॥ १०५ ॥
पञ्चरत्नसमायुक्त आम्रपल्लवशोभितम् ।

एतस्मिन्नपि पञ्चरत्नसप्तमृत्तिका शतमूलदेवदारुप्रभृत्यौषधिहेममूलानि निक्षिपेत् ।

तस्योपरि न्यसेत्पात्रं सौवर्णं रौप्यमृण्मयम् ॥ १०६ ॥
शुद्धवस्त्रेण संछाद्यं शतमूलानि निक्षिपेत् ।
कुंभोपरि न्यसेद्विद्वान् मूलनक्षत्रदैवतम् ॥ १०७ ॥
एवं प्रत्यधिदैवञ्च दक्षिणोत्तरदेशतः ।
अधिदैवं जपेदादौ ज्येष्ठानक्षत्रदैवतम् ॥ १०८ ॥
एवं प्रत्यधिदैवञ्च पूर्वाषाढर्क्षदैवतम् ।

यद्वा इसके अनन्तर षोडशोपचार से पूजा करना चाहिए ऐसा शौनक ऋषि ने कहा है कि भूमि को पुण्यादि मन्त्रों द्वारा जल से प्रोक्षण करके सुन्दर लाल, विना फूटा, काले रङ्ग से हीन मूल वाला निर्मल जल से परिपूर्ण होने वाले घट को 'आकलशेषु' इत्यादि मन्त्र से स्थापित करके 'इमं मे गङ्गे' इत्यादि मन्त्र से तीर्थो के जल से कलश को पूर्ण करना चाहिए। कलश का वस्त्र गन्धादि के जो जो मन्त्र हैं उनसे पूजन करना चाहिए। तदनन्तर 'याः फलिनी' इत्यादि मन्त्र से कलश (घट) में शतौषधिमूल छोड़ना चाहिए। तथा वस्त्रों को अवगुण्ठित करके अर्थात् सिकोड़ कर तीर्थ के जल से घट को पूर्ण करें। कर्त्ता (शान्ति करने वाला) पत्तों से युक्त सुवर्ण से निर्मित स्वस्तिक के ऊपर दुग्धवृक्ष के पत्तों के साथ ईशान कोण में चावल का एक पात्र स्थापित करके उसमें सर्वोषधि के

१—जपस्य पञ्चकुम्भाश्च द्वयं तातयुतं मुखं यह पुस्तक में पा० है।

साथ पाँचों रत्नों को छोड़ना चाहिए तथा गन्ध पुष्पादि से पूजन करके रुद्रसूक्त, प्रतिरथ सूक्त, शतरुद्र, रक्षामन्त्र, पुण्य मन्त्र और रक्षोघ्न मन्त्रों का पात्र को स्पर्श करता हुआ जप करे तथा ११०८ बार त्र्यम्बकं इसका और घट को स्पर्श करता हुआ एक बार पवमान सूक्त का पाठ करके गन्धादि कलशों में छोड़ना चाहिए।

जप के पाँच घट होते हैं। यदि पाँच की प्राप्ति न हो तो दो घट ही लेकर एक में रुद्र कलश में सब सूक्तों का स्मरण करके अन्य पूर्वोक्त लक्षण से युत द्वितीय कलश में चार छेद करने से पाँच मुख का वह कलश होता है इसी को पाँच कलश के स्थान पर मानना चाहिए। और वस्त्रों को अवगुण्ठित (सिकोड़ कर) करके पाँच रत्नों से युक्त तथा आम के पत्तों से सुशोभित घट को तीर्थ जल से पूर्ण करके इसमें भी पाँच रत्न, सात प्रकार की मिट्टी और सौ प्रकार के औषधि वृक्षों की जड़ व सुवर्ण का वृक्ष कलश में छोड़कर उस कलश के ऊपर सोने का या चाँदी का या मिट्टी का पात्र रखकर वस्त्र से ढककर शतमूल छोड़ना चाहिए। पुनः कलश के ऊपर मूलनक्षत्र की प्रतिमा को विद्वान् स्थापित करके दक्षिणोत्तर क्रम से प्रत्यधिदेवता व अधिदेवताओं की स्थापना करना चाहिए। पुनः प्रारम्भ में ज्येष्ठा नक्षत्र के देव का जप करें तथा पूर्वाषाढ़ नक्षत्र प्रत्यधिदेव का जप करना चाहिए ॥९६–१०८॥

अधिदैवस्वरूपमुक्तं वसिष्ठ संहिताम्—

महाकायो वज्रधरो ग्रहेन्द्रो गजवाहनः ॥१०९॥

प्रत्यधिदैवस्वरूपं तत्रैव—

जलञ्च द्विभुजं पद्महस्तं चन्दनलेपितम् ॥इति॥

[१]स्वलिङ्गोक्तैश्च मन्त्रैश्च प्रधानादीन् प्रपूजयेत् ॥११०॥
पञ्चामृतेन संस्नाप्य आवाह्याथ समर्चयेत्।
उपचारैः षोडशभिः यद्वा पञ्चोपचारकैः ॥१११॥
रक्तचन्दनगन्धाद्यैः पुष्पैः कृष्णसितादिभिः।
मेषशृङ्गादिधूपैश्च घृतदीपैस्तथैव च ॥११२॥
सुरापोलिकमांसाद्यैर्नैवेद्यैर्भोजनादिभिः।
मत्स्यमांससुरादीनि ब्राह्मणानां विवर्जयेत् ॥११३॥
सुरास्थाने प्रदातव्यं क्षीरं सैन्धवमिश्रितम्।
पायसं लक्षणोपेतं मांसस्थाने प्रकल्पयेत् ॥११४॥
उक्तगन्धाद्यभावे तु यथा लाभं समर्चयेत्।
पुष्पान्तन्तु समभ्यर्च्य होमं कुर्याद्यथोदितम् ॥११५॥
निर्वाय प्रोक्षणादीनि चरोः कुर्याद्यथाविधिः।
तमिति गृहीत्वा विधिवन्नैर्ऋत्येव ऋचा हुनेत् ॥११६॥

१—मु. चिं. २ प्र. ५६ श्लो. पी. धा. में १११ से ११५॥ श्लो. तक हैं।

अब अधिदेव व प्रत्यधिदेव का क्या स्वरूप होता है इसे वसिष्ठ संहिता नामक ग्रन्थ के आधार पर तथा पूजादि प्रकार को कहते हैं।

अधिदेव का स्वरूप–ग्रहों का राजा हाथी पर सवार वज्र को धारण किये हुए बड़े शरीर वाला है।

प्रत्यधिदेव-चन्दन से लिप्त कमल हाथ में धारण किये हुए दो हाथ वाला जल स्वरूप है।

अपने गृह्योक्त मन्त्रों से प्रधान देवतादि का पूजन करना चाहिए। प्रथम आवाहन करके पञ्चामृत से स्नान कराकर सोलह प्रकार के उपचारों से या पञ्च प्रकार के उपचारों से पूजन करना चाहिए। यथा—रक्त (लाल) चन्दन के चन्दनादि से काले सफेद पुष्पों से, बकरे के सींग की धूप व घी का दीपक जलाना चाहिए।

शराब व पका हुआ मांस तथा भोजनादिक (पेड़ा, बरफी आदि) पदार्थों को नैवेद्य (भोजनार्थ) के लिये देवताओं को अर्पण करना चाहिए। ब्राह्मणकर्ता को मछली, मांस, शराब नहीं चढ़ाना चाहिए। ब्राह्मण को शराब के स्थान पर दूध में नमक मिलाकर और मांस के स्थान पर लवणयुक्त खीर (तस्मै) का उपयोग करना चाहिए। उक्त गन्धादि में जो प्राप्त हो उसी से पूजा करके पुष्पाञ्जलि अर्पण करने के बाद उक्त प्रकार से होम करना चाहिए। होम से पूर्व प्रोक्षण प्रणीतादि पात्रों का मल दूर करके यथा विधि चरू बनाने के अनन्तर नैऋत्य कोण में स्थिर होकर उन पात्रों में से स्रुवा लेकर देवताओं के मन्त्रों से यथाविधि हवन कराना चाहिए ॥१०९–११६॥

अत्र वसिष्ठेन विशेषोऽभिहितः।

[1]मूलं प्रजामितिमन्त्रेण (मन्त्र ?) द्वयस्य कण्व ऋषिः निर्ऋतिर्देवता अनुष्टप् छन्दः। मूलाय स्वाहा, प्रजापतये स्वाहा इत्युपहोम मन्त्रौः।

पलाशसमिदाज्येन चरुणाष्टसहस्रकम्।
अथवाष्टोत्तरशतं प्रत्येकं जुहुयात्ततः ॥११७॥
मूलं प्रजामित्यष्टाभिर्वाक्यैर्मन्त्रद्वयेन च।
सावित्रसोमनैऋत्यमन्त्रैरश्वत्थसंभवैः ॥११८॥
समिद्भिश्च तिलव्रीहीन् हुत्वा व्याहृतिमन्त्रतः।
मूलं प्रजाभिरित्यष्टौ वाक्यानि नवको जपेत् ॥११९॥
अष्टोत्तरसहस्रं वा शतं वा नियतात्मवान्।

अयं होमप्रकारस्तु शाखान्तरविषयो ध्येयः।

मोषुणः परावरेति यत्ते देवेति वा पुनः ॥१२०॥
पायसं घृतमिश्रञ्च हुनेदष्टोत्तरं शतम्।
समिदाज्यं चरूनपश्चाच्छक्तितः सङ्ख्यया हुनेत् ॥१२१॥

अधिदैवतयोश्चैव जुहुयात्स्वस्वमन्त्रकैः।
नक्षत्रदेवताभ्यश्च पापसेन तु होमयेत् ॥१२२॥
कृणुष्वेति पञ्चदशभिर्जुहुयात्क्षशरं ततः।
गायत्र्या जातवेदसं त्रिपञ्चकमिति क्रमात् ॥१२३॥
साशयुंजति तामग्निं वास्तोष्पत्यग्निमेव च।
क्षेत्रस्य पतिना गृणानाग्निं दूतं तथैव च ॥१२४॥
श्रीसूक्तेन तथा विद्वान् समिदाज्यं चरुक्रमात।
अष्टोत्तरशतैर्वाथ अष्टाविंशतिभिः क्रमात् ॥१२५॥
अष्टाष्टसङ्ख्यया वापि जुहुयाच्छक्तितो बुधः।
त्वं नः सोमेन पापसं जुहुयात्तु त्रयोदश ॥१२६।
चतुर्गृहीतमाज्यञ्च याते रुद्रेति मन्त्रतः।
स्रुवेण जुहुयादज्यं महाव्याहृतिभिः क्रमात् ॥१२७॥
हुत्वा स्विष्टकृतं पश्चात्प्रायश्चित्ताहुतीर्हुनेत्।
आचार्यो यजमानो वा चाग्नौपूर्णाहुतिं हुनेत् ॥१२८॥
होमशेषं समाप्याथ वन्हिमारोपयेत्ततः।
कुम्भाभिमन्त्रितं कुर्याद्दक्षिणेनाभिमन्त्रयेत् ॥१२९॥
मृत्युः प्रशमनार्थाय जपेत् त्र्यम्बकमन्त्रकम्। (त्रैयम्बकं शतम्)
रुद्रकुम्भोक्तमार्गेण रुद्रमन्त्रं स्पृशन् क्षिपेत् ॥ १३० ॥
धूपं दीपञ्च नैवेद्यं [1]कुम्भेषु विनिवेदयेत्।
प्रसादयेत्ततो देवमभिषेकार्थमादरात् ॥ १३१ ॥
भद्रासनोपविष्टस्य यजमानस्य ऋत्विजः।
दारापुत्रसमेतस्य कुर्युः सर्वेऽभिषेचनम् ॥ १३२ ॥
अक्षीभ्यामिति सूक्तेन पावमानीभिरेव च।
आपो हिष्ठेति नवभिराप इहाद्वयेन च ॥ १३३ ॥
सहस्राक्षऋचेनापि देवस्यत्वेति मन्त्रयोः।
शिवसंकल्पमात्रेण वक्ष्यमाणेश्च मन्त्रकैः ॥ १३४ ॥
योऽसौ वज्रधरो देवो महेन्द्रो गजवाहनः।
मूलजातशिशोर्दोषं मातापित्रोर्व्यपोहतु ॥ १३५ ॥
योऽसौ शक्तिधरो देवो हुतभुङ्मेषवाहनः।
यः सप्तजिह्वदेवोग्निर्मूलदोषं व्यपोहतु ॥ १३६ ॥
योऽसौ दण्डधरो देवो धर्मो महिषवाहनः।
मूलजातशिशोर्दोषं व्यपोहतु यमो मम ॥ १३७ ॥

१—'कुम्भयुग्मे निवेदयेत्' यह पी० धा० में है।

योऽसौ खड्गधरो देवो निर्ऋतिर्राक्षसाधिपः ।
प्रशामयतु मूलोत्थं दोषं गण्डान्तसंभवम् ॥ १३८ ॥
योऽसौ पाशधरो देवो वरुणश्च जलेश्वरः ।
नक्रवाहः प्रचेताह्वो मूलोत्थाघं व्यपोहतु ॥ १३९ ॥
योऽसौ देवो जगत्प्राणो मारुतो मृगवाहनः ।
प्रशामयतु मूलोत्थं दोषं बालस्य शान्तिदः ॥ १४० ॥
योऽसौ निधिपतिर्देवो खड्गभृन्नरवाहनः ।
मातापित्रोः शिशोश्चैव मूलदोषं व्यपोहतु ॥ १४१ ॥
योऽसौ पशुपतिर्देवः पिनाकीवृषवाहनः ः
आश्लेषामूलगण्डान्तं दोषमाशु व्यपोहतु ॥ १४२ ॥
विघ्नेशः क्षेत्रपो दुर्गा लोकपाला नवग्रहाः ।
सर्वदोषप्रशमनं सर्वे कुर्वन्ति शान्तिदाः ॥ १४३ ॥
त्रैलोक्ये यानि भूतानि चराणि स्थावराणि च ।
ब्रह्मार्कविष्णुयुक्तानि तानि दोषं दहन्तु मे ॥ १४४ ॥
तद्द्वयोरभिषेकन्तु सर्वदोषोपशान्तये ।
सर्वकामप्रदं नित्यं मङ्गलानाञ्च मङ्गलम् ॥ १४५ ॥
वस्त्रान्तरितकुम्भाभ्यां पश्चात्तु स्नापयेद्बुधः ।
ततः शुक्लाम्बरधरः शुक्लमाल्यानुलेपनः ॥ १४६ ॥
यजमानो दक्षिणाभिस्तोषयेद्दत्विजादिकान् ।
धेनुं पयस्विनीं दद्यादाचार्याय सवत्सकाम् ॥ १४७ ॥
निर्ऋतिप्रतिमां कुम्भं वस्त्रं हेमञ्च दापयेत् ।
ग्रहार्थं वस्त्रप्रतिमां तस्मै दद्यात्प्रयत्नतः ॥ १४८ ॥
श्रीरुद्रजापिने देयः कृष्णगोऽनडवान्प्रयत्नतः ।
तत्कुम्भं वस्त्रप्रतिमां तस्मै दद्यात्प्रयत्नतः ॥ १४९ ॥
उक्तालाभे ततो दद्यादाचार्यब्रह्मऋत्विजाम् ।
तत्तन्मूल्यं प्रदातव्यं शक्त्या वाथ प्रदापयेत् ॥ १५० ॥
अवशिष्टब्राह्मणेभ्यो यावच्छक्त्या च दक्षिणाम् ।
दीनान्धकृपणादिभ्यः किञ्चित्किञ्चित्प्रदापयेत् ॥ १५१ ॥
ततश्चाज्यावेक्षणं च कारयेन्मन्त्रपूर्वकम् ।

तत्राज्यपूजामन्त्रः —

वन्दे सर्वरसश्रेष्ठ त्वामहं भगवानजः ॥ १५२ ॥
अग्र आज्य सुधारूप सर्वश्रेष्ठं कुरुष्व माम् ।

आज्यावेक्षणमन्त्रः—

या लक्ष्मीर्यच्च मे दौस्थ्यं सर्वगात्रेष्ववस्थितम् ॥ १५३ ॥

तत्सर्वं भक्षयाज्यत्वं लक्ष्मं पुष्टिं विवर्धय।
उद्वासयेत्ततो वह्निं ग्रहान् देवान् द्विजान् क्रमात् ॥ १५४ ॥
दध्यादन्नं पायसादिब्राह्मणान् भोजयेच्छतम्।
अलाभे सति पञ्चाशद्दशकं तदलाभतः ॥ १५५ ॥
सर्वशान्तेश्च पठनं आशिषां ग्रहणं तथा।
गृही क्षमापयेद्विद्वान्निर्ऋतिः प्रीयतामिति ॥ १५६ ॥

॥ इति शौनकीयमूलशान्तिः ॥

शान्ति के विषय में वसिष्ठ ऋषि ने जो विशेष बात कही है अब उसे कहते हैं।

मूलं प्रजां इन दो मन्त्रों का कव्य ऋषि, निर्ऋति देवता और अनुष्टुप् छन्द है। मूलाय स्वाहा प्रजापतये स्वाहा ये उपहोम मन्त्र होते हैं।

पलाश (ढाक) की लकड़ी, घी व चरू से उपहोम मन्त्रों से आठ-आठ हजार या १०८, १०८, आहुति देने के बाद मूलं प्रजां इत्यादि आठ वाक्यों (मन्त्रों) से वा दो मन्त्रों से तथा व्याहृति मन्त्र व सावित्र, सोम, नैऋत्य, अश्वत्थ मन्त्रों से ढाक की लकड़ी, तिल, चावल से हवन करके मूलं प्रजां इन आठ वाक्यों का ९ बार या १००८ या १०० बार स्थिर चित्त से जप करना चाहिए। यह होम प्रकार शाखान्तर विषय का है।

पुनः [1]मोषुणः परावरा तथा यत्ते देवेति वा इन दो मन्त्रों से खीर में घी मिलाकर १०८, १०८ बार हवन करने के पश्चात् समिधा घी चरू से अपनी शक्ति के अनुसार यथा सङ्ख्या में हवन करके अधिदेवताओं के मन्त्रों से एवं नक्षत्र देवताओं के मन्त्रों द्वारा पायस (खीर) से हवन करना चाहिए। फिर कृणष्वेति पन्द्रह मन्त्रों द्वारा कृसर (तिल जो चावलादि) से आहुति देकर गायत्री मन्त्र से व [2]जातवेद से पन्द्रह बार आहुति देना चाहिए।

तत्पश्चात् (सीरा) साश युंजति[3] [4]तामग्निवर्णां, अग्निमीले [5]वास्तोष्पते, [6]क्षेत्रस्य पतिना, [7]गृणानाज़[8] अग्निदूतं तथा श्रीसूक्त के मन्त्रों द्वारा समिधा, घी, चरू के क्रम से १०८ या २८ वा आठ-आठ आहुति अपनी शक्ति के अनुसार छोड़ना चाहिए।

१—ओम् मोषुणः परावरा निर्ऋतिर्दुर्हिणावदी तरतृष्णः तृष्णया सह।

२—ओम् जातवेदसे सुनवाम सोममरातीं यतो निदहाति वेदः स नः पर्षदति दुर्गाणि विश्वा-नावेव सिन्धुं दुरितात्यग्निः।

३—ओम् सीरा युञ्जन्ति कवयो युगा वितन्वते पृथक् धीरा देवेषु सुम्नया सुतरसितरसे।

४—ओम् तामग्निवर्णां तपसा ज्वलन्तीं वैरोचनीं कर्मफलेषु जुष्टाम्। दुर्गां देवीं शरणमहं प्रपद्ये।

५—ओम् वास्तोष्पते प्रतिजानीह्यस्मान्स्वावेशो अयमीवो भवा नः यत्तमहे ः ति तन्नो जुषस्व शंनो भव द्विपदे शं चतुष्पदे।

६—ओम् क्षेत्रस्य पतिना वयं हितेनेव जयामसि गामश्वं पोषयित्वा सनो मृडातीदृशे।

७—ओम् गृणाना जमदग्निना योनावृतस्य सीदतम्। पातं सोममृता वृधा।

८—ओम् अग्निं दूतम्पुरो दधे हव्यवाहमुपब्रुवे देवां २। आसादयादिह।

पुनः त्वन्नः सोम विश्वपो गोपा अदाभ्यो भव सेधराजन्नतस्त्रिघो विवोमदेमानो दुःशस ईशता विवक्षसे' इस मन्त्र से तेरह बार पायस (खीर) से हवन करके चार बार घी लेकर 'याते रुद्र शिवा तनूरघोरा पापकाशिनी तया नस्तन्वा शन्तमया गिरिशन्ताभि-चाकशीहि' इससे हवन करना चाहिए। पुनः स्रुवा से घी लेकर महाव्याहृति के क्रम से हवन करना चाहिए। फिर स्विष्टकृत होम करके पीछे प्रायश्चित्त की आहुति देकर यजमान या आचार्य पूर्णाहुति का हवन करके अवशिष्ट हवन सामग्री को अग्नि में छोड़ देने के अनन्तर दक्षिण में स्थित होकर अभिषेक, कलश का पूँजन करके मृत्यु के दूर करने के लिये 'त्र्यम्बकं यजामहे' इत्यादि मन्त्र का सौ बार जप करना चाहिए। पुनः रुद्रकुम्भोक्त पद्धति से स्पर्श करता हुआ उसमें पूजा सामग्री को छोड़कर कुम्भ के आगे धूप, दीपक और नैवेद्य का अर्पण करने के बाद आदर पूर्वक अभिषेक के लिए देवता को प्रसन्न करना चाहिए।

पुनः स्त्री पुत्र के सहित सुन्दर आसन पर स्थित यजमान का समस्त ऋत्विजों को अक्षीभ्यां, पवमान, आपो हिष्ठा इन नव मन्त्रों से या आप इह इन दो मन्त्रों से तथा सहस्राक्ष और देवस्य त्वा इन मन्त्रों से अभिषेक करना चाहिए।

और भी श्री महादेव जी के संकल्प मात्र से आगे कथित मन्त्रों से प्रधान देवता को प्रसन्न (प्रार्थना) करना चाहिए।

जो कि ये हाथी पर सवार वज्र को धारण करने वाले बड़े इन्द्रदेव हैं वे मूल नक्षत्र में पैदा हुए बालक के माता-पिता के दोष को दूर करें।

जो कि यह शक्ति को धारण किये हुए हव्य के भक्षक बकरे पर सवार सात जीभ वाले अग्निदेव हैं वे मूल नक्षत्र में उत्पन्न बालक के दोष को दूर करें।

जो कि यह दण्ड को धारण किये हुए भैंसा पर सवार धार्मिक यमराज देव हैं वे मूल में पैदा हुए मेरे बालक के दोष का दूरी करण करें।

जो कि खड्ग के धारण करने वाले राक्षसों के स्वामी निर्ऋति देव हैं वे मूल व गण्डान्त में उत्पन्न के दोष का शमन करें।

जो कि पाश नामक शस्त्र को धारण करने वाले जलों के स्वामी व मगर पर सवार प्रचेता नाम के वरुण देवता हैं वे मूल में उत्पन्न हुए बालक के पाप (अनिष्ट) को दूर करने वाले होवें।

जो कि संसार के प्राण स्वरूप हिरन पर सवार पवन नाम के देव हैं वे मूल में उत्पन्न के दोष को दूर करें तथा बालक को शान्ति प्रद हों।

जो कि खजाने (लक्ष्मी) के स्वामी खड्ग को धारण करने वाले मनुष्य पर सवार कुबेर नाम के देव है वे जातक व माता-पिता के मूल जन्य दोष को दूर करें।

जो कि बैल पर सवार पशुओं के स्वामी महादेव जी हैं वे आश्लेषा, मूल, गण्डान्त जन्य दोष को जल्दी दूर करें।

गणेश, क्षेत्रपाल (भैरव) दुर्गा, लोकपाल और नवग्रह ये समस्त दोषों का शमन करके बालक व माता-पिता को शान्ति प्रद होवें।

त्रिभुवन वासी जितने भूत, चर, अचर, ब्रह्मा, सूर्य बिष्णु हों वे मेरे समस्त दोषों को जलादें अर्थात् नाश करने वाले होवें।

सुन्दर मङ्गलों में मङ्गल कर्त्ता, समस्त वाञ्छित दाता तथा समस्त दोषों की शान्ति करने के लिए माता पुत्र वा पिता-माता पुत्र का अधिषेक करने के पश्चात् वस्त्रान्तरित कलशों से स्नान कराना चाहिए। पुनः सफेद वस्त्र धारण करा कर शुभ्र माला व अनुलेपन करने के अनन्तर यजमान ऋत्विगादि ब्राह्मणों को दक्षिणा देकर संतुष्ट करे। आचार्य जी को एक अधिक दूधवाली गाय बछड़े के साथ दान करके अर्पण करे, तथा मूल देवता की प्रतिमा कलश के साथ व वस्त्र सुवर्णादि देना चाहिए। श्री महादेव जी के जप करने वाले को काला बैल, रुद्र कलश प्रतिमा के साथ यत्नपूर्वक देना चाहिए। यदि पूर्वोक्त वस्तुओं का अलाभ हो तो आचार्य, ब्रह्मा, ऋत्विजों को उन सबका मूल्य (रुपया) देवे या अपनी शक्ति के अनुसार आचार्यादि ब्राह्मणों को दक्षिणा देकर संतुष्ट करे। अवशिष्ट ब्राह्मणों को यथा शक्ति तथा दीन, अन्धे लोभी जनों को थोड़ी-थोड़ी दक्षिणा देकर घी का निरीक्षण (छायादान) मन्त्र पूर्वक ब्राह्मण द्वारा करना चाहिये। घृत पूंजा मन्त्र—हे ब्रह्मा द्वारा सब रसों में श्रेष्ठ तुमको मैं नमस्कार करता हूँ। आप मुझे आगे अमृतरूप सर्वश्रेष्ठ कर दीजिये। इस प्रकार पूजा करके घी को देखना चाहिए और कहना चाहिये कि मेरी अलक्ष्मी और सब शरीर में जो दुर्बलता है उसका आप भक्षण करें एवं मेरे घर में लक्ष्मी की व पुष्टता की वृद्धि होवे। पुनः इसके पश्चात् अग्नि, देवता व ग्रहों का विसर्जन करके ब्राह्मणों को अन्न का दान करके सौ ब्राह्मणों को पायस से भोजन करावे। यदि सौ प्राप्त न हों तो ५० इनके अभाव में १० ब्राह्मणों को भोजन कराने के बाद सर्व शान्ति का पाठ कराकर आशीर्वाद ग्रहण करने के पश्चात् ब्राह्मण से क्षमा मागें और ब्राह्मणों को कहना चाहिए कि मूल देवता अब प्रसन्न हों ॥ ११७-१४६ ॥

अथाश्लेषाशान्तिविधिः मनुसंहितायाम्—

अश्लेषायान्तु जातानां शान्तिं वक्ष्याम्यतः परम्।
जातस्य द्वादशाहे तु शान्तिं होमं समाचरेत् ॥ १ ॥
अलाभे भे तु जन्मस्थे ब्राह्मणाल्वा शुभे दिने।
स्नातोऽभ्यङ्गादिभिस्तस्मिन्वरयेत्तु द्विजोत्तमान् ॥ २ ॥
विभवे पञ्चकुम्भाश्च द्वयं वा तदभावतः।
देवतास्थापने चैकमेकं रुद्राभिमन्त्रणे ॥ ३ ॥
मूलशान्तिप्रकारेण कुम्भं निक्षिप्य पूजयेत्।
गोमयालेपिते देशे धान्याद्यैः परिशोभिते ॥ ४ ॥
पङ्कजं कारयेत्तत्र चतुर्विंशत्यङ्गुलान्वितम्।
तण्डुलैः कारयेद् यद्वा रक्तपीतसितासितैः ॥ ५ ॥

कर्णिकायां न्यसेच्छ्रीं ह्रीं स्थापयेत्तेषु कुम्भकम् ।
आकलशेष्वित्यनया कलशस्थापनं शुभम् ॥ ६ ॥
इमं मे इति मन्त्रेण पूरयेत्तीर्थवारिणा ।
कुम्भञ्च वस्त्रगन्धाद्यैस्तत्तन्मन्त्रैः प्रपूजयेत् ॥ ७ ॥
याः फलिनीरित्यनेन दक्षिणोत्तरयोर्यजेत् ।
ऐन्द्र्यादीशानपर्यन्तं इतरर्क्षाणि पूजयेत् ॥ ८ ॥
मूलोक्तेन विधानेन कुम्भयोरभिमन्त्रणम् ।
रुद्रार्चा रुद्रकुम्भे तु पूर्ववच्छेषमाचरेत् ॥ ९ ॥

आश्लेषाशान्तिरप्येवमेव कार्या । तत्र विभवे पूर्वोक्तवत्पञ्चकुम्भाः स्थाप्या, असंभवे कुम्भद्वयम् । एकत्र रुद्रस्थापनं द्वितीये श्लेषाप्रतिमा स्थापनं, अभिमन्त्रणादि पूर्ववत् । तत्राश्लेषाप्रतिमा सर्पाकारा, अधिदैवतबृहस्पति प्रतिमा, प्रत्यधिदेवपितृप्रतिमा स्थाप्या प्रपूज्या च ।

नमोऽस्तु सर्पेभ्य इति पूजामन्त्र इतीरितः ।
सर्पो रक्तस्त्रिनेत्रश्च द्विभुजः पीतवस्त्रकः ॥ १० ॥
[1]फलकाधिधरस्तीक्ष्णो दिव्याभरणभूषितः ।
एवं ध्यात्वा ततोऽभ्यर्च्य होमकर्म समारभेत् ॥ ११ ॥
कर्त्तुः शाखोक्तमार्गेण आचार्यस्याथवा चरेत् ।
मुखान्तं कर्म निर्माय हविरादाय शास्त्रतः ॥ १२ ॥
इदं सर्पेभ्यो जुहुयात्साधिप्रत्यधिदैवतम् ।
अष्टोत्तरशतं वाथ अष्टविंशतिमेव च ॥ १३ ॥
मूलनक्षत्रतच्छेषं होमकर्म समापयेत् ।
पूर्णाहुत्यन्तकर्माणि कृत्वा संपातकं तथा ॥१४॥
कुम्भाज्जलन्तु प्रक्षिप्य अभिषेकं समाचरेत् ।
पुत्रदारसमेतस्य यजमानस्य पूर्ववत् ॥१५॥

अभिषेके विशेषः—

आश्लेषाऋक्षजातस्य मातापित्रोर्धनस्य च ।
भ्रातृजातिकुलस्थानदोषं सर्वं व्यपोहतु ॥१६॥
पितरः सर्वभूतानां रक्षन्तु पितरः सदा ।
सर्पनक्षत्रजातस्य वित्तञ्च ज्ञातिबान्धवान् ॥१७॥
सर्पाधीशनमस्तुभ्यं नागानाञ्च गणाधिप ।
गृहाणार्घ्यं मया दत्तं सर्वारिष्टप्रशान्तये ॥१८॥

१—वरदाभयहस्तश्च ।

इत्यर्घ्यमन्त्रः ॥

मूलनक्षत्रवत्कुर्यात्सर्पदोषे स्वनामतः ।

एतच्च मूलाश्लेषाशान्तिद्वयं विवाहे उपस्थिते श्वसुरस्य श्वश्रूश्च सत्वे मूलाश्लेषोत्पन्नयोरपि वधूवरयोस्तत्तदरिष्टनिवृत्यर्थं विधेयं उपलक्षणत्वाच्च । ज्येष्ठाविशाखोत्पन्नायाः वध्वा वरस्य ज्येष्ठबन्धु-कनिष्ठबन्धुकष्टये शान्तये च ।

यदाह नारदः –

मूलजा श्वसुरं हन्ति व्यालजा च तदङ्गनाम् ॥१९॥
ऐन्द्री पत्यग्रजं हन्ति देवरन्तु द्विदैवजा ।
शान्तिर्वा पुष्कला चेत्स्यात्तर्हि दोषो न कश्चन ॥२०॥ इति

इत्याश्लेषा शान्तिः ।

अब मनु संहिता में वर्णित आश्लेषा नक्षत्र की शान्ति विधि को बतलाते हैं । अर्थात् इसके आगे आश्लेषा नक्षत्र में जन्म लेने वालों की शान्ति विधि को कहता हूँ । जन्म के बारहवें दिन या जन्म नक्षत्र में शान्ति करना चाहिए । यदि जन्म नक्षत्र की अप्राप्ति हो तो किसी भी शुभ दिन में स्नान व अभ्यङ्गादि करने के बाद उत्तम ब्राह्मणों का वरण करके शान्ति का प्रारम्भ करना चाहिए । यदि ऐश्वर्य हो तो पाँच कलश की स्थापना करे यदि पाँच का अभाव हो तो दो कलश ग्रहण करके एक में आश्लेषा के देवता की व द्वितीय में रुद्र को स्थापना करके मूल शान्ति में उक्त पदार्थों को कलश में छोड़कर उनकी मूलोक्त विधि से पूँजा करना चाहिये । पुनः धान्यादि से चतुर्दिशा में सुशोभित भूमि को गोबर से लिप्त करके चौबीस अङ्गुल परिमाण व कलिका वाला लाल, पीले, सफेद, काले चावलों से कमल बनाकर कर्णिका में श्रीं ह्रीं को लिख कर उस पर कलश की स्थापना करना चाहिए ।

'आकलशेषु' इत्यादि मन्त्र से कलश की स्थापना करके 'इमं में' इत्यादि मन्त्र से तीर्थ के जल कलश में भर देना चाहिए । पुनः वस्त्र गन्धादि के मन्त्रों से कलश का पूजन करने के पश्चात् 'याः फलिनी' इत्यादि मन्त्र से आश्लेषा देवता के दक्षिण व उत्तर में स्थित देवताओं का पूजन करके पूर्व दिशा में ईशान पर्यन्त स्थित नक्षत्र देवताओं का पूजन करे । पुनः मूलनक्षत्रोक्त प्रकार से कुम्भों का अभिमन्त्रण करने के अनन्तर रूद्र कलश की शेष पूँजा पूर्ववत् करना चाहिए । अर्थात् मूल नक्षत्र की पूजा की तरह आश्लेषा की भी पूजा करना चाहिए ।

यदि धन हो तो पाँच कलश अथवा अभाव में दो कलश ग्रहण करके एक में रुद्र की और दूसरे में आश्लेषा नक्षत्र की प्रतिमा स्थापन करके मूलोक्त विधिवत् पूँजा करना चाहिए । आश्लेषा की प्रतिमा सर्पाकार अर्थात् सर्प की तरह, अधिदेवता की गुरू के समान और प्रत्यधि देवता की पितरों के समान बनवाकर स्थापना के अनन्तर पूँजा करना चाहिए । सर्प की आकृति-दो हाथ तीन नेत्र पीले वस्त्र धारण किये हुए, फलक

की जीव तीक्ष्ण और दिव्य अलङ्कारों से विभूषित होनी चाहिए। यह सर्प का ध्यान है। इस प्रकार सर्प की मूर्ति का ध्यान कर के फिर पूँजादि करने के अनन्तर होम कार्य को प्रारम्भ करना चाहिए। होम, कर्त्ता की शाखा या आचार्य की शाखा पद्धति से होना आवश्यक होता है।

अग्नि मुख तक अर्थात् अग्नि प्रज्वलित होने तक की विधि करके शास्त्र की पद्धति से हवि ग्रहण करके अधिदेवता व प्रत्यधिदेवता के साथ प्रधान देव का १०८ बार या २८ बार हवन करने के पश्चात् मूलोक्त विधि से शेष होम करके पूर्णाहुति तक कार्य करने के अनन्तर पुत्र-स्त्री से युक्त यजमान का कलश में से जल लेकर पूर्वोक्त रीति से अभिषेक करना चाहिए।

अभिषेक में कुछ विशेष यह है कि आश्लेषा नक्षत्र में उत्पन्न बालक के माता पिता धन, भाई, जाति कुल, स्थानों में जो दोष हों वह समस्त शीघ्र नष्ट हों। पितर लोग समस्त प्राणियों की रक्षा करने वाले हों तथा आश्लेषा नक्षत्र में उत्पन्न बालक के बान्धव व कुल की भी रक्षा करें। यह अभिषेक के समय विशेष वाक्य कहना चाहिए। पुनः हे सर्प स्वामी हे सर्प समुदाय के मालिक तुमको प्रणाम है। मैं आपको समस्त अरिष्ट शान्ति के लिये अर्घ्य दे रहा हूँ आप इसे ग्रहण करें। अर्थात् इस मन्त्र से अर्घ्य देकर मूल नक्षत्र की तरह शेष कार्य करने में मूल के नाम की जगह सर्प का नाम लेकर अवशिष्ट विधि पूर्ण करना चाहिए।

यह मूल व आश्लेषा शान्ति की विधि जन्म के समय पूर्ण न होने पर बिबाह के समय सास श्वसुर को अरिष्ट कारक होती है।

शान्ति से सास ससुर का भी अरिष्ट दूर होता है अतः शान्ति करना चाहिए।

यह मूल आश्लेषा की शान्ति उपलक्षण मात्र है क्योंकि ज्येष्ठा व विशाखा में में उत्पन्न कन्या पुत्र अर्थात् ज्येष्ठा में उत्पन्न कन्या पति के बड़े भाई को व विशाखा में उत्पन्न कन्या पति के छोटे भाई के लिये कष्ट कारक होती है। तथा पुत्र बड़े-छोटे भाई को अरिष्ट करने वाला होता है। इसलिये ज्येष्ठा व विशाखा में उत्पन्न अर्थात् दूषित समय में उत्पन्न होने वाले की शान्ति करना चाहिए। जो कि नारद ऋषि ने कहा है।

यथा — मूल में उत्पन्न ससुर का, आश्लेषा में सास का ज्येष्ठा में पति के बड़े भाई का, विशाखा में पति के छोटे भाई का मरण करने वाली कन्या होती है।

यदि पूर्वोक्त नक्षत्रों में उत्पन्न की विधि पूर्वक शान्ति हो जाती है तो माता, पिता, ससुर, सास आदि को कुछ भी भय नहीं होता है ॥१–२०॥

इस प्रकार आश्लेषा में उत्पन्न की शान्ति विधि समाप्त हुई।

अथ त्रिविधगण्डशान्तिः गर्गसंहिताम्।

[1]गण्डशान्तिं प्रवक्ष्यामि सोममन्त्रेण भक्तिमान्।
कांस्यपात्रं प्रकुर्वीत पलैः षोडभिर्नवम् ॥१॥

१—मु० चिं० २ प्र० ५६ श्लो० पी० धा० में १–७ श्लो० हैं।

अष्टाभिश्च चतुर्भिर्वा द्वाभ्यां वा शोभनं तथा।
तन्मध्ये पायसं शङ्खे नवनीतेन पूरिते ॥२॥
राजतं चन्द्रमभ्यर्च्य सितपुष्पसहस्रकैः।
दैवज्ञः शुक्लवासास्तु शुक्लमाल्यम्बरार्चितः ॥३॥
सोमोऽहमिति संचिन्त्य पूजां कुर्यादतन्द्रितः।
जपेत्साहस्रकं मन्त्रं श्रद्दधानः समाहितः ॥४॥
आप्यायस्वेति मन्त्रेण पूजां कुर्यात्समाहितः।
दद्याद्वै दक्षिणामिष्टां गण्डदोषप्रशान्तये ॥५॥
शुक्लं वागीश्वरञ्चैव ताम्रपात्रसमन्वितम्।
गण्डदोषोपशान्त्यर्थं दद्याद्वेदविदे शुचिः ॥६॥
अभुक्ततरजातानां सूतकान्ते दिनेऽथवा।
शान्तिं शुभेऽह्नि वा कुर्यात्तावत्पुत्रं न लोकयेत् ॥७॥

विशेषो ज्योतिर्निबन्धे—

मूलाश्विपितृचरणे प्रथमे च नूनं पौष्णेन्द्रयोश्च फणिनश्च तुरीयपादे।
मातुः पितुः स्ववपुषः प्रकरोति नाशं जातो यदा निशिदिनेऽप्यथ
सन्ध्ययोश्च ॥८॥ इति

अत्रापि पूर्ववत् प्रतिमाकलशं होमाभिषेकादिकं कार्यम्।

[1]तिथिगण्डे त्वनड्वाहं नक्षत्रे धेनुरुच्यते।
काञ्चनं गण्डलग्ने तु गण्डदोषो विनश्यति ॥९॥
आद्यभागे पितुर्गण्डे त्रयाणामभिषेचनम्।
इतरत्र शिशोर्मातुरभिषेकञ्च कारयेत् ॥१०॥

अन्यच्च विशेषस्तत्रैवोक्तः।

उत्तरातिष्यचित्रासु पूर्वाषाढोद्भवस्य च।
कुर्याच्छान्तिं प्रयत्नेन नक्षत्राकारजां बुधः ॥११॥

अत्र विशेषान्तरमाह वसिष्ठः।

चित्राद्यर्धे पुष्यपादे द्वितीये पूर्वाषाढाधिष्ण्यपादे तृतीये।
जातः पूर्वाफाल्गुन्युत्तरार्धे विघाती माता पित्रोर्भ्रातुरप्यात्म-
नश्च ॥१२॥

गर्ग :—

द्विमासस्योत्तरा दोषः पुष्यश्चैव त्रिमासकः।
पूर्वाषाढाष्टमे मासि चित्रा षाण्मासिक फलम् ॥१३॥

१—मु० चिं० २ प्र० ५६ श्लो० पी० धा० में ९–११ व १५–१६॥ हैं।

नव मासं तथ श्लेषा मूले चाष्टौ समाः स्मृताः ।
ज्येष्ठा मासे पञ्चदशे पुत्रदर्शनवर्जिता ।।१४।।
उत्तरे तिलपात्रं स्यात्तिष्ये गोदानमिष्यते ।
अजां चित्रासु वै दद्यात् पूर्वाषाढ़े तु काञ्चनम् ।।१५।।
यवश्च व्रीहिमाषांश्च तिलमुद्गांश्च दापयेत ।
यथा वित्तानुसारेण कुर्याद् ब्राह्मणभोजनम् ।।१६।।
पितुरायुष्यवृद्ध्यर्थं शान्तिरत्र विधीयते ।
शान्ति विना दानान्तरं सर्वनक्षत्रेषु वसिष्ठसंहितायाम् ।
विप्रेभ्यो गोत्रयं दद्यात्तद्दोषशमनाय वै ।
अशक्तो गोद्वयं दद्याद्गामेकां वापि भक्तितः ।।१७।।इति ।

अत्रोत्तराशब्देन पूर्वाषाढ़साहचर्यादुत्तराषाढा ज्ञेयेति व्याख्यातं सारसागरे ।

इति गण्डान्तशान्तिः ।

अब तीन प्रकार के गण्डों की शान्ति को गर्ग संहिता के आधार पर कहते हैं । प्रथम सोम मन्त्र से सोलह पल या आठ या चार या दो पल का अच्छा काँसे का पात्र बनवाकर उसमें खीर और शङ्ख में माखन भर कर चाँदी के चन्द्रमा को एक हजार सफेद पुष्पों से पूँजा करना चाहिए ।

जितेन्द्रिय पण्डित ज्योतिषी स्वयं सफेद वस्त्रों को पहन कर सफेद माला व वस्त्रों से पूजित हो मैं सोम हूं इस प्रकार की भावना करके पूजा करना चाहिए । पूर्व में सोम मन्त्र का एक हजार बार मन लगा कर श्रद्धापूर्वक जप करने के पश्चात् 'आप्यायस्व' इत्यादि मन्त्र से पूजा करके गण्डदोष निवृत्ति के लिये एक सुन्दर गाय का दान करना चाहिए ।

पवित्र वेद ज्ञाता के लिए गण्डदोष निवृत्यर्थ तांमे के पात्र के साथ शुभ्र गुरू की प्रतिमा अर्पण करनी चाहिए ।

अभुक्त मूल के अतिरिक्त शान्ति कारक नक्षत्रों की शान्ति सूतक के बाद या किसी भी शुभ दिन में करना चाहिए । जब तक शान्ति न हो तब तक पुत्र का मुख पिता को नहीं देखना चाहिए ।

इस गण्डान्त शान्ति की विधि में जो बात ज्योतिर्निबन्ध में विशेष बतलाई है, अब उसी को यहाँ बताया जाता है ।

मूल, अश्विनी, मघा नक्षत्र के प्रथम चरण में और रेवती, ज्येष्ठा व आश्लेषा नक्षत्र के चतुर्थ चरण में उत्पन्न बालक रात्रि में माता का, दिन में पिता का और सन्ध्या में स्वयं अपना ही नाशक होता है ।

इस पूर्वोक्त योग में भी प्रतिमा, कलश, हवन अभिषेकादि पूर्ववत् करना चाहिए ।

अब त्रिविध गण्डयोग में पृथक् २ दान करने को कहते हैं ।

यदि तिथि गण्ड हो तो बैल, नक्षत्र गण्ड में गाय और लग्न गण्ड में सुवर्ण का दान करना चाहिए। इस से गण्डदोष दूर हो जाता है।

प्रथम भाग में पितृ गण्ड हो तो माता पिता बालक इन तीनों का अभिषेक करना चाहिए। इसके अतिरिक्त गण्डों में माता व बालक का ही अभिषेक करना चाहिए।

इसके अलावा भी जो वहाँ पर कथित है अब उसे कहते हैं।

उत्तरा, पुष्य, चित्रा, पूर्वाषाढ़ा इन नक्षत्र में उत्पन्न बालक की नक्षत्राकार शान्ति करना चाहिए।

इन उत्तरादि नक्षत्रों की शान्ति के विषय में जो वसिष्ठ ऋषि ने कहा है अब उसे बतलाते हैं।

चित्रा के द्वितीय चरण में जातक माता का, पुष्य के द्वितीय चरण में पिता का, पूर्वाषाढ़ा के तीसरे चरण में भाई का और पूर्वाफाल्गुनी नक्षत्र के उत्तरार्ध में उत्पन्न स्वय का नाशक होता है।

अब इन उक्त नक्षत्रों का कब फल होता है इसे गर्गाचार्य जी के वाक्य से बतलाते हैं।

गर्गाचार्य जी कहते हैं कि दो मास तक उत्तरा में उत्पन्न का अशुभ फल, पुष्य में तीन मास तक, पूर्वाषाढ़ा में आठवें मास में, चित्रा में ६ मास तक, आश्लेषा में नौ मास तक, मूल में आठ वर्ष तक और ज्येष्ठा में उत्पन्न बालक का अशुभ फल पन्द्रह मास में या मास तक होता है। इसलिये उक्त समय तक या शान्ति से पहिले पुत्र का मुख नहीं देखना चाहिए।

अब उक्त नक्षत्रों की शान्ति में पृथक् पृथक् दान वस्तुओं को कहते हैं।

उत्तरा में तिल से पूर्ण पात्र का, पुष्य में गाय का, चित्रा में बकरी का, पूर्वाषाढ़ा में सोने का, तथा जौ, चावल, उड़द मूंग का दान करना चाहिए। तथा अपनी शक्ति के अनुसार ब्राह्मण भोजन कराना चाहिए।

पिता की आयु वृद्धि के लिये यहाँ शान्ति प्रकार का वर्णन किया है। शान्ति न करके केवल दान करने से अरिष्ट का शमन होना वसिष्ठ संहिता में प्राप्त होता है, अब उसे कहते हैं।

वसिष्ठ संहिता में कहा है कि नक्षत्र दोष निवृत्ति के लिये ब्राह्मणों को तीन गाय का या सामर्थ्य न हो तो दो अथवा एक गाय का दान करने से नक्षत्र जन्य दोष दूर हो जाता है।

यहाँ उत्तरा शब्द से पूर्वाषाढ़ा का सान्निध्य होने से उत्तराषाढ़ समझना चाहिए॥ १–१७॥

यह गण्डान्त शान्ति की विधि समाप्त हुई।

॥ अथ ज्येष्ठाशान्तिः॥

[1]भरद्वाजः—

ज्येष्ठादौ मातृजननीं मातामहं द्वितीयके।
तृतीये मातुलं हन्ति चतुर्थे जननीं तथा॥ १॥

१—मु० चिं० २ प्र० ५६ श्लो० पी० धा० में हैं।

आत्मानं पञ्चमे हन्ति षष्ठे गोत्रक्षयो भवेत्।
सप्तमे कुलनाशः स्यादष्टमे ज्येष्ठसोदरम् ॥ २ ॥
नवमे श्वसुरं हन्ति सर्वस्वं दशमे तथा।

प्रत्येकं घटिकाषट्कस्य फलमुक्तम्। अत्रापि मूलशान्तिवत्कार्यम्।

तत्र विशेषः—

घटिकैका च मैत्रान्ते ज्येष्ठादौ घटिकाद्वयम्।
तयोः सन्धिरिति ज्ञेयं शिशुगण्डान्तमीरितम् ॥ ३ ॥
प्रथमे च द्वितीये च ज्येष्ठर्क्षे च तृतीयके।
पादत्रये च यो जातः स च श्रेष्ठः प्रकीर्तितः ॥ ४ ॥
ज्येष्ठान्त्यपादजातस्तु पितुः स्वस्य विनाशकः।
ज्येष्ठर्क्षे कन्यका जाता हन्ति शीघ्रं धवाग्रजम् ॥ ५ ॥
शान्तिं तस्य प्रवक्ष्यामि गण्डदोषप्रशान्तये।

तत्र चतुर्दिक्षु कुम्भचतुष्टयं संस्थाप्य तन्मध्ये शतच्छिद्रं पञ्चमं कुम्भं संस्थाप्य पूर्ववत्पूजा विधायेति।

तत्र—

वज्राङ्कुशधरं देवमैरावतगजान्वितम्।
कुर्याच्छचीपतिं रम्यं देवेन्द्रं सुरनायकम् ॥ ६ ॥
शालितण्डुलसंपूर्णं कुम्भस्योपरि पूजयेत्।
अष्टसहस्रसंयुक्तं लक्षं कुर्याज्जपं तथा ॥ ७ ॥
महा इन्द्रेति मन्त्रेण तदर्द्धार्द्धेन वा जपः।
होमो दशांशतः कार्यस्तर्पणं मार्जनं विधिः ॥ ८ ॥
इन्द्रापेन्द्रोमरुत्वते इति मन्त्रेण वाग्यतः।
पूजयेद्विधिना सम्यक् लोकपालगणान्वितम् ॥ ९ ॥
रक्तवस्त्रद्वयोपेतं देवराजं शचीपतिम्।
पूजयेद्वारुणैर्मन्त्रैः कुम्भान्धीमान्प्रयत्नतः ॥ १० ॥
त्वन्नो अग्ने जपेदादौ सत्वन्नोऽपि द्वितीयकम्।
समुद्रज्येष्ठा इति च इमंमेऽति चतुर्थकम् ॥ ११ ॥
पूजयेद्गन्धवस्त्राद्यैश्चतुरः कलशानपि।
आनो भद्रा जपेदादौ भद्रा अग्ने द्वितीयकम् ॥ १२ ॥
इन्द्रसूक्तं रुद्रजपं जपं मृत्युञ्जयं ततः।
समिद्भिर्ब्रह्मवृक्षस्य शतमष्टोत्तरं शतम् ॥ १३ ॥
सर्पिषा चरुणा चैव मूलमन्त्रेण वाग्यतः।
जुहुयाज्ज्ज्याप्यथ तेनैव यत इन्द्रभयेति वा ॥ १४ ॥

तिलान् व्याहृतिभिर्हुत्वा शतमष्टोत्तरं पृथक् ।

ततोऽभिषेकः । रूपमिति मन्त्रेण तच्चक्षुरिति मन्त्रेण आज्याव-लोकनं पुनर्देवतापूजनं कृत्वा—

नमोऽस्तु सुरनाथाय नमस्तुभ्यं शचीपतेः ॥ १५ ॥
गृहाणार्घ्यं मया दत्तं गण्डदोषप्रशान्तये ।
अष्टोत्तरशतं सङ्ख्यान् कुर्याद्ब्राह्मणभोजनम् ॥ १६ ॥

अन्यत्सर्वं पूर्ववत ।

इति ज्येष्ठा शान्तिः ।

अब ज्येष्ठा नक्षत्र में उत्पन्न बालक की शान्ति विधि को कहते हैं ।

प्रथम ज्येष्ठा नक्षत्र का ६० घटी भभोग मानकर उसके १० भाग करके प्रत्येक ६ घटी में उत्पन्न के फल को बतलाते हैं ।

यहाँ ६० घटी कल्पना अर्थात् १० भाग सम मान से हों इसी के लिये भभोग ६० की गई हैं । वस्तुतः ज्येष्ठा नक्षत्र की भभोग घटियों के दश भाग करके ही जातक का फल जानना चाहिए । इसे भरद्वाज ऋषि के वाक्य से बतलाते हैं ।

यदि जातक का प्रथम दशमांश में ज्येष्ठा नक्षत्र के में जन्म हो तो बालक माता की जननी का अर्थात् नानी का, द्वितीय दशमांश में नाना का, तीसरे में माता के भाई का अर्थात् मामा का, चौथे में माता का, पाँचवें में स्वयं (अपना) का, छटे में वंश का, सातवें में कुल का, आठवें में बड़े सहोदर भाई का, नवें में ससुर का और ज्येष्ठा नक्षत्र के दशवें दशमांश में जन्म होने पर जातक सर्वस्व (समस्तों) का नाश करने वाला होता है ।

ज्येष्ठा नक्षत्र में भी मूल नक्षत्र की तरह शान्ति करना चाहिए ।

ज्येष्ठा शान्ति में जो विशेषता होती है, उसे अब कहते हैं ।

अनुराधा नक्षत्र की अन्तिम एक घड़ी और ज्येष्ठा नक्षत्र के आदि की दो घड़ी की सन्धि संज्ञा होती है इसमें जो पैदा होता है वह गण्डान्त में उत्पन्न समझा जाता है अर्थात् उक्त सन्धि की गण्डान्त संज्ञा होती है । ज्येष्ठा नक्षत्र के प्रथम, द्वितीय व तृतीय चरण में जो उत्पन्न होता है वह जातक श्रेष्ठ होता है । तथा ज्येष्ठा नक्षत्र के चौथे चरण में पैदा होने वाला पिता का व अपना विनाश करने वाला होता है ।

यदि ज्येष्ठा नक्षत्र में कन्या उत्पन्न होती है तो वह अपने पति के बड़े भाई (जेठ) का विनाश करने वाली होती है । इसलिये ज्येष्ठा नक्षत्र में उत्पन्न की शान्ति विधि को गण्डान्त दोष दूर करने के लिये कहता हूं ।

चारों दिशाओं में चार कलश स्थापित करके बीच में सौ छेद से युक्त पाँचवा कलश स्थापित करके पूर्वोक्त रीति से पूजन करना चाहिए । इस शान्ति में वज्र व अङ्कुश को धारण किये हुए ऐरावत हाथी से युक्त देवताओं के नायक, शची के पति, इन्द्र की सुन्दर प्रतिमा बनवाकर, साठी के चावल से कलश को पूर्ण करके उसके ऊपर प्रतिमा स्थापित करके पूजा करना चाहिए ।

पुनः 'महा इन्द्र' इत्यादि से वा इसके आधे मन्त्र का एक लाख आठ हजार बार जप करके इसका दशांश हवन और हवन का दशांश मार्जन व मार्जन का दशांश तर्पण करना 'इन्द्रायेन्दो मरुत्वते' इस मन्त्र से शान्त होकर विधि पूर्वक अच्छी तरह से लोकपालादि से युक्त देवों का पूजन करना चाहिए।

दो लाल वस्त्रों से युक्त इन्द्रदेव की व कलश की पूँजा वरुण मन्त्रों से करके प्रथम 'त्वन्नो अग्ने' का दूसरी बार 'सत्वन्नो' का, तीसरे बार, 'समुद्रज्येष्ठा' का और चौथी बार 'इमंमें' का जप करना चाहिए। फिर इसके पश्चात् वस्त्र गन्धादि से चारों कलशों की भी पूँजा करके पहिले 'आनो भद्रा' फिर 'भद्रा अग्ने' पुनः इन्द्र सूक्त व रुद्री का पाठ या जप करने के अनन्तर मृत्युञ्जय का जप करना चाहिए।

पुनः १०८ बार पीपल की समिधा से, घी से, चरु से मूल (ज्येष्ठा) मन्त्र द्वारा हवन करके मूल मन्त्र का या 'यत इन्द्र भय' इत्यादि का जप करने के बाद १०८ बार व्याहृति मन्त्र द्वारा तिल से हवन करना चाहिए। फिर अभिषेक करके घी का अवलोकन करके पुनः पूँजा करने के पश्चात् 'नमोऽस्तु सुरनाथाय' इत्यादि मन्त्र से अर्घ्यं देकर १०८ ब्राह्मणों को भोजन कराना चाहिए। अन्य अवशिष्ट पूर्ववत् कर्म करने से ज्येष्ठा शान्ति की विधि समाप्त होती है ॥१-१६॥

[अथ दुष्टयोगशान्तिः]

[1]दिनक्षये व्यतीपाते व्याघाते विष्टिवैधृतौ।
शूले गण्डे च परिघे वज्रे च यमघण्टके ॥१॥
कालदण्डे मृत्युयोगे दग्धयोगे सुदारुणे।
तस्मिन् गण्डदिने प्राप्ते प्रसूतिर्यदि जायते ॥२॥
अतिदोषकरी प्रोक्ता तत्र पापयुते सति।
विचार्य तत्र दैवज्ञः शान्तिं कुर्यात्यथा विधिः ॥३॥
यजनं देवतानाञ्च ग्रहाणाञ्चैव पूजनम्।
दीपं शिवालये भक्त्या गोघृतेन प्रदापयेत् ॥४॥
अभिषेकं शङ्कराय अश्वत्थस्य प्रदक्षिणम्।
अभीष्टफलसिद्ध्यर्थं कुर्याद्ब्राह्मणभोजनम् ॥५॥
गाणपत्यं पुरुषसूक्तं सौरं मृत्युञ्जयं शुभम्।
शान्तिजाप्यं पुनश्चैव कृत्वा मृत्युञ्जयी भवेत् ॥६॥

इत्युत्तरगार्ग्ये दुष्टयोगशान्तिः।

अब उत्तरगार्ग्योक्त अशुभ योगों में पैदा होने वाले बालक की शान्ति विधि को कहते हैं।

यदि जातक का तिथिक्षय में, व्यतीपात में, व्याघात, भद्रा, वैधृति, शूल, गण्ड,

१—मु० चिं० २ प्र० ५६ श्लो० पी० धा० में इनसे भी अधिक श्लोक प्राप्त होते हैं।

परिघ, वज्र, यमघण्ट, कालदण्ड, मृत्युयोग, दग्धयोग और दारुणयोग में गण्ड के साथ जन्म होता है तो उसकी उत्पत्ति अशुभ फल करने वाली होती हैं। इसलिये ज्योतिषी को इन सबका विचार करके शान्ति की रीति से जातक के पितादि को शान्ति करने हेतु कहना चाहिए। अर्थात् इन अशुभ योगों में उत्पन्न होने वाले की शान्ति करना चाहिए।

देवता व ग्रहों का पूँजन करके शिवालय में गाय के घी का दीपक जलाकर तथा महादेव जी का अभिषेक कराना और पीपल के वृक्ष की परिक्रमा करना चाहिए।

इसके पश्चात् इष्टफल प्राप्ति के लिये ब्राह्मण भोजन एवं गाणपत्य, पुरुष, सौर, मृत्युंजय, शान्ति सूक्तों का पाठ कराने से जातक की दीर्घायु होती है। विशेष जिज्ञासा के लिये पीयूष धारा टीका देखना चाहिए ॥१–६॥

अथ उत्तरगार्ग्ये वैधृतिव्यतीपातसंक्रान्तिशान्तिः ॥

[1]कुमारजन्मकाले तु व्यतीपातश्च वैधृतिः।
संक्रान्तिश्च रवेस्तत्र जातो [2]दारिद्र्यकारकः ॥१॥

[? अथ] संक्रान्तिनिषेधः संकान्तेरुभयत्र षोडशघटीमितो ज्ञेयः व्यतीपातवैधृतिगणितागतौ महापातसंज्ञौ ज्ञेयौ।

नवग्रहमखं कुर्यात्तस्य दोषस्य शान्तये।
प्रथमं गोमुखाज्जन्म ततः शान्तिं समाचरेत् ॥२॥
गृहस्य पूर्वदिग्भागे गोमयेनानुलिप्य च।
[3]स्वलङ्कृतप्रदेशे तु व्रीहिराशिं प्रकल्पयेत् ॥३॥
पञ्चद्रोणमितं धान्यं तदर्धं तण्डुलेन च।
तदर्धन्तु तिलैः[4]कुर्यादन्योन्योपरि कल्पयेत् ॥४॥
द्रव्यत्रितयराशौ तु अष्टपत्रं लिखेद्बुधः।
पुण्याहं वाचयित्वा तु आचार्यं [5]वृणुयात्पुरा ॥५॥
राशौ प्रतिष्ठितं कुम्भमव्रणं सुमनोहरम्।
तीर्थोदकेन [6]संपूर्य समृदौषधिपल्लवम् ॥६॥
पञ्चगव्यं पञ्चरत्न वस्त्रयुग्मेन वेष्टयेत्।
तस्योपरि न्यसेत्पात्रं सूक्ष्मवस्त्रेण संयुतम् ॥७॥
एवमेव व्यतीपाते शान्तौ सङ्क्रमणस्य च।
अधिदैवं भवेत्सूर्यश्चन्द्रः प्रत्यधिदैवतम् ॥८॥
प्रतिमां स्थापयेत्पश्चात्साधिप्रत्यधिदैवताम्।
चन्द्रादित्याकृती पार्श्वे मध्ये वैधृतिमर्चयेत् ॥९॥

१—मु० चि० २ प्र० ५६ श्लो० पी० धा० में प्राप्त हैं। २—दारिद्र का० पु० में है।
३—अलकृत:स्वदेशे पु० में पा० है। ४—श्र्यादन्योन्यं पु० में है। ५—कारयेत् पु० में है।
६—संमृत्य पु० में है।

तत्तद्व्याहृतिपूर्वेण तत्तन्मन्त्रेण पूजयेत्।
त्रैयम्बकेन मन्त्रेण प्रधानप्रतिमां यजेत् ॥१०॥
उत्सूर्य इति मन्त्रेण सोमपूजां समाचरत्।
आप्यायस्वेति मन्त्रेण सोमपूजां समाचरत् ॥११॥
तत्राष्टोत्तरसाहस्रमष्टोत्तरशतं च वा।
अष्टाविंशति सङ्ख्या वा जपं सर्वत्र सौरजम् ॥१२॥

आनो भद्रेति, भद्रा अग्ने इति सूक्तं, पुरुषसूक्तं त्र्यम्बकं एतान्मन्त्रान् कुम्भान् स्पृष्ट्वा जपं कुर्युः।

त्रैयम्बकेन मन्त्रेण समिदाज्यचरून् हुनेत्।
अष्टोत्तरसहस्रं अष्टोत्तरशतं अष्टाविंशतिर्वा
मृत्युञ्जयेन मन्त्रेण तिलहोमं समाचरेत ॥१३॥

ततः समुद्रज्येष्ठा, आपोहिष्ठा ऋचेन वा अक्षीभ्यामिति सूक्तेन पावमानिभिः, त्रैयम्बकेन, उत्सूर्येणेति, आप्यायस्वेति वैदिकमन्त्रैः सुरास्त्वामभिषिचन्तु इत्यादिकैः पुराणमन्त्रैश्चाभिषेक कुर्यात्। अन्यद्दक्षिणादानादिक पूर्ववत्।

इत्युत्तरगार्ग्ये वैधृतिव्यतीपातसंक्रान्ति शान्तिः ॥

अब उत्तर गार्ग्योक्त वैधृति, व्यतीपात एवं सूर्य की संक्रान्ति में उत्पन्न बालक की शान्ति विधि को बतलाते हैं।

यदि बालक के जन्म समय में व्यतीपात या वैधृति नाम का योग हो या सूर्य की संक्रान्ति हो तो जातक के धन का हरण करके दरिद्री अर्थात् निर्धन बना देता है। इसलिये इन तीनों में उत्पन्न की शान्ति करना चाहिए।

सूर्य की संक्रान्ति से सोलह घटी पूर्व व सोलह घटी बाद तक संक्रान्ति जन्य दोष समझना चाहिए। तथा गणितागत वैधृति व व्यतीपात में जन्म होने पर महापात नामक दोष से शान्ति आवश्यक होती है।

इन तीनों में उत्पन्न के दोष दूरी करण के लिये पूर्व में ग्रह शान्ति करने के पश्चात् गोमुख प्रसव करा कर शान्ति का प्रारम्भ करना चाहिए।

घर की पूर्व दिशा में गोबर से लिपवाकर उस भूमि को स्वस्तिक आदि से सजाकर सज्जित भूमि में चावलों का ढेर लगाना चाहिए।

पाँच द्रोण परिमाण धान्य और धान्य (धान) का आधा चावल तथा चावल का आधा भाग तिल लेकर धान के ऊपर चावल व चावल के ऊपर तिल की राशि लगा कर इन तीनों मिले हुए अन्न में आठ पत्राकृति बना कर पुण्याह बाचन करके पहिले आचार्य का वरण करके सुन्दर विना फटा-हुआ कलश अष्ट पत्र के ऊपर स्थापित करना चाहिए।

उस कलश को तीर्थों के जल से भर कर मृत्तिका, औषधि, पञ्चपल्लव, पञ्च गव्य, पञ्च रत्न उसमें छोड़ कर वस्त्रों से लपेट कर उसके ऊपर पात्र रखकर सूक्ष्म वस्त्र

से युक्त करने के अनन्तर अधिदेवता व प्रत्यधिदेवता के साथ प्रधान देव की प्रतिमा को स्थापित करना चाहिए। प्रतिमा की स्थापना में मध्य में वैधृति की व अगल-बगल में चन्द्रमा व सूर्यवत् आकृति की प्रतिमा स्थापित करके पूँजा करना चाहिए। इसी प्रकार व्यतीपात व संक्रान्ति शान्ति में भी मध्य में प्रधान देवता की प्रतिमा के साथ प्रतिमा स्थापित करना चाहिए। सूर्य अधिदेव व चन्द्रमा प्रत्यधिदेव होता है।

पुनः प्रधान व अधिदेव एवं प्रत्यधिदेवता का पूँजन उनकी व्याहृति के साथ उनके मन्त्रों से पूँजा अर्थात् प्रधान देवता की 'त्र्ययम्बकं' इत्यादि, सूर्य की 'उत्सूर्य' इत्यादि से और चन्द्रमा की 'आप्यायस्व' इत्यादि मन्त्र से पूँजा करना चाहिए। ततः सौर सूक्त का १००८ बार या १०८ बार या २८ बार जप पाठ करके 'आनो भद्रा' 'भद्रा अग्ने' पुरुष सूक्त त्र्यम्बक इत्यादि मन्त्रों का चारों दिशाओं में स्थित कलशों का स्पर्श करता हुआ जप करने के बाद 'त्र्यम्बकं' इत्यादि मन्त्र से समिधा घी चरू द्वारा हवन करना चाहिए। पुनः १००८ बार या १०८ बार या २८ बार मृत्युञ्जय मन्त्र द्वारा तिल से हवन करके 'समुद्रज्येष्ठा' 'आपोहिष्ठा' 'अक्षीभ्यां' व पवमान सूक्त से तथा त्र्यम्बक' उत्सूर्येण 'आप्यायस्व' इत्याइि वैदिक मन्त्रों से व सुरास्त्वामभिषन्तु इत्यादि पौराणिक मन्त्रों से अभिषेक करने के अनन्तर अन्य दक्षिणा, दानादिक कार्य पहिले की तरह करना चाहिए ॥१–१३॥

इस प्रकार ऊत्तरगार्ग्योक्त वैधृति व्यतीपात व संक्रान्ति की शान्ति विधि समाप्त हुआ ॥

अथ कुहूसिनीवाली दर्शशान्तिः।

तत्रामायाः प्रथमे प्रहरे जन्म चेद्भवति तदा सिनीवाली शान्तिः। द्वितीय-तृतीय-चतुर्थ-पञ्चम-षष्ठ प्रहरेषु दर्शशान्तिः। सप्तमाष्टमप्रहरयोर्जन्मनि कुहूशान्तिर्विधेया। अत्रामावास्याभेदत्रयं शान्तिनिमित्तमेव। अन्यत्र कुहू सिनीवालीरूपभेदद्वयं ज्ञेयमिति।

अथ शान्तिप्रकारः।

[1]सिनीवाल्यां प्रसूता स्याद्यस्य भार्यापशुस्तथा।
गवाश्वं सहिषी चैव शक्रस्यापि श्रियं हरेत् ॥१॥
ये च सन्ति द्विजाश्चान्ये स्वप्रसादोपजीविनः।
वर्जयेत्तानशेषांस्तु पशुपक्षिमृगादिकान् ॥ २ ॥

द्विजाः पक्षिणः—

कुहुप्रसूतिरित्यर्थं सर्वदोषकरी नृणाम्[1]।
यस्य प्रसूतिरेतेषां[2] तस्यायुर्धननाशिनी[3] ॥ ३ ॥
नारीं [4]विनाऽवशेषाणां परित्यागो विधीयते।
परित्यागात्तत्र शान्तिं कुर्याद्भक्त्या विचक्षणः ॥ ४ ॥

१—सिनीवाली पु० में है। १—मता, पु० में है। २—तिरत्र पु० में है। ३—नाश नं पु० में है। ४—विना विशेषण पु० में है।

प्रतिमां कारयेच्छम्भोश्चतुर्भुजसमन्विताम् ।
त्रिशूलखड्गवरदाऽभयहस्तां यथा क्रमात् ॥ ५ ॥
श्वेतवर्णां श्वेतपुष्पां श्वेताम्बरवृषस्थिताम् ।
त्र्यैम्बकेन मन्त्रेण पूजां कुर्याद्यथाविधि ॥ ६ ॥
इन्द्रश्चतुर्भुजो वज्राङ्कुशपाशससायकः ।
रक्तवर्णो गजारूढो यत इन्द्रेति मन्त्रतः ॥ ७ ॥
पितरः कृष्णवर्णाश्च चतुर्हस्तो विमानगाः ।
यष्ट्यक्षसूत्रकमण्डलवभयानां च धारिणः ॥ ८ ॥
ये सत्या इति मन्त्रेण पूजां कुर्यादनन्तरम् ।
कलशस्थापनपूजादिपूर्ववत् ।
समिदाज्यचरोर्होमं तिलमाषैश्च सर्षपैः ॥ ९ ॥
अश्वत्थप्लक्षपालाशसमिद्भिः खदिरैः शुभैः ।
अष्टोत्तरशतं मुख्यं प्रत्येकं जहुयाद्बुधः ॥ १० ॥
त्र्यैम्बकेन मन्त्रेण तिलान् व्याहृतिभिर्हुनेत् ।
शङ्करस्याभिषेकञ्च कुर्यादाज्यावलोकनम्[१] ॥ ११ ॥

अन्यत्सर्वमभिषेकादि पूर्ववत् —

इति सिनीवालीकुहूशान्तिः ॥

अथातो दर्शजातानां मातापित्रोर्दरिद्रता ।
तद्दोषपरिहाराय शान्तिं वक्ष्यामि नारद ॥ १ ॥

तत्र संकल्पं विधाय तन्मध्ये कलशं संस्थाप्य—

तन्मध्ये निक्षिपेद्द्रव्यं दधिक्षीरघृतादिकम् ।
न्यग्रोधोदुम्बरोऽश्वत्थाः सचूता निम्बकास्तथा ॥ २ ॥
एतेषां वृक्षमूलानां त्वगादीन्पल्लवांस्तथा ।
पञ्चरत्नानि निक्षिप्य वस्त्रयुग्मेन वेष्टयेत् ॥ ३ ॥

तत्र सर्वे समुद्रा इति आपोहिष्ठादि ऋचेन च । कयानश्चित्रं यत्किञ्चेदं ऋचा समुद्र ज्येष्ठा इत्यृचा अभिमन्त्रोदककुंभं तमग्निं पूर्वेऽभिधापयेत् ।

दर्शस्य देवतायाश्च सोमसूर्यस्वरूपकाः ।
प्रतिमां स्वर्णजां नित्यं राजतीं ताम्रजां तथा ॥ ४ ॥
आप्यायस्वेति मन्त्रेण सविता पश्चात्तमेव च ।
उपचारैः समाराध्य ततो होमं समाचरेत् ॥ ५ ॥
समिधश्च चरुद्रव्यं क्रमेण जुहुयाद्गृही ।

१—कुर्याद् ब्राह्मणभोजनम् ।

हुनेत्सवितृमन्त्रेण सोमो धेनुञ्च मन्त्रतः ॥ ६ ॥
अष्टोत्तरशतं वापि अष्टाविंशतिसङ्ख्यया ।

अभिषेकादि पूर्ववत्—

हिरण्यं राजतं चैव कृष्णाधेनुश्च दक्षिणा ।
ब्राह्मणान् भोजयेत्तत्र कारयेत्स्वस्तिवाचनम् ॥ ७ ॥

इति दर्शशान्तिः[1] ॥

अब कुहू, सिर्नीवाली व दर्श की शान्ति विधि को बतलाते हैं ।

यदि जातक का अमावास्या के पहिले प्रहर में जन्म हो तो सिनीवाली जन्य, यदि अमावास्या के द्वितीय या तृतीय या चतुर्थ या पञ्चम या षष्ठ प्रहर में जन्म हो तो दर्श जन्य और अमावास्या के सातवें या आठवें प्रहर में जन्म हो तो कुहू निमित्त शान्ति करना चाहिए । यहाँ अमावास्या के तीन भेद शान्ति के लिये ही है । अन्य स्थान पर कुहू, सिनीवाली रूप दो भेद ही जानना ।

अब शान्ति की विधि को कहते हैं ।

जिसके घर सिनीवाली में स्त्री, पशु, गाय, भैंस को प्रसव होता है, उसकी लक्ष्मी का हरण होता है चाहे वह इन्द्र भी हो तो भी लक्ष्मी नष्ट होती है । जो कि पक्षी अपने घर के हों या अपनी कृपा पर जींवन पानेवाले हों वे भी यदि सिनीवाली में प्रसव करते हैं तो उन सबको छोड़ देना चाहिए । यदि कुहू में जन्म किसी का हो तो वह अधिक दोष करने वाला होता है । कुहू में जन्म लेनेवाले की आयु व धन का विनाश होता है इसलिये स्त्री को छोड़कर यदि पशु-पक्षी आदि का घर में प्रसव हो तो उसका त्याग करना चाहिए । स्त्री का त्याग नहीं होता है तथा पक्षी का त्याग न करना हो तो उसको शान्ति भक्तिपूर्वक करना चाहिए ।

शान्ति में चार भुजावाली श्री महादेवजी की सफेद-वर्ण की प्रतिमा बनवाना चाहिए तथा त्रिशूल, खड्ग, अभय व वरद मुद्रात्मक चारों भुजाओं को बनवा कर श्वेत (सफेद) पुष्प व सफेद वस्त्रों से अलंकृत बैल पर सवार श्री महादेवजी की प्रतिमा स्थापित करके 'त्र्यम्बकं' इत्यादि मन्त्र से पूजा करना चाहिए । वज्र, पाश अङ्कुश, धनुष को धारण किये हुए हाथी पर लालवर्ण चार भुजाओं से युत इन्द्र देवता की 'यत इन्द्र' इत्यादि मन्त्र से तथा काले रङ्ग की, चार भुजावाली यष्टि, अक्ष सूत्र, कमण्डलु और अभय मुद्रा को धारण किए हुए, विमान में चलने वाली पितरों की प्रतिमा बनवा कर 'ये सत्या' इत्यादि मन्त्र से पूजा करना चाहिए ।

कलश स्थापन पूजादि पहिले की तरह करना चाहिए ।

समिधा, घी, चरू, तिल, उड़द, सरसों, पीपल, ढाक की लकड़ी से १०८ बार प्रत्येक से हवन करके 'त्र्यम्बकं' इत्यादि से तथा व्याहृति मन्त्रों से तिल द्वारा आहुति देना चाहिए । पुनः महादेवजी का अभिषेक करके घी का अवलोकन व अन्य अभिषेकादि अवशिष्ट कार्य पूर्ववत् करना चाहिए ॥ १-११ ॥

१—मु० चिं० २ प्र० ५६ श्लो० पी० धा० में समस्त श्लोक हैं ।

यह सिनीवाली तथा कुहू की शान्ति विधि समाप्त हुआ।

अब दर्श में पैदा होनेवाले की शान्ति विधि को कहते हैं।

जिसका जन्म दर्श में होता है उसके माता-पिता को निर्धनता होती है। इसलिये हे नारदजी मैं उस निर्धनता से छुटकारा पाने के लिये एक उपाय बता रहा हूं। इसके करने पर घर में लक्ष्मी का निवास होता है और दरिद्रता नष्ट होती है।

संकल्प व कलश स्थापन पूर्ववत् करने के पश्चात् कलश में दूध, दही, घी छोड़ना तथा गूलर, वट, पीपल, आम, नीम के वृक्षों की छाल के साथ पत्ता कलश के ऊपर लगाकर पाँच रत्न भी छोड़कर दो वस्त्रों से कलश को लपेटना चाहिये।

पुन: कलश को 'सर्वे समुद्रा' इत्यादि 'आपो हिष्ठा' इत्यादि 'कयानश्चित्रं' इत्यादि 'यत्किंचेदं' तथा 'समुद्र ज्येष्ठा' इत्यादि मन्त्र से अभिमन्त्रित करके अग्नि से पूर्व की ओर कलश की स्थापना करना चाहिए।

दर्श देवता को चन्द्रमा व सूर्य के स्वरूप वाली सोने की या चाँदी की सुन्दर प्रतिमा बनवा कर 'अप्यायस्व' इत्यादि तथा 'सविता पश्चात्' इत्यादि मन्त्रों से सोलह वा पाँच उपचारों (पूजा वस्तु) से अच्छी प्रकार पूजन करके होम समिधा, चरू द्वारा सूर्य के तथा 'सोमो धेनु' इत्यादि मन्त्र से १०८ बार या २८ बार करके अभिषेकादि पहिले की तरह करना चाहिए। सोना सुवर्ण) काली गाय, चाँदी यह दक्षिणा पहिले से अधिक ब्राह्मण अर्थात् आचार्य को देकर ब्राह्मण भोजन कराने के पश्चात् स्वस्ति वाचन का पाठ कराना चाहिए ॥ १-७ ॥

यह दर्श शान्ति की विधि समाप्त हुआ।

[अथ कृष्णचतुर्दशीजननशान्तिः ॥]

[1]कृष्णपक्षे चतुर्दश्याः प्रसूतेः षड्विधं फलम्।
चतुर्दशीं च षड्भागां कुर्यादादौ शुभं फलम् ॥ १ ॥
द्वितीये पितरं हन्ति तृतीये मातरं तथा।
चतुर्थे मातुलं हन्ति पञ्चमे वंशनाशनम् ॥ २ ॥
षष्ठे तु धनहानिः स्यादात्मना वंशनाशनम्।
तस्मात्सर्वप्रयत्नेन शान्तिं कुर्याद्विधानतः ॥ ३ ॥
प्रतिमां कारयेच्छम्भोः कर्षमात्रं सुवर्णतः।
तदर्धार्धेन वा कुर्यात्सर्वलक्षणसंयुताम् ॥ ४ ॥
वृषभे च समासीनं वरदाभयपाणिकम्।
शुद्धस्फटिकसंकाशं श्वेतमाल्याम्बरान्वितम् ॥ ५ ॥
त्रैयम्बकेन (ण) मन्त्रेण पूजां कुर्याद् विधानतः।
तत्र मूलशान्तिवत्कलशस्थापनं कृत्वा तत्र शम्भुपूजां विधाय। तत्र आवाह्य वारुणैर्मन्त्रैरनेन च विधानतः ॥ ६ ॥

१—मु० चिं० २ प्र० ५६ श्लो० पी० धा० में है।

इमं मे वरुणेत्यनया तत्त्वायामीत्यृचा तथा।
त्वन्नो अग्ने इत्यनया सत्वं न इति मन्त्रतः ॥ ७ ॥
आग्नेयकुम्भमारभ्य पूजां कुर्याद्यथा क्रमात्।
आनो भद्राख्यसूक्तेन भद्रा अग्नेश्च सूक्तकम् ॥ ८ ॥
जप्त्वा पुरुषसूक्तं च कद्रुद्रेति क्रमाज्जपेत्।
ईश्वरस्याभिषेकं च ग्रहपूजां च कारयेत् ॥ ९ ॥
समिदाज्यचरु चैव तिलमाषांश्च सर्षपै।
अश्वत्थप्लक्षपालाशसमिद्भिः खदिरैः शुभैः ॥ १० ॥
अष्टोत्तरसहस्रं वा अष्टोत्तरशतं तु वा।
अष्टाविंशतिभिर्वापि होमं कुर्यात्पृथक् पृथक् ॥ ११ ॥
त्रैयम्बकेन (ण) मन्त्रेण तिलान् व्याहृतिभिः क्रमात्।
ग्रहा एवञ्च होतव्याश्चास्मदुक्तविधानतः ॥ १२ ॥
अन्यत्सर्वमाज्यावलोकनादि पूर्ववत ॥

अब कृष्ण पक्ष की चतुर्दशी में उत्पन्न होनेवाले की शान्ति विधि को बताते हैं।

कृष्ण पक्ष की चतुर्दशी में जायमान का ६ प्रकार से फल विचार करने के लिये चतुर्दशी के भोग को ६ से विभक्त करके देखना चाहिये कि किस छटे हिस्से में जातक का जन्म हुआ हैं। जिस भाग में जन्म हो वैसा फल समझना चाहिए।

यथा—यदि चतुर्दशी के पहिले षष्ठांश में जन्म हो तो जातक शुभकारी, दूसरे भाग में पिता का नाशक, तीसरे भाग में माता का वध करने वाला, चौथे भाग में मामा का नाशकर्त्ता, पाँचवें भाग में वंश का विनाशक और कृष्ण पक्ष की चौदस के छटे भाग में जन्म लेनेवाला धन का नाशक व अपने वंश का विध्वंस करने वाला होता है।

इसलिये यत्नपूर्वक विधि से चतुर्दशी में उत्पन्न होने वाले की शान्ति करना चाहिए। शान्ति के लिये १ कर्ष परिमाण सुवर्ण की या आधे कर्ष सोने की बैल पर सवार वरद व अभय मुद्रा से युक्त हाथ वाली स्वच्छ सफेद स्फटिक मणि के समान सफेद फूल और वस्त्रों से अलंकृत समस्त लक्षणों से युत श्री महादेवजी की प्रतिमा बनवाना चाहिए तथा मूल शान्ति में कथित विधि से कलश स्थापन व महादेवजी की पूजा करने के पश्चात् वारुण मन्त्रों से आवाहन करके अग्निकोण के कलश से पूजा 'इमं मे' इत्यादि 'तत्त्वाया' इत्यादि 'त्वन्नो अग्ने' इत्यादि 'सत्वन्नो' इत्यादि मन्त्रों से प्रारम्भ करके क्रमवार अन्य कलशों को पूजा करना चाहिए।

पुनः 'आनो भद्रा' व 'भद्रा अग्ने' सूक्त का और पुरुष सूक्त एवं 'कद्रुद्रेति' इत्यादि का जप करके महादेवजी का अभिषेक व ग्रह पूजा करने के अनन्तर समिधा, घी, चरू, तिल, उड़द, सरसों से तथा पीपल, पाकर, ढाक, खैर की लकड़ियों से १००८ वार या १०८ बार या २८ बार अलग-अलग हवन करना चाहिए।

पुनः 'त्र्यम्बकं' इत्यादि व व्याहृति मन्त्रों से तिल के द्वारा ग्रहों का भी होम करना चाहिए।

अन्य अवशिष्ट समस्त घी का अवलोकनादि पहिले की तरह करना चाहिए ॥ १-१२ ॥

अथ एकनक्षत्रशान्तिः ॥

[1]एकस्मिन्नेव नक्षत्रे भ्रात्रोर्वा पितृपुत्रयोः ।
प्रसूतिश्च तयोर्मृत्युर्भवेदेकस्य निश्चयात् ॥ १ ॥

अत्र विशेषमाह वसिष्ठः—

पित्रोश्च जन्मनक्षत्रे जातस्तु पितृमातृहा ।
जन्मर्क्षांशे च तल्लग्ने जातः सद्यो मृतिप्रदः ॥ २ ॥

मातापितृभे कन्याजन्मनिषेधमाह देवकीर्तिः—

यद्येकस्मिन् धिष्ण्ये जायन्ते दुहितरोऽथवा पुत्राः ।
पित्रोरन्तकराः स्युः यद्यपरे प्रीतिरतुला स्यात् ॥ ३ ॥

अपरेऽन्यनक्षत्रे ।

गर्गः—

यस्यैव जन्मनक्षत्रे जायेत् भ्राता सुतोऽथवा ।
सजातीयः सजात्या वा सोऽस्य प्राणान्प्रसाधयेत् ॥ ४ ॥
तत्र शान्तिं प्रवक्ष्यामि सर्वाचार्यमतेन तु ।
अग्नेरीशानभागे तु नक्षत्रप्रतिमां ततः ॥ ५ ॥
तन्नक्षत्रोक्तमन्त्रेण चार्चयेत्कलशोपरि ।
रक्तवस्त्रेण संछाद्य वस्त्रयुग्मेन वेष्टयेत् ॥ ६ ॥
स्वस्वशाखोक्तमार्गेण कुर्यादग्निमुखं ततः ।
अनेनव तु मन्त्रेण हुनेदष्टोत्तरं शतम् ॥ ७ ॥
प्रत्येकं समिदः साज्यैः प्रार्याश्चित्तान्तमेव च ।
अभिषेकं ततः कुर्यादाचार्यः पितृमात्रयोः ॥ ८ ॥
वस्त्रालङ्कारगोदानैराचार्यं पूजयेत्ततः ।
ऋत्विग्भ्यो दक्षिणां दद्यान्माषत्रयसुवर्णकम् ॥ ९ ॥
देवता प्रतिमादानं धान्यवस्त्रादिभिः सह ।
यानशय्यासनादीनि दद्यात्तद्दोषशान्तये ॥ १० ॥
भोजयेद्ब्राह्मणान् सर्वान् वित्तशाठ्यविवर्जितः ॥

अब पिता माता या भाई के जन्म नक्षत्र में पैदा होने वाले की शान्ति विधि को कहते हैं ।

यदि भाई वा पिता के नक्षत्र में किसी का जन्म होता है तो उनमें से एक की अर्थात् बालक या भाई या पिता की अवश्य मृत्यु होती है ।

यहाँ पर जो विशेष बात वसिष्ठ ऋषि ने बतलाई है अब उसे बतलाते हैं ।

१—मु० चिं० २ प्र० ५६ श्लो० पी० धा० में है ।

जिस बालक का पिता या माता के जन्म नक्षत्र में या यों जानिये जन्म नक्षत्र के एक ही चरण में या उन्हीं के लग्न में जन्म होता है वह पिता या माता का शीघ्र विनाश करता है।

माता या पिता के जन्म नक्षत्र में कन्या के जन्म का निषेध श्री देवकीर्ति नामक आचार्य ने किया है। अब उसे कहते हैं।

यदि कन्या या पुत्र का जन्म पिता या माता के जन्म नक्षत्र में हो तो उसका (पिता वा माता) विनाशक होता है।

पिता व माता के जन्म नक्षत्र से भिन्न नक्षत्र में जन्म लेनेवाले पिता-माता के प्रिय पात्र या यों समझिये पिता-माता के अनुयायी होते हैं।

श्री गर्गाचार्यजी का कहना है कि जो बालक या बालिका पिता, माता, भाई के जन्म नक्षत्र में जन्म लेता वह उसी का नाश करता है।

इसलिये सर्वसम्मत शान्ति विधि को कहता हूँ।

अग्नि से ईशान कोण में नक्षत्र की प्रतिमा कलश के ऊपर स्थापित करके उसी नक्षत्र के मन्त्र से पूजा करना चाहिए। प्रतिमा को लाल वस्त्र से आच्छादित करके दो वस्त्रों से वेष्टित करने के पश्चात् अपनी-अपनी शाखाओं के आधार पर अग्नि स्थापनादि अनन्तर अग्नि को प्रज्वलित करके १०८ बार मन्त्रों से समिधा, घी प्रत्येक से प्रायश्चित्तान्त तक हवन करना चाहिए।

पुनः आचार्य को पिता-माता बालक का अभिषेक करने के बाद यजमान, वस्त्र, भूषणादि से आचार्यजी को सन्तुष्ट करके ऋत्विकों को तीन-तीन मासा सोना देना चाहिए तथा देवता की प्रतिमा, धान्य वस्त्र, सवारी, शय्या, विस्तरादि से युत एक नक्षत्र जनन दोष निवृत्ति के लिये देना चाहिए। पुनः लोभ का त्याग करके ब्राह्मण भोजन कराने से दोष की समाप्ति होती है॥ १-१०॥

यह एकनक्षत्र जनन शान्ति की विधि समाप्त हुआ।

अथ त्रीतर शान्तिः।

सुतत्रये सुता चेत्स्यात्तत्त्रये वा सुतो यदि।
मातापित्रोः कुलस्यापि तदारिष्टं महद्भवेत्॥ १॥
जातस्यैकादशाहे वा द्वादशाहे शुभे दिने।
आचार्यमृत्विजो कृत्वा ग्रहयज्ञपुरः सरम्॥ २॥
ब्रह्मविष्णुमहेन्द्रप्रतिमाः स्वर्णतः कृताः।
पूजयेद्धान्यराशिस्थंकलशोपरि शक्तितः॥ ३॥
पञ्चमे कलशे रुद्रं जपेत्तद्रुद्रसङ्ख्यया।
रुद्रसूक्तानि चत्वारि शान्तिसूक्तानि सर्वशः॥ ४॥
द्विज एको जपेद्धोमकाले शुचि समाहितः।
आचार्यो जुहुयादत्र समिदाज्यतिलान् चरून्॥ ५॥

अष्टोत्तरसहस्रं वा शतं वा विंशतिस्तु वा ।
देवताभ्यश्चतुर्वक्त्रादिभ्यो ग्रहपुरः सरः ॥ ६ ॥
कांस्याज्यवीक्षणं कृत्वा शेषं पूर्ववदाचरेत् ।

इति त्रीतर शान्तिः ।

अब त्रीतर अर्थात् तीन पुत्र के बाद कन्या और तीन कन्या के बाद पुत्र होने पर शान्ति की विधि को बतलाते हैं ।

यदि तीन पुत्र के पश्चात् कन्या का जन्म हो वा तीन कन्या के अनन्तर पुत्र का जन्म हो तो माता व पिता के एवं कुल के भी बालक बड़ा अरिष्टकारक होता है । इस प्रकार के जातक की ग्यारहवें वा बारहवें या किसी भी शुभ दिन में आचार्य तथा ऋत्विजों का वरण करके प्रथम ग्रह शान्ति करने के अनन्तर ब्रह्मा, विष्णु, इन्द्र की सुवर्ण की प्रतिमा बनवाकर धान्य राशिस्थ कलश के ऊपर प्रतिमा से स्थापित करके पूजा करना चाहिए ।

पुनः पाँचवें कलश का स्पर्श करता हुआ ग्यारह संख्या में रुद्री का जप करना चाहिए तथा चार बार रुद्र सूक्त व समस्त शान्ति सूक्त का पाठ करना चाहिए । हवन के समय में एक ब्राह्मण को जप भी करने के लिये स्थिर रखना चाहिए । समिधा, घी, तिल, चरू इनसे १०८ बार या १०० बार या २० बार आचार्यजी को हवन करके ब्रह्मादि देवता व ग्रहों की आहुति होने के पश्चात् काँसे के पात्र में घी का अवलोकन करके शेष पहिले की तरह करना चाहिए ॥ १-६ ॥

यह त्रीतर शान्ति विधि समाप्त हुआ ।

अथ प्रसवविकार शान्तिः ।

[1]वसिष्ठः—

हीनकालेऽधिके काले प्रसवे सति योषिताम् ।
असंख्यदिवसे युग्मप्रसवे चापि नाशनम् ॥ १ ॥
अमानुषानि चाण्डानि जायन्तेऽन्याण्डजानि च ।
हीनाङ्गास्त्वधिकाङ्गाश्च अनङ्गा संभवन्ति वा ॥ २ ॥
विशिरो द्वित्रिशिरसो विमुखाः पक्षिसन्निभाः ।
विनाशं तस्य देशस्य कुलस्य च विनिर्दिशेत् ॥ ३ ॥
मासत्रयान्तरे नूनं परचक्रागमं वदेत् ।

गर्गः—

अप्राप्ते वयसे गर्भो द्विचतुष्पात् स्त्रियोऽपि वा ॥ ४ ॥
अत्युच्चा विनताश्चापि प्रजायन्तेऽन्यो भवेत् ।
विमुखाः पक्षिसदृशास्तथार्धपुरुषाश्च वा ॥ ५ ॥
वडवाहस्तिनी गौर्वा यदि युग्मं प्रसूयते ।
विजात्यं वा विकारं वा मासैः षड्भिर्नृपक्षयः ॥ ६ ॥

१—वसिष्ठ संहि० ४५ अ० ८६ श्लोक से हैं ।

प्रसूतिफलं षण्मासात्परतो[1] भवतीत्यर्थः—

त्यक्तव्याः परदेशेषु भार्यास्ताः स्वहितार्थिना।
त्यक्त्वा[2] दिवाशनं होमं पूर्ववत्कारयेज्जपम् ॥ ७ ॥
प्राजापत्येन मन्त्रेण समिदाज्यचरुं क्रमात्।
द्विजान्संतर्पयेदन्नैर्ग्रहशान्तिञ्च कारयेत ॥ ८ ॥
हुत्वा च तर्पयेद्विद्वान् बहुस्वर्णसुभोजनैः।
एवं यः कुरुते सम्यक् तस्माद्दोषात्प्रमुच्यते ॥ ९ ॥
अकृत्वा [3]नास्तिको लोभादश्नुते सर्वसङ्कटात्[4]।

इति प्रसवविकार शान्तिः ॥

अब प्रसव में विकृति होने पर शान्ति को फल सहित कहते हैं।

वसिष्ठ ऋषि ने कहा है कि यदि समय से पूर्व या प्रसव काल के बाद या अनिश्चित समय में या दो सन्तान स्त्रियों को उत्पन्न हों या मनुष्यहीन अण्डा हो या विपरीत अण्डजों की उत्पत्ति या अधिक अङ्ग वाले या हीन अङ्ग या समस्त अङ्गों से रहित, बिना सिर के या दो-तीन सिर वाले या मुखरहित या पक्षी के समान जीवों की उत्पत्ति जिस कुल व देश में होती है अर्थात् पूर्वोक्त जीवों की जिस देश व कुल में उत्पत्ति होती है उसका विनाश होता है तथा तीन मास के अनन्तर निश्चय ही दूसरे का शासन होता है।

श्री गर्गाचार्यजी ने भी कहा है कि यदि दो पैर वाले या चार पैर वाले वा स्त्री गर्भ की अवस्था से पूर्व ही गर्भ को धारण करने लगे तथा अधिक बड़ी वा छोटी आकृतियों का जन्म हो तो अनर्थ होता है अथवा मुख से हीन, पक्षी के समान या अर्ध-पुरुषाकृति या घोड़ी, हथिनी, गाय दो सन्तान उत्पन्न करने लगे वा विजातीय वा विकार युक्त जीवों का जिस देश में जन्म होता है वहाँ के राजा का विनाश ६ मास के बाद होता है। अतः अपने कल्याण के लिये ऐसी प्रसूता स्त्रियों को परदेश में छोड़ देना चाहिए अथवा दिन में भोजन का त्याग करके शुभ दिन में पूर्ववत् जप होम करना चाहिए। विशेष यह है कि प्राजापत्य के मन्त्र से समिधा, घी, चरू से होम करके तथा ग्रहों की शान्ति करने के अनन्तर ब्राह्मणों को अन्न वस्त्र सुवर्णादि देकर सन्तुष्ट करना चाहिए। इस प्रकार करने से दोष की शान्ति होती है। यदि कोई नास्तिक या लोभी इस प्रसव विकार शान्ति को नहीं करता है तो उसे अशुभ फल अवश्य भोगना पड़ता है ॥ १-९ ॥

यह प्रसव विकार शान्ति की विधि समाप्त हुआ ॥ १-९ ॥

१—विजनां विकृतां वापि षड्भिर्मासैः त्रिपक्षयः पु० में पाठ है।
२—दिवानिशं पु० में है।
३—नास्तिकाल्लोकादश्नते पु० में है।
४—वसि० सं० ४५ में ये ६-९ श्लोक हैं।

अथ सूर्यचन्द्रग्रहणसमयजननशान्तिः—

[1]ग्रहणे चन्द्रसूर्यस्य प्रसूतिर्यदि जायते।
व्याधिपीड़ा तथा स्त्रीणामादौ तु ऋतुदर्शनात् ॥ १ ॥
शान्तिं तेषां प्रवक्ष्यामि नराणां हितकाम्यया।
यस्मिन्नृक्षे विशेषेण ग्रहणं संप्रजायते ॥ २ ॥
तदृक्षाधिपते रूपं सुवर्णेन प्रकल्पयेत्।
यथाशक्त्यानुसारेण वित्तशाठ्यं न कारयेत ॥ ३ ॥
सूर्यग्रहे सूर्यरूपं सुवर्णेन स्वशक्तितः।
चन्द्रं चन्द्रग्रहे धीमान् रजतेन विशेषतः ॥ ४ ॥
राहुरूपं प्रकुर्वीत नागेनैव विचक्षणः।

नागेन सीसकेन—

शुचौ देशे प्रयत्नेन गोमयेन प्रलेपयेत् ॥ ५ ॥
तस्योपरि न्यसेद्धान्यान्नववस्त्रं सुशोभनम्।
त्रयाणाञ्चैव रूपाणां स्थापनं तत्र तु कारयेत् ॥ ६ ॥
रक्ताक्षतं रक्तगन्धं रक्तपुष्पाम्बराणि च।
सूर्यग्रहे प्रदातव्यं सूर्यप्रीतिकरञ्च यत् ॥ ७ ॥
श्वेतवस्त्रं श्वेतमाल्यं श्वेतगन्धाक्षतादिभिः।
चन्द्रग्रहे प्रदातव्यं चन्द्रप्रीतिकरञ्च यत् ॥ ८ ॥
राहवे चैव दातव्यं कृष्णपुष्पाम्बराणि च।
दद्यान्नक्षत्रनाथाय श्वेतगन्धानुलेपनम् ॥ ९ ॥
सूर्यं संपूजयेद्धीमानाकृष्णेनेति मन्त्रतः।
चन्द्रग्रहेऽर्कपालाशैः समिद्भिर्जुहुयान्नरः ॥ १० ॥
दूर्वाभिर्जुहुयाद्धीमान् राहोः सम्प्रीणनाय च।
समिद्भिर्ब्रह्मवृक्षोत्थैर्भेषाय जुहुयाद्बुधः ॥ ११ ॥

भेषाय नक्षत्राधिपतये—

आज्येन चरुणा चैव तिलैश्च जुहुयात्ततः।
पञ्चगव्यैः पञ्चरत्नैः पञ्चत्वक् पञ्चपल्लवैः ॥ १२ ॥
जलैरोषधिकल्कैश्च सहितैः कलशोदकैः।

औषधिकल्कैः सर्वौषधिकल्कैः—

अभिषेकं प्रकुर्वीत यजमाने प्रयत्नतः ॥ १३ ॥
मन्त्रैर्वारुणदैवत्यैरापोहिष्ठादिभिस्त्रिभिः।
इमं मे गङ्गे पितरस्तत्त्वायामीति मन्त्रकैः ॥ १४ ॥

१—मु० चिं० २ प्र० ५६ श्लोक पी० धा० में है।

अभिषेके निवृत्ते तु यजमानः समाहितः।
आचार्यं पूजयेत्पश्चात्सुशान्तो विजितेन्द्रियः॥ १५॥
तस्मै दद्यात्प्रयत्नेन भक्त्या प्रतिकृतित्रयम्।
दक्षिणाभिश्च संयुक्तं यथाशक्त्यनुसारतः॥ १६॥
ब्राह्मणान् भोजयित्वा तु प्रणिपत्य क्षमापयेत्।
तेभ्यश्च दक्षिणां दद्याद्यजमानः समाहितः॥ १७॥
अनेन विधिना शान्तिं कृत्वा सम्यग् विशेषतः।
अकालमृत्युशोकञ्च व्याधिपीडां न चाप्नुयात्॥ १८॥
सौख्यं सौमनसं नित्यं सौभाग्यं लभते नरः।
इत्थं ग्रहणजातानां सर्वारिष्टविनाशनम्॥ १९॥
कथितं भार्गवेनेदं शौनकाय महात्मने।

इति शौनकोक्तग्रहणजननशान्तिः।

इति जन्मनि शान्तयो दुष्टकालाः॥

अब सूर्य व चन्द्रमा के ग्रहण में जन्म लेने वाले की शान्ति विधि को बतलाते हैं। जिस स्त्री को चन्द्रमा या सूर्य ग्रहण में प्रसव होता है या प्रथम रजो दर्शन होता है तो स्त्री के शरीर में पीड़ा अर्थात् रोग होता है। इसलिये पुरुषों की शुभकामना हेतु मैं शान्ति को कहता हूँ।

जिस नक्षत्र में ग्रहण हो उस नक्षत्र के स्वामी देवता की प्रतिमा लोभ का त्याग करके सुवर्ण की अपनी आर्थिकस्थिति के अनुसार बनवाना चाहिए। सूर्यग्रहण में सूर्य की सोने की और चन्द्रग्रहण में चन्द्रमा की चांदी की प्रतिमा और राहु की सीसे की बनवाना चाहिए।

सुन्दर पवित्र स्थान में गोबर से लेपन कराकर उसके ऊपर धान्य बिछा कर नवीन सुन्दर वस्त्र से आच्छादित करके तीनों प्रतिमा को स्थापित करना चाहिए।

सूर्य ग्रहण में जो सूर्य का प्रिय हो वह तथा लाल चावल, लाल चन्दन, लाल पुष्प व वस्त्र और चन्द्रग्रहण में जो चन्द्रमा का प्रिय हो एवं सफेद चावल, चन्दन, वस्त्र, पुष्पादि तथा राहु के प्रसन्नार्थ काले पुष्प व वस्त्रादि देना चाहिए।

नक्षत्र स्वामी के लिये सफेद चन्दन आदि का अनुलेपन करके 'आकृष्णेन' इत्यादि मन्त्र से सूर्य की पूजा करना चाहिए। चन्द्र ग्रहण में आक ढाक की समिधा से तथा दूर्वा से राहु प्रसन्नार्थ और नक्षत्र स्वामी के लिये पीपल की समिधाओं से हवन करने के अनन्तर घी, चरू व तिल से हवन करके पञ्चगव्य, पञ्चरत्न, पञ्चपल्लव और औषधि से मिश्रित कलश के जल से यजमान का अभिषेक वारुण मन्त्र, 'आपो हिष्ठादि' 'इमं मे गङ्गे' 'तत्त्वायामि' इत्यादि मन्त्रों से करना चाहिए।

पुनः अभिषेक होने के बाद यजमान स्वस्थ चित होकर भक्तिपूर्वक आचार्य जी का पूजन करके अपनी शक्ति के अनुसार तीनों प्रतिमा व दक्षिणा को देकर ब्राह्मणों

को भोजन कराकर पुनः दक्षिणा देकर क्षमा याचन करे। इस प्रकार विधिपूर्वक शान्ति करने से अकाल मृत्यु, शोक, रोगभय इत्यादि सब दूर हो जाते हैं तथा सुख, मन में स्थिरता एवं प्रतिदिन भाग्य वृद्धि होती है। यह शान्ति की विधि भार्गव ऋषि ने महात्मा शौनक से कही है वह मैंने यहाँ कहा है ॥ १-१९ ॥

इस प्रकार ग्रहण में उत्पन्न होने वाले की शान्ति विधि समाप्त हुआ।

अथ जन्मनामज्ञानार्थं होडाचक्रमुक्तं ज्योतिषार्के—

चू चे चो लाश्विनी ज्ञेया लिलुलेलो भरण्यथ।
आ इ उ ए कृत्तिका स्यादो वा विवु च रोहिणी ॥ १ ॥
वे वो का कि मृगे वर्णाः कुघङ्छार्द्रका मता।
के को ह हि सप्तमभे हु हे हो डाथ पुष्यभे ॥ २ ॥
डिडूडेडो भता श्लेषा मघा म मि मुमे मता।
मो टा टिटुभवेत्पूफा टेटोपाप्युत्तरा मता ॥ ३ ॥
हस्त पूषणठः प्रोक्तश्चित्रा पेपोररि स्मृता।
रूरे रोता स्मृता स्वाती तितु तेतो विशाखिका ॥ ४ ॥
ननि नुने अनुराधा ज्येष्ठा नो या यि यु स्मृता।
ये यो भभिभवेन्मूलं पूर्वाषाढा भुधाफढा ॥ ५ ॥
भे भो जज्युत्तराषाढ़ा जुजे जोषाभिजित्स्मृता।
खखि खुखे श्रुतेर्वर्णा भवेद्गगि गुगे वसुः ॥ ६ ॥
शततारा गो ससि सु पूभा से सो ददिस्मृता।
दू थ झ ञोत्तरा ज्ञेया देदो चाचि तु रेवती ॥ ७ ॥

अत्राश्विनी प्रथम चरणजातस्य चूडामणिरिति नाम ज्ञेयम्। अत्र दीर्घ-ह्रस्वस्वरयोर्भेदो नास्तीति उक्तञ्च स्वरोदये—

शेषा दशस्वरास्तेषु स्यादेकैको द्विके द्विके।

होडाचक्रस्य मूलं शतपदचक्रोद्धार एव ज्ञेयम्। अत्र बकारशकारयोः वकारसकाराभ्यां सहाभेदाद्रोहिणी शतभयोर्द्विचरणौ ज्ञेयौ।

उक्तञ्च स्वरोदये—

बवौ सशौ खषौ चैव जयौ ङञौ परस्परमिति।

ननु उत्तराषाढचतुर्थचरणजन्मनि उत्तराषाढचतुर्थचरणाक्षरादिकं नाम अभिजिन्नाम नक्षत्रवर्णादिकं वा कर्त्तव्यम्।

अत्र यद्यपि उत्तराषाढ़ाचतुर्थचरणेऽभिजिच्चरणत्रये जकाराक्षर एव, तथापि मात्राभेदान्मात्रास्वरूपभेदः स्याद्विरुद्धम्।

अत्र केचिदुत्तराषाढचतुर्थचरणस्याभिजिन्मध्यगणनया जकार कथनं व्यर्थता स्यादतोऽभिजिद्भोगस्य पञ्चविभागान् कृत्वा आद्ये विभागे जकारा-

क्षरेण नाम। अन्यविभागचतुष्टयेऽभिजिद्वर्णैर्नाम कर्त्तव्यम्। नैतद्युक्तम्।

यत उत्तराषाढनक्षत्रस्य समा विभागा न भवन्ति। अपरे तु चरणशब्दं पञ्चदशघटिकोपलक्षकं मत्वा यदा षोडशघटिकात्मकश्चरणस्तदा चतुर्थ-चरणाद्यघटिकायां जकाराक्षरेण नाम।

अन्यघटिकासु अभिजिदक्षरैर्नाम कर्तव्यमिति वदन्ति। एतदपि न रम्यम्।

यतः पञ्चदशघटिकात्मकं चरणमिति नियमाभावस्तन्न्यूनत्वेऽपि जका-राक्षरनाशाच्च।

अन्ये तु उत्तराषाढनक्षत्रस्य संपूर्णभोगघटीनां मध्ये चतुर्थांशं त्यक्त्वा उर्वरितस्य घट्यादेश्चतुश्चरणाः कार्याः।

अथोत्तराषाढचतुर्थघटीनां श्रवणसंपूर्णभोगतिथ्यंशयुतानां चतुश्चरणा अभिजिन्नक्षत्रसम्बन्धिनः कार्याः। स्वतिथ्यंशहीनस्य श्रवणनक्षत्रस्य सपूर्ण-भोगस्य चतुर्थचरणाः कार्याः। पूर्वे विभागे उत्तराषाढनक्षत्राक्षरैर्नाम मध्येऽभिजिद् वर्णैः प्रान्त्ये विभागे श्रवणनक्षत्राक्षरैर्नाम कर्त्तव्यमिति वदन्ति।

युक्तञ्चैतत्। यतस्त्रयाणां समा विभागा भवन्ति सिद्धान्तेऽपि उत्तरा-षाढाभिजिन्नक्षत्रयोर्विभागे अविरोध एवोक्तः। इत्यलमतिप्रसङ्गेन।

अब ज्योतिषार्क ग्रन्थ के आधार पर जन्म नाम ज्ञान के लिये होडाचक्र को कहते हैं।

यदि जन्म के समय में अश्विनी नक्षत्र का प्रथम चरण हो तो जातक का नाम चू आदि अक्षर पर, दूसरा चरण हो तो चे आदि अक्षर, तीसरा चरण हो तो चो आदि अक्षर पर और चौथे चरण में हो तो ला आदि अक्षर पर नाम होता है। इसी प्रकार आगे के नक्षत्रों में जानना चाहिए।

स्पष्टार्थ चक्र—

अश्विनी	भरणी	कृत्तिका	रोहिणी
चू० चे चे ला	लि लु ले लो	आ इ उ ए	ओ वा वि वु

मृगशिरा	आर्द्रा	पुनर्वसु
वे वो का कि	कु घ ङ छ	के को हा हि

पुष्य	श्लेषा	मघा	पूर्वाफाल्गुनी
हु हे हो डा	डि डु डे डो	म मि मु मे	मो टा टि टु

उत्तराफाल्गुनी	हस्त	चित्रा
टे टो पा पि	पू ष ण ठ	पे पो र रि

स्वाती	विशाखा	अनुराधा	ज्येष्ठा
रू रे रो ता	ति तु ते तो	न नि नु ने	नो या यि यु

मूल	पूर्वाषाढ़ा		उत्तराषाढ़ा
ये यो भ भि	भु ध फ ढ		भे भो ज जि
अभिजित्	श्रवण	धनिष्ठा	शतभिषा
जु जे जो षा	ख खि खु खे	ग गि गु गे	गो स सि सु
पूर्वाभाद्रपद	उत्तराभाद्रपद		रेवती
से सो द दि	दू थ झ ञ		दे दो च चि ।

इस होडाचक्र के आधार पर अश्विनी नक्षत्र के प्रथम चरण में उत्पन्न होने वाले का नाम चूडामणि इत्यादि जानना चाहिए । होडाचक्र विचार में दीर्घ तथा ह्रस्व स्वर में भेद नहीं होता है क्योंकि स्वरोदय ग्रन्थ में कहा है कि शेष (अ आ इ ई उ ऊ ए ऐ ओ औ) दश स्वरों में दो दो स्वरों को एक एक करने से अर्थात् अ व आ का, व इ ई का एक ही अर्थ समझना चाहिए । सारांश यह है कि मुख्य पांच ही स्वर होते हैं ।

होडाचक्र का आधार शतपदचक्रोद्धार ही जानना चाहिए । इस विचार में बकार व शकार का व एव स से अभेद है अर्थात् ब कार के स्थान पर व और शकार के स्थान में स मान कर रोहिणी व शतभिषा नक्षत्र के चरणों को समझना चाहिए ।

क्योंकि स्वरोदय में कहा है कि ब व तथा स श व ख ष एवं जय और ङ ञ परस्पर में स्वरशास्त्र में एक ही होते हैं ।

यहां जिज्ञासा होती है कि उत्तराषाढ नक्षत्र के चौथे चरण में जन्म होने पर उत्तराषाढ नक्षत्र के चौथे चरण के अक्षर पर जातक का नाम रखना चाहिए या अभिजित् नक्षत्र के वर्ण के आधार पर नाम रखना चाहिए ।

यहाँ यद्यपि उत्तराषाढ नक्षत्र के चतुर्थ चरण में तथा अभिजित् नक्षत्र के आदि के तीन चरणों में जकार अक्षर ही है तब भी ज अक्षर में स्वर कृत भेद होने से नाम की मात्रा में भेद तो हो ही जायगा यह विरुद्धता होगी ।

यहाँ किसी का मत है कि उत्तराषाढ नक्षत्र के चौथे चरण की अभिजित् नक्षत्र में गणना होने से उत्तराषाढ़ नक्षत्र के चौथे चरण जकाराक्षर की गणना व्यर्थ हो जायगी । इसलिये अभिजित् भोग के पाँच भाग करके प्रथमपञ्चमांश में जन्म होने पर जकार अक्षर पर नाम एवं अवशिष्ट चार विभागों में जन्म होने पर अभिजित् के वर्णों के आधार पर नाम रखना चाहिए । किन्तु यह युक्ति सङ्गत नहीं है ।

क्योंकि उत्तराषाढ़ के समान विभाग नहीं होते हैं ।

अन्य आचार्य लोग तो चरणशब्द का १५ घटी तात्पर्य मान कर जब सोलह घटी का चरण हो तो आदि की चार घटियों में जन्म होने पर जकार अक्षर पर और अन्य अवशिष्ट बारहघटियों में जन्म होने पर अभिजित् नक्षत्र के वर्णों के आधार पर नाम रखना चाहिए, ऐसा कहते हैं । यह भी उक्ति सुन्दर नहीं है ।

क्योंकि पन्द्रह घटी मित चरण सर्वत्र नहीं होता इससे न्यून होने पर भी जकार अक्षर की सत्ता नहीं रहेगी ।

अन्य आचार्यों के मत में तो उत्तराषाढ़ नक्षत्र की संपूर्ण भोग घटी में से चतुर्थांश को छोड़ कर अवशिष्ट तीन भागों के चार चरण अर्थात् चार हिस्से करना चाहिए। तथा उत्तराषाढ़ नक्षत्र के चौथे चरण की घटियों में श्रवण नक्षत्र के संपूर्ण भोग का पन्द्रहवाँ भाग मिलाकर उसके चार चरण करने पर अभिजित् नक्षत्र के चारों चरण होते हैं ऐसा समझना चाहिए।

पन्द्रहवें भाग से हीन श्रवण नक्षत्र भोग के चार चरण करना चाहिए।

पूर्व विभाग में अर्थात् चतुर्थांश से हीन उत्तराषाढ़ नक्षत्र के भाग में जन्म होने पर उत्तराषाढ़ के वर्णों के आधार पर और उत्तराषाढ़ नक्षत्र के चतुर्थांश में श्रवण के पन्द्रहवें भाग को जोड़ने से जो हो उसमें जन्म होने पर अभिजित् के वर्णों के आधार पर और पन्द्रहवें भाग से हीन श्रवण नक्षत्र के भोग में जन्म हो तो श्रवण के अक्षरों से नामकरण करना चाहिए। यह ठीक है क्योंकि तीनों के समान विभाग होते हैं। सिद्धान्त में भी उत्तराषाढ़ व अभिजित् के विभाग में कोई विरोध नहीं है। अब इस पर विचार करने की अधिक आवश्यकता नहीं है।

अथ जन्मपत्री लेखनक्रमो लिख्यते।

[1]जातकाभरणे

सन्मङ्गलाशीर्वचनान्वितानि पद्यानिचाग्रे समुदाह्रियन्ते।
तान्येव पत्रीकरणे प्रवीणाः श्रेयस्कराणि प्रथमं लिखन्तु॥१॥

अब जातकाभरण नामक ग्रन्थ के वचनों से जन्मपत्री लिखने के प्रकार या क्रम को या यों समझिये जन्मपत्री कैसे लिखी जाती है उसे बतलाते हैं।

जातकाभरण में कहा है कि मङ्गल विधायक अर्थात् मङ्गलात्मक और आशीर्वचन विधायक या यों जानिये आशीर्वादात्मक जिन श्लोकों को ग्रन्थारम्भ में कविजन या ग्रन्थकार लिखते हैं, कल्याण करने वाले उन्हीं श्लोकों को जन्म पत्री बनाने के प्रारम्भ में लिखना चाहिये, जो कि आगे लिखे हुए हैं॥ १ ॥

जन्मपत्री के प्रारम्भ में लिखने योग्य मङ्गल श्लोक—

[2]शुण्डाभण्डलसंप्रसारकरणैर्मौलिस्थलान्दोलनै—
नेत्रोन्मीलनमीलनैरविरलश्रीकर्णतालक्रमैः।
दानालिध्वनितैर्विलासचरितैरूर्ध्वाननोद्गर्जितै—
र्जातानन्दभरः करीन्द्रवदनो वः श्रेयसे कल्पताम्॥ २ ॥

पुनः पुनर्मङ्गलमूर्तिस्मरणं प्रत्यूहनिराकरणकरमिति पद्यान्तरम्।

[3]नानादानविधानयज्ञनिकरैरुग्रैस्तपोभिश्चिरा—
त्प्राप्ते कल्पतरौ प्रकल्पितफलावाप्तिः कथञ्चिद्भवेत्।
तूर्णं यच्चरणाम्बुजस्मरणतः सम्पूर्णकामः पुमान्
सोऽयं वोऽभिमतं ददातु सततं हेरम्बकल्पद्रुमः॥ ३ ॥

१–१अ० ६ श्लो०। २–जातकाभ० १अ० ७ श्लो०। ३–जातकाभ० १अ० ८ श्लो०।

अब जन्म पत्री लिखने से पूर्व जिन मङ्गलात्मक श्लोकों को पण्डित लोग लिखते हैं उन्हें बतलाते हैं।

अपनी सूंड़ को चलाने से अर्थात् बारंबार फैलाने व सिकोड़ने से तथा पुनः पुनः शिर को झुकाने व उठाने से एवं आँखों को खोलने व मूदने से और कानों को निरन्तर फट फटाने से व कुम्भ स्थल के मद से मतवाले भ्रमरों की गुंजार से और क्रीडा निमित्त अनेक चरित्रों से तथा ऊपर को सूंड़ उठाकर किये अपने चीत्कार शब्दों से उत्पन्न हुए आनन्द से परिपूर्ण करिवदन अर्थात् श्रीगजानन जी तुम सबको कल्याण देने वाले हों ॥ २ ॥

मङ्गलमूर्ति श्रीगणेश जी का पुनः पुनः स्मरण करना अनेक विघ्न समूहों का निवारण करने वाला होता है, इससे और भी एक श्लोक से गणेश जी को प्रणाम ग्रन्थकार करते हैं।

नाना प्रकार दानों के करने से, यज्ञ समूह करने और अनेक प्रकार की कठिन तपस्या से कल्पवृक्ष मिलने पर भी मनोभिलषित पदार्थ मिलना कठिन होता है, परन्तु जिन गणनायक के चरण कमल स्मरण से पुरुष शीघ्र ही संपूर्ण कामनाओं से पूर्ण होता है, वे श्रीगणेश जी रूप कल्पवृक्ष तुम्हारे मनोभिलषितों को पूर्ण करें ॥ ३ ॥

विशेष – होरारत्न में 'संप्रसार कलनैः' 'सोऽयं चाभिमतो' यह पाठान्तर है ॥२-३॥

[1]सन्मानसावासविलासहंसी कर्णावतंसी कृतपद्मकोशः।
तोषादशेषाभिमतं विशेषादेषापि भाषा भवतां ददातु ॥ ४ ॥

सुजन जनों के अर्थात् सज्जनों के मनमानस में या यों जानिये मानस रूप मान सरोवर में हंसी की तरह विलास (क्रीडा) करने वाली, कमल कलिका को कान का भूषण करके धारण करने वाली श्री सरस्वती जी भी प्रसन्न होकर तुमको विशेष करके आनन्द पूर्वक समस्त मनोभिलषित मनोरथों को अर्थात् अभीष्टार्थ को देने वाली होवें ॥४॥

[2]कल्याणानि दिवामणिः सुललितां कान्तिं कलानां निधि—
लक्ष्मीं क्ष्मातनयो बुधश्च बुधतां जीवश्चिरञ्जीविताम्।
साम्राज्यं भृगुजोऽर्कजो विजयतां राहुर्बहूत्कर्षतां
केतुर्यच्छति तस्य वाञ्छितफलं पत्री यदीयोत्तमा ॥ ५ ॥

जिस मनुष्य की यह उत्तम जन्म पत्री है उसको सूर्य भगवान् तो कल्याणों को देने वाले होवें, चन्द्रमा ललित (प्रिय) कीर्ति या सुन्दर कान्ति को, भौम लक्ष्मी को, बुध बुद्धिमानी या पाण्डित्य को, गुरू दीर्घायु को, शुक्र साम्राज्य (चक्रवर्तित्व) को, शनि विजय को, राहु अधिक उत्कर्षता को और केतु उस मनुष्य को समस्त मनोरथों को देने वाला होवे ॥ ५ ॥

[3]उपार्जितं यत्सदसद्विमिश्रं जन्मान्तरे कर्मनरैरिदानीम्।
होरागमस्तस्य विपाकमुच्चैर्दशा क्रमेण प्रकटीकरोति ॥ ६ ॥

१—जातकाभ० १अ० ९ श्लो०। २—जातकाभ० १अ० १० श्लो०।

३—जातकाभ० १अ० ११ श्लो०।

मनुष्यों ने अनेक जन्मान्तरों में जो कुछ मिला हुआ शुभाशुभ कर्म इकट्ठा किया है उस कर्म का परिपाक (फल) ज्योतिष का जानने वाला पण्डित दशाओं के क्रम से ठीक-ठीक बता सकता है ॥ ६ ॥

शम्भु होरा प्रकाश में कहा है—'प्राग्जनौ तु सदसद्विमिश्रितं कर्म यन्मनुजनैरुपार्जितम् । तद्विपाकमिह हौरिकागमो व्यंञ्जयत्यपि दशाक्रमेण च' (१अ० १४ श्लो०) ॥७॥

[1]साक्षाद्भवेद्भाग्यनिरीक्षणाय सुनिर्मलादर्शतलं किलेदम् ।
शास्त्रं विपद्वारिनिधिं प्रतर्तुं तरिस्तथार्थार्जनयानमित्रम् ॥ ७ ॥

अब होराशास्त्र की क्या आवश्यकता होती है, इसे बतलाते हैं ।

यह होराशास्त्र भाग्य रूप मुख के देखने के लिये साक्षात् निर्मल दर्पण के समान है और विपत्ति रूप समुद्र के पार करने के लिये जहाज या नौका है । इसी तरह यात्रा में धन संचय के लिये यह शास्त्र एक उत्तम मित्र है । इन प्रयोजनों से भी इस होरा शास्त्र की परमावश्यकता है ॥ ७ ॥

सारावली में भी कहा है—'अर्थार्जने सहायः पुरुषाणामापदर्णवे पोतः । यात्रासयये मन्त्री जातकमपहाय नास्त्यपरः' (२ अ० ५ श्लो०) ॥ ७ ॥

[2]आधानकाले कमलोद्भवेन वर्णावली भालतलान्तराले ।
या कल्पिता पश्यति दैवविक्ता होरागमज्ञानविलोचनेन ॥ ८ ॥

गर्भाधान के समय में ब्रह्माजी जीव के मस्तक पर जो शुभाशुभ की रेखा बना देते हैं उसे ज्योतिषी ही बता सकता है । इसे अब बताते हैं ।

जो कुछ शुभाशुभ कर्मों की रेखा गर्भाधान के समय ब्रह्माजी ने मनुष्य के मस्तक पर अङ्कित कर दी हैं उन रेखाओं को ज्योतिष शास्त्र (होरा शास्त्र) का जानने वाला विद्वान् ज्योतिषी ज्योतिष शास्त्र रूप निर्मल नेत्रों से देख सकता है अर्थात् होरा शास्त्र ज्ञान रूपी निर्मल चक्षु से शुभाशुभ कहने में समर्थ होता है किन्तु नक्षत्र सूची किसी भी दशा में समर्थ नहीं होता है ॥ ८ ॥

सारावली में कहा है—'विधात्रा लिखिता याऽसौ ललाटेऽक्षरमालिका । दैवज्ञस्तां पठेद्व्यक्तं होरानिर्मलचक्षुषा' (२ अ० १ श्लो०) ॥

और भी होरा मकरन्द में 'वर्णावली या लिखिता विधात्रा ललाटपट्टे भुवि-मानवानाम् । होरादशानिर्मलया यथावत्तां दैवविद्वाचयतीति नान्यः' (१ अ० ८ श्लो०) ॥ ८ ॥

[3]होरागमव्योमचरानुसारस्तेषां विचारः सुतरामुदारः ।
सिद्धान्त एवाकलनं तदास्याऽभ्यासो यदास्याद्गणितद्वयस्य ॥ ९ ॥
[4]अपारहोरागमपारगामी पाट्याञ्च बीजेऽतितरां प्रगल्भः ।
सद्गोलविद्याकुशलः स एव भवेत्फलादेश विधौ समर्थः ॥ १० ॥

१—जातकाभ० १अ० १२ श्लो० ।
२—जातकाभक १अ० १३ श्लो० ।
३—जातकाभ० १ अ० १४ श्लो० ।
४—जातकाभ० १ अ० १५ श्लो० ।

इस ज्योतिष शास्त्र के फलादेश कहने में कौन-सा ज्योतिषी पूर्ण समर्थ होता है अब इसको ग्रन्थकार बतलाते हैं।

यह होराशास्त्र ग्रहों के आधीन है और उन ग्रहों का जो विचार है वह अत्यन्त कठिन है। उन ग्रहों का यथार्थ ज्ञान उसी पुरुष को हो सकता है जो कि दोनों प्रकार के गणित का ज्ञाता हो।

जो कोई विद्वान् मनुष्य इस अपार ज्योतिष शास्त्र रूपी समुद्र के पार जाने वाला है और पाटीगणित में व बीजगणित में कृतपरिश्रम होने से सब तरह परिपूर्ण है और उत्तम गोल विद्या में कुशल है वही फलादेश विधि के कहने में समर्थ होता है ॥ ९-१० ॥

[1]श्रीजन्मपत्री शुभदीपकेन व्यक्तं भवेद्भाविफलं समग्रम् ।
क्षपा प्रदीपेन यथालयस्थं घटादिजातं प्रकटत्वमेति ॥ ११ ॥
[2]सा जन्मपत्री विमला न यस्य तज्जीवनं संततमन्धकं स्यात् ।
अनल्पमल्पञ्च ततोऽल्पकं वा न कल्पते भाग्यमतीवहेतोः ॥ १२ ॥

अब जन्मपत्री की विशेषता व जन्मपत्री न होने पर न्यूनता को कहते हैं।

जैसे रात्रि के समय में दीपक के प्रकाश से घर के भीतर रखी हुई घटादि वस्तु की यथार्थ प्रतीति होती है इसी तरह जन्मपत्ररूप दीपक से जीवन में आने वाले सुख दुःखादि समस्त भविष्य फल दीख जाते हैं ॥ ११ ॥

जिस मनुष्य को जन्मपत्री शुद्ध नहीं होती उसका जन्म भर का वृत्तान्त अन्धा होता है अर्थात् अँधेरे में रहता है और उत्कृष्ट, निकृष्ट व अतिनिकृष्ट जो भाग्य है उसकी अवधि फिर कभी भी निश्चय नहीं हो सकती है ॥ १२ ॥

[3]जन्मकालतिथिवारतारकाश्चापि योगकरणक्षणाभिधाः ।
मङ्गलाय किल सन्तु पत्रिका यस्य शास्त्रविहिता विरच्यते ॥ १३ ॥
[4]ये वक्ष्यमाणा इह राजयोगा रश्मिप्रभूता अपि नाभसाश्च ।
ये कारकाः पूर्णफलं हि पूर्णं यच्छन्तु पत्री क्रियते तदीया ॥ १४ ॥
[5]यस्यामलेयं किल जन्मपत्री कुतूहलेन क्रियते यथोक्ता ।
तस्यालये सत्कमला सलीलं सुनिश्चला तिष्ठतु दीर्घकालम् ॥ १५ ॥

अब पुनः मङ्गलार्थ श्लोकों को कहते हैं।

जन्मकालिक तिथि, वार, तारा (नक्षत्र) योग, करण और मुहूर्त ये समस्त जिस मनुष्य की जन्मपत्री शास्त्र रीति के अनुसार हम बनाते हैं उसके कल्याणकारी हों ॥ १३ ॥

जो कि आगे कथित राजयोग, किरण योग और नाभस योग व कारक ग्रह हैं

१—जातकाभ० १ अ० १६ श्लो०। २—जातकाभ० १ अ० १७ श्लो०।
३—जातकाभ० १ अ० १८ श्लोक। ४—जातकाभ० १ अ० १९ श्लोक।
५—जातकाभ० १ अ० २० श्लोक।

वे भी समस्त जिस मनुष्य की जन्मपत्री हम बनाते हैं उस मनुष्य को पूर्ण फलदायी होवें ॥ १४ ॥

जिस मनुष्य की इस उत्तम जन्मपत्री को यथोक्त रीति से हम बनाते हैं, उस मनुष्य के घर में अत्युत्कृष्ट लक्ष्मी लीला सहित अधिक काल पर्यन्त निश्चल होकर निवास करे अर्थात् स्थिर लक्ष्मी प्राप्त होवे ॥ १५ ॥

अथाशीर्वादश्लोकानां लिखनानन्तरं दैवपुरुषविचारः पूर्वोक्तो लेखनीयः। ततः पितामह-सोम-रोमश-सौर-पुलस्ति-वसिष्ठ-बृहस्पति-गर्गादितन्त्रमतानुसारेण श्रीश्वेतवराहकल्पप्रवृत्तेगताऽब्दास्तथा सकलभुवनजननिदानकमलभवप्रवर्त्तितभचक्रप्रत्यग्गमनसमयतः प्रवृत्ताः सृष्टितो गताब्दाश्च लेखनीयाः। ततो गतकलिवर्षसंवत्सरशकप्रभवादि षष्ट्यब्दायनऋतुमासपक्षतिथिवारनक्षत्रयोगकरणयोनिगणवर्णवर्गडिम्भचक्रादिमदशा दिनमान रात्रिमानार्कभुक्तांशेष्टकाल लग्नषड्वर्गादिभिर्यथायोग्यप्रशस्तिसहितपित्रादिनामपूर्वकं जन्मसमयो लेख्यः।

अब आशीर्वादात्मक श्लोकों को लिखने के बाद जो जन्मपत्री में लिखा जाता है उसे बताते हैं।

जन्मपत्री में मङ्गलात्मक व आशीर्वादात्मक श्लोकों को लिखने के बाद पूर्व में कथित भाग्य व पुरुषार्थ के विचार को लिखना चाहिये। पुनः इसके अनन्तर पितामह-सोम-रोमश-सौर-पुलस्ति-वसिष्ठ-गुरू व गर्गादि के सिद्धान्तों की रीति से इस वर्तमान श्वेतवराह कल्प के प्रारम्भ से गत (व्यतीत) वर्षों को और समस्त लोकों का निर्माण करने वाले कमल से उत्पन्न ब्रह्मा जी द्वारा राशिचक्र का पश्चिम दिशा में जिस समय से गमन हुआ है उस सृष्टिकाल से गत वर्षों को लिखना चाहिये। अर्थात् कल्पादि से व सृष्ट्यादि से उक्त ऋषियों के ग्रन्थों से गत वर्ष लिखना चाहिये क्योंकि सूर्य सिद्धान्तादि ग्रन्थों में कल्पादि व सृष्टि की आदि में भेद है। वास्तविक में यह भेद इसलिये नहीं है कि कल्पान्त और सृष्ट्यन्त भी वैसे ही है।

फिर इसके बाद कलियुग के व्यतीत वर्ष, संवत्, शक, प्रभवादि ६० संवत्सरों में से वर्तमान संवत् का नाम, अयन (दक्षिणायन वा उत्तरायन) ऋतु, मास, पक्ष, तिथि, वार, नक्षत्र, योग, करण, योनि, गण, वर्ण, वर्ग, डिम्भचक्र, प्रारम्भिक दशा, दिनमान, सूर्य के भुक्तांश, इष्ट काल, लग्न, षड्वर्गादि, प्रशंसा सहित पिता, पितामह का का नाम और इसके अनन्तर जन्म समय घण्टा मिनटों में लिखना चाहिए।

जन्मसमयो नाम जन्मकालावयवः। तत्र काल नाम किम्। तदुच्यते।

उक्तञ्च जातकसारे—

कालः सृजति भूतानि कालः संहरते प्रजाः।
कालः सुप्तेषु जागर्ति कालो हि दुरतिक्रमः॥ १६ ॥

विष्णुपुराणेऽपि—

कालः [1]पचति भूतानि सर्वाण्येव सहात्मना।
कान्ते स पक्वस्तेनैव सहाव्यक्ते लयं व्रजेत् ॥ १७ ॥

कान्ते ब्रह्मणोऽन्ते तेन ब्रह्मणा सह अव्यक्ते अनादिपुरुषे।

[2]वसिष्ठसंहितायाम्—

काल एवेश्वरः साक्षादीश्वरः काल एव सः।
विद्यते चेश्वरज्ञानी चेत्कालज्ञ स एव हि ॥ १८ ॥
तस्मात्कालं न जानन्ति योगिनोऽपि महीतले।
तथापि देहिनां नूनं हिताय कमलासनः ॥ १९ ॥
भचक्रभ्रमणात्स्थूलकालं कल्पितवान् प्रभुः।
प्राणादिदिनमासाब्दयुगान्तं चैव भग्रहैः ॥ २० ॥ इति

[3]सूर्यसिद्धान्तेऽपि—

भूतानामन्तकृत् कालः कालोऽन्यः कलनात्मकः।
स द्विधा स्थूलसूक्ष्मत्वान्मूर्तश्चामूर्त उच्यते ॥ २१ ॥
प्राणादिः कथितो मूर्तस्त्रुटयाद्योऽमूर्तसंज्ञकः।
दशगुर्वक्षरोच्चारैरेकः प्राणः प्रकीर्तितः ॥ २२ ॥
षड्भिः प्राणैर्विनाडी स्यात्तत्षष्टया नाडिकाः स्मृताः।
नाडी षष्टया तु नाक्षत्रमहोरात्रं प्रकीर्तितम् ॥ २३ ॥
तत्त्रिंशता भवेन्मासो भगणो द्वादशैव ते। इति

अब विविध ग्रन्थों के आधार पर काल की परिभाषा को बतलाते हैं।

जन्म समय का नाम जन्म काल अवयव है। यहाँ यह जिज्ञासा होती है कि काल किसे कहते हैं। इसके उत्तर में अर्थात् काल की परिभाषा के विषय में प्रथम जातक सार में जो कहा है उसे कहते हैं।

जातक सार नामक ग्रन्थ में कहा है कि काल समस्त चराचर की रचना करता है तथा सब जीवों का नाश भी काल ही करता है। समस्त संसार की शयनावस्था में काल जागता रहता है, और काल का अतिक्रमण भी नहीं होता अर्थात् काल ही सब कुछ है ॥ १६ ॥

विष्णु पुराण में भी कहा है कि काल ही समस्त चराचर को आत्मा के साथ पकाता है अर्थात् बनाता है और ब्रह्मा जी के अन्त में या यों जानिये ब्रह्मा की आयु पूर्ण होने पर बने हुए संसार का ब्रह्मा के साथ अव्यक्त पुरुष में लीन करता है ॥ १७ ॥

१—मृजति पु० में है। २—४। अ० १–३ श्लोक ३—। अ०१०-१२ श्लोक।

वसिष्ठ संहिता में तो काल ही साक्षात् ईश्वर है और ईश्वर ही काल है। जो पुरुष ईश्वर को जानता है वही काल को जानने वाला होता है। इस कारण से भूमि में योगी पुरुष भी काल को नहीं जानते हैं, तब भी देहधारियों के कल्याणार्थ कमलासन (ब्रह्मा) भगवान् ने राशि चक्र के भ्रमण से और राशि चक्र में ग्रहों के भ्रमण वश प्राणादि, दिन, मास, वर्ष युग इत्यादि स्थूल काल की कल्पना की है ॥ १८–२० ॥

अन्य काल की परिभाषा सूर्य सिद्धान्त में भी है। अब उसे कहते हैं।

काल दो प्रकार का होता है। एक तो समस्त लोकों में स्थित जीवों का संहार करने वाला अनन्त और अखण्ड काल होता है।

दूसरा काल गणना करने वाला संसार के जानने योग्य खण्ड काल होता है।

यह दूसरा काल भी दो प्रकार का होता है एक स्थूल और दूसरा सूक्ष्म, स्थूल बड़ा और सूक्ष्म अल्प, स्थूल मूर्त व सूक्ष्म काल अमूर्त होता है।

मूर्त काल व्यवहार में ग्रहण करने योग्य और अमूर्त काल व्यवहार में ग्रहण नहीं होता है।

सूर्य सिद्धान्त के आधार पर काल तीन प्रकार का सिद्ध होता है। १ संसार का अन्त करने वाला। दूसरा व्यवहार करने योग्य स्थूल और तीसरा व्यवहार में न आने वाला सूक्ष्म काल होता है।

प्राणादि अर्थात् असु, पल, दण्डादि काल मूर्त और त्रुटि, तत्पर, निमेषादि काल अमूर्त और सूक्ष्म होता है।

दश गुरू अक्षरों के उच्चारण में जितना समय लगता है उस समय की प्राण असु संज्ञा होती है।

६ प्राण के समय को विनाडी और ६० विनाडी की १ घटी होती है तथा ६० घटी का एक नक्षत्र सम्बन्धि अहोरात्र (दिन रात) होता है ३० अहोरात्र का एक नक्षत्र महीना एवं बारह मास का एक वर्ष होता है ॥ २१–२३ ॥

विशेष—त्रुटि काल नेत्रों के दोनों पक्ष्म के एक संयोग समय के तीन सौ वें भाग को कहते हैं। कहा है 'योक्ष्णोर्निमेषस्य खरामभागः स तत्पर तच्छतभाग उक्ता त्रुटिः' यह भास्कराचार्य जी ने सिद्धान्त शिरोमणि में कहा है। तथा 'सूच्या भिन्ने पद्मपत्रे त्रुटिरित्यवधीयते' और भी सुई से कमल के पत्ते में छेद करने में जितना समय लगता है उसे त्रुटिकाल कहा जाता है।

पाठकों की सुविधा के लिये भारतीय स्थूल काल और पाश्चात्य गणना योग्य काल की समता नीचे लिखी जा रही है।

भारतीय स्थूल काल	पाश्चात्य स्थूल काल
१ प्राण (असु)=१० दीर्घाक्षरोच्चारण काल=१० विपल	= ४ सेकेन्ड
१ पल (विघटी)=६ प्राण=६० विपल	= २४ ,, $=\frac{2}{5}$ मिनट।
∴ $२\frac{1}{2}$ पल	= १ मिनट
१ विपल=१ दीर्घाक्षरोच्चारण काल=प्राण ÷ १०	$=\frac{2}{5}$ सेकेन्ड

१ नाड़ी (घटी)=६० पल=१ दण्ड	= २४ मिनट
१ नाक्षत्र अहोरात्र=६० नाड़ी=६० दण्ड	= २४ घन्टा
∴ २$\frac{१}{२}$ नाड़ी=$\frac{५}{२}$ दण्ड	= १ घन्टा
१ मास=३० अहोरात्र	= १ मन्थ
१ वर्ष=१२ मास	= १ एयर

सूक्ष्म काल

१ त्रुटि	= $\frac{१}{३२४००००}$ सेकेन्ड
१ रेणु=६० त्रुटि	= $\frac{१}{५०००४}$ सेकेन्ड
१ लव=६० रेणु	= $\frac{१}{९००}$ सेकेन्ड
१ लीक्षक = ६० लव	= $\frac{१}{१५}$ सेकेन्ड

१ प्राण = ६० लीक्षक = १० दीघाक्षरोच्चारण काल = ४ सेकेन्ड । 'दशगुर्वक्षरोच्चारैः' यह श्लोकार्ध प्रकाशित सूर्य सिद्धान्त में अनुपलब्ध है ।

ततो जन्मकुण्डली सूर्यादिनवग्रहसहिता लेख्या ।

उक्तञ्च जातकसारे—

कालोऽयं भगवान् विष्णुरनन्तः परमेश्वरः ।
तद्वेत्ता पूज्यते सद्भिः पूज्यकोऽन्यतमो मतः ॥ २४ ॥
स च लग्नाश्रितः कालस्तस्माल्लग्नञ्च यद्भवेत् ।
वर्षे वा जन्मकाले वा तस्माद्वाच्यं शुभाशुभम् ॥ २५ ॥

अन्यत्रापि—

शक्तिर्हरेः कुण्डलीनीति नाम ग्रहर्क्षचक्राप्तविभक्तदेहा ।
लग्नादि भावान्परिकल्प्य चाङ्गान् संसूचयन्ती जगतां फलानि॥२६॥
विना लग्नं मनुष्याणां ग्रहाश्च फलदा नहि ।
शुभाशुभं तु देहस्य न तु जीवं विना यथा ॥ २७ ॥

कुण्डलीस्वरूपमुक्तं जातकाभरणे—

भिन्नं द्वादशधा विधाय विलसच्चक्रं च तत्र न्यसेत्,
लग्नाद्द्वादशराशयोऽतिविशदा वामाङ्गमार्गक्रमात् ।
अङ्क्यास्तत्र नभश्चराः स्फुटतरा राशौ च यत्र स्थिता-
स्तेभ्यः साधुफलं त्वसाधु सुधिया वाच्यं हि होरागमात् ॥ २८ ॥

इसके अनन्तर सूर्यादि नवग्रहों के साथ कुण्डली लिखना चाहिए ।

जातक सार में कहा है कि यह काल भगवान् विष्णु वा अनन्त या परमेश्वर है। इस काल को जानने वाले की विद्वान् पूजा करते हैं क्योंकि कालवेत्ता के सिवाय कोई पूजनीय नहीं होता है।

वह काल लग्न के अधीन होता है उस काल से जो लग्न जन्म व वर्ष लग्न हो उसके आधार पर जीवन का व वर्ष भर का शुभाशुभ कहना चाहिए।

अन्यत्र भी कहा है कि हरि भगवान् की ग्रह व राशि चक्र से बारह राशियों में विभाजित देहवाली या यों समझिये राशि चक्र के बारह भागों में जिस-जिस राशियों में ग्रह हों उनसे युक्त कुण्डलिनी नाम की यह शक्ति है। इस कुण्डलिनी में लग्नादि बारह भावों की कल्पना करके संसार के शुभाशुभ फलों की सूचना मिलती है अर्थात् संसार को शुभाशुभ फल की सूचना देने वाली कुण्डलिनी (कुण्डली) है।

मनुष्यों को बिना लग्न के ग्रह फल देनेवाले नहीं होते जैसे जीव के बिना देह का शुभ वा अशुभ नहीं होता है।

अब जातकाभरण में जो कुण्डली का स्वरूप है उसे बतलाते हैं।

राशि चक्र के पृथक्-पृथक् बारह भाग करके उसको लग्न से प्रारम्भ कर बारह राशियों की वाम क्रम से स्थापना करना चाहिए। पुनः गोचर में जो ग्रह जिस राशि में हो उसको उसी राशि में स्थित करके बारह भावों का शुभाशुभ फल होराशास्त्र ज्ञान से विद्वान् ज्योतिषी को कहना चाहिए ॥ २४-२८ ॥

ततः पूर्वोक्तसिद्धान्तमार्गेण गणितः कल्पाद्यहर्गणः तथा सृष्टेराद्यहर्गणस्तदुत्पन्नाः मध्यमाः ग्रहाश्च लेख्याः। ततः स्वजन्मदेशीयपूर्वापरदेशान्तरयोजन पलभा-चरखण्ड-लग्नमानपलानि लेख्यानि। ततो रव्यादिग्रहाणां मन्दकेन्द्राणि मन्दफलसहितानि भौमादीनां शीघ्रकेन्द्राणि शीघ्रफलानि च लेख्यानि। ततो सूर्यादयो ग्रहाः स्वजन्मदेशीयोदयान्तरभुजान्तर चरान्तरदेशान्तरबीजसँस्कारसँस्कृताः स्पष्टाः सगतयस्तात्कालिकाः लेख्याः।

उक्तञ्च शिरोमणौ--

यात्राविवाहोत्सवजातकादौ खेटैः स्फुटैरेव फलं स्फुटत्वम्'

जातकसारेऽपि

विवाहे जातके यात्राप्रश्नवास्तुव्रतादिषु।
ज्योतिश्शास्त्रात् फलं सर्वं प्रस्फुटं द्युचराश्रयम् ॥ २९ ॥ इति

तत्र ब्रह्मार्यसौरादिपक्षभेदे सति सर्वेषां पक्षाणामाप्तवाक्यतया प्रमाणत्वे सति कस्मात्पक्षाद्ग्रहसाधनं कर्तुमुचितमित्युक्तं जातकसारे--

जातकादिषु सर्वत्र ग्रहैर्ज्ञानं प्रजायते।
तस्माद्गणितदृक्तुल्यात्स्वतन्त्रात्साधयेद्ग्रहान् ॥ ३० ॥

वसिष्ठोऽपि —

यस्मिन् पक्षे यत्र काले दृश्यते गणितैक्यकम् ।
तेन पक्षेण ते कार्याः स्फुटास्तत्समयोद्भवाः ॥ ३१ ॥

दामोदरपद्धतौ च —

यान्ति संसाधिताः खेटा येन दृग्गणितैक्यकम् ।
तेन पक्षेण ते कार्याः स्फुटास्तत्समयोद्भवाः ॥ ३२ ॥ इति

ननु ग्रहानयनमार्षशास्त्रादेव कर्तुं युज्यते, न तु मानुषात्तस्य अयथार्थत्वादिति चेत्सत्यम् । ग्रहानयनं मुनिकृतशास्त्रादेव कर्तुमुचितं परन्तु तत्रापि कालवशेनान्तरं पतति ।

उक्तञ्च सूर्यसिद्धान्ते[1]—

शास्त्रमाद्यं तदेवेदं यत्पूर्वं प्राह भास्करः ।
युगानां परिवर्तेन कालभेदोऽत्र केवलः ॥ ३३ ॥

वसिष्ठसिद्धान्तेऽपि —

इत्थं माण्डव्यसंक्षेपादुक्तं शास्त्रं मयोत्तमम् ।
विस्रस्ती रविचन्द्राद्यैर्भविष्यन्ति युगे युगे ॥ ३४ ॥

विस्रंसनं विस्रस्ति शिथिलत्वमिति यावत् । तं बीजसंज्ञं ब्रह्मगुप्त मकरन्दमिश्रादिभिर्नलिकावेधेन स्वसत्ताकाले लक्षयित्वा मुनिशास्त्रजनितेषु सद्ग्रहेषु संस्कृतं तद्युक्तमेव ।

तथा च ब्रह्मसिद्धान्ते—

संसाध्य स्पष्टतरं बीजं नलिकादियन्त्रेभ्यः ।
तत्संस्कृतग्रहेभ्यः कर्त्तव्यौ निर्णयादेशौ ॥ ३५ ॥

सिद्धान्तसुन्दरेऽपि —

मुनिप्रणीते मनुजैः क्वचित्ते दृश्यतेऽन्तरम् ।
तदा तदेव संसाध्यं न कार्यं सर्वमन्यथा ॥ ३६ ॥ इति

इसके बाद पूर्वोक्त सिद्धान्त रीति से गणित द्वारा कल्पादि से अहर्गण और सृष्टि के आदि से अहर्गण बनाकर उससे मध्यम ग्रहों का आनयन करके मध्यम ग्रह लिखना चाहिये । इसके बाद जहाँ पर जातक का जन्म हुआ है उस देश के पूर्वापर देशान्तर योजन, पलभा, चरखण्ड और राशियों के उदय पलों को लिखना चाहिये ।

पुनः इसके अनन्तर सूर्यादि ग्रहों के मन्दकेन्द्र व मन्दफल और भौमादि पञ्च तारा ग्रहों के शीघ्रकेन्द्र एवं शीघ्रफलों को लिखना चाहिये ।

इसके बाद स्वदेशीय, उदयान्तर, भुजान्तर, चरान्तर, देशान्तर और बीज सँस्कार से संस्कृत, स्पष्ट गति के साथ तात्कालिक स्पष्ट ग्रहों को लिखना चाहिए ।

१—मध्यमा० ९ श्लोक ।

क्योंकि सिद्धान्त शिरोमणि में कहा है कि यात्रा, विवाह, उत्सव, (मङ्गल कार्य) और जातकादि के विचार में स्पष्ट ग्रहों से ही स्पष्ट फल को प्राप्ति होती है।

जातक सार में भी कहा है कि विवाह जातक, यात्रा, प्रश्न, वास्तु और व्रतादि के निर्णय में ज्योतिष शास्त्र से समस्त फलों का ज्ञान स्पष्ट ग्रहों के आधीन होता है। अर्थात् दृग्गणितैक्य ग्रह ही फल देने में समर्थ होते हैं ॥ २९ ॥

वहाँ ग्रहानयन में ब्रह्मसिद्धान्त, आर्यसिद्धान्त और सूर्यसिद्धान्त में परस्पर विरोध होने से अर्थात् इन तीनों सिद्धान्तों में एक वाक्यता न होने से स्पष्ट ग्रह भिन्न-भिन्न आते हैं। ये तीनों सिद्धान्तों की आप्तवाक्यता होने से तीनों प्रमाण रूप में हैं अतः इन तीनों में से किस सिद्धान्त से ग्रह स्पष्ट करना उचित होगा इसके उत्तर में जातक सार ग्रन्थ जो कहा है वह यह है।

जातकादि समस्त कार्यों में स्पष्ट ग्रहों से फल ज्ञान होता है। इस कारण से जिस ग्रन्थ से दृग्गणितैक्य की प्रतीति हो उसी स्वतन्त्र ग्रन्थ से ग्रहों का साधन करना चाहिए ॥ ३० ॥

वसिष्ठ ऋषि ने भी कहा है कि जिस समय में जिस पक्ष से अर्थात् सिद्धान्त से वेध व गणित द्वारा एक ही ग्रह प्राप्त होते हों उसी सिद्धान्त से तात्कालिक ग्रहों को स्पष्ट करना चाहिए ॥ ३१ ॥

और भी दामोदर पद्धति में कहा है जिस ग्रन्थ से स्पष्ट किये हुए ग्रह दृग्गणितैक्यता को प्राप्त होते हों उसी के आधार पर तात्कालिक ग्रह स्पष्ट करना चाहिए ॥ ३२ ॥

यहाँ यह शङ्का होती है कि ग्रहों का आनयन तो आर्ष ग्रन्थों के आधार पर ही करना चाहिए, न कि मनुष्य प्रणीत ग्रन्थ के आधार पर क्योंकि मनुष्य प्रणीत की अयथार्थता अर्थात् असत्यता है। यदि ऐसा है तो ठीक है कि ग्रहों का आनयन मुनि प्रणीत ग्रथों के आधार पर करना चाहिए। किन्तु मुनि प्रणीत शास्त्रों में भी काल के वश से ग्रहानयन में अन्तर आ जाता है, ऐसा सूर्यसिद्धान्त में कहा है यह (जो मैं तुमसे कह रहा हूँ) वही आद्यशास्त्र है जो कि सूर्य भगवान् ने पहिले महर्षियों से कहा था अर्थात् पूर्वयुगीय इस सूर्योक्त शास्त्र का मैं तुमको उपदेश दे रहा हूँ।

यहाँ यह शङ्का होती है कि यदि यह पूर्वयुगीय शास्त्र है तो युग युग में शास्त्र कहने का क्या वैशिष्ट्य है। इसका उत्तर यह है कि महायुगों के परिवर्तन से अर्थात् बार बार भ्रमण से काल की अधिकता से उत्पन्न अन्तर ग्रह चार में आता है अतः युग युग में शास्त्र कहने की आवश्यकता होती है क्योंकि सिद्धान्त ग्रन्थों में भगण ग्रहों के भिन्न भिन्न प्राप्त होते हैं ॥ ३३ ॥

वसिष्ठ ऋषि ने भी कहा कि इस प्रकार माण्डव्य ऋषि के द्वारा उक्त संक्षेप से मैंने इस उत्तम ज्योतिष का कथन किया है किन्तु युग युग में रवि चन्द्रादि में शिथिलत्व होने से इस शास्त्र का शिथिलत्व दूर करके युग युग में कहना चाहिए ॥ ३४ ॥

उस शिथिलत्व को दूर करने के लिये ब्रह्मगुप्त, मकरन्द, मिश्रादि ने अपने समय में नलिका से वेध करके जो बीज (अन्तर) प्राप्त किया उसको मुनिप्रणीत शास्त्रों में संस्कृत करके जो ग्रन्थों का निर्माण किया वह उचित ही किया।

ब्रह्मसिद्धान्त में कहा है कि नलिकादि यन्त्रों से सूक्ष्म स्पष्ट बीज (अन्तर) का ज्ञान करके उस बीज से संस्कृत ग्रहों से ही निर्णय व आदेश करना चाहिये। अर्थात् दृग्गणितैक्य के आधार पर ही स्पष्ट ग्रह करके फलादेश कहना चाहिए ॥ ३५ ॥

और भी सिद्धान्त सुन्दर में कहा है—

यदि मनुष्य प्रणीत व मुनि प्रणीत ग्रन्थों में कदाचित् वेध के द्वारा अन्तर की प्रतीति हो तो मुनि कृत का त्याग करके वेध सिद्ध मनुष्य प्रणीत ग्रन्थ से ग्रहानयन करना उचित है। न कि सब समय में मुनिप्रणीत ग्रन्थ के आधार पर ग्रहानयन करना चाहिए ॥ ३६ ॥

विशेष—इन विविध सिद्धान्तों के आधार पर स्पष्ट सिद्ध होता है कि दृश्य गणना के आधार पर ही निर्णय और फलादेश करना चाहिए। किन्तु कुछ हठी लोग तो अदृष्टफलसिद्ध्यर्थं यथार्काद्युक्तितः कुरु' इस कमलाकर के वाक्य से सूर्यसिद्धान्तीय पक्ष को मान कर पञ्चाङ्ग बनाने का आदेश करते हैं और कहते हैं कि मकरन्द व ग्रहलाघव से रचित पञ्चाङ्ग धर्म कर्म के लिये उपयुक्त है। उन पण्डितमन्यों ने कभी यह नहीं सोचा कि गणेश दैवज्ञ ने क्या पूर्णरूपेण सूर्य सिद्धान्त का आश्रय लिया है यदि लिया है तो 'सौरोऽर्कोऽपि विधूच्च' यह पद्य क्या प्रक्षिप्त है। तथा मकरन्द ने भी भगणपूर्ण सूर्यसिद्धान्त के न लेकर अन्तरित ही ग्रहण क्यों किये। एवं कमलाकर के इस वाक्य का क्या प्रयोजन है 'सुयुक्ताऽपि मुन्युक्ति'। और भी ग्रहण भी तो अदृष्ट फल सिद्धि के लिये क्या नहीं है। यदि नहीं है तो इसमें दान, जप, हवन क्यों शास्त्रों में वर्णित है। यदि है तो क्या सूर्य सिद्धान्त व ग्रहलाघव एवं मकरन्द के आधार पर वास्तविक स्पर्श, मोक्ष ग्रहण का घट सकेगा। अन्य भी पहिले कभी भी ऐसा नहीं हुआ है कि ग्रहण सिद्धि के लिये ग्रह भिन्न और तिथ्यादि के लिये भिन्न ग्रहानयन किया जाय ॥३०-३६॥

ततः संवत्सरादिफलं लेख्यम्। नन्वत्र प्रभवादि संवत्सरफलानि वक्तव्यानि। तत्र प्रभवादि संवत्सरादिप्रवृत्तिः वेदाङ्गज्योतिषे—

'माघशुक्लप्रतिपन्नस्य पौषकृष्णसमापितः'

इत्यनेन चान्द्रमानेनोक्ताः।

'शालिवाहनशकोऽर्क १२ संगुणः षष्टिहृत्प्रभवपूर्ववत्सराः'

इत्यनेन कैश्चित्सौरमानेनोक्ताः।

'इय हि षष्टिः परिवत्सराणां बृहस्पतेर्मध्यमराशिभोगात्'

इत्यनेन श्रीपतिना बार्हस्पत्यमानेनोक्ताः। तत्र कः पक्षः साधीयानिति चेदुच्यते।

अत्र प्रभवादिप्रवृत्तिर्बार्हस्पत्यमानेनैव रमणीया। यतः सूर्यसिद्धान्ते मानान्तरव्युदासपूर्विका बार्हस्पत्यमानपुरःसरा षष्ट्यब्दगणनोक्ता।

भास्करोऽपि—'बृहस्पतेर्मध्यमराशिभोगं संवत्सरं सांहितिका वदन्ति।

अनेन मध्यमगुरुराशिपूरणसमय एव षष्ट्यब्द प्रवृत्तिरिति सूचितम्। फलनिर्देशस्तु गुरुमानोत्पन्नसंवत्सराणामेवेत्याह वसिष्ठ —

'षष्ट्यब्दजन्म प्रभवादिकानां फलं च सर्वं गुरुमानतः स्यात्'

वेदाङ्गज्योतिषवचन्तु प्रभवप्रवृत्तिकविषयकं ज्ञेयम्।

यदाह गर्गः—

माघशुल्कसमारम्भे चन्द्रार्कौ वासवर्क्षगौ।
जीवयुक्तौ यदा स्यातां षष्ट्यब्दादिर्यदा भवेत्॥ ३७॥

तृतीयपक्षस्तु मूलाभावादुपेक्ष्य इत्यलं प्रसङ्गेन।

पुनः इसके बाद संवत्सरादि फल लिखना चाहिए।

यहाँ यह शङ्का होती है कि प्रथम प्रभवादि संवस्सरों के फल कहना चाहिए।

वेदाङ्ग ज्योतिष में प्रभवादि संवत्सर की प्रवृत्ति इस प्रकार वर्णित है कि माघशुक्ल प्रतिपदा के दिन प्रभव संवत्सर प्रारम्भ हुआ और पौष कृष्ण अमावास्या को इसकी समाप्ति हुई। इससे ज्ञात होता है कि चान्द्रमान से संवत्सर की प्रवृत्ति हुई है।

किसी के मत से सौरमान से प्रभवादि संवत्सर प्रारम्भ हुआ है। जैसा कि कहा है कि शालिवाहन शक संख्या को १२ बारह से गुणा करके साठ का भाग देने पर शेष तुल्य प्रभवादि संवत्सर होता है।

आचार्य श्रीपति ने तो गुरू के मान से संवत्सर का ज्ञान किया है। श्रीपति का कहना है कि गुरू जब मध्यमान से एक राशि का भोग कर लेता है तो एक वर्ष होता है।

इन पूर्वोक्त कथनों में कौन सा पक्ष सुन्दर होता है इसके उत्तर में ग्रन्थकार का कहना है कि प्रभवादि संवत्सरों की प्रवृत्ति गुरू के मान से सुन्दर होती है। क्योंकि सूर्य सिद्धान्त में ९ प्रकार के मानों का वर्णन करने के अनन्तर कहा है कि बार्हस्पत्य मान से ही ६० संवत्सरों का ज्ञान करना चाहिए, एवं अन्य मान से नहीं। तथा भास्कराचार्य जी ने भी गुरू के मध्यम मान से १ राशि का भोग करने पर संवत्सर होता है।

फलादेश तो गुरुमान से उत्पन्न संवत्सर से ही होता है। ऐसा वसिष्ठ ऋषि ने कहा है कि जिस प्रभवादि ६० संवत्सरों में जन्म हो उसका ज्ञान गुरुमान से करके फल कहना चाहिए। वेदाङ्ग ज्योतिष का वाक्य तो प्रभवादि संवत्सर प्रवृत्ति का द्योतक है। जैसा कि गर्गाचार्य जी ने कहा है धनिष्ठा नक्षत्र में सूर्य चन्द्र और गुरू जब माघ शुक्ल प्रतिपदा के दिन थे तब ६० संवत्सरों की आदि अर्थात् प्रवृत्ति हुई थी॥ ३७॥

यहाँ संवत्सर के आनयन में तीसरे पक्ष में ग्रन्थान्तर से सामञ्जस्य न होने के कारण तीसरा त्याज्य है।

अथादौ प्रभवादिसंवत्सरफलं यवनजातके—

अब प्रभवादि ६० संवत्सरों में उत्पन्न मनुष्य के फल को क्रम वार बताते हैं।

प्रभव संवत्सर का फल

प्रसूतिः सर्ववस्तूनां पुत्रसंपत्तिरेव च।
दीर्घायुर्भोगसंपन्नः प्रभवे जायते नर॥ ३८॥

जिसका प्रभव नामक संवत्सर में जन्म होता है उसके घर में समस्त वस्तुओं की प्रसूति होती है अर्थात् सकल कामना सिद्ध होती हैं और पुत्र सम्पत्ति, दीर्घायु एवं प्रचुर भोग की प्राप्ति जातक को होती है ॥ ३८ ॥

जातका भ० में कहा है—सर्ववस्तुपरिसंग्रहे रतः पुत्रसन्ततिरतीव सन्मतिः । सर्वभोगयुतदीर्घ जीवितो जायते प्रभवसंभवः पुमान् ॥ ३८ ॥

विभव संवत्सर का फल—

उत्पन्नभुक्तभोगी स्यात्कृष्णश्चारुणलोचनः ।
पण्डितो राज्यपूज्यश्च विभवाऽब्दे नरो भवेत् ॥ ३९ ॥

जिसका विभव नाम के संवत्सर में जन्म होता है वह प्राप्त किये हुए कर्मों का भोगने वाला, काला, लाल आँख वाला, विद्वान् और राजकीय शासन से पुरस्कृत या सम्मानित होता है ॥ ३९ ॥

जा० भ० में कहा है—'उत्पन्नभोक्ता प्रियदर्शनश्च बलाधिशाली चतुरः कलाज्ञः । राजा भवेदात्मकुले सुशीलो विद्वान् मनुष्यो विभवाब्दजन्मा' ॥ ३९ ॥

शुक्ल संवत्सर का फल

सुभगः शान्तिमान् भोगी पुत्रदारसमन्वितः ।
विद्वान् सर्वगुणोपेतः शुक्लसंवत्सरे भवेद् ॥ ४० ॥

जिसका शुक्ल नाम के संवत्सर में जन्म होता है वह भाग्यवान्, शीलवान्, भोगी, पुत्र स्त्री से युक्त, विद्वान् और समस्त गुणों से युक्त होता है ॥ ४० ॥

जा० भ० में कहा है—सदा सहर्षोऽतितरामुदारः सत्पुत्रदारो विभवैः समेतः । सद्भाग्यविद्याविनयोपपन्नो नूनं पुमान् शुक्लसमुद्भवः स्यात्' ॥ ४० ॥

प्रमोद संवत्सर का फल—

सदानंदयिता सत्यवादी वैपश्चिमो नरः ।
स्वर्णकान्तिः सुखी मानी प्रमोदे जायते शिशुः ॥ ४१ ॥

जिसका प्रमोद नाम के संवत्सर में जन्म होता है वह सदा आनन्द करने व करानेवाला, सच बोलने वाला, विद्वान्, सुवर्ण के समान द्युतिमान्, सुखी और मानी जातक होता है ॥ ४१ ॥

जा० भ० में कहा है—दाता सुतानन्दयुतोऽतिकान्तः सत्येन नित्यं सहितो गुणी स्यात् । दक्षश्च धूर्तः परकार्यकर्ता प्रमोदजन्मा मनुजोऽभिमानी ॥ ४१ ॥

प्रजापति संवत्सर का फल —

प्रजानां पालको धर्मी कृपासत्यसमन्वितः ।
देवब्राह्मणभक्तश्च प्रजापतिसमुद्भवः ॥ ४२ ॥

जिसका प्रजापति नाम के संवत्सर में जन्म होता है वह प्रजा या सन्तति का पालन करने वाला, धार्मिक, दयालु, सत्यवादी और देवता व ब्राह्मणों का भक्त या सेवक जातक होता है ॥ ४२ ॥

जा० भ० में कहा है—'दाराभिमानः सुतरां दयालुः कुलानुवृत्तः किल चारुशीलः। देवद्विजार्चाभिरतो विनीतो मर्त्यः प्रजाधीशसमुद्भवः स्यात्' ॥ ४२ ॥

अङ्गिरा संवत्सर का फल—

कामी सुखी च मानी च भोगवान् प्रियवल्लभः।
दीर्घायुर्बहुपुत्रश्च अङ्गिरावत्सरे भवेत् ॥ ४३ ॥

जिसका अङ्गिरा नाम के संवत्सर में जन्म होता है वह, कामी, सुखी, अहङ्कारी, भोगी, प्रेमी, सुन्दर दीर्घायु और अधिक पुत्रों से युक्त होता है ॥ ४३ ॥

जा० भ० में कहा है—'कान्तः सुखी भागयुतश्च मानी प्रियप्रवक्ता बहुपुत्रयुक्तः। सुगुप्तबुद्धिः खलु दीर्घजीवी नरोऽङ्गिरो वत्सरसंभवः स्यात्' ॥ ४३ ॥

श्रीमुख संवत्सर का फल—

श्रीमान् सुष्ठुमतिः शान्तः सोपरागः शुभप्रियः।
दीर्घायुर्बहुपुत्रश्च श्रीमुखेऽब्दे भवेन्नरः ॥ ४४ ॥

जिसका श्रीमुख नाम के संवत्सर में जन्म होता है वह लक्ष्मी से युत, सुन्दर मतिमान्, शान्त होते हुए भी क्रोधी, शुभचिन्तक, दीर्घायु और अधिक पुत्र वाला जातक होता है ॥ ४४ ॥

जा० भ० में कहा है—'श्रीमान् प्रतापी बहुशास्त्रवेत्ता सुहृत्प्रियश्चारुमतिर्बलीयान्। सत्कीर्तियुक्तो नितरामुदारो भवेन्नरः श्रीमुखसंभवोऽसौ' ॥ ४४ ॥

भाव संवत्सर का फल—

भावसंवत्सरे जातो नरो भवति सौख्यभाक्।
यशस्वी दाननिरतः सर्वलक्षणसंयुतः ॥ ४५ ॥

जिसका भाव नाम के संवत्सर में जन्म होता है वह सुख भोगने वाला, यशस्वी, दान करने में तत्पर और समस्त लक्षणों से युक्त अर्थात् सकल गुण निधान जातक होता है ॥ ४५ ॥

जा० भ० में कहा है—'प्रशस्तचेताः सुतरां यशस्वी गुणान्वितो दानरतो विनीतः। सदा सहर्षोऽभिमतो बहूनां भावाभिधानोद्भवमानवः स्यात्' ॥ ४५ ॥

युवा संवत्सर का फल—

कीर्तिः सर्वगुणोपेतो दीर्घायुर्दानतत्परः।
शान्तः शुभमतिः शौची युवाऽब्दे पुरुषो भवेत् ॥ ४६ ॥

जिसका युवा नाम के संवत्सर में जन्म होता है वह कीर्तिमान्, समस्त गुणों से सम्पन्न, दीर्घायु, दान करने में लीन, शान्त, सुन्दर बुद्धि वाला और पवित्र जातक होता है ॥ ४६ ॥

जा० भ० में कहा है—'प्रसन्नमूर्तिर्गुणवान् विनीतः शान्तश्च दानाभिरतो नितान्तम्। सुधीश्चिरायुर्दृढदेहशाली जातो युवाब्दे पुरुषः सतोषः ॥ ४६ ॥

धातृ संवत्सर का फल—

दीर्घायुः सुभगो दक्षो वेदाध्ययनतत्परः।
सरूपो जायते मर्त्यो धातृसंवत्सरे यदि ॥ ४७ ॥

जिसका धातृ नाम के संवत्सर में जन्म होता है वह दीर्घायु, सुन्दर भाग्यशाली, चतुर, वेद के पढ़ने में लीन और स्वरूपवान् जातक होता है ॥ ४७ ॥

जा० भ० में कहा है—'सर्वलोकगुणगौरवयुक्तः सुन्दरोऽप्यतितरां गुरुभक्तः। शिल्पशास्त्रकुशलश्च सुशीलो धातृवत्सरभवो हि नरः स्यात्' ॥ ४७ ॥

ईश्वर संवत्सर का फल—

सर्वज्ञः सर्वकार्येषु गुरुभक्तोऽतिसुन्दरः।
ईश्वरे जायते मर्त्यः सदा क्रोधधरो भवेत् ॥ ४८ ॥

जिसका ईश्वर नाम के संवत्सर में जन्म होता है वह समस्त कार्यों को सर्व बिधि से जानने वाला, गुरु भक्त, अत्यन्त सुन्दर और सदा क्रोध को धारण करने वाला जातक होता है ॥ ४८ ॥

जा० भ० में कहा है—'तत्कालसंजातमहाप्रकोपो हर्षाभियुक्तो गुणवान् प्रतापी। दक्षः कलाकौशलशीलशाली मर्त्यो भवेदीश्वरजातजन्मा' ॥ ४८ ॥

बहुधान्य संवत्सर का फल—

वापी कूपतडागादिक्रतुधर्मसमन्वितः।
दाता धनसमृद्धश्च बहुधान्ये प्रजायते ॥ ४९ ॥

जिसका बहुधान्य नाम के संवत्सर में जन्म होता है वह बावरी, कुआ, तालाब आदि से व यज्ञादि धर्म से युक्त अर्थात् इनका निर्माण कराने वाला वा धार्मिक कार्यकर्त्ता, दानी और अधिक धन से सम्पन्न जातक होता है ॥ ४९ ॥

जा० भ० में कहा है—'व्यापारदक्षः क्षितिपालमानी दानाभिमानी ननु शास्त्रवेत्ता। बहुप्रकारैर्बहुधान्यवित्तः स्यान्मानवो वै बहुधान्यजन्मा' ॥ ४९ ॥

प्रमाथी संवत्सर का फल—

सेनानी नृपमन्त्री च वरलब्धपिनाकधृक्।
शास्त्रज्ञः संग्रही चैव प्रमाथी वत्सरे भवेत् ॥ ५० ॥

जिसका प्रमाथी नाम के संवत्सर में जन्म होता है वह सेनानी (सेना का संचालक) राजा का सचिव, श्री शङ्करजी से वरदान पानेवाला, शास्त्रों का ज्ञाता और संग्रह करने वाला जातक होता है ॥ ५० ॥

जा० भ० में कहा है—रथध्वजच्छत्रतुरङ्गमाद्यैर्युतश्च शास्त्राभिरतोऽरिहन्ता। मन्त्री नरेन्द्रस्य नरः श्रुतज्ञः प्रमाथिसंवत्सरसंभवः स्यात्' ॥ ५० ॥

विक्रम संवत्सर का फल—

उग्रप्रतापशीलश्च परराज्यविमर्दकः।
पापकर्मरतः शूरो विक्रमाब्दे भवेन्नरः ॥ ५१ ॥

जिसका विक्रम नाम के संवत्सर में जन्म होता है वह उग्र (क्रोधी) प्रभावशाली, दूसरे के राज्य का मर्दन (विनाश) करने वाला, पाप कर्मों में तत्पर और वीर जातक होता है ॥ ५१ ॥

जा० भ० में कहा है—'अत्युग्रकर्माभिरतो नितान्तमरातिचक्राक्रमणेऽतिदक्षः। शूरश्च धीरोऽतितरामुदारः पराक्रमी विक्रमवर्षजातः' ॥ ५१ ॥

वृष संवत्सर का फल—

मन्दोऽलसो महामूर्खो भारवाही च केवलम्।
परकार्यरतो जातो वृषाऽब्दे बालको भवेत् ॥ ५२ ॥

जिसका वृष नाम के संवत्सर में जन्म होता है वह नीच, आलसी, बड़ा मूर्ख, केवल वजन को ढोने वाला और दूसरे के कार्यों में तत्पर जातक होता है ॥ ५२ ॥

जा० भ० में कहा है—'कार्यप्रलापी किल निन्द्यशीलः खलानुयातः परकर्मकर्ता। भर्त्ता बहूनां मलिनोऽलसश्च जातो वृषाऽब्दे मनुजोऽतिलुब्धः' ॥ ५२ ॥

चित्रभानु संवत्सर का फल—

चित्रभानुसमुद्भूतो नरो विद्यानिधिर्भवेत्।
नीतिमान् धृतिमान् श्रीमान् स्वामिभक्तः प्रियंवदः ॥ ५३ ॥

जिसका चित्रभानु नाम के संवत्सर में जन्म होता है वह अधिक विद्याओं का ज्ञाता, नीतिमान्, धैर्यवान्, लक्ष्मीवान्, स्वामी (मालिक) का भक्त और मधुरभाषी जातक होता है ॥ ५३ ॥

जा० भ० में कहा है—'चित्रवस्त्रकुसुमैकमानसो मानसोद्भवचयान्वितः सदा। चारुशीलविलसत्कलान्वितश्चित्रभानुजननो हि पूरुषः' ॥ ५३ ॥

सुभानु संवत्सर का फल—

पिङ्गदृक् पिङ्गकेशश्च गौरः श्वेतो विभुर्नृपः।
सुभानुवत्सरे जातो कान्तिमानतिदुर्जनः ॥ ५४ ॥

जिसका सुभानु नाम के संवत्सर में जन्म होता है वह सहद के समान दृष्टि व केश वाला, सफेद गोरे शरीर का, समर्थ, राजा, कान्तिमान् और अधिक दुर्जन जातक होता है ॥ ५४ ॥

जा० भ० में कहा है—'अरालकेलः सरलः सुकान्तिर्जातारिपक्षो मतिमान् विनीतः। प्रसन्नमूर्तिर्विलसद्विभूतिः सुभानुसंवत्सरजो नरः स्यात्' ॥ ५४ ॥

तारण संवत्सर का फल—

धूर्तो पापरतः शूरो दरिद्रो निष्ठुरः खलः।
चञ्चलश्चपलो धृष्टस्तारणाब्दे नरो भवेत् ॥ ५५ ॥

जिसका तारण नाम के संवत्सर में जन्म होता है वह धूर्त, पापात्मा, वीर, दरिद्री, निठुर, दुष्ट (नीच) अस्थिर, चपल और धृष्ट जातक होता है ॥ ५५ ॥

जा० भ० में कहा है—'धूर्तश्च शूरश्चपलः कलाज्ञः सुनिष्ठिरो गर्हितकर्मकर्त्ता। उत्पन्नभोक्ता द्रविणेन मुक्तः स्यात्तारणाब्दोद्भवमानवो यः' ॥ ५५ ॥

पार्थिव संवत्सर का फल—

मृदुभाषी राजमान्यो राजसः शुभलक्षणः।
प्रांशुर्धनसमृद्धश्च पार्थिवे वत्सरे भवेत् ॥ ५६ ॥

जिसका पार्थिव नाम के संवत्सर में जन्म होता है वह सरल शब्दों का प्रयोग करने वाला, राजा से पूजित, राजस प्रकृति, शुभ लक्षणों से युक्त, उन्नत और धन से सम्पन्न जातक होता है ॥ ५६ ॥

जा० भ० में कहा है—'स्वधर्मकर्माभिरतो नितान्तं सच्छास्त्रपारङ्गमतामुपेतः। कलाकलापे कुशलो विलासो यः पार्थिवाऽब्दे कुलपार्थिवः स्यात्' ॥ ५६ ॥

व्यय संवत्सर का फल—

द्यूतमद्यरतः स्त्रीणां व्यसने धनवर्जितः।
व्ययसंवत्सरे जातश्चौरपापमतिर्भवेत् ॥ ५७ ॥

जिसका व्यय नाम के संवत्सर में जन्म होता है वह जुआ खेलने व शराब पीने में तत्पर, स्त्रियों के व्यसन में धन व्यय करने वाला, चोर और दुष्कर्म में बुद्धि रखने वाला जातक होता है ॥ ५७ ॥

जा० भ० में कहा है—'सौख्येऽतिरक्तो व्यसनाभिभूतो भीतो न किञ्चिद् ग्रहणाद् ऋणी स्यात्। जातः पुमानस्थिरचित्तवृत्तिर्व्ययाभिधाने व्ययकर्मशीलः' ॥ ५७ ॥

सर्वजिति (त) संवत्सर का फल—

स्वकर्मनिरतः शास्त्रपापरोगविचक्षणः।
ह्रस्वः स्थूलतनुः श्यामः सर्वजित्युद्भवो नरः ॥ ५८ ॥

जिसका सर्वजिति (त) नाम के संवत्सर में जन्म होता है वह अपने कार्यों में तत्पर शास्त्र-पाप-रोग का विद्वान्, लघु काय, मोटा शरीर वाला और काले रंग का जातक होता है ॥ ५८ ॥

जा० भ० में कहा है— राजगौरवमहोत्सवः शुचिर्मानवः पृथुतनुर्महीपतिः। वैरिवर्गविजयोद्यतः सर्वजिच्छरदि यस्य संभवः ॥ ५८ ॥

सर्वधारी संवत्सर का फल—

बहुभृत्यो धनी कामी भोगी मिष्टान्नभुक्प्रभुः।
सर्वधारिणिना जातः सर्वाधरपरो भवेत् ॥ ५९ ॥

जिसका सर्वधारी नाम के संवत्सर में जन्म होता है वह अधिक नौकरों से युत, धनी, कामी, भोगी, मीठे पदार्थ खाने वाला, समर्थ और समस्त जनों का पालक होता है ॥ ५९ ॥

जा० भ० में कहा है—'भूरिभृत्यबहुभोगसंयुतः सुन्दरश्च मधुरान्नभुक् सदा। धीरतागुणयुतोतिधारिणा सर्वधारिणि च यस्य संभवः' ॥ ५९ ॥

विरोधी संवत्सर का फल—

कुटुम्बकलहं कर्त्ता परदाररतः सदा।
सर्वलोकविरोधो च विरोधीवर्षसंभवः॥ ६०॥

जिसका विरोधी नाम के संवत्सर में जन्म होता है वह परिवार में कलह करने वाला, दूसरे की स्त्री में लीन और समस्त संसार का विरोधी जातक होता है॥ ६०॥

जा० भ० में कहा है—'वक्ता विदेशाटनतां प्रपन्नः कुटुम्बसौख्यापचयोऽतिधूर्तः। जनेन साकं गतसख्यवृत्तिर्विरोधिवर्षप्रभवो नरः स्यात्' ॥ ६० ॥

विकृति संवत्सर का फल—

कृष्णवर्णतनुः श्यामः कलालोलस्तु निर्गुणः।
विकृष्टगर्वारूक्षश्च नरो विकृतिवर्षजः॥ ६१॥

जिसका विकृति नाम के संवत्सर में जन्म होता है वह काले रंग की देहवाला, श्याम, कलाओं में चञ्चल, निर्गुणी, विकृष्ट पर्व वाला और शुष्क देहधारी जातक होता है॥ ६१॥

जा० भ० में कहा है—निर्धनः किल करालतां गतो दीर्घपूर्वबहुगर्वसंयुतः। चारुबुद्धिरहितोऽप्यसौहृदो मानवो विकृतिवर्षसंभवः' ॥ ६१ ॥

खर संवत्सर का फल—

धूलिधूसरसर्वाङ्गो दीर्घायुः परसत्यकृत्।
कामेश्वरश्च निर्लज्जः खरसंवत्सरे नरः॥ ६२॥

जिसका खर नाम के संवत्सर में जन्म होता है वह मिट्टी से लिप्त शरीर वाला, दीर्घायु, दूसरे के लिए सचाई से कार्य करने वाला, भोग का स्वामी वा भोग में समर्थ और लज्जा से रहित जातक होता है॥ ६२॥

जा० भ० में कहा है—'कामातुरो धूसरकायकान्तिः कठोरदीर्घस्वरफल्गुवाक्यः। क्लेशी च लज्जाविधिवर्जितः स्यान्नरः खराब्दप्रभवोऽतिदीर्घः' ॥ ६२ ॥

नन्दन संवत्सर का फल—

सदानन्देन संतुष्टः प्रपाकूपतडागकृत्।
अन्नदानी सुशीलश्च नरो नन्दनवर्षजः॥ ६३॥

जिसका नन्दन नाम के संवत्सर में जन्म होता है वह सब समय आनन्द से सन्तोष पाने वाला, प्याऊँ, कुआँ व तालाब का निर्माण करने वाला, अन्नदानी और सुशील जातक होता है॥ ६३॥

जा० भ० में कहा है—'तडागवापीगृहकूपकर्ता सदान्नदानाभिरुचिः शुचिः स्यात्। विलासिनीनन्दनजातहर्षो नरो भवेन्नन्दनवर्षजन्मा' ॥ ६३ ॥

विजय संवत्सर का फल—

शूरः समरदुर्धर्षः ख्यातकीर्तिर्यशोऽन्वितः।
पृथ्वीपतिर्जयी भोगी विजयाब्दे नरो भवेत्॥ ६४॥

जिसका विजय नाम के संवत्सर में जन्म होता है वह वीर, युद्ध में असह्य, विख्यात कीर्ति वाला, यश से युक्त, राजा, विजयी और भोगी होता है ॥ ६४ ॥

जा० भ० में कहा है—'संग्रामधीरः सुतरां सुशीलो भूपालमान्यो वदतां वरेण्यः। दाता दयालुः किल वैरिहन्ता यस्य प्रसूतिर्विजयाभिधाने ॥ ६४ ॥

जय संवत्सर का फल—

विद्वान् मानी लोकमानी सर्वशास्त्रविशारदः।
पूजां प्राप्नोति सर्वत्र जयवर्षे प्रजायते ॥ ६५ ॥

जिसका जय नाम के संवत्सर में जन्म होता है वह पण्डित, अभिमानी, संसार से पूजित, समस्त शास्त्रों में कुशल और सब जगह पूजा प्राप्त करने वाला जातक होता है ॥ ६५ ॥

जा० भ० में कहा है—'शास्त्रप्रसङ्गे विदुषां विवादी मान्यो वदान्यो रिपुगर्वहन्ता। जयाभिलाषी विषयानुरक्तो जातो जयाब्दे मनुजो महौजाः' ॥ ६५ ॥

मन्मथ संवत्सर का फल—

उत्पन्नभोगभोक्ता च कामी च प्रियवादिनः।
सुखाभरणशोभाढ्यः मन्मथे वत्सरे भवेत् ॥ ६६ ॥

जिसका मन्मथ नाम के संवत्सर में जन्म होता है वह प्राप्त वस्तुओं का भोगने वाला, कामी, मधुरभाषी, सुख, आभरण (गहने) और शोभा से युक्त जातक होता है ॥ ६६ ॥

जा० भ० में कहा है—'भूषा विशेषैः सहितश्च योषा विलासशीलो मृतवाक्कलाज्ञः। सद्गीतनृत्याभिरतश्च भोक्ता यो मन्मथाऽब्दे जननं प्रपन्नः' ॥ ६६ ॥

दुर्मुख संवत्सर का फल—

शठः क्रूरमतिर्दुष्टा निर्लज्जो वृषलीपतिः।
वक्रास्यबाहुचरणो दुर्मुखाऽब्दे भवेन्नरः ॥ ६७ ॥

जिसका दुर्मुख नाम के संवत्सर में जन्म होता है वह शठ (धूर्त) दुर्बुद्धि, दुष्ट, निर्लज्ज (वेशर्म) रजस्वला स्त्री का पति और टेढ़े मुख-हाथ-पैर वाला जातक होता है ॥ ६७ ॥

जा० भ० में कहा है—'क्रूरोद्धतो निन्द्यमतिश्च लुब्धो वक्रास्यबाह्वङ्घ्रिरह्यप्रियः स्यात्। विरुद्धभावो बहुदुष्टचेष्टो यो हायने दुर्मुखनाम्नि जातः' ॥ ६७ ॥

हेमलम्ब संवत्सर का फल—

सुवर्णधनधान्यादिपशुवस्त्रसमृद्धिमान्।
कान्त्यापत्यसुखाढयश्च हेमलम्बसमुद्भवः ॥ ६८ ॥

जिसका हेमलम्ब नाम के संवत्सर में जन्म होता है वह सुवर्ण, धन, धान्यादि, पशु, वस्त्र से सम्पन्न और तेज, पुत्र व सुख से युक्त जातक होता है ॥ ६८ ॥

जा० भ० में कहा है 'तुरङ्गहेमाम्बरधान्यरत्नैर्युतो नितान्तं सुतदारसौख्यः। समस्तवस्तुग्रहणैकबुद्धिर्यो हेमलम्बे पुरुषोऽभियातः' ॥ ६८ ॥

विलम्ब संवत्सर का फल—

मन्दो लुब्धोऽलसो दुःखी श्लेष्मलश्चापि वञ्चकः ।
स्वकार्याभिरतः पापी विलम्बे वत्सरे शिशुः ॥ ६९ ॥

जिसका विलम्ब नाम के संवत्सर में जन्म होता है वह नीच वा अल्पबुद्धि, लोभी आलसी, दुःखी, कफ व्याधि से युक्त, ठग, अपने कार्य में तत्पर और पापी जातक होता है ॥ ६९ ॥

जा० भ० में कहा है--'धूर्तोऽतिलुब्धो लसतां प्रपन्नः श्लेष्माधिकः सत्वविवर्जितश्च । प्रारब्धकार्ये नितरां प्रलापी विलम्बसंवत्सरसंभवः स्यात्' ॥ ६९ ॥

विकारी संवत्सर का फल —

अविवेकी महागर्वी विशीलः कुशलः खलः ।
विकारि वत्सरे जातः प्राणी भवति वञ्चकः ॥ ७० ॥

जिसका विकारी नाम के संवत्सर में जन्म होता है वह विवेक से रहित, अधिक अभिमानी, नम्रता से हीन, चतुर, दुष्ट और धूर्त अर्थात् ठग जातक होता है ॥ ७० ॥

जा० भ० में कहा है—'दुराग्रही सर्वकलाप्रवीणः सुसङ्ग्रही चञ्चलधीश्चधूर्तः । अनल्पजल्पः ससुहृद्विकल्पो विकारिसंवत्सरजो नरः स्यात्' ॥ ७० ॥

शार्वरी संवत्सर का फल—

वणिक् शूरः सुहृद्द्वेषी दीर्घः कृशतनुस्तथा ।
निद्राघूर्णितनेत्रश्च शार्वर्यब्दसमुद्भवः ॥ ७१ ॥

जिसका शार्वरी नाम से संवत्सर में जन्म होता है वह वैश्य वुद्धिवाला या यों समझिये व्यापारी, वीर, मित्रद्रोही, लम्बा, दुर्बल शरीरधारी और निद्रा से झुके हुए नेत्रवाला जातक होता है ॥ ७१ ॥

जा० भ०में कहा है—वणिक् क्रियायां कुशलो विलासी नैवानुकूलश्च सुहृज्जनानाम् । अनेकविद्याभ्यसनानुरक्तः संवत्सरे शार्वरि नाम्नि जातः' ॥ ७१ ॥

प्लव संवत्सर का फल—

चञ्चलश्चपलः कामी परसेवारतः सदा ।
हलत्राता ह्रस्वतनुर्जातो वर्षे प्लवाख्यके ॥ ७२ ॥

जिसका प्लव नाम के संवत्सर में जन्म होता है वह अस्थिर, चपल, कामी, सदा दूसरे की सेवा में लीन अर्थात् सेवक, हल का रक्षक और नाटे कद का जातक होता है ॥ ७२ ॥

जा० भ० में कहा है—'कामी प्रकामं धनवांश्च शश्वत्सेवादरोदारहृतार्थतप्तः । सुगुप्तबुद्धिश्चपलस्वभावः प्लवाभिधानाब्दभवो नरः स्यात्' ॥ ७२ ॥

शुभकृत संवत्सर का फल—

सुभगः शुभकामी च विद्याधर्मपरायणः ।
दीर्घायुर्धनपुत्रार्थी शुभकृद्वर्षसंभवः ॥ ७३ ॥

जिसका शुभकृत नाम के संवत्सर में जन्म होता है वह सुन्दर भाग्यवान्, शुभ अर्थात् मङ्गल की कामना करने वाला, विद्या व धर्म में तत्पर, दीर्घ जीवी और धन व पुत्र की इच्छा करने वाला जातक होता है ॥ ७३ ॥

जा० भ० में कहा है—'सौभाग्यविद्याविनयैः समेतः पुण्यैरगण्यैरपि दीर्घजीवी। स्यान्मानवः सूनुधनोरुसंपदयस्य प्रसूतिः शुभकृत्समासु' ॥ ७३ ॥

शोभकृत् संवत्सर का फल—

सर्वत्र विजयी कामी चारुरूपो गुणान्वितः।
कृपालुः शोभकृद्वर्षे जातो भवति मानवः ॥ ७४ ॥

जिसका शोभकृत् नाम के संवत्सर में जन्म होता है वह सब जगह विजय पाने वाला, कामी सुन्दर स्वरूपवान्, गुणों से युक्त और दयालु जातक होता है ॥ ७४ ॥

जा० भ० में कहा है—'सर्वोन्नतश्चारुगुणो दयालुः सत्कर्मकर्त्ता विजयी विशेषात्। कान्तो विनीतः शुभदृक् प्रवीणो यः शोभकृद्वत्सरसंभवः स्यात्' ॥ ७४ ॥

क्रोधी संवत्सर का फल—

पिङ्गाक्षो राजकोशश्च मन्दगामी स्त्रीलोलुपः।
परकार्यविहन्ता च क्रोधी संवत्सरे नरः ॥ ७५ ॥

जिसका क्रोधी नाम के संवत्सर में जन्म होता है वह सहद के समान नेत्र वाला या कंजा, राजतुल्य संपत्ति वाला, धीरे-धीरे चलने वाला, स्त्रियों का लोभी और दूसरे के काम को नष्ट करने वाला जातक होता है ॥ ७५ ॥

जा० भ० में कहा है—'क्रूरेक्षणः क्रूरतरस्वभावः स्त्रीवल्लभः पर्वततुल्यगर्भः। स्यादन्तरामः परकार्यकाले क्रोधो भवेत्क्रोधिशरत्प्रसूतः' ॥ ७५ ॥

विश्वावसु संवत्सर का फल—

विश्वावसुसमुद्भूतः प्रज्ञावांश्च सुखी भवेत्।
शान्तः सर्वगुणोपेतो दाता मिष्टान्नभुक् शुचिः ॥ ७६ ॥

जिसका विश्वावसुनाम के संवत्सर में जन्म होता है वह बुद्धिमान्, सुखी, शान्त स्वभाव, सब गुणों से युक्त, दानी, मिठाई खाने वाला और पवित्र जातक होता है ॥ ७६ ॥

जा० भ० में कहा है 'सुपुत्रदारः सुतरामुदारो नरः सदाचाररतोऽतिधीरः। मिष्टान्नभुक् सर्वगुणाभिरामो विश्वावसौ यस्य भवेत्प्रसूतिः' ॥ ७६ ॥

पराभव संवत्सर का फल—

परदाररतश्चैव शठः स्वपरबान्धव।
पराभवसमुद्भूतः धनधान्यविर्जितः ॥ ७७ ॥

जिसका पराभव नाम के संवत्सर में जन्म होता है वह पराई स्त्री में प्रीति करने वाला, धूर्त, अपने व पराये जनों का बान्धव और धनधान्य से रहित जातक होता है ॥ ७७ ॥

जा० भ० में कहा है—'धनस्यधान्यस्य च नैव किञ्चित्सुसङ्ग्रहोत्यन्तकठोरवाक्यः। आचारतालपत्वशठत्वयुक्तो पराभवे यस्य भवेत्प्रसूतिः' ॥ ७७ ॥

प्लवङ्ग संवत्सर का फल—

प्लवङ्गवत्सरे जातः नरो भवति किल्विषी।
खलः पापरतो दुष्टः स्वाचारहतकोऽशुचिः ॥ ७८ ॥

जिसका प्लवङ्ग नाम के संवत्सर में जन्म होता है वह पापी, खल (नीच), पाप में तत्पर, दुष्ट, अपने कुल के आचरण का विरोधी और अपवित्र जातक होता है ॥७८॥

जा० भ० में कहा है—'भवेदलं चञ्चलचित्तवृत्तिर्न स्यात्प्रवृत्तः खलु साधुकार्ये। धूर्तः सदाचारविचारहीनः प्लवङ्गजो वै मनुजः कृशाङ्गः' ॥ ७८ ॥

कीलक संवत्सर का फल

मध्यमरूपधरः कामी क्षुत्पिपासार्दितो नरः
कीलके जनितो वर्षे स्थूलहृत्कूटमन्मथः ॥ ७९ ॥

जिसका कीलक नाम के संवत्सर में जन्म होता है वह मध्यम स्वरूपवान्, कामी, भूख व प्यास से पोड़ित, मोटे हृदय वाला और कूटों का मन्थन करने वाला जातक होता है ॥ ७९ ॥

जा० भ० में कहा है—'रूपेण मध्यः प्रियवाग्दयालुर्जलाभिलाषी त्वनुवेलमेव। स्थूलाङ्घ्रिसन्मौलिरलं बलीयान् किलारिकील: किलके प्रसूतः' ॥ ७९ ॥

सौम्य संवत्सर का फल—

पण्डितो धनभोगी च भूदेवातिथिपूजकः।
तापसः कृशकृद्देहो नरः सौम्ये प्रजायते ॥ ८० ॥

जिसका सौम्य नाम के संवत्सर में जन्म होता है वह विद्वान्, धन का उपयोग करने वाला, ब्राह्मण व अतिथियों का पूजक, तपस्वी और दुर्बल देह का जातक होता है ॥ ८० ॥

जा० भ० में कहा है—'पण्डितो हि धनवान् बहुभोगो देवतातिथिरुचिः शुचिरुच्चैः। सात्विकः कृशकलेवरयष्टिः सौम्यवत्सरभवो हि नरः स्यात्' ॥ ८० ॥

साधारण संवत्सर का फल—

नीचवृत्तिः शुचिः कामरहितः परदेशगः।
देवावलोककः क्रोधी साधारणसमुद्भवः ॥ ८१ ॥

जिसका साधारण नाम के संवत्सर में जन्म होता है वह दुष्ट प्रवृत्ति वाला, पवित्र, काम से हीन, परदेशवासी, देवों को देखने वाला और क्रोधी जातक होता है ॥ ८१ ॥

जा० भ० में कहा है—'इतस्ततः संचलनानुरक्तो लिपिक्रियायां कुशलो विवेकी। क्रोधी शुचिर्भोगनिवृत्तचेताः प्राणोति साधारणजः प्रणीतः' ॥ ८१ ॥

विरोधिकृत् संवत्सर का फल—

विरोधी सर्वलोकानां पितृभक्तिविवर्जितः।
विरोधिकृज्जातनरो जातिसेवाकरो भवेत् ॥ ८२ ॥

जिसका विरोधिकृत् नाम के संवत्सर में जन्म होता है वह समस्त संसार का विरोध करने वाला, पिता की भक्ति से हीन और जाति की सेवा करने वाला जातक होता है ॥ ८२ ॥

जा० भ० में कहा है—'महेश्वराराधनतत्परः स्यात् क्रोधी विरोधी सततं बहूनाम् । पराङ्मुखस्तातवचस्यतीव विरोधकृन्नाम्नि च यस्य जन्म' ॥ ८२ ॥

परिधावी संवत्सर का फल—

विद्वान् सर्वकलाभिज्ञो व्यापारकुशलः सुधीः ।
राजमानी दानशीलः परिधावी समुद्भवः ॥ ८३ ॥

जिसका परिधावी नाम के संवत्सर में जन्म होता है वह पण्डित, समस्त कलाओं का ज्ञाता, व्यवसाय में चतुर, सुन्दर बुद्धिवाला, राजा से सम्मानित और दानी जातक होता है ॥ ८३ ॥

जा० भ० में कहा है 'विद्वान् सुशीलश्च सुधीश्च मान्यो वसुधाधिपानाम् । व्यापारसंप्राप्तमहाप्रतिष्ठः पुमान् भवेद्वै परिधावि जन्मा' ॥ ८३ ॥

प्रमादी संवत्सर का फल—

प्रमादिवत्सरे जातो नरो बन्धुविरोधकृत् ।
कुटुम्बघाती लुब्धश्च पापकर्मरतः सुधीः ॥ ८४ ॥

जिसका प्रमादी नाम के संवत्सर में जन्म होता है वह बान्धवों का विरोधी, कुटुम्ब का हिंसक लोभी, पाप में तत्पर और सुन्दर बुद्धिवाला जातक होता है ॥८४॥

जा० भ० में कहा है—'दुष्टाभिमानी कलहानुरक्तो लुब्धः कुटुम्बाभिरतश्च दीनः । स्यादल्पधीर्गर्हितकर्मकर्ता प्रमादिजन्मा मनुजः प्रमादी' ॥ ८४ ॥

आनन्द संवत्सर का फल —

बहुभार्योऽतिचतुरो सर्वानन्दकरः क्षमी ।
आनन्दवत्सरे जातः पुत्रमित्रसमन्वितः ॥ ८५ ॥

जिसका आनन्द नाम के संवत्वर में जन्म होता है वह अधिक स्त्री वाला, अत्यन्त निपुण, समस्त आनन्द करने वाला क्षमा से युत और पुत्र व मित्रों से युत जातक होता है ॥ ८५ ॥

जा० भ० में कहा है—'स्याद्भूरिदारश्चतुरोऽतिदक्षः शश्वत्सुतानन्दभरप्रपूरः। प्राज्ञः कृतज्ञः सुतरां विनीतोऽप्यानन्दजातो मनुजो वदान्यः' ॥ ८५ ॥

राक्षस संवत्सर का फल—

सर्वभक्षी कृतघ्नश्च धर्माधर्मविवर्जितः ।
हिंसको बहुसंतापो राक्षसेऽब्दे भवेन्नरः ॥ ८६ ॥

जिसका राक्षस नाम के संवत्सर में जन्म होता है वह सर्वभक्षी, कृतघ्न, धर्माधर्म से हीन, हिंसा करने वाला और अधिक जलन रखने वाला जातक होता है ॥ ८६ ॥

जा० भ० में कहा है—'क्रूरस्त्वकर्मा कलहानुरक्तः संत्यक्तसद्धर्म विचारसारः । दयाविहीनश्च ससाहसोऽपि भवेन्नरो राक्षसजातजन्मा' ॥ ८६ ॥

अनल संवत्सर का फल—

वैश्यवृत्तिर्धनी चैव कुटुम्बबहुलः शुचिः ।
जलसत्यकरो जातोऽनलसंवत्सरे नरः ॥ ८७ ॥

जिसका अनल नाम के संवत्सर में जन्म होता है वह व्यापारी बुद्धि वाला, धनवान्, अधिक परिवार से युत, पवित्र और हाथ में जल लेकर सत्य का पालक जातक होता है ॥ ८७ ॥

जा० भ० में कहा है—सद्बुद्धिशाली जलसस्यसंपद् वैश्यानुवृत्तौ कुशलः सुशीलः । स्यादल्पवित्तो बहुपालकश्च जातोऽनलाब्दे चपलो मनुष्यः' ॥ ८७ ॥

पिङ्गल संवत्सर का फल—

कृष्णः कर्कशरोमाञ्चो महोद्यमकरो भवेत् ।
फलकालपरित्यागी पिङ्गलाऽब्दे भवेन्नरः ॥ ८८ ॥

जिसका पिङ्गल नाम के संवत्सर में जन्म होता है वह काले वर्ण का, कठोर लोम वाला, बड़ा उद्योगी और फ़ल के समय का त्याग करने वाला जातक होता है ॥ ८८ ॥

जा० भ० में कहा है—'पिङ्गेक्षणो गर्हितकर्मकर्त्ता स्यादुद्धतश्चञ्चलवैभवाढ्यः । त्यागी शठोत्यन्तकठोरवाक्यो जातो नरः पिङ्गलनामधेये' ॥ ८८ ॥

कालयुक्त संवत्सर का फल—

लोकोपकारकः काले भक्ष्याभक्ष्यं न सत्यजेत् ।
कालयुक्तसमुद्भूतो नरो भवति रोगकृत् ॥ ८९ ॥

जिसका कालयुक्त नाम के संवत्सर में जन्म होता है वह संसार का उपकार करने वाला, समय में भक्ष्य (खाने योग्य) व अभक्ष्य (न खाने योग्य) का नहीं त्याग करने वाला और रोगी जातक होता है ॥ ८९ ॥

जा० भ० में कहा है—'अनल्पजल्पः प्रियतामुपेतस्त्वसाधुबुद्धिर्विधिना वियुक्तः । कलिप्रसङ्गे किल कालरूपो यः कालयुक्तः प्रभवः कृशाङ्गः' ॥ ८९ ॥

सिद्धार्थी संवत्सर का फल—

ऋद्धिसिद्धियुतो नित्यं भोगी गीतविशारदः ।
मन्त्री कीर्तिपरो दाता सिद्धार्थीवर्षसंभवः ॥ ९० ॥

जिसका सिद्धार्थी नाम के संवत्सर में जन्म होता है वह ऋद्धि, सिद्धि से युक्त, भोगी, गान में चतुर, सचिव, कीर्तिमान् और दानी जातक होता है ॥ ९० ॥

जा० भ० में कहा है—'उदारचेता विलसत्प्रसादो रणाङ्गणप्राप्तयशाः सुवेषः । नरेन्द्रमन्त्री बहुपूजितार्थी सिद्धार्थिजातो मनुजः समर्थः' ॥ ९० ॥

रौद्र संवत्सर का फल—

भयङ्करवधूः पापी पिशुनः पापकृद्भवेत् ।
रौद्रसंवत्सरे जातो नरः स्वल्पायुषो भवेत् ॥ ९१ ॥

जिसका रौद्र नाम के संवत्सर में जन्म होता है वह भयंकर स्त्री वाला, पापी, चुगलखोर, पाप करने वाला और अल्पायु जातक होता है ॥ ९१ ॥

जा० भ० में कहा है—'भयंकरः हालयिता पशूनां शश्वत्परीवादपरोऽतिधूर्तः। जातापकीर्तिः खलचित्तवृत्तिर्नरोऽतिरौद्रः खलु रौद्रजन्मा' ॥ ९१ ॥

दुर्मति संवत्सर का फल –

मूर्खः क्रूरयुतः कामी स्वकीयवचनप्रियः।
अदाता धनवांश्चैव दुर्मतौ वत्सरे नरः ॥ ९२ ॥

जिसका दुर्मति नाम के संवत्सर में जन्म होता है, वह मूर्ख, क्रूर स्वभावी, कामी, अपने ही वाक्यों का प्रेमी अर्थात् आत्मश्लाघी, लोभी और धनी जातक होता है ॥ ९२ ॥

जा० भ० में कहा है—'स्ववाक्यनिर्वाहमहाभिमानः प्रसन्नता हीनतरो नरः स्यात्। कामी प्रकामं दुरितप्रवृत्तिर्यो दुर्मतिर्दुर्मतिवर्षजातः ॥ ९२ ॥

दुन्दुभि संवत्सर का फल --

नित्योत्साही क्षितिपतिगजाश्वबहुसैनिक ।
वादित्रधनसौख्याढ्यो दुन्दुभिर्वर्षसमुद्भवः ॥ ९३ ॥

जिसका दुन्दुभि नाम के संवत्सर में जन्म होता है वह प्रतिदिन उत्साह से युक्त; हाथी घोड़ा से युत, अधिक सेना वाला राजा, वाद्य, धन और सुख से युत जातक होता है ॥ ९३ ॥

जा० भ० में कहा है—'नित्यं नरेन्द्रादरगौरवः स्याद् गजाश्वभूहेमसमन्वितश्च। तौर्यत्रिकप्रीतिरतीवजातश्चेन्मानवो दुन्दुभिनामधेये' ॥ ९३ ॥

रुधिरोद्गारि संवत्सर का फल—

कामलोभी महादोषः शस्त्रपीडातिपीडितः।
दुष्कर्मा कुनखी जातो रुधिरोद्गारिवत्सरे ॥ ९४ ॥

जिसका रुधिरोद्गारि नाम के संवत्सर में जन्म होता है वह काम का लोभी अर्थात् कामी, बड़ा दोषी, शस्त्र पीडा से दुःखी, दूषित कार्य करने वाला और बुरे नख वाला जातक होता है ॥ ९४ ॥

जा० भ० में कहा है—'आरक्ताक्षः क्वचिदपि महाकामलाद्यामयानां प्रादुर्भावाद‌तिकृशतनुर्जायतेऽत्यन्तरोषः। पादद्वन्द्वे भवति कुनखो हस्तयुग्मेऽथवा स्याच्छस्त्राद्दुःखं व्रजति रुधिरोद्गारिजन्मा मनुष्यः' ॥ ९४ ॥

रक्ताक्षी संवत्सर का फल -

नेत्ररोगी सदा मन्ददृष्टिर्दम्भकरः सदा।
दुर्जनः कामबहुलो रक्ताक्षीवर्षजो नरः ॥ ९५ ॥

जिसका रक्षाक्षी नाम के संवत्सर में जन्म होता है वह आँख का रोगी, सदा अल्पदृष्टि वाला, पाखण्डी, दुर्जन और अधिक कामी जातक होता है ॥ ९५ ॥

जा० भ० में कहा है—'आचारधर्माभिरतो नितान्तमनोभवोत्कर्षतरो नरः स्यात् । अन्याधिकत्वं सहते न किञ्चिद्रक्ताक्षिजातोऽक्षिरुजान्वितश्च' ॥ ९५ ॥

क्रोधन संवत्सर का फल—

तापसो निर्गुणः क्रूरो धातुवादी भयङ्करः ।
क्रोधनाऽब्दे नरो जातो वञ्चकः पापबुद्धिमान् ॥ ९६ ॥

जिसका क्रोधन नाम के सवत्सर में जन्म होता है वह तपस्वी, निर्गुण (गुणों से हीन) क्रूर, अधिक बोलने वाला, भयङ्कर, ठग और पाप बुद्धि वाला जातक होता है ॥ ९६ ॥

जा० भ० में कहा है— स्यादन्तरायो हि परस्य कार्ये तमो गुणाधिक्यभयङ्करश्च । परस्य बुद्धिं प्रहरेत्प्रकामं यो हायने क्रोधननाम्नि जातः' ॥ ९६ ॥

क्षय संवत्सर का फल—

उत्पन्नरोगरूपश्च परसेवारतः सदाः ।
क्षयसंवत्सरे जाते नरो धर्मविवर्जितः ॥ ९७ ॥

जिसका क्षय नाम के संवत्सर में जन्म होता है वह जन्म से रोगी, सदा दूसरे की सेवा में तत्पर और धर्म से रहित अर्थात् अधार्मिक जातक होता है ॥ ९७ ॥

जा० भ० में कहा है—'उपार्जितार्थव्ययकृन्नितान्तं सेवारतो निष्ठुरचित्तवृत्तिः । सत्कर्मताल्पत्वमनः प्रवृत्तिः क्षयाभिधाने जननं हि यस्य' ॥ ९७ ॥

॥ इति संवत्सरफलम् ॥

अथ प्रकारान्तरेण संवत्सरफलम्

प्रभवदि ५ संवत्सरों का फल—

धर्मिष्ठो गायनः श्रीमान् सर्वदा सुखसंयुतः ।
दाने दीनपरश्चैव प्रभवादिषु पञ्चसु ॥ ९८ ॥

अभी तक एक-एक संवत्सर का फल बताया गया है अब पाँच-पाँच संवत्सरों का एकत्रित फल प्रकारान्तर से बतलाते हैं।

जिसका प्रभवादि पाँच (प्रभव, विभव, शुल्क, प्रमोद; प्रजापति) संवत्सरों में जन्म होता है वह अर्थात् प्रभव में धार्मिक, विभव में गायक (गान करने वाला) शुक्ल में लक्ष्मीवान्, प्रमोद में सदा सुखी और प्रजापति संवत्सर में जन्म लेने वाला जातक दान करने में दीनता से युक्त होता है ॥ ९८ ॥

अङ्गिरादि ५ संवत्सरों का फल—

सर्वज्ञः सुप्रतापी च दीर्घायुर्दर्शनप्रियः ।
नरेन्द्रसदृशो लोके अङ्गिरादिषु पञ्चसु ॥ ९९ ॥

जिसका अङ्गिरादि पाँच (अङ्गिरा, श्रीमुख, भाव, युवा, धाता) संवत्सरों में जन्म होता है वह अर्थात् अङ्गिरा में सर्वज्ञ, श्रीमुख में सुन्दर प्रतापी, भाव में दीर्घायु,

युवा में देखने में सुन्दर या देखने का प्रेमी और धाता में राजा के समान जातक होता है ॥ ९९ ॥

ईश्वरादि ५ संवत्सरों का फल—

युद्धे जेता धने दाता भोगी त्यागी गुणान्वितः ।
दक्षः संपन्नविभवो ईश्वरादिषु पञ्चसु ॥ १०० ॥

जिसका ईश्वरादि पाँच (ईश्वर, बहुधान्य, प्रमाथी, विक्रम, वृष) संवत्सरों में जन्म होता है वह अर्थात् ईश्वर में लड़ाई में विजयी, बहुधान्य में धन का देनेवाला दानी, प्रमाथी में भोगी, विक्रम में त्यागी व गुणी और वृष संवत्सर में जन्म लेने वाला चतुर और संपत्तिशाली जातक होता है ॥ १०० ॥

चित्रभानु आदि ५ संवत्सरों का फल—

सदा क्रोधी सदा वक्रः कामशास्त्रवशंगतः ।
निर्लज्जः साभिमानी च चित्रभान्वादिपंचसु ॥ १०१ ॥

जिसका चित्रभानु आदि पाँच (चित्रभानु, सुभानु, तारण, पार्थिव, व्यय) संवत्सरों में जन्म होता है वह अर्थात् चित्रभानु में सदा क्रोध करने वाला, सुभानु में सब समय टेढ़ा, तारण में कामशास्त्र के वशीभूत या कामी, पार्थिव में लज्जा से हीन और व्यय संवत्सर में जातक अभिमानी होता है ॥ १०१ ॥

सर्वजित् आदि ५ संवत्सरों का फल—

शिल्पी सङ्गीतशास्त्रज्ञो निपुणः सर्वकर्मसु ।
सुभगश्च चिरञ्जीवी सर्वजित्वादिपञ्चसु ॥ १०२ ॥

जिसका सर्वजित् आदि पाँच (सर्वजित्, सर्वधारी, विरोधी, विकृति, खर) संवत्सरों में जन्म होता है वह अर्थात् सर्वजित् में चित्रकार, सर्वधारी में सङ्गीत शास्त्र का ज्ञाता, विरोधी में सब कार्यों में चतुर, विकृति में सुन्दर भाग्यवान् और खर संवत्सर में जातक दीर्घायु होता है ॥ १०२ ॥

नन्दन आदि ५ संवत्सरों का फल—

कान्ताप्रियश्च सुभगः उत्साही मानसंयुतः ।
कीर्तिमान्गुणशांश्चैव नन्दनादिषु पञ्चसु ॥ १०३ ॥

जिसका नन्दन आदि पाँच (नन्दन, विजय, जय, मन्मथ, दुर्मुख) संवत्सरों में जन्म होता है वह अर्थात् नन्दन में स्त्रियों का प्रेमी व सुन्दर भाग्यशाली, विजय में उत्साही, जय में सम्मान से युक्त, मन्मथ में कीर्तिमान् और दुर्मुख में गुणी जातक होता है ॥ १०३ ॥

हेलम्ब आदि ५ संवत्सरों का फल—

आदौ विदेशवासी च पितृभक्तो जितेन्द्रियः ।
सत्यवाक् शौचनिपुणो हेलम्बादिपञ्चसु ॥ १०४ ॥

जिसका हेलम्ब आदि पाँच (हेलम्ब, विलम्ब, विकारी, शार्वरी, प्लव) संवत्सरों में जन्म होता है वह अर्थात् हेलम्ब में पूर्व में विदेशवासी विलम्ब में पिता का भक्त, विकारी में इन्द्रियों को जीतने वाला, शार्वरी में सत्यभाषी और प्लव संवत्सर में चतुर जातक होता है ॥ १०४ ॥

शुभकृत आदि ५ संवत्सरों का फल—

निपुणो धर्मनिरतो देवसाधुप्रपूजकः।
अर्थवान् दीर्घसूत्री च शुभकृत्वादि पंचसु ॥ १०५ ॥

जिसका शुभकृत् आदि पाँच (शुभकृत, शोभकृत्, क्रोधी, विश्वावसु, पराभव) संवत्सरों में जन्म होता है वह अर्थात् शुभकृत में चतुर, शोभकृत् में धार्मिक, क्रोधी में देवता व सज्जनों का पूजक, विश्वावसु में धनी और पराभव संवत्सर में जातक आलसी होता है ॥ १०५ ॥

प्लवङ्ग आदि ५ संवत्सरों का फल—

सर्वसहश्च धीरश्च शान्तात्मा विजितेन्द्रियः।
दीर्घायुः पुत्रवांश्चैव प्लवङ्गादिषु पञ्चसु ॥ १०६ ॥

जिसका प्लवङ्ग आदि पाँच (प्लवङ्ग, कोलक, सौम्य, साधारण, विरोधकृत्) संवत्सरों में जन्म होता है वह अर्थात् प्लवङ्ग में सब कुछ सहने वाला धीर, कीलक में शान्त आत्मा, सौम्य में इन्द्रियों को जीतने वाला, साधारण में दीर्घायु और विरोधकृत् में जातक पुत्रवान् होता है ॥ १०६ ॥

परिधावी आदि ५ संवत्सरों का फल—

रूपवानभिमानी च कामिनीजनवल्लभः।
दीर्घरोगी महातेजा परिधाव्यादिपञ्चसु ॥ १०७ ॥

जिसका परिधावी आदि पाँच (परिधावी, प्रमादी, आनन्द, राक्षस, अनल) संवत्सरों में जन्म होता है वह अर्थात् परिधावी में स्वरूपवान्, प्रमादी में अभिमानी, आनन्द में स्त्रीजनों का प्रेमी, राक्षस में अधिक काल तक रोगी और अनल संवत्सर में जातक अधिक तेजस्वी होता है ॥ १०७ ॥

पिङ्गल आदि ५ संवत्सरों का फल—

आरोग्यविजयं पुष्टिधनधान्यसमन्वितः।
देवतापसभक्तश्च पिङ्गलादिषु पञ्चसु ॥ १०८ ॥

जिसका पिङ्गल आदि पाँच (पिङ्गल, कालयुक्त, सिद्धार्थी, रौद्र, दुर्मति) संवत्सरों में जन्म होता है वह अर्थात् पिङ्गल में नीरोग, कालयुक्त में विजयी, सिद्धार्थी में पुष्टता व, धनधान्य से युक्त, रौद्र में देवभक्त और दुर्मति में तपस्वी जन का भक्त जातक होता है ॥ १०८ ॥

दुन्दुभि आदि ५ संवत्सरों का फल—

जनमित्रप्रतापी च धर्मवांश्च जितेन्द्रियः।
दीर्घायुः कुशलो दक्षो दुन्दुभ्यादिषु पञ्चसु ॥ १०९ ॥

जिसका दुन्दुभि आदि पाँच (दुन्दुभि, रुधिरोद्गारि, रक्ताक्षी, क्रोधन, क्षय) संवत्सरों में जन्म होता है वह अर्थात् दुन्दुभि में मनुष्य मात्र का मित्र व प्रतापी, रुधिरोद्गारि में धर्मात्मा, रक्ताक्षी में इन्द्रियों को जीतने वाला, क्रोधन में दीर्घायु और क्षय में कुशल व दक्ष जातक होता है ॥ १०९ ॥

स्पष्टार्थ प्रभवादि ६० संवत्सरों का चक्र—

१	प्रभव	११	ईश्वर	२१	सर्वजित्
२	विभव	१२	बहुधान्य	२२	सर्वधारी
३	शुक्ल	१३	प्रमाथी	२३	विरोधी
४	प्रमोद	१४	विक्रम	२४	विकृति
५	प्रजापति	१५	वृष	२५	खर
६	अङ्गिरा	१६	चित्रभानु	२६	नन्दन
७	श्रीमुख	१७	सुभानु	२७	विजय
८	भाव	१८	तारण	२८	जय
९	युवा	१९	पार्थिव	२९	मन्थन
१०	धाता	२०	व्यय	३०	दुर्मुख
३१	हेलम्ब	४१	प्लवङ्ग	५१	पिङ्गल
३२	विलम्ब	४२	कीलक	५२	कालयुक्त
३३	विकारी	४३	सौम्य	५३	सिद्धार्थी
३४	शार्वरी	४४	साधारण	५४	रौद्र
३५	प्लव	४५	विरोधकृत्	५५	दुर्मति
३६	शुभकृत	४६	परिधावी	५६	दुन्दुभि
३७	शोभकृत	४७	प्रमादी	५७	रुधिरोद्गारि
३८	क्रोधी	४८	आनन्द	५८	रक्ताक्षी
३९	विश्वावसु	४९	राक्षस	५९	क्रोधन
४०	पराभव	५०	अनल	६०	क्षय

इति संवत्सरफलम्

अथ षष्टिसंवत्सराणां द्वादशयुगानि भवन्ति । यतः—

(युगं भवेद्वत्सरपञ्चकेन)

साठ संवत्सरों के बारह युग होते हैं क्योंकि पाँच वर्ष का एक युग होता है। अतः अब इन बारह युगों के फल को कहते हैं।

पहिले युग का फल—

मद्यमांसप्रियो नित्यं परदाररतः सदा ।
कविः शिल्परतः प्राज्ञो जायते प्रथमे युगे ॥ १ ॥

जिसका प्रथम युग में जन्म होता है वह शराब व मांस का प्रेमी, प्रतिदिन दूसरे की स्त्री में सदा अनुरक्त, कवि, कारीगर और बुद्धिमान् जातक होता है ॥ १ ॥

दूसरे युग का फल—

वाणिज्यव्यवहारी च धर्मिष्ठः सत्यसङ्गमः ।
द्रव्यलोभे तु पापात्मा युगे जातो द्वितीयके ॥ २ ॥

जिसका दूसरे युग में जन्म होता है वह व्यवसाय में उचित व्यवहार करने वाला, धर्मात्मा, सत्य से युक्त और रुपये के लालच में पापात्मा जातक होता है ॥ २ ॥

तीसरे युग का फल—

भोक्ता दाता कृती प्राज्ञो ब्राह्मणो देवपूजकः ।
तेजस्वी धनयुक्तश्च तृतीये फलमश्नुते ॥ ३ ॥

जिसका तीसरे युग में जन्म होता है वह भोगी, दानी, पुण्यात्मा, विद्वान्, ब्राह्मण व देवताओं का पूजन करने वाला जातक होता है ॥ ३ ॥

चौथे युग का फल—

वाटिकाक्षेत्रलाभः स्यादोषधीप्रियमानवः ।
धातुवादे धननाशो जायते च चतुर्युगे ॥ ४ ॥

जिसका चौथे युग में जन्म होता है वह बगीचा व खेती से लाभ करने वाला या युक्त, दवाइयों का प्रेमी वा रोगी पाठान्तर से दोषों में बुद्धि रखने वाला, धातुओं (सोना, चाँदी, पीतल आदि) के विवाद में धन का नाशक जातक होता है ॥ ४ ॥

पाँचवें युग का फल—

पुत्रोत्पत्तिः सदा प्रोक्ता धनवांश्च जितेन्द्रियः ।
मातृपितृप्रियश्चैव जायते पञ्चमे युगे ॥ ५ ॥

जिसका पाँचवें युग में जन्म होता है वह पुत्र सन्तान सदा उत्पन्न करने वाला, धनी, इन्द्रियों को जीतने वाला और माता-पिता का प्रियपात्र जातक होता है ॥ ५ ॥

छठे युग का फल—

सर्वदा शत्रुनीचस्थो सर्वदा महिषीप्रियः ।
पादघातो भयार्तश्च युगे षष्ठे च जायते ॥ ६ ॥

जिसका छठे युग में जन्म होता है वह सर्वदा शत्रु व दुष्टों के साथ रहने वाला, सदा स्त्रियों का प्रेमी, पैर में चोट खाने वाला और भय से पीड़ित जातक होता है ॥ ६ ॥

सातवें युग का फल—

बहुमित्रप्रियश्चैव व्यापारे कुटिला गतिः ।
शीघ्रगामी तथा कामी जायते सप्तमे युगे ॥ ७ ॥

जिसका सातवें युग में जन्म होता है वह अधिक मित्रों का प्रेमी, व्यवसाय में टेढ़ी बुद्धि वाला, जल्दी चलने वाला और कामी जातक होता है ।। ७ ।।

आठवें युग का फल—

पापकर्ता त्वसंतुष्टो व्याधिदुःखान्वितस्तथा ।
कर्त्ता च परहिंसायां जायते त्वष्टमे युगे ।। ८ ।।

जिसका आठवें युग में जन्म होता है वह जातक पाप करने वाला, असंतोषी, रोग व दुःख से युक्त और दूसरे की हिंसा करने वाला होता है ।। ८ ।।

नवें युग का फल—

वापीकूपतडागादिदेवदीक्षातिथिप्रियः ।
भूपतिर्वा भवेत्तुल्यो जायते नवमे युगे ।। ९ ।।

जिसका नवें युग में जन्म होता है वह वापी (बावरी) कुआ, तालाब, देवता, दीक्षा और अतिथियों का प्रेमी वा राजा के समान जातक होता है ।। ९ ।।

दसवें युग का फल—

गजादिराजमन्त्री च स्थानप्राप्तिर्महीसुखम् ।
सुवेषी रूपदाता च जायते दशमे युगे ।। १० ।।

जिसका दसवें युग में जन्म होता है वह हाथी आदि से युक्त राजा का सचिव, स्थान प्राप्त करने वाला, भूमि से सुखी, सुन्दर वेष धारण करने वाला और रूप का दानो जातक होता है ।। १० ।।

ग्यारहवें युग का फल—

बुद्धिमान् वसुशीलश्च प्रतिष्ठा देवतालयः ।
सङ्ग्रामे च भवेच्छूरो जायतैकादशे युगे ।। ११ ।।

जिसका ग्यारहवें युग में जन्म होता है वह बुद्धिमान्, धनी, देव मन्दिर की प्रतिष्ठा करने वाला और युद्ध में वीर जातक होता है ।। ११ ।।

बारहवें युग का फल—

[1]तेजस्वी चलसत्यात्मा नरमध्ये महाजनः ।
कृषिवाणिज्यकर्ता च जायते द्वादशे युगे ।। १२ ।।

जिसका बारहवें युग में जन्म होता है वह तेजस्वी, चञ्चल, सत्यात्मा, मनुष्यों में बड़ा और खेती व व्यवसाय करने वाला जातक होता है ।। १२ ।।

इति युगफलम्

१—बारह युगों के फल के श्लोक इसी प्रकार से मानसागरी में प्राप्त हैं, किन्तु कहीं-कहीं पाठान्तर भी उपलब्ध होता है ।

अथायनफलं वक्तव्यम्। तच्चायनं सौरमेव।

उक्तञ्च सिद्धान्ते—

'वर्षायनर्तुयुगपूर्वकमत्र सौरात्[१]' इति।

अत्र वर्षशब्देन सौरवर्षप्रवृत्तिर्ज्ञेया।

अयनलक्षणमुक्तं सोमसिद्धान्ते—

यावदर्को न कर्कादिस्पृशेत्तावदुत्तरायणम्।
याम्यायनं भवेत्तावद् यावन्न मकरादिगः॥ १॥

अत्र केचित् सायनार्कवशादेवायनप्रवृत्तिर्दर्शनादयनफलं सायनार्कसंङ्क्रमादेव ज्ञेयमिति वदन्ति। तन्न। यतो निरयनगणनयैव लोके सकलव्यवहारो दृश्यते। तत्र वसिष्ठसंहितायाम्[२]—

षट् पौष्णभाद् द्वादश रौद्रधिष्ण्यात्सुराधिपाद्धानि नव क्रमेण।
पूर्वार्धमध्यापरभागगेन्दुर्भुङ्क्तेऽखिलव्योमचरास्तथैव ॥ २॥ इति

ग्रहाणां पूर्वार्धमध्यापरभागयोगित्वमुक्तं तन्निरयनगणनयैव प्रत्यक्षतो गणितागतनक्षत्रे दृश्यते। सायनत्वे हि ग्रहाः कदाचिदेकनक्षत्रान्तरे नक्षत्रद्वयान्तरेणैवोपलभ्यन्ते। एवं सति यात्रादिशुभकार्यमुहूर्त्तेषु मरणादिदुष्टनक्षत्राणां गुरुपुष्यादिसिद्धयोगानाञ्च व्यवहारो निरयनेनैवोपपद्यते। सायन गणना तु नियतविषया।

उक्तञ्च ब्रह्मसिद्धान्ते—

अयनांशाः प्रदातव्या लग्ने क्रान्तौ चरागमे।
चित्रभे सन्निभे याते तथा दृक्कर्मपातयोः॥ ३॥ इति

अत एव शिष्टाः सायनमकरसङ्क्रमवशेन प्रवृत्तोत्तरायणे विवाहादि शुभकर्माणि न कुर्वन्ति। तत्रायनफलं।

यवनजातके—

प्रियायुतः सौख्यगुणान्वितश्च दीर्घायुराचारमतिः प्रवीणः।
देवद्विजाचार्यपदानुरक्तः सौम्यायने जातनरो यशस्वी॥ ४॥
क्रूरः शठो रोगसुतप्तदेहः पापात्मकश्चौर्यरतः कृशश्च।
पौंश्चल्यकृत्क्रूरमतिः शिशुश्च स्याद्दक्षिणाख्यायनजातनिन्द्यः॥ ५॥

इत्ययनफलम्

अब अयन फल को बतलाते हैं।

अयन दो होते हैं—१ उत्तरायन, २ दक्षिणायन। सूर्य जिस बिन्दु से निरन्तर उत्तर की ओर आवर्तित होता है वहाँ से और जिस स्थान तक उत्तर ही घूमता दृष्टि

१—सि० शि० मध्य० ३१ श्लोक। २—३ अ० १६ श्लोक।

पथ पर आए वहाँ तक सूर्य का उत्तर की तरफ झुकाव होने के कारण उत्तरायन। उक्त समय में सूर्य ६ राशियों का भोग करता है इसलिये ६ मास तक उत्तरायन होता है।

इसी प्रकार सूर्य जिस स्थान से निरन्तर दक्षिण की ओर घूमता है और जहाँ तक झुकता है उस स्थान तक सूर्य को पहुँचने में ६ मास लगते हैं, इसलिये ६ मास तक दक्षिणायन होता है।

अयन का विचार सूर्य से अर्थात् सौरमान से करना चाहिए ऐसा सिद्धान्त ग्रन्थ में कहा है कि वर्ष, अयन, ऋतु आदि का विचार सौरमान से करना चाहिए। इस 'वर्षाय …' शिरोमणि के वाक्य में वर्ष शब्द से सौर वर्षारम्भ जानना चाहिए।

सोमसिद्धान्त नामक ग्रन्थ में अयन लक्षण इस प्रकार से कहा है। यथा—जब तक सूर्य कर्कादिका स्पर्श न करे अर्थात् मकरादि से मिथुनान्त तक सूर्य का संचार होने से उत्तरायन और जब तक मकर राशि के आदि भाग का स्पर्श न करे तब तक दक्षिणायन अर्थात् कर्क राशि की आदि से धनु राशि के अन्त तक सूर्य का संचार होने से दक्षिणायन होता है ॥ १ ॥

इस अयनादि विचार में किसी का यह भी मत है कि सायन सूर्य से ही अयन का प्रारम्भ होने से सायन सङ्क्रान्ति से ही अयन फल जानना चाहिए ऐसा जो लोग कहते हैं वह ठीक नहीं है।

क्योंकि संसार में निरयन गणना से ही सागरत व्यवहार होता देखा जाता है।

ऐसा वसिष्ठ संहिता में कहा है कि रेवती से ६ नक्षत्र तक अर्थात् मृगशिरा तक पूर्वार्ध, आर्द्रा से अनुराधा तक अर्थात् आर्द्रा से बारह नक्षत्र तक मध्यभाग और ज्येष्ठा से नौ नक्षत्र तक अर्थात् ज्येष्ठा से उत्तराभाद्रपद तक भचक्र का पश्चिम भाग होता है। जैसे इन तीनों भागों का भोग चन्द्रमा करता है वैसे ही समस्त आकाश में चलने वाले भोग करते है ॥ २ ॥

ग्रहों का पूर्वार्धादि भाग जो कहा गया है वह प्रत्यक्ष रीति से निरयन गणना से ही गणितागत नक्षत्र में उपलब्ध होता है।

यदि सायन ग्रह से पूर्वार्धादि का विभाग मानने पर गणितागत नक्षत्र से कभी एक नक्षत्र के अन्तर पर, कभी दो नक्षत्र तुल्य अन्तर प्रत्यक्ष पड़ता है। इसलिए यात्रादि शुभ कार्य, समस्त मुहूर्त, मरणादि दुष्टनक्षत्र, गुरु पुष्यादि सिद्ध योगों का विचार निरयन गणना से ही उत्पन्न होता है।

सायन गणना का विचार तो नियत विषय में ही किया जाता है। ऐसा ब्रह्म सिद्धान्त में कहा है। यथा—लग्न, क्रान्ति, चर और चित्रा नक्षत्र के समीप में व दृक्कर्म एवं पात के आनयन में अयनांश को जोड़ कर आनयन करना चाहिए ॥ ३ ॥

इसलिए शिष्ट जन सायन मकर राशि सङ्क्रान्ति के वश से प्रवृत्त उत्तराना में विवाहादि शुभ कार्य नहीं करते हैं।

अब यवन जातक में कथित उत्तरायण में जन्म लेने वाले का क्या फल होता है, इसे कहते हैं।

जो मनुष्य उत्तरायन में उत्पन्न होता है वह स्त्री से युत, सुखी, गुणी, दीर्घायु शुभाचार में बुद्धि रखने वाला, देवता, ब्राह्मण व आचार्य (गुरु) के चरणों में प्रीति रखने वाला और यशस्वी जातक होता है ॥ ४ ॥

अब यवन जातकोक्त दक्षिणायन में पैदा हुए मनुष्य के फल को बतलाते हैं।

जो मनुष्य दक्षिणायन में उत्पन्न होता है वह क्रूर, धूर्त, रोग से पीडित देहधारी, पापात्मा, चोरी में लीन, दुर्बल, जार, दुष्ट बुद्धिवाला और निन्दनीय जातक होता है ॥ ५ ॥

जा० भ० में० कहा है—'शश्वत्प्रसन्नो ननु सूनुकान्तासंतोषयुक्तोऽतितरां चिरायुः। नरः सदाचारपरोप्युदारो धीरश्च सौम्यायनजातजन्मा ॥ १ ॥

अखर्वगर्वः कृषिकर्मकर्ता चतुष्पदाढचोऽतिकठोरचित्तः। शठोऽप्यसह्यो ननु मानवानां याम्यायने ना जननं प्रपन्नः' ॥ ४–५ ॥

अथ ऋतुफलम्

तेषां गणनाक्रम उक्तो रत्नमालायाम्—

मृगादिराशिद्वयभानुभोगात् षडर्तवः स्युः शिशिरो वसन्तः।
ग्रीष्मश्च वर्षा च शरच्च तद्वद्धेमन्त नामा कथितश्च षष्ठः ॥१॥

अब ऋतुओं के फल बतलाने से पूर्व ऋतु का ज्ञान कैसे होता है तथा कितनी ऋतु होती हैं। इसे रत्नमाला के वाक्य से कहते हैं।

मकर राशि से दो-दो राशियों के क्रम से सूर्य के भोगने पर ६ ऋतु होती हैं। आशय यह है कि मकर व कुम्भ राशि में सूर्य के रहने पर शिशिर, मीन व मेष में वसन्त, वृष मिथुन में ग्रीष्म, कर्कादि से सिहान्त तक वर्षा, कन्या व तुला में शरद् और वृश्चिकादि से धनु के अन्त तक सूर्य का संचार होने पर छटी ऋतु वसन्त होती है ॥ १ ॥

शिशिर ऋतु का फल—

शिशिरे जायते मर्त्यो बलसौख्यचिरायुषः।
मिष्टान्नाशी शुभाचारो वातरोगी प्रजायुतः ॥ २ ॥

जिसका शिशिर नाम की ऋतु में जन्म होता है वह बली, सुखी, दीर्घायु, मीठे पदार्थ खाने वाला, शुभ आचरण कर्त्ता, वायुरोगी और सन्तान से युक्त जातक होता है ॥ २ ॥

जा० भ० में कहा है—'मिष्टान्नपानानुरतो नितान्तं क्षुधान्वितः पुत्रकलत्रसौख्यः। सत्कर्मवेषः पुरुषः सरोषो बलाधिशाली शिशिरर्तुजन्मा' ॥ २ ॥

वसन्त ऋतु का फल—

सुखी भोगी गुणी कान्तः सत्यव्यसनकृद्भवेत्।
वसन्ततौ नरो जातः दानकीर्तिकरो भवेत् ॥ ३ ॥

जिसका वसन्त नाम की ऋतु में जन्म होता है वह सुखी, भोगी, गुणी, सुन्दर, सत्यभाषी, दानी और कीर्तिमान् जातक होता है ॥ ३ ॥

जा० भ० में कहा है—'कन्दर्परूपो मतिमान् प्रतापी सङ्गीतशास्त्रे गणिते प्रवीणः । शास्त्रप्रसूतामलचैलचेता वसन्तजन्मा मनुजः प्रसन्नः' ॥ ३ ॥

ग्रीष्म ऋतु का फल—

वापीकूपतडागादि देवतालयकृद्भवेत् ।
शास्त्रविज्ज्ञानदाता च ग्रीष्मर्तौ जायते नरः ॥ ४ ॥

जिसका ग्रीष्म नाम की ऋतु में जन्म होता है वह बावरी, कुआ, तालाबादि और देवताओं का मन्दिर बनवाने वाला, शास्त्रों का ज्ञाता और ज्ञान को देने वाला जातक होता है ॥ ४ ॥

जा० भ० में कहा है—'ऐश्वर्यविद्याधनधान्ययुक्तो वक्ता प्रलम्बामलकेशपाशः । भोगी भवेन्नीरविहारशीलो यो ग्रीष्मकालोद्भवतां प्रपन्नः ॥ ४ ॥

वर्षा ऋतु का फल—

देशग्रामपुराध्यक्षो कृषिकर्ता भवेत्सदा ।
शास्त्रसंग्रहणे दक्षो वर्षाजातो नरो भवेत् ॥ ५ ॥

जिसका वर्षा नाम की ऋतु में जन्म होता है वह देश, गाँव, नगर (शहर) का स्वामी, खेती करने वाला और शास्त्रों के संग्रह करने में चतुर जातक होता है ॥ ५ ॥

जा० भ० में कहा है—'संग्रामधीरो मतिमान् प्रतापी तुरङ्गमप्रेमकरः सुरूपः । कफानिलात्मा ललनाविलासी वर्षोद्भवो वै पुरुषः सहर्षः' ॥ ५ ॥

शरद ऋतु का फल—

व्यापारकुशलो मन्त्री ज्वररोगविवर्जितः ।
पण्डितो गुणवान् धीरो शरदर्तौ नरो भवेत् ॥ ६ ॥

जिसका शरद नाम की ऋतु में जन्म होता है वह व्यापार में चतुर, सचिव, ज्वर रोग से रहित, विद्वान्, गुणी और धैर्यवान् होता है ॥ ६ ॥

जा० भ० में कहा है—'अपूर्णरोषः पुरुषोऽनिलात्मा मानी धनी कर्मरुचिः शुचिः स्यात् । रणप्रियो वाहनसंयुतश्च ऋतौ शरन्नाम्नि च यस्य जन्म' ॥ ६ ॥

हेमन्त ऋतु का फल—

सौधागारनिवासी च धर्मिष्ठः सत्यवाक् शुचिः ।
भुञ्जते मिष्टमाहारं नरो हेमन्तसंभवः ॥ ७ ॥

जिसका हेमन्त नाम की ऋतु में जन्म होता है वह राजा के घर के सदृश घर में रहने वाला, धर्मात्मा, सत्यभाषी, पवित्र और मीठे पदार्थों का खाने वाला जातक होता है ॥ ७ ॥

जा० भ० में कहा है—'नरेन्द्रमन्त्री चतुरोऽप्युदारो नरो भवेच्चारुगुणोपपन्नः। सत्कर्मधर्मानुरतो मनस्वी हेमन्तजातः सततं विनीतः' ॥ ७ ॥

स्पष्टार्थ ऋतु चक्र

सं०	१	२	३	४	५	६
ऋतु	शिशिर	वसन्त	ग्रीष्म	वर्षा	शरद	हेमन्त

इति ऋतुफलम्

अथ मासफलं यवनः

अब यवनोक्त बारह मास में उत्पन्न मनुष्य के फल को कहते हैं।

चैत्र मास का फल—

ब्रह्मचर्यरतो नित्यं वेदाध्ययनतत्परः।
गुरुदेवद्विजातीनां भक्तश्चैत्रसमुद्भवः ॥ १ ॥

जो चैत्र मास में जन्म ग्रहण करता है वह ब्रह्मचर्य व्रत में लीन, प्रतिदिन वेद पढ़ने में तत्पर, गुरुजन देवता और ब्राह्मणों का भक्त जातक होता है ॥ १ ॥

जा० भ० में कहा है—'सत्कर्मविद्याविनयोपपन्नो भोगी नरः स्यान्मधुरान्नभोजो। सत्पात्रमित्रानुरतश्च मन्त्री चैत्रोद्भवश्चापि विचित्रमन्त्रः' ॥ १ ॥

वैशाख मास का फल—

सर्वलक्षणसंयुक्तो दीर्घदर्शी कलानिधिः।
सात्विकश्चिरजीवी च वैशाखे जायते नरः ॥ २ ॥

जो वैशाख मास में जन्म ग्रहण करता है वह समस्त लक्षणों से युत, दूरदर्शी, कलाओं का खजाना, सात्विक और दीर्घायु जातक होता है ॥ २ ॥

जा० भ० में कहा है—'सुलक्षणः पुण्यगुणानुशीलः पुमान् बलीयान् द्विजदेवभक्तः। कामी चिरायुर्जलपानशीलः स्यान्माधवे बान्धवसौख्ययुक्तः' ॥ २ ॥

ज्येष्ठ मास का फल—

निपुणः सर्वकार्येषु मतिमांश्च परीक्षकः।
क्रयविक्रयकृन्नित्यं भवेज्ज्येष्ठे च मानवः ॥ ३ ॥

जो ज्येष्ठ मास में जन्म ग्रहण करता है वह समस्त कार्यों में चतुर, बुद्धिमान्, परीक्षा लेने वाला और प्रतिदिन खरीदने बेचने वाला वैश्य बुद्धि जातक होता है ॥ ३ ॥

जा० भ० में कहा है—'क्षमान्वितश्चञ्चलचित्तवृत्तिर्विदेशवासाभिरुचिश्च तीव्रः। विचित्रबुद्धिः खलु दीर्घसूत्रो ज्येष्ठोद्भवः श्रेष्ठतरो नरः स्यात्' ॥ ३ ॥

आषाढ़ मास का फल—

निर्धनो बहुभुक् कष्टी हलकर्मरतः सदा।
व्याधितो मूर्खबुद्धिश्च भवेदाषाढ़जो नरः ॥ ४ ॥

जो आषाढ़ मास में जन्म ग्रहण करता है वह धन से हीन (गरीब), अधिक खाने वाला, कष्ट से जीवी, कृषक, रोगी और मूर्ख बुद्धि का जातक होता है ॥ ४ ॥

जा० भ० में कहा है—'बहुव्ययोऽनल्पवचो विलासः प्रमादशीलो गुरुवत्सलश्च । सदाग्निमान्द्यः शुभकर्मकृत्स्यादाषाढजो गाढतराभिमानः ॥ ४ ॥

सावन मास का फल—

श्रावणे जायते मर्त्यो वेदकर्मसु कौशलः ।
पुत्रदारधनैर्युक्तः सर्वलोकप्रपूजितः ॥ ५ ॥

जो सावन मास में जन्म ग्रहण करता है वह वैदिक (कर्मकाण्डादि) कार्यों में चतुर, पुत्र धन स्त्री से युक्त और समस्त संसार से सत्कार प्राप्त करने वाला जातक होता है ॥ ५ ॥

जा० भ० में कहा है—'पुत्रैश्च पौत्रैश्च कलत्रमित्रैः सुखी च तातस्य निदेशकर्ता । लोकप्रसिद्धः कफवान् वदान्योः गुणान्वित श्रावणमासजन्मा' ॥ ५ ॥

भाद्रपद (भादों) मास का फल—

भोगी दाता कृशो दीर्घो गौराङ्गश्च बहुस्त्रियः ।
पुत्रवान् धनवान् भोगी नरो भाद्रपदे भवेत् ॥ ६ ॥

जो भाद्रपद मास में जन्म ग्रहण करता है वह भोगी, दानी, दुर्बल, लम्बा कद, गौरवर्ण, अधिक स्त्री वाला, पुत्र और धन से युक्त जातक दुःख-सुख भोगने वाला होता है ॥ ६ ॥

जा० भ० में कहा है—'श्रीमान् भवेत् क्षीणकलेवरश्च दाता च कान्ताश्रयजातसौख्यः । सुखे च दुःखे विकृतो हि मर्त्यो भवेन्नरो भाद्रपदात्तजन्मा' ॥ ६ ॥

आश्विन मास का फल—

आश्विने च नरो जातो विद्वान् भूपप्रियो भवेत् ।
बहुभृत्यः स्त्रिया युक्तो बहूपत्योऽल्पजीविकः ॥ ७ ॥

जो आश्विन मास में जन्म ग्रहण करता है वह पण्डित, राजा का प्रिय पात्र, अधिक नौकर वाला, स्त्री से युक्त, अधिक सन्तति वाला और अल्पायु जातक होता है ॥ ७ ॥

जा० भ० में कहा है—'विद्वान् धनी राजकुलप्रियश्च सत्कार्यकर्त्ता बहुभृत्ययुक्तः । दाता गुणज्ञो बहुपुत्रसंपत्स्यादाश्विनेऽश्वादिसमृद्धियुक्तः' ॥ ७ ॥

कार्तिक मास का फल—

वाचालो वक्रबुद्धिश्च कुञ्चिताग्रकरोऽलसः ।
कार्तिके जायते नित्यं ब्रह्मचर्यरतो भवेत् ॥ ८ ॥

जो कार्तिक मास में जन्म ग्रहण करता है वह वाचाल, टेढ़ी बुद्धि वाला, हाथ के आगे भाग सिकुड़े हुए, आलसी और ब्रह्मचर्य में लीन जातक होता है ॥ ८ ॥

जा० भ० में कहा है—'सत्कर्मकर्ता बहुवाग्विलासो धनी लसत्कुञ्चितकेशपाशः । कामः सकामः क्रयविक्रयार्थी सत्कृत्यकृत्कार्तिकजातजन्मा' ॥ ८ ॥

अगहन मास का फल—

तीर्थयात्रारतो नित्यं मन्त्रदीक्षापरायणः ।
मार्गमासे भवेन्मर्त्यः सदा शास्त्रार्थसंचकः ॥ ९ ॥

जो अगहन मास में जन्म ग्रहण करता है वह तीर्थयात्रा में तत्पर, प्रतिदिन मन्त्रों के आदान-प्रदान में रत और सब समय शास्त्रार्थ का संग्रह करने वाला जातक होता है ॥ ९ ॥

जा० भ० में कहा है—'सत्तीर्थयात्रानिरतः सुशीलः कलाकलापे कुशलो विलासी । परोपकर्त्ता धृतसाधुमार्गो मार्गोद्भवो वै विभवैः समेतः' ॥ ९ ॥

पौष मास का फल—

पौषमासे समुत्पन्नो नरो दुःखप्रदो भवेत् ।
सर्वरोगयुतो नित्यं ब्रह्मचर्यरतो भवेत् ॥ १० ॥

जो पौष मास में जन्म ग्रहण करता है वह दुःख देने वाला, समस्त रोगों से युत और ब्रह्मचर्य में लीन जातक होता है ॥ १० ॥

जा० भ० में कहा है—'परोपकारी पितृवित्तहीनः कष्टार्जितार्थव्ययकृद्विधिज्ञः । सुगुप्तमन्त्रः कृतशास्त्रयत्नः पौषे विशेषात्पुरुषः कृशाङ्गः' ॥ १० ॥

माघ मास का फल—

योगीश्वरस्तपो निष्ठो वेदवेदाङ्गपारगः ।
शान्तो दयान्वितो दक्षो नरो माघे प्रजायते ॥ ११ ॥

जो माघ मास में जन्म ग्रहण करता है वह योगियों का स्वामी, तपस्या में लीन वेद व वेदाङ्गों का ज्ञाता, शान्त, दयालु और चतुर जातक होता है ॥ ११ ॥

जा० भ० में कहा है—'सन्मन्त्रविद्वैदिकसाधुयोगो योगोक्तविद्याभ्यसनानुरक्तः । बुद्धेर्विशेषान्निहतारिसङ्घो माघोद्भवः स्यादनघो मनुष्यः' ॥ ११ ॥

फाल्गुन मास का फल—

सुकुमारः सदा भोगी कामिनीवल्लभः सुखी ।
फाल्गुने जायते बालो गजाश्वनरभूषणः ॥ १२ ॥

जो फाल्गुन मास में जन्म ग्रहण करता है वह सुकोमल, सदा भोग करने वाला, स्त्रियों का प्रिय, सुखी और हाथी-घोड़ा व मनुष्य ही जिसके भूषण हों ऐसा जातक होता है ॥ १२ ॥

जा० भ० में कहा है—'परोपकारी कुशलो दयालुर्बलान्वितः कोमलकायशाली । विलासिनीकेलिविधानशीलो यः फाल्गुने फल्गुवचो विलासः' ॥ १२ ॥

विशेष—जातकाभरण में अधिक मास में उत्पन्न होने वाले का भी फल प्राप्त होता है। यथा - विषयहीनमतिः सुचरित्रदृग् विविधतीर्थकरश्च निरामयः । सकलवल्लभ आत्महितंकरः खलु मलिम्लुचमासभवो नरः' ॥ अर्थ —जो अधिकमास में जन्म ग्रहण करता है वह विषयों में बुद्धि नहीं देने वाला, सुन्दर चरित्र व सुन्दर दृष्टि वाला, अनेक

तीर्थों में घूमने वाला, रोगों से रहित, समस्त जनों का प्रिय और अपना हित करने वाला जातक होता है ॥ १–१२ ॥

अत्र मासाश्चान्द्रा एव ज्ञेयाः । उक्तञ्च सिद्धान्ते—

'मासास्तथा च तिथयस्तुहिनांशुमानादिति ।'

तल्लक्षणमुक्तं रोमके श ?) सिद्धान्ते-

चान्द्रो दर्शावधिर्मासः स च सूर्येन्दुसङ्गमः ।
तयोर्विश्लेषसमयोऽग्रिमो मास उदाहृतः ॥ १३ ॥
तेषामैन्दवमासानां चैत्राद्याख्याश्च संस्मृतः ।

ननु चान्द्रमासेऽधिमासक्षयमासयोः संभवात्सौरमासे तदसंभवात्सङ्क्रान्तिवशोत्पन्नसौरमासस्यैव फलं ज्ञेयमिति चेन्न । यतः सकलमुनीश्वरैर्मसिगणना चान्द्रमानेनैवोक्ता न तु सौरमानेन। तन्मासफलं चान्द्रमासानामेव ज्ञेयम् । अत एव वृद्धयवनेन मासफलं चैत्रादिमासानामेवोक्तं न तु मेषादिसङ्क्रमाणाम् ।

क्षयमासेऽधिमासे च तन्मासानां फलं लेख्यम् ।

एतत्स्पष्टमुक्तं होरासारे—

क्षयमासेऽधिमासे च तन्मासानां फलं स्मृतम् ।

तत्रापि क्षयमासे मासद्वयसद्भावात्तिथिपूर्वार्धजातानां पूर्वमासफलं लेख्यम् । उत्तरार्धजातानां उत्तरमासफलं लेख्यम् ।

उक्तञ्च स्मृतौ—

तिथ्यर्द्धे प्रथमे पूर्वोऽपरस्मिन्नपरस्तथा ।
मासाविति बुधैश्चिन्त्यौ क्षयमासस्य मध्यगौ ॥ १४ ॥

यहाँ पर जो मासों का फल कहा गया है वह चान्द्रमासों का है ऐसा जानना चाहिए । क्योंकि सिद्धान्त ग्रन्थ में कहा है कि मास तथा तिथियाँ चान्द्रमान से समझना चाहिए ।

चान्द्रमास का लक्षण रोमक सिद्धान्त में कहा है कि चान्द्रमास दर्शादि से अर्थात् अमावस्या से अमावास्यान्त तक के काल को कहते हैं । वह चान्द्रमास सूर्य-चन्द्रमा की युति को कहते हैं । अर्थात् सूर्य व चन्द्रमा के केन्द्र जब एक सूत्र में होते हैं तो उसे दर्श या यों समझिए अमावस्या होती है । सूर्य-चन्द्रमा की युति होने पर चंद्रमा शीघ्र गति होने के कारण युति राशि से आगे प्रतिदिन बढ़ता है तथा सूर्य भी अपनी गति से चलता है जब दोनों एक राशि में होते हैं तो पुनः अमावस्या हो जाती है । इसलिए इस काल को अर्थात् दर्शादि से दर्शान्त तक चान्द्रमास कहा है । इसी प्रकार राशियों के अन्तर से अग्रिम बारह होते हैं । उन चान्द्रमासों की चैत्रादि संज्ञा सूर्य की संक्रान्तिवश ही होती है । 'मेषादिस्थे सवितरि यो यो मासः प्रपूर्यते चान्द्रश्चैत्राद्य स विज्ञेयः' ।

यहां यह शङ्का होती है कि चान्द्रमासों में अधिक मास व क्षयमास होने की सम्भावना होने के कारण और सौर मास में अधिक मास तथा क्षय मास की असम्भावना होने से सूर्य की संक्रान्ति वश उत्पन्न सौर मास का ही फल समझना चाहिए किन्तु ऐसा नहीं है अर्थात् सौरमास का फल नहीं है। क्योंकि समस्त ऋषियों ने मास की गणना चान्द्रमास से ही की है न कि सौरमास से, इसलिए चान्द्रमासों का ही मास फल जानना चाहिए। इसी कारण से ही वृद्ध यवनाचार्य ने चैत्रादि चान्द्रमासों का ही फल कहा है न कि सौरमासों का फल वर्णित किया है।

क्षय मास व अधिकमास में उन्हीं मासों का फल जन्मपत्री में लिखना चाहिए। ऐसा स्पष्ट होरा सार में कहा है कि क्षय मास व अधिकमास में जिसमें जिसका जन्म हो उसी का फल लिखना चाहिए। उनमें भी क्षय मास में दो मासों की सत्ता होने से तिथि के पूर्वार्ध में उत्पन्न मनुष्य का पूर्व मास का फल और तिथि के उत्तरार्ध में जायमान का आगे वाले मास का फल लिखना चाहिए।

स्मृति ग्रन्थ में कहा है कि क्षय मास की तिथि के पूर्वार्ध में उत्पन्न होने वाले का पूर्व मास का फल और तिथि के उत्तरार्ध में जन्म होने पर क्षय मास के आगे वाले का फल विद्वानों को लिखना चाहिए।

॥ इति मासफलम् ॥

अथ पक्षफलम्

यवनः— शुक्लपक्षे नरो जातो दीर्घायुः पुत्रवान् भवेत्।
बहूनां पालको दाता सुहृन्मानी प्रियाजितः॥ १॥
आलसो मलिनो द्वेषी निन्दको ग्राम्यभाषणः।
कृष्णपक्षे भवेन्मर्त्यः सर्वधर्मबहिष्कृतः॥ २॥

पक्षलक्षणमुक्तं सिद्धान्तसारे—
सूर्येन्दुसङ्गमस्यैव विश्लेषसमयाद्बुधैः।
शुक्लपक्षोऽथ एकान्ते तदग्रे कृष्णपक्षकः॥ ३॥

अब शुक्ल व कृष्ण पक्ष में जन्म होने का जो फल होता है उसे यवनाचार्य जी के वाक्य से कहते हैं।

शुक्ल पक्ष में जन्म होने का फल

जिसकी पैदाइश शुक्ल पक्ष में होती है वह दीर्घायु, पुत्रवान्, अधिक मनुष्यों का पालन करने वाला, दानी, मित्रों से सत्कार पाने वाला और स्त्री से पराजित होने वाला जातक होता है॥ १॥

जा० भ० में कहा है—'चञ्चच्चिरायुः सुतरां सुशीलः श्रीपुत्रवान् कोमलकायकान्तिः। सदा सदानन्दविनीतकालश्चेज्जन्मकालस्तु वलक्षपक्षे'॥ १॥

जिसकी पैदाइश कृष्ण पक्ष में होती है वह आलसी, दूषित, द्रोहकर्ता, निन्दा करने वाला, ग्रामीण भाषी और समस्त धर्मों से रहित जातक होता है॥ २॥

जा० भ० में कहा है—'प्रतापशीलो विबलश्च लोलः कलिप्रियः स्वीयकुलोद्धतश्च। मनोभवाधिक्ययुतो नितान्तं सितेतरे यस्य नरस्य जन्म' ॥ २ ॥

अब सिद्धान्त सार में कथित पक्ष लक्षण को या यों कहिये पक्ष किसे कहते हैं इसे बतलाते हैं।

सूर्य चन्द्रमा की एकत्र स्थिति के अन्तर से ही अर्थात् ६ राशि के अन्तर तक शुक्ल पक्ष और उस के आगे पुनः एकत्र स्थिति तक कृष्ण पक्ष होता है। ६ राशि का अन्तर १५ दिनों में होने से प्रथम १५ दिन शुक्ल और १५ दिन का कृष्ण पक्ष होता है ॥ ३ ॥

यह दोनों पक्षों में जातक का फल होता है।

इति पक्षफलम्

अथ तिथिफलम्

प्रतिपदा तिथि में उत्पन्न का फल

यवनः— प्रतिपद्दिवसे जातः त्रिदिनञ्च त्रिमासकम्।
जीवितः स महातेजो (जा) कुर्याच्छान्ति चिरायुषः ॥१॥

अब प्रत्येक तिथि में जन्म लेने के फल को यवनाचार्य जी के वाक्य से बतलाते हैं। जो प्रतीपदा नाम की तिथि में उत्पन्न होता है वह तीन दिन या तीन मास तक जीवित रहता है। आयु वृद्धि के अर्थात् दीर्घायु के लिए जातक की शान्ति करना चाहिए। यदि जातक जीता है तो बड़ा तेजस्वी अर्थात् प्रभावशाली होता है ॥ १ ॥

जा० भ० में कहा है—'बहुजनपरिवारश्चारुविद्यो विवेकी कनकमणिविभूषावेषशाली सुशीलः। अतिसुललितकान्तिभूमिपालाप्तवित्तः प्रतिपदि यदि सूतिर्जायते यस्य जन्तोः' ॥ १ ॥

द्वितीया तिथि में उत्पन्न का फल

द्वितीया दिवसे जातो नरः सत्यवचो भवेत्।
जातानन्दकरः श्लाघी स्वकर्मनिरतः सदा ॥ २ ॥

जो द्वितीया नाम की तिथि में उत्पन्न होता है वह सच बोलने वाला, जन्म से ही आनन्द करने वाला, प्रशंसक और सदा अपने कार्यों को तत्परता से करने वाला जातक होता है ॥ २ ॥

जा० भ० में कहा है—'दाता दयालुर्गुणवान् सुसंपच्चञ्चत्सदाचारविचारधन्यः। प्रसन्नमूर्तिर्बहुगीतकीर्तिर्मर्त्यो द्वितीयातिथिसंभवः स्मात्' ॥ २ ॥

तृतीया तिथि में उत्पन्न का फल

तृतीयायां नरो जातो स्त्रीलोलः कृपणः खलः।
व्रतोपवासनिरतो मूर्खो वादी बलान्वितः ॥ ३ ॥

जो तृतीया नाम की तिथि में उत्पन्न होता है वह स्त्री में चञ्चल, लोभी, कामी, दुष्ट, व्रत व उपवास करने में तत्पर, मूर्ख, वकवादी और बल से युक्त जातक होता है ॥ ३ ॥

जा० भ० में कहा है —'कामाधिकः स्यादनवद्यविद्यो बलाविन्तो राजकुलाप्तवित्तः। प्रवासशीलश्चतुरो विलासी मर्त्यस्तृतीया प्रभवोऽभिमानी' ॥ ३ ॥

चतुर्थी तिथि में उत्पन्न का फल

चतुर्थ्यान्तु नरो जातो लुब्धः पिशुनवाग्भवेत्।
चण्डः साहसिकः शूरः चलचित्तः शठान्वितः ॥ ४ ॥

जो चतुर्थी नाम की तिथि में उत्पन्न होता है वह लोभी, चुगलखोर, उग्र, साहसी, वीर, अस्थिर चित्तवाला और धूर्तता से युक्त होता है ॥ ४ ॥

जा० भ० में कहा है—'ऋणप्रवृत्तिर्बहुसाहसः स्याद्रणप्रवीणः कृपणस्वभावः। द्यूते रतिर्लोलमनामनुष्यो वादी यदि स्याज्जनने चतुर्थी' ॥ ४ ।

पञ्चमी तिथि में उत्पन्न का फल

पचम्यान्तु नरो जातो मानी दीर्घायुषो भवेत्।
महामतिः स्थिरः शूरः सत्यवादी जितेन्द्रियः ॥ ५ ॥

जो पञ्चमी नाम की तिथि में उत्पन्न होता है वह अभिमानी दीर्घायु, बड़ा बुद्धिमान्, स्थिर, वीर, सच बोलने वाला और जितेन्द्री अर्थात् इन्द्रियों को जीतने वाला जातक होता है ॥ ५ ॥

जा० भ० में कहा है—'संपूर्णगात्रश्च कलत्रपुत्रमित्रान्वितो भूतदयान्वितश्च। नरेन्द्र-मान्यस्तु नरो वदान्यः प्रसूतिकाले यदि पञ्चमी चेत् ॥ ५ ॥

षष्ठी तिथि में उत्पन्न का फल

षष्ठयां चैव नरो जातो व्रणाङ्कितततनुः स्थिरः।
स्त्रालोलुपोऽतिसुभगो विद्याकीर्तिपरो भवेत् ॥ ६ ॥

जो छट नाम की तिथि में उत्पन्न होता है वह घाव से अङ्कित शरीरधारी, स्थिर, स्त्रीलोभी, अधिक सुन्दर ऐश्वर्य से युक्त, विद्यावान् और कीर्तिमान् जातक होता है ॥६॥

जा० भ० में कहा है—'सत्यप्रतिज्ञो धनसूनुसंपद्दीर्घोरुजानुर्मनुजो महौजाः। प्रकृष्ट-कीर्तिश्चतुरो वरिष्ठः षष्ठयां प्रजातो व्रणकीर्णगात्रः' ॥ ६ ॥

सप्तमी तिथि में उत्पन्न का फल

सप्तम्यां जायते मर्त्यो धनवान् गुणवान् भवेत्।
गुरुदेवार्चनपरः सदाचारो दृढव्रतः ॥ ७ ॥

जो सप्तमी नाम की तिथि में उत्पन्न होता है वह धनी, गुणी, गुरू व देवता की पूजा करने में तत्पर, सदाचारी और सत्यसंकल्प करने वाला जातक होता है ॥ ७ ॥

जा० भ० में कहा है—'ज्ञानी गुणज्ञो हि विशालनेत्रः सत्पात्रदेवार्चनचित्तवृत्तिः। कन्या जनेता परवित्तहर्ता स्यात्सप्तमीजो मनुजोऽरिहन्ता' ॥ ७ ॥

अष्टमी तिथि में उत्पन्न का फल

अष्टम्यान्तु नरो जातो स्वदारनिरतो भवेत्।
बहुभाषोऽतिचपलश्चलचित्तोऽतिनिष्ठुरः ॥ ८ ॥

जो अष्टमी नाम की तिथि में उत्पन्न होता है वह अपनी स्त्री में लीन, अधिक बोलने वाला, अत्यन्त चपल, अस्थिर चित्तवाला और अधिक निठुर (कपटी) जातक होता है ॥ ८ ॥

जा० भ० में कहा है—'नाना संपत्सूनुसौख्यः कृपालः पृथ्वीपालप्राप्तविद्याधिकारः । कान्ताप्रीतिश्चञ्चला चित्तवृत्तिर्यस्याष्टम्यां जन्म चेन्मानवस्य' ॥ ८ ॥

नवमी तिथि में उत्पन्न का फल

कामलुब्धो महाशूरो गीतनृत्यरतस्तथा ।
शत्रुघ्नश्च महाक्रोधी नवम्यां जायते नरः ॥ ९ ॥

जो नवमी नाम की तिथि में उत्पन्न होता है वह विषय का लोभी, बड़ा वीर, गाने व नाचने का प्रेमी, शत्रु का मारक और अधिक क्रोध करने वाला जातक होता है ॥ ९ ॥

जा० भ० में कहा है—'पराङ्मुखो बन्धुजनस्य कार्ये कठोरवाक्यश्च सुधीर्विरोधी । नरः सदाचारगतादरः स्याद्यस्य प्रसूतौ नवमी तिथिश्चेत्' ॥ ९ ॥

दशमी तिथि में उत्पन्न का फल

दशम्यान्तु नरो जातः स्त्रीयुतो स्त्रीव्रणाङ्कितः ।
शुचिरत्यन्तसुभगश्चलचित्तो महामतिः ॥ १० ॥

जो दशमी नाम की तिथि में उत्पन्न होता है वह स्त्री से युक्त, स्त्री के घाव से अङ्कित (चिन्हित) पवित्र, अत्यन्त भाग्यवान्, अस्थिर चित्त और बड़ा बुद्धिमान् जातक होता है ॥ १० ॥

जा० भ० में कहा है—'धर्मैकबुद्धिर्भववैभवाढ्यः प्रलम्बकण्ठो बहुशास्त्रपाठी । उदारचित्तोऽतितरां विनीतो रम्यश्च कामी दशमीभवः स्यात्' ॥ १० ॥

एकादशी तिथि में उत्पन्न का फल

एकादश्यां च जनितो लोकव्यापारकोविदः ।
कलाशास्त्रेषु कुशलः सत्यवादी दृढव्रतः ॥ ११ ॥

जो एकादशी नाम की तिथि में उत्पन्न होता है वह संसार के व्यवसायों का पण्डित, कला शास्त्रों में चतुर, सत्य बोलने वाला और स्थिरव्रती जातक होता है ॥ ११ ॥

जा० भ० में कहा है—'देवद्विजार्चाव्रतदानशीलः सुनिर्मलान्तःकरणः प्रवीणः । पुण्यैकचित्तोत्तमकर्मकृत्स्यादेकादशीजोऽतिकृशोऽतिरोषः' ॥ ११ ॥

द्वादशी तिथि में उत्पन्न का फल

द्वादश्यां च नरो जातो सदाचारोऽतिदुःसहः ।
सुभगो रतिलोलश्च वस्त्रभोजनतत्परः ॥ १२ ॥

जो द्वादशी नाम की तिथि में उत्पन्न होता है वह सदाचारी, अधिक असह्य, सुन्दर ऐश्वर्यवान्, काम में चञ्चल और वस्त्र व भोजन में तत्पर जातक होता है ॥ १२ ॥

जा० भ० में कहा है--'जलप्रियो वै व्यवहारशीलो निजालयावासविलासशील:। सदान्नदाता क्षितिपालवित्तः स्याद्द्वादशीजो मनुजः प्रजावान्' ॥ १२ ॥

त्रयोदशी तिथि में उत्पन्न का फल

त्रयोदश्यां नरो जातो ज्ञानवान् धर्मवान् भवेत्।
व्रतोपवासनिरतः स्वशत्रुर्मतिमान् गुणी ॥ १३ ॥

जो त्रयोदशी नाम की तिथि में उत्पन्न होता है वह ज्ञानी, धर्मात्मा, व्रत व उपवास करने में तत्पर, अपने लोगों का शत्रु, बुद्धिमान् और गुणी जातक होता है ॥ १३ ॥

जा० भ० में कहा है—'रूपान्वितः सात्विकतावियुक्तः प्रलम्बकण्ठश्च नरप्रसूतिः। नरोऽतिशूरश्चतुरः प्रकामं त्रयोदशीनामतिथौ प्रसूतः' ॥ १३ ॥

चतुर्दशी तिथि में उत्पन्न का फल

चतुर्दश्यां नरो जातः सशुद्धः सर्वकर्मसु।
बुद्धिमान् व्याधिनिर्मुक्तः सदा बन्धुरतो भवेत् ॥ १४ ॥

जो चतुर्दशी नाम की तिथि में उत्पन्न होता है वह समस्त कार्यों में शुद्ध, बुद्धिमान्, रोगों से रहित और सर्वदा बान्धवों में लीन जातक होता है ॥ १४ ॥

जा० भ० में कहा है—'क्रूरोऽतिशूरश्चतुरः सहासः कन्दर्पलीलाकुलचित्तवृत्तिः। स्याद्दुःसहोऽत्यन्तविरुद्धभाषी चतुर्दशीजः पुरुषः सरोषः' ॥ १४ ॥

पूर्णिमा तिथि में उत्पन्न का फल—

पौर्णमास्यां नरो जातः पूर्णगः सुस्थिरो भवेत्।
सदा हृष्टमनाः कामी सुभगोऽतिगुणान्वितः ॥ १५ ॥

जो पूर्णिमा नाम की तिथि में उत्पन्न होता है वह पूर्णता को प्राप्त होने वाला, स्थिर, सर्वदा प्रसन्न मन वाला, कामी, सुन्दर भाग्यशाली और अधिक गुणों से युक्त जातक होता है ॥ १५ ॥

जा० भ० में कहा है—'अतिसुललितकायो न्यायसंप्राप्तवित्तो बहुयुवतिसमेतो नित्यसंजातहर्षः। प्रबलतरविलासोऽत्यन्तकारुण्यपुण्यो गुणगणपरिपूर्णः पूर्णिमाजातजन्मा' ॥ १५ ॥

अमावास्या में उत्पन्न का फल—

अमायान्तु नरो जात इन्द्रियार्तिगतः सुखी।
सुभगो बलहीनश्च चित्ते बहुसमाकुलः ॥ १६ ॥

अत्र जन्मकाले तिथि नक्षत्र योग करणानां सिद्धान्तोक्तरीत्या गणितागतवर्तमानानां फलं लेख्यम् ॥

जो अमावस्या नाम की तिथि में उत्पन्न होता है वह इन्द्रिय पीड़ा से युक्त सुखी, सुन्दर भाग्यशाली, बल से रहित (निर्बल) और चित्त में अधिक व्याकुल होने वाला जातक होता है ॥ १६ ॥

जा० भ० में कहा है—शान्तो मनस्वी पितृमातृभक्तः क्लेशाप्तवित्तश्च गमागमेच्छुः। मान्यो जनानां हतकान्तिहर्षो दर्शोद्भवः स्यात्पुरुषः कृशाङ्गः' ॥ १६ ॥

जन्मपत्री में जन्म के समय में सिद्धान्तोक्तरीति से गणित द्वारा आगत तिथि-नक्षत्र-योग करणों का फल लिखना चाहिए ॥ १६ ॥

अथ वारफलम् ।

यवनः—

रविवार में उत्पत्ति का फल—

स्थिरः प्रचण्डः शूरस्तु रक्तश्यामतनुः शुचिः ।
पित्ताधिकोऽतिचतुरो जनयेत्सूर्यवासरे ॥ १ ॥

जिसकी उत्पत्ति रविवार के दिन होती है वह स्थिर, उग्र, वीर, लाल व काले रङ्ग का, पवित्र, पित्त प्रकृति और अधिक चतुर (सयाना) जातक होता है ॥ १ ॥

जा० भ० में कहा है—'शूरोऽल्पकेशो विजयी रणाग्रे श्यामारुणश्चित्तचयप्रकोपः । दाता महोत्साहयुतो महौजा दिने दिनेशस्य भवेन्मनुष्यः' ॥ १ ॥

सोमवार में उत्पत्ति का फल—

सोमवारे नरो जातः सात्विकः क्षयवृद्धिमान् ।
ह्रस्वकायोऽतिगौरस्तु पृथुवक्षाः सुबुद्धिमान् ॥ २ ॥

जिसकी उत्पत्ति सोमवार के दिन होती है वह सात्विक, घटने बढ़ने वाला, छोटा कद, अधिक गोरा, मोटी छाती वाला और अच्छी बुद्धि से युक्त जातक होता है ॥ २ ॥

जा० भ० में कहा है—'प्राज्ञः प्रशान्तः प्रियवाग्विधिज्ञः शश्वन्नरेन्द्राश्रयवृत्तिवर्ती । सुखे च दुःखे च समस्वभावो वारे नरः शीतकरस्य जातः' ॥ २ ॥

मङ्गलवार में उत्पत्ति का फल—

क्षत्रवृत्तिसमायुक्तो जनयेद्भौमवासरे ।
रक्तायतलोचनश्च वाग्यतो मधुरः क्षमी ॥ ३ ॥

जिसकी उत्पत्ति मङ्गलवार के दिन होती है वह क्षत्रिय वृत्ति से युक्त, लाल लम्बे नेत्र वाला और मीठी वाणी व क्षमावान् जातक होता है ॥ ३ ॥

जा० भ० में कहा है—'वक्रोक्तिरत्यन्तरणप्रियः स्यान्नरेन्द्रमन्त्री च धरोपजीवी । सत्वान्वितस्तीव्रतरस्वभावो दिने भवेन्नावनिनन्दनस्य' ॥ ३ ॥

बुधवार में उत्पत्ति का फल—

निपुणोऽतिवृत्तपादः शिरश्चैव तथा कविः ।
रूपवानतिचापल्यो जनितो बुधवासरे ॥ ४ ॥

जिसकी उत्पत्ति बुधवार के दिन होती है वह चतुर, अत्यन्त गोल पैर व शिर वाला, कवि, स्वरूपवान् (सुन्दर) और अधिक चपल जातक होता है ॥ ४ ॥

जा० भ० में कहा है—'सद्रूपशाली मृदुवाग्विलासः श्रीमान् कलाकौशलता समेतः । वणिक् क्रियायां हि भवेदभिज्ञः प्राज्ञो गुणज्ञो ज्ञदिनोद्भवो यः' ॥ ४ ॥

बृहस्पतिवार में उत्पत्ति का फल—

सुधीः सद्बहुलोकज्ञः कलाशास्त्रविदः शुचिः ।
प्रगल्भः कुशलो धीरः संभवेद्गुरुवासरे ॥ ५ ॥

जिसकी उत्पत्ति बृहस्पतिवार के दिन होती है वह विद्वान्, सज्जन, अधिक लोक (संसार) का ज्ञाता कला शास्त्र का जानने वाला, पवित्र, प्रतिभाशाली, चतुर और धैर्यवान् जातक होता है ॥ ५ ॥

जा० भ० में कहा है—विद्वान् धनी सर्वगुणोपपन्नो मनोरमः क्षमापतिलब्धकामः । आचार्यवर्यश्च जनप्रियः स्याद्वारे गुरोर्यस्य नरस्य जन्म' ॥ ५ ॥

शुक्रवार में उत्पत्ति का फल—

प्रच्छन्नकार्यः सुमतिः जातः शुक्रस्य वासरे ।
सुधीः सद्बहुलोकज्ञः कलाशास्त्रविदः शुचिः ॥ ६ ॥

जिसकी उत्पत्ति शुक्रवार के दिन होती है वह खिड़की के (छिपकर) मार्ग से कार्य करने वाला, अच्छी बुद्धि से युक्त, विद्वान्, सज्जन, अधिक संसार का ज्ञाता, कला शास्त्र का जानने वाला और पवित्र जातक होता है ॥ ६ ॥

जा० भ० में कहा है—'सुनीलसत्कुञ्चितकेशपाशः प्रसन्नवेषो मतिमान् विशेषात् । शुक्लाम्बरः प्रीतिधरो नरः स्यात्सन्मार्गगो भार्गववारजन्मा' ॥ ६ ॥

शनिवार में उत्पत्ति का फल—

रूक्षदुर्बलदेहश्च मलिनोऽतिचलः खलः ।
रौद्रः क्रोधपरो नित्यं जनितः शनिवासरे ॥ ७ ॥

जिसकी उत्पत्ति शनिवार के दिन होती है वह शुष्क (सूखा) पतली देहवाला, दूषित, अधिक चञ्चल, दुष्ट, भयङ्कर और क्रोधी जातक होता है ॥ ७ ॥

जा० भ० में कहा है —'अकालसंप्राप्तजराप्रवृत्तिर्बलोज्झितो दुर्बलदेहयष्टिः । तमोगुणी क्रौर्यचयाभिभूतः शनेर्दिने जातजनुर्मनुष्यः' ॥ ७ ॥

नन्वत्र बारफलं सूर्योदयाद्वारप्रवृत्तेर्वा लेखनीयमिति चेदुच्यते । वारफलं सूर्योदयादेव लेखनीयं न तु वारप्रवृत्तेः ।

यदाह वसिष्ठः—

वारप्रवृत्तिविज्ञानं क्षणवारार्थमेव हि ।
अखिलेष्वेव कार्येषु दिनादिरुदयाद्भवेत् ॥ ८ ॥

पुलस्तिसिद्धान्तेऽपि—

अथ सावनमानेन वासराः सम्प्रकीर्तिताः ।
ते चार्कोदययोरेव विवरे तु समाः स्मृताः ॥ ९ ॥

शङ्का होती है कि यहाँ जो सात वारों का फल कहा गया है वह सूर्योदय से पूर्व वा पीछे वार प्रवृत्ति होने पर लिखना चाहिए या नहीं । उत्तर यहाँ जो वारों का फल वर्णित है वह सूर्योदय से वार मानकर ही है न कि वार प्रवृत्ति से वार मानकर फल कथन है जैसा कि वसिष्ठ ऋषि ने कहा है कि वार प्रवृत्ति का ज्ञान काल होरा ज्ञान के लिये ही है और अन्य समस्त कार्यों में सूर्योदय से ही वार प्रवृत्ति अङ्गीकार करके वारों का फल समझना चाहिए ॥ ८ ॥

अन्य भी पुलस्ति सिद्धान्त में कहा है कि सावन मान से अर्थात् उदय से उदय पर्यन्त सात वार हैं वे सातों वार दो उदयों के अन्तर में समान ही होते हैं। इसलिये उदय से उदय पर्यन्त वारों को मानकर फल का वर्णन ही यहाँ पर है ॥ ९ ॥

इति वारफलम्।

अथ नक्षत्रफलम्।

तत्र स्थूलनक्षत्रेभ्यः सूक्ष्मनक्षत्राणां प्राबल्याज्जन्मनि सूक्ष्मनक्षत्रफलं लेख्यं न तु स्थूलनक्षत्राणामिति चेन्न। यतो वसिष्ठेन सूक्ष्मनक्षत्राणां मूलभूताया बृहत्समजघन्यायाः प्रयोजनं विवाहजन्मादिषु निषेधपूर्वकं वस्तुसमर्घादिज्ञानार्थमेवोक्तम्।

तद्यथा—

एतानि जाघन्यसमादि ऋक्षाण्यत्रर्क्षसंज्ञे विनियोजितानि।
ज्ञात्वैवमेवं मणिजीवधातुमूलोर्णकर्पूररसादिकानाम् ॥ १ ॥
अर्घं वदेज्ज्योतिषिकः प्रजानां समर्घवस्तूत्तमसङ्ग्रहार्थम्।
नोद्वाहजन्मादिषु यत्र चोक्तं तत्राभिवृध्यै विनियोजनीयम् ॥ २ ॥

अब पृथक् पृथक् नक्षत्रों में पैदा होने वाले मनुष्य के फल को आगे बतलाया जाता है।

नक्षत्र फल बतलाने के लिये स्थूल नक्षत्रों से सूक्ष्म नक्षत्र प्रबल होने के कारण जन्म के समय में सूक्ष्म नक्षत्रों का फल लिखना चाहिए, न कि स्थूल नक्षत्रों का फल लिखना चाहिए किन्तु ऐसा होता नहीं है अर्थात् सूक्ष्म नक्षत्रों का फल जन्म के समय लिखा नहीं जाता है क्योंकि वसिष्ठ ऋषि ने सूक्ष्म नक्षत्रों की बृहत्, सम, जघन्या संज्ञा कहकर सूक्ष्म नक्षत्रों से वस्तुओं की तेजी व मन्दी का ज्ञान ही करना चाहिए न कि विवाह जन्मादि में सूक्ष्म नक्षत्र का उपयोग करना चाहिए ऐसा वसिष्ठ संहिता में कहा है।

पूर्वोक्त सूक्ष्म नक्षत्रों की जाघन्यादि संज्ञा का ज्ञान करके ही ज्योतिष शास्त्र वेत्ता को मणि, जीव, धातु, मूल, ऊन, कपूर आदि उत्तम पदार्थों के संग्रह हेतु जन कल्याणार्थं व वृद्धि के लिये तेजी मन्दी वस्तुओं की कहना चाहिये, न कि विवाह जन्मादि में सूक्ष्म नक्षत्रों के आधार पर फल कहना चाहिए ॥ १–२ ॥

नारदः—

अश्विनी नक्षत्र में जन्म का फल—

सुरूपः सुभगो दक्षो मतिमान् भूषणप्रियः।
अङ्गनावल्लभः शूरो यो जातश्चाश्विभे नरः ॥ ३ ॥

अब नारद ऋषि के मत से प्रत्येक नक्षत्र में उत्पन्न होने वाले मनुष्य के फल को कहते हैं।

जो अश्विनी नक्षत्र में जन्म लेता है वह स्वरूपवान्, सुन्दर ऐश्वर्यवान्, चतुर, बुद्धिमान्, अलङ्कार प्रिय, स्त्रियों का प्यारा और वीर जातक होता है ॥ ३ ॥

जा० भ० में कहा है—'सदैव सेवाभ्युदितो विनीतः सत्यान्वितः प्राप्तसमस्तसंपत्। योषाविभूषात्मजभूरितोषः स्यादश्विनी जन्मनि मानवस्य' ॥ ३ ॥

भरणी नक्षत्र में जन्म का फल—

कामोपचारकुशल सत्यवादो दृढव्रतः।
अरोगः सुभगो जातः भरण्यां लघुभुक् सुखी ॥ ४ ॥

जो भरणी नक्षत्र में जन्म लेता है वह विषय भोग के उपचारों में चतुर, सत्यभाषी, स्थिर संकल्पी, नीरोग, (स्वस्थ) भाग्यवान्, अल्प भोजी और सुखी जातक होता है ॥ ४ ॥

जा० भ० में कहा है—'सदापकीर्तिर्हि महापवादैर्नानाविनोदैश्च विनीतकालः। जलातिभीरुश्चपलः खलश्च प्राणी प्रणीतो भरणीभजात ॥ ४ ॥

कृत्तिका नक्षत्र में जन्म का फल—

तेजस्वी मतिमान् दाता बहुभुक् प्रमदाप्रियः।
गम्भीरः कुशलो मानी वन्हिनक्षत्रजः शिशुः ॥ ५ ॥

जो कृतिका नक्षत्र में जन्म लेता है वह तेजस्वी, बुद्धिमान्, दानी, अधिक खाने वाला, स्त्रियों का प्रेमी, गम्भीर, चतुर और अभिमानी जातक होता है ॥ ५ ॥

जा० भ० में कहा है—'क्षुधाधिकः सत्यधनैर्विहीनो वृथाटनोत्पन्नमतिः कृतघ्नः। कठोरवाग्गर्हितकर्मकृत्स्याच्चेत्कृत्तिका जन्मनि यस्य जन्तोः' ॥ ५ ॥

रोहिणी नक्षत्र में जन्म का फल—

सुरूपः स्थिरधीर्मानी भोगवान् सुरतप्रियः।
प्रियवाक् चतुरो दक्षस्तेजस्वी ब्रह्मधिष्ण्यजः ॥ ६ ॥

जो रोहिणी नक्षत्र में जन्म लेता है वह स्वरूपवान्, स्थिरबुद्धिवाला, अभिमानी, भोगी, रति प्रेमी, मधुरभाषी, चतुर और निपुण जातक होता है ॥ ६ ॥

जा० भ० में कहा है—'धर्मकर्मकुशलः कृषिबलश्चारुशीलविलसत्कलेवरः। वाग्विलासकलिताखिलाशयो रोहिणी भवति यस्य जन्मभम्' ॥ ६ ॥

मृगशिरा नक्षत्र में जन्म का फल—

उत्साही चपलो भीरुः धनी सामप्रियः शुचिः।
आगमज्ञः प्रभुर्विद्वान् चन्द्रनक्षत्रजः पटुः ॥ ७ ॥

जो मृगशिरा नक्षत्र में जन्म लेता है वह उत्साही, चपल, डरपोक, धनवान्, शान्ति प्रेमी, पवित्र, आगम (तन्त्र) का जानने वाला, समर्थ, पण्डित और चतुर जातक होता है ॥ ७ ॥

जा० भ० में कहा है—'शरासनाभ्यासरतो विनीतः सदानुरक्तो गुणिनां गुणेषु। भोक्ता नृपस्नेहभरेण पूर्णः सन्मार्गवृत्तो मृगजातजन्मा' ॥ ७ ॥

आर्द्रा नक्षत्र में जन्म का फल—

अभिचारपरः शूरः क्रयविक्रयनैपुणः।
गवां हिंस्रश्चण्डरतिः कृतघ्नः शिवधिष्ण्यजः ॥ ८ ॥

जो आर्द्रा नक्षत्र में जन्म लेता है वह तान्त्रिक कार्यों में तत्पर, वीर, खरीदने व बेचने में चतुर, गाय को मारने वाला, उग्र प्रकृति और कृतघ्न जातक होता है ॥ ८ ॥

जा० भ० में कहा है—'क्षुधाधिकोरूक्षशरीरकान्तिर्बन्धुप्रियः कोपयुतः कृतघ्नः। प्रसूतिकाले च भवेत्किलार्द्रा दयार्द्रचेता न भवेन्मनुष्यः' ॥ ८ ॥

पुनर्वसु नक्षत्र में जन्म का फल—

दुर्मेधावान् दर्शनीयः परस्त्रीकार्यनैपुणः।
सहिष्णुरल्पसंतुष्टः शीघ्रगोऽदितिधिष्ण्यजः ॥ ९ ॥

जो पुनर्वसु नक्षत्र में जन्म लेता है वह कुत्सित बुद्धि वाला, देखने के योग्य अर्थात् सुन्दर, सहनशील, थोड़े में संतोष करने वाला और जल्दी चलने वाला जातक होता है ॥

जा० भ० में कहा है—'प्रभूतमित्रः कृतशास्त्रयत्नः सद्रत्नचामीकरभूषणाढ्यः। दाता प्रतापी वसुधा वसुश्च पुनर्वसुर्यस्य भवेत्प्रसूतौ' ॥ ९ ॥

पुष्य नक्षत्र में जन्म का फल—

सुभगः प्रथितः शूरः कृपालुर्धार्मिको धनी।
कलाभिज्ञः सत्यरतः कामो पुष्यर्क्षजो लघुः ॥ १० ॥

जो पुष्य नक्षत्र में जन्म लेता है वह सुन्दर भाग्यशाली, प्रसिद्ध, वीर, कृपालु, धर्मात्मा, धनवान्, कलाओं का ज्ञाता, सत्य में लीन और कामी व छोटा जातक होता है ॥ १० ॥

जा० भ० में कहा है—'प्रसन्नगात्रः पितृमातृभक्तः स्वधर्मसक्तो विनयाभियुक्तः। भवेन्मनुष्यः खलु पुष्य जन्मा सन्माननानाधनवाहनाढ्यः' ॥ १० ॥

आश्लेषा नक्षत्र में जन्म का फल—

धूर्तः क्रूरः क्रूरचेष्टः परदाररतः शठः।
अवक्रो व्यसनी दान्तः सर्पनक्षत्रजो नरः ॥ ११ ॥

जो आश्लेषा नक्षत्र में जन्म लेता है वह ठग या जुआरी, पापी, उग्र इच्छा वाला, दूसरे की स्त्री में लीन, सीधा, व्यसनी और तपस्या के क्लेश को सहने वाला जातक होता है ॥ ११ ॥

जा० भ० में कहा है—वृथाटनः स्यादतिदुष्टचेष्टः कष्टप्रदश्चापि वृथा जनानाम्। सार्पेसदर्थो हि वृथार्पितार्थः कन्दर्पसंतप्तमना मनुष्यः' ॥ ११ ॥

मघा नक्षत्र में जन्म का फल—

स्थूलः स्थूलहनुः कुक्षी कोपी वक्ता सहप्रभुः।
सुरगुर्वचनरतस्तेजस्वी पितृधिष्ण्यजः ॥ ११ ॥

जो मघा नक्षत्र में जन्म लेता है वह मोटा, मोटी ठुड्डी वाला, मोटा पेट वाला, क्रोधी वादी, सहन करने में समर्थ, देवता व गुरुजनों की पूजा करने वाला और तेजस्वी जातक होता है ॥ १२ ॥

जा० भ० में कहा है—'कठोरचित्तः पितृभक्तियुक्तस्तीव्रस्वभावस्त्वनवद्यविद्यः। चेज्जन्मभं यस्य मघानघः सन्मतिः सदारातिविघातदक्षः' ॥ १२ ॥

पूर्वा फाल्गुनी नक्षत्र में जन्म का फल—

द्युतिमानटनो दाता नृत्यशास्त्रविशारदः।
कार्याकार्यविचारज्ञो भाग्यनक्षत्रजः पटुः ॥ १३ ॥

जो पूर्वा फाल्गुनी नक्षत्र में जन्म लेता है वह तेजस्वी, घूमने वाला, नृत्य शास्त्र में परिपूर्ण और करने व न करने योग्य कर्मों का ज्ञान करने वाला जातक होता है ॥ १३ ॥

जा० भ० में कहा है–'शूरस्त्यागी साहसी भूरिभर्त्ता कामार्तोऽपि स्याच्छिरालोऽतिदक्षः। धूर्तः क्रूरोऽत्यन्तसञ्जातगर्वः पूर्वाफाल्गुन्यस्ति चेज्जन्मकाले' ॥ १३ ॥

उत्तराफाल्गुनी नक्षत्र में जन्म का फल—

जितशत्रुः सुखी भोगी प्रमदा मदनः कविः।
कलाभिज्ञः सत्यरतः सुविद्वानर्यमर्क्षजः ॥ १४ ॥

जो उत्तरा फाल्गुनी में जन्म लेता है वह शत्रु को जीतने वाला, सुखी, भोगी, स्त्रियों के लिये कामी, कवि, कलाओं का ज्ञाता, सत्य में तत्पर और अच्छा पण्डित जातक होता है ॥ १४ ॥

जा० भ० में कहा है—'दाता दयालुः सुतरां सुशीलो विशालकीर्तिर्नृपतिप्रधानः। धीरो नरोऽत्यन्तमृदुर्नरः स्याच्चेदुत्तराफाल्गुनिकाप्रसूतौ' ॥ १४ ॥

हस्त नक्षत्र में जन्म का फल—

मेधावी तस्करोत्साही परकार्यरतो भटः।
परदेशगतः शूरः स्त्रीलोलः सूर्यधिष्ण्यजः ॥ १५ ॥

जो हस्त नक्षत्र में जन्म लेता है वह बुद्धिमान्, चोर, उत्साही, दूसरे का कार्य करने वाला, योधा, परदेशवासी, वीर और स्त्री में चञ्चल जातक होता है ॥ १५ ॥

जा० भ० में कहा है—'दाता मनस्वी सुतरां यशस्वी भूदेवदेवार्चनकृत्प्रयत्नः। प्रसूतिकाले यदि यस्य हस्तो हस्तोदगता यस्य समस्तसंपत्' ॥ १५ ॥

चित्रा नक्षत्र में जन्म का फल—

चित्रमाल्याम्बरधरः कामशास्त्रविशारदः।
द्युतिमान् धनवान् भोगी पण्डितस्त्वाष्ट्रधिष्ण्यजः ॥ १६ ॥

जो चित्रा नक्षत्र में जन्म लेता है वह अनेक प्रकार की माला वस्त्रों को धारण करने वाला, कामशास्त्र में चतुर, कान्तिमान्, धनी, भोगी और विद्वान् जातक होता है ॥ १६ ॥

जा० भ० में कहा है—'प्रतापसंतापितशत्रुपक्षो नयेऽतिदक्षश्च विचित्रवासा। प्रसूतिकाले यदि यस्य चित्रा बुद्धिर्विचित्रा खलु तस्य शास्त्रे' ॥ १६ ॥

स्वाती नक्षत्र में जन्म का फल—

धार्मिकः प्रियवाक्शूरः क्रयविक्रयनैपुणः ।
कामी बहुश्रुतो दान्तो विद्यावान् मारुतर्क्षजः ॥ १७ ॥

जो स्वाती नक्षत्र में जन्म लेता है वह धर्मात्मा, मधुरभाषी, वीर, खरीदने व बेचने में चतुर, कामी (विषयी) अधिक जानने वाला, तप के कष्ट को सहने वाला और विद्वान् जातक होता है ॥ १७ ॥

जा० भ० में कहा है –'कन्दर्परूपः प्रभया समेतः कान्तापरप्रीतिरतिप्रसन्नः । स्वाती प्रसूतौ मनुजस्य यस्य महीपतिप्राप्तविभूतियुक्तः' ॥ १७ ॥

विशाखा नक्षत्र में जन्म का फल—

अभ्यसूयापरः श्लक्ष्णो भाषापटुररिन्दमः ।
जितेन्द्रियोऽर्थवाल्लुब्धो विशाखायां समुद्भवः ॥ १८ ॥

जो विशाखा नक्षत्र में जन्म लेता है वह निन्दक, चिकना; बोलने में चतुर, शत्रुओं को मारने वाला, जितेन्द्रिय, धनी और लोभी जातक होता है ॥ १८ ॥

जा० भ० में कहा है—'सदानुरक्तोऽग्निसुरक्रियायां धातुक्रियायामपि चोग्रसौम्यः । यस्य प्रसूतौ च भवेद्विशाखा सखा न कस्यापि भवेन्मनुष्यः' ॥ १८ ॥

अनुराधा नक्षत्र में जन्म का फल—

नृपकार्यरतः शूरो विदेशस्थोऽङ्गनाप्रियः ।
सुरूपो छन्नपापश्च पिङ्गलो मैत्रधिष्ण्यजः ॥ १९ ॥

जो अनुराधा नक्षत्र में जन्म लेता है वह राजकार्य में तत्पर या राज कर्मचारी, वीर, परदेशवासी, स्त्रियों का प्रेमी, स्वरूपवान्, छिपकर पाप करने वाला और पिङ्गल जातक होता है ॥ १९ ॥

जा० भ० में कहा है—'सत्कान्तिकीर्तिश्च सदोत्सवः स्याज्जेता रिपूणां च कला-प्रवीणः । स्यात्संभवे यस्य किलानुराधा संपद्विशाला विविधा च तस्य' ॥ १९ ॥

ज्येष्ठा नक्षत्र में जन्म का फल—

बहुव्ययकरः क्लेशसहः कामी दुरासदः ।
क्रूरचेष्टो मृषाभाषी धनवानिन्द्रधिष्ण्यजः ॥ २० ॥

जो ज्येष्ठा नक्षत्र में जन्म लेता है वह अधिक खर्च करने वाला, दुःख को सहन करने वाला, विषयी, शाप देने वाला, उग्र प्रकृति, झूठ बोलने वाला और धनी जातक होता है ॥ २० ॥

जा० भ० में कहा है—'सत्कीर्तिकान्तिर्विभुता समेतो वित्तान्वितोत्यन्तलसत्प्रतापः । श्रेष्ठः प्रतिष्ठो वदतां वरिष्ठो ज्येष्ठोद्भवः स्यात्पुरुषो विशेषात्' ॥ २० ॥

मूल नक्षत्र में जन्म का फल—

हिंस्रो मानी धनी भोगी परकार्यप्रकाशकः ।
मिथ्योपचारः स्त्रीलोभी श्लक्ष्णो नैऋतिधिष्ण्यज ॥ २१ ॥

जो मूल नक्षत्र में जन्म लेता है वह हिंसा करने वाला, अभिमानी, धनी, भोगी, दूसरे के कार्यों का प्रकाश करने वाला, झूठ बोलने वाला, स्त्रियों का लुब्धक और शिथिल जातक होता है ॥ २१ ॥

जा० भ० में कहा है—'सुखेन युक्तो धनवाहनाढ्यो हिंस्रो बलाढ्यः स्थिरकर्मकर्ता। प्रतापितारातिजनो मनुष्यो मूले कृती स्याज्जननं प्रपन्नः' ॥ २१ ॥

पूर्वाषाढ़ा नक्षत्र में जन्म का फल—

सकलत्रः कामचारः कुशलो दृढसौहृदः।
क्लेशभाग्वीर्यवान् मानी जलनक्षत्रसंभवः॥ २२ ॥

जो पूर्वाषाढ़ा नक्षत्र में जन्म लेता है वह स्त्री सहित स्वच्छन्द घूमने वाला, चतुर, स्थिर मैत्री वाला, दुःख भोगी, शूर और अभिमानी जातक होता है ॥ २२ ॥

जा० भ० में कहा है—'भूयोभूयस्तोयपानानुरक्तो भोक्ता चञ्चद्वाग्विलासः सुशीलः। नूनं संपञ्जायते तस्य गाढा पूर्वाषाढ़ा जन्मभं यस्य पुंसः' ॥ २२ ॥

उत्तराषाढ़ा नक्षत्र में जन्म का फल—

कृतज्ञो धार्मिकः शूरो बहुपुत्रो विनीतवान्।
सुकलत्रः सुरूपश्च वैश्वनक्षत्रसंभवः॥ २३ ॥

जो उत्तराषाढ़ा नक्षत्र में जन्म लेता है वह कृतज्ञ, धर्मात्मा, वीर, अधिक पुत्रों से युक्त, विनयी, सुन्दर स्त्री वाला और स्वरूपवान् जातक होता है ॥ २३ ॥

जा० भ० में कहा है—'दाता दयावान् विजयी विनीतः सत्कर्मकर्ता विभुता समेतः। कान्तासुतावाप्तसुखो नितान्तं वैश्वे सुवेषः पुरुषोऽभिमानी' ॥ २३ ॥

श्रवण नक्षत्र में जन्म का फल—

उदारदारः श्रुतिवान् श्रीमान् वक्ता धनान्वितः।
काव्यकृत्सुरताभिज्ञो धार्मिकः श्रवणर्क्षजः॥ २४ ॥

जो श्रवण नक्षत्र में जन्म लेता है वह उदार स्त्री से युत, शास्त्रज्ञ, लक्ष्मीवान्, वक्ता, धन से युक्त, काव्य की रचना करने वाला, रतिक्रिया का ज्ञाता और धर्मात्मा जातक होता है ॥ २४ ॥

जा० भ० में कहा है—'शास्त्रानुरक्तो बहुपुत्रमित्रः सत्पात्रभक्तिर्विजितारिपक्षः। प्राणी पुराणश्रवणप्रवीणश्चेज्जन्मकाले श्रवणं हि यस्य' ॥ २४ ॥

धनिष्ठा नक्षत्र में जन्म का फल—

धार्मिको व्यसनी लुब्धो नृत्यगीताङ्गनाप्रियः।
सामैकसाध्यस्तेजस्वी वीर्यवान् वसुधिष्ण्यजः॥ २५ ॥

जो धनिष्ठा नक्षत्र में जन्म लेता है वह धर्मात्मा, व्यसनी, लोभी, नाचने गाने व स्त्रियों का प्रेमी, शान्ति से ही सिद्धि करने योग्य, तेजस्वी और वीर जातक होता है ॥ २५ ॥

जा० भा० में कहा है—'आचारदातादरचारुशीलो धनाधिशाली बलवान् कृपालुः। यस्य प्रसूतौ च भवेद्धनिष्ठा महाप्रतिष्ठासहितो नरः स्यात्' ॥ २५ ॥

शतभिषा नक्षत्र में जन्म का फल—

दुर्गाढ्यो व्यसनी क्रूरः क्षयवृद्धियुतः शठः ।
परदाररतः शूरः शततारर्क्षसंभवः ॥ २६ ॥

जो शतभिषा नक्षत्र में जन्म लेता है वह किले से युक्त, व्यसनी, क्रूर (अशुभ), घटने बढ़ने वाला, शठ, दूसरे की स्त्री में लीन और वीर जातक होता है ॥ २६ ॥

जा० भ० में कहा है—'शीतभीरुरतिसाहसो सदा निष्ठुरो हि चतुरो नरो भवेत् । वैरिणामतिशयेन दारुणो वारुणोडु यदि यस्य संभवे' ॥ २६ ॥

पूर्वाभाद्रपदा नक्षत्र में जन्म का फल—

उद्विग्नः स्त्रीजितः शाठ्यः परनिन्दापरायणः ।
दांभिको दुःसहः शूरश्चाजपाद्धिष्ण्यसंभवः ॥ २७ ॥

जो पूर्वाभाद्रपदा नक्षत्र में जन्म लेता है वह उद्विग्न (चिन्तित) स्त्री से पराजित, शठ, दूसरे की बुराई करने में सतत प्रयत्नशील, ढोंगी और असह्य वीर जातक होता है ॥२७॥

जा० भ० में कहा है—'जितेन्द्रियः सर्वकलासु दक्षो जितारिपक्षः खलु तस्य नित्यम् । भवेन्मनीषा सुतरामपूर्वा पूर्वा यदा भाद्रपदा प्रसूतौ ॥ २७ ॥

उत्तराभाद्रपदा नक्षत्र में जन्म का फल—

प्रजावान् धार्मिको वक्ता जितशत्रुः सुखी विभुः ।
दृढव्रतः सदा कामी अहिर्बुध्न्यभसंभवः ॥ २८ ॥

जो उत्तरा भाद्रपद नक्षत्र में जन्म लेता है वह सन्तान से युक्त, धर्मात्मा, बक्ता, शत्रुओं को जीतने वाला, सुखी, समर्थ, स्थिर प्रतिज्ञा वाला और सर्वदा विषयी जातक होता है ॥ २८ ॥

जा० भ० में कहा है—'कुलस्य मध्येऽधिकभूषणञ्च नात्युच्चदेहः शुभकर्मकर्ता । यस्योत्तराभाद्रपदा च जन्यां धन्यां लभेन्मां च भवेद्वदान्यः' ॥ २८ ॥

रेवती नक्षत्र में जन्म का फल—

रूपवान् धनवान् भोगी पण्डितश्च जलार्थकः ।
कामी दुर्गर्वितः शूरः पौष्णजः परदेशगः ॥ २९ ॥

जो रेवती नक्षत्र में जन्म लेता है वह स्वरूपवान्, धनी, भोगी, विद्वान्, जल की इच्छा करने वाला, कामी, दूषित अभिमानी और वीर जातक होता है ॥ २९ ॥

जा० भ० में कहा है— चारुशीलविभवो जितेन्द्रियः सद्धनानुभवनैकमानसः । मानवो ननु भवेन्महामती रेवती भवति यस्य जन्मभम्' ॥ २९ ॥

विशेष—नक्षत्र २७ होते हैं जिनके फल पूर्व में कहे जा चुके हैं। मतान्तर से २७ सत्ताईस से अतिरिक्त अट्ठाईसवाँ अभिजित् नाम का नक्षत्र होता है । इसकी स्थिति उत्तराषाढ़ नक्षत्र की अन्तिम १५ घटी तथा श्रवण नक्षत्र के आरम्भ की ४ घटी का योग १९ घटी इसका भोग माना जाता है ।

यहाँ पर अभिजित् में पैदा होने वाले का फल नहीं है किन्तु जातकाभरण में उपलब्ध होने से पाठकों की जिज्ञासा के लिये देना अनुचित न होगा ।

यथा—'अतिसुललितकान्तिः सम्मतः सज्जनानां ननु भवति विनीतश्चारुकीर्तिः सुरुपः। द्विजवरसुरभक्तिर्व्यक्तवाङ्मानवः स्यादभिजिति यदि सूतिर्भूपतिः स स्ववंशे'।

अर्थ—जो रेवती नक्षत्र में जन्म लेता है वह अत्यन्त सुन्दर, सज्जनों में प्रतिष्ठित, नम्र, यशस्वो, स्वरूपवान्, देवता व ब्राह्मणों का भक्त, प्रकट (स्पष्ट) भाषी और कुल में जातक राजा होता है ॥ २९ ॥

अत्र विशेषमाह कश्यपः—

जन्मभे जन्मसमये पापग्रहसमन्विते।
गुणाश्च निर्गुणाः सर्वे शुभयुक्तेऽगुणा गुणाः ॥ ३० ॥

जन्मर्क्षे शुभपापग्रहयोगरहिते गुणा गुणाः स्युः दोषाश्च दोषाः स्युरित्यर्थः। अथ जन्मनि कुल अकुल कुलाकुल नक्षत्राणां फलं तत्रैव।

कुलयोगे प्रसूता ये कुलोत्कृष्टा भवन्ति ते।
अकुलेनास्य भोक्तारो मध्यमाश्च कुलाकुले ॥ ३१ ॥

वसिष्ठसंहितायामपि—

कुलभेषु च ये जातास्ते मनुजाः भवन्ति मुख्याः।
उपकुलभे परविभवान् भोक्तारस्त्वन्यभेषु सामान्याः ॥ ३२ ॥
कुलादिकं प्रसिद्धमेव।

अथ जन्मनि नक्षत्रवशेन प्रकृतिज्ञानमुक्तं शौनकेन—

अवस्थिरा च प्रकृतिः क्षमी चालस्य संयुतः।
चरे चलस्वभावः स्याद्गदतः सर्वभक्षकः ॥ ३३ ॥
उग्रे तथोग्रप्रकृतिर्वधबन्धरुचिः सदा।
मिश्रे तु मिश्रप्रकृतिः समता शत्रुमित्रयोः ॥ ३४ ॥
लघुभे लघुभोगार्धं सर्वदा प्रकृतिर्भवेत्।
मृदुभे च दयायुक्तो गन्धमाल्यप्रियो भवेत् ॥ ३५ ॥
तीक्ष्णभे कलहो नित्यं दुर्वक्ता तु मलीमसः।

इति नक्षत्रफलम्।

यहाँ नक्षत्र फल कथन में कश्यप ऋषि ने जो विशेषता बतलाई है अब उसे कहते हैं।

यदि जन्म के समय में जन्म नक्षत्र पापग्रह से युक्त हो तो गुण कारक फल अर्थात् अच्छा फल दूषित हो जाता है तथा शुभग्रह से जन्म नक्षत्र युत होने पर बुरा फल अच्छा हो जाता है। इससे यह निष्कर्ष निकलता है कि जन्म नक्षत्र शुभ पाप से रहित हो तो गुण गुण कारक व दोष दोष कारक अर्थात् पूर्वोक्त अच्छा बुरा फल जन्म नक्षत्र शुभ पाप ग्रहों से रहित हो तो होता है ॥ ३० ॥

अब नक्षत्रों की कुल, अकुल, कुलाकुल संख्या वश से अर्थात् जन्म नक्षत्र जिस कुलादि संज्ञा में हो इसके आधार पर फल को कहते हैं।

यदि जातक का जन्म नक्षत्र कुल संज्ञा में हो तो वह कुल में श्रेष्ठ, अकुल संज्ञक में हो तो भोगी और कुलाकुल संज्ञक में जन्म नक्षत्र हो तो जातक मध्यम होता है ॥ ३१ ॥

इसी प्रकार वसिष्ठ संहिता में भी कहा है कि जिसकी कुल संज्ञक नक्षत्र में उत्पत्ति होती है वह प्रधान होता है तथा अकुल संज्ञक में जन्म लेने वाला दूसरे की संपत्ति का भोगी और कुलाकुल में जन्म होने पर मनुष्य साधारण व्यक्ति होता है ॥ ३२ ॥

विशेष—नक्षत्रों की कुलादि संज्ञा तो प्रसिद्ध है। नरपति जयचर्या में कहा है—'वारुणार्द्राभिजिन्मूलं कुलाकुलमुदीरितम्। कुलानि समधिष्ण्यानि शेषभान्यकुलानि तु'। अर्थ—शतभिषा आर्द्रा, अभिजित् मूल की कुलाकुल, भरणी, रोहिणी पुष्य, मघा, उत्तरा फाल्गुनी, चित्रा, विशाखा, ज्येष्ठा, पूर्वाषाढ़ा, श्रवण, उत्तराभाद्रपद इन नक्षत्रों की कुल और अश्विनी, कृत्तिका, मृगशिरा, पुनर्वसु, श्लेषा, पूर्वाफाल्गुनी, हस्त, स्वाती, अनुराधा, उत्तराषाढ़ा, धनिष्ठा पूर्वाभाद्रपद, रेवती की अकुल संज्ञा होती है।

नक्षत्रों के अतिरिक्त तिथि व वारों की कुलादि संज्ञा भी नरपति जयचर्या में प्राप्त होती है। यथा—द्वितीया दशमी षष्ठी व बुधवार की कुलाकुल, चतुर्थी, अष्टमी, द्वादशी, चौदस एवं भौम शुक्रवार की कुल संज्ञा और प्रतिपदा, तृतीया, पञ्चमी, सप्तमी, नवमी, एकादशी, त्रयोदशी, पूर्णिमा तथा सूर्य, चन्द्र, गुरु, शनिवार की अकुल संज्ञा होती है। नरपतिजयचर्या में कहा है—'द्वितीया दशमी षष्ठी कुलाकुलमुदाहृतम्। विषमा अकुलाः सर्वाः शेषाश्च तिथयः कुलाः। रविचन्द्रौ गुरुः सौरिश्चत्वारो ह्यकुला मताः। भौमशुक्रौ कुलाख्यौ च बुधवारः कुलाकुलः' ॥ ३२ ॥

शौनक ऋषि ने जन्म नक्षत्र के आधार पर जातक की प्रकृति के विषय में जो कहा है अब उसे कहते हैं। यदि जातक का जन्म ध्रुव संज्ञक नक्षत्र में हो तो वह स्थिर प्रकृति वाला, क्षमावान् और आलसी, यदि चर संज्ञक नक्षत्र में हो तो चञ्चल स्वभाव का और वाणी से सबको खाने वाला, उग्र नक्षत्र में उग्र प्रकृति, हिंसा और बन्धन में सदा इच्छा रखने वाला, मिश्र नक्षत्र में मिली जुली प्रकृति का और शत्रू व मित्र से समान भाव व्यक्त करने वाला; लघु संज्ञक नक्षत्र में सर्वदा अल्पभोगी, मृदु में दयालु और इत्र पुष्प का प्रेमी तथा तीक्ष्ण नक्षत्र में यदि जातक का जन्म हो तो वह प्रतिदिन कलह करने वाला, दूषित (बुरा) बोलने वाला और मलिन होता है ॥ ३३-३५ ॥

अथ नक्षत्रचरणफलं यवनजातके—

जन्म के समय में अश्विनी नक्षत्र के चारों चरण का फल—

अश्विन्याः प्रथमे पादे जातो भवति तस्करः।
द्वितीये बाल्यकर्मा च तृतीये सुभगो भवेत् ॥ १ ॥
पादे चतुर्थके भोगी दीर्घायुर्जायते नरः।

अब यवन जातक के आधार पर नक्षत्रों के ४ चरणों के फल को कहते हैं।

यदि जन्म के समय में अश्विनी नक्षत्र का प्रथम चरण हो तो जातक चोर, द्वितीय चरण हो तो बालक की तरह कार्य करने वाला, तृतीय चरण हो तो अच्छा भाग्यशाली

या ऐश्वर्यवान् और अश्विनी नक्षत्र के चौथे चरण में जन्म लेने वाला भोगी एवं दीर्घायु होता है ॥ १–१½ ॥

जन्म के समय में भरणी नक्षत्र के चारों चरण का फल—

त्यागी याम्याद्यपादे स्याद्द्वितीये धनवान् सुखी ॥ २ ॥
तृतीये क्रूरकर्मा च चतुर्थेंऽङ्घ्रौ दरिद्रभाक् ।

यदि जन्म के समय में भरणी नक्षत्र का प्रथम चरण हो तो जातक त्यागी, दूसरा चरण हो तो धनी व सुखी, तीसरा चरण हो तो उग्र कार्य कर्त्ता और भरणी नक्षत्र के चौथे चरण में जन्म लेने वाला दरिद्रता भोगने वाला या दरिद्री या निर्धन होता है ॥ १½–२½ ॥

जन्म के समय में कृत्तिका नक्षत्र के चारों चरण का फल

वन्ह्यर्क्षे प्रसवं बालं तेजिष्ठं प्रथमांशके ॥ ३ ॥
द्वितीये शास्त्रविज्ञानं तृतीये शोकभाग् भवेत् ।
दीर्घायुर्बहुपुत्रश्च चतुर्थ चरणेभवेत् ॥ ४ ॥

यदि जन्म के समय में कृत्तिका नक्षत्र का प्रथम चरण हो तो जातक तेजस्वी, द्वितीय चरण हो तो विज्ञान शास्त्र का ज्ञाता, तृतीय हो तो शोक भोगी और कृत्तिका के चौथे चरण में जन्म लेने वाला दीर्घ जीवी और अधिक पुत्रों से युत होता है ॥ २½-४ ॥

जन्म के समय में रोहिणी नक्षत्र के चारों चरण का फल—

सौभाग्यत्वं तथा पीडा भीरुत्वं सत्यवादिता ।
रोहिणी संभवस्यैव फलं पादचतुष्टये ॥ ५ ॥

यदि जन्म के समय में रोहिणी नक्षत्र का प्रथम चरण हो तो जातक पूर्णभाग्यशाली, द्वितीय चरण हो तो पीड़ित, तृतीय चरण हो तो डरपोक और चौथे चरण में जन्म लेने वाला सत्यभाषी होता है ॥ ५ ॥

जन्म के समय में मृगशिरा नक्षत्र के चारों चरण का फल—

नृपतिस्तस्करो भोगी धनधान्यसमन्वितः ।
क्रमेण मृगशीर्षस्य फलं पादचतुष्टये ॥ ६ ॥

यदि जन्म के समय में मृगशिरा नक्षत्र का पहिला चरण हो तो जातक राजा, दूसरा चरण हो तो चोर, तीसरा चरण हो तो भोगी और मृगशिरा नक्षत्र के चौथे चरण में जन्म लेने वाला धनधान्य से युक्त होता है ॥ ६ ॥

जन्म के समय में आर्द्रा नक्षत्र के चारों चरण का फल—

रौद्रर्क्षप्रभवो बालो भवेत् पादचतुष्टये ।
व्ययी दरिद्री स्वल्पायुस्तस्करश्च यथाक्रमम् ॥ ७ ॥

यदि जन्म के समय में आर्द्रा नक्षत्र का पहिला चरण हो तो जातक व्यय अर्थात् खर्चीला, दूसरा चरण हो तो दरिद्री अर्थात् निर्धन, तीसरा चरण हो तो अल्प अवस्था वाला और आर्द्रा नक्षत्र के चौथे चरण में जन्म लेने वाला चोर होता है ॥ ७ ॥

जन्म के समय में पुनर्वसु नक्षत्र के चारों चरण का फल—

पुनर्वसुभवो बालः सुखी विद्वान् रुजान्वितः ।
मृषाभाषी भवेन्नित्यं क्रमात्पादचतुष्टये ॥ ८ ॥

यदि जन्म के समय में पुनर्वसु नक्षत्र का प्रथम चरण हो तो जातक सुखी, दूसरा चरण हो तो पंडित, तीसरा चरण हो तो रोगी और पुनर्वसु नक्षत्र के चौथे चरण में जन्म लेने वाला असत्यभाषी होता है ॥ ८ ॥

जन्म के समय में पुष्य नक्षत्र के चारों चरण का फल—

दीर्घायुस्तस्करो भोगी बुद्धिमान् जायते नरः ।
क्रमात्पादचतुर्थानां पुष्यभस्य प्रकीर्तितम् ॥ ९ ॥

यदि जन्म के समय में पुष्य नक्षत्र का प्रथम चरण हो तो जातक दीर्घजीवी, दूसरा चरण हो तो चोर, तीसरा चरण हो तो भोगी और पुष्य नक्षत्र के चौथे चरण में जन्म लेने वाला बुद्धिमान् होता है ॥ ९ ॥

जन्म के समय में आश्लेषा नक्षत्र के चारों चरण का फल—

अप्रजा परकार्यश्च रोगी च सुभगो भवेत् ।
सर्पर्क्षेऽङ्घ्रिचतुर्जातो गण्डान्ते चाल्पजीविनः ॥१०॥

यदि जन्म के समय में आश्लेषा नक्षत्र का प्रथम चरण हो तो जातक सन्तान से हीन, दूसरा चरण हो तो दूसरे का कार्य करने वाला, तीसरा हो तो रोगी और आश्लेषा के चौथे चरण में जन्म लेने वाला सुन्दर भाग्यवान् तथा गण्डान्त में अल्पायु होता है ॥ १० ॥

जन्म के समय में मघा नक्षत्र के चारों चरण का फल—

मघापादचतुर्जातश्चापुत्रो पुत्रवान् भवेत् ।
तीव्ररोगी पण्डितश्च जायते नात्र संशयः ॥११॥

यदि जन्म के समय में मघा नक्षत्र का पहिला चरण हो तो जातक पुत्र से रहित, दूसरा चरण हो तो पुत्र से युक्त, तीसरा हो तो कठिन रोग से ग्रसित और मघा नक्षत्र के चौथे चरण में जन्म लेने वाला विद्वान् होता है ॥ ११ ॥

जन्म के समय में पूर्वाफाल्गुनी नक्षत्र के चारों चरण का फल—

समर्थो धार्मिको राजा रोगी क्रूरोऽल्पजीविनः ।
पूर्वाफाल्गुनीजातस्य फलं पादचतुष्टये ॥१२॥

यदि जन्म के समय में पूर्वाफाल्गुनी नक्षत्र का प्रथम चरण हो तो जातक समर्थवान् अर्थात् शक्ति शाली, दूसरा चरण हो तो धर्मात्मा राजा, तीसरा हो तो रोगी और पूर्वा फाल्गुनी नक्षत्र के चौथे चरण में जन्म लेने वाला अशुभ एवं अल्पायु होता है ॥ १२ ॥

जन्म के समय में उत्तराफाल्गुनी नक्षत्र के चारों चरण का फल—

उत्तराफाल्गुनीपादचतुर्णां तद्भवस्य च ।
पण्डितः पृथिवीपालो विजयी धार्मिको भवेत् ॥१३॥

यदि जन्म के समय में उत्तरा फाल्गुनी नक्षत्र का पहिला चरण हो तो जातक विद्वान्, दूसरा चरण हो तो राजा, तीसरा चरण हो तो विजय प्राप्त करने वाला और उत्तरा-फाल्गुनी के चौथे चरण में जन्म लेने वाला धर्मात्मा पुरुष होता है ॥ १३ ॥

जन्म के समय में हस्त नक्षत्र के चारों चरण का फल—

हस्ते जातो यदा बालो शूरो वादी च रोगवान् ।
धनधान्ययुतः श्रीमान् फलं स्यात्प्रथमाङ्घ्रितः ॥१४॥

यदि जन्म के समय में हस्त नक्षत्र का पहिला चरण हो तो जातक वीर और बोलने वाला, दूसरा चरण हो तो रोगी, तीसरा चरण हो तो धनधान्य से युक्त और चौथे चरण में जन्म लेने वाला धनवान् होता है ॥ १४ ॥

जन्म के समय में चित्रा नक्षत्र के चारों चरण का फल—

चित्रायाःप्रथमात्पादात्फलं जातस्य कथ्यते ।
चोरश्चित्रकरः सः स्यात्परवादी च पण्डितः ॥१५॥

यदि जन्म के समय में चित्रा नक्षत्र का प्रथम चरण हो तो जातक चोर, दूसरा चरण हो तो चित्र (तस्वीर) बनाने वाला, तीसरा चरण हो तो दूसरे के पक्ष से बोलने वाला और चौथे चरण में जन्म लेने वाला विद्वान् होता है ॥ १५ ॥

जन्म के समय में स्वाती नक्षत्र के चारों चरण का फल—

स्वात्याद्यपादतः पुत्रसंभवस्य फलं क्रमात् ।
तस्करोऽल्पायुषो धर्मी नृपतिःस्यान्न संशयः ॥१६॥

यदि जन्म के समय में स्वाती नक्षत्र का प्रथम चरण हो तो जातक चोर, दूसरा चरण हो तो अल्पायु, तीसरा चरण हो तो धर्मात्मा और चौथे चरण में जन्म लेने वाला अवश्य राजा होता है ॥ १६ ॥

जन्म के समय में विशाखा नक्षत्र के चारों चरण का फल—

विशाखाजातपुत्रस्य फलं पादचतुष्टये ।
नीतिज्ञः शास्त्रवेत्ता च वादी दीर्घायुषो भवेत् ॥१७॥

यदि जन्म के समय में विशाखा नक्षत्र का प्रथम चरण हो तो जातक नीति का जानने वाला या न्याय वेत्ता, दूसरा चरण हो तो शास्त्रों का ज्ञाता, तीसरा चरण हो तो बोलने वाला चौथे चरण में जन्म लेने वाला दीर्घायु होता है ॥ १७ ॥

जन्म के समय अनुराधा नक्षत्र के चारों चरण का फल—

तीव्रो धर्मकरो दीर्घजीवी पुंश्चल्यसंयुतः ।
अनुराधाद्यपादादि जातस्य च फलं क्रमात् ॥१८॥

यदि जन्म के समय में अनुराधा नक्षत्र का पहिला चरण हो तो जातक तीखा या तेज दूसरा चरण हो तो धर्म करने वाला, तीसरा चरण हो तो दीर्घायु और चौथे चरण में जन्म लेने वाला चरित्र हीन स्त्री से युक्त होता है ॥ १८ ॥

जन्म के समय में ज्येष्ठा नक्षत्र के चारों चरण का फल—

क्रूरः भोगी सुविद्वांसः पुत्रवान् जायते नरः।
ज्येष्ठापादचतुष्कस्य जायते च फलं क्रमात्॥ १९॥

यदि जन्म के समय में ज्येष्ठा नक्षत्र का पहिला चरण हो तो जातक क्रूर (अशुभ) या उग्र प्रकृति वाला, दूसरा चरण हो तो भोगी, तीसरा चरण हो तो अच्छा पण्डित और चौथे चरण में जन्म लेने वाला पुत्रों से युत होता है॥ १९॥

जन्म के समय में मूल नक्षत्र के चारों चरण का फल—

भोगी त्यागी सुमित्रश्च नृपतिर्जायते नरः।
मूलाद्यपादजातस्य नरस्य च फलं क्रमात्॥ २०॥

यदि जन्म के समय में मूल नक्षत्र का पहिला चरण हो तो जातक भोगी, दूसरा चरण हो तो त्यागी, तीसरा चरण हो तो अच्छे मित्रों से युक्त और चौथे चरण में जन्म लेने वाला राजा होता है॥ २०॥

जन्म के समय में पूर्वाषाढ़ा नक्षत्र के चारों चरण का फल—

पूर्वाषाढाद्यपादादि जातस्य च क्रमादिति।
श्रेष्ठो राजा प्रियंवादी धनी भवति निश्चितम्॥ २१॥

यदि जन्म के समय में पूर्वाषाढ़ा नक्षत्र का पहिला चरण हो तो जातक श्रेष्ठ अर्थात् प्रधान, दूसरा चरण हो तो राजा, तीसरा चरण हो तो मीठा बोलने वाला और चौथे चरण में जन्म लेने वाला धनवान् होता है॥ २१॥

जन्म के समय में उत्तराषाढ़ा नक्षत्र के चारों चरण का फल—

उत्तराषाढ़जातस्य फलं पादचतुष्टये।
नृपो मित्रविरोधी च मानी धर्मरतो भवेत्॥ २२॥

यदि जन्म के समय में उत्तराषाढ़ा नक्षत्र का पहिला चरण हो तो जातक राजा, दूसरा चरण हो तो मित्रों का विरोध करने वाला तीसरा चरण हो तो अभिमानी और चौथे चरण में जन्म लेने वाला धर्मात्मा होता है॥ २२॥

जन्म के समय में श्रवण नक्षत्र के चारों चरण का फल—

शुभमानी शुभगुणो विद्वांश्च धार्मिको भवेत्।
श्रवणस्य चतुष्पादजातस्य च फलं क्रमात॥ २३॥

यदि जन्म के समय में श्रवण नक्षत्र का पहिला चरण हो तो जातक वास्तविक अभिमानी, दूसरा चरण हो तो अच्छा गुणी, तीसरा चरण हो तो पण्डित और चौथे चरण में जन्म लेने वाला धर्मात्मा होता है॥ २३॥

जन्म के समय में धनिष्ठा नक्षत्र के चारों चरण का फल—

दीर्घायुः पण्डितो भीरुर्महानारीचरो भवेत्।
धनिष्ठाप्रथमात्पादादुत्पन्नस्य यथा क्रमम्॥ २४॥

यदि जन्म के समय में धनिष्ठा नक्षत्र का पहिला चरण हो तो जातक दीर्घायु, दूसरा चरण हो तो विद्वान्, तीसरा चरण हो तो डरपोक और धनिष्ठा नक्षत्र के चौथे चरण में जन्म लेने वाला अधिकतर स्त्रियों के साथ या वश में रहने वाला होता है ॥ २४ ॥

जन्म के समय में शतभिषा नक्षत्र के चारों चरण का फल—

शतभिषाप्रथमाऽङ्घ्रौ च वाग्मी श्रीमान् द्वितीयके।
सुखी तृतीयके पादे चतुर्थे पुत्रवान् भवेत्। २५॥

यदि जन्म के समय में शतभिषा नक्षत्र का पहिला चरण हो तो जातक पण्डित, दूसरा चरण हो तो धनी, तीसरा चरण हो तो सुखी और शतभिषा के चौथे चरण में जन्म लेने वाला पुत्रों से युक्त होता है ॥ २५ ॥

जन्म के समय में पूर्वा भाद्रपद नक्षत्र के चारों चरण का फल—

शूरश्चौरो महाबुद्धिः पौरो भोगी भवेन्नरः।
पूर्वाभाद्रपदापादचतुष्कैः क्रमशः फलम् ॥ २६ ॥

यदि जन्म के समय में पूर्वाभाद्रपदा नक्षत्र का पहिला चरण हो तो जातक वीर, दूसरा चरण हो तो चोर, तीसरा चरण हो तो बड़ा बुद्धिमान् और पूर्वाभाद्रपदा नक्षत्र के चौथे चरण में जन्म लेने वाला नगर में भोगी होता है ॥ २६ ॥

जन्म के समय में उत्तराभाद्रपदा नक्षत्र के चारों चरण का फल—

अहिबुध्न्यक्रमात्पादचतुष्के संभवात्फलम्।
राजा च तस्करश्चैव पुत्रवान्ससुखी भवेत्॥ २७॥

यदि जन्म के समय में उत्तराभाद्रपदा नक्षत्र का पहिला चरण हो तो जातक राजा, दूसरा चरण हो तो चोर, तीसरा चरण हो तो पुत्रों से युत और उत्तराभाद्रपदा नक्षत्र के चौथे चरण में जन्म लेने वाला सुखों से युक्त होता है ॥ २७ ॥

जन्म के समय में रेवती नक्षत्र के चारों चरण का फल—

ज्ञानी च तस्करो युद्धे जयी च क्लेशभाग्भवेत्।
क्रमात्पादचतुष्कस्य रेवत्यां जायते फलम् ॥ २८ ॥

यदि जन्म के सयय में रेवती नक्षत्र का पहिला चरण हो तो जातक ज्ञानी, दूसरा चरण हो तो चोर, तीसरा चरण हो तो लड़ाई में जीतने वाला और रेवती नक्षत्र के चौथे चरण में जन्म लेने वाला दुःख भोगने वाला होता है ॥ २८ ॥

इति नक्षत्रचरणफलम्।

यह प्रत्येक नक्षत्रों के चारों चरण का फल समाप्त हुआ।

अथ पितृमात्रोर्जन्मादितरासु जातस्य फलमाह गर्गः

यस्यैव जन्मनक्षत्रे जायेत् भ्रातासुतोऽपि वा।
सजातीयः सजात्या वा सोऽस्य प्राणान् विनाशयेत् ॥ १ ।

संपत्करेऽपि जातस्य श्रेयस्कृत्तिष्ठते सदा।
नित्यं कलिसमं पश्येद्यो जायेत विपत्करे ॥ २ ॥
क्षेमेऽभिजातः पुरुषः सौम्यश्चैकान्तिको भवेत् ।
प्रत्यरिजो रिपुसमः नैधने तस्करो भवेत् ॥ ३ ॥
साधके सर्वकार्याणां साधकः स्याद‌तिप्रियः ।
मैत्रे परममैत्रे च परमित्रमतिप्रियः ॥ ४ ॥

तारागणना प्रसिद्धैव ।

अब पिता माता के जन्मादि तारा में उत्पन्न बालक के फल को गर्गाचार्य के वचन से कहते हैं । जो बालक या बालिका पिता या माता के जन्म नक्षत्र में पैदा होता है वह उसके (पिता या माता के) प्राणों को लेने वाला होता है ।

जो माता या पिता के जन्म नक्षत्र से दूसरे (संपत्कर तारा में) नक्षत्र में पैदा होता है वह सदा कल्याण करने वाला, तीसरे नक्षत्र में प्रतिदिन कलह करने वाला, चौथे (क्षेम तारा में) नक्षत्र में सरल स्वभाव का तथा एकान्त सेवी, पाँचवें (प्रत्यरि तारा में) नक्षत्र में शत्रु के सम, सातवें (वध तारा में) नक्षत्र में चोर, छटे (साधक तारा में) नक्षत्र में समस्त कार्यों को सिद्ध करने वाला, आठवें (मैत्र तारा में) नक्षत्र में अधिक प्रिय और नवें (अति मैत्र तारा में) नक्षत्र में पैदा होने वाला जातक परम मित्र व अधिक सुन्दर होता है । इसी प्रकार पिता माता के नक्षत्र से तीन आवृत्ति करके फल समझना चाहिए ॥ १–४ ॥

ताराओं की गणना तो प्रसिद्ध ही है ।

यथा मुहूर्तचिंतामणि में कहा है 'जन्माख्यसंपद्विपदक्षेमप्रत्यरिसाधकाः । वध मैत्रातिमैत्राः स्युस्तारा नाम सदृक्फलाः' । (४ प्र० १२ श्लो०) ॥ १–४ ॥

ऐसा ही नारद ऋषि ने कहा है—'जन्मसंपद्विपत्क्षेमप्रत्यरिः साधको वधः । मित्रं परममित्रं तु जन्मभाच्च पुनः पुनः' मु० चिं० ४ प्र० १२श्लो० पी० धा० टी०) ॥१–४॥

विशेष पिता या माता के नक्षत्र से तीन बार आवृत्ति करके जातक के जन्म नक्षत्र की तारा जानकर उससे फल जानना चाहिए । इन ताराओं का विचार कृष्ण पक्ष में जन्म होने पर ही करना चाहिए । इस तारा फलादेश में तीसरी, पांचवीं और सातवीं तारा ही अशुभ फल देने वाली और अवशिष्ट ६ तारा शुभावह होती हैं । कहा है—'जन्मतारा द्वितीया च षष्ठी चैव चतुर्थिका । अष्टमी नवमी चैव षट्कताराः शुभावहाः' । नारद ऋषि ने कहा है—'कृष्णे बलवती तारा शुक्लपक्षे बली शशी' । तथा रत्नमाला में भी कहा है—'न खलु बहुलपक्षे शीतरश्मेः प्रभावः कथितमिह हि तारा वीर्यमार्यैः प्रधानम्' ॥ १–४ ॥

अथ योगफलम्

यवनः—

विष्कंभ योग में जन्म का फल—

कान्तो बन्धुरतः श्रीमान् ग्रहदाररतः सदा ।
दक्षश्च सर्वकार्येषु विष्कुंभे जायते नरः ॥ १ ॥

अब २७ योगों में जन्म होने पर पृथक्-पृथक् फल को यवनाचार्य जी के आधार पर कहते हैं।

विष्कम्भ नाम के योग में जन्म लेने वाला जातक सुन्दर, बान्धव स्नेही, धनी, सदा घर की स्त्री में लीन अर्थात् स्त्री से संतुष्ट और समस्त कार्यों में चतुर होता है ॥ १ ॥

मानसागरी में कहा है—'विष्कुंभजातो मनुजो रूपवान् भाग्यवान् भवेत्। नानालङ्कारसंपूर्णो महाबुद्धिविशारदः' ॥ १ ॥

तथा जातकाभरण में—'शश्वत्कान्तापुत्रमित्रादि सौख्यं स्वातन्त्र्यं स्यात्सर्वकार्यप्रसङ्गे। चञ्चद्देहोत्पादने मानसं चेद्विष्कम्भे वै संभवो यस्य जन्तोः' ॥ १ ॥

प्रीति योग में जन्म का फल—

मार्गे रतः प्रियवचा धनधान्यगुणान्वितः।
प्रगल्भमानसंतुष्टः सस्त्रीकः प्रीतिजो नरः ॥ २ ॥

प्रीति नाम के योग में जन्म लेने वाला जातक घूमने वाला, मधुरभाषी, धन-धान्य व गुणों से युक्त, प्रौढ़, सम्मान से प्रसन्न और स्त्री से युक्त होता है ॥ २ ॥

मा० सा० में कहा है—प्रीतियोगे समुत्पन्नो योषितां वल्लभो भवेत्। तत्वज्ञश्च महोत्साही स्वार्थे नित्यकृतोद्यमः' ॥ २ ॥

तथा जा० भ० में भी—'वक्ता चञ्चद्रूपसंपत्तियुक्तो दातात्यन्तं स्यात्प्रसन्नाननश्च। जातानन्दः सद्विनोदप्रसङ्गाद्धर्मप्रीतिः प्रीतिजन्मा मनुष्यः' ॥ २ ॥

आयुष्मान् योग में जन्म का फल—

नीतिज्ञः स्थिरचित्तश्च बह्वदः कृत्यतत्परः।
आयुष्मान् जनितो बालो सर्वभोगसमन्वितः ॥ ३ ॥

आयुष्मान् नाम के योग में जन्म लेने वाला जातक नीति का जानने वाला, स्थिरचित्त, अधिक खाने वाला, कार्यों में तत्पर और समस्त भोगों से युत होता है ॥ ३ ॥

मा० सा० से कहा है—'आयुष्मान्नामयोगे च जातो मानो धनी कविः। दीर्घायुः सत्वसंपन्नो युद्धे चाप्यपराजितः' ॥ ३ ॥

तथा जा० भ० में भी—'अर्थाप्त्यर्थं साहसैरन्वितश्च नानास्थानोद्यानयानप्रवृत्तिः। यस्यायुष्मान् संभवे संभवेद्वै स्यादायुष्मान्मानवो मानयुक्तः' ॥ ३ ॥

सौभाग्य योग में जन्म का फल –

बहुवाक्यः शुभधनो निर्गुणो शुभवाक् सुधीः।
गन्धप्रियोऽपि सुभगो सौभाग्ये जनितो नरः ॥ ४ ॥

सौभाग्य नाम के योग में जन्म लेने वाला जातक अधिक बात बोलने वाला, अच्छा धनी, गुण से हीन, अच्छी वाणी वाला, पण्डित और इत्रादि का प्रेमी होने पर भी ऐश्वर्यवान् होता है ॥ ४ ॥

मा० सा० में कहा है—'सौभाग्ये च समुत्पन्नो राजमन्त्री स जायते। निपुणः सर्वकार्येषु वनितानाञ्च वल्लभः' ॥ ४ ॥

तथा जा० भ० में भी—'ज्ञानी धनी सत्यपरायणः स्यादाचारशीलो बलवान् विवेकी। सुश्लाघ्यसौभाग्यविराजमानः सौभाग्यजन्मा हि महाभिमानी' ॥ ४ ॥

शोभन योग में जन्म का फल—

मतिमांश्च गुणाढ्यश्च शोकयुक्तः सुतो भवेत्।
शोभने च नरो जातो धौतचित्तः सुनिर्मलः ॥ ५ ॥

शोभन नाम के योग में जन्म लेने वाला जातक बुद्धिमान्, गुणी, शोक से युत, पुत्र वाला और शुद्ध सुन्दर मल से हीन चित्तवाला होता है ॥ ५ ॥

मा० सा० में कहा है—'शोभने शोभनो बालो बहुपुत्रकलत्रवान्। आतुरः सर्व-कार्येषु युद्धभूमौ सदोत्सुकः' ॥ ५ ॥

तथा जा० भ० में भी—'सत्वरोऽतिचतुरः सदुत्तरश्चारुगौरवयुतश्च सन्मतिः। नित्यशोभनविधानतत्परः शोभनो भवति शोभनोद्भवः' ॥ ५ ॥

अतिगण्ड योग में जन्म का फल—

परवादरतः शूरः सत्ययुक्तश्च धार्मिकः।
परदाररतः कामी चातिगण्डे च जायते ॥ ६ ॥

अतिगण्ड नाम के योग में जन्म लेने वाला जातक दूसरे की निन्दा करने वाला, वीर, सत्य से युक्त, धर्मात्मा परस्त्रीगामी और विजयी होता है ॥ ६ ॥

मा० सा० में कहा है—'अतिगण्डे च यो जातो मातृहन्ता भवेच्च सः ॥ ६ ॥

तथा जा० भ० में भी—'सदामदो यो गलरुक्सरोषो विशालवक्त्राङ्घ्रिरतीवधूर्तः। कलिप्रियो दीर्घहनुर्मनुष्यः पाखण्डिकः स्यादतिगण्डजातः' ॥ ६ ॥

सुकर्मा योग में जन्म का फल—

दक्षश्च सर्वकार्येषु धनधान्यगुणान्वितः।
व्यापारकुशलो नित्यं सुकर्मणि नरो भवेत् ॥ ७ ॥

सुकर्मा नाम के योग में जन्म लेने वाला जातक समस्त कार्यों में चतुर, धनधान्य से युक्त, गुणी और प्रतिदिन व्यापार में सफल होता है ॥ ७ ॥

मा० सा० में कहा है—'सुकर्मा नाम योगे तु सुकर्मा जायते नरः। सर्वप्रीतः सुशीलश्च रोगी भोगी गुणाधिकः' ॥ ७ ॥

जा० भ० में भी कहा है—'हृष्टः सदा सर्वकलाप्रवीणः स साहसोत्साहसमन्वितश्च। परोपकारी सुतरां सुकर्मा भवेत्सुकर्मा परिसूतिकाले' ॥ ७ ॥

धृतियोग में जन्म का फल—

गन्धप्रियो धनाढ्यश्च परवादी मदालसः।
परदाररतो नित्यं धृतियोगे च जायते ॥ ८ ॥

धृतियोग में जन्म लेने वाला जातक सुगन्ध अर्थात् इत्रादि का प्रेमी, धनी, दूसरे की शिकायत करने वाला, नशे में चूर और दूसरे की स्त्री में अनुरक्त होता है ॥ ८ ॥

मा० सा० में कहा है—'धृतिमान् धृतियोगी च कीर्तिपुष्टिधनान्वितः। भाग्यवान् सुखसंपन्नो विद्यावान् गुणवान् भवेत्' ॥ ८ ॥

तथा जा० भ० में भी--'प्राज्ञो वदान्यः सततं प्रहृष्टः श्रेष्ठः सभायां चपलः सुशीलः। नयेन युक्तो नियमेन धृत्या धृत्याह्वये यस्य नरस्य जन्म' ॥ ८ ॥

शूलयोग में जन्म का फल—

सत्ययुक्तश्च सत्कर्मगुणवान् भाग्यवानपि।
शूलयोगे नरो जातः शूलवान् जायते ध्रुवम् ॥ ९ ॥

शूलयोग में जन्म लेने वाला जातक सत्य से युक्त, अच्छे कार्य करने वाला, गुणी, और भाग्यशाली भी शूल रोगी होता है ॥ ९ ॥

मा० सा० में कहा है 'शूले शूलव्यथायुक्तो धार्मिकः शास्त्रपारगः। विद्यार्थी कुशलो यज्वा जायते मनुजः सदा' ॥ ९ ॥

तथा जा० में भी कहा है—'नरो हरिद्रामयसंयुतश्च सत्कर्मविद्याविनयैर्विरिक्तः। यस्य प्रसूतिर्यदि शूलयोगे शूलव्यथा तस्य भवेत्कदाचित्' ॥ ९ ॥

गण्डयोग में जन्म का फल—

वाचालोऽपि महासत्यो गंभीरो गर्विता भवेत्।
सुशब्दः शुभवान् गण्डे नरो जातः समाहितः ॥ १० ॥

गण्ड नाम के योग में जन्म लेने वाला जातक वाचाल होने पर भी अधिक सत्य वादी, अभिमानी, सुन्दर वाणी वाला और शुभ कार्य कर्त्ता होता है ॥ १० ॥

मा० सा० में कहा है—'गण्डे गण्डा यथा युक्तो बहुक्लेशो महाशिरा। ह्रस्वकायो महाशूरो बहुभोगी दृढव्रतः' ॥ १० ॥

तथा जा० भ० में भी—'धूर्तः सुहृत्कार्यपराङ्मुखश्च क्लेशी विशेषात्परुषः स्वभावः। चेत्संभवे यस्य भवेच्च गण्डः प्रचण्डकोपः पुरुषः प्रदिष्टः' ॥ १० ॥

वृद्धियोग में जन्म का फल--

महामतिर्महाशूरः सत्यवादी जितेन्द्रियः।
वृद्धियोगे नरो जातो दृढवाक्योऽमलः सदा ॥ ११ ॥

वृद्धि नाम के योग में जन्म लेने वाला जातक--बड़ा बुद्धिमान्, महान् वीर, सत्यभाषी, इन्द्रियों को जीतने वाला, स्थिरवादी और स्वच्छ अन्तःकरण का होता है ॥ ११ ॥

मा० सा० में कहा है—'वृद्धियोगे सुरूपश्च बहुपुत्रकलत्रवान्। धनवानपि भोक्ता च सत्ववानपि जायते' ॥ ११ ॥

जा० भ० में कहा है—'सुसङ्ग्रहप्रीतिरतीव दक्षो धनान्वितः स्यात्क्रयविक्रयाभ्याम्। प्रसूतिकाले यदि यस्य वृद्धिर्भाग्याभिवृद्धिर्नियमेन तस्य' ॥ ११ ॥

ध्रुव योग में जन्म का फल—

धूर्तकार्यं सदा कर्त्ता शत्रुपीडाविवर्जितः।
ध्रुवयोगे नरो जातो दृढवाक्यो महामतिः ॥ १२ ॥

ध्रुव नाम के योग में जन्म लेने वाला जातक ठगई के कार्यों को सदा करने वाला, शत्रु की पीडा या यों समझिये दुःख से रहित, स्थिरवाणी और बड़ा बुद्धिमान् होता है ॥ १२ ॥

मा० सा० में कहा है—'ध्रुवयोगे च दीर्घायुः सर्वेषां प्रियदर्शनः । स्थिरकर्मातिशक्तश्च ध्रुवबुद्धिश्च जायते' ॥ १२ ॥

तथा जा० भ० में भी—'निश्चला हि कमला सदालये सम्भवेच्च वदने सरस्वती । चारुकीर्तिरपि चेद्ध्रुवं तदा चेद्ध्रुवो भवति यस्य संभवे' ॥ १२ ॥

व्याघात योग में जन्म का फल—

मूर्खश्च मलिनश्चौरः कर्मण्यभिरतः सदा ।
निष्ठुरोऽथ महागर्वी व्याघाते जायते नरः ॥ १३ ॥

व्याघात नाम के योग में जन्म लेने वाला जातक विना पढ़ा-लिखा, दूषित, चोर, कार्यों में तत्पर, निष्ठुर या ढीठ और अधिक अभिमानी होता है ॥ १३ ॥

मा० सा० में कहा है—'व्याघातयोगजातश्च सर्वज्ञः सर्वपूजितः । सर्वकर्मकरो लोके व्याघाती सर्वकर्मसु' ॥ १३ ॥

तथा जा० भ० में भी—क्रूरोऽल्पदृष्टिः कृपया विहीनो महाहनुः स्यादपवादवादी । असत्यता प्रीतिरतीवमर्त्यो व्याघातजातः खलु घातकर्त्ता' ॥ १३ ॥

हर्षण योग में जन्म का फल—

कुटिलः सौख्यसम्पन्नोऽनृतवाक्यो महाबलः ।
कृषिकर्ता भवेन्नित्यं हर्षणे जायते नरः ॥ १४ ॥

हर्षण नाम के योग में जन्म लेने वाला जातक कुटिल अर्थात् वक्रबुद्धि वाला, सुखी, सम्पत्तिवान्, असत्य भाषी, बड़ा वीर और खेती करने वाला होता है ॥ १४ ॥

मा० सा० में कहा है—'हर्षणे जायते लोके महाभाग्यो नृपप्रियः । धृष्टः सदा धनैर्युक्तो विद्याशास्त्रविशारदः' ॥ १४ ॥

तथा जा० भ० में भी—'सुस्निग्धगात्रः कृतशास्त्रयत्नः सुरक्तभूषावसनानुरक्तः । प्रसूतिकाले यदि हर्षणश्चेत्स मानवो वै रिपुकर्षणः स्यात्' ॥ १४ ॥

वज्र योग में जन्म का फल—

अदाता च धनाढ्यश्च कृपणो ग्राम्यभाषणः ।
क्रूरश्च तीक्ष्णपापश्च वज्रयोगे प्रजन्मतः ॥ १५ ॥

वज्र नाम के योग में जन्म लेने वाला जातक अदानी (नहीं देने वाला) धनी, लोभी, ग्रामीण भाषा बोलने वाला, अशुभ और बड़ा पापी होता है ॥ १५ ॥

मा० सा० में कहा है—'वज्रयोगेवज्रमुष्टिसर्वविद्यास्त्रपारगः । धनधान्यसमायुक्तो तत्वज्ञो बहुविक्रमः' ॥ १५ ॥

तथा जा० भ० में भी—'सुधोःसुबन्धुर्गुणवान्महौजाः सत्यान्वितो रत्नपरीक्षकः स्यात् । चेत्संभवे यस्य च वज्रयोगः सवज्रयुक्तोत्तमभूषणाढ्यः' ॥ १५ ॥

सिद्धि योग में जन्म का फल—

भोक्ता च धनवांश्चैव जायते स्वल्पवाक्सुखी ।
सुशीलश्च सुरक्तश्च सिद्धियोगे प्रजन्मतः ॥ १६ ॥

सिद्धि नाम के योग में जन्म लेने वाला जातक भोगी, धनी, थोड़ा बोलने वाला, सुखी, सुशील और लाल वर्ण का होता है ॥ १६ ॥

मा० सा० में कहा है –'सिद्धियोगे समुत्पन्नः सर्वसिद्धियुतो भवेत् । दाता भोक्ता सुखी कान्तो शोकी रोगी च मानवः' ॥ १६ ॥

तथा जा० भ० में –'उदारचेताश्चतुरः सुशीलः शास्त्रादरः सारविराजमानः । प्रसूतिकाले यदि यस्य सिद्धिर्भाग्याभिवृद्धिः सततं हि तस्य' ॥ १६ ॥

व्यतीपात योग में जन्म का फल—

अस्थिरः सर्वकार्येषु मन्त्री याचनतत्परः ।
कलही वादमूर्खश्च जनितो व्यतिपातके ॥ १७ ॥

व्यतीपात नाम के योग में जन्म लेने वाला जातक समस्त कार्यों में अस्थिर (चञ्चल) सचिव, माँगने में लीन, कलही और विवाद में मूर्ख होता है ॥ १७ ॥

मा० सा० में कहा है—व्यतीपाते नरो जातो महाकष्टेन जीवति । जीवेत्सद्भाग्ययोगेन स भवेदुत्तमो नरः' ॥ १७ ॥

तथा जा० भ० में भी—'उदारबुद्धिः पितृमातृवाक्ये गदार्तमूर्तिश्च कठोरचित्तः । परस्य कार्ये व्यतिपाततुल्यो नरः खलु स्याद्व्यतिपातजन्मा' ॥ १७ ॥

वरीयान् योग में जन्म का फल—

बहुपूज्यो धनाढ्यश्च स्वकर्मनिरतो भवेत् ।
जनानन्दकरः श्लाघी वरीयसि नरः स्मृतः ॥ १८ ॥

वरीयान् नाम के योग में जन्म लेने वाला जातक अधिक पूजनीय, धनी, अपने कार्यों में तत्पर, मनुष्यों को आनन्द देने वाला और अपनी प्रशंसा करने वाला होता है ॥ १८ ॥

मा० सा० में कहा है—'वरीयान्नामयोगे च बलिष्ठो जायते नरः । शिल्पशास्त्रकथाभिज्ञो गीतनृत्यादिकोविदः' ॥ १८ ॥

तथा जा० भ० में भी—उत्पन्नभोक्ता विनयोपपन्नो द्रव्यालपता सद्व्ययता समेतः । सुकर्मसौजन्यतया वरीयान् भवेद्वरीयान् प्रभवे हि यस्य' ॥ १८ ॥

परिघ योग में जन्म का फल –

दानवृत्तिर्दुराचारः सलुब्धः साहसश्चलः ।
मदमानदयायुक्तः परिघे तु प्रजायते ॥ १९ ॥

परिघ नाम के योग में जन्म लेने वाला जातक दान वृत्ति वाला, दुराचारी, लोभी, साहसी, चञ्चल और मद, सम्मान एवं दया से युत होता है ॥ १९ ॥

मा० सा० में कहा है—'परिघे च नरो जातः सकुलोन्नतिकारकः । शास्त्रज्ञः सुकविर्वाग्मी दाता भोक्ता प्रियंवद' ॥ १९ ॥

तथा जा० भ० में भी —'असत्यसाक्षी प्रतिभूर्बहूनां व्यक्तात्मकर्मा क्षमया विहीनः । दक्षोऽल्पभक्षो विजितारिपक्षस्त्वर्धषितो वै परिघोद्भवः स्यात् ॥ १९ ॥

शिव योग में जन्म का फल—

तीर्थयात्रारतो नित्यं पुत्रवान् धनवान् भवेत् ।
ब्रह्मचर्यरतो नित्यं शिवयोगे प्रजन्मनः ॥ २० ॥

शिव नाम के योग में जन्म लेने वाला जातक तीर्थयात्रा में प्रतिदिन घूमने वाला, पुत्रों से युत, धनी और ब्रह्मचर्य का पालक होता है ॥ २० ॥

मा० सा० में कहा है—शिवयोगे नरो जातो सर्वकल्याणभाजनः । महादेवसमो लोके सदा बुद्धियुतो भवेत्' ॥ २० ॥

तथा जा० भ० में भी —'सन्मन्त्रशास्त्राभिरतो नितान्तं जितेन्द्रियश्चारुशरीरयष्टिः । योगः शिवो जन्मनि यस्य जन्तोः सदा शिवं तस्य शिवप्रसादात्' ॥ २० ॥

सिद्ध योग में जन्म का फल—

विविधच्छन्नमन्त्री च सर्वव्यापारकोविदः ।
सुचित्तो नीतिवांश्चैव सिद्धयोगे प्रजायते ॥ २१ ॥

सिद्ध नाम के योग में जन्म लेने वाला जातक अनेक व्यक्तियों का या संस्थाओं का छिपा हुआ अर्थात् गुप्त सचिव, समस्त व्यवसाय में चतुर, सुन्दर चित्तवाला और न्यायवेत्ता होता है ॥ २१ ॥

मा० सा० में कहा है—सिद्धियोगे सिद्धिदाता मन्त्रसिद्धिप्रवर्तकः । दिव्यनारीसमेतश्च सर्वसम्पद्युतो भवेत् ॥ २१ ॥

तथा जा० भ० में भी —'जितेन्द्रियः सत्यपरोऽतिगौरः सर्वेषु कार्येष्वतिकोविदश्च । भवेत्प्रसूतौ यदि सिद्धियोगः सिद्धयन्ति कार्याणि कृतानि तस्य' ॥ २१ ॥

साध्य योग में जन्म का फल—

विविधव्यवसायी च स्वामिभक्तो महामतिः ।
गदप्रियो महोदारः सुसाध्यः साध्यजन्मनः ॥ २२ ॥

साध्य नाम के योग में जन्म लेने वाला जातक अनेक व्यापार करने वाला, स्वामी का भक्त, बड़ा बुद्धिमान्, रोगी, अधिक उदार चित्त और सरल होता है ॥ २ ॥

मा० सा० में कहा है —'साध्ये मनसि वा सिद्धिर्व्ययशेषे सुखागमः । दीर्घसूत्रः प्रसिद्धश्च जायते सर्वसम्मतः' ॥ २२ ॥

तथा जा० भ० में भी —'नूनं विनीतश्चतुरः सुहासः स्वकार्यदक्ष जितशत्रुपक्षः । सन्मन्त्रविद्याविधिनैव सर्वं संसाधयेत्साध्यभवो हि दक्षः' ॥ २२ ॥

शुभ योग में जन्म का फल—

सत्यवाक् सुभगो धर्मी क्रोधहीनः सुनिर्मलः ।
प्रणतः प्रियकारी च शुभयोगे प्रजन्मनः ॥ २३ ॥

शुभ नाम के योग में जन्म लेने वाला जातक सत्यभाषी भाग्यशाली, धर्मात्मा, क्रोध से रहित, सुन्दर स्वच्छ, विनयी और प्रिय करने वाला होता है ॥ २३ ॥

मा० सा० में कहा है—'शुभे शुभाननैर्युक्तः धनवानपि जायते। विज्ञानज्ञानसंपन्नो दाता ब्राह्मणपूजकः' ॥ २३ ॥

तथा जा० भ० में भी—'शुभप्रचारः शुभनामितारः शुभस्य कर्ता शुभलक्षणश्च। शुभोपदेशं कुरुते नराणां यस्य प्रसूतौ शुभनामयोगः' ॥ २३ ॥

शुक्ल योग में जन्म का फल—

सत्यवाक् सुमतिः कान्तः ख्यातिमान् श्रुतिपारगः।
कलाशास्त्रेषु कुशलः शुक्लयोगे प्रजन्मनः ॥ २४ ॥

शुक्ल नाम के योग में जन्म लेने वाला जातक सत्यभाषी, अच्छा बुद्धिमान्, प्रसिद्ध, वेद का जानने वाला और कलाशास्त्र में चतुर होता है ॥ २४ ॥

मा० सा० में कहा है—'शुक्ले सर्वकलायुक्तः सर्वार्थज्ञानवान् भवेत्। कविः प्रतापी शूरश्च धनी सर्वजनप्रियः' ॥ २४ ॥

तथा जा० भ० में भी—'जितेन्द्रियः सत्यवचा महौजा वाग्वादसङ्ग्रामजयाभ्युपेतः। सन्मान शुक्लाम्बरधारणेच्छुः शुक्लोद्भवो वैभवसंयुतः स्यात्' ॥ २४ ॥

ब्रह्मयोग में जन्म का फल—

प्रियवाक्यो महासत्वः ब्रह्मण्यो ब्राह्मणप्रियः।
प्रगल्भो निर्मलो धीरो ब्रह्मयोगे प्रजन्मनः ॥ २५ ॥

ब्रह्मयोग में जन्म लेने वाला जातक मीठी वाणी बोलने वाला, बड़ा बली, ब्राह्मण स्वरूप, ब्राह्मणों का प्रेमी, प्रौढ़ (प्रतिभाशाली) स्वच्छ और धैर्यवान् होता है ॥ २५ ॥

मा० सा० में कहा है—ब्रह्मयोगे महाविद्वान् वेदशास्त्रपरायणः। ब्रह्मज्ञानरतो नित्यं सर्वकार्येषु कोविदः' ॥ २५ ॥

तथा जा० भ० में भी—'विद्याभ्यासे प्रीतिरत्यन्तचेता नित्यं सत्याचारजातादरश्च। शान्तो दान्तो जायते चारुकर्मा ब्रह्मायोगः संभवे यस्य पुंसः' ॥ २५ ॥

ऐन्द्र योग में जन्म का फल—

ऐन्द्रयोगे नरो जातो विजयी धार्मिको भवेत्।
प्रभूतः सर्वकार्येषु धनी ख्यातः प्रियंवदः ॥ २६ ॥

ऐन्द्र नाम के योग में जन्म लेने वाला जातक विजयी, धर्मात्मा, समस्त कार्यों में अधिक अर्थात् श्रेष्ठ, धनी, प्रसिद्ध और मधुरभाषी होता है ॥ २६ ॥

मा० सा० में कहा है—'ऐन्द्रे भूपकुले जातो राजा भवति निश्चयः। अल्पायुस्तु सुखी भोगी गुणवानपि जायते' ॥ २६ ॥

वैधृति योग में जन्म का फल—

लुब्धः पिशुनचित्तश्च बहुभाषणतत्परः।
प्रथमे चलचित्तश्च योगे वैधृतिजन्मनः ॥ २७ ॥

वैधृति नाम के योग में जन्म लेने वाला जातक लोभी, शिकायत करने की प्रवृत्ति वाला, अधिक बोलने वाला और प्रारम्भिक अवस्था में चित्त से चञ्चल होता है ॥ २७ ॥

मा० सा० में कहा है— वैधृतौ जायते यस्तु नित्योत्साही विभूषितः। कुर्वाणोऽपि जनैर्प्रीतिं प्रयात्यप्रियतां नरः' ॥ २७ ॥

तथा जा० भ० में भी—'चञ्चलश्च कुटिलः खलमैत्रः शास्त्रभक्तिरहितो हतचित्तः। साध्वसे मनसि तस्य नो धृतिर्वैधृतिर्भवति यस्य जन्मनि' ॥ २७ ॥

स्पष्टार्थ २७ योगों का चक्र—

१	विष्कंभ	१०	गण्ड	१९	परिघ
२	प्रीति	११	वृद्धि	२०	शिव
३	आयुष्मान्	१२	ध्रुव	२१	सिद्ध
४	सौभाग्य	१३	व्याघात	२२	साध्य
५	शोभन	१४	हर्षण	२३	शुभ
६	अतिगण्ड	१५	वज्र	२४	शुक्ल
७	सुकर्मा	१६	सिद्धि	२५	ब्रह्म
८	धृति	१७	व्यतिपात	२६	ऐन्द्र
९	शूल	१८	वरीयान्	२७	वैधृति

इति योगफलम्।

इस प्रकार २७ योगों का फल समाप्त हुआ।

अथ करण फलम्।

अब आगे करणों के फल को बतलाते हैं।

यवनः—अतः परं प्रवक्ष्यामि करणानां फलं यतः।
शृणु कश्यप यत्नेन यथोवाच प्रजापतिः ॥ १ ॥

अब पृथक्-पृथक् करणों के फल को यवनाचार्य के वचन से कहते हैं।

हे कश्यप जी इसके अनन्तर मैं जिस प्रकार से प्रजापति जी ने करणों के फल को कहा है उसी प्रकार मैं कहता हूं तुम यत्न से अर्थात् सावधानी से सुनो ॥ १ ॥

बव करण में पैदा होने वाले का फल—

मदतीव्रउदाराढयः सुखवान् धर्मवर्जितः।
बवाख्यो करणे जातो भवेत्सेनापतीश्वरः ॥ २ ॥

जो बव नाम के करण में पैदा होता है वह नशे में अधिक, उदार, धनी, सुखी, धर्म से रहित और सेनापति का स्वामी जातक होता है ॥ २ ॥

मा० सा० में कहा है—'बवाख्ये करणे जातो मानी धर्मरतः सदा। शुभमङ्गलकर्मा च स्थिरकर्मा च जायते ॥ २ ॥

तथा जा० भ० में भी—'कामी दयालुर्बलवान् सुशीलो विचक्षणः शीघ्रगतिः सुभाग्यः। बवाभिधाने जननं हि यस्य नानाविधा तस्य भवेत्सुसंपत्' ॥ २ ॥

बालवकरण में पैदा होने वाले का फल—

सुधीरः सुभगस्त्यागी बाललीलारतिः सुखी।
बालवे जननं चेत्स्याद् बालकर्मरतः सदा ॥ ३ ॥

जो बालव नाम के करण में पैदा होता है वह सुन्दर धैर्यवान्, भाग्यवान्, त्यागी, बाल बुद्धि, सुखी और बाल कार्य करने वाला जातक होता है ॥ ३ ॥

मा० सा० में कहा है—'बालवाख्ये नरो जातस्तीर्थदेवाधिसेवकः। विद्यार्थसौख्य-संपन्नो राजमान्यश्च जायते' ॥ ३ ॥

तथा जा० भ० में भी—'शूरतातिविलसद्बलवत्तां संयुतो भवति चारुविलासः। काव्यकृद्वितरणप्रणयश्चेद्बालवेऽमलमतिश्च कलाज्ञः' ॥ ३ ॥

कौलव करण में पैदा होने वाले का फल—

प्रच्छन्नो लोलचित्तश्च कौतुकानन्दवर्धनः।
पापकर्मरतोऽसौख्यः कौलवे ज्ञानवान् भवेत् ॥ ४ ॥

जो कौलव नाम के करण में पैदा होता है वह गुप्त (छिपा हुआ) चञ्चल चित्त, खेल या जादू से आनन्द बढ़ाने वाला, दुष्कर्म कर्त्ता और सुख से रहित जातक होता है ॥ ४ ॥

मा० सा० में कहा है—'कौलवाख्ये तु जातस्य प्रीतिः सर्वजनैः सह। सङ्गतिर्मित्रभावैश्च मानवांश्च प्रजायते' ॥ ४ ॥

तथा जा० भ० में भी—'कामी प्रगल्भोऽभिमतो बहूनां नूनं स्वतन्त्रो बहुमित्र-सौख्यः। बलान्वितः कोमलवाग्विलासः श्रेष्ठः कुले कौलवजातजन्मा' ॥ ४ ॥

तैतिल करण में पैदा होने वाले का फल—

साधकः सत्यसंपन्नः स्थिरश्चण्डः प्रतापवान्।
तामसो मलिनः शूरो जातः स्यात्तैतिले नरः ॥ ५ ॥

जो तैतिल नाम के करण में पैदा होता है वह साधक (कार्य सिद्ध करने वाला) सत्य से युक्त स्थिर, उग्र, प्रतापी, क्रोधी, दूषित और शूर जातक होता है ॥ ५ ॥

मा० सा० में कहा है—'तैतिले करणे जातः सौभाग्यधनसंयुतः। स्नेही सर्वजनैः सार्धं विचित्राणि गृहाणि च ॥ ५ ॥

तथा जा० भ० में भी—'चारुकोमलकलेवरशाली केकिलालसमनाश्च कलाज्ञः। वाग्विलासकुशलोऽतिसुशीलस्तैतिले विमलधीश्चलदृक् स्यात्' ॥ ५ ॥

गर करण में पैदा होने वाले का फल—

मन्त्रविन्नीतिमान् दक्षो दुर्बलो बहुभाषणः।
चपलो विग्रहरतो गराख्ये जायते नरः ॥ ६ ॥

जो गर नाम के करण में पैदा होता है वह मन्त्र शास्त्र का ज्ञाता, न्याय प्रिय,

चतुर, कमजोर, अधिक बोलने वाला, चपल और झगड़ा करने में अनुरक्त जातक होता है ॥ ६ ॥

मा० सा० में कहा है—'गराख्ये कृषिकर्मा च गृहकार्यपरायणः। यद्वस्तु वाञ्छितं तच्च लभ्यते च महोद्यमैः' ॥ ६ ॥

तथा जा० भ० में भी—'परोपकारे विहितादरश्च विचारसारश्चतुरो जितारिः। शूरोऽतिधीरः सुतरामुदारो गरे नरश्चारुकलेवरश्च' ॥ ६ ॥

वणिज करण में पैदा होने वाले का फल—

नानापण्यविशेषज्ञो वणिक्कर्माभिजीवकः।
वणिजाख्ये नरो जातो वणिक्वृत्तिः सदा भवेत् ॥ ७ ॥

जो वणिज नाम के करण में पैदा होता है वह अनेक बाजारू वस्तुओं का विशेष जानकार, वैश्य वृत्ति से जीविका करने वाला सदा वैश्यवृत्ति से युक्त जातक होता है ॥ ६ ॥

मा० सा० में कहा है—'वाणिज्ये करणे जातो वाणिज्येनैव जीवति। वांछितं लभते लोके देशान्तरगमागमैः' ॥ ७ ॥

तथा जा० भ० में भी—'कलाप्रवीणः सुतरां सहासः प्राज्ञो हि सम्मानसमन्वितश्च। प्रसूतिकाले वणिजं हि यस्य वाणिज्यतोऽर्थागमनं हि तस्य' ॥ ७ ॥

विष्टि करण में पैदा होने वाले का फल—

क्रूरः साहसिकश्चण्डः पापकर्मरतश्चलः।
प्रभूतः सर्वकार्येषु विष्टाख्ये च प्रजन्मनः ॥ ८ ॥

जो विष्टि नामके करण में पैदा होता है वह अशुभ, साहसी, उग्र, पाप कार्य करने वाला, चञ्चल और समस्त कार्यों में अधिक अर्थात् श्रेष्ठ जातक होता है ॥ ८ ॥

मा० सा० में कहा है 'अशुभारम्भशीलश्च परदाररतः सदा। कुशलो वृषकार्येषु विष्टयाख्यकरणेन च' ॥ ८ ॥

तथा जा० भ० में भी 'चारुवक्त्रचपलो बलशाली हेलयासिदरितारिकुलश्च। जायते खलमतिर्बहुनिद्रा यस्य जन्मसमये खलु भद्रा' ॥ ८ ॥

शकुनि करण में पैदा होने वाले का फल—

सदोद्योगकरः शान्तः सदा भ्रान्तो महामतिः।
शकुनाख्ये नरो जातः शकुनज्ञो विशेषतः ॥ ९ ॥

जो शकुनि (न ?) नामके करण में पैदा होता है वह सदा उद्योग करने वाला, शान्त, भ्रान्त, अधिक बुद्धिमान् और विशेषकर शकुन शास्त्र का जानकार जातक होता है ॥ ९ ॥

मा० सा० में कहा है 'शकुने करणे जातः पौष्टिकादिक्रियाकृतिः। औषधादिषु दक्षश्च भिषग्वृत्तिश्च जायते' ॥ ९ ॥

तथा जा० भ० में भी 'अतिसुललितबुद्धिर्मन्त्रविद्याविधाने गुणगणसमवेतः सर्वदा सावधानः। ननु जनकृतसख्यः सर्वसौभाग्ययुक्तो भवति शकुनजन्मा शाकुनज्ञानशीलः' ॥ ९ ॥

चतुष्पद करण में पैदा होने वाले का फल—

कृषिवाणिज्यकारी च सद्योगी च गतक्लमः।
निरालसः सत्वयुतो जातश्चैव चतुष्पदे ॥ १० ॥

जो चतुष्पद नाम के करण में पैदा होता है वह खेती या व्यापार करने वाला, अच्छा योगी, परिश्रम न मानने वाला, आलस से हीन और बली जातक होता है ॥ १० ॥

मा० सा० में कहा है 'करणे च चतुष्पादे देवद्विजरतः सदा। गोकर्मा गोप्रभुः श्लाघ्यश्चतुष्पदचिकित्सकः' ॥ १० ॥

तथा जा० भ० में भी 'नरः सदाचारपराङ्मुखः स्यादसङ्ग्रहः क्षीणशरीरयष्टिः। चतुष्पदे यस्य भवेत्प्रसूतिश्चतुष्पदात्सत्वयुतो मनुष्यः' ॥ १० ॥

नाग करण में पैदा होने वाले का फल—

नानाधातुविशेषज्ञो स्वकर्मगुणवान् भवेत्।
नागाख्ये करणे जातो नागानां पालको भवेत् ॥ ११ ॥

जो नाग नाम के करण में पैदा होता है वह अनेक धातुओं का विशेष जानकार, अपने कार्यों में गुणी और सर्पों का पालन करने वाला जातक होता है ॥ ११ ॥

मा० सा० में कहा है 'नागे च करणे जातो धीवरप्रीतिकारकः। कुरुते दारुणं कर्म दुर्भगो लोललोचनः' ॥ ११ ॥

तथा जा० भ० में भी 'दुःशीलवक्रचलनो बलवान् खलात्मा कोपानलाहतमतिः कलिकृत्कुलाग्रः। द्रोहात्कुलक्षयभवादतिदीर्घकाले जातो हि नागकरणे रणरङ्गधीरः' ॥ ११ ॥

किंस्तुघ्न करण में पैदा होने वाले का फल—

किंस्तुघ्ने बलवान् स्तब्धः स्वकार्यपरकार्यकृत्।
स्वल्पायुर्भोगसंत्यक्तः छन्नवासः प्रजायते ॥ १२ ॥

जो किंस्तुघ्न नाम के करण में पैदा होता है वह बली, चकित, अपने कार्य की तरह दूसरे के कार्य को करने वाला, अल्पायु, अभोगी और एकान्तवासी जातक होता है ॥ १२ ॥

मा० सा० में कहा है 'किंस्तुघ्नकरणे जातः शुभकर्मरतो नरः। तुष्टिं पुष्टिं च माङ्गल्यं सिद्धिं च लभते सदा' ॥ १२ ॥

तथा जा० भ० में भी 'धर्मेऽप्यधर्मे समतामतेः स्यादङ्गेप्यनङ्गे विबलत्वमुच्चैः। मैत्र्याममैत्र्यां स्थिरता च किञ्चित्किंस्तुघ्नजातस्य हि मानवस्य' ॥ १२ ॥

इस प्रकार करणों का फल समाप्त हुआ।

स्पष्टार्थं कृष्णपक्षीयकरण विचार चक्रम्—

तिथि	पूर्वदल	उत्तरदल	तिथि	पूर्वदल	उत्तरदल
१	बालव	कौलव	९	तैतिल	गर
२	तैतिल	गर	१०	वणिज	विष्टि
३	वणिज	विष्टि	११	बब	बालव
४	बब	बालव	१२	कौलव	तैतिल
५	कौलव	तैतिल	१३	गर	वणिज
६	गर	वणिज	१४	विष्टि	शकुनि
७	विष्टि	बब	३०	चतुष्पद	नाग
८	बालव	कौलव			

स्पष्टार्थ शुक्लपक्षीय करण विचार चक्रम्—

तिथि	पूर्वदल	उत्तरदल	तिथि	पूर्वदल	उत्तरदल
१	किंस्तुघ्न	बब	९	बालव	कौलव
२	बालव	कौलव	१०	तैतिल	गर
३	तैतिल	गर	११	वणिज	विष्टि
४	वणिज	विष्टि	१२	बब	बालव
५	बब	बालव	१३	कौलब	तैतिल
६	कौलव	तैतिल	१४	गर	वणिज
७	गर	वणिज	१५	विष्टि	बब
८	विष्टि	बब			

अथ वर्णफलं जातकोत्तमे—

ब्राह्मण वर्ण में उत्पन्न का फल—

अब प्रत्येक वर्ण में जन्म लेने वाले जीव के फल को जातकोत्तम ग्रन्थ के आधार पर कहते हैं।

स्वधर्मकर्मनिरतः शास्त्राध्ययनतत्परः

विनीतः सर्वकार्येषु ब्रह्मवर्णभवो नरः ॥ १ ॥

ब्राह्मण वर्ण में उत्पन्न होने वाला जीव अपने धार्मिक कार्यों में लीन, शास्त्राभ्यसनी और नम्रतापूर्वक समस्त कार्यों का संपादन करने वाला होता है ॥ १ ॥

क्षत्रिय वर्ण में उत्पन्न का फल—

विज्ञः साहसतत्वज्ञः शुचिः शौर्यकथाप्रियः।

दाता विवेकशीलश्च क्षात्रवर्णभवो नरः ॥ २ ॥

क्षत्रिय वर्ण में उत्पन्न होने वाला जीव विद्वान्, साहसी, तत्वज्ञ, पवित्र, वीरता की कथाओं का प्रेमी, दानी और विवेकी होता है ॥ २ ॥

वैश्य वर्ण में उत्पन्न होने का फल—

व्यापारकार्ये निरतः परकर्मोद्यतः सदा ।
निष्ठुरश्चतुरश्चैव वैश्यवर्णसमुद्भवः ॥ ३ ॥

वैश्य वर्ण मे उत्पन्न होने वाला जीव व्यापार कार्य में लीन अर्थात् व्यवसायी सदा दूसरों के कार्यों में उद्यत, निर्मोही और चतुर होता है ॥ ३ ॥

शूद्र वर्ण में उत्पन्न होने का फल—

निष्ठुरः पटुवाक्कार्ये विद्याविनयवर्जितः ।
शुश्रूषणरतोऽशीलः शूद्रवर्णसमुद्भव ॥ ४ ॥

शूद्र वर्ण में उत्पन्न होने वाला जीव निठुर, कार्यों में चतुरभाषी, विद्या व विनय से रहित, खुशामदी प्रवृत्ति वाला और ढीठ होता है ॥ ४ ॥

इति वर्णफलम् ।

इस प्रकार वर्णफल समाप्त हुआ ।

अथ वर्गफलं जातकोत्तमे—

अब वर्गों के फल को भी जातकोत्तम ग्रन्थ के वाक्यों से कहते हैं ।

प्रसूति समय में गरुड़ वर्ग का फल—

धनवान् चपलो धीरो दूरगामी गुणान्वितः ।
विवेकी स्वामिभक्तश्च तार्क्ष्यवर्गभवो नरः ॥ १ ॥

यदि प्रसूति के समय में गरुड वर्ग हो तो जातक धनी, चपल, धैर्यवान्, दूर गमन करने वाला, गुणी, विवेकी और स्वामी अर्थात् मालिक का भक्त होता है ॥ १ ॥

प्रसूति समय में मार्जार वर्ग का फल—

वृथैव परकार्यघ्नः क्रोधी दैन्यसमन्वितः ।
विश्वासघाती नीचश्च वर्गे मार्जारके नरः ॥ २ ॥

यदि प्रसूति के समय मार्जार वर्ग हो तो जातक अकारण ही दूसरे के कार्यों को नष्ट करने वाला; क्रोधी, दीनता से युक्त विश्वासघाती और दुष्ट होता है ॥ २ ॥

प्रसूति समय मे सिंह वर्ग का फल—

पराक्रमेण सहितो गुणितो धर्षितः क्वचित् ।
असहिष्णुर्दुर्गचरः सिंहवर्गभवो नरः ॥ ३ ॥

यदि प्रसूति के समय सिंह वर्ग हो तो जातक पराक्रमी, गुणी, कभी भयभीत, असहन करने वाला और किले में घूमने वाला होता है ॥ ३ ॥

प्रसूति समय में श्वान वर्ग का फल—

वावदूकोऽतिचपलो जागरूकोऽभयो हितः ।
विश्वासी सर्वलोकेषु श्ववर्गोत्थो भवेन्नरः ॥ ४ ॥

यदि प्रसूति के समय में श्वान वर्ग हो तो जातक चतुरता से अधिक बोलने

वाला, अधिक चपल, चैतन्य, निर्भय, शुभ और समस्त जनों में विश्वासपात्र होता है ॥ ४ ॥

प्रसूति समय में मेष वर्ग का फल—

विकृतः सप्रयत्नश्च निगूढहृदयश्चलः ।
सभ्यः प्रसादचतुरो मेषवर्गभवो नरः ॥ ५ ॥

यदि प्रसूति के समय में मेष वर्ग हो तो जातक रोगी, प्रयत्नशील, अन्तःकरण का गुप्त, चञ्चल, सज्जन और अनुग्रह करने में कुशल होता है ॥ ५ ॥

प्रसूति समय में सर्प वर्ग का फल—

अधीरश्चपलो भीरुच्छन्नपापो निराश्रयः ।
दुर्जनो दीर्घशेषी च सर्पवर्गभवो नरः ॥ ६ ॥

यदि प्रसूति के समय में सर्प वर्ग हो तो जातक धैर्य धारण नहीं करने वाला, चपल, डरपोक, छिपकर पाप करने वाला, आश्रय से रहित, दुर्जन और अधिक बकाया रखने वाला होता है ॥ ६ ॥

प्रसूति समय में मूषक वर्ग का फल—

परद्रोही छिद्रदर्शी मृदुर्बहुभयान्वितः ।
एकान्तवासी चौर्यज्ञ आखुवर्गभवोनरः ॥ ७ ॥

यदि प्रसूति के समय में मूषक वर्ग हो तो जातक दूसरे से द्वेष करने वाला, बुराई देखने वाला, सरल, अधिक डरपोक, एकान्त में रहने वाला और चोरी की रीति को जानने वाला होता है ॥ ७ ॥

प्रसूति समय में मृग वर्ग का फल—

गीतप्रियः साधुरतिश्चञ्चलोऽतिकठोरकः ।
सुशीलोऽति मृदुस्नेही मृगवर्गभवो नरः ॥ ८ ॥

यदि प्रसूति के समय में मृग वर्ग हो तो जातक गाने का प्रेमी, सज्जनों से प्रीति करने वाला, अस्थिर, अधिक कठोर, सुशील, अधिक सरल और स्नेही होता है ॥ ८ ॥

इति वर्गफलम्—

इस प्रकार ८ वर्गों का फल समाप्त हुआ ।

विशेष—जन्म का अक्षर जिस अकारादि वर्ग में पड़े उस पर से उसका स्वामी समझना चाहिए । यदि क अक्षर पर जन्म नाम है तो उसका वर्ग स्वामी मार्जार होगा ।

स्पष्टार्थ वर्ग विचार चक्र

अ०	क०	च०	ट	त	प	य	श
गरुड	मार्जार	सिंह	श्वान	सूर्य	मूषक	मृग	मेष

अथ योनि फलम् ।

यवन :—

अश्व योनि में जन्म होने का फल—

चपलश्चलचित्तश्च शीघ्रगामी रणप्रियः ।
अश्वयोनौ तु सञ्जातो बलवान् स्वामिवल्लभः ॥ १ ॥

अश्व योनि में जन्म होने पर जातक चपल, अस्थिरचित्त, जल्दी चलने वाला, युद्ध का प्रेमी, बली और अपने स्वामी का प्रियपात्र होता है ॥ १ ॥

मा० सा० में कहा है 'स्वच्छन्दः सद्गुणः शूरस्तेजस्वी घर्घरेश्वरः । स्वामिभक्तो तुरङ्गस्य योन्यां जातो भवेन्नरः' ॥ १ ॥

गज (हाथी) योनि में जन्म होने का फल—

मन्दगामी बलाढ्यश्च बह्वाशी राजवल्लभः ।
सत्यवान् ग्लानिवांश्चैव गजयोनौ भवेन्नरः ॥ २ ॥

गज योनि में जन्म होने पर जातक धीरे-धीरे चलने वाला, बली, अधिक भोजनी, राजा का प्रिय, सत्यभाषी और ग्लानि करने वाला होता है ॥ २ ॥

मा० सा० में कहा है 'राजमान्यो बली भोगी भूपस्थानविभूषण । आत्मोत्साही नरो जातो गजयोनौ न संशयः' ॥ २ ॥

विशेष—यह श्लोक जातकसारदीप में चौदहवीं अध्याय का दूसरा है किन्तु तृतीय चरण में 'सत्यवान्' के स्थान पर 'सत्यवाक्' होने से सच बोलने वाला और 'ग्लानिवां' के स्थान पर 'ज्ञानवान्' होने से ज्ञानी यह पाठान्तर का अर्थ समझना चाहिए ॥ २ ॥

अज योनि में जन्म होने का फल

[1]दुर्घटं दुर्लभं स्थानं भेदयत्यविशङ्कितः ।
अजयोनिषु जातोऽसौ बहुबुद्धिप्रदो भवेत् ॥ ३ ॥

अज योनि में जन्म होने पर जातक निःशङ्क होकर दुर्घट व दुर्लभ स्थान का भेदन करता है और अधिक बुद्धि देने वाला होता है ॥ ३ ॥

मा० सा० में कहा है 'महद्विक्रमयोद्धापि ईश्वरो विभवेश्वरः । परोपकारं नित्यं च मेषयोनौ भवेन्नरः' ॥ ३ ॥

सर्प योनि में जन्म होने का फल —

[2]दर्शने भीतिदो नित्यं घटाटोपेन वर्तते ।
परवेश्यापहारी च सर्पयोनौ भवेन्नरः ॥ ४ ॥

सर्प योनि में जन्म होने पर जातक देखने में भय देने वाला, प्रति दिन ऊपरी चमक से युक्त और दूसरे की वेश्या या घर को चुराने वाला होता है ॥ ४ ॥

१—जा० सा० दी० १४ अ० ३ श्लो० ।

२–जा० सा० दी० १४ अ० ४ श्लो० । 'दर्शनं भीतिदं फटोपेन, परवेश्मोपहारी' यह पाठान्तर है ।

मा० सा० में कहा है 'दीर्घरोष: सदा क्रूर उपकारं न गृह्यते। चपलो रसनालौल्य:-सर्पयोनौ न संशय:' ॥ ४ ॥

श्वान योनि में जन्म होने का फल —

[1]सर्वभक्षी (क्षो) वृथावादी धूर्तः स्वामिहिते रतः।
अरण्ये दुःसहो वीरः श्वानयोनौ भवेन्नरः ॥ ५ ॥

श्वान योनि में जन्म होने पर जातक भक्ष्याभक्ष्य को खाने वाला, झूठ बोलने वाला, धूर्त, अपने मालिक की शुभ कामना में तत्पर, वन में दु:सह और वीर होता है ॥ ५ ॥

मा० सा० में कहा है 'सोद्यमः सुमहोत्साही शूर स्वज्ञातिविग्रही। मातापित्रोः सदाभक्तः श्वानयोनौ समुद्भवः' ॥ ५ ॥

विशेष—जातक सारदीप में 'दूतः स्वामिरतो हितः' यह पाठान्तर है ॥ ५ ॥

मार्जार योनि में जन्म का फल—

[2]पिङ्गाक्षी (क्षः) सर्वभक्षी (क्षश्च) च चपलो द्वेषकारकः।
मार्जारयोनिसञ्जातो वृथाकोपी भयान्वितः ॥ ६ ॥

मार्जार योनि में जन्म होने पर जातक सहद के समान आंख वाला, सर्वभक्षी, चपल, द्रोह करनेवाला, अकारण क्रोधी और डरपोक होता है ॥ ६ ॥

मा० सा० में कहा है 'स्वस्वकार्येशूरदक्षो मिष्टान्नाहारभोजनः। निर्दयो दुष्टसद्भावी नरो मार्जारयोनिजः' ॥ ६ ॥

विशेष—जातक सारदीप में 'द्वेषकारकः' इसके स्थान पर 'हर्षकारणः' यह पाठान्तर है ॥ ६ ॥

मूषक योनि में जन्म का फल—

[3]धूर्तः स्वकार्यनिरतः परकार्यविनाशकः।
शत्रूणां मूलविच्छेत्ता नरो मूषकयोनिजः ॥ ७ ॥

मूषक योनि में जन्म होने पर जातक धूर्त, अपने कार्यों में लीन, दूसरे के कार्य का नाशक और शत्रुओं का जड़ से सफाया करने वाला होता है ॥ ७ ॥

मा० सा० में कहा है 'बुद्धिमान् वित्तसंपूर्णः स्वकार्यकरणोद्यतः। अप्रमत्तोऽप्यविश्वासी नरो मूषकयोनिजः' ॥ ७ ॥

विशेष—पुस्तक में 'मूलविच्छेत्ता' के स्थान पर 'मूलविच्छिनो' यह पाठान्तर है ॥ ७ ॥

पशु योनि में जन्म का फल—

[4]गोधनैर्बहुभिर्युक्तः क्षीराहारोऽतिसुन्दरः।
परोपकारकर्त्ता च पशुयोनौ भवेन्नरः ॥ ८ ॥

१—जा० सा० दी० १४ अ० ५ श्लो०।
२—जा० सा० दी० १४ अ० ६ श्लो०।
३—जा० सा० दी० १४ अ० ७ श्लो०।
४—जा० सा० दी० १४ अ० ८ श्लो०।

पशु योनि में जन्म होने पर जातक अनेक प्रकार के गो धन से युक्त, दूध पीने वाला, अधिक सुन्दर और परोपकार करने वाला होता है ॥ ८ ॥

मा० सा० में कहा है 'रणीणां प्रियः महोत्साही बहुभागमविशारदः। स्वल्पायुश्च नरो जातः पशुयोनौ न संशयः' ॥ ८ ॥

विशेष—जा० सा० दो० में 'परोपकारकर्त्ता' के स्थान पर 'जातः परोपकारकर्त्ता यह पाठान्तर है ॥ ८ ॥

महिष योनि में जन्म का फल—

[1]'मन्दगामी स्थूलतनुर्बह्वाशी बलवान् धनी।
बहुक्षीराज्यभोजी च महिषी योनिसंभवः॥ ९॥

महिष योनि में जन्म होने पर जातक धीरे-धीरे चलने वाला, मोटा शरीर का, अधिक भोजनी, बली, धनी और ज्यादे दूध घी खाने वाला होता है ॥ ९ ॥

मा० सा० में कहा है 'सङ्ग्रामे विजयी योद्धा सकामस्तु बहुप्रजः। वाताधिको मन्दगतिर्नरो महिषयोनिजः' ॥ ९ ॥

व्याघ्र योनि में जन्म का फल—

[2]'कृतान्तः सर्वभक्षी च विद्यावान् कुशलो नरः;
व्याघ्रयोनौ भवेन्नित्यं दर्शनाद्भयदो महान्॥ १०॥

व्याघ्र योनि में जन्म होने पर जातक, यमराज के समान, भक्ष्याभक्ष्य का खाने वाला, पण्डित, चतुर और देखने मात्र से ही अधिक भय देने वाला होता है ॥ १० ॥

मा० सा० में कहा है 'स्वच्छन्दोऽर्थरतो ग्राही दीक्षावान्सविभुः सदा। आत्मस्तुतिपरो नित्यं व्याघ्रयोनिभवो नरः' ॥ १० ॥

मृग योनि में जन्म का फल—

[3]'गीतवाद्यप्रियो नित्यं सुन्दरश्चारुदर्शनः।
मृगयोनिरतो धूर्तो मृगयौनौ नरो भवेत्॥ ११॥

मृग योनि में जन्म होने पर जातक गाने व बजाने में प्रीति करने वाला, सुन्दर मनोहर स्वरूप और हिरनों से प्रेम करने वाला तथा धूर्त होता है ॥ ११ ॥

मा० सा० में कहा है 'स्वच्छन्दः शान्तसद्वृत्तः सत्यवान् स्वजनप्रियः। धर्मिष्ठो दानशूरश्च यो नरो मृगयोनिजः'

विशेष—जातकसार दीप में श्लोक का उत्तरार्ध 'मृगयोनिगतो धूर्तो मृगयोनौ रतो भवेत्' इस प्रकार से है ॥ ११ ॥

वानर योनि में जन्म का फल—

[4]'पिङ्गाक्षश्चपलोऽरण्यगामीफलभुजो भवेत्।
न विश्वासं व्रजेत्कश्चित्कपियोनिसमुद्भव॥ १२॥

---

१ जा० सा० दी० १४ अ० ९ श्लो०। २ जा० सा० दी० १४ अ० १० श्लो०।
३ जा० सा० दी० १४ अ० ११ श्लो०। ४ जा० सा० दी० १४ अ० १२ श्लो०।

वानर योनि में जन्म होने पर जातक कञ्जी आँख वाला, चपल, वन में घूमने वाला, फल भक्षी और कोई भी उसका विश्वास नहीं करने वाला होता है ॥ १२ ॥

मा० सा० में कहा है 'चपलो मिष्टभोगी चार्थलुब्धकश्च कलिप्रियः । सकामः सत्प्रज्ञः शूरो नरो वानरयोनिजः' ॥ १२ ॥

नकुल योनि में जन्म का फल--

[1]चारुदर्शनकार्यार्थः परकार्यार्थसादरः ।
बिलवासी चिरायुः स्यान्नरो नकुलयोनिषु ॥ १३ ॥

नकुल योनि में जन्म होने पर जातक सुन्दर स्वरूप, कार्य सिद्धि करने वाला, दूसरे के कार्य के लिये आदर करने वाला, बिले में रहने वाला और दीर्घायु होता है ॥ १३ ॥

मा० सा० में कहा है 'परोपकरणे दक्षो वित्तेश्वरविचक्षणः । पितृमातृप्रियो नित्यं नरो नकुलयोनिजः' ॥ १३ ॥

सिंह योनि में जन्म का फल—

महाबली च पिङ्गाक्षः कृशमध्यो भयानकः ।
सिंहयोनिप्रजातस्तु सर्वभक्षणकृद्भवेत् ॥ १४ ॥

सिंह योनि में जन्म होने पर जातक बड़ा बलवान्, कञ्जी आँखवाला, पतली कमर वाला, भयानक और सर्वभक्षी होता है ॥ १४ ॥

मा० सा० में कहा है—'स्वधर्मे तु सदाचारः सक्रियासद्गुणान्वितः । कुटुम्बस्य समुद्धर्ता सिंहयोनिभवो नरः' ॥ १४ ॥

नक्षत्रों के आधार पर योनि ज्ञानार्थ चक्र—

योनि सं०	१ अश्व	२ गज	३ अज
नक्षत्र	अ० शत०	भ०रे०	कृ०पु०
योनि सं०	४ सर्प	५ श्वान	६ मार्जार
नक्षत्र	उ०फा०उ०भा०	हस्त स्वा०	चि०वि०
७ मूषक	८ पशु	९ महिष	१० व्याघ्र
म०पू०फा०	रो०मृ०	आ०मू०	पु०व०आश्ले०
११ मृग	१२ वानर	१३ कुल	१४ सिंह
अनु०ज्ये०	पू०वा०श्र०	उ० षा० अभि०	ध०पू०भा०

इति योनिफलम् ॥

इस प्रकार चौदह योनियों का फल समाप्त हुआ ।

---

१ जा० रा० दी० १४ अ० १३ श्लो० ।

अथ गणफलम्—

यवनः--

प्रसव के समय देवगण का फल--

गुरुदेवद्विजातीनां भक्तः शास्त्रविमर्शकः।
देवता सदृशी मूर्तिर्जातो देवगणे नरः ॥ १ ॥

जिसका प्रसव देव गण में होता है वह गुरू, देवता व ब्राह्मणों का भक्त, शास्त्राभ्यासी और देवता के समान स्वरूप वाला जातक होता है ॥ १ ॥

मा० सा० में कहा है 'सुन्दरो दानशीलश्च मतिमान् सरलः सदा। अल्पभोजी महाप्राज्ञो नरो दैवगणो भवेत्' ॥ १ ॥

तथा जा० भ० में भी 'सुस्वरश्च सरलोक्तिमतिः स्यादल्पभोजनकरो हि नरश्च। जायते सुरगणेन्यगुणज्ञः सुज्ञवर्णितगुणो द्रविणाढ्यः' ॥ १ ॥

प्रसव के समय रासक्ष गण का फल--

तामसः पापकृत्क्रोधी गर्विष्टः कलहप्रियः।
निष्ठुरः छन्नपापश्च गणे स्याद्राक्षसे नरः ॥ २ ॥

जिसका प्रसव राक्षस गण में होता है वह तामसी प्रकृति का, पापी, क्रोधी, गर्वीला, कलह का स्नेही, निठुर और छिपकर पाप करने वाला जातक होता है ॥ २ ॥

मा० सा० में कहा है 'उन्मादी भीषणाकारः सर्वदा कलिवल्लभः। पुरुषो दुःसहं ब्रूते प्रमेही राक्षसे गणे' ॥ २ ॥

तथा जा० भ० में भी 'अनल्पजल्पश्च कठोरचित्तः स्यात्साहसी क्रोधपरोद्धतश्च। दुःशीलवृत्तः कलिकृद्बलीयान् रक्षोगणोत्पन्ननरो विरोधी' ॥ २ ॥

प्रसव के समय मनुष्य गण का फल—

अन्नदाता धनाढ्यश्च प्रजावान् देवपूजकः।
मानुष्यर्क्षे नरो जातो वरस्त्रीसुखभोगकः ॥ ३ ॥

जिसका प्रसव मनुष्य गण में होता है वह अन्नदानी, धनी, सन्ततिवाला, देवताओं की पूजा करने वाला और श्रेष्ठ स्त्री सुख को भोगने वाला जातक होता है ॥ ३ ॥

मा० सा० में कहा है 'मानी धनी विशालाक्षो लक्षवेधी धनुर्धरः। गौरः पौरजनाग्राही जायते मानवे गणे' ॥ ३ ॥

तथा जा० भ० में भी 'देवद्विजार्चाभिरतोऽभिमानी धनी दयालुर्बलवान् कलाज्ञः। प्राज्ञः सुकान्तिः सुखदो बहूनां मर्त्यो भवेन्मर्त्यगणे प्रसूतः' ॥ ३ ॥

इतिगणफलम्।

इस प्रकार तीनों गणों का फल समाप्त हुआ।

अथ दिवा रात्रिजन्मफलम्।

अब दिन व रात्रि में जन्म के फल को बतलाते हैं।

दिन में जन्म लेने वाले का फल।

तेजस्वी पितृसदृशश्चारुदृष्टिर्वृषप्रियः।
बन्धुपूज्यो धनाढ्यश्च दिवा जातो न संशयः ॥ १ ॥

जो मनुष्य दिन में जन्म लेता है वह पिता के समान तेजस्वी, सुन्दर दृष्टि वाला, बैलों का प्रेमी, बन्धुओं से सम्मानित और धनी जातक होता है ॥ १ ॥

मा० सा० में कहा है 'सद्धर्मयुक्तो बहुपुत्रभोगी प्रियान्वितः कामनिपीडिताङ्गः। वस्त्रानुयुक्तो मतिमान् सुरूपो भवेन्मनुष्यश्च दिवाप्रसूतः' ॥ १ ॥

तथा जा० भा० में भी 'तेजस्वी पितृसादृश्यश्चारुदृष्टिर्नृपप्रियः। बन्धुपूज्यो धनाढ्यश्च दिवाजातो नरो भवेत्' ॥ १ ॥

रात्रि में जन्म लेने वाले का फल—

मन्ददृग्बहुकामार्तः क्षयरोगी च तामसः।
क्रूरात्मा छन्नपापश्च निशि जातो भवेन्नरः ॥ २ ॥

जो मनुष्य रात्रि में जन्म लेता है वह अल्पदृष्टि वाला, अधिक काम से पीडित, क्षय (टी० बी०) रोगी, तामसी, कठोर आत्मा और गुप्तपापी होता है ॥ २ ॥

मा० सा० में कहा है 'मन्दवाग्बहुकामार्तः क्षयरोगी मलीमसः। क्रूरात्मा छन्नपापश्च निशि जातो भवेन्नरः' ॥ २ ॥

तथा जा० भा० में भी 'मन्ददृग्बहुकामार्तः क्षयरोगी मलीमसः। क्रूरात्मा छन्नपापश्च निशि जातो भवेन्नरः' ॥ २ ॥

इति दिवारात्रिफलम्।

इस प्रकार दिन और रात्रि में जन्म लेने वाले का फल समाप्त हुआ।

नन्वेवमुदाहृतानां संवत्सरादिफलानां समयनियमाभावान्निराधारत्वेन फलसंदेशः कथं संघटति, व्यर्थमेव किमथमुक्तमि (तो) त्याशङ्कायां पञ्चाङ्गादिपाठफलपाकसमयमाह ढुण्ढिराजः जातकाभरणे—

उक्तानि संवत्सरपूर्वकाणां फलानि तत्प्राप्तिरिति प्रकल्प्या।
सांवत्सरं सावनवर्षपस्य पाकेऽयनर्तुप्रभवं खरांशोः ॥ १ ॥
मासोद्भवं मासपतेस्तथेन्दोर्गणोडुपक्षप्रभव च यत्स्यात्।
तिथिप्रसूतं करणोद्भवञ्च चन्द्रान्तरेऽर्कस्य दशाविभागे ॥ २ ॥
वारोद्भवं वारविभोर्विचिन्त्यं योगोत्थमिन्द्वर्कबलान्वितस्य।
लग्नोद्भव लग्नपतेर्दशायां दृग्भावयुग्राशिजमेवमूह्यम् ॥ ३ ॥

यहाँ पर यह शङ्का होती है कि संवत्सर, मास नक्षत्रादि के फल कहने में किसी समय विशेष का निर्देश न होने से इन उक्त फलों की प्राप्ति अज्ञात होने से फल कहना व्यर्थ प्रतीत होता है। किन्तु ऐसा है नहीं क्योंकि आचार्य ढुण्ढिराज ने अपने जातकाभरण ग्रन्थ में इन फलों की प्राप्ति के विषय में यह कहा है कि उक्त संवत्सरादि फलों की प्राप्ति इस रीति से कल्पना करनी चाहिए। यथा—सावन वर्षेश की दशा के समय

संवत्सर का, अयन व ऋतु का सूर्य की दशा में, मासेश की दशा में मास का, चन्द्रमा की दशा में गण, नक्षत्र और पक्ष का, सूर्य की महादशा में चन्द्रमा की अन्तर्दशा में तिथि व करण का, वारेश की दशा में वार का, सूर्यचन्द्र में जो बली हो उसकी दशा में योग का और लग्नेश की दशा में लग्नजन्य फल होता है। इसी तरह राशिफल राशीश भावेश की दृष्टि वा योग होने से होगा। ऐसा समझना चाहिए ॥ १—३ ॥

एवमेव दिवारात्रिफलं सूर्यचन्द्रदशायां क्रमेण वाच्यम्।

इति संवत्सरादिफलानि ॥

इसी प्रकार दिन का सूर्य दशा में और रात्रि का चन्द्रमा की दशा में फल होता है। ऐसा जानना चाहिए।

इस प्रकार संवत्सरादि का फल कथन समाप्त हुआ।

नन्वग्रे लग्नषड्वर्गफलं वक्तव्यं, तत्र स्पष्टलग्नानयनम्—

'अयनांशाः प्रदातव्या लग्ने क्रान्तौ चरागमे' इति ब्रह्मसिद्धान्ते। तात्कालिकस्पष्टार्केऽयनांशयोजनमुक्तम्। सायनार्कादानीतं लग्नमपि सायनजातम्। पुनस्तत्रायनांशानामूनत्वमृषिप्रणीतग्रन्थेनोक्तमतः सायनलग्नस्यैव षड्वर्गफलं लेख्यं, न तु निरयनलग्नस्येति चेन्न। यतः श्रीमत्सूर्येण सूर्यजातके स्पष्टलग्नानयनेऽयनांशानामूनत्वं निरयनलग्नफलञ्च जन्मनि स्वकण्ठरवेणोक्तम्।

तात्कालिकार्थं सायनलवैर्युक्तं तु कारयेत्।
तद्भोग्यभागैरुदयान्गुणयेत् खाग्निभिर्भजेत् ॥ १ ॥
लब्धो भे भोग्यकालस्यात्संशोध्यः स्वेष्टकालतः।
तदग्रिमराशयश्च शेषं खाग्निहतं भजेत् ॥ २ ॥
अशुद्धराशिमानेन भागाद्यं संयुतं पुनः।
अयनांशोनितं सूत रात्रीष्टसमये ततः ॥ ३ ॥
सषड्भार्कादपि च तत्कारयेदुक्तवर्त्मना।
अस्मादेव वदेत्सूत फलं जन्मनि निश्चितम् ॥ ४ ॥ इति

आगे षड्वर्ग का फल वर्णित होने से जिज्ञासा होती है कि बिना लग्न के षड्वर्गों का साधन असंभव है। अतः स्पष्ट लग्नानयन के लिये ब्रह्मसिद्धान्त में कहा है कि लग्न, क्रान्ति और चर के आनयन में अयनांशों को सूर्य में जोड़ कर ही आनयन करना चाहिए।

इस ब्रह्मसिद्धान्त के वचन से सिद्ध होता है कि तात्कालिक सूर्य में अयनांश जोड़ कर लग्नानयन करना चाहिए। सायन सूर्य से जो लग्न आयेगी वह भी सायन ही होगी। पुनः सायन लग्न में अयनांशों का घटाना ऋषि प्रणीत ग्रन्थों में न मिलने से सायन लग्न के आधार पर ही षड्वर्गों को लिखना चाहिए न कि निरयन लग्न से षड्वर्ग बनाना चाहिए किन्तु ऐसा है नहीं क्योंकि श्रीसूर्यभगवान् ने अपने सूर्यजातक

ग्रन्थ में स्पष्ट सायन लग्न में अयनांशों का घटाना व निरयन लग्न के आधार पर जन्म के समय में फल कहना चाहिए, ऐसा कहा है।

यथा - जन्म के समय में तात्कालिक स्पष्ट सूर्य में अयनाँश जोड़कर जो राशि हो उस राशि के स्थानीय उदयमान से भोग्य काल को अर्थात् स्पष्ट सायन सूर्य के अंशादिकों को ३० में से घटाने जो शेष हो उसको गुना करके ३० का भाग देने पर जो लब्ध हो उसको इष्ट काल में से घटा कर आगे की राशियों के उदयासव जब तक घट सकें घटाना चाहिए। पुनः शेष को ३० से गुणा करके अशुद्ध राशि अर्थात् जिसके उदयासव नहीं घटे हैं उस राशि से भाग देकर लब्ध अंशादि फल को शुद्ध राशि अर्थात् जिस राशि तक उदयमान घटे हैं उस राशि सङ्ख्या में जोड़ कर पुनः अयनांश घटाने से स्पष्ट लग्न होता है। इसी निरयन लग्न के आधार पर जन्म के समय में फल का निश्चय होता है। यदि रात्रि का इष्ट हो तो सूर्य में ६ राशि जोड़ कर उक्तवत् लग्न का आनयन करना चाहिए ॥१-४॥

अथ लग्नषड्वर्गफलं होराप्रदीपे

लग्नाद्देहविचारो होरातश्चार्थसंपदो ज्ञेयाः।
द्रेष्काणात्कर्मफलं भ्रातृविचारस्तु सप्तांशात् ॥ १ ॥
सन्ततिफलं नवांशाद्द्वादशभागात्कलत्रचिन्ता च।
मृत्योर्ज्ञानं कथितं त्रिंशांशकाज्जातकज्ञैस्तु ॥ २ ॥

अब षड्वर्ग से किन किन विशेष बातों को जानना चाहिए, इसे बताते हैं। लग्न से देह का विचार, होरा से धन संपत्ति का, द्रेष्काण से कर्मों के फल का, सप्तांश से भाई का, नवांश से सन्तान का, द्वादशांश से स्त्री का और मृत्यु का ज्ञान त्रिंशांश से करना चाहिए। ऐसा जातक शास्त्र वेत्ताओं का कहना है ॥१-२॥

मा० सा० में कहा है 'लग्ने देहाचारो हौरायामर्थसम्पदो विपदाः। द्रेष्काणे कर्मफलं सप्तांशे बन्धुसङ्ख्या च। जातकफलं नवांशे द्वादशांशे विचिन्तयेत्पत्नीम्। त्रिंशांशे निधनस्थं यवनाचार्यैः सदा ह्युक्तम्' ॥१-२॥

अथ लग्नफलम्

अब बारह लग्नों में जन्म लेने वाले मनुष्य के फल को बतलाते हैं।

मेष लग्न में जन्म का फल—

लग्ने[1] क्रिये क्रोधपरोऽतिलुब्धो विदेशगोऽल्पात्मजसौख्यशीलः।
मेषाक्षिरीर्षुस्खलिताभिधायां पटुःपरः श्रेष्ठविशिष्ठकर्ता ॥ ३ ॥
विरुद्धशीलैः सहजैश्च मित्रैः ख्यातोऽल्पमेधाश्चपलः कुबन्धुः।
भीरुः स्थिरः स्फीतधनो विषादी कनिष्ठकर्माद्भुतगो जितारिः ॥ ४ ॥
वियुज्यते प्राक् सरुजेन मात्रा पित्रा धनभ्रंशसमन्वितश्च।
प्राप्नोति भार्यां सुकुमारशीलां व्यङ्गां समीरादिभिरर्दिताङ्गीम् ॥ ५ ॥

१-जा० सा० दी० १९ अ० १-३ श्लो०।

॥ इति मेषः ॥

यदि जन्म के समय में मेष लग्न हो तो जातक क्रोध परायण, अतिलोभी, विदेश जाने वाला, अल्प पुत्र सुख से सम्पन्न, ईर्ष्यालु, बकरे के समान नेत्र वाला, एक-एक बार बोलने वाला, चतुर, परमश्रेष्ठ, विशेष कार्य कर्ता, विपरीत आचरण करने वाले भाई व मित्रों से प्रसिद्ध, अल्पबुद्धि, चपल, दुष्ट बान्धव वाला, डरपोक, स्थिर, अधिक धनी, विषादी, अद्भुत लघु कार्य कर्त्ता, शत्रुओं को जीतने वाला, रोगवश माता से पूर्व में त्यक्त, पिता के धन का नाशक और अङ्गहीना सुकुमारी शीलवती वायु रोग से पीड़ित शरीर वाली पत्नी को प्राप्त करने वाला होता है ॥३-५॥

वृष लग्न में जन्म का फल—

[1]लग्ने वृषे स्यात्सुभगो यशस्वी स्यादिष्टकर्माम्बरभूषणेषु ।
लुब्धोऽन्नपाने दयिता प्रियश्च कन्या प्रियो वा पितृतोऽधिकारी ॥ ६ ॥
आपीनवक्षः स्वजनेन मर्दो धर्मेऽतिवृत्तः कफवातुलश्च ।
वणिक्कृषीद्यूतजलाशयार्थी स्थिरः पटुः स्वाश्रिभृद्यशस्वी ॥ ७ ॥
भार्यां प्रचण्डां विषमां कुयोनिं प्राप्नोति रौद्रानपि बन्धुवर्गान् ।

॥ इति वृषः ॥

यदि जन्म के समय में वृष लग्न हो तो जातक सुन्दर ऐश्वर्यवान्, वस्त्र व भूषणों में अभीष्ट कार्यार्थी, खाने पीने का लोभी, स्त्री प्रेमी, वा कन्या का प्रेमी, पिता से अधिक अधिकार प्राप्त करने वाला, मोटी छाती वाला, अपने मनुष्यों से पीडित, धर्म में प्रवृत्त अर्थात् धार्मिक कार्यों में ऐतिहासिक पुरुष, कफ व वायु से अधिक, व्यापार, खेती, जलाशय से धनी अर्थात् इनसे धन उपार्जित करने वाला, स्थिर, चतुर, अपने आश्रितों का पालक, यशस्वी, विषम स्वभाव वाली एवं दूषित योनि से युक्त प्रचण्डा स्त्री को प्राप्त करने वाला और भयानक बन्धु समुदाय वाला होता है ॥ ६—७ ॥

विशेष— जा० सा० दी० में 'स्यादिष्टकर्मावरभूषणेषु' 'कल्पप्रियो वा' 'प्रायो न क्रः स्वजनावमर्दे' 'काणीकृ विद्यु' ये पाठान्तर उपलब्ध हैं ॥ ६—७ ॥

मिथुन लग्न में जन्म का फल

[2]लग्ने तृतीये प्रियवाक्य (कृप्र) दाता शास्त्रार्थसङ्गीतकलासुदक्षः ।
भोगे रतः कामवशो वरस्त्री द्विमातृकः पूज्यवरश्च दक्षः ॥ ८ ॥
हीनाधिकाङ्गो विहितारिपक्षी दुर्मर्षणः क्षुद्रकुटुम्बवित्तः ।
अनिष्टपुत्रश्च समोऽल्पबन्धुर्धर्मालसो नार्थसहोऽलसश्च ॥ ९ ॥
बह्वङ्गनो रोगसहोऽरिहन्ता स्वसंस्थितो यत्नजरोगहानिः ।
रत्नोर्णहेमाढ्यजभूमिभागी प्रसिद्धवक्ता च नरो विनीतः ॥ १० ॥

इति मिथुनः

१–जा० सा० दी० १९ अ० ४-६ श्लो० । २ जा० सा० दी० १९ अ० ७—९ श्लो० ।

यदि जन्म के समय में मिथुन लग्न हो तो जातक, मधुरभाषी, अधिकदानी, शास्त्रार्थ व सङ्गीत कलाओं में चतुर, भोग में लीन, काम के वशीभूत, सुन्दर स्त्री से युक्त, दो माता वाला, पूजा करने वालों में श्रेष्ठ, चतुर, किसी अङ्ग में हीनता और किसो अङ्ग में अधिकता से युक्त, प्राप्त शत्रु पक्ष का नाशक, क्षुद्र, कुटुम्ब व धन से युक्त, अशुभ पुत्र वाला, समान, अल्पबन्धु वाला, धर्म में आलसी, आर्थिक आय के लिये आलस नहीं करनेवाला, अधिक स्त्रीवाला, रोग को सहने वाला, शत्रु को मारने वाला, अपने स्थान में रहने वाला रोग को दूर करने वाला, रत्न, ऊन, सुवर्ण से युक्त भूमि को प्राप्त करने वाला, प्रसिद्ध वक्ता और विनीत होता है ॥ ८–१० ॥

विशेष—जा० सा० दी० में 'भोगे रतः' के स्थान पर 'शोभा रतः' 'वरस्त्री' के स्थान पर 'वचस्वा (स्वी)' 'पूज्यवरः' के स्थान पर 'पूज्यतमः' यह तथा 'यत्नजरोग हानि' के स्थान पर पुस्तक में 'पानरतोजहानि' यह पाठान्तर उपलब्ध है ॥ ८–१० ॥

कर्क लग्न में जन्म का फल—

[1]कुलीरलग्ने विषमस्वभावो न चैकवासो द्विजदेवभक्तः ।
दाता सुधीर्दीनदयासमेतः कफानिलात्मा चपलश्च शीघ्रः ॥११॥
भीरुः परार्थव्ययकर्मभागी पूज्यः कुलार्यो गदभुक् च कामी ।
दुष्टात्मपुत्रो बहुवाक् सुबन्धुः कन्याप्रजो वा बहुलार्जवात्मा ॥ १२ ॥
सगोमहिष्यो धनधान्यवस्त्रविभूषणः साहसिकोऽतिधीरः ।
विदेशगो दुष्टकबन्धुकः स्यात्पापान्न सत्यान्न हिताद्बिभेति ॥ १३ ॥

इति कुलीरः

यदि जन्म के समय में कर्क लग्न हो तो जातक विषम प्रकृति, अनेक वस्त्र वा निवास वाला, ब्राह्मण व देवता का भक्त, दानी, विद्वान्, दीनों पर दया करने वाला, कफ व वायु प्रकृति, चपल, जल्दीवाज, डर पोक, दूसरे के कार्य में खर्च करने वाला, पूँजा करने योग्य, वंश में श्रेष्ठ, रोग भोगी अर्थात् रोगी, विषयी, दुष्ट प्रकृति के पुत्रों से युक्त, अधिक बोलने वाला, सुन्दर बान्धवों से युक्त, बहु कन्या सन्तान वाला, वा अधिक सरल आत्मा, गाय व भैंस धन, धान्य, वस्त्र अलङ्कारों से युक्त, साहसी, अधिक धैर्यवान्, विदेश जाने वाला, दुष्ट अन्तःकरण के बन्धुओं से युक्त और पाप व सत्य एवं शुभ से नहीं डरने वाला होता है ॥ ११-१३ ॥

विशेष—पुस्तक में 'नचैकवासो' के स्थान पर 'नवैकवासो' 'दीनदया' के स्थान पर 'दानदया' यह पाठ है। जा० सा० दी० में 'गदभुक्' के स्थान पर 'मुदभुक्' व 'बहुलार्जवात्मा' के स्थान पर पुस्तक में 'बहुलार्जितात्मा' यह पाठान्तर है। तथा 'धन-धान्य' के स्थान पर जा० सा० दी० में 'महिष्यौषधवाहन स्त्रो विभू....' यह व पापान्न सत्यान्न हिताद् विभेति' के स्थान पर पुस्तक में 'पापात्सहित्या न हितात्भिनत्ति' यह पाठान्तर मिलता है ॥ ११-१३ ॥

---

१ जा० सा० दी० १९ अ० १०-१२ श्लो० ।

सिंह लग्न में जन्म का फल—

[1]लग्ने हरौ सिंहमुखो महौजा दृढांसवक्षो नृपलब्धमानः।
धीरो गभीरः स्थितिसत्वयुक्तः प्रियामिषः स्वल्पवचो प्रमोदी॥ १४॥
भ्रातुः सबन्धूनपि हन्ति दुष्टान्वातात्मको दुःखसहोऽतिकोपी।
वनाद्रिचारी वधकृत्क्षुधालुर्लुब्धोऽरिहा स्वार्थकुटुम्बकार्यः॥ १५॥
कृष्यादिचित्तोऽन्वितबन्धुमित्रो व्ययी विधर्मा तु कदन्नभोगी।
वृद्धां नटीं प्रव्रजिताम्नार्यां व्यापारशीलां लभते तु भार्याम्॥ १६॥

इति सिंहः

यदि जन्म के समय में सिंह लग्न हो तो जातक सिंह के समान मुख वाला, बड़ा ओजस्वी- मजबूत कन्धा और छाती वाला, राजा से सम्मानित, धीर, गम्भीर, स्थिति में बली अर्थात् स्थान बल से युक्त, मांस का प्रेमी, अल्प बोलने वाला, आनन्ददायक, दुष्ट भाई बन्धुओं को भी मारने वाला, वायु प्रकृति, दुःख सहने वाला, अधिक क्रोधी, वन व पर्वत पर घूमने वाला, हिंसक, भूखा, लोभी, शत्रुओं को मारने वाला, अपने प्रयोजन से कुटुम्ब का कार्य करने वाला, खेती की बुद्धि से युक्त, बान्धव एवं मित्र वाला, खर्चीला, विपरीत धर्म वाला, दूषित अन्न खाने वाला और बूढ़ी, नाचने वाली, सन्यासिनी, अश्रेष्ठा स्त्री को प्राप्त करने वाला होता है॥ १४-१६॥

विशेष—जा० सा० दी० में 'प्रमोदी' के स्थान पर 'अप्रमादी' 'भ्रातुः सबन्धून्' के स्थान पर 'भात्रेऽल्पबन्धून्' यह पाठान्तर प्राप्त होता है॥ १४-१६॥

कन्या लग्न में जन्म का फल—

[2]कन्या विलग्ने मृदुवाग्दयावान् कामी सुरूपः सुभगो विनीतः।
सङ्गीतकाव्यव्यवहारशिल्पदानोपचारप्रणयादरज्ञः॥१७॥
कन्याबलप्रीतिविलाससत्वयशोऽभिलाषी परवित्तभोक्ता।
वामोऽटनो द्विप्रकृतिः सवातो मन्दप्रजो धर्मरतश्च मानी॥१८॥
स्वजातिपूज्यः प्रबलः कुटुम्बः क्रियापरस्याम्न हितोऽसतीषु।
पापैरनार्यैः सहजैर्विरुद्धो नीचारिविद्वेषविवृद्धरोषः॥१९॥

इति कन्या लग्नफलम्।

यदि जन्म के समय में कन्या लग्न हो तो जातक कोमल वाणी वाला, दयालु, कामी स्वरूपवान्, सुन्दर ऐश्वर्य से युक्त, विनम्र, सङ्गीत-काव्य-व्यवहार-चित्रकला-दान-उपचार-नम्रता और समादर (सत्कार) का ज्ञाता, कन्या-बल-प्रेम-विलास-सत्व और यश की इच्छा करने वाला, विपरीत, घूमने वाला, द्विस्वभावी, वायु-विकार से युत, अल्प-सन्तान वाला, धर्मात्मा, अभिमानी, अपनी जाति में सत्कार पाने वाला, प्रबल कुटुम्बी, उद्योगी, अपतिव्रताओं का अशुभ, पापी अनाड़ी भाइयों से विपरीत और दुष्ट शत्रु के विरोध से बढ़े हुए क्रोध वाला होता है॥१७—१९॥

---

१ जा० सा० दी० १९ अ० १३-१५ श्लो०। २. जा० सा० दी० १९ अ० १६-१८ श्लो०।

तुला लग्न में जन्म का फल—

[1]तुला विलग्ने शुभकृष्णरक्तश्चलोऽलसो दीर्घकृशः कृतघ्नः।
क्षीणार्जितार्थो विषमाङ्गशीलो वक्ता सुधीर्धर्मरतोऽतिदुःखी ॥२०॥
देशानुचारी कफवातकज्ञो पुराणवर्ती कलिकृत् प्रियावान्।
शुचिर्गुरुर्यानकृतज्ञपूज्यः पितान्यजातः सहजप्रियश्च ॥२१॥
भार्यां कुवृत्तामहितांश्च बन्धून् पुत्रान् लभेतोपहतं कुटुम्बम्।
पापोऽल्पवीर्यो मृदुशत्रुवर्गः काव्येषु लब्धव्यवसायबुद्धिः ॥२२॥

यदि जन्म के समय में तुला लग्न हो तो जातक शुभ काला व लाल वर्ण वाला, चञ्चल, आलसी, लम्बा, पतला, कृतघ्न, क्षीण (नष्ट) धन को पैदा करने वाला, विपरीत स्वभावी, बोलने वाला, विद्वान्, धर्म में तत्पर, अधिक दुःखी, देश में घूमने वाला, कफ व वायु का जानकार, पुराण का अनुयायी, कलह करने वाला, स्त्री से युक्त, पवित्र, गुरु वाहन व यज्ञ ज्ञाताओं से पूजन कराने वाला, अन्य जात या अन्त्य जात पिता वाला, भ्रातृ स्नेही, दूषित आचरण वाली स्त्री व अशुभ बन्धु और नष्ट कुटुम्ब को प्राप्त करने वाला, पापी, अल्पबली, सरल शत्रु वर्ग वाला और काव्य-शास्त्र में व्यवसायात्मिका बुद्धि वाला होता है ॥२०–२२॥

इति तुला।

वृश्चिक लग्न में जन्म का फल—

[2]लग्नेऽष्टमे विस्तृतपीनदेहो निम्नोदरः पिङ्गभीरनेत्रः।
पित्तान्वितो मध्यविलग्नघोणो विश्वासहो मातुरनिष्टकर्ता ॥ २३ ॥
स्थिरः प्रचण्डो विषमस्वभावो ईर्ष्युः सुहृद्द्रोहकरो महाभूः।
परान्नभोक्ता वधभेदकारी शूरोऽन्यनारीनिरतोऽरियुक्तः ॥ २४ ॥
नृपानुगः पापधनः कुटुम्बी क्षुद्रोऽग्रकृत् कर्मरतः प्रजावान्।
शिवाश्रयः स्यात्प्रणतार्थदाता प्रभूतनारीनिरतोऽटनश्च ॥ २५ ॥

यदि जन्म के समय में वृश्चिक लग्न हो तो जातक चौकोर (चौड़ी) मोटी देह वाला, गहरे पेट वाला, पीले गंभीर नेत्र वाला, पित्त से युक्त, मध्य में नम्र नासिका वाला, अविश्वासी, माता का अनिष्ट करने वाला, स्थिर, उग्र, विपरीत प्रकृति का, ईर्ष्यालु अधिक मित्रों से द्रोह करने वाला, दूसरे का भोजन करने वाला, हिंसा व लड़ाई करने वाला, वीर, परस्त्रीगामी, शत्रु से युक्त, राजा के पीछे चलने वाला पाप से धनी, कुटुम्बी, क्षुद्र, आगें करने वाला, कार्य में तत्पर, सन्तति से युक्त, शिवजी का आश्रय करने वाला, विनम्रों के लिये दानी, अधिक स्त्रियों में लीन और घूमने वाला होता है ॥२३–२५॥

विशेष—पुस्तक में 'ईर्ष्युः' के स्थान पर 'ईक्षत्' 'अरियुक्तः' के स्थान पर 'सुरक्तः' 'क्षुद्रोऽग्र' के स्थान पर 'क्षुद्रोराकृत्' तथा 'अटनश्च' के स्थान पर 'नटश्च' यह पाठान्तर है। यहाँ जातक सारोक्त सुवाच्य होने से दिया जा रहा है ॥२३–२५॥

इति वृश्चिकः।

---

१. जा० सा० दी० १९ अ० १९–११ श्लो०। २. जा० सा० दी० १९ अ० २२–२४ श्लो०।

धनु लग्न में जन्म का फल—

[1]धनुर्विलग्ने पृथुतुङ्गमूर्धा ह्रीमान् महाक्षः कुनखी जितारिः।
पीनोरुवक्षोंऽसभुजोदरश्च स्थूलद्विजो हि श्रुतिनासिकश्च ॥ २६ ॥
परोपकारी बहुशास्त्रवेत्ता क्रोधी सुधीः सत्यवृत्तिः कुलेष्टः।
स्वयं स्वहेतुर्जितधर्मचित्तो बन्धुप्रियः शिल्परतश्च शूरः ॥२७॥
सामैकसाध्यो बहुदारपुत्र कफानिलात्मा मुखनेत्ररोगी।
चलद्बहुक्षुद्रकुटुम्बकार्यः श्रुत्या हतो वा क्षितिपाद्धतार्थः ॥२८॥

यदि जन्म के समय में धनु लग्न हो तो जातक स्थूल व उच्च मस्तक वाला, लज्जा से युक्त, बड़े-बड़े नेत्र वाला, दूषित नखों से युक्त, शत्रु को जीतने वाला, स्थूल जांघ, छाती, कन्धा, हाथ और पेट वाला; मोटे दांत, कान व नाक से युक्त, परोपकारी, अधिक शास्त्रों का ज्ञाता, क्रोधी, पंडित, सत्य से जीविका चलाने वाला, कुल में श्रेष्ठ, अपने अभीष्ट कार्य में स्वयं ही कारण, अधार्मिक, बान्धव-स्नेही, चित्रकला का ज्ञाता, वीर, शान्ति से ही वशीभूत, अधिक स्त्री व पुत्र वाला, कफ एवं वायु प्रकृति से युक्त, मुख व आँखों का रोगी अस्थिर, अधिक क्षुद्र, कुटुम्ब कार्य करने वाला, बहिरा वा राजा से धन नष्ट कराने वाला होता है ॥२६–२८॥

इति धनुः।

मकर लग्न में जन्म का फल

[2]नक्रे विलग्ने कृकृशो मृगास्यो भीरुः प्रदीर्घो घनसौम्यसत्वः।
उद्वृत्तरोमादिकरो सिताक्षो विस्तीर्णवक्षश्चपलः क्षुधार्तः ॥२९॥
आचारहीनोऽद्रिवनानुचारी सङ्गीतशास्त्रार्थरतोऽतिदाता।
हृताङ्गरागोऽनिलरुक्कुभार्योऽलसो व्ययी स्वक्षिकटिस्त्वनीर्ष्यः ।३०।
धर्मी प्रवासी नृपशिल्पपण्यशौर्यार्जितस्वो जनकोऽङ्गनानाम्।
सद्भावभाक् क्षुद्रचलः कुटुम्बी स्त्रीणां वशो दुःस्वजनः शठारि. ॥३१॥

यदि जन्म के समय में मकर लग्न हो तो जातक कुरूप पतली देह वाला, मगर के तुल्य मुख वाला, डरपोक, लम्बा, सघन मृदुता से बली, अर्थात् सरल स्वभावी, गोल उठे हुए रोम वाला, सफेद नेत्र वाला, चौड़ी छाती वाला, चपल, भूख से पीडित; आचार-हीन, पर्वत व वन में घूमने वाला, सङ्गीत-शास्त्र का अध्यवसायी, अधिक दानी, अनुराग से हीन, वायु रोगी, दूषित स्त्री वाला, आलसी, खर्चीला, सुन्दर नेत्र व कमर वाला, ईर्ष्या से रहित, धार्मिक, प्रवासी, राजा, चित्रकारी या दूकान में पराक्रम से धन पैदा करने वाला, कन्या सन्तति से युक्त, सज्जनता से व्यवहार करने वाला, क्षुद्र, चञ्चल, कुटुम्ब से युक्त, स्त्रियों के वशीभूत, दुर्जन अपने मनुष्यों से युत और धूर्तों का शत्रु होता है ॥२९–३१॥

---

१. जा० सा० दी० १९ अ० १५–२७ श्लो०।

२. जा० सा० दी० १९ अ० २८–३० श्लो०।

कुम्भ लग्न में जन्म का फल—

[1]लग्ने घटे विस्फुटिताग्रघोणो नीचः कुलीनः कलिकृत्स्वतन्त्रः।
क्रोधी पिपासुः कफमारुतात्मा क्षीणो हितार्थः पिशुनः कुकीर्तिः ॥३२॥
प्रभूतकर्मिष्ठजनो जनानां बह्वालसो नष्टसुहृत्कुटुम्बः।
स्त्रीद्यूतपारुष्यरतः प्रवासी व्ययी शठो भ्रातृभिरर्दितश्च ॥३३॥
विगर्हितां कर्मणि दुष्टशीलां स्त्रीं कर्मठां विग्रहकारिणीञ्च।
प्राप्नोति मित्रानहितान् शठांश्च विद्वेषिणः श्लेष्मगदाभिभूतः ॥३४॥

तथा च वराहः[2]
न कुम्भलग्नं शुभमाह सत्यो न भागभेदाद्यवना वदन्ति।
कस्यांशभेदो न यतोऽस्ति राशेरतिप्रसङ्गादिति विष्णुगुप्तः ॥३५॥

यदि जन्म के समय में कुंभ लग्न हो तो जातक आगे से फटी हुई नाक वाला, दुष्ट, अच्छे वंश में उत्पन्न, कलह करने वाला, स्वतन्त्र, क्रोधी, अधिक पानी की इच्छा करने वाला, कफ व वायु प्रकृति, क्षोण, शुभ चिंतक, चुगलखोर, अपयशी, मनुष्यों के मध्य में अधिक कार्य शील, ज्यादा आलसी, मित्र व कुटुम्ब से रहित, स्त्री, जुआ, व पुरुषार्थ में लीन, प्रवासी, खर्चीला, भाईयों से पीडित, कार्य में निन्दित व दुष्टस्वभाव वाला, कलह करने वाली, कर्मठ स्त्री को एवं अशुभ, धूर्त मित्रों को प्राप्त करने वाला, विद्वेषी और कफजन्य रोग से पीडित होता है ॥ ३२-३४ ॥

अब वराहमिहिराचार्य जी के वाक्य से कुम्भ लग्न का फल कहते हैं। श्री सत्याचार्य जी का कथन है कि जन्म के समय कुम्भ लग्न शुभ नहीं होता है। तथा यवनाचार्य जी कहते हैं कि लग्न में कुम्भ का द्वादशांश अशुभ होता है। श्री विष्णुगुप्त जी का कहना है कि ऐसी कौन सी राशि है जिसमें कुम्भ का द्वादशांश नहीं है अर्थात् सब राशियों में कुम्भ का द्वादशांश होने से समस्त राशि लग्न में जन्म अशुभ हो जायगा अतः कुम्भ का द्वादशांश अशुभ मानने पर अति प्रसङ्ग दोष हो जायगा। इस लिये कुम्भ लग्न ही जन्म में अशुभ होता है यह सत्याचार्य जी का पक्ष ही ठीक है, यवनाचार्य जी का नहीं है कहा है—'कुम्भद्वादशभागो लग्नगतो न प्रशस्यते यवनैः। यद्येवं सर्वेषां लग्नगतानामनिष्टफलता स्यात्। घटयोगाद्राशीनां न मतं तत्सर्व-शास्त्रकाराणाम्। तस्मात्कुम्भविलग्नो जन्मन्यशुभो न तद्भागः' ॥३२-३५॥

इति कुम्भः

मीन लग्न में जन्म का फल—

[3]लग्ने झषे कुट्टनकर्मरक्तस्त्वग्दोषभागी विण्टताननश्च।
पानामिषेप्सुर्धृतिसत्वमेधाः शौचश्रुताचाररतो विनीतः ॥३६॥
गीताङ्गनाकार्यसुशिल्पविज्ञः कन्याप्रजः प्रत्ययकीर्तियुक्तः।
दुर्मर्षणः स्फीतचलत्कुटुम्बो धन्यः स्थिरो भ्रातृजनोऽतितेजाः ॥३७॥

१. जा० सा० दी० १९ अ० ३१-३४ श्लो०। २. बृ० जा० २१ अ० २ श्लो०।
३. जा० सा० दी० १९ अ० २५-३७ श्लो०।

कफानिलात्मा व्यजनो हि धान्यः फलक्रियाभिः सहितोसुदारः ।
क्षुद्रोग्रशत्रुर्मृदुवल्गुहासो व्यालाग्न्यसृग्विषकर्शिताङ्गः ॥३८॥

इति मीनः ।

इति लग्नफलम्

यदि जन्म के समय में मीन लग्न हो तो जातक कूटने के काम में अनुरक्त, खाल का दोष भोगने वाला, खुले हुए मुख का, शराब व मांस का प्रेमी, धैर्यवान्, बलवान्, बुद्धिमान्, पवित्र, शास्त्रानुचारी, विनम्र, गायन, स्त्रीकार्य व सुन्दर चित्रकारी का जानने वाला, कन्या सन्तति से युक्त, विश्वासी, कीर्तिमान्, मर्दन करने वाला, अधिक चञ्चल, कुटुम्ब से युक्त-प्रशंसनीय, स्थिर, अति तेज भाई वर्ग से युत, कफ व वायु प्रकृति, चञ्चल धान्य वाला, फलों की क्रिया से युक्त, उदार चेता, क्षुद्र, उग्र शत्रुओं से युक्त, सरल स्वभावी, सुन्दर हंसने वाला, सर्प, अग्नि वा खून का रोगी और विष से पतली देहवाला होता है ॥३६-३८॥

इस प्रकार बारह लग्नों का फल समाप्त हुआ ।

अथ होराफलम् ।

लग्नेश की स्थिति वश होरा फल—

होरापतौ पूर्णबले च होरा गुण स्वकीयं लभते प्रसूतः ।
स्वस्वामियोगेक्षणतः फलं स्याद्भावोद्भवं श्रेष्ठमतोऽन्यथान्ये ॥१॥

यदि जन्म के समय में लग्नेश पूर्ण बली हो तो जातक जिस होरा में उत्पन्न होता है उस का पूर्ण फल पाने वाला, वा होरा अपने स्वामी से दृष्ट युक्त जिस भाव की हो उस का फल अच्छा होता है । इसके विपरीत में भाव जन्य फल अशुभ होता है ॥ १ ॥

सूर्य की होरा में उत्पन्न का फल—

होरायां सवितुः कुवृत्तिनिरतो धूर्तो विरूपः खलः
पापात्मा मलिनः सुखार्थरहितः क्रूरो गुणैर्वर्जितः ।
प्रेष्यः शीघ्रगतिर्गभीरहृदयः कामी परस्त्रीजितो
देवब्राह्मणनिन्दकोऽतिमुखरः सः स्याददृश्यो नरः ॥ २ ॥

जो जीव सूर्य की होरा में उत्पन्न होता है वह निन्दित जीविका से निर्वाह करने वाला, धूर्त, कुरूप, दुष्ट, पापी, दूषित, सुख व धन से हीन, क्रूर, गुणों से हीन, सेवक (दरिद्र), जल्दी चलने वाला, गम्भीर हृदय, विषयी, दूसरे की स्त्री से पराजित, देव व ब्राह्मणों की निन्दा करने वाला, अधिक अप्रिय वक्ता वा नायक और अदर्शनीय जातक होता है ॥ २ ॥

चद्रमा की होरा में उत्पन्न का फल

शान्तः सर्वगुणान्वितः स्थिरमतिर्नित्यं सुहृत्पूजको
नानारत्नवराङ्गनात्मजधनैर्युक्तः सुवेषः शुचिः ।
त्यागी मानरतः स्वकर्मनिरतः पात्रं धरित्रीपतेः
होरायां रजनीकरस्य च भवेत् भृत्यप्रियो मानवः ॥ ३ ॥

जो जीव चन्द्रमा की होरा में उत्पन्न होता है वह शान्तस्वभाव, सब गुणों से युक्त, स्थिर बुद्धि, मित्रों की पूँजा करने वाला, अनेक रत्न-श्रेष्ठ स्त्री और धन से युत, सुन्दर वेषधारी, पवित्र, त्यागी अभिमानी वा सम्मान में तत्पर, अपने कार्यों का सावधानी से संपादन करने वाला, राजा का कृपा पात्र और सेवकों का प्रेमी होता है ॥ ३ ॥

होरा फल कथन में विशेष—

रवेः स्वदेशस्थितिदा होरा चन्द्रस्य चैव हिं।
विदेशे तत्र लाभः स्याच्छुभदृष्टौ न चान्यथा ॥ ४ ॥
होराधिपः केन्द्रगतः शुभग्रहैर्दृष्टो युतः संपदमाप्नुयान्नरः।
मुक्तादिकं स्वर्णयुतं च पापैर्लोहादिकं वा खरमाहिषञ्च ॥ ५ ॥

इति होराफलम् ।

जिस जीव की उत्पत्ति के समय में शुभग्रहों से दृष्ट सूर्य की होरा होती है उसका निवास प्रायः अपने घर पर ही होता है ।

जिसकी उत्पत्ति के समय में शुभ ग्रहों से दृष्ट चन्द्रमा की होरा होती है उसका परदेश में निवास व वहाँ पर ही लाभ होता है । यदि शुभग्रह से अदृष्ट होरा हो तो कथित फल नहीं होता है ॥ ४ ॥

यदि उत्पत्ति के समय होरा का स्वामी केन्द्र में शुभ ग्रहों से दृष्ट या युत होता है तो जातक मोती आदि सोने से युत संपत्ति प्राप्त करने वाला होता है । यदि केन्द्र गत होरा स्वामी पाप ग्रहों से दृष्ट हो तो जातक लोहा, खर, (गधा) भैंसा आदि संपत्ति से युक्त होता है ॥ ५ ॥

इस प्रकार लग्नस्थ होरा का फल समाप्त हुआ ।

अथ द्रेष्काणफलम् ।

सूर्य के द्रेष्काण में प्रसूति का फल—

द्रेष्काणे दिवसेश्वरस्य मलिनः शूरोऽङ्गनावल्लभः
क्रूरः साहसिकः कुकर्मकुशलो मूर्खः कुपक्षग्रहः ।
बह्वाशी गुरुतल्पगोऽल्पतनयो द्यूतक्रियासंरतः
पापात्मा कृपणः खलोऽतिमुखरः स स्याददृश्यो नरः ॥ १ ॥

जिसके प्रसूति समय में सूर्य का द्रेष्काण होता है वह मलिन (मैला कुचेला) वीर, स्त्रियों का प्रेमी, क्रूर, साहसी, असत्कार्यों में चतुर, मूर्ख, कुत्सित मार्ग का अनुसरण करने वाला, अधिक भोजनी, गुरुस्त्रीगामी, अल्प पुत्रों से युक्त, जुआ खेलने में तत्पर, पापी, लोभी, दुष्ट, अधिक मुखर और अदर्शनीय जातक होता है ॥ १ ॥

चन्द्रमा के द्रेष्काण में प्रसूति का फल—

द्रेष्काणे रजनीकरस्य सुतनुः संपूर्णचन्द्राननः
शिल्पज्ञो बहुभाषणो विधुरपूर्णश्चेत्कदापि क्षयी ।
शास्त्रे मन्दरतिः सुशीलहृदयो बन्ध्वर्चितश्चञ्चलो
धर्माधर्मरतो विदेशकुशलो स स्याददृश्यो नरः ॥ २ ॥

जिसके प्रसूति समय में चन्द्रमा का द्रेष्काण होता है वह सुन्दर शरीरधारी, पूर्ण चन्द्र के समान मुख वाला, चित्रकारी का ज्ञाता, अधिक बोलने वाला, यदि अपूर्ण चन्द्रमा हो तो कभी भी हीन होने वाला, शास्त्र में अल्प बुद्धि वाला, सुशील (शान्त) अन्तः करण का, बान्धवों से पूजित, अस्थिर, धर्म व अधर्म में लीन, परदेश में चतुर और अदर्शनीय जातक होता है ॥ २ ॥

मङ्गल के द्रेष्काण में प्रसूति का फल—

द्रेष्काणे धरणीसुतस्य मलिनः क्रूरो विहीनो धनैः
पापात्मा पिशुनः सुतार्थरहितः स्यान्निष्ठुरो निर्दयः।
दुःशीलो बहुभाषणो क्षततनुश्चात्मंभरिः क्रोधयुक्
रोगार्तो परसेवको गुणगणैः सत्याजितो मानवः॥ ३ ॥

जिसके प्रसूति समय में मङ्गल का द्रेष्काण होता है वह दूषित, क्रूर, धन से रहित, पापी, चुगलखोर, पुत्र व धन से हीन, निठुर, निर्दयी, उद्दण्ड, अधिक बोलने वाला, भग्न शरीर, पेट भरने वाला, क्रोधी, रोग से दुःखी, दूसरे का नौकर, गुणों से व सत्य से नहीं जीतने योग्य जातक होता है ॥ ३ ॥

बुध के द्रेष्काण में प्रसूति का फल —

द्रेष्काणे शशिजस्य बुद्धिकुशलः क्ष्मापालपूज्यः सदा
दीर्घायुर्बलवानपत्यबहुलः शान्तो यशस्वी शुचिः।
धर्मज्ञानरतः प्रमादरहितो नित्यं सतां वल्लभः
शास्त्रज्ञः कुलभूषणो बहुधनस्त्यागी च तुष्टो नरः॥ ४ ॥

जिसके प्रसूति समय में बुध का द्रेष्काण होता है वह चतुर बुद्धि, सदा राजा से सम्मानित, दीर्घायु, बली, अधिक पुत्रों से युक्त, शान्त, यशस्वी, पवित्र, धर्म ज्ञान में लीन, अप्रमादी, सज्जनों का प्रेमी, शास्त्र का ज्ञाता, वंश का भूषण, अधिक धनी, त्यागी और प्रसन्न जातक होता है ॥ ४ ॥

गुरू के द्रेष्काण में प्रसूति का फल—

द्रेष्काणे धिषणस्य यः शिशुरभूद्दीर्घायुरव्याधितो
बुद्धीशः प्रियदर्शनो गुणनिधिर्मुक्ताशयो धार्मिकः।
मोक्षज्ञानपरः कृपालयतनुः शान्तः सुशीलः शुचिः
सुस्त्रीस्नेहरतोऽन्यदाररनिरतः स्यात्सुन्दरः श्रीमयः॥ ५ ॥

जिसके प्रसूति समय में गुरू का द्रेष्काण होता है वह दीर्घायु, रोग से हीन, बुद्धि का स्वामी (बुद्धसेन), प्रियदर्शन, गुणों का खजाना, मुक्ताशयी, धर्मातमा, मोक्ष के ज्ञान में तत्पर, दयालु, शान्त, सुशील, पवित्र, दूसरे की स्त्री में लीन, सुन्दर स्त्री के प्रेम में अनुरक्त, स्वरूपवान् और लक्ष्मी मय अर्थात् बड़ा धनी जातक होता है ॥ ५ ॥

शुक्र के द्रेष्काण में प्रसूति का फल—

द्रेष्काणे भृगुनन्दनस्य सुतनुः पात्रं धरित्रीपतेः
सर्वज्ञोऽपि जनानुरागकुशलो दाता सतां पालकः ।
मुक्तारत्नवराङ्गनात्मजधनैः स्फीतः कृपालुः शुचिः
शान्तः सत्यरतोऽपि मुक्तहृदयो धर्मानुरक्तो नरः ॥ ६ ॥

जिसके प्रसूति समय में शुक्र का द्रेष्काण होता है वह सुन्दर शरीरधारी, राजा का कृपा पात्र, सर्वज्ञ होकर भी मनुष्यों के अनुराग में चतुर, दानी, सज्जनों का रक्षक, मोती, रत्न, सुन्दर स्त्री, पुत्र व धन से अधिक संम्पन्न, दयालु, पवित्र, शान्त, सत्य में तत्पर होने पर भी मुक्त हृदय और धर्म में अनुरक्त जातक होता है ॥ ६ ॥

शनि के द्रेष्काण में प्रसूति का फल—

द्रेष्काणे रविनन्दनस्य मलिनः क्रूरो मृदुस्तस्करो
दुःशीलःकृपणः सुतार्थरहितः प्रेष्यैर्गुणैर्वर्जितः ।
पापात्मा गुरुतल्पगोऽतिपिशुनः स्यात्क्रोधनो निर्दयः
शोकार्तो मुखरः स्वरूपरहितः कामातुरो मानवः ॥ ७ ॥

जिसके प्रसूति समय में शनि का द्रेष्काण होता है वह मलिन, क्रूर, सरल, चोर, शीलता से हीन, लोभी, पुत्र व धन से हीन, सेवक के गुणों से रहित, पापी, गुरुस्त्री गामी, अधिक चुगलखोर, क्रोधी, निर्दयी, शोक से पीडित, अग्रगामी (प्रधान) स्वरूप से हीन और काम की वासना से दुःखी जातक होता है ॥ ७ ॥

फल कहने में विशेष—

लग्ने द्रेक्काणाधिपतिस्तु सौम्यः शुभग्रहैर्युक्तनिरीक्षितश्च ।
सत्कर्मकर्ता बहुकीर्तियुक्तः पापग्रहैः स्यादशुभं च तत्र ॥ ८ ॥
द्रेष्काणे मित्रतुङ्गस्थैः शुभखेटैः शुभं वदेत् ।
समस्तकर्मतो दुखं विपरीतेन संशयः ॥ ९ ॥

इति द्रेष्काण फलम् ।

यदि प्रसूति के समय लग्न में शुभग्रह का द्रेष्काण हो वा शुभग्रह से युत वा दृष्ट द्रेष्काण हो तो जातक अच्छा कार्य कर्त्ता और अधिक कीर्ति से युत होता है । यदि द्रेष्काण का स्वामी अशुभ वा अशुभ ग्रह से दृष्ट या युत हो तो अशुभ फल होता है ।

यदि द्रेष्काण का स्वामी मित्र या उच्चराशि में या शुभग्रह से युक्त हो तो शुभ फलद, इसके विपरीत में हो तो सब कार्यों से दुःख ही होता है । इसमें संदेह नहीं है ॥८-९॥

इस प्रकार लग्नस्थ द्रेष्काणों का फल समाप्त हुआ ।

अथ सप्तांशाद्भ्रातृविचारः ।

सप्तांशे भ्रातृभवने रविभौमार्यदृग्युताः ।
पश्चाज्जातो पितुः पुत्रः भृगुचन्द्रजकन्यका ॥ १ ॥

यदि जन्म के समय में तृतीय भाव में सूर्य या भौम या गुरू का सप्तांश हो वा इन ग्रहों से दृष्ट युत तृतीय भाव हो तो जातक के अनन्तर पुनः पुत्र सन्तान उत्पन्न होगी ऐसा समझना चाहिए ।

यदि शुक्र या बुध का सप्तमांश हो वा इनसे दृष्ट युत तृतीय भाव हो तो जातक की उत्पत्ति के बाद कन्या होगी ऐसा जानना चाहिए ॥ १ ॥

अथ लग्ने ग्रहाणां नवांश फलम्

अब लग्न में ग्रहों के नवांश फल को कहते हैं अर्थात् लग्न में किस ग्रह का नवांश है इसे जानकर प्रत्येक ग्रह के आधार पर फल को बताते हैं ।

प्रसव काल में सूर्य के नवांश का फल—

दीर्घाकुञ्चितमूर्धजो समतनुः गौरो गभीराशय-
स्तेजस्वी सुरतोपचारकुशलः पापानुरक्तः सदा ।
स्तब्धः साहसिकोऽतिचञ्चलधनो रक्तो सधर्मः सुखी
क्रूरः स्यादरिमर्दनोऽल्पतनयो भानोर्नवांशे नरः ॥ १ ॥

यदि प्रसव काल में सूर्य का नवांश हो तो जातक लम्बे घुघराले केश वाला, समान शरीर वाला, गौर वर्ण, गम्भीर भावना का, तेजस्वी, रति क्रिया में चतुर, सदा पाप में अनुरक्त, चकित, साहसी, अधिक अस्थिरधनी, लाल, धार्मिक, सुखी, क्रूर, शत्रु का नाश करने वाला व अल्प सन्तान से युक्त होता है ॥ १ ॥

प्रसव काल में चन्द्रमा के नवांश का फल—

भवति कनककान्तिर्नातिदीर्घो न खर्वः
प्रविरलतनुरोमाभासवेषः सुदृष्टिः ।
बहुधनपरिपूर्णो धर्मशीलो गुणज्ञः
विषयसुखसुवेषः शीतरश्मेर्नवांशे । २ ॥

यदि प्रसव काल में चन्द्रमा का नवांश हो तो जातक सुवर्ण के समान कान्ति वाला, न लम्बा न नाटा, सघन रोमावली से युक्त शरीरधारी, सुन्दर नेत्र वाला, अधिक धन से सम्पन्न, धार्मिक, गुणी, विषयी, सुखी और सुन्दर वेषधारी होता है ॥ २ ॥

प्रसव काल में मङ्गल के नवांश का फल—

केशाग्रे कपिलः सुवृत्तनयनः पृष्ठेन किञ्चिन्नतो
गौराङ्गः कुनखी व्रणाङ्कितशिरो कामी खलो मत्सरी ।
धूर्तः स्त्रीधनसङ्ग्रहेऽतिकुशलः प्रायोऽल्पधर्मः सुखी
क्रूरः शत्रुविमर्दनोऽतिकृपणः स्याद्भूमिजांशे नरः ॥ ३ ॥

यदि प्रसव काल में मङ्गल का नवांश हो तो जातक आगे से पीले (भूरे) बाल वाला, सुन्दर गोल नेत्रधारी, पीठ से कुछ विनम्र, गौर वर्ण, कुत्सित नाखून वाला, मस्तक घाव के चिह्न से चिह्नित, कामी, दुष्ट, द्वेष कर्ता, ठग, स्त्री के धन एकत्रित करने में ज्यादा चतुर, प्रायः थोड़ा धार्मिक, सुखी, क्रूर, शत्रु को नाश करने वाला और अधिक लोभी होता है ॥ ३ ॥

प्रसव काल में बुध के नवांश का फल—

श्यामश्चञ्चललोचनः समतनुः विस्तीर्णवक्षस्थलो
दीर्घाकुञ्चितमूर्धजोऽपि दशनश्रोणीभिराशोभितः ।
शीर्गायुः क्रयविक्रयेषु कुशलो धीरो धनाढ्यः सुखी
दिव्यस्त्र्यम्बरमाल्यभूषणरतः स्याच्चन्द्रजांशे नरः ॥ ४ ॥

यदि प्रसव काल में बुध का नवांश हो तो जातक काले रङ्ग का, चञ्चल नेत्र वाला, समान शरीर, विशाल छाती वाला, लम्बे घुघराले बाल होने पर भी दांत व कमर की शोभा से शोभित, अल्पायु, खरीदने व बेचने के कार्य में चतुर, धैर्यवान्, धनी, सुखी, दिव्य स्त्री-वस्त्र-पुष्प और भूषणों में अनुरक्त होता है ॥ ४ ॥

प्रसव काल में गुरु के नवांश का फल—

श्यामाङ्गः कमलोदरः सुवदनो नीलोत्पलाभेक्षणः
प्रांशुः शोभनमूर्धजोऽतिविमलः पाणौ सुरेखाङ्कितः ।
बुद्धीशो ह्यतिथिप्रियो बहुगुणः शूरोऽङ्गनावल्लभो
वित्ताढ्यो मधुरस्वरः सुरगुरोरंशे भवेन्मानवः ॥ ५ ॥

यदि प्रसव काल में गुरू का नवांश हो तो जातक काले रङ्ग, कमल के तुल्य पेट वाला, सुन्दर मुख से युक्त, नील कमल की शोभा (कान्ति) के तुल्य नेत्र वाला, उन्नत, सुन्दर केशधारी, अधिक स्वच्छ, हाथ सुन्दर रेखाओं से चिह्नित, बुद्धि का स्वामी, अतिथियों का प्रेमी, अधिक गुणी, वीर, स्त्रियों का प्यारा, धनी और मोठी वाणी वाला होता है ॥ ५ ॥

प्रसव काल में शुक्र के नवांश का फल—

रक्तोपान्तो नमतिनयनो मञ्जुकेशः सुमूर्तः
कम्बुग्रीवो भवति विकलः श्यामवर्णः सुनाभिः ।
शूरः श्रीमान्सुशीलः कविरतिसधनो दानशीलो गुणज्ञो
वस्त्रालङ्कारतुष्टः सकुसुमनिरतो मानवोभार्गवांशे ॥ ६ ॥

यदि प्रसव काल में शुक्र का नवांश हो तो जातक नीचे लाल प्रान्त नेत्र वाला, मनोहर बाल, शङ्ख के तुल्य गर्दन वाला, अशान्त, काले रङ्ग का, सुन्दर नाभि से युक्त, वीर, सुशील, कविता में प्रेम, धनी, दानी, गुणी, वस्त्र व भूषणों से प्रसन्न और पुष्पों का स्नेही होता है ॥ ६ ॥

प्रसव काल में शनि के नवांश का फल—

प्रविरलतनुशोभा बभ्रुकेशः कृशाङ्गो
भवति ललितनेत्रः श्यामवर्णः स्वतन्त्रः ।
बहुगुणपरिपूर्णः पापशीलो विधर्मा
परिमितधनभागी मानवो भानुजांशे ॥ ७ ॥

यदि प्रसव काल में शनि का नवांश हो तो जातक निरन्तर शोभा से युक्त शरीर-धारी, भूरे केश वाला, पतली देह का, सुन्दर नेत्रधारी, काले रङ्ग का, स्वतन्त्र, अधिक गुणों से युक्त, पापी, विधर्मी और सीमितधन प्राप्त करने वाला होता है ॥ ७ ॥

नवांश लग्न से पुत्र लाभालाभ ज्ञान—

नवांशलग्नात्सुतपश्च सौम्यः शुभाशुभैर्युक्तविलोकितो वा ।
शुभैः सुताः स्युः प्रचुरा नरस्य क्रूरग्रहैर्पुत्रसुखञ्च न स्यात् ॥ ८ ॥

इति लग्ने ग्रहाणां नवांशफलम् ।

अब नवांश लग्न से पञ्चमेश की स्थितिवश पुत्र प्राप्ति व अप्राप्ति के योग को कहते हैं ।

यदि जन्मलग्नस्थ नवांश लग्न से पञ्चम भाव का स्वामी शुभ ग्रह या शुभ ग्रह से युक्त वा दृष्ट हो तो अधिक पुत्र जातक के होते हैं ।

यदि नवांश लग्न से पञ्चमेश पाप ग्रह हो या पाप से युत वा दृष्ट हो तो पुत्र सुख का जातक को अभाव होता है ॥ ८ ॥

इस प्रकार लग्नस्थ ग्रहों का नवांशफल समाप्त हुआ ।

अथ केवलनवांशफलम्

अब आगे लग्नस्थ केवल अर्थात् पहिला, दूसरा, तीसरा, चौथा इत्यादि नाम से नवों नवांशों के फल को बतलाते हैं ।

लग्न में पहिले नवांश का फल—

पिशुनश्चपलो धृष्टः पापकर्मरतः सदा ।
परेषां व्यसनासक्तश्चोरश्च प्रथमांशके ॥ १ ॥

यदि जन्म लग्न में पहिला नवांश हो तो जातक चुगलखोर, चपल, ढीठ, सदा पापकर्म में अनुरक्त, दूसरे के व्यसनों में आसक्त और चोर होता है ॥ १ ॥

लग्न में दूसरे नवांश का फल

धार्मिकः सत्यवादी च नानाशास्त्रविशारदः ।
दृढव्रतो महोत्साही द्वितीयांशे भवेन्नरः ॥ २ ॥

यदि जन्म लग्न में दूसरा नवांश हो तो जातक धर्मात्मा, सत्य बोलने वाला, अनेक शास्त्रों में प्रवीण, स्थिर संकल्पी और बड़ा उत्साही होता है ॥ २ ॥

लग्न में तीसरे नवांश का फल

उत्पन्नविभवो भोक्ता सङ्ग्रामे विगतस्पृहः ।
गान्धर्वप्रमदासक्तस्तृतीयांशसमुद्भवः ॥ ३ ॥

यदि जन्म लग्न में तीसरा नवांश हो तो जातक प्राप्त हुए ऐश्वर्य को भोगने वाला, युद्ध की इच्छा से बहिर्भूत और प्रेम के कारण स्त्री में अनुरक्त होता है ॥ ३ ॥

लग्न में चौथे नवांश का फल—

चतुरंशकजातस्य स्मरणाद् वीक्षणादपि ।
सर्वस्वसङ्ग्रहे नित्यं यात्किञ्चिद्दिविभूतले ॥ ४ ॥

यदि जन्म लग्न में चौथा नवांश हो तो जातक स्मरण व देखने से भी जो कुछ पृथ्वी व स्वर्ग में है उस सबको एकत्रित करने में प्रति दिन रत होता है ॥ ४ ॥

लग्न में पाँचवें नवांश का फल—

सर्वलक्षणसंपन्नो धनी भवति सर्वतः ।
दीर्घायुर्बहुपुत्रश्च यो जातः पञ्चमांशके ॥ ५ ॥

यदि जन्म लग्न में पांचवाँ नवांश हो तो जातक सब लक्षणों से संपन्न, सब ओर से धनी, दीर्घायु और अधिक पुत्रों से युक्त होता है ॥ ५ ॥

लग्न में छटे नवांश का फल—

स्त्रीनिर्जितोऽनपत्यश्च बहुमायो नपुंसकः ।
दृढवैरो महोत्साहो जातः षष्ठे नवांशके ॥ ६ ॥

यदि जन्म लग्न में छटा नवांश हो तो जातक स्त्री से पराजित, सन्तान से हीन, बड़ा मायावी, नपुंसक, स्थिर द्वेषी और बड़ा उत्साही होता है ॥ ६ ॥

लग्न में सातवें नवांश का फल—

विक्रान्तो मतिमान् शूरः सङ्ग्रामे वापराजितः ।
दृढबुद्धिः महोत्साहो यो जातः सप्तमांशके ॥ ७ ॥

यदि जन्म लग्न में सातवां नवांश हो तो जातक पहलवान् या बहादुर, बुद्धिमान्, वीर, युद्ध में अपराजित, स्थिर बुद्धि और बड़ा उत्साही होता है ॥ ७ ॥

लग्न में आठवें नवांश का फल

स्वधर्मकुशलो दक्षः संयतात्मा जितेन्द्रियः ।
भृत्यानां पोषणे दक्षो यो जातश्चाष्टमांशके ॥ ८ ॥

यदि जन्म लग्न में आठवां नवांश हो तो जातक अपने धर्म में निपुण, आत्म संयमी, इन्द्रियों को जीतने वाला और सेवकों के पालन करने में चतुर होता है ॥ ८ ॥

लग्न में नवें नवांश का फल—

अष्टमांशकजातस्य ये गुणाः संप्रकीर्तिताः ।
नवमेंऽशे प्रजातस्य त एव कथिता बुधैः ॥ ९ ॥

यदि जन्म लग्न में नवां नवांश हो तो जातक को आठवें नवांश में कहे हुए फल तुल्य फल होता है ॥ ९ ॥

इति लग्न नवांश फलम्—

इस प्रकार लग्नस्थ नवों नवांशों का फल समाप्त हुआ ।

[अथ द्वादशांशफलम्]

सूर्य के द्वादशांश में जन्म का फल--

मलिनश्चपलः क्रूरः स्वल्पायुरधनोऽलसः ।
कामी नरोऽल्पधर्मः स्याद्द्वादशांशे विवस्वतः ॥१॥

सूर्य के द्वांदशांश में जन्म लेने वाला जातक दूषित, चपल, क्रूर अर्थात् दुःस्वभावी, अल्पायु, निर्धन, आलसी, विषयी और थोड़ा धार्मिक होता है ॥ १ ॥

चन्द्रमा के द्वादशांश में जन्म का फल—

बन्धूनामाश्रयः प्राज्ञो धनाढ्यः प्रियदर्शनः ।
शिल्पज्ञो बहुधर्मः स्याद्द्वादशांशे विधोर्नरः ॥ २ ॥

चन्द्रमा के द्वादशांश में जन्म लेने वाला जातक बान्धवों को सहायता देने वाला, विद्वान्, धनी, सुन्दर स्वरूप, चित्रकारी का ज्ञाता और अधिक धार्मिक होता है ॥ २ ॥

मङ्गल के द्वादशांश में जन्म का फल--

पिशुनो मलिनो मूर्खः पापात्मा सुरतप्रियः ।
अल्पधर्मो महीजस्य द्वादशांशे भवेन्नरः ॥ ३ ॥

मङ्गल के द्वादशांश में जन्म लेने वाला जातक चुगलखोर, दूषित, मूर्ख, पापी, कामी और लघु धर्म वाला होता है ॥ ३ ॥

बुध के द्वादशांश में जन्म का फल—

सूर्यांशकः सोमसुतस्य लग्ने नरं प्रसूते सुभगं सुशीलम् ।
विद्यासु रक्तं गुरुदेवभक्तं परैरधृष्यं रसलालसञ्च ॥ ४ ॥

बुध के द्वादशांश में जन्म लेने वाला जातक सुन्दर भाग्यशाली, सुशील, विद्याभ्यासी गुरू व देवता का भक्त, दूसरे को असह्य और रस की इच्छा करने वाला होता है ॥ ४ ॥

गुरू के द्वादशांश में जन्म का फल—

शुचिः शास्त्रार्थविद्वक्ता सुखी दीर्घायुरीश्वरः ।
सुहृदामाश्रयीभूतो द्वादशांशे बृहस्पतेः ॥ ५ ॥

गुरू के द्वादशांश में जन्म लेने वाला जातक पवित्र, शास्त्र के अर्थो का ज्ञाता, वक्ता सुखी, दीर्घायु, समर्थ और मित्रों का सहारा होता है ॥ ५ ॥

शुक्र के द्वादशांश में जन्म का फल—

शूरो बहुधनो भोगी नृत्यगीतप्रियः सदा ।
शुचिर्दाता क्षमी वक्ता द्वादशांशे भृगोरभूत् ॥ ६ ॥

शुक्र के द्वादशांश में जन्म लेने वाला जातक वीर, अधिकधनी, भोगी, नाच गान का प्रेमी, पवित्र, दानी, क्षमावान् और वक्ता होता है ॥ ६ ॥

शनि के द्वादशांश में जन्म का फल—

पिशुनश्चपलो धूर्तः कामी परार्थलुब्धकः ।
मलिनो हीनधर्मा स्याद्द्वादशांशे शनेर्नरः ॥ ७ ॥

शनि के द्वादशांश में जन्म लेने वाला जातक चुगल खोर, चपल, ठग, विषयी, दूसरे के धन का लोभी, दूषित और धर्म से हीन होता है ॥ ७ ॥

फल कहने में विशेष—

द्वादशांशे बलयुते कलत्राणि बहूनि च ।
सौम्यैः जाया शुभा पापैः कुरूपा निर्बलेऽन्यथा ॥ ८ ॥

अब द्वादशांश के फल कहने में विशेष ध्यान देनें योग्य बात को कहते हैं ।

यदि जन्म के समय द्वादशांशेश बलो हो तथा शुभ ग्रह हो तो जातक अधिक शुभ स्त्रियों से युक्त एवं द्वादशांश का स्वामी निर्बल पाप ग्रह हो तो जातक स्वरुप हीन स्त्रियों से युक्त होता है ।

इति द्वादशांश फलम्—

इस प्रकार ७ ग्रहों के द्वादशांश का फल समाप्त हुआ ।

[अथ त्रिंशांशफलम्]

मंगल के त्रिंशांश में पैदाइश का फल—

मूर्खः कुमूर्तः कुशलो विरूपः
क्रूरः खलोऽर्थरहितः परदारगामी ।
पापश्च बद्धहृदयोऽरिधनोऽल्पबुद्धिः
त्रिंशांशके क्षितिसुतस्य भवेत्प्रसूतः ॥ १ ॥

जिसकी पैदाइश मङ्गल के त्रिशांश में होती है वह बिना पढ़ा लिखा, कुरूप, चतुर, सौन्दर्य से रहित, क्रूर, दुष्ट, निर्धन, परस्त्रीगामी, पापी बन्धन से युक्त हृदय वाला, शत्रु के धन को प्राप्त करने वाला और अल्पबुद्धि जातक होता है ॥ १ ॥

शनि के त्रिशांश में पैदाइश का फल—

विद्यासुखार्थरहिताः पिशुनाः कुरूपाः
स्त्रीभिर्जिताः सकलहाः परिपूर्णलुब्धाः ।
प्रेष्याः कुकर्मनिरता मलिनाः कृतघ्नाः
त्रिंशांशकेऽर्कतनयस्य भवा भवन्ति ॥ २ ॥

जिस की पैदाइश शनि के त्रिशांश में होती है वह विद्या-सुख व धन से हीन, चुगलखोर, कुरूप, स्त्री से पराजित, कलह से युक्त, पूर्ण लोभी, सेवक, कुत्सित कार्य में अभिरुचि करने वाला, दूषित और कृतघ्न जातक होता है ॥ २ ॥

गुरू के त्रिशांश में पैदाइश का फल—

आचारवर्णनयविक्रमकर्मयुक्ता—
स्तेजस्विनः कृतविदः स्वपराधनाढ्याः ।
दीर्घायुषो बहुसुताः शिथिलार्थवन्तः
त्रिंशांशके सुरगुरोः पुरुषा भवेयुः ॥ ३ ॥

जिसकी पैदाइश गुरू के त्रिशांश में होती है वह आचार-वर्ण-नीति-पराक्रम और कार्यों से युक्त, तेजस्वी, शास्त्रवेत्ता, अपने व दूसरे के धन से संपन्न, दीर्घायु, अधिक पुत्र वाला, आलसी और मतलबी जातक होता है ॥ ३ ॥

बुध के त्रिशांश में पैदाइश का फल—

धर्मार्थकामसुत　　कीर्तिजयप्रयुक्तः
प्रज्ञा　विवेककुशला　गुणिनो　मदाढ्याः ।
दिव्याङ्गनाभरणपुष्पसुगन्धसक्ता
त्रिंशांशके　शशिसुतस्य　भवन्ति　पुंसः ॥ ४ ॥

जिसकी पैदाइश बुध के त्रिशांश में होती है वह धर्मात्मा धनी, कामी, पुत्रवान्, कीर्तिमान्, विजयी, बुद्धिमान्, विवेकी, चतुर, गुणी, अहङ्कार या नशे में चूर, सुन्दरी स्त्री-अलङ्कार-पुष्प और इत्रादि सुगन्धित द्रव्यों में आसक्त जातक होता है ॥४॥

शुक्र के त्रिशांश में पैदाइश का फल—

बहुतरगुणपूर्णः　　सुन्दरश्चारुदृष्टि—
युवतिजनविलासी　　सर्वशास्त्रेष्वभिज्ञः ।
द्विजवरगुरुभक्तो　　दानशीलः　　कृपालु-
दनुजगणगुरोः　　स्यान्मानवस्त्रिंशकांशे ॥ ५ ॥

जिस की पैदाइश शुक्र के त्रिशांश में होती है वह अधिक गुणों में पूर्ण, सुन्दर, मनोहर नेत्र वाला, स्त्रियों में विलास करने वाला, सब शास्त्रों का ज्ञाता, ब्राह्मण व गुरुजनों का भक्त, दानी और दयालु जातक होता है ॥ ५ ॥

त्रिंशांश वश मृत्यु ज्ञान—

त्रिंशांशादष्टमस्थानाधिपे　सौम्ये　शुभेक्षिते ।
शुभे त्रिंशांशके मृत्युः शोभनो नो विपर्यये ॥ ६ ॥

यदि त्रिंशांश से अष्टम स्थान का स्वामी शुभ या शुभ से दृष्ट हो तो शुभ त्रिशांश में शुभ मृत्यु होती है। इसके विपरीत में पाप या पाप से दृष्ट अशुभ त्रिशांश में अशुभ मृत्यु अर्थात् कष्ट से मृत्यु होती है ॥ ६ ॥

इति त्रिंशांशफलम् ।

इस प्रकार पाँच ग्रहों का त्रिशांश फल समाप्त हुआ ।

अथ डिम्भचक्रं जातकाभरणे—

डिम्भाख्यचक्रे रविभाच्च भानां त्रयं न्यसेन्मूर्ध्नि मुखे त्रयञ्च ।
द्वे स्कन्धयोर्द्वे भुजयोर्द्वयञ्च पाणिद्वये वक्षसि पञ्चभानि ॥ १ ॥
नाभौ च लिङ्गे च तथैकमेकं जान्वोर्भषट्क परिकल्पनीयम् ।
पादद्वये भद्वितयं　क्रमेण　मुनिप्रवर्यैः　फलमुक्तमत्र ॥ २ ॥

अत्र केचन जान्वोर्नक्षत्रद्वयं चरणद्वयोर्नक्षत्रषट्कन्यासं कुर्वन्ति तत्र मूलं मृग्यम् । यतः स्पष्टमुक्तं स्वरोदये—

डिम्भचक्रे न्यसेद्भानि भानुभादित्रिमस्तके।
मुखे त्रीणि द्वयं स्कन्धे एकैक बाहुहस्तयोः॥ ३॥
पञ्च हृन्नाभिगुह्ये तु एकैकं षटकजानुनोः।
चरणाभ्यां तथैकैकं जन्मभ यत्र तत्फलम्॥ ४॥

अब जातकाभरण नामक ग्रन्थ में कथित डिम्भ चक्र को बतलाकर अर्थात् बालक के शरीरावयव में नक्षत्रों का न्यास करके उसके आधार पर जातक के फल को कहते हैं।

जन्म के समय सूर्य जिस नक्षत्र में हो उससे तीन नक्षत्र तक बालक के मस्तक पर, इससे आगे के तीन नक्षत्र मुख पर, पुनः आगे दो कन्धे पर, पुनः आगे दो हाथ में, पुनः आगे दो पाणि पर पुनः आगे पाँच नक्षत्र छातो पर, पुनः आगे एक नक्षत्र नाभि पर, पुनः आगे एक नक्षत्र लिङ्ग पर, पुनः आगे दो नक्षत्र जानु पर पुनः आगे ६ नक्षत्र दोनों पैरों पर न्यास करके देखना चाहिए कि इस चक्र में जन्म का नक्षत्र शरीर के किस अवयव में है। जिस अवयव में हो उसके आधार पर आगे ऋषियों द्वारा कथित जातक के फल को समझना चाहिए।१-२॥

यहाँ अर्थात् डिम्भ चक्र के न्यास में श्री ढुण्ढिराज जी ने जानु पर दो नक्षत्र व पैरों पर ६ नक्षत्रों का न्यास किया है किन्तु इस कथन में कोई पुष्ट प्रमाण न होने से उचित प्रतीत इसलिये नहीं होता है कि स्वरोदय शास्त्र में अर्थात् नरपति जयचर्या नामक ग्रन्थ में इसके विरोध में कहा है अब उसी को कहते हैं।

जन्म के समय सूर्य जिस नक्षत्र में हो उससे तीन नक्षत्र मस्तक पर, ३ मुख पर, २ कन्धों पर, बाहु व हाथ पर एक-एक अर्थात् दो, दो (२, २) ५ हृदय पर, १ नाभि पर, १ गुह्यस्थल पर, ६ जानु (घुटन) पर, दोनों चरणों में अर्थात् एक एक एक चरण में, (पैर में) न्यास करके उक्त स्थानों में सी किसी एक स्थान में जहाँ जन्म का नक्षत्र हो उसके आधार पर आगे कथित फलों में से फल जानकर कहना चाहिए॥३-४॥

मस्तक पर जन्म नक्षत्र का फल––

सद्रत्नचामीकरचारुवस्त्रविचित्रबालव्यजनातपत्रैः
विराजमानो मनुजो नितान्तं मौलिस्थले भं नलिनी प्रभोश्चेत॥ १॥

यदि जन्म के समय डिम्भ चक्र में मस्तक पर स्थित तीन नक्षत्रों में से एक जन्म नक्षत्र हो तो जातक अच्छे रत्न, सुवर्ण, सुन्दर वस्त्र और अनेक प्रकार के पंखा, पंखी व छातों से युक्त होता है॥ १॥

मुख पर जन्म नक्षत्र का फल––

मिष्टाशनानां शयनासनानां भोक्ता च वक्ता सततं प्रसन्नः।
स्मिताननो ना वदनाय याति रवेर्भवेद्भंजनने हि यस्य॥ २॥

यदि मुख के नक्षत्रों में से जन्म नक्षत्र हो तो जातक मीठे मीठे पदार्थों का खाने वाला, शय्या व विस्तरादि का भोगी, बोलने वाला, सदा प्रसन्न रहने वाला और हसमुख होता है॥ २॥

कन्धे पर जन्म नक्षत्र का फल—

वृषांसकोवंशविभूषणश्च महोत्सवार्थप्रथितः प्रतापी ।
नरोऽतिशूरोऽतितरामुदारो दिवाकरोडुस्थितमंशगे चेत् ॥ ३ ॥

यदि डिम्भ चक्र में जन्म का नक्षत्र कन्धाओं पर हो तो जातक बैल के समान उच्च कन्धे वाला, अपने कुल का भूषण, बड़े उत्सवों के लिये प्रवृत्त रहने वाला, प्रतापी, अधिक वीर और बड़ा उदार चेता होता है ॥ ३ ॥

बाहु पर जन्म नक्षत्र का फल—

त्यक्तः स्वदेशः पुरुषो विशेषाद्गर्वोद्धतः शौर्ययुतो नितान्तम् ।
विदेशवासाप्तसुमहत्प्रतिष्ठो मार्तण्डभं बाहुगतं प्रसूतौ ॥ ४ ॥

यदि डिम्भ चक्र में जन्म का नक्षत्र बाहु पर हो तो जातक अपने देश को छोड़ने वाला अर्थात् विदेशवासी, विशेष कर गर्वीला व उद्दण्ड, अधिक वीर और विदेश के निवास से बड़ी प्रतिष्ठा प्राप्त करने वाला होता है ॥ ४ ॥

हाथ पर जन्म नक्षत्र का फल—

वदान्यता सद्गुणवर्जितश्च पण्यादिरत्नादिपरीक्षकश्च ।
सत्यानृताभ्यां सहितो हि मर्त्यो दिवामणेर्भं यदि पाणिसंस्थम् ॥ ५ ॥

यदि डिम्भ चक्र में जन्म का नक्षत्र हाथ पर हो तो जातक बहु दानी या अधिक बोलने वाला, अच्छे गुणों से हीन, बेचने योग्य वस्तुओं की और अनेक रत्नों की परीक्षा करने वाला और सत्य व झूठ से युक्त होता है ॥ ५ ॥

छाती पर जन्म नक्षत्र का फल—

भूपालतुल्यः स्वकुले सुशीलो बालो विशालोत्तमकीर्त्तिशाली ।
शास्त्रे प्रवीणः परिसूतिकाले वक्षस्थले चेन्नलिनीशभं स्यात् ॥ ६ ॥

यदि डिम्भ चक्र में जन्म का नक्षत्र छाती के नक्षत्रों में से हो तो जातक राजा के समान, अपने वंश में सुशील, विस्तृत उत्तम कीर्ति से युत और शास्त्र में चतुर होता है ॥ ६ ॥

नाभि पर जन्म नक्षत्र का फल

क्षमा समेतो रणकर्मभीरुः कलाकलापाकलनैकशीलः ।
धर्मप्रवृत्तिः सुतरामुदारो नाभी सरोजेऽम्बुजबन्धुतारा ॥ ७ ॥

यदि डिम्भ चक्र में जन्म का नक्षत्र नाभि पर हो तो जातक क्षमावान्, लड़ाई के कार्य में डरपोक, कला समूहों का जानकार अर्थात् कलावित्, धर्म में प्रवृत्तिवाला और अत्यन्त उदार चित्त होता है ॥ ७ ॥

गुह्यस्थल पर जन्म नक्षत्र का फल—

कन्दर्पदर्पार्जितसाधुकर्मा सद्गीतनृत्याभिरुचिः कलाज्ञः ।
चेज्जन्मकाले नलिनीशभं स्याद्गुह्यस्थले सोऽतुलकीर्तियुक्तः ॥ ८ ॥

यदि डिम्भ चक्र में जन्म का नक्षत्र गुह्यस्थल में हो तो जातक कामदेव से भी सुन्दर, अच्छे कार्य करने वाला, उत्तम गाने में व नाचने में अभिरुचि रखने वाला, कलाविद् और अतुल (असमान) कीर्ति से युक्त होता है ॥ ८ ॥

जानु पर जन्म नक्षत्र का फल—

नानादेशानेकधा संप्रचारः कामोत्साहश्चञ्चलः क्षामगात्रः ।
धूर्तो मर्त्यः सत्यहीनश्च नूनं जानुस्थाने भानुभजन्मनि स्यात् ॥ ९ ॥

यदि डिम्भ चक्र में जन्म का नक्षत्र जानु पर हो तो जातक अनेक देशों में घूमने वाला, विषय या कार्यों में उत्साही, अस्थिर, पतली (दुबली) देह वाला, धूर्त और झूठा होता है ॥ ९ ॥

पैर पर जन्म नक्षत्र का फल—

कृषिक्रियायां निरतोऽल्पधर्मः शर्मोज्झितः सेवनकर्मकर्ता ।
तारा यदि स्यादरविन्दबन्धोः पादारविन्देन सदीर्घजीवी ॥ १० ॥

यदि डिम्भ चक्र में जन्म का नक्षत्र पैर पर हो तो जातक खेती करने में तत्पर, लघु धर्मात्मा, लज्जा से हीन सेवा कार्य करने वाला और दीर्घायु होता है ॥ १० ॥

विशेष—डिम्भ चक्र का फल नरपतिजयचर्या में इस प्रकार से है 'शीर्षस्थे छत्रलाभश्च वस्त्रे मिष्टान्नभोजनम् । स्कन्धे धनी च बाहुभ्यां स्थानभ्रष्टो भवेन्नरः । पाणिभ्यां तस्करो लक्ष्मी हृद्यल्पायुश्च नाभिभे । गुह्ये कामी भ्रमो जानौ स्तोकजीवी च पादयोः ॥१०॥

स्पष्टार्थ सफल डिम्भ चक्र

भाग	स्थान	नक्षत्र सं०	फल
१	मस्तक	३	राज्यलाभ
२	मुख	३	मीठा भोजन
३	कंधा	२	धनी
४	भुजा	२	स्थानभ्रष्ट
५	हाथ	२	चोर
६	हृदय	५	श्रीलाभ
७	नाभि	१	अल्पायु
८	गुह्य	१	कामी
९	जांघ	६	भ्रमण
१०	पैर	२	अल्पायु

इति डिम्भचक्रम् ।

इस प्रकार सफल डिम्भचक्र कथन समाप्त हुआ ।

इति श्रीमद्दैवज्ञवर्यपण्डितदामोदरात्मजबलभद्रविरचिते होरारत्ने जन्मदुष्टकालसंवत्सरादिफलाध्यायो द्वितीयः ॥ २ ॥

इति मथुरावास्तव्यश्रीमद्भागवताभिनवशुक पं० केशवदेव चतुर्वेदात्मज मुरलीधरचतुर्वेदकृता होरारत्नद्वितीयाध्यायस्येन्दुमती हिन्दीव्याख्या पूर्णा ।

[अथ तृतीयोऽध्यायः]

अथ स्पष्टग्रहाणां लग्नादिभावस्थितिज्ञानं विना भावफलादेशः कर्तुमशक्यःतस्मात्पूर्वापरनतोन्नतसहिता लग्नादयो द्वादशभावाः ससंधयो भावकुण्डली स्वस्वारोहि अवरोहिफलभावविंशोपक सहिता लेख्याः ।

उक्तञ्च सूर्यजातके—

यात्राविवाहचौलान्नप्राशने जन्मनि व्रते ।
नृपाभिषेके कर्त्तव्या भावा द्वादशसारथे ।। १ ।। इति ।

अत्र भावगता ग्रहाः केवलं भावफलार्थमेव विज्ञेयाः नान्यविचारेषु । यतो वक्ष्यमाणदृष्टिगणितं स्थानगतग्रहैरेव क्रियते न भावगतग्रहैरिति केचित् । उक्तञ्च सुधानिधौ

जन्माऽब्दपृच्छादिशुभाशुभेषु भावाः विधेया सुधिया यतोऽत्र ।
तत्तद्वशेनैव दिशन्ति नित्यं शुभाशुभं भावफलं न भोगाः ।।२।।

श्रीपतिना तु जन्मादौ वक्ष्यमाणग्रहयोगादिफलं भावैरेव भवतीत्युक्तम् ।

जन्मप्रयाणव्रतबन्ध चौलनृपाभिषेकादि करग्रहेषु ।
एवं हि भावाः परिकल्पनीयास्तैरेव योगोत्थफलानि यस्मात् ।।३।।

अत्रापि तैरेव भावोत्थफलानि यस्मादिति केचन पठन्ति ।

अत्राऽयं निष्कर्षः । लग्नाद्ग्रहाद्वा यत्र सामान्यतः स्थानानियमेनैव भावफल-राजयोगतात्कालिकमैत्रीचक्रादिषु फलमुक्तं तत्र भावैरेव निर्णयः कर्त्तव्यः ।

अत्र तु राश्यादिपदपुरस्कारेण तत्र त्वष्टमराशिमनुज इत्यादिनाष्टकवर्गादौ ।

अन्यत्र वा राशिपदप्रयोगेण मेषवृषादिभिरेव राशिभिरेव निर्णयो विधेय इति राश्याद्यतः भावांश समग्रहस्य पूर्णं फलमिति । तेनैवोक्तम्—

भावांशतुल्यः खलु वर्तमानभावोद्भवं पूर्णफलं विधत्ते ।
भावोनके चाभ्यधिके च खेटे त्रैराशिकेनात्र फलं प्रकल्प्यम ।।४।।
भावप्रवृत्तौ तु फलप्रवृत्तिः पूर्णं फलं भावसमांशकेषु ।
ह्रासः क्रमाद्भावविरामकाले फलस्य नाशः कथितो मुनीन्द्रैः ।।५।।

सन्धि प्रयोजनमुक्तमन्यत्र।

आरम्भसन्धेर्युचरो यदोनः फलं ददात्यादिमभावजातम्।
विरामसन्धेरधिकस्तदानीमागामिभावोत्थफलप्रदः स्यात्॥६॥ इति

भावकुण्डली प्रयोजनमुक्तं वामनेन--

लग्नादिभावा विन्यस्ताः खचक्रे द्वादशारके।
उदयैर्ग्रहयोगाद्यैर्व्यञ्जयन्तीष्टमङ्गिनाम्॥ ७॥ इति

भावफलप्रशंसामाह भरद्वाजः—

सीमन्ते जन्मचौलोपनीय यात्राप्रवेशने।
अभिषेके विवाहे च शस्तं भावफलं विदुः॥ ८॥ इति।

भारद्वाजवाक्ये ऽपि भावर्भावफलमेवोक्तं न तु योगफलम्। यत्तु कैनचिदुक्तं ससन्धिभावसाधनमार्षशास्त्रानभिहितत्वान्निर्मूलमिति तत्तुच्छम्। यतः ससन्धिभावसाधनमुक्तं पराशरहोरायाम्—

लग्नं सुखात्सुखं कामात्कामं खात्खञ्च लग्नतः।
त्र्यंशमेकद्विगुणितं युञ्ज्याल्लग्नादिषु क्रमात्॥ ९॥
पूर्वापरयुतेरूर्ध्वं सन्धिः स्याद्भावयोर्द्वयोः।
एवं द्वादशभावाः स्युर्भवन्ति हि ससन्धयः॥ १०॥ इति।

[1]स्वोच्चे शुभं फलं पूर्णं त्रिकोणे पादवर्जितम्।
स्वर्क्षे दलं मित्रगेहे पादमात्रं प्रकीर्तितम्॥ ११॥
पादार्धं समभे प्रोक्तं व्यर्थं नीचास्तशत्रुगे।
तद्वद्दुष्टफलं ब्रूयाद्व्यत्ययेन विचक्षणः॥ १२॥

अब इस तीसरे अध्याय में प्रथम भाव स्पष्टीकरण की फला देश में महान् उपयोगिता होती है अर्थात् विना भावस्पष्ट के फल कहने में कठिनाई होती है तथा कहाँ-कहाँ भावों की आवश्यकता होती है इसे विविध ग्रन्थकारों के वाक्य से कहते हैं।

भावस्थ स्पष्ट ग्रहों के आधार पर, बिना लग्नादि द्वादशभावों को स्पष्ट किये भाव का सही फल कहना कठिन होता है। इसलिये पूर्वापर नतोन्नत सहित लग्नादि सन्धि के साथ बारहभाव, भावकुण्डली, आरोहि, अवरोहि फल और भाव विंशोपक सहित लिखना चाहिये। ऐसा सूर्य जातक में कहा है।

यथा—यात्रा, विवाह, चौल, अन्न प्राशन, जन्म, यज्ञोपवीत, और राज्याभिषेक के समय में हे सारथे बारह भाव स्पष्ट करके ही ग्रहों का फल जानना चाहिए॥ १॥

यहाँ भावस्थ ग्रह केवल भाव फल के लिये ही हैं न कि अन्य विचार भावस्थ ग्रहों से करना चाहिए, क्योंकि आगे दृष्टि की गणित राशिस्थ ग्रह से ही की गई है भावस्थ ग्रह से नहीं। ऐसा किसी का मत है।

---

१. बृ० पा० ३ अ० ५९-६० श्लो०।

ऐसा सुधानिधी नामक ग्रन्थ में कहा है कि जन्म, वर्ष प्रश्नादि के समय में भावस्थ शुभाशुभ फल के लिये बारह भाव स्पष्ट करना चाहिए क्योंकि ग्रह भाव वश से ही शुभाशुभ फल प्रदान करते हैं ॥ २ ॥

आचार्य श्रीपति ने तो जन्मादि में भावस्थ ग्रहों के ही आधार पर योगादि फल होता है, ऐसा कहा है।

जैसे जन्म, यात्रा, उपनयन, चौल, नृपाभिषेक और विवाह के समय में भाव स्पपष्ट के आधार पर ही ग्रह योगों का फल होता है ॥ ३ ॥

यहाँ भी भावस्थ ग्रहों से ही भावजन्य फल होता है ऐसा किसी-किसी मत है। यहाँ यह सारांश है कि भाव वा ग्रह से जहाँ सामान्यतया स्थान के आधार पर भाव फल, राजयोग और तात्कालिक मैत्री चक्रादि में फल कहा है वहाँ भावों के ही आधार पर फल निर्णय करना चाहिए।

जिस स्थान पर राशि के संकेत से फल का वर्णन अष्टक वर्गादि में किया गया है वहाँ राशि के बल पर फल का निर्णय करना चाहिए।

अब भावांश तुल्य ग्रह होने पर फल की पूर्णता होती है। इसे कहते हैं।

यदि ग्रह के राशि अंशादि भाव के अंशादि से तुल्य हों तो भावस्थ ग्रह भाव का पूर्ण फल देने वाला होता है। यदि भाव के अंशादि से न्यून वा अधिक ग्रह हो तो त्रैराशिक द्वारा अर्थात् अनुपात से फलसमझना चाहिए।

भाव में प्रवेश करने पर ही फल की प्राप्ति होती है तथा भाव के तुल्य ग्रह होने पर पूर्ण फल और न्यून अधिक होने पर त्रैराशिक से न्यून फल एवं सन्धि में ग्रह हो तो फल का अभाव होता है ॥ ४-५ ॥

अब सन्धि की आवश्यकता को बतलाते हैं।

यदि ग्रह भाव की आदिम सन्धि से न्यून हो तो प्रथम भाव का, यदि भाव की विराम सन्धि से ग्रह अंशादि में अधिक हो तो आगे के भाव का फल देता है ॥ ६ ॥

आचार्य वामन ने भावकुण्डली का प्रयोजन कहा है कि बारह राशियों में विभक्त राशि चक्र में लग्नादि बारह भावों का न्यास करके उन में ग्रहों के आधार पर जीवों के इष्ट फल का विचार करना चाहिए। अर्थात् भाव कुण्डली के वश से ही भावस्थ ग्रह जीव को फल देते हैं। ऐसा जानना चाहिये ॥ ७ ॥

भरद्वाज ऋषि ने भावस्थ ग्रहों के फल की प्रशंसा में कहा है कि सीमन्त, जन्म, चौल, उपनयन, यात्रा, प्रवेश, अभिषेक और विवाह के समय में भावस्थ ग्रहों का फल प्रशस्त होता है। ऐसा समझना चाहिए ॥ ८ ॥

भरद्वाज के वाक्य में भी भावों से भावस्थ ग्रह का फल होता है, न कि भावस्थ ग्रहों के आधार पर योगों का फल होता है।

जो कि किसी विद्वान् ने कहा है कि सन्धि के साथ भावों का साधन ऋषि प्रणीत न होने के कारण निर्मूल है। यह कहना तुच्छ है क्योंकि सन्धि के साथ भावों का आनयन बृहत्पाराशर में है अब उसे कहते हैं।

लग्न व दशम का आनयन करके दोनों में ६, ६ राशि जोड़ने से सप्तम व दशम भाव होते हैं। इसमें चतुर्थ में से लग्न भाव को घटाकर इस शेष के षष्ठांश को लग्न में जोड़ने से लग्न की विराम सन्धि होती है तथा इसी में पुनः षष्ठांश जोड़ने पर द्वितीय भाव होता है। इसी प्रकार चतुर्थ भाव तक जोड़ना चाहिए।

पुनः सप्तम भाव में से चतुर्थ को घटाकर षष्ठांश करके चतुर्थ भाव में जोड़ने से चतुर्थ भाव की विराम सन्धि होती है। इस प्रकार से आगे सप्तम भाव तक जोड़ना चाहिए। पुनः दशम भाव में से सप्तम को तथा लग्न में से दशम भाव को घटाकर और षष्ठांश करके सप्तम व दशम में जोड़ने से सन्धि के साथ बारह भाव स्पष्ट हो जाते हैं ॥ ९-१० ॥

अब ग्रह शुभ वा अशुभ फल किस परिस्थिति में पूर्ण, किसमें आधा, किसमें तीन पाद और किस स्थिति में चतुर्थांश तथा किसमें फल का अभाव होता है इसे बृहत्पाराशर के वाक्य से कहते हैं।

ग्रह अपनी उच्च राशि में शुभ फल पूर्ण, मूल त्रिकोण में ¾, अपनी राशि में आधा, मित्र की राशि में चतुर्थांश, समग्रह की राशि में चतुर्थांश का आधा शुभफल होता है और नीच राशि में, अस्त होने पर एवं शत्रु की राशि में स्थित होने पर शुभ फल का अभाव होता है।

अशुभ फल इसके विपरीत समझना चाहिए ॥ ११-१२ ॥

शुभफल ज्ञानार्थ सारिणी

उच्च	मू० त्रि०	स्वगृ०	मि० गृ०	सम रा०	नी० श० अ०
१(६०)	०।४५	०।३०	०।१५	७।३०	० ० ०

अशुभ फल ज्ञानार्थ सारिणी

उच्च	मू० त्रि०	स्वगृ०	मि० गृ०	सम रा०	नी० श० अ०
०।०	७।३०	०।१५	०।३०	०।४५	१ १ १(६०')

अथ ग्रहभावफलान्याह। वृद्धयवनः—

लग्नस्थित सूर्य का फल—

मूर्तौ स्थितः सञ्जनयेद्दिनेशो नरं सरोगं विकलं महेर्ष्यम्।
प्रभूतकोपं बहुशत्रुपक्षं प्रभावहीनं परतर्ककञ्च ॥ १ ॥

यदि जन्म के समय में लग्न स्थित सूर्य हो तो जातक रोगी, अशान्त, अधिक ईर्ष्यालु, बड़ा क्रोधी, अधिक शत्रु वाला, प्रभाव से हीन और दूसरे की चिन्ता करने वाला होता है ॥ १ ॥

चमत्कार चिन्तामणि में कहा है—'तनुस्थोरविस्तुङ्गयष्टिं विधत्ते मनः संतपेद्दारदायादवर्गात्। वपुः पीड्यते वातपित्तेन नित्यं स वै पर्यटन् ह्रासवृद्धिं प्रयाति' ॥ १ ॥

धनभावस्थित सूर्य का फल—

द्वितीयः कुरुतेऽर्थहीनं सूर्यः प्रसिद्धया रहितं कृतघ्नम्।
श्रद्धाविहीनं विगतस्वभावं कुमित्रयुक्तं परवञ्चकञ्च ॥ २ ॥

यदि जन्म के समय में धन भाव स्थित सूर्य हो तो जातक धन से रहित, अप्रसिद्ध, कृतघ्न, श्रद्धा से रहित, दूषित स्वभावी, बुरे मित्रों से युक्त और दूसरे को ठगने वाला होता है ॥ २ ॥

च० चि० में कहा है—'धने यस्य भानुः स भाग्याधिकः स्याच्चतुष्पात्सुखं सद्व्यये स्वं च याति। कुटुम्बे कलिर्जायया जायतेऽपि क्रिया निष्फला याति लाभस्य हेतोः' ॥ २ ॥

भ्रातृभावस्थित सूर्य का फल—

सूर्यस्तृतीयः कुरुते मनुष्यं निरोगदेहं नयनेन हीनम्।
परोपकारप्रणतं प्रसिद्धं विवेकविद्याभ्यधिकं सदैव ॥ ३ ॥

यदि जन्म के समय में तृतीय भाव स्थित सूर्य हो तो जातक रोग से रहित शरीरधारी, नेत्र से हीन, परोपकार में नम्र, प्रसिद्ध और अधिक विवेकी व बड़ा विद्वान् होता है ॥ ३ ॥

च० चि० में कहा है—'तृतीये यदाहर्मणिर्जन्मकाले प्रतापाधिकं विक्रमं चातनोति। तदा सोदरैस्तप्यते तीर्थचारी सदारिक्षयः सङ्गरे शं नरेशात्' ॥ ३ ॥

चतुर्थभावस्थित सूर्य का फल—

चतुर्थगः सञ्जनयेत्कृतघ्नं हिंस्रं सदा शीलविवर्जिताङ्गम्।
स्त्रीनिर्जितं युद्धपरं कुदेहं विवर्जितं सत्यधनेन नित्यम् ॥ ४ ॥

यदि जन्म के समय में चतुर्थ भाव स्थित सूर्य हो तो जातक कृतघ्न, हिंसक, शीलता से हीन, स्त्री से पराजित, लड़ाई का प्रेमी, बुरी देहवाला और सत्यरूपी धन से प्रतिदिन रहित होता है ॥ ४ ॥

च० चि० में कहा है—'तुरीये दिनेशोऽतिशोभाधिकारी जनः संल्लभेद्विग्रहं बन्धतोऽपि। प्रवासी विपक्षाहवे मानभङ्गं कदाचिन्न शान्तं भवेत्तस्य चेतः' ॥ ४ ॥

पञ्चमभावस्थित सूर्य का फल—

सुतस्थितः स्वल्पसुतं प्रसूते दिनादिनाथः प्रणयेन हीनम्।
कुकृत्यर(यु)क्तं व्यसनाभिभूतं पित्ताधिकं भूरिविपक्षयुक्तम् ॥ ५ ॥

यदि जन्म के समय में पञ्चम भाव स्थित सूर्य हो तो जातक अल्प पुत्रवाला, विनय से रहित, दूषित कार्य से युक्त, व्यसनों से पीड़ित, पित्ताधिक और अधिक शत्रुओं से युक्त होता है ॥ ५ ॥

च० चिं० में कहा है—'सुतस्थानगे पूर्वजापत्यतापी कुशाग्रा मतिर्भास्करे मन्त्रविद्या । रतिर्वञ्चने संचकोऽपि प्रमादी मृतिः क्रोडरोगादिजा भावनीया' ॥ ५ ॥

षष्ठभावस्थित सूर्य का फल —

रिपुस्थितो वासरपः प्रसूतौ हतारिपक्षं पुरुषं सुरूपम् ।
विनीतवेषं सुजनैः समेतं प्रियातिथिं बान्धवसम्मतञ्च ॥ ६ ॥

यदि जन्म के समय में षष्ठभाव स्थित सूर्य हो तो जातक शत्रुओं को मारने वाला, स्वरूपवान्, नम्र स्वभाव, सज्जनों से युक्त, अतिथि का प्रेमी और बन्धुओं से सम्मत होता है ॥ ६ ॥

च० चिं० में कहा है—'रिपुध्वंसकृद्भास्करो यस्य षष्ठे तनोति व्ययं राजतो मित्रतो वा । कुले मातुरापच्चतुष्पादतो वा प्रयाणे निषादैर्विवादं करोति' ॥ ६ ॥

सप्तमभावस्थित सूर्य का फल—

कलत्रगस्तीक्ष्णकरः प्रसूतौ कुरूपदेहं कुकलत्रभाजम् ।
कफानिलाभ्यां परिपीडिताङ्गं कामार्तदेहं गतसौहृदञ्च ॥ ७ ॥

यदि जन्म के समय में सप्तम भाव स्थित सूर्य हो तो जातक, मलिन अर्थात् स्वरूप से हीन काय वाला, कुत्सित स्त्री का पात्र, कफ वा वायु जन्य रोग से पीड़ित शरीर वाला, विषय वासना से दुःखी देहधारी और मित्रता निभाने में असमर्थ होता है ॥ ७ ॥

च० चिं० में कहा है—'द्युनाथो यदा द्यूनजातो नरस्य प्रियातापनं पिण्डपीडा च चिन्ता । भवेत्तुच्छलब्धिः क्रये विक्रयेऽपि प्रतिस्पर्धया नैति निद्रां कदाचित्' ॥ ७ ॥

अष्टमभावस्थित सूर्य का फल—

करोति सूर्यः खलु चाष्टमस्थो विदेशरक्तं पुरुषं प्रहीनम् ।
प्रपीडितं क्षुत्प्रभवैश्च रोगैर्जनानुरागेण विवर्जितञ्च ॥ ८ ॥

यदि जन्म के समय में अष्टम भाव स्थित सूर्य हो तो जातक, विदेश में अनुरक्त, सब प्रकार से हीन, क्षुधा व रोग से दुःखी और जनसमुदाय के प्रेम से रहित होता है ॥ ८ ॥

च०चिं० में कहा है—'क्रियालम्पटं त्वष्टमे कष्टभाजं विदेशीयदारान् भजेद्वाप्यवस्तु । वसुक्षीणता दस्युतो वाविलम्बाद्विपद्गुह्यतां भानुरुग्रां विधत्ते' ॥ ८ ॥

नवमभावस्थित सूर्य का फल —

धर्माश्रितस्तीक्ष्णकरः प्रसिद्धं करोति मर्त्यं नृपतेरभीष्टम् ।
परोत्थवित्तेन सदा समेतं निरस्तधर्मं मतिवर्जितञ्च ॥ ९ ॥

यदि जन्म के समय में नवम भाव स्थित सूर्य हो तो जातक राजा का प्रिय, दूसरे के द्वारा स्थापित धन से सदा युक्त, धर्म से हीन और बुद्धि से रहित होता है ॥ ९ ॥

च० चिं० में कहा है—'दिवानायके दुष्टता कोणयाते न चाप्नोति चिन्ताविरामोऽस्य चेतः। तपश्चर्ययाऽनिच्छयापि प्रयाति क्रिया तुङ्गतां तप्यते सोदरेण' ॥ ९ ॥

दशमभावस्थित सूर्य का फल—

कर्माश्रितो वासरपः प्रसूते सुकर्मभाजं विनयैः समेतम्।
प्रभूतमित्रं सुभगं सुकान्तं नयाधिकं देवगुरुप्रभक्तम् ॥१०॥

यदि जन्म के समय में दशम भाव स्थित सूर्य हो तो जातक सत्कर्म करने वाला, विनयी, अधिक मित्र वाला, सुन्दर भाग्यशाली, मनोहर स्वरूप, न्याय या नीति का अधिक जानकार और देवता व गुरुजनों का बड़ा भक्त होता है ॥ १० ॥

च० चिं० में कहा है—'प्रयातोंऽशुमान् यस्य मेषूरणेऽस्य श्रमः सिद्धिदो राजतुल्यो नरस्य। जनन्यास्तथा यातनामातनोति क्लमः संक्रमेद्वल्लभैर्विप्रयोगः' ॥ १० ॥

एकादशभावस्थित सूर्य का फल—

लाभाश्रितः सञ्जनयेद्दिनेशः प्रभूतलाभं सुभगं निरीक्षम्।
सुभोजनाच्छादनवाहनाढ्यं प्रियंवदं कामविचक्षणञ्च ॥११॥

यदि जन्म के समय में एकादश भाव स्थित सूर्य हो तो जातक अधिक लाभ करने वाला, सुन्दर ऐश्वर्यवान्, नेत्रहीन, सुन्दर भोजन, वस्त्र, सवारी से युक्त, मीठा बोलने वाला और कामशास्त्र का पण्डित होता है ॥ ११ ॥

च० चिं० में कहा है—रवौ संल्लभेत् स्वं च लाभोपयाते नृपद्वारतो राजमुद्राधिकारात्। प्रतापानले शत्रवः संपतन्ति श्रियोऽनेकधा दुःखमङ्गोद्भवानाम्' ॥ ११ ॥

द्वादशभावस्थित सूर्य का फल

व्ययाश्रितः सञ्जनयेद्दिनेशो व्ययैः समेतं कुजनप्रसङ्गात्।
प्रपीडितं वैरिभिरेव नित्यं कुकर्मरक्तं कुजनं तथैव ॥१२॥

यदि जन्म के समय में द्वादश भाव स्थित सूर्य हो तो जातक दूषित मनुष्यों की सङ्गति से व्यय युक्त, शत्रुओं से प्रतिदिन पीड़ित, कुत्सित कार्यों में अनुरक्त और दूषित होता है ॥ १२ ॥

च० चिं० में कहा है—'रविर्द्वादशे नेत्रदोषं करोति विपक्षाहवे जायतेऽसौ जयश्रीः। स्थितिर्लब्धया लीयते देहदुःखं पितृव्यापदो हानिरध्वप्रदेशे' ॥ १२ ॥

इति रविफलम्।

इस प्रकार वृद्धयवनोक्त बारह भावों में सूर्य का फल समाप्त हुआ ॥ १-१२ ॥

अथ चन्द्रफलम्

अब बारह भावों में चन्द्रमा के होने पर जो फल जातक को होता है उसे पृथक्-पृथक् कहते हैं।

लग्नस्थ चन्द्रमा का फल—

मूर्तिस्थितो रात्रिपतिः प्रसूते संपूर्णबिम्बः सुभगं सुकान्तम्।
क्षीणः क्षताङ्गं बहुपापयुक्तं विहीनसत्यं गतसौहृदञ्च ॥ १ ॥

यदि जन्माङ्ग में लग्नस्थ पूर्ण चन्द्रमा हो तो जातक सुन्दर ऐश्वर्यवान् व स्वरूपवान् यदि क्षीण हो तो भग्न देहधारी, अधिक पापी, सत्य से हीन और मित्रता से रहित होता है ॥ १ ॥

च० चिं० में कहा है—'विधौ गोकुलीराजगः सन्नवपुस्थो धनाध्यक्षलावण्यमानन्द-पूर्णम् । विधत्ते धनं क्षीणदेहं दरिद्रं जडं श्रोत्रहीनं नरं शेषलग्ने' ॥ १ ॥

धनस्थ चन्द्रमा का फल—

द्वितीयसंस्थः कुरुते शशाङ्कः कोशान्वितः सर्वसमृद्धियुक्तम् ।
प्रियंवदं ब्राह्मणदेवभक्तं महाप्रभावं बहुसौहृदञ्च ॥ २ ॥

यदि जन्माङ्ग में धनस्थ चन्द्रमा हो तो जातक, धनी, समस्त सम्पत्तियों से युक्त, मीठा बोलने वाला, ब्राह्मण व देवता का भक्त, अधिक प्रभावशाली और अधिक मित्र वाला होता है ॥ २ ॥

च० चिं० में कहा है—'हिमांशौ वसुस्थानगे धान्यलाभः शरीरेऽतिसौख्यं विलासोऽङ्गनानाम् । कुटुम्बे रतिर्जायते तस्य तुच्छं वशं दर्शने याति देवाङ्ग-नापि' ॥ २ ॥

सहजस्थ चन्द्रमा का फल—

ताराधिपः सञ्जनयेत्तृतीये सुरूपदेहं सुभगं मनोज्ञम् ।
स्त्रीवल्लभं सर्वकलासु दक्ष प्रजास्वभीष्टं बहुपुत्रपौत्रम् ॥ ३ ॥

यदि जन्माऽङ्ग में सहजस्थ चन्द्रमा हो तो जातक सुन्दर स्वरूप देहधारी, अच्छा भाग्यशाली, मन को प्रसन्न करने वाला, स्त्रियों का प्रेमी, समस्त कलाओं में चतुर, सन्तान की सिद्धि करने वाला और अधिक पुत्र पौत्र से युक्त होता है ॥ ३ ॥

च० चिं० में कहा है—'विधौ विक्रमे विक्रमेणैति वित्तं तपस्वी भवेद्भामिनीरञ्जि-तोऽपि । कियच्चिन्तयेत्साहजं तस्य शर्म प्रतापोज्ज्वलो धर्मिणो वैजयन्त्या' ॥ ३ ॥

सुखस्थ चन्द्रमा का फल—

सुखस्थितः सञ्जनयेच्छशाङ्कः प्रभूतसौख्यं पुरुषं प्रधानम् ।
स्त्रीणामभीष्टं गुरुदेवभक्तं नयप्रधानं गतवैरिरोगम् ॥ ४ ॥

यदि जन्माऽङ्ग में सुखस्थ चन्द्रमा हो तो जातक अधिक सुखी, पुरुषों में मुखिया, स्त्रियों का प्रेमी, गुरू व देवता का भक्त, प्रधान नीतिवान् और शत्रु व रोग से रहित होता है ॥ ४ ॥

च०चिं० में कहा है—'यदा बन्धुगो बान्धवैरात्रिजन्मा नृपद्वारि सर्वाधिकारी सदैव । वयस्यादिमे तादृशं नैव सौख्यं सुतस्त्रीगणात्तोषमायाति सम्यक्' ॥ ४ ॥

सुतस्थ चन्द्रमा का फल—

चन्द्रः सुतस्थः ससुतं प्रसूते विद्याधिकं ब्राह्मणदेवभक्तम् ।
शुद्धस्वभावं विजितारिपक्षं प्रियंवदं पार्थिववल्लभञ्च ॥ ५ ॥

यदि जन्माङ्ग में सुतस्थ चन्द्रमा हो तो जातक पुत्रवान्, अधिक विद्वान्, ब्राह्मण व देवता का भक्त, विमल स्वभावी, शत्रुओं को परास्त करने वाला, मधुरभाषी और राजा का प्रियपात्र होता है ॥ ५ ॥

च० चिं० में कहा है—'यदा पञ्चमे यस्य नक्षत्रनाथो ददातीह सन्तानसन्तोषमेव । मतिं निर्मलां रत्नलाभं च भूमिं कुसीदेन नानापयो व्यावसायात्' ॥ ५ ॥

षष्ठस्थ चन्द्रमा का फल—

षष्ठः शशाङ्कः कुरुतेऽग्रयजीवं रोगाधिकं शत्रुनिपीडिताङ्गम् ।
कुरूपदेहं कुधिया समेतं सौख्यैर्विहीनं परवञ्चकञ्च ॥ ६ ॥

यदि जन्माऽङ्ग में षष्ठस्थ चन्द्रमा हो तो जातक अग्रजीवी (अधिक जीने वाला) अधिक रोगी, शत्रु से पीड़ित देहधारी, मलिन कायवाला, दूषित बुद्धि से युक्त, सुख से रहित और दूसरे को ठगने वाला होता है ॥ ६ ॥

च० चिं० में कहा है—'रिपौ राजते विग्रहेणापि राजा जितास्तेऽपि भूयो विधौ संभवन्ति । तदग्रेऽरयो निष्प्रभाभूयसोऽपि प्रतापोज्ज्वलो मातृशीलो न तद्वत्' ॥ ६ ॥

सप्तमस्थ चन्द्रमा का फल—

कलत्रगः सञ्जनयेच्छशाङ्को धर्मध्वजं भूरिदयासमेतम् ।
प्रसन्नमूर्तिं विभवान्वितञ्च प्रख्यातकीर्तिं सुधिया समेतम् ॥ ७ ॥

यदि जन्माङ्ग में सप्तमस्थ चन्द्रमा हो तो जातक धर्म की ध्वजा अर्थात् बड़ा धर्मात्मा, अधिक दयालु, हसमुख, ऐश्वर्यवान्, प्रसिद्ध कीर्तिवाला और अच्छा बुद्धिमान् होता है ॥ ७ ॥

च० चिं० में कहा है—'ददेद्दारशं सप्तमे शीतरश्मिर्धनित्वं भवेदध्ववाणिज्यतोऽपि । रतिं स्त्रीजने मिष्टभुग्लुब्धचेताः कृशः कृष्णपक्षे विपक्षाभिभूतः' ॥ ७ ॥

अष्टमस्थ चन्द्रमा का फल—

चन्द्रोऽष्टमस्थः कुरुतेऽल्पवीर्यं स्वल्पायुषं सत्यदयाविहीनम् ।
स्नेहैर्विहीनं परदाररक्तं वृथाऽटनं बोधविवर्जितञ्च ॥ ८ ॥

यदि जन्माङ्ग में अष्टमस्थ चन्द्रमा हो तो जातक अल्पबली, स्वल्पायु, सत्य व दया से रहित, प्रीति से हीन, दूसरे की स्त्री में अनुरक्त, बेकार घूमने वाला और ज्ञान शून्य होता है ॥ ८ ॥

च०चिं० में कहा है—'सभाविद्यते भेषजी तस्य गेहे पचेत्कर्हिचित्क्वाथमुद्गोदकानि । महाव्याधयो भीतयो वारिभूताः शशी क्लेशकृत्सङ्कटान्यष्टमस्थः' ॥ ८ ॥

नवमस्थ चन्द्रमा का फल—

धर्माश्रितः सञ्जनयेच्छशाङ्कः प्रभूतमित्रं प्रचुरान्नपानम् ।
प्रसिद्धियुक्तं प्रणतारिपक्षं प्रशंसितं साधुजनेन नित्यम् ॥ ९ ॥

यदि जन्माऽङ्ग में नवमस्थ चन्द्रमा हो तो जातक अधिक मित्रों से युक्त, अधिक खाने-पीने वाला, विख्यात शत्रु को वश में रखने वाला और प्रतिदिन सज्जन पुरुषों से प्रशंसा पानेवाला होता है ॥ ९ ॥

च० चि० में कहा है—'तपो भावगस्तारकेशो जनस्य प्रजाश्च द्विजा वन्दिनस्तं स्तुवन्ति । भवत्येवभाग्याधिको यौवनादेः शरीरे सुखं चन्द्रवत्साहसञ्च' ॥ ९ ॥

दशमस्थ चन्द्रमा का फल—

आकाशसंस्थः कुरुते शशाङ्को भूपप्रियं बान्धवमानतुष्टम् ।
प्रियातिथिं प्रीतिकरं गुरूणां सदैव भक्तं वरदेवतानाम् ॥१०॥

यदि जन्माऽङ्ग में दशमस्थ चन्द्रमा हो तो जातक राजा का प्रिय पात्र, बन्धुओं के सम्मान से प्रसन्न, अतिथि प्रेमी, गुरुओं को प्रसन्न करने वाला और सदा श्रेष्ठ देवों का भक्त होता है ॥ १० ॥

च० चि० में कहा है—'सुखं बान्धवेभ्यः खगेधर्मकर्मा समुद्राङ्गजेशं नरेशादितोऽपि । नवीनाङ्गनावैभवे सुप्रियत्व पुरा जातके सौख्यमल्पं करोति' ॥ १० ॥

एकादशस्थ चन्द्रमा का फल—

लाभाश्रितः सञ्जनयेद्विदग्धं प्रभूतलाभं खलु शीतरश्मिः ।
सुरूपदेहं सुजनानुरक्तं उदारचित्तं हतशत्रुपक्षम् ॥११॥

यदि जन्माऽङ्ग में एकादशस्थ चन्द्रमा हो तो जातक चतुर, अधिक लाभ से युत, स्वरूपवान्, सज्जन पुरुषों में प्रीति करने वाला, उदारचेता और शत्रुओं को मारने वाला होता है ॥ ११ ॥

च० चि० में कहा है—'लभेद् भूमिपादिन्दुना लाभगेन प्रतिष्ठाधिकाराम्बराणि क्रमेण । श्रियोऽथ स्त्रियोऽन्तः पुरे विश्रमन्ति क्रिया वैकृती कन्यकावस्तुलाभः' ॥ ११ ॥

द्वादशस्थ चन्द्रमा का फल—

व्ययाश्रितः शीतकरः प्रसूते रक्तोत्थरोगैः परिपीडिताङ्गम् ।
वैरिप्रधानं बहुशत्रुपक्षं स्वल्पायुषं सत्यविहीनवेषम् ॥१२॥

यदि जन्माऽङ्ग में द्वादशस्थ चन्द्रमा हो तो जातक, रक्त (खून) जनित रोग से पीड़ित देहवाला, शत्रुता में प्रधान, अधिक शत्रु वाला, स्वल्पायु और सत्य से रहित वेषधारी होता है ॥ १२ ॥

च० चि० में कहा है—'शशी द्वादशे शत्रुनेत्रादि चिन्ता विचिन्त्या सदा सद्व्ययो मङ्गलेन । पितृव्यादिमात्रादितोऽन्तर्विषादो न चाप्नोति कामं प्रियाल्पप्रियत्वम्' ॥ १२ ॥

इति चन्द्र फलम्—

इस प्रकार बारह भावों में स्थित चन्द्रमा का फल समाप्त हुआ ।

[अथ भौम फलम्]

अब बारह भावों में स्थित पृथक्-पृथक् मङ्गल के फल को कहते हैं।

लग्न में भौम का फल

होराश्रितो भूतनयः प्रसूते पित्रानिलाभ्यां सहितं कुरूपम् ।
विहीनशक्तिं मतिवर्जितञ्च व्ययैरनिष्टैः सहितं कृतघ्नम् ॥१॥

जिस मनुष्य के लग्न स्थान में मङ्गल होता है वह पित्त और वायु से युक्त, दूषित देहधारी, शक्ति से रहित, बुद्धि से शून्य, असद् खर्चे से युक्त और कृतघ्न जातक होता है ॥ १ ॥

च० चिं० में कहा है—'विलग्ने कुजे दण्डलोहाग्निभीतिस्तपेन्मानसं केसरी किं द्वितीयः। कलत्रादिघातः शिरोनेत्रपीडा विपाके फलानां सदैवोपसर्गः' ॥ १ ॥

धन में मङ्गल का फल

धनस्थितो भूतनयः प्रसूते धनैर्विहीनं जनताविरुद्धम्।
कठोरवाचा निरतं कुबुद्धिं प्रभावहीनं गतसौहृदञ्च ॥२॥

जिस मनुष्य के धन स्थान में मङ्गल होता है वह निर्धन, जनसमूह के विपरीत, कठोर वाणी बोलने में तत्पर, कुबुद्धि, प्रभाव से रहित और मित्रों से हीन जातक होता है ॥ २ ॥

च० चिं० में कहा है—'भवेत्तस्य किं विद्यमाने कुटुम्बे धनेऽङ्गारके यस्य लब्धे धने किम्। यथा त्रायते मर्कटः कण्ठहारं पुनः सम्मुखं को भवेद्वादभग्नः' ॥ २ ॥

सहज में मङ्गल का फल—

करोति भौमः सहजाश्रितश्च निरोगदेहं विजयप्रधानम्।
नरेन्द्रमानान्वितमिष्टधर्मं प्रभूतकोशं सततं सुदान्तम् ॥३॥

जिस मनुष्य के सहज स्थान में मङ्गल होता है वह रोग से रहित देहधारी, प्रधान विजेता, राजा के सत्कार से युक्त, इष्ट धर्मवाला, अधिक धनी और निरन्तर तपश्चर्या में क्लेश को सहने वाला होता है ॥ ३ ॥

च० चिं० में कहा है—'कुतो बाहुवीर्यं कुतो बाहुलक्ष्मीस्तृतीयो न चेन्मङ्गलो मानवानाम्। सहोत्थव्यथा भण्यते केन तेषां तपश्चर्यया चोपहास्यः कथं स्यात्' ॥ ३ ॥

सुख में मङ्गल का फल—

सुखस्थितः सञ्जनयेच्च वक्रः सुखैर्विहीनं गतदर्पमेव।
सुबुद्धिहीनं गतबन्धुवर्गं व्ययाश्रितं कामपरं नृशंसम् ॥४॥

जिस मनुष्य के सुख स्थान में मङ्गल होता है वह सुख से रहित, निरभिमानी, सुन्दर बुद्धि से हीन, बान्धवों से शून्य, खर्चीला, विषयी और निर्दयी जातक होता है ॥ ४ ॥

च० चिं० में कहा है—'यदाभूसुतः संभवेत्तुर्यभावे तदा किं ग्रहाः सानुकूला जनानाम्। सुहृद्वर्गसौख्यं न किञ्चिद्विचिन्त्यं कृपावस्त्रभूमीर्लभेद्भूमिपालात्' ॥ ४ ॥

सुत में मङ्गल का फल—

सुतस्थितः सञ्जनयेच्च वक्रः सुतैर्विहीनं पुरुषं सदैव।
पापैः समेतं परतर्कञ्च विद्याविहीनं गतसौहृदञ्च ॥५॥

जिस मनुष्य के सुत स्थान में मङ्गल होता है वह पुत्र से हीन, सदा पापी, दूसरे की शङ्का करने वाला, विद्या से हीन और मित्रों से हीन जातक होता है ॥ ५ ॥

च० चिं० में कहा है—'कुजे पञ्चमे जाठराग्निर्बलीयान् न जातं नु जातं निहन्त्येक एव । तदानीमनल्पा मतिः किल्विषेऽपि स्वयं दुग्धवत्तप्यतेऽन्तः सदैव' ॥ ५ ॥

रिपु में मङ्गल का फल—

रिपुस्थितः सञ्जनयेद्गतारिं कुलप्रधानं प्रियदर्शनञ्च ।
संश्लाघितं साधुजनेन नित्यं विनीतवेषं सततं सुशीलम् ॥६॥

जिस मनुष्य के रिपु स्थान में मङ्गल होता है वह शत्रु से रहित, कुल में मुखिया, मनोहर स्वरूपवान्, सज्जन जनों से नित्य प्रशंसित, विनयी और निरन्तर शीलवान् जातक होता है ।

च० चिं० में कहा है 'न तिष्ठन्ति षष्ठेऽरयोऽङ्गारके वै तदङ्गैरिताः सङ्गरे शक्तिमन्तः । मनीषा सुखी मातुलेयो न तद्वद् विलीयेत वित्तंलभेतापिभूरि' ॥ ६ ॥

जाया में मङ्गल का फल—

कलत्रसंस्थः क्षितिजः प्रसूते विदेशभाजं कुकलत्रयुक्तम् ।
विवादशीलं बहुशत्रुपक्ष नीचानुरक्तं प्रियसाहसी च ॥७॥

जिस मनुष्य के जाया स्थान में मङ्गल होता है वह विदेशवासी, दूषित स्त्री से युक्त, विवादी, अधिक शत्रु वाला, नीचों में प्रीति करने वाला और सुन्दर साहसी जातक होता है ॥ ७ ॥

च० चिं० में कहा है 'अनुद्धारभूतेन पाणिग्रहेण प्रयाणेन वाणिज्यतो नो निवृत्तिः । मुहुर्भङ्गदः स्पर्धिनां मेदिनीजः प्रहारार्दनैः सप्तमे दंपतिघ्नः' ॥ ७ ॥

मृत्यु में मंगल का फल—

मृतिस्थितः सञ्जनयेन्महीजः शस्त्रार्तदेहं प्रभया विहीनम् ।
कुपार्थिवासक्तसुमित्रचेष्टं कृपाविहीनं गतसौहृदञ्च ॥८॥

जिस मनुष्य के मृत्यु स्थान में मङ्गल होता है वह शस्त्र से पीडित देहधारी, तेज से हीन, दूषित राजा में आसक्त, सुन्दर मित्र की चेष्टा करने वाला, निर्दयी और मित्रता से हीन होता है ॥ ८ ॥

च० चिं० में कहा है 'शुभास्तस्य किं खेचराः कुर्युरन्ये, विधानेऽपि चेदष्टमे भूमिसूनुः । सखा किं न शत्रूयते सत्कृतोऽपि, प्रयत्ने कृते भूयते चोपसर्गैः' ॥ ८ ॥

धर्म में मंगल का फल—

धर्माश्रितः सञ्जनयेत्कुधर्मं भौमः कुरूपं गतबन्धुवर्गम् ।
भाग्यैर्विहीनं विगताभिमान प्रतप्तदेहं मतिवर्जितञ्च ॥९॥

जिस मनुष्य के धर्म स्थान में मङ्गल होता है वह दूषितधर्मवाला, कुरूप, बन्धुवर्ग से रहित, भाग्यहीन, निरभिमानी, संतप्त देहधारी और बुद्धिशून्य जातक होता है ॥ ९ ॥

च० चिं० में कहा है 'महोग्रामतिर्भाग्यवित्तं महोग्रं तपो भाग्यगो मङ्गलस्तं करोति । भवेन्नादिम श्यालकः सोदरो वा कुतो विक्रमस्तुच्छलाभो विपाके' ॥ ९ ॥

कर्म में मङ्गल का फल—

कर्माश्रितो भूतनयः प्रसूते कुकर्मरक्तं सुधिया समेतम्।
जनापवादं प्रणयं कृतघ्नं व्यर्थश्रमं बान्धववर्जितञ्च ॥१०॥

जिस मनुष्य के कर्म स्थान में मङ्गल होता है वह दूषित कर्मों में प्रीति करने वाला, सुन्दर बुद्धिमान्, लोकापवादी, विनयी, कृतघ्न, व्यर्थ श्रमी और बान्धवों से रहित जातक होता है ॥ १० ॥

च० चिं० में कहा है 'कुले तस्य किं मङ्गलं मङ्गलो नो जनैर्भूयते मध्यभावे यदि स्यात्। स्वतः सिद्ध एवावतंसीयतेऽसौ वराकोऽपि कण्ठीरवः किं द्वितीयः' ॥ १० ॥

लाभ में मङ्गल का फल—

लाभाश्रितः पार्थिवलाभतुष्टं नरं प्रसूते क्षितिजः सदैव।
हतारिपक्षं निजबन्धुमान्यं प्रशंस्यशीलं प्रथिताभिमानम् ॥११॥

जिस मनुष्य के लाभ भाव में मङ्गल होता है वह राजा के लाभ से प्रसन्न, शत्रुओं को मारने वाला, अपने बन्धुओं से सम्मानित, प्रशंसनीय शीलता से युक्त और प्रसिद्ध अभिमानी जातक होता है ॥ ११ ॥

च० चिं० में कहा है 'कुजः पीडयेल्लाभगोऽपत्यशत्रून् भवेत्संमुखो दुर्मुखोऽपि प्रतापात्। धनं वर्धते गोधनैर्वाहनैर्वा सकृच्छून्यतार्थे च पैशुन्यभावात्' ॥ ११ ॥

व्यय में मङ्गल का फल—

व्ययाश्रितः सञ्जनयेच्च भौमो व्ययाधिकं भूरिरिपुप्रयुक्तम्।
प्रभूतपापं व्यसनैः समेतमर्थार्थिनं धर्मविवर्जितञ्च ॥१२॥

जिसके व्यय भाव में मङ्गल होता है वह अधिक खर्चीला, अधिक शत्रुओं से युत, बड़ापापी, व्यसनी, अर्थ (धन) का लोभी और धर्म से हीन जातक होता है ॥ १२ ॥

च० चिं० में कहा है 'शताक्षोऽपि तत्सक्षतो लोहघातैः कुजो द्वादशोऽर्थस्य नाशं करोति। मृषा किं वदन्ती भयं दस्युतो वा कलि पारधोहेतु दुःखं विचिन्त्यम्' ॥ १२ ॥

इति भौमफलम्

इस प्रकार १२ भावों में मङ्गल का फल समाप्त हुआ।

[अथ बुधफलम्]

पहिले भाव में बुध का फल—

तनुस्थितः सोमसुतः प्रसूते प्रजाधिकं मानिनमिष्टधर्मम्।
महाप्रभावं वृजिनैर्विहीनं गुणोत्कटं पार्थिवसम्मतञ्च ॥१॥

यदि जन्म के समय में पहिले भाव में बुध हो तो जातक अधिक सन्तान से युक्त, अभिमानी, अभीष्ट धर्म वाला, बड़ा प्रभावशाली, पाप से हीन, उत्कृष्ट गुणी और राजा से सम्मत होता है ॥ १ ॥

च० चिं० कहा है 'बुधो मूर्तिगो मार्जयेदन्यरिष्टं वरिष्ठाधियो वैखरीवृत्तिभाजः। जनादिव्यचामीकरीभूतदेहाश्चिकित्साविदो दुश्चिकित्स्या भवन्ति' ॥ १ ॥

दूसरे भाव में बुध का फल—

धनस्थितः सञ्जनयेच्छशाङ्किः प्रभूतकोषं स्वजनानुरक्तम् ।
प्रियंवदं ब्राह्मणदेवभक्तं मनस्विनं कीर्तिकरं सदैव ॥२॥

यदि जन्म के समय में दूसरे भाव में बुध हो तो जातक अधिक धनी, अपने मनुष्यों में लीन, मीठा भाषी, ब्राह्मण व देवता का भक्त, मनस्वी और कीर्ति बढ़ाने वाला होता है ॥ २ ॥

च० चिं० में कहा है 'धने बुद्धिमान् बोधने बाहु तेजाः सभासङ्गतो भासते व्यास एव । पृथूदारता कल्पवृक्षस्य तद्वद्बुधैर्भण्यते भोगतः षट्पदोऽयम्' ॥ २ ॥

तीसरे भाव में बुध का फल—

तृतीयगः सोमसुतः प्रसिद्धं नरं प्रसूते प्रणतं विहीनम् ।
प्रभूतमित्रं प्रमदास्वभीष्टं मायाप्रपञ्चै रहितं नितान्तम् ॥३॥

यदि जन्म के समय में तीसरे भाव में बुध हो तो जातक विख्यात, विनय से हीन, अधिक मित्र वाला, स्त्रियों का प्रेमी और माया व प्रपञ्च से निरन्तर रहित होता है ॥ ३ ॥

च० चिं० में कहा है 'वणिङ्मित्रता पण्यकृद्वृत्तशीलो वशित्वं धियो दुर्वशानामुपेति । विनीतोऽतिभोगं भजेत्संन्यसेद् वा तृतीयेऽनुजै राश्रितो ज्ञेलतावान्' ॥ ३ ॥

चौथे भाव में बुध का फल—

बुधो विधत्ते बहुबुद्धियुक्तं पातालगः पुष्टशरीरिणञ्च ।
कृषिक्रियालाभसुखं विनीतं व्याधिप्रमुक्तं परमर्दकञ्च ॥४॥

यदि जन्म के समय में चौथे भाव में बुध हो तो जातक अधिक बुद्धिमान्, पुष्ट शरीरधारी, खेती के कार्य से लाभ होने पर सुखी, विनम्र, रोगहीन और शत्रु का नाशक होता है ॥ ४ ॥

च० चिं० में कहा है 'चतुर्थे चरेच्चन्द्रजश्चारुमित्रो, विशेषाधिकृद्भूमिनाथाङ्गणस्य । भवेल्लेखको लिख्यते वा तदुक्तं तदाशापरः पैतृकन्नो धनञ्च' ॥ ४ ॥

पांचवें भाव में बुध का फल—

स्वल्पात्मजं सञ्जनयेन्मनुष्यं सुतस्थितो सोमसुतोऽल्पवीर्यम् ।
कीनाशमर्त्यं बहुपापसक्तं क्षुधालुमिष्टैः परिवर्जितञ्च ॥५॥

यदि जन्म के समय में पाँचवें भाव में बुध हो तो जातक अल्प पुत्रवान्, अल्पबली, यमराजस्वरूप, अधिक पापों में अनुरक्त, भूखा और अभीष्ट से रहित होता है ॥ ५ ॥

च० चिं० में कहा है 'वयस्यादिमे पुत्रगर्भो न तिष्ठेत्, भवेत्तस्य मेधार्थसंपादयित्री । बुधैर्भण्यते पञ्चमे रोहिणेये कियद्विद्यते कैतवस्याभिचारात्' ॥ ५ ॥

छटे भाव में बुध का फल—

रिपुस्थितो भूरिरिपुं प्रसूते बुद्ध्यारियुक्तं कलहप्रसक्तम् ।
प्रियामिषं ब्राह्मणभक्तिहीनं सदातुरं कामनिपीडितञ्च ॥६॥

यदि जन्म के समय में छटे भाव में बुध हो तो जातक अधिक शत्रु वाला, शत्रुता बुद्धि से युक्त, कलह में अनुरक्त, मांसप्रेमी, ब्राह्मण का अभक्त, सदा रोगी और काम से दुःखी होता है ॥ ६ ॥

च० चि० में कहा है ' विरोधो जनानां निरोधो रिपूणां प्रबोधो यतीनां च रोधोऽनिलानाम् । बुधे सद्व्यये व्यावहारो निधीनां बलादर्थकृत्संभवेच्छत्रुभावे' ॥ ६ ॥

सातवें भाव में बुध का फल –

कलत्रगः सोमसुतः सुसत्यं नरं प्रसूते बहुभोगभाजम् ।
पतिव्रताकान्तमभीष्टहीनं परोपकारं प्रणतं सदैव ॥७॥

यदि जन्म के समय में बुध सप्तमभाव में हो तो जातक सुन्दर सत्यवादी, अधिक भोग भोगने वाला, पतिव्रता का प्रिय, अभीष्ट से रहित, परोपकारी और विनयी होता है ॥ ७ ॥

च० चि० में कहा है 'सुतः शीतगोः सप्तमे शंयुवत्या विधत्ते तथा तुच्छवीर्यश्च भोगे । अनस्तङ्गतो हेमवद्देहशोभां न शक्नोति तत्संपदो वानुकर्तुम्' ॥ ७ ॥

आठवें भाव में बुध का फल—

रन्ध्राश्रितो रन्ध्रयुतं नितान्तं बुधः प्रसूते सहजं मनुष्यम् ।
कफानिलाभ्यां परिपीडिताङ्गं कृशं विवर्णं कुलघातनञ्च ॥८॥

यदि जन्म के समय में अष्टमभाव में बुध हो तो जातक बहु छिद्रों से युत, मित्र स्वभावी, कफ व वायु जन्य रोग से पीडित देहधारी, चेष्टा से हीन और वंशघाती होता है ॥ ८ ॥

च० चि० में कहा है 'शतं जीविनो रन्ध्रगे राजपुत्रे भवन्तीह देशान्तरे विश्रुतास्ते । निधानं नृपाद्विक्रयाद्वा लभन्ते युवत्युद्भवं क्रीडनं प्रीतिमन्तः' ॥ ८ ॥

नवें भाव में बुध का फल—

भाग्याश्रितः सत्यगुणैः समेतं चन्द्रात्मजः प्रीतिकरं प्रसूते ।
जितेन्द्रियं साधुजनानुरक्तं कृषिप्रधानञ्च प्रगल्भमेव ॥९॥

यदि जन्म के समय में नवें भाव में बुध हो तो जातक सत्य के गुणों से युक्त, प्रेमी, जितेन्द्रिय, सज्जन मनुष्यों में आसक्त, प्रधान कृषक और प्रतिभाशाली होता है ॥ ९ ॥

च० चि० में कहा है 'बुधे धर्मगेधर्मशीलोऽतिधीमान् भवेद्दीक्षितः स्वधुंनी स्नातको वा । कुलोद्योगकृद्भानुवद्भूमिपालात् प्रतापाधिको बाधको दुर्मुखानाम्' ॥ ९ ॥

दशवें भाव में बुध का फल --

नभःस्थलस्थः कुरुते शशाङ्किः सुरूपदेहं सुभगं सुशीलम् ।
शय्यासनाच्छादनबाहनाढ्यः स्त्रीणामभीष्टं सुनयान्वितञ्च ॥१०॥

यदि जन्म के समय में दशवें भाव में बुध हो तो जातक सुन्दर शरीरधारी, भाग्यशाली, सुशील, शय्या-आसन-वस्त्र और सवारी से युक्त, स्त्रियों का प्रेमी और सुन्दर नीतिमान् होता है ॥ १० ॥

च० चिं० में कहा है 'मितं संवदेन्नो मितं संलभेत प्रसादादिवैकारिसौराजवृत्तिः। बुधे कर्मगे पूजनीयो विशेषात् पितुः संपदो नीतिदण्डाधिकारः' ॥ १० ॥

ग्यारहवें भाव में बुध का फल—

आयस्थितः सञ्जनयेत्सुरूपं बुधो विदं काव्यमतिं सुकान्तम्।
रोगप्रमुक्तं प्रथिताभिमानं नृपक्रियाकृत्यविचक्षणञ्च ॥११॥

यदि जन्म के समय में ग्यारहवें भाव में बुध हो तो जातक स्वरूपवान्, काव्य में बुद्धि वाला, विज्ञ, सुन्दर रोगहीन, प्रसिद्ध अभिमानी और राजकार्य का विद्वान् होता है ॥ ११ ॥

च० चिं० में कहा है 'विना लाभभावे स्थितं भेशजातं न लाभो न लावण्यमानृण्यमस्ति। कुतः कन्यकोद्वाहदानं च देयं कथं भूसुरास्त्यक्ततृष्णा भवन्ति' ॥ ११ ॥

बारहवें भाव में बुध का फल—

व्ययाश्रितो भूरिदरिद्रभाजं बुधः प्रसूते विषयप्रसक्तम्।
पराभिभूतं निजबन्धुवर्गैः कुरूपदेहं कुधिया युतञ्च ॥१२॥

यदि जन्म के समय में बारहवें भाव में बुध हो तो जातक अधिक दरिद्रता भोगने वाला, विषयों में आसक्त, अपने बान्धव वर्ग से पीडित या पराजित, कुत्सित देहधारी और दूषित बुद्धि का होता है ॥ १२ ॥

इति बुध फलम्।

इस प्रकार बारह भावों में स्थित बुध का फल समाप्त हुआ।

[अथ गुरुफलम]

अब १२ भावों में स्थित गुरू के फल को कहते हैं।

प्रथमभावस्थ गुरु का फल—

जीवः प्रसूते तनुगः सुगात्रं सौभाग्यभोगोपचितं दयालुम्।
प्रसिद्धियुक्तं हतशत्रुपक्षं सुकीर्तिकर्त्तारमतीव हृष्टम् ॥१॥

यदि जन्माऽङ्ग में प्रथम भावस्थ गुरू हो तो जातक सुन्दर शरीर वाला, वर्द्धित भाग्य व भोग से युक्त, विख्यात, नष्ट शत्रु पक्ष वाला, सुन्दर कीर्ति करने वाला और अत्यन्त प्रसन्न होता है ॥ १ ॥

च० चिं० में कहा है 'गुरुत्वं गुणैर्लग्नगे देवपूज्ये सुवेषी सुखी दिव्यदेहोऽल्पवीर्यः। गतिर्भाविनी पारलोको विचिन्त्या वसूनि व्ययं संवलेन व्रजन्ति' ॥ १ ॥

द्वितीयभावस्थ गुरू का फल—

कोशाश्रितः स्यात्सुरराजमन्त्री सुवित्तहर्ता प्रसुखप्रदश्च।
नाशाय पापस्य च शत्रुराशेः परोपजातस्य च दूषणस्य ॥२॥

यदि जन्माऽङ्ग में द्वितीय भावस्थ गुरू हो तो जातक सुन्दर रीति से धन प्राप्त करने वाला, अधिक सुखी, शत्रू व पाप का नाशक और दूसरे के दोष को करने वाला होता है ॥ २ ॥

च० चिं० में कहा है 'कवित्वे मतिर्दण्डनेतृत्वशक्तिर्मुखे दोषधृक् शीघ्रभोगार्त एव। कुटुम्बे गुरौ कष्टतो द्रव्यलब्धिः, सदा नो धनं विश्रमेदयत्नतोऽपि ॥ २ ॥

तृतीय भावस्थ गुरु का फल

तृतीयगो देवगुरुः प्रपूज्यो मेधान्वित सञ्जनयेत्सुसौख्यम्।
कुले प्रधानं प्रमदानुमान्यं प्रसिद्धमुर्वीतलमण्डनञ्च ॥३॥

यदि जन्माऽङ्ग में तृतीयभावस्थ गुरू हो तो जातक बुद्धिमान्, सुन्दर सुखी, कुल में मुखिया, स्त्रियों से सम्मानित और प्रसिद्ध व पृथ्वी का भूषण होता है ॥ ३ ॥

च० चिं० में कहा है 'भवेद्यस्य दुश्चिक्यगो देवमन्त्री लघूनां लघीयान् सुखं सोदराणाम्। कृतघ्नो भवेन्मित्रसार्थे न मैत्री ललाटोदयेऽप्यर्थलाभो न तद्वत्' ॥ ३ ॥

चतुर्थ भावस्थ गुरू का फल —

सौख्याश्रितः सञ्जनयेत्सुसौख्यं देवेशमन्त्री नृपतेरभीष्टम्।
प्रियातिथिं बान्धवलोकमान्यं प्रभूतयानासनभाजनञ्च ॥४॥

यदि जन्माऽङ्ग में चतुर्थभावस्थ गुरू हो तो जातक सुखी, राजा का प्रिय पात्र, अतिथि प्रेमी, बन्धुजनों से सत्कृत और अधिक सवारी वाला होता है ॥ ४ ॥

च० चिं में कहा है 'गृहद्वारतः श्रूयते वाजिह्रेषा द्विजोच्चारितो वेदघोषोऽपि तद्वत्। प्रतिस्पर्धिनः कुर्वते पारिचर्यं चतुर्थे गुरौ तप्तमन्तर्गतञ्च' ॥ ४ ॥

पञ्चमभावस्थ गुरू का फल——

प्रभूतपुत्रं सुरराजमन्त्री सुतस्थितः सञ्जनयेन्मनुष्यम्।
प्रख्यातियुक्तं सुधिया समेतं प्रियं वदं ब्राह्मणसम्मतञ्च ॥५॥

यदि जन्माऽङ्ग में पञ्चमभावस्थ गुरू हो तो जातक अधिक पुत्रों से युक्त, प्रसिद्ध पुरुष, बुद्धिमान्, मीठा बोलने वाला और ब्राह्मणों से सम्मत होता है ॥ ५ ॥

च० चिं में कहा है 'विलासे मतिबुंद्धिगे देवपूज्ये भवेज्जल्पकः कल्पको लेखको वा। निदाने सुते विद्यमानेऽपि भूतिः फलोपद्रवः पक्वकाले फलस्य' ॥ ७ ॥

षष्ठभावस्थ गुरू का फल——

षष्ठाश्रितो भूरिरिपुप्रयुक्तं करोति मर्त्यं बहुरोगयुक्तम्।
विदेशसेवानिरतं कृतघ्नं सदैव सूते जडता समेतम् ॥६॥

यदि जन्माऽङ्ग में षष्ठभावस्थ गुरू हो तो जातक अधिक शत्रुओं से युक्त, बहुरोगी, परदेश की सेवा में लीन, बुद्धिहीन और कृतघ्न होता है ॥ ६ ॥

च० चिं में कहा है 'रुजार्तो जनन्या रुजः सम्भवेयूरिपौ वाक्पतौशत्रुहन्तृत्वमेति। बलादुद्धतः को रणे तस्य जेता महिष्यादिशर्मा न तन्मातुलानाम्' ॥ ६ ॥

सप्तमभावस्थ गुरू का फल——

सुरूपहारं सुमतिं सुशीलं कामाश्रितो देवगुरुः प्रसूते।
प्रख्यातवंशं वृजिनेन हीनं सत्याश्रयं देवगुरुप्रभक्तम् ॥७॥

यदि जन्माऽङ्ग में सप्तमभावस्थ गुरू हो तो जातक स्वरूपवती स्त्री से युत, सुन्दर बुद्धिमान्, सुशील, प्रसिद्धवंशी, पाप से हीन, सत्यभाषी और देव व गुरू का भक्त होता है ॥ ७ ॥

च० चिं० में कहा है 'मतिस्तस्य बह्वी विभूतिश्च बह्वी रतिर्वैभवे भामिनीनाम-बह्वी। गुरुर्गर्वकृद्यस्य जामित्रभावे सपिण्डाधिकोऽखण्डकन्दर्प एव' ॥ ७ ॥

अष्टमभावस्थ गुरू का फल—

मृत्युस्थितो बुद्धिविवर्जिताङ्गं करोति जीवः प्रखलं मनुष्यम्।
विद्याविवेकागमदूषितञ्च प्रभाविहीनं परवञ्चकञ्च ॥८॥

यदि जन्माऽङ्ग में अष्टमभावस्थ गुरू हो तो जातक बुद्धि से हीन, अधिक दुष्ट, विद्या-विवेक से रहित, कान्ति से हीन और दूसरे को ठगने वाला होता है ॥८॥

च० चिं० में कहा है— चिरं नो वसेत्पैतृके चैव गेहे चिरस्थायि नो तद्गृहं तस्य देहम्। चिरं नो भवेत्तस्य नीरोगमङ्गं गुरुर्मृत्युगो यस्य वैकुन्ठगन्ता' ॥८॥

नवमभावस्थ गुरू का फल—

धर्माश्रितो देवगुरुः प्रसूते सुधर्मिणं सत्यदयासमेतम्।
नानाधनैः संयुतमिष्टबन्धुं प्रतापिनं साधुजनप्रसक्तम् ॥९॥

यदि जन्माऽङ्ग में नवमभावस्थ गुरू हो तो जातक सुन्दर धर्मात्मा, सत्य व दया से युक्त, अनेक धनों से संयुत, इष्ट बान्धवी, प्रतापी और सज्जनों में अनुरक्त होता है ॥९॥

च० चिं० में कहा है—'चतुर्भूमिकं तद्गृहं तस्य भूमीपतेर्वल्लभो वल्लभा भूमि-देवाः। गुरौ धर्मगे बान्धवाः स्युर्विनीताः सदालस्यतो धर्मवैगुण्यकारी' ॥९॥

दशमभावस्थ गुरू का फल—

कर्माश्रितो देवगुरुः प्रसूते सुकर्मभाजं जनताप्रधानम्।
नरेन्द्रमान्यं प्रभुता समेतं देवद्विजानां निरतं निरीहम् ॥१०॥

यदि जन्माऽङ्ग में दशमभावस्थ गुरू हो तो जातक सुकर्म-कर्त्ता, समुदाय में मुखिया, राजा से सम्मानित, ऐश्वर्य से युक्त, देव व ब्राह्मणों में लीन और इच्छा से रहित होता है ॥१०॥

च० चि० में कहा है —'ध्वजामण्डपे मन्दिरे चित्रशाला पितुः पूर्वजेभ्योऽपि तेजोऽधि-कत्वम्। न तुष्टो भवेच्छर्मणा पुत्रकाणां पचेत्प्रत्यहं प्रस्थसामुद्रमन्नम्' ॥१०॥

एकादशभावस्थ गुरू का फल—

लाभाश्रितो लाभपरं प्रयुक्तं सदैव सूते सुरराजमन्त्री।
प्रभूतयानाशनवित्तशंसा सुपूर्णहर्म्यं प्रमदाप्रियञ्च ॥११॥

यदि जन्माऽङ्ग में एकादशभावस्थ गुरू हो तो जातक सदा ही लाभ से युक्त, अधिक सवारी, भोज, धन और प्रशंसा से पूर्ण घर वाला और स्त्रियों का प्रेमी होता है ॥११॥

च० चि० में कहा है—'अकुप्यच्चलाभे गुरौ किं न लभ्यं वदन्त्यष्टधीमन्तमन्ये मुनीन्द्राः । पितुर्भारभृत्स्वाङ्गजास्तस्य पञ्च परार्थस्तदर्थो न चेद्वैभवाय' ॥११॥

द्वादशभावस्थ गुरू का फल—

गुरुः प्रसूते व्ययगो मनुष्यं विद्वेषशीलं परवित्तलुब्धम् ।
ईर्ष्याधिकं पापजनानुरक्तं कृशं कृतघ्नं परवञ्चकञ्च ॥१२॥

यदि जन्माऽङ्ग में द्वादश भावस्थ गुरू हो तो जातक विद्रोही, दूसरे के धन का लोभी, अधिक ईर्ष्यालु, पापी मनुष्यों में आसक्त, दुबला, कृतघ्न दूसरे को ठगने वाला, अनेक प्रकार के कामों (इच्छा) से पीडित शरीर वाला और व्यसनों से उत्पन्न खर्चे से युक्त होता है ।

च० चि० कहा है—'यशः कीदृशं सद्व्यये साभिमाने मतिः कीदृशी वञ्चना चेत्परेषाम् । विधिः कीदृशोऽर्थस्य नाशो हि येन त्रयस्ते भवेयुर्व्यये यस्य जीवः' ॥१२॥

इति गुरु फलम्

इस प्रकार बारह भावों में गुरू का फल समाप्त हुआ ।

[अथ शुक्र फलम्]

लग्न में शुक्र का फल—

शुक्रस्तनुस्थः सुतनुं प्रसूते शास्त्रानुरक्तं प्रथितस्वभावम् ।
प्रियंवदं सर्वकलासु दक्षं हतारिपक्षं विनयान्वितश्च ॥१॥

अब बारह भावों में शुक्र की सत्ता वश फल को कहते हैं ।

यदि कुण्डली में लग्न में शुक्र हो तो जातक शास्त्रों में आसक्त, विस्तृत स्वभाव वाला, प्रियभाषी, समस्त कलाओं में चतुर, नष्ट शत्रु पक्ष वाला और विनयी होता है ॥१॥

च० चि० में कहा है—'समीचीनमङ्गः समीचीनसङ्गः समीचीनबह्वङ्गनाभोगयुक्तः । समीचीनकर्मा समीचीनशर्मा समीचीनशुक्रो यदा लग्नवर्ती' ॥१॥

धन में शुक्र का फल—

द्वितीयगो भार्गव एव धत्ते धनं विचित्रं सुजनानुरक्तम् ।
सुवर्णमुक्तामणिवस्त्रलाभं विमुक्तरोगं हतपापचेष्टम् ॥२॥

यदि कुण्डली में धन में शुक्र हो तो जातक विचित्रधनी, सज्जनों में आसक्त, सुवर्ण मोती मणि व वस्त्रों के लाभ से युक्त और रोग से रहित व पाप से नष्ट इच्छा वाला होता है ॥२॥

च० चि० में कहा है—'मुखं चारुभाषं मनीषापिचार्वीमुखंचारु चारूणि वासांसि तस्य । कुटुम्बे स्थितः पूर्वदेवस्य पूज्यः कुटुम्बे न किं चारुचार्वङ्गिकामः' ॥२॥

सहज में शुक्र का फल—

शुक्रस्तृतीयः प्रणतारिपक्षं नरं प्रसूते सुसुतं सुदान्तम् ।
तेजस्विनं भूरिदयासमेतं सुरूपगात्रं विनयान्वितञ्च ॥३॥

यदि कुण्डली में सहज में शुक्र हो तो जातक विनम्र शत्रु पक्ष से युक्त, सुन्दर पुत्र वाला, प्रतिभाशाली, तेजस्वी, अधिक दयालु, सुन्दर स्वरूप देहधारी और विनयी होता है ।।३।।

च० चिं० में कहा है—'रतिः स्त्रीजने तस्य नो बन्धुनाशो गुरुर्यस्य दुश्चिक्यगो दानवानाम् । न पूर्णो भवेत्पुत्रसौख्येऽपि सेनापतिः कातरो दानसंग्रामकाले' ।।३।।

सुहृद में शुक्र का फल—

सुखाश्रितो भार्गवनन्दनस्तु सुखानि सर्वाणि करोति नित्यम् ।
रोगक्षयं साधुजनेन सौख्यं सदानुरक्तं गुरुदैवतं वा ।।४।।

यदि कुण्डली में सुहृदस्थान में शुक्र हो तो जातक नित्य समस्त सुख पाने वाला, नीरोग, सज्जनों से मित्रता करने वाला व गुरू व देवताओं में सदा आसक्त होता है ।।४।।

च० चिं० में कहा है—'गहित्वेऽधिको यस्य तुर्येऽसुरेज्यो जनैः किं जनैश्चापरै रुष्टतुष्टैः । कियत्पोषयेज्जन्मतः संजनन्या अधीनार्पितोपायनैरेव पूर्ण.' ।।४।।

सुत में शुक्र का फल—

करोति शुक्रः खलु पञ्चमस्थः सुतान् विचित्रान् प्रचुरस्वभावान् ।
वाचातिमुख्यानतिसर्वकालं प्रसूयते च प्रचुरप्रतापान् ।।५।।

यदि कुण्डली में सुत स्थान में शुक्र हो तो जातक अधिक विचित्र स्वभाव पुत्रों को उत्पन्न करने वाला, सब समय अति मुख्य वाणी बोलने वाला और अधिक प्रतापी होता है ।। ५ ।।

च० चिं० में कहा है 'सुपुत्रेऽपि किं यस्य शुक्रो न पुत्रे प्रयासेन किं यत्नसंपादितोऽर्थः । व्युदर्कं विना मन्त्रमिष्टाशनाभ्यामधीतेन किं चेत्कवित्वे न शक्तिः' ।। ५ ।।

रिपु में शुक्र का फल—

षष्ठो भृगुः सञ्जनयेत्कुरूपं प्रजाविहीनं जडता प्रयुक्तम् ।
स्वल्पायुषं स्वल्पधिया समेतं संत्यक्तशौचं निजभृत्ययुक्तम् ।। ६ ।।

यदि कुण्डली में रिपु स्थान में शुक्र हो तो जातक कुरूप, सन्तान से रहित, मूर्ख, अल्पायु, लघु बुद्धि, पवित्रता से हीन और अपने नौकर से युक्त होता है ।। ६ ।।

च० चिं० में कहा है 'सदा दानवेज्ये सुधासिक्तशत्रुर्व्ययः शत्रुगे चौत्तमौ तौ भवेताम् । विपद्येतसंपादितं चापिकृत्यं तपेन्मन्त्रतः पूज्यसौख्यं न धत्ते' ।। ६ ।।

जाया में शुक्र का फल—

कामाश्रितः सञ्जनयेत्प्रसिद्धं शुक्रः सुमूर्तिं सुकलत्रभाजम् ।
सत्याधिकं भूरिदयासमेतं प्रशंसितं साधुजनैः सदैव ।। ७ ।।

यदि कुण्डली में जाया स्थान में शुक्र हो तो जातक विख्यात, सुन्दरस्वरूपवान्, सुन्दरी स्त्री का पात्र, अधिक सच्चा, प्रचुर दयालु और सदा ही सज्जनों से प्रशंसित होता है ।। ७ ।।

च० चि० में कहा है 'कलत्रे कलत्रात्सुखं नो कलत्रात् कलत्रं तु शुक्रेभवेद्रत्नगर्भम् विलासाधिको गण्यते च प्रवासी प्रयासाल्पकः के न मुह्यन्ति तस्मात्' ॥ ७ ॥

मृत्यु में शुक्र का फल—

शुक्रेऽष्टमस्थः कुरुतेऽल्पसत्यं विदेशरक्त व्यसनानुभूतम् ।
स्वल्पायुषं बन्धुजनैर्विमुक्तं सदारियुक्तं गुरूदेवकृत्यम् ॥ ८ ॥

यदि कुण्डली में मृत्यु स्थान में शुक्र हो तो जातक थोड़ा सत्यवादी, विदेश का इच्छुक, व्यसनों से पीड़ित, अल्पायु, बान्धवों से त्यक्त, सदा शत्रु से युक्त और गुरू देवता का कार्य करने वाला होता है ॥ ८ ॥

च० चि० में कहा है—'जनः क्षुद्रवादी चिरं चारु जीवेच्चतुष्पात्सुखं दैत्यपूज्यो ददाति । जनुष्यष्टमे कष्टसाध्यो जयार्थः पुनर्वर्धते दीयमानं धनर्णम्' ॥ ८ ॥

भाग्य में शुक्र का फल—

भाग्यस्थितः सञ्जनयेन्मनुष्य भाग्यैः समेतं विविधैः सदैव ।
प्रभूतलाभं प्रचुराभिमानं प्रसिद्धयुक्तं प्रणतारिपक्षम् ॥ ९ ॥

यदि कुण्डली में भाग्यस्थान में शुक्र हो तो जातक सदा ही अनेक प्रकार के भाग्यों से युक्त, अधिक लाभी, बड़ा अभिमानी, विख्यात और विनयी शत्रु पक्ष वाला होता है ॥ ९ ॥

च० चि० में कहा है – 'भृगौ त्रित्रिकोणे पुरे केन पौराः कुसीदेन ये वृद्धिमस्मैददीरन् । गृहं ज्ञायते तस्य धर्मध्वजादेः सहोत्थादिसौख्यं शरीरे सुखञ्च' ॥ ९ ॥

कर्म में शुक्र का फल—

शुक्रः प्रसूते खलु कर्मसंस्थः सुधर्मभाजं सुधनं मनुष्यम् ।
सुशीलमाढ्य सुसुतं सुकान्तं सदैव सिद्धयान्वितमिष्टधर्मे ॥ १० ॥

यदि कुण्डली में कर्म स्थान में शुक्र हो तो जातक सुन्दर धर्मात्मा, अच्छा धनी, सुशीलता से युक्त, अच्छे पुत्र वाला, सुन्दर प्रिय और अभीष्ट धर्म में सिद्धि से युक्त होता है ॥ १० ॥

च० चि० में कहा है—'भृगुः कर्मगो गोत्रवीर्यं रुणद्धि क्षयार्थो भ्रमः किन्न आत्मोय एव । तुलामानतो हाटकं विप्रवृत्त्या जनाडम्बरैः प्रत्यहं वा विवादात् ॥ १० ॥

आय में शुक्र का फल—

आयस्थितो दैत्यगुरूः प्रसूते प्रभूतमायुष्यमुदारचेष्टम् ।
कन्याप्रजं पार्थिवमानयुक्तं बहुप्रसिद्धं प्रभुतासमेतम् ॥ ११ ॥

यदि कुण्डली में आय स्थान में शुक्र हो तो जातक जातक दीर्घायु, उदारचित्त, कन्या सन्तान से युक्त, राजा से पूजित अधिक विख्यात और प्रधान होता है ॥ ११ ॥

च० चि० में कहा है—'भृगुर्लाभगो लाभदो यस्य लग्नात् सुरूपं महीपञ्च कुर्याच्च सम्यक् । लसत्कीर्तिसत्यानुरक्तं गुणाढयं महाभोगमैश्वर्ययुक्तं सुशीलम्' ॥ ११ ॥

व्यय में शुक्र का फल—

करोति शुक्रो व्ययगो मनुष्यं व्ययाधिकं वीर्यविहीनचेष्टम् ।
कन्याप्रजं वित्तविहीनमुग्रं विवर्जितं शीलदयावनम्रैः ॥ १२ ॥

यदि कुण्डली में व्यय स्थान में शुक्र हो तो जातक अधिक खर्चीला, पराक्रम रहित इच्छा करने वाला, कन्या सन्तान से युक्त, निर्धन, उग्र, शील-दया और नम्रता से रहित होता है ॥ १२ ॥

च० चिं० में कहा है—'कदाप्येति वित्तं विलीयेत पित्तं सितो द्वादशे केलिसत्कर्मशर्मा । गुणानाञ्च कीर्तेः क्षयं मित्रवैरं जनानां विरोधं सदाऽसौ करोति' ॥ १२ ॥

इति शुक्रफलम् ।

इस प्रकार १२ भावों में शुक्र का फल समाप्त हुआ ।

[अथ शनिफलम्]

अब बारह भावों में स्थित शनि के फल को कहते हैं ।

प्रथम भावस्थ शनि का फल—

मन्दस्तनुस्थः कुरुते सुमन्दं नीचाश्रयं पापकथानुरक्तम् ।
रौद्राकृतिं रोगनिपीडिताङ्गं विहीनसत्यं कुमतिं सदैव ॥ १ ॥

यदि जन्मपत्री में प्रथमभावस्थ शनि हो तो जातक आलसी, दुष्टाश्रयी, पाप की वार्ता में आसक्त, भयङ्कर शरीरी, रोग से पीडित देह वाला, सत्य से रहित और सदा ही दूषित बुद्धि का होता है ॥ १ ॥

च० चिं० में कहा है 'धनेनाऽतिपूर्णोऽतितृष्णो विवादी तनुस्थेऽर्कजे स्थूलदृष्टिः नरः स्यात् । विषं दृष्टिजं त्वाधिकृद्व्याधिबाधाः स्वयं पीडितो मत्सरावेश एव' ॥ १ ॥

द्वितीयभावस्थ शनि का फल—

धनस्थितः सूर्यसुतः प्रसूते धनैर्विहीनं बहुशत्रुभाजम् ।
नानाप्रकारैः व्यसनैः समेतं कृशं विवर्णं गतिवर्जितञ्च ॥ २ ॥

यदि जन्मपत्री में द्वितीयभावस्थ शनि हो तो जातक निर्धन, अधिक शत्रु वाला, अनेक प्रकार के व्यसनों से युक्त, दुबला, रङ्ग रूप से शून्य और गति से रहित होता है ॥ २ ॥

च० चिं० में कहा है 'सुखापेक्षया वर्जितोऽसौ कुटुम्बात् कुटुम्बे शनौ वस्तु किं किं न भुङ्क्ते । समं वक्ति मित्रेण तिक्तं वचोऽपि प्रसक्तिं विना लोहकं को लभेत' ॥ २ ॥

तृतीयभावस्थ शनि का फल —

दीर्घायुषं सर्वकलासु दक्षं प्रसन्नचित्तं प्रभुतासमेतम् ।
सौरस्तृतीये कुरुते सुकायं वित्तान्वितं रोगविवर्जितञ्च ॥ ३ ॥

यदि जन्मपत्री में तृतीयभावस्थ शनि हो तो जातक दीर्घायु, समस्तकलाओं में चतुर, प्रसन्न चित्त, प्रधानता से युक्त, सुन्दर शरीरधारी, धनी और रोग हीन होता है ॥ ३ ॥

च० चिं० में कहा है 'तृतीये शनौ शीतलं नैव चित्तं जनादुद्यमाज्जायते युक्तभाषी । अविघ्नं भवेत्कर्हिचिन्नैव भाग्यं दृढाशः सुखी दुर्मुखः सत्कृतोऽपि' ॥ ३ ॥

चतुर्थभावस्थ शनि का फल—

चतुर्थसंस्थो जनयेन्मनुष्यं शनैश्चरः सौख्यविवर्जिताङ्गम् ।
विदेशगं चैव पराभिभूतं सुदीनवृत्तिं निजबन्धुहीनम् ॥ ४ ॥

यदि जन्मपत्री में चतुर्थभावस्थ शनि हो तो जातक सुख से हीन शरीरधारी, परदेश जाने वाला, शत्रु से पीडित, दीन वृत्ति वाला और अपने बन्धुओं से हीन होता है ॥ ४ ॥

च० चिं० में कहा है 'चतुर्थे शनौ पैतृकं याति दूरं धनं मन्दिरं बन्धुवर्गापवादः । पितुश्चापि मातुश्च संतापकारी गृहे वाहने हानयो वातरोगी' ॥ ४ ॥

पञ्चमभावस्थ शनि का फल—

करोति सौरः खलु पञ्चमस्थः कुमित्रभाजं च कुमित्रयुक्तम् ।
विहीनकोशं विगतप्रतापं विवर्जितं सर्वसुखेन नित्यम् ॥ ५ ॥

यदि जन्मपत्री में पञ्चमभावस्थ शनि हो तो जातक दूषित मित्रों से युक्त व उन्हीं का कृपा पात्र, निर्धन, प्रताप से हीन और प्रतिदिन समस्त सुख से रहित होता है ॥ ५ ॥

च० चिं० में कहा है 'शनौ पञ्चमे च प्रजाहेतु दुःखी विभूतिश्चला तस्य बुद्धिर्न शुद्धा । रतिर्दैवते शब्दशास्त्रे न तद्वत् कलिर्मित्रतो मन्त्रतः क्रोडपीडा' ॥ ५ ॥

षष्ठभावस्थ शनि का फल—

सौरी रिपुस्थो विगतारिपक्षं करोति मर्त्यं नृपतेरभीष्टम् ।
सद्भोजनाच्छादनपानयुक्तं स्वधर्मयुक्तं सुधिया समेतम् ॥ ६ ॥

यदि जन्मपत्री में षष्ठभावस्थ शनि हो तो जातक शत्रुपक्ष से रहित, राजा का प्रिय, शुभ भोजन-वस्त्र व पान से युक्त, अपने धर्म में आरूढ़ और सुन्दर बुद्धिमान् होता है ॥ ६ ॥

च० चिं० में कहा है 'अरेर्भूपतेश्चोरतो भीतयः किं यदीनस्य पुत्रो भवेद्यस्य शत्रौ । न युद्धे भवेत्सम्मुखे तस्य योद्धा महिष्यादिकं मातुलानां विनाशः' ॥ ६ ॥

सप्तमभावस्थ शनि का फल—

कलत्रगः सूर्यसुतो विधत्ते कुदाररक्तं सुधिया समेतम् ।
पापानुरक्तं विनयेन हीनं सुसङ्गतिं शास्त्रविवर्जितञ्च ॥ ७ ॥

यदि जन्मपत्री में सप्तमभावस्थ शनि हो तो जातक, दूषित स्त्री में आसक्त, सुन्दर बुद्धिमान्, पाप में प्रीति करने वाला, नम्रता से रहित, सुन्दर सङ्गति व शास्त्र से हीन होता है ॥ ७ ॥

च० चिं० में कहा है 'सुदारा न मित्रं चिरं चारुवित्तं शनौ द्यूनगे दंपती रोगयुक्तौ । अनुत्साहसन्तप्तकृद्धीनचेताः कुतो वीर्यवान् विह्वलो लोलुपः स्यात्' ॥ ७ ॥

अष्टमभावस्थ शनि का फल—

सन्दोऽष्टमस्थो बहुमन्दयुक्तं सदा प्रसूते विगतप्रभावम्।
रक्तप्रकोपेन निपिडिताङ्गं धिया विहीनं परतर्ककञ्च ॥ ८ ॥

यदि जन्मपत्री में अष्टमभावस्थ शनि हो तो जातक अधिक आलसी, प्रभाव से हीन, खून के प्रकोप से पीडित शरीर वाला, बुद्धिहीन और दूसरे से शङ्का करने वाला होता है ॥ ८ ॥

च० चिं० में कहा है 'वियोगो जनानां त्वनौपाधिकानां विनाशो धनानां स को यस्य न स्यात्। शनौ रन्ध्रगे व्याधितः क्षुद्रदर्शी तदग्रे जनः कैतवं किं करोतु ॥ ८ ॥

नवमभावस्थ शनि का फल—

धर्माश्रितः सञ्जनयेत्सदार्किः संत्यक्तधर्मं जनताविरुद्धम्।
ईर्ष्यान्वितं वित्तधिया विहीनं प्रभूतकोपं सुखवर्जितञ्च ॥ ९ ॥

यदि जन्मपत्री में नवमभावस्थ शनि हो तो जातक धर्म से रहित, जन समुदाय से विपरीत, ईर्ष्यालु, आर्थिक बुद्धि से शून्य, बड़ा क्रोधी और सुख से रहित होता है ॥ ९ ॥

च० चिं० में कहा है 'मतिस्तस्य तिक्ता न तिक्तं तु शीलं रतिर्योगशास्त्रे गुणो राजसः स्यात्। सुहृद्वर्गतो दुःखितो दीनबुद्ध्या शनिर्धर्मगः कर्मकृत्सन्यसेद्वा' ॥ ९ ॥

दशमभावस्थ शनि का फल—

शनैश्चरः कर्मगतः प्रसूते सुकर्मभाजं सुकलत्रयुक्तम्।
स्थिरस्वभावं सुनयप्रधानं नरेन्द्रपूज्यं प्रचुरप्रतापम् ॥ १० ॥

यदि जन्मपत्री में दशमभावस्थ शनि हो तो जातक सुन्दर कार्य कर्त्ता, सुन्दरी स्त्री से समन्वित, स्थिर स्वभावी, सुन्दर प्रधान नीतिमान्, राजा से सत्कृत और बड़ा प्रतापी होता है ॥ १० ॥

च० चिं० में कहा है 'अजा तस्य माता पिता बाहुरेव वृथा सर्वतो दुष्टकर्माधिपत्यात्। शनैरेधते कर्मगः शर्म मन्दो जयो विग्रहे जीविकानां तु यस्य' ॥ १० ॥

च० चिं० में कहा है 'शनौ व्योमगे विन्दते किं च माता सुखं शैशवं दृश्यते किन्तु पित्रा। निधिः स्थापितो वा पिता वा कृषिश्च प्रणश्येद्ध्रुवं दृश्यतो दैवतो वा' ॥ १० ॥

एकादशभावस्थ शनि का फल—

शनैश्चरो लाभगतः प्रसूते विचित्रलाभैः सहितं निरीहम्।
शास्त्रानुरक्तं विजितारिपक्षं प्रशंसितं साधुजनैः समेतम् ॥ ११ ॥

यदि जन्मपत्री में एकादशभावस्थ शनि हो तो जातक अनेक प्रकार के लाभों से युक्त, इच्छा से हीन, शास्त्राभ्यासी, शत्रुपक्ष को जीतने वाला और सदा सज्जनजनों से प्रशंसित होता है ॥ ११ ॥

च० चिं० में कहा है 'स्थिरं वित्तमायुः स्थिरं मानसञ्च स्थिरा नैव रोगादयो न स्थिराणि। अपत्यानि शूरः शतादेक एव प्रपञ्चाधिको लाभगे भानुपुत्रे' ॥ ११ ॥

द्वादशभावस्थ शनि का फल—

करोति सौरो व्ययगो विकेशमसद्व्ययं पापरतं कुमित्रम् ।
सदैव दीनं परिपीडिताङ्गं साधुप्रचारैः सकलैर्विहीनम् ॥ १२ ॥

यदि जन्मपत्री में द्वादशभावस्थ शनि हो तो जातक केश रहित, बुरे कार्य में खर्च करने वाला, पाप बुद्धि, दुष्ट मित्र वाला, सदा ही दीन, पीडित शरीरी और अच्छे समस्त प्रचारों से शून्य होता है ॥ १२ ॥

च० चिं० में कहा है 'व्ययस्थे यदा सूर्यसूनौ नरः स्यादशूरोऽथवा निस्त्रपो मन्दनेत्रः । प्रसन्नो बहिर्नो गृहे लग्नपश्चेद्व्ययस्थो रिपुध्वंसकृद्यज्ञभोक्ता' ॥ १२ ॥

इति शनिफलम् ।

इस प्रकार बारह भावों में शनि का फल समाप्त हुआ ।

अथ राहुफलं जातकरत्नप्रदीपे—

अब लग्नादि बारहभावों में स्थित राहु के फल को कहते हैं ।

पहिले भाव में राहु का फल—

लग्ने तमो दुष्टमतिस्वभावं नरं खलं सर्वजनानुगञ्च ।
शीर्षे व्यथा कामरसेन युक्तं करोति वादैर्विजयं सरोगम् ॥ १ ॥

यदि जन्म के समय राहु पहिले भाव में हो तो जातक दूषित बुद्धि व स्वभाव से युक्त, दुष्ट समस्त मनुष्यों का अनुगामी, मस्तक का रोगी, कामी, विवाद में विजयी और रोगी होता है ॥ १ ॥

च० चिं० में कहा है 'स्ववाक्ये समर्थः परेषां प्रतापात्प्रभावात्समाच्छादयेत्स्वान् परार्थान् । तमो यस्य लग्नेसभग्नारिवीर्यः कलत्रेऽधृतिं भूरिदारोऽपि यायात्' ॥ १ ॥

दूसरे भाव में राहु का फल—

धनगते रविचन्द्रविमर्दने मुखरतां कलिभावमथो लभेत् ।
धनविनाशकरो हि दरिद्रतां खलु तदा लभते मनुजोऽटनम् ॥ २ ॥

यदि जन्म के समय राहु दूसरे भाव में हो तो जातक अप्रिय बोलने वाला, कलही, धन नष्ट करने वाला, दरिद्री और घूमने वाला होता है ॥ २ ॥

च० चिं० में कहा है 'कुटुम्बे तमो नष्टभूतं कुटुम्बं मृषाभाषिता निर्भयो वित्तपालः । स्ववर्गप्रणाशो भयं शस्त्रतश्चेदवश्यं खलेभ्यो लभेत्पारवश्यम्' ॥ २ ॥

तीसरे भाव में राहु का फल—

दुश्चिक्येऽरिपराजयं प्रकुरुते लोके जयं वा यशो
वित्तं वा विगतं तदा हि लभते सौख्यं विलासाधिकम् ।
भ्रातॄणां निधनं पशोश्च मरणं दारिद्र्यलोके जयं
सर्वैः सौख्यगणैः पराक्रमयुतं कुर्याच्च राहुः सदा ॥ ३ ॥

यदि जन्म के समय तीसरे भाव में राहु हो तो जातक शत्रु को पराजित करने वाला, संसार में विजयी वा यशस्वी अथवा नष्ट धन को प्राप्त करने वाला, सुखी, अधिक भोगी,

भाईयों का मारक, पशु का मरण, निर्धन संसार में विजयी अर्थात् धनी, सब सुख समुदाय से युक्त और पराक्रमी होता है ॥ ३ ॥

च० चि० में कहा है न नागोऽथ सिंहो भुजो विक्रमेण प्रयातीह सिंहीसुते तत्समत्वम् । तृतीये जगत्सोदरत्वं समेति प्रयातोऽपि भाग्यं कुतो यत्नहेतुः' ॥ ३ ॥

चौथे भाव में राहु का फल--

सुखगते रविचन्द्रविमर्दने सुखविनाशनतां मनुजो लभेत् ।
स्वजनिता सुतमित्रसुखं न लभते लभते च महाभ्रमम् ॥ ४ ॥

यदि जन्म के समय में चौथे भाव में राहु हो तो जातक सुख का नाशक, धन पैदा करने वाला, पुत्र व मित्र सुख नहीं प्राप्त करने वाला और अधिक भ्रम में रहने वाला होता है ॥ ४ ॥

च० चि० में कहा है 'चतुर्थे कथं मातृनैरुज्यदेहो हृदि ज्वालया शीतलं किं बहिः स्यात् । स चेदन्यशा मेषगः कर्कगो वा बुधर्क्षेऽसुरो भूपतेर्बन्धुरेव' ॥ ४ ॥

पांचवें भाव में राहु का फल--

बुद्धेर्भ्रमं पुत्रविनाशनञ्च विद्याल्पतां स्वोदरपीडनञ्च ।
महाभ्रमं वैरिविकल्पताञ्च प्राप्नोति जन्तुः सुतगे च राहौ ॥ ५ ॥

यदि जन्म के समय में पाँचवें भाव में राहु हो तो जातक भ्रमात्मक बुद्धि का, पुत्र का नाश करने वाला, थोड़ा पढ़ा, पेट की पीड़ा से युक्त, बड़ा भ्रमी वा बड़ा शत्रु वाला होता है ॥ ५ ॥

च० चि० में कहा है 'सुते तत्सुतोत्पत्तिकृत्सिंहिकायाः सुतो भामिनीचिन्तया चित्त-तापः । सति क्रोडरोगे किमाहारहेतुः प्रपञ्चेन किं प्रापकाद्दष्टवर्ज्यम्' ॥ ५ ॥

छटे भाव में राहु का फल —

शत्रुक्षयं मित्रसमागमञ्च पशुप्रपीडां कटिपीडनञ्च ।
समागमं म्लेच्छजनैर्महाबलं प्राप्नोति जन्तुर्यदि षष्ठगस्तमः ॥ ६ ॥

यदि जन्म के समय में छटे भाव में राहु हो तो जातक शत्रु का नाशक, मित्रों से समागम करने वाला, पशु व कमर की पीड़ा से युक्त, म्लेच्छ सङ्गति करने वाला और बड़ा बलवान् होता है ॥ ६ ॥

च० चि० में कहा है 'बलं बुद्धिवीर्यं धनं तद्वशेन स्थितो वैरिभावेऽपि येषां जनानाम् । रिपूणामरण्यं दहेदेव राहुः स्थिरं मानसं तत्तुला नो पृथिव्याम्' ॥ ६ ॥

सातवें भाव में राहु का फल—

जायाविरोध खलु प्राणनाशं प्रचण्डरूपामथ कोपयुक्ताम् ।
विवादशीलामथ रोगयुक्तां प्राप्नोति जन्तुर्मदगास्तमश्चेत् ॥ ७ ॥

यदि जन्म के समय में सातवें भाव में राहु हो तो जातक स्त्रियों का विरोधी, स्त्री का नाशक और प्रचण्डस्वरूपा क्रोध से युक्त, झगड़ालू और रोगिणी स्त्री को प्राप्त करने वाला होता है ॥ ७ ॥

च० चि० में कहा है 'विनाशं लभेयुर्यु ने तद्युवत्योरुजाधातुपाकादिना चन्द्रमर्दी। कटाहे यथा लोडयेज्जातवेदा वियोगापवादाः शमं न प्रयान्ति' ॥ ७ ॥

आठवें भाव में राहु का फल—

अरिष्टनाशं खलु गुप्तपीड़ां प्रमेहपीड़ा वृषणस्य वृद्धिम्।
प्राप्नोति जन्तुः किल वित्तनाशं सिंहीतनूजे मृतिभावसंस्थे ॥ ८ ॥

यदि जन्म के समय में आठवें भाव में राहु हो तो जातक अरिष्टों का नाशक, गुप्त व धातु क्षय रोग से पीडित, बड़े अण्डकोश वाला और धन का नाश करने वाला होता है ॥ ८ ॥

च० चि० में कहा है 'नृपैः पण्डितैर्वन्दितो निन्दितः स्वैः सकृद्भाग्यलाभोऽसकृद्-भ्रंश एव। धनं जातकं तं जनाश्च त्यजन्ति श्रमग्रन्थकृद्रन्ध्रगो ब्रध्नशत्रुः' ॥ ८ ॥

नवें भाव में राहु का फल—

भाग्याल्पतां भ्रातृविरोधताञ्च दरिद्रभावं विविधाञ्च पीडाम्।
धर्मार्थनाशं किल धर्मगं तमः सुखाल्पतां पितृविरोधताञ्च ॥ ९ ॥

यदि जन्म के समय में नवें भाव में राहु हो तो जातक लघु भाग्यवान्, भाईयों का विरोधी, दरिद्री, अधिक पीडाओं से युक्त, धर्म व धन का विनाशी और अल्प सुखी होता है ॥ ९ ॥

च० चि० में कहा है 'मनीषी कृतं न त्यजेद्बन्धुवर्गं सदा पालयेत्पूजितः स्याद्गुणैः स्वैः। सभा द्योतको यस्य चेत्त्रित्रिकोणे तमः कौतुकी देवतीर्थे दयालुः' ॥ ९ ॥

दसवें भाव में राहु का फल—

सकलसौख्यमथो मनुजो लभेन्नृपसमागमतः सकलं फलम्।
दशमगो रविचन्द्रारिपुर्यदा पितृसुखं न लभेत्स कदाचन ॥ १० ॥

यदि जन्म के समय में दशवें भाव में राहु हो तो जातक सब प्रकार से सुखी, राजा के संसर्ग से समस्त फलों की प्राप्ति करने वाला और कदाचित् पिता के सुख से हीन होता है ॥ १० ॥

च० चि० में कहा है 'सदा म्लेच्छसंसर्गतोऽतीवगर्वं लभेन्मानिनीकामिनीभोगमुच्चैः। जनैर्व्याकुलोऽसौ सुखं नाधिशेते मदार्थव्ययी क्रूरकर्मा खगेऽसौ' ॥ १० ॥

ग्यारहवें भाव में राहु का फल—

लाभे गते यदि तमः सकलार्थलाभं
सौख्यागमं नृपगणाद्विविधञ्च मानम्।
वस्त्रादिकाञ्चनचतुष्पदसौख्यभावं
प्राप्नोति वै विजयतां मनुजोऽलसश्च ॥ ११ ॥

यदि जन्म के समय में ग्यारहवें भाव में राहु हो तो जातक समस्त अभीष्ट वस्तुओं का लाभ करने वाला, सुखी, राजाओं से अनेक प्रकार से सम्मानित, वस्त्रसुवर्ण और पशुओं के सुख से सुखी, विजयी और आलसी होता है ॥ ११ ॥

च० चि० में कहा है 'सदा म्लेच्छतोऽर्थं लभेत्साभिमानश्चरेत् किं करेण व्रजेत् किं विदेशम् । परार्थाननर्थी हरेत् धूर्तबन्धुः सुतोत्पत्तिसौख्यं तमो लाभगश्चेत्' ॥ ११ ॥

बारहवें भाव में राहु का फल—

नेत्रे च रोगं किल पादघातं प्रपंचभाजं किल वाक्प्रगल्भम् ।
दुष्टे रुचिं मध्यमसेवनञ्च करोति मानं व्ययगं तमश्चेत् ॥ १२ ॥

यदि जन्म के समय बारहवें भाव में राहु हो तो जातक नेत्र (आँख) रोगी, पैर में क्षतिग्रस्त, प्रपञ्ची, प्रतिभा से युक्त वाणी वाला, नीचानुरागी और मध्यम नीच सङ्गति से युक्त मानी होता है ॥ १२ ॥

च० चि० में कहा है 'तमो द्वादशे दीनतां पार्श्वशूलं प्रयत्ने कृतेऽनर्थतामातनोति । खलैर्मित्रतां साधुलोके रिपुत्वं विरामे मनो वाञ्छितार्थस्य सिद्धिम्' ॥ १२ ॥

इति राहुफलम् ।

इस प्रकार बारह भावों में राहु का फल कथन समाप्त हुआ ।

अथ केतोर्भावफलं चमत्कारचिन्तामणौ—

अब चमत्कार चिन्तामणि के वाक्यों से बारह भावों में केतु के फल को कहते हैं ।

लग्नस्थ केतु का फल—

यदा लग्नगः केतुकः क्लेशकर्ता भवेत्तस्य रोगाद्भयं व्यग्रता च ।
कलत्रादिचिन्ता महोद्वेगता च शरीरेति बाधा व्यथामारुताच्च ॥१॥

जिसके जन्मकाल में केतु लग्न में होता है वह जातक कलह करने वाला, रोग से डर और व्यग्रता मानने वाला, स्त्री आदि का चिंतक, बड़ा उद्वेगी, शरीर में बाधा वाला और वायु रोग से पीड़ित होता है ॥ १ ॥

बृहत्परा० में कहा है 'कुशलः सर्वविद्यासु सुखी वाङ्निपुणः प्रियः । तनौ शिखिनि सञ्जातः सर्वकामान्वितो भवेत्' ॥ १ ॥

विशेष—प्रकाशित चमत्कार चिन्तामणि में 'तनुस्थः शिखी बान्धवक्लेशकर्ता तथा दुर्जनेभ्यो भयं व्याकुलत्वम् । कलत्रादिचिन्ता सदोद्वेगता च शरीरे व्यथा नैकधा मारुतो स्यात्' यह पाठान्तर उपलब्ध है ॥ १ ॥

धनस्थ केतु का फल—

धने केतुगो यस्य चार्थस्य नाशः कुटुम्बाद्विरोधो नृपादेश्च चिन्ता ।
मुखे रागदः सत्कृते नीतिभाषी ततः स्वे गृहे सौम्यगेहेऽतिसौख्यम् ॥ २ ॥

जिसके जन्मकाल में केतु धन स्थान में होता है वह जातक धन का विनाशी, कुटुम्ब का विरोधी, राजादि से चिन्तित, मुख रोगी, सत्कार करने पर नीति की बात बोलने वाला और अपने घर में या शुभग्रह की राशि में होने पर अधिक सुखी होता है ॥ २ ॥

बृ० पा० में कहा है—'वक्ता प्रियंवदः कान्तो धनस्थानगते ध्वजे । काव्यकृत् पण्डितो मानी विनीतो वाहनान्वितः' (२५ अ० ५१ श्लो० ॥ २ ॥

विशेष—प्रकाशित चमत्कार चिन्तामणि में—'धने केतुरव्यग्रता किं नरेशाद्धने धान्यनाशो मुखे रोगकृच्च । कुटुम्बाद्विरोधो वचः सत्कृतं वा भवेत्स्वे गृहे सौम्यगेहेऽतिसौख्यम्' पाठ है ॥ २ ॥

तृतीयस्थ केतु का फल—

शिखी भ्रातृगः शत्रुनाशं च वादं धनानाञ्च लाभं जयं मित्रतोऽपि ।
भवेद्बुद्धिनाशः सदा बाहुपीडा भयोद्वेगता मानसोद्वेगता च ॥ ३ ॥

जिसके जन्मकाल में केतु तीसरे स्थान में होता है वह जातक शत्रुओं का विनाशी, विवादी, धनलाभी, मित्र से भी विजयी, बुद्धि शून्य, बाहु रोगी और भय से मन उद्विग्न करने वाला होता है ॥ ३ ॥

बृ० पा० में कहा है—'कदर्यः क्रूरकर्ता च कृशाङ्गो धनवर्जितः । सहजस्थे तु शिखिनि तीव्ररोगी प्रजायते' (२५ अ० २२ श्लो०) ॥ ३ ॥

विशेष—प्रकाशित चमत्कार चिन्तामणि में—'शिखी विक्रमे शत्रुनाशं विवादं धनं भोगमैश्वर्यतेजोऽधिकत्वम् । सुहृद्वर्गनाशं सदा बाहुपीडां भयोद्वेगचिन्ताकुलत्वं विधत्ते' ॥ ३ ॥

चतुर्थस्थ केतु का फल—

चतुर्थे न मातुः सुखं नो कदाचित्सुहृद्वर्गतः पितृतो नाशमेति ।
शिखी बन्धुहीनं सुखं नैव गेहे चिरं नोवत्सेत्सर्वदा व्यग्रता च ॥ ४ ॥

जिसके जन्मकाल में चौथे स्थान में केतु होता है वह जातक माता के सुख से हीन, कभी मित्रों के व पिता के सुख से रहित, बान्धवों से रहित, अधिक समय घर में नहीं रहने वाला और सदा व्यग्र होता है ॥ ४ ॥

बृ० पा० में कहा है—'रूपवान् गुणसंपन्नः सात्विकोऽपि श्रुतिप्रियः । सुखसंस्थे तु शिखिनि सदा भवति सौख्यभाक्' (२५ अ० ५३ श्लो०) ॥ ४ ॥

विशेष—प्रकाशित च० चिं० में—'चतुर्थे तु मातुः सुखं नो कदाचित् सुहृद्वर्गतः पैतृकं नाशमेति । शिखी बन्धुवर्गात् सुखं स्वोच्चगेहे चिरं नो वसेत् स्वे गृहे व्यग्रता च' ॥ ४ ॥

पञ्चमस्थ केतु का फल—

यदा पञ्चमो यस्य केतुश्च जातस्तदा चोदरे वातपित्तादिकष्टम् ।
स्वबुद्धेर्व्ययः सन्ततिः स्वल्पपुत्राः सदा लाभभावे विलम्बो भवेच्च ॥५॥

जिसके जन्मकाल में पञ्चम स्थान में केतु होता है वह जातक पेट में वायु या पित्तजन्य पीड़ा से दुःखी, बुद्धि शून्य, अल्प पुत्र सन्तति वाला और विलम्ब से लाभ करने वाला होता है ॥ ५ ॥

बृ० पा० में कहा है—'सुखी भोगी कलाविच्च पञ्चमस्थानगे ध्वजे । युक्तिज्ञो मतिमान् वाग्मी गुरुभक्तिसमन्वितः (२५ अ० ५४ श्लो०) ॥ ५ ॥

विशेष—प्रकाशित च० चिं० में—'यदा पञ्चमे राहुपुच्छं प्रयाति तदा सोदरे घातवातादिकष्टम् । स्वबुद्धिव्यथा सन्ततं स्वल्पपुत्रः स दासो भवेद्वीर्ययुक्तो नरोऽपि' ॥ ५ ॥

षष्ठस्थ केतु का फल—

तमच्छायया शत्रुगे शत्रुनाशं भवेन्मातुलात्पक्षतो मानभङ्गम् ।
चतुष्पात्सुखं सर्वदास्वल्पमेव निरुत्साहदेहं सदा व्याधिनाशम् ॥ ६ ॥

जिसके जन्मकाल में छठे स्थान में केतु होता है वह जातक शत्रुओं का नाशक, मामा के पक्ष से असम्मान पाने वाला, सदा पशुओं से अल्प सुखी, निरुत्साही और नीरोग होता है ॥ ६ ॥

बृ० पा० में कहा है—'मातृपक्षक्षयकरः शत्रुहा बहुबान्धवः । रिपुस्थाने ध्वजे प्राप्ते शूरः कान्तो विचक्षणः' (२५ अ० ५५ श्लो०) ॥ ६ ॥

विशेष—प्रकाशित च० चि० में—'तमः षष्ठभागे गते षष्ठभावे भवेन्मातुलान्मानभङ्गो रिपूणाम् । विनाशश्चतुष्पात्सुख तुच्छचित्तं शरीरे सदानामयं व्याधिनाशः' ॥ ६ ॥

सप्तमस्थ केतु का फल—

शिखी सप्तमगे मार्गगोद्वेगता च निवृत्तिश्च नाशोऽथवा चारिसंघैः ।
भवेत्कीटगः सर्वदा लाभकारी कलत्रादिपीड़ा व्ययं व्यग्रता च ॥७॥

जिसके जन्मकाल में सप्तम स्थान में केतु होता है वह जातक घूमने वाला, उद्वेगी, शत्रु समुदाय से पृथक् रहने वाला वा शत्रुओं का नाशक, वृश्चिक में लाभदायक, स्त्री पीड़ाकारक व्ययी और व्यग्र होता है ॥ ७ ॥

बृ० पा० में कहा है—'द्यूतक्रीडाष्वभिरतः कामी भोगसमन्वितः । ध्वजे तु सप्तमस्थाने वेश्यासु कृतसौहृदः' (२५ अ० ५६ श्लो०) ॥ ७ ॥

विशेष—प्रकाशित च० चिं० में—'शिखो सप्तमे भूयसी मार्गचिन्ता निवृत्तः स्वनाशोऽथवा वारिभीतिः । भवेत्कीटगः सर्वदा लाभकारी कलत्रादिपीड़ा व्ययो व्यग्रता च' ॥ ७ ॥

अष्टमस्थ केतु का फल—

गुदे पीडितो वारितो द्रव्यरोधं यदा कीटगः कन्यका युग्ममेवम् ।
भवेद्रन्ध्रगो राहुपुच्छाभिधानस्त्वरोगी भवेन्नो सुखार्थस्य लाभः ॥८॥

जिसके जन्मकाल में अष्टम स्थान में केतु, वृश्चिक, कन्या, मिथुन में होता है वह जातक गुदा रोगी, शत्रु से धनरोध प्राप्त करने वाला, नीरोग और धन व सुख को नहीं प्राप्त करने वाला होता है ॥ ८ ॥

बृ० पा० में कहा है—'नोचकर्मरतः पापो निर्लज्जो निन्दकः सदा । मृत्युस्थाने ध्वजे प्राप्ते गतस्त्र्यपरपक्षकः' (२५ अ० ५७ श्लो०) ॥ ८ ॥

विशेष—प्रकाशित च० चिं० में—'गुदं पीड्यतेऽर्शादिरोगैरवश्यं भयं वाहनादेः स्वद्रव्यस्य रोधः। भवेदष्टमे राहुपुच्छेऽर्थलाभः सदा कीटकन्याजगो युग्मगे तु' पाठान्तर है ॥ ८ ॥

नवमस्थ केतु का फल—

यदा धर्मगः केतुको धर्मनाशं सुतीर्थे मतिर्नीचतो भाग्यसिद्धिः।
सहोत्थव्यथां बाहुरोगं विधत्ते तपो दानतो हास्यवृद्धिं तदानीम् ॥९॥

जिसके जन्मकाल में केतु नवम स्थान में होता है वह जातक धर्म का नाशक, सुन्दर तीर्थ में घूमने की बुद्धि वाला, दुष्ट से भाग्य की सिद्धि करने वाला, भ्रातृ कष्ट से युक्त, हाथ के रोग से पीड़ित और तपस्या व दान से हँसी करने वाला होता है ॥ ९ ॥

बृ० पा० में कहा है—'धर्मभे शिखिनि प्राप्ते धर्मकार्येषु कोविदः। सुखसौभाग्यसम्पन्नः कामिनीनाञ्च वल्लभः' ॥ ९ ॥

विशेष—प्रकाशित च० चिं० में—'शिखी धर्मभावे यदा क्लेशनाशः सुतार्थी भवेन्म्लेच्छतो भाग्यवृद्धिः' यह पाठान्तर उपलब्ध है ॥ ९ ॥

दशमस्थ केतु का फल—

पितुर्नो सुखं कर्मगो यस्य केतुः स्वयं दुर्भगो मातृनाशं करोति।
दृढं वाहने स्याच्च पीडा सदैव यदा वैनिके कन्यकायां तदाल्पा ॥१०॥

जिसके जन्मकाल में केतु दशम स्थान में होता है वह जातक पिता के सुख से रहित, स्वयं भाग्यहीन, माता का विनाश करने वाला, सदा ही स्थिर-वाहन पीड़ा से युक्त और तुला कन्या में अल्पपीड़ा होता है ॥ १० ॥

बृ० पा० में कहा है—'सुखसौभाग्यसम्पन्नः कामिनीनाञ्च वल्लभः। दाता द्विजैः समायुक्तः कर्मस्थे शिखिनि द्विज' ॥ १० ॥

विशेष—प्रकाशित च० चिं० में कहा है—'पितुर्नो सुखं कर्मगो यस्य केतुर्यदा दुर्भगं कष्टभाजं करोति। तदा वाहने पीडितं जातु जन्म वृषाजालिकन्यासु चेच्छत्रुनाशम्' यह पाठान्तर प्राप्त है ॥ १० ॥

एकादस्थ केतु का फल—

सुभाग्यः सुविद्याधिको दर्शनीयः सुमित्रः सुनेत्रः सुवस्त्रप्रियश्च।
सदा पीडितः सन्ततिर्दुर्भगश्च शिखीलाभगः सर्वदा लाभकारी ॥११॥

जिसके जन्मकाल में केतु एकादश स्थान में होता है वह जातक सुन्दर भाग्यशाली, अधिक विद्वान्, अच्छे मित्र व आँखों से युक्त, सुन्दर वस्त्रों का प्रेमी, सदा दुखी, सन्तान भाग्य से हीन और सदा लाभ करने वाला होता है ॥ ११ ॥

बृ० पा० में कहा है—'नित्यलाभः सुधर्मी च लाभे शिखिनि पूजितः। धनाढ्यः सुभगः शूरः सुयज्ञश्चातिकोविदः ॥ ११ ॥

प्रकाशित च० चिं० में—'सुभाग्यः सुविद्याधिको दर्शनीयः सुगात्रः सुवस्त्रः सुतेजोऽपि तस्य। दरे पीडचते सन्ततिर्दुर्भगा च शिखी लाभगः सर्वलाभं करोति' ॥ ११ ॥

द्वादशस्थ केतु का फल—

शिखी द्वादशे कर्णनेत्रे च पीड़ा स्वयं राजतुल्यो व्ययं च करोति।
पितुर्नाशनं मातुले नैव शर्म प्रजापीडितो वस्ति गुह्ये सदैव ॥१२॥

जिसके जन्मकाल में द्वादश स्थान में केतु होता है वह जातक कान व आँख का रोगी, स्वयं राजा के समान, खर्च करने वाला, पिता घाती, मामा का अशुभकारी और सन्तान के वस्ति व गुह्य स्थान में रोगकारी होता है ॥ १२ ॥

बृ० पा० में कहा है—'पापकर्मरतः शूरः श्रद्धाहीनोऽघृणो नरः। परदाररतो रौद्रः शिखिनि व्ययगे सति' (२२ अ० ६१ श्लो०) ॥ १२ ॥

विशेष—प्रकाशित च० चिं० में—'शिखी रिःफगो वस्ति गुह्याङ्घ्रिनेत्रे रुजापीडनं मातुलान्नैव शर्म। सदा राजतुल्यं नरे सद्व्ययं तद्रिपूणां विनाशं रणेऽसौ करोति' ॥ १२ ॥

इति केतुफलम्।

इस प्रकार बारह भावों में केतु का फल समाप्त हुआ।

अथ सावधि भावफलमाह हिल्लाजः—

अब भावस्थ ग्रह कब अर्थात् किस अवस्था में भावजन्य शुभाशुभ फल देता है इसे हिल्लाज के मत से कहते हैं।

लग्नगोऽर्कस्तिथिमिते वत्सरे पीडनप्रदः।
सप्तमेऽब्दे द्रव्यहानिर्द्वितीयेऽर्कः प्रयच्छति ॥ १ ॥
तृतीयेऽर्को नखमिते वत्सरे द्रव्यलाभदः।
तुर्यगः कलहं कुर्यान्मन्वब्दे दिननायकः ॥ २ ॥
नवमेऽब्दे पितुर्मृत्युं कुर्यात्पञ्चमगो रविः।
त्रयोविंशतिमेऽब्दे च सर्वसम्पच्च षष्ठगः ॥ ७ ॥
चतुस्त्रिंशत्तमे वर्षे स्त्रीनाशं सप्तमे रविः।
अष्टमे स्त्रीमृतिः खेऽब्दे तीर्थदो नवमे रविः ॥ ४ ॥
एकोनविंशतिमे वर्षे दशमेऽर्को वियोगदः।
पुत्रलाभं जिनमिते अब्दे कुर्याच्च लाभगः ॥ ५ ॥
अष्टत्रिंशन्मिते वर्षे हानिदो द्वादशे रविः।

इत्यर्कफलम्।

यदि कुण्डली में लग्नगत रवि हो तो पन्द्रहवें वर्ष में पीड़ा देने वाला, द्वितीयस्थ रवि सातवें वर्ष में धन नाशक, तृतीयस्थ सूर्य बीसवें वर्ष में धन देने वाला, चतुर्थस्थ सूर्य चौदहवें वर्ष में क्लेश दायक, पञ्चमस्थ सूर्य नवें वर्ष में पिता का नाशक, षष्ठस्थ सूर्य तेईसवें वर्ष में समस्त सम्पत्तियों को देने वाला, सप्तमस्थ सूर्य चौंतीसवें वर्ष में पत्नी का नाशक, अष्टमस्थ सूर्य दशवें वर्ष में स्त्री मृत्युकारक, नवमस्थ

सूर्य दशवें वर्ष में तीर्थ देने वाला, दशमस्थ सूर्य उन्नीसवें वर्ष में वियोग देने वाला, लाभस्थ सूर्य चौबीसवें वर्ष में पुत्र लाभकारी और जन्म के समय में यदि द्वादशस्थ सूर्य हो तो बारहवें वर्ष में हानिदायक होता है ॥ १-५½ ॥

इस प्रकार अवस्था के आधार पर बारह भावों में सूर्य का फल समाप्त हुआ ।

[अथ चन्द्रफलम्]

लग्नस्थस्य विधो रोगं सप्तविंशतिवत्सरे ॥ ६ ॥
तस्मिन्नब्दे करोतीन्दुः द्वितीये पीडनं तथा ।
तृतीये पञ्चमे वर्षे बन्धुलाभकरः शशी ॥ ७ ॥
चतुर्थगः पुत्रलाभं द्वाविंशे वत्सरे ध्रुवम् ।
ऋतुवर्षे पञ्चमस्थो वन्हितः पीडनप्रदः ॥ ८ ॥
षष्ठे तु संमिते वर्षे तुङ्गनाशश्च मृत्युकृत ।
सप्तमे मातृनाशं च वर्षे तिथिमिते ध्रुवम् ॥ ९ ॥
अष्टमे दिवसे षष्ठे तस्मिन्वा हायने मृतिः ।
नवमे तीर्थयात्रा च विंशद्वर्षे च निश्चितम् ॥ १० ॥
दशमे लाभदश्चन्द्रो वर्षे रामाब्धिसङ्ख्ययोः ।
एकादशे विंशतिमे राजमानचतुष्पदम् ॥ ११ ॥
द्वादशे हानिपीडा च तृतीये वत्सरे भवेत् ॥

इति चन्द्रफलम् ।

यदि कुण्डली में लग्न में चन्द्रमा हो तो सत्ताइसवें वर्ष में रोगकारक, द्वितीय भाव में हो तो सत्ताईसवें वर्ष में पीडा कारक, तृतीय भाव में हो तो पाँचवें वर्ष में बन्धु से लाभ, चौथे भाव में हो तो बाईसवें वर्ष में पुत्र प्राप्त, पञ्चम में हो तो दूसरे वर्ष में अग्नि से पीड़ा, छटे भाव में हो तो छटे वर्ष में मरण, सप्तम में हो तो पन्द्रहवें वर्ष में अवश्य माता का नाश, अष्टम में हो तो छटे दिन या छटे वर्ष में उच्चस्थान से गिरकर मृत्यु, नवम में हो तो बीसवें वर्ष में निश्चय तीर्थयात्रा, दशम में हो तो तैंतालीसवें वर्ष में लाभ देने वाला, ग्यारहवें भाव में हो तो बीसवें वर्ष में राजसम्मान और बारहवें भाव में चन्द्रमा हो तो तीसरे वर्ष में हानि व पीड़ा कारक होता है ॥ ५½–११½ ॥

इस प्रकार बारह भावों में चन्द्रमा का अवस्था के आधार पर फल समाप्त हुआ ।

[अथ भौमफलम्]

पञ्चमेऽब्दे लग्नगतो भौमोऽरिष्टं करोति च ॥ १२ ॥
धनहा द्वादशे वर्षे धनस्थश्च महीसुतः ।
त्रयोदशे बन्धुसौख्यं तृतीयः कुरुते कुजः ॥ १३ ॥

चतुर्थे बन्धुहानिञ्च हायने चाष्टमे ध्रुवम् ।
पञ्चमः पञ्चमे वर्षे बन्धुनाशकरः कुजः ॥ १४ ॥
पुत्रलाभकरः षष्ठश्चतुर्विंशे च वत्सरे ।
सप्तमे भमिते वर्षे जायानाशं करोति च ॥ १५ ॥
द्वाविंशतितमे वर्षे विपत्तिं चाष्टमः कुजः ।
मन्वब्दे पितृनाशं च करोति नवमे कुजः ॥ १६ ॥
सप्तविंशतिमेऽब्दे च शस्त्रभीतिं खगः कुजः ।
पञ्चवेदमिते वर्षे धनदो लाभगः कुजः ॥ १७ ॥
पञ्चद्विप्रमिते वर्षे हानिदो द्वादशः कुजः ।

इति भौमफलम् ।

अब बारह भावों में अवस्था के आधार पर भौम के फल को कहते हैं ।

यदि कुण्डली में लग्न में मङ्गल हो तो पाँचवें वर्ष में अरिष्ट, द्वितीय में हो तो बारहवें वर्ष में धन नाश, तृतीय में हो तो तेरहवें वर्ष बान्धवों का सुख, चौथे भाव में हो तो आठवें वर्ष में निश्चय बन्धु हानिकारक, पांचवें भाव में हो तो पाँचवें वर्ष में बान्धवों का विनाश, छटे भाव में भौम हो तो चौबीसवें वर्ष में पुत्र का लाभ, सप्तम में हो तो सत्ताइसवें वर्ष में स्त्री का नाश (मृत्यु), आठवें भाव में भौम हो तो बाइसवें वर्ष में विपत्तिकारक, नवम में भौम हो तो चौदहवें वर्ष में पिता का नाश, दशम में भौम हो तो सत्ताइसवें वर्ष में शस्त्र से भय, ग्यारहवें भाव में भौम हो तो चौवन वें वर्ष में धनदायक और बारहवें भाव में यदि कुण्डली में मङ्गल हो तो पच्चोसवें वर्ष में जातक को हानि देने वाला होता है ॥ ११$\frac{1}{2}$-१७$\frac{1}{2}$ ॥

इस प्रकार बारह भावों में अवस्था के आधार पर मङ्गल का फल समाप्त हुआ ।

[अथ बुधफलम्]

दशमे वत्सरे कान्तिर्बुधो यच्छति लग्नगः ॥ १८ ॥
षड्विंशतिवत्सरे चान्द्रिर्धननाशं द्वितीयगः ।
तृतीये द्वादशे वर्षे द्वाविंशे च चतुर्थगः ॥ १९ ॥
पुत्रलाभश्च षड्विंशे मातृहा पञ्चमो बुधः ।
शत्रोः सकाशान्मृतिदो ज्ञोऽरिगः क्वचिद्वत्सरे ॥ २० ॥
श्रियं सप्तदशे वर्षे ददाति शशिजोऽस्तगः ।
चतुर्दशे वत्सरे च द्रव्यहा शशिजोऽष्टमः ॥ २१ ॥
एकोनविंशेऽब्दे मातृमृत्युदो नवमो बुधः ।
द्रव्यं नवेन्दुवर्षे च दिक्स्थः पंचाब्धिवत्सरे ॥ २२ ॥
धनलाभकरो लाभे द्वादशे हानिदः श्रियः ।

अब बारह भावों में अवस्था के आधार पर बुध के फल को कहते हैं ।

यदि कुण्डली में लग्न में बुध हो तो दशवें वर्ष कान्ति (तेज वृद्धिकारक, द्वितीय में हो तो छब्बीसवें वर्ष में धन नाश, तृतीय भाव में बुध हो तो बारहवें वर्ष में तथा चौथे भाव में बुध हो तो बाइसवें वर्ष में पुत्र का लाभ, पाँचवें भाव में बुध हो तो छब्बीसवें वर्ष में माता का विनाश, छटे भाव में बुध हो तो शत्रु से [इक्कीसवें वर्ष में] मृत्यु देने वाला, सातवे भाव में बुध हो तो सत्रहवें वर्ष में स्त्री लाभ, आठवें भाव में बुध हो तो चौदहवें वर्ष में धननाश, नवमभाव में बुध हो तो उन्नीसवें वर्ष में माता का मरण दशम भाव में बुध हो तो उन्नीसवें वर्ष में अर्थागम, ग्यारहवें भाव में बुध हो तो पैंतालीसवें वर्ष में धन लाभ और बारहवें भाव में जन्म के समय बुध हो तो बारहवें वर्ष स्त्री का मरण होता है ॥ १६-२२½ ॥

इस प्रकार अवस्था के क्रम से बारह भावों में बुध का फल समाप्त हुआ।

[अथ गुरुफलम्]

प्रजाकरोऽष्टमे वर्षे लग्नसंस्थो बृहस्पतिः ॥ २३ ॥
नवत्रिंशतिमे वर्षे धनस्थस्तत्प्रदो गुरुः।
सप्तविंशे राजमानं स एव कुरुते भृशम् ॥ २४ ॥
सुहृत्समागम विंशे तृतीयः कुरुते गुरुः।
द्वादशे बन्धुधनयोर्लाभभाजश्चतुर्थगः ॥ २५ ॥
सप्तमे मातुलारिष्टं कुरुते पञ्चमस्तथा।
चत्वारिंशतिमे वर्षे वैरिभ्यो भयदोऽरिगः ॥ २६ ॥
द्वाविंशे वत्सरे स्त्रीगः स्त्रीलाभञ्च बृहस्पतिः।
एकत्रिंशतिमे वर्षे महाव्याधिकरोऽष्टमः ॥ २७ ॥
पितुरिष्टं पञ्चदशे नवमश्च द्वयोर्धनम्।
एकादशे पचविंशे व्ययकृद्व्ययगो भवेत् ॥ २८ ॥

अब बारह भावों में अवस्था के आधार पर गुरू के फल को कहते हैं।

यदि कुण्डली में लग्न में गुरू हो तो आठवें वर्ष में सन्तान, दूसरे भाव में गुरू हो तो उनतालीसवें वर्ष में धनागम और सत्ताइसवें वर्ष में राजसम्मान, तीसरे भाव में गुरू हो तो बीसवें वर्ष में मित्रों से मिलाप, चौथे भाव में गुरू हो तो बारहवें वर्ष में बान्धव व धन लाभ, पाँचवें भाव में गुरू हो तो सातवें वर्ष में मामा को कष्ट, छटे भाव में गुरू हो तो चालीसवें वर्ष में शत्रुओं से भीति (डर), सातवें भाव में गुरू हो तो बाईसवें वर्ष में स्त्री की प्राप्ति, आठवें भाव में गुरू हो तो इकतीसवें वर्ष में बड़ा रोग, नवम भाव में गुरू हो तो पिता को अभीष्ट सिद्धि, ग्यारहवें भाव में गुरू हो तो दोनों को धन प्राप्त और बारहवें भाव में जन्म के समय गुरू हो तो पच्चीसवें वर्ष में व्यय होता है ॥ २२½-२८ ॥

विशेष— दशमस्थ का व ग्यारहवें भाव के फल में अवस्था वर्णन नहीं प्राप्त है ॥ २२½-२८ ॥

इस प्रकार बारह भावों में अवस्था के क्रम से गुरू का फल समाप्त हुआ।

[अथ भृगुफलम]

भृगुः सप्तदशे वर्षे लग्नस्थः परदारगः।
काव्यः षष्ठमिते वर्षे द्वितीयो धनलाभदः ॥ २८ ॥
तृतीये तीर्थदाता स्यात्तुर्यगो बन्धुसौख्यदः।
चतुर्थे पंचमे वर्षे पंचमे लाभकृद्भृगुः ॥ २९ ॥
एकवेदमिते वर्षे षष्ठे शस्त्रमृतिप्रदः।
स्त्रीलाभदः सप्तमगश्चतुर्दशमितेऽब्दके ॥ ३० ॥
अष्टमे दशमे वर्षे स्वपराक्रमदो भृगुः।
लक्ष्मीप्रदः पंचदशे वर्षे नवमगो भृगुः ॥ ३१ ॥
बहुसौख्यं चतुर्थेऽब्दे लाभे शुक्रः प्रयच्छति।
शुक्रो द्वादशगो दद्यात्पञ्चमेऽब्दे धनानि च ॥ ३२ ॥
मन्दस्य राहोः केतोश्च फलं ज्ञेयं हि भौमवत्।
चमत्कारं भावफलं हिल्लाजेन च भाषितम् ॥ ३३ ॥

इति भावफलम्।

यदि कुण्डली में लग्न में शुक्र हो तो सत्रहवें वर्ष में परस्त्री गमन, दूसरे भाव में शुक्र हो तो छटे वर्ष में धन लाभ, तीसरे भाव में शुक्र हो तो चौथे वर्ष में तीर्थ यात्रा, चौथे भाव में शुक्र हो तो चौथे वर्ष में बान्धव सुख, पाँचवे भाव में शुक्र हो तो पाँचवे वर्ष में लाभ, छटे भाव में शुक्र हो तो इकतालीसवे वर्ष में शस्त्र से मरण, सातवे भाव में शुक्र हो तो चौदहवे वर्ष में पत्नी लाभ, आठवे भाव में शुक्र हो तो दशवें वर्ष में पराक्रम से धनागम, नवें भाव में शुक्र हो तो पन्द्रहवें वर्ष में धन लाभ, ग्यारहवें भाव में शुक्र हो तो चौथे वर्ष में अधिक सुख और बारहवें भाव में शुक्र हो तो पाँचवें वर्ष में द्रव्य लाभ होता है।

शनि, राहु व केतु का मङ्गल की तरह फल समझना चाहिए। यह चमत्कार से युक्त ग्रहों का अवस्था क्रम से फल हिल्लाज ने कहा है ॥ २८-३३ ॥

विशेष – इसमें दशमस्थ का फल नहीं उपलब्ध होता है। इस प्रकार अवस्था के क्रम से हिल्लाजोक्त द्वादश भावों में ग्रहों का फल समाप्त हुआ।

अथवैकस्मिन्नेव समये द्वित्र्यादिबहूनां जन्मत्वादपि भिन्न-भिन्नफलं दृश्यते। अतो ग्रहचेष्टावशेन भिन्नं भिन्नं फलं भवति।

ननु कस्यापि जन्मनि पञ्चमस्थः सौम्यः सन्ताननाशकः, पापः सन्तानकारको दृश्यते। तत्र किं कारणमिति चेदुच्यते। सौम्यः शयनचेष्टायां निद्राचेष्टायाञ्च स्थितः सन्ताननाशकः कथितस्तत्रैव पापः सन्तानकारकः प्रोक्त इत्यतो ग्रहचेष्टावशेन सर्वेषां मिश्रफलं भवति।

अतो विशेषफलज्ञानार्थं शम्भुमतेन संकेतकौमुदी प्रोक्तो ग्रहभावचेष्टाविचारो लिख्यते।

अद्भुतसागरे—

ग्रहाणां षड्विधा भावाः शम्भुना गदिता पुरा।
एतत्सर्वं प्रयत्नेन लिख्यते च मयाऽधुना॥ १॥
लज्जितो गर्वितश्चैव क्षुधितस्तृषितस्तथा।
मुदितः क्षोभितश्चैव ग्रहभावाः प्रकीर्तिताः॥ २॥

लज्जितो यथा—

पुत्रगेहगतः खेटो राहुकेतू यथा तथा।
रविमन्दकुजैर्युक्तो लज्जितो ग्रह एव च॥ ३॥
तुङ्गस्थानगतो वापि त्रिकोणेऽपि भवेत्पुनः।
गर्वितः सोऽपि गदितो मुनिभिः कृतनिश्चयैः॥ ४॥
शत्रुगेहे शत्रुयुक्तो रिपुदृष्टो भवेद्यदि।
क्षुधितः स च विज्ञेयो शनियुक्तो यथा तथा॥ ५॥
जलराशौ स्थितः खेटः शत्रुणा चावलोकितः।
शुभग्रहा न पश्यन्ति तृषितः स उदाहृतः॥ ६॥
मित्रगेहे मित्रयुक्तो मित्रेण चावलोकितः।
गुरुणा सहितो यश्च मुदितः स प्रकीर्तितः॥ ७॥
रविणा सहितो यश्च पापाः पश्यन्ति सर्वथा।
क्षोभितं तं विजानीयाच्छत्रुणा यदि वीक्षितः॥ ८॥
येषु येषु च भावेषु ग्रहास्तिष्ठन्ति सर्वथा।
क्षुधितः क्षोभितो वापि स नरो दुःखभाजनः॥ ९॥
एवं क्रमेण बोद्धव्यं सर्वभावेषु पण्डितैः।
बलाबलविचारेण वक्तव्यं फलनिर्णयः॥ १०॥
अन्योन्यं च मुदायुक्तं फलं मिश्रं भवेत्पुनः।
बलह तथा हानिः सबीनेले च महाफलम्॥ ११॥
कर्मस्थाने स्थितो यस्य लज्जितस्तृषितस्तथा।
क्षुधितः क्षोभितो वापि स नरो दुःखभाजनः॥ १२॥
सुतस्थाने भवेद्यस्य लज्जितो ग्रह एव च।
सुतनाशो भवेत्तस्य एकस्तिष्ठति सर्वदा॥ १३॥
क्षोभितस्तृषितश्चैव सप्तमे यस्य वा भवेत्।
म्रियते तस्य नारी च सत्यमाह दिगम्बरः॥ १४॥
अन्ये द्वादशभावाश्च प्रोक्तव्यास्ते प्रयत्नतः।
ग्रहाणाञ्च बलं बुध्वा फलं वक्ष्ये यथा क्रमम्॥ १५॥

अथवा एक ही समय में दो तीन चार आदि अर्थात् अधिक मनुष्यों के जन्म होने पर भी फल पृथक् पृथक् जो दृष्टगोचर होता है इसका मुख्य कारण ग्रहों की चेष्टा है अर्थात् ग्रहों की अवस्था वश ही अलग अलग फल होता है।

यहाँ पर यह शङ्का होती है कि किसी के जन्म समय में पञ्चमस्थ शुभग्रह सन्तान का नाशक और किसी की कुण्डली में पञ्चमस्थ पापग्रह सन्तान देने वाला होता है। इसका क्या कारण है। इसके उत्तर में यह कथन है कि शयन व निद्रा अवस्था में स्थित शुभ ग्रह सन्तान का नाशक तथा शयन एवं निद्रा अवस्था में स्थित पाप ग्रह सन्तान को देने वाला होता है। ग्रह अपनी अवस्था के अनुसार ही फलदायक होता है। इसलिये सबों को भिन्न भिन्न फल होता है।

अब विशेष फल ज्ञान के लिये श्री शिवजी के मत से संकेत कौमुदी में कथित ग्रहों की चेष्टाओं का विचार लिखते हैं।

अद्भुतसागर में कहा है कि पूर्व समय में भगवान् शम्भु ने ग्रहों की ६ प्रकार की अवस्था होती हैं ऐसा कहा है, उनको मैं प्रयत्नपूर्वक कहता हूँ॥ १॥

१ लज्जित, २ गर्वित, ३ क्षुधित, ४ तृषित, ५ मुदित, ६ क्षोभित ये ६ प्रकार की चेष्टा ग्रहों की होती हैं॥ २॥

अब ग्रह कब लज्जित अवस्था में होता है इसे कहते हैं।

जो ग्रह पञ्चम में स्थित होता है वह या राहु या केतु से युक्त ग्रह अथवा सूर्य शनि या भौम से युक्त ग्रह लज्जित अवस्था में होता है॥ ३॥

बृ० पा० में कहा है 'पुत्रगेहगतः खेटो राहुकेतुयुतोऽथवा। रविमन्दकुजैर्युक्तो लज्जितो ग्रह उच्यते'॥ (४५ अ० १२ श्लो०)॥ ३॥

अब गर्वित ग्रह के लक्षण को बतलाते हैं।

उच्च राशि में स्थित ग्रह वा मूलत्रिकोण राशि में स्थित ग्रह की ऋषियों ने निश्चय करके गर्वित संज्ञा की है अर्थात् कुण्डली में उच्च राशिस्थ वा मूलत्रिकोणराशिस्थ ग्रह को गर्वित अवस्थागत समझना चाहिए॥ ४॥

बृ० पा० में कहा है 'तुङ्गस्थानगतो वापि त्रिकोणेऽपि भवेत्पुनः। गर्वितः सोऽपि गदितो निर्विशङ्कं द्विजोत्तम' (४५ अ० १३ श्लो० ॥ ४॥

अब क्षुभित ग्रह के लक्षण को कहते हैं।

यदि कुण्डली में शत्रु राशिस्थ वा शत्रु ग्रह से युक्त वा शत्रु ग्रह से दृष्ट या शनि से युक्त ग्रह हो तो वह क्षुभित अवस्थागत होता है। ऐसा समझना चाहिए॥ ५॥

बृ० पा० में कहा है 'शत्रुगेही शत्रुयुक्तो रिपुदृष्टो भवेद्यदि। क्षुभितः स च विज्ञेयः शनियुक्तो यथा तथा'॥ (४५ अ० १४ श्लो०)॥ ५॥

अब तृषित ग्रह के लक्षण को कहते हैं।

यदि कुण्डली में जलराशिस्थ ग्रह, शत्रु ग्रह से दृष्ट एवं शुभग्रह से अदृष्ट हो तो वह ग्रह तृषित अवस्था में है, ऐसा जानना चाहिए॥ ६॥

बृ० पा० में कहा है 'जलराशौ स्थितः खेटः शत्रुणा चाऽवलोकितः। शुभग्रहा न पश्यन्ति तृषितः स उदाहृतः' (४५ अ० १५ श्लो०) ॥ ६ ॥

अब मुदित ग्रह कब होता है इसे कहते हैं।

यदि कुण्डली में मित्रराशिस्थ ग्रह मित्र ग्रह से दृष्ट व युक्त हो या गुरू से युक्त हो तो वह मुदित अवस्था में है, ऐसा समझना चाहिए ॥ ७ ॥

बृ० पा० में कहा है 'मित्रगेही मित्रयुक्तो मित्रेण च विलोकितः। गुरुणा सहितो यश्च मुदितः स प्रकीर्तितः' (४५ अ० १६ श्लो०) ॥ ७ ॥

अब ग्रह कब क्षोभित होता है अर्थात् क्षोभित ग्रह के लक्षण को बतलाते हैं।

यदि कुण्डली में सूर्य से युक्त ग्रह पाप ग्रहों से व शत्रु ग्रह से दृष्ट हो तो वह क्षोभित अवस्था में होता है। ऐसा जानना चाहिए ॥ ८ ॥

बृ० पा० में कहा है 'रविणा सहितो यश्च पापाः पश्यन्ति सर्वथा। क्षोभितं तं विजानीयाच्छत्रुणा यदि वीक्षितः' (४५ अ० १७ श्लो०) ॥ ८ ॥

अब ग्रहावस्थावश कुछ विशेष बात को बतलाते हैं।

जिन-जिन भावों में क्षुधित एवं क्षोभित अवस्थागत ग्रह होते हैं उन उन भावों के फलों का नाश होता है अर्थात् उन उन भावों के फल से जातक दुःख प्राप्त करता है। इस प्रकार से समस्त भावों का विचार करके भावस्थफल का बुद्धिमान् व्यक्ति को बलाबल के आधार पर निर्णय करके फल कहना चाहिए।

यदि भावस्थ ग्रह बली व निर्बल हो तो मिश्र फल होता है। बल रहित ग्रह का फल शून्य एवं बलवान् ग्रह का अधिक फल होता है।

यदि कुण्डली में दशमभाव में लज्जित या तृषित या क्षुधित या क्षोभित अवस्थागत ग्रह हो तो वह जातक दुःख प्राप्त करता है अर्थात् दुःखी होता है। जिसकी कुण्डली में पञ्चमभाव में केवल लज्जित अवस्था में ग्रह होता है उसके पुत्र का विनाश होता है।

जिसकी कुण्डली में सप्तम भाव में क्षोभित या तृषित अवस्था में ग्रह होता है उसकी स्त्री का मरण होता है। ऐसा सत्यवचन शिवजी ने कहा है।

इसी प्रकार ग्रहों के बल का ज्ञान करके बारह भावों के फल को प्रयत्नपूर्वक कहना चाहिए ॥ ९-१५ ॥

बृ० पा० में कहा है 'येषु येषु च भावेषु ग्रहास्तिष्ठन्ति सर्वथा। क्षुधितः क्षोभितो वापि तद्भावफलनाशनः। एवं क्रमेण बोद्धव्यं सर्वभावेषु पण्डितः। बलाबलविचारेण वक्तव्यः फलनिर्णयः।'

इसी प्रकार से अर्थात् ११ से १५ श्लो० भी बृहत्पाराशर होरा में हैं ॥ १-१५ ॥

विशेष—बृहत्पाराशर होरा में लज्जितादि अवस्थागत ग्रहों के फल निम्नप्रकार से उपलब्ध होते हैं। यहाँ पाठकों की सुविधा के लिये लिख रहा हूँ।

गर्वित अवस्था में ग्रह का फल 'नवालयारामसुखं नृपत्वं कलापटुत्वं विदधाति पुंसाम्। सदार्थलाभं व्यवहारवृद्धिं फलं विशेषादिह गर्वितस्य'। (४५ अ० २४ श्लो०)

मुदित अवस्थागत ग्रह का फल—'भवति मुदितयोगे वासशालाविशाला विमलवसनभूषाभूमियोगासुसौख्यम्। स्वजनजनविलासो भूमिपागारवासो रिपुनिवहविनाशो बुद्धिविद्याविकाशः' ॥ (४५ अ० २५ श्लो०)

लज्जित अवस्थागत ग्रह का फल 'दिशति लज्जितभाववशाद्रतिं विगतराममतिं विमतिक्षयम्। सुतगदागमनं गमनं वृथा कलिकथाभिरुचिं शुभे' (४५ अ० २६ श्लो०)

क्षोभित अवस्था में ग्रह का फल 'संक्षोभितस्यापि फलं विशेषाद्दरिद्रजातं कुमतिं च कष्टम्। करोति वित्तक्षयमङ्घ्रिबाधां धनाप्तिबाधामवनीशकोपात्' (४५ अ० २७ श्लो०)

क्षुधित अवस्था में ग्रह का फल 'क्षुधितखगवशाद्वै शोकमोहादिपातः परिजनपरितापादाधिभीत्या कृशत्वम्। कलिरपि रिपुलोकैरर्थबाधानराणामखिलबलनिरोधो बुद्धिरोधो विषादात्' (४५ अ० २८ श्लो०)

तृषित अवस्था में ग्रह का फल 'तृषितखगभवे स्यादङ्गनासङ्गमध्ये भवति गदविकारो दुष्टकार्याधिकारः। निजजनपरिवादादर्थहानिः कृशत्वं खलकृतपरितापो मानहानिः सदैव' (४५ अ० २९ श्लो०) ॥ ९-१५ ॥

शयनादि अवस्था ज्ञान—

[१]शयनं चोपवेशञ्च नेत्रपाणिप्रकाशनम्।
गमनेच्छा च गमनं सभायां वसतिस्तथा ॥ १६ ॥
आगमो भोजनं चैव नृत्यलिप्सा च कौतुकम्।
निद्रा ग्रहाणां चेष्टा च कथिताः पूर्वसूरिभिः ॥ १७ ॥
यस्मिन्नृक्षे भवेत्खेटस्तेन तं परिपूरयेत्।
पुनरंशेन संपूर्य स्वनक्षत्रं नियोजयेत् ॥ १८ ॥
यातदण्डं तथा लग्नमेकीकृत्य सदा बुधैः।
रविणा हरते भागं शेषं कार्ये नियोजयेत् ॥ १९ ॥
नाक्षत्रिकदशा क्रमेण(रीत्या) पुनः पूरणमाचरेत्।
नामाक्षरेण संयुक्तं हर्त्तव्यं रविणा ततः ॥ २० ॥
रवौ पञ्च तथा देयं चन्द्रे दद्याद्द्वयं तथा।
कुजे द्वयञ्च संयुक्तं बुधे त्रीणि नियोजयेत् ॥ २१ ॥
गुरौ बाणाः प्रदेयाश्च त्रयं दद्याच्च भार्गवे।
शनौ त्रयमथो देयं राहौ दद्याच्चतुष्टयम् ॥ २२ ॥
शेषं हृतञ्च रामेण ग्रहाणां विविधं भवेत्।
दृष्टिचेष्टा विचेष्टा च कथिता मुनिपुङ्गवैः ॥ २३ ॥

यस्मिन्नृक्षे इति। जन्मनि सूर्यादयो ग्रहा यस्मिन्नक्षत्रे तिष्ठन्ति तन्नक्षत्रसङ्ख्यया, ग्रहसङ्ख्यां गुणयेत्। पुनस्तद्राशिभुक्तांशसङ्ख्यया गुणयेत्।

---

१. बृ० पा० होरा ४२ अ० ३०-३७ श्लो०।

पुनर्यातस्य नक्षत्रजन्मदण्डजन्मलग्नसङ्ख्यां च योजयेत्। ततो द्वादशभि शेषमिता ग्रहचेष्टा ज्ञातव्या। पुनर्लब्धसङ्ख्यया, लब्धसङ्ख्यां गुणयेन्नाक्षत्रीयदशाक्रमपूरणं नाम तन्मध्ये येन नाम्ना सुप्तो बुध्यति तस्याद्याक्षरवर्णस्वरसङ्ख्यां संयोज्य द्वादश हृते यल्लब्धं तत्पुनः पूर्वोक्तावस्था, तत्र यस्य ग्रहस्य पूर्वोक्तरीत्या क्रियते तस्य क्षेपकं योज्य त्रिभिर्हृत्वा तच्छेषस्तेन दृष्ट्याद्यवस्था ज्ञात्वा अवस्थाफलं वदेत्।

अत्रोदाहरणम्। तदा जन्मनि मघायां रविस्तेन मघासंख्यया १० रविसङ्ख्या १ गुणिता १०। पुनः सिंहसप्तांशेऽर्कस्तस्मात् सप्तगुणिता ७०। पुनर्जन्मनि अनुराधा १७ उदयाद्गतघटी ४५ वृष लग्नं एषां सङ्ख्यया पूर्वाङ्को युतः जातं १३४ द्वादशहृते शेषं २ तेनार्कस्योपवेशनावस्था। एतदवस्थासंख्याङ्कं २ तेनैव गुणितं वर्गीकृतम्। तत्र हकारो नामाद्याक्षरस्तस्योकारस्वरस्याधो तत्सङ्ख्यया ५ युक्तो ९ द्वादशावशिष्टं ९ रविक्षेपक ५ युक्तः १४ त्रिशेषे तेनार्कस्योपवेशने चेष्टावस्था एवं चन्द्रादीनामपि।

अब ग्रहों की शयनादि १२ अवस्था व दृष्टि, चेष्टा व विचेष्टा को कहते हैं।

१ शयन, २ उपवेशन, ३ नेत्रपाणि, ४ प्रकाशन, ५ गमनेच्छा, ६ गमन, ७ सभावास, ८ आगम, ९ भोजन, १० नृत्यलिप्सा, ११ कौतुक और १२वीं निद्रा अवस्था होती है॥ १६-१७॥

अब शयनादि अवस्था का तथा चेष्टादि का ज्ञान कैसे होता है इसे बतलाते हैं।

जिस नक्षत्र में जो ग्रह हो उस नक्षत्र की संख्या (अश्विनी से) से ग्रह संख्या (सूर्यादि) को गुणा करके गुणनफल को ग्रहाश्रित नवांश संख्या से गुना करके उसमें वर्तमान नक्षत्र (चान्द्र) की संख्या, इष्ट घटी संख्या और लग्न राशि की संख्या को जोड़कर, योगफल में बारह से भाग देकर जो शेष हो उसको शयनादि क्रम से अवस्था समझना चाहिए।

पुनः उस अवस्था में चेष्टा जानने के लिये उक्त शेषाङ्क को शेषाङ्क से ही गुना करके गुणनफल में नाम के आद्यक्षर सम्बन्धी स्वराङ्क को जोड़कर उसमें बारह से भाग देने पर जो शेष बचे उसमें ग्रह के ध्रुवाङ्क [यथा रवि के ५, चन्द्र के २, भौम के २, बुध के ३, गुरू के ५, शुक्र के ३ और शनि के ३] जोड़कर फिर उसमें तीन का भाग देने से यदि १ शेष बचे तो दृष्टि, २ शेष बचे तो चेष्टा और शून्य शेष में विचेष्टा जानना चाहिये॥ १८-२३॥

उदाहरण—माना कि किसी के जन्म समय में मघा नक्षत्र में सूर्य है। इसलिये अश्विनी से मघा की संख्या १० को रवि की संख्या १ से गुना करने पर १० हुआ। पुनः सूर्य सातवें नवांश में है इसलिये १० को ७ से गुना करने पर ७० हुआ। फिर इसमें जन्म नक्षत्र की संख्या १७ (अनुराधा में जन्म है) इष्टघटी ४५ और वृष

लग्न की संख्या २ जोड़ने पर [अर्थात् ७० + १७ + ४५ + २] = १३४ हुआ। इसमें १२ से भाग देने पर शेष २ बचा। इससे ज्ञात हुआ कि सूर्य उपवेशन अवस्थामें है।

चेष्टा जानने के लिये पूर्व शेष २ को २ से गुणा किया तो ४ हुआ। इसमें नाम का आद्यक्षर ह है इसकी स्वराङ्क संख्या स्वराङ्क चक्र में ५ है अतः ४ + ५ = ९। इसमें १२ का भाग देने पर ९ ही शेष रहता है। पुनः इसमें सूर्य की ध्रुवाङ्क संख्या ५ जोड़ने पर १४ हुआ इसमें तीन का भाग देने पर २ शेष बचता है। अतः ज्ञात हुआ कि सूर्य उपवेशन चेष्टा में है। इसी प्रकार चन्द्रादिकों की भी अवस्था व चेष्टा का ज्ञान करना चाहिये ॥ १८-२३ ॥

स्पष्टार्थ स्वराङ्क चक्र

१	२	३	४	५
अ	इ	उ	ए	ओ
क	ख	ग	घ	च
छ	ज	झ	ट	ठ
ड	ढ	त	थ	द
ध	न	प	फ	ब
भ	म	य	र	ल
व	श	ष	स	ह

स्पष्टार्थ ग्रह ध्रुवाङ्क चक्र—

सू०	चं०	मं०	बु०	गु०	शु०	श०
५	२	२	३	५	३	३

दृष्टि आदि के फल—

दृष्टौ स्वल्पफलं ज्ञेयं चेष्टायां विपुलं फलम्।
विचेष्टायां फलं न स्यादेवं दृष्टिफलं विदुः ॥ २४ ॥
शुभाशुभं ग्रहाणाञ्च समीक्ष्याथ बलाबलम्।
तुङ्गस्थाने विशेषेण बलं ज्ञेयं तथा बुधैः ॥ २५ ॥

अब दृष्टि व चेष्टा और विचेष्टा में कितना फल होता है, इसे बताते हैं।

ग्रहों की दृष्टि में अल्प, चेष्टा में पूर्ण और विचेष्टा में कुछ भी फल नहीं होता है। ग्रहों के बलाबल का ज्ञान करके शुभाशुभ फल निर्णय विद्वान् को करना चाहिये। ग्रह उच्च स्थान में विशेषकर बलवान् होता है ॥ २४-२५ ॥

सप्तमभाव में अवस्था का फल—

[1]निद्रायाञ्च यदा पापो जायास्थाने शुभं वदेत्।
यदि पापग्रहैर्दृष्टो न शुभञ्च कदाचन ॥ २६ ॥

१. बृ० पा० ४५ अ० १४९ श्लो०।

यदि वा शत्रुगेही स्याद् रिपुणा यदि वीक्षितः।
तदा नारी मृता तस्य सकला सुविनिश्चितम् ॥ २७ ॥
शुभग्रहैर्यदा दृष्टः शुभग्रहसमन्वितः।
नारी च म्रियते तस्य प्रथमा च विशेषतः ॥ २८ ॥

अब सप्तम भाव में अवस्था विशेष में स्थित ग्रहों के फल को कहते हैं।

यदि जन्म के समय में पापग्रह सप्तम भाव में निद्रा अवस्था में स्थित हो तो सप्तम भावजन्य अर्थात् स्त्री आदि का सुख पूर्ण होता है तथा स्त्री भी रोग रहित होती है।

यदि सप्तम भाव में निद्रा अवस्थागत ग्रह पापग्रह से दृष्ट हो तो स्त्री सुख में बाधा उत्पन्न होती है।

अथवा यदि सप्तमस्थ निद्रा अवस्थागत पापग्रह, शत्रुग्रह की राशि में शत्रुग्रह से दृष्ट हो तो जातक की समस्त स्त्रियों का निश्चय मरण होता है।

यदि जन्म के समय सप्तम भावस्थ निद्रा अवस्था में पापग्रह शुभग्रह से दृष्ट या युक्त हो तो जातक की विशेषकर प्रथम स्त्री का निधन होता है ॥ २६-२८ ॥

पञ्चम भाव में अवस्था विशेष का फल—

सुतस्थाने स्थितः पापो निद्रायां शयनेऽपि वा।
तदा शुभं भवेत्तस्य नात्र कार्या विचारणा ॥ २९ ॥
तुङ्गस्थाने स्वगेहे वा त्रिकोणे वा यदा भवेत्।
अपत्यस्य तदा नाशो जायते नात्र संशयः ॥ ३० ॥
शुभग्रहो यदा तत्र शुभैर्वा यदि वीक्षितः।
तदापि प्रथमापत्यनाशो भवति निश्चितम् ॥ ३१ ॥

अब पञ्चम भाव में अवस्था विशेष में स्थित ग्रहों के फल को कहते हैं।

यदि जन्म के समय में पापग्रह पञ्चम भाव में निद्रा या शयन अवस्था में स्थित हो तो पञ्चम भाव का शुभफल अर्थात् विद्या पुत्रादि का सुख होता है। इसमें विचार करने की आवश्यकता नहीं है ॥ २९ ॥

यदि वहीं पर शयन या निद्रावस्था में पापग्रह उच्च में या अपनी राशि में या मूल त्रिकोण राशि में हो तो पुत्र का विनाश होता है इसमें सन्देह नहीं है ॥ ३० ॥

यदि जन्म के समय में पञ्चम भाव में शुभग्रह शयन वा निद्रा अवस्था में शुभग्रह से दृष्ट होकर स्थित हो तो भी निश्चय प्रथम पुत्र का नाश होता है ॥ ३१ ॥

अष्टम भाव में अवस्था विशेष का फल—

मृत्युस्थानस्थितः पापो निद्रायां शयनेऽपि वा।
तदा तस्यापमृत्युः स्याद्राजतः परतस्तथा ॥ ३२ ॥

शुभग्रहैर्यदा युक्तः शुभैर्वा यदि वीक्षितः ।
तदा च मरणं तस्य गङ्गायां च विशेषतः ॥ ३३ ॥
पापग्रहैर्यदा दृष्टः शुभैर्वा यदि वीक्षितः ।
तदा तस्य शिरच्छेदो मुनिना परिकीर्तितः ॥ ३४ ॥
अष्टमस्थौ शनिकुजौ तमो वा तत्र संस्थितः ।
अपमृत्युर्भवेत्तस्य शिरच्छेदान्न संशयः ॥ ३५ ॥

अब अष्टम भाव में अवस्था विशेष में स्थित ग्रहों के फल को बताते हैं ।

यदि जन्म के समय में अष्टम भाव में पापग्रह निद्रा या शयन अवस्था में स्थित हो तो जातक की राजा से या शत्रु से अपमृत्यु होती है ॥ ३२ ॥

यदि अष्टम भाव में पापग्रह शयन या निद्रा अवस्था में शुभग्रह से दृष्ट या युक्त होकर स्थित हो तो जातक का विशेष करके गंगा में मरण होता है ॥ ३३ ॥

यदि वहीं पर उसी अवस्था में पापग्रह, पापग्रह से दृष्ट या युत हो तो जातक को मस्तक फूटने का भय होता है या सिर में चोट लगती है ॥ ३४ ॥

यदि जन्म के समय में अष्टम स्थान में शनि व मङ्गल हो अथवा राहु हो तो जातक का सिर टूटने से अपमृत्यु होती है ॥ ३५ ॥

दशम भाव में अवस्था विशेष का फल—

[1]कर्मस्थाने यदा पापः शयने भोजनेऽपि वा ।
तदा दारिद्र्यदोषेण कृत्स्नां भ्रमति मेदिनीम् ॥ ३६ ॥
कर्मस्थाने शुभः खेटो निद्रायां गमनेऽपि वा ।
तदा कर्मविपाकः स्यान्नानादुःखप्रदायकः ॥ ३७ ॥
[2]दशमस्थो निशानाथो कौतुकी च प्रकाशने ।
तदैव राजयोगः स्यान्मुनिभिः परिकीर्तितः ॥ ३८ ॥
एवं क्रमेण बोद्धव्यं सर्वभावेषु बुद्धिमान् ।
बलाबलविचारेण ज्ञायते च शुभाशुभम् ॥ ३९ ॥
ज्योतिर्विद्भिः पुरा सर्वैर्ज्ञायते तत्त्वनिर्णयः ।
इदानीं सूक्ष्मरूपेण शयनादि निगद्यते ॥ ४० ॥
शयनाद्येकभावेषु यस्य तिष्ठन्ति सद्ग्रहाः ।
नित्यं तस्य शुभज्ञानं मुनिभिः परिकीर्तितम् ॥ ४१ ॥
भोजनाद्येकभावेषु पापास्तिष्ठन्ति सर्वथा ।
तदा सर्व विनाशोऽपि नात्र कार्या विचारणा ॥ ४२ ॥

अब दशम भाव में अवस्था विशेष में स्थित ग्रहों के फल को कहते हैं ।

---

१. बृ० पा० ४५ अ० १५३ श्लो० ।
२. बृ० पा० ४५ अ० १५४-१५५ श्लो० ।

यदि जन्म के समय में पापग्रह दशम भाव में शयन या भोजन अवस्था में स्थित हो तो जातक निर्धनतावश समस्त पृथ्वी का भ्रमण करता है ॥ ३६ ॥

यदि दशग भाव में शुभग्रह निद्रा या गमन अवस्था में स्थित हो तो जातक अनेक प्रकार के दुःखों से पीड़ित होता है ॥ ३७ ॥

यदि जन्म के समय में चन्द्रमा दशम भाव में कौतुकी या प्रकाशन अवस्था में स्थित हो तो जातक राजतुल्य सुख प्राप्त करता है ॥ ३८ ॥

इस रीति से समस्त भावों के फल का निर्णय बुद्धिमान् को करना चाहिये। बलाबल के ज्ञान से ही शुभाशुभ का ज्ञान तत्त्व के निर्णय करने वाले प्राचीन ऋषियों ने कहा है। अब मैं शयनादि का सूक्ष्म रूप से फल कहता हूँ ॥ ३९-४० ॥

यदि जन्म के समय में शुभग्रह एक भाव में शयनादि (८ आठ) अवस्थाओं में स्थित हों तो उस भाव का शुभफल होता है, ऐसा ऋषियों ने कहा है ॥ ४१ ॥

यदि जन्म के समय में पापग्रह एक भाव में भोजनादि (चार) अवस्था में स्थित हों तो जातक की समस्त वस्तुओं का नाश होता है, इसमें सन्देह नहीं है ॥ ४० ॥

शयन अवस्था में सूर्य का फल—

मन्दाग्निः पित्तशूली च श्लीपदी च न संशयः।
गुह्यस्थाने भवेद्रोगी जायते शयने रवौ॥ ॥४३

यदि जन्म के समय में सूर्य शयन अवस्था में हो तो जातक मन्दाग्नि, पित्त रोगी, शूली, फीलपाँव और गुह्य स्थान का रोगी होता है। इसमें सन्देह नहीं है ॥ ४३ ॥

बृ० पा० में कहा है—'मन्दाग्निरोगो बहुधा नराणां स्थूलत्वमङ्घ्रेरपि पित्तकोपः। व्रणं गुदे शूलमुरः प्रदेशे यदोष्णभानुः शयनं प्रयातः' (४५ अ० ४० श्लो०) ॥ ४१ ॥

उपवेशन अवस्था में सूर्य का फल—

उपवेशे भवेच्छिल्पी श्यामवर्णो भवेन्नरः।
स विद्यारहितो दुःखी परसेवासु तत्परः ॥ ४४ ॥

यदि जन्म के समय में सूर्य उपवेशन अवस्था में हो तो जातक शिल्प (चित्र) कार, काले रङ्ग का, विद्या से हीन, दुःखी और दूसरे की सेवा करने वाला होता है ॥ ४४ ॥

बृ० पा० में कहा है—'दरिद्रताभारविहारशाली विवादविद्याभिरतो नरः स्यात्। कठोरचित्तः खलु नष्टवित्तः सूर्यो यदा चेदुपवेशनस्य' (४५ अ० ४१ श्लो०) ॥ ४४ ॥

नेत्रपाणि अवस्था में सूर्य का फल—

पञ्चमे नवमे वापि दशमे सप्तमेऽपि वा।
नेत्रपाणौ यदा सूर्यः सर्वसौख्यसमन्वितः ॥ ४५ ॥
नेत्रपाणौ भवेत्क्रूरो जलदोषी भवेन्नरः।
चक्षुरोगी महाक्रोधी परद्वेषी तथा पुनः ॥ ४६ ॥

यदि जन्म के समय में नेत्रपाणि अवस्था में सूर्य पञ्चम वा नवम वा दशम वा सप्तम भाव में हो तो जातक समस्त सुख से युक्त होता है ॥ ४५ ॥

यदि किसी भी भाव में सूर्य, नेत्रपाणि अवस्था में हो तो जातक जल दोषी, बड़ा क्रोधी, नेत्र रोगी और दूसरे से द्वेष (शत्रुता) करने वाला होता है ॥ ४६ ॥

बृ० पा० में कहा है—'नरः सदानन्दधरो विवेकी परोपकारी बलवित्त-युक्तः। महासुखी राजकृपाभिमानी दिवाधिनाथो यदि नेत्रपाणिः' (४५ अ० ४२ श्लो०) ॥ ४५-४६ ॥

प्रकाशन अवस्था में सूर्य का फल—

पुण्यवान् धार्मिकश्चैव धनवाँश्च प्रकाशने।
दाता भोक्ता भवेन्मानी राजपुत्रो धनाधिपः ॥ ४७ ॥
सप्तमे पञ्चमे वापि प्रकाशे च यदा रविः।
नाशयेत्प्रथमापत्यं कलहञ्च विशेषतः ॥ ४८ ॥

यदि जन्म के समय सूर्य प्रकाशन अवस्था में हो तो जातक पुण्यात्मा, धर्मात्मा, धनी, दानी, भोगी, अभिमानी, राजा का पुत्र और कुबेर होता है ॥ ४७ ॥

यदि जन्म के समय सूर्य प्रकाशन अवस्था में स्थित होकर सप्तम वा पञ्चम भाव में हो तो जातक का प्रथम पुत्र नष्ट होता है तथा विशेष कलह से युक्त होता है ॥ ४८ ॥

बृ० पा० में कहा है—'उदारचित्तः परिपूर्णवित्तः सभासु वक्ता बहुपुण्य-कर्ता। महाबली सुन्दररूपशाली प्रकाशने जन्मनि पद्मिनीशे' (४५ अ० ४३ श्लो०) ॥ ४७-४८ ॥

गमन अवस्था में सूर्य का फल—

प्रवासी गमने भानौ पादमूले रुजान्वितः।
निद्रालस्यभयक्रोधी जायते च नराधमः ॥ ४९ ॥

यदि जन्म के समय सूर्य गमन अवस्था में हो तो जातक प्रवासी, पादमूल में रोग से युक्त, निद्रालु, आलसी, डरपोक, क्रोधी और अधम होता है ॥ ४९ ॥

बृ० पा० में कहा है—'प्रवासशाली किल दुःखमाली सदालसी धीधनवर्जि-तश्च। भयातुरः कोपपरो विशेषाद्दिनाधिनाथे गमने मनुष्यः' (४५ अ० ४४ श्लो०) ॥ ४७ ॥

गमनेच्छा अवस्था में सूर्य का फल—

क्रूरः कुबुद्धिः कुशलो दाम्भिकः कृपणस्तथा।
परदारेष्वभिरुचिर्जायते गमनोन्मुखे ॥ ५० ॥
सप्तमे द्वादशे वापि यदि दैवाद्भवेत्क्वचित्।
अपत्यं नाशयेत्तस्य धनमल्पं विनिश्चितम् ॥ ५१ ॥

यदि जन्म के समय सूर्य गमनेच्छा अवस्था में हो तो वह जातक क्रूर, दूषित बुद्धि-वाला, चतुर, ढोंगी, लोभी और परायी स्त्री में आसक्त होता है ॥ ५० ॥

यदि जन्म के समय सूर्य सप्तम वा बारहवें भाव में आगमन अवस्था में हो तो उस जातक के पुत्र का नाश और अल्प धन प्राप्त होता है ॥ ५१ ॥

बृ० पा० में कहा है—'परदाररतोजनतारहितो बहुधागमने गमनाभिरुचिः। खलता-कुशलो मलिनो दिवसाधिपतौ मनुजः कुमतिः कृपणः' (४५ अ० ४५ श्लो०) ॥ ५०-५१ ॥

भोजन अवस्था में नवमस्थ सूर्य का फल—

नवमस्थो यदा सूर्यो भोजनस्थो यदा भवेत्।
तदा पुण्ये महाविघ्नं करोति च न संशयः ॥ ५२ ॥

यदि जन्म के समय भोजन अवस्था में सूर्य नवम में हो तो जातक के पुण्य कार्य में बड़ा विघ्न उत्पन्न होता है इसमें सन्देह नहीं है ॥ ५२ ॥

सभावास अवस्था में सूर्य का फल—

धार्मिको धनवाँश्चैव नानाविद्यासु तत्परः।
प्रियदृष्टिः शुचिर्वक्ता सभायां तपने जनैः ॥ ५३ ॥

यदि जन्म के समय सूर्य सभावास अवस्था में हो तो जातक धर्मात्मा, धनी, अनेक विद्याभ्यासी, सुन्दर दृष्टिवाला, पवित्र और वक्ता होता है ॥ ५३ ॥

बृ० पा० में कहा है—'सभागते हिते नरः परोपकारतत्परः। सदार्थरत्नपूरितो दिवाकरे गुणाकरः। वसुन्धरा नवाम्बरालयान्वितो महाबली विचित्रमित्रवत्सलः कृपा-कलाधरः परः' (४५ अ० ४६ श्लो०) ॥ ५३ ॥

आगम अवस्था में सूर्य का फल—

क्षोभितो दुःखितश्चैव नानादुःखप्रदायकः।
भवेन्मूर्खश्चागमे कुरूपो धनवान् भवेत् ॥ ५४ ॥

यदि जन्म के समय सूर्य आगम अवस्था में हो तो वह जातक क्षुब्ध, दुःखी, अनेक कष्ट भोगने वाला, मूर्ख, कुरूप और धनी होता है ॥ ५४ ॥

बृ० पा० में कहा है—'क्षोभितो रिपुगणैः सदा नरश्चञ्चलः खलमतिः कृश-स्तथा। धर्मकर्मरहितो मदोद्धतश्चागमे दिनपतौ यदा तदा' (४५ अ० ४७ श्लो०) ॥ ५४ ॥

भोजन अवस्था में सूर्य का फल—

भोजने नित्यदुःखी स्यान्मांसलुब्धो भवेन्नरः।
शिरो रोगी कर्णरोगी सन्धौ भवति वेदना ॥ ५५ ॥

यदि जन्म के समय सूर्य भोजन अवस्था में हो तो वह जातक प्रतिदिन दुःखी, मांस का लोभी, मस्तक व कान का रोगी और शरीर की सन्धियों में कष्ट पाने वाला होता है ॥ ५५ ॥

बृ० पा० में कहा है—'सदाङ्गसन्धिवेदनापराङ्गनाधनक्षयो बलक्षयः पदे पदे यदा तदा हि भोजने। असत्यता शिरो व्यथा तथा वृथान्नभोजनं रवावसत्कथारतिः कुमार्गगामिनी मतिः' (४५ अ० ४८ श्लो०) ॥ ५५ ॥

नृत्यलिप्सा अवस्था में सूर्य का फल—

पण्डितः सुन्दरो वाग्मी नृत्योत्साहे ग्रहाधिपे।
शूलरोगी भवेन्नित्यं धनवान् धार्मिकस्तथा ॥ ५६ ॥

यदि जन्म के समय सूय नृत्यलिप्सा अवस्था में हो तो वह जातक विद्वान्, सुन्दर, वाग्मी, शूल रोगी, धनी और धर्मातमा होता है ॥ ५६ ॥

बृ० पा० में कहा है—'विज्ञलोकैः सदा मण्डितः पण्डितः काव्यविद्यानवद्यप्रलापान्वितः। राजपुत्र्यो धरामण्डले सर्वदा नृत्यलिप्सागते पद्मिनीनायके' (४५ अ० ४९ श्लो०) ॥ ५६ ॥

कौतुक अवस्था में सूर्य का फल—

षष्ठस्थाने भवेद्वापि कौतुकस्थो यदा रविः।
सर्वशत्रुविनाशः स्याज्जाड्यञ्च लभते पुनः ॥ ५७ ॥
उत्साही च महापुत्री कौतुकस्थे रवौ जनः।
दाता भोक्ता महाभोगी द्विभार्यो बहुभाषकः ॥ ५८ ॥
क्षतादिर्वापि देहः स्याद्दद्रुरोगी भवेच्च सः।
महादक्षो महाक्रोधी जायते च नरोत्तमः ॥ ५९ ॥
सप्तमे पञ्चमे वापि यदि दैवाद्भवेत्पुनः।
कलत्रं नाशयेत्तस्य पूर्वापत्यञ्च निश्चितम् ॥ ६० ॥

यदि जन्म के समय सूर्य कौतुक अवस्था में छठे भाव में हो तो वह जातक समस्तशत्रुओं का विनाश करने वाला और मूर्ख होता है ॥ ५७ ॥

यदि जन्म के समय सूर्य कौतुक अवस्था में हो तो जातक उत्साही, अधिक कन्या सन्तति वाला, दानी, भोजनी, बड़ा भोगी, दो स्त्री वाला, अधिक बोलने वाला वा भग्न शरीरधारी, दाद का रोगी, बड़ा चतुर, अधिक क्रोधी और मनुष्यों में श्रेष्ठ होता है ॥ ५८-५९ ॥

यदि जन्म के समय सूर्य कौतुक अवस्था में सप्तम वा पञ्चम भाव में स्थित हो तो उस जातक की पत्नी का मरण और पहले पुत्र का नाश होता है ॥ ६० ॥

बृ० पा० में कहा है—'सर्वदानन्दधर्ता जनो ज्ञानवान् यज्ञकर्ता धराधीश-सद्मस्थितः । पद्मबन्धावरातेर्भयं स्वाननः काव्यविद्याप्रलापी मुदा कौतुके' (४५ अ० ५० श्लो०) ॥ ६० ॥

निद्रा अवस्था में सूर्य का फल—

लिङ्गान्तर्गुदरोगी स्यात् श्लीपदी च विशेषतः ।
निद्रायां च भवेद्भानौ क्रोधेनारक्तनेत्रकः ॥ ६१ ॥
नित्यं प्रवासी दुःखी च दरिद्रो विकलो महान् ।
प्रथमापत्यनाशः स्यात्कलत्राणां विशेषतः ॥ ६२ ॥

यदि जन्म के समय सूर्य निद्रा अवस्था में हो तो वह जातक उपस्थ व गुदा का आन्तरिक रोगी, विशेषकर फीलपाँव, क्रोध से व्याप्त लाल आँखवाला, प्रतिदिन प्रवासी, दुःखी, दरिद्री, अधिक अशान्त, पहले पुत्र का विनाश और विशेषकर स्त्री का नाश होता है ॥ ६१-६२ ॥

बृ० पा० में कहा है—'निद्रामरारक्तनिभे भवेतां निद्रागते लोचनपद्मयुग्मे । रवौ विदेशे वसतिर्जनस्य कलत्रहानिः कतिधार्थनाशः' (४५ अ० ५१ श्लो०) ॥ ६०-६२ ॥

इत्यर्कभाव फलम् ।

इस प्रकार सूर्य की बारह अवस्थाओं का फल समाप्त हुआ ।

शयन अवस्था में चन्द्रमा का फल—

तुङ्गातुङ्गबलाबलैर्ज्ञातव्यं यत्नतो यतः ।
शयने च विधौ क्रोधी दरिद्री चैव लम्पटः ॥ ६३ ॥
गुह्यस्थाने भवेत् किञ्चिद्देहमाद्यं सुनिश्चितम् ।
एतत्सर्वं विलग्ने च चिन्तनीयं सदा बुधैः ॥ ६४ ॥
अन्यभावे यदा जातो न तादृग् दोष एव च ।
कृष्णपक्षे भवेद्वापि कृपणो दाम्भिकः सदा ॥ ६५ ॥
भक्षकश्च महाशूरो लम्पटः परनिन्दकः ।
दक्षिणाङ्गे क्षतादींश्च वन्हौ भवति संशयम् ॥ ६६ ॥

अब चन्द्रमा की बारह अवस्थाओं के फल को बतलाते हैं । प्रथम शयन अवस्था में चन्द्रमा के फल को कहते हैं ।

प्रथम यत्न पूर्वक तुङ्ग, नीच, बलाबल ग्रहों का ज्ञान करके यत्नपूर्वक ग्रहों की अवस्थाओं के फल को कहना चाहिए ।

जिसके जन्म समय चन्द्रमा शयन अवस्था में होता है वह जातक क्रोधी, दरिद्री, लम्पट, निश्चय ही गुह्य स्थान में कुछ अल्प पीड़ा होती है । यह फल चन्द्रमा लग्न में हो तो विद्वान् व्यक्ति को कहना चाहिए ।

यदि अन्य भाव में शयन अवस्था में चन्द्रमा हो तो पूर्व कथित दोष उतना नहीं होता है।

यदि चन्द्रमा कृष्ण पक्ष का हो तो जातक लोभी, ढोंगी, भक्षक (खाने वाला), अधिक वीर, लम्पट, दूसरे की बुराई करने वाला और दक्षिण अङ्ग में अग्नि से चोट लगने का निश्चय भय होता है ॥ ६३-६६ ॥

बृ० पा० में कहा है 'जनुः काले क्षपानाथे शयनं चेदुपागते। मानीशीतप्रधानश्च कामी वित्तविनाशकः'। (४५ अ० ५२ श्लो०) ॥ ६३-६६ ॥

भोजन अवस्था में चन्द्रमा का फल—

सर्पभीतिस्तथा ज्ञेया जले चैव महद्भयम्।
भोजने च विधौ जाते ज्ञातिभिः परिपूरितः ॥ ६७ ॥

जिसके जन्म समय में चन्द्रमा भोजन अवस्था में होता है वह जातक सर्प से भयभीत, जल में बड़ा डरपोक और बान्धवों से परिपूर्ण होता है ॥ ६७ ॥

बृ० पा० में कहा है 'भोजने जनुषि पूर्ण चन्द्रमा मानयानजनतासुखं नृणाम्। आतनोति वनितासुतासुखं सर्वमेव न सितेतरे शुभम्' (४५ अ० ६० श्लो०) ॥ ६७ ॥

नृत्यलिप्सा में चन्द्रमा का फल—

दाता भोक्ता तथा मानी धनवांश्च भवेन्नरः।
क्रूरकर्मा चिरं रोगी श्लीपदश्च महाकृशः ॥ ६८ ॥
नित्यं प्रवासो भोगी च जायते च न संशयः।
जातोऽसौ नृत्यचेष्टायां गुणवान् धार्मिको भवेत् ॥ ६९ ॥

जिसके जन्म समय में चन्द्रमा नृत्यलिप्सा अवस्था में होता है वह जातक दानी, भोजनी, मानी, धनी, क्रूर कार्य करने वाला, दीर्घ रोगी, फीलपाँव, अधिक दुबला, प्रतिदिन प्रवासी, निःसंदेह भोगी, गुणी और धर्मात्मा होता है ॥ ६८-६९ ॥

बृ० पा० में कहा कहा है 'नृत्यलिप्सागते चन्द्रे सबले बलवान्नरः। गीतज्ञो हि रसज्ञश्च कृष्णे पापकरो भवेत्' (४५ अ० ६१ श्लो०) ॥ ६८-६९ ॥

कौतुक अवस्था में चन्द्रमा का फल—

धनवान् बहुपुत्रश्च दाता च जायते नरः।
कौतुके च भवेद्भूपो नानाविद्यासु तत्परः ॥ ७० ॥
नवमे दशमे वापि कौतुकस्थो निशाकरः।
तदा सर्वसुखं विद्याद्दरिद्रं न कदाचन ॥ ७१ ॥

जिसके जन्म समय में चन्द्रमा कौतुक अवस्था में होता है वह जातक धनी, अधिक पुत्र वाला, दानी, राजा, अनेक विद्याओं में तत्पर होता है ॥ ७० ॥

यदि जन्म के समय चन्द्रमा कौतुक अवस्था में स्थित होकर नवम वा दशमभाव में हो तो जातक समस्त सुखों से युक्त होता है और दरिद्री कभी भी नहीं होता है ॥ ७१ ॥

बृ० पा० में कहा है 'कौतुकभवनं गतवति चन्द्रे भवति नृपत्वं वा धनपत्वम्। कामकलासु सदा कुशलत्वं वारवधूरतिरमणपटुत्वम्' (४५ अ० ६२ श्लो०) ॥७०-७१॥

निद्रा अवस्था में चन्द्रमा का फल—

निद्रायां दद्रूरोगी स्यात् क्लेशी पापी रुजान्वितः।
पुत्रशोको महादुःखी नित्यं भ्रमति मेदिनीम् ॥ ७२ ॥
कर्मस्थाने विशेषेण एवं ज्ञेयं सदा बुधैः।
अन्यभावे तु निद्रायां वैपरीत्यं भवेत्पुनः ॥ ७३ ॥
परद्वेषी प्रवासी च पित्तशूली भवेन्नरः।

जिसके जन्म समय में चन्द्रमा निद्रा अवस्था में विशेषकर दशम भाव में होता है वह जातक दाद का रोगी, कलही, पापी, रोगी, पुत्र शोक से युक्त, बड़ा दुःखी और प्रतिदिन पृथ्वी पर भ्रमण करने वाला होता है ॥ ७२ ॥

यदि दशम भाव से भिन्न भाव में हो तो इसके विपरीत पर द्रोही, प्रवासी और पित्त शूली (दर्द) होता है ॥ ७२-७३ ॥

बृ० पा० में कहा है 'निद्रागते जन्मनि मानवानां कलाधरे जीवयुते महत्त्वम्। यदाङ्गनासञ्चितवित्तनाशः शिवालयं रौति विचित्रमुच्चैः' (४५ अ० ६३ श्लो०) ॥ ७२-७३ ॥

उपवेशन अवस्था में चन्द्रमा का फल—

उपवेशे च रोगी च धनहीनो भवेन्नरः।
कृपणः कुटिलश्चैव दन्ष्ट्राघाती भवेन्नरः ॥ ७४ ॥

जिसके जन्म समय में चन्द्रमा उपवेशन अवस्था में होता है वह जातक रोगी, धन हीन, लोभी, कुटिल और दांत में चोट लगने का भय होता है ॥ ७४ ॥

बृ० पा० में कहा है 'रोगार्दितो मन्दमतिर्विशेषाद् वित्तेन हीने मनुजः कठोरः। अकार्यकारी परवित्तहारी क्षपाकरे चेदुपवेशनस्थे' (४५ अ० ५३ श्लो०) ॥ ७४ ॥

नेत्र पाणि अवस्था में चन्द्रमा का फल—

नेत्रपाणावक्षिरोगी श्लीपदी बहुभाषकः।
क्रूरः खलोऽतिशूरश्च जायते विधौ सदा ॥ ७५ ॥

जिसके जन्म समय में चन्द्रमा नेत्रपाणि अवस्था में होता है वह जातक आँख का रोगी, फीलपाँव, अधिक भाषी, क्रूर, दुष्ट और अधिक वीर होता है ॥ ७५ ॥

बृ० पा० में कहा है 'नेत्रपाणौ क्षपानाथे महारोगी नरो भवेत्। अनल्पजल्पको धूर्तः कुकर्मनिरतः सदा' (४५ अ० ५४ श्लो०) ॥ ७५ ॥

प्रकाशन अवस्था में चन्द्रमा का फल—

प्रकाशने निशानाथे धनवांश्च भवेन्नरः।
प्रकाण्डदेहः कृपणस्तीर्थे च गमनोन्मुखः। ७६ ॥
शुक्लपक्षे एवं कृष्णपक्षे भिन्नम्।

जिसके जन्म समय में चन्द्रमा प्रकाशन अवस्था में होता है वह जातक धनी, सुन्दर पुष्ट शरीरधारी, लोभी और तीर्थ में जाने के लिये उद्यत होता है ॥ ७६ ॥

बृ० पा० में कहा है 'यदा राकानाथे गतवति विकाशञ्च जनने विकाशः संसारे विमलगुणराशेरवनिपात् । नवाशामाला स्यात्करितुरगलक्ष्म्या परिवृतः विभूषायोषाभिः सुखमनुदिनं तीर्थगमनम्' (४५ अ० ५५ श्लो०) ॥ ७६ ॥

यह पूर्वोक्तफल शुक्ल पक्षीय चन्द्रमा होने पर समझना चाहिए । कृष्ण पक्ष में इससे भिन्न फल होता है ।

गमन अवस्था में चन्द्रमा का फल—

प्रवासी वित्तहीनश्च क्रूरकर्मा विशेषतः ।
शिरो रोगी स्तब्धशूली जायते गमने विधौ ॥ ७७ ॥

जिसके जन्म समय में चन्द्रमा गमन अवस्था में होता है वह जातक प्रवासी, धनहीन, विशेष कर कठिन कार्यकर्ता, मस्तक रोगी और दर्द से निस्तब्ध होता है ॥ ७७ ॥

बृ० पा० में कहा है 'सितेतरे पापरतो निशाकरे विशेषतः क्रूरतरो नरो भवेत् । सदाक्षिरोगैः परिपीडयमानो वलक्षपक्षे गमने भयातुरः' (४५ अ० ५६ श्लो०) ॥ ७७ ॥

गमनेच्छा अवस्था में चन्द्रमा का फल—

नानामतिर्महामायी श्लीपदी च भवेत्पुनः ।
यानेच्छायां विधौ जाते धनहीनो भवेन्नरः ॥ ७८ ॥

जिसके जन्म समय में चन्द्रमा गमनेच्छा अवस्था में होता है वह जातक अनेक बुद्धि-वाला, बड़ा मायावी, फीलपाँव और धनहीन होता है ॥ ७८ ॥

सभावास अवस्था में चन्द्रमा का फल—

दाता च धार्मिकश्चैव राजपुत्रो भवेत्सदा ।
सभायां च विधोर्नित्यं जायते पुरुषोत्तमः ॥ ७९ ॥

जिसके जन्म समय में चन्द्रमा सभावास अवस्था में होता है वह जातक दानी, धर्मात्मा, राजा का पुत्र और पुरुषों में उत्तम पुरुष होता है ॥ ७९ ॥

बृ० पा० में कहा है 'सकलजनवदान्यो राजराजेन्द्रमान्यो रतिपतिसमकान्तिः शान्तिकृत्कामिनीनाम् । सपदि सदसि याते चारुबिम्बे शशाङ्के भवति परमरीतिप्रीतिविज्ञो गुणज्ञः' (४५ अ० ५८ श्लो०) ॥ ७९ ॥

आगमन अवस्था में चन्द्रमा का फल—

बहुभाषी प्रियः शान्तो द्विभार्यो धार्मिकः सदा ।
किञ्चिद्भवेद्देहमाद्यं स्त्र्यपत्यं बहुलं भवेत् ॥ ८० ॥
स राजा च भवेन्नारी एकपुत्री भवेद्यशः ।
नित्यं क्रोधी महादुःखी भवेदागमने विधौ ॥ ८१ ॥

जिसके जन्म समय में चन्द्रमा आगमन अवस्था में होता है वह जातक अधिक बोलने वाला, सुन्दर, शान्त, दो स्त्री वाला, धर्मात्मा, देह में कुछ मन्दता, अधिक स्त्री सन्तान

वाला, राजा, यदि स्त्री के जन्म समय में हो तो एक कन्या यश से युक्त, प्रतिदिन क्रोधी और बड़ा दुःखी होता है ॥ ८१-८१ ॥

बृ० पा० में कहा है 'विधवागमने मानी पादरोगी नरो भवेत् । गुप्तपापरतो दीनो मतितोषविवर्जितः' (४५ अ० ५७ श्लो०) ॥ ८०-८१ ॥

अवस्थाओं का विशेष फल—

भोजने च महालुब्धो सुतस्थाने विशेषतः ।
जायास्थानेऽपि नियतं तत्फलं परिचिन्तयेत् ॥ ८२ ॥
यदि निद्रा भवेत्तत्र सर्वं भद्रं भवेत्पुनः ।
राहुणा सहितश्चन्द्रो यदि निद्रां गतो भवेत् ॥ ८३ ॥
तदा सर्वविनाशः स्याद्दोषाश्चैव विशेषतः ।

इति चन्द्रभावफलम् ।

जिसके जन्म समय में चन्द्रमा पञ्चम भाव में भोजन अवस्था में होता है वह जातक बड़ा लोभी, तथा सप्तम भाव में भी चन्द्रमा भोजन अवस्था में हो तो निश्चय ही बड़ा लुब्धक होता है ।

यदि चन्द्रमा पञ्चम वा सप्तम भाव में निद्रा अवस्था में हो तो सब प्रकार से कल्याण होता है ।

यदि निद्रा अवस्था में चन्द्रमा पञ्चम वा सप्तम भाव में हो तो जातक का सर्वस्व नष्ट होता है तथा हजारों दोषों से युक्त होता है ॥ ८२-८३ ॥

इस प्रकार चन्द्रमा की शयनादि अवस्थाओं का फल समाप्त हुआ ।

[अथ भौमभावफलम्]

शयन अवस्था में भौम का फल—

शयने च कुजे जातो लम्पटः कृपणः सुधीः ।
महाक्रोधी महादक्षः पण्डितो जायते नरः ॥ ८४ ॥
पञ्चमे सप्तमे वापि शयनस्थो यदा कुजः ।
नाशयेत्प्रथमापत्यं नारी च प्रथमां पुनः ॥ ८५ ॥
पुत्रगेही यदा भौमो रिपुणा चावलोकितः ।
भुजच्छेदो भवेत्तस्य कर्णादिश्च विशेषतः ॥ ८६ ॥
शनिराहुसमायुक्तः स च भौमो यदा भवेत् ।
तदा तस्य शिरच्छेदो मुनिभिः परिकीर्तितः ॥ ८७ ॥
शयने च यदा लग्ने नानारोगसमन्वितः ।
देहभङ्गमवाप्नोति दद्रुकुष्ठविचर्चकैः ॥ ८८ ॥

भावविशेषस्थ अब शयनादि अवस्था में भौम के फल को बतलाते हैं । प्रथम शयन अवस्था में स्थित भौम के फल को कहते हैं ।

जिसके जन्म समम में भौम शयन अवस्था में होता है वह जातक लम्पट, लोभी अच्छी बुद्धि वाला, बड़ा क्रोधी, अधिक चतुर और पण्डित होता है ॥ ८४ ॥

यदि जन्म के समय भौम पञ्चम वा सप्तम भाव में शयन अवस्था में हो तो वह जातक प्रथम पुत्र व पहिली स्त्री का नाशक होता है ॥ ८५ ॥

यदि पञ्चमस्थ शयन अवस्था में भौम शत्रु ग्रह से दृष्ट हो तो जातक का हाथ कटता है या विशेष कर कान कटता है ॥ ८६ ॥

यदि पञ्चमस्थ शयन अवस्था में भौम शनि राहु से युक्त हो तो मुनियों का कहना है कि जातक का मस्तक कटता है ॥ ८७ ॥

यदि जन्म के समय में लग्नस्थ भौम शयन अवस्था में हो तो जातक अनेक रोगों से युक्त और दाद, कोढ़ व खुजली से शरीर को भङ्ग करने वाला होता है ॥ ८८ ॥

बृ० पा० में कहा है 'शयने वसुधापुत्रे व्रणयुक्तो जनो भवेत् । बहुना कण्डुना युक्तो दद्रुणा च विशेषतः' (४५ अ० ६४ लो०) ॥ ८४-८८ ॥

उपवेशन अवस्था में भौम का फल—

उपवेशे यदा भौमो जायते च नराधमः ।
धनवान् क्रूरकर्मा च निष्ठुरो ज्ञानवर्जितः ॥ ८९ ॥
पापशीलो महारोगी दरिद्रो विकलो महान् ।
यदि लग्ने विशेषेण वक्तव्यं च सुनिश्चितम् ॥ ९० ॥
धर्मस्थाने भवेच्चैवं कर्मस्थाने विशेषतः ।
तदा सर्वविनाशः स्यात्तथा पुत्रकलत्रयोः ॥ ९१ ॥
शुभैर्यदि समायुक्तो मित्रयुक्तो भवेन्नरः ।
तदेतद्विपरीतञ्च ज्ञातव्यञ्च बलाबले ॥ ९२ ॥

अब उपवेशन अवस्था में भौम के व उक्त अवस्था में ही भाव विशेष की सत्तावश जो फल होता है, उसे कहते है ।

जिसके जन्म समय में भौम उपवेशन अवस्था में होता है वह जातक अधम, धनी, कठिन कार्यकर्ता, निठुर और ज्ञान से रहित होता है ॥ ८९ ॥

यदि लग्नस्थ भौम उपवेशन अवस्था में हो तो जातक विशेष कर पापात्मा, अधिक रोगी, दरिद्री और अधिक अशान्त होता है ॥ ९० ॥

यदि उपवेशन अवस्था में भौम नवम वा दशमभाव में हो तो वह जातक समस्त सम्पत्ति और स्त्री पुत्र का नाशक होता है ॥ ९१ ॥

यदि उपवेशन अवस्था में उक्त भावस्थ भौम शुभग्रहों से युत या दृष्ट हो तो पूर्व कथित फल के विपरीत फल होता है, तथा ग्रहों के बलाबल के आधार पर फल जानना चाहिये ॥ ९२ ॥

बृ० पा० में कहा है 'बली सदा पापरतो नरः स्यादसत्यवादी नितरां प्रगल्भः । धनेन पूर्णो निजधर्महीनो धरासुतश्चेदुपवेशनस्थः' ॥ ८९-९२ ॥

नेत्रपाणि अवस्था में भौम का फल--

नेत्रपाणौ च यो जातो चक्षुर्हीनो भवेच्च सः ।
पुत्रदारधनैस्त्यक्तो दरिद्रेणैव दह्यते ॥ ९३ ॥
एतल्लग्ने विचार्यम् ।
अन्यस्थाने स्थितो भौमो नेत्रपाणौ यदा भवेत् ।
तदा सर्वसुखं तस्य पुत्रदारधनैर्युतः ॥ ९४ ॥
देहमान्द्यं भवेत्किञ्चित्संधौ भवति वेदना ।
व्याघ्रभीतिः सर्पभीतिश्चाग्नेर्भीतिर्जलाद्भयम् ॥ ९५ ॥
द्वितीये सप्तमे वापि धनहीनो भवेन्नरः ।
जाया च म्रियते तस्य भूमिजीवी भवेत्सदा ॥ ९६ ॥

जिसके जन्म समय में लग्नस्थ भौम नेत्रपाणि अवस्था में होता है तो वह जातक नेत्रहीन, पुत्र-स्त्री-धन से रहित और दरिद्रता से ही जलने वाला होता है ॥ ९३ ॥

यदि लग्न के अतिरिक्त किसी भाव में भौम नेत्रपाणि अवस्था हो तो वह जातक धन-पुत्र से युक्त होकर समस्त सुख भोगने वाला होता है ॥ ९४ ॥

यदि जन्म के समय में भौम नेत्रपाणि अवस्था में द्वितीय या सप्तम भाव में हो तो वह जातक मान्द्यशरीरधारी, सन्धियों में पीड़ा वाला, सिंह सर्प अग्नि और जल से भयभीत, स्त्री नाशक एवं भूमि से जीविका अर्जित करने वाला होता है ॥ ९५-९६ ॥

बृ० पा० में कहा—'यदाभूमिसुतो लग्ने नेत्रपाणिमुपागतः । दरिद्रता तदा पुंसामन्यभे नगरेशता' (४५ अ० ६६ श्लो०) ॥ ९३-९६ ॥

प्रकाशन अवस्था में भौम का फल—

प्रकाशने कुजो जातो धनवान् क्षणिकः सुधीः ।
क्षतादिर्वामनेत्रे च उच्चाच्च पतनं भवेत् ॥ ९७ ॥
सुतस्थाने कलत्रे वा यदि दैवाद्भवेत्पुनः ।
तदा सर्वान् सुतान् हन्ति नारीञ्चैव न संशयः ॥ ९८ ॥
यत्र तत्र स्थितो भौमः पापयुक्तो भवेद्यदि ।
पतितं तं विजानीयाच्छनियुक्तश्च गोवधः ॥ ९९ ॥

जिसके जन्म समय में भौम प्रकाशन अवस्था में होता है वह जातक क्षणिक धनी, अच्छी बुद्धि वाला, बायें नेत्र में चोट खाने वाला और उच्च स्थान से गिरने वाला होता है ॥ ९७ ॥

यदि जन्म के समय में भौम प्रकाशन अवस्था में पञ्चम भाव में या सप्तम भाव में हो तो वह जातक समस्त पुत्रों का नाशक और स्त्री का मरण करने वाला होता है, इसमें संदेह नही है ॥ ९८ ॥

यदि जन्म के समय में भौम प्रकाशन अवस्था में जिस किसी भाव में पापग्रह से युक्त हो तो जातक पतित (पातकी) व शनि से युक्त हो तो गाय का वध करने वाला होता है ॥ ९९ ॥

बृ० पा० में कहा है—'प्रकाशो गुणस्यापि वासः प्रकाशे धराधीशभर्तुः सदा मानवृद्धिः । सुते भूसुते पुत्रकान्तावियोगो भवेद्राहुणा दारुणो वा निपातः' (४५ अ० ६७ श्लो०) ॥ ९७-९९ ॥

गमन अवस्था में भौम का फल—

गमने च यदा जातः प्रवासी नित्यदुःखितः ।
शरीरे च भवेद्रोगो दद्रुकुष्ठविचर्चिका ॥१००॥
पित्तशूलं महातेजा सन्धौ-भवति वेदना ।
क्षिप्रकर्मा महाधैर्यः स्त्रीवेषो बहुभाषकः ॥१०१॥
चक्षुर्ज्वाला शिरो रोगी दन्तशूली भवेन्नरः ।
त्वग्दोषश्च भवेत्किञ्चिद्दंष्ट्रिणो भयमद्भुतम् ॥१०२॥
एतल्लग्ने भवेच्चैवमन्यभावेषु नैव च ।
नानाधनो महादक्षो राजपात्रो भवेन्नरः ॥१०३॥
किन्त्वस्य देहमान्द्यं च शरीरे नित्यमेव च ।
दाता भोगी भवेच्चैव जायते च नरेश्वरः ॥१०४॥

जिसके जन्म समय में भौम गमन अवस्था में होता है वह जातक प्रवासी, प्रतिदिन दुःखी, शरीर में दाद, कोढ़ व खुजली का रोगी, पित्त जन्य शूली, बड़ा तेजस्वी, सन्धियों में पीड़ा वाला, जल्दी से कार्य करने वाला, बड़ा धैर्यधारी, स्त्री वेष धारक, नेत्र में जलन का रोगी, दाँत की पीड़ा से युक्त, खाल का दोषी अर्थात् चर्म रोगी और कुत्ते से अद्भुत भय करने वाला होता है। यह फल लग्न में भौम के रहने पर होता है। अन्य भाव में भौम की स्थिति वश पूर्वोक्त फल नहीं होता है।

यदि अन्य भाव में भौम हो तो वह अनेक प्रकार के धन से युक्त, अधिक चतुर, राजा का कृपापात्र, प्रतिदिन देह में मान्द्यता दानी, भोगी और मनुष्यों का स्वामी होता है ॥ १००-१०४ ॥

बृ० पा० में कहा है—'गमने गमनं कुरुतेऽनुदिनं व्रणजालभयं वनिताकलहः । बहुदद्रुककण्डुभयं बहुधा वसुधातनयो वसुहानिकरः' (५४ अ० ६८ श्लो०) १००-१०४ ॥

गमनेच्छा अवस्था में भौम का फल—

प्रवासी गमनेच्छायां गुदरोगी भवेच्च सः ।
धनहीनो कुकर्मा च जायतेऽक्षियुतस्य तु ॥१०५॥

एतल्लग्नपरता

जिसके जन्म समय में भौम गमनेच्छा अवस्था में होता है वह जातक गुदा का रोगी, निर्धन और आँख से युक्त होने पर भी कुत्सित कार्य करता है ॥१०५॥

सभावास अवस्था में भौम का फल—

सभायाञ्च यदा यातो धार्मिको बहुसंपदः ।
गुणवाँश्च महादाता शिरो रोगी भवेच्च सः ॥१०६॥
नवमे पञ्चमे चैव सभायाञ्च यदा कुजः ।
विद्याहीनो कर्महीनो धर्मविघ्नः पदे पदे ॥१०७॥

जिसके जन्म समय में भौम सभावास अवस्था में होता है वह जातक धर्मात्मा, अधिक सम्पत्ति वाला, गुणी, बड़ा दानी और मस्तक का रोगी होता है ॥ १०६ ॥

यदि भौम सभावास अवस्था में नवम वा पञ्चम में हो तो जातक विद्या से रहित, कर्म से हीन और पद-पद पर धार्मिक विघ्न प्राप्त करने वाला होता है ॥ १०७ ॥

बृ० पा० में कहा है—'तुङ्ग युद्धकलाकलापकुशलो धर्मध्वजो वित्तपः, कोणे भूमिसुते सभामुपगते विद्याविहीनः पुमान् । अन्तेऽपत्यकलत्रमित्ररहितः प्रोक्तेतरस्थानगेऽवश्यं राजसभा बुधो बहुधनी मानी च दानी जनः' (४५ अ० ७० श्लो०) ॥ १०६-१०७ ॥

सुतस्थ भौम का भोजन व शयन अवस्था में फल—

सुतस्थाने यदा भौमो भोजने शयनेऽपि वा ।
तदा तस्यापमृत्युः स्यात्पशुभिर्हन्यते ततः ॥ १०८ ॥

जिसके जन्म समय में पञ्चमस्थ भौम भोजन या शयन अवस्था में होता है उस जातक की अपमृत्यु होती है या पशु के द्वारा मरण होता है ॥ १०८ ॥

द्वादशस्थ नृत्यलिप्सा अवस्था में भौम का फल—

कुजस्य नृत्यलिप्सायां द्वादशे च भवेत्पुनः ।
तदा सर्वसुतान् हन्ति कथितं मुनिपुङ्गवैः ॥ १०९ ॥

जिसके जन्म समय में बारहवें भाव में भौम नृत्य लिप्सा में होता है वह जातक सब पुत्रों को मारने वाला होता है, ऐसा श्रेष्ठ ऋषियों का कहना है ॥ १०९ ॥

द्वादशस्थ गमन अवस्था में भौम का फल—

कुजस्य गमने नित्यं खञ्जो भवति नान्यथा ।
कर्णरोगी पित्तशूली जायते च नराधमः ॥ ११० ॥
धनवान् धार्मिकश्चैव यदि स्याद्गमने पुनः ।
नानाधनी महामानी द्विभार्यो बहुपुत्रकः ॥ १११ ॥

जिसके जन्म के समय में द्वादशस्थ भौम गमन अवस्था में होता है वह जातक लँगड़ा होता है ।

यदि बारहवें में न होकर अन्य भाव में हो तो कान का रोगी, पित्तशूली, अधम, धनी, धर्मात्मा, अनेक सम्पत्ति वाला, बड़ा अभिमानी, अधिक स्त्री वाला और बहुत पुत्रों से युक्त होता है ॥ ११०-१११ ॥

भोजन अवस्था में भौम का फल—

भोजने भूमिजस्यापि यो जातो मांसलुब्धकः।
स्वल्पाहारो महाक्रोधी नित्योत्साही धनान्वितः ॥ ११२ ॥
अष्टमस्थो यदा भौमो भोजने शयनेऽपि वा।
तदा तस्यापमृत्युः स्यात्पशुभिर्हन्यते ततः ॥ ११३ ॥

जिसके जन्म के समय में भौम भोजन अवस्था में होता है वह जातक मांस का लोभी, अल्प भोजनी, बड़ा क्रोधी, नित्य उत्साही और धन से युक्त होता है ॥ ११२ ॥

यदि अष्टम में भौम भोजन वा शयन अवस्था में हो तो जातक की अपमृत्यु होती है या पशु के द्वारा चोट लगने से मरण होता है ॥ ११३ ॥

बृ० पा० में कहा है—'भोजने मिष्टभोजी च जनने सबले कुजे। नीच कर्म करो, नित्यं मनुजो मानवर्जितः' (४५ अ० ७२ श्लो०) ॥ ११३ ॥

नृत्यलिप्सा अवस्था में भौम का फल—

कुजस्य नृत्यलिप्सायां यो जातो धनवान् भवेत्।
दाता भोक्ता सदा सौख्यं धनेशश्च भवेन्नरः ॥ ११४ ॥
लग्ने द्वितीयगे वापि कर्मस्थाने स्थितोऽपि वा।
सप्तमेऽपि यदा भौमः सर्वसौख्यप्रदायकः ॥ ११५ ॥
अष्टमे नवमस्थो वा नानादुःखप्रदायकः।
अपमृत्युर्भवेच्चैव धर्महानिः पदे पदे ॥ ११६ ॥

जिसके जन्म के समय में भौम नृत्यलिप्सा अवस्था में होता है वह जातक धनी, दानी, भोगी, सदा सुखी और कुवेर के समान होता है ॥ ११४ ॥

यदि नृत्यलिप्सा अवस्था में भौम, लग्न में या द्वितीय में या दशम भाव में या सप्तम में हो तो वह जातक समस्त सुख को देने वाला होता है ॥ ११५ ॥

यदि जन्म के समय भौम नृत्यलिप्सा अवस्था में अष्टम या नवम भाव में हो तो वह जातक अनेक दुःख पाने वाला, अपमृत्यु प्राप्त करने वाला और स्थान स्थान पर धार्मिक हानि प्राप्त करने वाला होता है ॥ ११६ ॥

बृ० पा० में कहा है–'नृत्यलिप्सागते भूसुते जन्मिनामिन्दिराराशिरायाति भूमीपतेः। स्वर्णरत्नप्रवालैः सदा मण्डितो वासशाला नराणां भवेत्सर्वदा' (४५ अ० ७३ श्लो०) ॥ ११४-११६ ॥

कौतुक अवस्था में भौम का फल—

कौतुके क्षितिजस्यापि जातो भवति पण्डितः।
नानाधनैः सुसंयुक्तो द्विभार्यो बहुकन्यकः ॥ ११७ ॥
विहाय पञ्चमस्थानं सप्तमं नवमं तथा।
तत्रैतद्विपरीतञ्च वक्तव्यञ्च सुनिश्चितम् ॥ ११८ ॥

विशेषतश्च वैकल्यं नानारोगसमन्वितः।
प्रथमापत्यनाशः स्यात्कलत्रस्य तथैव च ॥ ११९ ॥

जिसके जन्म के समय में भौम कौतुक अवस्था में होता है वह जातक पण्डित, अनेक प्रकार की सम्पत्ति से युक्त, दो स्त्री वाला और अधिक कन्या सन्तति वाला होता है ॥ ११७ ॥

यदि कौतुक अवस्था में भौम पञ्चम भाव को छोड़ कर सप्तम या नवम भाव में हो तो पूर्वोक्त फल के विपरीत निश्चित फल यह होता है कि शरीर में नाना प्रकार के रोगों से अशान्ति, प्रथम पुत्र का नाश और स्त्री का मरण होता है ॥ ११८-११९ ॥

बृ० पा० में कहा है—'कौतुकी भवति कौतुके कुजे मित्रपुत्रपरिपूरितो जनः उच्चगे नृपतिगेहमण्डितः पूजितो गुणवरैर्गुणाकरैः' (४५ अ० ७४ श्लो०) ॥११७-११९॥

निद्रा अवस्था में भौम का फल—

निद्रायां च कुजे जातो मूर्खो भवति पण्डितः।
धनहीनो महाक्रोधी जायते च नराधमः ॥ १२० ॥
लग्ने द्वितीयगे चैव तृतीये नवमेऽपि वा।
दशमैकादशे वापि एतद्वाच्यं सदा बुधैः ॥ १२१ ॥
पञ्चमे सप्तमे वापि यस्य निद्रायितः कुजः।
तस्यापत्यस्य बाहुल्यं नानादुःखसमन्वितम् ॥ १२२ ॥
राहुणा सहितो भौमो यदि निद्रान्वितो भवेत्।
नाशयेत्प्रथमापत्यं नानादुःखप्रदायकः ॥ १२३ ॥
धनवान् कलत्रबहुलो दाता सर्वगुणान्वितः।
किञ्चिद्रोगो भवेत्तस्य पादमूले रुजान्वितः ॥ १२४ ॥

इति भौमभावफलम्।

जिसके जन्म समय में भौम निद्रा अवस्था में होता है वह जातक मूर्ख, विद्वान् निर्धन, बड़ा क्रोधी और अधम होता है। यह फल यदि भौम लग्न में या द्वितीय में या तृतीय में या नवम में या दशम में या एकादश भाव में हो तो होता है ॥१२०-१२१ ॥

यदि निद्रा अवस्था में भौम, पञ्चम या सप्तम में हो तो वह जातक अधिक पुत्र वाला और अनेक दुःखों से युक्त होता है ॥ १२२ ॥

यदि निद्रा अवस्था में भौम, राहु से युक्त हो तो वह जातक पहिले पुत्र का नाशक, अनेक दुःखों से युक्त, धनी, अधिक स्त्री वाला, दानी, समस्त गुणों से युक्त और पैर के तले में कुछ रोग से युक्त होता हे ॥ १२३-१२४ ॥

बृ० पा० में कहा है—'निद्रावस्थां गते भौमे क्रोधी धीधनवर्जितः। धूर्तो धर्मपरिभ्रष्टो मनुष्यो गदपीडितः' (४५ अ० ७५ श्लो०) ॥ १२०-१२४ ॥

इस प्रकार भौम की बारह अवस्थाओं का फल समाप्त हुआ।

[अथ बुध भावफलम्]

शयन अवस्था में बुध का फल—

शयने च बुधे जातो बलवान् क्षुधितस्तथा।
अङ्गच्छेदी भवेद्वापि षण्ढो भवति नान्यथा॥ १२५॥
यदि लग्ने भवेद्वापि एतद्वाच्यं तदा बुधैः।
अन्यस्थाने स्थितश्चैव दरिद्रो बहुलम्पटः॥ १२६॥

अब बुध की बारह अवस्थाओं के फल को बताते हैं। प्रथम शयन अवस्था में बुध के रहने पर जो फल होता है उसे कहते हैं।

जिसके जन्म समय में बुध शयन अवस्था में होता है वह जातक बली, क्षुधित अर्थात् भूख से पीडित, भग्न शरीरी वा नपुंसक-लग्न में बुध के रहने पर होता है। लग्न से भिन्न स्थान में रहने पर यह फल न होकर दरिद्री और अधिक लम्पट जातक होता है॥ १२५–१२६॥

बृ० पा० में कहा हैं—'क्षुधातुरो भवेदङ्गे खञ्जो गुञ्जानिभेक्षणः। अन्यभे लंपटो धूर्तो मनुजः शयने बुधे' (४५ अ० ७६ श्लो०)॥ १२५–१२६॥

उपवेश अवस्था में भौम का फल—

उपवेशे च यो जातो स वाग्मी जायते ध्रुवम्।
कविताgुणसंयुक्तो गौरवर्णो महाशुचिः॥ १२७॥
यदि पापसमायुक्तः शत्रुणा यदि वीक्षितः।
महापातकयोगोऽयं विष्णुना परिकीर्तितः॥ १२८॥
स्वगृही मित्रयुक्तो वा नानासुखप्रदायकः।
पुण्यवान् धार्मिकश्चैव चक्षुरोगश्च केवलम्॥ १२९॥

जिसके जन्म समय में बुध उपवेशन अवस्था में होता है वह जातक निश्चय ही विद्वान् कविता की रचना करने वाला, सफेद रङ्ग और पवित्र होता है॥ १२७॥

यदि उपवेशन अवस्था में बुध पापग्रह से युक्त वा शत्रुग्रह से दृष्ट हो तो जातक बड़ा पातकी होता है ऐसा विष्णु भगवान् ने कहा है॥ १२८॥

यदि उपवेशन अवस्था में बुध अपनी राशि (३।६) में मित्र ग्रह से युक्त हो तो जातक अनेक प्रकार से सुखी, पुण्यात्मा, धर्मात्मा और आँख के रोग से युक्त होता है॥ १२९॥

बृ० पा० में कहा है—'शशाङ्कपुत्रेजनुरङ्गगेहे यदोपवेशे गुणराशिपूर्णः। पापेक्षिते पापयुते दरिद्रो हिते शुभे वित्तसुखी मनुष्यः' (४५ अ० ७७ श्लो०)॥ १२७–१२९॥

नेत्रपाणि अवस्था में बुध का फल—

नेत्रपाणौ तथा जातः श्लीपदी च तथार्थकः।
विद्याहीनो विशेषेण पुत्रनाशो भवेद्ध्रुवम्॥ १३०॥

पञ्चमस्थो यदा सौम्यो नेत्रपाणौ भवेद्यदि ।
नाशयेत्प्रथमं पुत्रं कन्या च बहुला भवेत् ॥ १३१ ॥

जिसके जन्म समय में बुध नेत्र पाणि अवस्था में होता है वह जातक फीलपांव, धनार्थी, विद्या से रहित और विशेषकर निश्चय ही पुत्रनाशक होता है ॥१३०॥

यदि नेत्रपाणि अवस्था में बुध पञ्चमभाव में हो तो वह जातक प्रथम पुत्र का नाश करने वाला और अधिक कन्या सन्तति से युक्त होता है ॥ १३१ ॥

बृ० पा० में कहा है—'विद्याविवेकरहितो हिततोषहीनो मानी जनो भवति चन्द्र-सुतेऽक्षणपाणौ । पुत्रालये सुतकलत्रसुखेन हीनः कन्याप्रजो नृपतिगेहबुधो वरार्थः' (अ० ७८ श्लो०) ॥ १३०–१३१ ॥

प्रकाशन अवस्था में बुध का फल—

प्रकाशने भवेद्दाता धार्मिकोऽपि धनान्वितः ।
नानागुणसमायुक्तो जायते वेदपारगः ॥ १३२ ॥

जिसके जन्म समय में बुध प्रकाशन अवस्था में होता है वह जातक दानी, धर्मात्मा होने पर भी धनी, अनेक गुणों से युक्त और वेदपाठी होता है ॥ १३२ ॥

बृ० पा० में कहा है—'दाता दयालुः खलु पुण्यकर्ता विकाशने चन्द्रसुते मनुष्यः । अनेकविद्यार्णवपारयातो विवेकपूर्णः खलवर्गहन्ता' (४५ अ० ७९ श्लो०) ॥ १३२ ॥

गमन अवस्था में बुध का फल—

गमने च बुधो जातो जलदोषी भवेन्नरः ।
वाणिज्ये धनलाभश्च सर्पाद्भीतिः जलाद्भयम् ॥ १३३ ॥
नानादुःखं भवेत्तस्य स्त्रीनाशो बन्धुनाशकः ।
मूर्खोऽथ विकलश्चैव सर्वगुणविवर्जितः ॥ १३४ ॥

जिसके जन्म समय में बुध गमन अवस्था में होता है वह जातक जलदोषी, व्यापार में धन प्राप्तकर्ता, सर्प व जल से भयभीत, अनेक रीति से दुःखी, स्त्री एवं बान्धवों का नाश करने वाला, मूर्ख, अशान्त और समस्त गुणों से रहित होता है ॥ १३३–१३४ ॥

बृ० पा० में कहा है—'गमनागमने भवतो गमने बहुधा वसुधाधिपतेर्भवने । भवनञ्च विचित्रमलं रमया विदिनुश्चजनुः समये नितराम्' (४५ अ० ८० श्लो०) ॥१३३–१३४॥

गमनेच्छा अवस्था में बुध का फल—

गमनेच्छायाञ्च यो जातो लम्पटो दक्ष एव च ।
स्त्रीवशो दुष्टभार्यश्च कामुको बहुभाषकः ॥ १३५ ॥
नानादुःखं भवेत्तस्य सर्वरोगसमन्वितः ।
दन्तघाती भवेच्चैव कलहो नित्यमेव च ॥ १३६ ॥

जिसके जन्म समय में बुध गमनेच्छा अवस्था में होता है वह जातक लम्पट चतुर, स्त्री के वशीभूत, दुष्ट स्त्री वाला, कामी, अधिक बोलने वाला, अनेक रीति से दुःखी,

समस्त रोगों से युक्त, दाँत में चोट खाने वाला और प्रतिदिन कलही अर्थात् झगड़ा करने वाला होता है ॥ १३५-१३६ ॥

सभावास अवस्था में बुध का फल—

सभायामपि यो जातः मूर्खो भवति निश्चितम् ।
धनवान् धार्मिकश्चैव चिररोगी भवेच्च सः ॥ १३७ ॥
पञ्चमे द्वादशे वापि सभायाञ्च सुधांशुजः ।
स्त्र्यपत्यं बहुलं दत्ते कार्याणाञ्च विशेषतः ॥ १३८ ॥
सप्तमे च यदा सौम्यः सभायाञ्च यदा स्थितः ।
तदा सर्वसुखं तस्य कृष्णवर्णो दुरासदः ॥ १३९ ॥

जिसके जन्म समय में बुध सभावास अवस्था में होता है वह जातक निश्चय मूर्ख, धनी, धर्मात्मा और अधिक समय तक रोगी होता है ॥ १३७ ॥

यदि सभावास अवस्था में बुध पञ्चम वा बारहवें भाव में हो तो वह जातक अधिक कन्या सन्तान वाला और विशेषकर अधिक कार्यकर्त्ता होता है ॥ १३८ ॥

यदि सभावास अवस्था में बुध सप्तम भाव में हो तो वह जातक समस्त प्रकार से सुखी, काले रङ्ग का और दुष्ट होता है ॥ १३९ ॥

बृ० पा० में कहा है—'सपदि विदिजनानामुच्चगे जन्मकाले सदसिधनसमृद्धिः सर्वदा पुण्यवृद्धिः । धनपतिसमता वा भूपता मन्त्रिता वा हरिहरपदभक्तिः सात्विकी मुक्तिलब्धिः' (४५ अ० ८१ श्लो०) ॥ १३७-१३९ ॥

गमन अवस्था में बुध का फल—

क्रूरः खलोऽतिमूर्खश्च पापशीलो भवेन्नरः ।
बुधस्य गमने नित्यं जायते च नराधमः ॥ १४० ॥
पुत्रद्वयं धनं किञ्चिन्नानामतिश्च जायते ।
गुह्यस्थाने भवेद्रोगं मूत्रकृच्छ्रं सुदारुणम् ॥ १४१ ॥

जिसके जन्म समय में बुध गमन (आगम ?) अवस्था में होता है वह जातक क्रूर, दुष्ट, अधिक मूर्ख, पापात्मा, अधम, दो पुत्रवाला, अल्पधनी, अनेक बुद्धि वाला, गुह्य स्थान रोग से युक्त और असह्य मूत्रकृच्छ्र (पेशाब की बूंद टपकना) रोग से व्याप्त होता है ॥ १४०-१४१ ॥

भोजन अवस्था में बुध का फल—

भोजने च बुधे जातो धनहीनो भवेन्नरः ।
परद्वेषी प्रवासी च शेषे सर्वरुजान्वितः ॥ १४२ ॥
क्षतादिर्वामदेहे च व्रणदद्रुविचर्चिका ।
कंकालवेदना चैव शिरो रोगी विशेषतः ॥ १४३ ॥

जिसके जन्म समय में बुध भोजन अवस्था में होता है वह जातक निर्धन, दूसरे से द्रोह करने वाला, प्रवासो, अन्तिम समय में समस्त रोगों से व्याप्त, शरीर के वाम भाग

में चोट-घाव-दाद-खुजली से युक्त, कंकाल से पीडित और विशेषकर मस्तक का रोगी होता है ।। १४२-१४३ ।।

बृ० पा० में कहा है—'भोजने चन्द्रजे जन्मकाले यदा जन्मिनामर्थहानिः सदा वादतः । राजभीत्या कृशत्वं चलत्वं मतेरङ्गसङ्गो न जाया न मायासुखम्' (४५ अ० ८३ श्लो०) ।। १४२-१४३ ।।

नृत्यलिप्सा अवस्था में भौम का फल—

यो जातो नृत्यलिप्सायां धनवान् पण्डितः कविः ।
उत्साही च महाहृष्टो भुनक्ति सुखमद्भुतम् ।। १४४ ।।
पञ्चपुत्रो भवेत्सोऽपि चतस्रोऽस्य च कन्यकाः ।
भार्याद्वयं तथा ज्ञेयं सर्वगुणसमन्वितम् ।। १४५ ।।

जिसके जन्म समय में बुध नृत्यलिप्सा अवस्था में होता है वह जातक धनी, विद्वान्, कवि, उत्साही, बड़ा प्रसन्न, अद्भुत सुख भोगी, पाँच पुत्र व चार कन्या सन्तति वाला, दो स्त्री वाला और समस्त गुणों से युक्त होता है ।। १४४-१४५ ।।

बृ० पा० में कहा है—'नृत्यलिप्सागते चन्द्रजे मानवो मानयानप्रवालव्रजैः संयुतः । मित्रपुत्रप्रतापैः सभापण्डितः पापभे वार वाभारतो लम्पटः' (४५ अ० ८४ श्लो०) ।। १४४-१४५ ।।

कौतुक अवस्था में बुध का फल—

कौतुके च यदा जातो भवेत्सर्वजनप्रियः ।
अर्शरोगी दद्रुयुक्तः त्वग्दोषी च न संशयः ।। १४६ ।।
पञ्चमे दशमे वापि कौतुके च सुधांशुजः ।
प्रथमापत्यहानिः स्यात् स्त्र्यपत्यं बहुलं भवेत् ।। १४७ ।।
कर्मस्थाने भवेद्वापि धर्मस्थाने तथैव च ।
नानासुखं भवेत्तस्य सर्वकर्मसमन्वितः ।। १४८ ।।

जिसके जन्म समय में बुध कौतुक अवस्था में होता है वह जातक समस्त मनुष्यों का प्रेमी, बवासीर का रोगी, दाद से युक्त और निःसन्देह चर्म रोगी होता है ।। १४६ ।।

यदि कौतुक अवस्था में बुध पञ्चम वा दशम भाव में हो तो जातक का प्रथम पुत्र नष्ट और अधिक कन्या सन्तान होती है ।। १४७ ।।

यदि जन्म के समय कौतुक अवस्था में बुध दशम भाव में वा नवम में हो तो वह जातक अनेक प्रकार से सुखी और समस्त कार्य करने वाला होता है ।। १४८ ।।

बृ० पा० में कहा है—'कौतुके चन्द्रजे जन्मकाले नृणामङ्गभे गीतविद्याऽनवद्या भवेत् । सप्तमे नैधने वारवध्वा रतिः पुण्यभे पुण्ययुक्ता मतिः सद्गतिः' (४५ अ० ८६ श्लो०) ।। १४६-१४८ ।।

निद्रा अवस्था में बुध का फल—

निद्रायाञ्च यदा जातः सर्वदुःखैकभाजकः।
अल्पायुश्च भवेत्सोऽपि विवादी च न संशयः ॥ १४९ ॥
तनुस्थाने भवेद्वापि कर्मस्थाने तथैव च।
पूर्वोक्तञ्च फलं तस्य तदेव स्यात्सुदारुणम् ॥ १५० ॥
अन्यस्थाने भवेद्वापि विपरीतं फलं वदेत्।
धनधान्ययुतञ्चैव वक्तव्यञ्च सुनिश्चितम् ॥ १५१ ॥

इति बुधभावफलम्।

जिसके जन्म समय में बुध निद्रा अवस्था में होता है वह जातक समस्त दुःख को भोगने वाला, अल्पायु और निश्चय विवाद करने वाला होता है ॥ १४९ ॥

यदि निद्रा अवस्था में बुध लग्न में या दशम भाव हो तो १४९ श्लोक में कथित दूषित फल ही होता है ॥ १५० ॥

यदि जन्म के समय निद्रा अवस्था में बुध लग्न व दशम को छोड़ कर अन्य भावों में हो तो विपरीत फल अर्थात् निश्चय ही धन-धन्यादि से युक्त जातक होता है ॥१५१॥

बृ० पा० में कहा हैं—'निद्राश्रिते चन्द्रसुते न निद्रासुखं सदा व्याधिसमाधियोगः। सहोत्थ-वैकल्यमनल्पतापो निजेन वादो धनमाननाशः' (४५ अ० ८६ श्लो०) ॥ १४९-१५१ ॥

इस प्रकार बुध की बारह अवस्थाओं का फल समाप्त हुआ।

[अथ गुरुभावफलम्]

शयन अवस्था में गुरू का फल—

बलवान् दुःखितो गौरः शूलरोगी रुजान्वितः।
जीवस्य शयने जातो मानवो नात्र संशयः ॥ १५२ ॥
यदि लग्ने भवेच्चैव सप्तमे दशमे तथा।
नवमे पञ्चमे चैव धनवान् पण्डितः शुचिः ॥ १५३ ॥

जिसके जन्म समय में गुरू शयन अवस्था में होता है वह जातक बली, दुःखी, सफेद रङ्ग का और शूल (दर्द) का रोगी होता है ॥ १५२ ॥

यदि शयन अवस्था में गुरू लग्न या सप्तम या दशम या नवम या पञ्चम भाव में हो तो जातक धनी, पण्डित और पवित्र होता है ॥ १५३ ॥

बृ० पा० में कहा है—'वचसामधिपे तु जनुः समये शयने बलवानपि हीनरवः। अतिगौरतनुः खलु दीर्घहनुः सुतरामरिभीतियुतो मनुजः' (४५ अ० ८७ श्लोक) ॥ १५२-१५३ ॥

उपवेश अवस्था में गुरू का फल—

उपवेशे गुरौ दुःखी बहुभाषी च रोगवान्।
दन्तघाती महादुःखी श्लीपदी रोगसंयुतः॥ १५४॥
द्वितीये द्वादशे वापि तृतीयैकादशे तथा।
सर्वैर्गुणैः समायुक्तो नानाविद्यासु तत्परः॥ १५५॥

जिसके जन्म समय में गुरू उपवेश अवस्था में होता है वह जातक दुःखी, अधिक बोलने वाला, रोगी, दांतों में चोट खाने वाला, बड़ा दुःखी, फील पाँव और रोग से युत होता है॥ १५४॥

यदि जन्म के समय गुरू उपवेशन अवस्था में दूसरे वा बारहवें या तीसरे वा ग्यारहवें भाव में हो तो जातक सब गुणों से युक्त और अनेक विद्याओं में तत्पर होता है॥ १५५॥

बृ० पा० में कहा है—'उपवेशं गतवति यदि जीवे वाचालो बहुगर्वपरीतः। क्षोणीपतिरिपुजनपरितप्तः पदजङ्घास्यकरव्रणयुक्तः' (४५ अ० ८८ श्लो०)॥१५५-१५६॥

नेत्रपाणि अवस्था में गुरू का फल—

नेत्रपाणौ तथा गौरः शीर्षरोगी धनी भवेत्।
कार्यहानिर्भवेत्तस्य संशयस्तु पदे पदे॥ १५६॥
क्षतादिश्चरणे नित्यं लग्ने चैव न संशयः।
नवषष्ठाष्टमे वापि नेत्रपाणौ गुरुर्भवेत्॥ १५७॥
शत्रुक्षयं भवेत्तस्य गङ्गायां मरणं ध्रुवम्।

जिसके जन्म समय में गुरू नेत्रपाणि अवस्था में होता है वह जातक मस्तक का रोगी, सफेद रङ्ग का, धनी, कर्म नाशक और पद-पद पर सन्देह करने वाला होता है॥ १५६॥

यदि नेत्रपाणि अवस्था में गुरू लग्न में हो तो निःसंदेह पैर भग्न होता है।

यदि नेत्रपाणि अवस्था में गुरू नवम वा षष्ठ या अष्टम भाव में हो तो जातक शत्रुओं का क्षय करने वाला और निश्चय ही गङ्गा तट पर मरने वाला होता है॥ १५७॥

बृ० पा० में कहा है—'नेत्रपाणिं गते देवराजार्चिते रोगयुक्तो वियुक्तो वरार्थश्रिया। गीतनृत्यप्रियः कामुकः सर्वदा गौरवर्णो विवर्णोद्भवः प्रीतियुक्' (४५अ० ८९श्लो०)॥१५७॥

प्रकाशन अवस्था में गुरू का फल—

गुरौ प्रकाशे धनवान् नानारत्नसमायुतः॥ १५८॥
राजपात्रो भवेन्नित्यं लग्ने वा दशमेऽपि वा।
यद्यन्यत्र भवेज्जीवो लिङ्गे गुह्ये रुजान्वितः॥ १५९॥

जिसके जन्म समय में गुरू प्रकाशन अवस्था में होता है वह धनी, अनेक रत्नों से युक्त और लग्न या दशम भाव में हो तो राजा का कृपा पात्र होता हैं।

जिसके लग्न या दशम भाव को छोड़ कर गुरू प्रकाशन अवस्था में होता है वह जातक लिङ्ग (उपस्थ) और मुदा स्थान का रोगी, होता है ॥ १५७½-१५९ ॥

बृ० पा० में कहा है—'गुणानामानन्दं विमलसुखकन्दं वितनुते सदा तेजः पुञ्जं व्रजपतिनिकुञ्जं प्रतिगमम् । प्रकाशं चेदुच्चे द्रुतमुपगतो वासवगुरुगु'रुत्वंलोकानां धनपतिसमत्वं तनुभृताम्' (४५ अ० ९० श्लो०) ॥ १५७½-१५९ ॥

गमनेच्छा अवस्था में गुरू का फल—

मूर्खस्तु लम्पटः पापी श्यामवर्गो रुजान्वितः ।
सेवाकर्मरतः शूली प्रवासी धनवानपि ॥ १६० ॥
गुरोश्च गमनेच्छायां जातो भवति मानव ।
द्वितीये पञ्चमे चैव सप्तमे दशमे तथा ॥ १६१ ॥
अन्यस्थाने भवेद्वापि वैपरीत्येन चिन्तनम् ।
सर्पभीतिश्चोग्रकर्मा साहसी गमने गुरौ ॥ १६२ ॥

जिसके जन्म समय में गुरू द्वितीय या पञ्चम या सप्तम या दशम में गमनेच्छा अवस्था में होता है वह जातक मूर्ख, लम्पट, पापी, काले रङ्ग का, रोगी, सेवा कार्य में अनुरक्त, शूली, प्रवासी और धनी होता है ।

यदि पूर्वोक्त स्थानों से भिन्न स्थानों में गुरू गमनेच्छा अवस्था में हो तो जातक उक्त फल के विपरीत फल प्राप्त करता है । अर्थात् सर्प से भय, कठिन कार्य कर्ता और गमन (चलने) में साहसी होता है ॥ १६०-१६२ ॥

सभावास अवस्था में गुरू का फल—

परवित्तेन धनवान् राजसेवान्वितो नरः ।
पण्डितः सुन्दरो वाग्मी सभायां गीष्पतौ स्थिते ॥ १६३ ॥
केन्द्रे चैव यदा जीवः सभायाञ्च भवेत्पुनः ।
तदा सर्वसुखं ज्ञेयं पुत्रदारधनैर्युतः ॥ १६४ ॥
यदि दैवाद्भवेद्वापि द्वादशे चाष्टमे तथा ।
तदा सर्वविनाशः स्यात्सनरो दुःखभाजनः ॥ १६५ ॥

जिसके जन्म समय में गुरू सभावास अवस्था में होता है वह जातक दूसरे के धन से धनी, राजकीय कर्मचारी, पण्डित, सुन्दर और वाग्मी होता है ॥ १६३ ॥

यदि सभावास अवस्था में गुरू केन्द्र (१, ४, ७, १०) में हो तो जातक सब प्रकार से सुख प्राप्त करने वाला और पुत्र-स्त्री व धन से युक्त होता है ॥ १६४ ॥

यदि जन्म के समय में सभावास अवस्था में गुरू बारहवें या अष्टम भाव में हो तो जातक का सर्वनाश और दुःखी होता है ॥ १६५ ॥

बृ० पा० में कहा है—'सुरगुरुसमवक्ता शुभ्रमुक्ताफलाढ्यः सदसि सपदि पूर्णो वित्तमाणिक्यमानैः । गजतुरगरथाढ्यो देवताधीशपूज्यो जनुषि विविधविद्यागर्वितो मानवः स्यात्' (४५ अ० ६३ श्लो०) ॥ १६३-१६५ ॥

आगमन अवस्था में गुरू का फल—

धार्मिकस्तीर्थवान्मानी भवेदागमने गुरौ।
नानातीर्थकरो नित्यमुत्साही नित्यगर्वितः ॥ १६६ ॥

जिसके जन्म समय में गुरू आगमन अवस्था में होता है वह जातक धर्मात्मा, तीर्थं वासी, अनेक तीर्थों में घूमने वाला, प्रतिदिन उत्साही और अभिमानी होता है ॥१६६॥

बृ० पा० में कहा है 'आगमने जनता वरजाया यस्य जनुः समये हरिमाया। मुञ्चति बालमिहालयमद्धा देवगुरौ परितः परिबद्धा' (४५ अ० ९२ श्लो०) ॥ १६६ ॥

भोजन अवस्था में गुरू का फल—

भोजने विविधं सौख्यं मांसलुब्धो महारुचिः।
कामुकः प्रियवादी च यदि लग्ने भवेत्पुनः ॥ १६७ ॥
पञ्चमे नवमे चैव पुत्रधर्मसमन्वितः।
गृहान्तरे भवेद्वापि सर्वरोगसमाकुलः ॥ १६८ ॥

जिसके जन्म समय में गुरू लग्न में भोजन अवस्था में होता है वह जातक अनेक प्रकार से सुखी, मांस का लोभी, अधिक इच्छा वाला, कामी और मधुरभाषी होता है ॥ १६७ ॥

यदि पञ्चम या नवम में गुरू भोजन अवस्था में हो तो जातक पुत्र व धर्म से युक्त इनसे भिन्न भाव में हो तो जातक समस्त रोगों से व्याप्त होता है ॥ १६८ ॥

बृ० पा० में कहा है 'भोजने भवति देवगुरौ यस्य तस्य सततं सुभोजनम्। नैव मुञ्चति रमालयं तदा वाजिवारणरथैश्च मण्डितम्' (४५ अ० ९५ श्लो०) ॥१६७-१६८॥

नृत्यलिप्सा अवस्था में गुरू का फल—

नृत्येच्छायां भवेद्वाग्मी धनवान् सात्विकस्तथा।
महैश्वर्येण संयुक्तो जीवस्य तु भवेन्नरः ॥ १६९ ॥
लग्ने वा नवमे वापि दशमे पञ्चमे तथा।
एतत्सर्वं भवत्येव नान्यगेहे कदाचन ॥ १७० ॥

जिसके जन्म समय में गुरू, लग्न में या नवम या दशम या पञ्चम में नृत्यलिप्सा अवस्था में होता है वह जातक वाग्मी, धनी, सात्विक और अधिक सम्पत्ति से युक्त होता है। यदि पूर्वोक्त स्थानों से भिन्न स्थान में हो तो उक्त फल की हानि होती है ॥ १६९-१७० ॥

बृ० पा० में कहा है 'नृत्यालिप्सागते राजमानीधनी देवताधीशवन्द्यः सदाधर्मवित्। तन्त्रविज्ञो बुधैर्मण्डितः पण्डितः शब्दविद्यानवद्यो हि सद्यो जनः' (४५ अ० ९६ श्लो०) ॥ १६९-१७० ॥

कौतुक अवस्था में गुरू का फल—

कौतुके च गुरौ जाते धनवान् धार्मिकः सदा।
नित्योत्साही महाहृष्टो भुनक्ति सुखमद्भुतम् ॥ १७१ ॥

कर्मस्थाने सवेद्यस्य लग्ने वा सप्तमे पुनः।
तदा सर्वं भवत्येव विपरीतमतोऽन्यथा ॥ १७२ ॥

जिसके जन्म समय में गुरू दशम या लग्न या सप्तम में कौतुक अवस्था में होता है वह जातक धनी, धर्मात्मा, नित्य उत्साही, अधिक प्रसन्न और अद्भुत सुख भोगने वाला होता है। यदि उक्त स्थानों से भिन्नभाव में हो तो इसके विपरीत फल जानना चाहिये ॥ १७१-१७२ ॥

बृ० पा० में कहा है 'कूतूहली सकौतुके महाधनी जनः सदा निजान्वये च भास्करः कृपाकलाधरः सुखी' (४५ अ० ९७ श्लो०) ॥ १७१-१७२ ॥

निद्रा अवस्था में गुरू का फल—

निद्राभावेषु यो जातश्चक्षुरोगी भवेच्च सः।
कृपणो बहुभाषी च दुःखितो भ्रमते महीम् ॥ १७३ ॥
पञ्चमे सप्तमे वापि कर्मस्थाने तथापि वा।
स्त्रीनाशः पुत्रनाशश्च द्वादशे धनवान् भवेत् ॥ १७४ ॥

इति गुरुभावफलम्।

जिसके जन्म समय में गुरू निद्रा अवस्था में होता है वह जातक आँख का रोगी, लोभी, अधिक बोलने वाला और दुःखी होकर पृथ्वी पर घूमने वाला होता है ॥ १७३ ॥

यदि निद्रा अवस्था में गुरू पञ्चम या सप्तम या दशम भाव में हो तो जातक की स्त्री व पुत्र का नाश और बारहवें हो तो धनी होता है ॥ १७४ ॥

बृ० पा० में कहा है 'गुरौ निद्रागते यस्य मूर्खता सर्वकर्मणि। दरिद्रतापरिक्रान्तं भवनं पुण्यवर्जितम्' (४५ अ० ९८ श्लो०) ॥ १७३-१७४ ॥

इस प्रकार गुरू की बारह अवस्थाओं का फल समाप्त हुआ ॥

[अथ शुक्रभावफलम्]

शुक्रस्य शयने जातो धनवान् बहुलम्पटः।
दन्तरोगी महाक्रोधी दीनो भवति लग्नगे ॥ १७५ ॥
सप्तमैकादशे वापि शयने च भृगोर्भवेत्।
तदा सर्वसुखं ज्ञेयं दारिद्र्यं न कदाचन ॥ १७६ ॥
अपत्यं बहुलं चैव सप्तपुत्राः सुनिश्चितम्।
पञ्चकन्यास्तथा ज्ञेया ग्रहस्यास्य बलाबले ॥ १७७ ॥
अन्यगेहेषु धनवान् विद्यावन् धार्मिकः पुनः।
नानासुखं भवेत्तस्य पुत्रनाशो भवेद्ध्रुवम् ॥ १७८ ॥

जिसके जन्म समय में लग्नस्थ शुक्र शयन अवस्था में होता है वह जातक धनी, अधिक लम्पट, दांत का रोगी, बड़ा क्रोधी और दीन होता है ।। १७५ ।।

यदि शयन अवस्था में शुक्र सप्तम या एकादश भाव में हो तो जातक समस्त सुखों से युक्त होता है तथा पैसे की कमी कभी नहीं होती है एवं सात पुत्र व पाँच कन्या होती हैं। यह ग्रहों के बलाबल से जानना चाहिए ।। १७६-१७७ ।।

यदि पूर्वोक्त भावों से भिन्न भाव में शुक्र हो तो जातक धनी, विद्वान्, धर्मात्मा, अनेक रीति से सुखी और निश्चय ही पुत्र का नाशक होता है ।। १७८ ।।

बृ० पा० में कहा है 'जनो बलीयानपि दन्तरोगी भृगौ महारोषसमन्वितः स्यात् । धनेन हीनः शयनं प्रयाते वाराङ्गनासङ्गमलम्पटश्च' (४५ अ०) ।। १७५-१७८ ।।

उपवेशन अवस्था में शुक्र का फल—

उपवेशे भृगोर्जातो बलवान् धार्मिकः सदा ।
दक्षिणाङ्गे क्षतादिश्च सन्धौ भवति वेदना ।। १७९ ।।
तुङ्गस्थाने स्थितो वापि स्वगृही मित्रसंयुतः ।
तथा सर्वसुखं प्रोक्तं पुत्रदारधनप्रदः ।। १८० ।।

जिसके जन्म समय में शुक्र उपवेशन अवस्था में होता है वह जातक बली, धर्मात्मा, शरीर के दक्षिण भाग में चोट से युक्त और शरीर की सन्धियों में पीड़ा से युक्त होता है ।। १७९ ।।

यदि उपवेशन अवस्था में शुक्र उच्च राशि अथवा मित्र ग्रह की राशि में हो तो जातक सब प्रकार से सुखी और पुत्र-स्त्री व धन से युक्त होता है ।। १८० ।।

बृ० पा० में कहा है 'यदि भवेदुशना उपवेशने नवमणिव्रजकाञ्चनभूषणैः । सुखमजस्रमरिक्षय आदरादवनिपादपि मानसमुन्नतिः' (४५ अ० १०० श्लो०) ।। १७९-१८० ।।

नेत्रपाणि अवस्था में शुक्र का फल—

नेत्रपाणौ भृगोर्जातश्चक्षुर्नाशो भवेद्ध्रुवम् ।
लग्ने वा सप्तमे वापि तदा भवति निश्चितम् ।। १८१ ।।
कर्मस्थाने यदा शुक्रो नेत्रपाणौ भवेद्यदि ।
तदा दरिद्रदोषेण समुद्रानपि शोषयेत् ।। १८२ ।।
अन्यस्थानेषु सर्वेषु द्विभार्यो बहुसंपदः ।
नानातीर्थपरो मानी साहसी राजसेवकः ।। १८३ ।।

जिसके जन्म समय में लग्न या सप्तम भाव में शुक्र नेत्रपाणि अवस्था में होता है तो जातक की आँख अवश्य नष्ट होती है ।। १८१ ।।

यदि नेत्रपाणि अवस्था में शुक्र दशम भाव में हो तो जातक निर्धनता के कारण अपनी समस्त सम्पत्ति को खाने वाला होता है चाहे वह समुद्र के भी समान हो ।।१८२।।

यदि जन्म के समय नेत्रपाणि अवस्था में शुक्र लग्न, सप्तम व दशमभाव को छोड़कर अन्यभाव में हो तो जातक दो स्त्री वाला, अधिक सम्पत्तिशाली, अनेक तीर्थों में घूमने वाला, अभिमानी, साहसी और राजकीय कर्मचारी होता है ॥ १८३ ॥

बृ० पा० में कहा है—'नेत्रपाणिं गते लग्नगेहे कवौ सप्तमे मानभे यस्य तस्य ध्रुवम् । नेत्रपाते निपातो धनानामलं चान्यभे वासशाला विशाला भवेत्' (४५ अ० १०१ श्लो०) ॥ १८१-१८३ ॥

प्रकाशन अवस्था में शुक्र का फल—

प्रकाशने भृगोर्जातो धनवान् धार्मिकः शुचिः ।
लग्ने वाथ द्वितीये वा नवमे वाथ सप्तमे ॥ १८४ ॥
मित्रगेहस्थितो वापि तुङ्गस्थानगतोऽपि वा ।
तदा राज्यास्पदं भुङ्क्ते कर्मस्थाने विशेषतः ॥ १८५ ॥
अन्यगृहे यदा शुक्रः सर्वरोगसमन्वितः ।
नित्यं प्रवासी दुःखी च जायते नीचसंस्थिते ॥ १८६ ॥

जिसके जन्म समय में शुक्र लग्न या द्वितीय या नवम या सप्तम में प्रकाशन अवस्था में होता है वह जातक धनी, धर्मात्मा और पवित्र होता है ॥ १८४ ॥

यदि प्रकाशन अवस्था में शुक्र मित्र ग्रह की राशि में या उच्च राशि में या विशेषकर दशम भाव में हो तो जातक राजकीय उच्च पद का सुख भोगता है ॥ १८५ ॥

यदि जन्म के समय प्रकाशन अवस्था में शुक्र पूर्वोक्त भावों को छोड़कर अन्य भावों में हो अर्थात् नीचादि में हो तो जातक समस्त रोगों से युक्त, नित्य प्रवासी और दुःखी होता है ॥ १८६ ॥

बृ० पा० में कहा है—'स्वालये तुङ्गभे मित्रभे भार्गवे तुङ्गमातङ्गलीलाकलापी जनः । भूपतेस्तुल्य एव प्रकाशं गते काव्यविद्याकलाकौतुकी गीतवित्' (४५ अ० १०२ श्लो०) ॥ १८४-१८६ ॥

गमनेच्छा अवस्था में शुक्र का फल—

गमनेच्छायां तु यो जातो भ्रातृनाशो भवेद्ध्रुवम् ।
माता च म्रियते तस्य शैशवे व्याधिसंयुतः ॥ १८७ ॥
शुक्रस्य गमने जातः पादमूले रुजान्वितः ।
नित्योत्साही महाशिल्पी तीर्थेषु तत्परो भवेत् ॥ १८८ ॥

जिसके जन्म समय में शुक्र गमनेच्छा अवस्था में होता है वह जातक अपने भाई का निश्चय ही नाश करने वाला, माता का मरणकर्ता और बाल्यकाल में रोग से युक्त होता है ॥ १८७ ॥

जिसके जन्म समय में शुक्र गमन अवस्था में होता है वह जातक पैर के नीचे भाग में रोग से युक्त, प्रतिदिन उत्साही, बड़ा चित्रकार और तीर्थों में घूमने वाला होता है ॥ १८८ ॥

बृ० पा० में कहा है—'गमने जनने शुक्रे तस्य माता न जीवति । आधियोगो वियोगश्च जनानामरिभीतितः' (४५ अ० १०४) ॥ १८७-१८८ ॥

सभावास अवस्था में शुक्र का फल—

सभायाञ्च भृगोर्जातो राजपात्रो धनाधिपः ।
कुशलः सर्वकार्येषु केवलं शूलरोगवान् ॥ १८९ ॥
शत्रुगेही यदा शुक्रः शत्रुयुक्तोऽथ वीक्षितः ।
तदा सर्वविनाशः स्यान्नानारोगसमन्वितः ॥ १९० ॥

जिसके जन्म समय में शुक्र सभावास अवस्था में होता है वह जातक राजा का कृपापात्र, कुबेर के समान धनी, समस्त कार्यों में चतुर और केवल शूल का रोगी होता है ॥ १८९ ॥

यदि सभावास अवस्था में शुक्र शत्रु की राशि में शत्रु ग्रह से दृष्ट या युक्त हो तो जातक समस्त वस्तुओं का विनाश करने वाला और अनेक रोगों से युक्त होता है ॥ १९० ॥

बृ० पा० में कहा है—'अनायासेनालं सपदि महसा याति सहसा प्रगल्भत्वं राज्ञः सदसि गुणविज्ञः किल कवौ । सभायामायाते रिपुनिवहहन्ता धनपतेः समत्वं वा दाता बलतुरतगन्ता नरवरः' (४५ अ० १०५) ॥ १८९-१९० ॥

आगमन अवस्था में शुक्र का फल—

भृगोरागमने जातो दुःखितो बहुभाषकः ।
दद्रुरोगी पुत्रशोकी जायते च नराधमः ॥ १९१ ॥
रिपुगेही रिपुयुतो रिपुणा वीक्ष्यते यदा ।
तदा सर्वविनाशः स्यात्स्त्रीपुत्रस्य विशेषतः ॥ १९२ ॥
द्वितीये दशमे वापि चतुर्थे चाष्टमे तथा ।
सर्वं सुखं भवेत्तस्य नात्र कार्या विचारणा ॥ १९३ ॥

जिसके जन्म समय में शुक्र आगमन अवस्था में होता है वह जातक दुःखी, अधिक बोलने वाला, दाद का रोगी, पुत्र शोक से युक्त और अधम होता है ॥ १९१ ॥

यदि आगमन अवस्था में शुक्र शत्रु की राशि में शत्रु ग्रह से दृट या युत हो तो जातक विशेषकर समस्त स्त्री-पुत्रों का नाश करने वाला होता है ॥ १९२ ॥

यदि आगमन अवस्था में शुक्र द्वितीय या दशम या चतुर्थ या अष्टम भाव में हो तो जातक समस्त प्रकार से सुखी होता है। इसमें विचार की आवश्यकता नहीं है ॥ १९३ ॥

बृ० पा० में कहा है—'आगमनं भृगुपुत्रे गतवति वित्तेश्वरो मनुजः। सत्तीर्थभ्रमशाली नित्योत्साही कराङ्घ्रिरोगी च' (४५ अ० १०४ श्लो०) ॥ १९१-१९३ ॥

भोजन अवस्था में शुक्र का फल—

शुक्रस्य भोजने जातो बलवान् दाम्भिकः सदा।
महाधनी भवेन्नित्यं वाणिज्येनाथ सेवया ॥ १९४ ॥
मन्दाग्निः पित्तशूली च शिरो रोगी रुजान्वितः।
नानादुःखं भवेत्तस्य प्रवासी परसेवकः ॥ १९५ ॥

जिसके जन्म समय में शुक्र भोजन अवस्था में होता है वह जातक बली, ढोंगी, व्यापार या सेवा से बड़ा पैसे वाला, मन्दाग्नि, पित्तशूली, मस्तक का रोगी, अनेक रीति से दुःखी, प्रवासी और दूसरे की सेवा करने वाला होता है ॥ १९४-१९५ ॥

बृ० पा० में कहा है—'क्षुधातुरो व्याधिनिपीडतः स्यादनेकधारातिभयार्दितश्च कवौ यदा भोजनगे युवत्या महाधनी पण्डितगण्डितश्च' (४५ अ० १०७ श्लो०) ॥ १९४-१९५ ॥

नृत्यलिप्सा अवस्था में शुक्र का फल—

नृत्येच्छायां च यो जातः स वाग्मी जायते ध्रुवम्।
पाण्डित्यं कविता चैव वर्धते च दिने दिने ॥ १९६ ॥
यदि दैवाद्भवेन्नीचे मूर्खो भवति निश्चितम्।
तुङ्गस्थाने स्वगेहे वा राजपात्रो महाबली ॥ १९७ ॥
कामुको बहुकान्तश्च नानायोषित्प्रियः सदा।
श्यामवर्णस्तथा मानी क्षणिको लम्पटः सदा ॥ १९८ ॥

जिसके जन्म समय में शुक्र नृत्यलिप्सा अवस्था में होता है वह जातक निश्चय ही वाग्मी और प्रतिदिन पाण्डित्य तथा कविता की वृद्धि करने वाला होता है ॥ १९६ ॥

यदि नृत्यलिप्सा अवस्था में शुक्र नीच राशि में हो तो जातक निश्चय ही मूर्ख होता है।

यदि नृत्यलिप्सा अवस्था में शुक्र उच्च राशि या अपनी राशि (२, ७) में हो तो जातक राजा का कृपापात्र, बड़ा बलवान्, कामी, अधिक सुन्दर, अनेक स्त्रियों का प्रेमी, काले रङ्ग का, अभिमानी, तुच्छ और लम्पट होता है ॥ १९७-१९८ ॥

बृ० पा० में कहा है—काव्यविद्यानवद्या च हृद्या मतिः सर्वदा नृत्यलिप्सागते भार्गवे। शङ्खवीणामृदङ्गादिगानध्वनिव्रातनैपुण्यमेतस्य वित्तोन्नतिः' (४५ अ० १०८ श्लो०) ॥ १९६-१९८ ॥

कौतुक अवस्था में शुक्र का फल—

शुक्रस्य कौतुके जातो धनवान् सात्विको महान् ।
महाहृष्टो महावक्ता कौतुकी च भवेत्सदा ॥ १९९ ॥
बहुपुत्रकलत्रश्च नानासुखसमन्वितः ।
नीचे तद्विपरीतञ्च दुःखशोकभयानकः ॥ २०० ॥

जिसके जन्म समय में शुक्र कौतुक अवस्था में होता है वह जातक धनी, बड़ा सात्त्विकी, बड़ा प्रसन्न, अधिक वक्ता, अधिक पुत्र व स्त्री से युक्त और सब प्रकार से सुखी, यदि नीच में शुक्र हो तो दुःखी, शोकी और भयानक होता है ॥ १९९-२०० ॥

बृ० पा० में कहा है—'कौतुकभवनं गतवति शुक्रे शक्रेशत्वं सदसि महत्वम् । हृद्या विद्या भवति च पुंसः पद्मा निवसति सद्मादरतः' (४५ अ० १०९ श्लो०) ॥ १९९-२०० ॥

निद्रा अवस्था में शुक्र का फल—

निद्रायाञ्च भृगोर्जातो भवेद्रोगी सुनिश्चितम् ।
नित्यं क्लेशयुतो रोगी दरिद्रो विकलो महान् ॥ २०१ ॥
मृत्युस्थाने तु जायायां यदि निद्रा भृगोरपि ।
तदा सर्वविनाशः स्याद्विष्णुना परिकीर्त्तितम् ॥ २०२ ॥

इति शुक्रभावफलम् ।

जिसके जन्म समय में शुक्र निद्रा अवस्था में होता है वह जातक निश्चय ही रोगी, प्रतिदिन कलह से युक्त, दरिद्री और अधिक अशान्त होता है ॥ २०१ ॥

यदि निद्रा अवस्था में शुक्र अष्टम या सप्तम भाव में हो तो जातक का सर्व विनाश होता है, ऐसा विष्णु ने कहा है ॥ २०२ ॥

बृ० पा० में कहा है—'परसेवारतो नित्यं निद्रामुपगते कवौ । परनिन्दापरो वीरो वाचालो भ्रमते महीम्' ॥ ४५ अ० ११० श्लो०) ॥ २०१-२०२ ॥

इस प्रकार शुक्र की शयनादि अवस्था का फल समाप्त हुआ ।

अथ शनि भावफलम्

शयन अवस्था में शनि का फल—

शयने च शनेर्जातो क्षुधितो विकलस्तथा ।
गुह्यस्थाने भवेद्रोगी कोशवृद्धिश्च जायते ॥ २०३ ॥
लग्ने षष्ठाष्टमे चैव शयने च शनैश्चरः ।
तदा नित्यं प्रवासी स्याद्दरिद्रो विकलो महान् ॥ २०४ ॥
पञ्चमे नवमे चैव दशमे सप्तमे तथा ।
पुत्रवान् धार्मिकश्चैव सर्वसुखप्रदायकः ॥ २०५ ॥

जिसके जन्म समय में शनि शयन अवस्था में होता है वह जातक भूख से युक्त, व्याकुल, गुह्य स्थान का रोगो और धन वृद्धि करने वाला होता है ।। २०३ ।।

यदि शयन अवस्था में शनि लग्न या षष्ठ या अष्टम भाव में हो तो जातक प्रतिदिन प्रवासी, दरिद्री और बढ़ा अशान्त होता है ।। २०४ ।।

यदि शयन अवस्था में शनि पञ्चम या नवम या दशम या सप्तम भाव में हो तो जातक पुत्र से युक्त, धर्मात्मा और सब प्रकार से सुखी होता है ।। २०५ ।।

बृ० पा० में कहा है--'क्षुत्पिपासापरिक्रान्तो विश्रान्तः शयने स्थितौ । वयसि प्रथमे रोगी ततो भाग्यवतां वरः' (४५ अ० १११ श्लो०) ।। २०३-२०५ ।।

उपवेश अवस्था में शनि का फल—

उपवेशे यदा जातः श्लीपदी दद्रुसंयुतः ।
धनहानिर्नरेन्द्राच्च पीडा भवति नित्यशः ।। २०६ ।।

जिसके जन्म समय में शनि उपवेश अवस्था में होता है वह जातक फील पाँव, दाह का रोगी, धन का विनाशी और प्रतिदिन राजा से पीडित होता है ।। २०६ ।।

बृ० पा० में कहा है—'भानोः सुते चेदुपवेशनस्थे करालकारातिजनानुतप्तः । अपायशाली खलु दद्रुमाली नरोऽभिमानी नृपदण्डयुक्त.' (४५ अ० ११२ श्लो२) ।।२०६।।

नेत्रपाणि अवस्था में शनि का फल—

लग्ने वा दशमे वापि नेत्रपाणौ शनैश्चरः ।
कार्यबाधा भवेत्तस्य सर्वदु खप्रदायकः ।। २०७ ।।
सप्तमे पञ्चमे वापि पुत्रदारधनक्षयः ।
अन्यगृहेषु धनवान् नानासुखप्रदायकः ।। २०८ ।।
नेत्रपाणौ यदा जातो मूर्खो भवति पण्डितः ।
धनवान् धार्मिकश्चैव द्विभार्यो बहुसंपदः ।। २०९ ।।
पित्तशूली क्षणक्रोधी अग्निभीतिर्जले भयम् ।
शिरो रोगी गुदे रोगी सन्धौ भवति वेदना ।। २१० ।।
लग्नेऽथ दशमे च तद्विपरीतं फलं वदेत् ।

जिसके जन्म समय में लग्न या दशम भाव में नेत्रपाणि अवस्था में शनि होता है वह जातक कार्यों में बाधा से युक्त सब प्रकार से दुःखी होता है ।। २०७ ।।

यदि नेत्रपाणि अवस्था में शनि सप्तम वा पञ्चम भाव में हो तो जातक के पुत्र, स्त्री व धन का नाश और अन्य भावों में हो तो धनी एवं सब रीति से सुख होता है ।। २०८ ।।

यदि जन्म के समय नेत्रपाणि अवस्था में शनि हो तो जातक मूर्ख भी पण्डित, धनी, धर्मात्मा, दो स्त्री वाला, अधिक संपत्ति से युक्त, पित्तशूली, जल्दी क्रोधी, अग्नि व जल से भयभीत, मस्तक एवं गुदा का रोगी और शरीर सन्धि में पीड़ा से युक्त होता है।

यदि लग्न या दशम में शनि हो तो इससे विपरीत फल होता है ॥ २०९-२१० ॥

बृ० पा० में कहा है—'नयनपाणिगते रविनन्दने परमया रमया रमयायुतः। नृपतितो हिततो मतितोषकृद्बहुकलाकलितो विमलोक्तिकृत्' (४५ अ० ११३ श्लो०) ॥ २०७-२१० ॥

प्रकाशन अवस्था में शनि का फल—

प्रकाशने च यो जातो राजपात्रो भवेच्च सः।
नानागुणेन गुणवान् धार्मिकः पण्डितः शुचिः ॥ २११ ॥
जायास्थाने च लग्ने च प्रकाशे च यदा शनिः।
तदा सर्वविनाशः स्याज्जातिध्वंसो भवेद्ध्रुवम् ॥ २१२ ॥

जिसके जन्म समय में शनि प्रकाशन अवस्था में होता है तो जातक राजा का कृपा पात्र, अनेक गुणों से गुणी, धर्मात्मा, पण्डित और पवित्र होता है ॥ २११ ॥

यदि प्रकाशन अवस्था में शनि सप्तम या नवम में हो तो जातक का सर्वनाश और जाति का विनाश अवश्य होता है ॥ २१२ ॥

बृ० पा० में कहा है—'नानागुणग्रामधनाधिशाली सदा नरो बुद्धिविनोदमाली। प्रकाशने भानुसुते सुभानुः कृपानुरक्तो हरपादभक्तः' (४५ अ० ११४ श्लो०) ॥ २११-२१२ ॥

गमनेच्छा अवस्था में शनि का फल—

गमनेच्छायां च यो जातो बहुपुत्रो महाधनः।
पण्डितो गुणवान् दाता जायते च नरोत्तमः ॥ २१३ ॥

जिसके जन्म समय में शनि गमनेच्छा अवस्था में होता है वह जातक अधिक पुत्र वाला, बड़ा धनी, पण्डित गुणी, दानी और उत्तम पुरुष होता है ॥ २१३ ॥

गमन अवस्था में शनि का फल—

गमने च शनेर्जातः श्लीपदी रोगसंयुतः।
दन्ताघाती भवेत्क्रोधी कृपणः परनिन्दकः ॥ २१४ ॥
सुतस्थाने कलत्रे वा शनिस्तत्र भवेत्क्वचित्।
तदा सर्वसुतान् हन्ति कलत्रञ्च विशेषतः ॥ २१५ ॥
गमने च शनौ जातः पादमूले रुजान्वितः।
तीर्थे च गमने नित्यं पुत्रदारैर्विवर्जितः ॥ २१६ ॥

कर्मस्थाने कलत्रे च धर्मे च द्वादशे पुनः ।
तदा सर्वसुखं प्रोक्तं पण्डितोऽपि धनेश्वरः ॥ २१७ ॥

जिसके जन्म समय में शनि गमन अवस्था में होता है वह जातक फ़ील पाँव, रोगी, आघात से युक्त दांत वाला, क्रोधी, लोभी और दूसरे की निन्दा करने वाला होता है ॥ २१४ ॥

यदि गमन अवस्था में शनि पञ्चम वा सप्तम भाव में हो तो जातक समस्त पुत्रों का नाशक और विशेष कर स्त्री का विनाशी होता है ॥ २१५ ॥

यदि गमन अवस्था में शनि हो तो पैर के नीचे भाग में रोग से युक्त प्रतिदिन तीर्थाटन करने वाला और पुत्र व स्त्री से रहित होता है ॥ २१६ ॥

यदि जन्म के समय में शनि गमन अवस्था में दशम या सप्तम या नवम या द्वादश भाव में हो तो जातक सब प्रकार से सुखी और पण्डित भी कुबेर के समान होता है ॥ २१७ ॥

बृ० पा० में कहा है—महाधनी नन्दननन्दितः स्यादपायकारी रिपुभूमिहारी । गमे शनौ पण्डितराजभावं धरापतेरायतने प्रयाति' (४५ अ० ११५ श्लोक०) ॥२१४-२१७॥

सभावास अवस्था में शनि का फल—

सभायाञ्च शनौ जातः पुत्रदारधनैर्युतः ।
सर्वत्र लभते विद्यां नानारत्नसमन्वितः ॥ २१८ ॥
शत्रुस्थाने गतः सौरिः शत्रुणा यदि वीक्षितः ।
तदा सर्वविनाशः स्याद्विष्णुना परिकीर्तितम् ॥ २१९ ॥

जिसके जन्म के समय में शनि सभावास अवस्था में होता है वह जातक पुत्र-स्त्री व धन से युक्त, सब जगह शिक्षा प्राप्त करने वाला और विविध रत्नों से युक्त होता है ॥ २१८ ॥

यदि सभावास अवस्था में शनि शत्रुग्रह की राशि में शत्रुग्रह से दृष्ट हो तो जातक समस्त का नाश करने वाला होता है । ऐसा विष्णु जी ने कहा है ॥ २१९ ॥

बृ० पा० में कहा है—'रत्नावलीकाञ्चनमौक्तिकानां वातेन नित्यं व्रजति प्रमोदम् । सभागतेभानुसुते नितान्तं नयेन पूर्णो मनुजो महौजाः' (४५ अ० ११७ श्लोक०) ॥ २१८-२१९ ॥

आगमन अवस्था में शनि का फल—

आगमने च शनेर्जातो महाक्रोधी रुजान्वितः ।
सर्पादिभिश्च संतुष्टो भ्रातृनाशो भवेद्ध्रुवम् ॥ २२० ॥
लग्ने एतच्चिन्तनीयम् ।

द्वितीये वा तृतीये वा पञ्चमे सप्तमे तथा।
वित्तपुत्रकलत्रैश्च भ्रातृभिः सह मोदते ॥ २२१ ॥
नवमस्थो यदा सौरिर्भवेदागमने पुनः।
तदा पुण्यं भवेद्धानिर्विघ्नं स्याच्च पदे पदे ॥ २२२ ॥

जिसके जन्म के समय में लग्न में शनि आगमन अवस्था में होता है वह जातक बड़ा क्रोधी, रोगी, सर्पादि से प्रसन्न होने वाला और निश्चय ही भाई का नाशक होता है ॥ २२० ॥

यदि आगमन अवस्था में शनि द्वितीय वा तृतीय वा पञ्चम वा सप्तमभाव में हो तो जातक धन, पुत्र, स्त्री और भाईयों के साथ प्रसन्न रहता है ॥ २२१ ॥

यदि जन्म के समय में शनि आगमन अवस्था में नवम भाव में हो तो जातक के पुण्य कार्य में हानि और स्थान-स्थान पर विघ्न उपस्थित होते हैं ॥ २२२ ॥

बृ० पा० में कहा है—'आगमने पदगर्दभयुक्तः पुत्रकलत्रसुखेन विमुक्तः। भानुसुते भ्रमते भुवि नित्यं दीनमना विजनाश्रयभावम्' (४५ अ० ११६ श्लोक०) ॥ २२०-२२२ ॥

भोजन अवस्था में शनि का फल—

भोजने च यदा जातो मन्दाग्निश्च महान् भवेत्।
अर्शरोगी च शूली च चक्षूरोगी भवेच्च सः ॥ २२३ ॥
तुङ्गस्थाने स्वगेहे वा भोजने च यदा शनिः।
तदा सर्वसुखं ज्ञेयं सर्वरोगविवर्जितम् ॥ २२४ ॥

जिसके जन्म के समय में शनि भोजन अवस्था में होता है वह जातक अधिक मन्दाग्नि वाला, बवासीर व शूल (दर्द) और नेत्र (आँख) का रोगी होता है ॥२२३॥

यदि भोजन अवस्था में शनि उच्च राशि वा अपनी राशि में हो तो जातक सब प्रकार से सुखी और समस्त रोगों से रहित होता है ॥ २२४ ॥

बृ० पा० में कहा है—'सङ्गते जनुषि भानुनन्दने भोजनें भवति भोजनं रसैः। संयुतं नयनमन्दताततता मोहतापपरितापिता मतिः' (४५ अ० ११९ श्लक) ॥२२३-२२४॥

नृत्य लिप्सा अवस्था में शनि का फल—

नृत्येच्छायां च यो जातो धनवान् धार्मिको भवेत्।
नानाविधं स्मृतं सौख्यं भवेत्तस्य न संशयः ॥ २२५ ॥
नानाधनैर्धनी मानी सर्वसुखप्रदायकः।
पञ्चमस्थो यदा सौरिर्नृत्यलिप्सा भवेद्यदि ॥ २२६ ॥
नाशयेत् सकलान् पुत्रानिति प्राह दिगम्बरः।

जिसके जन्म के समय में शनि नृत्यलिप्सा अवस्था में होता है वह जातक धनी, धर्मात्मा, निश्चय ही अनेक प्रकार से सुखी, अनेक धनों से धनी, अभिमानी और सब प्रकार के सुखों से युक्तहोता है ॥ २२५ ॥

यदि नृत्यलिप्सा अवस्था में शनि पञ्चम भाव में हो तो जातक समस्त पुत्रों का नाश करने वाला होता है। ऐसा महादेव जी का कथन है ॥ २२६ ॥

बृ० पा० में कहा है—'नृत्यालिप्सा गते मन्दे धर्मात्मा वित्तपूरितः। राजपूज्यो नरो धीरो महावीरो रणाङ्गणे' (४५ अ० १२० श्लोक०) ॥ २२५-२२६ ॥

कौतुक अवस्था में शनि का फल—

कौतुके च यदा जातो राजपात्रो महाधनी।
दाता भोक्ता महादक्षो धार्मिकः पण्डितः शुचिः ॥ २२७ ॥
पञ्चमे सप्तमे वापि नवमे दशमे तथा।
तदा सर्वविनाशः स्यात्सर्वरोगसमन्वितः ॥ २२८ ॥

जिसके जन्म के समय शनि कौतुक अवस्था में होता है वह जातक राजा का कृपा पात्र, अधिक धनी, दानी, भोगी, बड़ा चतुर, धर्मात्मा, विद्वान् और पवित्र होता है ॥ २२७ ॥

यदि कौतुक अवस्था में शनि पञ्चम वा सप्तम वा नवम या दशमभाव में हो तो जातक सब का नाश करने वाला और समस्त रोगों से युक्त होता है ॥ २२८ ॥

बृ० पा० में कहा है—'भवति कौतुकभावमुपागते रविसुते वसुधावसुपूरितः। अतिसुखी सुमुखोसुखपूरितः कवितयामलया कलया नरः' (४५ अ० १२१ श्लोक) ॥ २२७-२२८ ॥

निद्रा अवस्था में शनि का फल—

निद्रायाञ्च शनिर्जातो धनवान् पण्डितः शुचिः।
चक्षुरोगी पित्तशूली द्विभार्यो बहुपुत्रकः ॥ २२९ ॥
कर्मस्थाने यदा सौरिर्विशेषफलदायकः।
यदि दैवाद्भवेन्निद्रानाशो भवति निश्चितम् ॥ २३० ॥
कार्यनाशो धर्मनाशः क्षुधितो दुःखितः सदा।
नित्यं प्रवासी रोगी च कार्यहानिः पदे पदे ॥ २३१ ॥
यदि तुङ्गे त्रिकोणे स्यात्केन्द्रे स्यात्स्वगृहे पुनः।
तदा सर्वं विचार्यञ्च वैपरीत्येन निश्चितम् ॥ २३२ ॥
सुतस्थाने च जायायां यदि निद्रा भवेत्पुनः।
तदा सर्वं शुभं विद्याद् द्विभार्यो बहुपुत्रकः ॥ २३३ ॥

इति शनिभावफलम्।

जिसके जन्म के समय में शनि निद्रा अवस्था में होता है वह जातक धनी, विद्वान्, पवित्र, आँख का रोगी, पित्तशूली, दो स्त्री वाला और अधिक पुत्रों से युक्त होता है॥२२९॥

यदि निद्रा अवस्था में शनि दशम भाव में हो तो जातक निश्चय ही निद्रा, कार्य और धन का नाश करने वाला, भूँखा, दुखी, नित्य प्रवासी, रोगी और पद-पद पर कार्य हानि उठाने वाला होता है ॥ २३०-२३१ ॥

यदि निद्रा अवस्था में शनि उच्च राशि में त्रिकोण में या अपनी राशि में केन्द्र में हो तो जातक पूर्वोक्त फल के विपरीत फल को प्राप्त करता है ॥ २३२ ॥

यदि जन्म के समय में निद्रा अवस्था में शनि पञ्चम या सप्तम भाव में हो तो जातक शुभता से युक्त दो स्त्री और अधिक पुत्र वाला होता है ॥ २३३ ॥

बृ० पा० में कहा है--'निद्रागते वासरनाथपुत्रे धनी सदा चारुगुणैरुपेतः। पराक्रमी चण्डविपक्षहन्ता सुवारकान्तारतिरीतिविज्ञः' (४५ अ० १२२ श्लो०) ॥ २२९-२३३ ॥

इस प्रकार शनि की शयनादि अवस्था का फल समाप्त हुआ।

शयन अवस्था में राहु का फल—

शयने च यदा राहौ यस्य जन्म भवेत्पुनः।
तस्य क्लेशो महादुःखं जायते न च संशयः ॥ २३४ ॥
शयने च यदा जातः श्लीपदी न च संशयः।
धनहानिः भवेत्तस्य पीडा भवति नित्यशः ॥ २३५ ॥
मिथुने च तथा सिंहे कन्यायां वृषभे तथा।
सर्वसुखसमायुक्तः शयने च विधुन्तुदः ॥ २३६ ॥

जिसके जन्म समय में राहु शयन अवस्था में होता है वह जातक क्लेश से युक्त, बड़ा दुःखी और फीलपाँव होता है इसमें सन्देह नहीं है, तथा धन का नाशक और प्रतिदिन पीड़ा से युक्त होता है ॥ २३४-२३५ ॥

यदि शयन अवस्था में राहु मिथुन या सिंह या कन्या या वृष राशि में हो तो जातक सब प्रकार के सुखों से युक्त होता है ॥ २३६ ॥

बृ० पा० में कहा है—'यदागमो जन्मनि यस्य राहौ क्लेशाधिकत्वं शयनं प्रयाते। वृषेऽथ युग्मेऽपि च कन्यकायामजे समाजो धनधान्यराशेः' (४५ अ० १२३ श्लो०) ॥ २३४-२३६ ॥

उपवेशन अवस्था में राहु का फल—

उपवेशे च यो जातः श्लीपदी रोगसंयुतः।
धनहानिर्भवत्तस्य पीडा भवति नित्यशः ॥ २३७ ॥

जिसके जन्म के समय में राहु उपवेशन अवस्था में होता है वह जातक फील पाँव, रोगी, धनक्षय करने वाला और प्रतिदिन पीड़ा से युक्त होता है ॥ २३७ ॥

बृ० पा० में कहा है—'उपवेशनमिह गतवति राहौ दद्रुगदेन जनः परितप्तः। राजसमाजयुतो बहुमानी वित्तसुखेन सदा रहितः स्यात्' (४५ अ० १२४ श्लो०) ॥ २३७ ॥

नेत्रपाणि अवस्था में राहु का फल—

नेत्रपाणौ यदा जातश्चक्षुरोगी भवेद्ध्रुवम् ।
तस्यारिष्टं महच्चैव व्याघ्राच्चैव विशेषतः ॥ २३८ ॥
अधर्मेषु च चित्तं स्यात्स्त्रीवेशो धनवानपि ।
अन्तः क्रूरो महाधैर्यः क्षणिको बहुभाषकः ॥ २३९ ॥
कोशपार्श्वे भवेद्विघ्नं शैशवे च रुजान्वितः ।
निजबन्धोर्महाद्वेषी बाह्यबन्धोर्महानपि ॥ २४० ॥
नेत्रपाणौ यदा राहुर्लग्ने वा सप्तमेऽपि वा ।
तदा सर्वविनाशः स्यात्सर्वदुःखप्रदायकः ॥ २४१ ॥
गुह्यस्थाने भवेद्रोगी जले चैव भवेद्भयम् ।
नवमे दशमे वापि गमनेच्छा भवेद्यदि ॥ २४२ ॥

जिसके जन्म के समय में राहु नेत्रपाणि अवस्था में होता है वह जातक निश्चय ही आँख का रोगी, बड़े अरिष्ट वाला और विशेष कर व्याघ्र (सिंह) से अरिष्ट प्राप्त करने वाला, अधर्म में दत्त चित्त, स्त्री का वेश धारण करने वाला, धनी भी क्रूरात्मा, बड़ा धैर्यवान्, क्षुद्र वा अल्प, अधिक बोलने वाला, कोश के समीप में विघ्न से युक्त, बाल्य-काल में रोगी, अपने बान्धवों का बड़ा शत्रु और बाहरी बन्धुओं का भी बड़ा शत्रु होता है ॥ २३८-२४० ॥

यदि नेत्रपाणि अवस्था में राहु लग्न या सप्तम में हो तो जातक सबका नाशक और सब प्रकार से दुःखी होता है ॥ २४१ ॥

यदि नेत्रपाणि अवस्था में राहु नवम या दशम भाव में हो तो जातक गुह्यस्थल का रोगी, जल से भयभीत और घूँमने की इच्छा से युक्त होता है ॥ २४२ ॥

बृ० पा० में कहा है—'नेत्रपावगौ नेत्रे भवतो रोगपीड़िते । दुष्टव्यालारिचौराणां भयं तस्य धनक्षयः' (४५ अ० १२५ श्लो०) ॥ २३८-२४२ ॥

प्रकाशन अवस्था में राहु का फल—

प्रकाशने च यो जातो धनवान् धार्मिकः सदा ।
नित्यं प्रवासी चोत्साही सात्विको राजसेवकः ॥ २४३ ॥
सिंहे वा कर्कटे वापि यदि राहुः प्रकाशने ।
शिरश्छेदकरो योगो विष्णुना परिकीर्तितः ॥ २४४ ॥

जिसके जन्म के समय में प्रकाशन अवस्था में राहु होता है वह जातक धनी, धर्मात्मा, प्रतिदिन प्रवासी और उत्साही, सात्विक एवं राजकीय कर्मचारी होता है ॥ २४३ ॥

यदि प्रकाशन अवस्था में राहु सिंह या कर्क राशि में हो तो उस जातक का मस्तक कटता है, ऐसा विष्णु ने कहा है ॥ २४४ ॥

बृ० पा० में कहा है—'प्रकाशने शुभासने स्थितिः कृतिः शुभा नृणां धनोन्नतिर्गुणोन्नतिः सदा विदामगाविह। धराधिपाधिकारता यशोलताततामवेन्नवीननीरदाकृतिर्विदेशतो महोन्नतिः' (४५ अ० १२६ श्लो०) ॥ २४३-२४४ ॥

गमनेच्छा अवस्था में राहु का फल—

गमनेच्छायाञ्च यो जातो बहुपुत्रो महाधनः।
पण्डितो गुणवान् दाता जायते च नरोत्तमः ॥ २४५ ॥

जिसके जन्म के समय में गमनेच्छा अवस्था में राहु होता है वह जातक अधिक पुत्र वाला, बड़ाधनी, विद्वान्, गुणी, दानी और उत्तम पुरुष होता है ॥ २४५ ॥

गमन अवस्था में राहु का फल—

गमने च यदा जातो नानारोगी धनक्षयः।
दन्तघाती महारोगी पिशुनः परनिन्दकः ॥ २४६ ॥
व्याघ्रभीतिः सर्पभीतिर्निगडस्थो दुरासदः।
स्त्रीनाशो धननाशश्च बन्धुहीनो भवेन्नरः ॥ २४७ ॥

जिसके जन्म के समय में राहु गमन अवस्था में होता है वह जातक अनेक रोगों से युक्त, धन विनाशी, दांत में चोट खाने वाला, दीर्घ कालीन रोगी, चुगल खोर, दूसरे की निन्दा करने वाला, सिंह व सर्प से भयभीत, जेल में रहने वाला, दुष्ट, स्त्री व धन का नाशक और बान्धवों से हीन होता है ॥ २४६-२४७ ॥

बृ० पा० में कहा है—'गमने च यदा राहौ बहुसन्तानवान्नरः। पण्डितो धनवान् दाता राजपूज्यो नरो भवेत्' (४५ अ० १२७ श्लो०) ॥ २४६-२४७ ॥

सभावास अवस्था में राहु का फल—

सभायाञ्च यदा जातः कृपणो धनसंयुतः।
नानागुणेन गुणवान् धार्मिकः पण्डितः शुचिः ॥ २४८ ॥
लग्ने वा दशमे वापि पञ्चमे च यदा भवेत्।
भार्यापुत्रविनाशः स्याद्वित्तनाशोऽतिचञ्चलः ॥ २४९ ॥

जिसके जन्म के समय में राहु सभावास अवस्था में होता है वह जातक लोभी, धन से युक्त, अनेक गुणों से गुणी, धर्मात्मा, विद्वान् और पवित्र होता है ॥ २४८ ॥

यदि जन्म के समय में सभावास अवस्था में राहु लग्न या दशम या पञ्चम भाव में हो तो जातक स्त्री, पुत्र व धन का नाशक और अधिक चञ्चल होता है ॥ २४९ ॥

बृ० पा० में कहा है—'सभागतो यदा राहुः पण्डितः कृपणो नरः। नानागुणपरिक्रान्तो वित्तसौख्यसमन्वितः' (४५ अ० १२९ श्लो०) ॥ २४८-२४९ ॥

आगमन अवस्था में राहु का फल—

आगमने च यो जातः सर्वदुःखप्रदायकः।
सुहृद्बन्धुविनाशः स्यान्नानाक्लेशोऽपि जायते ॥ २५० ॥

जिसके जन्म के समय में आगमन अवस्था में राहु होता है वह जातक सब रीति से दुःखी, मित्र व बान्धवों का विनाशी और अनेक कलहों से भी युक्त होता है ॥२५०॥

बृ० पा० में कहा है—'राहावागमने क्रोधी सदाधीधनवर्जितः। कुटिलः कृपणः कामी नरो भवति सर्वथा' (४५ अ० १२८ श्लो०) ॥ २५० ॥

भोजन अवस्था में राहु का फल—

भोजने च महालुब्धो मन्दाग्निश्च रुजान्वितः।
दुःखितः कृपणश्चैव क्रूरश्च कलहप्रियः ॥ २५१ ॥
यदि दैवाद्भवेच्चैव लग्ने वापि धनेऽपि वा।
पतितं तं विजानीयाच्चन्द्रवंशो भवेद्यदि ॥ २५२ ॥
सप्तमे दशमे वापि भोजने च यदा तमः।
नारीञ्च हन्ति नियतं पुण्ये विघ्नं करोति सः ॥ २५३ ॥

जिसके जन्म के समय में राहु भोजन अवस्था में होता है वह जातक बड़ा लोभी, मन्दाग्नि वाला, रोग से युक्त, दुःखी, कृपण, क्रूरात्मा और कलह का प्रेमी होता है ॥ २५१ ॥

यदि भोजन अवस्था में राहु लग्न या धन भाव में हो तो चन्द्रवंशीय जातक पतित होता है ॥ २५२ ॥

यदि जन्म के समय में भोजन अवस्था में राहु दशम अथवा सप्तम भाव में हो तो जातक निश्चय ही स्त्री का मारक और पुण्य कार्य में विघ्न करने वाला होता है ॥ २५३ ॥

बृ० पा० में कहा है—'भोजने भोजनेनालं विकलो मनुजो भवेत्। मन्दबुद्धिः क्रिया भीरुः स्त्रीपुत्रसुखवर्जितः' (४५ अ० १३१ श्लो०) ॥ २५१-२५३ ॥

नृत्यलिप्सा अवस्था में राहु का फल—

जातश्च नृत्यलिप्सायां यदि लग्ने भवेत् क्वचित्।
तदा षण्ढो महारोगी चक्षुर्नाशो दुरासदः ॥ २५४ ॥
अन्यगृहे यदा जातो धनवान् बहुसंपदः।
नानासुखश्च गुणवान् द्विभार्यो बहुपुत्रकः ॥ २५५ ॥

जिसके जन्म के समय में लग्न में राहु नृत्यलिप्सा में होता है वह जातक नपुंसक, बड़ा रोगी, आँख का नाशक और दुष्ट होता है ॥ २५४ ॥

यदि राहु लग्न को छोड़कर अन्यभाव में नृत्यलिप्सा अवस्था में हो तो जातक धनी, अधिक संपत्तिशाली, अनेक सुखों से युक्त, गुणी, दो स्त्री वाला और अधिक पुत्रों से युक्त होता है ॥ २५५ ॥

बृ० पा० में कहा है—'नृत्यलिप्सागते राहौ महाव्याधिविवर्धनम्। नेत्ररोगो रिपोर्भीतिर्धनधर्मक्षयो नृणाम् (४५ अ० १३२ श्लो०) ॥ २५४-२५५ ॥

कौतुक अवस्था में राहु का फल—

कौतुके च यदा जातः सर्वगुणसमन्वितः।
नानाधनेन धनवान् पित्तशूली भवेन्नरः ॥ २५६ ॥
विहाय पञ्चमस्थानं सप्तमं दशमं तथा।
नानादुःखं भवेत्तस्य पुत्रदारविवर्जितः ॥ २५७ ॥

यदि दैवाद्भवेत्तुङ्गी स्वगृही वा कदाचन।
तदा सर्वं शुभं जातं जायते नात्र संशयः॥ २५८॥

जिसके जन्म के समय में राहु कौतुक अवस्था में होता है वह जातक समस्त गुणों से युक्त, अनेक धन से धनी और पित्त के दर्द से दुःखी होता है॥ २५६॥

यदि कौतुक अवस्था में राहु लग्न, सप्तम और दशम भाव को छोडकर अन्य भावों में हो तो जातक अनेक प्रकार से दुःखी और पुत्र स्त्री से रहित होता है॥२५७॥

यदि कौतुक अवस्था में राहु उच्च राशि में या अपने घर में हो तो जालक समस्त शुभ फल से युक्त होता है इसमें सन्देह नहीं है॥ २५८॥

बृ० पा० में कहा है—'कौतुके च यदा राहौ स्थानहीनो नरो भवेत्। परदाररतो नित्यं परवित्तापहारकः' (४५ अ० १३३ श्लो०)॥ २५६-२५८॥

निद्रा अवस्था में राहु का फल—

निद्रायाञ्चापि यो जातः शोकदुःखरुजान्वितः।
नवमे दशमे वापि यदि निद्रा भवेत्पुनः॥ २५९॥
तदा दारिद्र्यदोषेण कृत्स्नां भ्रमति मेदिनीम्।

इति राहुभावफलम्।

जिसके जन्म के समय में राहु कौतुक अवस्था में होता है तो जातक शोक, दुःख और रोग से युक्त होता है।

यदि निद्रा अवस्था में राहु नवम वा दशम में हो तो जातक निर्धनता के दोष से समस्त भूमण्डल में भ्रमण करने वाला होता है॥ २५९॥

बृ० पा० में कहा है—'निद्रावस्थागते राहौ गुणग्रामयुतो नरः। कान्ता सन्तानवान् धीरो गर्वितो बहुवित्तवान्' (४५ अ० १३४ श्लो०)॥ २५९॥

इस प्रकार राहु की शयनादि अवस्थाओं का फल समाप्त हुआ॥ २५९॥

विशेष—इस ग्रन्थ में केतु की अवस्थाओं का फल प्राप्त नही होता है। अतः बृहत्पाराशर में कथित फल को (पाठकों की जानकारी के लिये, यहाँ पर देना अनुचित न होगा। केतु की अवस्थाओं के फल—मेषे वृषेऽथ वा युग्मे कन्यायां शयनं गते। केतौ धनसमृद्धिः स्यादन्यभे रोगवर्धनम्॥ १३५॥ उपवेशं गते केतौ दद्रुरोगविवर्द्धनम्। अरिवातनृपव्यालचौरशंका समन्ततः॥ १३६॥ नेत्रपाणिं गते केतौ नेत्ररोगः प्रजायते। दुष्टसर्पादिभीतिश्च रिपुराजकुलादपि॥ १३७॥ केतौ प्रकाशने संज्ञे धनवान् धार्मिकः सदा। नित्यं प्रवासी चोत्साही सात्विको राजसेवकः॥ १३८॥ गमेच्छायां भवेत्केतुर्बहुपुत्रो महाधनः। पण्डितो गुणवान् दाता जायते च नरोत्तमः॥ १३९॥ आगमे च यदा केतुर्नानारोगो धनक्षयः। दन्तघाती महारोगी पिशुनः परनिन्दकः॥ १४०॥ सभावस्थां गते केतौ वाचालो बहुगर्वितः। कृपणो लम्पटश्चैव धूर्तविद्याविशारदः॥ १४१॥ यदागमे भवेत्केतुः केतु स्यात्पापकर्मणाम्। बन्धुवादरतो दुष्टो रिपुरोगनिपीडितः॥ १४२॥ भोजने तु जनो नित्यं क्षुधया परिपीडितः। दरिद्रो रोगसंतप्तः केतौ भ्रमति मेदिनीम्॥ १४३॥ नृत्यलिप्साङ्गते केतौ व्याधिना विकलो भवेत्। बुदबुदाक्षो दुराधर्षो धूर्तोऽनर्थकरो नरः॥ १४४॥ कौतुकी कौतुके केतौ नटवामारतिप्रियः। स्थानभ्रष्टो दुराचारी दरिद्रो भ्रमते महीम्॥ १४४॥ निद्रावस्थां गते केतौ धनधान्यसुखं महत्। नानागुणविनोदेन कालो गच्छति जन्मिनाम्' (४५ अ० १३५-१४६ श्लो०)॥ २५९॥

अथ ग्रहाणां दृष्टि (फलं) चक्रं लेख्यम् । दृष्टिफलानि सत्याचार्य-मतेनोक्तानि [1]सारावल्याम्—

सर्वस्य सर्वकालं ग्रहदृष्टिसमुद्भवं फलं यस्मात् ।
कथयाम्यतः प्रयत्नात्सत्याचार्यसमाश्रितः ॥ १ ॥

इसके अनन्तर ग्रहों के दृष्टि फल को लिखना चाहिए । इन दृष्टि फलों का कथन श्री सत्याचार्य जी के मत से सारावली ग्रन्थ में किया है । अब इसे कहते हैं ।

समस्त जीवधारियों को सब समय ग्रह व राशि से उत्पन्न फल को प्राप्ति होती है । इसलिये मैं कल्याण वर्मा सत्याचार्य जी के मत से प्रयत्न पूर्वक राशिस्थ ग्रह और ग्रह पर प्रत्येक ग्रहों की दृष्टि के फल को कहता हूँ ॥ १ ॥

विशेष—प्रकाशित सारावली में—'सत्याचार्यसमाश्रितः' के स्थान पर 'शेषाचार्यान् समाश्रित्य' यह पाठान्तर है । किन्तु सं० सं० वि० वि० सरस्वती भवन की सारावली की मातृका में 'सत्याचार्यान् समाश्रित्य' यह पाठ है । मेरी दृष्टि में भी यही पाठ उचित प्रतीत होता है ॥ १ ॥

मंगल की राशि में सूर्य पर ग्रहों की दृष्टि के फल—

[2]दानरतो बहुभृत्यो ललितो युवतिप्रियो मृदुशरीरः ।
कुजभवनगते सूर्ये चन्द्रेण निरीक्षिते भवति ॥ २ ॥
सङ्ग्रामोत्कटवीर्यः क्रूरः संरक्तनेत्रकरचरणः ।
भौमगृहे कुजदृष्टे भानौ जातो बलोपेतः ॥ ३ ॥
प्रेष्यः परकर्मकरो मन्दधनः सत्वहीनबहुदुःखः ।
भानौ बुधसंदृष्टे कुजभवने जायते मलिनकायश्च ॥ ४ ॥
भूरिद्राविणो मन्त्री सेनानी दण्डनायको वापि ।
तरणौ सुरगुरुदृष्टे कुजभवने जायते श्रेष्ठः ॥ ५ ॥
कुत्सितरामा भर्ता बहुशत्रुः क्षीणबान्धवो दीनः ।
भौमगृहे सितदृष्टे [दिवाकरे जायते कुष्ठी ॥ ६ ॥
दुःखपरिप्लुतदेहः कार्योन्मादी भवेद्विमूढमतिः ।
भौमर्क्षे दिवसकरे] रवितनयनिरीक्षिते मूर्खः ॥ ७ ॥

यदि जन्म के समय सूर्य, मेष या वृश्चिक राशि में चन्द्रमा से दृष्ट हो तो जातक दानी, अधिक नौकर वाला, स्वरूपवान्, स्त्रियों का प्रेमी और कोमल देहधारी होता है ॥ २ ॥

यदि मेष या वृश्चिक राशिस्थ सूर्य, भौम से दृष्ट हो तो जातक युद्ध में प्रबल पराक्रमी, क्रूर, लाल आँख-हाथ व पैर वाला और बलवान् तथा पाठान्तर से तेजस्वी होता है ॥ ३ ॥

---

१. २२ अ० १ श्लो० ।
२. सारा० २२ अ० ४-९ श्लो० ।

यदि मेष या वृश्चिक राशि में सूर्य, बुध से दृष्ट हो तो जातक नौकर, दूसरे का कार्य करने वाला या कार्य में तत्पर, अल्पधनी, बल से हीन, अधिक दुःखी और दूषित कार्य करने वाला या दूषित शरीरधारी होता है ॥ ४ ॥

यदि मेष या वृश्चिक राशि में सूर्य, गुरू से दृष्ट हो तो जातक अधिकधनी, दानी वा सचिव, सेनानायक या राजा का सचिव अथवा न्यायाधीश और उत्तम पुरुष होता है ॥ ५ ॥

यदि मेष या वृश्चिक राशि में सूर्य, शुक्र से दृष्ट हो तो जातक नीच स्त्री का पति, अधिक शत्रु वाला, अल्प बान्धवों से युक्त, दीन और कोढ़ी होता है ॥ ६ ॥

यदि जन्म के समय मेष या वृश्चिक राशि में सूर्य, शनि से दृष्टि हो तो जातक दुःख से परिपूर्ण देहधारी, कार्यों में पागलपन, बुद्धि से हीन और मूर्ख होता है ॥ ७ ॥

जातकसारदीप में कहा है—'दाता प्रभूतभृतको ललितो मृदुःस्यान्नारीप्रियः कुजगृहे शशिवीक्षितेऽर्के । संरक्तपादकरदृक्समरप्रचण्डः क्रूरः प्रभाबलयुतः कुसुतेन दृष्टे । प्रेष्योऽन्यकर्मनिरतोऽल्पधनो विसत्वो दुःखी रवौ कुजगृहे मलिनो ज्ञदृष्टे । दाताऽथवा भवति दण्डपतिः सुमन्त्री श्रेष्ठः सुखी बहुधनः सुरपूज्यदृष्टे । प्रक्षीणबन्धुरतिमान् कुवधूपतिश्च कुष्ठी सितेक्षितइने कुजभेऽतिदीनः । कार्यं विनाशयति दुःखपरिप्लुताङ्गो मूर्खोऽतिमूढमतिरर्कसुतेऽक्षितेऽर्के' ३२ अ० २५-२७ श्लो० ॥ १-७ ॥

विशेष—प्रकाशित सारावली में—'जातो बलोपेतः' के स्थान पर 'तेजो बलोपेतः' 'कर्मकरो' के स्थान पर 'कर्मरतो'। 'मलिनकार्यश्च' के स्थान पर 'मलिलकायश्च'। 'मन्त्री' 'सेनानी' के स्थान पर 'दाता नृपमन्त्री' यह पाठान्तर उपलब्ध है। पुस्तक में कोष्ठक के भीतर का अंश नहीं है। यहाँ सारावली से फल पूर्ति के लिये दिया है ॥१-७॥

इति कुजगृहगृष्टिः ।

इस प्रकार मेष या वृश्चिक राशिस्थ सूर्य पर ग्रहों की दृष्टि का फल समाप्त हुआ ॥ १-७ ॥

वृष या तुला राशिस्थ सूर्य पर ग्रहों की दृष्टि के फल—

[1]वेश्यारतिर्मृदुवचा बहुयुवतिसमाश्रयो भवति ।
सितभवनस्थे सूर्ये दृष्टे शशिना सलिलजीवी ॥ ८ ॥
तेजस्वी साहसवान् स्वविक्रमप्राप्तधनकीर्तिः ।
दिननाथे सितभवने कुजसंदृष्टे पुमान् मलिनः ॥ ९ ॥
लिपिलेख्यकाव्यपुस्तकगेहं यन्त्रादि विदधाति निपुणमतिः ।
दिननाथे भृगुराशौ बुधसंदृष्टे भवेत्सुतनुः ॥ १० ॥
नृपतिर्नृपमन्त्री वा स्त्रीधनबहुभोगसम्मतौ मतिमान् ।
दिननाथे सितभवने गुरुसंदृष्टे भवेद्भीरुः ॥ ११ ॥
बहुशत्रुमित्रपक्षो नृपसचिवश्चारुलोचनः सुभगः ।
दिननाथे सितभवने सितेन दृष्टे भवेद्भीरुः ॥ १२ ॥

१. सारा० २२ अ० १२-१९ श्लो०

नीचोऽलसो दरिद्रो वृद्धस्त्रीसंवृतो विषमशीलः।
दिननाथे शनिदृष्टे सितभवने व्याधिसंतप्तः॥ १३॥

यदि जन्म के समय वृष या तुलाराशिस्थ सूर्य, चन्द्रमा से दृष्ट हो तो जातक वेश्या स्त्री में आसक्त, कोमल वाणी, अधिक युवतियों का पोषक और जल से जीविका उपार्जन करने वाला होता है॥ ८॥

यदि वृष या तुला राशिस्थ सूर्य, मंगल से दृष्ट हो तो जातक तेजस्वी, साहसी, अपने पराक्रम से धन व कीर्ति प्राप्त करने वाला व दूषित होता है॥ ९॥

यदि वृष या तुला राशिस्थ सूर्य, बुध से दृष्ट हो तो जातक प्रतिलिपि करने वाला, लेखक, काव्य व पुस्तक रचना करने वाला, घर एवं यन्त्रादि से युत, चतुर बुद्धि और सुन्दर शरीरधारी होता है॥ १०॥

यदि वृष या तुला राशिस्थ सूर्य, गुरू से दृष्ट हो तो जातक राजा या राजा का सचिव स्त्रीधनी और अधिक भोग करने वाला, बुद्धिमान् और डरपोक होता है॥११॥

यदि वृष या तुला राशिस्थ सूर्य, शुक्र से दृष्ट हो तो जातक अधिक शत्रु व मित्रों से युक्त, राजा का सचिव, सुन्दर नेत्र वाला, अच्छा भाग्यवान् और डरपोक होता है॥ १२॥

यदि जन्म के समय वृष या तुला राशिस्थ सूर्य, शनि से दृष्ट हो तो जातक नीच, आलसी, दरिद्री, बूढ़ी स्त्री से युक्त, विपरीत स्वभावी और रोग से पीडित होता है॥ १३॥

जातकसारदीप में भी कहा है—'वेश्यारतो मृदुवचा वनिताश्रयोऽर्के चन्द्रेक्षिते सितगृहे सलिलोपजीवी। तेजोऽतिसाहसयुतः क्षितिजेन दृष्टे शूरः समार्जितधनो विकलो यशस्वी। सौम्येक्षिते दिनकरे लिपिलेख्यकाव्यगेयादिकार्यनिपुणः सुतनुः सितर्क्षे। मन्त्री सुलोचनतनुर्बहुमित्रशत्रुपक्षो नृपोऽतिमुदितश्च सुरेज्यदृष्टे। स्त्रीवित्तभोगसहितः सचिवो नृपो वा धीमान् शुभीः सितगृहे च सितेऽक्षितेऽर्के। वृद्धाङ्गनापरिवृतः सगदो दरिद्रो नीचोऽलसो विषमशील इनात्मजेन' (३२ अ० २८-३० श्लो०)॥ ८-१३॥

विशेष—प्रकाशित सारावली में ९वें श्लो० का पूर्वार्ध 'शूरः संग्रामरुचिस्तेजस्वी साहसाप्त धनकीर्तिः।....पुमान् विकलः'। १०वें का पूर्वा-'पुस्तकगेयादिविधावतीव निपुणः' इस प्रकार से है। तथा यहाँ जो गुरु दृष्टि फल का श्लोक है वह प्रकाशित में शुक्र दृष्टि का फल का है। इसी प्रकार जो यहाँ शुक्र दृष्टि फल का है वह प्रकाशित में गुरु दृष्टि फल का होने से यह पाठान्तर है, किन्तु ग्रन्थान्तर से प्रकाशित सारावली के पाठ की समता प्राप्त होने से मेरी दृष्टि में भी प्रकाशित का पाठ ही उचित प्रतीत होता है॥ ८-१३॥

इति रवौ सितभवनदृष्टिः।

इस प्रकार वृष वा तुला राशिस्थ सूर्य पर समस्त ग्रहों की दृष्टि का फल समाप्त हुआ॥८–१३॥

मिथुन या कन्या राशि में सूर्य पर ग्रहों की दृष्टि के फल—

[1]रिपुबान्धवकृतपीडा विदेशगमनादितो बहुविलासो ।
बुधभवने दिनभर्तरि दृष्टे चन्द्रेण पुरुषः स्यात् ॥ १४ ॥
रिपुभयकलहसमेतः परापवादेन वञ्चितो दीनः ।
बुधराशौ दिनभर्तरि कुजेक्षिते भवति सव्रीडः ॥ १५ ॥
भूपतिचरितः ख्यातो बान्धवसहितोऽरिभिश्च संत्यक्तः ।
बुधराशौ दिनभर्तरि बुधेन दृष्टे भवेज्जातः ॥ १६ ॥
बहुशास्त्रक्षरितमुखा राजाहूतो विदेशगः सुतनुः ।
बुधराशौ दिनभर्तरि दृष्टे गुरुणा महोन्मादः ॥ १७ ॥
धनदारपुत्रसुखितो मन्दस्नेहस्त्वनामधी सुभगः ।
बुधभवने दिवसकरे शुक्रेण निरीक्षिते भवेच्चपलः ॥ १८ ॥
बहुभृत्योद्विग्नमना बन्धुवियोगैः सदोच्छिन्नः ।
बुधवेश्मनि दिनभर्तरि सौरेण विलोकितः कितवः ॥ १९ ॥

यदि जन्म के समय मिथुन या कन्या राशि में सूर्य, चन्द्रमा से दृष्ट हो तो जातक पशु व बान्धवों से पीडित और विदेश गमनादि से अधिक विलासो या विलाप करने वाला होता है ॥ १४ ॥

यदि मिथुन या कन्या राशि में सूर्य, मङ्गल से दृष्ट हो तो जातक शत्रु से भयभीत, कलही, दूसरे के आरोप से रहित, दीन और लज्जा से युक्त होता है ॥ १५ ॥

यदि मिथुन या कन्या राशि में सूर्य, बुध से दृष्ट हो तो जातक राजा के समान आचरण वाला, प्रसिद्ध, बन्धुओं से युक्त और शत्रु से रहित होता है ॥ १६ ॥

यदि मिथुन या कन्या राशिस्थ सूर्य, गुरू से दृष्ट हो तो जातक अधिक शास्त्रों का ज्ञाता, खुला हुआ मुख, राजा के द्वारा बुलाया जाने वाला, विदेशवासी, सुन्दर देहधारी और बड़ा उन्मादी होता है ॥ १७ ॥

यदि मिथुन या कन्या राशिस्थ सूर्य, शुक्र से दृष्ट हो तो जातक धन-स्त्री-पुत्र से सुखी, अल्पस्नेही, नाम व बुद्धि से शून्य, सुन्दर ऐश्वर्यवान् और चपल होता है ॥ १८ ॥

यदि मिथुन या कन्या राशिस्थ सूर्य, शनि से दृष्ट हो तो जातक अधिक नौकरों से युक्त, अशान्त चित्त, बन्धुओं के वियोग से सदा भग्न और धूर्त होता है ॥ १९ ॥

जा० सा० दी० में भी कहा है 'स्याद्बान्धवारिकृतपीडनको विलापी ज्ञर्क्षे विदेशगमनोऽरुण इन्दुदृष्टे । सद्वेषिभीतिकलहः समरापवादी दीनो ह्रियान्वित इलातनयेन दृष्टे ॥ ख्यातो नरेन्द्रचरितो रिपुवर्जितश्च क्षीणः सबान्धव इनेऽक्षिगदो ज्ञदृष्टे । सोन्माद इन्द्रगुरुणा च विदारितास्यो दूतो विदेशनिरतो बहुशास्त्रविद्यः । जायासुतार्थसुखभाक् सुभगश्चलोल स्नेहः सहो विरुग्बुधगृहे सितवीक्षितेऽर्के भृत्यान्वितः कितव सूर्य विलोकिते च सौरेण बन्धुविभरणैरुपतप्तदेहः' (३२ अ० ३१-३३ श्लो०)

१–सारावली २२ अ० २०-२५ श्लो० ।

विशेष—प्रकाशित सारावली में— विदेशगमनार्दितो' 'बहुविलापी' 'रणापवादादिदुःखितो दीनः' 'बुधदृष्टेऽक्ष्मामययुतः स्यात्' 'बहुशास्त्रदारितमुखो राज्ञां दूतो विदेशगश्चण्डः' 'सदोन्मादः' 'स्नेहस्त्वनामयः सुखितः' 'बहुबन्धुविपोषणं सदा निरतः' ये पाठान्तर उपलब्ध हैं ॥ १४-१९

इति बुधगृहस्थदृष्टिः ।

इस प्रकार मिथुन या कन्या में सूर्य पर ग्रहों की दृष्टि का फल समाप्त हुआ ।१४–१९।

कर्क राशि में सूर्य पर ग्रहों की दृष्टि के फल—

[1]राजा राजसमो वा जलपण्यधनः स्थिरः क्रूरः ।
कर्कटके तीव्रकरे दृष्टे शशिना भवेत्पुरुषः ॥ २० ॥
अर्शो भगन्दराद्यैः संतप्तो बन्धुभिः स(ह)विरुद्धः ।
कर्कटके दिननाथे भौमेन निरीक्षिते विसुतः ॥ २१ ॥
विद्यामानयशोभिः ख्यातो नृपवल्लभो भवेन्निपुणः ।
सूर्ये कुलीरयाते बुधेन दृष्टे पुमान् विकलः ॥ २२ ॥
श्रेष्ठो राजा मन्त्री सेनानाथोऽथ सुप्रसिद्धश्च ।
सूर्ये शशिभवनस्थे गुरुणा दृष्टे कलाभ्यधिकः ॥ २३ ॥
स्त्रीसेवीविविधधनः परकार्यकरो रणे प्रचण्डश्च ।
कर्कटसंस्थे भानौ शुक्रेण निरीक्षिते प्रियालापः ॥ २४ ॥
कफमारुतरोगार्तः परस्वभागी विलोमरतिचेष्टः ।
कर्कटसंस्थे भानौ स्वपुत्रदृष्टे पुमान् विकलः ॥ २५ ॥

यदि जन्म के समय कर्क राशि में सूर्य पर चन्द्रमा की दृष्टि हो तो जातक राजा या राजा के समान, जल के व्यापार से धनी, स्थिर और क्रूर होता है ।' २० ॥

यदि कर्क राशि में सूर्य, भौम से दृष्ट हो तो जातक बवासीर, भगन्दर आदि रोगों से पीडित, बान्धवों से विपरीत और पुत्रहीन होता है ॥ २१ ॥

यदि कर्क राशि में सूर्य, बुध से दृष्ट हो तो जातक विद्या-सम्मान और यश से प्रसिद्धि प्राप्त करने वाला, राजा का प्रिय पात्र, चतुर और अशान्त होता है ॥ २२ ॥

यदि कर्क राशि में सूर्य, गुरू से दृष्ट हो तो जातक प्रधान, राजा, सचिव, सेना का स्वामी (नायक), सुन्दर विख्यात और अधिक कलाओं का ज्ञाता होता है ॥ २३ ॥

यदि कर्क राशि में सूर्य, शुक्र से दृष्ट हो तो जातक स्त्री के साथ रहने वाला, अनेक प्रकार से धनी, दूसरे का कार्य करने वाला, युद्ध में उग्र और प्रेमालापी होता है ॥२४॥

यदि जन्म के समय कर्क राशि में सूर्य, शनि से दृष्ट हो तो जातक कफ वा वायुजन्य रोग से पीडित, दूसरे के धन को पाने वाला, विपरीत रति की इच्छा करने वाला और अशान्त होता है ॥ २५ ॥

१–सारा० २२ अ० २८-३२ श्लो० ।

जा० सा० दी० में कहा है 'भूपोऽथवा नृपसमो जलपण्यसम्पत् क्रूरः स्थिरः शशिगृहे शशिवीक्षितेऽर्के । स्यादृबन्धुभिः सह विरुद्ध इलाजदृष्टे तप्तो गदैरतनयो हि भगन्दराद्यैः ।। भागी गुणैगतारिगुर्णगनत्वभो ना विद्यायशो युत इने निपुणो ज्ञदृष्टे । मन्त्री कलाभ्यधिक ईज्यविलोकिते च श्रेष्ठोऽपि दण्डसचिवो भवति प्रसिद्धः ।। चण्डो रणे प्रियवचा परकार्य-कर्ता शुक्रेऽक्षिते शशिगृहे कुवधूः रतिः स्यात् । स्याद्वा विचेष्टितमतिः पिशुनः परस्य हारी कफानिलगदार्तियुगार्किदृष्टे' ।। (३२ अ० ३४-३६) ।। २०-२५ ।।

विशेष—प्रकाशित सारावली में 'शोषभगन्दररोगैः····सह विरुद्ध' 'विसुतः' के स्थान पर 'पिशुनः' 'बुधेन दृष्टे पुमान् विकलः' के स्थान पर 'बुधेन दृष्टे विगतशत्रुः' 'विधनः' के स्थान पर 'युवतिधनः' 'परस्वभागी' के स्थान पर 'परस्वहारी' 'विलोमरति चेष्टः' के स्थान पर 'विलोममतिचेष्टः' यह पाठान्तर है ।। २०-२५ ।।

इति कर्कस्थे दृष्टिः ।

इस प्रकार कर्क राशि में सूर्य पर ग्रहों की दृष्टि का फल समाप्त हुआ ।।२०–२५।।

सिंह राशि में सूर्य पर ग्रहों की दृष्टि के फल—

[1]मेधावी सुकलत्रः कफार्दितो भूपवल्लभो मनुजः ।
आदित्ये सिंहस्थे चन्द्रेण निरीक्षिते भवति ।। २६ ।।
परदाररतश्चौरो धृष्टः साहसकृतोद्यमो रौद्रः ।
सिंहस्थे दिवसकरे कुजेन दृष्टे प्रधानश्च ।। २७ ।।
विद्वान् लिपिलेख्यकरः कितवासेवी पराक्रमविहितः ।
सिंहे दिवसाधिपतौ बुधेन दृष्टे बहुसत्वः ।। २८ ।।
देवारामतडागान् करोति सत्वाधिको यजनशीलः ।
सिंहे सहस्ररश्मौ सुरगुरुदृष्टे महाबुद्धिः ।। २९ ।।
दुर्नामकुष्ठरोगैरभिभूतो निर्दयोऽपि गतलज्जः ।
सिंहे तिमिरविनाशे शुक्रेण निरीक्षिते जातः ।। ३० ।।
कार्यविनाशे दक्षः खण्डाचारः परोपतापकरः ।
सिंहस्थे दिवसकरे स्वपुत्रदृष्टे पुमान् भवति ।। ३१ ।।

यदि जन्म के समय सिंह राशि में सूर्य पर चन्द्रमा की दृष्टि हो तो जातक बुद्धिमान्, सुन्दर स्त्री से युक्त, कफ जन्य रोग से दुःखी और राजा का प्रिय पात्र होता है ।। २६ ।।

यदि सिंह राशि में सूर्य पर भौम की दृष्टि हो तो जातक दूसरे की स्त्री में अनुरक्त, चोर, ढीठ, साहसी, उद्योगी, भयानक और मुखिया होता है ।। २७ ।।

यदि सिंह राशि में सूर्य, बुध से दृष्ट हो तो जातक पण्डित, लिपिक, लेखक, धूर्तों की सङ्गति में रहने वाला, पराक्रमी और अधिक बलवान् होता है ।। २८ ।।

१–सारा० २२ अ० २६-३१ श्लो० ।

यदि सिंह राशि में सूर्य, गुरू से दृष्ट हो तो जातक देवमन्दिर, बगीचा और तालाब का निर्माण कराने वाला, अधिक बली, यज्ञ करने वाला और बड़ा बुद्धिमान् होता है ।। २९ ।।

यदि सिंह राशि में सूर्य, शुक्र से दृष्ट हो तो जातक बुरे नाम वाले कुष्ठादि रोगों से पीडित, निर्दयी और निर्लज्ज भी होता है ।। ३० ।।

यदि जन्म के समय सिंह राशि में सूर्य शनि से दृष्ट हो तो जातक कार्य नष्ट करने में चतुर, खण्डित आचरण करने वाला और दूसरे को संतप्त करने वाला होता है ।।३१।।

जातकसारदीप में भी कहा है—'चन्द्रेक्षिते हरिगृहे तरणौ सुदारो भूपप्रियः कफगदश्च भवेत्सुमेधाः। चोरोऽन्यदारनिरतः कुसुतेन दृष्टे श्रेष्ठोऽतिसाहसकृदुद्यमकृत्सरौद्रः। विद्वांश्च लेख्यलिपिकैतवयुग्विसत्वः सिंहे परिभ्रमति हीन इने ज्ञदृष्टे। आरामदैवततटागकरः सुबुद्धिः सत्वाधिकः खरकरे सुरपूज्यदृष्टे। दुर्नामकुष्ठगततप्ततनुर्विलज्जः शुक्रेक्षिते दिनकरे विघृणश्च सिंहे। कार्यप्रणाशनकरश्चतुरश्च षण्डश्चौरोऽन्यतापनिरतो रविपुत्रदृष्टे'। (३२ अ० ३७-३९ श्लो०) ।। २६-३१ ।।

विशेष प्रकाशित सारावली में—'शूरः साहसकारी कृतौ'.... तथा 'परिभ्रमति हीनः' 'पराक्रमविहितः' इसके स्थान पर, 'यजनशीलः' के स्थान पर 'विजनशीलः' 'निर्दयोऽपि गत'... के स्थान पर 'निर्दयो विगतलज्जः' तथा 'कार्यविनाशनदक्षः षण्ढो जातः परोपतापकरः' यह पाठान्तर प्राप्त है ।। २६-३१ ।।

इति सिंहस्थदृष्टिः।

इस प्रकार सिंह राशि में सूर्य पर ग्रहों की दृष्टि का फल समाप्त हुआ ।।२६-३१।।

धनु व मीन राशि में सूर्य पर ग्रहों की दृष्टि के फल—

[1]वाग्बुद्धिवित्तपुत्रैः समन्वितो नृपसमो विगतशोकः।
वाक्पतिराशौ भानौ दृष्टे चन्द्रेण सुशरीरः ।। ३२ ।।
सङ्ग्रामे लब्धयशः स्फुटवाङ्मतिसौख्यसंपन्नः।
सूर्ये वाक्पतिराशौ भौमेन निरीक्षिते चण्डः ।। ३३ ।।
मधुरवचनो लिपिज्ञः काव्यकलागोष्ठिवादज्ञः।
गुरुभे सवितरि दृष्टे बुधेन जनसम्मतो भवति ।। ३४ ।।
विचरति नरेन्द्रगेहे नृपतिवरचरणश्च धनसंयुक्तः।
सुरगुरुगेहे सूर्ये गुरुणा दृष्टे सदा विद्वान् ।। ३५ ।।
दिव्यस्त्रीभोगयुक्तः सुगन्धमाल्याम्बरादिभिः सहितः।
सुरगुरुभवने भानौ शुक्रेण निरीक्षिते कान्तः ।। ३६ ।।
शीतः परान्नकाङ्क्षी नीचानुरतश्चतुष्पदे क्रीडा।
देवेज्यगृहे सूर्ये मन्देन निरीक्षिते चपलः ।। ३७ ।।

१. सारा० २२ अ० ५०-५५ श्लो०।

यदि जन्म के समय धनु या मीन राशि में सूर्य, चन्द्रमा से दृष्ट हो तो जातक वाणी, बुद्धि, धन और पुत्रों से युक्त, राजा के समान, शोक से रहित और सुन्दरकाय होता है ॥ ३२ ॥

यदि धनु या मीन राशि में सूर्य, भौम से दृष्ट हो तो जातक युद्ध में यश प्राप्त करने वाला, स्पष्ट वादी, बुद्धिमान्, सुखी और उग्र होता है ॥ ३३ ॥

यदि धनु या मीन राशि में सूर्य, बुध से दृष्ट हो तो जातक मीठा बोलने वाला, लिपि ज्ञाता, काव्य-कला-गोष्ठी और विवाद का जानने वाला तथा मनुष्यों से सम्मत होता है ॥ ३४ ॥

यदि धनु या मीन राशि में सूर्य, गुरू से दृष्ट हो तो जातक राजा के घर घूमने वाला, राजा से उत्तम पैर वाला, धन से युक्त और पण्डित होता ॥ ३५ ॥

यदि धनु या मीन राशि में सूर्य, शुक्र से दृष्ट हो तो जातक सुन्दर स्त्री भोग से युक्त, सुगन्ध पुष्प वस्त्रादि से युत, धनी और सुन्दर होता है ॥ ३६ ॥

यदि जन्म के समय धनु या मीन राशि में सूर्य, शनि से दृष्ट हो तो जातक ठण्डे स्वभाव का, दूसरे के अन्न की चिन्ता करने वाला, दुष्टों में आसक्त, पशुओं के साथ खेलने वाला और चपल होता है ॥ ३७ ॥

जा० सा० दी० में कहा है—'वाग्बुद्धिवित्तसुतभाक् सुतनुर्विशोको जीवर्क्षगे नृपसमः शशिवीक्षितेऽर्के । सौख्यार्थभाक् समरलब्धयशाः प्रचण्डः स्यात्स्पष्टवाक् क्षितिसुतेन विलोकिते च ॥ स्याद्धातुवाद लिपिकाव्यकलासु दक्षः सौम्येक्षिते मधुरवाक् जनसंमतोऽर्के । जीवर्क्षगे च नृपतिर्धनवाहनाढ्यो जीवेक्षिते नृपसमो यदि वा सुविद्यः । सद्गन्धमाल्यवनिताम्बरभोगभोगी शुक्रेक्षिते गुरुगृहे तपने च कान्तः । नीचश्चतुष्पदरतिस्त्वशुचिः परान्नकाङ्क्षी च पापनिरतोऽर्कसुतेन दृष्टे' (३२ अ० ४०-४२ श्लो०) ॥ ३२-३७ ॥

विशेष—प्रकाशित सारावली में—'वाग्बुद्धिविभवपुत्रैः' 'स्फुटवचनो वित्तसौ' 'गोष्ठियानधातुज्ञः' 'नरेन्द्रभवने' 'नृपतिर्वा वारणाश्वधनयुक्तः' 'अशुचिः पराः' 'चतुष्पदक्रीड' यह पाठान्तर प्राप्त है ॥ ३२-३७ ॥

इति गुरुराशिस्थफलम् ।

इस प्रकार धनु या मीन राशि में सूर्य पर ग्रहों की दृष्टि का फल समाप्त हुआ ॥ ३२-३७ ॥

मकर या कुम्भ राशिस्थ सूर्य पर ग्रहों की दृष्टि के फल—

[1]मायापटुश्चलमतिः स्त्रीसङ्गान्नष्टधनसौख्यः ।
मन्दगृहे तीव्रकरे चन्द्रेण निरीक्षिते भवति ॥ ३८ ॥
व्याधिभिररिभिर्ग्रस्तः परकलहाच्छस्त्रविक्षतशरीरः ।
मन्दगृहे तिमिररिपौ भौमेन निरीक्षिते विकलः ॥ ३९ ॥

१—सारावली २२ अ० ५८-६३ ।

क्रूरः षण्ढप्रकृतिः परस्वहारी न साधुसंवर्गः।
नलिनीदयिते शनिभे बुधेन संवीक्षिते भवति॥ ४० ॥
शोभनकर्मा मतिमान् सर्वेषां प्रियो विपुलकीर्तिः।
कोणगृहस्थे भानौ गुरुणा दृष्टे मनस्वी च॥ ४१ ॥
शङ्खप्रवालमणिभिर्जीवति वेश्याङ्गनाधनसमृद्धः।
कोणभवने दिनपतौ भृगुणा दृष्टे पुमान् जातः॥ ४२ ॥
स्तम्भयति शत्रुपक्षं नरेन्द्रसम्मानवर्धितोऽस्वस्थः।
भानौ शनैश्चरगेहे शनिदृष्टे जायते योऽसौ॥ ४३ ॥

यदि जन्म के समय में धनु या मीन राशि में सूर्य, चन्द्रमा से दृष्ट हो तो जातक माया में चतुर, चञ्चल, बुद्धिमान् और स्त्री के संसर्गवश धन व सुख का नाश करने वाला होता है ॥ ३८ ॥

यदि धनु या मीन राशि में सूर्य, मङ्गल से दृष्ट हो तो जातक रोगों व शत्रुओं से ग्रसित अर्थात् पीड़ित, दूसरे के कलह वश शस्त्र से भग्न देहधारी और अशान्त होता है ॥ ३९ ॥

यदि धनु या मीन राशि में सूर्य, बुध से दृष्ट हो तो जातक क्रूर, नपुंसक स्वभाव का, दूसरे के धन को चुराने वाला और सज्जन वर्ग के मनुष्यों से रहित होता है ॥ ४० ॥

यदि धनु या मीन राशि में सूर्य, शुक्र से दृष्ट हो तो जातक शङ्ख, मूँगा और मणि से आजीविका पैदा करने वाला और वेश्या स्त्री के धन से सम्पत्ति वाला होता है ॥ ४१ ॥

यदि धनु या मीन राशि में सूर्य, शनि से दृष्ट हो तो जातक शत्रु पक्ष को ध्वंस करने वाला, राजा के सम्मान से बढ़ने वाला और अस्वस्थ होता है ॥ ४२ ॥

जा० सा० दी० में कहा है—'श्री (स्त्री) सङ्गतो विगतसौख्यधनोऽर्कजर्क्षे मायापटुश्चलमतिः शशिवीक्षितेऽर्के। विद्वेषिरोगसहितः कलहाच्च शस्त्राद्व्यंगो भवेत् क्षितिसुतेन विलोकिते च। क्रूरः शठो न शुभसर्वतनुर्दिनेशे सौम्येक्षिते शनिगृहेऽन्यधनापहारी। सर्वाश्रयो विपुलकीर्तिमतिर्मनस्वो जीवेक्षिते भवति शोभनकर्मशीलः। शङ्खप्रवालमणिभिर्गणिकार्थभागाज्जीवेत्सुखी शनिगृहे भृगुजेन दृष्टे। भूपालमानपरिवर्धितहर्षचित्तः संस्तंभयत्यरिगणान् रविपुत्रदृष्टे' (३२ अ० ४३-४५ श्लो०) ॥ ३८-४२ ॥

विशेष—प्रकाशित सारावली में—'शूरः षण्ढः....' 'न सारसर्वाङ्गः' 'सर्वेषामाश्रयो' 'भृगुणा दृष्टे सुखी जात.' 'सन्मानवर्धिताश्वासः' यह पाठान्तर प्राप्त है ॥ ३८-४२ ॥

इति शनिगृहस्थे रवौ दृष्टिः ;

इत्यर्कः।

इस प्रकार शनि की राशि में सूर्य पर ग्रहों की दृष्टि का फल समाप्त हुआ।

पूर्वोक्त रीति से बारह राशियों में स्थित सूर्य पर ग्रहों की दृष्टि का फल समाप्त हुआ ॥ ३८-४२ ॥

मेष राशि में चन्द्रमा का फल—

सेवासंप्राप्तवित्तः सहजविरहितः साहसी मांसलुब्धः
कामार्त्तः का (क्षा) मजानुः कुनखतनुकचश्चञ्चलो मानवित्तः ।
पद्माङ्कः पाणिपादे विततसुतजनो वर्त्तुलारक्तनेत्रः
सस्नेहस्तोयभीरुर्व्रणसहितशिरः स्त्रीजितो मेष इन्दौ[1] ॥ १ ॥

राशिफलविचारे विशेषमाह वराहः—

[2]बलवति राशौ तदधिपतौ वा
बलसहितः स्याद्यदि तुहिनांशुः ।
कथितफलानामविकलदाता
शशिवदतोऽन्येप्यनुपरिचिन्त्याः । इति ॥ २ ॥

अब आगे बारह राशियों में स्थित चन्द्रमा के फल एवं ग्रहों की दृष्टि के फल को बतलाते हैं ।

प्रथम मेष राशिस्थ चन्द्रमा के फल को सारावली के वाक्य से कहते हैं ।

जिसके जन्म समय में चन्द्रमा मेष राशि का होता है वह जातक सेवावृत्ति से धन प्राप्त करने वाला, भाइयों से रहित, साहसी, मांस का लोभी, काम से पीड़ित, पतले घुटना वाला, दूषित नाखूनों से युक्त, छोटे केशवाला, अस्थिर, सम्मान को धन जानने वाला, हाथ तथा पैर कमल के चिह्न से अंकित, अधिक पुत्र वाला, गोल लाल आँखों से युक्त, स्नेही, जल से डरने वाला, मस्तक घाव से चिह्नित और स्त्री से पराजित होता है ॥ १ ॥

जा० सा० दी० में कहा है—'वृत्तातास्रदृग्गुष्णशाकलघुभुक्क्षिप्रप्रसादोऽटनः कामी दुर्बलजानुरस्थिरधनः शूरोऽङ्गनावल्लभः । सेवाज्ञः कुनखी व्रणाङ्कितशिरा मानी सहोत्थाग्रजः शक्त्या पाणितलेऽङ्कितोऽतिचपलस्तोये च भीरुः क्रिये' (३३ अ० १ श्लो०) तथा १७ अ० १ श्लो० बृ० में भी इसी प्रकार उपलब्ध है ॥ १ ॥

विशेष—प्रकाशित सारावली में—'सौवर्णाऽङ्गः स्थिरस्वः सहजः' 'मानभद्रः' 'क्षाम जानुः' 'पद्माभैः पाणिपादैः' 'व्रणविक्षतशिराः' यह पाठान्तर है ॥ १ ॥

राशिफल के विचार में वराह मिहिराचार्यजी ने बृहज्जातक में जो विशेष बात बतलाई है अब उसे कहते हैं अर्थात् राशिस्थ चन्द्रमा का कब पूर्ण फल प्राप्त होता है इसे कहते हैं ।

१—सारावली २३ अ० १२ श्लो० ।

२—बृहज्जातक १७ अ० १३ श्लो० ।

जन्म के समय जिस राशि में चन्द्रमा हो वह राशि और उस राशि का स्वामी एवं चन्द्रमा भी पूर्ण बली हो अर्थात् १ राशि, २ राशिपति, ३ चन्द्रमा ये तीनों बलवान् हों तो राशि में कथित फल पूर्ण, मध्य बल में मध्यम या यों समझिये कि दो प्रकार से पूर्ण बल प्राप्त हो तो उक्त फल मध्यम और इन तीनों में एक बली हो तो अल्प एवं तीनों निर्बल हों तो फल का अभाव होता है।

इसी चन्द्रमा की तरह अन्य ग्रहों के भी राशिस्थ फलों को जानना चाहिये ॥ २ ॥

मेष राशि में चन्द्रमा पर ग्रहों की दृष्टि के फल—

[1]अत्युग्रकरो नृपतिः प्रणतानां मार्दवं भवति जातः।
धीरः सङ्ग्रामरुची रविणा दृष्टे शशिनि मेषे ॥ ३ ॥
दन्ताक्षिरोगतप्तो विषशिखिवातादिभिः क्षतशरीरः।
माण्डलिकः स्यान्मेषे कुजे (जदृष्टे) शशिनि भूतार्त्तः ॥ ४ ॥
नानाविद्याचार्यः सद्वाक्यः स्यान्मनोऽभीष्टश्च।
बुधदृष्टे मेषस्थे निशाकरे सुकविर्विपुलमूर्त्तिः ॥ ५ ॥
बहुभृत्यधनसमृद्धो नृपतेः सचिवोऽथ भूपतिर्वापि।
मेषगृहे हिमरश्मौ दृष्टे गुरुणा पुमान् जातः ॥ ६ ॥
क्रयविक्रयवित्प्राज्ञो गुणवान् नृपसत्कृतो महाविभवः।
रजनीकरेऽजसंस्थे शुक्रेण निरीक्षिते भवति ॥ ७ ॥
तस्करमुख्यो मूर्खः परान्नभोगी विशालवित्तश्च।
मेषस्थे हिमरश्मौ शनिना दृष्टे भवेज्जातः ॥ ८ ॥

जिसके जन्म समय में मेष राशिस्थ चन्द्रमा, सूर्य से दृष्ट होता है वह जातक अधिक उग्रता युक्त कार्य करने वाला, राजा, विनयी जनों के लिये सरल स्वभावी, धैर्यवान् और युद्ध में इच्छा करने वाला होता है ॥ ३ ॥

यदि मेष राशिस्थ चन्द्रमा, भौम से दृष्ट हो तो जातक दाँत व आँख के रोग से पीड़ित, जहर-अग्नि व वायु से भग्न देहधारी, जिलाधीश या जिले का प्रधान और भूतजन्य पीड़ा से दुःखी होता है ॥ ४ ॥

यदि मेष राशिस्थ चन्द्रमा, बुध से दृष्ट हो तो जातक अनेक विद्याओं का ज्ञाता, सुन्दर वाणी का, इच्छित मन वाला, सुन्दर कवि और विशाल देहधारी होता है ॥ ५ ॥

यदि मेष राशिस्थ चन्द्रमा, गुरु से दृष्ट हो तो जातक अधिक नौकर व धन से सम्पन्न, राजा का मन्त्री या राजा होता है ॥ ६ ॥

यदि मेष राशिस्थ चन्द्रमा, शुक्र से दृष्ट हो तो जातक खरीदने व बेचने की विधि को जानने वाला, पण्डित, गुणी, राजा से पूजित और अधिक ऐश्वर्यवान् होता है ॥ ७ ॥

१—सारावली २३ अ० २–७ श्लो०।

यदि मेष राशिस्थ चन्द्रमा, शनि से दृष्ट हो तो जातक चोरों का मुखिया, मूर्ख, दूसरे का अन्न खानेवाला और विशाल धन से युक्त होता है ॥ ८ ॥

जातकसारदीप में कहा है—होरा सारे 'उग्रदण्डो नरो धीरः संग्रामेप्सुर्महीपतिः। प्रणतानां मृदुर्मेषे शशाङ्के रविवीक्षिते ॥ १४ ॥ विषाग्निवातशस्त्रादिक्षताङ्गो दन्तनेत्ररुक्। विधौ माण्डलिको मेषे मूत्रकृच्छ्री कुजेक्षिते ॥ १५ ॥ कविर्विद्वान् सतामिष्टः सद्वाक्यः कीर्तिमान्नरः शशाङ्के मेषराशिस्थे बुधदृष्टे प्रजायते ॥ १६ ॥ बहुभृत्यधनो भोगी भूपतिः सचिवोऽथवा। जायते मेषराशिस्थे शशाङ्के गुरुवीक्षिते ॥ १७ ॥ क्रयविक्रयवित्प्राज्ञो गुणभाग्भूपसत्कृतः शशाङ्के मेषराशिस्थे समृद्धः शुक्रवीक्षिते ॥ १८ ॥ चोरमुख्यो भवेन्मूर्खः विकीर्णार्थः परान्नभुक्। दरिद्रो मेष राशिस्थे शशाङ्के शनिवीक्षिते ॥ १९ ॥ (३३ अ० १४-१९ श्लो०) ॥ ३-८ ॥

विशेष—प्रकाशित सारावली में 'अत्युग्रतरो' 'भजति जातः' 'शिखिवातादिक्षत' 'सत्कवि' 'सचिवश्चमूपतिर्वाऽपि' तथा 'सुभगः सुतधनमुक्तो वरयुवति विभूषणोऽल्पभोक्ता च। मेषे शिशिरमयूखे भृगुतनयनिरीक्षिते भवति ॥ विद्विष्टो बहुदुःखी दरिद्रचतनुर्मलीमसोऽनृतवाक्। मेषे शिशिरमयूखे रवितनयनिरीक्षिते भवति' ये पाठान्तर उपलब्ध हैं ॥ ३-८ ॥

इति मेषगचन्द्रदृष्टिः।

इस प्रकार मेषस्थ चन्द्रमा पर ग्रहों की दृष्टि का फल समाप्त हुआ ॥ ३-८ ॥

वृष राशि में चन्द्रमा का फल—

[1]व्यूढोरस्कोऽतिदाता घनकुटिलकचः कामुकः कीर्तिशीलः
कान्तः कन्याप्रजावान् वृषसमनयनो हंसहेला प्रचारः ॥
मध्यान्ते भोगभोगी पृथुकरचरणः स्कन्धजान्वास्यजङ्घः
स्वाङ्कं पार्श्वाऽस्यपृष्ठे ककुदि शुभगतिः क्षान्तियुक्तो गवीन्दौ ॥ ९ ॥

जिसके जन्म के समय में वृष राशि में चन्द्रमा होता है वह जातक विशाल छाती वाला, अधिक दानी, सघन घुँघराले केश वाला, कामी (विषयी), कीर्तिमान्, स्वरूपवान्, पुत्री सन्तान वाला, बैल के सदृश आँख वाला, हंस पक्षी की क्रिया के समान विमल प्रचारक, बीच की अवस्था में और अन्तिम समय में भोगी, स्थूल हाथ-पैर-कन्धा जानु-मुख और जंघा वाला, पसुली मुख पीठ और गर्दन पर लहसुनादि शुभ चिन्ह से अङ्कित, सुन्दर गतिमान् और क्षमावान् होता है ॥ ९ ॥

बृहज्जातक में कहा है—कान्तः खेलगतिः पृथूरुवदनः पृष्ठास्यपार्श्वाङ्कितस्त्यागी क्लेशसहः प्रभुः ककुदवान् कन्याप्रजः श्लेष्मलः। पूर्वैर्बन्धुधनात्मजैर्विरहितः सौभाग्ययुक्तः क्षमी दीप्ताग्निः प्रमदाप्रियः स्थिरसुहृन्मध्यान्त्यसौख्यो गवि' ॥ (१७ अ० २ श्लो०) ॥ ९ ॥

---

[1] सारावली २३ अ० ८ श्लो०।

विशेष—प्रकाशित सारावली में 'कीर्तिशाली' हंस लीला प्रचारः' पृथुकटिचरण-स्कन्धजा' 'सांकः' इत्यादि पाठान्तर प्राप्त है ॥ ९ ॥

वृष राशि में चन्द्रमा पर ग्रहों की दृष्टि के फल—

[1]कर्षकमतिकर्मकरं द्विपदचतुष्पदसमृद्धञ्च ।
प्रायोगिकं प्रकुरुते वृषभे रविवीक्षितश्चन्द्रः ॥ १० ॥
अतिकामं कुजदृष्टो युवतिकृते नष्टसारः मित्रजनम् ।
हृदयहरं नारीणां मातुर्न शुभं शशी वृषे कुरुते ॥ ११ ॥
प्राज्ञं वाक्यविधिज्ञं प्रमुदितमिष्टं समस्तजन्तूनाम् ।
जनयति बुधेन दृष्टे शशी वृषेऽनुपमगुणैर्युक्तम् ॥ १२ ॥
स्थिरपुत्रदारसुहृदं मातृपितृभक्तिमन्तमतिनिपुणम् ।
धार्मिकमतिविख्यातं गवि गुरुदृष्टः शशी कुरुते ॥ १३ ॥
भूषणयानगृहाणां शयनासनगन्धवस्त्रमाल्यानाम् ।
भागिनमुपभोक्तारं सितेक्षितो गवि शशी कुरुते ॥ १४ ॥
धनहीनं चानिष्टकरं वृषभे करोति युवतीनाम् ।
सुतमित्रबन्धुरहितं रविसुतदृष्टः शशी कुरुते ॥ १५ ॥

जिसके जन्म के समय में वृष राशि में चन्द्रमा, सूर्य से दृष्ट होता है वह जातक खेती की बुद्धि से कार्य लरने वाला अर्थात् परिश्रम से कार्य करने वाला, दो पैर वाले व चार पैर वालों से संपन्न और प्रयोग करने वाला होता है ॥ १० ॥

यदि वृष राशि में चन्द्रमा, भौम से दृष्ट हो तो जातक स्त्री के लिये अधिक कामी, मित्र समुदाय को नष्ट तत्त्व वाला और स्त्रियों के हृदय का चोर होता है ॥ ११ ॥

यदि वृष राशि में चन्द्रमा, बुध से दृष्ट हो तो जातक पण्डित, बोलने की रीति का ज्ञाता, प्रसन्न चित्त, समस्त प्राणियों का इष्ट और अनुपम गुणों से युक्त होता है ॥१२॥

यदि वृष राशि में चन्द्रमा गुरू से दृष्ट हो तो वह जातक स्थिर पुत्र-स्त्री और मित्रों से युक्त, माता व पिता का भक्त, अधिक चतुर, धर्मात्मा और अधिक प्रसिद्ध होता है ॥ १३ ॥

यदि वृष राशि में चन्द्रमा, शुक्र से दृष्ट हो तो जातक अलंकार-सवारी-घर-शय्या-विस्तर-इत्रादि सुगन्धित द्रव्य-वस्त्र और पुष्प को प्राप्त करके उपभोग करने वाला होता है ॥ १४ ॥

यदि जन्म के समय वृष राशि में चन्द्रमा, शनि से दृष्ट हो तो जातक निर्धन, स्त्रियों का अशुभ करने वाला, पुत्र-मित्र और बान्धवों से रहित होता है ॥ १५ ॥

जा० सा० दी० में कहा है—'द्विचतुष्पदसंपन्नः कर्षकश्चातिकर्मकृत् । प्रायोगिकोऽन्यचित्तः स्यात्सूर्यदृष्टे वृषे विधौ ॥ २० ॥ प्रनष्टमित्रसन्मानः स्त्रीकृतेवनिताप्रियः ।

---

१. सारावली २३ अ० ९-४ श्लो० ।

मातुर्न शोभनं चन्द्रे वृषे दारः कुजेक्षिते ॥ २१ ॥ प्राज्ञः प्रमुदितो वाऽथ विधिज्ञो जन-संमतः। प्रभूतगुणसंपन्नो गवीन्दौ बुधवीक्षिते ॥ २२ ॥ स्थिरदारात्मजसुहृज्जननीपितृ-भक्तिमान्। गवीन्दौ निपुणो धर्मसमृद्धो गुरुवीक्षिते ॥ २३ ॥ सुगन्धवस्त्रमाल्यान्नशय-नासनयानभाक् गृहालंकारभाक्भूपो गवीन्दौ शुक्रवीक्षिते ॥ २४ ॥ मातुर्नष्टोऽङ्गनानाञ्च मित्रबन्धुजनोज्झितः। पुनर्भूपतिराढ्यः स्याद्वृषेन्दौ शनिवीक्षिते' ॥ २५ ॥ (३३ अ० २०-२५ श्लो०) ॥ १०-१५ ॥

विशेष—प्रकाशित सारावली में 'ष्पदसमृद्धमत्याढ्यं' 'नष्टदारमित्रजनं' 'धनहीन-मनिष्टकरं वृषभेद्वेष्यं सदा च युवतीनाम्। सुतामित्रबन्धुसहितं' ये पाठान्नर प्राप्त होते हैं ॥ १०-१५ ॥

वृष राशि के पूर्वार्ध व परार्ध में स्थित चन्द्रमा का फल—

[1]पूर्वार्धे संभूतो जननी मृत्युं करोति न चिरेण।
पश्चादर्धे वृषभे पितुर्वियोगं शशी कुरुते ॥ १६ ॥

जिसके जन्म के समय में चन्द्रमा वृष राषि के पूर्वार्ध में होता है वह जातक माता की मृत्यु शीघ्र करने वाला होता है। यदि वृष राशि के उत्तरार्ध में चन्द्रमा हो तो पिता का वियोग जातक को होता है ॥ १६ ॥

जा० सा० दी० में कहा है—'वृषे पूर्वार्धगश्चन्द्रो न चिरान्मातृमृत्युकृत्। अपरार्ध-स्थितो दत्ते वियोगं जनकेन च' (३३ अ० २६ श्लो०) ॥ १६ ॥

इति वृषराशिगचन्द्रदृष्टिः।

इस प्रकार वृष राशि में चन्द्रमा का व चन्द्रमा पर ग्रहों की दृष्टि का फल समाप्त हुआ ॥ १६ ॥

मिथुन राशि में चन्द्रमा का फल—

उन्नासः श्यामचक्षुः सुरतिविधिकलाकाव्यकृद्भोगभोगी
हस्ते मत्स्यायुधाङ्को विषयसुखपरो बुद्बुदाक्षः शिरालः।
कान्तः सौभाग्यहास्यप्रियवचनयुतः स्त्रीसुहृद्व्यायताङ्गो
याति क्लीबैश्च सख्यं शशिनि मिथुनगे मातृयुग्मप्रपुष्टः ॥ १७ ॥

जिसके जन्म के समय में मिथुन राशि में चन्द्रमा होता है वह जातक ऊँची नाक वाला, काली आँख वाला, सुरति विधि व कला का ज्ञाता काव्य रचना करने वाला, सुख भोक्ता, हाथ में मछली व शस्त्र के चिन्ह से चिन्हित, विषय सुख में लीन, पुनः पुनः खुलने मुदने वाले नेत्रों से युक्त, नसों से व्याप्त, सुन्दर, सौभाग्यवान्, हँसने वाला, मधुरभाषी, स्त्रियों का मित्र, लम्बे कद का, नपुंसकों से मैत्री करने वाला और दो माताओं से पालन होने वाला होता है ॥ १७ ॥

---

१. सारावली २३ अ० १५ श्लो०।

बृ० जा० में कहा है—'स्त्रीलोलः सुरतोपचारकुशलस्ताम्रेक्षणः शास्त्रविद्दूतः कुञ्चितमूर्धजः पटुमतिर्हास्येंगितद्यूतवित् । चार्वङ्गः प्रियवाक्प्रभक्षणरुचिर्गीतप्रियो नृत्यवित्, क्लीबैर्याति रतिं समुन्नतनसश्चन्द्रे तृतीयर्क्षगे' (१७ अ० ३ श्लो०) ॥ १७ ॥

विशेष—प्रकाशित सारावली में 'मत्स्याधिपाँको' विषयसुखरतः बुद्धिदक्षः' 'स्त्री जितो' यह पाठान्तर प्राप्त है ॥ १७ ॥

मिथुन राशि में चन्द्रमा पर ग्रहों की दृष्टि के फल—

प्रज्ञाधनं प्रकाशं मिथुनगे सुरूपान्वितं सुधर्मिष्टम् ।
अतिदुःखितमल्पार्थं करोति सूर्येक्षितश्चन्द्रः ॥ १८ ॥
अतिशूरमतिप्राज्ञं सुखवाहनविभवरूपसंपन्नम् ।
कुरुते मिथुने चन्द्रो वक्रेण निरीक्षितेऽवश्यम् ॥ १९ ॥
अर्थासादनकुशलं कुरुते ह्यपराजितञ्च वीरञ्च ।
पार्थिवमखण्डिताज्ञं मिथुने बुधवीक्षितश्चन्द्रः ॥ २० ॥
विद्याशास्त्राचार्यं विख्यातं सत्यवाचमतिरूपम् ।
मान्यं वाग्मिनमिन्दुः करोति गुरुवीक्षितो मिथुने ॥ २१ ॥
परयुवतिमाल्यवस्त्रैर्वरवाहनयानभूषणैर्मणिभिः ।
क्रीड़ा कुरुते पुरुषो भृगुदृष्टे शशिनि मिथुनस्थे ॥ २२ ॥
कुरुते बान्धवरहितं युवतिसुखविभूतिवर्जितञ्चापि ।
अधनं लोकद्वेष्यं जितुमे शनिनेक्षितश्चन्द्रः ॥ २३ ॥

जिसके जन्म के समय में मिथुन राशि में चन्द्रमा, सूर्य से दृष्ट होता है वह जातक बुद्धि से धनी, तेजस्वी, स्वरूपवान्, धर्मात्मा, अधिक दुःखी और अल्प पैसा वाला होता है ॥ १८ ॥

यदि मिथुन राशि में चन्द्रमा, भौम से दृष्ट हो तो वह जातक, अधिक वीर, बड़ा बुद्धिमान्, सुखी, वाहन व ऐश्वर्य से अवश्य समृद्ध होता है ॥ १९ ॥

यदि मिथुन राशि में चन्द्रमा, बुध से दृष्ट हो तो वह जातक धन पैदा करने में चतुर, नहीं हारने वाला, वीर, राजा और अखिण्डत आज्ञा वाला होता है ॥ २० ॥

यदि मिथुन राशि में चन्द्रमा, गुरू से दृष्ट हो तो वह जातक विद्या व शास्त्रों में प्रधान, प्रसिद्ध, सत्य बोलने वाला, अधिक स्वरूपवान्, सम्मानित और बुद्धिमान् होता है ॥ २१ ॥

यदि मिथुन राशि में चन्द्रमा, शुक्र से दृष्ट हो तो वह जातक दूसरे की स्त्री से सुन्दर पुष्प-वस्त्र-वाहन-अलंकार व मणियों से खेलने वाला होता है ॥ २२ ॥

यदि मिथुन राशि में चन्द्रमा, शनि से दृष्ट हो तो वह जातक बन्धुओं से हीन, स्त्री सुख व ऐश्वर्य से रहित, निर्धन और संसार का द्वेषी होता है ॥ २३ ॥

जा० सा० दी० में कहा है—'प्रकाश्यो निर्धनः प्राज्ञो रूपवानतिदुःखितः । अन्यायाधर्महीनश्च मिथुनेऽर्केऽक्षिते विधौ ॥ २७ ॥ प्राज्ञः शूरः सुखी रूपसंयुतो विभवान्वितः । कुजदृष्टे विधौ चौरो मिथुनस्थे सुवाहनः ॥ २८ ॥ अर्थार्जनपटुर्धीरः पार्थिवश्चापराजितः । पूर्णाज्ञो मिथुने चन्द्रे जायते बुधवीक्षिते ॥ २९ ॥ सत्यवाङ्मुखरो मान्यः ख्यातो रूपसमन्वितः । शास्त्राचार्यो विधौ ज्ञानी मिथुने जीववीक्षिते ॥ ३० ॥ वरस्त्रीवस्त्रमाल्यार्थयानभूषणभाग्विधौ । गीतवाद्यकलावित्तो मिथुनस्थे सितेक्षिते ॥ ३१ ॥ विभूतिवनितासौख्यबन्धुहीनः प्रजायते । लोकद्वेष्यो विधौ मन्दवीक्षिते मिथुनस्थिते ॥ ३२ ॥ (३३ अ० २७-३२ श्लो०) ॥ १८-२३ ॥

विशेष—प्रकाशितसारावली में 'अर्थोत्पादनकुश' 'सुधीरञ्च' तथा पुस्तक में 'पार्थिवमखण्डवाहं' तथा सा० व० में 'वरयुवतिमा' यह पाठान्तर प्राप्त है ॥ १८-२३ ॥

इति मिथुनराशिगतचन्द्रफलम् ।

इस प्रकार मिथुन राशिस्थ चन्द्रमा व मिथुन राशि में ग्रहों की दृष्टि का फल समाप्त हुआ ॥ १७-२३ ॥

कर्क राशि में चन्द्रमा का फल—

[1]युक्तः सौभाग्यवीर्यैर्गृहसुहृदटनज्योतिषज्ञानशिल्पैः
कामासक्तः कृतज्ञः क्षितिपतिसचिवः सत्प्रमाणः प्रवासी ।
मांसादः क्लेशकल्पो जलकुसुमरुचिर्हानिवृद्ध्यानुयातः
प्रासादोद्यानवापीप्रियकरणरतः पीनबाहुः कुलीरः ॥ २४ ॥

अब कर्क राशि में चन्द्रमा का एवं कर्क राशि में चन्द्रमा पर ग्रहों की दृष्टि के फल को कहते हैं ।

जिसके जन्म के समय में कर्क राशि में चन्द्रमा होता है वह जातक सुन्दर भाग्य बल-घर-मित्र-घूमना-ज्योतिष ज्ञान और चित्रकारी के ज्ञान से युक्त, विषय में आसक्त, कृतज्ञ, राजा का मन्त्री, अच्छे प्रमाणों से युत, प्रवासी, मांस खाने वाला, कलह से व्याप्त, जल व पुष्प में अभिरुचि रखने वाला, घटने व बढ़ने वाला, देव मन्दिर-बगीचा व कुआ का प्रेम से निर्माण करवाने में आसक्त और स्थूल हाथ वाला होता है ॥ २४ ॥

बृहज्जातक में कहा है—आवक्रद्रुतगः समुन्नतकटिः स्त्रीनिर्जितः सत्सुहृद्दैवज्ञः प्रचुरालयः क्षयधनः सँयुज्यते चन्द्रवत् । ह्रस्वः पीनगलः समेति च वशं साम्ना सुहृद्वत्सलस्तोयोद्यानरतः स्ववेश्मसहिते जातः शशाङ्के नरः' (१७ अ० ४ श्लो०) ॥२४॥

विशेष—प्रकाशित सारावली में 'सौभाग्ययोगै' 'षज्ञानशीलैः' 'सोन्मादः क्लेश' 'पीनकण्ठ' यह पाठान्तर प्राप्त है ॥ २४ ॥

कर्क राशि में चन्द्रमा पर ग्रहों की दृष्टि के फल—

[2]नरपतिपुरुषं सधन्यं धनरहितं लेखहारकं वापि ।
कुरुते स्वगृहे चन्द्रो रविदृष्टो दुर्गपालं वा ॥ २५ ॥

---

१. सारावली २३ अ० २३ श्लो० । २. सारावली २३ अ० २४–२९ श्लो० ।

शूरं विकलशरीरं मातुरनर्थावहं प्रियं दक्षम् ।
क्षितितनयवीक्षिततनुर्जनयति चन्द्रे नरं स्वगृहे ॥ २६ ॥
अविकलमतिं नयज्ञ जनयति बुधवीक्षितः शशी स्वगृहे ।
धनदारपुत्रवन्त नृपसचिवं सौख्यवन्तञ्च ॥ २७ ॥
नृपतिं नृपगुणयुक्तं जनयति चन्द्रः सुरेज्यसंदृष्टः ।
स्वगृहे सुखितं सुभार्यं नयविनयपराक्रमाक्रांतम् ॥ २८ ॥
धनकनकवस्त्रयोषिद्रत्नानां भाजनं शशी कुरुते ।
कर्कटके संदृष्टो वेश्याजननायकं कान्तम् ॥ २९ ॥
अटनमसुखं दरिद्रं मातुरनिष्टं प्रियान्वितं पापम् ।
शनिना दृष्टः स्वगृहे करोति चन्द्रो नरं नीचम् ॥ ३० ॥

जिसके जन्म के समय में कर्क राशि में चन्द्रमा, सूर्य से दृष्ट होता है वह जातक, राजपुरुष, प्रशंसनीय, निर्धन, लेख चुराने वाला या किले का रक्षक होता है ॥ २५ ॥

यदि कर्क राशि में चन्द्रमा, भौम से दृष्ट हो तो वह जातक वीर, अशान्त देहधारी, माता का अशुभकारी, प्रेमी और चतुर पुरुष होता है ॥ २६ ॥

यदि कर्क राशि में चन्द्रमा, बुध से दृष्ट हो तो वह जातक शान्त बुद्धिका, नीति का ज्ञाता, धन-स्त्री-पुत्र से युक्त, राजा का मन्त्री और पूर्ण सुखी होता है ॥ २७ ॥

यदि कर्क राशि में चन्द्रमा गुरू से दृष्ट हो तो वह जातक राजा, राजकीय गुणों से युक्त, सुखी, सुन्दर स्त्री वाला, नीति-नम्रता और पराक्रम से युक्त होता है ॥ २८ ॥

यदि कर्क राशि में चन्द्रमा, शुक्र से दृष्ट हो तो जातक धन-सुवर्ण-वस्त्र-स्त्री व रत्नों को प्राप्त करने वाला, वेश्या के पुरुषों का नायक और प्रिय पुरुष होता है ॥२९॥

यदि जन्म के समय में कर्क राशि में चन्द्रमा, शनि से दृष्ट हो तो वह जातक घूमने वाला, सुख से हीन, दरिद्री, माता का अनिष्ट कर्त्ता, पाप में प्रीति करने वाला और दुष्ट होता है ॥ ३० ॥

जातक सारदीप में कहा है—'हृद्रोगी निर्धनो लेखहारको भूपतेश्चरः । दुर्गपालोऽथ वा चन्द्रे कर्कटे रविवीक्षिते ॥ ३३ ॥ विकलाङ्गः प्रियो दक्षः शूरो मातुरनर्थकृत् । कुलस्यापि कुलीरस्थे चन्द्रे भौमनिरीक्षिते ॥३४॥ नयज्ञो मतिमान् वित्तपुत्रदारसमन्वितः । नृपमन्त्री कुलीरस्थे चन्द्रे बुधनिरीक्षिते ॥ ३५ ॥ विनीतो गुणवान् राजा नयविक्रमसौख्य-भाक् । सुभार्यो ज्ञो विधौ जीववीक्षिते कर्कटस्थिते ॥ ३६ ॥ वित्तवस्त्राङ्गनारत्नभोगी ख्यातगुणोंनृपः । वेश्याजनाधिपः कान्तः कर्किणीन्दौ सितेक्षिते ॥ ३७ ॥ दीनोऽनृतोऽटनः पापी दुःखदारिद्र्यरोगभाक् । नेष्टो मातुरयोजीवी कर्किणीन्दौ शनीक्षिते' ॥ ३८ ॥ (३३ अ० ३३- ८ श्लो०) ॥ २५-३० ॥

प्रकाशित सारावली में 'पुरुषमधन्यं' 'क्लेशकारकं' 'प्रियानृतं पापम् 'यह पाठान्तर उपलब्ध है ॥ २५-३० ॥

इति कर्के चन्द्रदृष्टिः ।

इस प्रकार कर्क राशि में चन्द्रमा का व चन्द्रमा पर ग्रहों की दृष्टि का फल समाप्त हुआ ॥ २४-३० ॥

सिंह राशि में चन्द्रमा का फल—

स्थूलास्थिः स्वल्परोमा पृथुवदनगलो ह्रस्वपिङ्गाक्षियुग्मः
स्त्रीद्वेषी क्षुत्पिपासाजठररदरुजा पीडितो मांसभक्षः ।
दाता तीक्ष्णोऽल्पपुत्रो विपिननगरुचिर्मातृवश्यः सुवक्ता,
विक्रान्तोऽकार्यको यः शशभृति रविभे गर्वगम्भीरदृष्टिः ॥ ३१ ॥

अब सिंह राशिस्थ चन्द्रमा का व सिंह राशि में चन्द्रमा पर ग्रहों की दृष्टि के फल को कहते हैं।

जिसके जन्म के समय में सिंह राशि में चन्द्रमा होता है वह जातक मोटी हड्डी वाला, अल्प रोगों से युक्त, विशाल मुख व कण्ठ वाला, लघु सहद के समान आँख वाला, स्त्रियों से द्रोह करने वाला, भूख, प्यास, पेट व दांत के रोग से दुःखी, मांस खाने वाला, दानी तीखा, अल्प पुत्र वाला व पर्वत में अभिरुचि करने वाला, माता का आज्ञाकारी, सुन्दर बोलने वाला, पराक्रमी, कार्य से रहित और गर्व एवं गम्भीर दृष्टि वाला होता है ॥ ३१ ॥

बृहज्जातक में कहा है—'तीक्ष्णः स्थूलहनुर्विशालवदनः पिङ्गेक्षणोऽल्पात्मजः, स्त्रीद्वेषी प्रियमांसकाननगः कुप्यत्यकार्ये चिरम् । क्षुत्तृष्णोदरदन्तमानसरुजा सम्पीडितस्त्यागवान् विक्रान्तः स्थिरधीः सुगर्वितमना मातुर्विधेयोऽर्कभे' (१७ अ० ५ श्लो०) ॥ ३१ ॥

विशेष—प्रकाशित सारावली में–'स्वल्परोमाः' 'तीक्ष्णो ह्यपुत्रो' 'सुवक्ष्या' 'विक्रांतः कार्यलापी' 'सर्वगम्भीरदृष्टिः' यह पाठान्तर प्राप्त है ॥ ३१ ॥

सिंह राशि में चन्द्रमा पर ग्रहों की दृष्टि के फल—

नृपतिमपुत्रं कुरुते प्रोत्कृष्टगुणं महास्पदं वीरम् ।
रविणा दृष्टः सिंहे पापरतं विश्रुतं चन्द्रः ॥ ३२ ॥
सेनापतिं प्रचण्डं परयुवतिसुतार्थवाहनोपेतम् ।
जनयेत्पुत्रमपुरुषं कुजेक्षितश्चन्द्रमा सिंहे ॥ ३३ ॥
शास्त्राशक्तं स्त्रीलिप्तं स्त्रीवश्यं युवतिसेवकं सिंहे ।
कुरुते बुधेन दृष्टो धनसुतभोगान्वितं चन्द्रः ॥ ३४ ॥
अभिजातं कुलपुत्रं बहुश्रुतं गुणसमृद्धञ्च ।
कुरुते नरेन्द्रतुल्यं गुरुदृष्टश्चन्द्रमा सिंहे ॥ ३५ ॥
प्रमदाविभवैर्युक्तं रोगिणमपि युवतिसेवकं कुरुते ।
सुरतविधिज्ञं प्राज्ञं शशी हरौ शुक्रसंदृष्टः ॥ ३६ ॥
कर्माधर्मधनं कुरुतेऽनृतवाचं दुर्गपालकं सिंहे ।
रविजेन तथा दृष्टो युवतिसुखैर्हीनमल्पकं च शशी ॥ ३७ ॥

जिसके जन्म समय में सिंह राशि में चन्द्रमा, सूर्य से दृष्ट होता है वह जातक राजा, पुत्रहीन, उत्कृष्ट गुणी, वीरता में बड़ा स्थान प्राप्त करने वाला, पापात्मा और विशेष विख्यात होता है ॥ ३२ ॥

यदि सिंह राशि में चन्द्रमा, भौम से दृष्ट हो तो वह जातक सेना का मालिक, बड़ा उग्र, दूसरे की स्त्री, पुत्र, धन व सवारी से युक्त और अपुरुष पुत्र को पैदा करने वाला होता है ॥ ३३ ॥

यदि जन्म के समय सिंह राशि में चन्द्रमा, बुध से दृष्ट हो तो वह जातक शास्त्रों में आसक्त, स्त्री में अनुरक्त, स्त्री के वशीभूत, स्त्री का नौकर, धन-पुत्र और भोग से युक्त होता है ॥ ३४ ॥

यदि जन्म के समय सिंह राशि में चन्द्रमा, गुरू से दृष्ट हो तो वह जातक प्रसिद्ध कुल का पुत्र, अधिक शास्त्राभ्यासी, गुणी, धनी और राजा के समान होता है ॥ ३५ ॥

यदि जन्म के समय सिंह राशि में चन्द्रमा, शुक्र से दृष्ट हो तो वह जातक स्त्री के ऐश्वर्य से युक्त, रोगी होने पर भी स्त्री का नौकर, कामशास्त्र का ज्ञाता और पण्डित होता है ॥ ३६ ॥

यदि जन्म के समय सिंह राशि में चन्द्रमा, शनि से दृष्ट हो तो वह जातक अधर्म कार्य से धनी, झूठ बोलने वाला, किले का रक्षक, स्त्री सुख से हीन और क्षुद्र होता है । ३७ ॥

जा० सा० दी० में कहा है—'अपुत्रो भूपतिः पापरतो धीरोऽतिविश्रुतः । सिंहस्थिते गुणी चन्द्रे सूर्यदृष्टे महास्पदः ॥ ३९ ॥ नरस्त्रीसुतसौख्यार्थवाहनाढ्यश्चमूपतिः । हिंस्रश्चण्डो महान् सिंहे शशाङ्के कुजवीक्षिते ॥ ४० ॥ स्त्रीसह्यः स्त्रीरतो विद्वान् ज्योतिः शास्त्रविशारदः । सिंहस्थिते विधौ दृष्टे बुधेन धनसौख्यभाक् ॥ ४१ ॥ बहुश्रुतः समृद्धश्च गुणी नृपसमो भवेत् । कुलमुख्योऽथ वा मन्त्री सिंहे जीवेक्षिते विधौ ॥ ४२ ॥ वनिता सेवकः स्फीतधनीसुरतविन्नरः । प्राज्ञो नु रोगवान् सिंहे शशाङ्के शुक्रवीक्षिते ॥ ४३ ॥ कर्षकः कृपणो निस्वो नापितो दुर्गपालकः । स्त्रीसौख्यवर्जितो मूर्खः सिंहे चन्द्रे शनीक्षिते ॥ ४४ ॥ (३३ अ० ३९-४४) ॥ ३२-३७ ॥

विशेष—प्रकाशित सारावली में—'नृपति सपत्नं' 'जनयत्युत्तमपुरुषं' 'स्त्रीसत्वं' 'स्त्रीललितं' 'धनसुखभोगा' 'कर्षकमधनं कुरुते' यह पाठान्तर प्राप्त है ॥ ३२-३७ ॥

इति सिंहगश्चन्द्रः ।

इस प्रकार सिंह राशि में चन्द्रमा का व चन्द्रमा पर ग्रहों की दृष्टि का फल समाप्त हुआ ॥ ३१–३७ ॥

कन्या राशि में चन्द्रमा का फल—

स्त्रीलोलो लम्बबाहुर्ललिततरतनुश्चारुदन्ताक्षिकर्णो
विद्वानार्यश्च सभ्यः प्रियवचनरतः सत्यशौचप्रधानः ।
धीरः सत्वानुकंपी परविजयरतः क्षान्तिसौभाग्यभागी
कन्याप्रायः प्रसूतिर्बहुसुरतरतः कन्यकायां शशाङ्के ॥ ३८ ॥

अब कन्या राशि में चन्द्रमा का क्या फल होता है इसे बतलाते हैं।

जिसके जन्म समय में कन्या राशि में चन्द्रमा होता है वह जातक स्त्री में आसक्त, लम्बे हाथ वाला, सुन्दर से सुन्दर देहधारी, शोभायमान दाँत, आँख और कान वाला, पण्डित, श्रेष्ठ, सभ्य, मीठा बोलने वाला, सत्य एवं पवित्रता में मुख्य, धैर्यवान्, प्राणियों पर दया करने वाला, दूसरे की जीत में अनुरक्त, क्षमावान्, भाग्यशाली, प्रायः कन्या सन्तान वाला और अधिक काम (विषय) में आसक्त होता है ॥ ३८ ॥

बृ० जा० में कहा है—'व्रीडामन्थरचारुवीक्षणगतिः स्रस्तांसबाहुः सुखी, श्लक्ष्णः सत्यरतः कलासु निपुणः शास्त्रार्थविद्धार्मिकः। मेधावी सुरतप्रियः परगृहैः वित्तैश्च संयुज्यते, कन्यायां परदेशगः प्रियवचाः कन्याप्रजोऽल्पात्मजः' (१७ अ० ६ श्लो०) ॥ ३८ ॥

विशेष—प्रकाशित सारावली में—'ललिततनुमुखः' 'विद्वानाचार्यधर्मा' 'प्रियवचनयुतः' 'परविषयरतः' 'बहुसुतरहितः' यह पाठान्तर प्राप्त है ॥ ३८ ॥

कन्या राशि में चन्द्रमा पर ग्रहों की दृष्टि के फल—

नृपकोशकरं ख्यातं गृहीतवाक्यं विशिष्टकर्माणम्।
कन्यायां रविदृष्टो भार्यार्थहीनं शशी कुरुते ॥ ३९ ॥
शिल्पाचार्यं ख्यातं धनवन्तं शिक्षितं सुधीरञ्च।
कन्यायां कुजदृष्टो मातुरनिष्टं शशी कुरुते ॥ ४० ॥
ज्योतिषकाव्यविधिज्ञं विवादकलहेषु विजयिनं सुतराम्।
सातिशयं कन्यायां जनयति निपुणं बुधेक्षितश्चन्द्रः ॥ ४१ ॥
बन्धुजनाढ्यं सुखिनं नृपकृत्यकरं गृहीतवाक्यञ्च।
कन्यायां गुरुदृष्टो जनयति विभवान्वितं चन्द्रः ॥ ४२ ॥
कन्यायां बहुदारं विविधालङ्कारभोगिनमथाढ्यम्।
सततमिहोर्जितं मुदितं कुरुते भृगुनिरीक्षितश्चन्द्रः ॥ ४३ ॥
अदृढस्मृतिं दरिद्रं सुखरहितममातृकं युवतिवश्यं च।
कन्यायां यमदृष्टः स्त्रीभाग्यधनं शशी कुरुते ॥ ४४ ॥

जिसके जन्म के समय में कन्या राशि में चन्द्रमा यदि सूर्य से दृष्ट होता है तो वह जातक राजा का कोषाध्यक्ष, प्रसिद्ध, वाणी पालक, श्रेष्ठ, स्त्री और धन से हीन होता है ॥ ३९ ॥

यदि कन्या राशि में चन्द्रमा, भौम से दृष्ट हो तो जातक शिल्प कला का विद्वान्, प्रसिद्ध, धनी, पढ़ा लिखा, धैर्यवान् और माता का अशुभ करने वाला होता है ॥ ४० ॥

यदि कन्या राशि में चन्द्रमा, बुध से दृष्ट हो तो वह जातक ज्योतिष व काव्य की विधि को जानने वाला, विवाद व कलह में निरन्तर विजयी होने वाला और अत्यन्त चतुर होता है ॥ ४१ ॥

यदि कन्या राशि में चन्द्रमा, गुरू से दृष्ट हो तो वह जातक बान्धवों से युक्त, सुखी, राजा का कार्य करने वाला, वचन का पालक और ऐश्वर्य से युक्त होता है ॥ ४२ ॥

यदि कन्या राशि में चन्द्रमा, शुक्र से दृष्ट हो तो वह जातक अधिक स्त्री वाला, अनेक प्रकार के भूषण व भोग से युक्त, धनी और निरन्तर प्रसन्न होने वाला होता है ॥ ४३ ॥

यदि जन्म के समय कन्या राशि में चन्द्रमा, शनि से दृष्ट हो तो वह जातक अस्थिर स्मरण वाला, दरिद्री, सुख से हीन, विना माता का, स्त्री के वशीभूत और स्त्री के भाग्य से धनी होता है ॥ ४४ ॥

जा० सा० दो० में कहा है—'नृपकोशकरोऽभार्यः स्त्र्याश्रयः सुगृहीतवाक् । विदेशनिरतश्चन्द्रे कन्यास्थे सूर्यवीक्षिते ॥ ४५ ॥ शिल्पाचार्यो धनी धीरो भवेन्मातुरनिष्टकृत् । पित्तरोगी विधौ ख्यातः कन्यास्थे भौमवीक्षिते ॥ ४६ ॥ काव्यज्योतिषविद्भूपो विवादी कलहे जयी । सुभगो निपुणः श्रेष्ठः कन्यास्थे बुधवीक्षिते ॥ ४७ ॥ बन्धुयुक्तः सुखी भूपकृत्यकर्ता गृहीतवाक् । समृद्धो जीवसंदृष्टे कन्यास्थे च निशाकरे ॥ ४८ ॥ नानालङ्कारभागृद्धिसमृद्धो निपुणो भवेत् । बहुदारश्च कन्यास्थे शशाङ्के शुक्रवीक्षिते ॥ ४९ ॥ स्त्रीवश्योऽमातृको दुःखो दरिद्रश्चादृढस्मृतिः । नृशंसः स्त्र्याश्रयश्चन्द्रे कन्यास्थे मन्दवीक्षिते ॥ ५० ॥ (३३ अ० ४५-५० श्लो०) ॥ ३९-४४ ॥

विशेष—प्रकाशित सारावली में 'भार्यार्थहीनं' 'नृपकृत्यकरं' 'वतिवश्यं च' स्त्रीभागधनं' इत्यादि पाठान्तर है ॥ ३९-४४ ॥

इति कन्यायां शशी ।

इस प्रकार कन्या राशि में चन्द्रमा का व चन्द्र पर ग्रहों की दृष्टि का फल समाप्त हुआ ॥ ३९-४४ ॥

तुला राशि में चन्द्रमा का फल—

[1]उन्नासो व्यायताक्षः कृशवदनतनुर्भूरिदारो वृषाढ्यो
गोगुह्यः शौचसारो वृषसमवृषणो विक्रयज्ञः क्रयेशः ।
भक्तो देवद्विजानां बहुविभवयुतः स्त्रीयुतो हीनदेहो
धन्यो दानैकबुद्धिस्तुलगशशिधरे बन्धुवर्गोपकारी ॥ ४५ ॥

जिसके जन्म के समय में तुला राशि में चन्द्रमा होता है वह जाकक ऊँची नाक वाला, दीर्घ नेत्री, पतला मुख शरीरधारी, अधिक स्त्री वाला, बैलों से युक्त, गाय के सदृश गुह्यस्थल वाला अर्थात् बृहद् उपस्थ वाला, पवित्रता में श्रेष्ठ, बैल के समान अण्डकोश वाला, खरीदने व बेचने की क्रिया को जाने वाला, देवता व ब्राह्मण का भक्त, अधिक ऐश्वर्य से युक्त, स्त्री वाला, हीन देही, प्रशंसनीय, बड़ा दानी और बान्धवों का उपकार करने वाला होता है ॥ ४५ ॥

---

१. सा० व० २३ अ० ४४ श्लोक ।

बृहज्जातक में कहा है—'देवब्राह्मणसाधुपूजनरतः प्राज्ञः शुचिः स्त्रीजितः प्रांशुश्चोन्नत-नासिकः कृशचलदगात्रोऽटनोऽर्थान्वितः । हीनाङ्गः क्रयविक्रयेषु कुशलो देवद्विनामा सरुक् नन्धूनामुपकारकृद्विरुषितस्त्यक्तस्तु तैः सप्तमे' ॥ ४५ ॥

विशेष—प्रकाशित सारावली में 'गोभूम्यः' 'विक्रमज्ञः क्रियेशः' 'धान्यादानैक' यह पाठान्तर प्राप्त है ॥ ४५ ॥

तुला राशि में चन्द्रमा पर ग्रहों की दृष्टि के फल—

[1]अधनं व्याधितमटनं परिभूतं भोगविप्रयुक्तञ्च ।
असुतमदारं तुलके जनयति रविवीक्षितश्चन्द्रः ॥ ४६ ॥
क्षत्रनृक्कान्तिर्तनिधनं परयुवतिरतं सदा कलहशीलञ्च ।
निन्दितदेहं जनयति तुलाधरे शशी कुरुते ॥ ४७ ॥
तीक्ष्णं चोरं क्षुद्रं परयोषिद्गन्धमाल्यसंयुक्तम् ।
मतिमन्नयनातुरगं जनयति वक्रेक्षितश्चन्द्रः ॥ ४७ ॥
दृष्टो बुधेन चन्द्रः कलाविदग्धं प्रभूतधनधान्यम् ।
शुभवाक्यं विद्वांसं देशख्यातं तुलाधरे कुरुते ॥ ४८ ॥
जीवेक्षितस्तुलायां जनयति सर्वत्र पूजितं हिमगुः ।
क्रयविक्रयेषु कुशलं रत्नादिषु भाजनं कुरुते ॥ ४९ ॥
ललितमरोग सुभगं सुखवनितासाधनान्वितं प्राज्ञम् ।
विविधोपायविधिज्ञं कुरुते भृगुवीक्षितः शशी तुलके ॥ ५० ॥
तुलके शशी धनाढ्यं प्रियवाक्यं वाहनैर्युतं कुरुते ।
विषयरतिं सुखरहितं भास्करिदृष्टो हितं मातुः ॥ ५१ ॥

जिसके जन्म के समय में तुला राशि में चन्द्रमा, सूर्य से दृष्ट होता है वह जातक निर्धन, रोगी, घूमने वाला, तिरस्कृत, भोग रहित, पुत्र हीन और स्त्री रहित होता है ॥ ४६ ॥

यदि तुला राशि में चन्द्रमा भौम से दृष्ट हो तो जातक तीखा, चोर, क्षुद्र, परायी स्त्री और इत्रादि गन्ध व पुष्पों से युक्त, बुद्धिमान् और आँख के रोग से युत होता है ॥ ४७ ॥

यदि तुला राशि में चन्द्रमा, बुध से दृष्ट हो तो वह जातक कलाओं में श्रेष्ठ, प्रचुर धन व अन्न से युत, शुभभाषी, पण्डित और देश में विख्यात होता है ॥ ४८ ॥

यदि तुला राशि में चन्द्रमा, गुरू से दृष्ट हो तो वह जातक सब जगह सत्कार पाने वाला, खरीदने व बेचने में चतुर और रत्नादि को प्राप्त करने वाला होता है ॥४९॥

यदि तुला राशि में चन्द्रमा, शुक्र से दृष्ट हो तो वह जातक सुन्दर स्वरूपवान्, नीरोग, अच्छा भाग्यवान्, सुखी, स्त्री के साधनों से युक्त, पण्डित और अनेक उपायों की विधि का जानकार होता है ॥ ५० ॥

---

१. सा० व० २३ अ० ४५-५० श्लोक ।

यदि जन्म के समय तुला राशि में चन्द्रमा, शनि से दृष्ट हो तो वह जातक धन से संपन्न, मधुर वाणी वाला, सवारी से युक्त, विषय में आसक्त, सुख से हीन और माता का शुभकारी होता है ॥ ५१ ॥

जा० सा दो० में कहा है—'अपुत्रदारभागार्थः परिभूतोऽटनः सरुक् । नीचः सूर्येक्षिते चन्द्रे तुलाधरगते भवेत् ॥ ५१ ॥ निःस्वो बन्धुरतः क्रुद्धो विकृतोऽन्यवधूरतः । कलिकृति दिनाङ्गश्च जूके चन्द्रे कुजेक्षिते ॥ ५२ ॥ विद्वान् ख्यातः सुवाक्यः स्यात्प्रभूतधनधान्यभाक् । कलाज्ञो बुधसंदृष्टे तुलाधरगते विधौ ॥ ५३ ॥ सर्वत्र पूजितो हेमकारो रत्नादिकृद्भवेत् । क्रयविक्रयदक्षश्च जूके जीवेक्षिते विधौ ॥ ५४ ॥ विविधोपायवित्प्राज्ञः सुखस्त्रीसाधनान्वितः । नीरोगः सुभगो भूपो जूके चन्द्रे सितेक्षिते ॥ ५५ ॥ निस्त्रपो विषयासक्तः सधनो वाहनान्वितः । मातुर्हितो घटे दृष्टे सौरिणा बलिता नृपः ॥ ५६ ॥' (३३ अ० ५१-५६ श्लो०) ॥ ४६-५१ ॥

विशेष—कोष्ठक के भीतर वाले श्लोक का वास्तविक में कोई अर्थ यहाँ उचित नहीं प्रतीत होता है क्योंकि दृष्टि ग्रह के संकेत का अभाव है। तथा ४७ व ४८ वाँ श्लोक प्रकाशित सारावली से लिया है। यहाँ होरारत्न में ये दोनों पद्य प्राप्त नहीं होते हैं।

'असुतमसारं' 'रत्नादिषु भाण्डजातेषु' 'समुपचिताङ्गं धनान्वितं प्राज्ञम्' यह पाठान्तर है ॥ ४६-५१ ॥

वृश्चिक राशि में चन्द्रमा का फल—

[1]लुब्धो वृत्तोरुजङ्घः कठिनतरतनुर्नास्तिकः क्रूरचेष्ट-
श्चौरो बाल्ये रुगार्तो हितरिपुकुनखश्चारुनेत्रः समृद्धः।
कर्मासक्तं सुदक्षः परयुवतिरतो बन्धुहीनः प्रमत्तः
चण्डो राज्ञा हृतस्वः पृथुजठरशिराः कीटके शीतरश्मौ॥ ५२॥

अब वृश्चिक राशि में चन्द्रमा का व चन्द्रमा पर ग्रहों की दृष्टि के फल को कहते हैं।

जिसके जन्म के समय में चन्द्रमा वृश्चिक राशि में होता है वह जातक लोभी, गोल जानु व जंघा वाला, कठिन से कठिन देहधारी, नास्तिक, उग्र इच्छा वाला, चोर, बाल्यकाल में रोगी, शुभ शत्रु वाला, दूषित नाखूनों से युक्त, सुन्दर नेत्रधारी, सम्पन्न, कार्यों में आसक्त, चतुर, परस्त्री में अनुरक्त, बान्धवों से रहित, पागल, प्रचण्ड, राजा के द्वारा धन का हरण करवाने वाला, बड़े पेट और मस्तक वाला होता है ॥ ५२ ॥

बृहज्जातक में कहा है—'पृथुलनयनवक्षा वृत्तजङ्घोरुजानुर्जनकगुरुवियुक्तः शैशवे व्याधितश्च। नरपतिकुलपूज्यः पिङ्गलः क्रूरचेष्टो झषकुलिशखगाकरछत्रपापोऽलिजातः' (१७ अ० ८ श्लो०) ॥ ५२ ॥

विशेष—प्रकाशित सारावली में—'हतचिबुकनखश्चा' 'कर्मोद्युक्तः प्रदक्षः' यह पाठान्तर है ॥ ५२ ॥

---

१. सा० व० २३ अ० ५१ श्लोक।

वृश्चिक राशि में चन्द्रमा पर ग्रहों की दृष्टि के फल—

[1]कर्मासक्तं कुरुते लोकद्वेष्यं वित्तवन्तञ्च।
रविदृष्टोऽलिगतश्चन्द्रः सुखवर्जितं पुरुषम्॥ ५३॥
शूरमजेयं समरे प्रभक्षणं भूमिजेन संदृष्टः।
अनुपमधैर्यं कुरुते नृपतिसमं वृश्चिके विभूतियुतम्॥ ५४॥
चतुरं सुमिष्टवाक्यं यमलापत्यञ्च युक्तिमन्तञ्च।
जनयति बुधेन दृष्टश्चन्द्रो वृश्चिके च गीतज्ञम्॥ ५५॥
कर्मासक्तं कुरुते लोकद्वेष्यं च वित्तवन्तञ्च।
गुरुणा दृष्टोऽलिगतो निशाकरो रूपवन्तञ्च॥ ५६॥
अतिमदमतीव सुभगं धनवाहनभोगललितं कीटे।
युवतिविनाशितसारं जनयति भृगुवीक्षितश्चन्द्रः॥ ५७॥
नीचापत्यं कृपणं व्याधितमटनञ्च सत्यहीनञ्च।
[2]जनयत्यन्तकदृष्टो नरमधनं चन्द्रमा कीटे॥ ५८॥

जिसके जन्म समय में चन्द्रमा वृश्चिक राशि में सूर्य से दृष्ट होता है वह जातक कार्यों में आसक्त, संसार का द्वेषी, धनी (पैसा वाला) और सुख से रहित होता है॥ ५३॥

यदि वृश्चिक राशि में चन्द्रमा, भौम से दृष्ट हो तो जातक वीर, युद्ध में नहीं हारने वाला, अधिक भोजनी, अद्वितीय धैर्यधारी, राजा के समान और ऐश्वर्य से युक्त होता है॥ ५४॥

यदि वृश्चिक राशि में चन्द्रमा, बुध से दृष्ट हो तो वह जातक चतुर, मीठा बोलने वाला, जुड़वा (यमल) सन्तान वाला, युक्ति का जानकार और गान विद्या का ज्ञाता होता है॥ ५५॥

यदि वृश्चिक राशि में चन्द्रमा, गुरू से दृष्ट हो तो जातक कार्यों में आसक्त, संसार द्वेषी, धनी तथा स्वरूपवान् होता है॥ ५६॥

यदि वृश्चिक राशि में चन्द्रमा शुक्र से दृष्ट हो तो जातक अधिक नशे में चूर, अत्यन्त भाग्यवान्, धन व वाहन (सवारी) का सुन्दर रीति से भोगी और स्त्री से बल नष्ट कराने वाला होता है॥ ५७॥

जिसके जन्म समय वृश्चिक राशि में चन्द्रमा, शनि से दृष्ट होता है वह जातक अधम पुत्र वाला, लोभी, रोगी, घूमने वाला, सत्य से रहित और निर्धन होता है॥ ५८॥

जा० सा० दी० में कहा है—'कर्मोद्युक्तः समृद्धश्च लोकद्वेष्यः सुखोऽज्झितः। हृतार्थो वृश्चिके चन्द्रे भास्करेण निरीक्षिते॥ ५७॥ शूरो नृपसमो धीरः समृद्धः समरे जयी।

१—सारावली २३ ज० ५२-५७ श्लो०।
२—जनयति कृशतान्तक पु० में पाठ है।

प्रभक्षणरतिश्चन्द्रे वृश्चिके भौमवीक्षिते ॥ ५८ ॥ अमृष्टवागचतुरो युग्मापत्यश्च कूटकृत् । युक्तिन् गीतविच्चन्द्रे वृश्चिके बोधनेऽक्षिते ॥ ५९ ॥ कर्मोद्युक्तः समृद्धश्च स्वकर्मनिरतो नृपः । लोकद्वेष्यः सुरूपश्च जीवदृष्टेऽलिगे विधौ ॥ ६० ॥ रजकोऽतिमदः सार्थवाहनः सुभगो भवेत् । स्त्रीविनाशितसारश्च कीटे चन्द्रे सितेऽक्षिते ॥ ६१ ॥ नीचापत्योऽटनो रोगी कृपणो निर्धनोऽनृतः । विकलाङ्गो भवेच्चन्द्रे वृश्चिके शनिवीक्षिते' ॥ ६२ ॥ (३३ अ० ५७-६२ श्लो०) ॥ ५३-५८ ॥

विशेष प्रकाशित सारावली में—'कुरुते लोकद्वेष्यं बुधमटनं चैव वित्तवन्तञ्च' 'शूरमजय्यं' 'अचतुरममृष्टवाक्यं' 'ललितमिह कीटे' 'व्याधितधनं' 'नरमधमं' यह पाठांतर प्राप्त है ॥ ५३-५८ ॥

इति वृश्चिके शशी ।

इस प्रकार वृश्चिक राशि में चन्द्रमा का व चन्द्रमा पर ग्रहों की दृष्टि का फल समाप्त हुआ ॥ ५२-५८ ॥

धनु राशि में चन्द्रमा का फल—

[1]उन्नासो वृत्तनेत्रः पृथुहृदयकटिः पीनबाहुः प्रवक्ता
दीर्घास्यो दीर्घकंठो जलतटवसतिः शिल्पविद्गूढगुह्यः ।
शूरो धृष्टोऽस्थिसारो विततबहुबलः स्थूलकंठोष्ठघ्राणो
बद्धस्नेहः कृतज्ञो धनुषि शशिधरे संहताङ्घ्रिः प्रगल्भः ॥ ५९ ॥

जिसके जन्म समय में चन्द्रमा धनु राशि का होता है वह जातक ऊँची नाक वाला, गोल आँख वाला, विशाल छाती व कमर और मोटे हाथ वाला, अच्छा वक्ता, लम्बे मुख व उच्च गले वाला, जल के किनारे पर रहने वाला, शिल्प अर्थात् कारीगरी का पूर्ण ज्ञाता, गूढ़ गुह्यधारी, वीर, ढीठ, हड्डियों में बल वाला, विस्तृत अधिक बली, मोटी गर्दन व ओठ एवं नासिका से युक्त, प्रेम में बँधा हुआ, कृतज्ञ, मिले हुए पैर वाला और प्रभावशाली होता है ॥ ५९ ॥

बृ० जा० में कहा है—व्यादीर्घास्यशिरोधरः पितृधनस्त्यागी कविर्वीर्यवान्, वक्ता स्थूलरदश्रवाधरनसः कर्मोद्यतः शिल्पवित् । कुब्जांसः कुनखी समांसलभुजः प्रागल्भ्यवान् धर्मविद्, बन्धुद्विट् न बलात्समेति च वशं साम्नैकसाध्योऽश्वजः' (१७ अ० ९ श्लो०) ॥ ५९ ॥

विशेष - प्रकाशित सारावली में—'कुब्जाङ्गो वृत्त' 'दीर्घांसो' 'शूरो दृष्टोऽस्थि' 'कण्ठोण्ठघोणो' 'बन्धुस्नेहो' यह पाठान्तर प्राप्त है ॥ ५९ ॥

धनु राशि में चन्द्रमा पर ग्रहों की दृष्टि के फल—

[2]नृपतिमथाढ्यं कुरुते शूरं विख्यातपौरुषं चापे ।
भास्करदृष्टश्चन्द्रस्त्वनुपमसुखवाहनोपेतम् ॥ ६० ॥

१—सा० २३ अ० ५८ श्लो० ।

२—सा० २३ अ० ५९-६४ श्लो० ।

सेनापतिं समृद्धं सुभगं प्रख्यातपौरुषं पुरुषम्।
जनयत्युत्तमभृत्यं क्षितिसुतदृष्टः शशी धनुषि ॥ ६१ ॥
बहुभृत्यं वाक्सारः ज्योतिषशिल्पक्रियादिनिपुणञ्च।
बुधदृष्टो हिमरश्मिर्नग्नाचार्यं हये कुरुते ॥ ६२ ॥
अनुपमदेहं कुरुते पृथ्वीपालस्य मन्त्रिणं चापे।
त्रिदशगुरुदृष्टमूर्तिर्धनधर्मसुखान्वितं चन्द्रः ॥ ६३ ॥
सुखिनमतीव हि ललितं सुभगं पुत्रार्थकामवन्तञ्च।
चापे सुमित्रभार्यं भार्गवदृष्टः करोतीन्दुः ॥ ६४ ॥
प्रियवादनं सुवाक्यं बहुश्रुतं सत्यवादिनं सौम्यम्।
अभिजातं नृपपुरुषं जनयति सौरेऽक्षितः शशी धनुषि ॥ ६५ ॥

जिसके जन्म समय में धनु राशि में चन्द्रमा, सूर्य से दृष्ट होता है वह जातक राजा, धनी, वीर, प्रसिद्ध पुरुषार्थी, अद्वितीय सुखो और सवारी से युक्त होता है ॥ ६० ॥

यदि धनु राशि में चन्द्रमा, भौम से दृष्ट हो तो वह जातक सेनाध्यक्ष, सम्पन्न, सुन्दर भाग्यवान्, प्रसिद्ध बली और उत्तम नौकरों से युक्त होता है ॥ ६१ ॥

यदि धनु राशि में चन्द्रमा, बुध से दृष्ट हो तो वह जातक अधिक नौकर वाला, सारगर्भित वाणी बोलने वाला, ज्योतिष व शिल्पादि कार्य में चतुर होता है ॥ ६२ ॥

यदि धनु राशि में चन्द्रमा, गुरू से दृष्ट हो तो वह जातक अद्वितीय देहधारो और राजा का सचिव, धन, धर्म और सुख से युक्त, नागाओं का स्वामी होता है ॥ ६३ ॥

यदि धनु राशि में चन्द्रमा, शुक्र से दृष्ट हो तो वह जातक सुखी, अधिक सुन्दर, अच्छा भाग्यवान् और पुत्र धन की कामना वाला, अच्छे मित्र और अच्छी स्त्री वाला होता है ॥ ६४ ॥

यदि जन्म के समय में धनु राशि में चन्द्रमा, शनि से दृष्ट हो तो वह जातक वाद्य का प्रेमी, सुन्दर वाक्य बोलने वाला, बहुश्रुत, सत्यवादी, सरल, विख्यात व राजा का पुरुष होता है ॥ ६५ ॥

जा० सा० दी० में कहा है—'विख्यातपौरुषः सौख्यवाहनार्थयुतः शठ। नृपो वा जायते चापे शशाङ्के सूर्यवीक्षिते ॥ ६३ ॥ सेनानी सुभगः ख्यातः पौरुषः सुभगः शठः। नृपो वा जायते चापे शशाङ्के भौमवीक्षिते ॥ ६४ ॥ शिल्पज्योतिषविज्ञानी ज्ञातिज्ञो भृत्यवान् विधौ। नग्नाचार्यो ज्ञातिसेव्यो वाक्सारो बुधवीक्षिते ॥ ६५ ॥ सुदेहः सचिवः सौख्यः धनधर्मसमन्वितः। भूपो वा जायते चन्द्रे चापे जीवनिरीक्षिते ॥ ६६ ॥ पुत्रार्थ-कामसौभाग्यसौख्यभाक् चापगे विधौ। शक्तिमान् सुसुहृद्दारः सितदृष्टे जनाश्रयः ॥ ६७ ॥ सत्यप्रियवचा राज्ञः सुरूपश्च बहुश्रुतः। सुशठो निर्धनश्चन्द्रे चापगे मन्दवीक्षिते ॥ ६८ ॥ (३३ अ० ६३-६८ श्लो०) ॥ ६०-६५ ॥

विशेष—प्रकाशित सारावली में—'त्वक्सारं' यह तथा पुस्तक में 'जनयत्युत्तम-पुरुषं' यह पाठान्तर है ॥ ६०-६५ ॥

इति धनुस्थो शशी।

इस प्रकार धनु राशि में चन्द्रमा का व चन्द्रमा पर ग्रहों की दृष्टि का फल समाप्त हुआ ॥ ५९-६५ ॥

मकर राशि में चन्द्रमा का फल—

[1]नीतिज्ञः शीतभीरुः पृथुलतरशिराः सत्यधर्मोपसेवी
प्रांशुः ख्यातोऽल्परोषो मदनभययुतो निर्गुणस्त्यक्तलज्जः।
चार्वङ्गः क्षामदेहो गुरुयुवतिरतः सत्कविर्वृत्तजङ्घो
मन्दोत्साहोऽतिलुब्धः शशिनि मकरगे दीर्घकण्ठोऽतिकर्णः ॥ ६६ ॥

अब मकर राशि में चन्द्रमा व चन्द्रमा पर ग्रहों की दृष्टि के फल को कहते हैं।

जिसके जन्म समय में मकर राशि में चन्द्रमा होता है वह जातक नीति (न्याय) का ज्ञाता, ठण्ड से डरने वाला, स्थूल नस वाला, सत्य व धर्म का सेवन करने वाला, उन्नत, प्रसिद्ध, अल्प क्रोधी, काम के भय से युक्त, गुणों से रहित, निर्लज्ज, सुन्दर देहधारी, कृश शरीर, गुरू की स्त्री में लीन, अच्छा कवि, गोल जाँघ वाला, अल्पोत्साही, अधिक लोभी, उच्च गले वाला और बड़े-बड़े कान वाला होता है ॥ ६६ ॥

बृ० जा० में कहा है—'नित्यं लालयति स्वदारतनयान् धर्मध्वजोऽधः कृशः स्वक्षः क्षामकटिर्गृहीतवचनः सौभाग्ययुक्तोऽलसः। शीतालुर्मनुजोऽटनश्च मकरे सत्वाधिकः काव्यकृत्लुब्धोऽगम्यजराङ्गनासु निरतः सन्त्यक्तलज्जोऽघृणः' (१७ अ० १० श्लो०) ॥ ६६ ॥

विशेष—प्रकाशित सारावली में—'गीतज्ञः' 'निर्घृणः' 'चार्वक्षः' यह पाठान्तर प्राप्त है ॥ ६६ ॥

मकर राशि में चन्द्रमा पर ग्रहों की दृष्टि के फल—

[2]अधनं दुःखितमटनं परकर्मरतं मलीमसं कुरुते।
मकरे कुविषयनाथं शिल्पमतिं निरीक्षितो रविणा ॥ ६७ ॥
अतिविभवमतिमुखरं सुभगं धनसंयुतं मृगे पुरुषम्।
वाहनयुतं प्रचण्डं करोति वक्रेक्षितश्चन्द्रः ॥ ६८ ॥
मूर्खं प्रवासशीलं मृगे शशी तीक्ष्णमलिनञ्च।
जनयति बुधेन दृष्टः सुखरहितं निर्धनं पुरुषम् ॥ ६९ ॥
भूपतिमनुपमवीर्यं नृपतिगुणसंयुतं मृगे जातम्।
बहुदारपुत्रमित्रं जनयति गुरुवीक्षितश्चन्द्रः ॥ ७० ॥

१—सा० २३ अ० ६५ श्लोक।

२—सा० २३ अ० ६६-७१ श्लोक।

परयुवतिधनविभूषणवाहनमालान्वितं नरं मकरे।
सोपक्रोशमपुत्रं जनयति भृगुर्वीक्षितश्चन्द्रः ॥ ७१ ॥
अलसं मलिनं दान्तं विसुखधनं पारदारिकमसभ्यम्।
दिवसकरपुत्रदृष्टः करोति चन्द्रो नरं मकरे ॥ ७२ ॥

यदि जन्म के समय में चन्द्रमा मकर राशि में सूर्य से दृष्ट हो तो जातक निर्धन, दुःखी, घूमने वाला, दूसरे के कार्य में तत्पर, मलिन और चित्रकारी में बुद्धि रखने वाला होता है ॥ ६७ ॥

यदि मकर राशि में चन्द्रमा, भौम से दृष्ट हो तो जातक अधिक ऐश्वर्य से युक्त, अधिक अप्रिय बोलने वाला, अच्छा भाग्य शाली, धनी, सवारी से युक्त और प्रचण्ड होता है ॥ ६८ ॥

यदि मकर राशि में चन्द्रमा, बुध से दृष्ट हो तो वह जातक मूर्ख, प्रवासी, तीव्र, दूषित, सुख से हीन और निर्धन होता है ॥ ६९ ॥

यदि मकर राशि में चन्द्रमा, गुरू से दृष्ट हो तो जातक राजा, अद्वितीय बली राजकीय गुणों से युक्त, अधिक स्त्री, पुत्र और मित्रों से युक्त होता है ॥ ७० ॥

यदि मकर राशि में चन्द्रमा, शुक्र से दृष्ट हो तो जातक दूसरे की स्त्री-धन-अलंकार और सवारी से युक्त, क्रोधी एवं पुत्र हीन होता है ॥ ७१ ॥

यदि जन्म के समय में चन्द्रमा, शनि से दृष्ट हो तो जातक आलसी, दूषित, तपश्चर्या में क्लेश सहने वाला, धन व सुख से रहित, परस्त्री गामी और असभ्य होता है ॥ ७२ ॥

जा० सा० दी० में कहा है—'मलिनो निर्धनो दुःखी परकर्मकरो नरः । विषमोऽल्पमतिश्चन्द्रे मृगस्थे रविवीक्षिते ॥६९॥ धीमानुदारः सुभगः सुवाहनयुतो धनी । चण्डो मृगस्थे चन्द्रे भूपो वा भौमविक्षिते ॥७०॥ विकलाङ्गताङ्गतो मूर्खः प्रवासी निःसुखश्चलः । बुधदृष्टे मृगे चन्द्रे वाग्मी वा निर्धनी नृपः ॥ ७१ ॥ बहुदारसुहृच्छूरो भूपो नृपसमोऽथवा । विख्यातो जायते चन्द्रे मृगगे गुरुवीक्षिते ॥ ७२ ॥ मानवाहनशास्त्रार्थवरस्त्रीभूषणान्वितः । मकरस्थे निशानाथे जायते शुक्रवीक्षिते ॥ ७३ ॥ अलसं मलिनमन्दारं विसुखमधनं पारदारिकमसत्यम् । दिवसकरपुत्रदृष्टः करोति चन्द्रो नरं मकरे ॥ ७४ ॥ (३३ अ० ६९-७४) श्लो०) ॥ ६७-७२ ॥

विशेष - प्रकाशित सारावली में 'कुवलयनाथः' 'अतिविभवमत्युदारं' 'गतयुवतिचञ्चलं मृगे तीक्ष्णम्' 'नृपतिगुणैः संयतं' 'मलिनं दान्तं मदनार्पितं' 'मसत्यम्' यह पाठान्तर प्राप्त होता है ॥ ६७-७२ ॥

मकरगः शशी ।

इस प्रकार मकर राशि में चन्द्रमा का व चन्द्रमा पर ग्रहों की दृष्टि का फल समाप्त हुआ ॥ ६६-७२ ॥

---

१. सारावली २३ अ० ७३ श्लो० ।

कुम्भराशि में चन्द्रमा का फल—

[1]उद्घोणो रूक्षदेहः पृथुकरचरणो मद्यपानप्रसक्तः
सद्द्वेषो धर्महीनः परसुतजनकः स्थूलपर्वा कुनेत्रः
शाठ्यालस्याभिभूतो विपुलमुखकटिः शिल्पविद्यासमेतो।
दुःशीलो दुःखतप्तो घटभृदुपगते रात्रिनाथे दरिद्रः ॥ ७३ ॥

अब कुम्भ राशि में चन्द्रमा के व चन्द्रमा पर ग्रहों की दृष्टि के फल को बतलाते हैं।

जिसके जन्म के समय में चन्द्रमा कुम्भ राशि का होता है वह मनुष्य ऊँची नाक वाला, शुष्क शरीरधारी, मोटे हाथ व पैर वाला, शराब पीने में आसक्त, शत्रुता करने वाला, धर्म से हीन, दूसरे के पुत्र को पैदा करने वाला अर्थात् परस्त्रीगामी, पुष्ट शरीर सन्धि धारी, दूषित नेत्र वाला, धूर्त, आलसी, पीडित वा पराजित, विशाल मुख व कमर वाला, शिल्प (कारीगरी) विद्या का ज्ञाता, दूषित स्वभाव का, दुःख से दुःखी और दरिद्री होता है ॥ ७३ ॥

बृ० जा० में कहा है—'करभगलः शिरालुः खरलोमशदीर्घतनुः पृथुचरणोरुपृष्ठजघनास्यकटिर्जरठः। परवनितार्थपापनिरतः क्षयवृद्धियुतः प्रियकुसुमानुलेपनसुहृद्घटजोऽध्वसहः' (१७ अ० ११ श्लो०) ॥ ७३ ॥

विशेष—प्रकाशित सारावली में 'स्थूलमूर्धा' यह तथा पुस्तक में 'उद्घोणो' के स्थान पर 'उद्धानो' यह पाठान्तर प्राप्त है ॥ ७३ ॥

कुम्भ राशि में चन्द्रमा पर ग्रहों की दृष्टि के फल—

[1]अतिमलिनमतीवशूरं नृपरूपं धार्मिकं कृषिकरञ्च।
कुरुते दिनकरदृष्टो घटधरसंस्थः क्षपानाथः ॥ ७४ ॥
कुम्भेऽतिसत्यवाक्यं मातृगुरुधनैर्वियुक्तमलसम्।
विषयं परकार्यकरं करोति भौमेक्षितश्चन्द्रः ॥ ७५ ॥
अशनोपचारकुशलं गीतविधिज्ञं प्रियश्च युवतीनाम्।
तनुविभवसुखं पुरुषं करोति बुधवीक्षितः शशी कुम्भे ॥ ७६॥
ग्रामक्षेत्रतरूणां (वर) भवनं (नानां?) वराङ्गनानाञ्च।
कुरुते भोगिनमार्यं साधुं गुरुवीक्षितः शशी कुम्भे ॥ ७७ ॥
नीचमपुत्रममित्रं कातरमाचार्यनिन्दितं पापम्।
कुरुते शशी कुयुवतिं सितेक्षितो घटधरेऽल्पसुखम् ॥ ७८ ॥
नखरोमधरं मलिनं परदाररतं (शठं) विधर्माणम्।
स्थावरभागिनमाढ्यं शशी घटे सौरिसंदृष्टः ॥ ७९ ॥

जिसके जन्म के समय में कुम्भ राशि में चन्द्रमा, सूर्य से दृष्ट होता है वह जातक अत्यन्त दूषित, अधिक वीर, राजा के समान, धर्मात्मा और खेती करने वाला होता है ॥ ७४ ॥

---

१. सारावली २३ अ० ७३-६८ श्लो०।

यदि कुम्भ राशि में चन्द्रमा, भौम से दृष्ट हो तो जातक अधिक सत्य वाक्य बोलने वाला, माता-गुरू व धन से रहित, आलसी, विपरीत स्वभावी और दूसरे का कार्य कर्ता होता है ॥ ७५ ॥

यदि कुम्भ राशि में चन्द्रमा, बुध से दृष्ट हो तो जातक भोजन विधि में चतुर, गाने की रीति को जानने वाला, स्त्रियों का प्रेमी और अल्प ऐश्वर्य सुख होता है ॥७६॥

यदि कुम्भ राशि में चन्द्रमा, गुरू से दृष्ट हो तो जातक गाँव-खेत-वृक्ष-सुन्दर मकान और सुन्दरियों के सुख को भोगने वाला, श्रेष्ठ एवं सज्जन होता है ॥ ७७ ॥

यदि कुम्भ राशि में चन्द्रमा, शुक्र से दृष्ट हो तो जातक दुष्ट, पुत्र व मित्र से रहित, डरपोक, गुरूजनों से तिरस्कृत, पापी, दूषित स्त्री वाला और अल्पसुखी होता है ॥ ७८ ॥

यदि कुम्भ राशि में चन्द्रमा, शनि से दृष्ट हो तो जातक गन्दे नाखून व रोमों को धारण करने वाला, पर स्त्री गामी, धूर्त विधर्मी और अचर वस्तु से धनी होता है ॥ ७९ ॥

जा० सा० दी० में कहा है—'कृषिकृन्मलिनः शूरो नृपतुल्योऽथवा भवेत् । संगमार्तो विधौ कुम्भे जायते सूर्यवीक्षिते ॥ ७५ ॥ सत्यवाग्विषमो मातृपितृवित्तगृहैर्युतः । कुजेक्षिते घटे चन्द्रेऽन्यार्थहृत्परकार्यकृत् ॥ ७६ ॥ दक्षः शतोपचारेषु गीतज्ञे वनिताप्रियः स्वल्पवित्तसुखः कुम्भे नृपश्चन्द्रे बुधेक्षिते ॥ ७७ ॥ वराङ्गनागृहक्षेत्रग्रामपादपपालकः । साधुराढ्यो घटे चन्द्रे जायते गुरुवीक्षिते ॥ ७८ ॥ नीचः पुत्रसुहृद्धीनः पापः स्वाचार्यनिन्दितः । कुदारोऽल्पसुखश्चन्द्रे कुम्भस्थे सितवीक्षिते ॥ ७९ ॥ विधर्मा मलिनो रोमनखहृत्परदारगः । आढ्यः स्थावरभाक्चन्द्रे कुम्भस्थे शनिवीक्षिते ॥ ८० ॥' (३३ अ० ७५-८० श्लो०) ॥ ७४-७९ ॥

विशेष—प्रकाशित सारावली में 'शयनोपचार कुशल' यह पाठान्तर है ॥ ७४-७९ ॥

इति कुम्भगश्चन्द्रः ।

इस प्रकार कुम्भ राशि में चन्द्रमा का व चन्द्रमा पर ग्रहों की दृष्टि का फल समाप्त हुआ ॥ ७३-७९ ॥

मीन राशि में चन्द्रमा का फल—

[1]शिल्पोत्पाताभिचाराहितजयनिपुणः शास्त्रविच्चारुदेहो
गेयज्ञो धर्मनिष्ठो बहुयुवतिरतः सौख्यभाग्भूपसेवी ।
ईषत्कोपो महत्कः सुखनिधिधनभाक् स्त्रीजितः शुद्धभावो
यानासक्तः समुद्रे स्मितियुगलगते शतिगौ[2] सत्यशीलः ॥ ८० ॥

अब मीन राशि में चन्द्रमा व चन्द्रमा पर ग्रहों की दृष्टि के फल को बतलाते हैं ।

जिसके जन्म के समय में चन्द्रमा मीन राशि में होता है वह जातक शिल्प-उत्पात हिंसा कार्य कर्त्ता और शत्रुओं को जीतने में चतुर, शास्त्रों का ज्ञाता, सुन्दर शरीरधारी,

---

१. सारावली २३ अ० ७९ श्लो० । २. सत्यशील पु० में है ।

गान विद्या का जानने वाला, धर्मात्मा, अधिक स्त्रियों में आसक्त, सुख भोगने वाला, राज सेवी, अल्प क्रोधी, बड़े मस्तक वाला, सुख का खजाना, धन भोगी, स्त्री से पराजित, शुद्ध स्वभावी, समुद्री जहाज में बैठने की प्रीति रखने वाला और सत्य स्वभावी होता है ॥ ८० ॥

बृ० जा० में कहा है—'जलपरधनभोक्ता दारवासोऽनुरक्तः समरुचिरशरीरस्तुङ्गनासो बृहत्कः। अभिभवति सयत्नान् स्त्रीजितश्चारुदृष्टिर्द्युतिनिधिधनभोगी पण्डितश्चान्त्यराशौ' (१७ अ० १२ श्लो०) ॥ ८० ॥

विशेष—प्रकाशित सारावली में 'शिल्पोत्पन्नाधि' 'सत्स्वभावो' 'दानशीलः' यह पाठान्तर प्राप्त है ॥ ८० ॥

मीन राशि में चन्द्रमा पर ग्रहों की दृष्टि के फल—

तीव्रं मदनप्रकाशं सुखिनं सेनापतिं धनसमृद्धम्।
जनयति दिनकरदृष्टः समुचितभाग्यं शशी मीने ॥ ८१ ॥
परिभूतं सुखरहितं कुलटापुत्रं च पापनिरतञ्च।
जनयति नक्षत्रपतिः क्षितिसुतदृष्टो झषे शूरम् ॥ ८२ ॥
जनयति बुधेन दृष्टो मीनस्थाश्चन्द्रमा पुरुषम्।
भूपतिमतीवसुखिनं वरयुवतिसमावृतं वश्यम् ॥ ८३ ॥
गुरुदृष्टो मीनस्थो ललितं चण्डोग्रमाण्डलिकम्।
अल्पार्थं सुकुमारं बहुभिः स्त्रीभिर्वृतं जनयेत् ॥ ८४ ॥
कुरुते शशी सुशीलं रतिवन्तं नृत्यवाद्यगेयरतम्।
शुक्रेक्षितो झषस्थो हृदयहरं कामिनीनाञ्च ॥ ८५ ॥
विकलमहितं जनन्याः कामार्तं पुत्रदाररतिहीनम्।
कुरुते रविसुतदृष्टो नीचं विरूपाङ्गनासक्तम् ॥ ८६ ॥
राशिपतौ बलयुक्ते राशौ च बलान्विते तथा चन्द्रे।
राशिफलं निर्बाधं भावं बिना च संचिन्त्यम् ॥ ८७ ॥

इति मीनराशिगश्चन्द्रचारः।

जिसके जन्म समय में मीन राशि में चन्द्रमा, सूर्य से दृष्ट होता है वह जातक अत्यन्त कामी, सुखी, सेनाध्यक्ष, धन से सम्पन्न और उचित भाग्यशाली होता है ॥ ८१ ॥

यदि मीन राशि में चन्द्रमा, भौम से दृष्ट हो तो वह जातक अपमानित, सुख से हीन, वेश्या का पुत्र, पापात्मा और वीर होता है ॥ ८२ ॥

यदि मीन राशि में चन्द्रमा बुध से दृष्ट हो तो जातक राजा, अधिक सुखी, सुन्दर स्त्रियों से युक्त वा वशीभूत होता है ॥ ८३ ॥

यदि मीन राशि में चन्द्रमा, गुरू से दृष्ट हो तो जातक सुन्दर, प्रचण्ड प्रतापी, जिलाधीश, अल्प पैसा वाला, कोमल और अधिक स्त्रियों से युक्त होता है ॥ ८४ ॥

यदि मीन राशि में चन्द्रमा, शुक्र से दृष्ट हो तो वह जातक सुशील, कामी, नाचने, बजाने व गाने में आसक्त और स्त्रियों के मन को चुराने वाला होता है ॥ ८५ ॥

यदि जन्म के समय में चन्द्रमा मीन राशि में शनि से दृष्ट हो तो वह जातक अशान्त, माता का अनिष्ट करने वाला, काम से पीडित, पुत्र-स्त्री और रति अर्थात् प्रेम से रहित होता है ॥ ८६ ॥

अब राशि में कथित फल कब पूर्ण होता है इसे कहते हैं।

यदि जन्म के समय में राशि का स्वामी व राशि और चन्द्रमा ये तीनों बलवान् हों तो पूर्व कथित फल पूर्ण होता है इसमें संदेह की आवश्यकता नहीं है ॥ ८७ ॥

जा० सा० दी० में कहा है 'तीव्रकामः सुखी नेता प्रचण्डो बहुविग्रहः। धनी मुदित-दारश्च झषे सूर्येऽक्षिते विधौ ॥ ८१ ॥ कुलटातनयः पापः परिभूतः सुखोऽज्झितः। शूरो मीनस्थिते चन्द्रे जायते भौमवीक्षिते ॥ ८२ ॥ भूपतिः सौख्यसंयुक्तो वरनारी समाश्रितः। हास्योपजीवी मीनस्थे शशाङ्के बुधवीक्षिते ॥ ८३ ॥ मण्डलीकः समृद्धः स्याद्बहुस्त्रीभिः समावृतः। सुकुमारो झषे चन्द्रे जायते गुरुवीक्षिते ॥ ८४ ॥ सुशीलो रतिसङ्गीतरतः पण्डितईश्वरः। स्त्रोणां हृदयहारी च झषे चन्द्रे सितेऽक्षिते ॥ ८५ ॥ कामार्तो मातुर-व्यङ्गो हितो दारसुखोऽज्झितः। पापो नीचविरूपस्त्रीसक्तो मूर्खः शनीक्षिते ॥ ८६ ॥ (३३ अ० ८१-८६ श्लो० ॥ ८१-८७ ॥

विशेष—प्रकाशित सारावली में 'समुदितभार्यं' 'अत्याढच' 'रतिमन्तं' 'पुत्रदारमति-हीनम्' 'राशिफलं स्यात् सकलं नीचोच्चविधिना च संचिन्त्यम्' यद् पाठान्तर उपलब्ध होता है ॥ ८१-८७ ॥

इस प्रकार मीन राशि में चन्द्रमा एवं चन्द्रमा पर ग्रहों की दृष्टि का फल समाप्त हुआ ॥ ८०-८७ ॥

मेष या वृश्चिक राशि के नवांश में चन्द्रमा पर ग्रहों की दृष्टि के फल—

[1]भौमांशे कुजदृष्टो निर्वक्तृकं चन्द्रमा प्रचण्डञ्च।
जनयति मायाबहुलं प्रचण्डं च सूर्यजेन कलिपुरुषाणाम् ॥ १ ॥
सूर्येण नीचघातकमथवाप्यारक्षकं शूरम्।
जीवेन मनुजनाथं ख्यातं विद्वांसमाराध्यम् ॥ २ ॥
शुक्रेण नृपतिसचिवं धनान्वितं स्त्रीविलेपनानुरतम्।
शूरं शीघ्रप्रबलं चपलञ्च सौम्येन ललितञ्च ॥ ३ ॥

अब द्वादश राशियों के नवांश में स्थित चन्द्रमा पर ग्रहों की दृष्टि के फल को बतलाते हैं। पूर्व में भौम राशि के नवाँश में स्थित चन्द्रमा पर दृष्टि के फल को कहते हैं।

यदि जन्माऽङ्ग में मेष या वृश्चिक राशि के नवांश में चन्द्रमा, भौम से दृष्ट हो तो जातक वक्तृत्व शक्ति से हीन और प्रचण्ड होता है।

यदि मेष या वृश्चिक राशि के नवांश में चन्द्रमा, शनि से दृष्ट हो तो जातक अधिक मायावी, प्रचण्ड और कलह करने वाला होता है ॥ १ ॥

यदि मेष या वृश्चिक राशि के नवांश में चन्द्रमा, सूर्य से दृष्ट हो तो वह जातक दुष्टों को मारने वाला वा रक्षा करने वाला और वीर होता है ॥

यदि मेष या वृश्चिक-राशि के नवांश में चन्द्रमा, गुरू से दृष्ट हो तो जातक मनुष्यों का स्वामी, प्रसिद्ध और आराधना करने के योग्य पण्डित होता है ॥ २ ॥

यदि मेष या वृश्चिक राशि के नवांश में चन्द्रमा, शुक्र से दृष्ट हो तो जातक राजा का मन्त्री, धनी और स्त्री के श्रृङ्गार करने में अनुरक्त होता है।

यदि जन्माङ्ग में मेष या वृश्चिक राशि के नवांश में चन्द्रमा, बुध से दृष्ट हो तो जातक वीर, शीघ्र बली, चपल और सुन्दर पुरुष होता है ॥ ३ ॥

विशेष—प्रकाशित सारावली में 'निकर्तनश्चन्द्र' 'प्रवञ्चकं' 'किलपुरुषम्' 'चोरघातकम्' 'विद्वत्समाराध्यं' 'शीघ्रंवदन्ति चपलं सौम्येन निरीक्षिते चन्द्रे' यह पाठान्तर है ॥ १-३ ॥

इस प्रकार भौम राशि के नवांश में चन्द्रमा पर ग्रहों की दृष्टि का फल समाप्त हुआ ॥ १-३ ॥

[अथ सितगृहांशकफलम्]

वृष या तुला राशि के नवांश में चन्द्रमा पर ग्रहों की दृष्टि के फल—

[1]सितभागे सितदृष्टो योषिद्वस्त्रान्नपानधनसौख्यम्
जनयति बुधेन चन्द्रो वाद्यज्ञं नृत्यगेयरतम् ॥ ४ ॥
गुरुणा कविप्रधानं नयशास्त्रविशारदं नृपतिसचिवम् ।
परदारधर्मेण परं कामिनमारेण बहुभृत्यम् ॥ ५ ॥
सूर्येण महामूर्खं प्रियंवदं सततमन्नपानरुचिम ।
सौरेण बन्धकीनां गुणैश्च सदृशं दिशति चन्द्रः ॥ ६ ॥

इति सितगृहांशकफलम् ।

यदि जन्माऽङ्ग में वृष या तुला राशि के नवांश में चन्द्रमा, शुक्र से दृष्ट हो तो जातक स्त्री वस्त्र अन्न, पान और धन से सुखी होता है।

यदि वृष या तुला राशि के नवांश में चन्द्रमा, बुध से दृष्ट हो तो जातक वाद्य का ज्ञाता और नाचने व गायन में आसक्त होता है ॥ ४ ॥

यदि वृष या तुला राशि के नवांश में चन्द्रमा, गुरू से दृष्ट हो तो जातक प्रसिद्ध कवि, नीतिशास्त्र में चतुर और राजा का मन्त्री होता है।

यदि वृष या तुला राशि के नवांश में चन्द्रमा, भौम से दृष्ट हो तो जातक परस्त्री धर्म से अधिक कामी और अधिक नौंकरों से युक्त होता है ॥ ५ ॥

यदि वृष या तुला राशि के नवांश में चन्द्रमा, सूर्य से दृष्ट हो तो जातक बड़ा मूर्ख, मीठा बोलने वाला और निरन्तर खाने पीने की इच्छा करने वाला होता है।

१—सारावली २४ अ० ४-६ श्लो०।

यदि जन्माऽङ्ग में वृष या तुला राशि के नवांश में चन्द्रमा, शनि से दृष्ट हो तो जातक व्यभिचारिणी के गुणों के समान अर्थात् व्यभिचारी होता है ॥ ६ ॥

विशेष—प्रकाशित सारावली में 'परदारदर्शनपरं 'वर्धकीनां' यह पाठान्तर प्राप्त है ॥ ४-६ ॥

इस प्रकार वृष या तुला राशि के नवांश में चन्द्रमा पर ग्रहों की दृष्टि का फल समाप्त हुआ ॥ ४-६ ॥

[अथ बुधांशगचन्द्रफलम्]

मिथुन या कन्या राशि के नवांश में चन्द्रमा का फल—

[1]बुधभागे बुधदृष्टः शिल्पाचार्यं कविं शशी जनयेत् ।
शुक्रेक्षितो विशीलं गेयज्ञं वचनसाराढ्यम् ॥ ७ ॥
नृपमन्त्रिणं गुणाढ्यं गुरुणा दृष्टः प्रतिष्ठितं कान्तम् ।
भौमेक्षितेऽतिचौरं विवादसौख्यं नरं रौद्रम् ॥ ८ ॥
शास्त्रार्थकाव्यबुद्धिं प्राज्ञं शिल्पिनमवेक्षितः शनिना ।
नटधरं विख्यातं जनयति सूर्येक्षितश्चन्द्रः ॥ ९ ॥

इति बुधांशगश्चन्द्रः ।

अब मिथुन या कन्या राशि के नवांश में स्थित चन्द्रमा पर ग्रहों की दृष्टि के फल को कहते हैं ।

यदि जन्माऽङ्ग में मिथुन या कन्या राशि के नवांश में चन्द्रमा, बुध से दृष्ट हो तो जातक चित्रकला में आचार्य और कवि होता है ।

यदि मिथुन या कन्या राशि के नवांश में चन्द्रमा, शुक्र से दृष्ट हो तो जातक उद्दण्ड, गान विद्या का जानने वाला, सारगर्भित बात बोलने वाला और धनी होता है ॥ ७ ॥

यदि मिथुन या कन्या राशि के नवांश में चन्द्रमा, गुरू से दृष्ट हो तो जातक राजा का सचिव, गुणी, प्रतिष्ठित और सुन्दर होता है ।

यदि मिथुन या कन्या राशि के नवांश में चन्द्रमा भौम से दृष्ट हो तो जातक चोर, विवाद से सुख का अनुभव करने वाला और भयानक होता है ॥ ८ ॥

यदि मिथुन या कन्या राशि के नवांश में चन्द्रमा, शनि से दृष्ट हो तो जातक शास्त्रार्थी, काव्य बनाने की क्षमता रखने वाला और चित्रकार होता है ।

यदि मिथुन या कन्या राशि के नवांश में चन्द्रमा, सूर्य से दृष्ट हो तो जातक नटधर और प्रसिद्ध होता है ॥ ९ ॥

१–सारावली २४ अ० ७-९ श्लो० ।

विशेष—प्रकाशित सारावली में–'विशालं' 'विवादकुशलं' रङ्ग चरं' यह पाठान्तर है ॥ ७-९ ॥

इस प्रकार बुध के नवांश में चन्द्रमा पर ग्रहों को दृष्टि का फल समाप्त हुआ ॥ ७-९ ॥

[अथ कर्कांशगचन्द्रफलम्]

कर्क राशि के नवांश में चन्द्रमा पर ग्रहों की दृष्टि के फल—

स्वांशे दिनकरदृष्टः शशी कृशं परीक्षितशरीरम् ।
परधनहरणे निपुणं लुब्धं निपुणं बुधेनापि ॥ १० ॥
सौरेणकृत्यकरं वधबन्धविवादसंतप्तम् ।
शुक्रेण स्त्रीपोष्यं जनयेदथवा नपुंसकाकारम् ॥ ११ ॥
नृपमन्त्रिणं नृपं वा जनयति गुरुणावलोकितश्चन्द्रः ।
भौमेन धर्मनिरतं निद्राबहुलं च सतमस्कम् ॥ १२ ॥

अब कर्क राशि के नवांश में चन्द्रमा पर ग्रहों की दृष्टि के फल को कहते हैं।

यदि जन्माऽङ्ग में कर्क राशि के नवांश में चन्द्रमा, सूर्य से दृष्ट हो तो जातक पतली व परीक्षित देह को धारण करने वाला होता है।

यदि कर्क राशि के नवांश में चन्द्रमा, बुध से दृष्ट हो तो जातक दूसरे के धन को चुराने में चतुर और चतुर लोभी होता है ॥ १० ॥

यदि कर्क राशि के नवांश में चन्द्रमा, शनि से दृष्ट हो तो जातक कुकर्म करने वाला, हिंसा, बन्धन और विवाद से दुःखी होता है।

यदि कर्क राशि के नवांश में चन्द्रमा, शुक्र से दृष्ट हो तो जातक स्त्रियों द्वारा पोषण होने के योग्य और नपुंसक स्वरूप होता है ॥ ११ ॥

यदि कर्क राशि के नवांश में चन्द्रमा, गुरू से दृष्ट हो तो जातक राजा का सचिव या राजा होता है।

यदि कर्क राशि के नवांश में चन्द्रमा, भौम से दृष्ट हो तो जातक धर्मात्मा, अधिक निद्रा के वशीभूत और क्रोधी होता है ॥ १२ ॥

विशेष—प्रकाशित सारावली में—'कृशतनुमविक्षतशरीरं' 'परधनरक्षणनिपुणं लुब्धं नितरां कुजेनाऽपि' 'स्त्रीद्वेष्यं' 'सौम्येनाधर्मरतं निद्राबहुलञ्च सततमध्वरतम्' यह पाठांतर प्राप्त है ॥ १०-१२ ॥

इति कर्कांश चन्द्रफलम् ।

इस प्रकार कर्क राशि के नवांश में चन्द्रमा पर ग्रहों की दृष्टि का फल समाप्त हुआ ॥ १०-१२ ॥

[अथ सिंहांशे चन्द्रदृष्टिः]

सिंह राशि के नवांश में चन्द्रमा पर ग्रहों की दृष्टि के फल—

[1]रविभागे रविदृष्टः सरोषणः समरलब्धकीर्तिधनः ।
पापो निर्दय इन्दौ सौरेण प्राणिनां हन्ता ॥ १३ ॥
भौमेन स्वर्णधनं ख्यातं नृपसत्कृतं प्रचण्डनरम् ।
गुरुणा जनयति दृष्टश्चमूपतिं वा नरेन्द्रञ्च ॥ १४ ॥
शुक्रेण दृष्टमूर्तिः सुतार्थिनं मृतसुतं वापि ।
सौम्येन दैवचिन्तकमितिहासरतं शिवे भक्तम् ॥ १५ ॥

इति सिंहांशे चन्द्रदृष्टिः ।

यदि जन्माऽङ्ग में सिंह राशि के नवांश में चन्द्रमा, सूर्य से दृष्ट हो तो जातक क्रोधी और युद्ध में कीर्ति व धन को प्राप्त करने वाला होता है ।

यदि सिंह राशि के नवांश में चन्द्रमा, शनि से दृष्ट हो तो जातक पापी, दया से हीन अर्थात् निर्दयी और जीवों की हिंसा करने वाला या यों समझिये प्राण लेने वाला होता है ॥ १३ ॥

यदि सिंह राशि के नवांश में चन्द्रमा, भौम से दृष्ट हो तो जातक सुवर्ण धन वाला, प्रसिद्ध, राजा से सम्मानित और प्रचण्ड होता है ।

यदि सिंह राशि के नवांश में चन्द्रमा, गुरू से दृष्ट हो तो जातक सेना का स्वामी अर्थात् सेनाध्यक्ष, अथवा राजा होता है ॥ १४ ॥

यदि सिंह राशि के नवांश में चन्द्रमा, शुक्र से दृष्ट हो तो जातक पुत्र की इच्छा करने वाला अथवा मरे हुए पुत्र वाला होता है ।

यदि जन्माऽङ्ग में सिंह राशि के नवांश में चन्द्रमा, बुध से दृष्ट हो तो जातक भाग्य का विचार करने वाला, इतिहास में तत्पर और महादेव जी का भक्त होता है ॥ १५ ॥

विशेष—प्रकाशित सारावली में 'सुवर्ण धनं' 'प्रचण्डरतम्' 'नरेन्द्रं वा' 'निधिमाजं' यह पाठान्तर प्राप्त है ॥ १३-१५ ॥

[अथ जीवांशे चन्द्रफलम्]

धनु या मीन राशि के नवांश में चन्द्रमा पर ग्रहों की दृष्टि के फल—

गुरुभागे गुरुदृष्टो विपदं नृपवल्लभं विपुलकीर्तिम् ।
जनयति शशी (सि) तेन च समस्तभोगेषु संसक्तं ॥ १६ ॥
बुधदृष्टो हास्यकरं नृपप्रियं नायकं वरूथिन्याः ।
अस्त्राचार्यं कुरुते कुजेक्षितः सर्वतः ख्यातः ॥ १७ ॥

१—सारा० २४ अ० १३-१५ श्लो० ।

दोषैर्विविधैः ख्यातं दिनकरदृष्टो नरं प्रमाणज्ञम् ।
सौरेण वृद्धवेषं मलीमसाङ्गं तिरस्कृतं नीचम् ॥ १८ ॥

इति जीवांशे चन्द्रफलम् ।

यदि जन्माऽङ्ग में धनु या मीन राशि के नवांश में चन्द्रमा, गुरू से दृष्ट हो तो जातक जहर देने वाला, राजा का कृपापात्र और अधिक कीर्तिमान् होता है ।

यदि धनु या मीन राशि के नवांश में चन्द्रमा, शुक्र से दृष्ट हो तो जातक समस्त भोगों में आसक्त होता है ॥ १६ ॥

यदि धनु या मीन राशि के नवांश में चन्द्रमा, बुध से दृष्ट हो तो जातक हँसने वाला, राजा का प्रेमी और सेना का नायक या स्वामी होता है ।

यदि धनु या मीन राशि के नवाँश में चन्द्रमा, भौम से दृष्ट हो तो जातक अस्त्र विद्या में प्रधान और सब जगह प्रसिद्ध होता है ॥ १७ ॥

यदि धनु या मीन राशि के नवांश में चन्द्रमा, सूर्य से दृष्ट हो तो जातक अनेक दोषों से प्रसिद्ध और प्रमाण को जानने वाला होता है ।

यदि जन्माऽङ्ग में धनु या मीन राशि के नवांश में चन्द्रमा, शनि से दृष्ट हो तो जातक बूढ़ा वेषधारी, गन्दी देह का, अपमानित और दुष्ट होता है ॥ १८ ॥

विशेष प्रकाशित सारावली में—'विशदं' 'स्त्रीणां भोगैः सुसंयुक्तम्' 'प्रमाणस्थम्' 'वृद्धशीलं बलिभिश्च निराकृतम्' यह पाठान्तर प्राप्त है ॥ १६-१८ ॥

इस प्रकार गुरू की राशि में चन्द्रमा पर ग्रहों की दृष्टि का फल समाप्त हुआ ॥ १६-१८ ॥

[अथ सौरांशकफलम्]

मकर या कुम्भ राशि में चन्द्रमा पर ग्रहों की दृष्टि के फल—

सौरांशे शनिदृष्टः कृपणं रोगान्वितं मृतसुतं वा ।
सूर्येणाल्पापत्यं व्याधिग्रस्तं विरूपतनुम् ॥ १९ ॥
भौमेन नरपतिसमं स्वाढ्यं स्त्रीदुर्लभं सुखैर्युक्तम् ।
शुक्रेण विषमशीलं युवतिभिरवधारितं बधिरम् ॥ २० ॥
सौम्येन पापनिरतं कुत्सितचरितं सदा शशी दृष्टः ।
गुरुणा स्वकर्मनिरतं पुरुषं कुरुते नरं दान्तम् ॥ २१ ॥

यदि जन्माऽङ्ग में मकर या कुम्भ राशि के नवांश में चन्द्रमा, शनि से दृष्ट हो तो जातक लोभी, रोगी अथवा मृतपुत्र वाला होता है ।

यदि मकर या कुम्भ राशि के नवांश में चन्द्रमा, सूर्य से दृष्ट हो तो जातक अल्प पुत्रों से युक्त, रोग से पीड़ित और स्वरूप से रहित देहधारी होता है ॥ १९ ॥

यदि मकर या कुम्भ राशि के नवांश में चन्द्रमा, भौम से दृष्ट हो तो जातक राजा के तुल्य, धन से युक्त, स्त्री को अप्राप्य और सुखों से युत होता है ।

यदि मकर या कुम्भ राशि के नवांश में चन्द्रमा, शुक्र से दृष्ट हो तो जातक विपरीत स्वभाव वाला, स्त्रियों से और बहिरा होता है ॥ २० ॥

यदि मकर या कुम्भ राशि के नवांश में चन्द्रमा, बुध से दृष्ट हो तो जातक सदा दूषित चरित्र वाला और पाप में लीन होता है।

यदि जन्माऽङ्ग में मकर या कुम्भ राशि के नवांश में चन्द्रमा, गुरू से दृष्ट हो तो जातक अपने कार्यों में तत्पर और तपश्चर्या में क्लेश सहने वाला होता है ॥ २१ ॥

विशेष—प्रकाशित सारावली में 'स्त्रीदुर्भगं' 'अवधारितं धीरम्' 'कुरुते पुरुषं न चोदात्तम्' यह पाठान्तर प्राप्त है ॥ १९–२१ ॥

इस प्रकार शनि की राशि के नवांश में चन्द्रमा पर ग्रहों की दृष्टि का फल समाप्त हुआ ॥ १९–२१ ॥

फल कथन में विशेषता—

वर्गोत्तमस्वकांशकपरकीयनवांशकेषु दृष्टिफलम्।
पुष्टं मध्यं स्वल्पं विपरीतं स्यादनिष्टफलम् ॥ २२ ॥
राशिफलं यदि दृष्टं पूर्वं प्रथितैर्ग्रहैः शशाङ्कस्य।
स्यात्तस्य निरोधो दृष्टो यद्यंशपतिर्बली भवति ॥ २३ ॥
अंशपतेश्चन्द्रस्य च फलं विनिश्चित्य दर्शनकृतानि।
कथितानि यवनवृद्धैः फलानि सम्यग्व्यवादशन्ति ॥ २४ ॥

अब पूर्वोक्त फल कब पूर्ण, मध्य, अल्प होता है इसे सारावली के वाक्य से बतलाते हैं।

यदि जन्माऽङ्ग में चन्द्रमा वर्गोत्तम नवांश में या अपने नवांश में या दूसरे के नवांश में हो तो जातक का पूर्वोक्त शुभ फल वर्गोत्तम में पूर्ण, अपने नवांश में मध्य और अन्य राशि के नवांश में अल्प होता है और अशुभ फल इसके विपरीत अर्थात् वर्गोत्तम में स्वल्प, अपने नवांश में मध्य में और अन्य के नवांश में पूर्ण होता है ॥ २२ ॥

जो राशिफल पहिले देखे व आचार्यों ने कहे उनका का निरोध (न होना) तब होता है जबकि राशीश से नवांशपति बली हो अर्थात् राशिफल न होकर नवांश का फल होता है ॥ २३ ॥

राशिस्थचन्द्रमा का फल पूर्ण प्राप्त न होने से चन्द्रमा के नवांशस्थ फलों को देखकर ही वृद्ध यवनाचार्यों ने इन फलों का अच्छी तरह वर्णन किया है ॥ २२–२४ ॥

विशेष—प्रकाशित सारावली में 'वर्गोत्तमे स्वकीये परकीयनवांशके च दृ' 'तस्य निरो' 'व्यवस्यन्ति' यह पाठान्तर प्राप्त है ॥ २२ २४ ॥

इत्यंशकचन्द्रदृष्टिफलम्। इति चन्द्रः।

इस प्रकार बारह राशियों के नवांश में स्थित चन्द्रमा पर ग्रहों की दृष्टि का फल समाप्त हुआ ॥ २२–२४ ॥

[अथ भौमः]

अब ग्रहों की राशियों में चन्द्रमा पर ग्रहों की दृष्टि के फल को बतलाते हैं।

अपनी राशि में भौम पर ग्रहों की दृष्टि के फल—

[१]सधनं विशदं प्राज्ञं सक्रोधं चोरनायकं मनुजम्।
सुमतिं कुजो हि कुरुते दिननाथनिरीक्षितः स्वर्क्षे ॥ १ ॥
मातृरहितं कृशाङ्गं स्वजनद्वेष्यं च मित्ररहितञ्च।
स्वगृहेऽसृक् शशिदृष्टः सेर्ष्यं कन्याप्रियं कुरुते ॥ २ ॥
परधनहरणे निपुणं चानृतकं कामदेवभक्तञ्च।
कुरुते स्वभे ज्ञदृष्टो द्वेष्यं वेश्यापतिं भौमः ॥ ३ ॥
प्राज्ञं मधुरं सुनयं मातृपितृवत्सलं धनसमृद्धम्।
अनुपममीश्वरमान्यं त्रिदशगुरुवीक्षितोऽवनेः पुत्रः ॥ ४ ॥
स्वगृहेऽसृक् सितदृष्टः स्त्रीहेतोर्वधभागिनं कुरुते।
असकृत् सकृत्तु विभवं स्त्रीहेतोराजवं याति ॥ ५ ॥
स्वर्क्षे चौरविघाते निपुणं शूरं निर्दयं स्वजनहीनञ्च।
अपरस्त्रीभर्तारं जनयति सौरेक्षितो भौमः ॥ ६ ॥

यदि कुण्डली में मेष या वृश्चिक राशि में भौम, सूर्य से दृष्ट हो तो जातक धनी, विस्तार से युत, पण्डित, क्रोधी, चोरों का स्वामी अर्थात् सुन्दर बुद्धि वाला होता है ॥ १ ॥

यदि मेष या वृश्चिक राशि में भौम, चन्द्रमा से दृष्ट हो तो जातक माता से हीन, दुबली देह वाला, अपने आदमियों का शत्रु, मित्रों से शून्य, ईर्ष्यालु और कन्या प्रेमी होता है ॥ २ ॥

यदि मेष या वृश्चिक राशि में भौम, बुध से दृष्ट हो तो जातक दूसरे के धन को चुराने में चतुर, झूठ बोलने वाला, कामदेव का भक्त, द्रोह करने वाला और वेश्या का स्वामी होता है ॥ ३ ॥

यदि मेष या वृश्चिक राशि में भौम, गुरू से दृष्ट हो तो जातक विद्वान्, मीठा बोलने वाला, सुन्दर नीतिमान्, पिता माता का भक्त, धन से सम्पन्न, अद्वितीय और देव के समान पूजनीय होता है ॥ ४ ॥

यदि मेष या वृश्चिक राशि में भौम, शुक्र से दृष्ट हो तो जातक स्त्री के निमित्त मृत्युभागी अनेक बार या एक बार स्त्री के कारण सरलता व धन को नष्ट करने वाला होता है ॥ ५ ॥

यदि मेष या वृश्चिक राशि में भौम, शनि से दृष्ट हो तो जातक चोर का नाश करने में चतुर, वीर, निर्दयी, अपने मनुष्यों से हीन और दूसरे की स्त्री का स्वामी होता है ॥ ६ ॥

---

१. सारावली २५ अ० २५-३० श्लो०।

जा० सा० दी० में कहा है 'श्रीमान् धनी भवति चौर्यरतिःसकोपो दाता कुजे निजगृहे रविवीक्षिते स्यात् । कन्याप्रियः स्वजनवैरयुतो विमित्रः सेर्ष्यं क्षतः स्वकजनै रहितोऽब्जदृष्टे ॥ स्वर्क्षे कुजेऽन्यधनहृत् गणिकापतिश्च द्वेष्यः शुभाकृतिरदेवरतो ज्ञदृष्टे । मान्यः सुधीर्मधुरवाक् सुनयः समृद्धो जीवेक्षिते च जननीपितृवत्सलः स्यात् । स्त्रीभोगभागसकृदेतदर्थमर्थो नाशं कुजे निजगृहे सितवीक्षिते च । वाराभिधाननिरताऽन्यवधूपतिश्च शूरोऽसृजि स्वजनवर्जित आर्किदृष्टे' (३४ अ० १३-१५ श्लो०) ॥ १-६ ॥

विशेष—प्रकाशित सारावली में 'धनदारपुत्रवन्तं नृपसचिवं दण्डनायकं ख्यातम् । नृपतिमुदारं कुरुते दिनेश्वरनिरीक्षितः स्वर्क्षे' 'क्षताङ्गं' 'सुभगं' 'मीश्वरमाढ्यं' 'बन्धभागिनं' 'राजितं चापि' 'चोर विघाते शूरं निर्वीर्यं स्वजनपरिहीनम्' 'अन्यस्त्री' यह पाठान्तर प्राप्त है ॥ १-६ ॥

इति स्वर्क्षगभौमफलम् ।

इस प्रकार अपनी राशि में चन्द्रमा पर ग्रहों की दृष्टि का फल समाप्त हुआ ॥ १-६ ॥

[अथ शुक्रगृहगे भौमे ग्रहाणां दृष्टिफलम्]

अब आगे शुक्र की राशि में अर्थात् वृष या तुला राशि में भौम पर ग्रहों की दृष्टि के फल को कहते हैं ।

वृष या तुला राशि में भौम पर ग्रहों की दृष्टि के फल—

वनपर्वतेषु रमते रामाद्वेषो भवेद्बहुविपक्षः[1] ।
सितभे रविणा दृष्टे प्रचण्डकोपः कुजे धीरः ॥ ७ ॥
मातुरपक्षो विषमो वेषवधूनां प्रियस्तासाम् ।
शुक्रगृहे शशिदृष्टे रणभीरुरिह जायते भौमे ॥ ८ ॥
कलहप्रियो बहुवचो मृदुकायो मन्दपुत्रधनः ।
सितभे भवति च भौमो बुधदृष्टः शास्त्रवित्पुरुषः ॥ ९ ॥
वादनगीतविधिज्ञः सौभाग्ययुतः स्वबन्धुदयितश्च ।
शुक्रभवने क्षितिसुते गुरुणा दृष्टे भवेत्स्फीतः ॥ १० ॥
नृपमन्त्री नृपदयितः सेनानाथः प्रसिद्धनामा च ।
सितगेहे भवति कुजे शुक्रेण निरीक्षिते सुखिनः ॥ ११ ॥
सुखभाक् ख्यातो धनवान् मित्रस्वजनैर्युतो भवेत् विद्वान् ।
श्रेणिपुरग्रामाणामधिपः सितभे च शनिदृष्टे ॥ १२ ॥

यदि जन्माङ्ग में वृष या तुला राशि में भौम, सूर्य से दृष्ट हो तो जातक वन व पहाड़ों में घूमने वाला, स्त्री का द्वेषी, अधिक शत्रु वाला, अधिक क्रोधी और धैर्यवान् होता है ॥ ७ ॥

१–सारावली २५ अ० ३१–३६ श्लो० ।

यदि वृष या तुला राशि में भौम, चन्द्रमा से दृष्ट हो तो जातक माता के लिये अनिष्टकारी, विपरीत स्वभाव वाला, स्त्री वेषधारियों का प्रेमी और युद्ध में डरपोक होता है ॥ ८ ॥

यदि वृष या तुला राशि में भौम, बुध से दृष्ट हो तो जातक कलह (लड़ाई) का प्रेमी, अधिक बोलने वाला, सरल शरीर, अल्प पुत्र व धन से युक्त और शास्त्रों का जानने वाला होता है ॥ ९ ॥

यदि वृष या तुला राशि में भौम, गुरू से दृष्ट हो तो जातक गाने व बजाने की विधि को जानने वाला, सुन्दर भाग्यशाली, अपने बान्धवों से अनुकम्पित और महान् होता है ॥ १० ॥

यदि वृष या तुला राशि में भौम, शुक्र से दृष्ट हो तो जातक राजा का मन्त्री, राजा का कृपा पात्र, सेना का अध्यक्ष, प्रसिद्ध नाम वाला और सुखी होता है ॥ ११ ॥

यदि जन्माऽङ्ग में वृष या तुला राशि में भौम, शनि से दृष्ट हो तो जातक सुख का भोगी, प्रसिद्ध, धनी, मित्र और अपने पुरुषों से युक्त, विद्वान्, और पङ्क्ति, नगर या ग्राम का मुखिया होता है ॥ ७-१२ ॥

जा० सा० दी० में कहा है—'स्त्रीद्विड्वनाद्रिनिरतो बहुशत्रुपक्षो धीरोऽर्कवीक्षित कुजे सितभे सरोषः । चन्द्रेक्षिते च पिशुनो न शिवश्च मातुर्भीरूरणे कुलवधूदयितो नरः स्यात् । विद्वान् कुजे मृदुतनुः कलहप्रियोऽल्पचित्तात्मजो बहुवचाः सितभे ज्ञदृष्टे । बन्धुप्रियो भवति वादितगीतविज्ञः स्फीतो नरोऽतिसुभगः सुरपूज्यदृष्टे ॥ नेता सुखी च सचिवो नृपतिप्रियो वा ख्यातः कुजे सितगृहे सितवीक्षिते स्यात् । ख्यातः सुहृत्स्वजनबुद्धि सुखार्थयुक्तः श्रेणीपुराधिपतिरार्किविलोकिते स्यात्' । (३४ अ० १५-१८ श्लो०) ॥ ७-१२ ॥

इति शुक्रगृहगे भौमे दृष्टिः ।

इस प्रकार शुक्र की राशि में भौम पर ग्रहों की दृष्टि का फल समाप्त हुआ ॥ ७-१२ ॥

[अथ बुधगृहगेभौमे दृष्टिः]

विद्याधनशौर्ययुतं गिरिवनदुर्गप्रियं महासत्वम्[1] ।
बुधभवने रक्ताङ्गो जनयति दृष्टः सदा रविणा ॥ १३ ॥
सुखिनं धनिनं कान्तं कन्यापुररक्षकं युवतिसत्वयुतम् ।
शशिजगृहे नृपगृहपालं जनयति चन्द्रेक्षितो रक्तः ॥ १४ ॥
लिपिगणितकाव्यकुशलं बहुभाषिणमनृतमधुरवाक्यज्ञ ।
दूतं बहुदुःखसहं जनयति वक्रो बुधेक्षितो ज्ञर्क्षे ॥ १५ ॥
राज्ञः पुरुषं प्रकाशं दैन्येन विदेशगं नरं कुरुते ।
सर्वक्रियासु शूरं बुधराशौ नायकञ्च गुरुदृष्टः ॥ १६ ॥

१-सारावली २५ अ० ३७-४२ श्लो०

शुक्रेण दृश्यमानं स्त्रीकृत्यकरं समृद्धसुभगञ्च ।
बुधभवने रक्ताङ्गः कुरुते वस्त्रान्नभोक्तारम् ॥ १७ ॥
अङ्गारो गिरिदुर्गरतं कामुकमतिदुःखभागिनं नरं कुरुते ।
ऽतिशूरमतिं मलिनं यमेक्षितो बुधगृहे विभवहीनम् ॥ १८ ॥

यदि जन्माऽङ्ग में मिथुन या कन्या राशि में भौम, सूर्य से दृष्ट हो तो जातक विद्या, धन व पराक्रम से युक्त, पर्वत, वन एवं किले का प्रेमी और बड़ा बली होता है ॥ १३ ॥

यदि मिथुन का कन्या राशि में भौम, चन्द्रमा से दृष्ट हो तो जातक सुखी, धनी, सुन्दर, कन्या नगर का रक्षक, राजा के घर का रक्षक और स्त्री बल से युक्त होता है ॥१४॥

यदि मिथुन या कन्या राशि में भौम, बुध से दृष्ट हो तो जातक लिपि, गणित व काव्य में चतुर, अधिक बोलने वाला, अमृत के तुल्य मीठा भाषी, दूत और अधिक दुःख सहने वाला होता है ॥ १५ ॥

यदि मिथुन या कन्या राशि में भौम, गुरू से दृष्ट हो तो जातक राजा का पुरुष, तेजस्वी, दीनता वश विदेश जाने वाला, समस्त कार्यों में वीर और प्रधान होता है ॥१६॥

यदि मिथुन या कन्या राशि में भौम, शुक्र से दृष्ट हो तो जातक स्त्री का कार्य करने वाला, सम्पन्न, सुन्दर भाग्यशाली और अन्न वस्त्र का भोगी होता है ॥ १७ ॥

यदि जन्माऽङ्ग में मिथुन या कन्या राशि में भौम, शनि से दृष्ट हो तो जातक पर्वत व किले में प्रीति करने वाला, कामी, अधिक दुःख भोगी, अधिक वीर बुद्धि का, दूषित और ऐश्वर्य से हीन होता है ॥ १८ ॥

जा० सा० दी० में कहा है— विद्यार्थशौर्यसहितो बुधभेऽर्कदृष्टे रक्तेऽद्रिदुर्गवनगोऽरुणभाः सुसत्वः । कन्यापुरयुवतिपः सुभगो विनीतश्चन्द्रेक्षिते बुधगृहे सुखवित्तयुक्तः । संख्यानकाव्यलिपिविन्मृदुभूरिवाक्यो दूतोऽनृतोऽसृजि च दुःखसहो ज्ञदृष्टे । जीवेक्षिते नृपतिदौत्यविदेशसक्तः शूरः प्रभुर्ज्ञगृहगे पुरुषः प्रकाश्यः ॥ वस्त्रान्नभाग्युवतिकृत्यकरः समृद्धः शुक्रेऽक्षितेऽरुणवपुः सुभगो बुधर्क्षे । मानिन्यशौर्यकृषिदुःखयुतोऽद्रिदुर्गखन्याश्रयोऽवनिभवी रविपुत्रदृष्टे' (३५ अ० १९-२१ श्लो०) ॥ १३-१८ ॥

विशेष— प्रकाशित सारावली में 'कन्यापुररक्षकरं युवतिपतिं सद्विनीतमतिसुभगम्' 'बहुभाषिणमनृतधु' 'राजपुरुषं' 'दौत्येन' 'कर्षकमति' 'अतिशूरमतिं च मलिनं' यह पाठान्तर प्राप्त है ॥ १३-१८ ॥

इति बुधगृहे भौमः ।

इस प्रकार बुध राशि में भौम पर ग्रहों की दृष्टि का फल समाप्त हुआ ॥१३-१८॥

[अथ कर्कगभौमफलम्]

अब कर्क राशि में भौम पर ग्रहों की दृष्टि के फल को बतलाते हैं ।

कर्क राशि में भौम पर ग्रहों की दृष्टि के फल—

पित्तरुगर्दितदेहस्तेजस्वी दण्डनायको धीरः ।
चन्द्रगृहस्थे भौमे दिनकरदृष्टे भवेत्पुरुषः ॥ १९ ॥

बहुभिर्व्याधिभिरार्तो नीचाचारो विरूपदेहश्च ।
शशिभवनेऽवनिपुत्रे शशिना दृष्टे सशोकश्च ॥ २० ॥
मलिनः पापाचारः क्षुद्रकुटुम्बी बहिष्कृतः स्वजनैः ।
कर्कटगे बुधदृष्टे क्षितितनये भवति निर्लज्जः ॥ २१ ॥
विख्यातो नृपमन्त्री विद्वान् त्यागान्वितो भवेद्धन्यः ।
गुरुदृष्टे शशिभवने भोगैश्च विवर्जितो वक्रे ॥ २२ ॥
स्त्रीसङ्गान्नष्टधनः परिभूतः स्त्रीकृतस्तथा दोषैः ।
कर्कटगे क्षितिपुत्रे सितदृष्टे स्यादविपन्नधनः ॥ २३ ॥
जलसंयानाप्तधनः क्षितिपालसमोऽतिललितचेष्टः ।
[1]शशीगृहसंस्थे भौमे यमेक्षिते स्यात्सदा कान्तः ॥ २४ ॥

यदि जन्माऽङ्ग में कर्क राशि में भौम, सूर्य से दृष्ट हो तो जातक पित्त रोग से पीडित शरीरधारी, तेजस्वी, न्यायाधीश और धैर्यवान् होता है ॥ १९ ॥

यदि कर्क राशि में भौम, चन्द्रमा से दृष्ट हो तो जातक अधिक रोगों से दुःखी, दुष्ट की तरह व्यवहार वाला, स्वरूप से रहित देहधारी और शोक से युक्त होता है ॥२०॥

यदि जन्माऽङ्ग में कर्क राशि में भौम, बुध से दृष्ट हो तो जातक दूषित, पाप का आचरण करने वाला, क्षुद्र कुटुम्ब से युक्त, अपने मनुष्यों से बहिभूंत और लज्जा से रहित होता है ॥ २१ ॥

यदि कर्क राशि में भौम, गुरू से दृष्ट हो तो जातक प्रसिद्ध, राजा का सचिव, पण्डित, त्यागी, प्रशंसनीय और भोग से रहित होता है ॥ २२ ॥

यदि कर्क राशि में भौम, शुक्र से दृष्ट हो तो जातक स्त्री के साथ से धन को नष्ट करने वाला, स्त्री के दोषों से अपमानित और विपत्ति से युक्त व धनहीन होता है ॥ २३ ॥

यदि जन्माऽङ्ग में कर्क राशि में भौम, शनि से दृष्ट हो तो जातक जल के जहाज से धन प्राप्त करने याला, राजा के समान, अतिसुन्दर इच्छा वाला और प्रिय होता है ॥ २४ ॥

जा० सा० दी० में कहा है—'सूर्येऽक्षितेऽसृजि कुलीरगतेऽतितेजाः पित्तार्दितो भवति दण्डपतिश्च धीरः । नीचो विरूपतनुरिन्दुनिरीक्षिते च शोकान्वितो भवति रोगनिपीडिताङ्गः । आचारवान् स्वजनवाँश्च गतः कुलीरे सौम्येक्षिते च मलिनोऽसृजि दुःकुटुम्बः । भोगोज्झितश्च सचिवः प्रथितो विदाता विद्वान् धनी भवति दैवतपूज्य दृष्टे । स्त्रीभिः कृतं परिभवं समुपैति दोषैर्वित्तक्षयं च भृगुदृष्टिकुजे कुलीरे । कान्तः पुमान् जलगमोऽपधनोऽर्कपुत्रसंवीक्षिते सुललितः क्षितिपोपमोवा' (३५ अ० २२-२४ श्लो०) ॥१९-२४॥

विशेष—प्रकाशित सारावली में 'शशिराशौभूतनये शशी' 'स्त्रीसङ्गादुद्विग्नः' 'जलसंयानो विधनः क्षितिपालसमानललित' यह पाठान्तर प्राप्त है ॥ १९-२४ ॥

---

१. सारावली २५ अ० ४३-४८ श्लो० ।

इति कर्कभौमफलम् ।

इस प्रकार कर्क राशि में भौम पर ग्रहों की दृष्टि का फल समाप्त हुआ ।।१९-२४।।

[अथ सिंहस्थभौमः]

[1]प्रणतानां हितकारी मित्रैः स्वजनैश्च संयुतश्चण्डः ।
गोकुलवनाद्रिचारी सिंहे भौमे च तरणिना दृष्टे ।। २५ ।।
मातुर्न शुभो मतिमान् कन्ठशिरोर्तिः विपुलकीर्तिश्च ।
केसरिभवने भौमे शशिना दृष्टेऽङ्गनाप्रार्थ्यः ।। २६ ।।
बहुशिल्पज्ञो लुब्धः काव्यकलालंपटो विषमशीलः ।
पञ्चमभवने भौमे बुधेन दृष्टेऽतिनिपुणश्च ।। २७ ।।
भूपतिसमीपवर्ती विद्याचार्यो विविधबुद्धिश्च ।
अवनिसुते सिंहस्थे गुरुणा दृष्टे चमूनाथः ।। २८ ।।
विविधस्त्रीभोगसंयुतः स्त्रीसुभगो नित्ययौवनो दृष्ट ।
लेयगृहे रक्ताङ्गे सितेन दृष्टे भवेज्जातः ।। २९ ।।
वृद्धाकारो निःस्वः परवेश्मभ्रमणशीलवान् कुनखी ।
दिनकरराशौ रुधिरे दिनकरतनयेन संदृष्टे ।। ३० ।।

यदि जन्माङ्ग में सिंह राशि में भौम, सूर्य से दृष्ट हो तो जातक विनयी जनों का हित करने वाला, मित्र व अपने मनुष्यों से युक्त, उग्र, गौशाला, वन व पर्वत में घूमने वाला होता है ।। २५ ।।

यदि सिंह राशि में भौम, चन्द्रमा से दृष्ट हो तो जातक माता का अशुभ कारी, बुद्धिमान्, गला व मस्तक में पीड़ा से युक्त, अधिक कीर्तिमान् और स्त्रियों से प्रार्थित होता है ।। २६ ।।

यदि सिंह राशि में भौम, बुध से दृष्ट हो तो जातक अधिक चित्रकला का जानने वाला, लोभी, काव्य कला में लम्पट, विपरीत स्वभावी और अधिक चतुर होता है ।। २७ ।।

यदि सिंह राशि में भौम, गुरू से दृष्ट हो तो जातक राजा के समीप में रहने वाला, विद्या में प्रधान, अनेक प्रकार की बुद्धि से युक्त और सेनापति होता है ।। २८ ।।

यदि सिंह राशि में भौम, शुक्र से दृष्ट हो तो जातक अनेक प्रकार स्त्री के भोग से युक्त, स्त्री के लिये भाग्यशाली एवं प्रतिदिन जवान होता है ।। २९ ।।

यदि जन्माऽङ्ग में सिंह राशि में भौम, शनि से दृष्ट हो तो जातक बूढ़ी आकृति का, निर्धन, दूसरे के घर में घूमने वाला, और दूषित नाखून वाला होता है ।। ३० ।।

जा० सा० दी० में कहा है--'गोष्ठाद्रिकाननरतः स्वजनैश्च युक्तः चण्डः कुजे नतहितो हरिभेऽर्कदृष्टे । चन्द्रेऽक्षिते च मतिमान्न शुभे जनन्याः ख्यातोऽङ्गनाप्तविभवः कुटिलांगयष्टिः । सौम्येऽक्षितेऽसृजि कलाबहुशिल्पकाव्यदक्षो हरौ निपुणधीर्विषमश्च

---

१. सारावली २५ अ० ४९-५४ श्लो० ।

लुब्धः। सेनापतिर्भवति भूपतिसत्कृतश्च विद्वान्सुबुद्धिरमरेऽज्यविलोकिते च। स्त्रीभोगभाक्तरुणमूर्तिरिनर्क्षसंस्थे शुक्रेऽक्षिते क्षितिसुते सुभगोऽतिहृष्टः। अन्यालयभ्रमणवान् विधनश्च दुःखी वृद्धाकृतिर्भवति सूर्यसुतेऽक्षिते च' (३५ अ० २५-२७ श्लो०)॥२५-३०॥

विशेष—प्रकाशित सारावली में 'तरणिदृष्टे' 'कठिन शरीरो' विशुद्धबुद्धिश्च' 'शीलवान् दुःखी' यह पाठान्तर प्राप्त है ॥ २५-३० ॥

इति सिंहस्थभौमः।

इस प्रकार सिंह राशि में भौम पर ग्रहों की दृष्टि का फल समाप्त हुआ॥२५-३०॥

[अथ जीवगृहगे दृष्टिः]

अब गुरू की राशि (धनु, मीन) में भौम पर ग्रहों की दृष्टि के फल को बतलाते हैं।

धनु या मीन राशि में भौम पर ग्रहों की दृष्टि के फल—

[1]लोकनमस्यं कुभगं वनगिरिदुर्गेषु लब्धगृहवासम्।
सुरगुरुभवने भौमः करोति रविवीक्षितः क्रूरः॥ ३१ ॥
विकलं कलहप्रायं प्राज्ञं रुधिरः करोति शशिदृष्टः।
विद्वांसं गुरुभवने नृपतिविरुद्धं सदा पुरुषम्॥ ३२ ॥
मेधाविनं सुनिपुणं शिल्पाचार्यं बुधेन संदृष्टः।
गुरुभवने क्षितितनयः करोति विद्वांसमुत्पन्नम्॥ ३३ ॥
सुकलत्रं सुखसहितं रिपुभिरदृष्टं च वित्तवन्तञ्च।
गुरुभवने गुरुदृष्टो व्यायामपरं कुजः कुरुते॥ ३४ ॥
कन्यानामतिदयितं चित्रालङ्कारभागिनमुदारम्।
विषयासक्तं क्षितिजो गुरुभे शुक्रेक्षितः कुरुते॥ ३५ ॥
गुरुभे शनिना दृष्टः कुशरीरमुदारभागिनं पापम्।
अटनं सुखधनरहितं परकर्मकरं कुजः कुरुते॥ ३६ ॥

यदि जन्माङ्ग में धनु या मीन राशि में भौम, सूर्य से दृष्ट हो तो जातक संसार का पूजनीय, बुरे भाग्य वाला, वन, पर्वत व किले में निवास प्राप्त करने वाला और क्रूर होता है॥ ३१ ॥

यदि धनु या मीन राशि में भौम, चन्द्रमा से दृष्ट हो तो जातक अशान्त, प्रायः कलह करने वाला, बुद्धिमान्, पण्डित और सदा राजा के विरोध में होता है॥ ३२ ॥

यदि धनु या मीन राशि में भौम, बुध से दृष्ट हो तो जातक मेधावी, चतुर, शिल्प में प्रधान और विद्वान् होता है॥ ३३ ।

१—सारा० २५ अ० ५५-६० श्लोक।

यदि धनु या मीन राशि में भौम, गुरू से दृष्ट हो तो जातक सुन्दर स्त्री वाला, सूख से युक्त, शत्रुओं से अदृष्ट, धनी और व्यायाम करने वाला होता है ॥ ३४ ॥

यदि धनु या मीन राशि में भौम, शुक्र से दृष्ट हो तो जातक कन्याओं का अधिक प्रेमी, चित्र व भूषण का भागी, उदार और विषयों में आसक्त होता है ॥ ३५ ॥

यदि जन्माऽङ्ग में धनु या मीन राशि में भौम, शनि से दृष्ट हो तो जातक दूषित शरीरधारी, उदारचित्त, पापी, घूमने वाला, सुख व धन से हीन और दूसरे का कार्य करने वाला होता है ॥ ३६ ॥

जा० सा० दी० में कहा है—'दुर्गाद्रिकाननरतः सुभगो नमस्यः क्रूरः कुजे गुरुगृहे दिननाथदृष्टे । चन्द्रेक्षिते कलिरुचिर्विकलः सुमेधा विद्वान्नरो भवति भूमिपतेर्विरुद्धः ॥ विद्वान् कुजे भवति शिल्पविद्यं वरिष्ठो मेधान्वितो गुरुगृहे निपुणो ज्ञदृष्टे । जीवेक्षिते च विसुखो द्विषतामदृष्टे व्यायामवित्तसकलत्रयुतो मनुष्यः ॥ कन्याप्रियोऽतिसुभगः सितदृष्ट-भौमे दाता विभूषणरुचिर्विषयेषु सक्तः । मन्देक्षिते गुरुगृहे निरतोऽन्यदारः पापे रतोऽन्य-जनकर्मकरोऽसुखश्च' (३५ अ० २८-३० श्लो०) ॥ ३१-३६ ॥

विशेष—प्रकाशित सारावली में—'सुभगं' 'क्रूरम्' विद्वांसमत्यन्तम्' 'अकलत्रं' 'सुखरहितं' 'रिपुभिरधृष्यं' विषयपरमति च सुभगं गुरुभे काव्येक्षितः कुजः कुरुते' 'मुदारमाहवे' 'सुखलवरहितं परधर्मरतं' यह पाठान्तर उपलब्ध है ॥ ३१-३६ ॥

इति जीवगृहगे दृष्टिः ।

इस प्रकार गुरू की राशि में भौम पर ग्रहों की दृष्टि का फल समाप्त हुआ ॥ ३१-३६ ॥

[अथ शनिगृहगे भौमे दृष्टिफलम्]

अब मकर या कुम्भ राशि में भौम पर ग्रहों की दृष्टि के फल को बतलाते हैं ।

मकर या कुम्भ राशि में भौम पर ग्रहों की दृष्टि के फल—

[1]अतिविकृतं शूरतनुं योषिदपत्यर्थविस्तरैर्युक्तम् ।
सूर्येऽक्षितोऽतितीक्ष्णं सौरगृहे भूमिजः कुरुते ॥ ३७ ॥
चपलमहितं जनन्या विविधालङ्कारभाजनमुदारम् ।
अस्थिरसौहृदमार्यं जनयति चन्द्रेक्षितो वक्रः ॥ ३८ ॥
अतिमधुरमटनपरं रवितनयगृहे निर्वृतमसत्वम् ।
कापटिकमधर्मपरं जनयति बुधवीक्षितो वक्रः ॥ ३९ ॥
अतिरूपं मन्दगृहे नृपतिगुणसमन्वितं स्थिरारम्भम् ।
दीर्घायुषं क्षमाजो गुरुसंदृष्टः करोति विद्वांसम् ॥ ४० ॥

१—सारा० २५ अ० ६१-६६ श्लोक ।

विविधोपभोगमाढ्यं शनिभे स्त्रीवेषितानुरतमेव ।
शुक्रेण दृश्यमाने जनयति कलहप्रियं वक्रः ॥ ४१ ॥
नृपतिभीतिवित्तवन्तं युवतिद्वेष्यं बहुप्रजं प्राज्ञम् ।
सुखरहितं रणशौण्डं करोति शनिभे शनीक्षितो वक्रः ॥ ४२ ॥

यदि जन्माऽङ्ग में मकर या कुम्भ राशि में भौम, सूर्य से दृष्ट हो तो जातक अधिक विकार से युक्त, वीर शरीरधारी, स्त्री, पुत्र, धन व वस्त्र से युक्त और बड़ा तीखा होता है ॥ ३७ ॥

यदि मकर या कुम्भ राशि में भौम, चन्द्रमा से दृष्ट हो तो जातक चपल, माता का अशुभ करने वाला, अनेक भूषणों का भोगी, उदार, अस्थिर मित्रता वाला और श्रेष्ठ होता है ॥ ३८ ॥

यदि मकर या कुम्भ राशि में भौम, बुध से दृष्ट हो तो जातक अधिक मीठा, घूमने वाला, वरण से रहित, निर्बल, कपटी और अधर्म में तत्पर अर्थात् पापी होता है ॥ ३९ ॥

यदि मकर या कुम्भ राशि में भौम, गुरू से दृष्ट हो तो जातक अधिक स्वरूपवान्, राजा के गुणों से युक्त, स्थिर कार्यारम्भी, दीर्घायु और पण्डित होता है ॥ ४० ॥

यदि मकर या कुम्भ राशि में भौम, शुक्र से दृष्ट हो तो जातक अनेक उपभोग की वस्तुओं से युक्त, स्त्री वेषधारियों में आसक्त और कलह का प्रेमी होता है ॥ ४१ ॥

यदि जन्माऽङ्ग में मकर या कुम्भ राशि में भौम, शनि से दृष्ट हो तो जातक राजा से भयभीत, स्त्री का शत्रु, अधिक सन्तान वाला, पण्डित, सुख से हीन और युद्ध में मतवाला होता है ॥ ४२ ॥

जातकाभरण में कहा है 'कलत्रपुत्रार्थसुखैः समेतं श्यामं सुतीक्ष्णं सुतरां च शूरम् । कुर्यान्नर भूतनयोऽर्कदृष्टश्चार्कात्मजागारगतः प्रसूतौ । सद्भूषणं मातृसुखेन हीनं स्थानच्युतं चञ्चलसौहृदञ्च । उदारचित्तं प्रकरोति जातं कुजोऽर्कजर्क्षे शशिनः प्रदृष्टः । प्रियोक्तियुक्तोऽटनवित्तलब्धः सत्त्वान्वितः कैतवसंयुतश्च । अभीर्नरो मन्दगृहं प्रयाते पृथ्वीसुते चन्द्रसुतेन दृष्टे । दीर्घायुषं भूपकृपागुणाढ्यं बन्धुप्रियं चारुशरीरकान्तिम् । कार्यप्रलापं जनयेन्मनुष्यं जीवेक्षितो मन्दगृहे महीजः । सद्भोगसौभाग्यसुखैः समेतः कान्ताप्रियोऽत्यन्तकलिप्रियश्च । क्षोणीसुते मन्दगृहं प्रयाते निरीक्ष्यमाणे भृगुणा नरः स्यात् । नृपात्तवित्तो वनिता विपक्षी बहुश्रुतोऽत्यन्तमतिः सकष्टः । रणप्रियः स्याद्धरणीतनूजे मन्देक्षिते मन्दगृहं प्रयाते' (द० अ० ३७-४२ श्लो०) ॥ ३७-४२ ॥

विशेष—प्रकाशित सारावली में—'अतिकृष्णतनु' 'सौहृदमाढ्यं' 'अतिमधुरगमनमधनं' 'ननिर्वृतः' 'करोति बन्ध्वाप्तं' 'स्त्रीपोषणानु' 'नृपतिमतिवित्तवन्तं' यह पाठान्तर प्राप्त है ॥ ३७-४२ ॥

इति शनिगृहगे भौमे दृष्टिः ।

इति भौमः ।

इस प्रकार शनि की राशि में भौम पर ग्रहों की दृष्टि का फल समाप्त हुआ ।। ३७-४२ ।।

। अथ बुधः ।

[अथ भौमगृहगे बुधे दृष्टिफलम्]

अब बुध की बारह राशियों की स्थिति वश से ग्रहों की दृष्टि के फल को बतलाते हैं । प्रथम भौम की राशि में बुध पर ग्रहों की दृष्टि फल को कहते हैं ।

मेष या वृश्चिक राशि में बुध पर ग्रहों की दृष्टि के फल—

[1]सत्यवचनं सुखाढ्यं भूपतिसत्कारसत्कृतं मनुजम् ।
कुरुते बुधेऽर्कदृष्टे बन्धुजनेशं क्षमासुतभे ।। १ ।।
रजनीकरेण दृष्टो युवतिशतमनोहरं क्षितिजराशौ ।
अतिसेवकमतिमलिनं चन्द्रसुतो गीतशीलञ्च ।। २ ।।
सुकृतप्रियं सुवाक्यं कलासमेतं च पण्डितं कुजभे ।
जनयति कुजेन दृष्टः प्रचुरधनं क्षितिपवल्लभं शूरम् ।। ३ ।।
सुखिनं कुजभे शशिजः स्निग्धाङ्गमनोरमसुकेशं वा ।
जीवेक्षितोऽतिधनिनं जनयत्याज्ञापकं पापम् ।। ४ ।।
कृपणं त्वधनं सुभगं गणनगरपुरोगम चतुरवाक्यम् ।
प्रत्ययिनं सितदृष्टः कुजभे स्त्रीसंयुतं शशिजः ।। ५ ।।
रुधिरगृहे शनिदृष्टो हिमकिरणसुतोऽतिदुःखितं जनयेत् ।
उग्रं हिंसाभिरतं कुलजनहीनं नरं नित्यम् ।। ६ ।।

यदि कुण्डली में मेष या वृश्चिक राशि में बुध, सूर्य से दृष्ट हो तो जातक सत्य बोलने वाला, सुख से युक्त, राजा से सम्मानित और बान्धवों का स्वामी होता है ।। १ ।।

जा० भ० में कहा है—'बन्धुप्रियं सत्यवचो विलासं नृपालसद्गौरवसंयुतञ्च । करोति जातं क्षितिसूनुगेहे संस्थो बुधो भानुमता प्रदृष्टः' ।। १ ।।

यदि मेष या वृश्चिक राशि में बुध, चन्द्रमा से दृष्ट हो तो जातक सैकड़ों स्त्रियों का सुन्दर, अधिक सेवक, बड़ा दूषित और गान प्रकृति का होता है ।। २ ।।

जा० भा० में कहा है— सद्गीतनृत्यादिरुचः प्रकामं कान्तारतिर्वाहनभृत्ययुक्तः । कौटिल्यभाक् स्यान्मनुजः कुजर्क्षे सोमात्मजे शीतकरप्रदृष्टे' ।। २ ।।

यदि मेष या वृश्चिक राशि में बुध, भौम से दृष्ट हो तो जातक धर्म का प्रेमी अर्थात् पुण्यात्मा, सुन्दर वाणी का, कला से युक्त, विद्वान्, अधिक धनी, राजा का प्रिय और वीर होता है ।। ३ ।।

१—सारा० २६ अ० २५-३० श्लोक ।

जा० भ० में कहा है—'भूपप्रियं भूरिधनञ्च शूरं कलाप्रवीणं कलहोद्यतञ्च। क्षुधान्वितं सञ्जनयेन्मनुष्यं सौम्यः कुजर्क्षे कुसुतेन दृष्ट.' ॥ ३ ॥

यदि मेष या वृश्चिक राशि में बुध, गुरू से दृष्ट हो तो जातक सुखी, चीकड़ (चिकना) देहधारी, सुन्दर बालों से युक्त, धनी, आदेशकर्ता और पापी होता है ॥ ४ ॥

जा० भ० में कहा है—'सुखोपपन्नं चतुरं सुवाक्यं कान्तासुताद्यैः सहितं प्रसन्नम्। करोति मर्त्यं कुजगेहगामी सोमात्मजो वाक्पतिना प्रदृष्टः' ॥ ४ ॥

यदि मेष या वृश्चिक राशि में बुध, शुक्र से दृष्ट हो तो जातक लोभी, निर्धन, सुन्दर भाग्यशाली, समुदाय या नगर का प्रधान, चतुरभाषी, विश्वासी और स्त्री से युक्त होता है ॥ ५ ॥

जा० भ० में कहा है—'कान्ताविलासं गुणगौरवाढ्यं सुहृत्प्रियं चारुमतिं विनीतम्। करोति जातं शशिजः कुजर्क्षे संस्थश्च शुक्रेण निरीक्ष्यमाणः' ॥ ५ ॥

यदि कुण्डली में मेष या वृश्चिक राशि में बुध, शनि से दृष्ट हो तो जातक अधिक दुःखी, उग्र, हिंसा में आसक्त और प्रतिदिन कुल के मनुष्यों से रहित होता है ॥ ६ ॥

जा० भ० में कहा है—'सुसाहसं चोग्रतरस्वभावं कुलोत्कलिप्रीतिमसाधुवृत्तिम्। करोति मर्त्यं हरिणाङ्कसूनुर्भौमर्क्षसंस्थः शनिना प्रदृष्टः' ॥ ६ ॥

विशेष—प्रकाशित सारावली में—'बन्धुजने सुक्षमं कुजभे' 'युवतिजनमनोः' 'हीनशीलं' 'अनृतप्रियं' 'स्निग्धाङ्गं रोमशं' 'नृपकृत्यकरं सुभगं' यह पाठान्तर प्राप्त है ॥ १-६ ॥

इति भौमगृहे बुधदृष्टिः।

इस प्रकार मङ्गल की राशि में बुध पर ग्रहों की दृष्टि का फल समाप्त हुआ ॥ १-६ ॥

[अथ शुक्रगृहगे बुधे दृष्टिः]

अब आगे शुक्र की राशि में या यों जानिये वृष या तुला राशि में बुध पर सूर्यादि ग्रहों की दृष्टि के फल को बतलाते हैं।

वृष या तुला राशि में बुध पर ग्रहों की दृष्टि के फल—

[१]दारिद्र्यदुःखतप्तं व्याधितदेहं परोपचाररतम्।
दिनकरदृष्टः सौम्यः कुरुते जनाधिकृतं सितभे ॥ ७ ॥
प्रत्ययिनं धनवन्तं दृढभक्तमरोगिणं दृढकुटुम्बम्।
ख्यातं नरेन्द्रसचिवं ज्ञश्चन्द्रनिरीक्षितः सितभे ॥ ८ ॥

१—सारा० २६ अ० ३१-२६ श्लोक।

व्याधिभिररिभिग्रस्तं भृगुभे त्ववमानसंतप्तम्।
जनयति बुधोऽसृग्दृष्टो बहिःकृतं सर्वविषयेभ्यः॥ ९॥
गाप्तं गृहीतवाक्यं देशपुरश्रेणिनायकं ख्यातम्।
त्रिदशगुरुदृष्टमूर्तिर्जनयति सौम्यः सितस्य गेहस्थः॥ १०॥
सुभगं ललितं सुखिनं वस्त्रालङ्कारभागिनं सितभे।
हृदयहरं कन्यानां कुरुते शुक्रेक्षितः शशिजः॥ ११॥
शुक्रगृहेऽर्कजदृष्टः सुखरहितं बन्धुशोकसंतप्तम्।
व्याधितमनर्थबहुलं सौम्यः कुरुते नरं मलिनम्॥ १२॥

यदि कुण्डली में वृष या तुला राशि में बुध, सूर्य से दृष्ट हो तो जातक दरिद्रता के दुःख से पीड़ित, रोगी, दूसरे के उपचार में आसक्त और मनुष्यों से सम्मत होता है॥ ७॥

जा० भ० में कहा है—'दारिद्र्यदुःखामयतप्तदेहं परोपकारातिरतं नितान्तम्। शान्तं सुचित्तं पुरुषं प्रकुर्यात्सौम्यो भृगुक्षेत्रयुतोऽर्कदृष्टः' ॥ ७॥

यदि वृष या तुला राशि में बुध, चन्द्रमा से दृष्ट हो तो जातक विश्वासी, धनी, स्थिर भक्त, रोग से रहित, स्थिर कुटुम्बी, प्रसिद्ध और राजा का मन्त्री होता है॥ ८॥

जा० भ० में कहा है—'बहुप्रपञ्चं धनधान्ययुक्तं दृढव्रतं भूमिपतिप्रधानम्। ख्यातं प्रकुर्यान्मनुजं हि सौम्यः शुक्रर्क्षसंस्थः शशिना प्रदृष्टः' ॥ ८॥

यदि वृष या तुला राशि में बुध, भौम से दृष्ट हो तो जातक रोग व शत्रु से व्याप्त, अपमान से दुःखी और समस्त विषयों से बहिर्भूत होता है॥ ९॥

जा० भ० में कहा है—'राजापमानादिगदप्रतप्तं त्यक्तं सुहृद्भिर्विषयैश्च नूनम्। कुर्यान्नरं सोमसुतः सितर्क्षे स्थितो धरापुत्रनिरीक्ष्यमाणः॥ ९॥

यदि वृष या तुला राशि में बुध, गुरू से दृष्ट हो तो जातक पण्डित, स्थिर वाणी, देश, नगर और कर्मचारियों की पङ्क्ति का स्वामी और प्रसिद्ध होता है॥ १०॥

जा० भ० में कहा है—'देशोत्तमग्रामपुराधिराजं प्राज्ञं गुणज्ञं गुणिनं सुशीलम्। कुर्यान्नरं चन्द्रसुतः सितर्क्षसंस्थः सुराचार्यनिरीक्ष्यमाणः' ॥ १०॥

यदि वृष या तुला राशि में बुध, शुक्र से दृष्ट हो तो जातक सुन्दर भाग्यशाली, मनोहर, सुखी, वस्त्र व आभूषणों को प्राप्त करने वाला और कन्याओं के हृदय को चुराने वाला होता है॥ ११॥

जा० भ० में कहा है—'अतिसुललितवेषं वस्त्रभूषाविशेषैर्युवतिजनमनोज्ञं मन्मथोत्कर्षहर्षम्। अतिचतुरमुदारं चारुभाग्यञ्च कुर्याद् भृगुगृहगतसौम्यो भार्गवेण प्रदृष्टः॥ ११॥

यदि कुण्डली में वृष या तुला राशि में बुध, शनि से दृष्ट हो तो जातक सुख से हीन, बान्धव के शोक से दुःखी, रोगी, अधिक अनर्थ करने वाला और दूषित होता है ।। १२ ।।

जा० भ० में कहा है—'कलत्रमित्रात्मजयानपीडासंतप्तचित्तं सुखवित्तहीनम् । कुर्यान्नरं शत्रुजनाभिभूतं मन्देक्षितो ज्ञः सितधामगामी' ।। १२ ।।

विशेष—प्रकाशित सारावली में—'जनधिक्कृतं' 'क्लिष्टं' 'भूपावमानसन्तप्तम्' 'लङ्कारभोगिनं' 'बन्धुशोकसंक्लिष्टं' यह पाठान्तर प्राप्त है ।। ७-१२ ।।

इति शुक्रगृहे बुधे दृष्टिः ।

इस प्रकार शुक्र की राशि में बुध पर ग्रहों की दृष्टि का फल समाप्त हुआ ।। ७-१२ ।।

[अथ स्वराशिगे बुधदृष्टिः]

अब मिथुन या कन्या राशि में बुध पर ग्रहों की दृष्टि के फल को कहते हैं।

मिथुन या कन्या राशि में बुध पर ग्रहों की दृष्टि के फल—

[1]अवितथकथनं मधुरं नृपवल्लभमीश्वरं ललितचेष्टम् ।
दयितं करोति लोके रविणा दृष्टो बुधो स्वगृहे ।। १३ ।।
सुमधुरमतिवाचालं कलहरतं शत्रुवत्सलं सुहृद्दृष्टम् ।
जनयति शशिना दृष्टो बुधः शुभं सर्वकार्येषु ।। १४ ।।
विक्षतगात्रं मलिनं प्रतिभायुक्तं नरेन्द्रकृत्यज्ञम् ।
वल्लभमतीव कुरुते स्वगृहे रुधिरेण संदृष्टः ।। १५ ।।
पार्थिवमन्त्रिणमग्र्यं प्रतिरूपमुदारं विभवपरिवारम् ।
यूपध्वजेन दृष्टो जनयति शूरं स्वभे सौम्यः ।। १६ ।।
प्राज्ञं नरेन्द्रभृत्यं दूतं वा सन्धिपालकं शशिजः ।
स्वगृहे सितेन दृष्टो जनयति नीचाङ्गनासक्तम् ।। १७ ।।
सततोत्थितं विनीतं सफलारम्भं परिच्छदसमृद्धः ।
सौम्यः स्वगृहे दृष्टो रविजेन नरं सदा कुरुते ।। १८ ।।

यदि कुण्डली में मिथुन या कन्या राशि में बुध, सूर्य से दृष्ट हो तो जातक सत्य बोलने वाला, मीठा, राजा का प्रिय, समर्थ, सुन्दर इच्छा वाला और संसार में दयालु होता है ।। १३ ।।

जा० भ० में कहा है—'सत्योपेतं चारुलीलाविलासं भूमीपालात्प्राप्तमानोन्नतिश्च । चञ्चत्क्षीणं चापि कुर्यान्मनुष्यं स्वक्षेत्रस्थश्चन्द्रपुत्रोऽर्कदृष्टः' ।। १३ ।।

१—सारा० २६ अ० ३७-४२ श्लोक ।

यदि मिथुन या कन्या राशि में बुध, चन्द्रमा से दृष्ट हो तो जातक मीठा, अधिक कुत्सित बोलने वाला, कलही, शत्रु स्नेही, मित्रों से दृष्ट और समस्त कार्यों में शुभ होता है ॥ १४ ॥

जा० भ० में कहा है—'अनल्पजल्पोऽमृततुल्यभाषी कलिप्रियो राजसमीपवर्ती। भवेन्नरः सोमसुते स्वगेहे निरीक्ष्यमाणे मृगलाञ्छनेन' ॥ १४ ॥

यदि मिथुन या कन्या राशि में बुध, भौम से दृष्ट हो तो जातक भग्न देहधारी, दूषित, प्रतिभा से सम्पन्न, राजकार्य का जानने वाला और अत्यन्त प्रिय होता है ॥ १५ ॥

जा० भ० में कहा है—'प्रसन्नगात्रं कुटिलं कलाज्ञं नरेन्द्रकृत्ये सुतरां प्रवीणम्। जनप्रियं सञ्जनयेन्मनुष्यं भौमेक्षितो ज्ञः स्वगृहेऽधिसंस्थः' ॥ १५ ॥

यदि मिथुन या कन्या राशि में बुध, गुरू से दृष्ट हो तो जातक राजा का सचिव, अग्रगामी, अनुकरणीय, उदार, ऐश्वर्य से युक्त और वीर होता है ॥ १६ ॥

जा० भ० में कहा है—'बह्वर्थसामर्थ्यविराजमानं सद्राजमानाप्तपदाधिकारम्। सुतं प्रकुर्यान्निजमन्दिरस्थः सौम्यः प्रदृष्टः सुरपूजितेन' ॥ १६ ॥

यदि मिथुन या कन्या राशि में बुध, शुक्र से दृष्ट हो तो जातक पण्डित, राजा का नौकर, दूत वा सीमाओं का रक्षक, और नीच स्त्रियों में आसक्त होता है ॥ १७ ॥

यदि कुण्डली में मिथुन या कन्या राशि में बुध, शनि से दृष्ट हो तो जातक निरन्तर बढ़ने वाला, विषयी, सिद्धारम्भो और वस्त्रादि से युक्त होता है ॥ १८ ॥

जा० भ० में कहा है—'प्रारम्भसिद्धिं विनयं विशेषात्सद्वस्त्रभूषादिसमृद्धिमुच्चैः। कुर्यान्नराणाममृतांशुजन्मा स्वमन्दिरस्थो रविसूनुदृष्टः ॥ १८ ॥

विशेष—प्रकाशित सारावली में 'मतिवाचाटं' 'शास्त्रवत्सलं सुहृढं' 'नरेन्द्रभृत्यं च' यह पाठान्तर प्राप्त है ॥ १३-१८ ॥

इति स्वराशिगे बुधदृष्टिः।

इस प्रकार बुध की राशि में बुध पर ग्रहों की दृष्टि का फल समाप्त हुआ ॥ १३-१८ ॥

कर्क राशि में बुध पर ग्रहों की दृष्टि के फल—

[1]'रजकान्मालाकारान्गृहवस्तुज्ञाँस्तथा च मणिकारान्।
जनयति रविणा दृष्टो बुधो गृहं शिशिरगोश्च गतः ॥ १९ ॥
युवतिविनाशितसारं युवतिनिमित्तं च दुःखितशरीरम्।
कर्कटगः शशिदृष्टो जनयति सुखवर्जितं सौम्यः ॥ २० ॥
स्वल्पश्रुतिमतिमुखरं प्रियान्वितं कूटकारकं चौरम्।
वक्रेक्षितः शशिगृहे कुरुते सौम्यः प्रियालापम् ॥ २१ ॥

१—सारावली २६ अ० ४३-४८ श्लो०।

मेधाविनमतिधन्यं भाग्ययुतं वल्लभं नरेन्द्राणाम्।
गुरुणा दृष्टः शशिभे विद्यानां भाजनं बुधःकुरुते ॥ २२॥
कन्दर्पसदृशरूपं प्रियंवदं गीतवादितविधिज्ञम्।
सुभगं शशिभे ललित कुरुते शुक्रेक्षितः सौम्यः॥ २३॥
दम्भरुचिं पापरतिं बन्धनभाजं गुणैर्वियुक्तं ज्ञः।
सहजाचारद्वेष्यं कुरुते सौरेक्षितः शशिभे॥ २४।

यदि कुण्डली में कर्क राशि में बुध, सूर्य से दृष्ट हो तो जातक धोबी, माली, घर के नक्शाओं का जानकार और सुवर्णकार (सुनार) होता है ॥ १९ ॥

जा० भ० में कहा है—'कान्तानिमित्ताप्तमहाव्यलीको द्रव्यव्ययात्यन्तकृशाङ्गयष्टिः। बहूपसर्गोऽपि भवेन्मनुष्यः कुलीरगे ज्ञे नलिनीशदृष्टे' ॥ १९ ॥

यदि कर्क राशि में बुध, चन्द्रमा से दृष्ट हो तो जातक स्त्रियों के द्वारा बल को नष्ट करने वाला, स्त्रियों के कारण दुःखी शरीर धारी और सुख से हीन होता है ॥ २० ॥

जा० भ० में कहा है—'वस्त्रादिशुद्धौ मणिसङ्ग्रहे च गृहादिनिर्माणविधौ प्रवीणः। प्रसूनमालाग्रथनेऽपि मर्त्यः कुलीरगे ज्ञे शशिना प्रदृष्टे' ॥ २० ॥

यदि कर्क राशि में बुध, भौम से दृष्ट हो तो जातक अल्प वेद शास्त्राभ्यासी, अप्रियभाषी, स्त्री से युक्त, कूट कर्ता, चोर और प्रिय आलाप करने वाला होता है ॥ २१ ॥

जा० भ० में कहा है—'स्वल्पश्रुतं चार्थरतञ्च शूरं प्रियंवदं कूटविधौ प्रवीणम्। कुर्यान्नरं शीतकरस्य सूनुः कुलीरसँस्थोऽवनिसूनुदृष्टः' ॥ २१ ॥

यदि कर्क राशि में बुध, गुरू से दृष्ट हो तो जातक मेधावी, अधिकप्रशसनीय, भाग्यवान् राजा का प्रिय पात्र और विद्याओं का जानकार होता है ॥ २ ॥

जा० भ० में कहा है—'प्राज्ञो विधिज्ञो विधिनातिशाली सद्वागविलासोऽवनिपाल-मान्यः। स्यान्मानवो जन्मनि सोमसूनौ कुलीरगामिन्यमरेज्यदृष्टे' ॥ २२ ॥

यदि कर्क राशि में बुध, शुक्र से दृष्ट हो तो जातक कामदेव के समान स्वरूप वाला, प्रियभाषी गाने व बजाने की प्रक्रिया का ज्ञाता और सुन्दर भाग्यशाली होता है ॥ २३ ॥

जा० भ० में कहा है—'प्रियंवदश्चारुशरीरभाक् च सङ्गीतवाद्यादिविधौ प्रवीणः। स्यान्मानवो दानवबन्धुदृष्टे कर्काटकस्थेऽमृतभानुसूनौ' ॥ २३ ॥

यदि कुण्डली में कर्क राशि में बुध, शनि से दृष्ट हो तो जातक पाखण्ड में इच्छा करने वाला, पापात्मा, कारावास भोगने वाला, गुणों से हीन और भाई के आचार का विरोधी होता है ॥ २४ ॥

जा० भ० में कहा है—'गुणैर्विहीनं स्वजनैर्वियुक्तमलीकदम्भानुरतं कृतघ्नम्। करोति मर्त्यं परिसूतिकाले कुलीरगो ज्ञो रविसूनुदृष्टः' ॥ २४ ॥

विशेष—प्रकाशित सारावली में—'रजकं मालाकारं गृहवास्तुज्ञं मणिकारं' 'कूट-कारिणं' 'प्रियानृतं' 'मतिदयितं' 'विद्यानां पारगं' 'गीतवादनवि' 'पापरतं' 'द्रष्टव्यं सहजाचार्यैः' ॥ १९–२४ ॥

इति कर्कगे बुधे दृष्टिः।

इस प्रकार कर्क राशि में बुध का फल समाप्त हुआ ॥ १९-२४ ॥

[अथ सिंहगे बुधे दृष्टिः]

अब आगे सिंह राशि में बुध पर ग्रहों की दृष्टि के फल को बताते हैं।

सिंहराशि में बुध पर ग्रहों की दृष्टि के फल—

[1]सेर्ष्यं दिनकरदृष्टो धनगुणवृद्धं नरं बुधः कुरुते।
हिस्रं क्षुद्रं सिंहे स्वभावचपलं विगतलज्जम् ॥ २५ ॥
ललनाप्रियमतिचतुरं काव्यकलागेयनृत्यरतं सितभे।
धनिनं सुशीलवेषं करोति चन्द्रेक्षितः सौम्यः ॥ २६ ॥
ज्ञानी च रविभवने विक्रि (कृ ?) ताङ्गसमरूपम्।
अचतुरशीलमकान्तं नपुंसकं भौमसंदृष्टः ॥ २७ ॥
सुकुमारमतिप्राज्ञं रविभे वादज्ञमीश्वरं ख्यातम्।
परिवारवाहनयुतं करोति गुरुवीक्षितः सौम्यः ॥ २८ ॥
अतिशयरूपं ललितं प्रियंवदं वाहनाढ्यमतिधीरम्।
जनयति सितेन दृष्टो मन्त्रिणमतिपार्थिवं सिंहे ॥ २९ ॥
व्यायतगात्रं रूक्षं शुचिरूपं स्वेदतोऽग्रगन्धञ्च।
अतिदुःखितं रविगृहे सौम्यः सुखवर्जितं रविजदृष्टः ॥ ३० ॥

यदि कुण्डली में सिंह राशि में बुध, सूर्य से दृष्ट हो तो जातक ईर्ष्या करने वाला, बड़ा गुणी व धनी, हिंसक, क्षुद्र, स्वभाव से चपल और निर्लज्ज होता है ॥ २५ ॥

जा० भ० में कहा है—'कृपाविहीनश्च चलस्वभावं सेर्ष्यश्च हिंसाभिरतश्च रौद्रम्। क्षुद्रं प्रकुर्यान्मनुजं प्रसूतौ बुधोऽर्कदृष्टौ मृगराजसंस्थः' ॥ २५ ॥

यदि सिंह राशि में बुध, चन्द्रमा से दृष्ट हो तो जातक स्त्रियों का प्रेमी, अधिक चतुर, काव्य-कला-गान और नाच में आसक्त, धनी और सुशील वेषधारी होता है ॥ २६ ॥

जा० भ० कहा है—'रूपान्वितं चारुमतिं विनीतं सङ्गीतनृत्याभिरतं नितान्तम्। सद्वृत्तवृत्तं कुरुते हि मर्त्यं चन्द्रेक्षितः सिंहगतो बुधाख्यः' ॥ २६ ॥

यदि सिंह राशि में बुध, भौम से दृष्ट हो तो जातक ज्ञानी, विकार से युक्त शरीर के समान रूपधारी, निपुणता से रहित, कुरूप और नपुंसक होता है ॥ २७ ॥

---

१. सारावली २६ अ० ४९-५४ श्लो०।

जा० भ० में कहा है—'कन्दर्पसत्त्वोज्झितमुक्तवृत्तं क्षताङ्कितं हीनमतिं विचित्रम्। सुदुःखितं संजनयेत्पुमांसं भौमेक्षितः सिंहगतश्च सौम्यः ॥ २७ ॥

यदि सिंह राशि में बुध, गुरू से दृष्ट हो तो जातक कोमल, अधिक पढ़ा लिखा, वाद का ज्ञाता, समर्थ, प्रसिद्ध और परिवार व सवारी से युक्त होता है ॥ २८ ॥

जा० भ० में कहा है—'कोमलामलरुचिः कुलवर्यश्चारुलोचनयुतश्च समर्थः। वाहनोत्तमधनो मनुजः स्यादिन्दुजे हरिगते गुरुदृष्टे' ॥ २८ ॥

यदि सिंह राशि में बुध, शुक्र से दृष्ट हो तो जातक अधिक स्वरूपवान्, मनोहर, प्रियभाषी, सवारी से युक्त, अधिक धैर्यवान्, राजा का सचिव और बड़ा राजा होता है ॥ २९ ॥

जा० भ० में कहा है—'सद्रूपशाली प्रियवागविलासो नृपाश्रितो वाहनवित्तयुक्तः। भवेन्नरः सोमसुते प्रसूतौ सिंहस्थिते दानववन्द्यदृष्टे' ॥ २९ ॥

यदि कुण्डली में सिंह राशि में बुध, शनि से दृष्ट हो तो जातक लम्बा देहधारी, रूखा, पवित्र पसीने में दुर्गन्ध से युक्त, अधिक दुःखी और सुख से हीन होता है ॥३०॥

जा० भ० में कहा है—'स्वेदोदगमोद्भूतमहोग्रगन्धं विस्तीर्णगात्रं च कुरूपमुग्रम्। सुखेन हीनं मनुजं प्रकुर्यान्मन्देक्षितः सिंहगतो यदि ज्ञः' ॥ ३० ॥

विशेष—प्रकाशित सारावली में 'सेव्यं' 'चञ्चलभाग्यं' 'रूपान्वितम्' 'ज्ञो नीचं रविभवने दुखार्तं विक्षताङ्गसमरूपं' 'अचतुरलीलाकान्तं' 'वागीश्वरं त्वतिख्या' 'परिचारवाह' 'सुविरूपं' स्वेदनोग्र' यह पाठान्तर उपलब्ध है ॥ २५-३० ॥

इति सिंहगे बुधे दृष्टिः।

इस प्रकार सिंह राशि में बुध पर ग्रहों की दृष्टि का फल समाप्त हुआ ॥२५-३०॥

[अथ जीवगृहगे बुधे दृष्टिः]

अब गुरू की राशि में बुध पर ग्रहों की दृष्टि के फल को कहते हैं।

धनु या मीन राशि में बुध पर ग्रहों की दृष्टि के फल—

[1]शूर प्रमेहपीडितमश्भयोपहतमानसं शान्तम्।
जनयति रविणा दृष्टो जीवगृहगे चन्द्रजः पुरुषम् ॥ ३१ ॥
लेखकमतिसुकुमारं प्रत्ययिनं राजमन्दिरं गुरुगृहस्थः।
सुखभागिनमतिपापं कुरुते चन्द्रजः पुरुषम् ॥ ३२ ॥
श्रोणीभृतकं श्रेष्ठं चौराणां विपिनवासिनाञ्चापि।
कुरुते लिपिकरमधिपं सौम्यो गुरुमन्दिरे रुधिरदृष्टः ॥ ३३ ॥
स्मृतिमतिकुलसंपन्न कुरुते प्रतिभासविज्ञानम्।
नृपमन्त्रिकोशपालं गुरुभे सौम्यो निरीक्षितो गुरुणा ॥ ३४ ॥
कन्याकुमारकानां (णां) लेख्याचार्यं धनान्वितं कुरुते।
गुरुभे ज्ञः सितदृष्टः सुकुमारं शौर्यसंयुतं मनुजम् ॥ ३५ ॥

---

१. सारावली २६ अ० ५५-६० श्लो०।

दुर्गाख्याभिरतं [बह्वशनं] दुष्टशीलमतिमलिनम् ।
कुरुते रविसुतदृष्टो बुधो नरं जीवराशिगो भ्रष्टम् ॥ ३६ ॥

यदि कुण्डली में धनु या मीन राशि में बुध, सूर्य से दृष्ट हो तो जातक वीर, प्रमेह व मिर्गी रोग से पीडित मन वाला और शान्त स्वभाव का होता है ॥ ३१ ॥

जा० भ० में कहा है—'शूलाश्मरीमेहनिपीडिताङ्गो सङ्गोज्झितः शान्तिमुपागतश्च । स्यात्पूरुषो गीष्पतिवेश्मसंस्थे निशीथिनीस्वामिसुतेऽर्कदृष्टे ॥ ३१ ॥

यदि धनु या मीन राशि में बुध, चन्द्रमा से दृष्ट हो तो जातक लेखक, अधिक सुकुमार, राजा के घर में विश्वासी, सुख भोगी और अधिक पापी होता है ॥ ३२ ॥

जा० भ० में कहा है—'लेखकक्रियायां सुतरां प्रवीण. सुसङ्गतः साधुसुहृज्जनानाम् । नरः सुखी शीतमयूखपुत्रे चन्द्रेक्षिते जीवगृहं प्रयाते' ॥ ३२ ॥

यदि धनु या मीन राशि में बुध, भौम से दृष्ट हो तो जातक मजदूर संघ में श्रेष्ठ, चोर व जगलवासियों का स्वामी और लिपि कर्ता होता है ३३ ॥

जा० भ० में कहा है—'परम्पराचोरवनस्थितानां स्युर्लेखका धान्यधनैर्विहीनाः । नरास्तु नीहारकरप्रसूतौ जीवालये मंगलदृष्टदेहे' ॥ ३३ ॥

यदि धनु या मीन राशि में बुध, गुरू से दृष्ट हो तो जातक स्मरण शक्ति वाला, या कुलीन, श्रेष्ठ वैज्ञानिक, राजा या मन्त्री या काषाध्यक्ष होता है ॥ ३४ ॥

जा० भ० में कहा है—'विज्ञानशाली स्वकुलावतंसा नृपालकोशालयलेखकर्ता । भर्ता बहूनां मनुजस्तु सौम्ये जीवेक्षिते जीवगृहं प्रयाते ॥ ३४ ॥

यदि धनु या मीन राशि में बुध, शुक्र से दृष्ट हो तो जातक बालिका व बालकों को पढ़ाने वाला, धनी, सुन्दर कोमल रूप और पराक्रम से युक्त होता है ॥ ३५ ॥

जा० भ० में कहा है—'भूपामात्यापत्यलेखाधिकारं चौर्यासक्तं सौकुमार्येण युक्तम् । द्रव्योपेतं मानवं सोमसूनुर्जीवर्क्षस्थः शुक्रदृष्टः करोति' ॥ ३५ ॥

यदि कुण्डली में धनु या मीन राशि में बुध, शनि से दृष्ट हो तो जातक किला व वन में आसक्त, अधिक खाने वाला, दुष्ट स्वभाव का अतिदूषित और भ्रष्ट होता है ॥ ३६ ॥

जा० भ० में कहा है—'बह्वन्नभोक्ता मलिनः कुवृत्तः कान्तारदुर्गाचलवासशीलः । कार्योपयुक्तो न भवेन्मनुष्यो जीवर्क्षगो ज्ञोऽर्कसुतेन दृष्टे' ॥ ३६ ॥

विशेष—प्रकाशित सारावलीमें 'हतयातुरं' 'सम्मतं' गिनमत्याढ्यं' 'श्रेणिभृतनराणां' 'प्रतिरूपमार्यविज्ञानं' सर्वकार्यविभ्रष्टम्' यह पाठान्तर प्राप्त है ॥ ३१-३६ ॥

इति जीवगृहगे बुधे दृष्टिः ।

इस प्रकार गुरू की राशि में चन्द्रमा पर ग्रहों की दृष्टि का फल समाप्त हुआ ॥ ३१-३६ ॥

[अथ शनिगृहगे बुधे दृष्टिः]

अब आगे मकर या कुम्भ राशि में बुध पर ग्रहों की दृष्टि के फल को बतलाते हैं ।

मकर या कुम्भ राशि में बुध पर ग्रहों की दृष्टि के फल—

[1]वल्लभमतिसारयुतं बहुभक्षं निष्ठुरं प्रियालापम् ।
जनयति रविणा दृष्टो सौरगृहे बोधनः ख्यातम् ॥ ३७ ॥
जलजीविनमसमृद्धं मूलसुराकन्दवणिजं वापि ।
भीरुं सठरमरूपं शनिभे चन्द्रेक्षितः कुरुते ॥ ३८ ॥
वाचा चपलं सौम्यं क्रीडारसमत्वरं सुखाधारम् ।
कुरुते भूमिजदृष्टो रवितयनगृहे बुधः पुरुषम् ॥ ३९ ॥
बहुधनधान्यसमृद्धं ग्रामपुरश्रेणिपूजित सुखिनम् ।
कुरुते गुरुणा दृष्टः शशितनयः सार्थवाहकं शनिभे ॥ ४० ॥
नीचपतिं च विरूपं बुद्धिविहीनं कामवश्यञ्च ।
अतिसुतजननं कुरुते भार्गवदृष्टयार्किभे शशिजः ॥ ४१ ॥
पापकरं सुदरिद्रं कर्मकरं चातिदुःखितं दीनम् ।
कुरुते शनिना दृष्टः सौरगृहे बोधनः पुरुषम् ॥ ४२ ॥

यदि कुण्डली में मकर या कुम्भ राशि में बुध, सूर्य से दृष्ट हो तो जातक प्रिय, अधिक बलवान्, बड़ा भोजनी, निठुर, मधुरभाषी और प्रसिद्ध होता है ॥ ३७ ॥

जा० भ० में कहा है—'प्रारब्धकार्याकलितप्रतापं सन्मल्लविद्याकुशलं कुशीलम् । कुटुम्बिनं सञ्जनयेन्मनुष्यं बुधः शनिक्षेत्रगतोऽर्कदृष्टः' ॥ ३७ ॥

यदि मकर या कुम्भ राशि में बुध, चन्द्रमा से दृष्ट हो तो जातक जल से जीविका करने वाला, असंपन्न, मूल, मदिरा व कन्द का व्यवसायी, डरपोक और विरूप होता है ॥ ३८ ॥

जा० भ० में कहा है—'जलोपजीवो धनवांश्च भीरुः प्रसूनकन्दोद्यमतत्परश्च । पुमान् भवेद्भानुसुतालयस्थे बुधे सुधारश्मिनिरीक्ष्यमाणे' ॥ ३८ ॥

यदि मकर या कुम्भ राशि में बुध, भौम से दृष्ट हो तो जातक वाणी से चपल, खेलने का प्रेमी, मन्द और सुखी होता है ॥ ३९ ॥

जा० भ० में कहा है—'व्रीडालसस्तब्धतरस्वभावः सौम्यः सुखी वाक्चपलोऽर्थयुक्तः । स्यान्मानवो भानुसुतर्क्षसंस्थे दृष्टेऽब्जसूनौ क्षितिनन्दनेन' ॥ ३९ ॥

यदि मकर या कुम्भ राशि में बुध, गुरू से दृष्ट हो तो जातक अधिक धनधान्य से संपन्न, गाँव-नगर व पङ्क्ति में सत्कृत, सुखी और व्यापारी होता है ॥ ४० ॥

जा० भ० में कहा है - 'धान्यवाहनधनान्वितः सुखी ग्रामपत्तनपतिर्महामतिः । भानुसूनुभवनेऽब्जनन्दने देवदेवसचिवेक्षिते जनः ॥ ४० ॥

यदि मकर या कुम्भ राशि में बुध, शुक्र से दृष्ट हो तो जातक नीचों का स्वामी, स्वरूप से हीन, बुद्धि शून्य, काम (विषय) के वशीभूत और अधिक कन्याओं को पैदा करने वाला होता है ॥ ४१ ॥

---

१. सारावली २६ अ० ६१-६६ श्लो० ।

जा० भ० में कहा है—'बहुप्रजासंजनकं कुरूपं प्रज्ञोऽज्झितं नीचजनानुयातम् । कामाधिकं सञ्जनयेन्मनुष्यं शुक्रेक्षितो ज्ञः शनिगेहसंस्थः' ॥ ४१ ॥

यदि कुण्डली में मकर या कुम्भ राशि में बुध, शनि से दृष्ट हो तो जातक पाप करने वाला, दरिद्री, कर्मचारी (मजदूर) अधिक दुःखी और दीन होता है ॥ ४२ ॥

जा० भ० में कहा है—'सुखोऽज्झितं पापरतं च दोनमकिञ्चनं हीनजनानुयातम् । करोति मर्त्यः शनिधामसँस्थः सौम्यस्तमो हन्तृसुतेन दृष्टः' ॥ ४२ ॥

विशेष—प्रकाशित सारावली में—'मल्लमतिसा' 'पुष्पसुराकन्द' 'भीरुस्वरूपमचरं' 'वाक्चपलमति सुसौम्यं वीणालसमन्थरं कुरुते गुरुणादृष्टः सौरगृहेबोधनः ख्यातं' 'अतिसुतजननं' यह पाठान्तर प्राप्त है ॥ ३७-४२ ॥

इति शनिगृहगे बुधे दृष्टिः ।

इस प्रकार शनि की राशि में बुध पर ग्रहों की दृष्टि का फल समाप्त हुआ ॥ ३७–४२ ॥

इति बुधः

[अथ भौमगृहगे गुरौ ग्रहाणां दृष्टिफलम्]

अब आगे बारह राशियों में गुरू पर ग्रहों की दृष्टि के फल कहने के तारतम्य में प्रथम भौम की राशि में गुरू पर ग्रहों की दृष्टि के फल को बतलाते हैं ।

मेष या वृश्चिक राशि में गुरू पर ग्रहों की दृष्टि के फल—

[1]धर्मिष्ठमनृतभीरुं विख्यातसुतं महाभोगम् ।
भौमगृहे रविदृष्टो सुरराजमन्त्रितं गुरुः कुरुते ॥ १ ॥
इतिहासमहाकाव्यकुशलं बहुरत्नं स्त्राषु भाजनं कुरुते ।
कुजगेहे शशिदृष्टास्त्रिदशगुरुः पार्थिवं प्राज्ञम् ॥ २ ॥
नृतपुरुषशूरमग्रथं नयविनयसमन्वित च धनिनम् ।
अविधेयभृत्यदारं जनयति वक्रेक्षितो जीवः ॥ ३ ॥
अनृत वञ्चनपाप परावबरान्वेषणेषु निपुणञ्च ।
सेवाविनयकृतज्ञ कार्पाटकः सौम्यसंदृष्टः ॥ ४ ॥
गृहशयनवसनगन्धैर्माल्यैरालम्बनादिभिर्विभवैः ।
समुदितमति च भीरुं कुरुते शुक्रक्षितो जीवः ॥ ५ ॥
मलिनं लुब्ध तीक्ष्णं साहसिकं सम्मतं च धीर च ।
अस्थिरमित्रापत्य त्रिदशगुरुः सौरसदृष्टः ॥ ६ ॥

यदि जन्म के समय मेष या वृश्चिक राशि में गुरू, सूर्य से दृष्ट हो तो जातक धर्मात्मा, पाप से भयभीत, प्रसिद्ध पुत्र वाला, भोगी व अधिक देवराज का सलाहकार होता है ॥ १ ॥

१–सारावली २७ अ० २५-३० श्लो० ।

जा० भ० में कहा है 'असत्यभीरुर्बहुधर्मकर्त्ता ख्यातश्च सद्भाग्ययुतो विनीतः। भवेन्नरो देवगुरौ प्रयाते भौमस्य गेहे रविदृष्टदेहे' ॥ १ ॥

यदि मेष या वृश्चिक राशि में गुरू, चन्द्रमा से दृष्ट हो तो जातक इतिहास व महाकाव्य में चतुर, अधिक रत्न और स्त्रियों का पात्र, राजा और विद्वान् होता है ॥२॥

जा० भ० में कहा है 'ख्यातो विनीतो वनितानुयातः सतां मतो धर्मरतः प्रशान्तः। जातो भवेद्भूमिसुतर्क्षयाते वाचां पतौ शीतकरेण दृष्टे' ॥ २ ॥

यदि मेष या वृश्चिक राशि में गुरू, भौम से दृष्ट हो तो जातक सत्यपुरुष, वीर, अग्रगामी या प्रधान, नीति व नम्रता से युक्त, धनी, आज्ञा या विनय से हीन, नौकर व स्त्री वाला होता है ।। ३ ॥

जा० भ० में कहा है 'क्रूरोऽतिधूर्तः परगर्वहर्ता नृपाश्रयाज्जीवनवृत्तिकर्ता। भर्ता बहूनां ननु मानवः स्याज्जीवे कुजर्क्षे च कुजेन दृष्टे' ॥ ३ ॥

यदि मेष या वृश्चिक राशि में गुरू, बुध से दृष्ट हो तो जातक असत्यभाषी, ठग, पापी, दूसरे के दोष ढूँढने में चतुर, सेवक, विनयी, कृतज्ञ, और कपटी होता है ॥ ४ ॥

जा० भ० में कहा है 'सद्वृत्तसत्योत्तमवाग्विहीनश्छिद्रप्रतीक्षी प्रणयानुयातः। मर्त्यो भवेत्कैतवसंप्रयुक्तो वाचस्पतौ भौमगृहे ज्ञदृष्टे' ॥ ४ ॥

यदि मेष या वृश्चिक राशि में गुरू, शुक्र से दृष्ट हो तो जातक घर-शय्या-वस्त्र इत्रादि सुगन्ध पुष्प-आलम्बन-ऐश्वर्य से युक्त, उदीयमान बुद्धि का और डरपोक होता है ॥ ५ ॥

जा० भ० में कहा है—'गन्धमाल्यशयनासनभूषायोषिदम्बरनिकेतनसौख्यम्। संप्रयच्छति नृणां भृगुणा चेद्वीक्षितः सुरगुरुः कुजभस्थः' ॥ ५ ॥

यदि जन्म के समय में मेष या वृश्चिक राशि में गुरू, शनि से दृष्ट हो तो जातक मलिन, लोभी, तीखा, साहसी, जनसम्मत, धैर्यवान्, अस्थिर मित्र और पुत्र वाला होता है ॥ ६ ॥

जा० भ० में कहा है 'लुब्धं रौद्रं साहसैः संयुतञ्च मित्रापत्योद्भूतसौख्योज्झितञ्च। कुर्यान्मन्त्रे निष्ठुरं देवमन्त्री धात्रीपुत्रक्षेत्रगो मन्ददृष्टः' ॥ ६ ॥

विशेष—प्रकाशित सारावली में 'महाभाग्यं' 'ह्यतिरोमचितं' नृपपुरुष' 'विधनं च' माल्यालङ्कारयुवतिभिः' 'समुचितमतीव' यह पाठान्तर प्राप्त है ॥ १-६ ॥

इति भौमगृहगे गुरौ दृष्टिः।

इस प्रकार भौम की राशि में गुरू पर ग्रहों की दृष्टि का फल समाप्त हुआ ॥१-६॥

[अथ शुक्रगृहगे गुरौ ग्रहाणां दृष्टिफलम्]

शुक्र की राशि में गुरू पर ग्रहों की दृष्टि के फल—

'द्विपदचतुष्पदभागिनमत्याढ्यं व्यायताङ्गमिह पुरुषम्।
प्राज्ञं नरेन्द्रसचिवं करोति सूर्येक्षितो जीवः ॥ ७ ॥

१–सारावली २७ अ० ३१-३६ श्लो०।

अतिधनिनमतिमधुरं जननीदयितं प्रियञ्च युवतीनाम् ।
अत्युपभोगं कुरुते त्रिदशगुरुर्वीक्षितः शशिना ॥ ८ ॥
दयितं बालस्त्रीणां प्राज्ञं शूरं च धनसमृद्धञ्च ।
सुखिनं नरेन्द्रपुरुषं जनयति रुधिराङ्गसंदृष्टः ॥ ९ ॥
प्राज्ञं चतुरं सुभगं मधुरं विभवान्वितं गुणैः समृद्धञ्च ।
सुरुचिं मलिनं कान्तं जनयति बुधवीक्षितो जीवः ॥ १० ॥
अतिललितकमतिधनिनं वरभूषणधारिणं सुमृदुशीलम् ।
वरभोगशयनवसनं जनयेद्भृगुवीक्षितो जीवः ॥ ११ ॥
प्राज्ञं बहुधनधान्यं महत्तरं ग्रामनगरपुरुषाणाम् ।
मलिनमरूपमभार्यं कुरुते सौरेक्षितो जीवः ॥ १२ ॥

यदि जन्म के समय में वृष या तुला राशि में गुरू, सूर्य से दृष्ट हो तो जातक मनुष्य व पशुओं से युक्त, बड़ा धनी, लम्बी देह वाला, पण्डित और राजा का सचिव होता है ॥ ७ ॥

जा० भ० में कहा है 'सङ्ग्रामविजयं क्षतगात्रं सामयञ्च बहुवाहनभृत्यम् । मन्त्रिणं हि कुरुते सुरमन्त्री दैत्यमन्त्रगृहगो रविदृष्टः' ॥ ७ ॥

यदि वृष या तुला राशि में गुरू, चन्द्रमा से दृष्ट हो तो जातक बड़ाधनी, अत्यन्त मीठा, माता का कृपापात्र, स्त्रियों का प्रेमी और अधिक भोग करने वाला होता है ॥ ८ ॥

जा० भ० में कहा है 'सत्येन युक्तं सततं विनीतं परोपकाराभिरतं सुचित्तम् । सद्भाग्यभाजं कुरुते मनुष्यं जीवः सितर्क्षेऽमृतरश्मिदृष्टः' ॥ ८ ॥

यदि वृष या तुला राशि में गुरू, भौम से दृष्ट हो तो जातक अल्प अवस्था वाली स्त्रियों का प्यारा, पण्डित, वीर, धन से सम्पन्न, सुखी और राजपुरुष होता है ॥ ९ ॥

जा० भ० में कहा है—'भाग्योपपन्नं सुतसौख्यभाजं प्रियंवदं भूपतिलब्धमानम् । नरं सदाचारपरं करोति भौमेक्षितेज्यो भृगुजालयस्थः' ॥ ९ ॥

यदि वृष या तुला राशि में गुरू, बुध से दृष्ट हो तो जातक विद्वान्, चतुर, सुन्दर भाग्यवान्, मीठा, ऐश्वर्य से युक्त, गुणों से सम्पन्न, सुन्दर इच्छा वाला, दूषित और प्रिय होता है ॥ १० ॥

जा० भ० में कहा है—'सन्मन्त्रविद्यानिरतं नितान्तं भाग्यान्वितं भूपतिलब्धवित्तम् । चञ्चत्कलाज्ञं पुरुषं प्रकुर्याद्गुरुर्भृगुक्षेत्रगतो ज्ञदृष्टः' ॥ १० ॥

यदि वृष या तुला राशि में गुरू, शुक्र से दृष्ट हो तो जातक अधिक सुन्दर, बड़ा धनी, श्रेष्ठ अलङ्कार को धारण करने वाला, सरल स्वभावी, श्रेष्ठ भोग-शय्या व वस्त्रों से युक्त होता है ॥ ११ ॥

जा० भ० में कहा है—'धनान्वितं चारुविभूषणाढ्यं सद्वृत्तचित्तं विभवैः समेतम् । करोति मर्त्यं सुरराजमन्त्री शुक्रालयस्थो भृगुसूनुदृष्टः' ॥ ११ ॥

यदि जन्म के समय में वृष या तुला राशि में गुरू, शनि से दृष्ट हो तो जातक, पण्डित, अधिक धनधान्य से युक्त, गांव-नगर और पुरुषों में बड़ा, दूषित, विरूप और स्त्री से हीन होता है ॥ १२ ॥

जा० भ० में कहा है—'सत्पुत्रदारादिसुखैरुपेतं प्राज्ञं पुरग्रामभवोत्सवाढ्यम् । नरं प्रकुर्याच्चतुर सुरेज्यो दैत्यज्यभस्थोऽर्कसुतेन दृष्टः' ॥ १२ ॥

विशेष—प्रकाशित सारावली में 'मत्यटनं' 'मतीवमधुरं' 'सुधनं' 'सुरुचिरशीलं' 'परभूषणधाः' 'मृजाशीलं' 'वरशयनं नर वसनं' यह पाठान्तर प्राप्त है ॥ ७-१२ ॥

इति शुक्रगृहगे गुरौ दृष्टिः ।

इस प्रकार शुक्र की राशि में गुरू पर ग्रहों की दृष्टि का फल समाप्त हुआ ॥ ७-१२ ॥

[अथ बुधगृहगे गुरौ ग्रहाणां दृष्टिफलम्]

अब आगे बुध की राशि में गुरू पर ग्रहों की दृष्टि के फल को कहते हैं ।

मिथुन या कन्या राशि में गुरू पर ग्रहों की दृष्टि के फल—

[1]आर्यं ग्रामश्रेष्ठं कुटुम्बिनमुदारपुत्रधनयुक्तम् ।
तीक्ष्णकरदृष्टमूर्तिस्त्रिदशगुरुर्बुधगृहे कुरुते ॥ १३ ॥
चन्द्रेक्षितस्तु कुरुते वसुमन्त मातृवत्सलं धन्यम् ।
सुखयुवतिपुत्रवन्तं सुरपतिगुरुरनुपमं गुरुभे ॥ १४ ॥
समरशतलब्धविजयं वीक्षितगात्रं धनान्वितं कुरुते ।
धरणीसुतदृष्टदेहस्त्रिदशगुरुः सम्मतञ्च लोके ॥ १५ ॥
कुरुते ज्यौतिषकुशलं बहुसुतदारं वित्तवन्तञ्च ।
अतिशयविरुद्धवाक्य बुधभ सौम्येक्षितो मान्यम् ॥ १६ ॥
देवप्रासादानां कृत्येष्वेकं सुदारभोक्तारम् ।
हृदयहरं नारीणां कुरुते शुक्रेक्षितो जीवः ॥ १७ ॥
श्रेणीगणराष्ट्राणां पुरोगमं ग्रामपत्तनानाञ्च ।
जनयति शनिना दृष्टः सुवशं जीवो नरं बुधभे ॥ १८ ॥

यदि जन्म के समय में मिथुन या कन्या राशि में गुरू, सूर्य से दृष्ट हो तो जातक आर्य, गाँव में श्रेष्ठ, कुटुम्बी, उदारचित्त, पुत्र और धन से युक्त होता है ॥ १३ ॥

जा० भ० में कहा है—'सत्पुत्रदारं धनमित्रसौख्यं श्रेष्ठप्रतिष्ठाहविराजमानम् । नरं प्रकुर्यात्सुरराजमन्त्री रविप्रदृष्टो बुधवेश्मसंस्थः' ॥ १३ ॥

यदि मिथुन या कन्या राशि में गुरू, चन्द्रमा से दृष्ट हो तो जातक धनी, माता का प्रियपात्र, प्रशंसनीय, पुत्र और स्त्री सुख से परिपूर्ण व अद्वितीय होता है ॥ १४ ॥

१–सारावली २७ अ० ३७-४२ श्लो० ।

जा० भ० में कहा है—'गुणान्वितं ग्रामपुरोपकारं विराजमानं बहुगौरवेण। कुर्यान्नरं देवगुरूर्बुधर्क्षसंस्थो निशानाथनिरीक्ष्यमाणः' ॥ १४ ॥

यदि मिथुन या कन्या राशि में गुरू, भौम से दृष्ट हो तो जातक सैकड़ों युद्धों में विजय प्राप्त करने वाला, मनुष्यों से दृष्ट, धनी और संसार में सम्मत होता है ॥१५॥

जा० भ० में कहा है—'संग्रामसंप्राप्तजयं क्षताङ्गं धनेन सारेण समन्वितश्च। करोति जातं विबुधेन्द्रमन्त्री बुधालयस्थः क्षितिसूनुदृष्टः' ॥ १५ ॥

यदि मिथुन या कन्या राशि में गुरू, बुध से दृष्ट हो तो जातक ज्योतिष विद्या में चतुर, अधिक पुत्र व स्त्री वाला, धनी और अधिकतर विरुद्ध वाणी बोलने वाला होता है ॥ १६ ॥

जा० भ० में कहा है—'सन्मित्रदारात्मजवित्तसौख्यो दक्षो भवेज्ज्योतिषशिल्पवेत्ता। स्याच्चारुभाषी पुरुषः प्रकामं जीवे बुधर्क्षे च बुधेन दृष्टः' ॥ १६ ॥

यदि मिथुन या कन्या राशि में गुरू, शुक्र से दृष्ट हो तो जातक देवमन्दिर व धन के कार्यों में एक, सुन्दर स्त्री को भोगने वाला और स्त्रियों के हृदय को चुराने वाला होता है ॥ १७ ॥

जा० भ० में कहा है—'धनाङ्गनासूनुसुखैरुपेतः प्रासादवापीकृषिकर्मचित्तः। भवेत्प्रसन्नः पुरुषः सुरेज्ये दैत्येज्यदृष्टे बुधवेश्मसंस्थे' ॥ १७ ॥

यदि जन्म के समय में मिथुन या कन्या राशि में गुरू, शनि से दृष्ट हो तो जातक पङ्क्ति, समुदाय और राष्ट्रों का गाँव व नगर का प्रधान और सुन्दर वशीभूत होने वाला होता है ॥ १८ ॥

जा० भ० में कहा है—'नरेन्द्रसद्गौरवसंप्रयुक्तं नित्योत्सवं पूर्णगुणाभिरामम्। नरं पुरग्रामपतिं करोति गुरुर्ज्ञगेहे शनिना प्रदृष्टः' ॥ १८ ॥

विशेष—'प्रकाशित सारावली में 'मातृवल्लभं' 'शाश्वतसुलब्धविषयं चित्रितगात्रं' 'द्वारं च सूत्रकारश्च' 'अतिशयविरूपगात्रं' 'देवप्रासादानां कृत्यकरं' 'वेशदारभोक्तारं' सुतनु' यह पाठान्तर प्राप्त है ॥ १३-१८ ॥

इति बुधगेहे गुरौ दृष्टिः।

इस प्रकार बुध की राशि में गुरू पर ग्रहों की दृष्टि का फल समाप्त हुआ ॥ १३-१८ ॥

[अथ कर्कगे गुरौ ग्रहाणां दृष्टिफलम्]

कर्क राशि में गुरू पर ग्रहों की दृष्टि के फल—

[1]रविदृष्टः शशिभवने विख्यातमथाग्रसरसमूहानाम्।
सुखधनदारविहीनं परदाराढ्यं गुरुः कुरुते ॥ १९ ॥
अत्यन्तंश्रुतिमन्तं नृपतिं बहुकोशवाहनसमृद्धम्।
उत्तमयुवतीपुत्रं जनयति शशिभे गुरुर्हिमगुदृष्टः ॥ २० ॥

१. सारावली २७ अ० ४३–४८ श्लो०।

कौमारे दाराढ्यं हेमालङ्कारभागिनं प्राज्ञम।
शूरं सुव्रणगात्रं जीवो रूधिराङ्गवीक्षितः कुरुते॥ २१॥
बान्धवमातृनिमित्तं धनिनं कलहान्वितं विगतपापम्।
जनयति बुधेन दृष्टः प्रत्ययिनं मन्त्रिणां जीवः॥ २२॥
बहुदारं बहुविभवं नानालङ्कारभागिनं सुखिनम्।
भृगुतनयदृष्टमूर्तिं सुभगं पुरूषं गुरुः कुरुते॥ २३॥
सौरेण दृष्टमूर्तिः महत्तरं ग्रामसैन्यनगराणाम्।
वाचालं बहुविभवं वृद्धत्वे भोगदारयुतम्॥ २४॥

यदि जन्म के समय में कर्क राशि में गुरू, सूर्य से दृष्ट हो तो जातक प्रसिद्ध, समुदाय में प्रधान या आगे, सुख धन, स्त्री से रहित और दूसरे की स्त्री से युक्त होता है॥ १९॥

जा० भ० में कहा है—'दारात्मजार्थोद्भवसौख्यहानिं पूर्वं नु पश्चात्खलु तत्सुखानि। कुर्यान्नराणां हि गुरुः सुराणां कुलीरसँस्थो रविणा प्रदृष्टः'॥ १९॥

यदि कर्क राशि में गुरू, चन्द्रमा से दृष्ट हो तो जातक अधिक वेद ज्ञाता, राजा, अधिक धन व सवारी से सम्पन्न और उत्तम स्त्री का पुत्र होता है॥ २०॥

जा० भ० में कहा है—'नरेन्द्रकोशाधिकृतं सुकान्तं सद्वाहनार्थादिसुखोपपन्नम्। सद्वृत्तचित्तं जनयेन्मनुष्यं कर्कस्थितेज्यो शशिना हि दृष्टः'॥ २०॥

यदि कर्क राशि में गुरू, भौम से दृष्ट हो तो जातक कुमार अवस्था में विवाहित, सुवर्ण के भूषणों का भागी अर्थात् प्राप्त कर्ता, विद्वान्, वीर और घाव से चिन्हित शरीर वाला होता है॥ २१॥

जा० भ० में कहा है—'कुमारदाराम्बरचारुभूषाविशेषभाजं गुणिनं च शूरम्। प्राज्ञं क्षताङ्गं कुरुते मनुष्यं कर्कस्थितेज्योऽविनजेन दृष्टः'॥ २१॥

यदि कर्क राशि में गुरू, बुध से दृष्ट हो तो जातक बान्धव व माता के कारण धनी, कलह से युक्त, पाप से हीन और सचिवों का विश्वासी होता है॥ २२॥

जा० भ० में कहा है—'मित्राश्रयोत्पादितसर्वसिद्धिः सद्वृत्तिबुद्धिर्विलसत्प्रतापः। मन्त्री नरः कर्कटराशिसंस्थे गीर्वाणवन्द्ये शशिसूनुदृष्टे'॥ २२॥

यदि कर्क राशि में गुरू, शुक्र से दृष्ट हो तो जातक अधिक स्त्री व ऐश्वर्य से युक्त, अनेक अलंकार का भागी, सुखी और सुन्दर भाग्यशाली होता है॥ २३॥

जा० भ० में कहा है—'बह्वङ्गनावैभवमात्मजादिनानासुखानामुपलब्धयः स्युः। कुलीरयाते वचसामधीशे निरीक्षते दैत्यपुरोहितेन'॥ २३॥

यदि जन्म के समय में कर्क राशि में गुरू, शनि से दृष्ट हो तो जातक गांव-सेना व नगर में बड़ा या प्रधान, वाचाल, अधिक ऐश्वर्यवान् और बुढ़ापे में भोग व स्त्री से युक्त होता है॥ २४॥

जा० भ० में कहा है—'सन्मानभूषागुणचारुशीलः सेनापुरग्रामपतिर्नरः स्यात्। अनल्पजल्पः खलु कर्कटस्थे वाचस्पतौ सूर्यसुतेन दृष्टे'॥ २४॥

विशेष—प्रकाशित सारावली में 'ह्यग्रम' 'पश्चादाढ्यं' अत्यर्थं द्युतिमन्तं' 'कौमारदारमा' 'बान्धवमात्रनिमि' 'कलान्वितं' 'मन्त्रिणं' 'वाचारं' 'वार्धक्ये भोगभागिनं जीवः' पाठान्तर उपलब्ध है ॥ १९-२४ ॥

इति कर्के गुरौ दृष्टिः ।

इस प्रकार कर्क राशि में गुरू पर ग्रहों की दृष्टि का फल समाप्त हुआ ॥ १९-२४ ॥

[अथ सिंहस्थे गुरौ ग्रहाणां दृष्टिफलम्]

सिंह राशि में गुरू पर ग्रहों की दृष्टि के फल—

[1]लोके दयितं ख्यातं सनृपतिधनसमृद्धञ्च ।
जनयति दिनकरदृष्टस्त्रिदशगुरुः शीलसंयुक्तम् ॥ २५ ॥
अतिसुभगमतिमलिनं स्त्रीभाग्यैरुपचितार्थमत्याढ्यम ।
रजनीकरदृष्टमूर्तिर्जितेन्द्रियं जनयति सुरेज्यः ॥ २६ ॥
सभ्यं सतां गुरूणां विशिष्टकर्माणमग्र्यमतिनिपुणम् ।
स्तब्धं शूरं क्रूरं गुरुरिह भौमेक्षितः कुरुते ॥ २७ ॥
गृहवास्तुज्ञानरतं विज्ञानगुणान्वितं रुचिरवाक्यम् ।
कुरुते मन्त्रिणमग्र्यं बुधेक्षितो विश्रुतं जीवः ॥ २८ ॥
दयितं स्त्रीणां सुभगं भूपतिसत्कारसत्कृतं पुरुषम् ।
सितदृष्टः सुरपूज्यः जनयति सिंहे महासत्वम् ॥ २९ ॥
बहुकथनं मधुरवचनं सुखरहितं वित्तभागिनं तीक्ष्णम् ।
अमरस्त्रीतुल्यसुखं भोक्तारं गुरुः सौरसंदृष्टः ॥ ३० ॥

यदि जन्म के समय में सिंह राशि में गुरू, सूर्य से दृष्ट हो तो जातक संसार में प्रिय, प्रसिद्ध, राजा के धन से संपन्न और शीलवान् होता है ॥ २५ ॥

जा० भ० में कहा है—'व्ययान्वितं ख्यातमतीव धूर्तं नृपाप्तवित्तं शुभकर्मचित्तम् । नरं प्रकुर्यात्सुरराजपूज्यः सूर्येण दृष्टो मृगराजसंस्थः' ॥ २५ ॥

यदि सिंह राशि में गुरू, चन्द्रमा से दृष्ट हो तो जातक अत्यन्त भाग्यशाली, बड़ा मलिन, स्त्री के भाग्य से धन वृद्धि की बुद्धि से युक्त और जितेन्द्रिय होता है ॥२६॥

जा० भ० में कहा है—'प्रसन्नमूर्तिं गतचित्तशुद्धिं स्त्रीहेतुसंप्राप्तधनं वदान्यम् । कुर्यात्पुमांसं वचसामधीशः शशाङ्कदृष्टः करिवैरिसंस्थः' ॥ २६ ॥

यदि सिंह राशि में गुरू, भौम से दृष्ट हो तो जातक सज्जन व गुरू जनो के मध्य में सभ्य, विशेष कार्यकर्ता, अग्रशोची, चतुर, स्तब्ध, वीर और क्रूर होता है ॥ २७ ॥

जा० भ० में कहा है—'मान्यो गुरूणां गुणगौरवेण सत्कर्मनिर्माणविधौ प्रवीणः । प्राणी भवेत्केसरिणि स्थितेऽस्मिन्गीर्वाणवन्द्ये वनिजेन दृष्टे' ॥ २७ ॥

---

१. सारा० २७ अ० ४९-५४ श्लो० ।

यदि सिंह राशि में गुरू, बुध से दृष्ट हो तो जातक घर रचना ज्ञान में लीन, विज्ञान गुण से युक्त मनोहर बोलने वाला, सचिव, प्रधान और प्रसिद्ध होता है ॥२८॥

जा० भ० में कहा है—'गृहादिनिर्माणविधौ प्रवीणो गुणाग्रणीः स्यात्सचिवो नृपाणाम्। वाणीविलासे चतुरो नरः स्यात् सिंहस्थिते देवगुरौ ज्ञदृष्टे' ॥ २८ ॥

यदि सिंह राशि में गुरू, शुक्र से दृष्ट हो तो जातक स्त्रियों का प्रिय, सुन्दर भाग्य-वान्, राजकीय पुरस्कार से पुरस्कृत और बड़ा बली होता है ॥ २९ ॥

जा० भ० में कहा है—'भूमीपतिप्राप्तमहापदस्थः कान्ताजनप्रीतिकरो गुणज्ञः। भवेन्नरो देवगुरौ हरिस्थे निरीक्षिते चासुरपूजितेन ॥ २९ ॥

यदि जन्म के समय में सिंह राशि में गुरू, शनि से दृष्ट हो तो जातक अधिक बोलने वाला, मीठी वाणी का, सुख से हीन, धनभागी, तीखा, देव स्त्री के समान सुखी और भोगी होता है ॥ ३० ॥

जा० भ० में कहा है—'सुखेन हीनं मलिनं सुवाचं कृशाङ्गयष्टिं विगतोत्सवञ्च। करोति मर्त्यं मरुताममात्यः सिंहस्थितः सूर्यसुतेन दृष्टः ॥ ३० ॥

विशेष—प्रकाशित सारावली में 'सिंहे दयितं ख्यातं सतां च नृपतिं महाधनसमृद्धं' 'मतीव सुशीलञ्च' 'स्त्रीभाग्यैरतिसुभगं' 'सत्यंसतां' 'स्तब्धं शूरं' 'चित्रभागिनं' यह पाठान्तर प्राप्त है ॥ २५-३० ॥

इति सिंहस्थे गुरुदृष्टिः।

इस प्रकार सिंह राशि में गुरू पर ग्रहों की दृष्टि का फल समाप्त हुआ ॥२५-३०॥

[अथ स्वगृहगे गुरौ ग्रहाणां दृष्टिफलम्]

अब अपनी राशियों में गुरू पर ग्रहों की दृष्टि के फल को कहते हैं।

धनु या मीन राशि में गुरू पर ग्रहों की दृष्टि के फल—

[१]नृपतिविरुद्धं जनयति विबुधगुरुः संस्थितः स्वगृहे।
रविदृष्टः परिपूरितधनबन्धुजनेन परिमुक्तम् ॥ ३१ ॥
अतिसुभगं युवतीनां मानधनैश्वर्यगर्वितं कुरुते।
नानाविधसौख्ययुतं जनयति चन्द्रेक्षितो जीवः ॥ ३२ ॥
संग्रामविक्षतगात्रं क्रूरं वा बान्धवप्रतीपकरम्।
जनयति कुजेन दृष्टो देवगुरुर्नदृष्ट परिवारम् ॥ ३३ ॥
मन्त्रिणमथ नृपतिं वा सुतधनसौभाग्यसत्वसम्पन्नम्।
कुरुते बुधेन दृष्टः सकलानन्दयुतमप्रतिमरूपम् ॥ ३४ ॥
भोज्यान्नपानविभवं परिगृहशयनासनोत्तमस्त्रीकम्।
आभरणवसनभृतं जनयति शुक्रेक्षितो जीवः ॥ ३५ ॥
मलिनमतीवसभयं ग्रामपुरश्रेण्यधिकृतं दीनम्।
रविजेन सदादृष्टो जनयति सुखवर्जितं जीवः ॥ ३६ ॥

१. सारावली २७ अ० ५५-६० श्लो०।

यदि जन्म के समय में धनु या मीन राशि में गुरू, सूर्य से दृष्ट हो तो जातक राजा के विरोध में, परिपूर्ण धन और बन्धु से परित्यक्त होता है ॥ ३१ ॥

जा० भ० में कहा है—'राज्ञा विरुद्धमतीवनूनं सुहृज्जनेनापि च वैमनस्यम् । शत्रूद्गमः स्यान्नियतं नराणां जीवेऽर्कदृष्टे स्वगृहं प्रयाते' ॥ ३१ ॥

यदि धनु या मीन राशि में गुरू, चन्द्रमा से दृष्ट हो तो जातक स्त्रियों का अति भाग्यशाली, मान, धन व ऐश्वर्य से गर्वीला और अनेक प्रकार के शुभों से युक्त होता है ॥ ३२ ॥

जा० भ० में कहा है—'सुगर्वितं भाग्यधनाभिवृद्ध्या प्रियाप्रियत्वाभिमतं विशेषात् । करोति जातं सुखिनं विनीतं चन्द्रेक्षितो देवगुरुः स्वभस्थः' ॥ ३२ ॥

यदि धनु या मीन राशि में गुरू, भौम से दृष्ट हो तो जातक युद्ध में भग्न शरीर, क्रूर, बान्धवों का अशुभ करने वाला और परिवार से रहित होता है ॥ ३३ ॥

जा० भ० में कहा है—'व्रणाङ्कितं सङ्गरकर्मदक्षं हिंसापरं क्रूरतरस्वभावम् । परोपकाराभिरतं प्रकुर्याद् गुरुः स्वभस्थः क्षितिजेन दृष्टः' ॥ ३३ ॥

यदि धनु या मीन राशि में गुरू, बुध से दृष्ट हो तो जातक सचिव या राजा, पुत्र-धन-सौभाग्य व बल से संपन्न और समस्त आनन्दों से युक्त एवं प्रतिभा से हीन स्वरूप होता है ॥ ३४ ॥

जा० भ० में कहा है— नृपाश्रयप्राप्तमहाधिकारो दाराधनैश्वर्यसुखोपपन्न । परोपकारादरतैकचित्तो नरो गुरौ स्वर्क्षगते ज्ञदृष्टे' ॥ ३४ ॥

यदि धनु या मीन राशि में गुरू, शुक्र से दृष्ट हो तो जातक भोजन करने के योग्य, अन्न-पान व ऐश्वर्य से युक्त, दूसरे के घर, शय्या, आसन, उत्तम स्त्री से युक्त और भूषण वस्त्रों से युक्त होता है ॥ ३५ ॥

जा० भ० में कहा है—'सुखोपपन्नं सधनं प्रसन्नं प्राज्ञं सदैश्वर्यविराजमानम् । नूनं प्रकुर्यान्मनुजं सुरेज्यो दैत्येज्यदृष्टो निजमन्दिरस्थः' ॥ ३५ ॥

यदि जन्म के समय में धनु या मीन राशि में गुरू, शनि से दृष्ट हो तो जातक दूषित, अधिक भयभीत, गाँव, नगर, पङ्क्ति में अधिकारी, दीन और सुख से हीन होता है ॥ ३६ ॥

जा० भ० में कहा है—'पदच्युतं सौख्यसुतैर्विहीनं सङ्ग्रामसञ्जातपराभवञ्च । करोति दीनं स्वगृहे सुरेज्यः सूर्यात्मजेन प्रविलोक्यमानः' ॥ ३६ ॥

विशेष—प्रकाशित सारावली में—'रविदृष्टः परितप्तं' 'सङ्ग्रामे विकृताङ्गं' 'क्रूरं बन्धकं' 'देवगुरुतष्टपरिवारं' 'सुखिनं धनिनं प्राज्ञं व्यपगतदोषं चिरायुषं सुभगम् । स्वगृहे सितेन दृष्टो लक्ष्मीपरिवेष्टितं गुरुः पुरुषम्' 'मलिनमतीव च सुभगं' 'श्रेणिधिकृक्तं' 'सुखभोगधर्मपरिहीनम्' यह पाठान्तर प्राप्त है ॥ ३१-३६ ॥

इति स्वगृहे गुरौ दृष्टिः ॥

इस प्रकार अपनी राशि में गुरू पर ग्रहों की दृष्टि का फल समाप्त हुआ ॥३१-३६॥

[अथ शनिगृहगे गुरौ ग्रहाणां दृष्टिफलम्]

अब आगे शनि की राशि में गुरू पर ग्रहों की दृष्टि के फल को कहते हैं।

मकर या कुम्भ राशि में गुरू पर ग्रहों की दृष्टि के फल—

प्राज्ञं पृथिवीपालं सौरगृहे भानुना च संदृष्टः।
प्रकृतिसमृद्धिं जनयति जीवो विभवान्वितं सुविक्रान्तम् ॥ ३७ ॥
[1]पितृमातृभक्तमार्यं कुलोद्वहं प्राज्ञमाढ्यं मन्दर्क्षे।
चन्द्रेक्षितस्तु जीवः सुशीलमतिधार्मिकं कुरुते ॥ ३८ ॥
शूरं नरेन्द्रयोधं गर्वितमोजस्विनं सुवेषञ्च।
विख्यातमार्यमान्यं करोति वक्रेक्षितो जीवः ॥ ३९ ॥
कामरतिं गुणमुख्यं श्रेष्ठतमं सार्थवाहमाढ्यं वा।
चातुर्यमित्रबन्धनं बुधसंदृष्टो गुरुः प्राज्ञम् ॥ ४० ॥
सुखिनं प्राज्ञं व्यपगतदोषं चिरायुषं सभयम्।
जनयति सितेन दृष्टो लक्ष्मीपरिवेष्टितं पुरुषम् ॥ ४१ ॥
अनुपममनुपमविद्यं महत्तरं देशपार्थिवं पुराणम्।
द्विपदचतुष्पदभागिनमाढ्यं सौरेक्षितो जीवः ॥ ४२ ॥

यदि जन्म के समय में मकर या कुम्भ राशि में गुरू, सूर्य से दृष्ट हो तो जातक विद्वान्, राजा, स्वभाव से संपन्न, ऐश्वर्य से युक्त और पराक्रमी होता है ॥ ३७ ॥

जा० भ० में कहा है 'प्रसन्नकान्ति शुभवाग्विलासं परोपकारादरतासमेतम्। कुलेनृपालं कुरुते सुरेज्यो मन्दालयस्थो यदि भानुदृष्टः' ॥ ३७ ॥

यदि मकर या कुम्भ राशि में गुरू, चन्द्रमा से दृष्ट हो तो जातक पिता माता का भक्त, श्रेष्ठ, कुल का पालक; पण्डित, धनी, सुशील और बड़ा धर्मात्मा होता है ॥ ३८ ॥

जा० भ० में कहा है—'कुलोद्वहस्तीव्रमतिः सुशीलो धर्मक्रियायां सुतरामुदारः। नरोऽभिमानी पितृमातृभक्तो जीवे शनिक्षेत्रगतेन्दुदृष्टे' ॥ ३८ ॥

यदि मकर या कुम्भ राशि में गुरू, भौम से दृष्ट हो तो जातक वीर, राजा का योधा, गर्वीला, ओजस्वी, सुन्दर वेषधारी, प्रसिद्ध और श्रेष्ठ जन से सम्मानित होता है ॥ ३९ ॥

जा० भ० में कहा है—'स्यादर्थसिद्धिर्नृपतेः प्रसादात्कीर्तिः सुखानामुपलब्धिरेव। सूतौ सुरेज्ये शनिमन्दिरस्थे निरीक्ष्यमाणे धरणीसुतेन' ॥ ३९ ॥

यदि मकर या कुम्भ राशि में गुरू, बुध से दृष्ट हो तो जातक विषय का प्रेमी, गुणों में प्रधान, श्रेष्ठतम वा व्यापारी, धनी, चतुर मित्रों के बन्धन में और पण्डित होता है ॥ ४० ॥

जा० भ० में कहा है—'शान्तं नितान्तं वनितानुकूलं धर्मक्रियार्थे निरतं नितान्तम्। करोति मर्त्यं मरुतां पुरोधा बुधेन दृष्टः शनिमन्दिरस्थः' ॥ ४० ॥

---

१. सारावली २७ अ० ६१-६६ श्लो०।

यदि मकर या कुम्भ राशि में गुरू, शुक्र से दृष्ट हो तो जातक सुखी, पण्डित, दोष से हीन, दीर्घायु, डरपोक और लक्ष्मी से युक्त होता है ॥ ४१ ॥

जा० भ० में कहा है—'विद्याविवेकार्थगुणैः समेतः पृथ्वीपतिप्राप्तमनोऽभिलाषः। स्यात्पुरुषः सूर्यसुतर्क्षसंस्थे जीवे प्रसूतौ भृगुजेन दृष्टे' ॥ ४१ ॥

यदि जन्म के समय में मकर या कुम्भ राशि में गुरू, शनि से दृष्ट हो तो जातक अद्वितीय, अद्वितीयविद्या से युक्त, प्राचीन काल में बड़े देश का राजा, मनुष्य व पशुओं का भागी और धनी होता है ॥ ४२ ॥

जा० भ० में कहा है—'कामं सकामं सुगुणाभिरामं सद्मार्थप्राप्ति धनधान्ययुक्तम्। ख्यातं विनीतं कुरुते मनुष्यं मन्देक्षितो मन्दगृहस्थजीवः' ॥ ४२ ॥

विशेष—प्रकाशित सारावली में 'बहुभोगसमन्वितं' 'कुलोद्भवं' 'माढ्यमादेयं' धार्मिकं शनिभे' 'गुणमुख्यं' 'ख्यातमतिमित्रवन्तं' 'भोज्यान्नपानविभवं वरगृहशयनासनोत्तमस्त्रीकम्। आभरणवसनमन्तं शनिभे शुक्रेक्षितो जीवः' 'अनुपमविद्यावृत्तं' 'द्विपदचतुष्पदमाढ्यं भोगिनमथ' यह पाठान्तर उपलब्ध है ॥ ३७-४२ ॥

इति शनिगृहगे गुरौ दृष्टिः। इति गुरुः ॥

इस प्रकार शनि की राशि में गुरू पर ग्रहों की दृष्टि का फल समाप्त हुआ ॥ ३६-४२ ॥

[अथ कुजगृहगे शुक्रे ग्रहाणां दृष्टि फलम् [

अब आगे पूर्व नियमानुसार ही बारह राशियों में शुक्र पर ग्रहों की दृष्टि फल कथन के तारतम्य में प्रथम भौम की राशि में पर ग्रहों की दृष्टि के फल को कहते हैं।

मेष या वृश्चिक राशि में शुक्र पर ग्रहों की दृष्टि के फल—

[1]स्त्रीहेतोर्दुःखार्तं युवतिनिमित्ताद्विनष्टधनसौख्यम्।
कुजभवने रविदृष्टो जनयति शुक्रो नृपप्राथ्र्यम् ॥ १ ॥
उद्धतमतिं च चपलं कामातुरमार्ययुवतिभर्तारम्।
जनयति भृगुरपत्यं रजनीकरवीक्षितः पुरुषम् ॥ २ ॥
धनसौख्यमानरहितं दीनं परतर्कमलिनचेष्टम्।
जनयति रुधिरक्षेत्रे रुधिरेण निरीक्षितः शुक्रः ॥ ३ ॥
मूर्खं दृप्तमनार्यं स्वबन्धुपरिवादकं विनयहीनम्।
वैरं क्षुद्रं क्रूरं बुधदृष्टो भार्गवः कुरुते ॥ ४ ॥
सुनयमुदारचरितं सुशरीरं व्यायतं बहुसुतं च।
त्रिदशगुरुदृष्टमूर्तिर्जनयति रुधिरालये शुक्रः ॥ ५ ॥

१. सारावली २८ अ० २५–३० श्लोक।

अतिमलिनमलसमधनं स्वभिमतजनसेवकं कुरुते ।
भृगुतनयो रुधिरगृहे दिनकरपुत्रेक्षितश्चौरः ॥ ६ ॥

यदि कुण्डली में मेष या वृश्चिक राशि में शुक्र, सूर्य से दृष्ट हो तो जातक स्त्री के निमित्त दुःख से पीड़ित, स्त्री के कारण धन व सुख को नष्ट करने वाला और राजा से प्रार्थना करने योग्य होता है ॥ १ ॥

जा० भ० में कहा है—'कृपाविशेषं नृपतेर्नितान्तमतीव जायाजनितव्यलीकम् । कुर्यान्निराणां तरणिप्रदृष्टः शुक्रो हि वक्रस्य गृहं प्रयातः' ॥ १ ॥

यदि मेष या वृश्चिक राशि में शुक्र, चन्द्रमा से दृष्ट हो तो जातक उद्दण्ड बुद्धि का, चपल और काम से पीड़ित, श्रेष्ठ स्त्री का पति होता है ॥ २ ॥

जा० भ० में कहा है 'श्रेष्ठप्रतिष्ठं चलचित्तवृत्तिं कामातुरत्वाद्विकृतिं प्रयातम् । करोति मर्त्यं कुजगेहयातो भृगोः सुतः शीतकरेण दृष्टः' ॥ २ ॥

यदि मेष या वृश्चिक राशि में शुक्र, भौम से दृष्ट हो तो जातक धन-सुख सम्मान से हीन, दीन, दूसरे की चिन्ता करने वाला और दूषित इच्छाओं से युक्त होता है ॥३॥

जा० भ० में कहा है— धनेन मानेन सुखेन हीनं दीनं विशेषान्मलिनं करोति । नूनं धरित्रीतनयालयस्थः शुक्रो धरित्रीतनयेन दृष्टः ॥ ३ ॥

यदि मेष या वृश्चिक राशि में शुक्र, बुध से दृष्ट हो तो जातक मूर्ख, गर्वीला, दुष्ट, अपने बन्धुओं का निन्दक, नम्रता से हीन, वैरी, क्षुद्र और क्रूर होता है ॥ ४ ॥

जा० भ० में कहा है—'अनार्यमर्थात्मजनैर्विहीनं स्वबुद्धिसामर्थ्यपराङ्मुखं च । क्रूरं परार्थापहरं नरं हि करोति शुक्रः कुजभे ज्ञदृष्टः' ॥ ४ ॥

यदि मेष या वृश्चिक राशि में शुक्र, गुरू से दृष्ट हो तो जातक सुन्दर नीतिमान्, उदारचेता, सुन्दर लम्बा शरीरधारी और अधिक पुत्र वाला होता है ॥ ५ ॥

जा० भ० में कहा है—'कलत्रपुत्रादिसुखैः समेतं सत्कायकान्तिं सुतरां विनीतम् । उदारचित्तं प्रकरोति मर्त्यं जीवेक्षितो दैत्यगुरुः कुजर्क्षे' ॥ ५ ॥

यदि मेष या वृश्चिक राशि में शुक्र, शनि से दृष्ट हो तो जातक अधिक मैला कुचेला, आलसी, निर्धन, अपने इष्ट जनों की सेवा करने वाला और चोर होता है ॥६॥

जा० में कहा है–सुगुप्तवित्ताभिमतं प्रशान्तं मान्यं वदान्यं स्वजनानुयातम् । करोति जातं क्षितिपुत्रगेहे संस्थः सितो भानुसुतेन दृष्टः' ॥ ६ ॥

विशेष—प्रकाशित सारावली में—'शुक्रो नृपं प्राज्ञं' 'उद्बन्धनमति' 'तुरमधमयुवति' 'सौख्ययानरहितं' 'परकर्मकरं' धृष्टमनार्यं' 'मुदारदानं' 'मलसमटनं यह पाठान्तर प्राप्त है ॥ १-६ ॥

इस प्रकार भौम की राशि में शुक्र पर ग्रहों की दृष्टि का फल समाप्त हुआ ॥ १-६ ॥

[अथ स्वभवनगे शुक्रे ग्रहाणां दृष्टिफलम्]

वृष या तुला राशि में शुक्र पर ग्रहों की दृष्टि के फल—

[1]दिनकरदृष्टः शुक्रो वरभार्याभाजनं धनसमृद्धम्।
जनयत्युत्तमपुरुषं स्वहितो निर्जितञ्चापि ॥ ७ ॥
परमकुलीना पुत्रं सुखधनदारैः सुतैरुपेतञ्च।
अत्यन्तयुवतिकान्त जनयति चन्द्रेक्षितः शुक्रः ॥ ८ ॥
दुःशीला भर्तारं प्रमदाहेतोश्च नष्टगृहसारम्।
जनयति शुक्रः स्वगृहे मदनवशं वक्रसंदृष्टः ॥ ९ ॥
कान्तं मधुरं सुभगं सुखधृतिमतिसंयुतं विपुलसत्वञ्च।
जनयति बुधेन दृष्टः सर्वगुणसमन्वितं ख्यातम् ॥ १० ॥
प्रमदापुत्रगृहाणां भागिनमथ वाहनानाञ्च।
स्वर्क्षे गुरुसंदृष्टः कुरुते शुक्रोऽधिकं च चेष्टानाम् ॥ ११ ॥
स्वल्पसुखं स्वल्पधनं दुःशीलं बन्धकीपतिञ्चैव।
सौरेक्षितस्तु जनयेद्व्याधितदेहं नरं शुक्रः ॥ १२ ॥

स्वभवनदृष्टिः।

यदि कुण्डली में वृष या तुला राशि में शुक्र, सूर्य से दृष्ट हो तो जातक श्रेष्ठ स्त्री का पात्र, धन से सम्पन्न, उत्तम पुरुष, अपने जनों का शुभी और पराजित होता है ॥ ७ ॥

जा० भ० में कहा है—'वराङ्गनाभ्यो धनवाहनेभ्यः सुखानि नूनं लभते मनुष्यः। प्रसूतिकाले निजवेश्मयाते सिते पतङ्गेन निरीक्ष्यमाणे' ॥ ७ ॥

यदि कुण्डली में वृष या तुला राशि में शुक्र, चन्द्रमा से दृष्ट हो तो जातक परम सुन्दर वंशी या स्त्री का पुत्र, सुख, धन, स्त्री और पुत्र से युक्त एवं अत्यन्त स्त्रियों का प्रेमी होता है ॥ ८ ॥

जा० भ० में कहा है—'विलासिनोकेलिविलाससक्तः कुलाधिपालोऽमलबुद्धिशाली। नरः सुशीलः शुभवाग्विलासः स्वीयालयस्थास्फुजितीन्दुदृष्टे' ॥ ८ ॥

यदि वृष या तुला राशि में शुक्र, भौम से दृष्ट हो तो जातक दूषित स्वभाव वाली स्त्री का पति, स्त्री के कारण घर व बल को नष्ट करने वाला और काम के वशीभूत होता है ॥ ९ ॥

जा० भ० में कहा है—'गृहादिसौख्योपहतं नितान्तं कलिप्रसङ्गाभिभवोपलब्धिम्। कुर्यान्नराणां दनुजेन्द्रमन्त्री स्वक्षेत्रसंस्थः क्षितिपुत्रदृष्टः' ॥ ९ ॥

---

१. सारावली २८ अ० ३१–३६ श्लोक।

यदि वृष या तुला राशि में शुक्र, बुध से दृष्ट हो तो जातक प्रिय, सुन्दर, अच्छा भाग्यवान्, सुख, धैर्य व बुद्धि से युक्त, बड़ा बली, सब गुणों से युक्त और प्रसिद्ध होता है ।। १० ।।

जा० भ० में कहा है—'गुणाभिरामं सुभगं प्रकामं सौम्यं सुसत्वं धृतिसंयुतञ्च। स्वक्षेत्रगो दैत्यगुरुः प्रकुर्यान्नरं तुषारांशुसुतेन दृष्टः' ।। १० ।।

यदि वृष या तुला राशि में शुक्र, गुरू से दृष्ट हो तो जातक स्त्री-पुत्र सवारी व घर का भागी अर्थात् इनसे युक्त और अधिक इच्छा वाला होता है ।। ११ ।।

जा० भ० में कहा है–'सद्वाहनानां गृहिणीगणानां सुमित्रपुत्रद्रविणादिकानाम् । करोति लब्धिं निजवेश्मयातः सितः सुराचार्यनिरीक्षितश्चेत्' ।। ११ ।।

यदि कुण्डली में वृष या तुला राशि में शुक्र, शनि से दृष्ट हो तो जातक अल्प सुखी, छोटा धनी, उद्दण्ड, वेश्या (व्यभिचारिणी) का पति और रोगी होता है ।। १२ ।।

जा० भ० में कहा है--'गदाभिभूतो हतसाधुवृत्तः सौख्यार्थहीनो मनुजोऽतिदीनः । भवेत् प्रसूतौ निजवेश्मयाते भृगोः सुते भानुसुतेन दृष्टः' ।। १२ ।।

विशेष - प्रकाशित सारावली में—'स्त्रीहेतोर्निर्जितं स्वगृहे' 'सुखधनदानै सुखैरुपेतञ्च' 'अत्यार्यमतिं कान्तं' 'यानवाहनानां च' 'भृगुरिष्टचेष्टानां' 'वर्धकी पतिश्च' यह पाठान्तर उपलब्ध है ।। ७-१२ ।।

इस प्रकार अपनी राशि में शुक्र पर ग्रहों की दृष्टि का फल समाप्त हुआ ।। ७-१२ ।।

[अथ बुधगृहगे शुक्र ग्रहाणां दृष्टिफलम्]

मिथुन या कन्या राशि में शुक्र पर ग्रहों की दृष्टि के फल—

[1]नृपजननीयस्वानां कृत्यकरं पण्डितं धनसमृद्धञ्च ।
दिनकरदृष्टः शुक्रो जनयति सुखभागिनं नित्यम् ।। १३ ।।
कृष्णनयनं सुकेशं शयनाशनभागिनं कान्तम् ।
सुकुमारमिन्दुदृष्टो जनयति शुक्रो नरं सुभगम् ।। १४ ।।
कामपरमतीव सुभगं युवतिकृते चार्थनाशकं कुरुते ।
वक्रेक्षितस्तु शुक्रो गुरु (बुध) भवनमथागतः प्रसवे ।। १५ ।।
प्रज्ञाचारं धनिनं वाहनपरिभोगभागिनं सुभगम् ।
गणपतिमहेश्वरं वा बुधदृष्टो भार्गवः कुरुते ।। १६ ।।
शशिसुतभवने शुक्रस्त्रिदशगुरुनिरीक्षितो नरं कुरुते ।
अतिसुखिनमतिधनिनं प्रतिरूपं प्राज्ञमाचार्यम् ।। १७ ।।

---

१. सारावली २८ अ० ३७–४२ श्लोक।

दिनकरसुतेन दृष्टो बुधभवनगतोऽतिदुःखितं शुक्रः ।
जनयति खलपरिभूतं चपलं द्विष्टं च मूर्खञ्च ॥ १८ ॥

इति बुधगृहगे शुक्रे दृष्टिः ।

यदि कुण्डली में मिथुन या कन्या राशि में शुक्र, सूर्य से दृष्ट हो तो जातक राजा, माता व अपने मनुष्यों के कार्य को करने वाला, विद्वान्, धन से सम्पन्न और सुखभोगी होता है ॥ १३ ॥

जा० भ० में कहा है—'नृपावरोधाधिकृतं विनीतं गुणान्वितं शास्त्रकृतप्रवेशम् । कुर्यान्नरं दैत्यगुरुः प्रसूतौ सौम्यर्क्षसंस्थो रविणा प्रदृष्टः' ॥ १३ ॥

यदि मिथुन या कन्या राशि में शुक्र, चन्द्रमा से दृष्ट हो तो जातक काली आँख वाला, सुन्दर केशधारी, शय्या व भोजन का सुख भोगी, प्रिय, कोमल और सुन्दर भाग्यशाली होता है ॥ १४ ॥

जा० भ० में कहा है—'सदन्नवस्त्रादिसुखोपपन्नं नीलोत्पलश्यामलचारुनेत्रम् । सुकेशपाशं मनुजं प्रकुर्यात्सौम्यर्क्षसंस्थो भृगुरिन्दुदृष्टः' ॥ १४ ॥

यदि मिथुन या कन्या राशि में शुक्र, भौम से दृष्ट हो तो जातक विषयों में आसक्त, अत्यन्त भाग्यवान् व स्त्रियों के लिये धन का नाशक होता है ॥ १५ ॥

जा० भ० में कहा है—'भाग्यान्वितः कामविधिप्रवीणः कान्तानिमित्तं द्रविणव्ययः स्यात् । कुर्यान्नराणामुशनाः प्रकामं बुधर्क्षसंस्थः कुसुतेन दृष्टः' ॥ १५ ॥

यदि मिथुन या कन्या राशि में शुक्र, बुध से दृष्ट हो तो जातक बुद्धिमान्, सदाचारी, धनी, सवारी के सुख को भोगने वाला, भाग्यशाली, समुदाय का नायक वा समर्थ होता है ॥ १६ ॥

जा० भ० में कहा है—'प्राज्ञं महावाहनवित्तवृद्धिं सेनापतित्वं परिवारसौख्यम् । कुर्यान्नराणामुशनाः प्रवीणं बुधर्क्षसंस्थश्च बुधेन दृष्टः' ॥ १६ ॥

यदि मिथुन या कन्या राशि में शुक्र, गुरू से दृष्ट हो तो जातक अत्यन्त सुखी, अधिक धनी, प्रतिमा स्वरूप, बुद्धिमान् और आचार्य अर्थात् गुरू होता है ॥ १७ ॥

जा० भ० में कहा है—सद्बुद्धिवृद्धिर्बहुवैभवाढ्यः प्रसन्नचेताः सुतरां विनीतः । मर्त्योभवेत्सौम्यगृहोपयाते दृष्टे सिते देवपुरोहितेन' ॥ १७ ॥

यदि कुण्डली में मिथुन या कन्या राशि में शुक्र, शनि से दृष्ट हो तो जातक अधिक दुःखी, दुष्टों से पीड़ित, अप्रिय बोलने वाला, दोषी और मूर्ख होता है ॥ १८ ॥

जा० भ० में कहा है—'पापाभिभूतं चपलं विविक्तं सुदुःखितं सर्वजनोज्झितञ्च । मर्त्यं करोत्येव भृगोस्तनूजः सोमात्मजर्क्षे रविजेन दृष्टः' ॥ १८ ॥

विशेष—प्रकाशित सारावली में 'नृपजननीपत्नीनां' 'शयनाशनयानभाः' 'नाशनं' 'भवनमुपाश्रितः' 'प्राज्ञं मधुरं धनिनं' 'गणपतिमर्थेशं वा' 'अतिसुखमतीवदीनं प्रतिरूपकरं ज्ञमाचार्यम्' 'खलु परिभूतं चपलं द्वेष्यं' पाठान्तर उपलब्ध होता है ॥ १३-१८ ॥

इस प्रकार बुध की राशि में शुक्र पर ग्रहों की दृष्टि का फल समाप्त हुआ ॥ १३-१८ ॥

[अथ कर्कगे शुक्रे ग्रहाणां दृष्टिफलम्]

कर्क राशि में शुक्र पर ग्रहों की दृष्टि के फल—

[1]कर्मपरां स्तब्धाङ्गीं नृपतिसुतां रोषणां धनोपेताम् ।
भार्यां ददाति शुक्रश्चन्द्रगृहे भानुसंदृष्टः ॥ १९ ॥
मातृसपत्नीजनकं कन्यापूर्वप्रजं बहुसुतञ्च ।
सुभगं सुखिनं ललितं कुरुते चन्द्रेक्षितः शुक्रः ॥ २० ॥
सुकलाविदमत्यर्थं स्त्रीहेतोर्दुःखितं च सुखितञ्च ।
भौमेक्षितः प्रजनयेद् वृद्धिकरं चात्मवर्गस्य ॥ २१ ॥
पण्डितभार्यापतिकं बन्धुनिमित्तं दुःखितं नित्यम् ।
असुखितमधनं प्राज्ञं करोति बुधवीक्षितः शुक्रः ॥ २२ ॥
पुत्रैर्धनैश्च भृत्यैर्वाहनभोगैश्च बान्धवैर्मित्रैः ।
कुरुते नरमिह युक्तं नरपतिदयितञ्च गुरुसंदृष्टः ॥ २३ ॥
स्त्रीनिर्जितं दरिद्रं पतितमरूपं तथार्थचपलञ्च ।
जनयति सुखैर्विहीनं दिनकरसुतवीक्षितः शुक्रः ॥ २४ ॥

इति कर्कगे शुक्रे दृष्टिः ।

यदि कुण्डली में कर्क राशि में शुक्र, सूर्य से दृष्ट हो तो जातक कार्य में तत्पर, चकित देह वाली, राजा की पुत्री, क्रोध से युक्ता और धन से सम्पन्न स्त्री का पति होता है ॥ १९ ॥

जा० भ० में कहा है—'सरोषयोषाकृतहर्षनाशः स्यात्पूरुषः शत्रुजनाभिभूतः । दैत्यार्चिते कर्कटराशियाते निरीक्षितेऽहर्पतिना प्रसूतौ' ॥ १९ ॥

यदि कर्क राशि में शुक्र, चन्द्रमा से दृष्ट हो तो जातक माता के लिये सौतेली को पैदा करने वाला, प्रथम कन्या सन्तान वाला, अधिक पुत्र वाला, भाग्यशाली, सुखी और सुन्दर होता है ॥ २० ॥

जा० भ० में कहा है—'कन्याप्रजापूर्वकपुत्रलाभमम्बां सपत्नीं बहुगौरवाणि । कुर्यान्नराणां हरिणाङ्कदृष्टः कुलीरगो भार्गवनामधेयः' ॥ २० ॥

यदि कर्क राशि में शुक्र, भौम से दृष्ट हो तो जातक सुन्दर कलाओं का जानकार, अधिक धनी, स्त्री के कारण दुःखी, सुखी और अपने मनुष्यों की वृद्धि करने वाला होता है ॥ २१ ॥

जा० भ० में कहा है—'कलासु दक्षो हतशत्रुपक्षो बुद्ध्या च सौख्येन युतो मनुष्यः । परन्तु कान्ताकृतचिन्तयार्यो भौमेक्षिते कर्कटगे सिते स्यात्' ॥ २१ ॥

---

१ सारावली २८ अ० ४३-४७ श्लोक ।

यदि कर्क राशि में शुक्र, बुध से दृष्ट हो तो जातक विदुषी स्त्री का पति, बान्धवों के कारण प्रतिदिन दुःखी, सुख से हीन, निर्धन और पण्डित होता है ॥ २२ ॥

जा० भ० में कहा है—'विद्याप्रवीणं गुणिनं गुणज्ञं कलत्रपुत्रोद्भवदुःखतप्तम् । जनोज्झितश्चापि करोति मर्त्यं काव्यः कुलीरोपगतो ज्ञदृष्टः' ॥ २२ ॥

यदि कर्क राशि में शुक्र, गुरू से दृष्ट हो तो जातक पुत्र-धन-नौकर-सवारी भोग, बान्धव और मित्रों से युक्त, राजा का कृपा पात्र होता है ॥ २३ ॥

जा० भ० में कहा है—'अतिचतुरमुदारं चारुवृत्तिं विनीतमतिविभवसमेतं कामिनीसूनुसौख्यम् । प्रियवचनविलासं मानुषं संविधत्ते सुरपतिगुरुदृष्टो भार्गवः कर्कटस्थः ॥ २३ ॥

यदि कुण्डली में कर्क राशि में शुक्र, शनि से दृष्ट हो तो जातक स्त्री से पराजित, दरिद्री, पातकी, रूप से हीन, धन चपल और सुख से हीन होता है ॥ २४ ॥

जा० भ० में कहा है—'सद्वृत्तसौख्योपहतं गतार्थं व्यर्थप्रयत्नं वनिताजितञ्च । स्थानच्युतं सञ्जनयेन्मनुष्यं मन्देक्षितः कर्कगतः सिताख्यः' ॥ २४ ॥

विशेष—प्रकाशित सारावली में 'शुद्धाङ्गी' 'मत्याढ्यं' 'वृद्धिकरं बन्धुवर्गस्य' 'अतिसुखधनिनं प्राज्ञं' 'तथैव चपलञ्च' 'शशिभे शनिवीक्षितः शुक्रः' यह पाठान्तर प्राप्त है ॥ १९-२४ ॥

इस प्रकार कर्क राशि में शुक्र पर ग्रहों की दृष्टि का फल समाप्त हुआ ॥ १९-२४ ॥

[अथ सिंहे शुक्रे ग्रहाणां दृष्टिफलम्]

सिंह राशि में शुक्र पर ग्रहों की दृष्टि के फल—

[1]सेर्ष्यं कन्यादयितं कामार्तं युवतिकारणाद्धनिनम् ।
भागिनमथ करभानां जनयति[सिंहे] रविवीक्षितः शुक्रः ॥ २५ ॥
मातृसपत्नीजनकं युवतिकृते दुःखितं विभववन्तम् ।
वसुमन्तमनेकपतिं करोति चन्द्रेक्षितः शुक्रः ॥ २६ ॥
नृपपुरुषं विख्यातं युवतिकृते दुःखितं धनसमृद्धम् ।
सुभगं परदाररतं जनयति वक्रेक्षितः शुक्रः ॥ २७ ॥
सङ्ग्रहनिरतं लुब्धं स्त्रीलोलं पारदारकं शूरम् ।
शठमातृकञ्च धानकं करोति बुधवीक्षितः शुक्रः ॥ २८ ॥
वाहनधनभृत्ययुतं बहुदारपरिग्रहं रविक्षेत्रे ।
कुरुते नरेन्द्रमन्त्रिणमिन्द्रगुरुवीक्षितः शुक्रः ॥ २९ ॥
नृपतिं नृपतिप्रतिष्ठं सूर्यगृहे कोशवाहनसमृद्धम् ।
रण्डापतिं सुरूपं दुःखयुतं सौरसंदृष्टः ॥ ३० ॥

---

१. सारावली २८ अ० ४९–५४ श्लोक ।

यदि कुण्डली में सिंह राशि में शुक्र, सूर्य से दृष्ट हो तो जातक ईर्ष्यालु, कन्या का प्रिय, काम से पीड़ित, स्त्री के कारण धनी और ऊँट के बच्चे से युक्त होता है ॥ २५ ॥

जा० भ० में कहा है—'स्पर्द्धातिसंवर्द्धितचित्तवृत्तिः कान्ताश्रयोत्पन्नधनो मनुष्यः। क्रमेलकाद्यैर्यदि वा युतः स्यादर्केक्षिते सिंहगते सिताख्ये' ॥ २५ ॥

यदि सिंह राशि में शुक्र, चन्द्रमा से दृष्ट हो तो जातक माता के लिये सौतेली मा पैदा करने वाला, स्त्री के कारण दुःखी, ऐश्वर्यवान्, धनवान् और विविध कार्यों का स्वामी होता है ॥ २६ ॥

जा० भ० में कहा है—'नूनं जनन्याश्च भवेत्सपत्नी पत्नीविरोधो विभवोद्भवश्च। यस्य प्रसूतौ दनुजेन्द्रमन्त्री चन्द्रेक्षितः सिंहगतो यदि स्यात्' ॥ २६ ॥

यदि सिंह राशि में शुक्र, भौम से दृष्ट हो तो जातक राजपुरुष, प्रसिद्ध, स्त्री के निमित्त दुःखी, धन से सम्पन्न, सुन्दर भाग्यशाली और दूसरे की स्त्री में आसक्त होता है ॥ २७ ॥

जा० भ० में कहा है—'नृपप्रियं धान्यधनैरुपेतं कन्दर्पजातव्यसनाभिभूतम्। करोति मर्त्यं मृगराजसंस्थो भृगोस्तनूजोऽवनिजेन दृष्टः' ॥ २७ ॥

यदि सिंह राशि में शुक्र, बुध से दृष्ट हो तो जातक सङ्ग्रही, लोभी, स्त्री प्रेमी, पर स्त्रीगामी, वीर, धूर्त, माता का प्रेमी और धनी होता है ॥ २८ ॥

जा० भ० में कहा है—'धनान्वितं सङ्ग्रहचित्तवृत्तिं लुब्धं स्मराधिक्यविकार-निन्द्यम्। दैत्येन्द्रमन्त्री कुरुते मनुष्यं सिंहस्थितः सोमसुतेन दृष्टः' ॥ २८ ॥

यदि सिंह राशि में शुक्र, गुरु से दृष्ट हो तो जातक सवारी, धन व नौकर से युक्त, अधिक स्त्रियों को ग्रहण करने वाला और राजा का सचिव होता है ॥ २९ ॥

जा० भा० में कहा है—'नरेन्द्रमन्त्री धनवाहनाढ्यो बह्वङ्गनानन्दनभृत्यसौख्यः। विख्यातकर्मा च भृगोस्तनूजे जीवेक्षिते सिंहगते नरः स्यात्' ॥ २९ ॥

यदि कुण्डली में सिंह राशि में शुक्र, शनि से दृष्ट हो तो जातक राजा या राजा से प्रतिष्ठित, धन व सवारी से सम्पन्न, वन्ध्या पति; स्वरूपवान् और दुःख से युक्त होता है ॥ ३० ॥

जा० भ० में कहा है—'नृपोपमं सर्वसमृद्धिभाजं दण्डाधिकारेऽप्यथ वा नियुक्तम्। करोति मर्त्यं मृगराजवर्ती दैत्यार्जितः सूर्यसुतेन दृष्टः' ॥ ३० ॥

विशेष—प्रकाशित सारावली में—'युवतिकारणं' 'त्नीजननं' 'सिंहे नानामतिकं करोति चन्द्रेक्षितः शुक्रः' 'वल्लभं धनसमृ' पारदारिकं' 'शठमानृतिकं' नृपतिप्रतिमं' यह पाठान्तर प्राप्त है ॥ २५-३० ॥

इस प्रकार सिंह राशि में शुक्र पर ग्रहों की दृष्टि का फल समाप्त हुआ ॥ २५-३० ॥

[अथ गुरुराशिगे भृगौ ग्रहाणां दृष्टिफलम्]

धनु या मीन राशि में शुक्र पर ग्रहों की दृष्टि का फल—

[1]अतिरौद्रमतिं शूरं (गुरुभे) प्राज्ञं धनयुक्तमतिदयितम् ।
रविणा दृष्टो जनयति विदेशगतं नरं शुक्रः ॥ ३१ ॥
ख्यातं नरेन्द्रपुरुषं भोगैरशनैः समन्वितं विपुलैः ।
कुरुते ह्यनुपमसारं गुरुभे चन्द्रेक्षितः शुक्रः ॥ ३२ ॥
अधिकद्वेष्यः स्त्रीणां विचित्रसुखदुःखमर्थवन्तञ्च ।
कुरुते गोधनभाग्यं भूमिसुतेनेक्षितः शुक्रः ॥ ३३ ॥
आभरणभूषणानां भागिनमपि चान्नयानानाम् ।
बुधदृष्टो भृगुतनयः कुरुते बहुवाहनार्थयुतम् ॥ ३४ ॥
गजतुरगगोधनाढ्यं बहुपुत्रकलत्रमतिसुखिनम् ।
गुरुणा दृष्टो गुरुभे जनयति शुक्रो महाविभवम् ॥ ३५ ॥
नित्यं च धनप्रायं सुखिनं भोगान्वितं धनसमृद्धम् ।
गुरुभवने शनिदृष्टः कुरुते शुक्रो नरं सुभगम् ॥ ३६ ॥

इति गुरुराशिगे भृगौ दृष्टिः ।

यदि कुण्डली में धनु या मीन राशि में शुक्र, सूर्य से दृष्ट हो तो जातक अत्यन्त भयङ्कर बुद्धि वाला, वीर, पण्डित, धनी, अधिक प्रिय और विदेशवासी होता है ॥ ३१ ॥

जा० भ० में कहा है–'रौद्रं प्राज्ञं भाग्यसौभाग्यभाजं सत्वोपेतं वित्तवन्तं विशेषात् । नानादेशप्राप्तयानं मनुष्यं कुर्याच्छुक्रो जीवभे भानुदृष्टः' ॥ ३१ ॥

यदि धनु या मीन राशि में शुक्र, चन्द्रमा से दृष्ट हो तो जातक प्रसिद्ध, राजपुरुष, अधिक भोग व भोजन से युक्त और अद्वितीय पुष्ट होता है ॥ ३२ ॥

जा० भ० में कहा है—'सदाराजमानेन विराजमानं ख्यातं विनीतं बहुभोगयुक्तम् । धीरं ससारं हि नरं करोति भृगुर्गुरुक्षेत्रगतोऽब्जदृष्टः' ॥ ३२ ॥

यदि धनु या मीन राशि में शुक्र, भौम से दृष्ट हो तो जातक स्त्रियों का अधिक द्रोही, विचित्र सुख व दुःख से युक्त, धनी और गोधन से भाग्यवान् होता है ॥ ३३ ॥

जा० भ० में कहा है—'द्विषामसह्यं धनिनं प्रसन्नं कान्ताकृतप्रेमभरं सुपुण्यम् । सद्वाहनाढ्यं कुरुते मनुष्यं भौमेक्षितेज्यालयगामि शुक्रः' ॥ ३३ ॥

यदि धनु या मीन राशि में शुक्र, बुध से दृष्ट हो तो जातक वस्त्र व अलङ्कार से युक्त, अन्न पान का भागी भी एवं अधिक सवारी व धन से युक्त होता है ॥ ३४ ॥

१—सारा० २८ अ० ५५-६० श्लो० ।

जा० भ० में कहा है—'सद्वाहनार्थाम्बरभूषणानां लाभं सदन्नानि सुखानि नूनम्। कुर्यान्नराणां गुरुमन्दिरस्थो दैत्यार्चितः सोमसुतेन दृष्टः ॥ ३४ ॥

यदि धनु या मीन राशि में शुक्र, गुरू से दृष्ट हो तो जातक हाथी, घोड़ा व गोधन से युक्त, अधिक पुत्र व स्त्री वाला, अधिक सुखी और बड़ा ऐश्वर्यवान् होता है ॥ ३५ ॥

जा० भ० में कहा है—'तुरङ्गहेमाम्बरभूषणानां महागजानां वनिता सुखानाम्। करोत्यवाप्तिं भृगुजः प्रसूतौ जीवेक्षितो जीवगृहाश्रितश्च' ॥ ३५ ॥

यदि कुण्डली में धनु या मीन राशि में शुक्र, शनि से दृष्ट हो तो जातक नित्य धनी, सुखी, भोगी, धन से सम्पन्न और सुन्दर भाग्यशाली होता है ॥ ३६ ॥

जा० भ० में कहा है—'सद्भोगसौख्योत्तमकर्मभाजं नित्योत्सवोत्कर्षयुतं सुवित्तम्। करोति मर्त्यं गुरुगेहयातो दैत्यार्चितो भानुसुतेक्षितश्च' ॥ ३६ ॥

विशेष—प्रकाशित सारावली में—'प्राज्ञं च धनिनमतिदयितम्' 'विदेश गमनं' 'ह्यनुपम सारं' 'गोधनमग्र्यं' 'गुरुभेऽर्थवाहन समृद्धम्' यह पाठान्तर प्राप्त है ॥ ३१-३६ ॥

इस प्रकार गुरू की राशि में शुक्र पर ग्रहों की दृष्टि का फल समाप्त हुआ ॥ ३१-३६ ॥

[अथ शनिगृहगे भृगौ ग्रहाणां दृष्टिफलम्]

मकर या कुम्भ राशि में शुक्र पर ग्रहों की दृष्टि के फल—

[1]स्तिमितं वृषभस्त्रीणां महाधनं सर्वसौख्यसंपन्नम्।
सौरगृहे रविदृष्टः कुरुते शुक्रो नरं शूरम् ॥ ३७ ॥
तेजस्विनमतिरूपं सुबन्धुपुत्रान्वितं तथा सुभगम्।
कुरुते शशिना दृष्टो रविजगृहे भार्गवः कान्तम् ॥ ३८ ॥
जायाविनाशकारिणमनर्थबहुलं च रोगिणं शुक्रः।
कुरुते श्रमाभितप्तं पश्चात् सुखिनञ्च क्षितिजसंदृष्टः ॥ ३९ ॥
प्राज्ञं धनधर्मरत विधानरुचिमतिशयेन विद्वांसम्।
जनयति बुधेन दृष्टो भृगुतनयः सौख्यसंपन्नम् ॥ ४० ॥
प्रियवस्त्रगन्धमाल्यं सुकुमारं गीतवादितविधिज्ञम्।
जनयति गुरुणा दृष्टो भृगुपुत्रः सत्कलत्रयुतम् ॥ ४१ ॥
सौरगृहे शनिदृष्टः शुक्रो वरवाहनार्थयुतम्।
मलिनं श्यामशरीरं (सु) रुचिरगात्रं महादेहम् ॥ ४२ ॥

१—सारा० २८ अ० ६१-६६ श्लो०।

इति शनिगृहगे भृगौ दृष्टिः।

इति शुक्रः।

यदि कुण्डली में मकर या कुम्भ राशि में शुक्र, सूर्य से दृष्ट हो तो जातक गायों का भक्त, बड़ा धनी, समस्त सुख से युक्त और क्रूर होता है ॥ ३७ ॥

जा० भ० में कहा है—'स्थिरस्वभावं विभवोपपन्नं महाधनं सारविराजमानम्। कान्ताविलासैः सहितं प्रकुर्याद्भृगुः शनिक्षेत्रगतोऽर्कदृष्टः' ॥ ३७ ॥

यदि मकर या कुम्भ राशि में शुक्र, चन्द्रमा से दृष्ट हो तो जातक तेजस्वी, अधिक स्वरूपवान्, अच्छे बान्धव और मित्रों से युक्त, भाग्यवान् और सुन्दर होता है ॥ ३८ ॥

जा० भ० में कहा है—'ओजस्विनं चारुशरीरयष्टिं प्रकृष्टसत्वं धनवाहनाढ्यम्। करोति मर्त्यं शनिगेहयातो भृगोः सुतः शीतकरेण दृष्टः' ॥ ३८ ॥

यदि मकर या कुम्भ राशि में शुक्र, भौम से दृष्ट हो तो जातक स्त्री का विनाशकारी, अधिक अनर्थी, रोगी, परिश्रम से पीड़ित और पीछे सुखी होता है ॥ ३९ ॥

जा० भ० में कहा है—'श्रमामयाभ्यामतितप्तमूर्तिमनर्थतोऽर्थक्षतिसंयुतञ्च। कुर्यान्नरं दानवराजपूज्यः कुजेक्षितः सूर्यसुतालयस्थः' ॥ ३९ ॥

यदि मकर या कुम्भ राशि में शुक्र, बुध से दृष्ट हो तो जातक बुद्धिमान्, धनी, धर्मात्मा, विधान में इच्छा करने वाला, अधिक विद्वान् और सुख से समृद्ध होता है ॥ ४० ॥

जा० भ० में कहा है—'विद्वद्विधिज्ञं धनिनं सुतुष्टं प्राज्ञं सुसत्वं बहुलप्रपञ्चम्। सद्वाग्विलासं मनुजं प्रकुर्याद्भृगुः शनिक्षेत्रगतो ज्ञदृष्टः' ॥ ४० ॥

यदि मकर या कुम्भ राशि में शुक्र, गुरू से दृष्ट हो तो जातक वस्त्र, इत्र, पुष्प का प्रेमी, सरल, गाने व बजाने की विधि को जानने वाला और अच्छी पत्नी से युक्त होता है ॥ ४१ ॥

जा० भ० में कहा है—'सद्गन्धमाल्याम्बरचारुवाद्यसञ्जातसङ्गीतरुचिः शुचिश्च। स्यान्मानवो दानवराज्यपूज्ये सुरेज्यदृष्टे शनिमन्दिरस्थे' ॥ ४१ ॥

यदि कुण्डली में मकर या कुम्भ राशि में शुक्र, शनि से दृष्ट हो तो जातक उत्तम सवारी व धन से युक्त, दूषित, काले रङ्ग का, सुन्दर और विशाल देहधारी होता है ॥ ४२ ॥

जा० भ० में कहा है—'प्रसन्नगात्रञ्च विचित्रलाभं धनाङ्गनावाहनसूनुसौख्यम्। कुर्यान्नरं दानववृन्ददेवो मन्देक्षितो मन्दगृहादिसंस्थः' ॥ ४२ ॥

विशेष—प्रकाशित सारावली में—'वृषभं स्त्रीणां' 'सत्य सौख्य' 'नरं शूरं' 'ओजस्विनमतिशूरं' 'स्वाढ्यं वपुषान्वितं' 'विनाशकारण' • 'प्राज्ञं धनंचनिरतं निधानरुचि' 'सत्य सौख्य········' 'नरवाहनार्थं भोगयुतं' यह पाठान्तर प्राप्त है ॥ ३७-४२ ॥

इस प्रकार शनि की राशि में शुक्र पर ग्रहों की दृष्टि का फल समाप्त हुआ ॥ ३७-४२ ॥

[अथ भौमगृहे शनौ ग्रहाणां दृष्टिफलम्]

अब आगे बारह राशियों में शनि पर ग्रहों की दृष्टि के फल को कहने के तारतम्य में प्रथम भौम की राशि में शनि पर ग्रहों की दृष्टि के फल को कहते हैं।

मेष या वृश्चिक राशि में शनि पर ग्रहों की दृष्टि के फल—

[1]कर्षणनिरतमथाढ्यं गोमहिषाजाविसंयुत धन्यम् ।
सूर्येण दृश्यमानो जनयति कर्मोद्यतं सौरः ॥ १ ॥
चपलं नीचप्रकृतिं नीचरूपाङ्गनासु संसक्तम् ।
रजनीकरदृश्यमानः सुखधनरहितं नरं कुरुते ॥ २ ॥
प्राणिवधकरं क्षुद्रं कुरुते चौराधिपं सुविख्यातम् ।
प्रिययुवतिना संतप्तं सौरो वक्रेक्षितः कौजे ॥ ३ ॥
अनृतयुतं क्रोधपरं बहुवाचं तस्करप्रायञ्च ।
कुरुते बुधेन दृष्टः सुखविभवनिः कृतं पुरुषम् ॥ ४ ॥
सुखधनसौभाग्ययुतं नृपमन्त्रिणमग्रगण्यञ्च सुविचारम् ।
गुरुदृष्टो रवितनयः कुजगेहे मानवं कुरुते ॥ ५ ॥
अतिचञ्चलञ्च विषमं वराङ्गनापण्ययुवतिसंसक्तम् ।
जनयति रविजो दृष्टः शुक्रेण विवर्जितं भोगैः ॥ ६ ॥

इति भौमगृहे शनौ दृष्टिः ।

यदि जन्मपत्री में मेष या वृश्चिक राशि में शनि, सूर्य से दृष्ट हो तो जातक खेती के कार्य में लीन, धनी, गाय, भैंस, बकरी व भेड़ से युक्त, प्रशंसनीय और कार्य में उद्यत होता है ॥ १ ॥

जा० भ० में कहा है—'लुलायगोऽजाविसमृद्धिभाजं कृषिक्रियायां निरतं सदैव । सत्कर्मसक्तं जनयेन्मनुष्यं भौमालयस्थः शनिरर्कदृष्टः' ॥ १ ॥

यदि मेष या वृश्चिक राशि में शनि, चन्द्रमा से दृष्ट हो तो जातक अप्रिय बोलने वाला, दुष्ट स्वभावी, मलिन स्वरूप वाली स्त्रियों में अनुरक्त और सुख व धन से हीन होता है ॥ २ ॥

जा० भ० में कहा है—'नीचानुयातं चपलं कुशीलं खलं सुखार्थैः परिवर्जितञ्च । कुर्यादवश्यं रविजो मनुष्यं शशीक्षितो भूसुतवेश्मसंस्थः' ॥ २ ॥

यदि मेष या वृश्चिक राशि में शनि, भौम से दृष्ट हो तो जातक जीवमात्र की हिंसा करने वाला, क्षुद्र, चोरों का स्वामी, प्रसिद्ध और प्रेयसी स्त्री से पीड़ित होता है ॥ ३ ॥

१—सारा० २९ अ० २५-३० श्लो० ।

जा० भ० में कहा है—'अनल्पजल्पं गतसत्पदार्थं कार्यक्षतिं जातविनष्टवित्तम् । करोति जातं ननु भानुसूनुः कुजेन दृष्टः कुजवेश्मसंस्थः' ॥ ३ ॥

यदि मेष या वृश्चिक राशि में शनि, बुध से दृष्ट हो तो जातक असत्य से युक्त, बड़ा क्रोधी, अधिक बोलने वाला, प्रायः चोर और सुख व ऐश्वर्य से रहित होता है ॥ ४ ॥

जा० भ० में कहा है—'चौर्यकर्मकलहानितत्परं कामिनीजनगतोत्सवं नरम् । ज्ञेक्षितो हि कुरुतेऽर्कनन्दनो भूमिसूनुभवनाधिसंस्थितः' ॥ ४ ॥

यदि मेष या वृश्चिक राशि में शनि, गुरू से दृष्ट हो तो जातक सुख, धन व सौभाग्य से युक्त, राजा का सचिव, अग्रगण्य (प्रधान) और अच्छी विचारधारा का होता है ॥ ५ ॥

जा० भ० में कहा है—'सुखधनैः सहितं नृपमन्त्रिणं नृपसमाश्रितमुख्यतयान्वितम् । सुरपुरोहितवीक्षितभानुजोऽवनिजवेश्मगतः कुरुते नरम्' ॥ ५ ॥

यदि जन्मपत्री में मेष या वृश्चिक राशि में शनि, शुक्र से दृष्ट हो तो जातक अधिक चञ्चल, विपरीत स्वभावी, श्रेष्ठ बाजारू स्त्रियों में अनुरक्त और भोग से हीन होता है ॥ ६ ॥

जा० भ० में कहा है—'बहुप्रयाणाभिरतं विकान्तिं पापाङ्गनासक्तमतिं विचित्तम् । करोति मर्त्यं क्षितिजालयस्थो भानोस्तनूजो भृगुजेन दृष्टः' ॥ ६ ॥

विशेष—प्रकाशित सारावली में—'द्यतं सौरिः' 'नीचविरूपा……' 'प्रिययुवतिकमांसपानं' 'आनृतिकमधर्मपरं बह्वाशं तस्करं प्रकाशं च' 'सुखविभवविनाकृतं' 'मग्रगं च सचिवानां' 'अतिचपलमतिविरूपं पराङ्गः' यह पाठान्तर उपलब्ध है ॥ १-६ ॥

इस प्रकार भौम की राशि में शनि पर ग्रहों की दृष्टि का फल समाप्त हुआ ॥ १-६ ॥

[अथ शुक्रगृहगे शनौ ग्रहाणां दृष्टिफलम्]

वृष या तुला राशि में शनि पर ग्रहों की दृष्टि के फल—

स्फुटवाक्यं विगतधनं विद्वांसं परगृहेषु भोक्तारम् ।
रविणा मन्दो दृष्टः कुरुते परपेलवं पुरुषम् ॥ ७ ॥
युवतीजननादारं नृपवृन्दपुरस्कृतं युवतिकान्तम् ।
शशिना दृष्टः सौरः कुरुते वस्त्रान्नकुसुमपरिवारम् ॥ ८ ॥
सङ्ग्रामकथाभिज्ञं सङ्ग्रामप्रत्ययिनं सुबहुवाक्यञ्च ।
जनयति कुजसंदृष्टो जनपरिवेष्टितं सौरः ॥ ९ ॥
नित्यं प्रहसनशीलं क्लीबरतं युवतिसेवकं नीचम् ।
बुधदृष्टो रवितनयः शुक्रगृहे मानवं कुरुते ॥ १० ॥

१—सारा० २९ अ० ३१-३६ श्लोक ।

परिवादैः परिखिन्नं परकार्यरतं प्रियञ्च लोकस्य ।
कुरुते गुरुणा दृष्टो दातारं सोद्यमं सौरः ॥ ११ ॥
मध्ये स्त्रीकृतसौख्यं रत्नानां भाजनं महासत्वम् ।
शुक्रगृहे सितदृष्टो जनयति सौरो नृपतिदयितम् ॥ १२ ॥

इति शुक्रगृहगे शनौ दृष्टिः ।

यदि जन्मपत्री में वृष या तुला राशि में शनि, सूर्य से दृष्ट हो तो जातक स्पष्ट बोलने वाला, निर्धन, पण्डित, दूसरे के घरों में खाने वाला और अन्य से अलग होता है ॥ ७ ॥

जा० भ० में कहा है—'विद्याविचारे प्रचुरोऽतिवक्ता परान्नभोक्ता विधनश्च शान्तः । भवेन्नरस्तिग्मकरेण दृष्टे सूर्यात्मजे भार्गववेश्मसंस्थे' ॥ ७ ॥

यदि वृष या तुला राशि में शनि, चन्द्रमा से दृष्ट हो तो जातक कन्या को पैदा करने वाला, उदार, अनेक राजाओं से पुरस्कार प्राप्त करने वाला, स्त्रियों का सुन्दर और वस्त्र-अन्न व पुष्पादि से युक्त होता है ॥ ८ ॥

जा० भ० में कहा है - 'नृपप्रसादाप्तमहाधिकारं योषाविभूषाम्बरजातसौख्यम् । बलान्वितं सञ्जनयेन्मनुष्यं मन्दः सितर्क्षे हरिणाङ्कदृष्टे' ॥ ८ ॥

यदि वृष या तुला राशि में शनि, भौम से दृष्ट हो तो जातक लड़ाई की बातों को जानने वाला, युद्ध में विश्वासी, सुन्दर, अधिक बोलने वाला और मनुष्यों से युक्त होता है ॥ ९ ॥

जा० भ० में कहा है –'सङ्ग्रामकार्याभिरतं नितान्तमनल्पजल्पञ्च महत्प्रसादम् । कुर्यान्नरं तिग्मकरस्य सूनुर्भूसूनुदृष्टो भृगुजालयस्थः' ॥ ९ ॥

यदि वृष या तुला राशि में शनि, बुध से दृष्ट हो तो जातक प्रतिदिन हँसने वाला, नपुंसकों में आसक्त, स्त्रियों का नौकर और दुष्ट होता है ॥ १० ॥

जा० भ० में कहा है—'कान्तारतो नीचजनानुयातो विनोदहास्याभिरतो गतार्थः । क्लीबादिसख्यश्च भवेन्मनुष्यो शनौ सितर्क्षे शशिसूनुदृष्टे' ॥ १० ॥

यदि वृष या तुला राशि में शनि, गुरू से दृष्ट हो तो जातक शिकायत से दुःखी, दूसरे के कार्य में अनुरक्त, संसार का प्रेमी, दानी और उद्यमी होता है ॥ ११ ॥

जा० भ० में कहा है—'परोपकारे कृतचित्तवृत्तिः परस्य दुःखेन सुदुःखितश्च । दातोद्यमी सर्वजनप्रियश्च मन्दे सितर्क्षे गुरुणा प्रदृष्टे' ॥ ११ ॥

यदि जन्मपत्री में वृष या तुला राशि में शनि, शुक्र से दृष्ट हो तो जातक मध्य अवस्था में स्त्री से सुखी, रत्नों का पात्र, बड़ा बली और राजा का प्रिय होता है ॥ १२ ॥

जा० भ० में कहा है—'रत्नादिलाभं वनिताविलासं जलाधिकत्वं नृपगौरवाप्तिम् । कुर्यान्नराणां तरणेस्तनूजः शुक्रेक्षितः शुक्रगृहं प्रयातः' ॥ १२ ॥

विशेष—प्रकाशित सारावली में 'युवतिजनजनितसारं नृपमन्त्रिपुरस्कृतं' 'कुटुम्बपरिवारम्' सङ्ग्रामपलायिनं' 'जनधनपरिवेष्टितं' 'नित्यं विहसनशीलं क्लीबतरं' 'परविषयदुःखसुखिनं परकार्यकरं' 'मद्यस्त्रीकृतसौख्यं' यह पाठान्तर प्राप्त होता है'। ७-१२ ॥

इस प्रकार शुक्र की राशि में शनि पर ग्रहों की दृष्टि का फल समाप्त हुआ ॥ ७-१२ ॥

[अथ बुधगृहे शनौ ग्रहाणां दृष्टिफलम्]

मिथुन या कन्या राशि में शनि पर ग्रहों के दृष्टि का फल—

[1]सुखरहितमथात्यन्तं धनरतिमतिधार्मिकं जितक्रोधम्।
क्लेशाभज्ञं धीरं कुरुते रविवीक्षितः सौरिः ॥ १३ ॥
नृपतुल्यं स्निग्धतनुं नारीभ्यः प्राप्तविभवसत्कारम्।
स्त्रीणां वा कृत्यपरं सौरश्चन्द्रेक्षितः कुरुते ॥ १४ ॥
विख्यातं मल्लहितमथ भारवहं तथा विकृष्टमतिम्।
रुधिराङ्गवीक्षिततनुर्जनयति सौरो धनं पुरुषम् ॥ १५ ॥
धनिनं युद्धे कुशलं नृत्याचार्यञ्च गीतशीलम्।
शिल्पकमतिनिपुणं वा जनयति बुधवीक्षितः सौरः ॥ १६ ॥
प्रत्ययिनं राजकुले सर्वगुणसमान्वितं सतामिष्टम्।
गुणगृह्यधनं कुरुते गुरुणा दृष्टः शनैश्चरश्चापि ॥ १७ ॥
स्त्रीमन्तं शास्त्रकुशलं योगाचार्यञ्च योषिताञ्चापि।
शुक्रेक्षितोऽर्कपुत्रः स्त्रीणामिष्ट नरं कुरुते ॥ १८ ॥

इति बुधगृहे शनौ दृष्टिः।

यदि जन्मपत्री में मिथुन या कन्या राशि में शनि, सूर्य से दृष्ट हो तो जातक सुख से हीन, अत्यन्त धन में आसक्त, अधिक धर्मात्मा, क्रोध को जीतने वाला, क्लेश (कलह) का जानकार और धैर्यवान् होता है ॥ १३ ॥

जा० भ० में कहा है—'सुखोज्झितं नीचरतं सकोपमधार्मिकं द्रोहकरं सुधीरम्। कुर्यान्नरं तिग्मकरस्य सूनुर्भानुप्रदृष्टो बुधमन्दिरस्थः' ॥ १३ ॥

यदि मिथुन या कन्या राशि में शनि, चन्द्रमा से दृष्ट हो तो जातक राजा के समान चिक्कड़ शरीर, स्त्रियों से ऐश्वर्य व सत्कार प्राप्त करने वाला वा स्त्रियों का कार्य कर्त्ता होता है ॥ १४ ॥

जा० भ० में कहा है-'प्रसन्नमूर्तिनृपतिप्रसादात्प्राप्ताधिकारोन्नतिकार्यवृत्तिः। कान्ताधिकारो यदि वा नरः स्यान्मन्दे ज्ञभस्थेऽमृतरश्मिदृष्टे' ॥ १४ ॥

१. सारावली २९ अ० ३७-४२ श्लो०।

यदि मिथुन या कन्या राशि में शनि, भौम से दृष्ट हो तो जातक प्रसिद्ध, योद्धाओं का शुभकारी, वजन को वहन करने वाला, उत्कृष्ट बुद्धि का और धनी होता है ॥ १५ ॥

जा० भ० में कहा है—'प्रकृष्टबुद्धि सुतरां विधिज्ञं ख्यातं गभीरं च नरं करोति। सोमात्मजक्षेत्रगतोऽर्कसूनुर्भूसूनुदृष्टः परिसूतिकाले' ॥ १५ ॥

यदि मिथुन या कन्या राशि में शनि, बुध से दृष्ट हो तो जातक धनी, युद्ध में चतुर, नाचने में प्रधान, गाने का प्रेमी, शिल्पी और अधिक चतुर होता है ॥ १६ ॥

जा० भ० में कहा है—'धनान्वितं चारुमतिं विनीतं गीतप्रियं सङ्गरकर्मदक्षम्। शिल्पेऽप्यभिज्ञं मनुजं प्रकुर्यात्सौम्येक्षितः सौम्यगृहस्थमन्दः' ॥ १६ ॥

यदि मिथुन या कन्या राशि में शनि, गुरू से दृष्ट हो तो जातक राज कुल में विश्वासी, समस्त गुणों से युक्त, सज्जनों का प्रेमी और गुण द्वारा धन का ग्रहण करने वाला होता है ॥ १७ ॥

जा० भ० में कहा है—'राजाश्रितश्चारुगुणैः समेतः प्रियः सतां गुप्तधनो मनस्वी। भवेन्नरो मन्दचरो यदि स्याज्ज्ञराशिसंस्थः सुरपूज्यदृष्टः' ॥ १७ ॥

यदि जन्मपत्री में मिथुन या कन्या राशि में शनि, शुक्र से दृष्ट हो तो जातक स्त्री से युक्त, शास्त्र में चतुर, योग में व स्त्रियों का प्रधान और स्त्रियों का अभीष्ट होता है ॥ १८ ॥

जा० भ० में कहा है—'योषा विभूषाकरणे प्रवीणं सत्कर्मधर्मानुरतं नितान्तम्। स्त्रीसक्तचित्तं प्रकरोति मर्त्यं सितेक्षितो भानुसुतो ज्ञराशौ' ॥ १८ ॥

विशेष—प्रकाशित सारावली में 'धनरहितं धार्मिकं' 'क्लेशसहिष्णुं' 'कृत्यकरं' 'विख्यन्तमल्लमोहितमतिभारवहं तथा विकृतगात्रं' नियुद्धकुशलं' 'प्रात्ययिकं' 'गुणगुह्यधनं' स्त्रीमण्डलेषुकुशलं योगाचार्यमथ योगिनं वाऽपि' 'नरं बुधभे' यह पाठान्तर प्राप्त है ॥ १३-१८ ॥

इस प्रकार बुध की राशि में शनि पर ग्रहों की दृष्टि का फल समाप्त हुआ ॥ १३-१८ ॥

[अथ कर्कगे शनौ ग्रहाणां दृष्टिफलम्]

कर्क राशि में शनि पर ग्रहों की दृष्टि के फल—

[1]पित्रादिरहितं बाल्ये दिनपतिदृष्टः शनैश्चरः शशिभे।
धनसुखदारविहीनं कर्षकपुष्टं नरं पापम् ॥ १९ ॥
जन्मनि मातुर्नष्टं धनवन्तं सहजपीडितं वापि।
हिमकिरणेन तु दृष्टो दिनकरपुत्रो नरं कुरुते ॥ २० ॥
नृपतिसमन्वितविभवं विकलाङ्गं कनकरत्नपरिवारम्।
क्षितिसुतदृष्टः सौरः कुरुते निजबन्धुपत्नीशम् ॥ २१ ॥

१. सारावली २९ अ० ४३-४८ श्लो०।

निष्ठुरमतिप्रचारं गमिताचारं वामिकञ्चापि।
जनयत्युत्तमचेष्टं बुधदृष्टो भास्करिः पुरुषम् ॥ २२ ॥
बाल्ये क्षेत्रगृहाणां पुत्राणां भागिनं नरं कुरुते।
धनरत्नदारवन्तं त्रिदशगुरुनिरीक्षितः सौरः ॥ २३ ॥
आयतकुलजातानां रूपविलासैः सुखैश्च सहितानाम्।
कुरुते जन्म नराणां भार्गवदृष्टः सदा सौरः ॥ २४ ॥

यदि जन्मपत्री में कर्क राशि में शनि, सूर्य से दृष्ट हो तो जातक बाल्यकाल में पितादि से हीन, धन-सुख-स्त्री से रहित, कर्षण (खेती) से बली और पापी होता है ॥ १९ ॥

जा० भ० में कहा है—'आनन्ददाराद्रविणैर्विहीनः सदान्नभोगैरपि वोज्झितश्च। मातुर्महाक्लेशकरो नरः स्यान्मन्दे कुलीरोपगतेऽर्कदृष्टे' ॥ १९ ॥

यदि कर्क राशि में शनि, चन्द्रमा से दृष्ट हो तो जातक जन्म के समय माता का अरिष्टकारी, धनी वा भाइयों से पीड़ित होता है ॥ २० ॥

जा० भ० में कहा है—'निपीडिनं बन्धुजने जनन्यां नूनं धनानामभिवर्धनञ्च। कुर्यान्नराणां द्युमणेस्तनूजः कुलीरसंस्थो द्विजराजदृष्टः' ॥ २० ॥

यदि कर्क राशि में शनि, भौम से दृष्ट हो तो जातक राजा से युक्त, ऐश्वर्यवान्, अशान्त शरीरधारी, सुवर्ण व रत्नों से युक्त और अपने बन्धु की स्त्री का स्वामी होता है ॥ २१ ॥

जा० भ० में कहा है—'गलद्बलः क्षीणकलेवरश्च नृपार्पितार्थोत्तमवैभवोऽपि, स्यान्मानुषो भानुसुते प्रसूतौ कर्कस्थिते क्षोणिसुतेन दृष्टे' ॥ २१ ॥

यदि कर्क राशि में शनि, बुध से दृष्ट हो तो जातक कठोर बुद्धि, प्रचारक, घूमने वाला, कुटिल और सुन्दर श्रेष्ठ इच्छा करने वाला होता है ॥ २२ ॥

जा० भ० में कहा है 'वाग्विलासकठिनोऽटनबुद्धिश्चेष्टितैर्बहुविधैरपि युक्तः। दम्भवृत्तिचतुरोऽपि नरः स्यात्कर्कगामिनि शनौ बुधदृष्टे' ॥ २२ ॥

यदि कर्क राशि में शनि, गुरू से दृष्ट हो तो जातक बाल्य काल में खेत-घर-पुत्र का भागी, धन, रत्न और स्त्री से युक्त होता है ॥ २३ ॥

जा० भ० में कहा है—'क्षेत्रपुत्रगृहगेहिनीधनै रत्नवाहनविभूषणैरपि। संयुतो भवति मानवो जनौ जीवदृष्टियुजि कर्कगे शनौ' ॥ २३ ॥

यदि जन्मपत्री में कर्क राशि में शनि, शुक्र से दृष्ट हो तो जातक दीर्घकुल में उत्पन्न, स्वरूपवान्, विलासी और सुखी होता है ॥ २४ ॥

जा० भ० में कहा है—'उदारतागौरवचारुमानैः सौन्दर्यवर्यामलवाग्विलासैः। नूनं विहीना मनुजा भवेयुः शुक्रेक्षिते कर्कगतेऽर्कपुत्रे' ॥ २४ ॥

विशेष—प्रकाशित सारावली में 'पित्रा रहितं' कदशनतुष्टं' नृपतिसमर्पितवि' 'कुबन्धुपत्नीरतं' 'निष्ठुरमतिप्रवाचं शमितारातिं दाम्भिकं चापि' 'क्षेत्रगृहाणां सुहृदां' सुखैश्च रहितानाम्' यह पाठान्तर प्राप्त है ॥ १८-२४ ॥

इस प्रकार कर्क राशि में शनि पर ग्रहों की दृष्टि का फल समाप्त हुआ ॥१८-२४॥

[अथ सिंहगे शनौ ग्रहाणां दृष्टिफलम्]

सिंह राशि में शनि पर ग्रहों को दृष्टि के फल—

[1]धनसुखहीनमनार्यं प्रियानृतं पापसंयुतं रविभे।
भृतकं दुःखितमेकं जनयति सूर्येक्षितः सौरः ॥ २५ ॥
नानारत्नधनानां युवतीनां भाजनं विपुलकीर्तिम्।
शशिना दृष्टः कुरुते सौरो नृपवल्लभं पुरुषम् ॥ २६ ॥
प्रतिदेशमटनमधनं चौरं गिरिदुर्गवासिनां क्षुद्रम्।
भार्यापुत्रविहीनं जनयति शनी रुधिराङ्गदृष्टः ॥ २७ ॥
नैष्कृतिकं सधनमलसं स्त्रीकर्मकर मलीमसं दीनम्।
जनयति बुधेन दृष्टो दिनकरभवनाश्रितः सौरः ॥ २८ ॥
ग्रामपुरश्रेणीनां पुरोगमाढ्यं च वित्तवन्तञ्च।
गुरुदृष्टः प्रत्ययिनं जनयति सौरः सुशीलञ्च ॥ २९ ॥
युवतिद्वेष्यमकान्तं जठरसुखभागिनं धनसमृद्धम्।
शुक्रेक्षितस्तु कुरुते भानुगृहे रविसुतः स्वतन्त्रम् ॥ ३० ॥

इति सिंहगे शनौ दृष्टः।

यदि जन्मपत्री में सिंह राशि में शनि, सूर्य से दृष्ट हो तो जातक धन व सुख से रहित, अश्रेष्ठ, झूठ बोलने का प्रेमी, पापी, नौकर और दुःखित होता है ॥ २५ ॥

जा० भ० में कहा है—'धनेन धान्येन च वाहनेन सद्वृत्तसत्गात्तमचेष्टितैश्च। भवेद्विहीनो मनुजः प्रसूतौ सिंहस्थिते भानुसुतेऽर्कदृष्टे' ॥ २५ ॥

यदि सिंह राशि में शनि, चन्द्रमा से दृष्ट हो तो जातक अनेक रत्न-धन और स्त्रियों का पात्र, विशालकीर्तिमान् और राजा का प्रिय होता है ॥ २६ ॥

जा० भ० में कहा है—'सद्रत्नभूषाम्बरचारुकीर्ति कलत्रमित्रात्मजसौख्यपूर्तिम्। प्रसन्नमूर्ति कुरुतेऽर्कसूनुर्नरं हरिस्थो हरिणाङ्कदृष्टः' ॥ २६ ॥

यदि सिंह राशि में शनि, भौम से दृष्ट हो तो जातक प्रत्येक देश में घूमने वाला, निर्धन, पर्वत व किले में रहने वालों का चोर, क्षुद्र, और स्त्री व पुत्र से हीन होता है ॥ २७ ॥

जा० भ० में कहा है—'सङ्ग्रामकर्मण्यतिनैपुणः स्यात्कारुण्यहीनो मनुजः सकोपः। क्रूरस्वभावो ननु भानुसूनौ सिंहस्थिते भूमिसुतेक्षिते च' ॥ २७ ॥

यदि जन्मपत्री में सिंह राशि में शनि, बुध से दृष्ट हो तो जातक कपटी, धनी, आलसी, स्त्री का कार्य करने वाला, मलीन और दीन होता है ॥ २८ ॥

जा० भ० में कहा है—'धनाङ्गनासूनुसुखेन हीनं दीनश्च नोचव्यसनाभिभूतम्। करोति जातं तपनस्य सूनुः सिंहस्थितः सोमसुतेक्षितश्च' ॥ २८ ॥

---

१. सारावली २९ अ० ४९-५४ श्लो०।

यदि सिंह राशि में शनि, गुरू से दृष्ट हो तो जातक गाँव-नगर व पङ्क्ति का नायक, धनी, विश्वासी और सुशील होता है ॥ २९ ॥

जा० भ० में कहा है—'नृपप्रधानः पृतनापतिर्वा सर्वार्थशाली बलवान् सुशीलः। स्यान्मानवो भानुसुते प्रसूतौ जीवेक्षिते जीवगृहं प्रयाते' ॥ २९ ॥

यदि जन्मपत्री में सिंह राशि में शनि, शुक्र से दृष्ट हो तो जातक स्त्रियों का शत्रु, सुन्दरता से हीन, उदर सुख भोगी, धन से संपन्न और स्वतन्त्र होता है ॥ ३० ॥

जा० भ० में कहा है—'विदेशवाशी बहुकार्यसक्तो द्विमातृपुत्रः सुतरां पवित्रः। स्यान्मानवो दानवमन्त्रिदृष्टे मन्देऽमराचार्यगृहं प्रयाते' ॥ ३० ॥

विशेष—प्रकाशित सारावली में 'पानसक्तकुतनुं च' 'प्रतिदिनमटनमधन्यं चोरं गिरिदुर्गवासिनं' 'नैकृतिकमलसमधनं' 'पुत्रवन्तं च' 'प्रात्ययिकं' 'द्वेष्यं कान्तं मन्थरसुखभा' रविसुतः स्वन्तम्'। यह पाठान्तर प्राप्त है ॥ २५-३० ॥

इस प्रकार सिंह राशि में शनि पर ग्रहों की दृष्टि का फल समाप्त हुआ ॥२५-३०॥

[अथ गुरुगृहगे शनौ ग्रहाणां दृष्टिफलम्]

धनु या मीन राशि में शनि पर ग्रहों की दृष्टि के फल—

[1]परपुत्राणां पितरं कुरुते सूर्येक्षितो धनसमृद्धम्।
तेभ्यो धनञ्च लभते मानं ख्यातं तथा सौरः ॥ ३१ ॥
मातृरहितं सुशीलं नामद्वयसंयुतं रवेस्तनयः।
जनयति शशिना दृष्टो भार्यासुतवित्तसपन्नम् ॥ ३२ ॥
वातव्याधिगृहीतं लोकद्विष्टं प्रवासनिरतञ्च।
क्षुद्रं निन्दितशीलं जनयति भौमेक्षितः सौरः ॥ ३३ ॥
जनयति गुरुभवनस्थो नृपतिं नृपसंमतं सदाचारम्।
मान्यं धनिनं सौम्यं सुभगं सौम्येक्षितः सौरः ॥ ३४ ॥
नृपतिं नृपतुल्यं वा मन्त्रिणमथ नायकञ्च सेनायाः।
जनयति गुरुणा दृष्टः सर्वापद्वर्जितं सौरः ॥ ३५ ॥
कुरुते द्विमातृपित्रकं विपिनाद्रिरत विविधशीलम्।
जनयति सितेन दृष्टो रवितनयः कर्मसंपन्नम् ॥ ३६ ॥

यदि जन्मपत्री में धनु या मीन राशि में शनि, सूर्य से दृष्ट हो तो जातक दूसरे के पुत्रों का पिता, धन से सम्पन्न, उनसे धन प्राप्त करने वाला, मानी और प्रसिद्ध होता है ॥ ३१ ॥

जा० भ० में कहा है– 'ख्यातिं धनाप्तिं बहुगौरवाणि स्नेहप्रवृत्तिं परनन्दनेषु। लभेन्नरो देवगुरोरगारे शनैश्चरे पद्मिनिनाथदृष्टे' ॥ ३१ ॥

यदि धनु या मीन राशि में शनि, चन्द्रमा से दृष्ट हो तो जातक मातृ सुख से वञ्चित, सुशील, दो नामधारी, स्त्री-पुत्र और धन से समृद्ध होता है ॥ ३२ ॥

१. सारावली २९ अ० ५५-६० श्लो०।

जा० भ० में कहा है—'सद्वृत्तशाली जननीवियुक्तो नामद्वयालङ्करणप्रयातः। सुतार्थभार्यासुतभाङ्नरः स्यात्सौरे सुरेज्यालयगेऽब्जदृष्टे' ॥ ३२ ॥

यदि धनु या मीन राशि में शनि, भौम से दृष्ट हो तो जातक वायु जन्य रोग से युक्त, संसार का द्रोही, प्रवास (परदेश) में अनुरक्त, क्षुद्र और दूषित स्वभावी होता है ॥ ३३ ॥

जा० भ० में कहा है—'वातान्वितं लोकविरुद्धचेष्टं प्रवासिनं दीनतरं करोति। नरं धरासूनुनिरीक्ष्यमाणो मार्तण्डपुत्रः सुरमन्त्रिणो मे' ॥ ३३ ॥

यदि धनु या मीन राशि में शनि, बुध से दृष्ट हो तो जातक राजा या राजा से सम्मत, सदाचारी, पूजनीय, धनी, सरल और सुन्दर भाग्यशाली होता है ॥ ३४ ॥

जा० भ० में कहा है—'गुणाभिरामो धनवान् प्रकामं नराधिराजाप्तमहाधिकारः। नरः सदाचारविराजमानः शनौ ज्ञदृष्टे गुरुमन्दिरस्थे' ॥ ३४ ॥

यदि धनु या मीन राशि में शनि, गुरू से दृष्ट हो तो जातक राजा या राजा के समान, सचिव, सेना का नायक और समस्त विपत्तियों से शून्य होता है ॥ ३५ ॥

जा० भ० में कहा है—'नृपप्रधानः पृतनापतिर्वा सर्वार्थशाली बलवान् सुशीलः। स्यान्मानवो भानुसुते प्रसूतौ जीवेक्षिते जीवगृहं प्रयाते' ॥ ३५ ॥

यदि जन्मपत्री में धनु या मीन राशि में शनि, शुक्र से दृष्ट हो तो जातक दो माता व पिता वाला, वन व पर्वत में आसक्त, अनेक स्वभाव वाला और कार्य में तत्पर होता है ॥ ३६ ॥

जा० भ० में कहा है—'विवेशबारी बहुकार्यसक्तो द्विमातृपुत्रः सुतरां पवित्रः। स्यान्मानवो दानवमन्त्रिदृष्टे मन्देऽमराचार्यगृहं प्रयाते ॥ ३६ ॥

विशेष—प्रकाशित सारावली में—'गुरुभे सूर्येक्षितः सौरः' 'नाम ख्यातिं च पूजां च' लोकद्वेष्यं च पापशीलं च' 'सौख्यवन्तमाचार्यं' 'विदिनाद्रिषु जीवनं' यह पाठान्तर प्राप्त है ॥ ३१-३६ ॥

[अथ स्वगृहे शनौ ग्रहाणां दृष्टिफलम्]

अब आगे अपनी राशियों में स्थित शनि पर ग्रहों की दृष्टि के फल को कहते हैं।

मकर या कुम्भ राशि में शनि पर ग्रहों की दृष्टि के फल—

[1]'रोगिणमरूपभार्यं परान्नभोगिनमतीव दुःखसहम्।
अटनरतं भारसहं जनयति सूर्येक्षितः सौरः ॥ ३७ ॥
चपलमसत्यं पापं मातुरनिष्टं प्रियान्वितं स्वाढ्यम्।
उत्पन्नमदनदुःखं करोति चन्द्रेक्षितः सौरः ॥ ३८ ॥
अतिरूपं विक्रान्तं विख्यातगुणं महाजनपुरोगम्।
तीक्ष्णं साहसनिरतं जनयति वक्रेक्षितो मन्दः ॥ ३९ ॥

१—सारा० २९ अ० ६१-६६ श्लोक।

भारसहं तामसिकं शोभनमटनज्ञमल्पवित्तं च ।
धन्य जनयति शनिः बुधेन संवीक्षितः सौरः ।। ४० ।।
समुदितगुणं नरेन्द्रं नृपवंशकर चिरायुषमरोगम् ।
त्रिदशगुरुदृष्टमूर्तिजनयति सौरः स्वगृहस्थः ।। ४१ ।।
विधनं परदाररतं सुभगं सुखिनञ्च वित्तवन्तञ्च ।
उत्पन्नपानभक्ष्यं जनयति शुक्रक्षितः सौरः ।। ४२ ।।

इति स्वगृहे शनौ दृष्टिः ।

इति ग्रहाणां दृष्टिफलानि ।

इति श्रीमद्दैवज्ञवर्यपण्डित दामोदरात्मजबलभद्रविरचिते होरारत्ने ग्रहभावफलदृष्टिफलाध्यायस्तृतीयः ।। ३ ।।

यदि जन्मपत्री में मकर या कुम्भ राशि में शनि, सूर्य से दृष्ट हो तो जातक रोगी, रूपहीन स्त्री का पति, दूसरे का अन्न खाने वाला, अधिक दुःख सहने वाला, घुमक्कड़ और मजदूर होता है ।। ३७ ।।

जा० भ० में कहा है—'कुरूपभार्यश्च परान्नभोक्ता नानाप्रयासामयसंयुतश्च । विदेशवासी प्रभवेन्मनुष्यो मन्दे निजागारगतेऽर्कदृष्टे' ।। ३७ ।।

यदि मकर या कुम्भ राशि में शनि, चन्द्रमा से दृष्ट हो तो जातक चपल, असत्य भाषी, पापी, माता का अशुभकारी, स्त्री से युक्त, धनी और उत्पन्न काम से दुःखी होता है ।। ३८ ।।

जा० भ० में कहा है—'धनाङ्गनाढ्यं वृजिनानुयातं चलस्वभावं जननीविरुद्धम् । कामातुरं चापि नरं प्रकुर्यान्मन्दः स्वभस्थोऽमृतरश्मिदृष्टः' ।। ३८ ।।

यदि मकर या कुम्भ राशि में शनि, भौम से दृष्ट हो तो जातक अधिक सुन्दर, पराक्रमी, प्रसिद्ध गुणी, अधिक मनुष्यों में प्रधान, तीखा और साहसी होता है ।। ३९ ।।

जा० भ० में कहा है—'शूरः क्रूरः साहसी सद्गुणाढ्यः सर्वोत्कृष्टः सर्वदा हृष्टचित्तः । ख्यातो मर्त्यश्चात्मभस्थेर्कपुत्रे धात्रीपुत्रपेक्षणत्वं प्रयाते' ।। ३९ ।।

यदि मकर या कुम्भ राशि में शनि, बुध से दृष्ट हो तो जातक मजदूर, तामसी, सुन्दर, घूमने की विधि जानने वाला, अल्पधनी और प्रशंसनीय होता है ।। ४० ।।

जा० भ० में कहा है—'सद्वाहनान् साहसिकान् ससत्वान् धीराँश्च नानाविधकार्यसक्तान् । करोति मर्त्यान्ननु भानुपुत्रः स्वक्षेत्रसंस्थः शशिपुत्रदृष्टः' ।। ४० ।।

यदि मकर या कुम्भ राशि में शनि गुरू से दृष्ट हो तो जातक उदीयमान गुण वाला, राजा, राजा के वंश की वृद्धि करने वाला, दीर्घायु और रोग रहित होता है ।। ४१ ।।

जा० भ० में कहा है—'गुणान्वितं क्षोणिपतिप्रधानं निरामयं चारुशरीरयष्टिम् । कुर्यान्नरं देवगुरुप्रदृष्टश्चण्डांशुसूनुर्निजवेश्मसंस्थः' ।। ४१ ।।

यदि जन्मपत्री में मकर या कुम्भ राशि में शनि, शुक्र से दृष्ट हो तो जातक निर्धन, परस्त्री में आसक्त, सुन्दर, भाग्यशाली, धनी, प्राप्त पानादि का खाने वाला होता है ॥ ४२ ॥

जा० भ० में कहा है— कामातुरं सन्नियमेन हीनं भाग्योपपन्नं सुखिनं धनाढ्यम् । भोक्तारमीशं कुरुते स्वभस्थो रवेः सुतो भार्गवसूनुदृष्टः' ॥ ४२ ॥

विशेष —प्रकाशित सारावली में—'प्रियानृतं' 'उत्पन्नाटनदुःखं' 'अतिशूरं' 'धनिनं परदा........' यह पाठान्तर है तथा पुस्तक में ४० वाँ श्लोक इस प्रकार उपलब्ध है—

'भारवहांस्तामसिकान्नः शोभनविटपपल्लवितांश्च । विविधांश्च धर्मनिरतान् जनयति बुधवीक्षितः सौरः' ॥ ३६-४२ ॥

इस प्रकार अपनी राशि में शनि पर ग्रहों की दृष्टि का फल समाप्त हुआ ॥ ३६-४२ ॥

यह ग्रहों की दृष्टि का फल समाप्त हुआ ॥ ३६-४२ ॥

इस प्रकार श्रीमान् दैवज्ञ श्रेष्ठ पण्डित दामोदर जी के पुत्र बलभद्र जी द्वारा रचित होरारत्न ग्रन्थ का ग्रह भाव व ग्रह दृष्टिफल नामक तीसरा अध्याय समाप्त हुआ ॥ ३६-४२ ॥

इति श्री मथुरावास्तव्यश्रीमद्भागवताभिनवशुक पं० केशवदेवचतुर्वेदात्मज-मुरलीधरचतुर्वेद कृता होरारत्नतृतीयाध्यायस्य, इन्दुमती हिन्दी व्याख्या परिपूर्णा ॥ ३ ॥

[अथ चतुर्थोऽध्यायः]

ततो मैत्रीचक्रादुपयुक्ताः सूर्यादिग्रहाणां भावा लेख्याः । ततो मैत्रीचक्रे सप्तवर्गचक्र होरा-द्रेष्काण-नवांश-द्वादशांश-त्रिंशांश कुण्डलीस्वेष्टकाल फलसहितञ्च लेख्यम् । ततः स्थान-दिक्काल-निसर्ग-चेष्टा-दृग्बलानि लेख्यानि । ततो ग्रहाणामिष्टकष्टचक्र लेख्यम् ।

इसके अनन्तर मैत्री चक्र से उपयुक्त सूर्यादि ग्रहों के भावों को लिखना चाहिए । पुनः मैत्री चक्र में सप्तवर्ग चक्र को होरा-द्रेष्काण-नवांश-द्वादशांश और त्रिंशांश कुण्डली के साथ इष्टकाल फल सहित लिखना चाहिये ।

इसके बाद स्थान-दिक्काल-निसर्ग-चेष्टा और दृग्बलादि को लिखना चाहिये । पुनः ग्रहों के इष्ट कष्ट चक्र को लिखना चाहिये ।

अथ सूर्यादिग्रहाणां राश्यादिबलवर्गफलान्याह—

वृद्धयवनः—

अब सूर्यादि ग्रहों के राश्यादि बल वर्गफल को वृद्ध यवनाचार्य जी के वाक्यों से कहते हैं । प्रथम बारह राशियों में स्थित सूर्य के फल को बताते हैं ।

मेष राशिस्थ सूर्य का फल—

मेषं गतोऽर्कः समरप्रचण्डं नरं प्रसूते धनवीर्ययुक्तम् ।
शास्त्रार्थवाक्कर्मसु लब्धशब्दं जयेषिणं साधितमुच्चवृत्तम् ॥ १ ॥

यदि जन्मपत्री में मेष राशि में सूर्य हो तो जातक युद्ध में उग्र, धन व पराक्रम से युक्त, शास्त्रार्थ, वाणी और कार्यों में प्रतिष्ठा पाने वाला, विजयी और ऊँचे चरित्रों से युक्त होता है ॥ १ ॥

वृष राशिस्थ सूर्य का फल—

वृषं गतोऽर्कः प्रियगन्धमाल्यं मिष्टाशनाच्छादनलब्धसौख्यम् ।
सङ्गीतविद्याभिरत रतिज्ञं नरं सुयानं बहुमित्रयुक्तम् ॥ २ ॥

यदि जन्मपत्री में वृष राशि में सूर्य हो तो जातक इत्र पुष्पादि का प्रेमी, मधुर भोजन व वस्त्र से सुखी, संगीत विद्या में आसक्त, रति ज्ञाता और सुन्दर सवारी वाला तथा अधिक मित्रों से युक्त होता है ॥ २ ॥

मिथुन राशिस्थ सूर्य का फल —

बन्धुप्रियं साहसकर्मशीलं सुखानि रोगोपहतं स पापम् ।
तिष्ठँस्तृतीये दिनकृत्प्रसूते नरं शुभाचारगुणैर्विहीनम् ॥ ३ ॥

यदि जन्मपत्री में मिथुन राशि में सूर्य हो तो जातक बान्धव प्रेमी, साहस से कार्य करने वाला, सुखी, रोग से पीड़ित, पापी, अच्छे आचार व गुणों से रहित होता है ॥ ३ ॥

कर्क राशिस्थ सूर्य का फल --

मेधाविनं वाङ्मधुरं विनीतं नैपुण्यवाक्सभ्यगुणैरुपेतम् ।
तिष्ठन् रविः कर्कटके मनुष्यं करोति नानाविधसौख्यभाजम् ॥४॥

यदि जन्मपत्री में कर्क राशि में सूर्य हो तो जातक बुद्धिमान्, मीठी वाणी का, विनम्र, चतुरता से बोलने वाला, अच्छे गुणों से युक्त और अनेक प्रकार के सुख का भोगी होता है ॥ ४ ॥

सिंह राशिस्थ सूर्य का फल—

सिंहे तु सूर्यो जनयत्यरिघ्नं नरं भृशं क्रोधमुदारचेष्टम् ।
सत्याधिकं शौर्यविलब्धकीर्तिमुत्साहयुक्तं सततं बलञ्च ॥ ५ ॥

यदि जन्मपत्री में सिंह राशि में सूर्य हो तो जातक शत्रु को मारने वाला, अत्यन्त क्रोधी, उदारचेता, अधिक सच्चा, पराक्रम से कीर्ति प्राप्त करने वाला, उत्साही और निरन्तर बली होता है ॥ ५ ॥

कन्या राशिस्थ सूर्य का फल—

कन्याश्रितो दुर्बलमल्पसत्वं रविः प्रसूते मृदुदीनवाक्यम् ।
स्त्रीतुल्यवीर्यं कृपणस्वभावं निन्दानुरक्तं सततं गुरूणाम् ॥ ६ ॥

यदि जन्मपत्री में कन्या राशि में सूर्य हो तो जातक दुबला, अल्प बली, सरल व दीन वाणी का, स्त्री के तुल्य बलशाली, लोभी प्रकृति का और निरन्तर गुरू की निन्दा में आसक्त होता है ॥ ६ ॥

तुला राशिस्थ सूर्य का फल—

भङ्गक्षयार्तिव्ययशोकतप्तं अनिष्टनीचोपहतं प्रदिष्टम् ।
तुलाधरस्थो दिनकृन्मनुष्यं करोति नीचं व्यसनाभिभूतम् ॥ ७ ॥

यदि जन्मपत्री में तुला राशि में सूर्य हो तो जातक, घात, क्षति, रोग, व्यय और शोक से दुःखी, अनिष्टकर्ता, दुष्टों से युक्त, दुष्ट और व्यसनों से पीड़ित होता है ॥ ७ ॥

वृश्चिक राशिस्थ सूर्य का फल —

नित्यं प्रसूते श्रुतिधर्मशीलं सूर्योऽष्टमस्थो वनितास्वभीष्टम् ।
नानार्थयुक्तं सुभगं मनुष्यं नृपप्रसादाप्तसुखं जितारिम् ॥ ८ ॥

यदि जन्मपत्री में वृश्चिक राशि में सूर्य हो तो जातक वैदिक धर्म का आचरण करने वाला, स्त्रियों का प्रिय, अनेक धन से युक्त, सुन्दर भाग्यशाली, राजा की कृपा से सुख प्राप्त करने वाला और शत्रुओं को जीतने वाला होता है ॥ ८ ॥

धनु राशिस्थ सूर्य का फल—

धनुर्धरस्थो जनयेन्मनुष्यं सूर्यो नरेन्द्राभिमतं महान्तम् ।
शास्त्रार्थशिष्यं निपुणं निघृष्टं प्राज्ञं प्रसूते व्यवहारदक्षम् ॥ ९ ॥

यदि जन्मपत्री में धनु राशि में सूर्य हो तो जातक राजा का कृपापात्र, बड़ा, शास्त्रार्थ करने वाले का शिष्य, चतुर, पण्डित और व्यवहार में निपुण होता है ॥ ९ ॥

मकरराशिस्थ सूर्य का फल—

मृगाभिधाने सविता निविष्टो विपन्नशीलं जनयेन्मनुष्यम् ।
अनिष्टकार्येषु सदानुरक्तं मनोज्ञविद्वेषणमल्पसत्वम् ॥ १० ॥

यदि जन्मपत्री में मकर राशि में सूर्य हो तो जातक विपत्तियों से व्याप्त, अशुभ कार्यों में निरन्तर आसक्त, सज्जनों का शत्रु और अल्प बली होता है ॥ १० ॥

कुम्भ राशिस्थ सूर्य का फल—

तिष्ठन् रविः कुम्भधरे प्रसूते नरं दृढद्वेषविरोधरोषम् ।
अनिश्चितं कर्मसु दुःप्रलापं व्ययान्वित पापरतं कृतघ्नम् ॥ ११ ॥

यदि जन्मपत्री में कुम्भ राशि में सूर्य हो तो जातक स्थिर द्रोह, विरोध और कोप से युक्त, अनिश्चित, कार्यों में दूषित प्रलापी, व्ययी, पापी और कृतघ्न होता है ॥ ११ ॥

मीनराशिस्थ सूर्य का फल

मीनद्वयस्थो रविराप्तपुण्यं कुर्यान्मनुष्यं हतशत्रुपक्षम् ।
सुहृद्गुरुप्रीतिकरं सुवाक्यं प्रसन्नचित्तं बहुधर्मशीलम् ॥ १२ ॥

यदि जन्मपत्री में मीन राशि में सूर्य हो तो जातक पुण्यवान्, मृतशत्रुपक्ष वाला, मित्र और गुरू में प्रीति करने वाला, सुन्दर वाणी का, प्रसन्न चित्त और अधिक धर्म का आचरण करने वाला होता है ॥ १२ ॥

अभी अभी बारह राशियों में स्थित सूर्य के फल को कहने के अनन्तर अब सूर्य स्थित होराओं के फल को आगे कहते हैं।

सूर्य की होरा में सूर्य का फल—

होराङ्गतोऽर्कः प्रकरोति तैक्ष्णं स्वपित्तरोगं स्वजनापमानम्।
दृष्टेर्वियोगं कलहञ्च दुःखं धनक्षयं वैरिबलप्रभूतम् ॥ १३ ॥

यदि जन्मपत्री में सूर्य, सूर्य की होरा में हो तो जातक तीखा, पित्तरोगी, अपने जनों से तिरस्कृत या अपने मनुष्यों का अपमान करने वाला, आँख से हीन, कलही, दुःखी, धन को नष्ट करने वाला और अधिक शत्रु बल से युक्त होता है ॥ १३ ॥

चन्द्रमा की होरा में सूर्य का फल

होराङ्गतो रात्रिपतेर्दिनेशो नरं विधत्ते सततं विशीलम्।
रोगैर्विमुक्तं विगतारिपक्षं प्रियातिथिं बन्धुजनप्रधानम् ॥ १४ ॥

यदि जन्मपत्री में सूर्य, चन्द्रमा की होरा में हो तो जातक शीलता (नम्रता) से रहित, नीरोग, शत्रु से हीन, अतिथियों का प्रेमी और बान्धवों के मध्य में प्रधान होता है ॥ १४ ॥

अब प्रत्येक गृह के द्रेष्काण में सूर्य के फल को कहते हैं।

सूर्य के द्रेष्काण में सूर्य का फल—

रोगाभिभूतं सविता करोति नरं त्रिभागे प्रचुरं स्वकीये।
उद्विग्नचित्तं परदेशभाजं जयत्प्रतापं प्रबलं नितान्तम् ॥ १५ ॥

यदि जन्मपत्री में सूर्य, सूर्य के द्रेष्काण में हो तो जातक अधिक रोगों से पीडित, अस्थिरचित्त, परदेशवासी, विजयी, प्रतापी और अधिक बली होता है ॥ १५ ॥

चन्द्रमा के द्रेष्काण में सूर्य का फल—

त्र्यंशे विधोर्वासरपः प्रसूते धर्मिष्ठजं स्वं स्वजनं विपापम्।
गीतप्रियं वाङ्मितवृद्धदारं प्रभूतकोशं दयितं नराणाम् ॥ १६ ॥

यदि जन्मपत्री में सूर्य, चन्द्रमा के द्रेष्काण में हो तो जातक धर्मात्मा, अपने मनुष्यों से धनी, पाप से रहित, गान प्रिय, मितभाषी, बूढ़ी स्त्री वाला, अधिक धनी और मनुष्यों का प्रेमी होता है ॥ १६ ॥

भौम के द्रेष्काण में सूर्य का फल—

द्रेष्काणगोऽर्को धरणीसुतस्य यदा प्रजातः प्रकरोत्यथारीन्।
असृग्यथा नीचसमागमं च पुत्रार्थहानिं सततं नराणाम् ॥ १७ ॥

यदि जन्मपत्री में सूर्य, भौम के द्रेष्काण में हो तो जातक शत्रुओं को मारने वाला, नीच संगति करने वाला और निरन्तर पुत्र व धन की हानि करने वाला होता है ॥ १७ ॥

बुध के द्रेष्काण में सूर्य का फल—

त्र्यंशे गतः सोमसुतस्य भानुः स्वधर्मशीलं प्रकरोति मर्त्यम् ।
विलासिनीकामपरं सदैव विचित्रवाक्यं द्विजदेवभक्तम् ॥ १८ ॥

यदि जन्मपत्री में सूर्य, बुध के द्रेष्काण में हो तो जातक अपने धर्म में स्थित, स्त्रियों के साथ परम कामी, सदा विचित्र वाणी का और ब्राह्मण व देवता का भक्त होता है ॥ १८ ॥

गुरू के द्रेष्काण में सूर्य का फल—

बृहस्पतेस्त्र्यंशमनुप्रयातो भानुर्विधत्ते मनुजं विनीतम् ।
प्रियातिथिं सर्वगुणैः समेतं मेधान्वितं वाक्यविशारदञ्च ॥ १९ ॥

यदि जन्मपत्री में सूर्य, गुरू के द्रेष्काण में हो तो जातक विनयी, अतिथि प्रेमी, समस्त गुणों से युक्त, मेधावी और वाणी (बोलने) में चतुर होता है ॥ १९ ॥

शुक्र के द्रेष्काण में सूर्य का फल—

त्र्यंशे स्थितो दैत्यपुरोहितस्य भानुर्विधत्ते सुखिनं मनुष्यम् ।
स्त्रीवल्लभं देवगुरुप्रसक्तमरोगदेहं बहुसत्ययुक्तम् ॥ २० ॥

यदि जन्मपत्री में सूर्य, शुक्र के द्रेष्काण में हो तो जातक सुखी, स्त्री प्रिय, देव व गुरुजनों का भक्त, निरोग और अधिक सत्यता से युक्त होता है ॥ २० ॥

शनि के द्रेष्काण में सूर्य का फल—

द्रेष्काणमर्कोपगतोऽर्कजस्य पापं प्रसूते सरुजं कृतघ्नम् ।
नरं सुतात्तव्यसनोपतप्त सुशीलितं बन्धुजनैर्विमुक्तम् ॥ २१ ॥

यदि जन्मपत्री में सूर्य, शनि के द्रेष्काण में हो तो जातक पापी, रोगी, कृतघ्न, पुत्र के व्यसनों से दुःखी, सुशील और बान्धवों से त्यक्त होता है ॥ २१ ॥

अब आगे प्रत्येक ग्रह के नवांश में सूर्य के फल को बताते हैं ।

सूर्य के नवांश में सूर्य का फल—

नवांशके स्वे सविता प्रसूते नरं पराभूतमनल्पसौख्यम् ।
कलिप्रियं वक्रिणमल्पशीलं गतप्रभाव बहुरोगभाजम् ॥ २२ ॥

यदि जन्मपत्री में सूर्य, सूर्य के नवांश में हो तो जातक पराजित, अधिक सुखी, कलह का प्रेमी, टेढ़ा, अल्प सरल, प्रभाव से हीन और अधिक रोगों से युक्त होता है ॥ २२ ॥

चन्द्रमा के नवांश में सूर्य का फल—

नवांशके रात्रिपतेर्विवस्वान् करोति मर्त्यं स्थित एव दक्षम् ।
सुतान्वितं ज्ञानयशोधनार्थनृपप्रियं मुख्यतमं स्वपक्षे ॥ २३ ॥

यदि जन्मपत्री में सूर्य, चन्द्रमा के नवांश में हो तो जातक चतुर, पुत्र से युक्त, ज्ञान-यश-धन का अर्थी, राजा का प्रिय और अपने पक्ष में प्रधान होता है ॥ २३ ॥

भौम के नवांश में सूर्य का फल—

कुजस्य भानुर्नवभागसंस्थो दरिद्ररोगाभिहत प्रसूते।
निराकृतं दीनमरुत्प्रकोपं पापानुरक्तं कृतजार्तिभाजम् ॥ २४ ॥

यदि जन्मपत्री में सूर्य, भौम के नवांश में हो तो जातक निर्धन रूपी रोग से मृततुल्य, निकृष्ट, दीन, वायु से ग्रसित, पाप में आसक्त और कृतज रोगी होता है ॥ २४ ॥

बुध के नवांश में सूर्य का फल—

तिष्ठन् रविः सोमसुतस्य जातं नवांशके वातभयं करोति।
जितारिपक्षं सुतयानुरक्तं नरं सदा भोगसुतैः समेतम् ॥ २५ ॥

यदि जन्मपत्री में सूर्य, बुध के नवांश में हो तो जातक वायु से भयभीत, शत्रुओं को जीतने वाला, कन्या से प्रीति करने वाला और भोग से युक्त होता है ॥ २५ ॥

गुरू के नवांश में सूर्य का फल—

नवांशके देवपुरोहितस्य तिष्ठन रविः सत्यधनं प्रसूते।
तपोनुरक्तं कृतिनामभीष्टं जितेन्द्रियं सर्वसुखादिवासम् ॥ २६ ॥

यदि जन्मपत्री में सूर्य, गुरू के नवांश में हो तो जातक सत्य का धनी, तपस्या में आसक्त, याज्ञिकों का प्रेमी, जितेन्द्रिय और समस्त सुखों से युक्त होता है ॥ २६ ॥

शुक्र के नवांश में सूर्य का फल—

ईज्यान्वितं बन्धुजनप्रधानं विवेकिनं धर्मपरं जितारिम्।
नवांशके दैत्यपुरोहितस्य नरं प्रसूते सविता प्रगल्भम् ॥ २७ ॥

यदि जन्म पत्री में सूर्य, शुक्र के नवांश में हो तो जातक पूँजा से युक्त, बन्धवों में प्रधान, विवेकी, शत्रु को जीतने वाला और प्रतिभाशाली होता है ॥ २७ ॥

शनि के नवांश में सूर्य का फल—

पराजितं निर्धनमल्पवीर्यं कामान्वितं बन्धुजनैर्विमुक्तम्।
शनेर्नवांशो सविता प्रसूत नरं खलं दुर्गतिरोगभाजम् ॥ २८ ॥

यदि जन्मपत्री में सूर्य, शनि के नवांश में हो तो जातक पराजित, निर्धन, अल्पबली, कामी बान्धवों से व्यक्त, दुष्ट और दुर्गति रोग का पात्र होता है ॥ २८ ॥

अब आगे प्रत्येक ग्रह के द्वादशांश में सूर्य के रहने पर जो फल जातक को होता है उसे कहते हैं।

अपने द्वादशांश में सूर्य का फल—

सूर्यांशके स्वे सविता प्रसूते नरं सुतीक्ष्णं परभीतिचित्तम्।
प्रभूतरोषं गतवीर्यमर्थं परं सुदक्षं मतिऋद्धिहीनम् ॥ २९ ॥

यदि जन्मपात्री में सूर्य अपने द्वादशांश में हो तो जातक तीखा, दूसरे से भयभीत, अधिक क्रोधी, निर्बल, अर्थी, सुन्दर चतुर और वृद्धि से रहित बुद्धि वाला होता है ॥ २९ ॥

चन्द्रमा के द्वादशांश में सूर्य का फल—

सूर्यांशके रात्रिपतेर्विवस्वान् करोति सौम्यं शुभकर्मयुक्तम्।
विद्याविनीतं सततं सुखाढ्यं प्रसन्नचित्तं विभवैः समेतम्॥ ३०॥

यदि जन्मपत्री में सूर्य, चन्द्रमा के द्वादशांश में हो तो जातक शुभ कार्य कर्त्ता, विद्वान्, विनम्र, निरन्तर सुखी, प्रसन्न चित्त और ऐश्वर्य से युक्त होता है॥ ३०॥

भौम के द्वादशांश में सूर्य का फल—

प्रियैर्विमुक्तं वधबन्धयुक्तं पापानुरक्तं पुरुषं प्रसूते।
सूर्यांशके भूतनयस्य भानुर्मही न सत्यं परतर्ककञ्च॥ ३१॥

यदि जन्मपत्री में सूर्य, भौम के द्वादशांश में हो तो जातक प्रेमी जनों से युक्त, हिंसा व कारावास से युक्त, पाप में आसक्त, असत्यभाषी और दूसरे की चिन्ता करने वाला होता है॥ ३१॥

बुध के द्वादशांश में सूर्य का फल—

सत्याधिकं सर्वसुखैः समेतं प्रियातिथिं ब्राह्मणसंमतञ्च।
सूर्यांशके सोमसुतस्य भानुस्तिष्ठन् प्रसूते मनुजं सनाथम्॥ ३२॥

यदि जन्मपत्री में सूर्य, बुध के द्वादशांश में हो तो जातक अधिक सच्चा, समस्त सुखों से युक्त, अतिथि प्रेमी, ब्राह्मणों से सम्मत और समर्थ होता है॥ ३२॥

गुरू के द्वादशांश में सूर्य का फल—

स्त्रीवल्लभं गीतकलासु दक्षं भोगान्वितं वस्त्रविलेपनाढ्यम्।
सूर्यांशके देवगुरोर्विवस्वान् करोति सत्यं विनयप्रधानम्॥ ३३॥

यदि जन्मपत्री में सूर्य, गुरू के द्वादशांश में हो तो जातक स्त्रियों का प्रेमी, गान व कला में चतुर, भोगी, वस्त्र व लेपन सामग्री से युक्त, सत्यभाषी और नम्रता में मुखिया होता है॥ ३३॥

शुक्र के द्वादशांश में सूर्य का फल—

सुशिल्पिनं धर्मरतं सुदान्तं प्रियातिथिं सर्वसहं सुशूरम्।
सूर्यांशके दैत्यगुरोः प्रसूते भानुर्नरं पार्थिवमानयुक्तम्॥ ३४॥

यदि जन्मपत्री में सूर्य, शुक्र के द्वादशांश में हो तो जातक अच्छा कारीगर या चित्रकार, तपस्या में क्लेश सहने वाला, अतिथि प्रेमी, समस्त को सहने वाला, वीर और राजा से सम्मानित होता है॥ ३४॥

शनि के द्वादशांश में सूर्य का फल—

क्लीबं कृशं पापरतं कृतघ्नं श्रिया विहीनं सततं कुचैलम्।
करोति भानुर्बहुदुःखयुक्तं सूर्यांशकस्थस्तु शनैश्चरस्य॥ ३५॥

यदिजन्मपत्री में सूर्य, शनि के द्वादशांश में हो तो जातक नपुंसक, दुबला, पापात्मा, कृतघ्न, लक्ष्मी से रहित, निन्तर दूषित और अधिक दुःखी होता है॥ ३५॥

अब इस के आगे सूर्यस्थ त्रिंशांशों के फल को बतलाते हैं।

भौम के त्रिंशांश में सूर्य का फल—

त्रिंशल्लवस्थो धरणीसुतस्य भानुर्विधत्ते धनमल्पपुण्यम् ।
वित्ताधिवासं भृतकं सुशीलं रोगाधिकं सह्यजनैः समेतम् ॥ ३६ ॥

यदि जन्मपत्री में सूर्य, भौम के त्रिंशांश में हो तो जातक धनी, अल्पपुण्यात्मा, कोशाध्यक्ष, सेवक, सुशील, अधिक रोगी और सहन शील मनुष्यों से युत होता है ॥३६॥

शनि के त्रिंशांश में सूर्य का फल——

त्रिंशल्लवे सूर्यसुतस्य भानर्नरं विधत्ते वृजिनानुरक्तम् ।
विहीनवित्तं पुरुषं कृतघ्नं विद्वेषशीलं गतसौहृदञ्च ॥ ३७ ॥

यदि जन्मपत्री में सूर्य शनि के त्रिंशांश में हो तो जातक पाप में आसक्त, धन से हीन, कृतघ्न, द्वेष करने वाला और मित्रता से रहित होता है ॥ ३७ ॥

गुरू के त्रिंशांश में सूर्य का फल——

त्रिंशल्लवे देवपुरोहितस्य करोति भानुः प्रणयप्रधानम् ।
यशस्करं शौर्यगुणैः समेतं महाधनं शास्त्ररतं मनुष्यम् ॥ ३८ ॥

यदि जन्मपत्री में सूर्य, गुरू के त्रिंशांश में हो तो जातक विनम्रो में प्रधान, यशस्वी, पराक्रम के गुणों से युक्त, बड़ा धनी और शास्त्र में आसक्त होता है ॥ ३९ ॥

बुध के त्रिंशांश में सूर्य का फल——

हिरण्यमुक्तामणिवस्त्रभाजं स्त्रीणामभीष्टं सुतभक्तियुक्तम् ।
त्रिंशल्लवस्थः शशिजस्य भानुःकरोति मर्त्यं विगतारिपक्षम् ॥ ४० ॥

यदि जन्मपत्री में सूर्य, शुक्र के त्रिंशांश में हो तो वह जातक सुवर्ण-मोती-मणि-वस्त्र का भोगी, स्त्रियों का प्रेमी, देवभक्ति से युक्त और शत्रुपक्ष से रहित होता है ॥ ४० ॥

शुक्र के त्रिंशांश में सूर्य का फल——

त्रिंशल्लवे दैत्यपुरोहितस्य करोति सूर्यः सुभगं मनुष्यम् ।
नानार्थयुक्तं वरवाजिभाजं नीरोगकायं व्रतिनामभीष्टम् ॥ ४१ ॥

यदि जन्मपत्री में सूर्य, शुक्र के त्रिंशांश में हो तो जातक सुन्दर भाग्यशाली, अनेक धनों से युक्त, श्रेष्ठ घोड़ा रखने वाला, रोग रहित और व्रती मनुष्यों का प्रेमी होता है ॥ ४१ ॥

मित्रबल से युक्त सूर्य का फल——

करोति भानुः सुहृदं स्ववीर्यात्प्रभूतमित्रं विजितारिपक्षम् ।
स्वबन्धपूज्यं धनधान्ययुक्तं पुत्रान्वितं ब्राह्मणसम्मतञ्च ॥ ४२ ॥

यदि जन्मपत्री में सूर्य मित्रबल से युत हो तो जातक अधिक मित्रों से युक्त, शत्रु पक्ष को परास्त करने वाला, अपने बान्धवों से सत्कृत, धनधान्य से युक्त, पुत्र से समन्वित और ब्राह्मणों से संमत होता है ॥ ४२ ॥

स्वक्षेत्रबल से युक्त सूर्य का फल—

धीरं गुरुं सुप्तजनं प्रधृष्यं प्रभूतकोशं गजवाजिजुष्टम् ।
स्वक्षेत्रवीर्ये प्रकरोति भानुर्नरं सदा सत्यगुणैः समेतम् ॥ ४३ ॥

यदि जन्मपत्री में सूर्य अपने क्षेत्र बल से युक्त हो तो जातक धैर्यवान्, गुरू, निद्रालु, अधिक ढीठ बड़ा धनी व हाथी घोड़ा से युक्त और सत्यता से युक्त होता है ॥ ४३ ॥

उच्चबल से युक्त सूर्य का फल—

स्वतुङ्गवीर्यात् कुरुते दिनेशो नरं प्रसिद्धं विजितारिपक्षम् ।
प्रियातिथिं पार्थिवमानयुक्तं महाधनं नीतिपरं प्रधानम् ॥ ४४ ॥

यदि जन्मपत्री में सूर्य अपने उच्च बल से युक्त हो तो जातक प्रसिद्ध, शत्रुओं को जीतने वाला, अतिथियों का प्रेमी, राजा के सम्मान से युक्त, अधिक धनवान्, नीतिमान् और अध्यक्ष होता है ॥ ४४ ॥

नवांश बल से युक्त सूर्य का फल—

नवांशवीर्यप्रबलो विवस्वान् नरं प्रसूते सततं मनोज्ञम् ।
विचित्रमाल्याभरणं सुखाढ्यं प्रशान्तचित्तं निरुजं सुशीलम् ॥ ४५ ॥

यदि जन्मपत्री में नवांश बल से युक्त सूर्य हो तो जातक निरन्तर सुन्दर, विचित्र पुष्प व आभरणों से युक्त, सुखी, शान्तचिन्त, रोग से हीन और सुशील होता है ॥ ४५ ॥

शुभ दृष्टि बल से युक्त सूर्य का फल—

शुभग्रहालोकनवीर्ययुक्तो भानुः प्रसूते निरुजं मनुष्यम् ।
सौभाग्ययुक्तं सुतलाभभाजं नरेन्द्रपूज्यं द्विजदेवभक्तम् ॥ ४६ ॥

यदि जन्मपत्री में सूर्य शुभ दृष्टिबल से युक्त हो तो जातक रोग रहित, सौभाग्य से युक्त, पुत्र का लोभी, राजा से पूजित और ब्राह्मण व देवता का भक्त होता है ॥ ४६ ॥

पुरुष राशि बल से युक्त सूर्य का फल—

पुंराशिवीर्यप्रबलो विवस्वान् करोति भक्तं गुरुसद्द्विजानाम् ।
नरं विनीतं सुभगं सुशीलं धर्मान्वितं प्रीतिकरं नराणाम् ॥ ४७ ॥

यदि जन्मपत्री में पुरुष राशिबल से युक्त सूर्य हो तो जातक गुरू व सज्जन ब्राह्मणों का भक्त, विनयी, सुन्दर भाग्यशाली, सुशील, धर्मात्मा और मनुष्यों को प्रसन्न करने वाला होता है ॥ ४७ ॥

दिग्बल से युत सूर्य का फल—

आशाबलाढ्यः सविता प्रसूते नानार्थयुक्तं सततं मनुष्यम् ।
हस्त्यश्वरत्नाम्बरमाल्ययुक्तं विलासिनं पार्थिवमानयुक्तम् ॥ ४८ ॥

यदि जन्मपत्री में दिग्बल से युक्त सूर्य हो तो जातक अनेक धन से युक्त, हाथी, घोड़ा, रत्न, वस्त्र और पुष्पों से युक्त, विलापी और राजा के सम्मान से युत होता है ॥ ४८ ॥

चेष्टा बल से युक्त सूर्य का फल

चेष्टाबलाढ्यः प्रकरोति भानुः नरं प्रचेष्टानुगारिपक्षम् ।
प्रभूतमित्रं गतसर्वदुःखं सुखान्वितं बान्धवमानयुक्तम् ॥ ४९ ॥

यदि जन्मपत्री में चेष्टा बल से युक्त सूर्य हो तो जातक शत्रु पक्ष की इच्छाओं का अनुगामी, अधिक मित्र वाला, समस्त दुःखों से हीन, सुखी और बन्धु सन्मान से युक्त होता है ॥ ४९ ॥

ब्राह्मण बल से युक्त सूर्य का फल--

करोति भानुर्द्विजवीर्ययुक्तो नरं प्रसिद्धं विनयेन युक्तम् ।
धर्मानुरक्तं प्रियवल्गुवाक्यं सदानुकूलं दयितं जनानाम् ॥ ५० ॥

यदि जन्मपत्री में ब्राह्मण बल से युक्त सूर्य हो तो जातक प्रसिद्ध, विनयी, धर्म में लीन, मीठा अल्पभाषी, सब समय अनुकूल और मनुष्यों का प्रेमी होता है ॥ ५० ॥

दिन बल से युक्त सूर्य का फल -

करोति भानुः स्वदिनस्य वीर्यान्नरं प्रगल्भं सुभगं सुकान्तम् ।
प्रभूतवित्तं प्रियमप्रधृष्यं विद्वेषिणां कीर्तिहरं नितान्तम् ॥ ५१ ॥

यदि जन्मपत्री में दिन बल से युक्त सूर्य हो तो जातक प्रतिभाशाली, सुन्दर भाग्यवान्, सुन्दर बड़े चित्त (मन) वाला, प्रेमी, धर्षण के योग्य नहीं और शत्रुओं का यश हरण करने वाला होता है ॥ ५१ ॥

होरा बल से युक्त सूर्य का फल--

होराबलाढ्यः प्रकरोति भानुः प्रसिद्धमत्यद्भुतवीर्ययुक्तम् ।
नरं नृणामिष्टतमं सुवाक्यं स्तुत्यं सदा बन्दिजनस्य मर्त्यम् ॥ ५२ ॥

यदि जन्मपत्री में होराबल से युक्त सूर्य हो तो जातक प्रसिद्ध, अनुपम पराक्रम से युक्त, मनुष्यों का प्रिय, सुन्दर बोलने वाला और वन्दिजनों से प्रशंसनीय होता है ॥ ५२ ॥

पक्षबल से युक्त सूर्य का फल---

दिनाधिपः पक्षबलेन पुष्टः प्रभूतपक्षं पुरुषं सुवाक्यम् ।
सुचारुवाक्यं बहुकोशयुक्तं विद्याविनीतं सुभगं मनोज्ञम् ॥ ५३ ॥

यदि जन्मपत्री में पक्ष बल से युक्त सूर्य हो तो जातक अधिक पुरुषों से युत, सुन्दर बोलने वाला, मनोहर भाषी, अधिक धनी, विद्या से विनम्र, सुभग और आनन्द-स्वरूप होता है ॥ ५३ ॥

मासबल से युक्त सूर्य का फल—

मासाबलाढ्यः प्रकरोति भानुर्नरं विदग्धं धनवाजियुक्तम् ।
प्रभूतमित्रं रणलब्धशब्दं महाविनीतं रतिलालसञ्च ॥ ५४ ॥

यदि जन्मपत्री में मास बल से युक्त सूर्य हो तो जातक चतुर, धन व घोड़ों से युक्त, अधिक मित्र वाला, युद्ध में शब्द को प्राप्त करने वाला, बड़ा विनयी और रति (विषय) की इच्छा करने वाला होता है ॥ ५४ ॥

वर्ष बल से युक्त सूर्य का फल—

दिनाधिपो वर्षबलेन युक्त करोति कृत्यं सुशुभेषु सूक्तम् ।
नराङ्गनारिं गतदुःखशोकं नितान्तपुष्टं द्विजदेवभक्तम् ॥ ५५ ॥

यदि जन्मपत्री में वर्ष बल से युक्त सूर्य हो तो जातक शुभ कार्य करने वाला व शुभभाषी, स्त्रियों का शत्रु, दुःख व शोक से हीन, अधिक पुष्ट और ब्राह्मण व देवता का भक्त होता है ॥ ५५ ॥

मित्रबल से हीन सूर्य का फल—

निर्स्त्रिशकं च पिशुनस्वभावं परान्नरक्तं कठिनं दरिद्रम् ।
भानुर्यदा मित्रबलेन हीनस्तदा न कामं परमं प्रसूते ॥ ५६ ॥

यदि जन्मपत्री में मित्र बल से हीन सूर्य हो तो जातक स्त्री से हीन, चुगलखोर प्रकृति का, दूसरे के अन्न में अनुरक्त, कठोर, दरिद्री और परम कामी नहीं होता है ॥ ५६ ॥

अपने राशि बल से हीन सूर्य का फल—

स्वक्षेत्रवीर्येण विवर्जितोऽर्कः स्वस्थानवासैः प्रकरोति हीनम् ।
स्वबन्धुहीनं परदेशरक्तं करोति मर्त्यं व्यसनैः समेतम् ॥ ५७ ॥

यदि जन्मपत्री में अपने क्षेत्र बल से रहित सूर्य हो तो जातक अपने स्थानीय निवास से रहित, बान्धवों से हीन, परदेश में अनुरक्त और व्यसनों से युक्त होता है ॥ ५७ ॥

उच्चबल से हीन सूर्य का फल—

अर्कोऽतिनीचानुरतं विधत्ते विवर्जितस्तुङ्गबलेन नित्यम् ।
मुखाक्षिरोगोपहतं सुदुष्टं प्रजाविहीनं च महानियुक्तम् ॥ ५८ ॥

यदि जन्मपत्री में उच्च बल से हीन सूर्य हो तो जातक अत्यन्त नीच जनों में आसक्त, मुख व आँख के रोग से नष्ट, दुष्ट, सन्तति से हीन और अधिक हानि से युक्त होता है ॥ ५८ ॥

नवांश बल से हीन सूर्य का फल—

सूर्यो नवांशात्मकवीर्यहीनो करोति मर्त्यं प्रियविग्रहञ्च ।
विषाग्निशस्त्रज्वरपित्तभाजं पितुर्जनन्या विकृतोपचारम् ॥ ५९ ॥

यदि जन्मपत्री में नवांश बल से हीन सूर्य हो तो जातक लड़ाई का प्रेमी, जहर अग्नि-शस्त्र-ज्वर व पित्त का भागी, पिता और माता को विकार से युक्त करने वाला होता है ॥ ५९ ॥

शुभदृष्टि बल से हीन सूर्य का फल—

शुभग्रहालोकनवीर्यहीनः करोति भानुः सुकृतं विरूपम् ।
हृद्रोगिणं बह्वटनञ्च मूर्खं कृतापराधं सततं सुभीरुम् ॥ ६० ॥

यदि जन्मपत्री में शुभदृष्टि बल से हीन सूर्य हो तो जातक पुण्यात्मा, रूपहीन, हृदय का रोगी, अधिक घूमने वाला, मूर्ख, अपराधी और निरन्तर डरपोक होता है ॥ ६० ॥

पुरुषबल से हीन सूर्य का फल—

भानुर्विधत्ते नरवीर्यहीनः शौर्येण हीनं बहुभिः समेतम् ।
पराजितं सर्वजनैर्विहीनं सुतार्थयानैः धनधान्यवस्त्रैः ॥ ६१ ॥

यदि जन्मपत्री में पुरुष बल से हीन सूर्य हो तो जातक पराक्रम से रहित, अधिक मनुष्यों से युक्त, सबसे हारने वाला, पुत्र-धन-सवारी-धन-धान्य और वस्त्र से हीन होता है ॥ ६१ ॥

दिग्बल से हीन सूर्य का फल—

आशाबलप्रोज्झितमेव सूर्यः सर्वासु दिक्षु प्रकरोति हानिम् ।
मिथ्याप्रलापे विदधाति बुद्धिं पराङ्मुखत्वं द्विजदेवतानाम् ॥ ६२ ॥

यदि जन्मपत्री में दिग्बल से हीन सूर्य हो तो जातक समस्त दिशाओं में हानि प्राप्त करने वाला, झूठ बोलने में बुद्धि लगाने वाला और ब्राह्मण व देवताओं में अश्रद्धा करने वाला होता है ॥ ६२ ॥

चेष्टा बल से हीन सूर्य का फल—

चेष्टाबलेन प्रविवर्जितोऽर्कः करोति चेष्टां सततं सुनिन्द्याम्
नृणां तथा बुद्धिविपर्ययञ्च विभूषितं साधुजनेन वैरम् ॥ ६३ ॥

यदि जन्मपत्री में चेष्टाबल से हीन सूर्य हो तो जातक निन्दित इच्छा निरन्तर करने वाला, विपरीत बुद्धि से युत, शोभायमान और सत्पुरुषों से शत्रुता करने वाला होता है ॥ ६३ ॥

दिन बल से हीन सूर्य का फल—

दिवाबलेन प्रविवर्जितोऽर्कः करोति नित्यं सऋणं मनुष्यम् ।
हतप्रताप स्वजनैर्विहीनं पराङ्गनासेवकमभ्युपेतम् ॥ ६४ ॥

यदि जन्मपत्री में दिन बल से हीन सूर्य हो तो जातक सदा ऋणी (कर्जदार) नष्ट प्रतापी, अपने मनुष्यों से हीन और दूसरे की स्त्री का नौकर होता है ॥ ६४ ॥

अपने वार बल से हीन सूर्य का फल—

स्ववारवीर्येण विवर्जितोऽर्कः करोति मर्त्यं सततं कुचैलम् ।
विधर्मरक्तं बहुकूटभाजं सुहृद्गुरूणां प्रसभं सुदुष्टम् ॥ ६५ ॥

यदि जन्मपत्री में अपने वार बल से हीन सूर्य हो तो जातक निरन्तर मेले वस्त्र-धारण करने वाला, अधिक कूट भागी, मित्र और गुरुजनों के लिये सदा दूषित स्वभाव वाला होता है ॥ ६५ ॥

होरा बल से हीन सूर्य का फल--

होराबलेनैव विवर्जितोऽर्कः करोति मूर्खं प्रणयेन हीनम् ।
विद्वेषयुक्तं परतर्ककं च प्रजाप्रहीनं प्रखलं मनुष्यम् ॥ ६६ ॥

यदि जन्मपत्री में होरा बल से हीन सूर्य हो तो जातक मूर्ख, विनय से रहित, शत्रुता से युक्त, दूसरे की तर्क करने वाला, सन्तान से रहित और बड़ा दुष्ट होता है ॥ ६६ ॥

पक्ष बल से हीन सूर्य का फल--

दिनाधिपः पक्षबलेन हीनः करोति मर्त्यं सततं सुदुःखम् ।
स्वपक्षहीनं विगतप्रलापं मायाविनं निष्ठुरवाक्यकञ्च ॥ ६७ ॥

यदि जन्मपत्री में पक्ष बल से हीन सूर्य हो तो जातक सदा दुःखी, अपने पक्ष से हीन, प्रलाप से रहित, मायावी और निठुर अर्थात् कठोर भाषी होता है ॥ ६७ ॥

मास बल से हीन सूर्य का फल--

सूर्यो यदा मासबलेन हीनस्तदा प्रसूते विकृतं मनुष्यम् ।
बह्वाशिनं व्याधिभिरर्दिताङ्गं चौरावनीशैः परिभूतमेव ॥ ६८ ॥

यदि जन्मपत्री में मास बल से हीन सूर्य हो तो जातक विकार से युक्त, अधिक खाने वाला, रोगों से पीडित शरीरधारी और चोर राजा से पीडित होता है ॥ ६८ ॥

वर्ष बल से हीन सूर्य का फल--

दिनाधिपो वर्षबलेन हीनो दारिद्र्ययुक्तं कुरुते मनुष्यम् ।
द्यूतक्रियानाशितभूरिवित्तं वेश्याभिरक्तं स्वजनैस्तु नित्यम् ॥ ६९ ॥

इत्यादित्यचारफलानि

यदि जन्मपत्री में वर्ष बल से हीन सूर्य हो तो जातक दरिद्री, अपने मनुष्यों के साथ प्रतिदिन जुआ खेलने से अधिक धन का नाशक और वेश्याओं में प्रीति करने वाला होता है ॥ ६९ ॥

इस प्रकार विविध रीति से सूर्य का फल समाप्त हुआ ॥ १-६९ ॥

अथ चन्द्रचारः ।

अब आगे बारह राशियों में स्थित चन्द्रमा के फल को और विविध बलों से युक्त या हीन चन्द्रफल को बतलाते हैं ।

मेष राशिस्थ चन्द्रमा का फल--

मेषे तु चन्द्रः पुरुषं प्रसूते शूरं मुदा सत्वबलैरुपेतम् ।
ख्यातं बहुस्त्रीसुतभृत्यवर्गं प्रभक्षणं त्यागिनमूर्जितञ्च ॥ १ ॥

यदि कुण्डली में मेष राशिस्थ चन्द्रमा हो तो जातक वीर, प्रसन्नता और सात्विक बल से युक्त, प्रसिद्ध, अधिक स्त्री पुत्र व नौकर समुदाय से युक्त, अधिक भोजनी, त्यागी और क्रोधी होता है ॥ १ ॥

वृष राशिस्थ चन्द्रमा का फल—

वृषे शशी गर्वितमिष्टदारं स्मिताल्पभाष्यं सुभगं प्रसूते ।
तेजस्विनं बह्वशनं सुवेषं महाजनं द्रव्यपरिग्रहञ्च ॥ २ ॥

यदि कुण्डली में वृष राशिस्थ चन्द्रमा हो तो जातक अभिमानी, अभीष्ट स्त्री वाला, प्रसन्नता से युक्त, अल्पभाषी, सुन्दर भाग्यवान्, तेजस्वी, अधिक भोजनी, सुन्दर वेषधारी, बड़ा आदमी और धन का परिग्रहण करने वाला होता है ॥ २ ॥

मिथुन व कर्क राशिस्थ चन्द्रमा का फल—

चन्द्रस्तृतीये मधुराभिधानं कार्याभिचारे निपुणं प्रसूते ॥ ३ ॥
तिष्ठन् शशी कर्किणि कार्यधीरं सुमेधसं वाग्विशदं प्रसूते ।
प्रियादनं च प्रियदर्शनं च प्राज्ञं बहुज्ञानविकीर्णबुद्धिम् ॥ ४ ॥

यदि कुण्डली में मिथुन राशिस्थ चन्द्रमा हो तो जातक मीठा नाम वाला और अभिचार कार्य में चतुर होता है ॥ ३ ॥

यदि कुण्डली में कर्क राशिस्थ चन्द्रमा हो तो जातक धैर्यता से कार्य करने वाला, सुन्दर बुद्धि का, वाणी में चतुर, प्रिय भोजी, प्रिय दर्शन, पण्डित और अधिक ज्ञान से विशाल बुद्धि वाला होता है ॥ ४ ॥

सिंह राशिस्थ चन्द्रमा का फल—

सिंहे शशी सत्वबलोपपन्नं नरं प्रसूते नरलब्धमानम् ।
सिंहाननास्यं पृथुपीनकायं मांसप्रियं दुःप्रसहं क्षुधालुम् ॥ ५ ॥

यदि कुण्डली में सिंह राशिस्थ चन्द्रमा हो तो जातक सात्विक, बली, सम्मानित, सिंह के समान मुख वाला, विशाल मोटा शरीर, मांस का प्रेमी, दुःसहनीय और भूख से युक्त होता है ॥ ५ ॥

कन्या राशिस्थ चन्द्रमा का फल—

कन्यां समाश्रित्य शशी प्रसूते नरं सुवाक्यं मधुरं विनीतम् ।
स्त्रीलालसं वै सुकुमारमूर्तिं सुमेधसं साधुजनाभिरामम् ॥ ६ ॥

यदि कुण्डली में कन्या राशिस्थ चन्द्रमा हो तो जातक सुन्दर वाणी बोलने वाला, मीठा, विनयी, स्त्री की इच्छा करने वाला, सुन्दर स्वरूपवान्, अच्छी बुद्धि का और सज्जनों को आनन्द देने वाला होता है ॥ ६ ॥

तुला राशिस्थ चन्द्रमा का फल—

तुलाधरस्थो जनयत्युदारं नरं शशी वाङ्मतिसत्वयुक्तम् ।
मनस्विनं सात्विकमन्त्रशीलं शुचिं विनीतं सुभगं सुरूपम् ॥ ७ ॥

यदि कुण्डली में तुला राशिस्थ चन्द्रमा हो तो जातक उदार बुद्धि व सात्विकता से युक्त वाणी वाला, मनस्वी, सात्विक स्वभावी, पवित्र, विनयी, सुन्दर भाग्यवान् और स्वरूपवान् होता है ॥ ७ ॥

वृश्चिक राशिस्थ चन्द्रमा का फल—

निशाकरो वृश्चिकगः समृद्धं शूरं नरं साहसिकं प्रसूते ।
ख्यातं सताभीश्वरलब्धमानं क्रूरं पराघातरुचिं प्रचंडम् ॥ ८ ॥

यदि कुण्डली में तुला राशिस्थ चन्द्रमा हो तो जातक सम्पन्न, वीर, साहसी, प्रसिद्ध, सज्जनों से ईश्वर की तरह सम्मान प्राप्त करने वाला, क्रूर, दूसरे को मारने की इच्छा करने वाला और उग्र होता है ॥ ८ ॥

धनु राशिस्थ चन्द्रमा का फल—

धनुर्धरस्थो नृपलब्धमानं चन्द्रः प्रसूते नवमुच्चवृत्तम् ।
शूरं शुचिं सत्यपरं विनीतं श्रीमन्तमाढ्यं गुरुदेवभक्तम् ॥ ९ ॥

यदि कुण्डली में धनु राशिस्थ चन्द्रमा हो तो जातक राजा से सम्मानित, नवीन, श्रेष्ठ चरित्रवान्, वीर, पवित्र, सत्यात्मा, विनयी, लक्ष्मीवान् और गुरू व देवता की भक्ति से युक्त होता है ॥ ९ ॥

मकर राशिस्थ चन्द्रमा का फल—

तिष्ठन् प्रसूते मकरे शशाङ्को नरं वनारण्यजलाभिरामम् ।
सङ्गीतहास्याभिरतं सुवेषं ख्यातं परस्त्रीरतिलोलुपञ्च ॥ १० ॥

यदि कुण्डली में मकर राशिस्थ चन्द्रमा हो तो जातक वन व जंगल में रमण करने वाला, संगीत व हँसने में आसक्त, सुन्दर वेषधारी, प्रसिद्ध और दूसरे की स्त्री के साथ रति का लोभी होता है ॥ १० ॥

कुम्भ राशिस्थ चन्द्रमा का फल—

कुम्भे शशी रोषिणमल्पसौख्यं सूते कृशं दुर्भरमल्पचित्तम् ।
बहुक्रियारम्भमजातमिष्टं प्रदिष्टबन्धुं गुरुवञ्चकञ्च ॥११॥

यदि कुण्डली में कुम्भ राशिस्थ चन्द्रमा हो तो जातक क्रोधी, अल्प सुखी, दुर्बल, भरण करने में कठिन, अल्प चित्त वाला, अधिक कार्यारम्भी, अभीष्ट को असिद्ध करने वाला, बान्धवों को उपदेश देने वाला और गुरू को ठगने वाला होता है ॥ ११ ॥

मीन राशिस्थ चन्द्रमा का फल—

मीनद्वये प्रत्ययिनं समर्त्यं पाण्डित्यभाजं प्रचुरार्थयुक्तम् ।
ह्रीदानदाक्षिण्यपरं विनीतं नरं शशी वाङ्मधुरं प्रसूते ॥ १२ ॥

यदि कुण्डली में मीन राशिस्थ चन्द्रमा हो तो जातक विश्वासी, पण्डित, अधिक धन स युक्त, लज्जावान्, दानी, चतुर, विनयी और मीठी वाणी का होता है ॥ १२ ॥

लग्नस्थ चन्द्रमा का फल—

होराङ्गतो रात्रिपतिर्यदा स्यात्तदा नरं शीलरतं करोति।
स्वधर्मरक्तं नृपमानयुक्तं कृतज्ञमुत्साहितमप्रमत्तम् ॥ १३ ॥

यदि कुण्डली में लग्नस्थ चन्द्रमा हो तो जातक शीलवान्, अपने धर्म में आरूढ़, राजा से सम्मानित, कृतज्ञ, उत्साही और पागलपन से रहित होता है ॥ १३ ॥

सूर्य के द्रेष्काण में चन्द्रमा का फल—

त्र्यंशे शशी वासरपस्य नित्यं करोति पापं बहुशत्रुयुक्तम्।
अल्पार्थसत्वं विगुणं हृतस्वं दौर्भाग्यदेहं परलुब्धचित्तम् ॥ १४ ॥

यदि कुण्डली में सूर्य के द्रेष्काण में चन्द्रमा हो तो जातक प्रतिदिन पाप करने वाला, अधिक शत्रुओं से युक्त, अल्प धनी व बली, धन को नष्ट करने वाला, भाग्य से हीन और दूसरे की वस्तुओं की इच्छा करने वाला होता है ॥ १४ ॥

चन्द्रमा के द्रेष्काण में चन्द्रमा का फल—

करोति विज्ञं बहुमित्रवित्तं पुत्रान्वितं बन्धुजनैः समेतम्।
त्र्यंशे स्वकीये सुखिनं सुकान्तं निशाधिपो मर्त्यमलङ्घिताज्ञम् ॥१५॥

यदि कुण्डली में चन्द्रमा अपने द्रेष्काण में हो तो जातक विद्वान्, अधिक मित्र व धन से युक्त, पुत्रवान्, बान्धवों से युक्त, सुखी, सुन्दर स्वरूप और आज्ञा का उल्लंघन नहीं करने वाला होता है ॥ १५ ॥

भौम के द्रेष्काण में चन्द्रमा का फल—

त्र्यंशे शशाङ्को विचरन् कुजस्य नरं प्रसूते विगतप्रतापम्।
हीनक्रियं दुःखशतैरुपेतं परार्थलुब्धं गतसौहृदञ्च ॥ १६ ॥

यदि कुण्डली में चन्द्रमा भौम के द्रेष्काण में हो तो जातक प्रताप से रहित, हीन कर्म करने वाला, सैकड़ों दुःख से युक्त, दूसरे के धन का लोभी और मित्र भाव से हीन होता है ॥ १६ ॥

बुध के द्रेष्काण में चन्द्रमा का फल—

द्रेष्काणमाप्तः प्रकरोति चन्द्रः सौम्यस्य सौम्यं सुभगं मनुष्यम्।
मेधाविनं सर्वगुणैः समेतं विद्यान्वितं सर्वकलासु दक्षम् ॥ १७ ॥

यदि कुण्डली में चन्द्रमा, बुध के द्रेष्काण में हो तो जातक सरल, सुन्दर भाग्यशाली, बुद्धिमान्, समस्त गुणों से युवत, विद्वान् और सब कलाओं में चतुर होता है ॥ १७ ॥

गुरू के द्रेष्काण में चन्द्रमा का फल—

त्र्यंशे गुरो रात्रिपतिः प्रसूते शास्त्रानुरक्तं मनुजं सुशीलम्।
नीचासुहृत्संस्तुतमल्पकोपं प्रियातिथिं देवगुरुप्रभक्तम् ॥ १८ ॥

यदि कुण्डली में गुरू के द्रेष्काण में चन्द्रमा हो तो जातक शास्त्राभ्यासी, सुशील, दुष्ट व अमित्र (शत्रु) से प्रशंसित, थोड़ा क्रोधी, अतिथियों का प्रेमी और गुरुभक्त होता है ॥ १८ ॥

शुक्र के द्रेष्काण में चन्द्रमा का फल—

सितस्य चन्द्रो विचरन् स्वभागे करोति मर्त्यं वरयानयुक्तम् ।
स्त्रीवल्लभं सत्यमुदारचेष्टं कलाधिपं पूज्यतमं नृपाणाम् ॥ १९ ॥

यदि कुण्डली में शुक्र के द्रेष्काण में चन्द्रमा हो तो जातक श्रेष्ठ सवारी से युक्त, स्त्री का प्रिय, सत्यभाषी, उदार चेता, कलाओं का स्वामी और राजा से पूजित होता है ॥ १९ ॥

शनि के द्रेष्काण में चन्द्रमा का फल—

शनेर्यदा त्र्यंशमनुप्रयातश्चन्द्रस्तदा रोगिणमेव धत्ते ।
दीनं दरिद्रं विकृतं सपापं महापदं निष्ठुरमेव मर्त्यम् ॥ २० ॥

यदि कुण्डली में शनि के द्रेष्काण में चन्द्रमा हो तो जातक रोगी, दरिद्री, विकारी, पापी, बड़ा स्थानी और निठुर होता है ॥ २० ॥

सूर्य के नवांश में चन्द्रमा का फल—

नवांशके रात्रिपतिर्यदा स्यात्सूर्यस्य दुष्टं मनुजं प्रसूते ।
स्त्रीचञ्चलं पापरतं सदैव प्रनष्टबुद्धिं विजितं परैश्च ॥ २१ ॥

यदि कुण्डली में सूर्य के नवांश में चन्द्रमा हो तो जातक दुष्ट, स्त्रियों में चञ्चल या चञ्चल स्त्री वाला, सदा पाप में आसक्त, नष्ट बुद्धि का और शत्रुओं से पराजित होता है ॥ २१ ॥

अपने नवांश में चन्द्रमा का फल—

नवांशके स्वे प्रकरोति चन्द्रो नरं सुरूपं सुभगं सुशीलम् ।
स्त्रीसम्मतं सर्वगुणैः समेतं विद्याविनीतं जनवल्लभञ्च ॥ २२ ॥

यदि कुण्डली में चन्द्रमा के नवांश में चन्द्रमा हो तो जातक स्वरूपवान्, सुन्दर भाग्यवान्, सुशील, स्त्री सम्मत, गुणों से युक्त, विद्या से विनयी और जनप्रिय होता है ॥ २२ ॥

भौम के नवांश में चन्द्रमा का फल—

नवांशके भूमिसुतस्य चन्द्रस्त्वसृग्रुगार्तिं प्रकरोति मर्त्यम् ।
क्लीबं कृशं व्याधितमल्पसत्वं स्त्रीदुर्भगं कामपरं सदैव ॥ २३ ॥

यदि कुण्डली में भौम के नवांश में चन्द्रमा हो तो जातक रक्त जन्य रोग से दुःखी, नपुंसक, दुबला, अल्प बली, स्त्री के लिये भाग्य हीन और सदा ही कामी होता है ॥ २३ ॥

बुध के नवांश में चन्द्रमा का फल—

सौम्यस्य भागे नवमे शशाङ्कः करोति सौम्यं सततं सुखाढयम् ।
नित्यं सुहृद्देवगुरुप्रसक्तं महाधनं पण्डितमप्रमेयम् ॥ २४ ॥

यदि कुण्डली में बुध के नवांश में चन्द्रमा हो तो जातक सरल, निरन्तर सुखी, सदा मित्र, देवता और गुरूजनों में प्रीति करने वाला, बडा धनी, पण्डित और प्रतिज्ञा से हीन होता है ॥ २४ ॥

गुरू के नवांश में चन्द्रमा का फल--

गुरोर्नवांशे विचरन् शशाङ्कः करोति सत्यं नयसत्यसारम् ।
विद्याविनीतं सुहृदां वरिष्ठं द्विजप्रियं रोगभयव्यपेतम् ॥ २५ ॥

यदि कुण्डली में गुरू के नवांश में चन्द्रमा हो तो जातक नीतिमान्, सत्य से बली, विद्या से विनयी, मित्रो में श्रेष्ठ, ब्राह्मण प्रेमी और रोग भय से युक्त होता है ॥ २५ ॥

शुक्र के नवांश में चन्द्रमा का फल—

शुक्रस्य भागे नवमे शशाङ्को नरं प्रसूते बहुवित्तवन्तम् ।
पुत्रान्वितं पुण्यधनैरुपेतं प्रियातिथिं सर्वजनाभिरामम् ॥ २६ ॥

यदि कुण्डली में शुक्र के नवांश में चन्द्र हो तो जातक अधिक धनी, पुत्र से युक्त, पुण्य करने में धन को खर्च करने वाला, अतिथियों का प्रेमी और सबको आनन्द देने वाला होता है ॥ २६ ॥

शनि के नवांश में चन्द्रमा का फल—

चन्द्रः शनैर्भागमनु प्रयातो भवाख्यमत्यन्तदुरुक्तवाचम् ।
नरं प्रसूते विकृतस्वभावं परार्थलुब्धव्यसनैः समेतम् ॥ २७ ॥

यदि कुण्डली में शनि के नवांश में चन्द्रमा हो तो जातक अधिक दुष्ट वाणी बोलने वाला, विकार से युक्त प्रकृति वाला, दूसरे के धन का लोभी और व्यसनों से युक्त होता है ॥ २७ ॥

सूर्य के द्वादशांश में चन्द्रमा का फल—

सूर्यांशकेऽर्कस्य निशाधिनाथो भयाधिकं दुःखयुतं मनुष्यम् ।
प्रसादिनं मित्रजनैर्विहीनं सुदीर्घसूत्रं सततं कृतघ्नम् ॥ २८ ॥

यदि कुण्डली में सूर्य के द्वादशांश में चन्द्रमा हो तो जातक अधिक भय करने वाला, दुःखी, मित्रजनों से रहित, आलसी और सदा कृतघ्न होता है ॥ २८ ॥

अपने द्वादशांश में चन्द्रमा का फल—

सूर्यांशके स्वे प्रकरोति चन्द्रो धनान्वितं वाग्मिनमल्पशत्रुः ।
नरं नितान्तं शुभपुत्रयुक्तं सुवाहनाढ्यं परपक्षहीनम् ॥ २९ ॥

यदि कुण्डली में अपने (चन्द्रमा) द्वादशांश में चन्द्रमा हो तो जातक धनी, चतुरता से बोलने वाला, अत्यन्त शुभपुत्र से युक्त, सुन्दर सवारी वाला और शत्रु से हीन होता है ॥ २९ ॥

भौम के द्वादशांश में चन्द्रमा का फल—

सूर्यांशके भूमिसुतस्य चन्द्रः करोति नित्यं बहुसौख्ययुक्तम् ।
विचक्षणं भोगयुतं सुचेष्टं सुधर्मशीलं सततं सुशीलम् ॥ ३० ॥

यदि कुण्डली में भौम के द्वादशांश में चन्द्रमा हो तो जातक अधिक सुखी, विद्वान्, भोगी, सुन्दर कामना वाला, अच्छा धर्मात्मा और निरन्तर सुशील होता है ॥ ३० ॥

बुध के नवांश में चन्द्रमा का फल—

सूर्यांशके सोमसुतस्य सोमः सौम्यंप्रसूते सुखिनं मनुष्यम् ।
शिल्पज्ञमत्यद्भुतकर्मयुक्तं प्रियातिथिं विश्रुतमेव नित्यम् ॥ ३१ ॥

यदि कुण्डली में बुध के नवांश में चन्द्रमा हो तो जातक सरल (सीधा) सुखी, शिल्प (गारीगरी) का जानने वाला, अद्भुत कर्म से युक्त, अतिथि प्रेमी और सदा प्रसिद्ध होता है ॥ ३१ ॥

गुरू के नवांश में चन्द्रमा का फल—

सूर्यांशके देवपुरोहितस्य नरं सुवेषं प्रकरोति चन्द्रः ।
नृपप्रसाद बिनयैः समेतं सुचित्रयानं बहुमित्रयुक्तम् ॥ ३२ ॥

यदि कुण्डली में गुरू के द्वादशांश में चन्द्रमा हो तो जातक सुन्दर वेषधारी, राजा का कृपा पात्र विनम्र से युक्त, सुन्दर चित्रित सवारी वाला और अधिक मित्रों से युक्त होता है ॥ ३२ ॥

शुक्र के द्वादशांश में चन्द्रमा का फल—

सूर्यांशाके भार्गवनन्दनस्य नरं विनीतं प्रकरोति चन्द्रः ।
नृपप्रसादैः प्रचुरं समृद्धं हस्त्यश्वयुक्तं प्रचुरान्नपानम् ॥ ३३ ॥

यदि कुण्डली में शुक्र के द्वादशाश में चन्द्रमा हो तो जातक विनयी, राजा की कृपा से अधिक संपन्न, हाथी व घोड़ा से युक्त और अधिक अन्न पान से युक्त होता है ॥ ३३ ॥

शनि के द्वादशांश में चन्द्रमा का फल—

शनैश्चरस्यार्कविभागसँस्थो बन्धुं विधत्ते चलसत्ययुक्तम् ।
कीनाशभालस्य तमं नितान्तं स्वबन्धुधर्गैः परिवर्जितञ्च ॥ ३४ ॥

यदि कुण्डली में शनि के द्वादशांश में चन्द्रमा हो तो जातक अस्थिर सत्यता से युक्त बन्धुवाला, कीनाश (वानर) के मस्तक के तुल्य लाल तेज वाला और अपने बन्धुओं से हीन होता है ॥ ३४ ॥

भौम के त्रिशांश में चन्द्रमा का फल—

त्रिंशल्लवे भूमिसुतस्य चन्द्रः श्रद्धाविहीनं कुरुतेऽतिकोलम् ।
मलिम्लुचं नीचजनानुरक्तं रक्तार्दितं कोपरतं सुजिष्णुः ॥ ३५ ॥

यदि कुण्डली में भौम के त्रिशांश में चन्द्रमा हो तो जातक श्रद्धा से रहित, अत्यन्त कौल मतावलम्बी, मैला-कुचैला, दुष्टों में आसक्त, रुधिर जन्य व्याधि से पीडित, परम क्रोधी और सुन्दर जीतने की इच्छा करने वाला होता है ॥ ३५ ॥

शनि के त्रिशांश में चन्द्रमा का फल--

त्रिंशद्विभागेऽर्कसुतस्य चन्द्रो विरूपदेहं मुखरं करोति।
विकाशिनं स्थूलकचं सुजिष्णुं परापवादेऽतिरतं सदैव ॥ ३६ ॥

यदि कुण्डली में शनि के त्रिशांश में चन्द्रमा हो तो जातक स्वरूप से रहित शरीर धारी, अप्रिय बोलने वाला, विकास करने वाला, मोटे केश वाला, सुन्दर इच्छाओं से युक्त और दूसरे की शिकायत करने में आसक्त होता है ॥ ३६ ॥

गुरू के त्रिशांश में चन्द्रमा का फल--

त्रिंशल्लवे रात्रिपतिर्यदा स्यान्मेधाविनं चैव तदा प्रसूते।
जीवस्य मर्त्यं भुवि लब्धकीर्तिं श्रियाधिकं पार्थिववल्लभञ्च ॥ ३७ ॥

यदि कुण्डली में गुरू के त्रिशांश में चन्द्रमा हो तो जातक मेधावी, भूमि में यश प्राप्त करने वाला, अधिक लक्ष्मीवान् और राजा का प्रिय होता है ॥ ३७ ॥

बुध के त्रिशांश में चन्द्रमा का फल---

त्रिंशांशके सोमसुतस्य चन्द्रो नरं विधत्ते शुचिमप्रसन्नम्।
स्त्रीवल्लभं गीतकलासु दक्षं प्रियातिथिं नित्यमुदारचेष्टम् ॥ ३८ ॥

यदि कुण्डली में बुध के त्रिशांश में चद्रमा हो तो जातक पवित्र, अप्रसन्न, स्त्रियों का प्रिय, गीत (गाने) व कलाओं में चतुर, अतिथि प्रेमी और उदार चेता होता है ॥ ३८ ॥

शुक्र के त्रिशांश में चन्द्रमा का फल—

त्रिंशांशकस्थो विधुराविधत्ते शुक्रस्य मर्त्यं बहुवीर्ययुक्तम्।
सुपुण्यशीलं हययानयुक्तं दयारतं सत्सु सदानुरक्तम् ॥ ३९ ॥

यदि कुण्डली में शुक्र के त्रिशांश में चन्द्रमा हो तो जातक अधिक पराक्रम से युक्त, पुण्यात्मा, घोड़ा की सवारी से युक्त, दयालु और सज्जनों में सदा आसक्त होता है ॥ ३९ ॥

मित्र बल से युक्त चन्द्रमा का फल—

सुहृद्बलाच्छीतमयूखमाली नरं विधत्ते बहुमित्रयुक्तम्।
सुहृत्प्रियं पार्थिवमानपुष्टं विद्याधिकं साधुरतं सलज्जम् ॥ ४० ॥

यदि कुण्डली में मित्र बल से युक्त चन्द्रमा हो तो जातक अधिक मित्रों से युक्त, मित्रों का प्रेमी, राजा के सम्मान से पुष्ट, विद्या से अधिक, सज्जनों में आसक्त और लज्जा से युक्त होता है ॥ ४० ॥

स्थान बल से युक्त चन्द्रमा का फल—

स्वस्थानवीर्येण युतः शशाङ्को नरं विधत्ते वनितासमृद्धम्।
स्वस्थानपूज्यं यदि सङ्गरक्तं नित्यं प्रशान्तं नृपवत्त्वमेव ॥ ४१ ॥

यदि कुण्डली में स्थान बल से युक्त चन्द्रमा हो तो जातक स्त्री से सम्पन्न, अपने स्थान में पूजित, सङ्ग में आसक्त, नित्य शान्त स्वभावी और राजा के तुल्य होता है ॥ ४१ ॥

उच्च बल से युत चन्द्रमा का फल—

स्वतुङ्गसारेण युतः शशाङ्कः प्रोत्तुङ्गकर्माणमहीनसत्वम् ।
नरं प्रसूते द्विजदेवभक्तं बह्वश्वयुक्तं सततं समृद्धम् ॥ ४२ ॥

यदि कुण्डली में उच्च बल से युक्त चन्द्रमा हो तो जातक अत्यन्त उच्च कार्य-कर्ता, पूर्ण बली, ब्राह्मण व देवता का भक्त, अधिक घोड़ाओं से युक्त व निरन्तर संपन्न होता है ॥ ४२ ॥

नवांश बल से युक्त चन्द्रमा का फल—

नवांशपुष्टः प्रबलः शशाङ्को नरं विधत्ते सुतयानयुक्तम् ।
रोगैर्विमुक्तं सुकुमारदेहं भोगाधिकं सर्वकलासु दक्षम् ॥ ४३ ॥

यदि कुण्डली में नवांश बल से युक्त चन्द्रमा हो तो जातक पुत्र व सवारी से युक्त, रोगों से रहित, कोमल देहधारी, अधिक भोगी और समस्त कलाओं में चतुर होता है ॥ ४३ ॥

शुभदृष्टि बल से युक्त चन्द्रमा का फल—

शुभग्रहालोकनसारयुक्तश्चन्द्रो भयैर्वर्जितमुत्तमञ्च ।
हस्त्यश्वयुक्तं पुरुषं प्रसूते शूरं महोत्साहिनमृद्धिमन्तम् ॥ ४४ ॥

यदि कुण्डली में शुभ दृष्टि बल से युक्त चन्द्रमा हो तो जातक भय से हीन, श्रेष्ठ, हाथी व घोड़ा से युक्त, वीर, बड़ा उत्साही और धनवान् होता है ॥ ४४ ॥

स्त्री क्षेत्रबल से युक्त चन्द्रमा का फल—

स्त्रीक्षेत्रवीर्यात्प्रबलाच्छशाङ्कः कुर्याज्जितारातिगणं गुणाढयम् ।
बह्वन्नवित्तं प्रमदास्वभीष्टं मर्त्यं महालोकयुतं करोति ॥ ४५ ॥

यदि कुण्डली में स्त्री क्षेत्र बल से युक्त चन्द्रमा हो तो जातक शत्रु समुदाय को जीतने वाला, गुण से युक्त, अधिक अन्न व धन वाला, स्त्रियों का प्रेमी और अधिक तेजस्वी होता है ॥ ४५ ॥

दिग्बल से युक्त चन्द्रमा का फल—

आशा बलाद्रात्रिपतिर्जितारिं स्वबन्धुपुत्रेण धृतं सलज्जम् ।
महाधनं सर्वगुणाधिवासं स्त्रीवल्लभं मानधनं करोति ॥ ४६ ॥

यदि कुण्डली में दिग् बल से युक्त चन्द्रमा हो तो जातक शत्रु को जीतने वाला, अपने बान्धव व पुत्र से युक्त, लज्जावान्, बड़ा धनी, समस्त गुणों से युक्त, स्त्रियों का प्रिय और सम्मान को धन मानने वाला होता है ॥ ४६ ॥

चेष्टा बल से युक्त चन्द्रमा का फल—

चेष्टाबलाढयो बहुमित्रकोशं चन्द्रो विधत्ते निरुजं मनुष्यम् ।
श्रुताधिकं सत्यरतं विनीतं नित्यं सुराराधनतत्परञ्च ॥ ४७ ॥

यदि कुण्डली में चेष्टा बल से युक्त चन्द्रमा हो तो जातक अधिक मित्र व धन से युक्त, नीरोग, अधिक शास्त्राभ्यासी, सत्यात्मा, विनयी और देवाराधन में तत्पर होता है ॥ ४७ ॥

रात्रि बल से युक्त चन्द्रमा का फल--

निशाबलाढ्यथः प्रबलः शशाङ्को नरं प्रसूते द्युतितेजयुक्तम् ।
वस्त्रान्नपानैर्विविधैरुपेतं सौभाग्यवन्तं बहुदानशीलम् ॥ ४८ ॥

यदि कुण्डली में रात्रि बल से युक्त चन्द्रमा हो तो जातक कान्तिमान्, तेजस्वी, अनेक वस्त्र-अन्न व पान से युक्त, सौभाग्यशाली और अधिक दान करने में तत्पर होता है ॥ ४८ ॥

दिन बल से युक्त चन्द्रमा का फल--

करोति चन्द्रः स्वदिनोद्भवेन युक्तं प्रसक्तं सततं मनुष्यम् ।
मित्राधिकं सौम्यवपुः प्रसिद्धं नानार्थविद्यापरिपुष्टवित्तम् ॥ ४९ ॥

यदि कुण्डली में दिन बल से युक्त चन्द्रमा हो तो जातक निरन्तर अनुरागी, अधिमित्र वाला, सरल देहधारी, प्रसिद्ध और अनेक विद्याओं से परिपुष्ट धनी होता है ॥ ४९ ॥

होरा बल से युक्त चन्द्रमा का फल--

होराबलाढ्यो विषमाङ्गदक्षं गुरुप्रियं गीतरतं सुकान्तम् ।
महासहिष्णु कृषिकर्मयुक्तं चन्द्रः प्रसूते सुतकन्यकाढ्यम् ॥ ५० ॥

यदि कुण्डली में होरा बल से युक्त चन्द्रमा हो तो जातक विषमाङ्ग में चतुर, गुरू का प्रिय, गाने में लीन, सुन्दर प्रिय, बड़ा सहनशील, खेती करने वाला और पुत्र कन्याओं से युक्त होता है ॥ ५० ॥

मासबल से युक्त चन्द्रमा का फल---

हिमद्युतिर्मासबलेन कुर्यात् क्रियान्वितं कल्पतरुं समृद्धम् ।
शिल्पाधिकं कीर्तिकरं सुदारं प्रियातिथिं तुष्टिपरं नयज्ञम् ॥ ५१ ॥

यदि कुण्डली में मास बल से युक्त चन्द्रमा हो तो जातक कार्य करने वाला, कल्प (पारिजात) वृक्ष के तुल्य धनी, कारीगरी का अधिक ज्ञाता, कीर्तिमान्, सुन्दर स्त्री से युक्त, अतिथियों का प्रेमी, प्रसन्नात्मा और नय (नीति) का ज्ञाता होता है ॥ ५१ ॥

वर्ष बल से युक्त चन्द्रमा का फल---

वन्दिस्तुतं वर्षबलाच्छशाङ्को नरं प्रसूते शुभकर्मरक्तम् ।
दिव्याङ्गनाभोगरसानुरक्तं सत्याधिकं पापजनैर्विमुक्तम् ॥ ५२ ॥

यदि कुण्डली में वर्ष बल से युक्त चन्द्रमा हो तो जातक वन्दि जनों से संस्तुत, शुभकार्यों में अनुरक्त, दिव्य स्त्रियों के भोग करने में आसक्त, अधिक सत्यभाषी और पापी मनुष्यों से संत्यक्त होता है ॥ ५२ ॥

मित्र बल से हीन चन्द्रमा का फल---

चन्द्रः सुहृद्वीर्यविहीनमूर्तिः करोति दीनं परतर्ककक्ष्व ।
सुदीर्घसूत्रं व्यसनैरुपेतं हितार्थशक्ति पुरुषं सदैव ॥ ५३ ॥

यदि कुण्डली में मित्र बल से हीन चन्द्रमा हो तो जातक दीन, दूसरे की चिन्ता करने वाला, सुन्दर बिलम्बी व्यसनों से युक्त और कल्याणार्थं शक्तिमान् होता है ॥ ५३ ॥

स्थान बल से हीन चन्द्रमा का फल—

स्वस्थानवीर्येण विहीनमूर्तिश्चन्द्रो नरं दीनतरं प्रसूते ।
पराभवास्तं नृपमानहीनं कृशं विवर्णं कुसुहृत्समेतम् ॥ ५४ ॥

यदि कुण्डली में स्थान बल से हीन चन्द्रमा हो तो जातक अधिक दीन, पराजित, अस्त, राजा के सम्मान से हीन, दुबला, विवर्ण और दुष्ट मित्र वाला होता है ॥ ५४ ॥

उच्च बल से हीन चन्द्रमा का फल —

स्वतुङ्गवीर्येण विवर्जितस्तु चन्द्रः प्रसूते कृपणं मनुष्यम् ।
नीचानुरक्तं परिहीनसत्वं प्रकीर्णकामं बहुशोकभाजम् ॥ ५५ ॥

यदि कुण्डली में उच्च बल से हीन चन्द्रमा हो तो जातक लोभी, दुष्ट मनुष्यों में आसक्त, अल्पबली, मिले जुले कार्यं करने वाला और अधिक शोक प्राप्त करने वाला होता है ॥ ५५ ॥

नवांश बल से हीन चन्द्रमा का फल—

नवांशवीर्येण विवर्जितस्तु नयेन हीनं पुरुषं शशाङ्कः ।
करोति दुष्टं च तथा कृतघ्नं भीरुं रुजार्तं नृपपीडितञ्च ॥ ५६ ॥

यदि कुण्डली में नवांश बल से रहित चन्द्रमा हो तो जातक न्याय से रहित, दुष्ट, कृतघ्न, डरपोक, रोग से दुःखी और राजा से पीडित होता है ॥ ५६ ॥

शुभ दृष्टि से हीन चन्द्रमा का फल—

शुभग्रहालोकनहीनमूर्तिः करोति चन्द्रः सततं कुरूपम् ।
कुचैलमुग्रं कृपणस्वभावं पापानुरक्तं सुभुजं सदैव ॥ ५७ ॥

यदि कुण्डली में शुभ दृष्टि से रहित चन्द्रमा हो तो जातक सदा कुरूप (रूप से हीन) गन्दे वस्त्र धारण करने वाला, उग्र, लोभी प्रकृति का, पाप में आसक्त और सुन्दर हाथ वाला होता है ॥ ५७ ॥

स्त्रीगृह बल से रहित चन्द्रमा का फल—

स्त्रीक्षेत्रवीर्येण यदा विहीनः सदा शशाङ्कः प्रकरोति पापम् ।
दौर्भाग्ययुक्तं द्विजभक्तिहीनं विहीनशक्तिं परिपीडितञ्च ॥ ५८ ॥

यदि कुण्डली में स्त्री गृह बल से हीन चन्द्रमा हो तो जातक पापी, बुरे भाग्य से युक्त, ब्राह्मण का भक्त, शक्ति से हीन और पीडित होता है ॥ ५८ ॥

दिग्बल से हीन चन्द्रमा का फल—

चन्द्रो दिशावीर्यविवर्जितश्च विदेशरक्तं प्रकरोति मर्त्यम् ।
वृथाटनं दुर्भगगल्पकृत्यं कृपाविहीनं सुतमित्रहीनम् ॥ ५९ ॥

यदि कुण्डली में दिग्बल से हीन चन्द्रमा हो तो जातक विदेश में आसक्त, बेकार घूमने वाला, भाग्यहीन, अल्प कार्य कर्ता, निर्दयी और पुत्र व मित्र से हीन होता है ॥ ५९ ॥

चेष्टा बल से हीन चन्द्रमा का फल—

चेष्टाबलेनैव विवर्जितस्तु चन्द्रः प्रसूते सततं कुचेष्टम्।
विद्वेषभाजं परदाररक्तं नित्यं खलं पार्थिवमानहीनम् ॥ ६० ॥

यदि कुण्डली में चेष्टा बल से हीन चन्द्रमा हो तो जातक सदा बुरी इच्छा करने वाला, विद्वेषी, दूसरे की स्त्री में आसक्त, सदा दुष्ट और राजा के सम्मान से रहित होता है ॥ ६० ॥

रात्रि बल से हीन चन्द्रमा का फल—

चन्द्रो निशावीर्यबलेन हीनः करोति नेत्रोद्भवरोगयुक्तम्।
चौरैः प्रमुष्टार्थचतुष्पदाढ्यं स्त्रीलोकनिन्द्यं विकलं खलञ्च ॥ ६१ ॥

यदि कुण्डली में रात्रि बल से रहित चन्द्रमा हो तो जातक आँख के रोग से युक्त, चोरों के चुराये हुए धन व पशुओं से युक्त, स्त्री समाज का निन्दक, अशान्त और दुष्ट होता है ॥ ६१ ॥

अपने वार बल से हीन चन्द्रमा का फल—

स्ववारवीर्येण विवर्जितस्तु करोति चन्द्रो बहुहानियुक्तम्।
सेवारतं धर्मसुखैर्विहीनं परान्नभोक्तारमनल्पदोषम् ॥ ६२ ॥

यदि कुण्डली में अपने वार बल से हीन चन्द्रमा हो तो जातक अधिक हानि से युक्त, सेवक, धर्म व सुख से हीन, दूसरे का अन्न खाने वाला और अधिक दोषी होता है ॥ ६२ ॥

होरा बल से हीन चन्द्रमा का फल—

होराबलेनैव विहीनमूर्तिश्चन्द्रः सुमूर्खं मनुजं प्रसूते।
संकष्टभाजं सुविहीनकोशं सुहृज्जनैः सक्तमरिप्रधानम् ॥ ६३ ॥

यदि कुण्डली में होरा बल से हीन चन्द्रमा हो तो जातक मूर्ख, कष्ट भोगने वाला, धन से रहित, मित्रों से युक्त और शत्रुओं में प्रधान होता है ॥ ६३ ॥

मास बल से हीन चन्द्रमा का फल—

चन्द्रो यदा मासबलेन हीनस्तदा प्रसूते धनधान्यहीनम्।
मर्त्यं सुभीरुं विजितं गतार्थं पराभवैकास्पदमेव नित्यम् ॥ ६४ ॥

यदि कुण्डली में मास बल से हीन चन्द्रमा हो तो जातक धन धान्य से हीन, डरपोक, पराजित, निर्धन और नित्य तिरस्कृत होता है ॥ ६४ ॥

इति वृद्धयवने चन्द्रचारः ॥

इस प्रकार वृद्धयवनोक्त चन्द्रमा का फल समाप्त हुआ ॥ १-६४ ॥

अब आगे विविध स्थितियों में भौम के फल को कहते हैं।

मेष राशि में भौम का फल —

मेषे तु भौमो रभसप्रचण्डं शूरं नरं साहसकर्मशीलम्।
तेजस्विनं सात्विकमप्रधृष्यं दुर्मर्षणं दानपरं प्रसूते ॥ १ ॥

यदि जन्म के समय में मेष राशि में भौम हो तो जातक उग्र शब्द वाला, वीर, साहसी, कार्य में अनुरक्त, तेजस्वी, सात्विक, न दबाने योग्य, मर्दन कर्ता और परम दानी होता है ॥ १ ॥

वृष राशि में भौम का भौम—

वृषे स्वबन्धुप्रतिबद्धवैरं भौमः कुलोत्साहकरं प्रसूते।
सुहृष्टशील बहुदुःप्रलापं प्रभक्षणं मन्दधनात्मजञ्च ॥ २ ॥

यदि जन्म के समय में वृष राशि में भौम हो तो जातक अपने बन्धुओं से शत्रुता करने वाला, कुल में उत्साही वा कुल को उत्साही करने वाला, प्रसन्नात्मा, अधिक बुरा प्रलापी, भोजनी और अल्प धन पुत्र से युक्त होता है ॥ २ ॥

मिथुन राशि में भौम का फल—

संतुष्टमानं मिथुनं प्रसूते भौमो मनुष्यं बहुलप्रवासम्।
नानार्थशिल्पस्य कलासु दक्षं बहुश्रुतं वाक्यविशारदञ्च ॥ ३ ॥

यदि जन्म के समय में मिथुन राशि में भौम हो तो जातक प्रायः प्रवासी, संतोषी, अनेक प्रयोजन के लिये चित्रकारी की कला में चतुर, अधिक शास्त्राभ्यासी और बोलने में चतुर होता है ॥ ३ ॥

कर्क राशि में भौम का फल—

स्थितः कुजः कर्कटके कृशार्थं कुर्वीत वैकल्यरुगर्दिताङ्गम्।
पुनः पुनर्वर्धितविःकृतार्थं नरं परान्नाशनविश्रुतञ्च ॥ ४ ॥

यदि जन्म के समय में कर्क राशि में भौम हो तो जातक अल्पधनी, अशान्त, रोग से पीड़ित शरीर धारी, बार-बार विकृत धन की वृद्धि करने वाला, दूसरे का अन्न खाने वाला और प्रसिद्ध होता है ॥ ४ ॥

सिंह राशि में भौम का फल—

अङ्गारकः सिंहमुपेत्य सूते नरं वपुष्मन्तमुदग्रसत्वम्।
अमर्षणं शूरमतिप्रचण्डं परप्रहर्तारमसंशयञ्च ॥ ५ ॥

यदि जन्म के समय में सिंह राशि में भौम हो तो जातक सुन्दर शरीर धारी, उच्च उग्र बली, नहीं दबने (मरने) वाला, वीर, अधिक प्रचण्ड, दूसरे की वस्तुओं का अपहरण करने वाला और संदेह से हीन होता है ॥ ५ ॥

कन्या राशि में भौम का फल—

कन्यागतो लोहितमूर्तिराढ्यं पूज्यं सतामार्जवमल्पशौर्यम्।
प्रिय प्रलापं परगीतदक्षं नरं प्रसूते विविधं व्ययञ्च ॥ ६ ॥

यदि जन्म के समय में कन्या राशि में भौम हो तो जातक लाल वर्ण का, सज्जनों से पूजित, टेड़ा, अल्प बली, मधुर प्रलापी, दूसरे की स्तुति करने में चतुर और अनेक व्ययों से युक्त होता है ।। ६ ।।

तुला राशि में भौम का फल—

तुलाधरस्थश्च कुजोऽध्वशीलं प्रसक्तवाक्यं जनयत्यनिष्टम् ।
विकत्थनं बह्वनृतं कृपाणहताङ्गमुत्साहितपूर्वमित्रम् ।। ७ ।।

यदि जन्म के समय में तुला राशि में भौम हो तो जातक सदा मार्ग में चलने वाला, अनुरक्त होकर बोलने वाला, दूषित वादी, अधिक झूठा, तलवार से भग्न शरीर धारी और पूर्व मित्रों से उत्साहित होता है ।। ७ ।।

वृश्चिक राशि में भौम का फल—

भौमोऽष्टमे पापमसत्यवृत्तं कुर्यान्नरं बह्वपराधवैरम् ।
शठं वधद्रोहकृतान्तबन्धमाचारसत्यं श्रुतधर्मशीलम् ।। ८ ।।

यदि जन्म के समय में वृश्चिक राशि में भौम हो तो जातक पापी, दूषित (झूठा) आचार वाला, अधिक अपराधी व शत्रु भावना से युक्त, धूर्त, मारण-द्रोह और यम से बाँधा हुआ, आचरण से सच्चा और धर्म शास्त्र का अनुयायी होता है ।। ८ ।।

धनु राशि में भौम का फल—

यदा गतो धन्विनि लोहिताङ्गो बह्वक्षतं क्षीणतनुं प्रसूते ।
शठं नरं निष्ठुरवाक्यशीलं विपन्नदारात्मजमस्वतन्त्रम् ।। ९ ।।

यदि जन्म के समय में धनु राशि में भौम हो तो जातक अधिक भग्न व कृशदेह धारी, धूर्त, निष्ठुर वचनभाषी, विपत्ति से युक्त स्त्री व पुत्र वाला और परतन्त्र होता है ।। ९ ।।

मकर राशि में भौम का फल—

मृगे तु भौमः सुखिनं सुकान्तं निरन्तरं श्रेष्ठतमं प्रसूते ।
धनाधनो पापरतं सुशीलं चमूपतिं वा मनुजेश्वरं वा ।। १० ।।

यदि जन्म के समय में मकर राशि में भौम हो तो जातक सुखी, प्रिय, निरन्तर परम प्रधान, धनी, निर्धनी, पापी, सुशील, सेनाध्यक्ष वा मनुष्यों का स्वामी होता है ।। १० ।।

कुम्भ राशि में भौम का फल—

कुम्भे तु भौमः विकृतं मनुष्यं सूते नरं दुर्भगदर्शनञ्च ।
पैशुन्यवाग्वानृतवञ्चनादिदोषैरजस्रोपहतं मनुष्यम् ।। ११ ।।

यदि जन्म के समय में कुम्भ राशि में भौम हो तो जातक विकार से युक्त, दुर्भाग्य स्वरूप, चुगलखोर वाणी का वा झूठ ठगादि दोष से निरन्तर युक्त होता है ।। ११ ।।

मीन राशि में भौम का फल—

तिष्ठन् कुजो मीनयुगे रुजार्तं प्रवासिनं मन्दधियं प्रसूते।
बहुद्विजाभ्यर्चनवञ्चनादिविपन्नसर्वस्वमतीक्ष्णशोकम् ॥ १२॥

यदि जन्म के समय में मोन राशि में भौम हो तो जातक रोग से दुःखी, प्रवासी, अल्प बुद्धि वाला, अधिक ब्राह्मण पूजन व ठगादि से सर्वस्व विपन्न और अल्पशोकी होता है ॥ १२ ॥

सूर्य की होरा में भौम का फल—

होराश्रितो वासरपस्य भौमो वधप्रियं साहसकर्मशीलम्।
नरं प्रसूते बहुरोगयुक्तं पित्ताश्रितं तप्ततनुं नितान्तम् ॥ १३॥

यदि जन्म के समय में सूर्य की होरा में भौम हो तो जातक हिंसा का प्रेमी, साहसी, कार्यों में उद्यत, बड़ा रोगी और पित्तजन्य रोग से अधिक पीड़ित देहधारी होता है ॥ १३ ॥

चन्द्रमा की होरा में भौम का फल—

होराश्रितो रात्रिपतेर्महीजो करोति मर्त्यं विनयेन युक्तम्।
भोक्तारमाढ्यं व्यवहारशीलं गतप्रसूतिं विगतारिपक्षम् ॥ १४॥

यदि जन्म के समय में चन्द्रमा की होरा में भौम हो तो जातक विनयी, भोगी, धनी, व्यवहार चतुर और शत्रुओं से रहित होता है ॥ १४ ॥

सूर्य के द्रेष्काण में भौम का फल—

मुखाक्षिरोगोपहतं सुशीलं स्वल्पात्मजं क्लेशपरं खलञ्च।
त्र्यंशे कुजो वासरपस्य तिष्ठन् करोति मर्त्यं विगतप्रतापम् ॥ १५॥

यदि जन्म के समय में सूर्य के द्रेष्काण में भौम हो तो जातक मुख व आंख के रोग से पीड़ित, सुशील, अल्प पुत्र वाला, कलही, दुष्ट और प्रताप से रहित होता है ॥ १५ ॥

चन्द्रमा के द्रेष्काण में भौम का फल—

क्रूरं खलं द्वेषिणमिष्टधर्मं ख्यातं नृपाणां स्वगुणैः कुदारैः।
त्र्यंशे गतो रात्रिपतेर्महीजो नरं प्रसूते विगतारिपक्षम् ॥ १६ ॥

यदि जन्म के समय में चन्द्रमा के द्रेष्काण में भौम हो तो जातक क्रूर, दुष्ट, द्वेषी, इच्छित धर्म वाला, राजा के गुणों से व दूषित स्त्रियों से प्रसिद्ध और शत्रुहीन होता है ॥ १६ ॥

अपने द्रेष्काण में भौम का फल—

स्वत्र्यंशभागे विचरन् महीजः करोति मर्त्यं बहुरोगयुक्तम्।
परान्नरक्तं प्रवरप्रकोपं गतप्रतापं सततं कुशीलम् ॥ १७॥

यदि जन्म के समय में अपने द्रेष्काण में भौम हो तो जातक अधिक रोगों से

युक्त, दूसरे के अन्न में आसक्त, बड़ा क्रोधी, प्रताप से हीन और निरन्तर दूषित स्वभावी होता है ॥ १७ ॥

बुध के द्रेष्काण में भौम का फल—

त्र्यंशे कुजः सोमसुतस्य तिष्ठन् गम्भीरसत्वं स्थितिमृद्धिमन्तम् ।
नरं प्रसूते बहुवित्तयुक्तं नरेन्द्रसन्मानसमन्वितञ्च ॥ १८ ॥

यदि जन्म के समय में बुध के द्रेष्काण में भौम हो तो जातक अधिक बलशाली, स्थान की वृद्धि करने वाला, अधिक धन से युक्त और राजा से सम्मान प्राप्त करने वाला होता है ॥ १८ ॥

गुरू के द्रेष्काण में भौम का फल—

त्र्यंशे गुरोर्भूमिसुतः प्रसूते नरं विदग्धं प्रथितं कुवेषम् ।
शुश्रूषकं देवगुरुद्विजानां प्रनम्रचित्तं मतिमन्तमेव ॥ १९ ॥

यदि जन्म के समय में गुरू के द्रेष्काण में भौम हो तो जातक चतुर, प्रसिद्ध, दूषित वेषधारी, देवता, गुरू व ब्राह्मणों की सेवा करने वाला, विनम्र स्वभावी और बुद्धिमान् होता है ॥ १९ ॥

शुक्र के द्रेष्काण में भौम का फल—

त्र्यंशे कुजो भार्गवनन्दनस्य नरं प्रसूते वनितास्वभीष्टम् ।
हिरण्यलोहाप्तधनप्रसिद्धं क्रियारुचाभिः प्रयतं प्रगल्भम् ॥ २० ॥

यदि जन्म के समय में शुक्र के द्रेष्काण में भौम हो तो जातक स्त्रियों में प्रेम करने वाला, सोना, लोहादि के व्यवसाय से धन प्राप्त करने वाला, प्रसिद्ध और निरन्तर प्रतिभाशाली होता है ॥ २० ॥

शनि के द्रेष्काण में भौम का फल—

द्रेष्काणमार्के विचरन्महीजो मूर्खं सदाचारगुणैर्विहीनम् ।
प्रनष्टशीलं प्रियविग्रहञ्च नरं प्रसूते सततं कुचैलम् ॥ २१ ॥

यदि जन्म के समय में शनि के द्रेष्काण में भौम हो तो जातक मूर्ख, अच्छे आचरण के गुणों से हीन, नष्ट स्वभावी, लड़ाई का प्रेमी और निरन्तर गन्दे वस्त्र धारण करने वाला होता है ॥ २१ ॥

सूर्य के नवांश में भौम का फल—

नवांशके वासरपस्य भौमो लुब्धं कुजो निद्रितसक्तचित्तम् ।
तिष्ठन् विधत्तेऽल्पसुखं मनुष्यं हृद्रोगिणं बह्वशनं शठञ्च ॥ २२ ॥

यदि जन्म के समय में सूर्य के नवांश में भौम हो तो जातक लोभी, निद्रा में अनुरक्त चित्त वाला, अल्प सुखी, हृदय का रोगी, अधिक खाने वाला और धूर्त होता है ॥ २२ ॥

चन्द्रमा के नवांश में भौम का फल——

चरन्नवांशे प्रकरोति भौमश्चन्द्रस्य कान्तं सुखमानयुक्तम् ।
सुहृद्द्विजातिथ्यपरं प्रशान्तं पूज्यं सतां बन्धुहिते रतञ्च ॥ २३ ॥

यदि जन्म के समय में चन्द्रमा के नवांश में भौम हो तो जातक प्रिय, सुखी, सम्मानित, मित्र, ब्राह्मण और अतिथियों का प्रेमी, प्रशान्त, सज्जनों से पूजित और बान्धवों के हित में आसक्त होता है ॥ २३ ॥

अपने नवांश में भौम का फल——

नवांशके स्वे प्रचरन् करोति भौमोऽतिहिंस्रं विकृतं मनुष्यम् ।
खड्गादियुद्धे निपुणं विशीलं विद्वेषिणं साधुजनस्य नित्यम् ॥ २४ ॥

यदि जन्म के समय में अपने नवांश में भौम हो तो जातक अधिक हिंसक, विकार से युक्त, खड्गादि के युद्ध में चतुर, विपरीत स्वभावी और सज्जनों का विद्वेषी होता है ॥ २४ ॥

बुध के नवांश में भौम का फल——

बुधस्य भौमः प्रचरन्नवांशे करोति मर्त्यं प्रणतं द्विजानाम् ।
द्रव्यान्वितं धीरमुदारसत्वं विस्तीर्णसत्वं सुभगं सुखाढ्यम् ॥ २५ ॥

यदि जन्म के समय में बुध के नवांश में भौम हो तो जातक ब्राह्मणों को नमन करने वाला, धनी, धैर्यवान्, उदारचेता, विशाल बलशाली, सुन्दर भाग्यवान् और सुख से युक्त होता है ॥ २५ ॥

गुरू के नवांश में भौम का फल——

गुरोर्नवांशे विचरन्महीजः करोति मर्त्यं विविधान्नपानम् ।
शूरं प्रचण्डं रणरङ्गरक्तं गतद्विषं यानवरैः समेतम् ॥ २६ ॥

यदि जन्म के समय में गुरू के नवांश में भौम हो तो जातक अनेक प्रकार के अन्न व पान से युक्त, वीर, प्रचण्ड, युद्ध भूमि में आसक्त, द्रोह से रहित और श्रेष्ठ सवारी से युक्त होता है ॥ २६ ॥

शुक्र के नवांश में भौम का फल——

शुक्रस्य भागे नवमे तु भौमः करोति मर्त्यं रतिलब्धसौख्यम् ।
सुहृद्गुरुप्रीतिकरं सुवाक्यं सुसाधुरक्तं बहुभृत्ययुक्तम् ॥ २७ ॥

यदि जन्म के समय में शुक्र के नवांश में भौम हो तो जातक प्राप्त रति से सुखी, मित्र व गुरुजनों का प्रेमी, सुन्दर भाषी, सज्जनों में अनुरक्त और अधिक नौकरों से युक्त होता है ॥ २७ ॥

शनि के नवांश में भौम का फल——

शनेर्नवांशे विगतो महीजो नरं प्रसूते बहुपापरक्तम् ।
गुह्याक्षिरोगोपहतं सुदुष्टं प्रियाविहीनं परतर्कक़ञ्च ॥ २८ ॥

यदि जन्म के समय में शनि के नवांश में भौम हो तो जातक अधिक पापात्मा, गुह्य व आँख के रोगों से दुःखी, दुष्ट, स्त्री से हीन और दूसरे की चिन्ता करने वाला होता है ॥ २८ ॥

सूर्य के द्वादशांश में भौम का फल--

रतिप्रियं कूटरतं कुशिल्पं चरं स्थिरं वा व्रणबन्धनञ्च ।
सूर्यांशके वासरपस्य भौमो नरं प्रसूते विटधूर्तचेष्टम् ॥ २९ ॥

यदि जन्म के समय में सूर्य के द्वादशांश में भौम हो तो जातक रति (विषय) प्रेमी, कूट में आसक्त, दूषित चित्रकार, चञ्चल वा स्थिर, घाव व जेल भोगी और विट व धूर्तों के सदृश इच्छा करने वाला होता है ॥ २९ ॥

चन्द्रमा के द्वादशांश में भौम का फल--

सूर्यांशके रात्रिचरस्य भौमो नरं प्रसूते सुवपुः सुकान्तम् ।
उदारशीलं बहुसौख्यभाजं प्राज्ञं बहुभ्रातरमूर्जितञ्च ॥ ३० ॥

यदि जन्म के समय में चन्द्रमा के द्वादशांश में भौम हो तो जातक सुन्दर देहधारी, प्रिय, उदार चेता, अधिक सुख भोगी, पण्डित, अधिक भाई वाला और ओजस्वी होता है ॥ ३० ॥

अपने द्वादशांश में भौम का फल--

स्वद्वादशांशे विचरन्महीजो स्त्रीदुर्भगं प्रष्यकमस्वतन्त्रम् ।
स्वरूपतुल्याकृतिकर्मयुक्तमसृग्रुगार्तं व्यसनैः समेतम् ॥ ३१ ॥

यदि जन्म के समय में अपने द्वादशांश में भौम हो तो जातक स्त्री के लिये भाग्यहीन, सेवक, पराधीन, स्वरूप के समान आकृति वाले कार्य को करने वाला अर्थात् स्वरूपानुकूल कार्य कर्ता, रुधिर (खून) जन्य रोग से पीडित और व्यसनों से युक्त होता है ॥ ३१ ॥

बुध के द्वादशांश में भौम का फल--

व्यायामरामाम्बरभूषणज्ञं ख्यातं स्थिरं स्फीतवराङ्गनाञ्च ।
सूर्यांशके सोमसुतस्य भौमो नरं प्रसूते नृपपीडितस्वम् ॥ ३२ ॥

यदि जन्म के समय में बुध के द्वादशांश में भौम हो तो जातक व्यायाम व स्त्री के वस्त्र भूषण का ज्ञाता, प्रसिद्ध, स्थिर, अधिक श्रेष्ठ स्त्री वाला और राजा से धन पीडित कर्ता होता है ॥ ३२ ॥

गुरू के द्वादशांश में भौम का फल—

प्रख्यातबुद्धिं सुखिनं स्वतन्त्रं कविं विवादेष्वनिवारितञ्च ।
सूर्यांशके देवगुरोः कुजस्तु प्रभूतवित्तं सुभगं प्रसूतौ ॥ ३३ ॥

यदि जन्म के समय में गुरू के द्वादशांश में भौम हो तो जातक प्रसिद्ध बुद्धिमान्, सुखी, स्वतन्त्र, कवि, विवादों में हटाने के योग्य नहीं, अधिक धनी और भाग्यशाली होता है ॥ ३३ ॥

शुक्र के द्वादशांश में भौम का फल--

स्त्रीणामभीष्टं मधुरं विनीतं दानोपचारादरमानयुक्तम् ।
सूर्यांशके भूमिसुतो भृगोश्च करोति नित्यं पणतारिपक्षम् ॥ ३४ ॥

यदि जन्म के समय में शुक्र के द्वादशांश में भौम हो तो जातक स्त्रियों का प्रिय, सुन्दर, विनयी, दान करने में सम्मानित और शत्रु पक्ष को विनयी बनाने वाला होता है ॥ ३४ ॥

शनि के द्वादशांश में भौम का फल—

स्वबन्धुविद्वेषविवादशीलं बहुप्रलापं चपलं कुशीलम् ।
सूर्यांशकस्थो रविजस्य भौमो करोति मर्त्यं कलहानुरक्तम् ॥ ३५ ॥

यदि जन्म के समय में शनि के द्वादशांश में भौम हो तो जातक अपने बान्धवों से शत्रुता व विवाद करने में आसक्त, अधिक प्रलापी, अप्रिय बोलने वाला, दुष्ट स्वभावी और कलह में अनुरक्त होता है ॥ ३५ ॥

अपने त्रिशांश में भौम का फल —

अनेकद्रव्याढ्यनवेष्टचेष्टं बहुव्ययानर्थपरं सदैव ।
त्रिंशल्लवे स्वे प्रकरोति भौमो नरं कुरूपं व्यसनैः सुतप्तम् ॥ ३६ ॥

यदि जन्म के समय में भौम अपने त्रिंशांश में हो तो जातक अनेक प्रकार के पदार्थों से धनी, सुन्दर इच्छा करने वाला, अधिक खर्चीला, सदा ही अनर्थ करने वाला, रूप से रहित और व्यसनों से पीडित होता है ॥ ३६ ॥

शनि के त्रिशांश में भौम का फल--

लुब्धं परस्त्रीनिरतं सदैव विद्वेषणं दुर्वनितापतिञ्च ।
त्रिंशांशके सूर्यसुतस्य भौमस्तिष्ठन् विधत्ते विकृतिं मनुष्यम् ॥ ३७ ॥

यदि जन्म के समय में शनि के त्रिशांश में भौम हो तो जातक लोभी, सदा ही पर स्त्री में आसक्त, द्रोह करने वाला, दुष्टा स्त्री का पति और विकार से युक्त होता है ॥ ३७ ॥

गुरू के त्रिशांश में भौम का फल--

यज्ञव्रताध्यापनदानशीलं पुरोहितं पार्थिवमन्त्रिणञ्च ।
त्रिंशांशके देवगुरोर्महीजः करोति मर्त्यं बहुधर्मयुक्तम् ॥ ३८ ॥

यदि जन्म के समय में गुरू के त्रिशांश में भौम हो तो जातक यज्ञ कर्त्ता, व्रती, अध्यापक, दानी, पुरोहित, राजा का सचिव और अधिक धर्म से युक्त होता है ॥ ३८ ॥

बुध के त्रिशांश में भौम का फल—

दातारमिष्टाम्बरगन्धमाल्यं बहुप्रजं बन्धुहितं सदैव ।
त्रिंशल्लवे सोमसुतस्य तिष्ठन् कुजो विधत्ते सुविदं प्रसूतौ ॥ ३९ ॥

यदि जन्म के समय में बुध के त्रिशांश में भौम हो तो जातक दानी, वस्त्र-इत्र व पुष्पादि का प्रेमी, अधिक सन्तान वाला, सदा ही बान्धवों का शुभ चिंतक और सुन्दर जानकार होता है ॥ ३९ ॥

शुक्र के त्रिशांश में भौम का फल—

आलेख्यविद्यानिपुणं सुशीलं बन्धुप्रियं गीतविशारदञ्च ।
त्रिंशल्लवे चेद्भृगुजस्य भौमो नरं प्रसूते बहुवित्तयुक्तम् ॥ ४० ॥

यदि जन्म के समय में शुक्र के त्रिशांश में भौम हो तो जातक लेख व विद्या में चतुर, सुशील, बान्धव प्रेमी, गान में निपुण और अधिक धनवान् होता है ॥ ४० ॥

मित्र बल से युक्त भौम का फल—

भौमो यदा मित्रबलेन युक्तः करोति मर्त्यं सुहृदैः समेतम् ।
प्रभूतसौख्येन युतं सुरूपं गुरुद्विजाचार्यपरायणञ्च ॥ ४१ ॥

यदि जन्म के समय में मित्र बल से युक्त भौम हो तो जातक मित्रों से युक्त, अधिक सुखी, स्वरूपवान्, गुरू ब्राह्मण और आचार्य का भक्त होता है ॥ ४१ ॥

अपने क्षेत्र बल से युत भौम का फल—

स्वक्षेत्रवीर्येण युतो महीजः करोति मर्त्यं सुतमानयुक्तम् ।
स्त्रीभूषणज्ञं रतिभूरिदक्षं कलालिपिज्ञं मधुरं गतारिम् ॥ ४२ ॥

यदि जन्म के समय में अपने क्षेत्र बल से युक्त भौम हो तो जातक पुत्र व सन्मान से युक्त, स्त्री के अलङ्कारों का जानकार, रति में अधिक चतुर, कला व लिपि का जानने वाला, सुन्दर और शत्रुहीन होता है ॥ ४२ ॥

उच्च बल से युक्त भौम का फल—

विद्यागमाढ्यं सुतवित्तयुक्तं सुपुण्यशीलं निपुणप्रयोगम् ।
स्वतुङ्गवीर्येण युतस्तु भौमः करोति मर्त्यं प्रणतं द्विजानाम् ॥ ४३ ॥

यदि जन्म के समय में उच्च बल से युक्त भौम हो तो जातक आगम (तन्त्र) विद्या से युक्त, पुत्रवान्, धनवान्, पुण्यात्मा, प्रयोग में चतुर और ब्राह्मणों का भक्त होता है ॥ ४३ ॥

अपने नवांश बल से युक्त भौम का फल—

देवद्विजार्यार्चनलब्धकीर्तिं शूरं सतामाश्रयमाप्तविद्यम् ।
भौमः स्वनन्दांशकवीर्ययुक्तः करोति मर्त्यं नृपमानयुक्तम् ॥ ४४ ॥

यदि जन्म के समय में अपने नवांश बल से युक्त भौम हो तो जातक देवता, ब्राह्मण व उत्तम जनों की पूजा करने से कीर्ति प्राप्त करने वाला, वीर, सज्जनों के आधीन, विद्यावान् और राजा से सत्कार प्राप्त करने वाला होता है ॥ ४४ ॥

शुभ दृष्टि से युक्त भौम का फल—

सुवृत्तदारं गतशत्रुपक्षं कविं नृपामात्यमहत्तरं वा ।
शुभग्रहालोकनदृष्टियुक्तो भौमः प्रसूते सुभगं मनुष्यम् ॥ ४५ ॥

यदि जन्म के समय में शुभ दृष्टि से युक्त भौम हो तो जातक सुन्दर चरित्र से युक्त स्त्री वाला, शत्रु से रहित, कवि, राजा का सचिव वा बड़ा और भाग्यशाली होता है ।। ४५ ।।

पुरुष क्षेत्र बल से युक्त भौम का फल—

पुंक्षेत्रवीर्येण युतस्तु भौमो नरं प्रसूते द्विजदेवभक्तम् ।
प्रभूतगोजातिहिरण्यधान्यं बह्वङ्गनानन्दनमद्भुतार्थम् ।। ४६ ।।

यदि जन्म के समय में पुरुष क्षेत्र बल से युक्त भौम हो तो जातक ब्राह्मण व देवता का भक्त, अधिक गाय, बैल, सुवर्ण व धान्य से युक्त, अधिक स्त्रियों का पुत्र एवं अद्भुत धनी होता है ।। ४६ ।।

दिग्बल से युक्त भौम का फल—

दिग्वीर्यपुष्टः प्रकरोति भौमो नरं प्रसूतं सततं कुशीलम् ।
कान्तं श्रमक्लेशसहं विनीतं धनान्वितं धर्मपरायणञ्च ।। ४७ ।।

यदि जन्म के समय में दिग्बल से युक्त भौम हो तो जातक निरन्तर दुष्ट स्वभावी, सुन्दर, परिश्रम के क्लेश को सहने वाला, विनयी, धनी और धर्मात्मा होता है ।। ४७ ।।

चेष्टा बल से युक्त भौम का फल—

चेष्टाबलाढ्यः प्रकरोति भौमः नरं प्रचेष्टं सततं कुचेष्टम् ।
हितानुकूलं सुहृदं सताञ्च नैपुण्ययुक्तं निपुणं क्रियासु ।। ४८ ।।

यदि जन्म के समय में चेष्टा बल से युक्त भौम हो तो जातक अधिक इच्छा करने वाला, निरन्तर अशुभचिंतक, मित्र व सज्जनों का शुभचिंतक, चतुर व कार्य-कुशल होता है ।। ४८ ।।

रात्रि बल से युक्त भौम का फल—

भौमो यदा रात्रिबलेन युक्तस्तदा प्रसूते सुभगं मनुष्यम् ।
आरामवापीकरणानुरक्तं स्त्रीलाभयुक्तं प्रचुरान्नवस्त्रम् ।। ४९ ।।

यदि जन्म के समय में रात्रि बल से युक्त भौम हो तो जातक सुन्दर भाग्यशाली, बगीचा, लघु कूप बनवाने में आसक्त, स्त्री के लाभ से युक्त और अधिक अन्न वस्त्र से युक्त होता है ।। ४९ ।।

अपने वार बल से युक्त भौम का फल—

स्ववारवीर्यप्रबलो महीजः स्मृतिश्रुताचारमतिं सुशीलम् ।
नरं प्रसूते बहुभोगभाग्यं कान्तं प्रियस्थानविलेपनञ्च ।। ५० ।।

यदि जन्म के समय में अपने वार बल से युक्त भौम हो तो जातक स्मृति शास्त्रोक्त आचार में बुद्धि वाला, सुशील, अधिक भोगी, बड़ा भाग्यशाली, सुन्दरता और स्थान विलेपन का प्रेमी होता है ।। ५० ।।

होरा बल से युक्त भौम का फल—

होराबलाढ्यः प्रकरोति भौमो नरं नितान्तं श्रुतिशास्त्रविज्ञम् ।
प्रभूतगोभूमिसुताङ्गनार्थं प्रियंवदं सर्वसहं मनुष्यम् ॥ ५१ ॥

यदि जन्म के समय में होराबल से युक्त भौम हो तो जातक निरन्तर वेद शास्त्र का जानने वाला, अधिक गाय-भूमि-पुत्र का अर्थी, प्रियभाषी और समस्त को सहने वाला होता है ॥ ५१ ॥

अपने स्वामी बल से युक्त भौम का फल—

प्रख्यातमत्यन्तसुखोपभोगं जितारिमारक्षकसाधुदारम् ।
स्वस्वामिवीर्येण युतो महीजः नरं विधत्ते दयितं नृपाणाम् ॥ ५२ ॥

यदि जन्म के समय में अपने स्वामी बल से युक्त भौम हो तो जातक प्रसिद्ध, अधिक सुख का उपभोग करने वाला, शत्रुओं को जीतने वाला, सज्जन स्त्रियों का रक्षक और राजा का प्रिय होता है ॥ ५२ ॥

वर्ष बल से युक्त भौम का फल—

आरो यदा वर्षबलेन युक्तः करोति मर्त्यं धनधान्ययुक्तम् ।
हतद्विषं तुष्टिपरं सहिष्णुं प्रियंवदं सर्वजनानुरक्तम् ॥ ५३ ॥

यदि जन्म के समय में वर्ष बल से युक्त भौम हो तो जातक धन धान्य से युक्त, शत्रु को मारने वाला, परम प्रसन्नात्मा, सहनशील, प्रियभाषी और समस्त जनों में अनुरक्त होता है ॥ ५३ ॥

पक्ष बल से युक्त भौम का फल—

भौमो यदा पक्षबलेन पुष्टस्तदा प्रसूते विगतारिपक्षम् ।
प्रभुं प्रसिद्धं द्युतिमानयुक्तं शूरं धनाढ्यं स्वकुलप्रधानम् ॥ ५४ ॥

यदि जन्म के समय में पक्ष बल से युक्त भौम हो तो जातक पुष्ट (बली), शत्रु से हीन, समर्थ, प्रसिद्ध, कान्ति व सम्मान से युक्त, वीर, धनी और वंश में मुखिया होता है ॥ ५४ ॥

मित्र बल से हीन भौम का फल—

भौमो यदा मित्रबलेन हीनस्तदा कुमित्रं जनयेन्मनुष्यम् ।
खलं कुरूपं धनधान्यहीनं देवद्विजानाञ्च तथापि रक्तम् ॥ ५५ ॥

यदि जन्म के समय में मित्र बल से हीन भौम हो तो जातक दूषित मित्रों वाला, दुष्ट, कुरूप, धनधान्य से रहित, देवता और ब्राह्मणों में आसक्त होता है ॥ ५५ ॥

अपने क्षेत्र बल से हीन भौम का फल--

स्वक्षेत्रवीर्येण विवर्जितस्तु भौमो निकृष्टं विदधाति मर्त्यम् ।
स्त्रीवल्लभं बन्धुजनव्यपेतं गतार्थशक्तिं विजितं विपक्षैः ॥ ५६ ॥

यदि जन्म के समय में अपने क्षेत्र बल से हीन भौम हो तो जातक निकृष्ट (निम्न श्रेणि का), स्त्री का प्रेमी, बान्धवों से हीन, धन व शक्ति से रहित और शत्रुओं से पराजित होता है ॥ ५६ ॥

उच्चबल से हीन भौम का फल—

स्त्रीयानदोषादिभवैरनर्थैर्व्ययादिदोषैः कलहैर्विचित्रैः ।
संपीडयते सर्वजनैर्मनुष्यो भौमो यदा तुङ्गबलेन हीनः ॥ ५७ ॥

यदि जन्म के समय में उच्च बल से हीन भौम हो तो जातक स्त्री-सवारी के दोष से, अनर्थों से, व्ययादि दोष से, विचित्र कलह से और समस्त जनों से पीडित होता है ॥ ५७ ॥

नवांश बल से हीन भौम का फल—

नवांशवीर्येण विवर्जितस्तु भौमः प्रसूते सरुजं मनुष्यम् ।
प्रपीडितं शत्रुकृतैर्विकारैः पराभवैर्मित्रकृतैस्तथैव ॥ ५८ ॥

यदि जन्म के समय में नवांश बल से हीन भौम हो तो जातक रोगी, शत्रु के उपद्रवों से तथा मित्र के द्वारा कृत पराजय से पीडित होता है ॥ ५८ ॥

शुभ दृष्टि बल से हीन भौम का फल—

शुभग्रहालोकनवीर्यहीनः करोति मर्त्यं विकृताङ्गमेव ।
विमुक्तधर्मं सहजापरक्तं विगर्हितं शीलविवर्जितञ्च ॥ ५९ ॥

यदि जन्म के समय में शुभ दृष्टि बल से हीन भौम हो तो जातक विकृत शरीर-धारी, धर्म से रहित, भाईयों में अनुरक्त नहीं, निन्दित और शीलता से हीन होता है ॥ ५९ ॥

अपने क्षेत्र बल से हीन भौम का फल—

स्वक्षेत्रवीर्येण विवर्जितस्तु भौमः प्रसूतेतिभयं मनुष्यम् ।
हिंसापरं बह्वृणशून्यकोशं श्रिया विमुक्तं रतिहीनसौख्यम् ॥ ६० ॥

यदि जन्म के समय में अपने क्षेत्र बल से हीन भौम हो तो जातक अधिक डरपोक, हिंसक, अधिक ऋणी, निर्धन, लक्ष्मी से हीन और रति व सुख से रहित होता है ॥ ६० ॥

दिग् बल से हीन भौम का फल—

आशाबलेनैव विवर्जितस्तु भौमः प्रसूते विधनं मनुष्यम् ।
वृद्धाङ्गनासेवनलब्धशीलं परार्थचेष्टास्वतिकष्टभाजम् ॥ ६१ ॥

यदि जन्म के समय में आशा बल से हीन भौम हो तो जातक निर्धन, बूढ़ी स्त्रियों की सङ्गति से शीलता प्राप्त करने वाला, दूसरे के धन की इच्छा करने वाला और कष्ट भोगी होता है ॥ ६१ ॥

चेष्टाबल से हीन भौम का फल--

क्षुद्रोगिणं दुर्बलदेहयन्त्रं मूलं स्मृतिं भूतिपरिग्रहञ्च ।
चेष्टाबलेनैव विवर्जितस्तु भौमः प्रसूते विगतापमानम् ॥ ६२ ॥

यदि जन्म के समय में चेष्टा बल से हीन भौम हो तो जातक भूख से दुःखी व रोगी दुर्बल देहधारी, मूल-स्मृति व भूति का ग्रहण करने वाला और अपमान से रहित होता है ॥ ६२ ॥

रात्रि बल से हीन भौम का फल---

विमुक्तधर्मं विगतप्रभावं द्यूतप्रियं पापरतं कुशीलम् ।
सदा विहीनः प्रकरोति भौमो नरं सदा शत्रुभिरर्दितञ्च ॥ ६३ ॥

यदि जन्म के समय में रात्रि बल से हीन भौम हो तो जातक धर्म से हीन, प्रभाव से रहित, जुआ का प्रेमी, पापी, दुष्ट स्वभावी और शत्रुओं से पीडित होता है ॥ ६३ ॥

अपने वार बल से हीन भौम का फल—

स्ववारवीर्येण विवर्जितस्तु भौमः प्रसूते विकृत मनुष्यम् ।
स्नानोपभोगाभरणादिकाढ्य पुरातनोपासनकर्मशीलम् ॥ ६४ ॥

यदि जन्म के समय में अपने वार बल से हीन भौम हो तो जातक विकारी, स्नानोपयोगी, अलङ्कारों से युक्त और प्राचीन उपासना के कार्यों को करने वाला होता है ॥ ६४ ॥

होरा बल से हीन भौम का फल---

पराङ्गनासङ्गमसक्तभाषं साध्वी व्रतघ्नं च सुदारुणञ्च ।
होराबलैर्हीनतनुश्च भौमः करोति मर्त्यं व्यसनैः समेतम् ॥ ६५ ॥

यदि जन्म के समय में होरा बल से हीन भौम हो तो जातक दूसरे की स्त्रियों के साथ रहने वाला व परस्त्री में आसक्त, परस्त्री से बातचीत करने वाला, पतिव्रता के व्रत का नाशक, कठोर और व्यसनों से युक्त होता है ॥ ६५ ॥

मास बल से हीन भौम का फल---

द्वेष्यं जगत्प्राकृतवेषचेष्ट विहीनसत्यं सुखलं कृतघ्नम् ।
भौमो यदा मासबलेन हीनस्तदा प्रसूते सरुजं मनुष्यम् ॥ ६६ ॥

यदि जन्म के समय में मास बल से हीन भौम हो तो जातक संसार से द्रोह करने वाला, प्राकृत वेष धारी व इच्छा वाला, सत्य से हीन, दुष्ट, कृतघ्न और रोगी होता है ॥ ६६ ॥

वर्ष बल से हीन भौम का फल –

अनात्मजं कर्म विपक्षदारं पापोद्यतं धर्मफलव्यपेतम् ।
करोति भौमोऽब्दबलेन हीनो नरं नितान्तं प्रियसाहसञ्च ॥ ६७ ॥

यदि जन्म के समय में वर्ष बल से हीन भौम हो तो जातक अनिच्छा से कार्य करने वाला, शत्रु की स्त्री से युत, पाप में उद्यत, धर्म फल से हीन और निरन्तर साहस प्रेमी होता है ॥ ६७ ॥

पक्ष बल से हीन भौम का फल--

शठं परोपासनसङ्ग्रहेच्छुं सुहृज्जनस्त्रीगमनोत्सुकञ्च ।
स्वपक्षवीर्येण विवर्जितस्तु भौमः प्रसूतेतिविकर्मशीलम् ॥ ६८ ॥

इति वृद्धयवने भौमचारः

यदि जन्म के समय में पक्ष बल से हीन भौम हो तो जातक धूर्त, दूसरे की खुशामद करने वाला, सङ्ग्रह का इच्छुक, मित्रों की स्त्री के पास जाने को उत्सुक और कर्म हीन होता है ॥ ६८ ॥

इस प्रकार वृद्धयवनोक्त भौमाचार का फल समाप्त हुआ ॥ १–६८ ॥

अब आगे वृद्धयवनोक्त बुधचार के फल को पूर्व क्रमानुसार कहते हैं ।

मेष राशिस्थ बुध का फल---

मेषं गतस्त्विन्दुसुतो मनुष्यं कुर्यात् कृशं बह्वटनं शठञ्च ।
मिथ्याप्रलापं प्रियविग्रहन्तु भूरिश्रमोत्पन्नविपन्नवित्तम् ॥ १ ॥

यदि प्रसव के समय में बुध मेष राशि में हो तो जातक दुर्बल, अधिक घूमने वाला, धूर्त, झूठ बोलने वाला, लड़ाई का प्रेमी और अधिक परिश्रम से उत्पन्न व विपत्ति से ग्रसित धन वाला होता है ॥ १ ॥

वृष राशिस्थ बुध का फल---

वृषं गतस्तु पृथुपीनकान्तं बुधो नरं त्यागिनमिष्टदारम् ।
गन्धर्वलीलारतिहास्यशीलं दक्षं प्रगल्भं प्रियवल्गुवाक्यम् ॥ २ ॥

यदि प्रसव के समय में बुध वृष में हो तो जातक विशाल मोटा व सुन्दर देहधारी, त्यागी, अभीष्ट स्त्री वाला, गायन प्रक्रिया, रति व हास्य स्वभावी, चतुर, प्रतिभाशाली और सुन्दर व अल्प बोलने वाला होता है ॥ २ ॥

मिथुन राशिस्थ बुध का फल---

बुधः प्रसूते मिथुने सुवाक्यं नरं प्रियाभाषणमिष्टवेषम् ।
शिल्पश्रुतज्ञानकलाविधिज्ञं विकत्थनं भागिनमूर्जितञ्च ॥ ३ ॥

यदि प्रसव के समय में बुध मिथुन राशि में हो तो जातक सुन्दर बोलने वाला, स्त्रियों से बातचीत करने वाला, अभीष्ट वेषधारी, शिल्प-शास्त्र ज्ञान और कलाओं की रीति का जानकार, बुराई से युक्त और वृद्धि करने वाला होता है ॥ ३ ॥

कर्क राशिस्थ बुध का फल---

चतुर्थराशौ तु शशाङ्कसूनुस्तिष्ठन् विदेशाभिरतं प्रसूते ।
प्राज्ञं कविं स्त्रीरतिगेयविज्ञं बहुक्रियासक्तमनस्विनञ्च ॥ ४ ॥

यदि प्रसव के समय में बुध कर्क राशि में हो तो जातक विदेश में अनुरक्त, विद्वान्, कवि, स्त्री रति व गान का जानकार, अधिक कार्यों में आसक्त और मनस्वी होता है ॥ ४ ॥

सिंह राशिस्थ बुध का फल—

बुधो नरं सिंहमुपेत्य कुर्यादल्पस्मृतिं ज्ञानकलावियुक्तम्।
उत्साहसत्वस्थितवित्तहीनं जगत्पतिज्ञानमसत्यवाक्यम् ॥ ५ ॥

यदि प्रसव के समय में बुध सिंह राशि में हो तो जातक अल्प स्मरण शक्ति वाला, ज्ञान व कला से रहित, उत्साह-बल व स्थित धन से हीन, जगत्पति का जानकार और झूठ बोलने वाला होता है ॥ ५ ॥

कन्या राशिस्थ बुध का फल—

कन्यामुपेत्य प्रचुरं प्रसूते धर्मप्रियं वाग्मिनमिन्दुसूनुः।
आलेख्यलेख्यश्रुतिकाव्यचित्तं विज्ञानशिल्पादि विमिश्रितञ्च ॥ ६ ॥

यदि प्रसव के समय में बुध कन्या राशि में हो तो जातक अधिक धर्म प्रेमी, चतुरता से बोलने वाला, टिप्पणी लिखने वाला, वेद व काव्य में दत्तचित्त और विज्ञान तथा कारीगरी का ज्ञाता होता है ॥ ६ ॥

तुला राशिस्थ बुध का फल—

तुलाङ्गतः शिल्पविवादवादतो बुधो विधत्ते चपलं प्रसूतम्।
शठप्रचारं कृतकोपचारं पण्यक्रियोपायविधानदक्षम् ॥ ७ ॥

यदि प्रसव के समय में बुध तुला राशि में हो तो जातक कारीगरी के विवाद में बोलने वाला, अप्रिय वक्ता, धूर्तता का प्रचार करने वाला, कृतकोपचारी और व्यापार की क्रियाओं के उपाय व विधान में चतुर होता है ॥ ७ ॥

वृश्चिक राशिस्थ बुध का फल—

बुधो नरं वृश्चिकगो प्रकुर्यादमर्षदुःखश्रमशोकतप्तम्।
विद्विष्टकर्माणमसाधुशीलं पारुष्यदं पुंश्चलनिश्चितञ्च ॥ ८ ॥

यदि प्रसव के समय में बुध वृश्चिक राशि में हो तो जातक ईर्ष्यालु, दुःखी, श्रम व शोक से पीड़ित, विद्रोह के कार्य करने वाला, दुष्ट चरित्र से युक्त, कठोर और निश्चय व्यभिचारी होता है ॥ ८ ॥

धनु राशिस्थ बुध का फल—

धनुर्धरस्थश्च बुधो मनुष्यं विख्यातशब्दं जनयत्युदारम्।
शास्त्रार्थशिल्पं श्रुतिशौर्ययुक्तं मेधाविनं वाक्यविशारदञ्च ॥ ९ ॥

यदि प्रसव के समय में बुध धनु राशि में हो तो जातक प्रसिद्ध शब्द वाला, उदारचेता, शास्त्रार्थ, कारीगरी, वेद और पराक्रम से युवत, मेधावी एवं बोलने में चतुर होता है ॥ ९ ॥

मकर राशिस्थ बुध का फल—

बुधो मृगस्थो जनयत्यनर्थं नीचं परप्रेष्यमसत्यचेष्टम् ।
मूर्खं कलाशिल्पगुणैर्विहीनं निरुद्धमूर्खं पिशुनस्वभावम् ॥ १० ॥

यदि प्रसव के समय में बुध मकर राशि में हो तो जातक अनर्थी, दुष्ट, दूसरे का नौकर, असत्य की इच्छा करने वाला, मूर्ख, कला व शिल्प गुणों से हीन, मूर्खों से अवरुद्ध और शिकायत करने की प्रवृत्ति वाला होता है ॥ १० ॥

कुम्भ राशिस्थ बुध का फल—

कुम्भे तु सौम्यः शुचिशीलहीनं नरं प्रसूते परिभूतमन्यैः ।
वाग्बुद्धिकर्मोपहत हितार्थं प्रहीनलज्जं रतिदुर्भगञ्च ॥ ११ ॥

यदि प्रसव के समय में बुध कुम्भ राशि में हो तो जातक पवित्रता व शालीनता से हीन, दूसरों से पीड़ित, वाणी, बुद्धि व कर्म से नष्ट, शुभचिंतक, निर्लज्ज और रति में असमर्थ होता है ॥ ११ ॥

मीन राशिस्थ बुध का फल—

मीनद्वयस्थस्तु बुधो मनुष्यमाचारशोभानिरतं प्रसूते ।
देशानुग वाग्मिनकर्मसाधुं दरिद्रमल्पप्रजमिष्टदारम ॥ १२ ॥

यदि प्रसव के समय में बुध मीन राशि में हो तो जातक आचार व सज्जा में आसक्त, देश का अनुगामी, चतुरता से बोलने वाला, अच्छा कार्यकर्ता, दरिद्री, अल्प सन्तान वाला और अभीष्ट स्त्री वाला होता है ॥ १२ ॥

सूर्य की होरा में बुध का फल—

होरां बुधो वासरपस्य जातस्तीव्रं शठं कामधुरं विशीलम् ।
गतप्रतापं बहुपापरक्तं देवद्विजानां परनिन्दकञ्च ॥ १३ ॥

यदि प्रसव के समय में सूर्य की होरा में बुध हो तो जातक तीखा, धूर्त, प्रसिद्ध विषयी, शीलता से हीन, प्रताप से हीन, अधिक पाप में आसक्त और देवता व ब्राह्मणों का निंदक होता है ॥ १३ ॥

चन्द्रमा की होरा में बुध का फल—

होराङ्गतो रात्रिपतेस्तु सौम्यो नरं प्रसूते सुभगं सुशीलम् ।
विशिष्टवाग्बुद्धिगुणं नयज्ञं प्रियातिथिं नित्यमुदारचेष्टम ॥ १४ ॥

यदि प्रसव के समय में चन्द्रमा की होरा में बुध हो तो जातक सुन्दर भाग्यशाली, सुशील. विशिष्ट वाणी-बुद्धि व गुण से युक्त, नीति का जानकार, अतिथि प्रेमी और प्रतिदिन उदारचेता होता है ॥ १४ ॥

सूर्य के द्रेष्काण में बुध का फल—

त्र्यंशे बुधो वासरपस्य तिष्ठन्नरं प्रसूते परवादयुक्तम् ।
क्रूरं हताशं सव्रणं कुरूपं कूटानुरक्तं च सदा सकामम् ॥ १५ ॥

यदि प्रसव के समय में सूर्य के द्रेष्काण में बुध हो तो जातक शिकायत से युक्त, क्रूर, नष्ट आशा वाला, ऋणी, कुरूप, कूट में आसक्त और सदा विषयी होता है ॥ १५ ॥

चन्द्रमा के द्रेष्काण में बुध का फल—

त्र्यंशे बुधो रात्रिपतेः प्रयातो नरं प्रसूते विगतारिपक्षम् ।
शुश्रूषकं देवगुरुद्विजानां लिपिप्रवीणं कलहप्रियञ्च ॥ १६ ॥

यदि प्रसव के समय में चन्द्रमा के द्रेष्काण में बुध हो तो जातक शत्रुओं से हीन, देवता, गुरू व ब्राह्मणों की शुश्रूषा करने वाला, लिपि में चतुर और कलह प्रेमी होता है ॥ १६ ॥

भौम के द्रेष्काण में बुध का फल—

बुधो यदा भूमिसुतस्य संस्थो भागे तृतीये प्रकरोति मर्त्यम् ।
माङ्गल्यधर्मश्रुतिधर्मबाह्यं स्वबान्धवात्स्वल्पपदाद्वियुक्तम् ॥ १७ ॥

यदि प्रसव के समय में भौम के द्रेष्काण में बुध हो तो जातक माङ्गल्य धर्म व वेद धर्म से बहिष्कृत और अपने बन्धु से अल्प पैर से वियुक्त होता है ॥ १७ ॥

अपने द्रेष्काण में बुध का फल—

स्ववन्हिभागेन्दुसुतः प्रसूते नर सुरूपं सुभग सुशीलम् ।
यज्ञव्रतादिष्वनुरक्तचेष्टं दातारमार्यं बहुमित्रपक्षम् ॥ १८ ॥

यदि प्रसव के समय में अपने द्रेष्काण में बुध हो तो जातक स्वरूपवान्, सून्दर भाग्यशाली, सुशील, यज्ञव्रतादि में आसक्त इच्छा वाला, दानी, श्रेष्ठ और अधिक मित्रों से युक्त होता है ॥ १८ ॥

गुरू के द्रेष्काण में बुध का फल—

तृतीयभागे सुरपूजितस्य बुधो विधत्ते प्रसभं मनुष्यम् ।
स्त्रीवल्लभं शुभ्रमलंघ्यवीर्यं प्रभूतकोशं विविधार्थयुक्तम् ॥ १९ ॥

यदि प्रसव के समय में गुरू के द्रेष्काण में बुध हो तो जातक जल्दीबाज, स्त्रियों का प्रिय, सफेद, नहीं जीतने योग्य वीर, अधिक धनी और अनेक प्रकार के धन से युक्त होता है ॥ १९ ॥

शुक्र के द्रेष्काण में बुध का फल—

भागे तृतीये शशिजः सितस्य स्थितश्च प्रसूते सुविदग्धमेव ।
मर्त्यं महाधामनिधिं गतारिं प्रसन्नचित्तं नृपवल्लभञ्च ॥ २० ॥

यदि प्रसव के समय में शुक्र के द्रेष्काण में बुध हो तो जातक सुन्दर, चतुर, बड़ा स्थान व खजाना वाला, शत्रु से हीन, प्रसन्नचित्त और राजा का प्रिय होता है ॥ २० ॥

शनि के द्रेष्काण में बुध का फल—

त्र्यंशे शनेः सोमसुतः प्रयातः करोति नित्यं सऋणं मनुष्यम् ।
विवादिनं दुर्बलदेहसत्वं प्रवासिनं विग्रहविक्रमञ्च ॥२१॥

यदि प्रसव के समय में शनि के द्रेष्काण में बुध हो तो जातक कर्जदार, विवादी, पतला देहधारी होने पर भी बली, प्रवासी और लड़ाई में पराक्रमी होता है ॥ २१ ॥

सूर्य के नवांश में बुध का फल—

चरन्नवांशे दिनपस्य सौम्यः करोति पापं विकृतं मनुष्यम ।
स्त्रीसौख्यहीनं कलहप्रियञ्च द्यूतप्रियं चौर्यरतं विशीलम् ॥ २२ ॥

यदि प्रसव के समय में सूर्य के नवांश में बुध हो तो जातक पापी, विकार से युक्त, स्त्री सुख से हीन, कलह का प्रेमी, जुआ का स्नेही, चोरी में आसक्त और शीलता से हीन होता है ॥ २२ ॥

चन्द्रमा के नवांश में बुध का फल—

स्त्रीदुर्भगं बन्धुजनैर्विमुक्तं प्रसक्तशीलं हृतशक्तिदर्पम् ।
सौम्यांशके स्यान्नवमे यदीन्दोस्तदा विधत्ते सुमुखं नितान्तम् ॥ २३ ॥

यदि प्रसव के समय में चन्द्र के नवांश में बुध हो तो जातक स्त्री का भाग्यहीन, बान्धवों से त्यक्त, प्रसिद्ध शीलवान्, सामर्थ्य व गर्व से हीन और अधिक सुन्दर मुख वाला होता है ॥ २३ ॥

भौम के नवांश में बुध का फल—

ख्यातं च पुष्टं तमुदारचेष्टं जेतारमीज्यं सुहृदां सताञ्च ।
नवांशके भूमिसुतस्य सौम्यो नरं विधत्ते रुधिरार्त्तदेहम् ॥ २४ ॥

यदि प्रसव के समय में भौम के नवांश में बुध हो तो जातक प्रसिद्ध, पुष्ट (बली) उदारचेता, पूजनीय, मित्र व सज्जनों को जीतने वाला और रक्तजन्य रोग से पीड़ित देहधारी होता है ॥ २४ ॥

अपने नवांश में बुध का फल—

विकर्मशीलं सुहृदामनिष्टं द्वेष्यं खलं पार्थिवपीडितञ्च ।
नवांशके स्वे प्रकरोति सौम्यः सौम्यं सुरूपं सुभगं मनुष्यम् ॥ २५ ॥

यदि प्रसव के समय में अपने नवांश में बुध हो तो जातक दूषित कार्य करने वाला, मित्रों का अनिष्ट कारी, द्रोही, दुष्ट, राजा से पीडित, सरल, स्वरूपवान् और भाग्यवान् होता है ॥ २५ ॥

गुरु के नवांश में बुध का फल—

देवद्विजातिप्रवणं प्रसन्नं प्रियातिथिं सर्वजनानुकूलम् ।
नवांशकस्थः सुरपूजितस्य सौम्यः प्रसूते सुखिनं मनुष्यम् ॥ २६ ॥

यदि प्रसव के समय में गुरू के नवांश में बुध हो तो जातक देवता व ब्राह्मणों का भक्त, प्रसन्नात्मा, अतिथि प्रेमी, समस्त जनों के अनुकूल और सुखी होता है ॥ २६ ॥

शुक्र के नवांश में बुध का फल—

नानार्थलाभं प्रचुरप्रतापं सुमित्रयुक्तं सततं सुशीलम् ।
शुक्रस्य भागे नवमे बुधस्तु करोति मर्त्यं विविधार्थयुक्तम्
प्रभूतमित्रं द्विजपूजनेष्टं सुतान्वितं नित्यमुदारचेष्टम् ॥ २७ ॥

यदि प्रसव के समय में शुक्र के नवांश में बुध हो तो जातक अनेक रीति से धन लाभ करने वाला, अधिक प्रतापी, सुन्दर मित्रों से युक्त, निरन्तर सुशील और अनेक प्रकार के धन से युक्त, अधिक मित्र वाला, ब्राह्मण पूजन का प्रेमी, पुत्र से युक्त और प्रतिदिन उदार भावना वाला होता है ॥ २७ ॥

शनि के नवांश में बुध का फल—

सौरस्य भागे नवमे वितिष्ठन् करोति सौम्योऽतिरुजं मनुष्यम् ।
कुशिल्पिनं साधुगुणैरयोग्यं पराङ्गनासक्तमनार्ययुक्तम् ॥ २८ ॥

यदि प्रसव के समय में शनि के नवांश में बुध हो तो जातक अधिक रोगी, दूषित कारीगर, अच्छे गुणों से हीन, दूसरे की स्त्री में आसक्त और अश्रेष्ठ होता है ॥ २८ ॥

सूर्य के द्वादशांश में बुध का फल—

सूर्यांशकस्थो विदधाति सौम्यो व्रणं रवेः पापमतिं न सौख्यम् ।
कुमित्रसंज्ञं रिपुपक्षवृद्धिं यशो विनाशं सुतसञ्चयञ्च ॥ २९ ॥

यदि प्रसव के समय में सूर्य के द्वादशांश में बुध हो तो जातक घाव से युक्त, पाप में बुद्धि वाला, सुख से हीन, दूषित मित्रता वाला, शत्रु की वृद्धि करने वाला, यश का नाशक और पुत्र के लिये संग्रह करने वाला होता है ॥ २९ ॥

चन्द्रमा के द्वादशांश में बुध का फल—

सूर्यांशके शीतकरस्य सौम्यो नरं विधत्ते विविधप्रतापम् ।
सुतार्थयुक्तं रतिसौख्यभाजं विशिष्टशीलं विनयैः समेतम् ॥ ३० ॥

यदि प्रसव के समय में चन्द्रमा के द्वादशांश में बुध हो तो जातक अनेक रीति से प्रतापी, पुत्र व धन से युक्त, रीति का सुखी, विशेष शीलवान् और विनयी होता है ॥ ३० ॥

भौम के द्वादशांश में बुध का फल—

सूर्यांशके भूमिसुतस्य सौम्यः चरन् विधत्तेऽतिशठं विशीलम् ।
गतश्रियं बन्धुजनेन नित्यं पापात्मकं रोगसमन्वितञ्च ॥ ३१ ॥

यदि प्रसव के समय में भौम के द्वादशांश में बुध हो तो जातक अधिक धूर्त, शीलता से हीन, बान्धवों से लक्ष्मी हीन, नित्य पापी और रोग से युक्त होता है ॥ ३१ ॥

अपने द्वादशांश में बुध का फल—

सूर्यांशके स्वे प्रकरोति सौम्यो नरं प्रभुं शास्त्ररत सदैव।
कलासु दक्षं प्रणतारिपक्षं जितेन्द्रियं श्लाघ्यतमं सदैव ॥ ३२ ॥

यदि प्रसव के समय में अपने द्वादशांश में बुध हो तो जातक समर्थ, सदा ही शास्त्रों में आसक्त, कलाओं में चतुर, विनम्र शत्रु वाला, जितेन्द्रिय और सदा ही प्रशंसनीय होता है ॥ ३२ ॥

गुरू के द्वादशांश में बुध का फल—

सूर्यांशके देवपुरोहितस्य सौम्यः प्रसूते सुतरां सुशीलम्:
मर्त्यं महावृत्तविवृद्धयुद्धं प्रियातिथि धर्मपरं सदैव ॥ ३३ ॥

यदि प्रसव के समय में गुरू के द्वादशांश में बुध हो तो जातक अधिक सुशील, बड़ा चरित्रवान्, बड़ी लड़ाई लड़ने वाला, अतिथि प्रेमी और सदा ही धर्मात्मा होता है ॥ ३३ ॥

शुक्र के द्वादशांश में बुध का फल—

सूर्यांशके भार्गव एव सौम्यः करोति मर्त्यं प्रचुरान्नकोशम्।
नृपप्रियं साधुजनानुरक्तं सद्धर्मशीलं बहुपुण्यसौख्यम् ॥ ३४ ॥

यदि प्रसव के समय में शुक्र के द्वादशांश में बुध हो तो जातक अधिक धन धान्य से युक्त, राजा का प्रिय पात्र, सज्जनों में आसक्त, अच्छा धर्मात्मा, बड़ा शीलवान्, अधिक पुण्यात्मा और बड़ा सुखी होता है ॥ ३४ ॥

शनि के द्वादशांश में बुध का फल—

सूर्यांशके सूर्यसुतस्य सौम्यः करोति दीनं कृपणं मनुष्यम्।
व्यपेतशीलं बहुरोगयुक्तं मायापटुं निर्दयनिष्ठुरञ्च ॥ ३५ ॥

यदि प्रसव के समय में शनि के द्वादशांश में बुध हो तो जातक दीन, लोभी, शीलता से हीन, अधिक रोग से युक्त, माया में निपुण, दया से हीन और निठुर होता है ॥ ३५ ॥

भौम के त्रिशांश में बुध का फल—

त्रिंशल्लवे भूमिसुतस्य सौम्यः करोति तिष्ठन् परतर्ककञ्च।
रौद्रं नरं कुव्यसनैः समेतं पराङ्मुखं देवगुरुद्विजानाम् ॥ ३६ ॥

यदि प्रसव के समय में भौम के त्रिशांश में बुध हो तो जातक दूसरे की चिन्ता करने वाला, भयानक, बुरे व्यसनों से युक्त और देवता, गुरू तथा ब्राह्मणों के विपरीत होता है ॥ ३६ ॥

शनि के त्रिशांश में बुध का फल—

त्रिंशल्लवस्थोऽर्कसुतस्य सौम्यः करोति तिष्ठन् परतर्ककञ्च।
रौद्रं क्रियासक्तमतिं प्रचण्डं द्यूतप्रियं व्याधिभिरर्दिताङ्गम् ॥ ३७ ॥

यदि प्रसव के समय में शनि के त्रिशांश में बुध हो तो जातक दूसरे की चिन्ता करने वाला, भयानक, कार्यों में अनुरक्त बुद्धि वाला, उग्र, जुआ का प्रेमी और रोगों से पीडित शरीरधारी होता है ॥ ३७ ॥

गुरू के त्रिशांश में बुध का फल—

चन्द्रात्मजो देवपुरोहितस्य त्रिशांशकस्थः प्रकरोति धीरम् ।
सदा विनीतं गुणिनामभीष्टं स्वबन्धुपूज्यं कुलसत्तमञ्च ॥ ३८ ॥

यदि प्रसव के समय में गुरू के त्रिशांश में बुध हो तो जातक धैर्यवान्, सदा विनयी, गुणियों का प्रिय, अपने बान्धवों से पूजित और वंश में उत्तम होता है ॥ ३८ ॥

अपने त्रिशांश में बुध का फल—

त्रिंशांशके स्वे शशिसूनुरेव श्रुतार्थयुक्तं मनुजं प्रसूते ।
गुणैर्भुवि ख्यातमलङ्घ्यवीर्यं प्रसन्नमूर्तिं सततं सुशीलम् ॥ ३९ ॥

यदि प्रसव के समय में अपने त्रिशांश में बुध हो तो जातक शास्त्राभ्यासी, धनी, गुणों से भूमि में प्रसिद्ध, अपराजित बली, प्रसन्न चित्त और निरन्तर सुशील होता है ॥ ३९ ॥

शुक्र के त्रिशांश में बुध का फल—

त्रिंशल्लवे दानवपूजितस्य सौम्यो विधत्ते प्रचुरं प्रतापम् ।
प्रभु परक्षेत्र तथा धनानां प्रदानशीलं सुकलत्रयुक्तम् ॥ ४० ॥

यदि प्रसव के समय में शुक्र के त्रिशांश में बुध हो तो जातक अधिक प्रतापी, दूसरे की भूमि व धन का स्वामी, दान करने में तत्पर और सुन्दर स्त्रियों से युक्त होता है ॥ ४० ॥

अपने मित्र बल से युक्त बुध का फल—

स्वमित्रवीर्येण युतस्तु सौम्यः करोति नित्यं बहुमित्रयुक्तम् ।
प्रदानशीलं गुरुदेवभक्तं शुश्रूषकं साधुजनं सदैव ॥ ४१ ॥

यदि प्रसव के समय में अपने मित्र बल से युक्त बुध हो तो जातक अधिक मित्रों से युक्त, दान में तत्पर, गुरू व देवता का भक्त और सदा ही सज्जनों की सेवा करने वाला होता है ॥ ४१ ॥

राशिबल से युक्त बुध का फल—

सौम्यो यदा क्षेत्रबलेन युक्तः करोति सत्यं प्रियमेव लोके ।
स्थिरक्रियारम्भजनस्वभावं विख्यातशब्दं दृढमित्रपक्षम् ॥ ४२ ॥

यदि प्रसव के समय में अपने राशि बल से युक्त बुध हो तो जातक संसार में प्रेमी, स्थिर कार्यं आरम्भ करने की प्रकृति वाला, प्रसिद्ध शब्द वाला और स्थिर मित्र पक्ष से युक्त होता है ॥ ४२ ॥

अपने उच्च बल से युक्त बुध का फल—

स्वतुङ्गवीर्येण युतस्तु सौम्यो नरं विधत्ते प्रमदास्वभीष्टम् ।
प्रदानशीलं गुरुदेवभक्तं शुश्रूषकं साधुजनस्य नित्यम् ।। ४३ ।।

यदि प्रसव के समय में उच्च बल से युक्त बुध हो तो जातक स्त्रियों का प्रिय, दान करने में तत्पर, गुरू व देवता का भक्त और सज्जन पुरुषों की शुश्रूषा करने वाला होता है ।। ४३ ।।

नवांश बल से युक्त बुध का फल—

नवांशवीर्येण युतस्तु सौम्यो नरं प्रसूते सततं मनुष्यम् ।
शुचिक्षमासत्यरतं कृतज्ञं मनस्विनं सर्वसुखाधिवासम् ।। ४४ ।।

यदि प्रसव के समय में नवांश बल से युक्त बुध हो तो जातक सदा पवित्रता-क्षमा व सत्य में आसक्त, कृतज्ञ, मनस्वी और समस्त सुखों से युक्त होता है ।। ४४ ।।

शुभ दृष्टि बल से युक्त बुध का फल—

शुभग्रहालोकनवीर्ययुक्तः करोति सौम्यः प्रणतं मनुष्यम् ।
शूरं बहुक्लेशसहं रतिज्ञं नृपप्रियं पुण्यमतिं सदैव ।। ४५ ।।

यदि प्रसव के समय में शुभ दृष्टि बल से युक्त बुध हो तो जातक विनयी, वीर, अधिक क्लेश सहने वाला, रति का ज्ञाता, राजा का प्रिय और सदा ही पुण्यात्मा होता है ।। ४५ ।।

पुरुष राशि बल से युक्त बुध का फल—

विज्ञानशास्त्रश्रुतिवाक्यशिल्पं गान्धर्वसङ्गीतकलाभिरामम् ।
पुंवीर्ययुक्तः प्रकरोति सौम्यो नरं नितान्तं खलु लब्धकीर्तिम् ।। ४६ ।।

यदि प्रसव के समय में पुरुष राशि बल से शुक्त बुध हो तो जातक विज्ञान शास्त्र व वेद एवं शिल्प शास्त्र का जानकार, गान्धर्व विद्या व सङ्गीत कला में अनुरक्त और सदा निश्चय करके कीर्तिमान् होता है ।। ४६ ।।

दिग्बल से युक्त बुध का फल—

दाक्षिण्यसौहार्दविलासहास्यं सौभाग्यचातुर्यगुणैरुपेतम् ।
आशाबलाढ्यः प्रकरोति सौम्यः प्रसन्नमूर्तिं प्रथितं धरित्र्याम् ।। ४७ ।।

यदि प्रसव के समय में दिग् बल से युक्त बुध हो तो जातक चतुरता-सौहार्द विलास व हास्य (हँसना) से युक्त, भाग्यवान्, चातुर्य गुण से युक्त, प्रसन्नचित्त और पृथ्वी में प्रसिद्ध होता है ।। ४७ ।।

चेष्टा बल से युक्त बुध का फल—

चेष्टाबलाढ्यः प्रकरोति सौम्यः स्त्रीवल्लभं भूपयुतं मनुष्यम् ।
स्वाचारधर्मप्रचुरं प्रगल्भं सत्याधिकं नीतिपरं सदैव ।। ४८ ।।

यदि प्रसव के समय में चेष्टा बल से युक्त बुध हो तो जातक स्त्री का प्रिय, राजा से युक्त, अधिक आचारवान्, बड़ा धर्मात्मा, प्रतिभाशाली, अधिक सत्य बोलने वाला और सदा ही नीतिमान् होता है ॥ ४८ ॥

द्युरात्रिबल से युक्त बुध का फल—

द्युरात्रिवीर्यप्रबलस्तु सौम्यो नरं प्रसूते सततं धनाढ्यम् ।
मिष्टान्नपानं प्रियगन्धमाल्यं सेवाविधिज्ञं सुकृतोपचारम् ॥ ४९ ॥

यदि प्रसव के समय में द्युरात्रि बल से युक्त बुध हो तो जातक निरन्तर धन से युक्त, मधुर अन्न व पाक का स्नेही, इत्र पुष्पादि का प्रेमी, सेवा की रीति का जानकार और पुण्य कार्यकर्ता होता है ॥ ४९ ॥

अपने वार बल से युक्त बुध का फल—

स्ववारवीर्येण युतस्तु सौम्यः करोति मर्त्यं बहुधर्मशीलम् ।
प्रियप्रधानं प्रियदर्शनञ्च प्राज्ञं बहुज्ञानविकीर्णबुद्धिम् ॥ ५० ॥

यदि प्रसव के समय में अपने वार बल से युक्त बुध हो तो जातक अधिक धर्मात्मा, प्रधान प्रेमी, सुन्दर शरीरधारी, पण्डित और अधिक ज्ञान से विस्तृत बुद्धिमान् होता है ॥ ५० ॥

होरा बल से युक्त बुध का फल—

होराबलाढ्यः प्रकरोति सौम्यो नरं नराणामनिशं हितेप्सुम् ।
बहुश्रमक्लेशसहं विनीतं दुर्धर्षमन्यैः प्रणतारिपक्षम् ॥ ५१ ॥

यदि प्रसव के समय में होरा बल से युक्त बुध हो तो जातक निरन्तर मनुष्यों की शुभ कामना करने वाला, अधिक परिश्रम के क्लेश को सहने वाला, विनयी, दूसरों से नहीं पराजित होने वाला और विनम्र शत्रु पक्ष से युक्त होता है ॥ ५१ ॥

पक्ष बल से युक्त बुध का फल—

बुधो यदा पक्षबलेन युक्तस्तदा प्रसूते बहुपक्षयुक्तम् ।
जनप्रियं धर्मपरं स्वरूपं प्रमाथिनं वैरिगणस्य सम्यक् ॥ ५२ ॥

यदि प्रसव के समय में पक्षबल से युक्त बुध हो तो जातक अधिक पक्ष वाला, जनप्रिय, धर्मात्मा, स्वरूपवान् और अच्छी रीति से शत्रु समुदाय का नाशक होता है ॥ ५२ ॥

मास बल से युक्त बुध का फल—

स्वमासवीर्यप्रबलस्तु सौम्यः करोति मर्त्यं बहुवित्तभाजम् ।
देवद्विजेभ्यो विरतं विनीतं मनस्विनं स्त्रीसुभगं सुवेषम् ॥ ५३ ॥

यदि प्रसव के समय में मास बल से युक्त बुध हो तो जातक अधिक धनी, देवता व ब्राह्मणों से विरक्त, विनीत, मनस्वी, स्त्री का भाग्यवान् और सुन्दर वेषधारी होता है ॥ ५३ ॥

वर्ष बल से युक्त बुध का फल—

सौम्योऽब्दवीर्यप्रबलः प्रसूते नरं कलाकोविदमद्भुतार्थम् ।
सौहार्दमानप्रणयादरज्ञं गान्धर्वशीलं प्रियनित्यहास्यम् ॥ ५४ ॥

यदि प्रसव के समय में वर्ष बल से युक्त बुध होतो जातक कला शास्त्र का पण्डित, अद्भुत धनी, मित्रता-सम्मान व समादर का ज्ञाता, नृत्य व गान में आसक्त और नित्य हँसने का प्रेमी होता है ॥ ५४ ॥

मित्र बल से हीन बुध का फल—

स्त्रीहेतुजातक्षयवित्तकीर्तिं जघन्यरक्तञ्च न सौहृदञ्च ।
सौम्यः सुहृद्वीर्यविवर्जितस्तु नरं प्रसूते विषयप्रसक्तम् ॥ ५५ ॥

यदि प्रसव के समय में मित्र बल से हीन बुध हो तो जातक स्त्री के कारण धन व कीर्ति का क्षय करने वाला, दुष्कर्म में आसक्त, मित्रता से हीन और विषय (काम) में अनुरक्त होता है ॥ ५५ ॥

क्षेत्र बल से रहित बुध का फल—

स्वक्षेत्रवीर्येण विवर्जितो ज्ञः करोति मर्त्यं विगताभिमानम् ।
स्त्रीपानदोषप्रभवैरनर्थैर्व्याध्यादिविद्वेषयुतं सदैव ॥ ५६ ॥

यदि प्रसव के समय में अपने राशि बल से रहित बुध हो तो जातक निरभिमानी, पर स्त्री व मदिरा पान के दोष में उत्पन्न अनर्थ से, रोगादि से और विद्रोह से सदा ही युक्त होता है ॥ ५६ ॥

उच्च बल से हीन बुध का फल—

स्वतुङ्गवीर्येण विवर्जितो ज्ञः नरं प्रसूतेति निकृष्टचेष्टम् ।
प्रपीडितं वंशसमुद्भवैः स्वदारिद्र्यभागं सततं कुचैलम् ॥ ४७ ॥

यदि प्रसव के समय में अपने उच्च बल से हीन बुध हो तो जातक दूषित इच्छा वाला, अपने वंशजों से पीडित, दरिद्री और निरन्तर गन्दे वस्त्र धारण करने वाला होता है ॥ ५७ ॥

नवांश बल से हीन बुध का फल—

नवांशवीर्येण विवर्जितो ज्ञः कठोरवाक्यं जनयेन्मनुष्यम् ।
विमुक्तदेहं सहजापरक्तं विगर्हितं शीलपरिक्रियाभिः ॥ ५८ ॥

यदि प्रसव के समय में नवांश बल से हीन बुध हो तो जातक कठोर भाषी, विमुक्त देहधारी, भाईयों से विरक्त और शीलादि से हीन निन्दित होता है ॥ ५८ ॥

शुभ दृष्टि बल से हीन बुध का फल—

शुभग्रहालोकनवर्जितो ज्ञः करोति भीरुं सततं हताशम् ।
शठं च हिंसापरमल्पकोशं विरक्तमित्रं विकृतिप्रगल्भम् ॥ ५९ ॥

यदि प्रसव के समय में शुभ दृष्टि बल से हीन बुध हो तो जातक डरपोक, निरन्तर हताश, धूर्त, हिंसा में आसक्त, अल्प धनी, विरक्त मित्र वाला और विकार से युक्त प्रतिभाशाली होता है ॥ ५९ ॥

पुरुष राशि बल से हीन बुध का फल—

पुंक्षेत्रवीर्येण विवर्जितो ज्ञः करोति भीरुं सततं हताशम् ।
शठं बहुद्रोहकृतानुबन्धं स्वाचारसत्यश्रुतिधर्महीनम् ।। ६० ।।

यदि प्रसव के समय में पुरुष राशि बल से हीन बुध हो तो जातक डरपोक, निरन्तर हताश, धूर्त, अधिक द्रोह फैलाने वाला, अपने आचार-सत्य और वैदिक धर्म से हीन होता है ।। ६० ।।

दिग्बल से हीन बुध का फल—

दिग्वीर्यहीनः प्रकरोति सौम्यो नरं हताशं व्यसनप्रतप्तम् ।
युद्धोत्सुकं चौरगणाधिपञ्च क्रियाविहीनं परदेशरक्तम् ।। ६१ ।।

यदि प्रसव के समय में दिग् बल से हीन बुध हो तो जातक हताश, व्यसनों से संतप्त, लड़ाई का उत्सुक, चोर समुदाय का स्वामी, क्रिया से हीन और परदेश में अनुरक्त होता है ।। ६१ ।।

चेष्टा बल से हीन बुध का फल—

चेष्टाबलेन परिवर्जितो ज्ञो नरं प्रसूतेति खलं प्रचेष्टम् ।
शठं तथा निष्ठुरवाक्यशीलं विपन्नदारात्मजसङ्घतन्त्रम् ।। ६२ ।।

यदि प्रसव के समय में चेष्टा बल से हीन बुध हो तो जातक अधिक दुष्ट, विशेष इच्छा वाला, धूर्त, निठुर भाषी और स्त्री व पुत्र के साथ विपत्ति से घिरा हुआ होता है ।। ६२ ।।

अपने वार बल से हीन बुध का फल—

स्ववारवीर्येण विवर्जितो ज्ञो नरं प्रसूते बहुकष्टभाजम् ।
गुरुष्वसत्यं विफलश्रमार्थमन्येन वैरोपहतात्मजन्तुः ।। ६३ ।।

यदि प्रसव के समय में अपने वार बल से हीन बुध हो तो जातक अधिक कष्ट भोगी, गुरुओं में अविश्वास, निष्फल कार्यार्थी, अन्य से शत्रुता करने वाला और आत्मा से दुःखी होता है ।। ६३ ।।

होरा बल से हीन बुध का फल—

होराबलेन प्रतिवर्जितो ज्ञो नरं प्रसूते बहुशत्रुपक्षम् ।
रोगान्वितं दुःखपरीतवृत्तं द्यूतप्रियं प्रश्रयशौर्यहीनम् ।। ६४ ।।

यदि प्रसव के समय में होरा बल से हीन बुध हो तो जातक अधिक शत्रु पक्ष वाला, रोगी, दुःख से युक्त चरित्र वाला, जुआ का प्रेमी और नम्रता व वीरता से हीन होता है ।। ६४ ।।

स्वपक्ष बल से हीन बुध का फल—

स्वपक्षवीर्येण विवर्जितो ज्ञो नरं प्रसूते मलिनं सुदीनम् ।
प्रभूतदोषं सततं रुजार्तं विहीनपक्षं बहुतर्ककञ्च ।। ६५ ।।

यदि प्रसव के समय में अपने पक्ष बल से हीन बुध हो तो जातक दूषित, दीन, बड़ा दोषी, सदा रोगी, शत्रु से हीन और अधिक तर्क करने वाला होता है ॥ ६५ ॥

मास बल से हीन बुध का फल——

स्वमासवीर्येण विवर्जितो ज्ञो करोति मर्त्यं कुटिलस्वभावम् ।
गुरुद्विजाचार्यकरं हितज्ञं परान्नरक्तं कृपणस्वभावम् ॥ ६६ ॥

यदि प्रसव के समय में अपने मास बल से हीन बुध हो तो जातक कुटिल प्रकृति का, गुरू ब्राह्मण व आचार्य का कार्य कर्त्ता, शुभ का जानकार, दूसरे के अन्न में आसक्त और लोभी होता है ॥ ६६ ॥

वर्ष बल से हीन बुध का फल——

बुधो यदा वर्षबलेन हीनस्तदा प्रसूते विधनं मनुष्यम् ।
नानार्थनाशैः परिपीडिताङ्गं खलानुरक्तं गुरुभक्तिहीनम् ॥ ६७ ॥

यदि प्रसव के समय में वर्ष बल से हीन बुध हो तो जातक धन से हीन, अनेक प्रकार के धन के नाश से पीडित शरीरधारी, दुष्टों में आसक्त और गुरू की भक्ति से हीन होता है ॥ ६७ ॥

इति वृद्धयवने बुधचारः ।

इस प्रकार वृद्धयवनोक्त बुधचार का फल समाप्त हुआ ॥ ६७ ॥

[अथ वृद्धयवने गुरुचारः [

मेष राशिस्थ गुरु का फल——

मेषे नरं देवगुरुः प्रसूते दुर्धर्षणं सत्वचलस्वभावम् ।
विख्यातकर्माणमतिप्रगल्भमोजस्विनं वृद्धगुणैरुपेतम् ॥ १ ॥

यदि कुण्डली में गुरू मेष राशि में हो तो जातक दबाने के आयोग्य, बली, चञ्चल प्रकृति का, प्रसिद्ध कार्य करने वाला, बड़ा प्रतिभाशाली, ओजस्वी और बड़ों के गुणों से युक्त होता है ॥ १ ॥

वृष राशिस्थ गुरू का फल —

वृषे गुरुः पीडयति प्रचारं नरं प्रसूते सुभगं सुवेषम् ।
कान्तं स्वदाराभिरतं विनीतं देवद्विजाचार्यकृतोपचारम् ॥ २ ॥

यदि कुण्डली में वृष राशि में गुरू हो तो जातक पीडित, प्रचारक, सुन्दर भाग्यशाली, अच्छी वेष-भूषा वाला, प्रिय, अपनी स्त्री में आसक्त, विनयी और देव ब्राह्मण व गुरू का पूजक होता है ॥ २ ॥

मिथुन राशिस्थ गुरू का फल——

तृतीयराशौ च सुरेज्यमन्त्री नैपुण्यदाक्षिण्यपरं प्रसूते ।
सुमेधसं वाङ्मनसा हितार्थं कृपापरं बुद्धिगुणान्वितञ्च ॥ ३ ॥

यदि कुण्डली में मिथुन राशि में गुरू हो तो जातक परम निपुण व चतुर, सुन्दर बुद्धिवाला, वाणी व मन से शुभ चिंतक, परम दयालु और बुद्धि से गुणो होता है ॥ ३ ॥

कर्क राशिस्थ गुरू का फल—

तिष्ठन् गुरौ कर्कटके सुरूपं विद्वांसमोजो बलवीर्ययुक्तम् ।
प्राज्ञं प्रसूते प्रियधर्मभाजं यशस्विनं लोकतिरस्कृतञ्च ॥ ४ ॥

यदि कुण्डली में कर्क राशि में गुरू हो तो जातक स्वरूपवान्, विद्वान्, ओजस्वी, बल व पराक्रम से युक्त, बुद्धिमान्, सुन्दर धर्मातमा, यशस्वी और संसार में पुरस्कार प्राप्त करने वाला होता है ॥ ४ ॥

सिंह राशिस्थ गुरू का फल—

सिंहे मते देवगुरुः प्रवीरं नरं प्रसूते स्थितधीरसत्वम् ।
विद्वासमालक्ष्यमुदारमुग्रं शूरं बहुस्निग्धसुहज्जनञ्च ॥ ५ ॥

यदि कुण्डली में सिंह राशि में गुरू हो तो जातक बड़ा वीर, धैर्यवान्, बली, पण्डित, लक्ष्य को जानने वाला, उदार चेता, उग्र, योद्धा और अधिक चिकने मित्र से युक्त होता है ॥ ५ ॥

कन्या राशिस्थ गुरू का फल—

षष्ठे क्रियाज्ञानविशुद्धबुद्धिं मेधाविनं कर्मकथाभिरामम् ।
शास्त्रार्थशिल्पश्रुतिकाव्यचित्तं सुदर्शनं देवगुरुः प्रसूते ॥ ६ ॥

यदि कुण्डली में कन्या राशि में गुरू हो तो जातक कार्यों का ज्ञाता, विशुद्ध बुद्धिमान्, मेधावी, कार्य की बातों में आसक्त, शास्त्र, धन, कारीगरी, वेद और काव्य में चित्तवाला और सुन्दर दर्शनीय होता है ॥ ६ ॥

तुला राशिस्थ गुरू का फल—

तुले विचित्रार्थबहुप्रलापं गुरुर्गुरुं ख्यातधियं प्रसूते ।
कान्तं शुभाचाररत विनीतं प्राज्ञं वणिक्सार्थमहत्तरञ्च ॥ ७ ॥

यदि कुण्डली में तुला राशि में गुरू हो तो जातक विचित्र अर्थी, अधिक प्रलापी, महान्, प्रसिद्ध बुद्धिमान्, प्रिय, शुभाचरण में आसक्त, विनयी, पण्डित और बड़ा व्यापारी होता है ॥ ७ ॥

वृश्चिक राशिस्थ गुरू का फल –

गुरुर्नरं वृश्चिकमभ्युपेत्य क्षुद्रं प्रसूते बहुशत्रुपक्षम् ।
सुहृद्बलं द्रोहरतं कुशीलं प्रपञ्चकं हिंस्रमनिष्टदारम् ॥ ८ ॥

यदि कुण्डली में वृश्चिक राशि में गुरु हो तो जातक क्षुद्र, अधिक शत्रुओं से युक्त, मित्रों से बली, द्रोह में आसक्त, दूषित स्वभाव वाला, प्रपञ्ची, हिंसक और अशुभ स्त्री वाला होता है ॥ ८ ॥

धनु राशिस्थ गुरू का फल—

धनुर्धरस्थस्तु गुरुः प्रसूते प्रियोपहारं श्रुतिधर्मशीलम् ।
यज्ञव्रताचार्यमसंस्थितार्थं दातारमार्थं बहुमित्रपक्षम् ॥ ९ ॥

यदि कुण्डली में धनु राशि में गुरू हो तो जातक उपहार प्रेमी, वैदिक धर्म से युक्त यज्ञ व व्रत में प्रधान, अस्थिर धनी, दानी, श्रेष्ठ और बहुत पक्षों से युक्त होता है ॥ ९ ॥

मकर राशिस्थ गुरू का फल—

गुरुर्मृगे मार्दवमल्पवीर्यं नीचक्रियाचाररतं दुरन्तम् ।
मूर्खं पराज्ञाकरमर्थहीनं बहुश्रमं क्लेशसहं प्रसूते ॥ १० ॥

यदि कुण्डली में मकर राशि में गुरू हो तो जातक सरल, अल्पबली, दूषित कार्य एवं आचार में आसक्त, मूर्ख, दूसरे की आज्ञा मानने वाला, धन हीन, अधिक परिश्रमी और क्लेश सहने वाला होता है ॥ १० ॥

कुम्भ राशि में गुरू का फल—

कुम्भे तु जीवः पिशुनं नृशंसं विद्वेषशीलं जनयत्यसत्यम् ।
कुशिल्पनोपाश्रयकर्मिणञ्च मुख्यं गणानामतिनीचचेष्टम् ॥११॥

यदि कुण्डली में कुम्भ राशि में गुरू हो तो जातक चुगल खोर, निन्दित, विद्रोही, झूठ बोलने वाला, दूषित कारीगर के आश्रय से काम करने वाला, समुदाय में प्रधान और अधिक दूषित इच्छा वाला होता है ॥ ११ ॥

मीन राशि में गुरू का फल—

मीनद्वयस्थो गुरुगौरवज्ञं गुरुर्नरं श्लाघ्यतमं प्रसूते ।
धृष्टं स्थिरारम्भमहीनदर्पं वेदार्थशास्त्रश्रुतिकाव्यचित्तम् ॥ १२ ॥

यदि कुण्डली में मीन राशि में गुरू हो तो जातक गुरू के गौरव को जाननेवाला, प्रशंसनीय, ढीठ, स्थिर कार्यारम्भी, अहंकार से रहित, वेद के अर्थों में और श्रुति काव्य में दत्त चित्त होता है ॥ १२ ॥

सूर्य को होरा में गुरू का फल—

होरां रवेर्देवगुरुः प्रयातः करोति मर्त्यं बहुरोषयुक्तम् ।
लुब्धं स्ववाग्दोषयुतं सुतीव्रं सुगुप्तपापं परतर्ककञ्च ॥ १३ ॥

यदि कुण्डली में सूर्य की होरा में गुरू हो तो जातक अधिक क्रोधी, लोभी, दोष से युक्त वाणी वाला, तीखा, छिपकर पाप करने वाला और दूसरे की चिन्ता करने वाला होता है ॥ १३ ॥

चन्द्रमा की होरा में गुरू का फल—

चन्द्रस्य होराधिगतः सुरेज्यो नरं प्रसूते सुभगं मनोज्ञम् ।
स्थिरक्रियारम्भधनं शरण्यं धर्मः स्वभावं दृढसौहृदञ्च ॥ १४ ॥

यदि कुण्डली में चन्द्रमा की होरा में गुरू हो तो जातक सुन्दर भाग्यवान्, प्रिय, स्थिर कार्य से धनी, आश्रयी, धार्मिक प्रकृति और स्थिर मैत्री वाला होता है ॥ १४ ॥

सूर्य के द्रेष्काण में गुरू का फल—

भागे तृतीये सुरराजमन्त्री सूर्यस्य सूते कृपणं मनुष्यम् ।
क्रूरं क्रियाहीनमनः प्रधृष्यं निन्दाकुकर्मार्जितसंपदञ्च ।। १५ ।।

यदि कुण्डली में सूर्य के द्रेष्काण में गुरू हो तो जातक लोभी, क्रूर, कर्म से हीन, मन से ढीठ, निन्दा और कुकर्म (दूषित कार्य) से धन पैदा करने वाला होता है ।। १५ ।।

चन्द्रमा के द्रेष्काण में गुरू का फल—

जीवस्त्रिभागे रजनीकरस्य तिष्ठन् प्रसूते सुमनोज्ञरूपम् ।
नरं प्रसिद्धं बहुमानवित्तं प्रगल्भचित्तं द्विजदेवरक्तम् ।। १६ ।।

यदि कुण्डली में चन्द्रमा के द्रेष्काण में गुरू हो तो जातक सुन्दर स्वरूपवान्, विख्यात, अधिक सम्मान व धन से युक्त, प्रतिभाशाली, देवता और ब्राह्मणों में आसक्त होता है ।। १६ ।।

भौम के द्रेष्काण में गुरू का फल—

त्र्यंशे गुरुर्भूमिसुतस्य धत्ते नृणां भयं बन्धुजनप्रसूतम् ।
पित्ताक्षिरोगं धनधान्यनाशं प्रभाषणं दस्युकृतं सदैव ।। १७ ।।

यदि कुण्डली में भौम के द्रेष्काण में गुरू हो तो जातक बान्धवों से भयभीत, पित्त व नेत्र (आँख) का रोगी, धन-धान्य का नाशक और सदा ही चोर कृत भाषण देने वाला होता है ।। १७ ।।

बुध के द्रेष्काण में गुरू का फल—

त्र्यंशे गुरुः सोमसुतस्य तिष्ठन् करोति मर्त्यं प्रवरं प्रसिद्धम् ।
विद्याविनीतं बहुधर्मसक्तं सौम्याकृतिं सौम्यगुणैः समेतम् ।। १८ ।।

यदि कुण्डली में बुध के द्रेष्काण में गुरू हो तो जातक श्रेष्ठ, विख्यात, विद्या से विनयी या पण्डित, अधिक धर्मों में आसक्त, सरल आकृति का और मृदुगुणों से युक्त होता है ।। १८ ।।

अपने द्रेष्काण में गुरू का फल—

त्र्यंशे स्वके देवगुरुः प्रसूते नरं सुशीलं विजितारिपक्षम् ।
क्षमान्वितं पार्थिवमानयुक्तं चतुष्पदाढ्यं प्रणतं गुरूणाम् ।। १९ ।।

यदि कुण्डली में अपने द्रेष्काण में गुरू हो तो जातक सुशील, शत्रुओं को जीतने वाला, क्षमावान्, राजा से सत्कृत, पशुओं से युक्त और गुरुजनों को नमन करने वाला होता है ।। १९ ।।

शुक्र के द्रेष्काण में गुरू का फल—

दृकाणसंस्थो भृगुजस्य जीवो नरं प्रसूते बहुकाञ्चनाढ्यम् ।
नानास्वभावं वररत्नयुक्तं सुखान्वितं पार्थिववल्लभञ्च ।। २० ।।

यदि कुण्डली में शुक्र के द्रेष्काण में गुरू हो तो जातक अधिक सुवर्ण वाला, अनेक प्रकृति का, श्रेष्ठ रत्नों से युक्त, सुखी और राजा का प्रिय पात्र होता है ॥ २० ॥

शनि के द्रेष्काण में गुरू का फल—

रौद्रं परस्वापहरं कुबुद्धिमनिष्टकर्माणममित्रवन्तम् ।
द्रेष्काणसंस्थो रविजस्य जीवो नर प्रसूते बहुशोकभाजम् ॥ २१ ॥

यदि कुण्डली में शनि के द्रेष्काण में गुरू हो तो जातक भयानक दूसरे के धन को हरण करने वाला, दूषित बुद्धि का, अशुभ कार्य-कर्ता, मित्र रहित और अधिक शोक भोगने वाला होता है ॥ २१ ॥

सूर्य के नवांश में गुरू का फल—

प्रेष्यः कुकर्मातिखलस्वभावो धनैर्विहीनस्त्वथ मन्दसत्वः ।
नवांशके वासरपस्य जीवो यदा तदा स्यान्मनुजः प्रचण्डः ॥ २२ ॥

यदि कुण्डली में सूर्य के नवांश में गुरू हो तो जातक सेवक, कुकर्मी, अधिक दुष्ट प्रकृति का, धन से हीन, अल्पबली और प्रचण्ड होता है ॥ २२ ॥

चन्द्रमा के नवांश में गुरू का फल—

नवांशके रात्रिपतेः सुरेज्यस्तिष्ठन् प्रसूते सुभगं मनुष्यम् ।
प्रियातिथिं भीतिकरं नराणां प्रसन्नचित्तं प्रमदास्वभीष्टम् ॥ २३ ॥

यदि कुण्डली में चन्द्रमा के नवांश में गुरू हो तो जातक अच्छा भाग्यशाली, अतिथियों का प्रेमी, मनुष्यों को भयभीत करने वाला, प्रसन्न चित्त और स्त्रियों का प्रेमी होता है ॥ २३ ॥

भौम के नवांश में गुरू का फल—

मुखादिरोगव्यसनोपतप्तं व्ययान्वितं पापरतं प्रकाशम् ।
नवांशके भूमिसुतस्य जीवस्तिष्ठन् प्रसूतेतिखलं मनुष्यम् ॥ २४ ॥

यदि कुण्डली में भौम के नवांश में गुरू हो तो जातक मुख आदि के रोग से और व्यसनों से दुःखी, खर्चीला, पापी, तेजस्वी और अत्यन्त दुष्ट होता है ॥ २४ ॥

बुध के नवांश में गुरू का फल—

बुधस्य भागे नवमे सुरेज्यस्तिष्ठन् प्रसूते सदयं मनुष्यम् ।
वित्तान्वितं धर्मपरं सुवेषं शास्त्रार्थरक्तं गुरुभक्तियुक्तम् ॥ २५ ॥

यदि कुण्डली में बुध के नवांश में गुरू हो तो जातक दयालु, धनी, धर्मात्मा, सुन्दर वेषधारी, शास्त्रार्थ में आसक्त और गुरू का भक्त होता है ॥ २५ ॥

अपने नवांश में गुरू का फल—

जीवो नवांशे विचरन् स्वकीये करोति मर्त्यं नृपतुल्यवेषम् ।
पुत्रान्वितं शुद्धकलैकयुक्तं शास्त्रार्थयुक्तं सुतवीर्यवन्तम् ॥ २६ ॥

यदि कुण्डली में अपने नवांश में गुरू हो तो जातक राजा के समान वेषधारी, पुत्रवान्, शुद्ध एक किसी कला का जानकार, शास्त्रार्थी और पुत्र के बल से बली होता है ॥ २६ ॥

शुक्र के नवांश में गुरू का फल—

शुक्रस्य भागे नवमे सुरेज्यस्तिष्ठन् प्रसूते सुखिनं मनुष्यम् ।
तेजस्विनं कीर्तिकरं कृतज्ञं पुण्यात्मकं धर्मरतं सदैव ॥ २७ ॥

यदि कुण्डली में शुक्र के नवांश में गुरू हो तो जातक सुखी, तेजस्वी, कीर्तिमान्, कृतज्ञ, पुण्यात्मा और सदा ही धर्म में आसक्त होता है ॥ २७ ॥

शनि के नवांश में गुरू का फल—

भवाक्षिरोगव्यसनैः समेतं श्रिया विहीनं विगतप्रतापम् ।
नवांशकस्थो रविजस्य जीवो नरं प्रसूते नृपपीडितञ्च ॥ २८ ॥

यदि कुण्डली में शनि के नवांश में शुक्र हो तो जातक आँख का रोगी, व्यसनी, धन व प्रताप से रहित और राजा से पीडित होता है ॥ २८ ॥

सूर्य के द्वादशांश में गुरू का फल—

सूर्यांशके बासरपस्य जीवो नरं प्रसूते विधनं विरूपम् ।
अकीर्तिमन्तं बहुशत्रुपक्षं मित्रैर्वियुक्तं विमुखं विशीलम् ॥ २९ ॥

यदि कुण्डली में सूर्य के द्वादशांश में गुरू हो तो जातक धन से हीन, कीर्ति से रहित, अधिक शत्रु वाला, मित्रों से हीन, विरूप, सुख से हीन और शीलता से रहित होता है ॥ २९ ॥

चन्द्रमा के द्वादशांश में गुरू का फल—

सूर्यांशके देवगुरुः प्रसूते चन्द्रस्य तिष्ठन् धनिनं मनुष्यम् ।
प्रियातिथिं पुत्रसुखार्थयुक्तं भूपालपूज्यं दयितं जनानाम् ॥ ३० ॥

यदि कुण्डली में चन्द्रमा के द्वादशांश में गुरू हो तो जातक धनी, अतिथि प्रेमी, पुत्रवान्, सुखी, राजा से पूजित और मनुष्यों का प्रिय होता है ॥ ३० ॥

भौम के द्वादशांश में गुरू का फल—

बृहस्पतिर्द्वादशभागसंस्थो भौमस्य सूते प्रबलं मनुष्यम् ।
विधर्मशीलं व्यसनैरुपेतं रुगर्दितं बन्धनभागिनञ्च ॥ ३१ ॥

यदि कुण्डली में भौम के द्वादशांश में गुरू हो तो जातक बड़ा दुष्ट, धर्म से रहित स्वभाव का, व्यसनी, रोग से पीडित और जेल भोगी होता है ॥ ३१ ॥

बुध के द्वादशांश में गुरू का फल—

अर्कांशसंस्थः शशिजस्य जीवो नरं प्रसूते प्रथितं त्रिलोके ।
सत्याधिकं सर्वगुणैरुपेतं प्रभुप्रियं बन्धुजनस्य नित्यम् ॥ ३२ ॥

यदि कुण्डली में बुध के द्वादशांश में गुरू हो तो जातक तीन लोक में प्रसिद्ध, अधिक सत्य बोलने वाला, समस्त गुणों से युक्त, समर्थ और बान्धवों का प्रतिदिन प्रेमी होता है ॥ ३२ ॥

अपने द्वादशांश में गुरू का फल—

अर्कांशकस्थः प्रकरोति जीवो तिष्ठन्नरं सर्वसमृद्धिमन्तम् ।
पुष्टं जितारिं भयरोगयुक्तं रामास्वभीष्टं सततं सुशीलम् ॥ ३३ ॥

यदि कुण्डली में अपने द्वादशांश में गुरू हो तो जातक समस्त प्रकार से संपन्न, बलवान्, शत्रु को जीतने वाला, डरपोक, रोगी, स्त्रियों का प्रेमी और निरन्तर सुशील होता है ॥ ३३ ॥

शुक्र के द्वादशांश में गुरू का फल—

जीवो भृगोर्द्वादशभागसंस्थो नरं प्रसूते हयकाञ्चनाढ्यम् ।
प्रियातिथिं भोगिनमार्यशीलं प्रमर्दिनं वैरिजनस्य नित्यम् ॥ ३४ ॥

यदि कुण्डली में शुक्र के द्वादशांश में गुरू हो तो जातक घोड़ा व सुवर्ण से युक्त, अतिथि प्रेमी, भोगी, अच्छे स्वभाव का और प्रतिदिन शत्रु का नाशक होता है ॥३४॥

शनि के द्वादशांश में गुरू का फल—

सूर्यांशके भास्करनन्दनस्य जीवो कुचैलं कुरुते मनुष्यम्
दीनं विरूपं बहुदुःखभाजं प्रपीडितं दस्युभिरेव भूपैः ॥ ३५ ॥

यदि कुण्डली में शनि के द्वादशांश में गुरू हो तो जातक दूषित वस्त्रधारी, दीन, विरूप, अधिक दुःख भोगने वाला, चोर और राजा से पीडित होता है ॥ ३५ ॥

भौम के त्रिंशांश में गुरू का फल—

त्रिंशांशके भूतनयस्य जीवो नरं प्रसूते कुटिलं मनुष्यम् ।
ईर्ष्यापरं पण्डितलोकवर्ज्यं विहीनशीलं परिवादरक्तम् ॥ ३६ ॥

यदि कुण्डली में भौम के त्रिंशांश में गुरू हो तो जातक, टेढ़े स्वभाव का, ईर्ष्यालु, विद्वान् जनों से अयुक्त, शीलता से हीन और दूसरे की शिकायत करने में आसक्त होता है ॥ ३५ ॥

शनि के त्रिंशांश में गुरू का फल—

त्रिंशल्लवे सूर्यसुतस्य जीवस्तिष्ठन् प्रसूते विधनं मनुष्यम् ।
पापानुरक्तं परदारशीलं स्वबन्धुहीनं कुटिलस्वभावम् ॥ ३७ ॥

यदि कुण्डली में शनि के त्रिंशांश में गुरू हो तो जातक निर्धन, पाप में आसक्त, दूसरे की स्त्री में अनुरक्त, अपने बान्धवों से रहित और टेढ़े स्वभाव का होता है ॥ ३७ ॥

बुध के त्रिंशांश में गुरू का फल—

त्रिंशांशके सोमसुतस्य मन्त्री मनीषिणं वाक्चतुरं करोति ।
मर्त्यं विरक्तं द्विजदेवभक्तं संतुष्टचित्तं सततं सुशीलम् ॥ ३८ ॥

यदि कुण्डली में बुध के त्रिशांश में गुरू हो तो जातक विद्वान्, वाणी से चतुर अर्थात् बोलने में निपुण, विरक्त, देव व ब्राह्मण भक्त, प्रसन्न चित्त और सदा सुशील होता है ॥ ३८ ॥

अपने त्रिशांश में गुरू का फल——

त्रिंशांशके स्वे प्रकरोति जीवः कुलीनवृत्तं सततं मनुष्यम् ।
अध्यात्मविद्यागमसक्तचित्तं क्षमान्वितं ब्रह्मविदां वरिष्ठम् ॥ ३९ ॥

यदि कुण्डली में अपने त्रिशांश में गुरू हो तो जातक सदा अच्छे कुल के आचरण से युक्त, अध्यात्मविद्या में अनुरक्त चित्त वाला, क्षमावान्, और ब्रह्मवेत्ताओं में श्रेष्ठ होता है ॥ ३९ ॥

शुक्र के त्रिशांश में गुरू का फल——

त्रिंशांशके भार्गवनन्दनस्य जीवश्चरन् वित्तयुतं विधत्ते ।
नरं विनीतं सुतभोगयुक्तं स्त्रीणामभीष्टं नृपलोकमान्यम् ॥ ४० ॥

यदि कुण्डली में शुक्र के त्रिशांश में गुरू हो तो जातक धनी, विनयी, पुत्र के भोग से युत, स्त्रियों का प्रिय, राजा और संसार से सम्मानित होता है ॥ ४० ॥

मित्र बल से युक्त गुरू का फल——

सुहृद्बलो देवगुरुः प्रसूते नरं विनीतं सततं सुशीलम् ।
ख्यातं स्थिरं स्फीतिधरं सुमित्रं सद्वृत्तयुक्तञ्च तथा जितारिम् ॥४१॥

यदि कुण्डली में मित्र बल से युक्त गुरू हो तो जातक विनयी, निरन्तर सुशील, प्रसिद्ध, स्थिर, बढ़ने वाला, अच्छे मित्रों से युक्त, अच्छा चरित्रवान् और शत्रु को जीतने वाला होता है ॥ ४१ ॥

अपने क्षेत्र बल से युक्त गुरू का फल——

स्वक्षेत्रवीर्येण युतः सुरेज्यो नरं प्रसूते गुणशीलवन्तम् ।
मेधाविनं देवगुरुप्रसक्तं प्रख्यातकर्माणमनल्पवीर्यम् ॥ ४२ ॥

यदि कुण्डली में अपने क्षेत्रबल से युक्त गुरू हो तो जातक गुणी, सुशील मेधावी, देवता व गुरूजनों में अनुरक्त, प्रसिद्ध कार्य करने वाला और अधिक बली होता है ॥ ४२ ॥

उच्च बल से युक्त गुरू का फल——

स्वतुङ्गवीर्येण युतः सुरेज्यो करोति नानार्थयुतं मनुष्यम् ।
गान्धर्वशिल्पव्यवहारकाव्यमाधुर्यदाक्षिण्यपदं दयालुः ॥ ४३ ॥

यदि कुण्डली में उच्च बल से युक्त गुरू हो तो जातक अनेक धनों से युक्त, गायन-शिल्प-व्यवहार-काव्य-मीठापन व चतुरता से युक्त होता है ॥ ४३ ॥

शुभ दृष्टि बल से युक्त गुरू का फल——

शुभग्रहालोकनवीर्ययुक्तो जीवो विधत्ते विरुजं मनुष्यम् ।
पापैरनार्यैरखिलैर्विरुद्धमभ्यर्चितं ज्ञातिभिरेवभूपैः ॥ ४४ ॥

यदि कुण्डली में शुभ दृष्टि बल से युक्त गुरू हो तो जातक रोग हीन, समस्त पापी व अनाड़ी पुरुषों से विपरीत और अपनी जाति के मनुष्यों से व राजा से पूजित होता है ॥ ४४ ॥

पुरुष राशि बल से युक्त गुरू का फल—

पुंक्षेत्रवीर्येण युतस्तु जीवो गाम्भीर्यधैर्यैः प्रवरं मनुष्यम् ।
चतुष्पदाढ्यं कुलदेवमुख्यं धर्मं सुशीलं नृपवल्लभञ्च ॥ ४५ ॥

यदि कुण्डली में पुरुष राशि बल से युक्त गुरू हो तो जातक गम्भीरता व धैर्यता से श्रेष्ठ, पशुओं से युक्त, कुल के देवताओं में प्रधान, धर्मात्मा, सुशील और राजा का प्रिय होता है ॥ ४५ ॥

दिग्बल से युक्त गुरू का फल—

बृहस्पतिर्दिग्बलवान् प्रसूते सुपण्डितं भूरिगुणैः समेतम् ।
वस्त्रान्नपानैः सततं मनोज्ञं गतारिपक्षं गतसाध्वसञ्च ॥ ४६ ॥

यदि कुण्डली में दिग्बल से युक्त गुरू हो तो जातक अच्छा विद्वान्, बड़ा गुणी, वस्त्र-अन्न व पान से युक्त, निरन्तर सुन्दर, शत्रु से हीन और निर्भय होता है ॥ ४६ ॥

चेष्टा बल से युक्त गुरू का फल—

चेष्टाबलाढ्यः सुरराजमन्त्री सुचेष्टितं सजनयेन्मनुष्यम् ।
तन्त्रान्वितं लब्धविशालसौख्यं शूरं धनाप्तं क्षमया सहिष्णुम् ॥ ४७ ॥

यदि कुण्डली में चेष्टा बल से युक्त गुरू हो तो जातक अच्छी-अच्छी इच्छा करने वाला, तन्त्र का ज्ञाता, विस्तृत सुख-प्राप्त करने वाला, वीर, धनी और क्षमा से क्षमा करने वाला होता है ॥ ४७ ॥

दिन बल से युक्त गुरू का फल—

दिवा बलाढ्यः प्रकरोति जीवो नरं प्रसिद्धं बहुवित्तयुक्तम् ।
प्रसन्नमूर्तिं प्रणतारिपक्षं सुखान्वितं तन्त्रविदां वरिष्टम् ॥ ४८ ॥

यदि कुण्डली में दिन बल से युक्त गुरू हो तो जातक विख्यात, अधिक धन से युक्त, प्रसन्न स्वरूप, विनयी शत्रु पक्ष वाला, सुखी और तन्त्र वेत्ताओं में श्रेष्ठ होता है ॥ ४८ ॥

अपने वार बल से युक्त गुरू का फल—

स्ववारवीर्येण युतस्तु जीवो विद्याधिकं संजनयेन्मनुष्यम् ।
स्त्रीलाभयुक्तं स्वजनानुकूलं प्रियं वदं सर्वकलासु दक्षम् ॥ ४९ ॥

यदि कुण्डली में वार बल से युक्त गुरू हो तो जातक बड़ा पण्डित, स्त्री लाभ से युक्त, अपने मनुष्यों का अनुकूल, मीठा बोलने वाला और समस्त कलाओं में चतुर होता है ॥ ४९ ॥

वर्ष बल से युक्त गुरू का फल—

गुरुर्यदा वर्षबलेन युक्तस्तदा प्रसूते सुभगं मनुष्यम् ।
अनार्यशीलं बहुवीर्ययुक्तं बन्धुं नृपाणां प्रचुरान्नपानम् ॥ ५० ॥

यदि कुण्डली में वर्ष बल से युक्त गुरू हो तो जातक अच्छा भाग्यवान्, दूषित स्वभावी, अधिक पराक्रम से युक्त, राजाओं का बान्धव और अधिक अन्न पान से युक्त होता है ॥ ५० ॥

अपने मास बल से युक्त गुरू का फल—

स्वमासवीर्येण युतः सुरेज्यः करोति मर्त्यं सुभगं कृतज्ञम् ।
कान्तं विनीतं प्रचुराङ्गनाढ्यं स्वबन्धुपूज्यं सततं धनाढ्यम् ॥ ५१ ॥

यदि कुण्डली में स्वमास बल से युक्त गुरू हो तो जातक सुन्दर भाग्यशाली, कृतज्ञ, प्रिय, विनयी, अधिक स्त्रियों से युक्त, अपने बान्धवों से पूजित और सदा धनी होता है ॥ ५१ ॥

होरा बल से युक्त गुरू का फल—

होराबलाढ्यः प्रकरोति जीवो नरं महाज्ञानयुतं प्रशान्तम् ।
विज्ञानशास्त्रश्रुतिसौख्ययत्नं प्रियातिथिं मानधनैः समेतम् ॥ ५२ ॥

यदि कुण्डली में होरा बल से युक्त गुरू हो तो जातक बड़ा ज्ञानी, शान्त स्वभाव, विज्ञान शास्त्र-वेद और सुख के लिये यत्न करने वाला, अतिथि प्रेमी और सम्मान व धन से युक्त होता है ॥ ५२ ॥

पक्ष बल से युक्त गुरू का फल—

जीवो यदा पक्षबलेन युक्तो नरं प्रसूतेऽतिचलं प्रधानम् ।
विद्यान्वितं सर्वसुखाधिवासं रत्नान्वितं वाजिगजैः समेतम् ॥ ५३ ॥

यदि कुण्डली में पक्ष बल से युक्त गुरू हो तो जातक अधिक चञ्चल, प्रधान, पण्डित, सब प्रकार से सुखी, रत्नों से युक्त और घोड़ा हाथियों से युक्त होता है ॥ ५३ ॥

मित्र बल से हीन गुरू का फल—

जीवो यदा मित्रबलेन हीनस्तदा प्रसूते कृपणं मनुष्यम् ।
शत्रुप्रहारज्वरपानदोषस्त्रीरोगबन्धादिनिपीडितञ्च ॥ ५४ ॥

यदि कुण्डली में मित्र बल से हीन गुरू हो तो जातक लोभी, शत्रु के प्रहार से ज्वर-मदिरा पान के दोष से, स्त्री-रोग व बन्धनादि से पीडित होता है ॥ ५४ ॥

स्थान बल से हीन गुरू का फल—

स्वस्थानवीर्येण विवर्जितस्तु जीवः प्रसूते कठिनस्वभावम् ।
मृताङ्गनं कुक्षिरुगर्तिदेहं मित्रैर्विहीनं भयवित्तवन्तम् ॥ ५५ ॥

यदि कुण्डली में अपने स्थान बल से हीन गुरू हो तो जातक कठोर प्रकृति का, नष्ट स्त्री वाला, पेट के रोग से पीडित देहधारी, मित्रों से हीन, डरपोक और धनी होता है ॥ ५५ ॥

उच्च बल से हीन गुरू का फल—

जीवोच्चवीर्येण विवर्जितस्तु करोति नीचप्रकृतिं मनुष्यम् ।
पुत्रार्थहीनं विवरं कृतघ्नं प्रपीडितं पार्थिवचोरसङ्घैः ॥ ५६ ॥

यदि कुण्डली में उच्च बल से हीन गुरू हो तो जातक दुष्ट स्वभावी, पुत्र व धन से हीन, छिद्रान्वेषी, कृतघ्न और राजा व चोर समुदाय से दुःखी होता है ॥ ५६ ॥

नवांश बल से हीन गुरू का फल—

नवांशवीर्येण विवर्जितस्तु सुरेन्द्रमन्त्री कुरुते भयार्तम् ।
पापादिरोगैः सहितं सुदीनं विहीनबुद्धिं विसुखं विशोकम् ॥ ५७ ॥

यदि कुण्डली में नवांश बल से हीन गुरू हो तो जातक भय से पीडित, पापादि रोग से युक्त, दीन, बुद्धि हीन, सुख से रहित और शोक से हीन होता है ॥ ५७ ॥

शुभ दृष्टि बल से हीन गुरू का फल—

शुभग्रहालोकनवीर्यहीनो जीवः प्रसूतेऽतिकुरूपदेहम् ।
स्वबन्धुहीनं जठरस्वभावं वैरिप्रियं क्रोधपरं कुशीलम् ॥ ५८ ॥

यदि कुण्टली में शुभ दृष्टि बल से हीन गुरू हो तो जातक अधिक कुरूप देहधारी, अपने बान्धवों से रहित, कठोर स्वभावी, शत्रुता का प्रेमी, परम क्रोधी और दुःशील होता है ॥ ५८ ॥

पुं बल से हीन गुरू का फल

पुंवीर्यहीनः सुरराजमन्त्री नरं प्रसूते ललनास्वभावम् ।
भीरुं शठं नैष्कृतिकप्रकारं श्लेष्मार्तिदेहं वृजिनात्मकञ्च ॥ ५९ ॥

यदि कुण्डली में पुं बल से हीन गुरू हो तो जातक स्त्री प्रकृति का, डरपोक, धूर्त, निष्क्रिय, कफ जन्य रोग से पीडित देहधारी और पापी होता है ॥ ५९ ॥

दिग् बल से हीन गुरू का फल—

दिग्वीर्यहीनः कुरुते सुरेज्यो नरं विहीनं धनधान्यजातैः ।
विदेशरक्तं चपलस्वभावं पराभवैकास्पदमेव नित्यम् ॥ ६० ॥

यदि कुण्डली में दिग् बल से हीन गुरू हो तो जातक धन धान्य से हीन, परदेश में आसक्त, अप्रिय बोलने वाला और प्रतिदिन पराजित होता है ॥ ६० ॥

चेष्टा बल से हीन गुरू का फल—

चेष्टाबलेनैव विना सुरेज्यः करोति पापात्मकमुग्ररूपम् ।
स्त्रीलोकविद्युल्ललनाम्बुदोषैः संपीड्यते वा नृपतेर्मनुष्यैः ॥ ६१ ॥

यदि कुण्डली में चेष्टा बल से हीन गुरू हो तो जातक पापात्मा, उग्र स्वरूप, स्त्री संसार का प्रकाशक और स्त्री के जल दोष से वा राजा के मनुष्यों से पीडित होता है ॥ ६१ ॥

दिन बल से हीन गुरू का फल—

करोति जीवो द्युबलेन हीनः नरं प्रकृत्या पिशुनस्वभावम् ।
कन्याप्रजं वातरुजाभितप्तं निर्वारिविद्वेषविवृद्धदोषम् ॥ ६२ ॥

यदि कुण्डली में दिन बल से हीन गुरू हो तो जातक स्वभाव से हीन चुगल खोर, कन्या सन्तान वाला, वायु रोग से पीडित, शत्रुता का निर्वारक और अधिक दोषी होता है ॥ ६२ ॥

अपने वार बल से हीन गुरू का फल—

स्ववारवीर्येण विना सुरेज्यो नरं प्रसूते परिभूत-ीर्यम् ।
पित्ताग्निदाहज्वरशस्त्रचोरैः प्रपीडितं धर्मविवर्जितञ्च ॥ ६३ ॥

यदि कुण्डली में अपने वार बल से हीन गुरू हो तो जातक पीडित बल वाला, पित्त-जलन-ज्वर-शस्त्र और चोरों से पीडित एवं धर्म से रहित होता है ॥ ६३ ॥

वर्ष बल से हीन गुरू का फल—

स्ववर्षवीर्येण विना सुरेज्यः करोति मर्त्यं धनऋद्धिहीनम् ।
कृशं कृतघ्नं चपलस्वभावं कफानिलाभ्यां सततञ्च युक्तम् ॥ ६४ ॥

यदि कुण्डली में वर्ष बल से हीन गुरू हो तो जातक धन व ऋद्धि से हीन, दुर्बल, कृतघ्न, चपल (अप्रिय) स्वभावी और कफ व वायु से सदा युक्त होता है ॥ ६४ ॥

मास बल से हीन गुरू का फल—

विवर्जितो मासबलेन जीवः करोति मिथ्यात्मकमुग्ररूपम् ।
परापवादेषु रतं कृतघ्नं परान्नरक्तं परयोषिताढ्यम् ॥ ६५ ॥

यदि कुण्डली में मास बल से हीन गुरू हो तो जातक झूठ बोलने वाला, उग्र स्वरूप, दूसरे की शिकायत में अनुरक्त, कृतघ्न, परान्न में आसक्त और परस्त्री से युक्त होता है ॥ ६५ ॥

होरा बल से हीन गुरू का फल—

करोति होराबलहीनमूर्तिः सुरेन्द्रमन्त्री बहुशाठ्ययुक्तम् ।
गतत्रयं हीनबलं कुरूपं बन्धात्मकं कारककारकञ्च ॥ ६६ ॥

यदि कुण्डली में होरा बल से हीन गुरू हो तो जातक अधिक धूर्तता से युक्त, निर्बल, कुरूप, बन्धन से युक्त और अपने करने वाले का कार्य कर्ता होता है ॥ ६६ ॥

पक्ष बल से हीन गुरू का फल—

बृहस्पतिः पक्षबलेन हीनः करोति मर्त्यं निजपक्षहीनम् ।
लोभाभिभूतं परिहीनसत्वं प्रभूतशत्रं परदाररक्तम् ॥ ६७ ॥

यदि कुण्डली में अपने पक्ष बल से हीन गुरू हो तो जातक अपने पक्ष से रहित, परिपीडित, निर्बल, अधिक शत्रु वाला और दूसरे की स्त्री में आसक्त होता है ॥ ६७ ॥

इति वृद्धयवने गुरुचारः ।

इस प्रकार वृद्धयवनोक्त गुरुचार का फल समाप्त हुआ ॥ १–६७ ॥

[अथ वृद्धयवने शुक्रचारः]

अब आगे शुक्र की परिस्थिति वश वृद्धयवनोक्त शुक्र के फल को बतलाते हैं ।

मेष राशि में शुक्र का फल––

मेषे तु शुक्रो जनयत्यशान्तं नरं बहुक्षेमविरोधशीलम् ।
क्षुद्रं परस्त्रीहरणे प्रसक्तं सेर्ष्यं वनारण्यविचारिणञ्च ॥ १ ॥

यदि जन्मकाल में शुक्र मेष राशि में हो तो जातक अशान्त, अधिक शुभ का विरोधी, क्षुद्र, दूसरे की स्त्री को चुराने में अनुरक्त, ईर्ष्यालु, वन और जंगल में घूमने वाला होता है ॥ १ ॥

वृष राशि में शुक्र का फल––

वृषे बहुस्त्री सुतरत्नमाढ्यं ख्यातं प्रसूते भृगुजः सुमूर्तिम् ।
स्वबन्धुभर्तारमनेकवीर्यं कृषीबलं गोकुलजीविनञ्च ॥ २ ॥

यदि जन्मकाल में शुक्र वृष राशि में हो तो जातक अधिक स्त्री-पुत्र व रत्नों से सम्पन्न, प्रसिद्ध, सुन्दर, स्वरूपवान्, अपने बान्धवों का स्वामी, अनेक प्रकार से गाय के वंश से आजीविका उपार्जित करने वाला होता है ॥ २ ॥

मिथुन राशि में शुक्र का फल––

निषेवमाणो मिथुनं प्रसूते शुक्रो नरं वाग्मिनमूर्जितञ्च ।
सुहृद्द्विजातिथ्यपरं कृतज्ञं विज्ञानशास्त्रार्थकथारतञ्च ॥ ३ ॥

यदि जन्मकाल में मिथुन राशि में शुक्र हो तो जातक चतुरता से बोलने वाला, बढने वाला, मित्र-ब्राह्मण और अतिथि का प्रेमी, कृतज्ञ, विज्ञान और शास्त्रार्थ की वार्ता में आसक्त होता है ॥ ३ ॥

कर्क राशि में शुक्र का फल––

चतुर्थ राशौ यदि षोडशार्चिस्तिष्ठन् प्रसूते नरमल्पसत्वम् ।
प्राज्ञं श्रुतिज्ञानविदां वरिष्ठं मृदुस्वभावं प्रियदर्शनञ्च ॥ ४ ॥

यदि जन्मकाल में शुक्र कर्क राशि में हो तो जातक रति (विषय) धर्म में आसक्त, पण्डित, वेद वेत्ताओं में श्रेष्ठ, सरल प्रकृतिका और सुन्दर स्वरूप होता है ॥४॥

सिंह राशि में शुक्र का फल––

सिंहाश्रितस्तु प्रियबन्धुपक्षं शुक्रः प्रसूते नरमल्पसत्वम् ।
विचित्रसौख्यव्यसनं सुरूपं गुरुद्विजाचार्यपरायणञ्च ॥ ५ ॥

यदि जन्मकाल में सिंह राशि में शुक्र हो तो जातक बान्धव जनों का प्रेमी, अल्प बली, विचित्र सुख का व्यसनी, स्वरूपवान्, गुरू, ब्राह्मण और आचार्य का भक्त होता है ॥ ५ ॥

कन्या राशि में शुक्र का फल—

कन्याङ्गतो मार्दवमल्पवित्तं शुक्रः परोपासनजीवितञ्च।
स्त्रीभूषणज्ञं रतिगेययुक्तं कलालिपिज्ञं मधुरञ्च कुर्यात् ॥ ६ ॥

यदि जन्मकाल में कन्या राशि में शुक्र हो तो जातक सरल, अल्प धनी, दूसरे की सेवा से जीने वाला, स्त्री के अलङ्कार का जानकार, रतिमान्, गायक, कला व लिपि का ज्ञाता और सुन्दर होता है ॥ ६ ॥

तुला राशि में शुक्र का फल—

तुलाधरस्थो भृगुसूनुराढ्यं नरं प्रसूते रुचिरार्थपण्यम्।
विचित्रमाल्याम्बरमात्मवश्यं बहुप्रवासश्रमलब्धवित्तम् ॥ ७ ॥

यदि जन्मकाल में तुला राशि में शुक्र हो तो जातक सुन्दर व्यवसायी, विचित्र पुत्र व वस्त्र से युक्त, आत्मा के वशीभूत और अधिक प्रवास के परिश्रम से धन प्राप्त करने वाला होता है ॥ ७ ॥

वृश्चिक राशि में शुक्र का फल—

शुक्रोऽष्टमक्षेत्रगतो नृशंसं विद्वेषशीलं जनयत्यधन्यम्।
प्रद्विष्टदुष्टप्रतिलोमभार्यं शठं परस्त्रीष्वनपत्रपञ्च ॥ ८ ॥

यदि जन्मकाल में वृश्चिक राशि में शुक्र हो तो जातक विशेष निन्दनीय प्रकृति का, अप्रशंसनीय, शत्रु भावना से युक्त, नीच, विपरीत स्वभाव वाली स्त्री का पति, धूर्त और दूसरे की स्त्रियों में निर्लज्ज होता है ॥ ८ ॥

धनु राशि में शुक्र का फल—

धनुर्धरस्थो विगतार्थविद्यं शुक्रः प्रसूतेऽतिविलक्षशब्दम्।
सद्धर्मकामार्थफलैरुपेतं जगत्प्रियं कान्तमनल्पवित्तम् ॥ ९ ॥

यदि जन्मकाल में धनु राशि में शुक्र हो तो जातक निष्फल विद्या वाला, अधिक लक्ष से हीन बोलने वाला, अच्छे धर्म-कार्य व धन के फलों से युक्त, संसार प्रेमी, प्रिय और अधिक धनी होता है ॥ ९ ॥

मकर राशि में शुक्र का फल—

करोति राशौ दशमे मनुष्यं शुक्रो बहुक्लेशभयश्रमार्थम्।
पैशुन्यलोभाश्रितवञ्चनानां प्रयोगिनां क्लीबविपन्नचेष्टम् ॥ १० ॥

यदि जन्मकाल में मकर राशि में शुक्र हो तो जातक अधिक क्लेश, भय और परिश्रम से युक्त, चुगलखोर, लोभी, ठग, प्रयोगकर्त्ता, नपुंसकता और विपन्नता की इच्छा करने वाला होता है ॥ १० ॥

कुम्भ राशि में शुक्र का फल—

शुक्रश्चलत्कुम्भधरे मनुष्यमुद्योगरागव्यसनोपतप्तम् ।
कर्मस्वसम्यक् न फलेषु शुक्रं कुर्याद्विरुद्धं गुरुभिः सुतैश्च ॥ ११ ॥

यदि जन्मकाल में कुम्भराशि में शुक्र हो तो जातक चञ्चल, उद्योग-अनुराग व व्यसनों से पीडित, कर्म में सुन्दर नहीं किन्तु फल में सावधान और गुरू व पुत्रों से विपरीत होता है ॥ ११ ॥

मीन राशि में शुक्र का फल—

मीनद्वयस्थोजनयत्युदाहरं शुक्रः प्रतिज्ञातरतं मनुष्यम् ।
दिग्बुद्धिकर्मप्रचुरं सुरूपं नृपप्रियं सज्जनमानलब्धम् ॥ १२ ॥

यदि जन्मकाल में मीन राशि में शुक्र हो तो जातक उदार चेता, प्रतिज्ञा में अनुरक्त अर्थात् वचनबद्ध, दिशा ज्ञान में बड़ी बुद्धि वाला, सुरूप, राजा का प्रिय और सज्जनों से सम्मानित होता है ॥ १२ ॥

सूर्य की होरा में शुक्र का फल—

होरां गतो वासरपस्य शुक्रो करोति मूर्खं विधनं विशीलम् ।
हिंसानृतस्तेयपरं प्रकामं पैशुन्ययुक्तं च विधर्मशीलम् ॥ १३ ॥

यदि जन्मकाल में सूर्य की होरा में शुक्र हो तो जातक मूर्ख, निर्धन, उद्धत, हिंसक, असत्यभाषी, चोर, विषयी, चुगलखोर और अधर्मी होता है ॥ १३ ॥

चन्द्रमा की होरा में शुक्र का फल—

होरां गतो रात्रिपतेस्तु शुक्रः सतां प्रियं स्फीतधनं करोति ।
गधर्वलीलासुतगीतरक्तं विप्रप्रियं पार्थिवचक्रगञ्च ॥ १४ ॥

यदि जन्मकाल में चन्द्रमा की होरा में शुक्र हो तो जातक सज्जनों का प्रेमी, विशालधनी, गंधर्वलीला-पुत्र और गान में अनुरक्त, ब्राह्मण प्रिय और चक्रवर्ती राजा होता है ॥ १४ ॥

सूर्य के द्रेष्काण में शुक्र का फल—

द्रेष्काणसंस्थो दिनपस्य शुक्रो नरं प्रसूते कठिनं गतस्वम् ।
कुयोषिताभ्यां गतसौख्ययुक्तं क्षुद्रं नृशंसं बहुरोगिणञ्च ॥ १५ ॥

यदि जन्मकाल में सूर्य के द्रेष्काण में शुक्र हो तो जातक कठोर, निर्धन, निन्दित स्त्रियों के व्यतीत सुख से युक्त, क्षुद्र, निन्दित और अधिक रोगी होता है ॥ १५ ॥

चन्द्रमा के द्रेष्काण में शुक्र का फल—

तृतीयभागे शशलाञ्छनस्य तिष्ठन् भृगुः सौख्ययुतं प्रसूते ।
विद्याविनीतं पितृमातृभक्त तेजस्विनं धर्मपरं कृतघ्नम् ॥ १६ ॥

यदि जन्मकाल में चन्द्रमा के द्रेष्काण में शुक्र हो तो जातक सुखी, विद्या से विनयी, पिता माता का भक्त, तेजस्वी, धर्मात्मा और कृतघ्न होता है ॥ १६ ॥

भौम के द्रेष्काण में शुक्र का फल —

तृतीयभागे धरणीसुतस्य शुक्रश्चरन् पापरतं करोति।
क्षुद्रोगवन्तं व्यसनैरुपेतं मायाविनं वञ्चनतत्परञ्च ॥ १७ ॥

यदि जन्मकाल में भौम के द्रेष्काण में शुक्र हो तो जातक पाप में अनुरक्त, क्षुधा का रोगी, व्यसनी, मायावी और ठगने में तत्पर होता है ॥ १७ ॥

बुध के द्रेष्काण में शुक्र का फल —

द्रेष्काणसंस्थः शशिजस्य शुक्रो नरं प्रसूते सुभगं मनोज्ञम्।
रतिप्रगल्भं प्रियधूर्तदारं सुवर्णरत्नात्मजभागिनञ्च ॥ १८ ॥

यदि जन्मकाल में बुध के द्रेष्काण में शुक्र हो तो जातक अच्छा भाग्यवान्, सुन्दर स्वरूप, रति में प्रौढ़, धूर्त स्त्री का प्रेमी, सुवर्ण-रत्न और पुत्र को प्राप्त करने वाला होता है ॥ १८ ॥

गुरू के द्रेष्काण में शुक्र का फल—

भागे तृतीये सुरपूजितस्य शुक्रश्चरन् श्रेष्ठतमं सुरूपम्।
सत्यान्वितं सर्वकलासु दक्षं क्षमान्वितं प्रीतिकरं जनानाम् ॥ १९ ॥

यदि जन्मकाल में गुरू के द्रेष्काण में शुक्र हो तो जातक परम उत्तम स्वरूपवान्, सत्य से युक्त, समस्त कलाओं में चतुर, क्षमावान् और मनुष्यों को आनन्दित करने वाला होता है ॥ १९ ॥

अपने द्रेष्काण में शुक्र का फल—

त्र्यंशे स्वकीये भृगुजः प्रसूते नरं प्रगल्भं धनिनं सुशीलम्।
अध्यात्मविद्यानिरतं स्वरूपं कुलप्रधानं व्यसनैर्विहीनम् ॥ २० ॥

यदि जन्मकाल में अपने द्रेष्काण में शुक्र हो तो जातक प्रतिभाशाली, धनी, सुशील, अध्यात्म विद्या में अनुरक्त, स्वरूपवान्, वंश में प्रधान (मुख्य) और व्यसनों से हीन होता है ॥ २० ॥

शनि के द्रेष्काण में शुक्र का फल—

भागे तृतीये रविजस्य शुक्रः करोति मर्त्यं वधबन्धयुक्तम्।
स्वबन्धुहीनं परदाररक्तं विद्वेषशीलं सततं कुसेव्यम् ॥ २१ ॥

यदि जन्मकाल में शनि के द्रेष्काण में शुक्र हो तो जातक हिंसक, जेल भोगी, अपने बान्धवों से हीन, परस्त्री में आसक्त, विद्वेष की भावना वाला और निरन्तर दूषित जन के संपर्क में रहने वाला होता है ॥ २१ ॥

सूर्य के नवांश में शुक्र का फल —

नवांशकस्थो दिनपस्य शुक्रः करोति मर्त्यं विकलं सुभीरुम्।
बहुद्विषं निष्क्रियमल्पवीर्यं प्रपञ्चयुक्तं गतसत्वसौख्यम् ॥ २२ ॥

यदि जन्मकाल में सूर्य के नवांश में शुक्र हो तो जातक अशान्त, डरपोक, अधिक द्रोह करने वाला, निष्क्रिय (कार्य से हीन) अल्पबली, प्रपञ्ची और बल से रहित होता है ॥ २२ ॥

चन्द्रमा के नवांश में शुक्र का फल—

नवांशके भार्गवनन्दनस्तु चन्द्रस्य धत्ते तनय नराणाम् ।
सद्योषितां वै धनधान्यलाभ रिपुक्षयं बन्धुसभागमञ्च ॥ २३ ॥

यदि जन्मकाल में चन्द्रमा के नवांश में शुक्र हो तो जातक पुत्रवान्, अच्छी स्त्री वाला, धनधान्य से युक्त, शत्रु का नाशक और बान्धव स्नेही होता है ॥ २३ ॥

भौम के नवांश में शुक्र का फल—

नवांशके भूमिसुतस्य शुक्रो नरं प्रसूते रुधिरार्दिताङ्गम् ।
प्रपीडितं दस्युनृपैः सदैव प्रद्वेषशीलं निकृतिप्रियञ्च ॥ २४ ॥

यदि जन्मकाल में भौम के नवांश में शुक्र हो तो जातक खून की बीमारी से दुःखित देहधारी, चोर व राजा से सदा ही पीडित, विरोधी प्रकृति का प्रेमी होता है ॥ २४ ॥

बुध के नवांश में शुक का फल—

बुधस्य भागे नवमे तु शुक्रः करोति मर्त्यं विबुधं सधर्मम् ।
तीर्थाश्रयं देवगुरुप्रभक्तं प्रियातिथिं सन्नियमैरुपेतम् ॥ २५ ॥

यदि जन्मकाल में बुध के नवांश में शुक्र हो तो जातक पण्डित, धर्मात्मा, तीर्थाश्रयी देवता व गुरू का भक्त, अतिथि प्रेमी और अच्छे नियमों से युक्त होता है ॥ २५ ॥

गुरू के नवांश में शुक्र का फल --

शुक्रो नवांशे सुरपूजितस्य करोति मर्त्यं प्रणतं द्विजानाम् ।
विवेकविद्यागमशास्त्रलुब्धं नृपप्रियं सेवचरैः समेतम् ॥ २६ ॥

यदि जन्मकाल में गुरू के नवांश में शुक्र हो तो जातक ब्राह्मणों का भक्त, विवेकी, विद्यावान्, आगम (तन्त्र शास्त्र का जानकार, लोभी, राजा का प्रिय और नौकरों से युक्त होता है ॥ २६ ॥

अपने नवांश में शुक्र का फल —

नवांशके स्वे भृगुजः प्रसूते अध्यात्मविद्यानिरतं मनुष्यम् ।
स्वधर्मपूज्यं सुधिया समेतं हतारिपक्ष व्रतशीलिनञ्च ॥ २७ ॥

यदि जन्मकाल में अपने नवांश में शुक्र हो तो जातक अध्यात्म विद्या में अनुरक्त, अपने धर्म में पूजित, सुन्दर बुद्धि से युक्त, मृत शत्रु पक्ष वाला और व्रती होता है ॥२७॥

शनि के नवांश में शुक्र का फल—

स्थितो नवांशेऽर्कसुतस्य शुक्रो नरं प्रसूते सरुजं सदुःखम् ।
भार्यासुतार्थैः परिवर्जितञ्च प्रपीडितं नीचजनैर्विशेषात् ॥ २८ ॥

यदि जन्मकाल में शनि के नवांश में शुक्र हो तो जातक रोगी, दुःखी, स्त्री-पुत्र और धन से हीन एवं विशेषकर दुष्टजनों से पीडित होता है ॥ २८ ॥

सूर्य के द्वादशांश में शुक्र का फल—

सूर्यांशके वासरपस्य शुक्रः करोति दीनंन च दीर्घसूत्रम् ।
बुद्धया विहीनं स्वजनैर्विमुक्तं द्रोहात्मकं वादरतं नृशंसम् ॥ २९ ॥

यदि जन्मकाल में सूर्य के द्वादशांश में शुक्र हो तो जातक दीन, आलस्य से हीन, बुद्धि से रहित, अपने मनुष्यों से त्यक्त, विद्वेषी, वाद में आसक्त और निन्दित या हिंसक होता है ॥ २९ ॥

चन्द्रमा के द्वादशांश में शुक्र का फल—

शुक्रोऽर्कभागे शशिलाञ्छनस्य नरं प्रसूते वरयानभाजम् ।
नृपप्रियं भोगिनमर्थवन्त विहारवापीकरणेषु सक्तम् ॥ ३० ॥

यदि जन्मकाल में चन्द्रमा के द्वादशांश में शुक्र हो तो जातक श्रेष्ठ सवारी का भोगी, राजा का प्रेमी, भोगी, धनी, विहार (उद्यान) व कूआ बनवाने में आसक्त होता है ॥ ३० ॥

भौम के द्वादशांश में शुक्र का फल—

सूर्यांशके भूतनयस्य शुक्रः- विदेशरक्तं मनुजं प्रसूते ।
द्यूतप्रियं युद्धपरं कृतघ्नं विवेकहीनं परदारभाजम् ॥ ३१ ॥

यदि जन्मकाल में भौम के द्वादशांश में शुक्र हो तो जातक परदेश में आसक्त, जुआ का प्रेमी, परम योधा, कृतघ्न, विवेक से हीन और परस्त्री का पात्र होता है ॥ ३१ ॥

बुध के द्वादशांश में शुक्र का फल—

सूर्यांशके सोमसुतस्य शुक्रो नरं प्रसूते सुभगं मनोज्ञम् ।
स्थानार्थपानैः सहितं प्रसिद्धं विद्यार्जने तत्परमल्पदोषम् ॥ ३२ ॥

यदि जन्मकाल में बुध के द्वादशांश में शुक्र हो तो जातक अच्छा भाग्यवान्, सुन्दर, स्थान-धन व पान से युक्त, विख्यात, विद्याध्ययन में तत्पर और अल्पदोषी होता है ॥ ३२ ॥

गुरू के द्वादशांश में शुक्र का फल—

सूर्यांशकस्थः सुरपूजितस्य शुक्रः करोत्यार्यमतिं सुदीनम् ।
सन्मानसौहार्दसुतार्थयुक्तं विचित्रभोगं द्रविणोपपन्नम् ॥ ३३ ॥

यदि जन्मकाल में गुरू के द्वादशांश में शुक्र हो तो जातक श्रेष्ठ बुद्धिमान् दीन, सम्मान-सौहार्द-पुत्र व धन से युक्त, विचित्र भोगी और धन से युक्त होता है ॥ ३३ ॥

अपने द्वादशांश में शुक्र का फल—

सूर्यांशके स्वे भृगुजः प्रसूते विचित्रवाक्यं रतिगेयरक्तम् ।
धर्मार्थकामैः सहितं सुविज्ञं नृपप्रधानं निजबन्धुमान्यम् ॥ ३४ ॥

यदि जन्मकाल में अपने द्वादशाश में शुक्र हो तो जातक विचित्र वाणी वाला, रति व गान में अनुरक्त, धर्म-अर्थ और काम से युक्त, अच्छा विद्वान्, राजा का मुख्य और अपने बान्धवों से सम्मानित होता है ॥ ३४ ॥

शनि के द्वादशांश में शुक्र का फल—

अर्कांशके सूर्यसुतस्य शुक्रस्तिष्ठन् प्रसूते सुखभाग्यहीनम् ।
पापात्मकं शत्रुविवर्जितं च प्रवासिनं व्याधिभिरर्दितञ्च ॥ ३५ ॥

यदि जन्मकाल में शनि के द्वादशांश में शुक्र हो तो जातक सुख से व भाग्य से हीन, पापात्मा, शत्रु से रहित, प्रवासी और रोग से पीडित होता है ॥ ३५ ॥

भौम के त्रिशांश में शुक्र का फल—

त्रिंशांशके भूमिसुतस्य शुक्रस्तिष्ठन् प्रसूते सरुजं मनुष्यम् ।
पित्तार्दितं सद्वरमल्पवीर्यं सुनीचयुक्तं प्रसभं यशोघ्नम् ॥ ३६ ॥

यदि जन्मकाल में भौम के त्रिशांश में शुक्र हो तो जातक रोगी, पित्त से पीडित, सुन्दर श्रेष्ठ, अल्पबली. दुष्टों से युक्त और हठात् यश का नाशक होता है ॥ ३६ ॥

शनि के त्रिशांश में शुक्र का फल—

त्रिंशल्लवे सूर्यसुतस्य शुक्रस्तिष्ठन् प्रसूते बहुशोकखिन्नम् ।
हतात्मकं बन्धुवियोगयुक्तं प्रपञ्चशीलं गतसत्यशौचम् ॥ ३७ ॥

यदि जन्मकाल में शनि के त्रिशांश में शुक्र हो तो जातक अधिक शोक से खिन्न, मृतात्मा, बान्धवों का वियोगी, प्रपञ्ची, सत्य और पवित्रता से रहित होता है ॥ ३७ ॥

गुरू के त्रिशांश में शुक्र का फल—

त्रिंशांशके देवपुरोहितस्य शुक्रश्चरन् देवरतं प्रसूते ।
सुधर्मशीलं सुजनाप्तदोषं नरेन्द्रपूज्यं व्रतचारितञ्च ॥ ३८ ॥

यदि जन्म काल में गुरू के त्रिशांश में शुक्र हो तो जातक देवता में आसक्त, अच्छा धर्मात्मा, सज्जनों से दोष प्राप्त करने वाला, राजा से पूजित और व्रत का आचरण करने वाला होता है ॥ ३८ ॥

बुध के त्रिशांश में शुक्र का फल—

त्रिंशांशके सोमसुतस्य शुक्रस्तिष्ठन् प्रसूते सुवपुर्मनुष्यम् ।
सौम्यं धनाढ्यं वरदाररक्तं हस्त्यश्वभाजं नृपवल्लभञ्च ॥ ३९ ॥

यदि जन्म काल में बुध के त्रिशांश में शुक्र हो तो जातक सुन्दर शरीरधारी, सरल, धनी, श्रेष्ठ स्त्री में अनुरक्त, हाथी घोड़ों से युक्त और राजा का प्रिय होता है ॥ ३९ ॥

अपने त्रिशांश में शुक्र का फल—

त्रिंशल्लवे स्वे भृगुजः प्रसूते नरं विनीतं धनधान्ययुक्तम् ।
तुलाधिकं कीर्तिकरं सुविज्ञं हास्ये रतं केलिकरं प्रसह्यम् ॥ ४० ॥

यदि जन्मकाल में अपने त्रिशांश में शुक्र हो तो जातक विनयी, धनधान्य से युक्त, तोलने में अधिक, कीर्तिमान्, अच्छा पण्डित, हँसने में आसक्त और बलात् केलि करने वाला होता है ॥ ४० ॥

मित्र बल से युक्त शुक्र का फल—

शुक्रो यदा मित्रबलेन युक्तस्तदा प्रसूते बहुमित्रयुक्तम् ।
प्रियातिथिं ज्ञानदयाप्रसक्तं देवं धनैश्वर्यगुणैः समेतम् ॥ ४१ ॥

यदि जन्मकाल में मित्र बल से युक्त शुक्र हो तो जातक अधिक मित्रों से युक्त, अतिथियों का प्रेमी, ज्ञानवान्, दयालु, देवता के समान और अधिक ऐश्वर्यवान् व गुणवान् होता है ॥ ४१ ॥

स्थान बल से युक्त शुक्र का फल—

स्वस्थानवीर्येण युतस्तु शुक्रः करोति मर्त्यं पुरुषप्रधानम् ।
स्वस्थानपूज्यं प्रमदास्वभीष्टं प्रसन्नचित्तं धृतिनाधिपञ्च ॥ ४२ ॥

यदि जन्मकाल में स्थान बल से युक्त शुक्र हो तो जातक पुरुषों में मुख्य, अपने स्थान में पूजित, स्त्रियों का प्रेमी, प्रसन्न चित्त और धैर्य से स्वामी होता है ॥ ४२ ॥

उच्च बल से युक्त शुक्र का फल—

स्वतुङ्गवीर्येण युतस्तु शुक्रः करोति मर्त्यं बहुकीर्तिभाजम् ।
पुण्यात्मकं सत्यसमृद्धिमन्तं चतुष्पदाढयं प्रियदर्शनञ्च ॥ ४३ ॥

यदि जन्मकाल में उच्च बल से युक्त शुक्र हो तो जातक बड़ा कीर्तिमान्, पुण्यात्मा, सत्यभाषी, समृद्धिमान्, पशुओं से युक्त और प्रिय दर्शनीय होता है ॥ ४३ ॥

नवांश बल से युक्त शुक्र का फल—

नवांशवीर्येण युतस्तु शुक्रः करोति मर्त्यं विजितारिपक्षम् ।
यज्ञप्रियं दानपतिं प्रसिद्धं निर्मुक्तदोषं स्वकुलप्रधानम् ॥ ४४ ॥

यदि जन्मकाल में नवांश बल से युक्त शुक्र हो तो जातक शत्रुओं को जीतने वाला, यज्ञ प्रेमी, दान का स्वामी, विख्यात, दोष से हीन और अपने वंश में मुख्य होता है ॥ ४४ ॥

शुभ दृष्टि बल से युक्त शुक्र का फल—

शुभग्रहालोकनवीर्ययुक्तः शुक्रः प्रसूते शुभकार्यमुग्रम् ।
रोगैर्विमुक्तं प्रणतारिपक्षं प्रियातिथिं सर्वसुखैः समेतम् ॥ ४५ ॥

यदि जन्मकाल में शुभ दृष्टि से युक्त शुक्र हो तो जातक शुभ कार्य कर्त्ता, उग्र, रोगों से हीन, विनयी शत्रु पक्ष वाला, अतिथियों का प्रेमी और समस्त सुखों से युक्त होता है ॥ ४५ ॥

अपने क्षेत्र बल से युक्त शुक्र का फल—

स्त्रीक्षेत्रवीर्ये प्रबलस्तु शुक्रः करोति मर्त्यं बहुयोषिताढयम् ।
सौभाग्यसौन्दर्ययुतं सुकान्तं नानार्थलाभैः सहितं सदैव ॥ ४६ ॥

यदि जन्मकाल में क्षेत्र बल से युक्त शुक्र हो तो जातक अधिक स्त्रियों से युक्त, सुन्दर भाग्यशाली, परम सुन्दर स्वरूप, प्रिय और सदा ही अनेक प्रकार से धन लाभ करने वाला है ॥ ४६ ॥

दिग्बल से युक्त शुक्र का फल—

आशा बलाढ्यः प्रकरोति शुक्रः नरं प्रसन्नं गतशत्रुपक्षम् ।
दिग्देशविख्यातियुतं सुताढ्यं प्रभूतचित्तं च सदा प्रियञ्च ॥ ४७ ॥

यदि जन्मकाल में दिग्बल से युक्त शुक्र हो तो जातक प्रसन्नात्मा, शत्रुपक्ष से हीन, अपनी दिशा व देश में प्रसिद्ध, पुत्र से युक्त, विशाल हृदय वाला और सदा ही सुन्दर होता है ॥ ४७ ॥

चेष्टा बल से युक्त शुक्र का फल—

चेष्टाबलाढ्यः प्रकरोति शुक्रो नरं प्रसन्नद्युतिमल्पपापम् ।
हस्त्यश्वयुक्तं गुरुविप्रभक्तं भयैर्वियुक्तं सुतलाभयुक्तम् ॥ ४८ ॥

यदि जन्मकाल में चेष्टा बल से युक्त शुक्र हो तो जातक प्रसन्न स्वरूप, अल्पपापी, हाथी घोड़ा से युक्त, गुरू व ब्राह्मण का भक्त, भय से हीन और पुत्र लाभ से युक्त होता है ॥ ४८ ॥

वार बल से युक्त शुक्र का फल—

शुक्रो यदा वारबलेन युक्तस्तदा प्रसूते सहजप्रभावम् ।
विज्ञानशीलं बहुशास्त्ररक्तं सुधर्मशीलं हतशत्रुपक्षम् ॥ ४९ ॥

यदि जन्मकाल में वार बल से युक्त शुक्र हो तो जातक प्रकृति से प्रभाव शाली, विज्ञान में अनुरक्त, अधिक शास्त्रों में आसक्त, सुन्दर धर्मात्मा और नष्ट शत्रु पक्ष वाला होता है ॥ ४९ ॥

वर्ष बल से युक्त शुक्र का फल—

करोति शुक्रोऽब्दबलेन युक्तस्तदा प्रसूते सुभगं जितारिम् ।
चतुष्पदाच्छादनभोजनाद्यैः समन्वितं सर्वसमृद्धिमन्तम् ॥ ५० ॥

यदि जन्मकाल में वर्ष बल से युक्त शुक्र हो तो जातक अच्छा भाग्यवान्, शत्रुओं को जीतने वाला, पशु-वस्त्र और भोजनादि से युक्त और समस्त सम्पत्तियों से युक्त होता है ॥ ५० ॥

होरा बल से युक्त शुक्र का फल—

होरा बलाढ्यः प्रकरोति शुक्रो नरं सुशीलं प्रियवाक्यदक्षम् ।
महाजनैः पूजितमेव नित्यं प्रसन्नमूर्तिं प्रियदर्शनञ्च ॥ ५१ ॥

यदि जन्मकाल में होरा बल से युक्त शुक्र हो तो जातक सुशील, प्रिय वाणी बोलने में चतुर, अधिक जनों से सदा ही पूजित, प्रसन्न स्वरूप और प्रिय दर्शनीय होता है ॥ ५१ ॥

पक्ष बल से युक्त शुक्र का फल—

शुक्रो यदा पक्षबलेन युक्तस्तदा प्रसूते विजितारिपक्षम् ।
स्वपक्षमान्यं बहुधर्मयुक्तं प्रियाङ्गनासङ्गमलब्धसौख्यम् ॥ ५२ ॥

यदि जन्मकाल में अपने पक्षबल से युक्त शुक्र हो तो जातक शत्रु पक्ष को पराजित करने वाला, अपने जनों से पूजित, अनेक धर्मवान् और सुन्दर स्त्रियों के सङ्ग से सुख प्राप्तकर्त्ता होता है ॥ ५२ ॥

मित्र बल से हीन शुक्र का फल—

शक्रो यदा मित्रबलेन हीनस्तदा प्रसूते विधनं मनुष्यम् ।
मित्रैर्विहीनं बहुदुःखशोकैरुपद्रुतं पार्थिवपीडितञ्च ॥ ५३ ॥

यदि जन्मकाल में मित्रबल से हीन शुक्र हो तो जातक धन से हीन, मित्रों से रहित, अधिक दुःख व शोक से युक्त और राजा से पीडित होता है ॥ ५३ ॥

क्षेत्र बल से हीन शुक्र का फल—

स्वक्षेत्रवीर्येण विवर्जितस्तु शुक्रः प्रसूतेऽतिखलं विशीलम् ।
दुष्टाङ्गनासत्यरतं कुरूपं विधर्मिणं पापरतं कृतघ्नम् ॥ ५४ ॥

यदि जन्मकाल में अपने क्षेत्र बल से हीन शुक्र हो तो जातक अधिक दुष्ट, शीलता से हीन, दुष्ट स्त्री व असत्य में आसक्त, कुरूप, विधर्मी, पापी और कृतघ्न होता है ।५४।

उच्च बल से हीन शुक्र का फल—

स्वतुङ्गवीर्येण विवर्जितस्तु शुक्रः प्रसूते मलिनं सुपापम् ।
नीचानुरक्तं परदारलुब्धं हिंस्रं महाव्याधिभिरर्दिताङ्गम् ॥ ५५ ॥

यदि जन्मकाल में उच्चबल से हीन शुक्र हो तो जातक दूषित, पापी, दुष्टों में आसक्त, दूसरे की स्त्री का लोभी, हिंसक और महान् रोग से पीडित शरीरधारी होता है ॥ ५५ ॥

नवांश बल से हीन शुक्र का फल—

नवांशवीर्येण विवर्जितस्तु शुक्रः प्रसूतेतिकठोरचित्तम् ।
भयातुरं सत्यधनैर्विहीनं विद्वेषशीलं गतसौहृदञ्च ॥ ५६ ॥

यदि जन्मकाल में नवांश बल से हीन शुक्र हो तो जातक अधिक कठोर चित्तवाला, डरपोक, रोगी, सत्य व धन से हीन, विरोधी स्वभाव का और मित्रता से हीन होता है ॥ ५६ ॥

शुभ दृष्टि बल से हीन शुक्र का फल—

शुभग्रहालोकनवीर्यहीनः शुक्रः प्रसूते परिभूतदेहम् ।
विकर्मरक्तं सततं सुदुःखं प्रपीडितं पार्थिवदस्युभिश्च ॥ ५७ ॥

यदि जन्मकाल में शुभ दृष्टि बल से हीन शुक्र हो तो जातक पीडित देहधारी, दुष्कर्म में आसक्त, सदा दुःखी और राजा व चोरों से पीडित होता है ॥ ५७ ॥

स्त्री क्षेत्र बल से हीन शुक्र का फल—

स्त्रीक्षेत्रवीर्येण विवर्जितस्तु करोति शुक्रः प्रखलं मनुष्यम् ।
परापवादात्मकमल्पसौख्यं स्त्रिया वियुक्तं बहुहानियुक्तम् ॥ ५८ ॥

यदि जन्मकाल में स्त्री राशि बल से रहित शुक्र हो तो जातक बड़ा दुष्ट, दूसरों की शिकायत करने की प्रवृत्ति वाला, अल्प सुखी, स्त्री से रहित और अधिक हानि से युक्त होता है ॥ ५८ ॥

दिग्बल से हीन शुक्र का फल—

आशाबलेनैव विवर्जितस्तु शुक्रः प्रसूते परदेशरक्तम् ।
भाग्यैर्विहीनं शठरं कृतघ्नं मायाविनं साधुजनैर्विहीनम् ॥ ५९ ॥

यदि जन्मकाल में दिग्बल से हीन शुक्र हो तो जातक परदेश में आसक्त, भाग्य से हीन, धूर्त, कृतघ्न, मायावी और सज्जन पुरुषों से हीन होता है ॥ ५९ ॥

चेष्टा बल से हीन शुक्र का फल—

चेष्टाबलेनैव विवर्जितस्तु शुक्रः प्रसूते वधबन्धयुक्तम् ।
क्रूरं कुकर्माश्रितमल्पसत्वं प्रभूतशत्रुं धनदारहीनम् ॥ ६० ॥

यदि जन्मकाल में चेष्टाबल से हीन शुक्र हो तो जातक हिंसक, बन्धन भोगी, क्रूर, कुकर्मी, अल्पबली, अधिक शत्रु वाला और धन व स्त्री से रहित होता है ॥ ६० ॥

दिन बल से हीन शुक्र का फल—

शुक्रो यदा वासरवीर्यहीनः करोति मर्त्यं सततं कुचैलम् ।
चौरं प्रदुष्टं बहुसङ्गयुक्तं वीर्यप्रमुक्तं भयविह्वलञ्च ॥ ६१ ॥

यदि जन्मकाल में दिन बल से हीन शुक्र हो तो जातक सदा मैले वस्त्र धारण करने वाला, चोर, दुष्ट, अधिक जनों का सङ्गी, बल से हीन और भय से विह्वल होता है ॥ ६१ ॥

वार बल से हीन शुक्र का फल—

शुक्रो यदा वारबलेन हीनस्तदा प्रसूते हतशत्रुदारम् ।
सत्येन हीनं परिभूतमन्यैः सदा सशोकं स्वजनैर्वियुक्तम् ॥ ६२ ॥

यदि जन्मकाल में वारबल से हीन शुक्र हो तो जातक मृत शत्रु व स्त्री वाला, सत्य से हीन, अन्यों से पीडित, सदा शोक से युक्त और अपने मनुष्यों से रहित होता है ॥ ६२ ॥

वर्ष बल से हीन शुक्र का फल—

करोति शुक्रोऽब्दबलेन हीनो नरं निकृष्टं कुटिलस्वभावम् ।
वित्तैर्विहीनं गतबन्धुवर्गं प्रवासशीलं कलहप्रियञ्च ॥ ६३ ॥

यदि जन्मकाल में वर्षबल से हीन शुक्र हो तो जातक निकृष्ट (निम्न श्रेणि का) विपरीत स्वभावी, धन से रहित, बन्धु-बान्धवों से हीन, प्रवासी और लड़ाई का प्रेमी होता है ॥ ६३ ॥

मास बल से हीन शुक्र का फल—

शुक्रो यदा मासबलेन हीनस्तदा प्रसूते वृजिनैः समेतम् ।
विवादशीलं व्यसनैः प्रतप्तं द्यूतप्रियं साधुजनस्य बाह्यम् ॥ ६४ ॥

यदि जन्मकाल में मास बल से हीन शुक्र हो तो जातक पापी, विवादी, अच्छे मनुष्यों के व्यसन से दुःखी और जुआ का प्रेमी होता है ॥ ६४ ॥

होरा बल से हीन शुक्र का फल—

होराबलेनैव विवर्जितस्तु शुक्रः प्रसूते मतिसत्यहीनम् ।
लज्जावियुक्तं विधनं कुचैलं पराङ्मुखं देवगुरुद्विजानाम् ॥ ६५ ॥

यदि जन्मकाल में होराबल से हीन शुक्र हो तो जातक बुद्धि व सत्य से हीन, निर्लज्ज, निर्धन, गन्दे वस्त्र धारण करने वाला और देवता, गुरू व ब्राह्मणों का अभक्त होता है ॥ ६५ ॥

पक्ष बल से हीन शुक्र का फल—

शुक्रो यदा पक्षबलेन हीनस्तदा प्रसूते पुरुषं गतस्वम् ।
अनार्यशीलं गतमानलज्जं भयातुरं कापुरुषं सुजिह्मम् ॥ ६६ ॥

यदि जन्मकाल में पक्ष बल से हीन शुक्र हो तो जातक निर्धन, दुष्ट स्वभावी, सन्मान से रहित, निर्लज्ज, भय से रोगी, दुष्ट पुरुष और कुटिल होता है ॥ ६६ ॥

इति वृद्धयवने शुक्रचारः ।

इस प्रकार वृद्ध यवनोक्त शुक्रचार का फल समाप्त हुआ ॥ १–६६ ॥

[अथ वृद्धयवने शनिचारः]

अब आगे शनि की विविध स्थितियों के वश से फल को कहते हैं ।

मेष में शनि का फल—

मेषेऽर्कसूनुर्जनयत्यनार्यं कुवेषमाधिव्यसनश्रमार्तम् ।
गतश्रियं निष्ठुरदुष्टवाक्यं विगर्हितं निर्धनमिष्टवैरम् ॥ १ ॥

यदि जन्म के समय में मेष राशि में शनि हो तो जातक अधम, दूषित वेषधारी, दैविक प्रकोप या मानसी व्यथा-आपत्ति और परिश्रम से पीडित, नष्ट कान्ति वाला, निठुर, दुष्टवाणी वाला, निन्दित, निर्धन और शत्रुता का प्रेमी होता है ॥ १ ॥

वृष राशि में शनि का फल —

बहुक्रियासङ्गमनर्थहीनं वृषेऽर्कसूनुर्जनयेन्मनुष्यम् ।
असक्तकर्माणमयुक्तवाक्यं वृद्धाङ्गनानां हृदयानुगञ्च ॥ २ ॥

यदि जन्म के समय में वृष राशि में शनि हो तो जातक अधिक कार्यों को एक साथ करने वाला, धनहीन, अतत्परता से कार्य करने वाला, अयुक्त भाषी और वृद्ध स्त्रियों का हृदय से अनुगामी होता है ॥ २ ॥

मिथुन राशि में शनि का फल —

क्रमागतार्किर्मिथुने प्रसूते कामातुरं बहृणबन्धनार्त्तम् ।
शठप्रयोगं छलकूटमेव दुष्टक्रियं दाम्भिकमन्त्रिणञ्च ॥ ३ ॥

यदि जन्म के समय में मिथुन राशि में शनि हो तो जातक काम से विह्वल, अधिक कर्ज व बन्धन से दुःखी, धूर्तता का प्रयोग करने वाला, छलिया (ठग), नीच कार्य करने वाला और ढोंगी का मन्त्री होता है ॥ ३ ॥

कर्क राशि में शनि का फल—

शनैश्चरः कर्कटके प्रसूते नरं दरिद्रं सुभगाभिमानम् ।
सदा श्रमार्तं जननी वियुक्तं मृदुं विशिष्टक्रियमातुरञ्च ॥ ४ ॥

यदि जन्म के समय में कर्क राशि में शनि हो तो जातक दरिद्री, सुन्दर भाग्यवान् अभिमानी, सदा परिश्रम से दुःखी, माता से हीन, सरल, विशिष्ट कार्य-कर्ता और रोगी होता है ॥ ४ ॥

सिंह राशि में शनि का फल—

सिंहस्थितोऽर्किर्जनयत्यशीलं विगर्हिताचारगुणं मनुष्यम् ।
प्रवृद्धदोषं निजलोकबाह्यं क्रियासु नीचासु सदाभियुक्तम् ॥ ५ ॥

यदि जन्म के समय में शनि सिंह राशि में हो तो जातक शीलता से हीन, निन्दित आचार व गुण से युक्त, बड़ा दोषी, अपने जनों से बहिष्कृत और दुष्ट कार्यों में सदा आसक्त होता है ॥ ५ ॥

कन्या राशि में शनि का फल—

शनैश्चरः षष्ठमुपेत्य राशिं नपुंसकाकारतनुं प्रसूते ।
परान्नवेश्माभिरतं गतस्वं शठं शिशुं स्त्रीजनदूषणञ्च ॥ ६ ॥

यदि जन्म के समय में शनि कन्या राशि में हो तो जातक नपुंसक को-सी आकृति वाला, दूसरे के अन्न व घर में आसक्त, निर्धन, धूर्त और स्त्रो समुदाय का दोषी होता है ॥ ६ ॥

तुला राशि में शनि का फल—

तुलाधरस्थो रविजः प्रधानमुत्पादयत्यर्थपरं मनुष्यम् ।
सौराष्ट्रदेशाटनलब्धमानं चयः प्रकर्षोपकृतास्पदञ्च ॥ ७ ॥

यदि जन्म के समय में तुला राशि में शनि हो तो जातक मुखिया, धनलोलुप, सौराष्ट्र देश के पर्यटन से सम्मान प्राप्त करने वाला और धन की वृद्धि के उत्कर्ष से स्थान प्राप्त करने वाला होता है ॥ ७ ॥

वृश्चिक राशि में शनि का फल—

शनैश्चरो वृश्चिकगो मनुष्यं विद्वेषवैषम्यपरं प्रसूते ।
धर्मादपेतं विषशस्त्रदग्धं प्रचण्डकोपं निरपत्रपञ्च ॥ ८ ॥

यदि जन्म के समय में वृश्चिक राशि में शनि हो तो जातक विद्वेषी, विपरीत, धर्म से युक्त, जहर व शस्त्र से दग्ध (दुःखी), बड़ा क्रोधी और निर्लज्ज होता है ॥ ८ ॥

धनु राशि में शनि का फल—

धनुधरस्थो मृदुमल्पवाक्यं स्वधर्मविज्ञाभिरतं प्रसूते ।
श्रुतार्थवाक्यं व्यवहारशिक्षाक्रियाभिचारज्ञमनल्पसौख्यम् ॥ ९ ॥

यदि जन्म के समय में धनु राशि में शनि हो तो जातक सरल, अल्प बोलने वाला, अपने धर्म का ज्ञाता व धर्म में आसक्त शास्त्र व धन से युक्त वाणी वाला, व्यवहार, शिक्षा व अभिचार क्रिया का ज्ञाता और अधिक सुख से युक्त होता है ॥ ९ ॥

मकर राशि में शनि का फल—

स्थितोऽर्कसूनुर्जनयेन्मृगाख्ये नरं स्ववंशोद्भवपूज्यमग्रम्।
क्रियाकथाचार्यमनेकशिल्पैः प्रवासिनं वृन्दपुरस्कृतञ्च ॥ १० ॥

यदि जन्म के समय में मकर राशि में शनि हो तो जातक अपने वंश में पूजित, प्रधान, कार्य व कथा तथा अधिक कारीगरी का जानकार, प्रवासी व समुदाय में पुरस्कृत होता है ॥ १० ॥

कुम्भ राशि में शनि का फल—

शनैश्चरः कुम्भधरे प्रपन्नः कुर्यान्नरं सत्यधनं सुवाक्यम्।
आरोग्यकायं वरयानयुक्तं शूरं नृपैः पूजितमल्पपापम् ॥ ११ ॥

यदि जन्म के समय में कुम्भ राशि में शनि हो तो जातक सत्य को धन मानने वाला, सुन्दरभाषी, नीरोग देह, उत्तम सवारी से युक्त, वीर, राजा से पूजित और अल्प पापी होता है ॥ ११ ॥

मीन राशि में शनि का फल—

शनैश्चरो मीनयुगे प्रसूते सद्बन्धुसंबंधिसुहृद्वरिष्ठम्।
प्रशान्तमत्यर्चितमिष्टयज्ञं विद्यासुशिल्पेष्वभिजातयज्ञम् ॥ १२ ॥

यदि जन्म के समय में मीन राशि में शनि हो तो जातक सज्जन बान्धव सम्बन्धी और मित्र से उत्तम, प्रशान्त, पूजित, यज्ञ प्रेमी, विद्या व शिल्प और यज्ञादि कार्य में दत्तचित्त होता है ॥ १२ ॥

सूर्य की होरा में शनि का फल—

होरां गतो वासरपस्य सौरिर्नरं प्रसूते बहुवैरियुक्तम्।
प्रनष्टधर्मं विगताभिमानं दयाविहीनं परदारलुब्धम् ॥ १३ ॥

यदि जन्म के समय में सूर्य की होरा में शनि हो तो जातक अधिक शत्रुता से युक्त, धर्म से हीन, निरभिमानी, निर्दयी और दूसरे की स्त्री का लोभी होता है ॥ १३ ॥

चन्द्रमा की होरा में शनि का फल—

होरां गतो रात्रिपतेस्तु सौरिर्नरं प्रसूते बहुकीर्तियुक्तम्।
सौन्दर्यसौख्यार्थसमृद्धियुक्तं प्रियं मनोज्ञं प्रणतं सुराणाम् ॥ १४ ॥

यदि जन्म के समय में चन्द्रमा की होरा में शनि हो तो जातक अधिक कीर्तिमान्, सुन्दरता, सुख, धन और समृद्धि से युक्त, प्रिय, सुन्दर और देवताओं का सेवक होता है ॥ १४ ॥

सूर्य के द्रेष्काण में शनि का फल--

द्रेष्काणसंस्थो दिनपस्य सौरः करोति कन्याप्रजनं मनुष्यम् ।
व्यायामभाजं विगतप्रतापं प्रसन्नशीलं सततं सुजिह्मम् ॥ १५ ॥

यदि जन्म के समय में सूर्य के द्रेष्काण में शनि हो तो जातक कन्या सन्तान पैदा करने वाला, व्यायाम करने वाला, प्रताप से हीन, प्रसन्नात्मा और सदा वक्र होता है ॥ १५ ॥

चन्द्रमा के द्रेष्काण में शनि का फल--

भागे तृतीये रविजः प्रसूते चन्द्रस्य मर्त्यं महदर्थयुक्तम् ।
विवेकिनं सर्वकलासु दक्षं विपक्षहीनं सुतलालसञ्च ॥ १६ ॥

यदि जन्म के समय में चन्द्रमा के द्रेष्काण में शनि हो तो जातक अधिक धन से युक्त, विवेकी, समस्त कलाओं में चतुर, शत्रु से हीन और पुत्र की इच्छा करने वाला होता है ॥ १६ ॥

भौम के द्रेष्काण में शनि का फल

भागे तृतीयेऽवनिजस्य सौरश्चौरं शठं प्रेष्यकरं प्रसूते ।
सुनिष्ठुरं पापरतं नृशंसं व्यपेतलज्जं गतसौहृदञ्च ॥ १७ ॥

यदि जन्म के समय में भौम के द्रेष्काण में शनि हो तो जातक चोर, धूर्त, सेवक, निठुर, पापात्मा, निन्दित (क्रूर), निर्लज्ज और मित्रता से हीन होता है ॥ १७ ॥

बुध के द्रेष्काण में शनि का फल--

द्रेष्काणसंस्थः शशिजस्य सौरः करोति मर्त्यं बहुशास्त्रयुक्तम् ।
विज्ञानिनं धर्मरतं प्रशंस्यं स्वदारतुष्टं गतसाध्वसञ्च ॥ १८ ॥

यदि जन्म के समय में बुध के द्रेष्काण में शनि हो तो जातक अधिक शास्त्रों का जानकार, वैज्ञानिक, धर्म में अनुरक्त, प्रशंसनीय, अपनी स्त्री से प्रसन्न और निर्भय होता है ॥ १८ ॥

गुरू के द्रेष्काण में शनि का फल--

द्रेष्काणसंस्थः सुरपूजितस्य सौरः प्रसूते द्विजदेवभक्तम् ।
प्रियवदं सर्वसहं प्रगल्भं महाजनैः पूजितसाधुदारम् ॥ १९ ॥

यदि जन्म के समय में गुरू के द्रेष्काण में शनि हो तो जातक ब्राह्मण व देवता का भक्त, मधुरभाषी, सब सहने वाला, प्रतिभा शाली, अधिक मनुष्यों से पूजित और अच्छी स्त्री वाला होता है ॥ १९ ॥

शुक्र के द्रेष्काण में शनि का फल--

भागे तृतीये रविजः प्रसूते शुक्रस्य तिष्ठन् प्रचुरान्नपानम् ।
लाभान्वितं धर्मपरं सुमित्रं हतारिपक्षं व्यसनैर्वियुक्तम् ॥ २० ॥

यदि जन्म के समय में शुक्र के द्रेष्काण में शनि हो तो जातक अधिक अन्न पान से युक्त, लोभी, धर्मात्मा, सुन्दर मित्र वाला, नष्ट शत्रु पक्ष से युक्त और व्यसनों से हीन होता है ।। २० ।।

अपने द्रेष्काण में शनि का फल—

स्ववह्निभागे रविजः प्रसूते नरं सदाचारमनल्पसौख्यम् ।
नृपात्मजैः प्रीतिकरं वदान्यं विमुक्तरोगं बहुमित्रयुक्तम् ।। २१ ।।

यदि जन्म के समय में अपने द्रेष्काण में शनि हो तो जातक सदाचारी, अधिक सुखी, राज पुत्रों से प्रेम करने वाला, दान वीर, रोग से हीन और अधिक मित्रों से युक्त होता है ।। २१ ।।

सूर्य के नवांश में शनि का फल—

सूर्यस्य भागे नवमेऽर्कसूनुः करोति मर्त्यं बहुतीव्रकोपम् ।
हिंस्रं प्रनष्टैः सुजनैर्वियुक्तं प्रद्वेषशीलं परिभूतमन्यैः ।। २२ ।।

यदि जन्म के समय में सूर्य के नवांश में शनि हो तो जातक अधिक तीखा, क्रोधी, हिंसक, नष्ट सज्जनों से वियुक्त, प्रद्वेषी और दूसरों से पीडित होता है ।। २२ ।।

चन्द्रमा के नवांश में शनि का फल—

चन्द्रस्य भागे नवमेऽर्कसूनुर्नरं प्रसूते सुकलत्रयुक्तम् ।
शास्त्रानुरक्तं क्रतुदानशीलं जितेन्द्रियं मन्त्रविदां वरिष्ठम् ।। २३ ।।

यदि जन्म के समय में चन्द्रमा के नवांश में शनि हो तो जातक अच्छी स्त्री से युक्त, शास्त्र में आसक्त, यज्ञ कर्ता, दानी, जितेन्द्रिय और मन्त्र वेत्ताओं में श्रेष्ठ होता है ।। २३ ।।

भौम के नवांश में शनि का फल—

शनैश्चरो भौमनवांशसंस्थो नरं प्रसूते वचनस्वभावम् ।
पराङ्गनासङ्गरतं विधर्मं मित्रैर्विहीनं सततं कुचैलम् ।। २४ ।।

यदि जन्म के समय में भौम के नवांश में शनि हो तो जातक अधिक बोलने वाला, दूसरे की स्त्री के साथ रहने में आसक्त, विधर्मी, मित्र से हीन और सदा गन्दे वस्त्र धारण करने वाला होता ।। २४ ।।

बुध के नवांश में शनि का फल—

शनैश्चरः सौम्यनवांशसंस्थः करोति मर्त्यं सुखभोगतृप्तम् ।
कान्तं शुभं लाभपरं विधिज्ञं प्रियातिथिं यज्ञरतं प्रधानम् ।। २५ ।।

यदि जन्म के समय में बुध के नवांश में शनि हो तो जातक सुख व भोग से तृप्त, प्रिय, शुभी, परम लाभी, विधि वेत्ता, अतिथियों का प्रेमी, यज्ञ में आसक्त और मुखिया होता है ।। २५ ।।

गुरू के नवांश में शनि का फल—

शनिर्नवांशे सुरपूजितस्य नरं प्रसूते सुरविप्रभक्तम् ।
विवेकविद्यागमसत्ययुक्तं प्रसन्नवक्त्रं प्रचुरान्नपानम् ।। २६ ।।

यदि जन्म के समय में गुरू के नवांश में शुक्र हो तो जातक देवता व ब्राह्मणों का भक्त, विवेकी, पण्डित, आगम का ज्ञाता, सत्य से युक्त, प्रसन्न मुख और अधिक अन्न पान से युक्त होता है ॥ २६ ॥

शुक्र के नवांश में शनि का फल—

मार्त्तण्डजः शुक्रनवांशसंस्थः करोति तीर्थाश्रयमिष्टधर्मम् ।
प्राज्ञं कृतज्ञं बुधलोकसेव्यं जितेन्द्रियं शुभ्रमतिं मनोज्ञम् ॥ २७ ॥

यदि जन्म के समय में शुक्र के नवांश में शनि हो तो जातक तीर्थ में रहने वाला, धार्मिक प्रवृत्ति का, पण्डित, कृतज्ञ, विद्वद्जनों से सेवनीय, जितेन्द्रिय, स्वच्छ बुद्धि और सुन्दर होता है ॥ २७ ॥

अपने नवांश में शनि का फल—

नवांशके स्वे प्रकरोति सौरो नरं सुदातारतरं वियोगम् ।
सुयोषिताभोगविवृद्धसौख्यं जितारिपक्षं स्थिरमुग्रवीर्यम् ॥ २८ ॥

यदि जन्म के समय में शनि अपने नवांश में हो तो जातक सुन्दर दानी, वियोगी, सुन्दर स्त्री के भोग से बढ़े हुए सुख वाला, शत्रु पक्ष को जीतने वाला, स्थिर और उच्च पराक्रमी होता है ॥ २८ ॥

सूर्य के द्वादशांश में शनि का फल—

सूर्यांशके वासरपस्य सौरो नरं प्रसूते सुमतिं मनुष्यम् ।
सुनिष्ठुरालापपरं सुदुष्टं नीचानुरक्तं विगतप्रभावम् ॥ २९ ॥

यदि जन्म के समय में सूर्य के द्वादशांश में शनि हो तो जातक सुन्दर बुद्धि वाला, कठोर वाणी का, नीच, दुष्टों में आसक्त और प्रभाव से रहित होता है ॥ २९ ॥

चन्द्रमा के द्वादशांश में शनि का फल—

सूर्यांशके ऋक्षपतेः प्रयातः सौरः प्रसूते सुमतिं मनुष्यम् ।
लाभान्वितं पार्थिवमानपुष्टं गान्धर्वशिल्पादिषु सक्तचित्तम् ॥ ३० ॥

यदि जन्म के समय में चन्द्रमा के द्वादशांश में शनि हो तो जातक सुन्दर बुद्धि वाला, लाभ से युक्त, राजा के सम्मान से पुष्ट, गायन में व शिल्पादि में दत्तचित्त होता है ॥ ३० ॥

भौम के द्वादशांश में शनि का फल—

प्रपीडितं वित्तविकारदोषैर्भीरुं सदा निन्द्यतमं नराणाम् ।
मार्त्तण्डजो द्वादशभागसंस्थो कीर्त्यान्वितं शास्त्रविशारदञ्च ॥३१॥

यदि जन्म के समय में भौम के द्वादशांश में शनि हो तो जातक धन व विकार के दोष से पीड़ित, डरपोक, सदा मनुष्यों का निन्दक, कीर्तिमान् और शास्त्र में चतुर था वक्र होता है ॥ ३१ ॥

बुध के द्वादशांश में शनि का फल—

शनैश्चरो द्वादशभागसंस्थो बुधस्य सूते प्रतिमं मनुष्यम्।
वित्तान्वितं धर्मरतं सुलज्जं नरं प्रसूते क्षितिपस्य जिह्मम्॥ ३२॥

यदि जन्म के समय में बुध के द्वादशांश में शनि हो तो जातक प्रतिमा स्वरूप, धनी, धर्मात्मा और लज्जावान् होता है॥ ३२॥

गुरू के द्वादशांश में शनि का फल—

आदित्यजो द्वादशभागसंस्थो जीवस्य सूतेऽर्थपरं मनुष्यम्।
पुत्रान्वितं बान्धवमानयुक्तं लज्जान्वितं ब्राह्मणसम्मतञ्च॥ ३३॥

यदि जन्म के समय में गुरू के द्वादशांश में शनि हो तो जातक धन लोलुप, पुत्र से युक्त, बान्धवों के सम्मान से युक्त, सलज्ज और ब्राह्मणों से सम्मत होता है॥ ३३॥

शुक्र के द्वादशांश में शनि का फल—

अर्कांशके भार्गवजस्य संस्थः करोति मर्त्यं प्रचुरान्नपानम्।
विशिष्टदारं वररत्नभोगं भाग्याधिकं प्राणभृतां वरिष्ठम्॥ ३४॥

यदि जन्म के समय में शुक्र के द्वादशांश में शनि हो तो जातक अधिक अन्न पान से युक्त, विशेष स्त्री वाला, श्रेष्ठ रत्नों का भोगी, अधिक भाग्यशाली और प्राणियों में श्रेष्ठ होता है॥ ३४॥

अपने द्वादशांश में शनि का फल—

सर्यांशके स्वे दिनपस्यपुत्रो नरं प्रसूते स्थिरबुद्धियुक्तम्।
व्रतोपवासान्वितमिष्टमित्रं कुलप्रधानं सततं कुशीलम्॥ ३५॥

यदि जन्म के समय में अपने द्वादशांश में शुक्र हो तो जातक स्थिर बुद्धि वाला, व्रतोपवासादि से युक्त, अभीष्ट मित्र वाला, कुल में प्रधान और सदा दुष्टशील होता है॥ ३५॥

भौम के त्रिंशांश में शनि का फल—

त्रिंशांशके भूमिसुतस्य सौरः करोति तापात्मकमुग्रचेष्टम्।
नरं नरेन्द्रैः परिभूतदेहं रोगोपतप्तं प्रखलस्वभावम्॥ ३६॥

यदि जन्म के समय में भौम के त्रिंशांश में शनि हो तो जातक पापात्मा, प्रचण्ड इच्छा वाला, राजा से पीड़ित देहधारी, रोग से संतप्त और दुष्ट प्रकृति का होता है॥ ३६॥

अपने त्रिंशांश में शनि का फल—

त्रिंशांशके स्वे रविजः प्रसूते नरं विनीतं विगतारिपक्षम्।
वित्तार्जने तत्परमिष्टमित्रं महाबलं सत्यरतं नयज्ञम्॥ ३७॥

यदि जन्म के समय में अपने त्रिंशांश में शनि हो तो जातक विनयी, शत्रुपक्ष से हीन, धन कमाने में सन्नद्ध, अभीष्ट मित्रवाला, बड़ा बली, सत्य में आसक्त और नीति ज्ञाता होता है॥ ३७॥

गुरू के त्रिशांश में शनि का फल—

त्रिशांशके देवगुरोः प्रयातः शनिः प्रसूते सुभगं मनुष्यम् ।
व्रतोपवासार्जितधर्मवृद्धिं प्रियंवदं सत्ययुतं प्रगल्भम् ॥ ३८ ॥

यदि जन्म के समय में गुरू के त्रिशांश में शनि हो तो जातक अच्छा भाग्यवान्, व्रत व उपवास से अर्जित धर्म वृद्धि वाला, मीठा बोलने वाला, सत्य से युत और प्रतिभाशाली होता है ॥ ३८ ॥

बुध के त्रिशांश में शनि का फल—

त्रिशल्लवे सोमसुतस्य सौरिर्नरं प्रसूते प्रवरं कुलस्य ।
सौम्याकृतिं पण्डितमिष्टधर्मं नापत्रपं शास्त्ररतं सदैव ॥ ३९ ॥

यदि जन्म के समय में बुध के त्रिशांश में शनि हो तो जातक वंश में श्रेष्ठ, सरल स्वरूप, पण्डित, धर्म का प्रेमी, निर्लज्ज और सदा ही शास्त्र में आसक्त होता है ॥३९॥

शुक्र के त्रिशांश में शनि का फल—

त्रिंशांशके भार्गवनन्दनस्य करोति सौरः सुतसौख्ययुक्तम् ।
प्रियातिथिं बुद्धियुतं कृतज्ञं नारीप्रियं पूज्यतमं नृलोके ॥ ४० ॥

यदि जन्म के समय में शुक्र के त्रिशांश में शनि हो तो जातक पुत्र व सुख से युक्त, अतिथि प्रेमी, बुद्धिमान्, कृतज्ञ, स्त्री प्रेमी और संसार में पूजनीय होता है ॥ ४० ॥

मित्र बल से युक्त शनि का फल—

शनैश्चरो मित्रबलेन युक्तो नरं प्रसूते बहुमित्रबन्धुम् ।
स्थिरस्वभावं बहुकीर्तियुक्तं विद्याविनीतं सततं मनोज्ञम् ॥ ४१ ॥

यदि जन्म के समय में शनि अपने मित्र बल से युक्त हो तो जातक अधिक मित्र व बान्धवों से युक्त, स्थिर प्रकृति का, अधिक कीर्तिमान्, विद्यावान्, विनयी और निरन्तर सुन्दर होता है ॥ ४१ ॥

स्थान बल से युक्त शनि का फल—

शनिर्यदा स्थानबलेन युक्तस्तदा प्रसूते शुचिमप्रमत्तम् ।
प्रभूतवेश्यार्थफलं सुदारं चतुष्पदाढ्यं नृपपूजितञ्च ॥ ४२ ॥

यदि जन्म के समय में शनि स्थान बल से युक्त हो तो जातक पवित्र, शान्त, अधिक वेश्याओं के सङ्ग में रहने वाला, सुन्दर स्त्री से युक्त, पशुओं से युक्त और राजा से पूजित होता है ॥ ४२ ॥

उच्चबल से युक्त शनि का फल—

मन्दो यदा स्वोच्चबलेन युक्तस्तदा प्रसूते शुचिमप्रमत्तम् ।
प्रभूतरत्नार्थयुतैः समेतं गतारिपक्षं सततं सुशीलम् ॥ ४३ ॥

यदि जन्म के समय में उच्चबल से युक्त शनि हो तो जातक पवित्र, शान्त, अधिक रत्न व धन से युक्त, शत्रु से रहित और निरन्तर सुशील होता है ॥ ४३ ॥

नवांश बल से युक्त शनि का फल—

नवांशवीर्ये प्रबलोऽर्कसूनुर्नरं प्रसूते बहुयज्ञशीलम्।
मेधापरं पुण्यपरं जितारिं सभासदं ब्राह्मणसम्मतञ्च ॥ ४४ ॥

यदि जन्म के समय में नवांश बल से युक्त शनि हो तो जातक अधिक यज्ञ करने वाला, मेधावो, परम पुण्यवान्, शत्रुजेता, सदस्य (राज्य सभा या लोक सभा का) और ब्राह्मणों से सम्मत होता है ॥ ४४ ॥

शुभ दृष्टि बल से युक्त शनि का फल—

शुभग्रहालोकनवीर्ययुक्तः शनिर्यदा उग्रनरं करोति।
कृषिक्रियालब्धहिरण्यसस्यं वराश्वयुक्तं सुखिनं सुशीलम् ॥ ४५ ॥

यदि जन्म के समय में शुभ दृष्टि बल से युक्त शनि हो तो जातक उग्र, खेती के कार्य से सुवर्णादि धन प्राप्त करने वाला, श्रेष्ठ घोड़ा से युक्त, सुखी और सुशील होता है ॥ ४५ ॥

पुरुष राशि बल से युक्त शनि का फल—

पुंक्षेत्रवीर्येण युतोऽर्कसूनुर्नरं प्रसूते वपुवीर्ययुक्तम्।
परैरधृष्यं वनितास्वभीष्टं प्रियंवदं सर्वकलासु दक्षम् ॥ ४६ ॥

यदि जन्म के समय में पुरुष राशिबल से युक्त शनि हो तो जातक पराक्रम के युक्त शरीरधारी, दूसरों से दबने के अयोग्य, स्त्रियों का प्रेमी, मधुरभाषी और समस्त कलाओं में श्रेष्ठ होता है ॥ ४६ ॥

दिग् बल से युक्त शनि का फल—

शनैश्चरो दिग्बलबुद्धियुक्तो नरं प्रसूते प्रचुरान्नपानम्।
दाक्षिण्यशीलं बहुभोगयुक्तं गान्धर्वशील द्विजदेवभक्तम् ॥ ४७ ॥

यदि जन्म के समय में दिग्बल से युक्त शनि हो तो जातक अधिक अन्न पान से युक्त, चतुर स्वभावी, बड़ा भोगी, नाच गाने की प्रकृति वाला और ब्राह्मण व देवताओं का भक्त होता है ॥ ४७ ॥

चेष्टा बल से युक्त शनि का फल—

चेष्टाबलाढ्यो रविजः प्रसूते नरं सुचेष्टं सुतरां सदैव।
सत्यान्वितं देवगुरूप्रभावं सुतीर्थयुक्तं पितृभक्तिरिक्तम् ॥ ४८ ॥

यदि जन्म के समय में चेष्टा बल से युक्त शनि हो तो जातक सदा ही अच्छी-अच्छी इच्छा करने वाला, सत्य से युक्त, देव व गुरू से प्रभावित, अच्छे तीर्थ का निवासी और पिता की भक्ति से हीन होता है ॥ ४८ ॥

रात्रि बल से युक्त शनि का फल—

शनैश्चरो रात्रिबलेन युक्तो नरं प्रसूते नरसौख्ययुक्तम्।
भोगाधिकं सौम्यवपुं सुचेष्टं दयान्वितं दानरतं सलज्जम् ॥ ४९ ॥

यदि जन्म के समय में रात्रि बल से युक्त शनि हो तो जातक सुखी, अधिक भोगी, सरल देही, सुन्दर इच्छा वाला, दयालु, दान दान में आसक्त और लज्जावान् होता है ॥ ४९ ॥

वर्ष बल से युक्त शनि का फल—

शनैश्चरो वर्षबलेन युक्तः कीर्त्याधिकं सञ्जनयेन्मनुष्यम् ।
नित्यं सुदान्तं व्यसनैर्विहीनं जितेन्द्रियं विप्रसुरानुरक्तम् ॥ ५० ॥

यदि जन्म के समय में वर्ष बल से युक्त शनि हो तो जातक अधिक कीर्तिमान्, नित्य रूप के क्लेश को सहने वाला, व्यसनों से रहित, जितेन्द्रिय और ब्राह्मण व देवता का भक्त होता है ॥ ५० ॥

मास बल से युक्त शनि का फल—

शनैश्चरो मासबलेन युक्तो नरं प्रसूते नयनाभिरामम् ।
प्रतापिनं धर्मसह सहिष्णुं हितैषिणं सर्वजनस्य नित्यम् ॥ ५१ ॥

यदि जन्म के समय में मास बल से युक्त शनि हो तो जातक नेत्रों को आनन्द देने वाला, प्रतापी, धर्मात्मा, सहन शील और प्रतिदिन सब मनुष्यों का हितैषी होता है ॥ ५१ ॥

वार बल से युक्त शनि का फल—

शनैश्चरो वारबलेन युक्तो नरं प्रसूते बहुशास्त्रयुक्तम् ।
अहिंसकं मानगुणैः समेतं प्रभूतकोशं जनवल्लभञ्च ॥ ५२ ॥

यदि जन्म के समय में वार बल से युक्त शनि हो तो जातक अधिक शास्त्रों का ज्ञाता, हिंसा से हीन, सम्मानित, गुणी, अधिक धनवान् और मनुष्य प्रिय होता है ॥ ५२ ॥

होरा बल से युक्त शनि का फल—

होराबलाढ्यो रविजः प्रसूते सन्मानभाजं जननीवियुक्तम् ।
धर्मे रतं पार्थिवमानयुक्तं विशिष्टलोकानुगतं सदैव ॥ ५३ ॥

यदि जन्म के समय में होरा बल से युक्त शनि हो तो जातक सन्मानित, माता से रहित, धर्म में आसक्त, राजा से सत्कृत और विशेष लोगों का सदा ही अनुगामी होता है ॥ ५३ ॥

पक्ष बल से युक्त शनि का फल—

शनिर्यदा पक्षबलेन युक्तस्तदा प्रसूते गतशत्रुपक्षम् ।
स्वपक्षपूज्यं स्वकुलप्रधानं विमुक्तरोगं गतपापमेव ॥ ५४ ॥

यदि जन्म के समय में पक्षबल से युक्त शनि हो तो जातक शत्रु पक्ष से हीन, अपने पक्ष से पूजित, अपने वंश में मुखिया, रोग हीन और पाप से रहित होता है ॥ ५४ ॥

मित्र बल से हीन शनि का फल—

शनैश्चरो मित्रबलेन हीनो नरं प्रसूतेऽतिखलं विमित्रम् ।
हतात्मजं श्रीरहितं विरूपं प्रपीडितं भूपतिना सदैव ॥ ५५ ॥

यदि जन्म के समय में मित्र बल से हीन शनि हो तो जातक बड़ा दुष्ट, मित्रों से हीन, नष्ट पुत्र वाला, निर्धन, विरूप और सदा ही राजा से प्रपीडित होता है ।।५५।।

स्थान बल से हीन शनि का फल—

स्वस्थानवीर्येण विवर्जितोऽर्किर्नरं प्रसूते विधनं विशीलम् ।
परार्दितं पापरतं कृतघ्नं रुगर्दितं बान्धववर्जितञ्च ।। ५६ ।।

यदि जन्म के समय में स्थान बल से हीन शनि हो तो जातक निर्धन, शीलता से हीन, दूसरों से पीडित, पापात्मा, कृतघ्न, रोग से दुःखी और बान्धवों से हीन होता है ।। ५६ ।।

उच्च बल से हीन शनि का फल—

स्वतुङ्गवीर्येण विवर्जितोऽर्किः नरं प्रसूते विधनं विशीलम् ।
परैर्जितं हीनधनं नियुक्तं द्यूतादिदोषैः सहितं सदैव ।। ५७ ।।

यदि जन्म के समय में उच्च बल से हीन शनि हो तो जातक निर्धन, शीलता से रहित, दूसरों से पराजित, अल्पधनी और सदा ही जुआ आदि दोषों से युक्त होता है ।। ५७ ।।

नवांश बल से हीन शनि का फल—

नवांशवीर्येण विवर्जितोऽर्किः करोति नित्यं बहुशास्त्रयुक्तम् ।
पूर्वं सुहिंस्रं धनधान्यहीनं प्रमादिनं पार्थिवपीडितञ्च ।। ५८ ।।

यदि जन्म के समय में नवांश बल से हीन शनि हो तो जातक नित्य अधिक शास्त्रों से युक्त, हिंसक, धनधान्य से रहित प्रमादी और राजा से पीडित होता है ।। ५८ ।।

पुरुष राशि बल से हीन शनि का फल—

पुंक्षेत्रवीर्येण विवर्जितस्तु सौरः प्रसूते रिपुरोगयुक्तम् ।
दौर्भाग्ययुक्तं विकृतं सुतीक्ष्णं सदा विधर्मं निजधर्महीनम् ।। ५९ ।।

यदि जन्म के समय में पुरुष राशि बल से हीन शनि हो तो जातक शत्रु व रोग से युक्त, बुरे भाग्य वाला, विकारी, तीखा, सदा विधर्मी और अपने धर्म से हीन होता है ।। ५९ ।।

दिग्बल से हीन शनि का फल—

शनैश्चरो दिग्बलवर्जितस्तु नरं प्रसूते परदाररक्तम् ।
निराशमुग्रं गुरुद्रोहयुक्तं विपन्नलज्जं सहजं सदैव ।। ६० ।।

यदि जन्म के समय में दिग्बल से हीन शनि हो तो जातक पर स्त्री में आसक्त, बड़ा निराशा वादी, गुरू से द्रोह करने वाला, विपत्ति से लज्जित और सदा ही सरल होता है ।। ६० ।।

चेष्टा बल से हीन शनि का फल—

चेष्टाबलोनो रविजः प्रसूते सुवेषितानर्थपरं मनुष्यम् ।
विद्वेषशीलं कुटिलं कुदारं सम्मानहीनं जनवर्जितञ्च ।। ६१ ।।

यदि जन्म के समय में चेष्टाबल से हीन शनि हो तो जातक सुन्दर वेषधारी, परम अनर्थी, विद्वेषी, कुटिल, मलीन स्त्रीवाला, सम्मान और धन से रहित होता है ॥ ६१ ॥

रात्रि बल से हीन शनि का फल—

शनैश्चरो रात्रिबलेन हीनो नरं प्रसूते रतिसौख्यहीनम् ।
मायाविनं व्याधिभिरार्तदेहं दुष्टाशयं सर्वजनस्य निन्द्यम् ॥ ६२ ॥

यदि जन्म के समय में रात्रि बल से हीन शनि हो तो जातक रति सुख से हीन, मायावी, रोगों से दुःखित देह वाला, दुष्टाशयी और समस्तजनों का निन्दक होता है ॥ ६२ ॥

वार बल से हीन शनि का फल—

शनिर्यदा वारबलेन हीनस्तदा प्रसूते निधनं मनुष्यम् ।
बहुप्रकारैर्व्यसनैरुपेतं निंद्यं कुवेषं बहुसाहसञ्च ॥ ६३ ॥

यदि जन्म के समय में वार बल से हीन शनि हो तो जातक निर्धन, अनेक प्रकार के व्यसनों से युक्त, निन्दित, दूषित वेषधारी और बढ़ा साहसी होता है ॥ ६३ ॥

वर्ष बल से हीन शनि का फल—

शनैश्चरो वर्षबलेन हीनो नरं प्रसूते ज्वरपित्तयुक्तम् ।
पामाशिरोर्तिप्रसवैर्विकारैः संपीडितं सत्यविहीनमेव ॥ ६४ ॥

यदि जन्म के समय में वर्ष बल से हीन शनि हो तो जातक ज्वर व पित्त रोग से युक्त, खुजली व शिर पीड़ा वाला, प्रसव के विकारों से पीडित और सत्य से रहित होता है ॥ ६४ ॥

मास बल से हीन शनि का फल —

शनैश्चरो मासबलेन हीनो करोति मर्त्यं परतर्ककञ्च ।
गतस्वकं हानियुतं कठोरं प्रवासशीलं दयिताविहीनम् ॥ ६५ ॥

यदि जन्म के समय में मास बल से हीन शनि हो तो जातक दूसरे की चिन्ता करने वाला, निर्धन, हानि से युक्त, कठोर, प्रवासी और स्त्री से हीन होता है ॥ ६५ ॥

होरा बल से हीन शनि का फल —

होराबलोनः प्रकरोति सौरो नरं प्रसूते सुतदारहीनम् ।
विधर्मरक्तं सततं सुवेषं प्रपीडितं बन्धुजनेन नित्यम् ॥ ६६ ॥

यदि जन्म के समय में होरा बल से हीन शनि हो तो जातक पुत्र व स्त्री से रहित, विधर्मी, निरन्तर सुन्दर वेषधारी और प्रतिदिन बान्धवों से पीडित होता है ॥ ६६ ॥

पक्ष बल से हीन शनि का फल—

शनैश्चरः पक्षबलेन हीनः करोति मर्त्यं निजपक्षहीनम् ।
पापात्मकं बन्धुभिरात्तदेहं विदेशशीलं परतर्ककञ्च ॥ ६७ ॥

यदि जन्म के समय में पक्ष बल से हीन शनि हो तो जातक अपने पक्ष से रहित, पापात्मा, बान्धवों से पीडित, विदेशवासी और दूसरे की चिन्ता करने वाला होता है ॥ ६७ ॥

इति वृद्ध यवनोक्तशनैश्चरचारः ॥

इस प्रकार वृद्धयवनोक्त शनिचार का फल समाप्त हुआ ॥ ६७ ॥

अथोच्चादिबलरूपं ग्रहाणां स्थूलम् ।

सारावल्यां—

उच्च व मूल त्रिकोण बल से युक्त ग्रह फल—

[1]उच्चबलेन समेतः परां विभूतिं प्रसाधयति ।
स्वत्रिकोणबलं पुंसां साचिव्यं बलपतित्वञ्च ॥ १ ॥

आगे अब उच्चादि बल से युक्त ग्रह का स्थूल फल सारावली के वाक्यों से कहते हैं ।

जो ग्रह जन्मकाल में उच्च बल से युक्त होता है वह अपनी दशा या अवस्था में अधिक ऐश्वर्य जातक को प्राप्त कराता है ।

जो कि अपने मूल त्रिकोण बल से युक्त होता है वह ग्रह अपनी दशा या अवस्था में सचिव पद या सेनानायक पद प्राप्त कराता है ॥ १ ॥

विशेष—प्रकाशित सारावली में 'विभूतिं ग्रहः प्रसाधयति' 'पुषामथ साचिव्यं त्रिकोण बलवान् बलपतित्वम्' यह पाठान्ठर है ॥ १ ॥

स्वराशि व मित्र राशि बल से युक्त ग्रह फल—

[2]स्वर्क्षबलेन च सहितः प्रमुदितधनधान्यसंपदाक्रान्तम् ।
मित्रभवनसंयुक्तो जनयति कीर्त्यान्वितं पुरुषम् ॥ २ ॥

जो ग्रह जन्मकाल में स्वराशि बल से युक्त होता है वह जातक को प्रसन्न, धनधान्य और सम्पत्ति से युक्त करता है ।

जो कि मित्र राशि बल से युक्त होता है वह जातक को अपनी दशा या अवस्था में कीर्ति से युक्त करता है ॥ २ ॥

विशेष—प्रकाशित सारावली में 'मित्रबलेन च युक्तो' यह पाठान्तर है ॥ २ ।

स्वहोरा बल से युक्त ग्रह फल—

[3]तेजस्विनमतिसुखिनं स्थिरविभवं नृपाच्च लब्धधनम् ।
निजहोराबलयुक्तो जनयति विक्रान्तमतिचिन्त्यम् ॥ ३ ॥

---

१. सारावली ५ अ० २८ श्लोक । २. सारावली ५ अ० २९ श्लोक
३. सारावली ५ अ० ३० श्लोक ।

यदि जन्मकाल में स्व होरा बल से युक्त ग्रह हो तो वह जातक को तेजस्वी, अधिक सुखी, स्थिर ऐश्वर्य शाली, राजा से धन प्राप्त करने वाला, पराक्रमी और अधिक चिन्ता वाला होता है ॥ ३ ॥

अपने सप्तमांश व द्वादशांश बल से युक्त ग्रह फल—

[1]सप्तांशकबलसहितः साहसिकं वित्तकीर्त्याढ्यम् ।
द्विरसांशबलसमेतः कर्मरतं परोपकारकञ्चैव ॥ ४ ॥

यदि जन्मकाल में अपने सप्तमांश बल से युक्त ग्रह हो तो जातक साहसी, धनी व कीर्तिमान् तथा द्वादशांश बल से युक्त ग्रह हो तो कार्य में अनुरक्त और परोपकारी होता है ॥ ४ ॥

स्वद्रेष्काण व स्व नवमांश बल से युक्त ग्रह फल—

[2]स्वद्रेष्काणबलेनाहीनो गुणभाजनं ग्रहः कुरुते ।
स्वनवांशकबलयुक्तः करोति पुरुषं प्रसिद्धञ्च ॥ ५ ॥

यदि जन्मकाल में अपने द्रेष्काण बल से युक्त ग्रह हो तो जातक गुणों का पात्र अर्थात् गुणी और अपने नवांश बल से युक्त हो तो जातक विख्यात होता है ॥ ५ ॥

त्रिशांश बल से युत और शुभ ग्रह से दृष्ट ग्रह फल—

[3]त्रिशांशबलेन तथा विकसत्सौख्यं गुणान्वितं कुर्यात् ।
शुभदर्शनबलसहितः पुरुषं कुर्याद्धनान्वितं ख्यातम् ॥ ६ ॥
सुभगं प्रधानमखिलं सुरूपदेहं सुसौम्यञ्च ।

यदि जन्मकाल में त्रिशांश बल से युक्त ग्रह हो तो जातक विकसित सुखी व गुणी होता है। यदि शुभ दृष्टि बल से युक्त ग्रह हो तो जातक धनी, प्रसिद्ध, सुन्दर भाग्यवान्, प्रधान, समस्त शरीर स्वरूपवान् और सरल होता है ॥ ६½ ॥

विशेष—प्रकाशित सारावली में—'शुभदर्शनफल सहितः' सुसौख्ययञ्च यह पाठान्तर उपलब्ध है ॥ ६–६½ ॥

पुंस्त्री राशि बल से युक्त ग्रह फल—

[4]पुंस्त्रीभवनबलेन च करोति जनपूजितं कलाकुशलम् ॥ ७ ॥
पुरुषं प्रसन्नमूर्तिं कल्यं परलोकभीरुञ्च ।

यदि जन्मकाल में पुंस्त्री राशिबल से युक्त ग्रह हो तो जातक मनुष्यों से सत्कार पाने वाला, कलाओं में कुशल, प्रसन्नचित्त, रोग रहित और परलोक से भयभीत होता है ॥ ६½-७½ ॥

---

१. सारावली ५ अ० ३२ श्लोक। २. सा० व० ५ अ० ३१ श्लो०।
३. सा० व० ५ अ० ३३ श्लोक। ४. सा० व० ५ अ० ३४ श्लोक।

स्थान बल से युत ग्रह फल—

[1]स्थानबलेन समेतः स्थितिसौख्यं सुहृत्त्च भागाढ्यः ॥ ८ ॥
धीरो निश्चलचित्तः स्वतन्त्रकर्मा भवेन्मनुजः ।

यदि जन्मकाल में स्थान बल से युक्त ग्रह हो तो जातक स्थान व मित्र का सुखी, भाग से युक्त, धैर्यवान्, निश्चल चित्तवाला और स्वतन्त्र कार्य करने वाला होता है ॥ ७½-८½ ॥

विशेष—प्रकाशित सारावली में—'स्थिति सौख्यसुहृच्च' यह पाठान्तर प्राप्त है ॥ ७½-८½ ॥

दिग्बल से युक्त ग्रह फल—

[2]आशाबलसमुपेतो नयति स्वदिशं नभश्चरः पुरुषम् ॥ ९ ॥
नीत्वा वस्त्रविभूषणवाहनसौख्यान्वितं कुरुते ।

यदि जन्मकाल में दिग्बल से युक्त ग्रह हो तो जातक को अपनी दिशा में ले जाकर वस्त्र, अलङ्कार और सवारी के सुख से सुखी बना देता है ॥ ८½-९½ ॥

विशेष—पुस्तक में—'आशाबलसमवेतो नयति स्ववंशतश्चनः पुरुषः' यह पाठान्तर है ॥ ८½-९½ ॥

चेष्टा बल से युक्त ग्रह फल—

[3]क्वचिद्राज्यं क्वचित्पूजां क्वचिद्भोग्यं क्वचिद्यशः ॥ १० ॥
ददाति विहगश्चित्रं चेष्टावीर्यसमन्वितः ।

यदि जन्मकाल में चेष्टा बल से युत ग्रह हो तो जातक कभी राज्य, कभी पूजा, कहीं भोग्य और कहीं यश इस प्रकार विचित्र फल प्राप्त करता है ॥ ९½-१०½ ॥

विशेष—प्रकाशित सारावली में—'क्वचिद्भोग्यं' के स्थान पर 'क्वचिद्द्रव्यं' यह पाठान्तर है॥ ९½-१०½ ॥

आयन बल से युत ग्रह फल—

[4]आयनबलसमेतो दद्युर्विविधार्थसङ्गमं स्वदिशि ॥ ११ ॥

यदि जन्मकाल में आयन बल से युक्त ग्रह हो तो जातक को अपनी दिशा में अनेक प्रकार से धन लाभ कराता है ॥ ११ ॥

विशेष—प्रकाशित सारावली में—'आयनबलसमुपेतो दद्याद्विविधार्थसं····' यह पाठान्तर है ॥ ११ ॥

शुभ पाप वक्र ग्रह फल—

[5]वक्रिगस्तु महावीर्याः शुभा राज्यप्रदा ग्रहाः ।
पापा व्यसनदा पुंसां कुर्वन्ति च वृथाटनम् ॥ १२ ॥

---

१. सा० व० ५ अ० ३५ श्लोक। २. सा० व० ५ अ० ३६ श्लोक।
३. सारा० ५ अ० ३८ श्लोक। ४. सारा० ५ अ० ३७ श्लोक।
५. सारा० ५ अ० ३९ श्लोक।

यदि जन्मकाल में शुभ ग्रह वक्री होकर बलवान् हों तो जातक को राज्य अर्थात् अधिकार प्राप्त कराते हैं।

यदि पाप ग्रह वक्री हों तो जातक को व्यसन देने वाले एवं वृथा घूमने वाला बना देते हैं ॥ १२ ॥

नैसर्गिक बल से युक्त ग्रह फल—

[1]स्वस्थः शरीरसमागमसुखं स्वभावजबलेन विदधाति।
शुभमतुलं विहगेन्द्रो राज्यञ्च विनिर्जितारातिम् ॥ १३ ॥

यदि जन्मकाल में नैसर्गिक बल से युक्त ग्रह हो तो जातक स्वस्थ, जन सम्पर्क से सुखी, अधिक शुभी होता है तथा शत्रुओं से निर्जित राज्य को प्राप्त करता है ॥ १३ ॥

विशेष—प्रकाशित सारावली में—'स्वस्थशरीरसमागमसुकरोद्भवजबलेन विदधाति। शुभमखिलं विहगेन्द्रो' यह पाठान्तर प्राप्त है ॥ १३ ॥

दिन रात्रि बल से युत ग्रह फल—

[2]रात्रिदिवाबलपूर्णैर्भूगजलाभेन शौर्यपरिवृद्धया।
मलिनयति शत्रुपक्षं भजति च लक्ष्मीं नभश्चरैः पुरुषः ॥ १४ ॥

यदि जन्मकाल में दिवा-रात्रि बल से युक्त ग्रह हों तो जातक भूमि व हाथी के लाभ से और पराक्रम की वृद्धि से शत्रु को दूषित करता है तथा लक्ष्मी को प्राप्त करने वाला होता है ॥ १४ ॥

वर्षेशादि बल से युक्त ग्रह फल—

[3]द्विगुणं द्विगुणं दद्युर्वर्षाधिपमासदिवसहोरेशाः।
क्रमपरिवृद्धया सौख्य स्वदशासु धनं च कीर्तिञ्च ॥ १५ ॥

यदि जन्मकाल में वर्षेश-मासेश-दिवसेश और होरेश बली हो तो जातक को अपनी-अपनी दशा में दुगुना सुख धन और यश प्रदान करते हैं अर्थात् वर्षेश से दूना मासेश तथा मासेश दूना दिवसेश इत्यादि आगे भी ॥ १५ ॥

पक्ष बल से युक्त ग्रह फल—

[4]पक्षबलाद्रिपुनाशं रत्नाम्बरहस्तिसंपदं दद्युः।
स्त्रीकनकभूमिलाभं कीर्तिञ्च शशाङ्ककरधवलाम् ॥ १६ ॥

यदि जन्मकाल में पक्ष बल से युक्त ग्रह हो तो जातक शत्रु नाशक रत्न-वस्त्र-हाथी-सम्पत्ति-स्त्री-सुवर्ण भूमि और चन्द्रमा की किरणों के समान शुभ्र कीर्ति को प्राप्त करने वाला होता है ॥ १६ ॥

---

१. सारा० ५ अ० ४० श्लोक। २. सारा० ५ अ० ४१ श्लोक।
३. सारा० ५ अ० ४२ श्लोक। ४. सारा० ५ अ. ४३ श्लोक।

समस्त बल से युत ग्रह फल—

[1]सकलकर भारभावितनिर्मलकरजालभासुराः सततम् ।
राज्यं ग्रहा विदध्युः सौख्यञ्च मनोरथातीतम् ॥ १७ ॥

यदि जन्मकाल में पूर्वोक्त बलों से युत तथा स्वच्छ किरणों के समूह से शोभायमान ग्रह हों तो जातक की इच्छा से अधिक राज्य प्राप्ति व सुख को प्राप्त कराने वाले होते हैं ॥ १७ ॥

अथ ग्रहाणामुच्चमूलत्रिकोणमित्रनीचशत्रुराशिफलं लिख्यते ।
तत्रोच्चफलं चन्द्रिकायाम्—

अब आगे उच्च-मूलत्रिकोण-मित्र-नीच-शत्रु राशिस्थ ग्रहों के फल को कहते हैं। इस फल कथन में प्रथम चन्द्रिका नामक ग्रन्थ के वाक्यों से उच्च राशिस्थ ग्रहों के फल को बतलाते हैं ।

उच्च राशि में सूर्य का फल—

पुण्यैर्धनैः परिजनैः सुतदारकोशै-
श्चण्डप्रतापनिकरैर्विजितारिसङ्घः ।
कोपः कुले निजजनैः परिपूज्यमा-
नस्तुङ्गर्क्षगे दिनकरे भवति प्रजातः ॥ १ ॥

यदि जन्मपत्री में उच्च राशि में सूर्य हो तो जातक पुण्य-धन-परिजन-पुत्र-स्त्री-कोश और उग्र प्रतापों से शत्रु समूह को जीतने वाला, क्रोधी और कुल में अपने मनुष्यों से सत्कार प्राप्त करने वाला होता है ॥ १ ॥

उच्च राशि में चन्द्रमा का फल—

दाता भोक्ता प्रचुरयुवतीनायको विश्वबन्धु-
र्नानाक्रीडापरिणतमतिश्चञ्चलात्मा स्वभावः ।
पुत्रीपुत्रैर्हयगजरथैः पूर्णगेहो विलासी
चन्द्रे तुङ्गे भवति मनुजो लोकमान्यः प्रसन्नः ॥ २ ॥

यदि जन्मपत्री में उच्च राशि में चन्द्रमा हो तो जातक दानी, भोगी, अधिक स्त्रियों का नेता, संसार का बान्धव, अनेक खेल खेलने की बुद्धि वाला, अस्थिर प्रकृति व चित्त वाला, कन्या-पुत्र-घोड़ा-हाथी और रथों से परिपूर्ण घर वाला, विलासी, संसार में सम्मानित और प्रसन्न होता है ॥ २ ॥

उच्च राशि में भौम का फल—

चण्डप्रतापवशिताखिलभूमिपालाः
शस्त्रप्रहारनिपुणो धनधान्यपूर्णः ।
रक्ताधिको रणधरासु परप्रजात-
स्तुङ्गस्थिते क्षितिसुते मनुजः प्रतापी ॥ ३ ॥

---

१. सारा० ५ अ० ४४ श्लोक।

यदि जन्मपत्री में उच्च राशि में भौम हो तो जातक उग्र प्रताप से समस्त राजाओं को वशीभूत करने वाला, शस्त्र चलाने में चतुर, धनधान्य से परिपूर्ण, युद्धस्थल में अधिक क्रोधी और प्रतापी होता है ।। ३ ।।

उच्च राशि में बुध का फल--

अध्यापकः स (न्) मतिमान्नृपतिप्रधानो
लोकोत्तराप्तविभवो गुणवानुदारः ।
सत्कीर्तिवान्सुतनयो निरुजः सुमित्र-
स्तुङ्गे बुधे भवति सर्वजनोपकारी ।। ४ ।।

यदि जन्मपत्री में उच्च राशि में बुध हो तो जातक अध्यापक, बुद्धिमान्, राजाओं में प्रधान, संसार के उत्तरवर्ती स्थान से ऐश्वर्य प्राप्त करने वाला, गुणी, उदारचित्त, अच्छा यशस्वी, सुन्दर पुत्र वाला, नीरोग और समस्त मनुष्यों का उपकार करने वाला होता है ।। ४ ।।

उच्च राशि में गुरू का फल—

भूमण्डलीपतिरुदारमतिश्च दाता
ब्रह्मात्मबोधविमलो बहुपुत्रपौत्रः ।
तीर्थानुरागहृदयो दृढमेरुबन्ध-
स्तुङ्गेगुरौ धनपतिः सततं प्रजातः ।। ५ ।।

यदि जन्मपत्री में उच्च राशि में गुरू हो तो जातक पृथ्वी का स्वामी, उदार-चेता, दानी, ब्रह्म ज्ञान से निर्मल, अधिक पुत्र व पौत्रों (पोता) से युक्त, तीर्थ में आसक्त हृदय वाला, स्थिर मेरुबन्ध वाला और सदा धनिकों का या धन का मालिक होता है ।। ५ ।।

उच्च राशि में शुक्र का फल—

देशाधिपो दृढमतिः सुतनुः सुमन्त्री
शूरः समस्तजनपालनलब्धकीर्तिः ।
चौरादिशासनरतः सुकविः सुबुद्धि-
स्तुङ्गे भृगौ कुलपतिर्मनुजोऽतिहृष्टः ।। ६ ।।

यदि जन्मपत्री में उच्च राशि में शुक्र हो तो जातक किसी देश का स्वामी, स्थिर बुद्धि वाला, सुन्दर शरीरधारी, अच्छा सचिव, वीर, समस्त मनुष्यों के पालन से कीर्ति अर्जित करने वाला, चोरादि के शासन में अनुरक्त, अच्छा कवि और अत्यन्त प्रसन्न-चित्त होता है ।। ६ ।।

उच्च राशि में शनि का फल—

आसागरं क्षितिपतिर्दृढदेहबन्धो
हिंसारती रणभुवि प्रथितप्रभावः ।
हस्त्यश्वरत्नमणिभिः परिपूर्णगेहः
सूर्यात्मजे भवति तुङ्गगते मनुष्यः ।। ७ ।।

यदि जन्मपत्री में उच्च राशि में शनि हो तो जातक समुद्र पर्यन्त भूमि का स्वामी, स्थिर शरीर के मिलानों से युक्त, युद्ध भूमि में हिंसा में आसक्त, मशहूर प्रभावशाली, हाथी-घोड़ा-रत्न और मणियों से भरपूर घर वाला होता है ॥ ७ ॥

उच्च राशि में राहु का फल—

भवति धरणिपालो नीचजाते प्रतापी
हयगजधनयुक्तो ज्ञातिवर्गानुरक्तः ।
कुटिलमतिरभीतिर्भूरिभाण्डारयुक्त-
स्तमसि मिथुनसंस्थे जायते मानवेन्द्रः ॥ ८ ॥

यदि जन्मपत्री में उच्च राशि में या यों समझिये कि मिथुन राशि में राहु हो तो जातक निम्न जाति में राजा, प्रतापी, घोड़ा-हाथी व धन से युक्त, अपने बान्धवों में आसक्त, विपरीत बुद्धिवाला, निर्भीक और अधिक भण्डार (धन धान्यादि) से युक्त होता है ॥ ८ ॥

मूलत्रिकोणादिफलानि सारावल्याम्—

अब मूलत्रिकोणादि में ग्रहों के फल को सारावली के वाक्यों से कहते हैं ।

अपनी मूलत्रिकोणराशि में सूर्य व चन्द्रमा का फल—

[1]भानुस्त्रिकोणसंस्थो धनवन्तं सुखातिनिपुणम् ।
भोक्तारं धनवन्तं शशी त्रिकोणगः पुरुषम् ॥ १ ॥

यदि प्रसूति के समय में सूर्य अपनी मूलत्रिकोण राशि में हो तो जातक धनवान्, सुखी और बड़ा चतुर होता है ।

यदि चन्द्रमा अपनी मूलत्रिकोण राशि में हो तो जातक भोगी और धनी होता है ॥ १ ॥

विशेष—प्रकाशित सारावली में 'मुख्यमतिनिपु' 'गुणवन्तं शशी प्रसूतौ' यह पाठान्तर है ॥ १ ॥

अपनी मूलत्रिकोणराशि में भौम व बुध का फल—

[2]वक्रोऽपि भास्करोपमशूरं खलु निर्दयं वापि ।
सौम्यो विनोदशीलं जयिनं मूलत्रिकोणगः कुरुते ॥ २ ॥

यदि प्रसूति के समय में भौम भी अपनी मूलत्रिकोण राशि में हो तो जातक सूर्य के समान तेजस्वी वीर अथवा निश्चय ही दया से रहित अर्थात् निर्दयी होता है ।

यदि बुध अपनी मूलत्रिकोण राशि में हो तो जातक प्रसन्न स्वभाव का और विजयी होता है ॥ २ ॥

विशेष—प्रकाशित सारावली में 'वक्रोऽपि तस्करपतिं शूरं' 'जयिनं च' यह पाठान्तर प्राप्त है ॥ २ ॥

---

१. सारा० ४४ अ० ५ श्लो० । २. सारा० ४४ अ० ५ श्लो० ।

अपनी मूलत्रिकोणराशि में गुरू व शुक्र का फल—

[1]देवगुरुस्त्वक्रूरं महत्तरं नयविदं सुखोपेतम् ।
दानवगुरुरपि जनयेद् ग्रामपुरश्रेष्ठसाम्राज्यमतिं वापि ॥ ३ ॥

यदि प्रसूति के समय में अपनी मूलत्रिकोण राशि में गुरू हो तो जातक सरल प्रकृति, बड़ा न्याय वेत्ता और सुख से युक्त होता है ।

यदि अपनी मूल त्रिकोण राशि में शुक्र भी हो तो जातक गाँव व नगर (शहर) में प्रधान अथवा राजा की बुद्धि के समान होता है ॥ ३ ॥

विशेष—प्रकाशित सारावली में 'जीवः पुनर्हितकरं' दानवपूज्यो' पुररिष्ठमाढ्यमति-सुभगम्' यह पाठान्तर प्राप्त है ॥ ३ ॥

अपनी मूलत्रिकोणराशि में शनि का फल--

[2]आत्मत्रिकोण आर्किः धनवन्तं कुलयुतं शूरम् ।

यदि प्रसूति के समय में अपनी मूलत्रिकोण राशि में शनि हो तो जातक धनी, वंश से युक्त और वोर होता है ।

विशेष—प्रकाशित सारावली में 'आर्किर्धनतृप्तं' यह पाठान्तर है ॥

जातक पारिजात में मूलत्रिकोण राशियों में ग्रहों का फल इस प्रकार से प्राप्त है, यथा—'मार्त्तण्डे यदि मूलकोणगृहगे जातो धनी वन्दितश्चन्द्रे वित्तसुखान्वितश्च रुधिरे कोपी दयावर्जितः । ताराजे धनिको जयी सुरगुरौ भोगी नृपालप्रियः शुक्रे ग्रामपुराधिपस्तरणिजे शूरस्तु राहौ धनी' (८ अ० १०४ श्लो०) ॥

अपनी राशि में सूर्य का फल—

तीक्ष्णमयूखः कुरुते पुरुषं हृष्टं महोग्रकर्माणम् ॥ ४ ॥

यदि प्रसूति के समय में सूर्य अपनी राशि (सिंह) में हो तो जातक प्रसन्न और महान् प्रचण्ड कार्य करने वाला होता है ॥ ४ ॥

विशेष—प्रकाशित सारावली में 'कुरुते महोग्रमत्युच्चकर्माणम्' यह पाठान्तर है ॥४॥

अपनी राशि में चन्द्रमा व भौम का फल—

धर्मरतिं हिमरश्मिर्मनस्विनं रूपवन्तमात्मर्क्षे ।
आढ्यं प्रचण्डचपलं भौमः कुरुते स्वराशिगः पुरुषम् ॥ ५ ॥

यदि प्रसूति के समय में अपनी राशि में चन्द्रमा हो तो जातक धार्मिक प्रवृत्ति का, मनस्वी और स्वरूपवान् होता है ।

यदि भौम अपनी राशि (१।८) में हो तो जातक धनी और उग्र अप्रिय बोलने वाला होता है ॥ ५ ॥

विशेष—प्रकाशित सारावली में 'धर्मरतं' 'प्रचण्डमचलं' यह पाठान्तर है ॥ ५ ॥

---

१. सारा० ४४ अ० ६ श्लो० । २. सारा० ४४ अ० ७ श्लो० ।

अपनी राशि में बुध व गुरू का फल—

शशितनयोऽपि विधत्ते वल्गुकथं पण्डितं वापि।
काव्यश्रुतिज्ञमाढ्यं गुरुचेष्टं वाक्पतिः स्वराशिस्थः॥ ६॥

यदि प्रसूति के समय में बुध भी अपनी (३।६) राशि में हो तो जातक सुन्दर बोलने वाला अथवा पण्डित होता है।

यदि गुरू अपनी (९।१२) राशि में हो तो जातक काव्य व वेद का जानने वाला, धनी और बड़ी इच्छा वाला होता है॥ ६॥

अपनी राशि में शुक्र व शनि का फल—

[1]दानवपूज्यः कुरुते कृषीवलं स्फीतवित्तञ्च।
कुरुते शनैश्चरोऽपि मान्यमदुःखं स्वराशिगः पूर्वम्॥ ७॥

यदि प्रसूति के समय में शुक्र अपनी राशि (२।७) में हो तो जातक खेती करने वाला और बड़ा धनवान् होता है।

यदि शनि अपनी राशि (१०।११) में हो तो जातक सम्मानित और दुःख से रहित होता है॥ ७॥

विशेष—स्वराशिस्थ ग्रहों का फल जातक पारिजात में निम्न प्रकार से है 'स्वर्क्षे भास्वति चारुमन्दिरदुराचारोऽग्रकामी, विधौ तेजो रूपधनी, कुजे कृषिबलख्यातो बुधे पण्डितः। जीवेकाव्यकलाभमश्रुतपरः शुक्रो मनस्वी धनी मन्दे चन्डपराक्रमो गतसुखी राहौ यशो वित्तवान्' (८ अ० १०५ श्लो०)॥ ३[1]–७॥

मित्र की राशि में सूर्य व चन्द्रमा का फल—

[2]मित्रगृहेऽर्कस्थानं स्थिरसौहृदमर्थदातारम्।
मित्रर्क्षगः शशाङ्को यशस्ततो लब्धसौख्यबहुमानम्॥ ८॥

यदि प्रसूति के समय में मित्र की राशि में सूर्य हो तो जातक स्थिर मित्रता और धन दाता होता है।

यदि मित्र की राशि में चन्द्रमा हो तो जातक यशस्वी और यश होने से सुख तथा अधिक सम्मानित होता है॥ ८॥

विशेष—प्रकाशित सारावली में 'गृहेऽर्कः ख्यातं स्थिर सौहृदयमर्थं' 'यतस्ततो' यह पाठान्तर उपलब्ध है॥ ८॥

अपने मित्र ग्रह की राशि में भौम व बुध का फल—

[3]अङ्गारकोऽपि कुरुते सुहृद्धनारक्षणेऽपि संसक्तम्।
शशिजः सुहृद्गतः करोति चातुर्यहास्यधनवन्तम्॥ ९॥

---

१. सारावली ४४ अ० ७[1]–११ श्लो०।

२. सारा० ४४ अ० १२ श्लोक। ३. सारा० ४४ अ० १३ श्लो०।

यदि प्रसूति के समय में अपने मित्र की राशि में भौम हो तो जातक मित्र और धन की रक्षा करने में भी आसक्त होता है।

यदि अपने मित्र की राशि में बुध हो तो जातक चतुर, हँसने वाला और धनी होता है ॥ ९ ॥

विशेष—प्रकाशित सारावली में 'द्धनारक्षणासक्तम्' यह पाठान्तर है ॥ ९ ॥

अपने मित्र ग्रह राशि में गुरु व शुक्र का फल—

[1]वचसामधिपः पूजां सतां च सुविशिष्टकर्माणम्।
मित्रगृहे भृगुतनयः सुहृत्प्रियं दयितवित्तमतिशूरम् ॥ १० ॥

यदि प्रसूति के समय में गुरु अपने मित्रग्रहों की राशि में हो तो जातक सज्जनों से पूजित अर्थात् सत्कार पाने और सुन्दर विशेष कार्य करने वाला होता है।

यदि शुक्र अपने मित्र ग्रहों की राशि में हो तो जातक मित्रों का प्रेमी, धन प्रिय और बड़ा वीर होता है ॥ १० ॥

अपने मित्र ग्रहों की राशि में शनि का फल—

[2]भास्करसूनुः कुरुते परान्नभोजनमधर्मरतम्।

यदि प्रसूति के समय में अपने मित्र ग्रहों की राशि में शनि हो तो जातक दूसरे के अन्न को खाने वाला और पाप में आसक्त होता है ॥ १०½ ॥

विशेष—जातक परिजात में मित्रराशिस्थ ग्रहों का यह फल है 'मित्रक्षेत्रगते रवौ दृढसुहृद्दाता यशस्वी भवेत्तारेशे बहुमानसौख्यधनिको जातो धरानन्दने। वित्तागार-सुहृत्प्रियः शशिसुते चातुर्यहास्याग्रणीर्जीवे शिष्टरतः सिते सुतसुखी मन्देपरान्नो धनी ॥ ख्यातः सुखी सुहृत्प्रीतश्चातुर्यगुणवान् सुधीः। भोगी परान्नभोक्ता च मित्रराशिफलं क्रमात्' (८ अ० १०७–१०८ श्लो०) ॥ ८–१०½ ॥

अपनी नीच राशि में सूर्य का फल—

[3]नीचे सविता कुरुते प्रेष्यं बान्धवजनाबन्धुयुतञ्च ॥ ११ ॥

यदि प्रसूति के समय में सूर्य अपनी नीच राशि में हो तो जातक नौकर और उसके बान्धव अपने बन्धुओं से पृथक् रहते हैं ॥ ११ ॥

विशेष—'प्रकाशित सारावली में बान्धवजनावधूतञ्च' यह पाठान्तर है। तथा जातक पारिजात में कहा है 'नीचस्थे दिननायके तु पतितोऽबन्धुः प्रवासे रतः' (८ अ० ११४ श्लोक) ॥ ११ ॥

अपनी नीच राशि में चन्द्रमा व भौम का फल—

[4]हिमरश्मिरल्पपुण्यं रोगिणमपि दुर्भगं लोके।
नीचस्थः क्षितितनयोऽनर्थव्यसनोपतप्तमतिनीचम् ॥ १२ ॥

---

१. सारा० ४४ अ० १४ श्लोक। २. सारा० ४४ अ० १५ श्लो०।
३. सारा० ४४ अ० १५ श्लोक। ४. सारा० ४४ अ० १६ श्लोक।

यदि प्रसूति के समय में चन्द्रमा अपनी नीच राशि में हो तो जातक थोड़ा पुण्यवान्, रोगी और संसार में भाग्यहीन भी होता है।

यदि भौम अपनी नीच राशि में हो तो जातक अन्याय व व्यसनों से पीडित और अधिक दुष्ट होता है ॥ १२ ॥

जा० पा० में कहा है 'शीतांशौ सरुजोऽल्पपुण्यधनवान्, भौमे कृतघ्नो धनी' (८ अ० ११४ श्लो०) ॥ १२ ॥

अपनी नीच राशि में बुध व गुरू का फल —

[१]कुरुते हिमकरपुत्रः क्षुद्रं स्वज्ञातिबद्धवैरञ्च।
नीचे गुरुः प्रकुरुते मलिनः प्राप्तावमानमतिदीप्तम् ॥ १३ ॥

यदि प्रसूति के समय में अपनी नीच राशि में बुध हो तो जातक क्षुद्र (अल्पभावना) और अपने बान्धवों से शत्रुता करने वाला होता है।

यदि अपनी नीच राशि में गुरू हो तो जातक दूषित, अपमानित और अधिक चमकने वाला होता है ॥ १३ ॥

जा० पा० में कहा है—'क्षुद्रो बन्धुविरोधकृच्छशिसुते जीवेऽपवादी खलः' (८ अ० ११४ श्लोक) ॥ १३ ॥

विशेष—प्रकाशित सारावली में 'प्राप्तावमानमतिदीनं' यह पाठान्तर प्राप्त है ॥१३॥

अपनी नीच राशि में शुक्र व शनि का फल—

[२]असुरगुरुरस्वतन्त्रं प्रनष्टदारं विषमशीलम्।
कोणो विपन्नशीलं विगर्हिताचारमर्थरहितञ्च ॥ १४ ॥

यदि प्रसूति के समय में शुक्र अपनी नीच राशि में हो तो जातक परतन्त्र अर्थात् दूसरे के आधीन, नष्ट स्त्री वाला और विपरीत प्रकृति का होता है।

यदि शनि अपनी नीच राशि में हो तो जातक विपत्ति में फँसने वाला, निन्दित आचार वाला और धन से हीन होता है ॥ १४ ॥

जा० पा० में कहा है 'शुक्रे दुःखरतः शनौ गतधनस्त्रीको विपन्नः खलः' (८ अ० ११४ श्लोक) ॥ १४ ॥

अपने शत्रु ग्रह की राशि में सूर्य व चन्द्रमा का फल—

[३]कुरुते शत्रुगृहेऽर्को निःस्वं विषयप्रपीडितञ्चापि।
तुहिनमयूखः कुरुते क्षुद्रोगिणमरिगृहे नरं सततम् ॥ १५ ॥

यदि प्रसूति के समय में सूर्य अपने शत्रु ग्रह की राशि में हो तो जातक निर्धन और काम से पीड़ित होता है।

यदि चन्द्रमा अपने शत्रु ग्रह की राशि में हो तो जातक सदा भूख का रोगी होता है ॥ १५ ॥

---

१. सारा० ४४ अ० १७ श्लोक। २. सारा० ४४ अ० १८ श्लो०।
३. सारा० ४४ अ० १९ श्लोक।

जा० पा० में कहा है—'शत्रुक्षेत्रगते रवौ पितृसुखत्यागी च सेवापरः, शीतांशौ यदि मातृदुःखनिरतो हृद्‌रोगशाली भवेत्' (८ अ० ११२ श्लो०) ॥ १५ ॥

विशेष—प्रकाशित सारावली में—'हृद्‌रोगिगणमरिगृहे' यह पाठान्तर प्राप्त है ॥ १५ ॥

अपने शत्रु ग्रह की राशि में भौम व बुध का फल—

[1]बन्ध्वादि भ्राजमानो विकलं वा दुर्भगं लोके।
अज्ञानं वाग्दीनं बुधोऽरिभे नैकमतिदीनम् ॥ १६ ॥

यदि प्रसूति के समय में अपने शत्रुग्रह की राशि में भौम हो तो जातक बान्धवों से शोभित; अशान्त और संसार में भाग्यहीन होता है।

यदि अपने शत्रुग्रह की राशि में बुध हो तो जातक अज्ञानी, वाणी से दीन और दैन्य भाव से युक्त अनेक बुद्धि वाला होता है ॥ १६ ॥

जा० पा० में कहा है—'भूसूनौ विकलोऽकृतज्ञमलिनः सौम्ये सुखी पापधीः' (८ अ० ११२ श्लो०) ॥ १६ ॥

अपने शत्रु ग्रह की राशि में गुरू, शुक्र और शनि का फल—

[2]क्लीबं गुरुर्विधत्ते सुवेषहीनं त्वनार्यवृत्तञ्च।
शुक्रोऽरिगृहे भृतकं कुमन्त्रमतिदुःखितं जनयेत् ॥ १७ ॥
भास्करसुतोऽपि कुरुते मलिनं व्याध्या विशोकसंतप्तम्।

यदि प्रसूति के समय में गुरू अपने शत्रु ग्रहों की राशि में हो तो जातक नपुंसक, सुन्दर वेषभूषा से रहित और दूषित आचरण करने वाला होता है।

यदि शुक्र अपने शत्रु ग्रहों की राशि में हो तो जातक नौकर, दूषित सलाहकार और अधिक दुःखी होता है।

यदि प्रसूति के समय में शनि अपने शत्रु ग्रहों की राशि में हो तो जातक दूषित, रोग और विशेष शोक से दुःखी होता है ॥ १७ ॥

जा० पा० में कहा है—'जीवे भव्यरतः सिते तु भृतको मन्देऽध्वशोकाकुलः' (८ अ० ११२ श्लो० ॥ १७ ॥

विशेष—प्रकाशित सारावली में—'विधत्ते नयहीनं धनविहीनञ्च' 'व्याध्यादिशो' यह पाठान्तर प्राप्त है ॥ १७ ॥

उच्च राशि में दो-तीन ग्रहों का फल—

[3]द्वावुच्चे विदधाते सधनं कीर्त्यान्वितं सदा पुरुषम्।
नगरारक्षकमाद्यं चमूपतिं च त्रयश्च सप्रतिभम् ॥ १८ ॥

यदि प्रसूति के सयय में दो ग्रह उच्च राशि में हों तो जातक धनी और कीर्तिमान् होता है।

---

१. सारा० ४४ अ० २० श्लोक। २. सारा० ४४ अ० २१ श्लोक।
३. सारा० ४४ अ० २३ श्लोक।

यदि तीन ग्रह उच्च राशि में हों तो जातक नगर का रक्षक या यों समझिये जिलाधीश या प्रधान सेनाध्यक्ष और प्रतिभाशाली होता है ॥ १८ ॥

जातक सारदीप में कहा है—'द्वावुच्चगौ कीर्तिसुखार्थदौ स्तः। त्रयो विदध्युः प्रतिभासमेतं सेनापुराध्यक्षकमीश्वरञ्च' (५३ अ० ४ श्लो०) ॥ १८ ॥

विशेष—प्रकाशित सारावली में—'द्वावुच्चगौ जनयतो धनिनं' 'रक्षकमाढचं' 'त्रयः प्रथितम्' यह पाठान्तर है ॥ ८ ॥

उच्च राशि में चार व पाँच ग्रहों का फल—

[1]आद्यनृपाप्तकीर्तिं चत्वार उदारधर्मसंयुक्तम्।
ख्यातं नृपतिप्रतिमं पञ्चानेकार्थवृद्धकोशञ्च ॥ १९ ॥

यदि प्रसूति के समय में चार ग्रह उच्च राशि में हों तो जातक प्रधान राजा से कीर्ति प्राप्त करने वाला और उदार धर्म से युक्त होता है।

यदि पाँच ग्रह उच्च राशि में हों तो जातक प्रसिद्ध, राजा के समान और अनेक कारणों से धन को बढ़ाने वाला होता है ॥ १९ ॥

जा० सा० दी० में कहा है—'दाता सुकीर्तिर्नृपतिः समृद्धश्चतुर्भिरुच्चोपगतैः सुधर्मा। विवृद्धकोशः प्रथितो नृपाणां श्रेष्ठो भवेत्पञ्चखगैः सुखी च' (५३ अ० ५ श्लो०) ॥ १९ ॥

विशेष—प्रकाशित सारावली में—'आढचं नृपात्तकीर्तिं चत्वारो राजधर्मसंयुक्तम्। ख्यातं नृपतीष्टतमं पञ्चानेकविधवृद्धकोशञ्च' यह पाठान्तर प्राप्त होता है ॥ १९ ॥

उच्च राशि में ६ ग्रहों का फल—

[2]षट्कोच्चगाः प्रकुर्वन्ति नृपतिं पुरुषं सदा।
प्रदानमानसंपन्नं बहुवाहनमण्डितम् ॥ २० ॥

यदि प्रसूति के समय में ६ ग्रह उच्च राशि में हों तो जातक सदा राजा, दान से सम्मानित और अधिक सवारी के साधनों से शोभित होता है ॥ २० ॥

जा० सा० दी० में कहा है—'स्याद्राजराजः खचरैश्च षड्भिर्महाबलः सर्वगुणैरुपेतः' (५३ अ० ६ श्लो०) ॥ २० ॥

विशेष—प्रकाशित सारावली में—'षड्ग्रहाः स्वोच्चगाः कुर्युर्नृपतिं पुरुषं सदा। यह पाठान्तर प्राप्त है ॥ २० ॥

समस्त ग्रह उच्चस्थ हों तो फल—

[3]स्वोच्चं याताः सर्वे समुद्रपर्यन्तमेदिनीनाथम्।
जनयन्ति चक्रवर्तिनमवनीश्वरजातकं चिन्त्यम् ॥ २१ ॥

यदि प्रसूति के समय में समस्त ग्रह उच्च राशि में हों तो जातक समुद्र पर्यन्त भूमि का स्वामी चक्रवर्ति राजा होता है ॥ २१ ॥

---

१. सारा० ४४ अ० २४ श्लोक।
२. सारा० ४४ अ० २५ श्लोक।
३. सारा० ४४ अ० २६ श्लोक।

जा० सा० दी० में कहा है—'समुद्रपर्यन्तवसुन्धरेशः सप्तग्रहैः स्वोच्चगतैः सुकीर्तिः' (५३ अ० ६ श्लो०) ।। २१ ।।

विशेष—यहाँ समस्त ग्रह उच्च राशि में होने पर फल का वर्णन असंगत प्रतीत होता है। गणित की युक्ति से कुण्डली में समस्त ग्रह उच्च राशि में सिद्ध नहीं हो सकते क्योंकि समस्त ग्रहों में सूर्य की उच्च राशि मेष, बुध की कन्या और शुक्र की मीन राशि उच्च है। इसमें सूर्य की राशि मेष से कन्या राशि से मीन में शुक्र अर्थात् दोनों में इतना अन्तर नहीं होता यह गणित के जानने वाले स्वतः जानते हैं ।। २१ ।।

अपनी मूलत्रिकोण राशि में दो ग्रहों का फल--

[1]द्वाभ्यां त्रिकोणसंस्थाभ्यां कुटुम्बी कुलवर्धनः।
श्रेष्ठः प्रख्यातकीर्तिश्च ग्रहाभ्यां भुवि जायते ।। २२ ।।

यदि प्रसूति के समय में दो ग्रह अपनी मूल त्रिकोण राशि में हों तो जातक परिवार से युक्त, वंश को बढ़ाने वाला श्रेष्ठ (उत्तम) और प्रसिद्ध कीर्तिमान् होता है ।। २२ ।।

जा० सा० दी० में कहा है—द्वयोस्त्रिकोणपगयोः कुटुम्बी विख्यात कीर्तिकुलवर्धनोऽग्रचः' (५३ अ० १० श्लो०) ।। २२ ।।

अपनी मूलत्रिकोण राशि में तीन व चार ग्रहों का फल—

[2]महाधनस्त्रिभिश्चैव गुणग्रामाधिनायकः।
आढ्यो नृपाप्तसत्कारश्चतुर्भिर्लोकसम्मतः ।। २३ ।।

यदि प्रसूति के समय में तीन ग्रह अपनी मूलत्रिकोण राशि में हों तो जातक बड़ा धनी, गुणी और गाँव का स्वामी होता है ।।

यदि चार ग्रह मूल त्रिकोण राशि में हों तो जातक धनी, राजा से सत्कार प्राप्त करने वाला और संसार से सम्मत होता है ।। २३ ।।

जा० सा० दी० में कहा है—'त्रिभिः सुवंश्यः सुखकीर्तियुक्तो महाधनो ग्रामगणाधिपश्च। आढ्यचतुर्भिर्नृपलब्धमानः कुलाग्रणीः स्याज्जनवल्लभश्च' (५३ अ० १०-११ श्लोक) ।। २३ ।।

अपनी मूल त्रिकोण राशि में पाँच ग्रहों का फल—

[3]आरक्षकः प्रधानो पुरनगरभूपकोशेषु।
पञ्चग्रहैस्त्रिकोणे भवति कुटुम्बप्रभवसौख्यः ।। २४ ।।

यदि प्रसूति के समय में पाँच ग्रह अपनी मूलत्रिकोण राशि में हों तो जातक गाँव-शहर व राजकीय कोश में प्रधान रक्षक और कुटुम्ब से सुखी होता है।

जा० सा० दी० में कहा है—धीमान् प्रधानः पुरभूपकोशेऽथारक्षकः पञ्चखगैस्त्रिकोणे' (५३ अ० ११ श्लो०) ।। २४ ।।

---

१. सारा० ४४ अ० २७ श्लो०। २. सारा० ४४ अ० २८ श्लो०।
३. सारा० ४४ अ० २९ श्लो०।

विशेष—प्रकाशित सारावली में 'धानः सेनापुरनगरभूपकोशानां' 'भवति कुटुम्ब सुबहुसौख्यः' यह पाठान्तर है ॥ २४ ॥

अपनी मूल त्रिकोण राशि में ६ ग्रहों का फल—

[1]विद्यादानधनाढ्यैः समन्वितो भवति षड्भिरेव पुमान् ।
राज्यं शास्ति नियतं गोपालकुलेऽपि सञ्जातः ॥ २५ ॥

यदि प्रसूति के समय में ६ ग्रह अपनी मूलत्रिकोण राशि में हों तो जातक विद्यावान्, दानी, धनाढ्य और गोप वंश में जन्म होने पर भी अवश्य ही राज्य का शासक होता है ॥ २५ ॥

जा० सा० दी० में कहा है—'स्वाचारविद्याबलसत्वधर्मैः षड्भिर्नृपः स्यात् खलवंशजोऽपि' (५३ अ० १२ श्लो०) ॥ २५ ॥

विशेष—प्रकाशित सारावली में 'दानधनौघैः' 'राज्यं प्रशास्ति' यह पाठान्तर है ॥ २५ ॥

अपनी मूल त्रिकोण राशि में समस्त ग्रहों का फल—

[2]स्वत्रिकोणगतैः सर्वैर्भवेज्जातो महीपतिः ।
वस्त्रस्त्रीबलसंपन्नो विद्याशास्त्रविशारदः ॥ २६ ॥

यदि प्रसूति के समय में समस्त ग्रह अपनी मूलत्रिकोण राशि में हों तो जातक वस्त्र-स्त्री बल से समृद्ध, विद्याशास्त्र में निपुण राजा होता है ॥ २६ ॥

जा० सा० दी० में कहा है—'राजा वपुष्मान् बलवानुदारो विद्वांस्त्रिकोणोऽपगतैः समस्तैः' (५३ अ० १२ श्लो०) ॥ २६ ॥

विशेष—प्रकाशित सारावली में 'वसुस्त्रीबल....' यह पाठान्तर प्राप्त है ॥ २६ ॥

स्वराशिस्थ दो व तीन ग्रहों का फल—

[3]द्वौ स्वगृहे कुर्वाते कुलाधिकं बन्धुपूजितं धन्यम् ।
वंशकरमर्थसहितं स्थानयशोभिस्त्रयो विगतः ॥ २७ ॥

यदि प्रसूति के समय में दो ग्रह अपनी राशि में हों तो जातक कुल में प्रधान, बान्धवों से सत्कृत और प्रशंसनीय होता है ।

यदि चार ग्रह अपनी राशि में हों तो जातक वंश वृद्धि करने वाला अर्थात् पुत्र पौत्रादि से युक्त, धनी, पद व यश से युक्त होता है ॥ २७ ॥

जा० सा० दी० में कहा है 'द्वौ स्वगृहौ सुर्वति कुलाधिकं बन्धुजीविनं धनिनम् । वंशकरमर्थसहितं स्थानयशोभिस्तदा त्रयो विहगाः' (५३ अ० ३५ श्लो०) ॥ २७ ॥

विशेष—प्रकाशित सारावली में 'द्वौ स्वगृहस्थौ कुरुतः' 'त्रयो विहगाः' यह पाठान्तर प्राप्त है ॥ २७ ॥

---

१. सारा० ४४ अ० ३० श्लो० ।
२. सारा० ४४ अ० ३१ श्लो० ।
३. सारा० ४४ अ० ३२ श्लो० ।

स्वराशिस्थ चार व पाँच ग्रहों का फल--

[1]ख्यातं विशिष्टचेष्टं श्रेणीपुरगणसहितं च चत्वारः ।
पञ्चावनीश्वरसमं प्रभूतगोभूमियुवतिपुत्रयुतम् ॥ २८ ॥

यदि प्रसूति के समय में चार ग्रह अपनी राशि में हों तो जातक प्रसिद्ध, विशेष इच्छा वाला, पंक्ति-गाँव और समुदाय से युक्त होता है ।

यदि पाँच ग्रह स्वराशि में हों तो जातक अधिक गाय, भूमि स्त्री और पुत्र से युक्त राजा होता है ॥ २८॥

विशेष—प्रकाशित सारावली में 'पुरनगरपंच' 'युवतिसम्पन्नम्' यह पाठान्तर है ॥ २८ ॥

स्वराशिस्थ ६ व ७ ग्रहों का फल—

[2]षड्भिः प्रवृद्धशब्दो द्युतिकोपशरीरं गजवाजिमातङ्गः ।
भवति नृपवंशजातो नियतं पृथिवीपतिः स्वर्क्षे ॥ २९ ॥
राज्याधिनृपं स्वर्क्षे जनयति जितारिपक्षमिहसताम् ।

यदि प्रसूति के समय में ६ ग्रह अपनी राशि में हों तो जातक अधिक जोर से बोलने वाला, तेजस्वी, क्रोधी, हाथी-घोड़ा से युक्त, राजवंश में अवश्य राजा होता है ॥ २९ ॥

यदि सात ग्रह स्वक्षेत्री हों तो जातक शत्रुओं को जीतने वाला राजाधिराज होता है ।

विशेष—प्रकाशित सारावली में 'द्युतिकोशस्वजनवाजिमानाढ्यः' राजाधिनृपं 'जनयन्ति' 'मिह सप्त' यह पाठान्तर प्राप्त है ॥ २९ ॥

स्वमित्र राशिस्थ दो, तीन व चार ग्रहों का फल--

[3]मित्राश्रयं सुवृत्तं द्वौ मित्रगृहे समाश्रितौ कुरुतः ॥ ३० ॥
बान्धवसुहृदुपकर्ता त्रिभिर्विशिष्टो गुणैर्भवेज्जातः ।
ब्राह्मणदेवाराधनपरश्चतुर्भिर्धुरन्धरः ख्यातः ॥ ३१ ॥

यदि प्रसूति के समय में दो ग्रह अपने मित्र की राशि में हों तो जातक मित्र का आश्रय करने वाला और सुन्दर चरित्र वाला होता है ॥ ३० ॥

यदि तीन ग्रह अपने मित्र की राशि में हों तो जातक बान्धव व मित्रों का उपकार करने वाला, विशिष्ट गुणों से युक्त होता है ।

यदि चार ग्रह अपने मित्र की राशि में हों तो जातक ब्राह्मण और देवता की आराधना में तत्पर, धुरन्धर और प्रसिद्ध होता है ॥ ३१ ॥

विशेष—प्रकाशित सारावली में 'मित्रगृहसमाश्रितौ' 'विशिष्टो भवेद्गुणैः ख्यातः' यह पाठान्तर प्राप्त है ॥ २९½–३१ ॥

१. सारा० ४४ अ० ३२ श्लो० ।
२. सारा० ४४ अ० ३४–१४½ । ३. सारा० ४४ अ० ३४½–३६ श्लो० ।

स्वमित्र राशिस्थ ५, ६ व ७ ग्रहों का फल—

[1]राजोपसेवकः स्यात्पञ्चभिराढ्यो न तस्य शुभकर्ता।
विस्तीर्णभोगवाहनवसुमान् षड्भिर्नरेन्द्रतुल्यः स्यात् ॥ ३२ ॥
सर्वैर्मित्रर्क्षगतैर्बहुनागाश्वभृत्यसाधनो राजा।

यदि प्रसूति के समय में पांच ग्रह अपने मित्र की राशि में हों तो जातक राजकीय कर्मचारी और राजा का शुभ चिन्तक नहीं होता है।

यदि ६ ग्रह अपने मित्र की राशि में हों तो जातक विशाल भोगी, वाहन (सवारी) और धन से युक्त, राजा के समान होता है।

यदि सात ग्रह अपने मित्र की राशि में हों तो जातक अधिक नाग-घोड़ा और सेवकों से युक्त राजा होता है ॥ ३२–३२½ ॥

विशेष—प्रकाशित सारावली में 'राढ्यो नरेश्वरः कर्ता' 'बहुवाहनभृत्यसा' यह पाठान्तर ॥ ३२–३२½ ॥

स्वनीच राशिस्थ दो, तीन व चार ग्रहों का फल

[2]द्वाभ्यां नीचे नीचो निश्चितवाक्योऽङ्गनासहितः ॥ ३३ ॥
मूर्खो धर्माभिरतस्त्रिभिर्ग्रहैर्नीचगैः प्रेष्यः।
आलस्य नष्टचेष्टश्चतुर्भिरिह नीचगैर्भृतकः ॥ ३४ ॥

यदि प्रसूति के समय में दो ग्रह नीच राशि में हों तो जातक दुष्ट, निश्चित वाणी वाला और स्त्री से युक्त होता है ॥ ३३ ॥

यदि तीन ग्रह नीच राशि में हों तो जातक मूर्ख, धर्म में अनुरक्त और नौकर होता है।

यदि प्रसूति के समय में अपनी नीच राशि में चार ग्रह हों तो जातक आलसी, नाशक इच्छा वाला और नौकर होता है ॥ ३४ ॥

विशेष—प्रकाशित सारावली में 'नीचे नीचश्चिन्ताबहुवाग्रहसमेतः' 'मूर्खोऽधर्मरतस्त्रिभिर्ग्रहैरध्वगो नरः प्रेष्यः' यह पाठान्तर प्राप्त है ॥ ३२½–३४ ॥

स्वनीचराशिस्थ पांच व ६ ग्रहों का फल

[3]अगृहःप्रभिन्नदारः पञ्चभिरिह कुरुते दासः।
घातोभयश्रमतप्तः षड्भिर्विश्वो भवेत्क्षामः ॥ ३५ ॥

यदि प्रसूति के समय में पांच ग्रह अपनी नीच राशि में हों तो जातक घर व स्त्री से हीन और सेवक होता है।

यदि ६ ग्रह अपनी नीच राशि में हों तो जातक संसार का विरोधी, भय व श्रम से पीड़ित और दुर्बल होता है ॥ ३५ ॥

---

१. सारा० ४४ अ० ३७–३७½ श्लोक।

२. सारा० ४४ अ० ३७½–३९ श्लोक। ३. सारा० ४४ अ० ४० श्लोक।

विशेष—प्रकाशित सारावली में 'रिह कथ्यते नरो दासः' घातभयश्रमतप्तः षड्भिर्नीचो' यह पाठान्तर प्राप्त होता है ॥ ३५ ॥

स्वनीच राशिस्थ सात ग्रहों का फल—

[1]भिक्षुकभुक्तो जितभुक् भवति पुमान् विगतसर्वस्वः।
नीचैः सप्तभिरखिलैर्दिनकरकलेवरो जातः ॥ ३६ ॥

यदि प्रसूति के समय में सात ग्रह अपनी नीच राशि में हों तो जातक भीख माँगकर खाने वाला, क्षुधा से पराजित और सर्वस्व को नष्ट करने वाला तथा सूर्य के समान शरीर धारी होता है ॥ ३६ ॥

विशेष—प्रकाशित सारावली में 'भिक्षुस्त्यक्ताशितभुग्भवति पुमान् विगत....' 'खिलैर्दिक्चिरविधृताम्बरः सूतः' यह पाठान्तर है ॥ ३६ ॥

स्वशत्रुराशिस्थ दो ग्रहों का फल—

[2]द्वावरिभुवनसमेतौ क्लेशवतां विग्रहरुचीनाम् ।
अतिपरिभूतानामपि नृणां जन्मप्रदौ कथितौ ॥ ३७ ॥

यदि प्रसूति के समय में दो ग्रह अपने शत्रुग्रह की राशि में हों तो जातक क्लेश से युक्त, लड़ाई की इच्छा करने वाला और अधिक अपमानित होता है ॥ ३७ ॥

स्वशत्रु राशिस्थ तीन व चार ग्रहों का फल—

[3]विविधव्ययदुःखभुजां त्रयः श्रमोत्पन्ननष्टचित्तानाम् ।
चत्वारग्रहयोगा मृत्युमर्थविनाशरोगतप्तानाम् ॥ ३८ ॥

यदि प्रसूति के समय में तीन ग्रह अपने शत्रु ग्रह की राशि में हों तो जातक अनेक व्ययों से दुःख भोगने वाला और श्रम से उत्पन्न नष्ट चित्त वाला होता है।

यदि चार ग्रह अपने शत्रु ग्रह की राशि में हों तो जातक धन के नाश से संतप्त होकर मृत्यु प्राप्त करता है ॥ ३८ ॥

विशेष—प्रकाशित सारावली में—'नष्टवित्तानां' 'चत्वार इष्टयोषित्पुत्रार्थविनाशजाधितप्तानाम्' यह पाठान्तर प्राप्त है ॥ ३८ ॥

स्वशत्रु राशिस्थ ५ व ६ ग्रहों का फल—

[4]पञ्चारिगृहे विहगा नष्टव्यसनाभिचारतप्तानाम् ।
षण्णभोगाऽनाथवतां दुःखवताञ्चैव जन्मकराः ॥ ३९ ॥

यदि प्रसूति के समय में अपने शत्रु ग्रह की राशि में पाँच ग्रह हों तो जातक व्यसन व अभिचार से संतप्त होकर नष्ट होता है।

यदि ६ ग्रह अपने शत्रु ग्रह की राशि में हों तो जातक अनाथ और दुःखी होता है ॥ ३९ ॥

---

१. सारा० ४४ अ० ४४ श्लोक। २. सारा० ४४ अ० ४२ श्लोक।
२. सारा० ४४ अ० ४३ श्लोक। ४. सारा० ४४ अ० ४४ श्लोक।

विशेष—प्रकाशित सारावली में—'इष्टव्यसनाभिघात' 'षड्रोगाङ्कितवपुषां' यह पाठान्तर है ॥ ३९ ॥

स्वशत्रु राशिस्थ सात ग्रहों का फल—

[1]सप्तारिभे ग्रहेन्द्रा बीभत्सकलेवरं प्रसूतानाम् ।
शय्याच्छादनभोजनवञ्चितकानां भवति सदा ॥ ४० ॥

यदि प्रसूति के समय में सात ग्रह अपने शत्रु ग्रह की राशि में हों तो जातक विकृत शरीरधारी, शय्या, वस्त्र और भोजन के साधनों से सदा रहित होता है ॥ ४० ॥

फल कहने में विशेष—

[2]स्वेच्चेषु भागेषु फलं समग्रं त्रिकोणवत्स्यात् फलमंशकेषु ।
स्वक्षेत्रतुल्यं भवनांशकेषु नीचारिभागेषु जघन्यमेव ॥ ४१ ॥

इति उच्चत्रिकोणराशि मित्र-नीच-शत्रुगृहगतफलानि ।

इति श्रीमद्दैवज्ञवर्यपण्डितदामोदरात्मजबलभद्रविरचिते होरारत्ने ग्रहचारोच्चादिफलाध्यायश्चतुर्थः ॥ ४ ॥

यदि प्रसूति के समय में ग्रह अपनी उच्च राशि के नवांश में हो तो पूर्ण फल अर्थात् उच्च राशि में व उच्च के नवांश में पूर्ण फल, मूलत्रिकोण राशि के नवांश में मूलत्रिकोणोक्त फल, अपनी राशि के नवांश में स्वराशिस्थ फल पूर्ण होता है ।

यदि ग्रह नीच व शत्रु राशि के नवांश में हो तो अधम फल ही होता है ॥ ४१ ॥

इस प्रकार उच्च व मूलत्रिकोणराशिस्थ मित्र, नीच और शत्रु राशियों में ग्रहों का फल समाप्त हुआ ॥ ४१ ॥

इस प्रकार श्रीमान् दैवज्ञश्रेष्ठ पं० दामोदरजी के पुत्र बलभद्र द्वारा रचित होरारत्न नामक ग्रन्थ का ग्रह चार व उच्चादि फल कथन नामक चौथा अध्याय समाप्त हुआ ॥ ४ ॥

इति श्रीमथुरावास्तव्य श्रीमद्भागवताभिनवशुक पं० केशवदेवचतुर्वेदात्मज मुरलीधरचतुर्वेदकृता होरारत्नचतुर्थाध्यायस्येन्दुमती हिन्दी व्याख्या परिपूर्णा ॥ ४ ॥

[अथ पञ्चमोऽध्यायः]

अथारिष्टाध्यायो निरूप्यते

अब पाँचवें अध्याय का प्रारम्भ करते हैं। विविध प्रकार के अरिष्टों का या यों समझिये मृत्यु योगों का वर्णन इस में आगे किया जाता है ।

कश्यपः—

१. सारा० ४४ अ० ४५ श्लोक ।

२. जा० सा० दी० ५३ अ० ४९ श्लोक तथा पुस्तक में 'स्वेषु स्वभागेषु. यह पाठान्तर है ।

शीघ्र व आठ वर्ष में मरण योग

षष्ठाष्टरिष्फगश्चन्द्रः क्रूरैश्च सह वीक्षितः।
जातस्य मृत्युदः सद्यस्त्वष्टवर्षैः शुभेक्षितः॥ १॥

यदि जन्माऽङ्ग में छटे, आठवें वा बारहवें भाव में चन्द्रमा पापग्रहों से दृष्ट हो तो जातक की शीघ्र मृत्यु होती है तथा शुभ ग्रह से दृष्ट होने पर आठवें वर्ष में मरण होता है॥ १॥

प्रकारान्तर से—

शशिवन्मृत्युदाः सौम्याश्चेद्वक्राः क्रूरवीक्षिताः।
शिशोर्जातस्य मासेन लग्ने सौम्यविवर्जिते॥ २॥

यदि जन्माऽङ्ग में छटे या आठवें या बारहवें भाव में वक्री शुभ ग्रह, पाप ग्रह से दृष्ट हों तथा लग्न में शुभ ग्रह न हों तो जातक का मरण होता है॥ २॥

अन्य मातादि का अरिष्ट योग—

यस्य जन्मनि धीस्थाः स्युः सूर्यार्कीन्दुकुजाभिधाः।
तस्य जातो जनित्री च भ्राता च निधनं लभेत्॥ ३॥

जिसके जन्माऽङ्ग में पञ्चम भाव में सूर्य-शनि-चन्द्रमा और भौम हों तो उस जातक के माता व भाई का निधन होता है॥ ३॥

अन्य अरिष्ट योग—

पापेक्षितयुतो भौमः लग्नगो न शुभेक्षितः।
मृत्युदस्त्वष्टमस्थोऽपि सौरेणार्केण वा पुनः॥ ४॥

यदि जन्माऽङ्ग में पाप ग्रह से दृष्ट या युक्त भौम लग्न में शुभ ग्रह से अदृष्ट हो तो अथवा अष्टम में शनि या सूर्य से दृष्ट या युत भौम शुभ ग्रह से अदृष्ट हो तो भी जातक का निधन होता है॥ ४॥

पुनः अन्य अरिष्ट ज्ञान—

पापान्वितः शशी धर्मद्यूनलग्नगतो यदि।
शुभैरवीक्षितयुतस्तदा मृत्युप्रदः शिशोः॥ ५॥

यदि जन्माऽङ्ग में पाप ग्रह से युक्त चन्द्रमा नवम वा सप्तम या लग्न में शुभ ग्रह से अदृष्ट हो तो बालक की मृत्यु होती है॥ ५॥

अन्य मरण योग

सन्ध्यायां चन्द्रहोरायां गण्डान्ते निधनाय वै।
प्रत्येकं चन्द्रपापैश्च केन्द्रगैः स्याद्विनाशनम्॥ ६॥

जिसका सन्ध्याकाल में, चन्द्रमा की होरा में, गण्डान्त में और प्रत्येक केन्द्र में चन्द्रमा पाप ग्रह से युक्त होने पर जन्म होता है उसका निधन होता है॥ ६॥

सन्ध्याकाल का ज्ञान—

रवेस्तु मण्डलार्द्धास्तात्सायं सन्ध्या त्रिनाडिका।
तथैवार्द्धोदयात्पूर्वं प्रातः सन्ध्या त्रिनाडिका॥ ७॥

सूर्य बिम्ब के आधे भाग के अस्त होने के समय से तीन घटी सायं-सन्ध्या और सूर्य मण्डल के आधे भाग के उदय होने से तीन घटी प्रातः सन्ध्या होती है॥ ७॥

अन्य अरिष्ट ज्ञान—

चक्रपूर्वापरार्द्धेषु क्रूरसौम्येषु कीटभे।
लग्नगे निधनं याति नात्र कार्या विचारणा॥ ८॥

यदि जन्माऽङ्ग के पूर्वार्ध में क्रूर ग्रह और उत्तरार्ध में शुभ ग्रह हों और वृश्चिक राशि लग्न में हो तो अवश्य मरण होता है। इसमें सन्देह की बात नहीं है॥ ८॥

सारावली में कहा है—'चक्रस्य पूर्वभागे पापाः सौम्यास्तथेतरे चैव'। वृश्चिकलग्ने जाता गतायुषो वज्रमुष्टि योगेऽस्मिन्' (१० अ० ३१ श्लो०)॥ ८॥

तथा जातकाभरण में भी—'लग्ने कुलीरेऽप्यथवाऽलिसंज्ञे खलग्रहाः पूर्वदले यदि स्युः सौम्यः परार्धे खलु वज्रमुष्टिर्योगोऽयमुक्तः प्रकरोति रिष्टम्' (अरि० २३ श्लो०)॥ ८॥

पुनः अरिष्ट ज्ञान—

व्ययशत्रुगतैः क्रूरैः मृत्युद्रव्यगतैरपि।
पापमध्यगते लग्ने सत्यमेव मृतिं वदेत्॥ ९॥

यदि जन्माऽङ्ग में बारहवें व छटे भाव में पाप ग्रह हों या अष्टम व द्वितीय भाव में पाप ग्रह हों तथा पाप ग्रह के बीच में लग्न हो तो अवश्य ही जातक का मरण होता है॥ ९॥

भगवान् गर्ग ने कहा है—'रिपुव्ययगतैः पापैर्यदि वा धनमृत्युगैः। लग्ने वा पापमध्यस्थे द्यूने वा मृत्युमाप्नुयात्' (बृ० जा० ६ अ० २ श्लो० भ० टी०)॥ ९॥

शीघ्र अरिष्ट ज्ञान—

लग्नसप्तमगौ पापौ चन्द्रोऽपि क्रूरसंयुतः।
यदा त्ववीक्षितः सौम्यैः शीघ्रान्मृत्युर्भवेत्तदा॥ १०॥

यदि जन्माऽङ्ग में लग्न व सप्तम भाव में पाप ग्रह हों तथा चन्द्रमा क्रूर ग्रह के साथ में शुभ ग्रहों से अदृष्ट हो तो जातक की शीघ्र मृत्यु होती है॥ १०॥

बृ० जा० में कहा है—'पापावुदयास्तगतौ क्रूरेण युतश्च शशी। दृष्टश्च शुभैर्न यदा मृत्युश्च भवेदचिरात्' (६ अ० ३ श्लो०॥ १०॥

पुनः अन्य अरिष्ट ज्ञान—

जीर्णैः शशिनि लग्नस्थे पापैः केन्द्राष्टसंस्थितैः।
यो जातो मृत्युमाप्नोति सो विशत्रुर्नसंशयः॥ ११॥

यदि जन्माऽङ्ग में लग्न में क्षीण चन्द्रमा और पाप ग्रह केन्द्र (१।४।७।१०) व अष्टम भाव में हों तो जातक की मृत्यु होती है तथा शत्रु से रहित होता है इसमें सन्देह नहीं है ॥ ११ ॥

बृ० जा० में कहा है—'लग्ने क्षीणे शशिनि निधनं रन्ध्रकेन्द्रेषु पापैः (अ० ७ श्लो०) ॥ ११ ॥

तथा सारावली में भी 'क्षीणे शशिनि विलग्ने पापैः केन्द्रेषु मृत्युसंस्थैर्वा। भवति विपत्तिरवश्यं यवनाधिपतेर्मतं चैतत्' 'क्षीणे शशिनि विलग्ने कण्टकनिधनाश्रितैस्तथा पापैः। सौम्याहृष्टे मृत्युः सद्यः सत्यस्य निर्देशः' (१० अ० ३२,३८ श्लो०) ॥ ११ ॥

शीघ्र अरिष्ट ज्ञान –

पापयोर्मध्यगश्चन्द्रः लग्नाष्टमसप्तगः।
अचिरान्मृत्युमाप्नोति यो जातः सशिशुस्तदा ॥ १२ ॥

यदि जन्माऽङ्ग में लग्न या अष्टम या सप्तम में चन्द्रमा पापग्रह के बीच में हो तो जातक का शीघ्र मरण होता है ॥ १२ ॥

माता के साथ मरण ज्ञान—

पापद्वयमध्यगते चन्द्रे लग्नं समाश्रिते।
सप्ताष्टमेन पापेन मात्रा सह मृतः शिशुः ॥ १३ ॥

यदि जन्माऽङ्ग में पाप ग्रहों के बीच में चन्द्रमा लग्नस्थ हो तथा सातवें व आठवें भाव में पापग्रह हो तो जातक का माता के साथ मरण होता है ॥ १३ ॥

बृ० जा० में कहा है 'एवं लग्ने भवति मदनाच्छिद्रसंस्थैश्च पापैर्मात्रासार्धं यदि च न शुभैर्वीक्षितः शक्तिभृद्भिः' (३ व० ७ श्लो०) ॥ १३ ॥

पुनः माता के साथ मरण योग ज्ञान –

रवौ पापान्विते ग्रस्ते यदा लग्नं समाश्रिते।
अष्टमस्थे कुजे शस्त्रान्मृतिः स्यान्मातृबालयोः ॥ १४ ॥

यदि जन्माऽङ्ग में सूर्य पापग्रह से युक्त वा राहु के साथ लग्न में हो और अष्टम भाव में भौम हो तो जातक व माता की शस्त्र से मृत्यु होती है ॥ १४ ॥

पुनः अरिष्ट ज्ञान—

शनैश्चरार्कभौमेषु रिष्फधर्माष्टभेषु च।
शुभैरवीक्ष्यमाणेषु यो जातो निधनं गतः ॥ १५ ॥

यदि जन्माऽङ्ग में शनि-सूर्य और भौम बारहवें, नवम तथा अष्टम भाव में शुभ ग्रहों से अदृष्ट हों तो जातक का निधन होता है ॥ १५ ॥

फल कथन में विशेष—

पापेक्षितयुतास्ते ते योगाश्चोक्तफलप्रदाः।
सौम्येक्षितयुतास्तेऽपि सर्वथा विफलप्रदाः ॥ १६ ॥

यदि जन्माऽङ्ग में पूर्वोक्त योग पापग्रह से युत दृष्ट हों तो कथित फल की प्राप्ति जातक को होती है। यदि शुभग्रह से दृष्ट युत हों तो फल की प्राप्ति जातक को नहीं होती है ॥ १६ ॥

यवनजातके--

अब आगे यवन जातक में कथित अरिष्ट योगों का वर्णन करते हैं।

बीसवें वर्ष में अरिष्ट ज्ञान--

शनिक्षेत्रगतो भानुर्भानुक्षेत्रगतः शशी।
विंशद्वर्षे भवेन्नाशो रक्षिता यदि शङ्करः ॥ १७ ॥

यदि जन्माऽङ्ग में शनि की राशि में सूर्य और सूर्य की राशि में चन्द्रमा हो तो यदि महादेव जी भी रक्षक हों तो जातक की बीसवें वर्ष में मृत्यु होती है ॥ १७ ॥

अन्य अरिष्ट ज्ञान--

लग्नस्थितो यदा राहुः केन्द्रे भवति चन्द्रमाः।
बालस्य तस्य रिष्टं स्याद्रक्षिता यदि शङ्करः ॥ १८ ॥

यदि जन्माऽङ्ग में राहु लग्न में और चन्द्रमा केन्द्र में हो तो महादेव जी की रक्षा होने पर भी जातक का मरण होता है ॥ १८ ॥

दशवें वर्ष में अरिष्ट ज्ञान--

चतुर्थे च यदा राहुः केन्द्रषष्ठाष्टमः शशी।
दशमेऽब्दे भवेन्मृत्युः सद्यो जातो न संशयः ॥ १९ ॥

यदि जन्माऽङ्ग में चौथे में राहु व केन्द्र (१।४।७।१०) या छटे या आठवें भाव में चन्द्रमा हो तो जातक की अवश्य शीघ्र मृत्यु होती है ॥ १९ ॥

चौथे वर्ष में मरण ज्ञान—

सप्तमे च यदा राहुः मूर्तौ भवति चन्द्रमाः।
वर्षे चतुर्थे मरणं जातस्य न संशयः ॥ २० ॥

यदि जन्माऽङ्ग में सप्तम में राहु व लग्न में चन्द्रमा हो तो जातक का निःसंदेह चौथे वर्ष में मरण होता है ॥ २० ॥

अपस्मारी रोग ज्ञान--

जन्मकाले यदा राहुः षष्ठेऽष्टमे च चन्द्रमाः।
अपस्मारी भवेद्बालः सद्यो जातो न संशयः ॥ २१ ॥

यदि जन्माऽङ्ग में राहु छटे भाव में और चन्द्रमा अष्टम भाव में हो तो जातक निःसंदेह शीघ्र अपस्मारी रोग से ग्रसित होता है ॥ २१ ॥

पुनः अरिष्ट ज्ञान--

अष्टमे द्वादशे जीवः लग्ने भवति चन्द्रमाः।
अष्टमे मङ्गलश्चैव स याति यममन्दिरम् ॥ २२ ॥

यदि जन्माऽङ्ग में अष्टम या बारहवें भाव में गुरु और लग्न में चन्द्रमा तथा अष्टम में भौम हो तो जातक का मरण होता है ॥ २२ ॥

पिता माता के साथ मरण ज्ञान--

सप्तमस्थो भूमिपुत्रो लग्ने भवति चन्द्रमाः।
आत्मानं पितरं हन्ति मातरञ्च न संशयः ॥ २३ ॥

यदि जन्माऽङ्ग में सप्तम में भौम और लग्न में चन्द्रमा हो तो जातक पिता माता व अपना निश्चय ही विनाश करता है ॥ २३ ॥

शुक्रजातके--

अब शुक जातकोक्त अरिष्टों का वर्णन करते हैं।

अरिष्टज्ञान--

राशिसन्धिषु ये जातास्ते बाला गतजीविताः।
पापदृष्टियुते वापि निःसंशय इति स्मृतः ॥ २४ ॥

जिनका जन्म राशियों की सन्धि मे पापग्रह से युत या दृष्ट होने पर होता है उनका अवश्य ही मरण होता है ॥ २४ ॥

त्रिदोष योग ज्ञान--

चन्द्रादित्यौ तृतीयस्थो क्रूरभे क्रूरसंयुते।
व्याधिं तस्य विजानीयात् त्रिदोषश्चातिवर्तते ॥ २५ ॥

यदि जन्माऽङ्ग में सूर्य व चन्द्रमा तृतीय भाव में क्रूर ग्रह की राशि में क्रूर ग्रह से युक्त हों तो जातक रोगी व त्रिदोष से पीडित होता है ॥ २५ ॥

अन्य अरिष्ट ज्ञान--

होरायां कर्कटस्थेन्दौ निधने च समन्विते।
निधनस्थः परः कश्चिज्जातमात्रो न जीवति ॥ २६ ॥

यदि जन्माऽङ्ग में कर्क राशि में चन्द्रमा अष्टमभाव में हो तथा अष्टम में अन्य भी कोई ग्रह हो तो जातक का मरण होता है ॥ २६ ॥

दश दिन में मरण ज्ञान--

सहितौ जन्म यामित्रे यस्याङ्गारकभास्करौ।
राहूदये यदा जातः आदशाहान्मृतिर्भवेत् ॥ २७ ॥

यदि जन्माऽङ्ग में सप्तम में भौम और सूर्य तथा लग्न में राहु हो तो दशदिन में जातक का मरण होता है ॥ २७ ॥

शीघ्र मरण योग ज्ञान--

यद्द्रेष्काणे च यामित्रे यस्य स्याद्दारुणग्रहः।
क्षीणचन्द्रो विलग्नस्थः सद्यो हरति जीवितम् ॥ २८ ॥

जिसके द्रेष्काण और सप्तम में पापग्रह हो तथा लग्न में चन्द्रमा हो तो उस जातक का शीघ्र मरण होता है ॥ २८ ॥

मास वा दो मास में मरण ज्ञान--

आपोक्लिमस्थाः सर्वे ग्रहा बलविवर्जिताः।
षण्मासं वा द्विमासं वा तस्यायुः समुदाहृतम् ॥ २९ ॥

यदि जन्माऽङ्ग में बलहीन समस्त ग्रह आपोक्लिम स्थानों में हों तो जातक की ६ मास या दो मास की आयु होती है ॥ २९ ॥

कष्ट से जीवन या ऋणग्रस्त होकर मरण योग का ज्ञान--

विलग्नाधिपतौ नीचे निधने रविजो भवेत्।
कृच्छ्रेण जीवितं विद्यादृणप्रायो विनश्यति ॥ ३० ॥

यदि जन्माऽङ्ग में लग्न का स्वामी अपनी नीच राशि में हो तथा अष्टमभाव में शनि के रहने पर कष्ट से जीवन या ऋणी होकर मरण होता है ॥ ३० ॥

तीन वर्ष या तीन मास तक जीवन ज्ञान--

ग्रहणपरिवेषकाले जातः पापो विलग्नस्थः।
लग्ने वा बलहीने जीवति वर्षत्रयं त्रिमासं वा ॥ ३१ ॥

जिसका ग्रहण के स्पर्श समय में तथा लग्न में पाप ग्रह वा लग्न के निर्बल होने पर जन्म होता है उसका तीन वर्ष या तीन मास का जीवन होता है ॥ ३१ ॥

छटें आठवें वर्ष में मरण ज्ञान--

क्षीणं यदा शशाङ्कं पश्येद् राहुः समागमं पापैः।
जन्मेशेऽस्तमयस्थे निधनं षष्ठाष्टमे वर्षे ॥ ३२ ॥

यदि जन्माऽङ्ग में क्षीण वा अक्षीण चन्द्रमा पापग्रहों से युक्त राहु से दृष्ट हो तथा राशीश अस्त हो तो जातक का छटें या आठवें वर्ष में मरण होता है ॥ ३२ ॥

सप्तम वर्ष में मरण ज्ञान--

यस्याष्टमगतः पापो लग्नेशे पापसंयुते।
केन्द्रे सौम्ययुते दृष्टे हीने निधनंस्यात्सप्तमे वर्षे ॥ ३३ ॥

जिसके जन्माऽङ्ग में अष्टम में पापग्रह और लग्नेश पापग्रह से युक्त होकर केन्द्र में शुभग्रह से अदृष्ट व अयुत हो तो उसका सातवें वर्ष में मरण होता है ॥ ३३ ॥

विष या जल से निधन ज्ञान--

अर्केन्दुयोगराशिः पापयुतो यस्य केन्द्रनवमस्थः।
निधनं कुरुतेऽवश्यं विषजलहेतुर्न संदेहः ॥ ३४ ॥

जिसके जन्माऽङ्ग में संयुक्त सूर्य-चन्द्र पापग्रह से युक्त होकर केन्द्र या नवम स्थान में हो तो उसका अवश्य ही विष या जल में डूबने से मरण होता है ॥ ३४ ॥

शीघ्र मरण ज्ञान--

चतुर्थे नवमे सूर्ये चाष्टमे च बृहस्पतौ।
द्वादशस्थे शशाङ्के च सद्यो मृत्युं विनिर्दिशेत् ॥ ३५ ॥

यदि जन्माऽङ्ग में चतुर्थ भाव या नवम भाव में सूर्य और अष्टम में गुरू तथा बारहवें भाव में चन्द्रमा हों तो जातक का शीघ्र मरण होता है ॥ ३५ ॥

आठ मास तक जीवन ज्ञान—

द्वादशस्थो यदा सौरिः जन्मसंस्थोऽपि भूसुतः।
चतुर्थे सैंहिकेयश्च सोऽष्टमासान्न जीवति ॥ ३६ ॥

यदि जन्माऽङ्ग में बारहवें भाव में शनि, जन्म राशि में भौम और चतुर्थ भाव में राहु हो तो जातक आठ मास से अधिक नहीं जीता है ॥ ३६ ॥

तीसरे मास में मरण ज्ञान—

शुभलग्ने यदा यातः षष्ठे चैव निशाकरः।
शनैश्चरश्च बन्धुस्थतृतीये मासि नश्यति ॥ ३७ ॥

यदि जन्माऽङ्ग में शुभ ग्रह की लग्न, छटे भाव में चन्द्रमा और चौथे भाव में शनि हो तो जातक का तीसरे मास में निधन होता है ॥ ३७ ॥

अन्य अरिष्ट ज्ञान—

मेषालिमृगकुम्भस्थो लग्नादष्टमगो रविः।
द्वित्र्यादिपापकैर्दृष्टो मरणायन संशयः ॥ ३८ ॥

यदि जन्माऽङ्ग में लग्न से मेष-या वृश्चिक या मकर या कुम्भ राशि में अष्टम भाव में रवि दो तीन आदि पाप ग्रहों से दृष्ट हो तो जातक का निःसंदेह मरण होता है ॥ ३८ ॥

शीघ्र मरण ज्ञान—

भौमे विलग्ने शुभदैरदृष्टः षष्ठाष्टमे वार्कसुतेन दृष्टः।
सद्यः शिशुं हन्ति वदेन्मणित्थः स्मरे च जातो न शुभेक्षितश्च ॥३९॥

यदि जन्माऽङ्ग में लग्न में भौम शुभ ग्रह से अदृष्ट अथवा छटे, सातवें या आठवें भाव में शनि से दृष्ट और शुभ ग्रह से अदृष्ट हो तो जातक का शीघ्र ही निधन होता है ऐसा मणित्थाचार्य जी कहते हैं ॥ ३९ ॥

सोमजातके—

अब आगे सोमजातकोक्त विविध अरिष्टों को बतलाते हैं।

एक वर्ष से पूर्व मरण ज्ञान—

द्वादशस्थौ रविकुजावष्टमस्थो यदा शनिः।
वर्षमेकं न जीवति रक्षितो यदि शङ्करः ॥ ४० ॥

यदि जन्माऽङ्ग में बारहवें भाव में सूर्य और भौम व अष्टम में शनि हो तो महादेव जी की रक्षा होने पर भी जातक एक वर्ष तक भी नहीं जीवन प्राप्त करता है ॥ ४० ॥

स्पष्टार्थ चक्र

पुनः अरिष्ट ज्ञान—

द्वादशस्थौ रविकुजौ तनुस्थौ शशिपूर्णजौ ।
सोमेन दृश्यते लग्नं स याति यममन्दिरम् ॥ ४१ ॥

यदि जन्माऽङ्ग में बारहवें भाव में सूर्य भौम व लग्न में बुध शनि, चन्द्रमा से दृष्ट हो तो जातक का मरण होता है ॥ ४१ ॥

स्पष्टार्थ चक्र

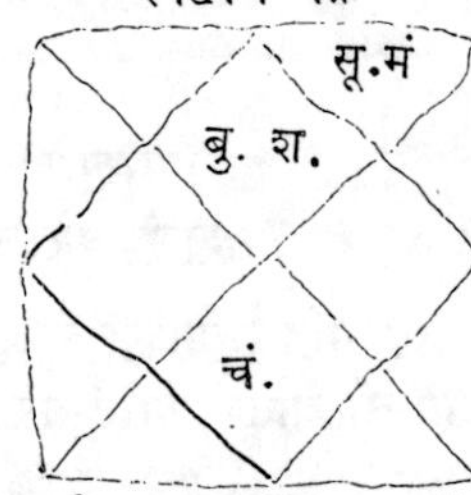

तीन मास में मरण ज्ञान—

लग्नाच्च नवमे सूर्यः सप्तमे च शनैश्चरः ।
एकादशे गुरूभृगू त्रिमासान्मृत्युमिच्छति ॥ ४२ ॥

यदि जन्माऽङ्ग में लग्न से नवम में सूर्य, सप्तम में शनि और ग्यारहवें भाव में गुरू तथा शुक्र हो तो जातक तीन मास में मरण की इच्छा करता है अर्थात् तीन मास में मर जाता है ॥ ४२ ॥

स्पष्टार्थ चक्र

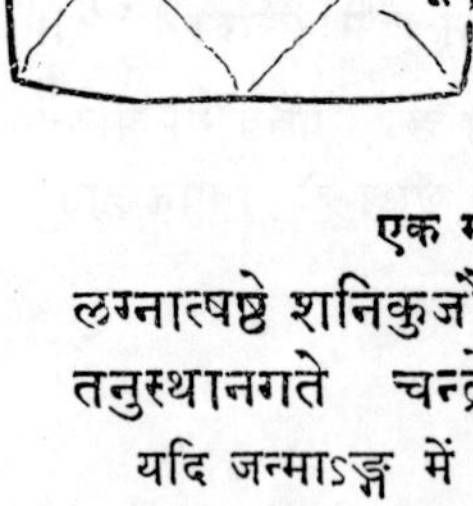

अन्य अरिष्ट ज्ञान—

लग्ने भास्करपुत्रे च निधने हिममालिकः ।
तृतीयस्थो यदा जीवः स याति यममन्दिरम् ॥४३॥

यदि जन्माऽङ्ग लग्न में शनि, अष्टम में चन्द्रमा और तृतीय भाव में गुरू हो तो जातका मरण होता है ॥४३॥

स्पष्टार्थ चक्र

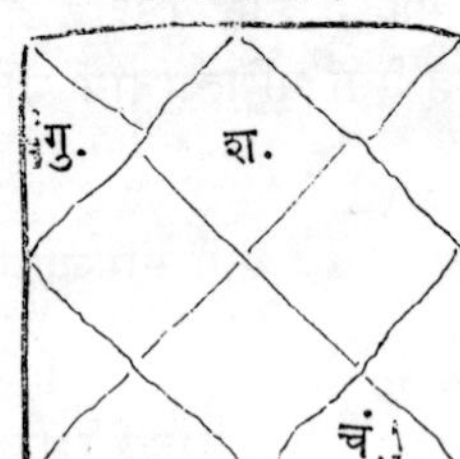

एक मास में मरण ज्ञान—

लग्नात्षष्ठे शनिकुजौ सौम्यस्तु द्वादशे स्थितः ।
तनुस्थानगते चन्द्रे मासमेकं न जीवति ॥ ४४ ॥

यदि जन्माऽङ्ग में लग्न से छठे भाव में शनि भौम, बारवें में बुध और लग्न में चन्द्रमा हो तो जातक एक मास तक भी नहीं जीवन प्राप्त करता है ॥ ४४ ॥

एक वर्ष के भीतर मरण ज्ञान—

तृतीयस्थौ रविकुजावष्टमस्थो यदा शनिः ।
बलहीनौ गुरुभृगू वर्षमेकं न जीविति ॥ ४५ ॥

यदि जन्माऽङ्ग में तृतीय भाव में सूर्य भौम, अष्टम में शनि और जिस किसी में गुरू व शुक्र बल से रहित हो तो जातक एक वर्ष भी नहीं जीता है ॥ ४५ ॥

प्रकारान्तर से ज्ञान—

अष्टमस्थो यदा पापश्चन्द्रः षष्ठो यदा भवेत् ।
बलहीनौ गुरुभृगू वर्षमेकं न जीवति ॥ ४६ ॥

यदि जन्माऽङ्ग में अष्टम में पापग्रह, छटे भाव में चन्द्रमा और बल से रहित गुरू व शुक्र हो तो जातक एक वर्ष भी नहीं जीता है ॥ ४६ ॥

निरर्थक जीवन ज्ञान—

लग्नसंस्थौ रविकुजावष्टमस्थो यदा शनिः ।
निर्वीर्यश्च यदा जीवो जीवनं तस्य निष्फलम् ॥ ४७ ॥

यदि जन्माऽङ्ग में लग्न में सूर्य भौम, अष्टम में शनि और गुरू बल रहित हो तो जातक का जन्म फल से रहित अर्थात् निरर्थक होता है ॥ ४७ ॥

कष्ट से रहित जीवन ज्ञान—

होरायां दृश्यते चन्द्रो होरायां लोहितोऽथवा ।
होरातः सप्तमे सौरिः कष्टाङ्को जीवनं नहि ॥ ४८ ॥

यदि जन्माऽङ्ग में लग्न में चन्द्रमा या भौम हो तथा लग्न से सप्तम में शनि हो तो जातक का जीवन कष्ट से व्यतीत नहीं होता है ॥ ४८ ॥

एक मास में मरण ज्ञान—

अरिजायास्थिते चन्द्रे भृगुपुत्रेण संयुते ।
मार्तण्डे दशमस्थे च मासमेकं न जीवति ॥ ४९ ॥

यदि जन्माऽङ्ग में छटे या सप्तम भाव में चन्द्रमा, शुक्र से युक्त हो तथा दशम भाव में सूर्य हो तो जातक एक मास तक नहीं जीता है ॥ ४९ ॥

विशेष—यहाँ शुक्र से पाँचवे या चौथे भाव में सूर्य की सत्तावश योग का वर्णन गणित की युक्ति से उचित प्रतीत नहीं होता है ॥ ४९ ॥

अन्य मरण योग ज्ञान—

लग्नस्थोऽपि यदा पापः सौम्यो द्वादशसंस्थितः ।
तदा मृत्यु व्रजेज्जातो देवराजसमो यदि ॥ ५० ॥

यदि जन्माऽङ्ग में लग्न में पापग्रह और बारहवें भाव में बुध हो तो इन्द्र के समान जातक होने पर भी मरण प्राप्त करता है ॥ ५० ॥

अन्य अरिष्ट ज्ञान—

लग्नस्थाः सर्वपापास्तु द्वादशस्थो यदा गुरुः ।
बुधो भवेद्यदा षष्ठे स याति यममन्दिरम् ॥ ५१ ॥

यदि जन्माऽङ्ग में लग्न में समस्त पापग्रह, बारहवें में गुरू और छटे भाव में बुध हो तो जातक का मरण होता है ॥ ५१ ॥

कष्टप्रद योग ज्ञान—

समसप्तमगे भौमे लग्ने भास्करशीतगू।
यदा षष्ठे गुरुभृगू तदा कष्टं समादिशेत् ॥ ५२ ॥

यदि जन्माऽङ्ग में सप्तमस्थ समराशि में भौम, लग्न में सूर्य चन्द्रमा और छटे भाव में गुरू व शुक्र हो तो जातक को कष्ट होता है ॥ ५२ ॥

अन्य अरिष्ट ज्ञान—

पापः सप्तमगः पङ्गुर्द्वादशे चन्द्रमाः यदि।
अष्टमे मङ्गलो यस्य तस्य मृत्युर्भवेद्ध्रुवम् ॥ ५३ ॥

जिसके जन्माऽङ्ग में निर्बल पापग्रह सप्तम भाव में, बारहवें चन्द्रमा और आठवें भौम होता है उसका निश्चय ही मरण होता है ॥ ५३ ॥

सात दिन से पूर्व मरण ज्ञान—

कृष्णपक्षे दिवाजातः सप्तमे गुरुभार्गवौ।
चन्द्रे राहौ शनौ दृष्टे सप्तरात्रं न जीवति ॥ ५४ ॥

यदि जातक का जन्म दिन में हो तथा जन्माऽङ्ग में सप्तम में गुरु शुक्र, चन्द्रमा, राहु, शनि से दृष्ट हों तो सात दिन तक भी जीवन नहीं होता है ॥ ५४ ॥

५ व ६ मास से पूर्व मरण ज्ञान—

शुक्रे लग्ने यदा जातो अष्टमे च निशाकरे।
शनैश्चरे गते रन्ध्रे षण्मास स न जीवति ॥ ५५ ॥
जातः सौरिर्विलग्नस्थो भृगुः सूर्येण संयुतः।
द्वादशस्थो गुरुश्चैव पञ्चमासं न जीवति ॥ ५६ ॥

यदि जन्माऽङ्ग में लग्न में शुक्र, अष्टम में चन्द्रमा व शनि हो तो जातक ६ मास तक भी जीवन नहीं प्राप्त करता है ॥ ५५ ॥

यदि जन्माऽङ्ग में लग्न में शनि, सूर्य के साथ शुक्र और बारहवें भाव में गुरू हो तो जातक ५ मास भी जीवन ग्रहण नहीं करता है ॥ ५६ ॥

शतायु ज्ञान—

तृतीयैकादशे चैव नवमे पञ्चमे भृगुः।
सप्तमस्थो यदा जीवो जीवेद्वर्षशतं नरः ॥ ५७ ॥
कण्टकस्थो यदा जीवो सप्तमस्थोऽपि भार्गवः।
बुधे च लग्नसंप्राप्ते शतं जीवति जातकः ॥ ५८ ॥
लग्ने जीवस्तथा शुक्रः सौम्यश्चाष्टमगो भवेत्।
पापाः सर्वे न पश्यन्ति जीवेद्वर्षशतं नरः ॥ ५९ ॥

अब आगे सौ वर्ष की आयु के योगों को कहते हैं।

यदि जन्माऽङ्ग में तृतीय या एकादश या नवम या पञ्चम में शुक्र और सप्तम में गुरू हो तो जातक सौ वर्ष तक जीता है ॥ ५७ ॥

यदि जन्माऽङ्ग में लग्न में गुरू, सप्तम में शुक्र और लग्न में बुध हो तो जातक की सौ वर्ष की आयु होती है ॥ ५८ ॥

यदि जन्माऽङ्ग में लग्न में गुरू और शुक्र व बुध अष्टम में समस्त पापग्रहों से अदृष्ट हों तो जातक की आयु सौ वर्ष की होती है ॥ ५९ ॥

दीर्घायु योग ज्ञान—

पूर्णचन्द्रे शुभे वर्गे मित्रे वा मित्रवीक्षिते ।
उच्चत्रिलाभसंस्थो वा पूर्णायुर्जातको भवेत् ॥ ६० ॥

यदि जन्माऽङ्ग में पूर्णचन्द्रमा शुभ ग्रह के वर्ग में वा मित्र ग्रह के वर्ग में मित्र ग्रह से दृष्ट वा उच्च या मूलत्रिकोण में एकादश भाव में हो तो जातक की पूर्ण आयु होती है ॥ ६० ॥

तृतीय वर्ष में अरिष्ट ज्ञान—

कल्याणवर्मा—

[१]बृहस्पतिर्भौमगृहेऽष्टमस्थः सूर्येन्दुभौमार्कजदृष्टमूर्तिः ।
वर्षैस्त्रिभिर्भार्गवदृष्टिहीनो लोकान्तरं प्रापयति प्रसूतम् ॥ ६१ ॥

अब आगे श्रीकल्याणवर्मा के वाक्यों से अरिष्टों का वर्णन करते हैं ।

यदि जन्माऽङ्ग में भौम की राशि में (१।८) अष्टम भाव में गुरू, सूर्य-चन्द्रमा-भौम व शनि से दृष्ट तथा शुक्र से अदृष्ट हो तो जातक का तीन वर्ष में मरण होता है ॥ ६१ ॥

नवम वर्ष के बाद अरिष्ट ज्ञान—

[२]भास्करहिमकरसहितः शनैश्चरो मृत्युदः प्रसवकाले ।
वर्षैर्नवभिर्जातैरित्याहुर्ब्रह्मशौण्डाख्याः ॥ ६२ ॥

यदि जन्माङ्ग में सूर्य चन्द्रमा के साथ शनि हो तो नवम वर्ष के बाद जातक की मृत्यु होती है, ऐसा ब्रह्म शौण्ड का कहना है ॥ ६२ ॥

एक मास में अरिष्ट ज्ञान—

[३]भौमदिवाकरसौराश्छिद्रे जातस्य यस्य शत्रुगृहे ।
म्रियतेऽवश्यं स नरो यमकृतरक्षोऽपि मासेन ॥ ६३ ॥

जिसके जन्माऽङ्ग में शत्रुग्रह की राशि में अष्टम भाव में भौम-सूर्य और शनि हो तो यमराज से रक्षित होने पर भी जातक का एक मास में अवश्य हो जीवन समाप्त कर देते हैं ॥ ६३ ॥

विशेष—प्रकाशित सारावली में—'छिद्रे जातस्य भौमगृहे वा यस्य शुक्रगृहे' यह पाठान्तर प्राप्त है ॥ ६३ ॥

---

१. सारा० १० अ० ४ श्लोक । २. सारा० १० अ० ६ श्लोक । ३. सारा० १० अ० ७ श्लोक ।

एक वर्ष में अरिष्ट ज्ञान—

[1]एकः पापोऽष्टमगः शत्रुगृहे पापवीक्षितो वर्षात्।
मारयति नरं जातं साधुरसो येन पीतोऽपि ॥ ६४ ॥

यदि जन्माऽङ्ग में शत्रुग्रह की राशि में अष्टम भाव में एक पापग्रह, पाप से दृष्ट हो तो साधु रस पीने पर भी एक वर्ष में मरण होता है ॥ ६४ ॥

विशेष—प्रकाशित सारावली में 'शुक्रगृहे पापवीः' यह पाठान्तर है ॥ ६४ ॥

६ वर्ष में अरिष्ट ज्ञान—

[2]रविशशिभवने शुक्रो द्वादशरिपुरन्ध्रगेऽशुभैः सर्वैः।
दृष्टः करोति मरणं षड्भिर्वर्षैर्नसंदेहः ॥ ६५ ॥

यदि जन्माऽङ्ग में सिंह या कर्क राशि में शुक्र बारहवें, छटे या आठवें भाव में समस्त पाप ग्रहों से दृष्ट हो तो जातक का छटे वर्ष में अवश्य मरण होता है ॥ ६५ ॥

विशेष—प्रकाशित सारावली में 'रन्ध्रगः शुभैः सर्वैः' दृष्टः करोति षड्भिर्वर्षैः मरणं किमत्र चित्रं हि' यह पाठान्तर प्राप्त है ॥ ६५ ॥

चतुर्थ वर्ष में अरिष्ट ज्ञान—

[3]कर्कटधामनि सौम्यः षष्ठाष्टमसंस्थितो विलग्नर्क्षात्।
चन्द्रेण दृष्टमूर्तिर्वर्षचतुष्केण मारयति ॥ ६६ ॥
[4]तीव्रफलराजयोगाः यवनाद्यैर्ये विनिर्मितास्तेषु।
वक्तव्यं दैवविदा खलकुलजातस्य रिष्टमिति ॥ ६७ ॥

यदि जन्माऽङ्ग में लग्न से छटें या आठवें भाव में कर्क राशि में बुध, चन्द्रमा से दृष्ट हो तो जातक का चौथे वर्ष में मरण होता है ॥ ६६ ॥

यवनादि आचार्यों ने उत्कट फल देने वाले जिन राजयोगों का वर्णन किया है, उनमें नीच कुल में उत्पन्न के राजयोगों में इन अरिष्ट योगों का विचार करके ज्योतिषी को कहना चाहिए ॥ ६७ ॥

विशेष—प्रकाशित सारावली में 'जायन्ते खलु कुलजा रिष्टं तेषु प्रसूतानाम्' यह ६७वें श्लोक के उत्तरार्ध में पाठान्तर है ॥ ६६–६७ ॥

२ मास में अरिष्ट ज्ञान—

[5]केतुर्यस्मिन्नृक्षेऽभ्युदितस्तस्मिन् प्रसूयते यो हि।
मासद्वयेन मरणं विनिर्दिशेत्तस्य जातस्य ॥ ६८ ॥

जिस नक्षत्र में केतु का उदय हुआ हो और उसी नक्षत्र में यदि जातक का जन्म हो तो दो मास में उसका मरण होता है ॥ ६८ ॥

---

१. सारा० १० अ० ८ श्लोक। २. सारा० १० अ० ९ श्लोक।
३. सारा० १० अ० १० श्लोक। ४. सारा० १० अ० ११ श्लोक। ५. सारा० १० अ० १२ श्लोक।

शीघ्र अरिष्ट ज्ञान--

[1]गगनस्थो दिवसकरः पापैर्बहुभिर्निरीक्षितः सद्यः ।
मारयति भौमधामनि शनिभे च न संशयो भवति ॥ ६९ ॥

यदि जन्माऽङ्ग में मेष या वृश्चिक या मकर या कुम्भ राशि में दशम भाव में सूर्य अधिक पापग्रहों से दृष्ट हो तो जातक का निःसंदेह शीघ्र मरण होता है ॥ ६९ ॥

राशीश से शरीर कष्ट ज्ञान--

[2]जन्माधिपतिः पापः पापर्क्षे पापयुग्दृष्टः ।
पीडां जनयति पुंसां शुभयुग्दृष्टो न चातितराम् ॥ ७० ॥

यदि जन्माऽङ्ग में राशि स्वामी पापग्रह हो तथा पापग्रहों की राशि में पापग्रह से युक्त दृष्ट हो जातक अधिक पीड़ा प्राप्त करता है । शुभग्रह से युक्त दृष्ट होने पर अल्प पीड़ा होती है ॥ ७० ॥

सात वर्ष में अरिष्ट ज्ञान--

[3]लग्ने ये द्रेष्काणा निगडाहिविहङ्गपाशधरसंज्ञाः ।
मरणाय सप्तवर्षैः क्रूरयुता न स्वपतिदृष्टाः ॥ ७१ ॥

यदि लग्न में निगड, सर्प, पक्षी, पाशधर संज्ञक द्रेष्काण हो तथा क्रूर ग्रह से युक्त और अपने स्वामी से अदृष्ट हो तो जातक का सातवें वर्ष में निधन होता है ॥ ७१ ॥

शरीर पीड़ा ज्ञान

[4]लग्नं लग्नाधिपो यस्य पापयुक्तेक्षितो भवेत् ।
पीड़ां करोति जातस्य शुभयुग्दृष्टितोऽल्पिकाम् ॥ ७२ ॥

जिसके जन्माऽङ्ग में लग्न और लग्नेश पाप ग्रहों से युक्त या दृष्ट हों तो जातक पीडित होता है । यदि शुभ ग्रह से दृष्ट या युक्त हो तो अल्प पीड़ा प्राप्त होती है ॥७२॥

१० या १६ वर्ष में अरिष्ट ज्ञान

[5]राहुश्चतुष्टयस्थो निधनाय निरीक्षितो भवति पापैः ।
वर्षैर्वदन्ति दशभिः षोडशभिः केचिदाचार्याः ॥ ७३ ॥

यदि जन्माऽङ्ग में केन्द्र (१ । ४ । ७ । १०) में राहु पाप ग्रहों से दृष्ट हो तो दश वर्ष में या किसी के पक्ष में सोलहवें वर्ष में मरण होता है ॥ ७३ ॥

शीघ्र मरण ज्ञान--

[6]पापास्त्रिकोणकेन्द्रे सौम्याः षष्ठाष्टमव्ययगताश्च ।
सूर्योदये प्रसूतः सद्यः प्राणांस्त्यजति जन्तुः ॥ ७४ ॥

यदि सूर्योदय में जन्म हो व ५, ९, १, ४, ७, १० में पाप ग्रह हों और छटे, आठवे व बारहवें में शुभ ग्रह हों तो जातक का शीघ्र मरण होता है ॥ ७४ ॥

१. सारा० १० अ० १३ श्लोक । २. सारा० १० अ० १३ क श्लोक । ३. सारा० १० अ० १४श्लोक १। ४. सारा. १० अ. १४ क श्लोक । ५. सारा. १० अ. १५ श्लोक । ६. सारा. १० अ. १६ श्लोक

अन्य अरिष्ट ज्ञान--

[1]क्षीणशरीरश्चन्द्रो लग्नस्थः क्रूरवीक्षितः कुरुते।
स्वर्गगमनं हि पुंसा कुलीरगोजान् परित्यज्य ॥ ७५ ॥

यदि जन्माऽङ्ग में कर्क, मेष, वृष राशि को छोड़कर अन्य राशि में क्षीण चन्द्रमा लग्न में पाप ग्रह से दृष्ट हो तो जातक का स्वर्गगमन होता है ॥ ७५ ॥

शीघ्र मरण व आठवें वर्ष में अरिष्ट ज्ञान--

[2]वर्षान् मारयति शशी पष्ठाष्टमसंस्थितो विलग्नर्क्षात्।
सद्यः क्रूरैर्दृष्टः सौम्यैरब्दाष्टकेनैव ॥ ७६ ॥

यदि जन्माऽङ्ग में लग्न से छटे या आठवें भाव में चन्द्रमा, पाप ग्रहों से दृष्ट हो तो जातक का शीघ्र मरण, यदि शुभ ग्रहों से दृष्ट हो तो आठवें वर्ष में निधन होता है ॥ ७६ ॥

विशेष—प्रकाशित सारावली 'ष्टमराशिसंस्थितो लग्नात्' 'ष्टकाच्चैव' यह पाठान्तर प्राप्त है ॥ ७६ ॥

चौथे वर्ष में अरिष्ट ज्ञान—

[3]अशुभशुभैः संदृष्टो वर्षचतुष्केण निर्दिशेदन्तम्।
अनुपातः कर्त्तव्यः प्रोक्तादूनग्रहैर्दृष्टे ॥ ७७ ॥

यदि जन्माऽङ्ग में लग्न से छटे या आठवें भाव में चन्द्रमा, पाप व शुभग्रहों से दृष्ट हो तो जातक का चौथे वर्ष में मरण होता है। ग्रहों की अल्प दृष्टि वश अनुपात से काल ज्ञान करना चाहिए ॥ ७७ ॥

१, ६, ८ मास में अरिष्ट ज्ञान—

[4]सौम्याः षष्ठाष्टमगाः क्रूरैर्वक्रोपसङ्गतैर्दृष्टाः।
मासेन मृत्युदास्ते यदि न शुभैर्युक्तसंदृष्टाः ॥ ७८ ॥
[5]लग्नाद्द्वादशधनगैः क्रूरैर्म्रियते च रन्ध्ररिपुसंस्थैः।
शुभसंपर्कमयातैर्मासे षष्ठेऽष्टमे वापि ॥ ७९ ॥

यदि जन्माङ्ग में शुभ ग्रह छटे, आठवें भाव में वक्री पाप ग्रहों से दृष्ट हों तथा शुभ ग्रह से दृष्ट व मुक्त न हों तो जातक का एक मास में मरण होता है ॥ ७८ ॥

यदि जन्माऽङ्ग में लग्न से १२, २, ६ व ८ में पाप ग्रह, शुभग्रह, से दृष्ट व मुक्त न हों तो जातक का छटे या आठवें मास में निधन होता है ॥ ७९ ॥

अन्य अरिष्ट ज्ञान—

[6]लग्नाधिपो जन्मनि षष्ठाष्टरिष्फगो जन्मकाले।
अस्तङ्गतौ मरणकरौ शशिप्रमितवेदैर्वर्षैः ॥ ८० ॥

---

१. सारा. १० अ. २० श्लोक। २. सारा. १० अ. २१ श्लोक। ३. सारा. १० अ. २२ श्लोक। ४. सारा. १० अ. २३ श्लोक। ५. सारा. १० अ. २४ श्लोक। ६. सारा. १० अ. २५ श्लोक।

[1]होराधिपतिर्द्यूने पापयुतो मरणमेव विदधाति।
मासेन जन्मनाथस्तद्वच्छिद्रे न शुभदृष्टः ॥ ८१ ॥

यदि जन्माऽङ्ग में लग्नेश ६, ८, बारहवें में अस्त हो तो राशि तुल्य वर्ष में जातक का मरण होता है। यहाँ 'अस्तङ्गतौ' इस द्विवचन से लग्नेश के अलावा अन्य किसी ग्रह के होने की संभावना होती है श्लोक का अर्थ वास्तविक में ठीक नहीं प्रतीत होता है। प्रकाशित सारावली में 'लग्नाधिपजन्मपती षष्ठाष्टमरिः फगौ प्रसवकाले। अस्तमितौ मरण....' यह पाठान्तर होने से लग्नेश व जन्मराशीश ६, ८, १२ वें भाव में अस्त हों तो मरण होता है। इस द्विवचन का वास्तविक अर्थ यही है ॥ ८० ॥

यदि जन्माऽङ्ग में लग्नेश सप्तम में पापग्रह से युक्त और शुभग्रहों से अदृष्ट हो तो जातक का मरण होता है ॥ ८१ ॥

विशेष—प्रकाशित सारावली में 'पापजितो' तद्वच्चन्द्रो न यदि शुभ दृष्टः' यह पाठान्तर है ॥ ८१ ॥

नवम वर्ष में अरिष्ट ज्ञान—

[2]चन्द्रः कुजरविजयुतः स्वसुतस्थाने न वापि शुभदृष्ट।
मरणं शिशोः प्रयच्छति वर्षे नवमे न संदेहः ॥ ८२ ॥

यदि जन्माऽङ्ग में चन्द्रमा मिथुन या कन्या राशि में भौम व शनि से युक्त और शुभ ग्रहों से अदृष्ट हो तो जातक का नवें वर्ष में अवश्य निधन होता है ॥ ८२ ॥

विशेष—प्रकाशित सारावली में 'चन्द्रः कुजरवियुक्तः' यह पाठान्तर होने से चन्द्रमा सूर्य व भौम से युक्त होने पर योग का वर्णन है। पुस्तक में भौम व शनि से युक्त होने पर योग का वर्णन है। पुस्तक में भौम व शनि से युक्त होने पर है। मेरी समझ में प्रकाशित सारावली का पाठ ही उचित है। क्योंकि सर्वार्थचिन्तामणि में कहा है— तरणीन्दुकुजाः पुत्रस्थाने युक्ताः न सौम्यगाः। जातो यमपुरं याति नवमेऽब्दे न संशयः'।

तथा जातकाभरण में भी—'युक्तो भवेदारदिवाकराभ्यां निशाकरश्चान्यखगैर्न दृष्टः। स्वसूनुगेहोपगतो विनाशं करोति वर्षे नवमेऽर्भकस्य' (अरि० २० श्लो०) ॥ ८२ ॥

चतुर्थ वर्ष में अरिष्ट ज्ञान—

[3]होरेश्वरस्तु मृत्यौ पापैः सकलैश्च दृश्यते बलिभिः।
मासि चतुर्थे मरणं जातस्य करोति मुनिवाक्यम् ॥ ८३ ॥

यदि जन्माऽङ्ग में लग्नेश अष्टम भाव में समस्त बली पाप ग्रहों से दृष्ट हो तो जातक का चौथे मास में मरण होता है, ऐसा ऋषियों का कहना है ॥ ८३ ॥

अन्य अरिष्ट ज्ञान—

[4]होराजन्माधिपतिः सूर्यः स्वपुत्रसहितोऽष्टमे भवति राशौ।
वर्षैं राशिप्रमितैर्मरणाय सितेन संदृष्टः ॥ ८४ ॥

---

१. सारा. १० अ. २६ श्लोक। २. सारा. १० अ. २७ श्लोक।
३. सारा. १० अ. २८ श्लोक। ४. सारा. १० अ. २९ श्लोक।

[1]द्यूनचतुरस्रसंस्थे पापद्वयमध्यगे शशिनि जातः।
विलयं प्रयाति नियतं देवैरपि रक्षितो बालः॥ ८५॥

यदि जन्माऽङ्ग में लग्नेश या राशीश सूर्य, शनि से युक्त होकर अष्टम भाव में शुक्र से दृष्ट हो तो राशि तुल्य वर्ष में जातक का मरण होता है॥ ८४॥

यदि जन्माऽङ्ग में दो पाप ग्रहों के मध्य में चन्द्रमा चतुर्थ या सप्तम या अष्टम भाव में हो तो देवताओं की रक्षा होने पर भी जातक का निधन होता है॥ ८५॥

विशेष—प्रकाशित सारावली में–'जन्माधिपतिः सूर्यः' यह पाठान्तर है॥८४-८५॥

पुनः अन्य अरिष्ट ज्ञान—

[2]व्ययाष्टसप्तोदयगे शशाङ्के पापेन दृष्ट शुभदृष्टिहीने।
केन्द्रेषु सौम्यग्रहवर्जितेषु प्राणैर्वियोगं व्रजति प्रसूतः॥ ८६॥
[3]चक्रस्य पूर्वभागे पापाः सौम्यास्तथापरे चैव।
वृश्चिकलग्ने जाताः गतायुषो वज्रमुष्टियोगेऽस्मिन्॥ ८७॥
[4]क्षीणे शशिनि विलग्ने पापैः केन्द्रेषु मृत्युसंस्थेऽर्कः।
भवति विपत्तिरवश्यं यवनाधिपतेर्मतं चैतत्॥ ८८॥
[5]राश्यन्तगतैः पापैः सन्ध्यायां हिमयूखहोरायाम्।
मृत्युः प्रत्येकस्थैः केन्द्रेषु शशाङ्कपापैश्च॥ ८९॥

यदि जन्माऽङ्ग में १२, ८, ७ या १ भाव में चन्द्रमा पाप ग्रह से दृष्ट और शुभ ग्रह से अदृष्ट हो तथा १, ४, ७, १० में शुभ ग्रह न हों तो जातक की मृत्यु होती है॥ ८६॥

विशेष - प्रकाशित सारावली में—'व्ययाष्टषष्ठोदये शशाङ्के पापेन युक्ते' यह पाठान्तर प्राप्त होता है। इसमें षष्ठ भाव की गणना ग्रन्थान्तर में न होने से सप्तम भाव ही उचित प्रतीत होता है एवं पाप ग्रह की युति ही उचित है न कि दृष्टि उचित है॥ ८६॥

यदि जन्माऽङ्ग में वृश्चिक लग्न हो और पाप ग्रह भचक्र के पूर्व भाग में व शुभ ग्रह पश्चिम में हो तो इस वज्रमुष्टि योग में जातक का मरण होता है॥ ८७॥

यदि जन्माऽङ्ग में क्षीण चन्द्रमा लग्न में और पाप ग्रह केन्द्र (१।७।१०) में व सूर्य अष्टम में हो तो जातक का मरण होता है, यह मत यवन राजा का है॥ ८८॥

विशेष—प्रकाशित सारावली में—'पापैः केन्द्रेषु मृत्युसंस्थैर्वा' यह पाठान्तर है॥ ८८॥

---

१. सारा. १० अ. ३४ श्लोक।
२. सारा. १० अ ३० श्लोक।
३. सारा. १० अ. ३१ श्लोक।
४. सारा. १० अ. ३२ श्लोक।
५. सारा. १० अ. ३३ श्लोक।

यदि सन्ध्या काल में जन्म हो व पाप ग्रह राशि के अन्त भाग में हों और लग्न में चन्द्रमा की होरा हो एवं केन्द्र में चन्द्रमा व पाप ग्रह हों तो जातक का निधन होता है ॥ ८९ ॥

जा० भ० में कहा है—'सन्ध्याद्वये भान्त्यगताश्च पापाश्चन्द्रस्य होरा यदि जन्मकाले। चतुर्षु केन्द्रेषु शशाङ्कपापाः स याति बालः किल कालगेहम्' (अरि० २७ श्लो०) ॥ ८९ ॥

अन्य अरिष्ट ज्ञान—

[1]पापद्वयमध्यगते होरासप्ताष्टसंस्थिते चन्द्रे।
सौम्यैः सबलैः खेटैरवीक्षिते च ध्रुवं म्रियते ॥ ९० ॥

यदि जन्माङ्ग में दो पाप ग्रहों के मध्य में चन्द्रमा लग्न या सप्तम या अष्टम भाव में बली शुभ ग्रहों से अदृष्ट हो तो जातक का निश्चय ही निधन होता है ॥ ९० ॥

विशेष—प्रकाशित सारावली में—'सौम्यैरबलैर्दृष्टे जातो म्रियते ध्रुवं ह्यत्र' यह पाठान्तर है ॥ ९० ॥

माता के साथ मरण योग ज्ञान—

[2]द्यूनाष्टमगैः पापैः क्रूरग्रहवीक्षितैः सह जनन्या।
म्रियते शुभसंदृष्टैः सत्यस्य मताद्वदेद्व्याधिम् ॥ ९१ ॥
[3]ग्रहणोपगते चन्द्रे सक्रूरे लग्नगे कुजेऽष्टमगे।
मात्रा सार्धं म्रियते चन्द्रवदर्के सशस्त्रेण ॥ ९२ ॥

यदि जन्माऽङ्ग में सप्तम, अष्टम भाव में पाप ग्रह, पाप ग्रह से दृष्ट हो तो जातक का माता के साथ निधन, यदि पाप ग्रह शुभ ग्रह से दृष्ट हो तो जातक रोगी होता है, ऐसा सत्याचार्य जी का मत है ॥ ९१ ॥

जा० भ० में कहा है—'स्मराष्टमस्थाः यदि पापखेटाः पापेक्षिताः साधुखगैर्न दृष्टाः। करोति रिष्टं त्वरयार्भकस्य साकं जनन्याभिहतं बहूनाम्' (अरि० २८ श्लो०) ॥ ९१ ॥

यदि जन्म के समय चन्द्रमा का ग्रहण हो और चन्द्रमा पाप ग्रह के साथ लग्न में व भौम अष्टम भाव में हो तो जातक का माता के साथ मरण होता है।

यदि सूर्य ग्रहण काल में जन्म हो व पाप ग्रह से युक्त सूर्य लग्न में एवं अष्टम भाव में भौम हो तो जातक का माता के साथ शस्त्र से निधन होता है ॥ ६२ ॥

जा० भ० में कहा है—'निजोपरागे त्वशुभान्वितेन्दुर्लग्नस्थितो भूमिसुतोऽष्टमस्थः। ततो जनन्या सह बालकस्य मृत्युस्तथार्के सति शस्त्रघातः' ॥ ९२ ॥

---

१. सारा. १० अ. ३५ श्लोक। २. सारा. १० अ. ३६ श्लोक।
३. सारा. १० अ. ३७ श्लोक।

शीघ्र मरण ज्ञान--

[1]क्षीणे शशिनि विलग्ने कण्टकनिधनस्थितैः पापैः।
सौम्यादृष्टैर्मृत्युः सद्यो जातस्य निर्देश्यः ॥ ९३ ॥
[2]द्यूनगतेऽर्के लग्ने यमे कुजे वा विपर्ययं वापि।
अन्यतरयुते वेन्दावशुभैर्दृष्टेऽचिरान्मृत्युः ॥ ९४ ॥
[3]होरानिधनास्तगतैः पापैः क्षीणे व्ययस्थिते चन्द्रे।
जातस्य भवति मरणं सद्यः केन्द्रेषु चेन्न शुभाः ॥ ९५ ॥
[4]लग्नात्पञ्चमनवमनैधनसंयुक्ताश्चान्द्रसौरिसूर्याराः।
जातस्य वधं कुर्युः सद्यो गुरुणा न चेद्दृष्टाः ॥ ९६ ॥
[5]लग्ने चन्द्रेऽर्के वा पापा बलिनस्त्रिकोणकेन्द्रेषु।
सौम्यैरमिश्रदृष्टाः सद्यो मरणाय कीर्तिता यवनैः ॥ ९७ ॥

यदि जन्माऽङ्ग में क्षीण चन्द्रमा लग्न में, १।४।७।८।१० में पाप ग्रह, शुभ ग्रहों से अदृष्ट हों तो जातक का शीघ्र मरण होता है ॥ ९३ ॥

यदि जन्माऽङ्ग में सप्तम भाव में सूर्य व लग्न में भौम या शनि अथवा लग्न में सूर्य तथा सप्तम में भौम या शनि यद्वा शनि या भौम से युक्त चन्द्रमा पाप ग्रहों से दृष्ट हो तो जातक का मरण होता है ॥ ९४ ॥

विशेष—यहाँ ९४ वाँ श्लोक प्रकाशित सारावली से दिया है क्योंकि पुस्तक में—'द्यूनगतेऽर्के लग्ने कंटकनिधनस्थितैः पापैः। सौम्यादृष्टैर्मृत्युर्यमे कुजे वा विपर्ययं वापि। अत्यन्तरयुते चन्द्रे शुभैरदृष्टेऽचिरान्मृत्युः। होरानि....' यह पाठान्तर उपलब्ध है ॥ ९४ ॥

यदि जन्माऽङ्ग में लग्न, अष्टम व सप्तम भाव में पापग्रह व बारहवें में क्षीण चन्द्रमा और केन्द्र में शुभग्रह हों तो जातक का शीघ्र मरण होता है ॥ ९५ ॥

यदि जन्माऽङ्ग में लग्न से पञ्चम, नवम, अष्टम में चन्द्र, शनि, सूर्य और भौम हो तो जातक का शीघ्र मरण होता है ॥ ९६ ॥

विशेष— प्रकाशित सारावली में—'लग्नान्त्यनवमनैधनसंयुक्ताश्चन्द्रसूर्यसौराराः।' यह पाठान्तर प्राप्त है ॥ ९६ ॥

यदि जन्माऽङ्ग में लग्न में चन्द्रमा वा सूर्य व बली पापग्रह ५।९।१।४।७।१० भावों में शुभ ग्रहों से पृथक् व अदृष्ट हो तो जातक का शीघ्र मरण होता है ॥ ९७ ॥

नवम वर्ष में अरिष्ट ज्ञान--

[6]शुक्रो रविशशिसहितो मारयति नरं सदा प्रसवकाले।
दृष्टोऽपि देवगुरुणा नवभिर्वर्षैर्न संदेहः ॥ ९८ ॥

---

१. सारा. १० अ. ३८ श्लोक। २. सारा. १० अ. ३९ श्लोक।
३. सारा. १० अ. ४० श्लोक। ४. सारा. १० अ. ४१ श्लोक।
५. सारा. १० अ. ४२ श्लोक। ६. सारा. १० अ. ४३ श्लोक।

यदि जन्माऽङ्ग में सूर्य चन्द्रमा से युक्त शुक्र, गुरू से दृष्ट भी हो तो जातक का निश्चय निधन नवें वर्ष में होता है ॥ ९८ ॥

विशेष—प्रकाशित सारावली में —'शुक्रो रविशनिसहितो' यह पाठान्तर प्राप्त है। मेरी समझ में भी शुक्र, शनि, सूर्य के योग से फल की सम्भावना इसलिए प्रतीत होती है कि ग्रन्थान्तर में भी इसी प्रकार से योग मिलता है।

जा० भ० में कहा है—'भानुभानुतनयोशनसः स्युः' (अरि० ३७ श्लो०) ॥९८॥

गतायु योग ज्ञान—

[1]निधनास्तव्ययलग्नत्रिकोणगाः क्षीणचन्द्रसंयुक्ताः।
पापा बलिनः शुभदैरदृश्यमाना गतायुषं कुर्युः ॥ ९९ ॥

यदि जन्माऽङ्ग में बली पापग्रह क्षीण चन्द्रमा से युक्त होकर अष्टम, सप्तम, व्यय, लग्न, पंचम या नवम में हो तो जातक आयु से हीन अर्थात् शीघ्र मरण होता है ॥ ९९ ॥

अनुक्तकाल योगों में मरण समय ज्ञान—

[2]योगे बलिनः स्थानं स्वं वा लग्नं गतेऽपि वा चन्द्रे।
बलवति वा शुभदृष्टे ह्यावर्षान्मृत्युकालः स्यात् ॥ १०० ॥

जिन पूर्वोक्त अरिष्ट योगों में मरण समय का निर्देश नहीं किया है उन अरिष्ट योगों में योग कर्त्ता ग्रहों में जो बली ग्रह हो, वह ग्रह जन्म समय में जिस राशि में बैठा हो उस राशि में संचार वश चन्द्र के जाने पर, या अपनी राशि में जहाँ जन्म के समय हो वहाँ आने पर या लग्न राशि में जाने पर जातक का मरण होता है।

यहाँ यह जिज्ञासा होती है कि चन्द्रमा के पुनः अपनी राशि पर आने पर कुल एक मास समय लगता है। अतः एक मास के भीतर ही जातक का मरण होगा वर्ष में नहीं, इसकी निवृत्ति के लिए ही 'बलवति वा शुभदृष्टे' यह कथन है। इससे सिद्ध होता है कि चन्द्रमा वर्ष भर में जब उक्त स्थानों में बली पाप ग्रहों से दृष्ट हो तब ही जातक का मरण एक वर्ष में होता है ॥ १०० ॥

विशेष—प्रकाशित सारावली में 'बलवतिपापैर्दृष्टे वर्षान्तेमृत्युकालः स्यात्' यह पाठान्तर प्राप्त है बृहज्जातक में इस प्रकार से है 'योगे स्थानं गतवति बलिनश्चन्द्रे स्वं वा तनुगृहमथवा। पापैर्दृष्टे बलवति मरणं वर्षस्यान्तः किल मुनिगदितम्' ॥ १०० ॥

पाँचवें वर्ष में मरण ज्ञान—

[3]रविचन्द्रभौमगुरुभिः कुजभृगुसूर्येन्दुभिस्तथैकस्थैः।
रविशनिभौमशशाङ्कैर्मरणं खलु पञ्चभिर्वर्षैः ॥ १०१ ॥

---

१. सारा. १० अ. ९८ श्लोक।   २. सारा० १० अ० ९९ श्लो०।
३. सारा० १० अ० १०० श्लो०।

यदि जन्माऽङ्ग में सूर्य-चन्द्र भौम व गुरू या सूर्य चन्द्र भौम व शुक्र या सूर्य चन्द्रमा भौम व शनि एक राशि में हों तो जातक का पाँचवें वर्ष में मरण होता है ॥ १०१ ॥

विशेष—प्रकाशित सारावली में 'कुजगुरूसौरेन्दुभिस्त····' यह पाठान्तर प्राप्त है ॥ १०१ ॥

अन्य अरिष्ट ज्ञान—

[1]राशिप्रमितैर्वर्षैर्मारयति विलग्नपो रिपुस्थाने।
मासैर्द्रेष्काणपतिर्दिवसैरंशाधिपो हन्ति ॥ १०२ ॥
[2]मारयति षोडशाहाच्छनैश्चरः पापवीक्षितो लग्ने।
ग्रहयुक्तो मासेन नववर्षाद्युक्तस्तु मारयति ॥ १०३ ॥

यदि जन्माऽङ्ग में लग्नेश छठे भाव में हो तो राशि तुल्य (षष्ठस्थ) वर्ष में या द्रेष्काणपति षष्ठ में हो तो राशि तुल्य मास में या लग्न नवांश पति षष्ठ में हो तो राशि तुल्य दिन में जातक का मरण होता है ॥ १०२ ॥

यदि जन्माऽङ्ग में शनि लग्न में पाप ग्रह से दृष्ट हो तो सोलह दिन में या पाप युत शनि हो तो १ मास में, यदि दृष्ट या युक्त न हो तो वर्षान्त में जातक का मरण होता है ॥ १०३ ॥

ग्यारहवें वर्ष में अरिष्ट ज्ञान—

[3]रविशशियुक्तः शशिजोऽसौम्यैर्दृष्टो विनाशयति नूनम्।
एकादशभिर्वर्षैर्देवाङ्केऽपि स्थितं जातम् ॥ १०४ ॥

यदि जन्माऽङ्ग में सूर्य व चन्द्रमा से युक्त बुध, अशुभ ग्रहों से दृष्ट हो तो जातक देवता की गोद में स्थित हो तो भी उसका निधन अवश्य होता है ॥ १०४ ॥

विशेष—प्रकाशित सारावली में 'रविणा युक्तः वा रविशशियुक्तः' यह पाठान्तर प्राप्त है। यहाँ पुस्तक में 'रविशशियुक्तः शशिजः सौम्यैर्दृष्टो' यह पाठ उपलब्ध था किन्तु शुभ ग्रह से दृष्ट का ग्रन्थान्तर से सामञ्जस्य न होने के कारण तथा पापग्रह से दृष्ट की समता ग्रन्थान्तर में होने से ही यहाँ दिया गया है ॥ १०४ ॥

जा० भ० में कहा है—रवीन्दुयुक् पापनिरीक्षितो ज्ञश्चैकादशाब्दैः कुरुते विनाशम्' (अरि० ४० श्लो०) ॥ १०४ ॥

सातवें वर्ष में मरण ज्ञान—

[4]लग्ने रविसौरकुजाः शत्रुगृहे सप्तमे शशी क्षीणः।
दृष्टो न देवगुरुणा सप्तभिरब्दैर्विनाशयति ॥ १०५ ॥

यदि जन्माऽङ्ग में लग्न में सूर्य, शनि, भौम हो तथा शत्रु की राशि में सप्तम भाव में क्षीण चन्द्रमा, गुरू से अदृष्ट हो तो जातक का सातवें वर्ष में मरण होता है ॥१०१॥

१. सारा० १० अ० १८ श्लो०। २. सारा० १० अ० १९ श्लो०।
३. सारा० १० अ० १०१ श्लो०। ४. सारा० १० अ० १०२ श्लो०।

विशेष—प्रकाशित सारावली में 'लग्ने रविमन्दकुजैः शुक्रगृहे सप्तमे शशी क्षीणः' यह पाठान्तर प्राप्त है ॥ १०५ ॥

दूसरे वर्ष में मरण ज्ञान—

[1]केन्द्रे रविमुषिततनुः क्षितिसुतो मन्दावलोकितोऽथ युतः ।
वर्षद्वयेन चन्द्रो मारयति किमत्र गणितेन ॥ १०६ ॥

यदि जन्माऽङ्ग में चन्द्र केन्द्र १।४।७।१० में भौम सूर्य से युत हो या यों समझिये अस्त हो व शनि से दृष्ट या युत हो तो जातक का दूसरे वर्ष में मरण होता है । यहाँ इस योग में गणित की आवश्यकता नहीं है ॥ १०६ ॥

विशेष—प्रकाशित सारावली में 'वर्षचतुष्के चन्द्रो मारयति किमत्र गणितेन' यह पाठान्तर प्राप्त है ॥ १०६ ॥

तीसरे वर्ष में अरिष्ट ज्ञान—

[2]लग्नाधिपतेश्चन्द्रो मरणपदस्थोऽपि कृष्णतां यातः ।
क्रूरैः सकलैर्दृष्टो न शुभैर्वर्षैस्त्रिभिस्तु मारयति ॥ १०७ ॥

यदि जन्माऽङ्ग में लग्नेश से अष्टम स्थान में क्षीण चन्द्रमा, समस्त पाप ग्रहों से दृष्ट और शुभ ग्रहों से अदृष्ट हो तो जातक का तीसरे वर्ष में मरण होता है ॥ १०७ ॥

नवें वर्ष में मरण ज्ञान—

[3]लग्नाधिपतिः पापः शशिनोंऽशे रिष्फगो यदा चन्द्रात् ।
क्रूरैर्विलोक्यमानो मारयति शिशुं नवभिरब्दैः ॥ १०८ ॥

यदि जन्माऽङ्ग में पापग्रह लग्नेश होकर चन्द्रमा के नवांश में चन्द्र राशि से बारहवें भाव में क्रूर ग्रह से दृष्ट हो तो जातक का नवें वर्ष में निधन होता है ॥ १०८ ॥

पाँचवें वर्ष में मरण ज्ञान—

[4]दर्शनभागे सौम्याः क्रूराश्चादृश्यगाः प्रसवकाले ।
राहुर्लग्नोपगतो यमभवनं नयति पञ्चभिर्वर्षैः ॥ १०९ ॥

यदि जन्माऽङ्ग में समस्त शुभग्रह दृश्य चक्रार्ध में व सब पाप ग्रह अदृश्य चक्रार्ध में और राहु लग्न में हो तो जातक का पाँचवें वर्ष में मरण होता है ॥ १०९ ॥

बारहवें वर्ष में मरण ज्ञान—

[5]राहुः सप्तमभवने शशिसूर्यनिरीक्षितो न शुभदृष्टः ।
दशभिर्द्वाभ्यां सहितैरब्दर्जातं विनाशयति ॥ ११० ॥

यदि जन्माऽङ्ग में सप्तम भाव में राहु, सूर्य व चन्द्रमा से दृष्ट और शुभग्रह से अदृष्ट हो तो जातक का बारहवें वर्ष में मरण होता है ॥ ११० ॥

---

३. सारा० १० अ० १०३ श्लो० ।
४. सारा० १० अ० १०४ श्लो० ।
५. सारा० १० अ० १०५ श्लो० ।
१. सारा. १० अ. १०६ श्लोक ।
२. सारा. १० अ. १०७ श्लोक ।

सातवें वर्ष में मरण ज्ञान—

[1]घटसिंहवृश्चिकोदयकृतस्थितिर्हरति जीवितं राहुः।
पापैर्निरीक्ष्यमाणः सप्तमितैर्निश्चितं वर्षैः॥ १११॥

यदि जन्माऽङ्ग में कुम्भ या सिंह या वृश्चिक लग्न में राहु पापग्रहों से दृष्ट हो तो जातक का सातवें वर्ष में मरण होता है॥ १११॥

अन्य अरिष्ट ज्ञान—

[2]केतोरुदयः पूर्वं पश्चादुक्तानि पवननिर्घाताः।
रौद्रे सार्पमुहूर्ते प्राणैः संत्यज्यते जातः॥ ११२॥

यदि जन्म के समय में पूर्व केतु का उदय हो व पीछे वायु का निर्घात हो अर्थात् जन्म के अनन्तर यदि आँधी हो एवं रौद्र व सार्प मुहूर्त हो तो जातक का निधन होता है॥ १२॥

विशेष—प्रकाशित सारावली में—'पश्चादुल्कादिपव.......' 'ज्यते जन्तुः' यह पाठान्तर है॥ ११२॥

अल्पसमय में अरिष्ट ज्ञान—

[3]क्षीणं यदा शशाङ्कं पश्येद्राहुः समागतं क्रूरैः।
मारयति तदा दिवसैर्निर्व्याजं कतिपयैरेव॥ ११३॥

यदि जन्माऽङ्ग में क्षीण चन्द्रमा, पाप ग्रहों से युक्त राहु से दृष्ट हो तो जातक का अकारण ही अल्प दिनों में मरण होता है॥ ११३॥

प्रत्येक राशि के अंशों में चन्द्रकृत अरिष्ट ज्ञान—

[4]कुम्भे दिशति शशाङ्को भागे मृत्युं तथैकविंशाख्ये।
सिंहे (च) पञ्चमेंऽशे वृषे (च) नवमे तथैवोक्तः॥ ११४॥
अलिनि त्रिविंशयुक्ते मेषे च तथाष्टविंशतिभे मृत्युम्।
कर्कटके द्वाविंशे तुलिनि चतुर्थे मृगे विंशे॥ ११५॥
कन्यायां प्रथमेंऽशे धनुर्धरेऽष्टादशे झषे दशमे।
मिथुने द्वाविंशे शशिनोंऽशांशजन्मनि वर्षैर्गतैस्तु तावद्भिः॥ ११६॥
मरणं हि जन्मभाजामथान्तकबद्धरक्षाणाम्

उचित पाठान्तर—

मिथुने च द्वाविंशे शशी प्रसूतस्य मरणकरः॥ ११६॥

कथित अंशों में मरण समय ज्ञान—

ये मुक्ताः शशिनोंऽशा जन्मनि वर्षैर्गतैस्तु तावद्भिः।
मरणं हि जन्मभाजामप्यन्तकबद्धरक्षाणाम्॥ ११७॥

---

१. सारा. १० अ. १०८ श्लोक। २. सारा. १० अ. १०९ श्लोक।
३. सारा. १० अ. ११० श्लोक। ४. सारा. १० अ. १११-११३ श्लोक।

यदि जन्माऽङ्ग में चन्द्रमा कुम्भराशि के २१वें अंश में, या सिंह राशि के पाँचवें अंश में, या वृष के नवें अंश में, वृश्चिक राशि के तेईसवें अंश में, या मेष के अठ्ठाईसवें अंश में, या कर्क राशि के बाईसवें अंश में, तुला राशि के चौथे अंश में, या मकर राशि के वीसवें अंश में, या कन्या राशि के पहिले अंश में, या धनुराशि के अठारहवें अंश में, या मीन राशि के दशवें अंश गें, या मिथुन राशि के २२वें अंश में चन्द्रमा हो तो जातक का मरण होता है ।। ११४–११६ ।।

यहाँ यह जिज्ञासा होती है कि इन अंश में कब मरण होगा इसके लिये ग्रन्थकार का कहना है कि जन्म के समय जितने अंश चन्द्रमा के व्यतीत हुए हैं उतने ही वर्षों में यमराज से रक्षित होने पर भी जातक का मरण होता है ।। ११७ ।।

अथ योगायुर्यवनजातके—

अब आगे यवन जातक नाम के ग्रन्थ में कथित योगों से उत्पन्न आयु संख्या को विविध योगों द्वारा बतलाते हैं ।

बीस वर्ष की आयु का ज्ञान—

होरेश्वरेऽर्कसंस्थे जन्मेशे सौम्यदृग्हीने ।
केन्द्रगतैश्च पापैर्जातस्याविंशतेर्भवति मृत्युः ।। १ ।।

यदि जन्म के समय में लग्नेश सूर्य की राशि में या सूर्य से युक्त हो व जन्म राशीश शुभ ग्रह से अदृष्ट हो और पापग्रह केन्द्र में हों तो जातक की २० वर्ष की आयु होती है अर्थात् २० वर्ष के बाद मरण होता है ।। १ ।।

पच्चीस वर्ष की आयु का ज्ञान—

नीचांशकस्थश्चन्द्रोऽप्यष्टमसंस्थः क्षयी च मरणकरः ।
कुजमन्दाभ्यां दृष्टस्तस्यायुः पञ्चविंशतिः परमम् ।। २ ।।

यदि जन्म के समय में क्षीण चन्द्रमा नीच राशि के नवांश में अष्टम भाव में भौम व शनि से दृष्ट हो जातक की २५ वर्ष की परमायु होती है । अर्थात् २५ वर्ष के अनन्तर निधन होता है ।। २ ।।

पुनः बीस वर्ष की आयु का ज्ञान—

भौमं लग्नं याते रविमन्दौ केन्द्रगौ बलाद्रिक्तौ ।
आविंशतेर्मृतिः स्याद्भङ्गो वा रोगयुक्तो वा ।। ३ ।।

यदि जन्म के समय में लग्न में भौम व निर्बल सूर्य शनि केन्द्र में हों तो जातक की बीस वर्ष की आयु होकर मरण होता है । या शरीर भग्न होता है या जातक रोगी होता है ।। ३ ।।

पुन बीस वर्ष की आयु का ज्ञान—

कुजरवियुक्ते लग्ने चरराशौ मध्यसंस्थिते जीवे ।
सुतधर्मगते चन्द्रे जातस्याविंशतेर्मृतिर्भवति ।। ४ ।।
चन्द्राष्टमगैः पापैः सौम्यैरापोक्लिमस्थितैर्जन्म ।
निधनारिगते चन्द्रे तस्यायुर्विंशतिः परमम् ।। ५ ।।

यदि जन्म के समय में लग्न में सूर्य व भौम व चरराशि में गुरू दशम भाव में और पञ्चम या नवम भाव में चन्द्रमा हो तो जातक की बीस वर्ष की आयु होकर मरण होता है ।। ४ ।।

यदि जन्म के समय में चन्द्रमा से अष्टम भाव में पापग्रह एवं आपोक्लिम में शुभग्रह और छठे या आठवें भाव में चन्द्रमा हो तो जातक की बीस वर्ष की परमायु होती है ।। ५ ।।

तीस वर्ष की आयु का ज्ञान—

अर्थव्ययर्क्षसंस्थो जीवो भौमेन संयुक्तः ।
सप्ताष्टमश्च यदा वै जातः परमायुरात्रिंशत् ।। ६ ।।

यदि जन्म के समय में द्वितीय या बारहवें या सप्तम में या अष्टम भाव में गुरू, भौम से युक्त हो तो जातक की तीस वर्ष की आयु होती है ।। ६ ।।

अल्प जीवन योग ज्ञान—

गुरुणा युक्तो शुक्रो धनोपगः पञ्चमे कुजार्कसुतौ ।
बलरहितश्चेत् चन्द्रो जातोऽल्पजीवितो नियतम् ।। ७ ।।

यदि जन्म के समय में गुरू से युक्त शुक्र धन भाव में एवं भौम शनि पञ्चम में व निर्बल चन्द्रमा हो तो जातक का अल्प जीवन होता है ।। ७ ।।

अठ्ठाईसवें वर्ष में मरण ज्ञान—

अष्टाविंशतिवर्षैर्मरणं चन्द्रोऽर्कराहवो लग्ने ।
कुर्वन्ति तदा मरणं जीवे व्ययगे तदा नियतम् ।। ८ ।।

यदि जन्म के समय में लग्न में चन्द्रमा, सूर्य, राहु हों व बारहवें भाव में गुरू हो तो जातक का अट्ठाईसवें वर्ष में अवश्य निधन होता है ।। ८ ।।

बत्तीस वर्ष की आयु का ज्ञान—

चन्द्रलग्नाष्टमपती केन्द्रगतावष्टमे ग्रहः कश्चित् ।
आद्वात्रिंशन्मरणं नान्यस्मिन् शुभयुते केन्द्रे ।। ९ ।।

यदि जन्म के समय में चन्द्रमा व लग्न से अष्टमेश केन्द्र में व कोई ग्रह अष्टम में और केन्द्र में शुभग्रह न हों तो जातक का बत्तीस वर्ष की आयु के बाद मरण होता है ।। ९ ।।

तीस वर्ष की आयु का ज्ञान—

चन्द्रे क्षीणे स्वर्क्षे निधने केन्द्रगेऽष्टमे पापे ।
लग्नेशे बलहीने जातः परमायुरात्रिंशत् ।। १० ।।

यदि जन्म के समय में क्षीण चन्द्रमा कर्क राशि में अष्टम भाव में व केन्द्र व अष्टम में पापग्रह और निर्बल लग्नेश हो तो जातक की तीस वर्ष की परमायु होती है ।। १० ।।

सत्ताईसवें वर्ष में मरण ज्ञान—

होरानिधनाधिपयोः स्फुटयोगकेन्द्रमृत्युराशिस्थः।
तत्र समेतः पापो निधनं स्यात्साष्टविंशत्या ॥ ११ ॥

यदि जन्म के समय में लग्नेश व अष्टमेश एक राशि में केन्द्र या अष्टम भाव में पाप ग्रह से युक्त हों तो जातक का सत्ताईसवें वर्ष में मरण होता है ॥ ११ ॥

चौबीस वर्ष की आयु का ज्ञान—

रन्ध्रेश्वरो भाग्यलग्नात्मजस्थो लग्नाधिपे क्रूरदृष्टेऽष्टमस्थे।
जातश्चतुर्विंशतिवर्षमायुः शुभेक्षितैस्तैरपमृत्युनैव ॥ १२ ॥

यदि जन्म के समय में अष्टमेश लग्न या नवम या पञ्चम में व लग्नेश पापग्रह से दृष्ट अष्टम भाव में हो तो जातक को २४ वर्ष की आयु होती है। यदि उक्त योग में शुभ ग्रह की दृष्टि हो तो अपमृत्यु होती है ॥ १२ ॥

बाईसवें वर्ष में मरण ज्ञान—

पापोदये सुरगुरौ शनिदृष्टे राहुणा युक्ते यः।
कश्चिन्निधनगतो मरणं जनयेद्द्विरुद्रसंख्याकैः ॥ १३ ॥

यदि जन्म के समय में पाप ग्रह की लग्न में गुरू, शनि से दृष्ट और राहु से युक्त हो एवं अष्टम भाव में जो कोई एक ग्रह हो तो जातक का बाईसवें वर्ष में मरण होता है ॥ १३ ॥

तीस वर्ष की परमायु का ज्ञान—

होरेशे षष्ठगते सक्रूरौ चन्द्रभास्करौ सुतगौ।
निधनेशे केन्द्रगते जातस्यायुः परं त्रिंशत् ॥ १४ ॥

यदि जन्म के समय में लग्नेश षष्ठ भाव में व सूर्य, चन्द्रमा क्रूर ग्रह के साथ पञ्चम में और अष्टमेश केन्द्र में हो तो जातक की तीस वर्ष की आयु होती है ॥ १४ ॥

तीस या बत्तीस वर्ष की परमायु का ज्ञान—

अष्टमाधिपतौ केन्द्रे लग्नेशे बलवर्जिते।
त्रिंशद्वर्षाण्यसौ जीवेद्द्वात्रिंशज्जातकक्रमः ॥ १५ ॥

यदि जन्म के समय में अष्टमेश केन्द्र में व लग्नेश निर्बल हो तो जातक की तीस वर्ष या बत्तीस वर्ष की परमायु होती है ॥ १५ ॥

बत्तीस वर्ष की आयु का ज्ञान—

आपोक्लिमगते चन्द्रे लग्नेशे च तथैव हि।
पापेक्षिते बलैर्हीने जीवत्यष्टचतुर्गुणम् ॥ १६ ॥

यदि जन्म के समय में आपोक्लिम (३, ६, ९, १२) स्थान में चन्द्रमा हो तथा लग्नेश भी आपोक्लिम स्थान में निर्बल पाप ग्रह से दृष्ट हो तो जातक बत्तीस साल जीता है ॥ १६ ॥

सैंतीस वर्ष की आयु का ज्ञान—

गुरुशुक्रौ च केन्द्रस्थौ लग्नेशे पापसंयुते।
आपोक्लिमस्थे सन्ध्यायां जातस्यायुस्त्रिंषित्रयम् ॥ १७ ॥
पापमध्यगते सूर्ये लग्नस्थे शत्रुवेश्मनि।
जातश्च रोगपीडार्तः परमायुस्त्रिंषित्रयम् ॥ १८ ॥
भौमेन्दू लग्नगौ यस्य केन्द्राष्टमविवर्जितः।
सौम्यैः कुलिकवेलायां जातस्यायुस्त्रिंषित्रयम् ॥ १९ ॥

यदि जन्म के समय में गुरू व शुक्र केन्द्र में व पाप ग्रह से युक्त लग्नेश आपोक्लिम स्थान में हो और सन्ध्या में जन्म हो तो जातक की सैंतीस वर्ष की परमायु होती है ॥ १७ ॥

यदि जन्म के समय में सूर्य शत्रु ग्रह की राशि में लग्नस्थ पाप ग्रहों के मध्य में हो तो जातक रोग से पीड़ित होकर सैंतीस वर्ष की आयु प्राप्त करता है ॥ १८ ॥

यदि जन्म के समय में भौम व चन्द्रमा लग्न में और अष्टम व केन्द्र में शुभ ग्रहों का अभाव हो तथा कुलिक वेला में जन्म हो तो जातक की सैंतीस वर्ष की परमायु होती है ॥ १९ ॥

चालीसवें वर्ष में मरण ज्ञान—

अष्टमपतौ विलग्ने स्थिरराशौ जायते नरो यस्तु।
चत्वारिंशद्वर्षैर्मरणं रन्ध्रे न शुभयुक्ते ॥ २० ॥

यदि जन्म के समय में अष्टमेश लग्न में स्थिर राशि में हो तथा अष्टम में शुभ ग्रह न हो तो जातक का चालीसवें वर्ष में मरण होता है ॥ २० ॥

पचास वर्ष की आयु का ज्ञान—

लग्नेशे निधनांशस्थे लग्नांशे निधनेश्वरे।
पापयुक्तौ तदा जातः पञ्चाशद्वर्षजीवितः ॥ २१ ॥

यदि जन्म के समय में लग्नेश अष्टम भाव के नवांश में और अष्टमेश लग्न के नवांश में पाप ग्रह से युक्त हो तो जातक की आयु पचास वर्ष की होती है ॥ २१ ॥

६० वर्ष की आयु का ज्ञान—

यस्य केन्द्रे पापयुक्ते लग्नगे क्रूरवर्जिते।
षष्टिवर्षात्परं नास्ति पापैः पञ्चमस्थितः ॥ २२ ॥
लग्नेशे व्ययसंस्थिते क्षीणे पापयुतेऽपि वा।
षष्टिवर्षात्परं नास्ति न लग्ने चेद्बृहस्पतिः ॥ २३ ॥

यदि जन्म के समय में केन्द्र में पाप ग्रह हों व लग्न में क्रूर ग्रह न हों और पञ्चम भाव में पापग्रह हों तो जातक की आयु साठ वर्ष की होती है ॥ २२ ॥

यदि जन्म के समय में लग्नेश बारहवें भाव में क्षीण चन्द्रमा या पापग्रह से युक्त हो व लग्न में गुरू न हो तो जातक की साठ वर्ष की आयु होती है ॥ २३ ॥

४४ वर्ष की आयु का ज्ञान —

अष्टमाधिपतौ केन्द्रे भौमे लग्नं समाश्रिते।
अर्कार्कजो त्रिषष्ठस्थो जीवेद्रुद्रचतुष्टयम् ॥ २४ ॥

यदि जन्म के समय में अष्टमेश केन्द्र में व भौम लग्न में, सूर्य व शनि तीसरे व छठे भाव में हों तो जातक की ४४ वर्ष की आयु होती है ॥ २४ ॥

४८ वर्ष की आयु का ज्ञान—

वर्गोत्तमांशगे चन्द्रे लग्नस्थे पापवीक्षिते।
सौम्यैर्बलविहीनैश्च द्वादशाब्दचतुष्टयम् ॥ २५ ॥

यदि जन्म के समय में वर्गोत्तम नवांश में चन्द्रमा लग्न में पाप ग्रह से दृष्ट हो तथा शुभ ग्रह बल हीन हों तो जातक की ४८ वर्ष की आयु होती है ॥ २५ ॥

मध्यायु योग ज्ञान —

सौम्यैः पापांशकर्कस्थैः पापैः केन्द्रगतैस्तथा।
मध्यमायुरयं योगः सौम्यैः केन्द्रविवर्जितैः ॥ २६ ॥

यदि जन्म के समय शुभ ग्रह पाप ग्रह के नवांश में कर्क राशि में व केन्द्र में पाप ग्रह हों और केन्द्र में शुभ ग्रहों का अभाव हो तो जातक की मध्यमायु होती है ॥ २६ ॥

५२ वर्ष की आयु का ज्ञान —

द्विशरीरोदये लग्ने मन्दे चन्द्रेऽष्टमे व्ययेऽपि वा।
जातस्तत्र मनुष्यो जीवेद्वर्षाणि द्विपञ्चाशत् ॥ २७ ॥

यदि जन्म के समय में द्विस्वभाव राशि लग्न में शनि और अष्टम या व्यय स्थान में चन्द्रमा हो तो जातक की आयु ५२ वर्ष की होती है ॥ २७ ॥

१०० वर्ष की आयु का ज्ञान—

अलिकर्क्युदये लग्ने सूर्ये पापान्विते विधौ।
धनगेहे गुरुरहिते केन्द्रे स्याच्छतवर्षं तस्यायुः ॥ २८ ॥

यदि जन्म के समय में वृश्चिक या कर्क लग्न में सूर्य, पाप ग्रह से युक्त चन्द्रमा द्वितीय भाव में और केन्द्र में गुरू का अभाव हो तो जातक की १०० वर्ष की आयु होती है ॥ २८ ॥

पुनः मध्यमायु योग ज्ञान

चतुरस्रगताः पापाः लग्नात् कुर्वन्ति मध्यमायुष्यम्।
चन्द्रात्तथैव दिवसैः सौम्यैरनवीक्षिता न शुभयुक्ताः ॥ २९ ॥
सुतदशमे सौम्यैः स्यान्निधनैः रव्यन्विते व्यये चन्द्रे।
गुरुशुक्रावेकगतौ जातस्तत्रैव मध्यायुः ॥ ३० ॥

यदि जन्म के समय में लग्न से चतुर्थ व अष्टम भाव में पाप ग्रह, शुभ ग्रह से अदृष्ट व अयुक्त हों या चन्द्रमा से भी इसी प्रकार पापग्रह हों तो मध्यमायु जातक की होती है ।। २९ ।।

यदि जन्म के समय में पञ्चम दशग अष्टम में शुभ ग्रह व सूर्य चन्द्रमा बारहवें भाव में और गुरू शुक्र एक राशि में हों तो जातक की मध्यायु होती है ।। ३० ।।

५८ वर्ष की आयु का ज्ञान—

शन्यंशे लग्नेशे निधनेशसमन्विते निशानाथे।
षष्ठेऽष्टमे व्यये वा जातस्तस्याष्टपञ्चाशत् ।। ३१ ।।

यदि जन्म के समय में लग्नेश शनि के नवांश में व अष्टमेश से युक्त चन्द्रमा छठें या अष्टम में या बारहवें भाव में हो तो जातक की ५८ वर्ष की आयु होती है ।। ३१ ।।

६० वर्ष की आयु का ज्ञान—

लग्नाधीशान्मृत्युषष्ठव्ययस्थाः पापाः सन्तो नैधने जीवयुक्ते।
अस्मिन् योगे जायते यो मनुष्योऽप्यस्यायुः स्यात्षष्टिवर्षं प्रदिष्टम् ।।३२।।

जिसके जन्म समय में लग्नेश से अष्टम षष्ठ व्यय भाव में पापग्रह व अष्टम में गुरू हो तो जातक की ६० वर्ष की आयु होती है ।। ३२ ।।

६५ वर्ष की आयु का ज्ञान—

होराजन्माधिपती अर्कगतौ मृत्युराशिसंयुक्तौ।
केन्द्रचतुष्टयहीने देवगुरौ पञ्चयुक्षष्टिः ।। ३३ ।।

यदि जन्म के समय में लग्नेश व राशीश, बारहवें व आठवें भाव में हो तथा चारों केन्द्र स्थान में गुरू न हो तो जातक की ६५ वर्ष की आयु होती है ।। ३३ ।।

५८ वर्ष की आयु का ज्ञान—

षष्ठाष्टमव्ययगतैर्ग्रहैः समस्तैर्नृपालयोगे च।
अस्मिन् योगे जातः परमायुश्चाष्टपञ्चाशत् ।। ३४ ।।

यदि जन्म के समय में षष्ठ अष्टम बारहवें भाव में समस्त ग्रह हों तो इस राजयोग में ५८ वर्ष की जातक की आयु होती है ।। ३४ ।।

७० वर्ष की आयु का ज्ञान—

अर्ककुजमन्दयुक्ते बलवर्जिते देवराट्पूज्ये।
चन्द्रो व्यये सुते वा सप्ततिवर्षाणि जीवति प्रायः ।। ३५ ।।

यदि जन्म के समय में सूर्य भौम शनि एक राशि में व निर्बल गुरू और चन्द्रमा बारहवें भाव में या पञ्चम भाव में हो तो जातक की ७० वर्ष की आयु होती है ।।३५।।

अथ शुकजातके

आगे शुक जातकोक्त योगज आयु को बतलाते हैं।

दीर्घ मध्य अल्प आयु योग ज्ञान—

चतुराद्यैर्ग्रहैर्युक्ते लग्ने द्वित्रिसुखैः क्रमात्।
चिरायुस्तत्र जातो यो ज्ञानवानर्थवान् भवेत्॥ १॥
पञ्चमादिषु तैर्युक्ते षष्टिवर्षाणि जीवति।
नवमादिषु तैः सर्वैः स्वल्पायुर्जायतेऽत्र यः॥ २॥

यदि जन्मकाल में लग्न से चतुर्थ पर्यन्त कोई एक भाव चार, पाँच आदि ग्रहों से युक्त हो तो जातक की दीर्घायु होती है तथा जातक ज्ञानी व धनी होता है॥ १॥

इसी प्रकार पंचम से अष्टम पर्यन्त कोई भाव चार, पाँच आदि ग्रहों से युक्त हो तो जातक की मध्यायु अर्थात् ६० वर्ष की या नवम से बारहवें भाव तक कोई भाव चार, पाँच आदि ग्रहों से युक्त हो जातक की अल्पायु होती है॥ २॥

८० व ६० वर्ष की आयु ज्ञान—

क्रूरनवांशकस्थैः केन्द्राश्रितैरशीत्यब्दम्।
जीवति तत्रोद्भूतो मिश्रैर्वा षष्टिवर्षञ्च॥ ३॥

यदि जन्मकाल में केन्द्र स्थित ग्रह पाप ग्रह के नवांश में स्थित हों तो ८० वर्ष की जातक की आयु यदि उक्त योग मिश्रित हो अर्थात् शुभ व पाप दोनों के नवांश केन्द्राश्रित ग्रहों में हों तो जातक की ६० वर्ष की आयु होती है॥ ३॥

८० वर्ष की आयु का ज्ञान—

गुरुचन्द्रौ हिबुकस्थौ लग्नेशे लाभगे बलाढ्ये स्यात्।
सौम्ये दशमं याते अशीति वर्षाणि परमायुः स्यात्॥ ४॥

यदि जन्मकाल में चतुर्थ भाव में गुरू व चन्द्रमा व बली लग्नेश ग्यारहवें भाव में और बुध दशम में हो तो जातक की ८० वर्ष की परमायु होती है॥ ४॥

८५ वर्ष की आयु का ज्ञान—

जीवांशकस्था रविचन्द्रभौमाः केन्द्राश्रिता लग्नगतः सुरेज्यः।
बन्धुं हित्वा यत्र तत्रावशेषः पञ्चाशीतिर्जीवितं तत्र जाते॥ ५॥

यदि जन्मकाल में सूर्य चन्द्रमा व भौम, गुरू के नवांश में केन्द्र में व गुरू लग्न में और चतुर्थ भाव को छोड़कर अन्य भावों में अवशिष्ट ग्रह हों तो जातक की ८५ वर्ष की आयु होती है॥ ५॥

परमायु योग ज्ञान—

क्रूरभवनेषु पापैः सौम्यक्षेत्रेषु संस्थितैः सौम्यैः।
लग्नेशे स्वबलाढ्ये जातः परमायुराप्नोति॥ ६॥

यदि जन्मकाल में क्रूर ग्रह की राशियों में पापग्रह व शुभग्रह की राशियों में शुभ ग्रह और लग्नेश बली हो तो जातक की परमायु होती है॥ ६॥

शत वर्ष की आयु योग ज्ञान—

यदि नैधनगो भौमः सार्को होरां गतो प्रसवकाले।
केन्द्रे चामरपूज्ये प्राणिर्जातोऽत्र वर्षशतम् ॥ ७ ॥

यदि जन्मकाल में अष्टम में भौम या लग्न में सूर्य के साथ भौम हो तथा केन्द्र में गुरू हो तो जातक की सौ वर्ष की आयु होती है ॥ ७ ॥

पुनः शत वर्ष की आयु योग ज्ञान—

केन्द्रत्रिकोणभवनेषु न यस्य पापा
लग्नाधिपः सुरगुरुश्च चतुष्टयस्थः।
भुङ्क्ते सुखानि विविधानि सुपुण्यकर्मा,
जीवेच्च वत्सरशतं स विमुक्तरोगः ॥ ८ ॥

यदि जन्मकाल में केन्द्र व त्रिकोण में पापग्रहों का अभाव हो व लग्नेश एवं गुरू केन्द्र में हो तो जातक अनेक सुखों को भोगने वाला, पुण्य कार्य करने वाला और सौ वर्ष तक नीरोग होकर जीवित रहता है ॥ ८ ॥

दीर्घायु योग ज्ञान—

चरांशकस्थाः कविमन्दभौमाः
स्थिरांशकस्थौ रविदेवपूज्यौ।
शेषौ तु युग्मभवनांशकसंप्रयुक्तौ
दीर्घायुरत्र जनने पुरुषो नृपालः ॥ ९ ॥

यदि जन्मकाल में शुक्र-शनि व भौम चर राशि के नवांश में एवं सूर्य गुरू स्थिर राशि के नवांश में और अवशिष्ट ग्रह द्विस्वभाव राशि के नवाश में हों तो जातक की दीर्घायु होती है तथा राजा होता है ॥ ९ ॥

पुनः सौ वर्ष की आयु का ज्ञान—

ओजांशकस्थितशुभाः सुखधर्मसंस्थाः
पापास्तु युग्मभवनांशकलाभसंस्थाः।
चन्द्रो विलग्नभवने यदि पूर्णरश्मि-
र्जातोऽत्र वर्षशतमायुररोगिता च ॥ १० ॥
मृगवदनपश्चिमार्द्धे भूनन्दनचन्द्रसंयुते लग्ने।
केन्द्रगते सुरेज्ये जातो जीवेच्च वर्षशतम् ॥ ११ ॥
स्वोच्चे लग्ने भृगुजे सौम्यैर्दृष्टेऽष्टमे चन्द्रे।
सुरमन्त्रिणि केन्द्रगते जातः शतं जीवितो भवति ॥ १२ ॥

यदि जन्मकाल में विषम राशियों के नवांश में शुभ ग्रह चौथे व नवम भाव में हों तथा पाप ग्रह सम राशियों के नवांश में एकादश भाव में और परिपूर्ण चन्द्रमा लग्न में हो तो जातक रोग रहित सौ वर्ष की आयु प्राप्त करता है ॥ १० ॥

यदि जन्मकाल में मकर राशि के पश्चिमार्ध लग्न में भौम व चन्द्रमा हो तथा केन्द्र (१।४।७।१०) में गुरू हो तो जातक की सौ वर्ष की आयु होती है ॥ ११ ॥

यदि जन्मकाल में स्वोच्च राशि में शुक्र लग्न में तथा शुभ ग्रह से दृष्ट चन्द्रमा अष्टम भाव में और गुरू केन्द्र (१।४।७।१०) में हो तो जातक की सौ वर्ष की आयु होती है ॥ १२ ॥

वीरजातके

अब वीर जातकोक्त दीर्घायु योगों को बतलाते हैं ।

दीर्घायु योग ज्ञान—

लग्नाधिपो बली केन्द्रे न दृष्टः पापखेचरैः ।
सौम्यैर्दृष्टश्च कुरुते राजानं दीर्घजीविनम् ॥ १३ ॥
एकांशराशिगा लग्ने यत्र विज्जीवभार्गवाः ।
धर्मे शनिस्तदा जातो बह्वायुर्भोगसंयुतः ॥ १४ ॥
पूर्णचन्द्रः सुहृद्भागे लग्ने लाभे यदा गतः ।
बलाढ्ये धर्मपे मन्दे बह्वायुर्जायते तदा ॥ १५ ॥
लग्नात् षष्ठाष्टगे चन्द्रे यदि केन्द्रे बृहस्पतिः ।
जातो रोगविनिर्मुक्तः शतं वर्षाणि जीवति ॥ १६ ॥

यदि जन्मकाल में बली लग्नेश केन्द्र में पापग्रहों से अदृष्ट और शुभग्रहों से दृष्ट हो तो जातक राजा और दीर्घायु होता है ॥ १३ ॥

यदि जन्मकाल में एक ही अंश में लग्न में बुध गुरू शुक्र हों तथा नवम में शनि हो तो जातक भोगी व दीर्घायु होता है ॥ १४ ॥

यदि जन्मकाल में मित्र के नवांश में पूर्ण चन्द्रमा लग्न में या लाभ में हो व बली नवमेश शनि हो तो जातक दीर्घायु होता है ॥ १५ ॥

यदि जन्मकाल में लग्न से छठे या आठवें चन्द्रमा हो तथा केन्द्र में गुरू हो तो जातक नीरोग रहकर सौ वर्ष की आयु प्राप्त करता है ॥ १६ ॥

होराप्रकाशे—

अब होराप्रकाश के आधार पर विविध आयु योगों को कहते हैं ।

१०० सौ वर्ष की आयु का ज्ञान—

लग्ने च निधने शून्ये चन्द्रे वीर्यान्विते गुरौ ।
शुभस्थानस्थितैः शेषैर्जन्म विन्द्याच्छतायुषः ॥ १७ ॥

यदि जन्मकाल में लग्न व अष्टम भाव में ग्रहों का अभाव हो व चन्द्रमा गुरू बलवान् हों शेष अन्य ग्रह शुभ राशियों में हों तो जातक की सौ वर्ष की आयु होती है ॥ १७ ॥

७० सत्तर वर्ष की आयु का ज्ञान—

जीवे लग्ने शुभैः केन्द्रे निधने ग्रहवर्जिते।
लग्नचन्द्रौ न दृष्टौ चेत्पापैर्जीवति सप्ततिम् ॥ १८ ॥

यदि जन्मकाल में गुरू लग्न में, शुभ ग्रह केन्द्र में, अष्टम में ग्रहाभाव और लग्न व चन्द्रमा पाप ग्रहों से अदृष्ट हों तो जातक की सत्तर ७० वर्ष की आयु होती है ॥ १८ ॥

६० व १०० वर्ष की आयु का ज्ञान—

सौम्याख्योऽस्तेऽस्तभे चन्द्रे लग्ने जातोऽत्र षष्टिकः।
भृगौ गुरौ च केन्द्रस्थे जीवेद्वर्षशतं नरः ॥ १९ ॥

यदि जन्मकाल में सप्तम भाव में बुध और लग्न में अस्त चन्द्रमा हो तो ६० वर्ष की और शुक्र तथा गुरू केन्द्र में हो तो जातक की सौ वर्ष की आयु होती है ॥ १९ ॥

युगान्त आयु ज्ञान—

जीवांशकस्थाः सकला ग्रहेन्द्राः
केन्द्राश्रिता धर्मधनाश्रिता वा।
जातो नरो प्रव्रजितः स बाह्ये
युगान्तमायुर्बहुशास्त्रकर्ता ॥ २० ॥
मन्दांशकस्था रविभौमजीवा
धर्माश्रिताः कर्मयुता बलाढ्याः।
राश्यावसाने हिमगौ विलग्ने
युगान्तमायुः श्रियमादधाति ॥ २१ ॥

यदि जन्मकाल में समस्त ग्रह गुरू के नवांश में केन्द्र (१।४।७।१०) में नवम व द्वितीय में हों तो जातक बाह्य भाव में संन्यास से युक्त होकर अनेक ग्रन्थों की रचना करने वाला और युगान्त (युग के अन्त तक) आयु वाला होता है ॥ २० ॥

यदि जन्मकाल में सूर्य भौम गुरू नवम व दशम में बली होकर शनि के नवांश में हों और राश्यन्त लग्न में चन्द्रमा हो तो जातक धनी व युगान्तर आयु वाला होता है ॥ २१ ॥

युगायु योग का ज्ञान—

धर्मेश्वरो धर्मगतस्तु यस्य
भौमांशकस्थे हिमगौ च दृष्टे।
मुनीश्वरोऽयं मुनियोगजातः
शास्त्रादिकर्ता युगमायुरेव ॥ २२ ॥

अक्षीणचन्द्रे सुहृदुच्च भागे
लाभाश्रिते लग्नमुपागतेन।
धर्मेश्वरे सूर्यसुते बलाढ्ये जातो
युगायुर्मुनिवल्लभः स्यात् ॥ २३ ॥
अतिदीर्घकालयोगे जातोऽपि जितेन्द्रियो भूत्वा।
दिव्यौषधिप्रयोगात्युगान्तमायुस्तथा जीवेत् ॥ २४ ॥

जिसके जन्मकाल में नवमेश नवम में भौम के नवांश में स्थित चन्द्रमा से दृष्ट हो तो इस मुनीश्वर नाम के मुनि योग में जन्म लेने वाला शास्त्रकर्ता और युगायु जातक होता है ॥ २२ ॥

यदि जन्म के समय में परिपूर्ण चन्द्रमा मित्र के नवांश में या उच्च राशि के नवांश में ग्यारहवें भाव में हो तथा नवमेश लग्न में और शनि बली हो तो जातक ऋषि प्रिय युगायु होता है ॥ २३ ॥

अधिक लम्बे समय वाले योग में भी जातक जन्म लेकर जितेन्द्रिय होकर दिव्य औषधि के प्रयोग से जातक युग के अन्त तक जीवन प्राप्त करता है ॥ २४ ॥

सिद्धसेनः—

अब सिद्धसेनोक्त परमायु योग को कहते हैं।

परमायु योग ज्ञान—

मीने परमांशगते सौम्ये गवि पञ्चवर्गलिप्तस्थे।
शेषैः परमोच्चगतैः जातः परमायुराप्नोति ॥ २५ ॥

यदि जन्मकाल में बुध मीन के अन्त्यांश में या वृष राशि के २५वीं कला में हो और शेष ग्रह परमोच्च में हों तो जातक की परमायु होती है ॥ २५ ॥

अमितायु योग ज्ञान—

वराहः—

[1]गुरुशशिसहिते कुलीरलग्ने
शशितनये भृगुजे च केन्द्रयाते।
भवरिपुसहजोपगैश्च शेषैर-
मितमिहायुरनुक्रमाद् विना स्यात् ॥ २६ ॥

अनुक्रमाद्गणितक्रमात्।

अब वराहमिहिरोक्त अमितायु योग को बृहज्जातक के वाक्य से कहते हैं।

यदि जन्मकाल में कर्क लग्न में गुरु व चन्द्रमा हो व बुध शुक्र केन्द्र में हों और शेष ग्रह एकादश, षष्ठ व तृतीय भाव में हों तो जातक की गणित के बिना अमितायु होती है ॥ २६ ॥

---

१. बृ० जा० ७ अ० १४ श्लोक।

अथ मातृरिष्टकः—

अब अनेक प्रकार से माता के अरिष्ट कारक योग को बतलाते हैं।

केन्द्रत्रिकोणगः पापो मातृहा सप्तवासरात्।
स पापो भार्गवात्पापो हिबुके मातृनाशकृत् ॥ १ ॥
लग्नाच्चतुर्थगः पापो यदि स्याद् बलवत्तरः।
तदा मातृवधं कुर्यात्तत्केन्द्रे ह्यपरो यदि ॥ २ ॥
चन्द्रादष्टमगे भौमे शत्रुस्थे वा शुभेक्षिते।
माता तस्य विनश्येत पिता तस्य विदेशगः ॥ ३ ॥
निशि चन्द्रात् त्रिकोणस्थे मन्दे पापनिरीक्षिते।
दिवा शुक्रात्तथा भौमे जननी म्रियते ध्रुवम् ॥ ४ ॥
निधनारिगते चन्द्रे भौमश्चेत्सप्तमे यदि।
माता तस्य विनश्येत पिता तस्य विदेशगः ॥ ५ ॥

वृद्धगर्गजातके—

चन्द्रमा यदि पापानां त्रितयेन प्रदृश्यते।
मातृनाशो भवेत्तस्य शुभदृष्टे शुभं वदेत् ॥ ६ ॥
धने राहुबुधः शुक्रः सौरिः सूर्यो यदा स्थितः।
तस्य मातुर्भवेन्मृत्युः मृते पितरि जायते ॥ ७ ॥
पापात्सप्तमरन्ध्रस्थे चन्द्रे पापसमन्विते।
बलिभिर्पापकैर्दृष्टे जातो भवति मातृहा ॥ ८ ॥
उच्चस्थो वाथ नीचस्थो सप्तमस्थो यदा रविः।
पानहीनो भवेद्बाल अजाक्षीरेण जीवति ॥ ९ ॥
चन्द्राच्चतुर्थगः पापो रिपुक्षेत्रे यदा भवेत्।
तदा मातृवधं कुर्यात् केन्द्रे यदि शुभा न चेत् ॥ १० ॥
द्वादशे रिपुभावे च यदा पापग्रहो भवेत्।
तदा मातुर्भयं विन्द्याच्चतुर्थे दशमे पितुः ॥ ११ ॥
लग्ने क्रूरो व्यये क्रूरो धनेऽसौम्यस्तथैव च।
सप्तमे भवने क्रूरः परिवारक्षयङ्करः ॥ १२ ॥
लग्नस्थे च गुरौ सौरे धने राहौ तृतीयगे।
इति चेज्जन्मकाले स्यात्तदा माता न जीवति ॥ १३ ॥
क्षीणचन्द्रात्त्रिकोणस्थैः पापैः सौम्यविवर्जितैः।
माता परित्यजेद्बालमाषण्मासान्न संशयः ॥ १४ ॥
एकांशकस्थौ मन्दारौ यत्र तत्र स्थितौ तदा।
शशिकेन्द्रगतौ तौ वा द्विमातृभ्यां न जीवति ॥ १५ ॥

यदि जन्मकाल में केन्द्र व त्रिकोण में पाप ग्रह हों तो सात दिन में माता का मरण होता है।

यदि जन्मकाल में शुक्र की राशि से चतुर्थ भाव में पापग्रह से युक्त पापग्रह हो तो माता का मरण होता है ॥ १ ॥

यदि जन्मकाल में लग्न से चौथे भाव में बली पापग्रह हो तथा उससे केन्द्र में अन्य पापग्रह हो तो जातक की माता का मरण होता है ॥ २ ॥

यदि जन्मकाल में चन्द्रमा से अष्टम भाव में भौम अथवा छटे भाव में पाप-ग्रह से दृष्ट हो तो जातक की माता का मरण होता है तथा उसका पिता विदेश जाता है ॥ ३ ॥

यदि जन्मकाल रात्रि में हो तो चन्द्रमा से पञ्चम वा नवम में शनि पापग्रह से दृष्ट हो अथवा दिन में जन्म हो तो शुक्र से पञ्चम वा नवम में भौम पापग्रह से दृष्ट हो तो जातक की माता अवश्य मरण होता है ॥ ४ ॥

सारावली में कहा है—'चन्द्रात्त्रिकोणराशौ रविजो मातुर्वधं दिशति रात्रौ। शुक्रात्तथैव दिवसे भौमः पापेन संदृष्टः' (९ अ० ३३ श्लो०) ॥ ४ ॥

यदि जन्मकाल में अष्टम या षष्ठ में चन्द्रमा और सप्तम में भौम हो तो जातक की माता का मरण होता है, तथा पिता विदेश जाता है ॥ ५ ॥

अब आगे वृद्ध गर्ग जातक ग्रन्थ के वाक्यों से माता के अरिष्ट कारक योगों को कहते हैं।

यदि जन्मकाल में चन्द्रमा तीन पाप ग्रहों से दृष्ट हो तो जातक की माता का मरण होता है। यदि चन्द्र शुभ ग्रहों से दृष्ट हो तो माता का शुभ होता है ॥ ६ ॥

बृ० पा०में कहा है 'त्रिभिः पापग्रहैः सूतौ चन्द्रमा यदि दृश्यते। मातृनाशो भवेत्तस्य शुभदृष्टे शुभं वदेत्' (९ अ० २४ श्लो०) ॥ ६ ॥

यदि जन्मकाल में द्वितीय भाव में राहु, बुध, शुक्र, शनि और सूर्य हों तो जातक की माता का मरण होता है, एवं पिता के मरने के बाद जातक का जन्म होता है ॥ ७ ॥

यदि जन्मकाल में पापग्रह सप्तम वा अष्टम भाव में व पापग्रह से युक्त चन्द्रमा बली पाप ग्रह से दृष्ट हो तो जातक माता का विनाश करता है ॥ ८ ॥

यदि जन्मकाल में उच्चराशि में या नीच राशि में सूर्य सप्तम भाव में हो तो जातक माता का स्तन पान न करके बकरी के दूध से जीता है, अर्थात् माता का मरण शीघ्र होता है ॥ ९ ॥

यदि जन्मकाल में चन्द्रमा की राशि से चौथे भाव या राशि में शत्रु की राशि में पाप ग्रह हो तथा केन्द्र में शुभ ग्रह का अभाव हो तो जातक की माता का निधन होता है ॥ १० ॥

यदि जन्मकाल में बारहवें व छटे भाव में पाप ग्रह हों तो माता का व चौथे एवं दशवें भाव में पाप ग्रह हों तो पिता का मरण होता है ॥ ११ ॥

यदि जन्मकाल में लग्न, द्वितीय, सप्तम और बारहवें स्थान में पाप ग्रह हों तो जातक परिवार का क्षय करता है ।। १२ ।।

यदि जन्मकाल में लग्न में गुरु, द्वितीय में शनि और तीसरे भाव में राहु हो तो जातक की माता का मरण होता है ।। १३ ।।

यदि जन्मकाल में क्षीण चन्द्रमा से नवम पञ्चम में पाप ग्रह, शुभ ग्रह से हीन हों तो जातक ६ महीने में मातृहीन होता है, अर्थात् माता बालक का त्याग कर देती है ।। १४ ।।

यदि जन्मकाल में जिस किसी भाव में एक ही अंश में शनि भौम हों और चन्द्रमा से दोनों केन्द्र में हों तो जातक २ री माता से पालित होने पर भी नहीं जीता है ।।१५।।

विशेष—यहाँ माता के निधन कारक योगों का वृद्धगर्ग जातक के आधार पर जो वर्णन है उसमें ७ श्लो० से १५ श्लोक तक प्रकाशित बृहत्पाराशर (९अ० २५-३३) में प्राप्त होते हैं ।। १-१५ ।।

अथ पितृरिष्टम् ।

अब आगे पिता के अरिष्ट कारक योगों को बतलाते हैं ।

पिता के मरणादि योग ज्ञान—

लग्ने सौरी मदे भौमः षष्ठस्थाने च चन्द्रमाः ।
इति चेज्जन्मकाले स्यात् पिता तस्य न जीवति ।। १ ।।
लग्ने जीवो धने मन्दरविभौमबुधास्तथा ।
विवाहसमये तस्य बालस्य म्रियते पिता ।। २ ।।
सूर्यः पापेन संयुक्तः सूर्यो वा पापमध्यगः ।
सूर्यात्सप्तमगः पापस्तदा पितृवधो भवेत् ।। ३ ।।
सप्तमे भवने सूर्यः कर्मस्थो भूमिनन्दनः ।
राहुर्व्यये च यस्यैव पिता कष्टेन जीवति ।। ४ ।।
दशमस्थो यदा भौमः शत्रुक्षेत्रसमाश्रितः ।
म्रियते तस्य जातस्य पिता शीघ्रं न संशयः ।। ५ ।।
रिपुस्थाने यदा चन्द्रो लग्नस्थाने शनैश्चरः ।
कुजश्च सप्तमे स्थाने पिता तस्य न जीवति ।। ६ ।।
भौमांशकस्थिते भानौ स्वपुत्रेण निरीक्षिते ।
प्राग्जन्मतो निवृत्तिः स्यान्मृत्युर्वापि शिशोः पितुः ।। ७ ।।
पाताले चाम्बरे पापो द्वादशे च तदा स्थितः ।
पितरं मातरं हन्याद्देशाद्देशान्तरं व्रजेत् ।। ८ ।।
राहुजीवौ रिपुक्षेत्रे लग्ने वाथ चतुर्थके ।
त्रयोविंशतिमे वर्षे पुत्रस्तातं न पश्यति ।। ९ ।।

भानुः पिता च जन्तूनां चन्द्रो माता तथैव च।
पापदृष्टियुतो भानुः पापमध्यगतोऽपि वा ॥ १० ॥
पित्ररिष्टं विजानीयाच्छिशोर्जातस्य निश्चितम्।
भानोः षष्ठाष्टमर्क्षस्थैः पापैः सौम्यविवर्जितैः ॥ ११ ॥
चतुरस्रगतैर्वापि पित्ररिष्टं विनिर्दिशेत्।
भौमसूर्यात्मजौ शुक्रात् सुतभे धर्मभेऽपि वा ॥ १२ ॥
नेक्षितौ गुरुशुक्राभ्यां नेक्षते पितरं शिशुः।
भाग्यबन्धुगतौ पापौ लग्नेशे बलवर्जिते ॥ १३ ॥
सूतिकाले पिता दुःखी शिशो रिष्फाष्टमेऽपि वा।
अर्कांशकस्थिते मन्दे सूर्येणैव निरीक्षिते ॥ १४ ॥
जन्मकाले पिता रोगी कुजदृष्टेऽथवा युते।
दशमस्थो यदा सूर्यः सौरिर्वा यदि वा कुजः ॥ १५ ॥
तदा धनक्षयं विद्यात् पिता तस्य न जीवति।
रुधिरशनैश्चरदृष्टे दिवाकरे दिवसजन्मनिरतस्य ॥ १६ ॥
पापयुतो वा हन्यात् पितरं निःसंशयं जातः।
सूर्यादष्टमराशौ यदि शुक्रः सौरिलोहितौ प्रसवे ॥ १७ ॥
सौम्यादृष्टौ प्रसभं कुर्यातां मृत्युमेव पितुः।
द्वितीये द्वादशे वापि पञ्चमे नवमेऽपि वा ॥ १८ ॥
भौमभान्वर्कजा हन्ति पितरं न च संशयः।
तातांम्बिकामातुलसोदरांश्च मातामहीमातृपितुश्च सूनुम् ॥ १९ ॥
सूर्यादि खेटाः खलु पञ्चमस्थानिघ्नन्ति सर्वे क्रमशः प्रसूतौ।
रुधिरसहितश्च सौरश्चर-भवने रात्रिजन्मनिरतश्च ॥ २० ॥
कथयति पितरमतीतं परदेशान्नात्र संदेहः।
यत्रस्थस्तत्रस्थः स्वपुत्ररुधिराङ्गसङ्गतः सूर्यः ॥ २१ ॥
प्राग्जन्मतो निवृत्तं कथयति पितरं प्रसूतस्य।
मात्ररिष्टं तु चन्द्रेण ज्ञात्वैवं पूर्ववद्वदेत् ॥ २२ ॥

यदि जन्मकाल में लग्न में शनि, सप्तम में भौम और छटे भाव में चन्द्रमा हो तो जातक का पिता नहीं जीता है या यों समझिये जातक को पिता का सुख नहीं होता है ॥ १ ॥

यदि जन्मकाल में लग्न में गुरू, द्वितीय भाव में शनि, सूर्य, भौम और बुध हों तो जातक के विवाह समय में पिता का निधन होता है ॥ २ ॥

यदि जन्मकाल में सूर्य पाप ग्रह से युक्त हो वा पाप ग्रह के बीच में हो तथा सूर्य से सप्तम भाव में पाप ग्रह हो तो जातक के पिता की मृत्यु होती है ॥ ३ ॥

जिसके जन्मकाल में लग्न से सप्तम भाव में सूर्य, दशम में भौम और बारहवें भाव में राहु हो तो जातक का पिता कष्ट से जीवन प्राप्त करता है ॥ ४ ॥

यदि जन्मकाल में दशम में शत्रु की राशि में भौम हो तो जातक के पिता की निःसंदेह शीघ्र मृत्यु होती है ॥ ५ ॥

यदि जन्मकाल में छटे भाव में चन्द्रमा, लग्न में शनि और सप्तम में भौम हो तो जातक के पिता का मरण होता है ॥ ६ ॥

यदि जन्मकाल में भौम के नवांश में सूर्य, शनि से दृष्ट हो तो जातक का पिता विरागी होता है अथवा जातक के पिता का मरण होता है ॥ ७ ॥

यदि जन्मकाल में चतुर्थ व दशम एवं बारहवें भाव में पाप ग्रह हों तो जातक पिता व माता का विनाश करने वाला और देशान्तरों में घूमने वाला होता है ॥ ८ ॥

यदि जन्मकाल में राहु व गुरू शत्रु ग्रह की राशि में लग्न या चतुर्थ भाव में हो तो जातक तेईसवें वर्ष में पिता का मुख नहीं देखता है। अर्थात् पिता का मरण उक्त वर्ष में होता है ॥ ९ ॥

प्राणियों का पिता सूर्य व माता चन्द्रमा होता है। इसलिए जातक के जन्म समय सूर्य को देखना चाहिए। यदि सूर्य पाप ग्रह से दृष्ट या युत या पाप ग्रहों के मध्य में हो तो जातक के पिता को अरिष्ट कहना चाहिए ॥ १०½ ॥

यदि जन्मकाल में सूर्य से छटे आठवें भाव में सौम्य ग्रह से हीन पाप ग्रह हों वा चौथे व आठवें भाव में पाप ग्रह हों तो जातक के पिता को अरिष्ट होता है ॥ ११½ ॥

यदि जन्मकाल में शुक्र की राशि से पञ्चम या नवम भाव में भौम व शनि, गुरू व शुक्र से अदृष्ट हों तो जातक पिता को नहीं देखता है ॥ १२½ ॥

स्पष्टार्थ श्लोक सं. १

स्पष्टार्थ श्लोक सं. २

स्पष्टार्थ श्लोक सं. ४.

स्पष्टार्थ श्लोक सं. ६

यदि जन्मकाल में नवम व चतुर्थ भाव में पाप ग्रह, निर्बल लग्नेश हो वा बारहवें व आठवें भाव में पाप ग्रह हों तो जातक का पिता दुःखी होता है ॥ १३ १/३ ॥

यदि जन्मकाल में सूर्य के नवांश में शनि, सूर्य से दृष्ट हो अथवा भौम से दृष्ट हो तो जातक का पिता रोगी होता है ॥ १४ १/२ ॥

यदि जन्मकाल में दशम भाव में सूर्य या शनि अथवा भौम हो तो जातक का धन नष्ट होता है, तथा पिता का मरण होता है ॥ १५ १/२ ॥

यदि जन्म दिन में हो व जन्मकाल में सूर्य, भौम व शनि से दृष्ट हो वा पापग्रह से युक्त सूर्य हो तो निःसंदेह जातक के पिता का निधन होता है ॥ १६ १/२ ॥

यदि जन्मकाल में सूर्य से अष्टम राशि में शुक्र व शनि भौम शुभ ग्रहों से अदृष्ट हों तो जातक के पिता की शीघ्र मृत्यु होती है ॥ १७ १/२ ॥

यदि जन्मकाल में द्वितीय, द्वादश, पाँचवें व नवें भाव में भौम, सूर्य और शनि हों तो जातक के माता पिता का निधन होता है ॥ १८ १/२ ॥

यदि जन्मकाल में पञ्चम भाव में सूर्यादि ग्रह हों तो जातक के पिता-मामा-माई-नानी-नाना और पुत्र का विनाश करते हैं। अर्थात् सूर्य से पिता, चन्द्रमा से माता, भौम से मामा, बुध से नानी इत्यादि समझना चाहिए ॥ १९ १/२ ॥

यदि जन्मकाल में शनि, भौम से युक्त चर राशि में हो व रात्रि में जन्म हो तो जातक के पिता का निधन परदेश में होता है, इसमें सन्देह नहीं है ॥ २० १/२ ॥

यदि जन्मकाल में जिस किसी भाव में सूर्य, शनि व भौम से युक्त हो तो जातक के जन्म से पूर्व ही उसके पिता का मरण होता है। इसी प्रकार चन्द्रमा से योगों को जानकर फल में उपयोग करना चाहिए ॥ २२ ॥

विशेष—१ श्लोक से ११ श्लोक तक यथावत् प्रकाशित बृहत्पाराशर में प्राप्त हैं ॥ १-२२ ॥

अथ पित्रो रिष्टभङ्गः।

अब आगे जातक के पिता के अरिष्टों का परिहार जिन योगों से होता है उनको कहते हैं।

पितृ मरण विनाशक योग—

सौम्यान्तरगतैः पापैः शुभैः केन्द्रत्रिकोणगैः।
सद्यो नाशयते रिष्टं तद्भावोत्थं फलं न तत् ॥ १ ॥
चतुर्थदशमे पापः सौम्यमध्ये यदा भवेत्।
पितुः सौख्यकरो योगः शुभैः केन्द्रत्रिकोणगैः ॥ २ ॥
जायास्थाने यदा केतुश्चन्द्रो वा चन्द्रजोऽपि वा।
मित्रस्थाने यदा सूर्यो दीर्घायुर्जायते पिता ॥ ३ ॥
सौरिकुजौ शुभवर्गे भवतो यदि जन्मसमयेऽपि।
मातृवधाख्यं दोषं कुरुते नैव मुनिभिरुक्तम् ॥ ४ ॥

जननीजन्मवधाख्या दोषाः पूर्वं शुभाषिताः ।
विलयं यान्ति निःकासं सूर्यसुते लाभभवनस्थे ॥ ५ ॥
तिग्मरुचिः किल कुरुते प्रियमेवान्त्यराशिगो भानुः ।
मेषमृगमीनसिंहे शुभदोषापहारकः कथितः ॥ ६ ॥
बली केन्द्रोपगः सौम्यः निधने शनिवर्जितः ।
अरिष्टयोगा नश्यन्ति यथाग्नौ तूलराशयः ॥ ७ ॥
गुरुभौमौ यदा युक्तौ गुरुदृष्टोऽथवा कुजः ।
हत्वा रिष्टमशेषञ्च जनन्याः शुभकृद् भवेत् ॥ ८ ॥
लग्नाच्चतुर्थे यदि पापखेटः केन्द्रत्रिकोणे सुरराजमन्त्री ।
कुलद्वयानन्दकरः प्रसूतौ दीर्घायुरारोग्यसमन्वितश्च ॥ ९ ॥

यदि जन्म के समय में पापग्रह शुभ ग्रहों के मध्य में व शुभ ग्रह केन्द्र व त्रिकोण स्थान में हों तो जातक का शीघ्र अरिष्ट नाश होता है व तद्भाव जन्य फल का अभाव होता है ॥ १ ॥

यदि जन्म के समय में चौथे व दशवें भाव में पापग्रह, शुभ ग्रह के बीच में हों तथा शुभ ग्रह केन्द्र व त्रिकोण स्थान में हों तो जातक के पिता का अरिष्ट नष्ट होकर शुभ होता है ॥ २ ॥

यदि जन्म के समय में सप्तम भाव में केतु या चन्द्रमा वा बुध हो तथा चतुर्थ स्थान में सूर्य हो तो जातक के पिता की दीर्घायु होती है ॥ ३ ॥

यदि जन्म के समय में शनि व भौम शुभ ग्रह के वर्ग में हों तो जातक की माता का मरण नहीं होता है, ऐसा ऋषियों ने कहा है ॥ ४ ॥

यदि जन्म के समय में शनि ग्यारहवें भाव में हो तो जातक की माता के मरण के लिये पूर्व में कहे हुए योग नष्ट होते हैं अर्थात् माता का मरण नहीं होता है ॥ ५ ॥

यदि जन्म के समय में मेष या मकर या मीन या सिंह राशि के अन्त भाग में सूर्य हो तो पूर्व कथित दोष को नष्ट करता है। अर्थात् पिता की मृत्यु नहीं होती है ॥ ६ ॥

यदि जन्म के समय में बलवान् बुध केन्द्र में हो तथा अष्टम भाव में शनि का अभाव हो तो जातक के पिता का एवं अन्य अरिष्टों का नाश होता है जैसे अग्नि में रूई के ढेर का नाश होता है ॥ ७ ॥

यदि जन्म के समय में गुरू व भौम एक राशि में हों या गुरू से दृष्ट भौम हो तो जातक के समस्त अरिष्टों का विनाश होता है, तथा माता का भी कल्याण करने वाला होता है ॥ ८ ॥

यदि जन्म के समय में लग्न से चौथे भाव में पापग्रह, केन्द्र या त्रिकोण में गुरू हो तो जातक पिता व माता के कुल को प्रसन्न करने वाला, नीरोग और दीर्घायु होता है ॥ ९ ॥

इस प्रकार पिता के अरिष्ट विनाशक योगों का कथन समाप्त हुआ।

अथ रिष्टभङ्गो निरूप्यते

सारावल्याम्

अभी-अभी आपने पिता के व माता के अरिष्टों को नाश करने वाले योगों को पढ़ा है। अब आगे जातक के अरिष्टों का भंग सारावली के वाक्यों से कहते हैं।

[1]संभूतारिष्टाख्या भङ्गस्तेषां भवेद्यथा योगैः।
नानागमानां वक्ष्ये प्रधानभूता यतस्तत्र ॥ १ ॥
उडुपतिकृतरिष्टानां भङ्गस्तावन्निरूप्यते सम्यक्।
शेषाणामपि पश्चाद्यथामतं ब्रह्मपूर्वाणाम् ॥ २ ॥
सर्वैर्गगनभ्रमणैर्दृष्टश्चन्द्रो निवारयति रिष्टम्।
आपूर्यमाणमूर्तिर्यथा नृपः स्वं नयद्वेषी ॥ ३ ॥
चन्द्रः संपूर्णतनुः शुक्रेण निरीक्षितः सुहृद्भागे।
कष्टहराणां श्रेष्ठो वातहरणं यथा वस्तिः ॥ ४ ॥
परमोच्चे शिशिरतनुर्भृगुतनयनिरीक्षितो हरति कष्टम्।
सम्यग्विरेकवमनं पित्तकफार्तिं यथा शेषात् ॥ ५ ॥
चन्द्रः शुभवर्गस्थः क्षीणोऽपि शुभेक्षितो हरति कष्टम्।
जलमिव महातिसारं जातीफलवल्कलक्वथितम् ॥ ६ ॥
सप्तमाष्टमषष्ठस्थाः शशिनः सौम्या हरन्ति कलफलम्।
पापैरमिश्रचराः कल्याणघृतं यथोन्मादम् ॥ ७ ॥
युक्तः शुभफलदायिभिरिन्दुः सर्वैर्निहन्ति कष्टानि।
तेषामेव त्र्यंशे लवणविमिश्रं घृतं नयनशूलम् ॥ ८ ॥
आपूर्यमाणमूर्तिर्द्वादशभागे शुभस्थो (स्य) यदि चन्द्रः।
रिष्टं नयति विनाशं तक्राभ्यासो यथा गुदजान् ॥ ९ ॥
[2]क्रूरभवने शशाङ्को भवने शनिरीक्षितस्तदनुवर्गे।
रक्षति शिशुं प्रजातं कृपण इव धनं प्रयत्नेन ॥ १० ॥
जन्माधिपतिर्बलवान् सुहृद्भिर्वीक्षितः शुभे भागे।
रिष्टस्य करोति विनाशं भीरुरिव प्र.प्रसङ्ग्रामः ॥ ११ ॥
[3]सौम्यक्षेत्रे चन्द्रो होरापतिना विलोकितो हन्ति।
रिष्टं न वीक्षितोऽन्यैः कुलाङ्गना कुलमिवान्यगता ॥ १२ ॥
[4]लग्नाधिपतिर्लग्ने दृष्टः सर्वैर्विनाशयति नूनम्।
हन्ति निशाकररिष्टं सिंह इव वने गजं मत्तम् ॥ १३ ॥

---

१. सारा. ११ अ. १–९ = १–९ श्लोक।

२. सारा. ११ अ. ११-१२ श्लोक।

३. सारा. ११ अ. १० श्लोक।

४. सारा. ११ अ. १३–१८ = १३–१८ श्लोक।

स्वोच्चस्थः स्वगृहेऽथवापि सुहृदां वर्गेऽथ सौम्यस्य वा।
संपूर्णः शुभवीक्षितः शशधरो वर्गे स्वकीयेऽथवा।
शत्रूणामवलोकनेन पतितः पापैरयुक्तेक्षितो
रिष्टं हन्ति सुदुस्तरं दिनपतिः प्रालेयराशिं यथा॥ १४॥
शशिन्यन्तबुधसितयोराये क्रूरेऽथ वाक्पतौ गगने।
दुरितं चातुर्थिक इव नश्यति मुनिकुसुमरसैः॥ १५॥
लग्नेश्वरस्य चन्द्रः षट्त्रिदशायेषु शुभदृष्टः।
क्षपयति समस्तरिष्टानुपातोनिरुपरोध इव॥ १६॥
एको जन्माधिपतिः परिपूर्णतनुः शुभग्रहैर्दृष्टः।
हन्ति निशाकररिष्टं व्याघ्र इव मृगं मत्तम्॥ १७॥
पक्षे सिते भवति जन्म यदि क्षपायां
कृष्णेऽथवाऽहनि शुभाशुभदृश्यमानः।
तं चन्द्रमा रिपुविनाशगतोऽपि यत्ना-
दापत्सु रक्षति पितेव शिशुं न हन्ति॥ १८॥
[1]सर्वानिमानतिबलः स्फुरदंशजातो
लग्नोपगः प्रशमयेत्सुरराजमन्त्री।
एको बहूनि दुरितानि सुदुस्तराणि
भक्त्या प्रयुक्त इव शूलधरे प्रणामम्॥ १९॥
सौम्यग्रहैरतिबलैर्विबलैश्च पापै-
र्लग्ने च सौम्यभवने गुरुदृष्टियुक्ते।
सर्वापदा विरहितो भवति प्रसूतः
पूजाकरः खलु यथा दुरितैर्ग्रहाणाम्॥ २०॥
पापा यदि शुभवर्गे सौम्यैर्दृष्टाः शुभांशवर्गस्थैः।
विनिहन्ति तदारिष्टं पतिं विरक्ता यथा युवतिः॥ २१॥
राहुस्त्रिषष्ठलाभे लग्नात्सौम्यैर्निरीक्षितः सद्यः।
नाशयति सर्वदुरितं मारुत इव तूलसङ्घातम्॥ २२॥
शीर्षोदयेषु राशिषु सर्वे गगनादि राशिभिः सूतौ।
प्रकृतिस्थैश्चारिष्टं विलीयते घृतमिवाग्निस्थम्॥ २३॥
तत्काले यदि विजयी शुभग्रहः शुभनिरीक्षितोऽवश्यम्।
स जयति सर्वारिष्टान्मारुत इव पादपान् प्रबलः॥ २४॥
परिविष्टो गगनचरः क्रूरैस्तु विलोकितो हरति पापम्।
स्नानं सन्निहितायां यथाकृतं भास्करग्रहणे॥ २५॥

१. सारा० १२ अ. १–७ श्लोक = १९–२५ श्लोक।

[1]उदयेऽगस्त्यस्य मुनेः सप्तर्षीणां वसिष्ठपूर्वाणाम् ।
सर्वारिष्टं नश्यति तम इव सूर्योदये जगति ॥ २६ ॥
अजवृषकर्कटलग्ने रक्षति राहुः समस्तपीडाभ्यः ।
पृथ्वीपतिः प्रसन्नः कृतापराधं यथा पुरुषम् ॥ २७ ॥
यातैस्त्रिभागमपरैः सरोजजन्माऽपि विस्मयं कुरुते ।
भञ्जयति कष्टमरिष्टं समतटदेशे यथा कलभः ॥ २८ ॥
बहवो यदि बलयुक्तास्तत्रापि भज्यते रिष्टम् ।
सूर्यात् त्रिकोणमिन्दोर्यथा हि यात्रा नरेन्द्रस्य ॥ २९ ॥
एते सर्वे भङ्गा मया निरुक्ताः पुरातनाः सिद्धाः ।
यैर्ज्ञातैर्दैवविदो नरेन्द्रबाल्लभ्यमायाति ॥ ३० ॥

इससे पूर्व में जिन बालारिष्ट योगों का वर्णन है, उन योगों की विफलता जिन योगों से होती है, उन योगों को मैं अनेक शास्त्रों के वचन से कहता हूँ ॥ १ ॥

विशेष—प्रकाशित सारावली में—'तानागमतो' 'यतस्तेऽत्र' ॥ १ ॥

उन योगों में भी मैं सर्वप्रथम चन्द्रमा द्वारा कृत अरिष्ट योगों की विफलता का वर्णन करता हूँ। इसके पश्चात् अच्छी रीति से ब्रह्मादि द्वारा कथित अन्य अरिष्टों के भङ्ग योगों का वर्णन करूँगा ॥ २ ॥

पूर्ण चन्द्र होने पर अरिष्ट विनाश ज्ञान—

यदि जन्मपत्री में चन्द्रमा परिपूर्ण हो और सब ग्रहों से दृष्ट हो तो जातक का अरिष्ट दूर हो जाता है, जैसे राजा न्याय के विरुद्ध चलने वाले का धन दूर कर देता है अर्थात् विनाश कर देता है ॥ ३ ॥

यदि जन्मपत्री में पूर्ण बिम्ब से युत चन्द्रमा चौथे भाव में शुक्र से दृष्ट हो तो जातक के समस्त कष्ट दूर होते हैं अर्थात् यह योग कष्ट हरने वाले योगों में श्रेष्ठ है। जैसे वायु विकार दूरीकरण के लिये वस्ति क्रिया श्रेष्ठ होता है ॥ ४ ॥

विशेष—प्रकाशित सारावली में--'विनाशयति रिष्टं' 'सन्नयेदद्वेषम्' 'सुहृद्भागे' रिष्टहराणां' यह पाठान्तर है ॥ ३-४ ॥

यदि जन्मपत्री में अपने परमोच्च में चन्द्रमा, शुक्र से दृष्ट हो तो जातक के कष्टों का नाश होता है। जैसे कफ व वायुजन्य रोग का शौच व (टट्टी) उल्टी से निःशेष नाश होता है ॥ ५ ॥

विशेष–प्रकाशित सारावली में—'हरति रिष्टं' कफपित्तानां यथा दोषम्' यह पाठान्तर प्राप्त है ॥ ५ ॥

---

१. सारा० १२ अ. ९–१२ श्लोक = २६–२९ श्लोक।

२. सारा० १२ अ० १५ श्लोक।

यदि जन्मपत्री में चन्द्रमा क्षीण भीं शुभवर्ग में शुभ ग्रह से दृष्ट हो तो जातक के अरिष्ट का विनाश होता है। जैसे जाइ फल की छाल के क्वाथ के पानी से बड़े अतिसार रोग का नाश होता है ॥ ६ ॥

यदि जन्मपत्री में चन्द्रमा से सप्तम, अष्टम व छटे भाव में पाप ग्रहों से रहित शुभ ग्रह हों तो जातक के कष्ट का विनाश होता है, जैसे कल्याण घृत से पागलपन नष्ट होता है ॥ ७ ॥

यदि जन्मपत्री में सब शुभ ग्रहों से युक्त चन्द्रमा शुभ ग्रहों के द्रेष्काण में हो तो जातक के कष्टों का नाश होता है, जिस प्रकार नमक मिश्रित घृत नेत्र पीड़ा के कष्ट का नाशक होता है ॥ ८ ॥

बिशेष—प्रकाशित सारावली में—'निहन्त्यरिष्टानि' 'नयनरोगम्' यह पाठान्तर प्राप्त है ॥ ८ ॥

यदि जन्मपत्री में परिपूर्ण बिम्बधारी चन्द्रमा शुभ ग्रह के द्वादशांश में हो तो जातक के अरिष्ट का विनाश होता है, जैसे मठा के अभ्यास से गुदाजन्य रोगों का नाश होता है ॥ ९ ॥

यदि जन्मपत्री में क्रूरग्रह की राशि में चन्द्रमा अपने स्वामो से दृष्ट और उसी के वर्ग में हो तो जातक की रक्षा करता है; जैसे लोभी प्रयत्न से धन की रक्षा करता है ॥ १० ॥

यदि जन्मपत्री में बली राशीश मित्रों से दृष्ट शुभ ग्रह के नवांश में हो तो जातक के अरिष्ट का विनाश होता है; जैसे युद्ध स्थल में पहुंचकर डरपोक का नाश होता है ॥ ११ ॥

यदि जन्मपत्री में शुभग्रह को राशि में चन्द्रमा लग्नेश से दृष्ट हो तथा अन्य ग्रहों से अदृष्ट हो तो जातक के अरिष्ट का नाश होता है, जैसे कुल स्त्री दूसरे के सहवास से कुल का नाश करती है ॥ १२ ॥

यदि जन्मपत्री में लग्नेश लग्न में समस्त ग्रहों से दृष्ट हो तो जातक के चन्द्रकृत अरिष्ट का विनाश होता है, जैसे वन में मतवाले हाथी का सिंह नाश करता है ॥ १३ ॥

यदि जन्मपत्री में पूर्ण बिम्ब चन्द्रमा अपनी उच्च राशि में या अपनी राशि में वा मित्रराशि के वर्ग में या शुभग्रह के वर्ग में या अपने वर्ग में शुभग्रह से दृष्ट हो और शत्रु ग्रह व पापग्रह से अदृष्ट व अयुक्त हो तो जातक के अरिष्ट का विनाश करता है, जैसे सूर्य, पार करने में कठिन, पाले के ढेर को नष्ट कर देता है ॥ १४ ॥

यदि जन्मपत्री में बुध शुक्र के मध्य में चन्द्रमा व ग्यारहवें भाव में क्रूर ग्रह और दशम भाव में गुरू हो तो जातक के अरिष्ट का नाश होता है जैसे कठिन चौथे दिन का ज्वर ऋषि पुष्प के रस से नष्ट होता है ॥ १५ ॥

विशेष—प्रकाशित सारावली में 'शशिनोऽन्त्येबुध' 'कुसुमरसनस्यैः' यह पाठान्तर प्राप्त है ॥ १५ ॥

यदि जन्मपत्री में लग्नेश से छटे या तीसरे या दशवें या ग्यारहवें स्थान में चन्द्रमा शुभग्रह से दृष्ट हो तो जातक के समस्त अरिष्टों का नाश होता है। इसमें गणित की आवश्यकता नहीं है ॥ १६ ॥

विशेष—प्रकाशित सारावली में 'षट्त्रिदशायहिबुकेषु' 'रिष्टान्यनुयाते नृपति रोध इव' यह पाठान्तर प्राप्त है ॥ १६ ॥

यदि जन्मपत्री में एक भी जन्म राशीश परिपूर्णबली शुभग्रहों से दृष्ट हो तो जातक के चन्द्र जन्य अरिष्ट का नाश होता है, जैसे जङ्गल में उन्मत्त बाघ हिरनों का नाश करता है ॥ १७ ॥

यदि जन्मपत्री में शुक्लपक्ष व रात्रि में जन्म हो या कृष्ण पक्ष दिन में जन्म हो तो ६,८भाव में स्थित चन्द्र शुभाशुभ से दृष्ट हो अर्थात् शुक्लपक्ष में शुभग्रह से और कृष्णपक्ष में पापग्रह से दृष्ट हो तो जातक की अरिष्ट से रक्षा करता है। जैसे आपत्ति काल में पुत्र की पिता यत्न से रक्षा करता है ॥ १८ ॥

यदि जन्मपत्री में देदीप्यमान किरणों से युत। इकेला बली गुरू लग्न में हो तो जातक के समस्त अरिष्टों का नाश करता है, जैसे भक्ति पूर्वक किया हुआ शिवजी को नमस्कार समग्र पापों का विनाशक होता है ॥ १९ ॥

विशेष—प्रकाशित सारावली में 'सर्वातिशाय्यतिबल: स्फुरदंशुमाली लग्ने स्थित:' यह पाठान्तर है ॥ १९ ॥

यदि जन्मपत्री में समस्त शुभग्रह पूर्ण बलवान् हों तथा सब पापग्रह निर्बल हों और शुभग्रह की राशि में लग्न शुभग्रह से दृष्ट हो तो जातक के समस्त अरिष्टों का नाश होता है, जैसे सब ग्रहों की पूजा करने वाला पाप रहित होता है ॥ २० ॥

यदि जन्मपत्री में समस्त पापग्रह शुभ के षडवर्ग में, शुभ नवांश वर्ग में स्थित शुभग्रह से दृष्ट हो तो जातक का अरिष्ट नष्ट होता है। जैसे विरक्ता स्त्री अपने पति को नष्ट कर देती है ॥ २१ ॥

यदि जन्मपत्री में लग्न से तीसरे या छटे या ग्यारहवें भाव में राहु, शुभग्रह से दृष्ट हो तो जातक के समस्त अरिष्टों का शीघ्र नाश होता है, जैसे वायु रुई के ढेर को नष्ट कर देती है ॥ २२ ॥

यदि जन्मपत्री में समस्त ग्रह शीर्षोदय राशि (सिंह, कन्या, तुला, वृश्चिक, कुम्भ, मिथुन) में मार्गी गति से हों तो जातक के अरिष्ट का नाश होता है, जैसे अग्नि में छोड़ा हुआ घी नष्ट होता है ॥ २३ ॥

यदि जन्मपत्री में कोई शुभग्रह युद्ध में विजयो हो और शुभग्रह से दृष्ट हो तो जातक के समस्त अरिष्टों का नाश होता है, जैसे प्रबल हवा वृक्षों को उखाड़ फेंकती है ॥ २४ ॥

यदि जन्मपत्री में अरिष्ट देने वाला ग्रह किसी ग्रह के साथ हो तथा क्रूरग्रह से दृष्ट हो तो जातक के अरिष्टों का विनाश होता है, जैसे कुरुक्षेत्र में सूर्य ग्रहण में स्नान करने से पाप का नाश होता है ॥ २५ ॥

जिसका जन्म अगस्त्य मुनि या वसिष्ठादि सात ऋषियों के उदय समय में होता है उसके समस्त अरिष्टों का नाश होता है जैसे संसार में सूर्य के उदय से अन्धकार नष्ट होता है ॥ २६ ॥

यदि जन्मपत्री में मेष या वृष या कर्क लग्न में राहु हो तो समस्त अरिष्टों से बचा देता है जैसे अपराधी को प्रसन्नता वश राजा बचा देता है अर्थात् निर्दोष जानकर छोड़ देता है ॥ २७ ॥

यदि जन्मपत्री में अरिष्ट कारक के अतिरिक्त समस्त ग्रह अपने द्रेष्काण में हों तो ब्रह्माजी को आश्चर्य होता है अर्थात् ब्रह्मा द्वारा लिखा हुआ भी अरिष्ट नष्ट होता है, जैसे अल्पवय वाला हाथी समभूमि में समस्त वस्तुओं को नष्ट कर देता है ॥ २८ ॥

विशेष—पुस्तक में 'यातैस्त्रि' के स्थान पर 'मारयति भङ्गमपरः' तथा 'भञ्जयति काष्ठमरिष्टं समतटदेशे यथा करभः' यह [प्रकाशित सारावली में] पाठान्तर प्राप्त है ॥ २८ ॥

यदि जन्मपत्री में अधिक ग्रह बली हों तो भी अरिष्ट का नाश होता है, जैसे सूर्य से पञ्चम या नवम में चन्द्रमा के रहने पर राजा की यात्रा में विघ्नों का नाश होता है ॥ २९ ॥

प्राचीन आचार्यों द्वारा सिद्ध किये हुए इन सब अरिष्टभङ्ग योगों को मैंने यहाँ पर कहा है। इन योगों को जानकर ज्योतिषी राजा का प्रिय पात्र होता है ॥ ३० ॥

माण्डव्यजातके—

अब आगे माण्डव्य जातक के वाक्यों से अरिष्ट विनाशक योगों को बताते हैं।

लग्नाधिपो (पि ?) बलवान् शुभमित्रदृष्टः
केन्द्रस्थितैः शुभखगैरवलोक्यमानः।
मृत्युं विधूय विदधाति स दीर्घमायुः
सार्धं गुणैर्बहुभिरूर्जितया च लक्ष्म्या ॥ १ ॥

लग्नादष्टमभवने गुरुबुधभृगुद्रेष्काणगश्चन्द्रः।
षष्ठस्थो वापि शिशुं परिरक्षत्येष निर्व्याजम् ॥ २ ॥

चन्द्रः संपूर्णतनुः सौम्यर्क्षगतः स्थितः शुभस्यांशे।
प्रकरोति रिष्टभङ्गं विशेषतः शुक्रसंदृष्टः ॥ ३ ॥

[1]बुधभार्गवजीवानामेकतमः केन्द्रभागतोऽपि बलवान्।
यद्यपि क्रूरसहायः सद्यो रिष्टस्य भङ्गाय ॥ ४ ॥

[2]सौम्यद्वयान्तरगतः संपूर्णः स्निग्धमण्डलः शशभृत्।
निःशेषरिष्टहन्ता भुजङ्गलोकस्य गरुड इव ॥ ५ ॥

---

१. लघु जा० ८ अ० ५ श्लोक। २. लघु जा० ८ अ० ७ श्लोक।

[1]प्रस्फुरति किरणजाले स्निग्धामलमण्डलोपेते ।
सुरमन्त्रिणि केन्द्रगते सर्वारिष्टं नाशमुपैति ॥ ६ ॥
[2]सौम्यभवनोपयाताः सौम्यांशकसंभवद्रेष्काणस्थाः ।
गुरुकाव्यचन्द्रशशिजाः सर्वेऽरिष्टस्य हन्तारः ॥ ७ ॥
[3]चन्द्राध्यासितराशेरधिपः केन्द्रे शुभग्रहोऽपि वा ।
प्रशमयति रिष्टमखिलं पापानि यथा हरिः स्मरणम् ॥ ८ ॥

यदि जन्म के समय में लग्नेश बली शुभ ग्रह या मित्र ग्रह से दृष्ट हो तथा केन्द्रस्थित शुभ ग्रहों से दृष्ट हो तो जातक की मृत्यु को दूर करके श्रेष्ठ लक्ष्मी से युत कर देता है ॥ १ ॥

विशेष—यहाँ यह श्लोक माण्डव्य जातक के नाम से उद्धृत है इसमें दो स्थानों पर शुभ दृष्टि का कथन होने से उचित प्रतीत नहीं होता है 'इसका कुछ ही पाठान्तर के साथ' लघुजातक में ८ अ० २ श्लोक में भी वर्णन निम्न प्रकार से मिलता है 'लग्नाधिपोऽतिबलवानशुभैरदृष्टः केन्द्रस्थितैः शुभखगैः....' (८ अ० २ श्लोक) ॥ १ ॥

यदि जन्म के समय में लग्न से अष्टम भाव में चन्द्रमा बुध या गुरू या शुक्र के द्रेष्काण में या छटे भाव में भी तीनों के द्रेष्काण में हो तो मृत्यु प्राप्त जातक की सर्वथा रक्षा करता है ॥ २ ॥

विशेष—लघु जातक ८ अ० ३ श्लोक में—'ष्टमवर्त्यपि' 'मृत्युंप्राप्तमपि नरंपरि....' यह पाठान्तर है ॥ २ ॥

यदि जन्म के समय में परिपूर्ण चन्द्रमा शुभ ग्रह की राशि में शुभ ग्रह के नवांश में विशेषकर शुक्र से दृष्ट हो तो जातक के अरिष्ट का नाश होता है ॥ ३ ॥

विशेष—लघु जातक ८ अ० ३ श्लोक में—'शुभस्थान्तः' यह 'शुभस्यांशे' के स्थान पर है ॥ ३ ॥

यदि जन्म के समय में क्रूर ग्रह से युक्त होकर भी बुध या गुरू या शुक्र केन्द्र में बली हो तो जातक के अशुभ का शीघ्र नाश होता है ॥ ४ ॥

यदि जन्म के समय में दो शुभ ग्रहों के मध्य में परिपूर्ण चन्द्रमा हो तो समस्त अरिष्टों का नाश उसी प्रकार होता है जिस प्रकार सर्पलोक का नाश गरुड जी कर देते हैं ॥ ५ ॥

यदि जन्म के समय में परिपूर्ण बिम्ब सुन्दर आकृति से युक्त होकर गुरू केन्द्र में हो तो जातक के समस्त अरिष्टों का नाश होता है ॥ ६ ॥

यदि जन्म के समय में गुरू, शुक्र, चन्द्र और बुध शुभ ग्रहों की राशि में या शुभ ग्रह के नवांश में या शुभ ग्रह के द्रेष्काण में हों तो जातक के अरिष्टों का नाश होता है ॥ ७ ॥

---

१. लघु० ८ अ० ९ श्लोक। २. लघु जा० ८ अ० १० श्लोक।
३. लघु० ८ अ० ११ श्लोक।

यदि जन्म के समय में जन्मराशीश बली केन्द्र में हो अथवा चन्द्र राशि से केन्द्र में शुभ ग्रह हो तो जातक के समस्त अरिष्टों का नाश होता है, जैसे भगवान् के स्मरण से पाप नष्ट होते हैं।

ग्रन्थान्तरे--

अब आगे ग्रन्थान्तर के वाक्यों से अरिष्ट नाशक योगों को कहते हैं।

एकोऽपि केन्द्रभवने नवपञ्चमे वा
भास्वन्मयूखविमलीकृतदिग्विभागे।
निःशेषदोषमपहृत्य सुखप्रभूतं
दीर्घायुषं विगतरोगभयं करोति॥ १॥

यदा यामिनीशो दिनेशं प्रपश्येद्
बुधोऽपीह चेद्वीक्ष्यते यामिनीशम्।
तदा दैववेदी किमर्थं विमृश्ये-
त्सुखी दीर्घजीवी भवेज्जातकश्च॥ २॥

होरासारे—

अब आगे होरासार के वचनों से अरिष्ट नाशक योगों को कहते हैं।

व्ययस्थाने यदा सूर्यः तुला लग्ने तु जायते।
जीवेत्स शतवर्षाणि दीर्घायुर्बालको भवेत्॥ १॥

कश्यपः---

एकोऽपि ज्ञार्यशुक्राणां लग्नात्केन्द्रगतो यदि।
अरिष्टं निखिलं हन्ति तिमिरं भास्करो यथा॥ २॥
एक एव बली जीवो लग्नस्थो रिष्टसञ्चयम्।
हन्ति पापक्षयं भक्त्या प्रणाममिव शूलिनः॥ ३॥
एक एव हि लग्नेशः केन्द्रसंस्थो बलान्वितः।
अरिष्टं निखिलं हन्ति पिनाकी त्रिपुरं यथा॥ ४॥
शुक्लपक्षे क्षपाजन्म लग्ने सौम्यनिरीक्षिते।
विपरीतं कृष्णपक्षे तथारिष्टविनाशनः॥ ५॥
यस्य जन्मनि तुङ्गस्थाः स्वक्षेत्रस्थास्तथा ग्रहाः।
निरायुषं शिशुं जातं कुर्वन्त्यष्टमगा यदि॥ ६॥

यवनः—

एकोऽपि यदि केन्द्रस्थः शुक्रो ज्ञो वाङ्गिरापतिः।
नवमे वा सुतस्थाने सर्वारिष्टं निवारयेत्॥ ७॥

अत्रारिष्टकर्तृ अरिष्टभङ्गकर्तृग्रहाणां विशेषबलचक्रं लेख्यम्। इत्यरिष्टभङ्गाध्यायः।

यदि जन्म के समय में बारहवें भाव में सूर्य हो तथा तुला लग्न हो तो जातक की आयु सौ वर्ष की होती है ॥ १ ॥

अब कश्यप ऋषि के वचनों से अरिष्ट नाशक योगों को कहते हैं।

यदि जन्म के समय में लग्न से बुध, गुरू, शुक्र में से एक भी केन्द्र में हो तो जातक के अरिष्ट का नाश होता है जैसे सूर्य के उदय से अन्धकार नष्ट होता है ॥ २ ॥

यदि जन्म के समय में बली एक ही गुरू लग्न में हो तो जातक के अरिष्टों का नाश होता है, जैसे श्री महादेवजी को भक्ति से प्रणाम करने पर पापों का नाश होता है ॥ ३ ॥

यदि जन्म के समय में एक ही लग्नेश बली केन्द्र में हो तो जातक के समस्त अरिष्टों का नाश होता है, जैसे महादेवजी त्रिपुर का करते हैं ॥ ४ ॥

यदि जन्म के समय में शुक्ल पक्ष व रात्रि हो तथा लग्न शुभ ग्रह से दृष्ट हो अथवा कृष्ण पक्ष का दिन में जन्म हो और लग्न पाप ग्रह से दृष्ट हो तो जातक के अरिष्ट का नाश होता है ॥ ५ ॥

यदि जन्म के समय में अष्टम भाव में उच्चस्थ वा अपनी राशि में ग्रह हों तो जातक रोग रहित होता है ॥ ६ ॥

अब यवनाचार्यजी के वाक्य से अरिष्ट नाशक योग को कहते हैं।

यदि जन्म के समय में बुध, गुरू और शुक्र में से एक भी लग्न या चतुर्थ या सप्तम या दशम या पञ्चम या नवम में हो तो जातक के अरिष्ट का नाश होता है ॥ ७ ॥

यहाँ अरिष्टदायक व नाशक ग्रहों के विशेषकर बल चक्र को लिखना चाहिये।

इस अरिष्टनाशक अध्याय का फल समाप्त हुआ।

अथ राजयोगाः।

तत्र वराहः--

[1]वक्रार्कजार्कगुरुभिः सकलैस्त्रिभिर्वा
स्वोच्चेषु षोडशनृपाः कथितैकलग्ने।
द्व्येकाश्रितेषु च तथैकतमे विलग्ने
स्वक्षेत्रगे शशिनि षोडशभूमिपाः स्युः ॥ १ ॥

अत्र तात्पर्यार्थः। सूर्ये मेषे उच्चे १, भौमे मकरे २, गुरुः कर्के ३, शनिस्तुलायां ४, एषां मध्ये यद्येको लग्नस्थस्तदा राजयोग चतुष्टम्। अथैषां मध्ये यदि त्रय एवोच्चे तन्मध्यादेकः कश्चिदेवलग्नगतस्तदा द्वादश योगाः भवन्ति। यथा एको लग्नगतस्त्रय एवोच्चे सूर्यभौमगुरवस्तदा राजयोगत्रयं परस्परं क्रियमाणा नव राजयोगाः। यथा सूर्यभौमशनिभिरुच्चगैस्त्रयः,

१. बृहज्जातक ११ अ० २ श्लोक।

भौमगुरुशनिभिस्त्रयः, एवं षोडशेत्यर्थः। तथा चतुर्णां मध्ये द्वाभ्यामेकेनाश्रितेषूच्चेषु एकस्मिंश्च लग्नगे चन्द्रे स्वक्षेत्रगे सति षोडश नृपाः। तत्र चतुर्षु पूर्वोक्तदिशादिभेदाः षट्। यथा रविभौमो १, रविगुरु २, रविशनी ३, भौमगुरु ४, भौम शनी ५, गुरुशनी ६ अनयोरेकस्थलग्नस्थानवशेन द्वैविध्यम्। यथा सूर्य उच्चे मेषलग्ने तिष्ठति, भौमः मकर एव १, भौमो मकर लग्ने उच्चे तिष्ठति सूर्यो मेष एवेति द्वैविध्यमेव। षण्णामपि द्वादश भेदाः। तथा सूर्ये मेषे उच्चे त्वेको योगः। एवं भौमादयोप्येकाकिन एव राजयोगत्रयकराः एवं षोडशयोगा इत्यर्थः।

त्रिप्रभृतिभिरुच्चस्थैर्नृपवंशभवाः भवन्ति राजानः[1]।
पञ्चादिभिरन्यकुलोद्भवाश्च तद्वत् त्रिकोणगतैः ॥ २ ॥

अत्र विशेषमाह यवनः--

[2]पापैः पापमतिः स्यात् स्वोच्चगतैर्धर्मवित्तसः सौम्यैः।
व्यामिश्रैर्मिश्रमतिः पृथ्वीशो जायते मनुजः ॥ ३ ॥

जीवशर्मा तु पापैरुच्चगैर्नृपो न भवति किंतु वित्तान्वितो भवतीत्याह--

[3]पापैरुच्चगतैर्जाता न भवन्ति नृपा नराः।
किन्तु वित्तान्वितास्ते स्युः क्रोधना कलहप्रियाः ॥ ४ ॥ इति।

अब आगे अनेक प्रकार के राजयोगों को बताते हैं।

प्रथम आचार्य वराह मिहिर द्वारा रचित बृहज्जातक के आधार पर कहते हैं।

यदि जन्म के समय में भौम, शनि, सूर्य और गुरू ये चारों या इनमें से तीन ग्रह उच्च राशि में हों तथा चारों में से एक ग्रह लग्न में हो तो चार प्रकार से राजयोग या यों समझिये राजा का योग जिसे कहते हैं होता है।

यदि उक्त सूर्यादि में से तीन ग्रह उच्च में तथा तीनों में से एक लग्न में हो तो बारह प्रकार के राजयोग होते हैं। इस प्रकार ४ + १२ = सोलह राजयोग होते हैं।

इसी भौमादि चारों में से दो ग्रह उच्च राशि में व दो में से एक लग्न में और चन्द्रमा कर्क राशि में हो तो बारह प्रकार के राजयोग होते हैं।

यदि भौमादि दो में से एक ग्रह उच्च राशि में लग्नगत हो और चन्द्रमा कर्क राशि में हो तो चार प्रकार के राजयोग होते हैं। इस प्रकार १२ + ४ = १६ सोलह राजयोग होते हैं। यों १६+१६ बत्तीस प्रकार के इन ग्रहों की उक्त स्थिति में राजयोग होते हैं ॥ १ ॥

---

१. लघुजात० १२ अ० ३ श्लोक। २. बृ० जा० ११ अ० १ श्लो० भट्टो०।
३. बृ० जा० ११ अ० १ श्लो० भट्टो०।

विशेष—इन बत्तीस प्रकार के भेदों को सारिणी सारावली नामक ग्रन्थ में दी हुई इसलिये जिज्ञासु जन उसी ग्रन्थ का अवलोकन करने का कष्ट करें ॥ १ ॥

यदि जन्म के समय में तीन या चार ग्रह उच्च राशि में हों तो राजा के घर में जन्म लेने वाला राजा होता है। तथा अन्य के घर में जन्म होने पर जातक धनी होता है।

यदि जन्म के समय में पाँच या इससे अधिक ग्रह उच्च राशि में हों तो राजकुल के अतिरिक्त किसी घर में जातक का जन्म हो तो वह राजा होता है। इसी प्रकार तीन या चार ग्रह मूलत्रिकोण राशि में हों तो राजवंश में जन्म होने पर राजा और अन्य कुल में जातक धनी होता है।

यदि पाँच-छै ग्रह अपनी मूल त्रिकोण राशि में हों तो अन्य कुल में भी जातक राजा होता है ॥ २ ॥

यहाँ जो विशेषता यवनाचार्यजी ने कही है अब उसी को कहते हैं।

यदि जन्म के समय में राजरोग कारक पापग्रह हों तो कठिन बुद्धि का राजा यदि शुभग्रह हों तो धर्मात्मा व धनी, यदि शुभ पाप दोनों राजयोग कारक हों तो मिले जुले स्वभाव का राजा होता है ॥ ३ ॥

आचार्य जोवशर्मा का कथन है कि यदि पापग्रह उच्च राशि में हों तो जातक राजा नहीं होता है किन्तु धनी होता है अब इसे कहते हैं।

यदि जन्म के समय में पापग्रह उच्च राशि में हों तो जातक राजा नहीं होता है परन्तु धन से सम्पन्न, क्रोधी और कलह का प्रेमी होता है ॥ ४ ॥

अथ द्वाविंशतिराजयोगानाह वराहः—

अब आगे वराहमिहिरोक्त २२ राजयोगों को कहते हैं। इस श्लोक से २२ लग्न की स्थितिवश और २२ चन्द्रमा की स्थिति से राजयोग होते हैं। अर्थात् ४४ राजयोगों का वर्णन इस बृहज्जातक के पद्य में है, उसे बताते हैं।

४४ राजयोगों का ज्ञान—

[1]वर्गोत्तमगते लग्ने चन्द्रे वा चन्द्रवर्जितैः।
चतुराद्यैर्ग्रहैर्दृष्टे नृपा द्वाविंशतिः स्मृताः ॥ ५ ॥

व्याख्या। अत्र चन्द्रवर्जितैरितिवचनात्षडेव ग्रहा उपयुज्यन्ते। तत्र षट्सु ग्रहेषु ये केचन चत्वारश्चेल्लग्नं पश्यन्ति तदा पञ्चदशभेदाः भवन्ति। पञ्च चेल्लग्नं पश्यन्ति षट्, षट् चेत्पश्यन्ति तदैक एवेति द्वाविंशतिराजयोगा एव। एवं चन्द्रस्यापि चतुरादिग्रहवशेन द्वाविंशति राजयोगाः एवं चतुश्चत्वारिंशद्राजयोगा भवन्ति।

यदि जन्म के समय में लग्न में वर्गोत्तम नवांश हो और चन्द्रमा को छोड़कर अन्य चार या पाँच या छै ग्रहों से दृष्ट हो तो २२ प्रकार के राजयोग होते हैं।

---

१. बृ० जा० १९ अ० ३ श्लोक।

यदि चन्द्रमा अपने वर्गोत्तम नवांश में चार या पाँच या छै ग्रहों से दृष्ट हो तो भी २२ प्रकार से राजयोग होता है ॥ ५ ॥

अर्थ—यहाँ इस श्लोक में—'चन्द्रवर्जितैः' इस वचन से दृष्टि सम्बन्ध में ६ ग्रहों का उपयोग होता है। उन ६ ग्रहों में से किन्हीं चार ग्रहों की लग्न पर दृष्टि कल्पना से पन्द्रह योग और किन्हीं पाँच ग्रहों की दृष्टि होने से ६ भेद योग तथा ६ ग्रहों की दृष्टिवश १ योग, इसलिये १५+६+१=२२ भेद लग्न पर दृष्टि से होते हैं। इसी प्रकार चन्द्रमा अपने वर्गोत्तम नवांश में चार ग्रहों से दृष्ट हो तो १५ भेद, ५ ग्रहों से दृष्ट हो हो तो ६ भेद तथा ६ ग्रहों की दृष्टि से १ योगभेद होता है, अतः २२ ये भी हुए। पूर्वोक्त २२+२२=४४ राजयोग के भेद होते हैं।

बृ० पा० में कहा है – 'चन्द्रे वर्गोत्तमांशस्थे सबले चतुरादिभिः। ग्रहैर्दृष्टे च यो जातः स राजा भवति ध्रुवम्। उत्तमांशगते लग्ने चन्द्रान्यैश्चतुरादिभिः। ग्रहैर्दृष्टेऽपि यो जातः सोऽपि भूमिपतिर्भवेत्' (३९ अ० ४२-४३ श्लोक) ॥ ५ ॥

तथा सारावली में भी—'गणोत्तमे लग्ननवांशकोद्गतो निशाकरश्चापि गणोत्तमेऽथवा। चतुर्ग्रहैश्चन्द्रविवर्जितैस्तदा निरीक्षितः स्यादधमोद्भवो नृपः' (३५ अ० ६ श्लोक) ॥ ५ ॥

और भी माण्डव्य ऋषि ने कहा है—'विलग्नभवनं गते बलयुते च वर्गोत्तमे चतुः प्रभृतिभिर्ग्रहैः शशिनि वा समालोकिते। स संभवति पार्थिवः खलु कृपाणपाणौ रणे कदाचिदपि वीक्षते रिपुजनो न यस्याननम्' (बृ० जा० ११ अ० ३ श्लोक भट्टो०) ॥ ५ ॥

माण्डव्यजातके—

राजाओं का राजा योग ज्ञान—

स्पष्टार्थ चक्र

लग्ने उच्चपदे गतो दिन-
पतिश्चन्द्रे धनस्थे भृगौ।
दुश्चिक्ये च तमोयुते सुख-
युते जीवे व्ययस्थे बुधे।
लाभे सूर्यसुते हि कर्मभवने
जाते कुजे भूतले।
जातोऽयं खलु मानवो नृप-
गणे सम्राट्पदं गच्छति ॥ ६ ॥

अब माण्डव्य जातकोक्त राजयोगों को बताते हैं।

यदि जन्म के समय में सूर्य उच्च राशि में लग्न में, दूसरे भाव में चन्द्रमा, तीसरे में शुक्र व राहु, चौथे में गुरू, बारहवें में बुध, ग्यारहवें में शनि और दशवें भाव में भौम हो तो जातक राजाओं के समुदाय में राजा होता है ॥ ६ ॥

वासुदेव राजा योग ज्ञान—

स्पष्टार्थ चक्र

वृषे विलग्ने यदि पूर्णचन्द्रे
पराक्रमस्थे सुरनाथपूज्ये ।
सन्तानभावे शशिपुत्रयोगे
षष्ठे स्थिते सूर्यसुते विलग्नात् ॥ ७ ॥
एवं हि योगे सुखगे हि
सूर्ये जायागते वा सुतगे च शुक्रे ।
तमः कुजौ कर्मगतौ सवीर्यौ
जातः पृथिव्यां खलु वासुदेवः ॥ ८ ॥

श्लोकद्वयेनायं योगः ।

कन्या विलग्ने बुधजीवशुक्रा धनस्थिते सूर्यसुते सवीर्ये ।
तृतीयभावे यदिभूमिपुत्रे जातः पृथिव्यां खलु वासुदेवः ॥ ९ ॥

यदि जन्म के समय में पूर्ण चन्द्र वृष लग्न में, तृतीय में गुरू, पञ्चम में बुध, षष्ठ में शनि, चौथे में सूर्य, सप्तम या पञ्चम में शुक्र और लग्न से राहु व भौम दशम भाव में हो तो जातक भूमि में वासुदेव या यों समझिये कृष्ण के समान राजा होता है ॥ ७-८ ॥

यदि जन्म के समय में कन्या लग्न में बुध, गुरू व शुक्र हों तथा बली शनि दूसरे भाव में और तीसरे में भौम हो तो जातक वासुदेव के तुल्य राजा होता है ॥ ९ ॥

विबुधाधिप राजयोग ज्ञान—

स्पष्टार्थ चक्र

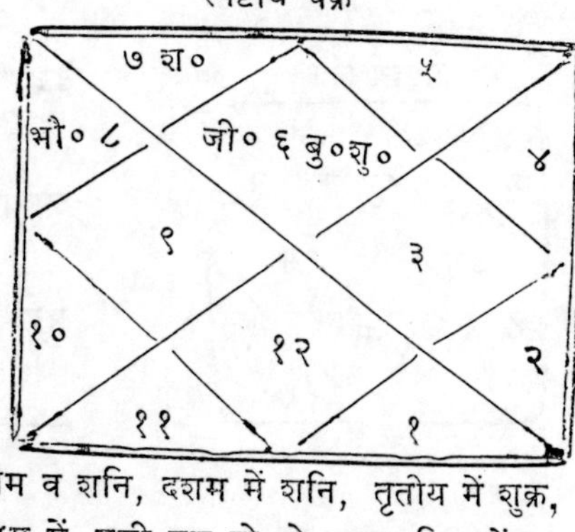

भौमे मन्दयुते हि नक्र-
गतनौ संप्रस्थिते जन्मनि
कर्मस्थे रविनन्दने सहजगे
शुक्रे सुखस्थे बुधे ।
क्रूराः षष्ठगता हि सप्तम-
गते जीवे सवीर्ये तदा
जातोऽयं विबुधाधिपोऽबल-
रिपुः पृथ्वीगतो जन्तुषु ॥१०॥

यदि जन्म के समय में मकर लग्न में भौम व शनि, दशम में शनि, तृतीय में शुक्र, चौथे में बुध, क्रूर ग्रह छटे भाव में और सप्तम में बली गुरू हो तो जातक विद्वानों का नायक, निर्बल शत्रु पक्ष वाला राजा होता है ॥ १० ॥

विशेष—इस पद्य में शनि की स्थिति दो स्थानों में उचित नहीं है । मेरी दृष्टि में 'मन्दयुते' इसके स्थान पर अमन्द यह मानकर अमन्द से चन्द्रमा ग्रहण करना चाहिए ॥ १० ॥

इन्द्र समान राज योग ज्ञान—

उच्चस्थानगतो हि कश्यपसुतो भौमेन चेत्संयुतः
सर्वैरेव बलैर्महाबलयुतो जन्माधिलग्ने भवेत्।
जायाभावगते शनौ सुखगते वाचस्पतौ चन्द्रजे
चन्द्रेणैव युते धने सहजगे राहौ तदा वृत्रहा ॥ ११ ॥

यदि जन्म के समय में समस्त बलों से युत शुक्र उच्च राशि में लग्न में भौम से युक्त हो तथा सप्तम में शनि, चतुर्थ में गुरू, चन्द्रमा से युक्त बुध धन में और तीसरे भाव में राहु हो तो जातक इन्द्र के समान राजा होता है ॥ ११ ॥

स्पष्टार्थ चक्र

राजाओं का राजा योग ज्ञान—

राहौ मूर्तिगते च उच्चपदवीं कर्मस्थिते भार्गवे
चन्द्रे द्वादशगे गुरौ धनगते दुश्चिक्यगे भास्करे।
पुत्रस्थे रविनन्दन निधनगे चन्द्रात्मजे भूतले
जातोऽयं खलु मानवो नृपगणे
सम्राट्पदं गच्छति ॥ १२ ॥

यदि जन्म के समय में उच्च राशि में लग्न में राहु, दशवें में शुक्र, बारहवें में चन्द्रमा, दूसरे में गुरू, तीसरे में सूर्य, पाँचवें शनि और अष्टमभाव में बुध हो तो जातक राजाओं के समुदाय में राजा होता है ॥ १२ ॥

विशेष—यहाँ इस योग के वर्णन में दशम में शुक्र और तृतीय में सूर्य तथा ८ में बुध यह गणित की युक्ति से उचित प्रतीत नहीं होता है ॥ १२ ॥

अन्य राज योग ज्ञान—

स्पष्टार्थ चक्र

देवाधीशगुरौ हि उच्च-
पदवीमासंस्थिते लग्नगे
जायाभावगते कुजे धनगते
सूर्यात्मजे सौख्यगे।
शुक्रे कर्मगते रवौ व्ययगते
राहौ च लाभं गते
चन्द्रे सौम्ययुते तदा क्षिति-
तले जातो भवेद्राजभाक् ॥१३॥

यदि जन्म के समय में उच्च राशि में गुरू लग्न में, भौम सप्तम में, शनि द्वितीय में, चतुर्थ में शुक्र, दशम में सूर्य, बारहवें राहु और बुध से युक्त चन्द्रमा ग्यारहवें भाव में हो तो जातक राजा होता है ॥ १३ ॥

विशेष—यहाँ भी शुक्र सूर्य में इतना अन्तर ठीक नहीं है ॥ १३ ॥

राजा प्रभु योग ज्ञान—

सूर्ये लग्नगते स्वकीयभवने द्रव्यस्थिते सोमजे
दुश्चिक्ये भृगुनन्दने सुखगते भौमे सुते वाक्पतौ ।
षष्ठे वा रविनन्दने शशधरे जायास्थिते लाभगे
राहौ वा धरणीगतो हि च तदा जातो नृपाणां प्रभुः ।।१४।।

यदि जन्म के समय में सिंह राशि लग्न में सूर्य, द्वितीय में बुध, तीसरे में शुक्र, चौथे में भौम, ५वें में गुरू वा छटे में शनि सप्तम में चन्द्रमा वा ग्यरहवें भाव में राहु हो तो जातक राजाओं का स्वामी अर्थात् राजा होता है ।। १४ ।।

स्पष्टार्थ चक्र

उत्तम नृप योग ज्ञान—

तुला विलग्ने यदि चन्द्रयुक्ते
शुक्रे तदा कर्मगते गुरौ च ।
कुजेऽशुभे लाभगते व्यये च बुधे
तदासौ भविता नृपोत्तमः ।। १५ ।।

यदि जन्म के समय में तुला लग्न में चन्द्रमा, दशम में शुक्र व गुरू, अशुभ ग्रह राशि में ग्यारहवें भौम और बारहवें भाव में बुध हो तो जातक उत्तम राजा होता है ।। १५ ।।

स्पष्टार्थ चक्र

अन्य राजयोग ज्ञान—

अलियुते यदि लग्नगते कुजे
धनगते सुरनाथविपूजिते ।
शशधरे मदगे व्ययगे भृगौ
शशिसुते यदि लाभगते नृपः ।। १६ ।।

यदि जन्म के समय में वृश्चिक लग्न में भौम, द्वितीय में गुरू, सप्तम में चन्द्रमा, बारहवें भाव में शुक्र और ग्यारहवें भाव में बुध हो तो जातक राजा होता है ।। १६ ।।

स्पष्टार्थ चक्र

अन्य राजयोग ज्ञान—

धनुषि लग्नगते गुरुसंयुते
बुधयुते यदि कर्मणि चन्द्रमाः ।
शनियुते यदि भार्गव आयगे
धनगतेऽपि कुजे धरणीपतिः ।। १७ ।।

यदि जन्म के समय में धनु लग्न में गुरू, दशम में बुध युक्त चन्द्रमा, ग्यारहवें भाव में शनि से युक्त शुक्र हो और दूसरे भाव में भौम हो तो जातक राजा होता है ।। १७ ।।

इन्द्रतुल्य राजयोग—

कुम्भे जन्मनि लग्नगे गुरु-
युते द्रव्यस्थिते भार्गवे
दुश्चिक्ये द्युमणौ व्यये यदि
कुजे चन्द्रेण युक्ते बुधे ।
सौख्यस्थे यदि पुत्रभाव-
विगते राहौ तदा मानवो
जातोऽयं जगतीतले नृप-
गतौ संपूजितो वृत्रहा ।। १८ ।।

स्पष्टार्थ चक्र

यदि जन्म के समय में कुम्भ लग्न में गुरू, दूसरे भाव में शुक्र, तीसरे में सूर्य, बारहवें भाव में भौम, चौथे में चन्द्रमा से युक्त बुध और पञ्चमभाव में राहु हो तो जातक नृप समुदाय में अर्थात् इन्द्र के समान पूजित राजा होता है ।। १८ ।।

स्पष्टार्थ चक्र

राजाओं में विजयी योग ज्ञान—

शुक्रो वा गुरुसंयुतो भवति
चेन्मीने यदा लग्नगे
दुश्चिक्ये बुधसंयुते शश-
धरे लाभस्थिते भूसुते ।
राहौ सप्तमगे शनौ व्यय-
गते सूर्ये धनस्थे नरो
जातोऽयं जगतीतले विजय-
वान् राज्ञां हि चूड़ामणिः ।। १९ ।।

यदि जन्म के समय में मीन लग्न में शुक्र वा गुरू, तीसरे भाव में बुध व चन्द्रमा, ग्यारहवें भौम, सप्तम में राहु, बारहवें शनि और सूर्य दूसरे भाव में हो तो जातक राजाओं में प्रधान विजयी राजा होता है ।। १९ ।।

अन्य नृपयोग ज्ञान—

कर्मस्थिताः सोमजशुक्रजीवा नास्तङ्गताः सर्वबलैश्च युक्ता ।
षष्ठेऽथवा लाभगताश्च पापाश्चन्द्रो यदा स्वोच्चपदे नृपोऽयम् ।।२०।।

यदि जन्म के समय में बुध, शुक्र व गुरू दशम में समस्त बलो से युक्त तथा अनस्त हों और छठे या ग्यारहवें भाव में पाप ग्रह हों एवं चन्द्रमा उच्च राशि में हो तो जातक राजा होता है ।। २० ।।

एकनाथ नृपयोग ज्ञान—

केन्द्रे तु सौम्याः सबलाश्च सौम्ये स्वकीयभावे यदि वोच्चसंस्थे।
त्रिषष्ठलाभोपगताश्च पापाः जातः पृथिव्यां जगदेकनाथः ॥२१॥

यदि जन्म के समय में बली शुभ ग्रह अपनी राशि में केन्द्र में हों अथवा उच्च राशि में हों और तृतीय, षष्ठ और ग्यारहवें भाव में पाप ग्रह हों तो जातक जगत् का एक ही स्वामी होता है ॥ २१ ॥

अन्य राजयोग ज्ञान—

लग्नस्थितौ चन्द्रजभार्गवौ बलौ धनस्थिते देवगुरौ व्यये रवौ।
जायास्थिते रात्रिपतौ सवीर्यं त्रिषष्ठलाभेषु खला नृपोऽयम् ॥२२॥
कर्मसौख्यसुतधर्मगाः शुभाश्चन्द्रजीवबुधभार्गवाः क्रमात्।
लाभषष्ठसहजस्थिताः खलाश्चारुसौख्यसहितो महीपतिः ॥ २३ ॥

यदि जन्म के समय में लग्न में बली बुध व शुक्र, दूसरे भाव में गुरू, बारहवें भाव में सूर्य, सप्तम मे बलवान् चन्द्रमा और तीसरे, छठे, ग्यारहवें पाप ग्रह हों तो जातक राजा होता है ॥ २२ ॥

यदि जन्म के समय में दशम, चतुर्थ, पञ्चम व नवम में क्रम से चन्द्र, गुरू, बुध व शुक्र हो एवं ग्यारहवें, छठे, तीसरे भाव में पाप ग्रह हों तो जातक सुन्दर सुख से युक्त राजा होता है ॥ २३ ॥

बली राजयोग—

लग्नगो सुरगुरुश्च सप्तमश्चन्द्रजः शशियुतो हि भार्गवः।
सौख्यभावविगतो महीसुतः कर्मगो नृपकुले महाबलः ॥ २४ ॥

यदि जन्म के समय में लग्न में गुरू, सप्तम में बुध, चन्द्रमा से युक्त शुक्र चौथे भाव में और भौम दशम भाव में हो तो जातक बली राजा होता है ॥ २४ ॥

अन्य राजयोग ज्ञान-

लग्ने सौम्ययुतो हि उच्चपद-
वीमासंस्थितो रात्रिपः
कर्मस्थे रविजे तमो धन-
गतो लाभे गुरुर्द्वादशे।
सूर्यें कर्मगते कुजे भृगु-
सुते लाभेऽथवा कर्मगे
जातोऽयं जगतीपतिः खलुः
नरो मत्तभसैन्ययुतः ॥ २५ ॥

स्पष्टार्थ चक्र

यदि जन्म के समय में लग्न में बुध से युक्त चन्द्रमा उच्च राशि में, दशम में शनि, दूसरे भाव में राहु, ग्यारहवें में गुरू, बारहवें में सूर्य, दशवें में भौम और शुक्र

ग्यारहवें वा दशम भाव में हो तो जातक मदमत्त हाथियों की सेना से युक्त राजा होता है ।। २५ ।।

अन्य नृपयोग ज्ञान—

स्पष्टार्थ चक्र

लग्ने सौम्यो युवति
सहितः कर्मगः सैंहिकेयो
लाभे जीवो भृगुजर-
विजौ चेद्धनस्थौ भवेताम् ।
पुण्ये चन्द्रो व्ययस्थः खलु
दिवसपतिर्भ्रातृगो भूमिपुत्रः
योगे जातः परमबलयुतः
फाल्गुने वा नृपोऽयम् ।। २६ ।।

यदि जन्म के समय में लग्न में बुध, कन्या में दशम में राहु, ग्यारहवें गुरू, दूसरे भाव में शुक्र व शनि, नवम में चन्द्रमा, बारहवें में सूय, और तीसरे भाव में भौम हो तो जातक उत्कृष्ट बल एवं स्त्रियों से युक्त फाल्गुन में राजा होता है ।। २६ ।।

स्पष्टार्थ चक्र

धर्मराज नृप योग ज्ञान—

कर्मस्थितेऽवनिसुते हि सुते च चन्द्रो
धर्मस्थिता बुधबृहस्पतिदैत्यपूज्याः ।
षष्ठत्रिलाभविगता खलु पापसंज्ञा
जातो धनाधिपतिरत्र हि धर्मराजः ।।२७।।

यदि जन्म के समय में दशम भाव में भौम, पञ्चम में चन्द्रमा, नवम में बुध, गुरू व शुक्र और छठे, तीसरे ग्यारहवें पाप ग्रह हों तो जातक धार्मिक प्रवृत्ति का राजा होता है ।। २७ ।।

भीमसेनतुल्य नृप योग ज्ञान—

लग्नारूढा गुरुभृगुतमसश्चारवो दीप्यमानाः
पुत्रस्थो वै खलु रविसुतः सोमसंस्थश्चन्द्रः ।
सौख्यस्थाने सकलबलयुतश्चन्द्रजः सूर्यभौमौ
भ्रातृस्थाने सकलबलयुतौ भीमसेनो नृपोऽयम् ।। २८ ।।

यदि जन्म के समय में लग्न में गुरू, शुक्र व राहु अपने चमकदार आकृति से युक्त हों तथा पञ्चम में शनि, अपनी राशि में चन्द्रमा, समस्त बल से युक्त बुध चौथे भाव में और परिपूर्ण बलवान् सूर्य व भौम तीसरे भाव में हों तो जातक भीमसेन के तुल्य बली राजा होता है ।। २८ ।।

कौरवेश नृप योग ज्ञान—

कुम्भे लग्ने धनस्थे यदि च भृगुसुतः पूर्णवीर्ये हि सूर्ये
राहौ जातः सुखस्थाः शशिसितशशिजाः कर्मगो भूमिपुत्रः ।
धर्मस्थाने रविसुतयुते सैंहिकेये च लाभे
देवाचार्ये सकलबलयुते जायते कौरवेशः ॥२९॥

यदि जन्म के समय में कुम्भ लग्न में द्वितीय भाव में शुक्र, पूर्ण बली सूर्य व राहु हो व चौथे भाव में चन्द्र, शुक्र, बुध, एवं दशम में भौम, नवम में शनि से युक्त राहु और ग्यारहवें भाव में समस्त बलों से युक्त गुरू हो तो जातक कौरवों का स्वामी होता है ॥ २९ ॥

उत्तम नृपयोग ज्ञान—

लग्नसौख्यत्रिधनेषु संस्थिता
जीवसौम्यशशिभार्गवाश्चलाः ।
लाभषष्ठविगता खला बला
जायते च मनुजो नृपोत्तमः ॥ ३० ॥

यदि जन्म के समय में लग्न चतुर्थ, तृतीय और द्वितीय भाव में गुरू, बुध, चन्द्रमा, शुक्र हों और ग्यारहवें छटें बली पाप ग्रह हों तो जातक उत्तम राजा होता है ॥ ३० ॥

अन्य व राजशेखर नृप योग—

लग्नद्वयव्ययभावगा बलाः शुक्रजीवशशिनन्दनाः क्रमात् ।
सप्तमे यदि निशाकरो भवेल्लाभषष्ठत्रिषु पापखेचराः ॥ ३१ ॥
कर्मभावमभिगम्य पावनः सौख्यभावमपि सौम्यमूर्त्तयः ।
संस्थिता यदिह सप्तमे शुभा जायते जगति राजशेखरः ॥ ३२ ॥

यदि जन्म के समय में लग्न, द्वितीय, बारहवें में बली शुक्र, गुरू, बुध क्रम से स्थित हों तथा सप्तम में चन्द्रमा और ग्यारहवें, छटे व तीसरे भाव में पापग्रह हों तो जातक राजा होता है ॥ ३१ ॥

यदि जन्म के समय में दशम, चतुर्थ व सप्तम में शुभ ग्रह हों तो जातक राजाओं में शिरोमणि राजा होता है ॥ ३२ ॥

राजराज योग ज्ञान —

सर्वेषु केन्द्रेषु गता हि सौम्याः संदीप्तदेहाः न खलैश्च दृष्टाः ।
लाभारिदुश्चिक्यगताश्च पापाः जातः पृथिव्यां खलु राजराजः ॥ ३३ ॥

यदि जन्म के समय में समस्त केन्द्रों में परिपूर्ण बिम्ब से युत शुभग्रह, पापग्रहों से अदृष्ट हों और ग्यारहवें, तीसरे, छटे पापग्रह हों तो जातक राजाओं का राजा होता है ॥ ३३ ॥

नीचवंशोद्भव राजयोग—

लग्नस्थे सुरपूजिते हि सबले उच्चस्थिते संमिते।
जायाभावगते भृगौ हि सबले पापास्त्रिषट्लाभगाः॥
अन्ये द्वादशवित्तभावविगताः योगाधिराजे जनौ।
जातोऽयं धरणीं प्रशास्ति नृपतिर्हीनेऽपि वंशे गतः॥ ३४॥

यदि जन्म के समय में बली गुरू उच्च राशि में लग्न में, बली शुक्र सप्तम में, पापग्रह तीसरे, छटे, ग्यारहवें भाव में और अवशिष्ट ग्रह बारहवें व दूसरे भाव में हों तो इस अधिराज योग में निम्न वंश में भी जातक भूमि का शासक अर्थात् राजा होता है॥ ३४॥

अन्य नृप योग ज्ञान—

कर्मस्थाने भूमिपुत्रः उच्चवर्ती विशेषतः।
मूर्तिस्थाने सुरगुरुर्जायते पृथिवीपतिः॥ ३५॥

यदि जन्म के समय में दशम स्थान में भौम उच्च राशि में और लग्न में गुरू हो तो जातक राजा होता है॥ ३५॥

नृप प्रिय योग—

सकलकेन्द्रगताः शुभखेचराः सकलवीर्ययुताश्च विशेषतः।
अरिपराक्रमगाः खलखेचरा मुनिवरैः कथितो नृपवल्लभः॥ ३६॥

यदि जन्म के समय में विशेषकर सर्व बल से युत शुभग्रह समस्त केन्द्रों में हों तथा छटें व तीसरे पापग्रह हों तो जातक राजप्रिय होता है॥ ३६॥

अन्य राज योग ज्ञान—

सकलसौम्यखगाश्च निजोच्चगास्तनुधनात्मजसौख्यगतामलाः।
अरिपराक्रमलाभगता खला विजयते जगतीं परमायुषः॥ ३७॥

यदि जन्म के समय में समस्त शुभग्रह अपनी उच्च राशि में लग्न, द्वितीय, पञ्चम और चौथे भाव में हों और पापग्रह छटे, तीसरे, ग्यारहवें भाव में हों तो जातक दीर्घायु होकर पृथ्वी में विजयी राजा होता है॥ ३७॥

राजाधिराज योग ज्ञान—

गीर्वाणाधिपपूजिता भृगुयुतो लग्नस्थितः कर्मगो
भूपुत्रः शशिसंयुतो धनयुतो वोच्चं गतश्चेच्छनिः।
पाताले शशिनन्दने व्ययगते क्रूरे तथा सप्तमे
जातोऽयं खलु हीनवंशविभवो राजाधिराजो भवेत्॥ ३८॥

यदि जन्म के समय में शुक्र से युक्त गुरू लग्न में, भौम दशम में, दूसरे में चन्द्रमा, चौथे भाव में उच्च में शनि, बारहवे में बुध और सप्तम भाव में पापग्रह हो तो जातक निम्न कुल में ऐश्वर्य से युक्त राजाधिराज होता है॥ ३८॥

चक्रवर्ती नृप योग ज्ञान—

लाभे जीवे सकलबलयुते तुङ्गयाते सवीर्ये
लग्नस्थाने भृगुसुतविधौ राहुणा वा विशेषम् ।
द्रव्ये सौरिर्व्ययपरिगते भास्करे सप्तमस्थे
चन्द्रे भौमे त्रिसंस्थे सकलबलयुते चक्रवर्ती नृपोऽयम् ॥३९॥

यदि जन्म के समय में ग्यारहवें भाव में समस्तबल से युक्त गुरू, बली उच्चराशि लग्न में शुक्र वा चन्द्र वा विशेषकर राहु हो तथा दूसरे भाव में शनि, बारहवें सूर्य, सप्तम में चन्द्रमा और तीसरे भाव में परिपूर्ण बली भौम हो तो जातक चक्रवर्ती राजा होता है ॥ ३९ ॥

लोकनाथ व चक्रवर्ती नृप योग ज्ञान—

कर्मे जीवे वियति धनुषि चन्द्रयुक्ते विशेषे
लाभे भौमे व्ययस्थे दिनकरतनये लग्नसंस्थो हि शुक्रः ।
द्रव्ये याते सकलबलयुते भास्करे सौख्यभावे
याते राहौ सकलबलयुते लोकनाथो नृपोऽयम् ॥ ४० ॥
कर्मस्थाने धरणितनये सप्तमस्थे सुरेज्ये ।
लाभस्थाने भृगुशशिसुते जायते चक्रवर्ती ॥ ४१ ॥

यदि जन्म के समय में दशम में गुरू विशेषकर चन्द्रमा से युक्त धनु राशि में हो व, ग्यारहवें भौम, बारहवें शनि लग्न में शुक्र, समस्त बलों से युक्त सूर्य द्वितीय भाव में और परिपूर्ण बली राहु चौथे भाव में हो तो जातक संसार का स्वामी राजा होता है ॥ ४० ॥

यदि जन्म के समय में दशम में भौम, सप्तम भाव में गुरू और ग्यारहवें भाव में बुध शुक्र हों तो जातक चक्रवर्ती राजा होता है ॥ ४१ ॥

राजराज योग ज्ञान—

यस्याधिजन्मनि रवौ परिपूर्णवीर्ये तुङ्गे स्वकीयभवने सकलाश्च सौम्याः ।
तुङ्गस्थिता विविधभावगता विपापाः षष्ठाष्टभावरहिता यदि राजराजः ॥४२॥
सिंहे लग्ने भास्करे भौमयुक्ते द्रव्यस्थाने चन्द्रपुत्रः सवीर्यः ।
भ्रातृस्थाने सूर्यजे चैव सौख्ये जीवे शुक्रे राजराजो धनेशः ॥ ४३ ॥

यदि जन्म के समय में सूर्य पूर्ण बली, उच्च राशि में व अपनी राशियों में समस्त शुभग्रह हों और छटे व आठवें भाव को छोड़ कर पापग्रह उच्च राशि में अनेक भावों में हों तो जातक राजाओं का राजा होता है ॥ ४२ ॥

यदि जन्म के समय में भौम से युक्त सूर्य सिंह लग्न में, दूसरे स्थान में बली बुध, तीसरे भाव में शनि और चौथे भाव में गुरू व शुक्र हो तो जातक धन का स्वामी-राजाओं का राजा होता है ॥ ४३ ॥

सारावल्याम्

अब आगे सारावली के वचनों से विवध राज योगों को कहते हैं।

अखिलभूमण्डल पालक योग ज्ञान—

[1]उदयगिरिनिविष्टैर्मेषसंस्थैर्ग्रहेन्द्रैः
शशिरुधिरसुरेज्यैर्जायते पार्थिवेन्द्रः।
त्रिजलधिरसनायाः पालको यश्च भूमे-
र्हतरिपुपरिवारः सर्वतः फूत्करोति ॥ ४४ ॥

यदि जन्म के समय में मेष लग्न में चन्द्रमा, भौम व गुरू हों तो जातक तीन तरफ समुद्ररूपी मेखला से वेष्टित भूमि का पालन करने वाला राजा है, तथा समस्त शत्रु दल का विनाश करके चारों ओर हुङ्कार करता है ॥ ४४ ॥

अन्य राज योग ज्ञान—

[2]स्वोच्चे गुरावथ कुजे क्रियगे विलग्ने
मेषोदये च सकुजे वचसामधीशे।
भूयान् महीभृदिह यस्य विपक्षसैन्यं
तिष्ठेन्न जातु पुरतो भुवि भूमिपस्य ॥ ४५ ॥

यदि जन्म के समय में मेष लग्न में भौम तथा कर्क में गुरू वा मेष लग्न में गुरू के साथ भौम हो तो जातक बड़ा राजा होता है उस राजा के सामने शत्रु की सेना स्थित नहीं होती है ॥ ४५ ॥

विशेष—प्रकाशित सारावली में 'भूपो भवेदिह स यस्य' 'तिष्ठेन्न जातु पुरतः सचिवाः वयस्याः' यह पाठान्तर प्राप्त है ॥ ४५ ॥

विज्ञान कुशल राजयोग ज्ञान –

[3]निशाभर्त्ता चाये भृगुतनयदेवेज्यसहितः
कुजः प्राप्तः स्वोच्चे मृगमुखगतः सूर्यतनयः।
विलग्ने कन्यायां शिशिरकरसूनुर्यदि भवेत्
तदाऽवश्यं राजा भवति बहुविज्ञानकुशलः ॥ ४६ ॥

---

१. सारा० ३५ अ० ७ श्लो०। २. सारा० ३५ अ० ८ श्लो०।
३. सारा० ३५ अ० ९ श्लो०।

स्पष्टार्थ चक्र

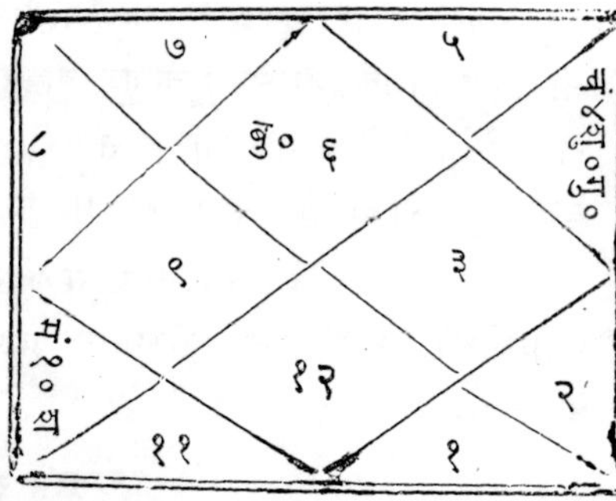

यदि जन्म के समय में कन्या लग्न में बुध तथा ग्यारहवें भाव में चन्द्र, शुक्र व गुरू हों व उच्च राशि में भौम एवं मकर में शनि हो तो जातक अधिक विज्ञान में चतुर राजा अवश्य होता है ॥ ४६ ॥

सद्भूपाल राजयोग ज्ञान—

स्वर्क्षे नक्षत्रनाथः स्फुटकरनिकरालङ्कृतः प्राग्विलग्ने[1]
द्यूने सोमस्य पुत्रो यदि रिपुभवने भास्करः संप्रयातः।
पाताले दानवेज्ये गुरुरपि गगने सौर भौमौ तृतीये
स्याद् भूपालः सभुङ्क्ते शशिधवलबलच्चामरां राजलक्ष्मीम् ॥ ४७ ॥

स्पष्टार्थ चक्र

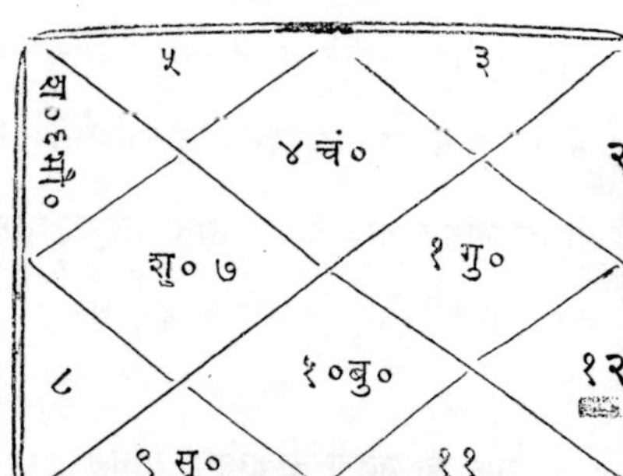

यदि जन्म के समय में अपनी स्पष्ट किरणों से सुशोभित चन्द्रमा कर्क लग्न में, बुध सप्तम में, सूर्य छटे भाव में, चौथे में शुक्र, गुरू भी दशम भाव में और शनि भौम तृतीय-भाव में हों तो जातक चन्द्रमा के तुल्य सफेद चामर (व्यजन) से युक्त राज लक्ष्मी के सुख को भोगनेवाला होता है अर्थात् मरण पर्यन्त धन सुख का भोगी होता है ॥ ४७ ॥

विशेष—प्रकाशित सारावली में 'सद्भूपालो भवेद्यः शशिकरधवलं चामरं' यह पाठान्तर प्राप्त है ॥ ४७ ॥

अधिक धनवान् राजयोग ज्ञान—

शिशिरकिरणः स्वोच्चे लग्ने पयोंबुधि समौ[2]
घटधरगते भानोः पुत्रे मृगाधिपतौ रविः।
अलिगृहगतो वाचां नाथः स्फुरत्करराजितो
यदि नरपतिः स्फीतः श्रीकस्तदा बहुवाहनः॥ ४८ ॥

---

१. सारा० ३५ अ० १० श्लो०। २. सारा० ३५ अ० १२ श्लो०।

यदि जन्म के समय में पूर्ण चन्द्रमा वृष लग्न में, शनि कुम्भ में, सूर्य सिंह में और शोभित किरणों से युक्त गुरू वृश्चिक राशि में हो तो जातक अधिक सवारी व धन सेयुक्त राजा होता है ॥ ४८ ॥

स्पष्टार्थ चक्र

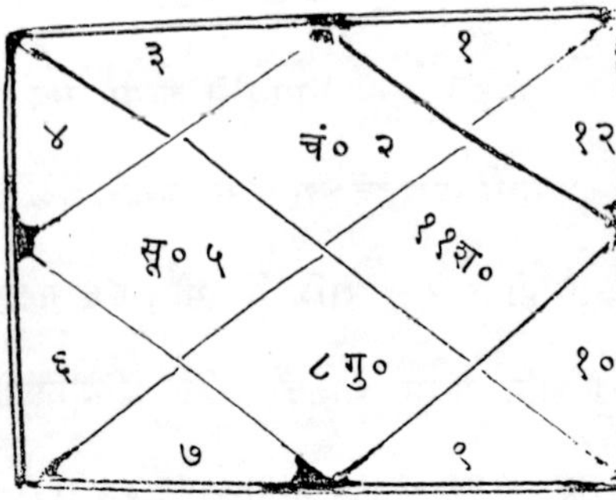

विशेष—प्रकाशित सारावली में 'लग्ने पयोम्बुनिधेः समे' यह पाठान्तर प्राप्त है ॥ ४८ ॥

इन्द्रतुल्य राज योग ज्ञान—

मृगे मन्दे लग्ने कुमुदवनबन्धुश्च तिमिग-
स्तथा कन्यां त्यक्त्वा बुधभवनसंस्थः कुतनयः[1]।
स्थितो नार्यां सौम्यो धनुषि सुरमन्त्री यदि भवेत्
तदा जातो भूपः सुरपतिसमो वाप्तमहिमा ॥ ४९ ॥

स्पष्टार्थ चक्र

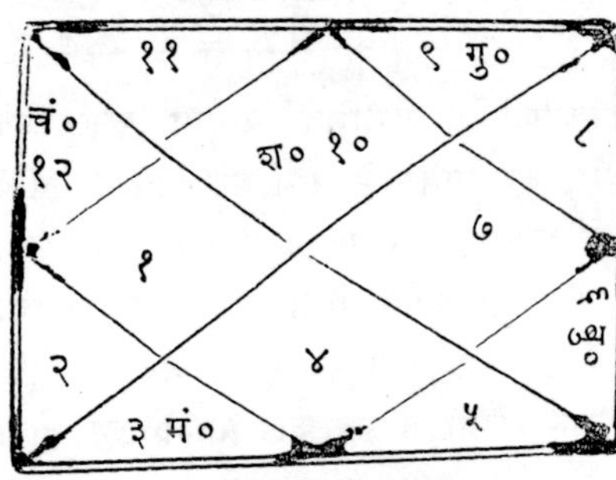

यदि जन्म के समय में मकर लग्न में शनि, मीन राशि में चन्द्रमा, मिथुन में भौम, कन्या में बुध और धनु राशि में गुरू हो तो जातक इन्द्र के समान महिमा प्राप्त करने वालाराजा होता है ॥ ४९ ॥

सकलकलाढ्य राजयोग ज्ञान—

उदयति मीने शशिनि नरेन्द्रः
सकलकलाढ्यः क्षितिसुत उच्चे[2]।
मृगपतिसंस्थे दशशतरश्मौ
घटधरगे स्याद्दिनकरपुत्रे ॥५०॥

स्पष्टार्थ चक्र

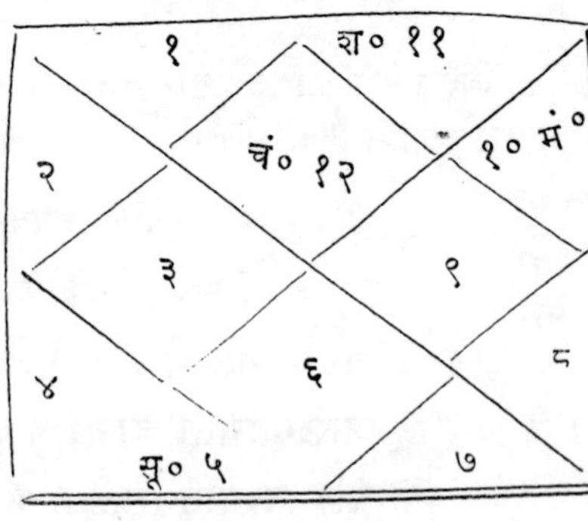

यदि जन्म के समय में मीन लग्न में चन्द्रमा, मकर में भौम, सिंह में सूर्य और कुम्भ राशि में शनि हो तो जातक समस्त कलाओं से युक्त राजा होता है ॥ ५० ॥

---

१. सारा० ३५ अ० १३ श्लो०।

२. सारा० ३५ अ० १४ श्लो०।

शत्रु से अजेय राजयोग ज्ञान—

[1]कुजे विलग्ने च शशी यदाऽस्ते स्फुटांशुसम्भारविराजिताङ्गः।
राजा तदा शत्रुभिरप्रधृष्यो वेदार्थविद्धेतुशतानुवादैः॥ ५१॥

यदि जन्म के समय में लग्न में भौम तथा परिपूर्ण किरणों से युक्त चन्द्रमा सप्तम भाव में हो तो जातक सौ अनुवाद रूपी कारणों से वेद के अर्थ को जानने वाला एवं शत्रुओं से अजेय राजा होता हैं॥ ५१॥

विशेष—पुस्तक में यह पद्य 'कुजो विलग्ने चरभे यदास्ते स्फुटांशुभं भारविराजितांशः। राजा तदा शत्रुभिरप्रधृष्यो वेदार्थविद्धेतुशतानवादी' इस प्रकार है। यहाँ प्रकाशित सारावली से दिया गया है॥ ५१॥

शत्रु को पराजितकर्त्ता राजयोग ज्ञान —

[2]करोत्युत्कृष्टोच्चे दिनकृदमृताम्भोदनिलयः
स्थितस्ताद्रूपं सकलभुवनानन्दजनकम्।
अपूर्वोऽयं योगे नयनजलसिक्तोऽपि सुतरां
रिपुस्त्रीशोकाग्निर्ज्वलति हृदयेऽतीव सततम्॥ ५२॥

यदि जन्म के समय में उच्च राशि में सूर्य चन्द्रमा हों तो जातक सूर्य के समान तेजस्वी और चन्द्रमा के तुल्य स्वरूपवान् तथा समस्त संसार को आनन्द देने वाला अपूर्व राजा होता है। जिसके स्मरण मात्र से शत्रु स्त्रियों की शोकाग्नि नयन जल से सिक्त होने पर भी अर्थात् पानी पड़ने पर भी जलती ही रहती है॥ ५२॥

विशेष प्रकाशित सारावली में 'करोत्युत्कृष्टोच्चदिनकृदमृताधीशसहितः' अपूर्वोऽयं स्मृत्या' यह पाठान्तर उपलब्ध है॥ ५२॥

अन्य राजयोग ज्ञान—

[3]शुक्रो घटे कुजो मेषे स्वोच्चे देवपुरोहितः।
यदि राजा भवेन्नूनं स्वयशो धौतदिङ्मुखः॥ ५३॥

यदि जन्म के समय में शुक्र तुला में, भौम मेष में और गुरू उच्च राशि में हो तो जातक अपनी कीर्ति से दिशाओं को व्याप्त करने वाला अवश्य राजा होता है॥ ५३॥

अपने भुजबल से पृथ्वी को जीतने वाला राजयोग—

[4]उदयति गुरुरुच्चे तप्तहेमप्रभावो
हरिततुरगनाथो व्योममध्यावगाही।
गवि शशिबुधशुक्रा यस्य सूतौ नरस्य
स्वभुजविजितभूमिः सर्वतः पार्थिवेन्द्रः॥ ५४॥

यदि जन्म के समय में तपे हुए सोने के समान कान्ति वाला गुरू उच्चस्थ लग्न में, सूर्य दशम भाव में और वृष राशि में चन्द्रमा, बुध व शुक्र हों तो जातक अपनी भुजाओं से भूमि को जीतने वाला राजा होता है॥ ५४॥

---

१. सारा० ३५ अ० १५ श्लो०। २. सारा० ३५ अ० १६ श्लो०।
३. सारा० ३५ अ० १७ श्लो०। ४. सारा० ३५ अ० १८ श्लो०।

अन्य राजयोग ज्ञान—

[1]धनुर्षि सुरेज्यः शशभृदुपेतो
मृगमुखसंस्थः क्षितितनयश्च ।
उदयति तुङ्गे सुररिपुबन्द्यः
शशितनयो वा यदि नरपः स्यात् ।५५।

यदि जन्म के समय में धनु राशि में चन्द्र व गुरू, मकर में भौम और उच्च राशि में लग्न में शुक्र या बुध हो तो जातक राजा होता है ॥ ५५ ॥

स्पष्टार्थ चक्र

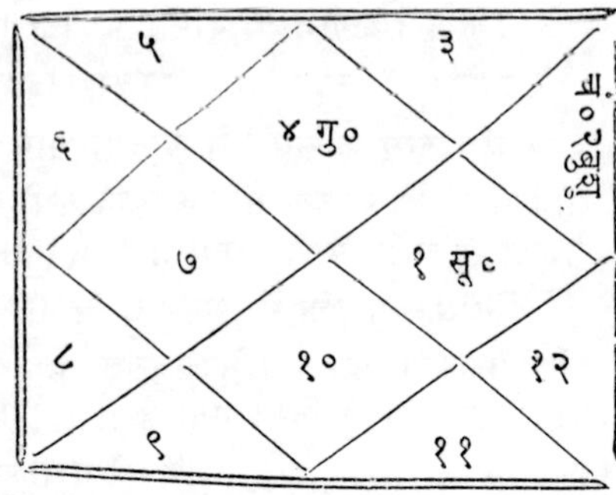

अन्य राजयोग ज्ञान—

चापार्धे भगवान् सहस्रकिरणस्तत्रैव ताराधिपो
लग्ने भानुसुतोऽथ वीर्यसहितः स्वोच्चे च भूनन्दनः ।
यद्येवं भवति क्षितेरधिपतिः संश्रुत्य शौर्यं भयाद्
दूरादेव नमन्ति यस्य रिपवो दग्धाः प्रतापाग्निना ॥ ५६ ॥

स्पष्टार्थ चक्र

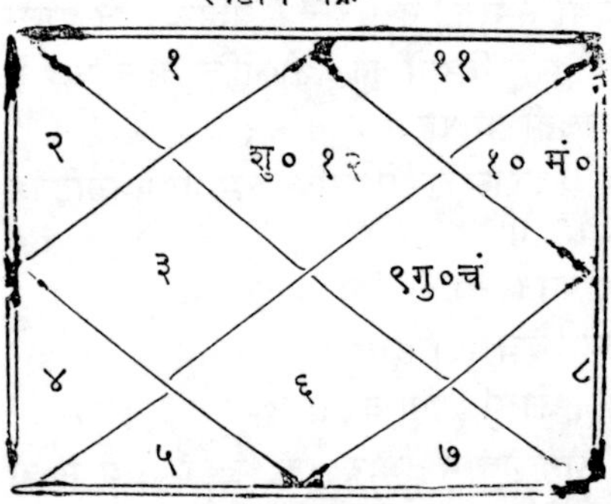

स्पष्टार्थ चक्र

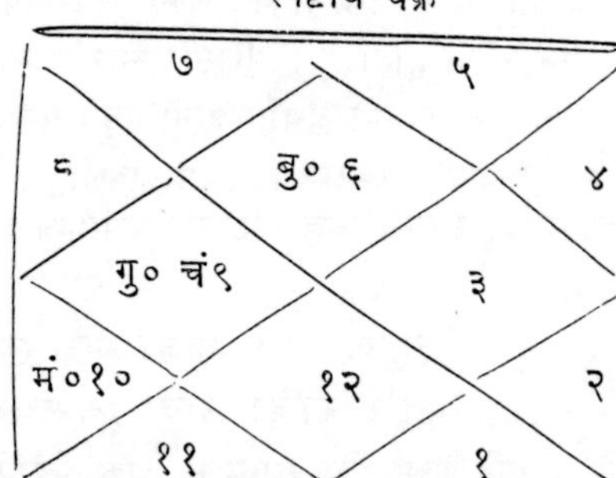

यदि जन्म के समय में धनु राशि के पूर्वार्ध में सूर्य चन्द्रमा से युक्त हो व लग्न में बली शनि हो तथा भौम उच्च राशि में हो तो जातक भूमि का स्वामी अर्थात् राजा होता है ।

जिसके पराक्रम को सुनकर भय के कारण उस राजा की प्रताप रूपी अग्नि से जलकर उसके शत्रु दूर से ही नमस्कार करते हैं ॥ ५६ ॥

स्पष्टार्थ चक्र

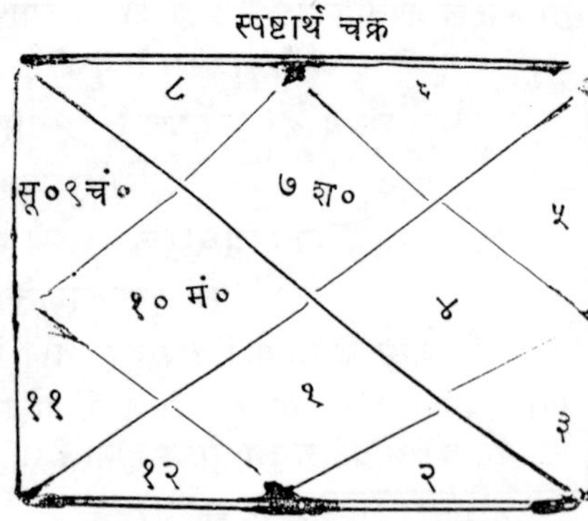

१. सारा० ३५ अ० १९ श्लो० ।

अधिराज योग ज्ञान—

[1]द्यूनं षष्ठमथाष्टमं शिशिरगोः प्राप्ताः समस्ताः शुभाः
क्रूराणां यदि गोचरे न पतिता भान्वालयाद्दूरतः।
भूपालः प्रभवेत्स यस्य जलधेर्वेलावनान्तोद्भवैः
सेनामत्तकरीन्द्रदानसलिलं भृङ्गैर्मुहुः पीयते ॥ ५७ ॥
न प्राप्नोति जरामाशु नो भजत्यरिजं भयम्।
जातस्याधिपयोगेऽस्मिन् धृतिसौभाग्यसौख्यभाक् ॥ ५८ ॥

यदि जन्म के समय में चन्द्रमा से छटे, सातवें-आठवें भाव में पापग्रहों से अदृष्ट सूर्य की राशि को छोड़कर समस्त शुभग्रह हों तो जातक राजा होता है। जिसकी सेना के मतवाले हाथियों के मदजल का समुद्र के तटपर्यन्त वन में उत्पन्न हुए भौरे बार-बार पान करते हैं ॥ ५७ ॥

इस पूर्वोक्त राजयोग में उत्पन्न होने वाला राजा या यों समझिये जातक शीघ्र वृद्ध नहीं होता तथा शत्रु से भय नहीं करता और धैर्यवान्, सुन्दर भाग्यशाली एवं सुखी होता है ॥ ५८ ॥

विशेष—यह योग मकर कुम्भ मीनस्थ चन्द्र को छोड़कर होता है ॥ ५७–५८ ॥

अन्य नृपयोग ज्ञान—

[2]बुधः स्वोच्चे लग्ने तिमियुगलसंस्थौ शशिगुरू
मृगे मन्दः सारो जितुमगृहगो दानवसुहृत्।
नृपं कुर्याद्यस्य क्षितिभृदहितध्वंसनिरतो
निरालोकालोकश्चलति गजसङ्घातरजसा ॥ ५९ ॥

यदि जन्म के समय में कन्या लग्न में बुध, मीन राशि में चन्द्रमा व गुरू, मकर राशि में शनि तथा भौम और मिथुन राशि में शुक्र हो तो जातक शत्रु को नष्ट करने में आसक्त राजा होता है। जिसके चलते हुए हाथियों के पैर सङ्घात से उत्पन्न धूलि से दिन में रात हो जाती है अर्थात् प्रकाश में भी अन्धकार हो जाता है ॥ ५९ ॥

अन्य राजयोग ज्ञान—

[3]केसरिगो महेन्द्रसचिवो
दिनकरसहितः
कुम्भगतोऽर्कजः शशधरः
खलु भवति वृषे।
वृश्चिकसङ्गतः
क्षितिसुतो बुधः
कुम्भवृषाजलग्नसमये
यदि मनुजपतिः ॥६०॥

स्पष्टार्थ चक्र

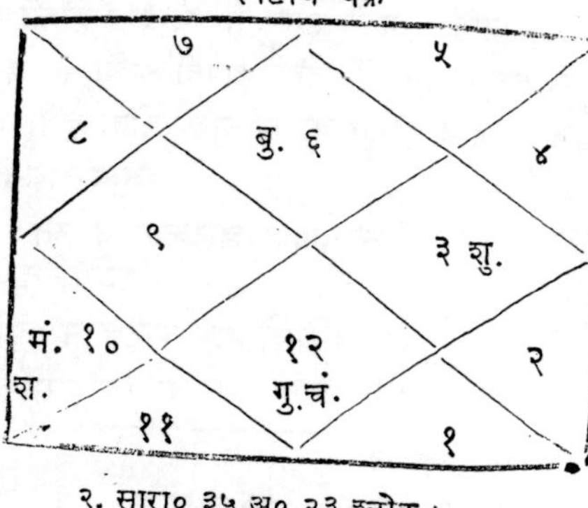

१. सारा० ३५ अ० २१-२२ श्लोक।
२. सारा० ३५ अ० २३ श्लोक।
३. सारा० ३५ अ० २४ श्लोक।

यदि जन्म के समय में सिंह राशि में गुरू तथा सूर्य, कुम्भ में शनि, वृष में चन्द्रमा, वृश्चिक राशि में भौम और कुम्भ वा वृष वा मेष लग्न में बुध हो तो जातक राजा होता है ।। ६० ।।

विशेष—प्रकाशित सारावली में—'वृश्चिकभे क्षितेस्तु तनयो मिथुन इन्दुसुतो मेष-लग्नसमुदयो यदि सतु मनुजपतिः' यह पाठान्तर प्राप्त है ।। ६० ।।

उज्वल कीर्तिमान् नृपयोग—

[1]कार्मुके त्रिदशनायकमन्त्री भानुजो वणिजि चन्द्रसमेतः ।
मेषगस्तु तपनो यदि लग्ने भूपतिर्भवति सोज्वलकीर्तिः ।। ६१ ।।

यदि जन्म के समय में मेष लग्न में सूर्य, धनु राशि में गुरू और तुला राशि में चन्द्रमा के साथ शनि हो तो जातक उज्वल कीर्तिमान् राजा होता है ।। ६१ ।।

अन्य राजयोग ज्ञान—

[2]स्वर्क्षोत्केन्द्रेषु यातैर्गुरुबुधभृगुजैर्मन्दभान्वारयुक्तैः
स्वोच्चे चन्द्रोऽपि नित्यं जनयति नृपतिं कीर्तिशुक्लीकृताशम् ।
अत्युच्चे लग्नसंस्थो रविरपि भगवान् पार्थिवं क्रूरचेष्टं
यातायातैः समन्ताच्चतुरुदधिजलं यस्य सेना पिबन्ति ।। ६२ ।।
[3]उदकचरनवांशके सुखस्थः कमल-
रिपुः सकलाभिरामकान्तिः ।
उदयति विहगे शुभे स्ववर्गे भवति
नृपो यदि केन्द्रगा न पापाः ।। ६३ ।।

यदि जन्म के समय में अपनी राशियों से केन्द्र राशियों में गुरू बुध व शुक्र, शनि सूर्य व भौम से युक्त हों तथा उच्च (वृष) राशि में चन्द्रमा हो तो जातक अपनी कीर्ति से दिशाओं को शुभ्र करने वाला राजा होता है ।

यदि सूर्य अपने परमोच्च में लग्नस्थ हो तो कठोर इच्छा करते वाला राजा होता है । जिसकी सेना अपने गमनागमन से चारों ओर समस्त समुद्र के जल का पान करती है अर्थात् जातक आसमुद्र भूमि का राजा होता है ।। ६२ ।।

यदि जन्म के समय में चन्द्रमा अपनी कलाओं से परिपूर्ण जलचर राशिस्थ नवांश में चतुर्थ भाव में हो व अपनी राशि के वर्ग में शुभग्रह लग्न में और केन्द्र में पापग्रहों का अभाव हो तो जातक राजा होता है ।। ६३ ।।

अन्य राजयोग ज्ञान—

[4]आपूर्णमण्डलकलाकलितं शशाङ्कं
पश्यन्ति शुक्रसुरपूजितसोमपुत्राः ।
लग्नाधिपोऽथ बलवान् पृथिवीपतिः
स्याद् वर्गोत्तमश्च नवमः खलु चेद्विलग्ने ।। ६४ ।।

---

१. सारा० ३५ अ० २५ श्लोक । २. सारा० ३५ अ० २६ श्लोक ।
३. सारा० ३५ अ० २७ श्लोक । ४. सारा० ३५ अ० २८ श्लोक ।

वर्गोत्तमे त्रिप्रभृतिग्रहेन्द्राः
केन्द्रस्थिता नाशुभसंयुताश्च ।
नो रूक्षवर्णा न विवर्णदेहाः
कुर्वन्ति राज्ञः प्रसभं प्रसन्नाः ॥ ६५ ॥

[1]एक एव खगः स्वोच्चे वर्गोत्तमगतो यदि ।
बलवान् मित्रसंदृष्टः कुरुते स महीपतिम् ॥ ६६ ॥

यदि जन्म के समय में अपनी कलाओं से पूर्ण मण्डल चन्द्रमा, शुक्र, गुरू व बुध से दृष्ट हो व लग्नेश बली एवं लग्न में वर्गोत्तम नवांश हो तो जातक राजा होता है ॥ ६४ ॥

यदि जन्म के समय में तीन या चार शुभ ग्रह वर्गोत्तम नवांश में केन्द्रस्थ हों तथा पाप ग्रहों का असहयोग हो और रुक्ष वर्ण (रङ्ग) से हीन देहधारी हों तो जातक बलात् राजा होता है ॥ ६५ ॥

यदि जन्म के समय एक भी ग्रह उच्चस्थ होकर वर्गोत्तम में बली मित्र ग्रह से दृष्ट हो तो जातक राजा होता है ॥ ६६ ॥

अन्य राजयोग ज्ञान—

[2]शीर्षोदयर्क्षेषु गताः समस्ता नो चारिवर्गे स्वगृहे शशाङ्कः ।
सौम्येक्षितोऽन्यूनकलो विलग्ने दद्यान्महीं रत्नगजाश्वपूर्णाम् ॥६७॥

यदि जन्म के समय में समस्त ग्रह शीर्षोदय राशियों में हों तथा परिपूर्ण चन्द्रमा शत्रुवर्ग के अतिरिक्त वर्ग में कर्क राशिस्थ लग्न में शुभग्रह से दृष्ट हो तो जातक रत्न, हाथी, घोड़ा से परिपूर्ण नृप होता है ॥ ६७ ॥

इन्द्रतुल्य बलशाली राजयोग ज्ञान—

[3]उपचयगृहसंस्थो जन्मपो यस्य चन्द्रा-
च्छुभगृहमथवांशे केन्द्रयाताश्च सौम्याः ।
सकलबलवियुक्ता ये च पापाभिधानाः
स भवति नरनाथः शक्रतुल्यो बलेन ॥ ६८ ॥

यदि जन्म के समय में चन्द्र राशि से ३, ६, १०, ११ राशि में राशीश ग्रह हो व शुभ ग्रह शुभ राशि में या शुभ ग्रह के नवांश में केन्द्रस्थ हों और समस्त बल से हीन पाप ग्रह हों तो जातक इन्द्र के समान बलशाली राजा होता है ॥ ६८ ॥

अन्य राजयोग ज्ञान—

[4]अत्युच्चस्थः सुरुचिरवपुः सर्व एव ग्रहेन्द्रो
मित्रैर्दृष्टो यदि रिपुदृशा गोचरं न प्रयातः ।

---

१. सारा० ३५ अ० ३० श्लोक ।
२. सारा० ३५ अ० ३१ श्लोक ।
३. सारा० ३५ अ० ३२ श्लोक ।
४. सारा० ३५ अ० ३३-३६ श्लोक ।

कुर्यान्नूनं प्रसभमरिभिर्गर्जितैर्वारणाग्र्यैः
सेनाश्वीयैश्चलति चलितैर्यस्य भूः पार्थिवेन्द्रम् ॥ ६९ ॥
परमोच्चे स्थितश्चन्द्रो यदि शुक्रेण दृश्यते।
कुर्यान्महीपतिं पूर्णं पापैरापोक्लिमोपगैः ॥ ७० ॥
दृश्येते शुभदैश्च केन्द्रभवने मित्रैश्च पापैस्तथा
युद्धे नो रिपुभिर्जितौ बलयुतौ जन्मोदयर्क्षाधिपौ।
भूपः स्यान्निजराशिनाथनवमे चन्द्रोदये चेद्यशो
यस्येभश्रुतदानलुब्धमधुपैश्चातुर्दिशं गीयते ॥ ७१ ॥
उच्चराशिर्भवेद्धोरा यस्यासौ कुरुते नृपम्।
स्वांशे च सुहृदुच्चांशे दृष्टः केन्द्रोपगैः शुभैः ॥ ७२ ॥

यदि जन्म के समय में सुन्दर देहधारी परमोच्च में सब ग्रह मित्र ग्रह से दृष्ट हों व शत्रु ग्रह से अदृष्ट हों तो जातक राजा होता है। जिसकी शत्रुओं के साथ युद्ध में सेना के श्रेष्ठ हाथियों की गर्जना से व घोड़ों के गमन से भूमि अवश्य डगमगा जाती है ॥ ६९ ॥

विशेष—पुस्तक में—'कुर्यान्नूनं प्रसवमरिभिर्गर्जितैर्गौरणाग्रे नागेन्द्राश्वैश्चलतिचलितैर्यस्य तं पार्थिवेन्द्रम्' यह पाठ प्राप्त है। यहाँ प्रकाशित सारावली का यह अंश दिया है ॥ ६९ ॥

यदि जन्म के समय में परमोच्च में स्थित चन्द्रमा, शुक्र से दृष्ट हो व आपोक्लिम स्थानों में समस्त पाप ग्रह हों तो जातक सम्पूर्ण भूमि का स्वामी अर्थात् राजा होता है ॥ ७० ॥

यदि जन्म के समय में जन्मराशीश व लग्नेश बलवान् होकर केन्द्र में स्थित हों तथा शुभग्रहों से व मित्र पापग्रहों से दृष्ट एवं शत्रु ग्रहों से युद्ध में अपराजित हों व अपने राशीश से नवम स्थान में चन्द्रमा लग्नस्थ हो तो जातक राजा होता है। जिसकी सेना के हाथियों के कर्णदान (मद) के लोभी भोरे उस राजा के यश का गान चारों दिशाओं में करते हैं ॥ ७१ ॥

यदि जन्म के समय में जिस ग्रह की उच्च राशि लग्न में हो वह ग्रह यदि अपने नवांश में वा मित्र के वा उच्च के नवांश में केन्द्रगत शुभग्रहों से दृष्ट हो तो जातक राजा होता है ॥ ७२ ॥

प्रकारान्तर से राजयोग ज्ञान—

[1]स्थितो भानोः पुत्रो विरचितबलः पश्चिमार्धे मृगस्य
रविः सिंहे शुक्रस्तुलिनि रुधिरो मेष इन्दुः कुलीरे।
कुमारीं संप्राप्तो यदि भवति वा शर्वरीनाथसूनुः
प्रजातो भूपालश्छदयति महीमेकशुक्लातपत्राम् ॥ ७३ ॥

१. सारा० ३५ अ० ३७ श्लोक।

[1]वर्गोत्तमस्वभवनेषु गता ग्रहेन्द्राः
सर्वे यदा रुचिररश्मिशिखाकलापाः ।
उत्पद्यते जगति सोमवतीं धरित्रीं
यः पालयेत्क्षितिपतिर्जितशत्रुपक्षः ॥ ७४ ॥
[2]केन्द्रे विलग्ननाथः सुहृद्भिरपि वीक्षितो विहगैः ।
लग्नस्थिते च सौम्ये भूपतिरिह जायते पुरुषः ॥ ७५ ॥

यदि जन्म के समय में मकर राशि के उत्तरार्ध में प्रबल शनि व सिंह में सूर्य, तुला में शुक्र, मेष में भौम, कर्क में चन्द्रमा और कन्या में बुध हो तो जातक एक शुभ्र कीर्ति रूप छत्र से भूमण्डल का रक्षक राजा होता है ॥ ७३ ॥

विशेष—प्रकाशित सारावली में—'मेषगः कर्कणीन्दुः' यह पाठान्तर उपलब्ध है ॥ ७३ ॥

यदि जन्म के समय में समस्त ग्रह परिपूर्ण होकर वर्गोत्तम नवांश व स्वगृह में हों तो संसार में उत्पन्न होने वाला जातक समस्त भूमि का पालक और शत्रु दल को जीतने वाला राजा होता है ॥ ७४ ॥

यदि जन्म के समय में लग्नेश केन्द्र में मित्र ग्रहों से दृष्ट और लग्न में शुभग्रह हो तो जातक राजा होता है ॥ ७५ ॥

यशस्वी व समस्त शत्रु हन्ता राजयोग ज्ञान—

[3]सुरपतिगुरुः सेन्दुर्लग्ने वृषे सभवस्थितो
यदि बलयुतो लग्नेशश्चेत्त्रिकोणगृहं गतैः ।
रविशनिकुजैर्वीर्योपेतैर्न यस्य निरीक्षितो
भवति स नृपः कीर्त्या युक्तो हताखिलकण्टकः ॥ ७६ ॥

यदि जन्म के समय में वृष लग्न में गुरु से युत चन्द्रमा व बली लग्नेश त्रिकोण में स्थित सूर्य, शनि, भौम से अदृष्ट हो तो जातक कीर्ति से युक्त और समस्त शत्रुओं को परास्त करने वाला होता है ॥ ७६ ॥

विशेष—प्रकाशित सारावली में—'लग्नेशश्च त्रिकोणगृहं गतः' यह पाठान्तर प्राप्त है ॥ ७६ ॥

अन्य राजयोग ज्ञान—

[4]न नीचगृहसंस्थिता न च रिपोर्भमध्ये गताः
स्वराशिमथवांशकं त्रय इहोच्चमंशं यदि ।
कलाभिरभिपूरिते कुमुदखण्डबोधप्रदे
सुहृद्भिरभिवीक्षिताः क्षितिपतिं विदध्युर्ग्रहाः ॥ ७७ ॥

---

१. सारा० ३५ अ० ३८ श्लोक । २. सारा० ३५ अ० ३९ श्लोक ।
३. सारा० ३५ अ० ४० श्लोक । ४. सारा० ३५ अ० ४१ श्लो० ।

¹यो यः पूर्णं शिशिरकिरणं प्राप्तवर्गोत्तमांशं
सुस्पष्टार्चिर्गगनगमनः पश्यति स्वोच्चसंस्थः।
स क्षोणीशं जनयति दशां प्राप्य सौम्यां स्वकीयां
ख्यातं लोके यदि बलयुताः कण्टकस्था न पापाः ॥ ७८ ॥

²जन्मोदयभवनपती बलसहितौ केन्द्रगौ हिबुके।
इन्दुरुच्चगृहगश्चेत्त्रिकोणगो वा महीपालम् ॥ ७९ ॥

यदि जन्म के समय में समस्त ग्रह अपनी-अपनी नीच राशि व शत्रु राशि का परित्याग करके अपनी राशि वा अपने नवांश में या उच्चांश में या तीनों में अपने मित्र ग्रहों से दृष्ट हों और चन्द्रमा परिपूर्ण हो तो जातक राजा होता है ॥ ७७ ॥

विशेष—प्रकाशित सारावली में—'मथवाशनानुगोच्चमंशं यदि' यह पाठान्तर प्राप्त है ॥ ७७ ॥

यदि जन्म के समय में परिपूर्ण चन्द्रमा अपने वर्गोत्तमांश में उच्चस्थ जिस-जिस परिपूर्ण ग्रह से दृष्ट तथा बली पाप ग्रह केन्द्र में न हों तो जिससे दृष्ट होता है उस ग्रह की दशा में जातक संसार में प्रसिद्धि प्राप्त करके शासन प्राप्त करता है ॥ ७८ ॥

यदि जन्म के समय में लग्नेश व राशीश बली केन्द्र में हों और चतुर्थ भाव में वा त्रिकोण में चन्द्रमा उच्च राशि में हो तो जातक राजा होता है ॥ ७९ ॥

विशेष—प्रकाशित सारावली में—'इन्दुर्जलगृहगश्चे' यह पाठान्तर प्राप्त है ॥ ७९ ॥

सार्वभौम राजयोग ज्ञान—

³स्वगृहे मित्रभागेषु स्वांशे वा मित्रराशिषु।
कुर्वन्नीचनरं सूतौ सार्वभौमं नराधिपम् ॥ ८० ॥

यदि जन्म के समय में समस्त ग्रह अपनी राशि में, मित्र के नवांश में अपने नवांश में वा मित्रग्रह की राशि में हों तो नीच वंश में भी जातक सार्वभौम राजा होता है ॥ ८० ॥

विशेष—प्रकाशित सारावली में 'कुर्वन्ति च नरं' यह पाठान्तर है ॥ ८० ॥

तीन लोक का स्वामी राजयोग ज्ञान—

⁴परमोच्चगता सर्वे स्वोच्चांशे यदि सोमजः।
त्रैलोक्याधिपतिं कुर्युर्देवदानववन्दितम् ॥ ८१ ॥

यदि जन्म के समय में समस्त ग्रह परमोच्च में हों और उच्च के नवांश में बुध हो तो जातक देवता व असुरों से पूजित तीन लोक का स्वामी होता है ॥ ८१ ॥

---

१. सारा० ३५ अ० ४२ श्लोक।
२. सारा० ३५ अ० ४३ श्लोक।
३. सारा० ३५ अ० ४४ श्लो०।
४. सारा० ३५ अ० ४५ श्लो०।

निर्बल राजयोग —

[1]यस्योत्तरस्यां भगवान् वसिष्ठो बृहस्पतिः प्रागपरे च भार्गवः।
अगस्त्यनाम्ना खलु दक्षिणस्यां स नष्टसत्वो नगरं नराधिपः ॥ ८२ ॥

यदि जन्म के समय में उत्तर (चतुर्थ) बुध, पूर्व (लग्न) में गुरू, पश्चिम (सप्तम) में शुक्र और दक्षिण (दशम) में भौम हो तो जातक निर्बल राजा होता है ॥ ८२ ॥

विशेष—प्रकाशित सारावली में 'सनष्टशत्रुश्चभवेन्नराधिपः' यह पाठान्तर है ॥८२॥

अन्य राजयोग ज्ञान —

[2]शशी पूर्णः स्वांशं स्वगृहमथवा स्वोच्चमंशं प्रयातो
दिवः पातुर्मन्त्री दितिजगुरुणा वीक्षितः केन्द्रसंस्थः।
रविर्लग्ने स्वांशं यदि बलयुतः पश्यति स्यात्स भूपः
प्रभग्नं यस्येभैश्चतुरुदधिभृशल्लकीनासरण्यम् ॥ ८३ ॥

यदि जन्म के समय में चन्द्रमा अपने नवांश में वा अपनी राशि में व अपने उच्चांश में हो व केन्द्रस्थ गुरू, शुक्र से दृष्ट हो और बली लग्नस्थ सूर्य अपने नवांश का अवलोकन करता हो तो जातक राजा होता है। जिसके हाथियों द्वारा भूमि के चारों ओर आसमुद्र सनई के बन नष्ट होते हैं अर्थात् शल्लकी पदार्थ गजभक्ष्य होने से बन में संचार होने के नाते नष्ट होते हैं ॥ ८३ ॥

प्रकारान्तर से राजयोग ज्ञान—

[3]उच्चाभिलाषी सविता त्रिकोणे स्वर्क्षे शशी जन्मनि यस्य जन्तोः।
स शास्ति पृथ्वीं बहुरत्नपूर्णां बृहस्पतिः कर्कटगे यदि स्यात् ॥ ८४ ॥

यदि जन्म के समय में त्रिकोणस्थ सूर्य उच्च राशि में जाने वाला हो और गुरू से युक्त चन्द्रमा कर्क राशि में हो तो जातक अधिक रत्नों से पूर्ण भूमि का शासक अर्थात् राजा होता है ॥ ८४ ॥

वेन ययाति तुल्य राजयोग ज्ञान—

[4]तुङ्गेषु षड्विबुधमार्गचरा उपेताः
स्वांशे मयूखनिकरैः परिपूरिताङ्गाः।
उत्पादयन्ति कुलिशाङ्कितपाणिपादं
पृथ्वीपतिं सगरवेनययातितुल्यम् ॥ ८५ ॥

यदि जन्म के समय में ६ मार्गी ग्रह अपनी किरणों से पूर्ण देह वाले उच्च राशि में अपने नवांश में हों तो जातक के पैर व हाथ में वज्र का चिन्ह उत्पन्न करके सगर, वेन ययाति के समान नृप बना देते हैं ॥ ८५ ॥

---

१. सारा० ३५ अ० ४६ श्लो०।
२. सारा० ३५ अ० ४७ श्लो०।
३. सारा० ३५ अ० ४९ श्लो०।
४. सारा० ३५ अ० ५० श्लो०।

तपस्वी राजयोग ज्ञान —

[1]शुभभवनसमेतैः सौम्यभागेषु सौम्यैः
स्फुटरुचिरकराद्यैः प्रस्फुरद्भिर्विलग्ने।
रविमुषितमयूखैस्तैश्च पापैरमिश्रै-
र्गिरिगहननिवासी तापसः स्यान्नरेन्द्रः॥ ८६ ॥

यदि जन्म के समय में समस्त शुभग्रह स्पष्ट सुन्दर किरणों से युक्त होकर शुभ राशि वा शुभ नवांश में लग्न में हों व सूर्य के साथ अस्त न हों और साथ में पापग्रह न हो तो जातक पर्वत वन निवासी तपस्वी राजा होता है॥ ८६ ॥

बृहस्पति बुद्धि तुल्य राजयोग ज्ञान —

[2]इह पणफरगाः शुभप्रदा उभयगृहे यदि पापसञ्चयाः।
स्वभुजहतपरो महीपतिः सुरगुरुतुल्यमतिः प्रकीर्तितः॥ ८७ ॥

यदि जन्म के समय में समस्त शुभग्रह पणफर राशि में या यों समझिये २।५।८।११ भावों में हों तथा सब पापग्रह द्विस्वभाव राशियों में हों तो जातक अपने बाहु बल से शत्रु को मारने वाला और गुरू के समान बुद्धिमान् राजा होता है॥ ८७ ॥

दुर्वार शत्रु मारक राजयोग ज्ञान —

[3]विलग्ननाथः खजलास्तसंस्थः सुहृद्गृहे मित्रदृशां पथि स्थितः।
करोति नाथं पृथ्वीतलस्य दुर्वारवैरिघ्नमिहोदये शुभे॥ ८८ ॥

यदि जन्म के समय में लग्नेश दशम या चतुर्थ या सप्तम में मित्र की राशि में मित्र ग्रहों से दृष्ट हो और शुभग्रह लग्न में हों तो जातक निवारण के अयोग्य शत्रु को मारने वाला भूमि का पति होता है॥ ८८ ॥

विशेष—प्रकाशित सारावली में 'विलग्ननाथः खलु लग्नसंस्थः' यह पाठान्तर प्राप्त है॥ ८८ ॥

अन्य राजयोग ज्ञान—

[4]संपूर्णमूर्तिर्भगवान् शशाङ्को मेषाङ्कसंस्थो गुरुणा च दृष्टः।
नीचे न कश्चिन्न च वीक्षितोऽन्यैः प्राह क्षितीशं यवनाधिराजः॥८९॥

[5]लग्नाच्छशीत्रिरिपुलाभनभस्थलेषु
सूतावखण्डितवपुः पृथिवीश्वरः स्यात्।
दृष्टः सुरेन्द्रसुहृदा न च वीक्षितोऽन्यै-
र्जन्माधिपादथ सितात्स्मरगोऽथवा स्यात्॥ ९० ॥

---

१. सारा० ३५ अ० ५१ श्लो०। २. सारा० ३५ अ० ५२ श्लो०।
३. सारा० ३५ अ० ५३ श्लो०। ४. सारा० ३५ अ० ५४ श्लो०।
५. सारा. ३५ अ. ५५ श्लोक।

[1]बिभ्रद्रश्मिकलापपूर्णपरिधिर्नक्षत्रसंपालक-
स्तुङ्गांशे समवस्थितैश्च सकलैः प्रोद्वीक्षते व्योमगैः ।
कुर्याद्भूमिपतिं तु यस्य चलितैर्हस्त्यश्वसैन्यैर्महद्
दध्याच्छेशफणी कथं कथमपि क्ष्मां शीर्षपुंजे स्थिताम् ॥ ९१ ॥
[2]शुभ्रां मृणालोपमबिम्बशोभां शशी नवांशे नलिनीप्रियस्य ।
यदि क्षितीशो बहुहस्तिपूर्णः शुभाश्च केन्द्रेषु न पापयुक्ताः ॥ ९२ ॥

यदि जन्म के समय में परिपूर्ण चन्द्रमा मेष राशि में गुरू से दृष्ट हो तथा नीच राशि में एक भी ग्रह न हो एवं अन्य ग्रहों से अदृष्ट हो तो जातक राजा होता है, ऐसा यवनाधिराज का कहना है ॥ ८९ ॥

यदि जन्म के समय में लग्न से तीसरे या छटे या ग्यारहवें या दशम में परिपूर्ण चन्द्रमा गुरू से दृष्ट व अन्यों से अदृष्ट हो अथवा जन्म राशीश से या शुक्र से सप्तम में हो तो जातक राजा होता है ॥ ९० ॥

विशेष—प्रकाशित सारावली में—'दृष्टः सुरेन्द्रगुरुणा' 'जन्माधिपो दशमगः स्मरगोऽथवा स्यात्' यह पाठान्तर प्राप्त है ॥ ९० ॥

यदि जन्म के समय में किरणों से परिपूर्ण परिधि धारण करने वाला नक्षत्रों का पालक चन्द्रमा अपनी उच्च राशि में समस्त ग्रहों से दृष्ट हो तो जातक राजा होता है। जिसकी सेना के हाथी व घोड़ाओं के चलने से भूमि डगमगा जाने के कारण शेष जी कहते हैं कि मैं अपने मस्तक पर कैसे पृथ्वी को धारण करूँगा ॥ ९१ ॥

विशेष—प्रकाशित सारावली में—'कुर्याद्भूमिपतिं यशस्यचरितं हस्त्यश्वसैन्यं जगत् । योऽव्याच्छेषफणीन्द्रतुल्यमखिलोर्वीभारखिन्नः श्वसन्' यह पाठान्तर है। पुस्तक में 'विभ्रद्राशिकलाप' यह पाठान्तर है ॥ ९१ ॥

यदि जन्म के समय में सफेद कमल के समान चन्द्रमा, सूर्य के नवांश में हो तथा पाप ग्रहों से हीन शुभग्रह केन्द्र में हों तो जातक अधिक हाथी वाला राजा होता है ॥ ९२ ॥

शत्रुजेता राजयोग ज्ञान—

[3]नीचारिराशिसहितैर्विहगैस्त्रिभिश्च
तुङ्गांशगैर्बलयुतैः शुभदृष्टिदृष्टैः ।
गोक्षीरशंखधवलो मृगलांछनश्च
स्याद्यस्य जन्मनि सभूमिपतिर्जितारिः ॥ ९३ ॥

यदि जन्म के समय में तीन ग्रह नीच या शत्रु राशि में उच्चांश में स्थित बली शुभ ग्रहों से दृष्ट हों तथा गाय के दूध के व शंख के समान शुभ्र चन्द्रमा हो तो जातक शत्रुओं को जीतने वाला राजा होता है ॥ ९३ ॥

---

१. सारा. ३५ अ. ५६ श्लोक । २. सारा. ३५ अ. ५७ श्लो० ।
३. सारा. ३५ अ. ५९ श्लोक ।

विशेष—प्रकाशित सारावली में—'नीचारिवर्गरहितै' 'स्वांशोपगैर्बल' यह पाठान्तर प्राप्त है ॥ ९३ ॥

सार्वभौम राजयोग ज्ञान—

[1]कुमुदगहनबन्धुश्चेष्टभंशं प्रपन्नं
यदि बलसमुपेतः पश्यति व्योमचारी ।
उदयभवनसंस्थः पापको नैव नीचे
भवति मनुजनाथः सार्वभौमः सुदेहः ॥ ९४ ॥

यदि जन्म के समय में चन्द्रमा, अपने वर्गोत्तम नवांश में किसी बली शुभ ग्रह से दृष्ट हो और लग्न में नीच राशि में कोई भी पाप ग्रह न हो तो जातक सुन्दर देहधारी सार्वभौम राजा होता है ॥ ९४ ॥

विशेष—प्रकाशित सारावली में—'पापसंज्ञो न चैवं भवति' यह पाठान्तर प्राप्त है ॥ ९४ ॥

अधिक हाथियों से युक्त राजयोग ज्ञान—

[2]जलचरराशिनवांशक इन्दौ तनुभवने शुभगे शुभवर्गैः ।
अशुभफलैः खलु कंटकहीनैर्भवति नरो बहुवारणनाथः ॥ ९५ ॥

यदि जन्म के समय में जलचर राशियों के नवांश में चन्द्रमा व लग्न में शुभ ग्रहों के वर्ग में शुभ ग्रह और केन्द्र में पाप ग्रहों का अभाव हो तो जातक अधिक हाथियों से युक्त राजा होता है ॥ ९५ ॥

विशेष—प्रकाशित सारावली में 'भवने शुमदः शुभवर्गे । अशुभकरः खलु कण्टक हीनों' यह पाठान्तर प्राप्त है ॥ ९५ ॥

अपूर्व यशस्वी राजयोग ज्ञान—

[3]वर्गोत्तमे हिमकरः सकलः स्वके वा
कुर्यान्महीपतिमपूर्वयशोऽभिरामम् ।
यस्याश्ववृन्दखुरपादरजोऽभिभूतो
भानुः प्रभातशशिनोऽनुकरोति रूपम् ॥ ९६ ॥

यदि जन्म के समय में परिपूर्ण चन्द्रमा वर्गोत्तम में वा अपनी राशि में हो तो जातक अपूर्व यश से शोभित राजा होता है। जिसके घोड़ाओं के समुदाय के पैरों के आघात से भूमि की धूली उड़कर सूर्य को प्रातः कालीन चन्द्रमा के स्वरूप समान कर देती है ॥ ९७ ॥

विशेष—प्रकाशित सारावली में 'सकलः स्थितोंऽशे' यह पाठान्तर प्राप्त है ॥ ९६ ॥

विशेष राजयोग ज्ञान—

[4]सर्वग्रहकृते योगे चक्रवर्तीश्वरो भवेत् ।
एकैकेन तथा जाता मण्डलानामधीश्वराः ॥ ९७ ॥

---

१. सारा० ३५ अ० ६० श्लो० । २. सारा० ३५ अ० ६१ श्लो० ।
३. सारा० ३५ अ० ६२ श्लो० । ४. सारा० ३५ अ० ६३ श्लो० ।

यदि जन्म के समय में समस्त ग्रह राजयोग कारक हों तो जातक चक्रवर्ती राजा होता है। एक ग्रह राजयोग कारक हो तो जातक १ जिले का २ हों तो २ जिले का राजा है ॥ ९७ ॥

प्रकारान्तर से राजयोग ज्ञान—

[१]एकोऽपि विहगः कुर्यात्पञ्चमांशगतो नृपम्।
समस्तबलसंपन्नश्चक्रवर्तित्वमेव च ॥ ९८ ॥
[२]यदि पश्यति चन्द्रमसं विबुधगुरुर्वृषभसंस्थितं प्रसवे।
अवति पृथिवीमुदग्रां स्फुरन्मणिद्योतितदिगन्ताम् ॥ ९९ ॥

यदि जन्म के समय में एक भी ग्रह पञ्चमांश में हो तो जातक राजा और सम्पूर्ण बल से युक्त हो तो चक्रवर्ती होता है ॥ ९८ ॥

यदि जन्म के समय में वृष राशिस्थ चन्द्रमा, गुरू से दृष्ट हो तो जातक शोभित मणि की कान्ति के समान दिशाओं को शोभायमान बनाने वाला समस्त भूमि का पालक राजा होता है ॥ ९९ ॥

निषाद कुलोत्पन्न राजयोग ज्ञान—

[३]कुर्यात्तुङ्गे त्रिकोणे वा स्वराशिस्थो विलोकयन्।
ग्रहस्तुषारकिरणं निषादमपि पार्थिवम् ॥ १०० ॥

यदि जन्म के समय में एक भी ग्रह अपनी उच्च राशि में वा मूलत्रिकोण राशि में वा अपनी राशि में स्थित होकर चन्द्रमा को देखता हो तो निषाद कुल में जन्म लेकर भी जातक राजा होता है ॥ १०० ॥

महाराजयोग ज्ञान—

[४]स्वगृहे तृतीयभागे शशी स्थितः पार्थिवं कुरुते।
परिपूर्णबलः शुभदो यदि प्रसूतौ महाराजम् ॥ १०१ ॥

यदि जन्म के समय में अपने द्रेष्काण में चन्द्रमा हों तो जातक राजा और परिपूर्ण बलवान् शुभग्रह इसी योग में हो तो जातक महाराजा होता है ॥ १०१ ॥

अन्य राजयोग ज्ञान—

[५]स्वांशे दिवाकरो यस्य स्वक्षेत्रे च क्षपाकरः।
स राजा गजदानौघशीकरोक्षितभूतलः ॥ १०२ ॥

जिसके जन्म समय में अपने नवांश में सूर्य और चन्द्रमा कर्क में हो तो जातक हाथियों के मददान के कणों से सिक्त भूमि का राजा होता है ॥ १०२ ॥

ग्रामीण राजयोग ज्ञान—

[६]लग्ने रविपुत्रसंयुते देवेज्येऽस्तगते नवोदिते।
दृष्टेऽसुरराजमन्त्रिणा ग्रामीणो नृपतिर्भवेदिह ॥ १०३ ॥

---

१. सारा० ३५ अ० ६४ श्लोक।
२. सारा० ३५ अ० ६५ श्लोक।
३. सारा० ३५ अ० ६६ श्लोक।
४. सारा. ३५ अ ६७ श्लोक।
५. सारा. ३५ अ. ६८ श्लोक।
६. सारा. ३५ अ. ६९ श्लोक।

यदि जन्म के समय में लग्न में शनि और सप्तम में नवोदित गुरू, शुक्र से दृष्ट हो तो जातक गांव में उत्पन्न होकर राजा होता है ॥ १०३ ॥

अन्य राजयोग ज्ञान—

[1]उदये सुरमन्त्रिलवो गुरुभे गुरुदृष्टिपथञ्च गतः ।
कुरुते नियतं स नृपं यदि तुङ्गगतश्च बुधः ॥ १०४ ॥
[2]शुक्रभास्करेन्दवो भावमेकमाश्रिताः ।
जीवदृष्टिमात्रकाः स्यात्तदा महीपतिः ॥ १०५ ॥
[3]लग्नगाः सितशशाङ्कजभौमाः
सप्तमे शशिनि वाक्पतियुक्ते ।
तिग्मरश्मितनयेन च दृष्टे
जायते पृथुयशाः पृथिवीशः ॥ १०६ ॥

यदि जन्म के समय में लग्नस्थ गुरू की राशि में गुरू का नवांश गुरू से दृष्ट हो और उच्च राशि में बुध हो तो जातक अवश्य राजा होता है ॥ १०४ ॥

विशेष—प्रकाशित सारावली में 'उदयेऽसुरमन्त्रिवरो' यह पाठान्तर प्राप्त है ॥१०४॥

यदि जन्म के समय में शुक्र-सूर्य-चन्द्रमा एक राशि में हों तथा गुरू से दृष्ट हो तो जातक राजा होता है ॥ १०५ ॥

यदि जन्म के समय में लग्न में शुक्र-बुध व भौम, सप्तम में गुरू से युक्त चन्द्रमा, शनि से दृष्ट हो तो जातक अधिक यशस्वी राजा होता है ॥ १०६ ॥

नीचकुलोत्पन्न राजयोग ज्ञान—

[4]विबुधगुरुर्यदि भौमनवांशके रुधिरनिरीक्षितपूर्णबलश्च ।
जनयति कुत्सितजन्ममहीपं क्रियपरिसंस्थितकर्मगतोऽर्कः ॥ १०७ ॥
[5]तृतीयगाः शुक्रशनिज्ञभास्कराः
कुजोऽस्तसंस्थो नवमे बृहस्पतिः ।
लग्नोत्तमे लग्नगृहांशके यमे यदा
तदा हीनकुलो महीपतिः ॥ १०८ ॥

यदि जन्म के समय में भौम के नवांश में पूर्ण बली गुरू, भौम से दृष्ट हो एवं मेष राशि में दशम भाव में सूर्य हो तो जातक नीच वंश में उत्पन्न होकर राजा होता है ॥ १०७ ॥

यदि जन्म के समय में तीसरे भाव में शुक्र-शनि-बुध व सूर्य तथा सप्तम में भौम व नवम में गुरू और लग्न में वर्गोत्तम नवांश में शनि हो तो नीच कुल में जन्म लेकर जातक राजा होता है ॥ १०८ ॥

---

१. सारा. ३५ अ. ७० श्लोक । २. सारा. ३५ अ. ७१ श्लोक ।
३. सारा० ३५ अ० ७२ श्लो० । ४. सारा० ३५ अ० ७३ श्लो० ।
५. सारा. ३५ अ. ७४ श्लोक ।

विशेष--प्रकाशित सारावली में--'गुणोत्तमो लग्नगृहांशकोद्गमो यदा' यह पाठांतर प्राप्त है ॥ १०७-१०८ ॥

देवतुल्य राजयोग ज्ञान--

[1]जीवो बुधो भृगुसुतोऽथ निशाकरो वा
धर्मे विशुद्धतनवः स्फुटरश्मिजालः ।
मित्रैर्निरीक्षितयुतो यदि सूतिकाले
कुर्वन्ति देवसदृशं नृपतिं महान्तम् ॥ १०९ ॥

यदि जन्म के समय में नवम भाव में स्पष्ट किरणों के समूह से युत शुद्ध शरीरधारी गुरू वा बुध या शुक्र या चन्द्रमा या ये चारों अपने मित्र ग्रहों से दृष्ट हों तो जातक देवता के समान बड़ा राजा होता है ॥ १०९ ॥

अन्य राजयोग ज्ञान—

[2]तपो गृहं यस्य भवेत्तदुच्चकं
ग्रहेण तेनाश युतं निरीक्षितम् ।
ग्रहद्वयं स्वोच्चगतं यदा भवेत्तदा
कुटुम्बी नियतं महीपतिः ॥ ११० ॥

यदि जन्म के समय में जिस ग्रह की उच्च राशि नवम में हो वह ग्रह भी नवम में हो वा नवम भावस्थ राशि अपने स्वामी ग्रह से दृष्ट हो तथा अन्य दो ग्रह उच्च राशि में हों तो जातक कुटुम्ब से युत राजा होता है ॥ ११० ॥

नीच कुलोत्पन्न राजयोग ज्ञान--

[3]सुतभवने यदि देवनमस्यो भवनपतिः प्रसवे क्षितिदेहः ।
भृगुतनयो यदि मीनसमेतो भवति नृरः खलु कुत्सितवंशः ॥१११॥

यदि जन्म के समय में पञ्चम भाव में गुरू हो तथा पञ्चमेश निर्बल शरीरधारी हो और शुक्र मीन राशि में हो तो जातक नीच कुल में जन्म लेकर राजा होता है ॥ १११ ॥

विशेष—प्रकाशित सारावली में—'सुतभवने शशिदेवनमस्यौ भवनपतिः प्रसमीक्षितदेहौ' यह पाठान्तर प्राप्त है ॥ १११ ॥

लक्ष्मी से युत राजयोग ज्ञान--

[4]चन्द्रस्त्रिपुष्करस्थः स्वोच्चे वचसां पतिः स लक्ष्मीकम् ।
उत्पादयति स्वामिनमुत्तमपात्रं समग्रभुवः ॥ ११२ ॥

यदि जन्म के समय में चन्द्रमा दशम भाव में व गुरू उच्च राशि में हो तो जातक लक्ष्मी से युत समस्त भूमि का उत्तम राजा होता है ॥ ११२ ॥

---

१. सारा० ३५ अ० ७५ श्लो० । २. सारा. ३५ अ. ७६ श्लोक ।
३. सारा० ३५ अ० ७७ श्लोक । ४. सारा० ३५ अ० ७८ श्लोक ।

प्रसिद्ध राजयोग ज्ञान—

[1]केन्द्रस्वोच्चमुपेतः सुरमन्त्री दशमगो यदा शुक्रः ।
नूनं भवन्ति पुरुषाः समस्तपृथ्वीश्वराः ख्याताः ॥ ११३ ॥

यदि जन्म के समय में केन्द्र स्थान में गुरू उच्च राशि में हो व शुक्र दशम भाव में हो तो जातक अवश्य ही समस्त भूमि का प्रसिद्ध राजा होता है ॥ ११३ ॥

ब्राह्मण कुलोत्पन्न राजयोग ज्ञान —

[2]स्वर्क्षे शनिर्विपुलरश्मिकलाकलापः
स्वांशे स्थिता बुधबृहस्पतिदानवेज्याः ।
पातालगा दिनकरेण निरीक्षताश्च
संसूचयन्ति नृपतिं द्विजमुख्यजातम् ॥ ११४ ॥

यदि जन्म के समय में अपनी राशि में विशाल किरण समूह से युक्त शनि हो, चतुर्थ भाव में अपने नवांश में बुध-गुरू-शुक्र, सूर्य से दृष्ट हों तो प्रधान ब्राह्मण के घर जन्म लेकर जातक राजा होता है ॥ ११४ ॥

गाय पालक राजयोग ज्ञान—

[3]रविर्नभस्थः स्वत्रिकोणगोऽपि
स्वराशिसंस्थाः सितजीवचन्द्राः ।
तृतीयषष्ठायगताश्च चन्द्रा-
त्कुर्वन्ति गोपालमिह क्षितीश्वरम् ॥ ११५ ॥

यदि जन्म के समय में चन्द्रमा से दशम भाव में अपनी मूलत्रिकोण राशि में सूर्य तथा तीसरे, छटे व एकादश भाव में अपनी राशियों में शुक्र, गुरू, चन्द्रमा हों तो जातक गायों का पालन करने वाला राजा होता है ॥ ११५ ॥

समस्त नृपपालक राजयोग ज्ञान

[4]सप्तमभवने सौम्या मित्रांशगताः सुहृद्भिरिह दृष्टाः ।
उच्चे कुजो यदि नृपः समस्तनृपपालकः श्रेष्ठः ॥ ११६ ॥

यदि जन्म के समय में अपने मित्र के नवांश में शुभ ग्रह सप्तम भाव में अपने मित्र ग्रहों से दृष्ट हों तथा भौम उच्च राशि में हो तो जातक समस्त नृपों का पालन करने वाला राजा होता है ॥ ११६ ॥

अन्य राजयोग ज्ञान

[5]रविशशिबुधवक्रैर्व्योम्नि मित्रांशकस्थै-
र्न च रिपुभवनस्थैर्नाप्यदृश्यैर्न नीचैः ।

---

१. सारा० ३५ अ० ७९ श्लोक ।
२. सारा० ३५ अ. ८० श्लोक ।
३. सारा० ३५ अ० ८१ श्लो० ।
४. सारा. ३५ अ. ८२ श्लोक ।
५. सारा. ३५ अ. ८३ श्लोक ।

सतपसि भृगुपुत्रे भूपतिः स्यात्प्रयाणे
गजमदजलसेकैर्लीयते यस्य रेणुः ॥ ११७ ॥

यदि जन्म के समय में मित्र के नवांश में सूर्य, चन्द्रमा, बुध और भौम दशम भाव में हों एवं शत्रु राशि व नीच राशि में न हों व अस्त भी न हों और नवम भाव में शुक्र हो तो जातक राजा होता है जिसके गमन समय में उसके हाथियों के मद जल से भूमि की धूलि गीली (आर्द्र) होकर उड़ना बन्द कर देती है ॥ ११७ ॥

विशेष—प्रकाशित सारावली में 'रविशशिबुधशुक्रैः' यह पाठान्तर है ॥ ११७ ॥

यशस्वी राजयोग ज्ञान

[१]स्वोच्चे भानुः प्रकटितबलो व्योममध्ये सजीवः
शुक्रो धर्मे यदि बलयुतः स्वे नवांशे प्रपन्नः ।
लग्ने वर्गे शुभगगनगो राजपुत्रेण दृष्टः
पृथ्वीपालो भवलितजगत्स्यात्सितैः स्वैर्यशोभिः ॥११८॥

यदि जन्म के समाय में पूर्ण बली उच्चस्थ सूर्य दशम भाव में गुरू से युक्त एवं अपने नवांश में बलवान् शुक्र नवम भाव में पाठान्तर से भौम से युक्त हो और लग्न में शुभ ग्रह का वर्ग बुध से दृष्ट हो तो जातक अपने शुभ यश से संसार को चमकाने वाला राजा होता है ॥ ११८ ॥

अन्यजात राजयोग ज्ञान

[२]वृषे शशी लग्नगतस्तु पूर्णः सितेन दृष्टो वणिजस्थितेन ।
बुधोऽपि पातालगतो यदि स्यात्तदान्यजातो भवति क्षितीशः ॥११९॥

यदि जन्म के समय में वृषराशिस्थ लग्न में परिपूर्ण चन्द्रमा, तुलाराशिस्थ शुक्र से दृष्ट हो और बुध भी चतुर्थ भाव में हो तो जातक परजात होकर राजा होता है ॥ ११९ ॥

कुत्सित राजयोग ज्ञान

[३]क्षमासुतः स्वोच्चतनुं गतोऽपि रवीन्दुवाचस्पतिभिर्निरीक्षितः ।
भवेन्नरेन्द्रो यदि कुत्सितस्तदा समस्तपृथ्वीपरिरक्षणे क्षमः ॥१२०॥

यदि जन्म के समय में भौम उच्च राशि में, सूर्य, चन्द्र, गुरू से दृष्ट हो तो जातक नीच राजा होता है, फिर भी समस्त भूमि की रक्षा करने में समर्थ होता है ॥१२०॥

नीच कुलोत्पन्न राजयोग ज्ञान—

[४]जायतेऽभिजिति यः शुभकर्मा भूपतिर्भवति सोऽतुलकीर्त्तिः ।
नीचवेश्मकुलजोऽपि नरोऽस्मिन् राजयोग इति न व्यपदेशः ॥ १२१ ॥

---

१. सारा. ३५ अ. ८४ श्लो० । २. सारा. ३५ अ. ८५ श्लोक ।
३. सारा ३५ अ. ८६ श्लोक । ४. सारा० ३३ अ० ८७ श्लो० ।

जो जातक अभिजित नक्षत्र में या मुहूर्त में जन्म लेता है वह असमान कीर्तिमान् राजा होता है। इस योग में नीच कुल में भी उत्पन्न जातक राजा होता है इस में संदेह नहीं है ॥ १२१ ॥

शत्रुजेता राजयोग ज्ञान—

[1]गण्डान्तविष्टिपरिघव्यतिपातजातस्ता-
राधिपश्च उदये यदि कृत्तिकायाः।
क्रीडेत्कृपाणफलकाहतचण्डवेगप्रोत्था-
पिताहतशिरोभिरिहावनीशाः ॥ १२२ ॥

यदि जन्म के समय में लग्न में कृत्तिका नक्षत्रस्थ चन्द्र हो तथा गण्डान्त, भद्रा, परिघ, व्यतिपात इनमें जन्म हो तो जातक राजा होता है। वह राजा शत्रुओं के उग्र वेग से उत्थापित अपने कृपाण की धार से शत्रुओं के मस्तकों से खेलता है ॥ १२२ ॥

विशेष—प्रकाशित सारावली में 'प्रोत्थापिताहितशिरो गुलकाभिराशिः' यह पाठान्तर है ॥ १२२ ॥

निराकुल राजयोग ज्ञान—

[2]बुधोदये सप्तमगे बृहस्पतौ चन्द्रे कुलीरे सुखराशिगेऽमले।
वियद्गते भार्गवचन्द्रनन्दने प्रशास्ति पृथ्वीं मनुजो निराकुलः ॥१२३॥

यदि जन्म के समय में लग्न में बुध, सप्तम में गुरू, कर्क राशिस्थ चतुर्थ भाव में पूर्ण चन्द्रमा और दशम में बुध शुक्र हों तो जातक शान्ति से भूमि का शासक राजा होता है ॥ १२३ ॥

स्पष्टार्थ चक्र

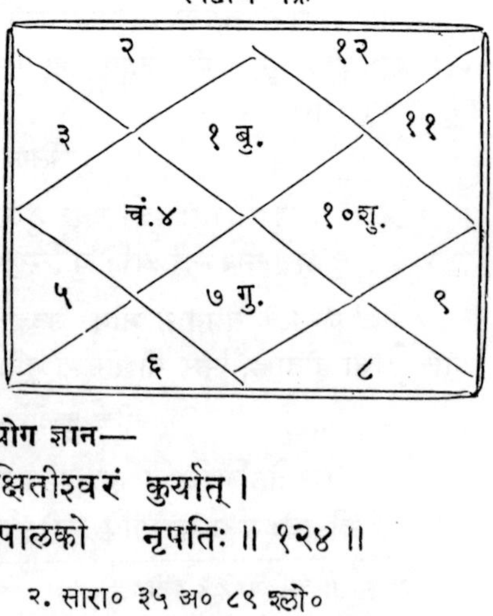

विशेष–प्रकाशित सारावली में 'भार्गवनन्दने ग्रहे' यह उचित पाठान्तर प्राप्त है। यहाँ दशम में चन्द्र नन्दन यह अनुचित इस लिये मालूम होता है कि योग में बुध तो लग्न में वर्णित ही है ॥ १२३ ॥

चक्र व समुद्र राजयोग ज्ञान—

[3]एकान्तरगैः षड्भिश्चक्रं क्षितीश्वरं कुर्यात्।
अत्रैव शुभे लग्ने सकलमहीपालको नृपतिः ॥ १२४ ॥

---

१. सारा० ३३ अ० ८८ श्लो०। २. सारा० ३५ अ० ८९ श्लो०
३. सारा० ३३ अ० ९० श्लो०।

[1]अयमेव समुद्राख्यो द्वौ लग्ने यदि संस्थितैः।
करोति भूभुजां नाथं सौम्यैः केन्द्रेषु संस्थितैः॥ १२५॥

यदि जन्म के समय एक-एक राशि के अन्तर से ६ राशियों में समस्त ग्रह हों तो जातक राजा होता है। इसी ही योग में शुभग्रह लग्न में हों तो समस्त भूमि का पालन करने वाला राजा होता है॥ १२४॥

यदि चक्र योग में दो ग्रह लग्न में और शुभग्रह केन्द्र में हों तो समुद्र योग होता है। इसमें जातक राजाओं का राजा होता है॥ १२५॥

अन्य राजयोग ज्ञान—

[2]निरन्तरं यदि भवनेषु षट्सु च
ग्रहाः स्थिता उदयग्रहात्समस्ताः।
सपंक्तिरित्यवनपतिं कुर्याच्च-
चतुष्टयादवनिपमन्त्रिणं तथा॥ १२६॥

यदि जन्म के समय में लग्न से निरन्तर ६ भावों में समस्त ग्रह हों तो पंक्ति योग होता है। इस में जातक राजा होता है। यदि लग्न से चार भावों में निरन्तर समस्त ग्रह हों तो जातक राजा का मन्त्री होता है॥ १२६॥

विशेष—प्रकाशित सारावली में 'स्वपंक्तिदन्नरपतिमेव कुर्युश्चतुष्टयन्नरपतिमन्त्रिणं च' यह पाठान्तर प्राप्त है॥ १२६॥

अधिक सम्पत्तिवान् राजयोग का ज्ञान—

[3]सुतसुखदुश्चिक्यगता यदि कर्मणि कीर्तयन्ति यवनाद्याः।
बन्धुसुतार्थगजाढ्यो बहुभृत्यो जायते क्षितिपः॥ १२७॥

यदि जन्म के समय में पञ्चम, चतुर्थ, तृतीय व दशम में सब ग्रह हों तो जातक बान्धव-पुत्र-धन और हाथियों से युक्त अधिक नौकर वाला राजा होता है॥ १२७॥

नगर नामक राजयोग—

[4]कर्मास्तजलहोरासु ग्रहाः सर्वे प्रतिष्ठिताः।
कुर्वन्ति नगरं नाम यत्र स्यात्पृथिवीपतिः॥ १२८॥

यदि जन्म के समय में सप्तम, दशम, चतुर्थ और लग्न में समस्त ग्रह हों तो नगर नाम का योग होता है। इसमें जातक राजा होता है॥ १२८॥

प्रशान्त राजयोग—

[5]मदनतनुसुखस्थिताः शुभा समग्राः
कुजरविजाश्च धर्मलाभसंस्थिताः।
यदि भवति महीपतिः प्रशान्तम्-
र्तियवनपतिः कृतो ह्ययं महीपयोगः॥ १२९॥

---

१. सारा० ३५ अ० ९१श्लो०।
२. सारा० ३५ अ० ९२ श्लो०।
३. सारा० ३५ अ० ९३ श्लो०।
४. सारा० ३५ अ० ९४ श्लो०।
५. सारा० ३५ अ० ९५ श्लो०।

यदि जन्म के समय में सप्तम, लग्न, चतुर्थ में समस्त शुभग्रह, भौम व शनि, नवम व लाभ में हों तो जातक शान्त स्वरूप राजा होता है। यवन राजा ने इस योग को कहा है ॥ १२९ ॥

विशेष—प्रकाशित सारावली में कुजरविरविजास्त्रीलाभसंस्था' यह पाठान्तर प्राप्त है। मेरी दृष्टि में भी यही पाठान्तर उचित ज्ञात होता है ॥ १२९ ॥

कलश संज्ञित राजयोग—

[1]लाभधर्मस्थिताः सौम्याः पापाः कर्मणि संस्थिताः।
नृपतीनामयं योगो भवेत्कलशसंज्ञितः ॥ १३० ॥

यदि जन्म के समय में ग्यारहवें, नवें शुभ ग्रह और दशम में पापग्रह हों तो कलश योग, इसमें जातक राजा होता है ॥ १३० ॥

पूर्ण कुम्भ (चन्द्र) नामक राजयोग—

त्रयो ग्रहा भ्रातृसुताम्बुसंस्थास्तपे मदे द्वौ परिसंगतौ च।
कलत्रलग्नं च गतावशेषकौ नृपस्य योगः खलु पूर्णचन्द्रः ॥१३१॥

यदि जन्म के समय में तीन ग्रह तीसरे, पाँचवें, चौथे भाव में, दो ग्रह नवें व सातवें में और शेष दो ग्रह सप्तम भाव में हों तो पूर्ण चन्द्र या पूर्ण कुम्भ नामक राजयोग होता है ॥ १३१ ॥

विशेष—प्रकाशित सारावली में—'भ्रातृसुतायसंस्थास्तथा शुभौ द्वौ त्रिपुसंगतौ च' यह पाठान्तर प्राप्त है ॥ १३१ ॥

वसिष्ठजातके—

अब वसिष्ठ जातकोक्त राजयोगों को बताते हैं।

सार्वभौम राजयोग ज्ञान—

सुकृतनिलयनाथे केन्द्रगे जन्मलग्नात्
प्रभवति खलु योगः सार्वभौमाभिधानः।
बहुतरगुणपूर्णो बुद्धिमान् दानशीलो
भवति नृपतिवर्यो धार्मिको भूपभूपः ॥ १३२ ॥

यदि जन्म के समय में नवम घर का स्वामी जन्म लग्न से केन्द्र में हो तो सार्वभौम नामक योग होता है। इसमें जातक अधिक गुणी, बुद्धिमान्, दानी, धर्मात्मा और राजाओं में श्रेष्ठ राजा होता है ॥ १३२ ॥

प्रधान राजयोग ज्ञान—

दुश्चिक्यनाथे खलु केन्द्रयाते स्यात्कल्पवृक्षो नृपयोगमुख्यः।
जातो भवेदत्र नरेन्द्रपूज्यो गजाश्वचामीकरयुक् प्रतापी ॥ १३३ ॥

१. सारा० ३५ अ० ९६ श्लो०।

यदि जन्म के समय में तृतीयेश केन्द्र में हो तो कल्प वृक्ष के समान प्रधान राजयोग होता है। इसमें जातक राजा से पूजित, हाथी, घोड़ा व सुवर्ण से युक्त और प्रतापी राजा होता है ॥ १३३ ॥

श्रीवत्स योग ज्ञान—

धनाधिपः केन्द्रगतः करोति श्रीवत्सयोगं जनितोऽत्र योगे।
धनान्वितः स्याद्धि जयो नितान्तं सुकर्मकर्ता व्यवसाययुक्तः ॥ १३४ ॥

यदि जन्म के समय में धनेश केन्द्र में हो तो श्रीवत्स योग होता है। इसमें जातक धन से युक्त, विजयी, सुन्दर कार्य करने वाला और व्यवसाय से युक्त होता है ॥ १३४ ॥

कुलभूषण अधिराज योग का ज्ञान—

लग्नाधिपः केन्द्रगतः करोति योगाधिराजं कुलभूषणाख्यम्।
स्ववंशराज्यादधिकप्रतापी स्याच्चक्रवर्ती खलु तत्र जातः ॥ १३५ ॥

यदि जन्म के समय में लग्नेश केन्द्र में हो तो कुलभूषण नामक अधिराज होता योग है। इसमें जातक अपने कुल के राज्य से अधिक प्रतापी चक्रवर्ती राजा होता है ॥ १३५ ॥

पद्मराग राजयोग ज्ञान—

पुत्राधिपे केन्द्रगते च योगः स्यात् पद्मरागो नृपयोगवर्यः।
जातोऽत्र योगेऽखिलशत्रुहन्ता महार्थयुक्तो नृपतिप्रसिद्धः ॥१३६॥

यदि जन्म के समय में पञ्चमेश केन्द्र में हो तो राजयोगों में श्रेष्ठ पद्मराग नाम का राजयोग होता है। इसमें जातक समस्त शत्रुओं का घातक, अधिक धनी और विख्यात राजा होता है ॥ १३६ ॥

रत्नाञ्जलि राजयोग का ज्ञान—

पुण्याधिपे पुण्यनिधानसंस्थे रत्नाञ्जलिः स्यान्नृप एष योगः।
अस्मिन् प्रसूतौ बहुभाग्ययुक्तो नरेन्द्रपूज्यो गजबाजियुक्तः ॥१३७॥

यदि जन्म के समय में नवमेश नवम में हो तो रत्नाञ्जलि नामक राजयोग होता है। इसमें जातक बड़ा भाग्यशाली, राजा से सत्कृत और हाथी घोड़ाओं से युक्त होता है ॥ १३७ ॥

सदाफल नामक राजयोग—

लग्नलाभधनेशाश्चेत्केन्द्रकोणायगा यदि।
तदा सदाफलो योगः सर्वदा लाभदायकः ॥१३८॥

यदि जन्म के समय में लग्नेश, लाभेश और धनेश केन्द्र व त्रिकोण तथा लाभ में हों तो सदाफल नाम का राजयोग होता है। इस में जातक सदा आय वाला होता है ॥ १३८ ॥

सुप्रताप योगेन्द्र राजयोग—

राज्याधीशे केन्द्रगे सौम्यदृष्टे योगेन्द्रः स्यात्सुप्रतापाभिधानः।
जातो नित्यं भूमिपः सेवनीयो भोगासक्तः स्वप्रतापाप्त सिद्धिः ॥१३९॥

यदि जन्म के समय में दशमेश केन्द्र में बुध या अन्य शुभग्रह से दृष्ट हो तो सुप्रताप नामक योगेन्द्र राजयोग होता है। इसमें जातक सेवा करने योग्य, भोग में अनुरक्त और अपने प्रताप से सिद्धि प्राप्त करने वाला राजा होता है ॥ १३९ ॥

कामधेनु नामक राजयोग—

लाभाशीशे केन्द्रगे कामधेनुः संज्ञो योगो जायते तत्र जातः।
भूमीपालैः सेवितो द्रव्ययुक्तो स्त्रीरत्नाढयः संग्रही बुद्धियुक्तः ॥१४०॥

यदि जन्म के समय में लाभेश केन्द्र में हो तो कामधेनु नामक राजयोग होता है। इसमें जातक राजाओं से सेवित, धन से युक्त, स्त्री व रत्नों से सम्पन्न, संग्रह करने वाला और बुद्धिमान् होता है ॥ १४० ॥

इन्द्रतुल्य राजयोग—

जीवो भार्गवनन्दनोऽथ शशिजश्चन्द्रात्तथा लग्नतः
केन्द्रे वा नवपञ्चमे यदि भवेदेकस्तदा वीर्यवान्।
द्वौ चेद्वाहनवित्तवैभवयुतो जातो नरो धार्मिकः
सर्वे भूपपुरन्दरो गुणगणग्रामालयः श्रीयुतः ॥ १४१ ॥

यदि जन्म के समय में गुरू, शुक्र, बुध में से चन्द्रमा तथा लग्न से केन्द्र में या नवम पञ्चम में बली एक या दो ग्रह हों तो जातक सवारी, धन व ऐश्वर्य से युक्त धार्मिक, यदि जीवादि समस्त हों तो जातक गुण समूह गाँव घर, धन से युत इन्द्रतुल्य राजा होता है ॥ १४१ ॥

अन्य राजयोग—

भूमिजरविजरवीणामेकस्त्वपचयऋक्षगे विलग्नात्।
आढयो द्वौ चेन्मन्त्री सर्वे स्युर्भूमिपा मनुजाः ॥ १४२ ॥

यदि जन्म के समय में भौम, शनि, सूर्य में से एक ग्रह अपचय राशि में हो तो जातक धनो, दो ग्रह हों तो सचिव और तीनों ग्रह अपचय राशि में हों तो जातक राजा होता है ॥ १४२ ॥

ग्रन्थान्तरे—

अब ग्रन्थान्तर के वाक्यों से राजयोग को कहते हैं।

चक्रवर्ती राजयोग—

नीचस्थितो जन्मनि यो ग्रहः
स्यात्तद्राशिनाथोऽथ तदुच्चनाथः।
…ाज्जन्मलग्नाद्यदि केन्द्रवर्ती
राजा भवेद्धार्मिकचक्रवर्ती ॥ १४३ ॥

यदि जन्म के समय में जो ग्रह नीच राशि में हो उस राशि का स्वामी या उस ग्रह के उच्च स्थान का स्वामी लग्न से केन्द्र स्थान में हो तो जातक धार्मिक चक्रवर्ती राजा होता है ॥ १४३ ॥

विशेष – इस योग का वर्णन जातक पारिजात व फलदीपिका में चन्द्रमा से केन्द्र में होने पर किया है। जातक पारिजात में 'नीचङ्गतो जन्मनि यो ग्रहः स्यात्तद्राशिनाथोऽपि तदुच्चनाथः। स चन्द्रलग्नाद् यदि केन्द्रवर्ती राजाभवेद्धार्मिकचक्रवर्ती' (७ अ० १३ श्लो०) ॥ तथा फलदीपिका में 'नीचस्थितो जन्मनि योग्रहः स्यात्तद्राशिनाथोऽपि तदुच्चनाथः। स चन्द्रलग्नाद् यदि केन्द्रवर्ती राजा भवेद्धार्मिक चक्रवर्ती' (७ अ० २६ श्लो०) ॥ १४३ ॥

अन्य राजयोग—

मृगपतिवृषकन्ये कर्कटे राशिसंस्थे
भवति विपुललक्ष्मीः राजराजाधिपो वा।
हयगजनरवर्यैः संयुतो मेदिनीस्थो
रिपुदलतृणवह्नी राजतुङ्गे प्रदिष्टः ॥ १४४ ॥

यदि जन्म के समय में वृष या कन्या या कर्क राशि में चन्द्रमा हो तो जातक अधिक लक्ष्मी से युक्त, नृपों का स्वामी, घोड़ा, हाथी व श्रेष्ठ मनुष्यों से युक्त, शत्रु का अग्नि स्वरूप राजा होता है ॥ १४४ ॥

सिंहासन राजयोग—

दशमभवननाथे केन्द्रकोणे धनस्थे बलवति
जनि योगो यस्य सिंहासनः स्यात्।
स भवति नरनाथो विश्वविख्यातकीर्ति-
र्मदगलितकपोलैः सद्गजैः सेव्यमानः ॥ १४५ ॥

यदि जन्म के समय में बली दशमेश केन्द्र या त्रिकोण में या धन स्थान में हो तो सिंहासन योग होता है। इसमें जातक संसार में प्रसिद्ध कीर्तिमान् और गण्ड स्थल से टपकते हुए मद जल से युक्त सुन्दर हाथियों से सेवित राजा होता है ॥ १४५ ॥

भावकुतूहल में इस योग का अन्य प्रकार से वर्णन प्राप्त है। यथा—'कन्यामीनवृषालिभे यदि खगाः सिंहासनः कीर्त्तितः, किं वा चापनृयुग्मकुम्भहरिभे खेटो हि सिंहासनः। यः सिंहासनयोगजो हि मनुजो भूपादिराजो बली, गर्जत्कुञ्जरवाजिभृकुटारूढो धरामण्डले' (७ अ० १२ श्लो०) ॥ १४५ ॥

अन्य राजयोग —

यदा यामिनीशो दिनेशं प्रपश्येद्बुधोपीह चेद्वीक्षते यामिनीशम्।
तदा दैववेदी किमर्थं विमृश्येत् सुखी दीर्घजीवी भवेज्जातकोऽसौ ॥१४६॥

यदि जन्म के समय में सूर्य, चन्द्रमा से दृष्ट हो और चन्द्रमा बुध से दृष्ट हो तो भाग्य वेदी को किसके लिये भूलना चाहिए क्योंकि जातक सुखी व दीर्घायु होता है ॥ १४६ ॥

अन्य राजयोग--

यदि भवति च केन्द्रे पूर्णचन्द्रो शुभाढ्यो
ददति च प्रियभार्यां पुत्रिणीं चातिरूपाम्।
धनकनकसमृद्धिं रत्नमाणिक्यवृद्धिं
कलयति परमर्द्धिं निर्जितारातिवृद्धिम् ॥ १४७ ॥

यदि जन्म के समय में परिपूर्ण चन्द्रमा शुभग्रह से युक्त होकर केन्द्र में हो तो जातक अति रूपवती, पुत्रोत्पत्ति करने वाली प्रिय पत्नी को प्राप्त करने वाला, धन सुवर्ण से सम्पन्न, रत्न माणिक्य की वृद्धि करने वाला, परम ऋद्धि प्राप्त कर्ता और बड़े शत्रुओं को जीतने वाला होता है ॥ १४७ ॥

सारावल्याम्--

[1]सुविस्तरं नीचकुलोद्भवा मया विचित्ररूपाः कथिताः क्षितीश्वराः।
अतः परं पार्थिववंशजा अमी भवन्ति योगाः कृतिनां प्रकीर्तिताः ॥ १४८ ॥

सारावली नामक ग्रन्थ में आचार्य कल्याण वर्मा कहते हैं कि अभी तक मैंने विस्तार पूर्वक नीचकुलोत्पन्न जातक के अनेक प्रकार के राजयोगों का वर्णन किया है। अब आगे ऋषियों के बताये हुए मार्ग से राजकुल में उत्पन्न होने वाले जातक के राजयोगों का वर्णन करता हूं ॥ १४८ ॥

विशेष—प्रकाशित सारावली में 'पार्थिववंशजन्मनां' 'मुनिभिः' यह पाठान्तर है ॥ १४८ ॥

सब संसार से वन्दित राजयोग--

[2]सिंहोदये दिनकरो मृगलाञ्छनोऽजे कुम्भस्थिते रविसुतः स्वगृहे सुरेज्यः।
स्वोच्चेऽपि भूमितनयः पृथिवीश्वरस्य जन्मप्रदः सकललोकनमस्कृतस्य॥१४९॥

यदि जन्म के समय में सिंह लग्न में सूर्य, मेष में चन्द्रमा, कुम्भ में शनि और अपनी राशि में गुरू तथा भौम भी उच्च राशि में हो तो जातक समस्त संसार से वन्दित राजा होता है ॥ १४९ ॥

स्थिर लक्ष्मीवान् राजयोग--

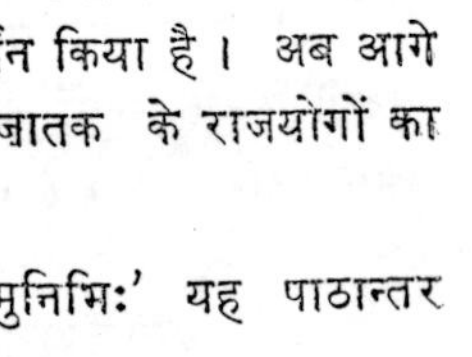

[3]शुभे लग्नं याते बलवति तथा धर्मराशिं क्रमेण
सर्वैः शेषैर्विलग्नं धनमपि गृहं त्र्यायषट्कर्मगैर्वा।
महीभर्ता श्रीमान् भवति नियतं यस्य मातङ्गसंघैः
प्रयाणे मेघानां श्रुतिमदजलैर्भ्रान्तिमुत्पादयन्ति ॥१५०॥

१. सारा० ३५ अ० ९८ श्लो०। २. सारा० ३५ अ० ९९ श्लो०।
३. सारा० ३५ अ० १०० श्लो०।

यदि जन्म के समय में बली एक शुभ ग्रह लग्न में और अन्य शेष ग्रह नवम, लग्न, द्वितीय, तृतीय, लाभ, षष्ठ और दशम भाव में हों तो जातक स्थिर लक्ष्मीवान् राजा होता है। जिसके हाथियों के गमन समय में उनके कानों के मदजल से भूमि आर्द्र होकर मेघों का भ्रम उत्पन्न कर देती है ॥ १५० ॥

लक्ष्मीवान् राजयोग—

[1]सुरपतिगुरुर्बन्धुस्थाने स्ववेश्मगतो यदा
तुहिनकिरणः संपूर्णाङ्गस्तपः समवस्थितः।
त्रितनुभवनप्राप्ताः शेषा ग्रहाः यदि भूपति-
र्भवति धृतिमान् श्रीकस्तदा बहुवाहनः ॥ १५१ ॥

यदि जन्म के समय में अपनी राशि में गुरू चतुर्थ भाव में हो तथा परिपूर्ण चन्द्रमा नवम भाव में और अवशिष्ट ग्रह तीसरे व लग्न में हों तो जातक अधिक सवारी के साधनों से संपन्न, धैर्यवान् और लक्ष्मीवान् राजा होता है ॥ १५१ ॥

विशेष—प्रकाशित सारावली में 'दनुजपगुरुः' 'त्रितनुभवम प्राप्ताः' 'स्फीतश्रीकस्तथा' यह पाठान्तर प्राप्त है ॥ १५१ ॥

चन्द्रांशुतुल्य यशस्वी राजयोग—

[2]स्वोच्चोदये कृतपदः कुमुदस्य बन्धु-
र्जीवोऽर्थगो वणिजि दानवपूजितश्च।
कन्याजसिंहगृहगा बुधभौमसूर्या-
श्चन्द्रांशुनिर्मलयशा भवति क्षितीशः ॥ १५२ ॥

यदि जन्म के समय में वृष लग्न में चन्द्रमा, द्वितीय में गुरू, तुला में शुक्र और कन्या मेष, सिंह में क्रम से बुध, भौम, सूर्य हो तो जातक चन्द्रमा की किरणों के समान निर्मल (दोषहीन) यशस्वी राजा होता है ॥ १५२ ॥

अपने गुणों से प्रसिद्ध राजयोग—

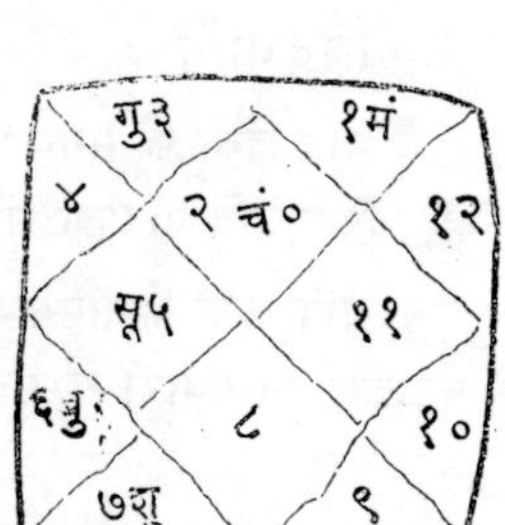

[3]नक्षत्रनाथसहितः सविता नभस्थः
सौरिर्विलग्नभवने हिबुके सुरेज्यः।
देवारिपूज्यबुधभूमिसुतैः सलाभैः
ख्यातो महीपतिरिह स्वगुणैर्नरः स्यात् ॥१५३॥

यदि जन्म के समय में चन्द्रमा के साथ सूर्य दशम में, शनि लग्न में, गुरू चतुर्थ में और शुक्र बुध भौम ग्यारहवें भाव में हों तो जातक अपने गुणों से प्रसिद्ध राजा होता है ॥ १५३ ॥

---

१. सारा० ३५ अ० १०१ श्लो०। २. सारा० ३५ अ० १०२ श्लो०।
३. सारा० ३५ अ० १०३ श्लो०।

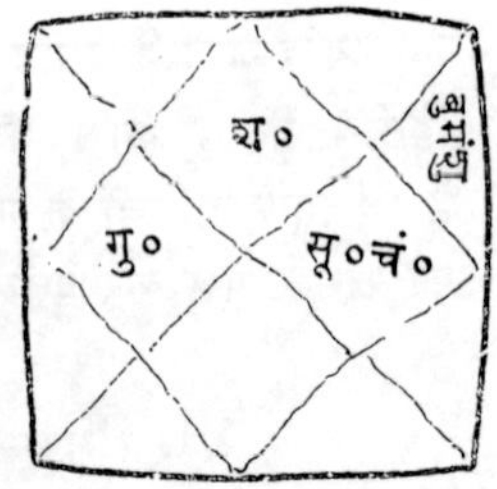

अन्य राजयोग—

[1]मृगराशिं परित्यज्य स्थितो लग्ने बृहस्पतिः।
करोत्यवश्यं नृपतिं मत्तेभपरिबृंहितम् ॥ १५४ ॥

यदि जन्म के समय में मकर राशि का परित्याग करके लग्न में गुरू हो तो जातक मतवाले हाथियों से युक्त अवश्य राजा होता है ॥ १५४ ॥

अधिक यशस्वी राजयोग—

[2] लग्ने भौमो रविजसहितस्तीक्ष्णरश्मिः खमध्ये
वाचां स्वाभी दशमगृहगो भार्गवः सप्तमस्थः।
आये हेम्नः शिशिरकिरणो बन्धुराशिं प्रपन्नः
यद्येवं स्याद्विपुलयशसो जन्म भूपालकस्य ॥ १५५ ॥

यदि जन्म के समय में लग्न में शनि के साथ भौम, दशम में सूर्य व गुरू, सप्तम में शुक्र, ग्यारहवें में बुध और चौथे भाव में चन्द्रमा हो तो जातक अधिक यशस्वी राजा होता है ॥ १५५ ॥

विशेष—प्रकाशित सारावली में 'वाचां स्वामी मदनगृहगो भार्गवो धर्मसंस्थः' यह पाठान्तर प्राप्त है ॥ १५५ ॥

प्रकारान्तर से—

[3]न्यूनोऽपि कुमुदबन्धुः स्वोच्चस्थः पार्थिवं करोति नरम्।
किं पुनरखण्डमण्डलहिमधवलकरैः प्रकटितदिगन्तः ॥ १५६ ॥
[4]लग्नं विहाय केन्द्रे सकलकलापरिपूरितो निशानाथः।
विदधाति महीपालं विक्रमधनवाहनोपेतम् ॥ १५७ ॥

यदि जन्म के समय में क्षीण भी चन्द्रमा उच्च राशि में हो तो जातक राजा होता है, फिर यदि परिपूर्ण मण्डल चन्द्रमा हो तो कहना ही क्या है ॥ १५६ ॥

यदि जन्म के समय में लग्न को छोड़कर केन्द्र में परिपूर्ण चन्द्रमा हो तो जातक पराक्रम-धन-सवारी से युक्त राजा होता है ॥ १५७ ॥

सर्पराज के तुल्य प्रतापी राजयोग—

[5]यदि पश्यति दानवार्चितं वचसामधिपस्तदा भवेत्।
नृपतिर्बहुनागनायको भुजगेन्द्र इव प्रतापवान् ॥ १५८ ॥

यदि जन्म के समय में शुक्र, गुरू से दृष्ट हो तो जातक सर्पराज के समान प्रतापी और अधिक नागों का नेता सर्पराज के समान राजा होता है ॥ १५८ ॥

---

१. सारा० ३५ अ० १०४ श्लो०। २. सारा० ३५ अ० १०५ श्लो०। ३. सारा० ३५ अ० १०६ श्लो०। ४. सारा० ३५ अ० १०७। ५. सारा० ३५ श्लो० अ० १०९ श्लो०।

राजराजेश्वर राजयोग--

[1]दिवौकसां पतेर्मन्त्री कुर्यात्पश्यन् बुधं नरम्।
शिरोभिः शासनं तस्य धारयन्ति नृपाः सदा॥ १५९॥

यदि जन्म के समय में बुध, गुरू से दृष्ट हो तो जातक का आदेश सदा नृप मस्तक पर धारण करते हैं, अर्थात् राजाओं का राजा होता है॥ १५९॥

शत्रुजेता राजयोग--

[2]लग्नाधिपतिः स्वोच्चे पश्यन्मृगलाञ्छनं नृपं कुरुते।
बहुगजतुरगबलोच्चैः क्षपयति विपक्षमह्यविभवम्॥ १६०॥

यदि जन्म के समय में उच्च लग्नेश से चन्द्रमा दृष्ट हो तो जातक अधिक हाथी घोड़ाओं के उच्च बल महाविभवशाली शत्रु को नष्ट कर्ता राजा होता है॥ १६०॥

अन्य राजयोग--

[3]इन्दुः स्वोच्चे पश्यन् करोति बुधभार्गवौ नरं नृपतिम्।
प्रशमितमुद्धतयशसं सौभाग्यभाग्यवन्तञ्च॥ १६१॥

यदि जन्म के समय बुध, शुक्र, उच्चस्थ चन्द्रमा से दृष्ट हों तो जातक प्रशान्त, बड़ा यशस्वी, सौभाग्यवान् राजा होता है॥ १६१॥

ब्राह्मणकुलोत्पन्न राजयोग

[4]जन्माधिपः केन्द्रबलः परिपूर्णः करोति परमर्द्धिम्।
ब्राह्मणकुलेऽपि नृपतिं किं पुनरवनीशसंभूतम्॥ १६२॥

यदि जन्म के समय में जन्म राशीश परिपूर्ण बली होकर केन्द्र में हो तो जातक ब्राह्मण कुल में उत्पन्न होकर भी राजा होता है फिर उक्त योग में राजवंशोत्पन्न की बात ही क्या है॥ १६२॥

विशेष—प्रकाशित सारावली में 'जन्माधिपतिः केन्द्रे बलपरिपूर्णः' यह पाठान्तर है॥ १६२॥

अङ्ग देशाधिप राजयोग

[5]रविरप्यधिमित्रस्थो यदि चन्द्रं समीक्षिते।
अङ्गदेशाधिपं कुर्यादधर्मार्थसहितं नृपम्॥ १६३॥

यदि जन्म के समय में अधिमित्र की राशि में सूर्य स्थित होकर चन्द्रमा को देखता हो तो जातक धर्मात्मा, धनवान् अङ्गदेश का राजा होता है॥ १६३॥

विशेष—प्रकाशित सारावलो में 'यदि चन्द्रसहसमीक्षितः' यह पाठान्तर प्राप्त है॥ १६३॥

१.सारा० ३५ अ० ११० श्लो०। २. सारा० ३५ अ० १११ श्लो०।
३. सारा ३५ अ. ११२ श्लोक। ४. सारा० ३५ अ० ११३ श्लो०।

मगधाधिप राजयोग

[1]उच्चस्थः शशितनयः कुमुदाकरबन्धुना च समधिगतः।
जनयति मगधाधिपतिं गजमदगन्धेन वासितं दिगन्तम् ॥ १६४ ॥

यदि जन्म के समय में उच्च राशि में बुध चन्द्रमा से युक्त हो तो जातक हाथियों के मदजल गन्ध से दिशाओं को व्याप्त करने वाला मगध देश का राजा होता है ॥ १६४ ॥

शत्रु दमन राजयोग

[2]प्रधानबलसंयुक्तः सम्पूर्णः शशलाञ्छनः।
एकोऽपि कुरुते जातं नराधिपमरिंदमम् ॥ १६५ ॥

यदि जन्म के समय में एक भी चन्द्रमा प्रधान बल से परिपूर्ण हो तो जातक शत्रुओं को नष्ट करने वाला राजा होता है ॥ १६५ ॥

गोपकुलोत्पन्न राजयोग

[3]केन्द्रे विलग्ननाथः श्रेष्ठबलो मानवाधिपं कुरुते।
गोपालकुलेऽपि नरं किं पुनरवनीश्वराणाञ्च ॥ १६६ ॥

यदि जन्म के समय में श्रेष्ठ बल से युक्त लग्नेश केन्द्र में हो तो जातक गोपकुल में भी उत्पन्न होकर राजा होता है फिर राजकुलोत्पन्न की बात ही क्या है ॥ १६६ ॥

अन्य राजयोग

[4]कर्कटसंस्थः केन्द्रे बृहस्पतिर्दशमधामगः शशिनः।
चतुरुदधिमेखलायाः स्वामी भूमेर्भवति जातः ॥ १६८ ॥

यदि जन्म के समय चन्द्रमा से दशमस्थ केन्द्र स्थान में कर्क राशि में गुरू हो तो जातक चारों ओर समुद्र से बधी हुई भूमि का राजा होता है ॥ १६८ ॥

केरलादि नृपयोग—

[5]मेषे सहस्ररश्मिः सह शशिना संस्थितः करोतीशम्।
केरलकर्णाटान्ध्रद्रविडानां शोणकुलस्य ॥ १६९ ॥

यदि जन्म के समय में चन्द्रमा के साथ मेष राशि में सूर्य हो तो जातक केरलकर्णाटक-द्रविड़ तथा शोण देश का राजा होता है ॥ १६९ ॥

काश्मीराधिप योग—

[6]उच्चस्थस्त्रिदशगुरुः कैरववनबन्धुसङ्गमं प्राप्तः।
काश्मीरमण्डलभुवां करोति पुरुषाधिपमवश्यम् ॥ १७० ॥

यदि जन्म के समय में चन्द्रमा के साथ गुरू उच्च राशि में हो तो जातक काश्मीर जिले का अवश्य राजा होता है ॥ १७० ॥

---

१. सारा० ३५ अ० ११४ श्लो०।
२. सारा० ३५ अ० ११५ श्लो०।
३. सारा० ३५ अ० ११६ श्लो०।
४. सारा० ३५ अ० ११७ श्लो०।
५. सारा. ३५ अ. ११८ श्लो०।
६. सारा. ३५ अ. ११९ श्लोक।

अन्य राजयोग ज्ञान—

[1]तुङ्गायस्वगृहोदयकण्टकनवमेषु यस्य शुक्रगुरू ।
सोऽवश्यं भवति नरो राजांशसमुद्भवो नृपतिः ॥ १७० ॥
दिक्स्थानकालादिगुणैरूपेताः
शुभा ग्रहाः केन्द्रमुपागताश्च ।
कुर्वन्ति पापैरविमिश्रचाराः
पृथ्वीपतिं त्रिप्रभृतिग्रहेन्द्राः ॥ १७१ ॥
रवेर्द्वितीये बुधजीवभार्गवाः
न चाशुभैर्दृष्टयुता न वार्कगाः ।
स्फुरत्करौघस्फुटपिञ्जरीकृता
नरं प्रकुर्युस्त्रिसमुद्रपालकम् ॥ १७२ ॥

यदि जन्म के समय में शुक्र व गुरू, उच्च राशि में ग्यारहवें, धन, लग्न, दशम, सप्तम, चतुर्थ या नवम भाव में हों तो जातक राजकुल में उत्पन्न होने पर राजा होता है ॥ १७० ॥

यदि जन्म के समय में तीन या चारों शुभग्रह दिक्, स्थान, काल आदि बलों से युक्त होकर केन्द्र में पापग्रह से अयुक्त व अदृष्ट हों तो जातक राजा होता है ॥ १७१ ॥

यदि जन्म के समय में सूर्य से द्वितीय राशि में शोभित किरण समुदाय से स्फुट बिम्ब वाले बुध गुरू, शुक्र पापग्रहों से अदृष्ट व अयुक्त और सूर्य की राशि में न हों तो जातक तीन ओर वेष्टित भूमि का राजा होता है ॥ १७२ ॥

प्रसिद्ध कीर्तिमान् राजयोग—

[2]कुन्दाब्जकाशधवलः परिपूर्णमूर्ति-
र्जन्माधिपेन बलिना शुभदेन दृष्टः ।
स्त्रीमानभङ्गनिपुणं दयितं क्षपायाः
प्रख्यातकीर्तिसुनयं कुरुते नरेन्द्रम् ॥ १७३ ॥

यदि जन्म के समय में कुन्द व शुभ्र कमल के समान शुभ्र परिपूर्ण चन्द्रमा, जन्म राशीश बली शुभग्रह से दृष्ट हो तो जातक स्त्रियों के मान भङ्ग करने में चतुर, प्रसिद्ध कीर्तिमान् और सुन्दर नीति वाला होता है ॥ १७३ ॥

शत्रुजेता राजयोग—

[4]देवमन्त्री कुटुम्बस्थो भार्गवेण समन्वितः ।
जनयेद्वसुधापालं निर्जितारातिमण्डलम् ॥ १७४ ॥

यदि जन्म के समय में शुक्र के साथ गुरू द्वितीय भाव में हो तो जातक शत्रुओं को जीतने वाला राजा होता है ॥ १७४ ॥

---

१. सारा० ३५ अ० ४२० श्लोक । २. सारा० ३५ अ० १२१ श्लोक ।
३. सारा० ३५ अ० १२२-१२३ श्लोक । ४. सारा० ३५ अ० १२४ श्लोक ।

[1]कारकयोगे जाता भवन्ति पृथ्वीभुजो नरा येषाम् ।
गजतुरगपतिः विचलितरजो वितानं भवेद्गमने ॥ १७५ ॥

कारक योगों में जन्म लेने वाले मनुष्य राजा होते हैं। जिनकी हाथी घोड़ों की सेना के चलने पर आकाश धूलि से आच्छादित होता है ॥ १७५ ॥

कारकयोगः चिन्तामणौ—

चिन्तामणि ग्रन्थ में कथित अब कारक योग को बताते हैं।

कारक योग का ज्ञान—

स्वीयमूलत्रिकोणस्थाः तुङ्गस्थाः केन्द्रसंस्थिताः।
कारकास्तेस्युरन्योन्यं कर्मयातो विशेषतः॥ १७६ ॥

यदि जन्म के समय में अपनी राशि, मूल त्रिकोण राशि और उच्च राशि में ग्रह केन्द्र में हों तो परस्पर कारक होते हैं। दशमस्थ ग्रह विशेष कर कारक होता है ॥ १७६ ॥

अत्रोदाहरणमाह ढुंढिराजः—

[2]प्रालेयरश्मिर्यदि मूर्तिवर्ती
स्वमन्दिरस्थो निजतुङ्गयाता ।
कुजार्कमन्दामरराजपूज्याः परस्परं
कारकसंज्ञकाः स्युः ॥ १७७ ॥

यदि जन्म के समय में कर्क लग्न में चन्द्रमा हो और भौम, सूर्य, शनि, गुरू उच्च राशि में हों तो परस्पर कारक होते हैं ॥ १७७ ॥

कारकयोगलक्षणान्तरं चिन्तामणौ—

अब चिन्तामणि ग्रन्थ में कथित अन्य कारक लक्षण को कहते हैं।

अन्य कारक लक्षण ज्ञान—

सुखकर्मगः समस्तो लग्नसंस्थस्य कारकः खेटः।
दशमस्थो यदि मित्रं तद्गुणयुक्तश्च कारकः प्रोक्तः ॥ १७८ ॥

तद्गुणयुक्तस्तात्कालिकमैत्रीयुक्त इत्यर्थः।

लग्न में स्थित ग्रह के चौथे व दशम में स्थित समस्त ग्रह कारक होते हैं। यदि दशमस्थ ग्रह मित्र की राशि में हो तो तात्कालिक मैत्री से उसका जो मित्र हो वह भी कारक होता है ॥ १७८ ॥

विशेषः सारावल्याम्—

अब कारक ग्रहों के विषय में जो विशेष बात बतलाई है आगे उसे कहते हैं।

---

१. सारा० ३५ अ० १२७ श्लो०।   २. जातकाभ० का० अ० २ श्लो०।

कारक ज्ञान—

[1]तुङ्गसुहृत्स्वगृहांशेषु संस्थिताः कारकाः समाख्याताः ।
मेषूरणे च रविरिति विशेषतो वक्ति चाणक्यः ॥ १७९ ॥
[2]लग्नस्थः सुखसंस्थो दशमस्थश्चापि कारकः सर्वः ।
एकादशेऽपि केचिद्वाञ्छन्ति न तन्मतं मुनीन्द्राणाम् ॥ १८० ॥

यदि जन्म के समय में ग्रह किसी भी भाव में उच्चस्थ या मित्र राशि में या स्वनवांश में स्थित हो तो कारक होता है एवं दशम भाव में सूर्य उच्च राशि में होने पर विशेषकारक होता है । ऐसा चाणक्य मुनि का कहना है ॥ १७९ ॥

बृहत्पाराशर में भी कहा है—'कर्मगस्तु विशेषतः' (३२ अ० २६ श्लोक) ॥१८१॥

ऐसा ही बृहज्जातक में वर्णन है—'कर्मगस्तु तेषां विशेषतः' (२२ अ० श्लोक) ॥ १७९ ॥

यदि जन्म के समय में लग्न, चतुर्थ, दशम में ग्रह हों तो कारक होते हैं । किसी किसी आचार्य के मत में एकादश भाव में स्थित ग्रह भी कारक होता है, किन्तु यह पक्ष श्रेष्ठ मुनियों का नहीं है ॥ १८० ॥

अन्य राजयोग ज्ञान—

कुजे विलग्ने तरणेश्च नन्दने रसातले शुक्रबृहस्पतीन्दुजैः ।
मृगोदये मन्दनवांशके स्थिरे रसातलेशो भवतीह पार्थिवः ॥१८१॥

यदि जन्म के समय में लग्न में भौग व शनि हों और चतुर्थ में शुक्र गुरू बुध हों तो जातक राजा होता है । वा स्थिरराशिस्थ शनि के नवांश में मकर लग्न में चतुर्थेश हो तो जातक राजा होता है ॥ १८१ ॥

स्पष्टार्थ चक्र

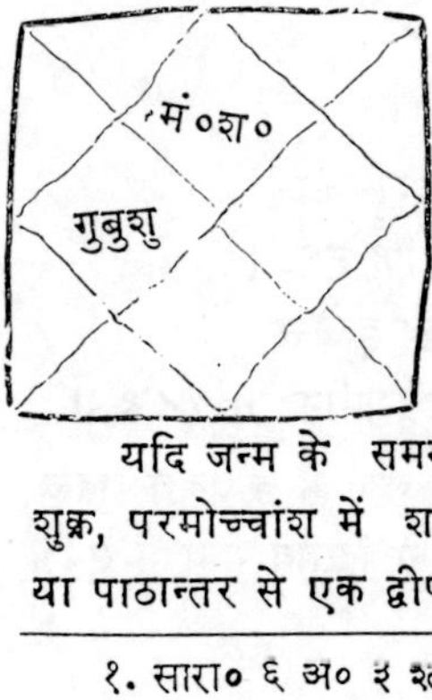

वर्गाधिप राजयोग—

स्वोच्चे गुरुस्तनुगतः स्वगृहे शशाङ्कः
शुक्रो झषे परममुच्चमितोऽसितश्च ।
मेषे तथैव भगवान् सविता कुजः स्व-
वर्गाधिपो यदि भवेन्नृपतिः प्रजातः ॥१८२॥

यदि जन्म के समय में कर्क राशि लग्न में गुरू व चन्द्रमा हों तथा मीन राशि में शुक्र, परमोच्चांश में शनि और मेष राशि में सूर्य व भौम हो तो जातक अपने वर्ग का या पाठान्तर से एक द्वीप का राजा होता है ॥ १८२ ॥

---

१. सारा० ६ अ० ३ श्लो० । २. सारा० ६ अ० ४ श्लो० ।

विशेष—प्रकाशित सारावली में 'कुजश्च द्वीपाधिपो' यह पाठान्तर है ॥ १८२ ॥

अन्य राजयोग ज्ञान—

स्पष्टार्थ चक्र

शक्रेज्यः ससितः शुचिस्तिमि-
युगे स्वोच्चे च पूर्णः शशी।
दृष्टस्तीव्रखगेन चैव दिन-
कृन्मेषे यदाऽसौ नृपः।
सेनायाश्चलनेन रेणुपट-
लैर्यस्य प्रनष्टे रवा-
वस्तभ्रान्तिसमाकुला
कमलिनी संकोचमागच्छति ॥१८३॥

यदि जन्म के समय में पवित्रात्मा गुरू, शुक्र के साथ मीन राशि में हो व पूर्ण चन्द्रमा उच्च राशि में एवं उच्चस्थ सूर्य पापग्रह से दृष्ट हो तो जातक राजा होता है। जिसकी सेना के चलने से धूलि उड़कर सूर्य के प्रकाश को नष्ट कर देती है। इसलिये सूर्यास्तभ्रम से कमलिनी व्याकुल होकर संकुचित हो जाती है, अर्थात् खिली हुई भ्रम से बन्द हो जाती है ॥ १८३ ॥

त्रिभुवनाधिप राजयोग—

क्रूरैर्नीचै रिपुभवनगैः षष्ठदुश्चिक्यगैर्वा
सौम्यैः स्वोच्चं परममुपगतैर्निर्मलैः केन्द्रगैश्च।
आज्ञां यातो शिशिरकिरणे कर्कटस्थे निशाया-
मेकं छत्रं त्रिभुवनतलं यस्य स क्ष्मातलेशः ॥ १८४ ॥

यदि जन्म के समय में समस्त पाप ग्रह नीच राशि में स्थित होकर शत्रु के घर में वा षष्ठ व तृतीय भाव में हों तथा निर्मल शुभ ग्रह अपने-अपने परमोच्चांश में स्थित होकर केन्द्र में हों एवं कर्क राशि में दशम भाव में चन्द्रमा हो और रात्रि में जन्म हो तो जातक एक क्षत्र त्रिभुवन की भूमि का स्वामी होता है ॥ १८४ ॥

अन्य राजयोग—

[1]होरालेख्यामुपेतः स्फुटकरनिकरैः पूरिताङ्गः सुरेज्य-
श्चन्द्रः शुक्रार्धदेहो भवभवनगतः स्वेन पुत्रेण दृष्टः।
चन्द्राद्भानुर्द्वितीये यदि भवति तथा नैव दृष्टः कुजेन
प्रायो जायेत भूभृद्बहुगजतुरगश्छन्नभूपृष्ठपीठः ॥ १८५ ॥

यदि जन्म के समय में स्पष्ट किरण समूहों से परिपूर्ण गुरू लग्न में व अर्ध शुक्ल देहधारी चन्द्रमा एकादश भाव में बुध से दृष्ट हो तथा चन्द्रमा से द्वितीय भाव में सूर्य,

---

१. सारा० ३५ अ० १३२ श्लो०।

भौम से अदृष्ट हो तो जातक प्रायः अधिक हाथी घोड़ों से आच्छादित भूमि का राजा होता है ॥ १८५ ॥

शत्रुजेता राजयोग—

[1]रविशशिकुजैर्मेषे लग्ने सितार्किबुधैर्वृषे
धनुषि नवमे देवेज्ये च स्वभांशमुपागते।
रविरपि यदि स्वोच्चवर्गप्रधानलवोदयो
भवति नृपतिः सिद्धाज्ञातो हतारिरिहोद्भवैः ॥ १८६ ॥

यदि जन्म के समय में मेष लग्न में सूर्य, चन्द्रमा, भौम हों व वृष लग्न में शुक्र, शनि, बुध हों तथा अपने नवांश में गुरु धनु राशि में नवम में और सूर्य भी मेष में वर्गोत्तम नवांश में हो तो जातक सिद्ध आज्ञा से युद्ध में शत्रुओं को मारने वाला राजा होता है ॥ १८६ ॥

विमल कीर्तिमान् राजयोग—

[2]सितशशिसुतजीवैः पञ्चमस्थैर्नभोगै
रविरपि रिपुराशौ स्वोच्चगे भूमिपुत्रे।
तपसि च रविपुत्रे जायते पार्थिवेन्द्रः
प्रथितविमलकीर्तिर्दानधर्मप्रतापैः ॥ १८७ ॥

यदि जन्म के समय में शुक्र, बुध, गुरु पञ्चम में, षष्ठ में भौम उच्च में और सूर्य भी हो तथा नवम में शनि हो तो जातक दान, धर्म और प्रताप से प्रसिद्ध निर्मल कीर्तिमान् राजा होता है ॥ १८७ ॥

प्रसिद्ध यशस्वी राजयोग—

[3]त्रिदशगुरो रविर्हिमकरस्य भृगोस्तनयो
रवितनयः कुजस्य खलु दृष्टिपथञ्च गतः।
भवति विलग्नगो यदि चरोदयराशिगतः
प्रथितयशा भवेत् क्षितिपतिः क्षपतारिगणः ॥ १८८ ॥

यदि जन्म के समय में चर राशि का लग्न हो तथा गुरु से सूर्य, चन्द्रमा से शुक्र और भौम से शनि दृष्ट हो तो जातक शत्रुओं को जीतने वाला प्रसिद्ध यशस्वी राजा होता है ॥ १८८ ॥

स्वभुज विजयी राजयोग—

[4]बुधे कन्यालग्ने सुरपतिगुरुश्चैव तिमिगः
स्थितः क्षोणीपुत्रः प्रथम भवने वीर्यसहितः।
शनिः शत्रुस्थाने त्रिदशरिपुबन्धुश्च हिबुके
यदेवं स्यात्सूतौ स्वभुजविजयी भूपतिरिह ॥ १८९ ॥

---

१. सारा० ३५ अ० १३३ श्लो०। २. सारा० ३५ अ० १३४ श्लो०।
३. सारा० ३५ अ० १३५ श्लो०। ४. सारा० ३५ अ० १३६ श्लोक।

यदि जन्म के समय में बुध कन्या लग्न में, गुरू मीन में, बली भौम मेष में और शनि छटे भाव में हो तो जातक अपने बाहु बल से विजयी राजा होता है ॥ १८९ ॥

प्रसिद्ध राजयोग

[1]यमे विलग्ने मकरं प्रतिष्ठित
दिवाकरे द्यूनगते सितेऽष्टमे ।
कुजेऽलिगे कर्कटगे निशाकरे
भवेत्प्रसिद्धो जगतीश्वरो नृपः ॥१९०॥

यदि जन्म के समय में मकर लग्न में शनि, सप्तम में सूर्य, अष्टम में शुक्र, वृश्चिक में भौम और कर्क में चन्द्रमा हो तो जातक जगत का स्वामी प्रसिद्ध राजा होता है ॥ १९० ॥

अस्थिर स्वभावी राजयोग––

[2]मृगोदये भूमिसुते सुनिर्मले
शनैश्चरे धर्मगृहे व्यवस्थिते ।
दिवाकरे सप्तमगे सहेन्दुना चलस्वभावो
नृपतिः प्रजायते ॥ १९१ ॥

यदि जन्म के समय में मकर लग्न में निर्मल भौम व नवम भाव में शनि और सप्तम भाव में चन्द्रमा के साथ सूर्य हो तो जातक अस्थिर प्रकृति का राजा होता है ॥ १९१ ॥

अजेय राजयोग––

[3]शनैश्चरे लग्नगते सचन्द्रबृहस्पतौ सप्तमराशिगे च ।
शुक्रेण दृष्टे शशिजे स्वतुङ्गे जायेत पृथ्वीपतिरप्रधृष्यः ॥ १९२ ॥

यदि जन्म के समय में लग्न में शनि, सप्तम में चन्द्रमा के साथ गुरू और अपनी तुङ्गराशि में बुध, शुक्र से दृष्ट हो तो जातक अजेय राजा होता है ॥ १९२ ॥

द्विज देव भक्त राजयोग—

चापे भवेत्सुरगुरुर्हितदृष्टिशुद्धो लग्ने सुरारिदयितः शशिनि स्वराशौ ।
वापीतडागसुरवेश्मकरो नरोऽत्र जायेत मानवपतिर्द्विजदेवभक्तः ॥१९३ ॥

यदि जन्म के समय में धनु राशि में गुरू मित्रग्रह से दृष्ट व लग्न में शुक्र और कर्क राशि में चन्द्रमा हो तो जातक बाबरी कुआ तालाब और देव मन्दिरों का निर्माण कराने वाला ब्राह्मण व देवताओं का भक्त राजा होता है ॥ १९३ ॥

---

१. सारा० ४४ अ० १३७ श्लोक । २. सारा० ४४ अ० १३८ श्लोक ।
३. सारा० ४४ अ० १३९ श्लोक ।

सर्ववन्दित राजयोग

[1]एकः स्वोच्चे शुभगगनगः संस्थितो निर्मलांशुः
केन्द्रे भानुः प्रकटितकरः केवलः पूर्णवीर्यः ।
दृष्टः कुर्यादमरगुरुणा पञ्चमस्थेन जातं
भूमेर्नाथं बहुगजपतिं सर्ववन्द्यं कृतार्थम् ॥ १९४ ॥

यदि जन्म के समय में स्वच्छ किरणों से युक्त उच्चस्थ शुभ, केन्द्र में केवल बली सूर्य, पञ्चमस्थ गुरू से दृष्ट हो तो जातक अधिक हाथियों का स्वामी, कृतार्थ और संसार से वन्दित राजा होता है ॥ १९४ ॥

स्वबाहुबल से शत्रुजेता राजयोग ।

[2]षष्ठे कुजार्किरवयः सहजेऽथवापि
सिंहे सुरारिसचिवोऽथ भवर्क्षसंस्थः ।
दृष्टः शुभैर्दिनकरेन्दुविहीनदृष्टः
कुर्यान्नृपं स्वभुजनिर्जितशत्रुपक्षम् ॥ १९५ ॥

यदि जन्म के समय में छटे भाव में या तृतीय भाव में भौम, शनि और सूर्य हों एवं ग्यारहवें भाव में सिंह राशिस्थ गुरू शुभ ग्रह से दृष्ट तथा सूर्य चन्द्र से अदृष्ट हो तो जातक अपने बाहुबल से शत्रु को जीतने वाला राजा होता है ॥ १९५ ॥

विशेष—पुस्तक में 'षष्ठे तमः सहजगेहगतं तथापि सिंहेन्दुराशि सहितं च भवर्क्षसंस्थः ।' यह पाठान्तर प्राप्त है । इसका वास्तविक में अर्थ सुलभ न होने से यहाँ प्रकाशित सारावली से दिया गया है ॥ १९५ ॥

अन्य राजयोग

[3]वहति मृदुसमीरे निर्मले व्योममध्ये
विमलनिरुपसर्गाः खेचरा वृत्तवैराः ।
उदयति सुरवन्द्ये मण्डले मातृकाणां
यदि वृषभगृहस्थो भार्गवः स्यात् क्षितीशः ॥ १९६ ॥

यदि जन्म के समय में सुन्दर वायु चलती हो व आकाश निर्मल हो तथा त्यक्त वैर विमल उत्पात रहित सब ग्रह हों एवं तुला लग्न में गुरू और वृष राशि में शुक्र हो तो जातक राजा होता है ॥ १९६ ॥

सफल पुष्कल नामक राजयोग—

[4]अधिमित्रगते केन्द्रे जन्माधिपतिर्विलग्नपतियुक्तः ।
पश्यति बलपरिपूर्णो लग्नं स्यात्पुष्कलो योगः ॥ १९७ ॥

---

१. सारा० ३५ अ० २५ श्लोक । २. सारा० ३५ अ० २६ श्लोक ।
३. सारा० ३५ अ० २ श्लोक । ४. सारा० ३५ अ० २८ श्लोक ।

पुष्कलयोगे पुरुषा जायन्ते भूमिपालका नित्यम्।
सुचिरं भ्रमन्ति हतरिपुगजमदगन्धेन वासितदिगन्ताः॥ २९८॥

यदि जन्म के समय में अधिमित्र ग्रह की राशि में पूर्ण बली जन्म राशीश, लग्नेश से युक्त केन्द्र में स्थित होकर लग्न को देखता हो तो पुष्कल योग होता है। इस पुष्कल योग में उत्पन्न होने वाला राजा होता है तथा नष्ट शत्रुओं के हाथियों के मद जल गन्ध से दिशाओं को व्याप्त करता हुआ सुन्दर घूमता है॥ १९७-१९८॥

अन्य राजयोग—

[1]राश्यादौ लग्नपतिः करोति लग्ने नरेन्द्रदण्डपतिम्।
मध्ये मण्डलनाथं ग्रामपतिं चैव भुवनान्ते॥ २९९॥
पौष्णे फाल्गुन्यां वा मूले पुष्ये च भास्करः कुरुते।
लग्नगतो नरनाथं योजनशतमात्रके देशे॥ २००॥
कृत्तिका रेवती स्वाती पुष्यस्थायी भृगोः सुतः।
करोति भूभुजां नाथमश्विन्यामपि संस्थितः॥ २०१॥

यदि जन्म के समय में लग्नेश लग्न में राशि के आदि भाग में हो तो जातक राजाओं को दण्ड देने वाला, राशि के मध्य में लग्नेश हो तो किसी जिले का स्वामी और लग्नेश राशि के अन्तिम भाग में लग्न में हो तो जातक गाँव का स्वामी होता है॥ २९९॥

यदि जन्म के समय में लग्नस्थ सूर्य, रेवती या दोनों फाल्गुनी या मूल या पुष्य नक्षत्र में हो तो जातक सौ योजन भूमि का राजा होता है॥ २००॥

यदि जन्म के समय में कृत्तिका या रेवती या स्वाती या पुष्य वा अश्विनी नक्षत्र में शुक्र स्थित हो तो जातक राजाओं का राजा होता है॥ २०१॥

सार्वभौम राजयोग—

[2]विदधाति सार्वभौमं लग्नांशपतिः स्वतुङ्गगः केन्द्रे।
नृपतिं लग्नाधिपतिर्जन्माधिपतिर्धनसमृद्धम्॥ २०२॥
मीने निशाकरः पूर्णः सुहृद्ग्रहनिरीक्षितः।
सार्वभौमं नरं कुर्यात्सिद्धाज्ञाकं न संशयः॥ २०३॥

यदि जन्म के समय में लग्नस्थ नवांश का स्वामी उच्चस्थ केन्द्र में हो तो जातक सार्वभौम राजा होता है। यदि राशीश व लग्नेश केन्द्र में हो तो जातक धन से संपन्न होता है॥ २०२॥

यदि जन्म के समय में परिपूर्ण चन्द्रमा मीन राशि में मित्रग्रह से दृष्ट हो तो जातक सिद्ध आज्ञा वाला निश्चय सार्वभौम राजा होता है॥ २०३॥

---

१. सारा. १० अ. ९८ श्लोक।   २. सारा० १० अ० ९९ श्लो०।

अन्य राजयोग--

[1]याते भौमे कर्मस्थाने शिशिर-
करभृगुसुतैस्तपः समवस्थितैः ।
आये स्वोच्चे प्राप्तो भानुस्त्रिदश-
पतिसचिवसहितो यदि प्रसवे भवेत् ॥ २०४ ॥
क्षोणीभर्ता याने यस्य प्रविच-
लतितुरगरजसा दिशः परितो गतः ।
एवं कर्तुंभूयो भूयो धरणितल-
परिमलसुखं प्रयान्ति रवेर्हयाः ॥ २०५ ॥

यदि जन्म के समय में भौम दशम भाव में व चन्द्रमा शुक्र नवम भाव में और उच्चस्थ सूर्य गुरू के साथ ग्यारहवें भाव में हो तो जातक राजा होता है ।

जिसकी सेना के चलने पर घोड़ों के पैरों से उड़ी हुई धूलि दिशाओं में व्याप्त होकर सूर्य के घोड़ों को भूमि के सुगन्ध का सुख अनुभव कराती है ॥ २०४-२०५ ॥

स्पष्टार्थ चक्र—

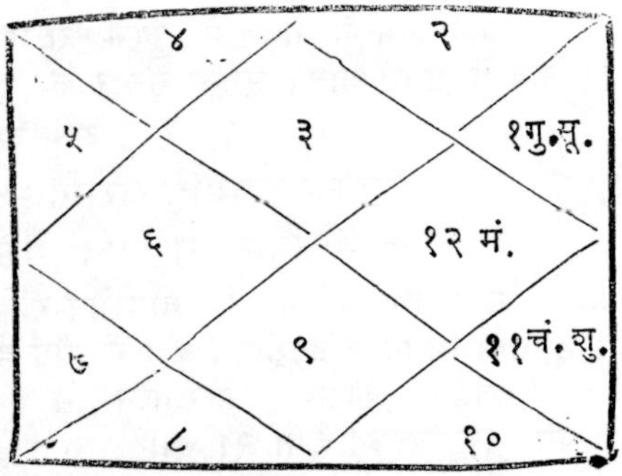

वर्धितश्री राजयोग--

[2]शशिसहिते केन्द्रस्थे शनै-
श्चरे भवति जातोऽत्र ।
राजा भुवि गजतुरगग्राम-
धनैर्वर्धितः श्रीः ॥२०६॥

यदि जन्म के समय में चन्द्रमा के साथ शनि केन्द्र में हो तो जातक हाथी, घोड़ा, गाँव व धन से धन को बढ़ाने वाला राजा होता है ॥ २०६ ॥

शत्रुजेता राजयोग—

[3]शुक्रवाक्पतिबुधैर्धनसंस्थैर्द्यूनगः शशिरविक्षितिपुत्रैः ।
जायते क्षितिपतिः पृथुवक्षाः सर्वतः क्षपितशत्रुसमूहः ॥ २०७ ॥

यदि जन्म के समय में शुक्र, गुरू व बुध धन भाव में और चन्द्र, सूर्य व भौम सप्तम भाव में हों तो जातक विशाल हृदय का और चारों ओर शत्रु समुदाय को परास्त करने वाला राजा होता है ॥ २०७ ॥

---

१. सारा० ३५ अ० १५२–१५३ श्लो० । २. सारा० ३५ अ० १५४ श्लो० ।
३. सारा० ३५ अ० १५५ श्लो० ।

विशेष—इस योग में सूर्य व शुक्र बुध का इतना अन्तर गणित की युक्ति से उचित नहीं प्रतीत होता है। प्रकाशित सारावली में भी इसी प्रकार से पाठ प्राप्त होता है, किन्तु जातकाभरण में सूर्य के स्थान पर शनि का वर्णन प्राप्त होता है। यथा 'धनस्थिताः सौम्यसितामरेज्या मन्दारचन्द्राः यदि सप्तमस्थाः। यस्य प्रसूतौ स तु भूपतिः स्यात्'॥२०७॥

अन्य राजयोग—

[1]भानुः प्राणी [शशिगृहयुतः] शीतरश्मिश्च तस्मि-
न्नेकः स्वोच्चे यदि गगनगो निर्मलः पूर्णरश्मिः।
लग्नं प्राप्तः सुरपतिगुरुः षष्ठगः स्यात् क्षितीश-
श्छन्नो यस्य प्रचलितचमूरेणुभिर्व्योममार्गः॥ २०८॥

यदि जन्म के समय में बली सूर्य कर्क राशि में चन्द्रमा के साथ हो एवं एक कोई ग्रह स्वच्छ पूर्ण किरणों से युक्त उच्चस्थ लग्न में हो और छटे भाव में गुरू हो तो जातक राजा होता है। जिसकी सेना के चलने पर धूलि से आकश मार्ग आच्छादित होता है॥ २०८॥

संसार का कल्याणकारी राजयोग—

[2]कुम्भस्याष्टमभागे त्रिकोणसंस्थेऽपि च निशानाथे।
जातो भवत्यवश्यं राजा शुभदः समस्तलोकस्य॥ २०९॥

यदि जन्म के समय में कुम्भ राशि के अष्टम नवांश में चन्द्रमा त्रिकोण (५।९) भाव में हो तो जातक समस्त संसार का कल्याण करने वाला राजा होता है॥ २०९॥

अन्य राजयोग—

[3]मेषस्य सप्तमांशे करोति पृथ्वीसुतः स्थितो नृपतिम्।
एकाधिविंशे न च मिथुनस्यांशे भवेद्भूपः॥ २१०॥

यदि जन्म के समय में भौम मेष राशि के सप्तम अंश में हो तो जातक राजा होता है, तथा मिथुन के इक्कीसवें अंश में भौम हो तो जातक राजा नहीं होता है॥ २१०॥

विशेष—प्रकाशित सारावली में 'एकाधिकविंशेऽशे नरमिथुनांशे भवेद्भूतः' यह पाठान्तर उपलब्ध है॥ २१०॥

प्रकारान्तर

[4]कुम्भस्य पञ्चदशके भागे चन्द्रस्थितो महीपालम्।
कर्कटस्य च दशमे करोति पुरुषं सदा पुरुषम्॥ २११॥

यदि जन्म के समय में कुम्भ राशि के पन्द्रहवें अंश में या कर्क राशि के दशवें भाग में चन्द्रमा हो तो जातक राजा होता है॥ २११॥

प्रसिद्ध राजयोग—

[5]धनुषि च विंशे जीवः करोति नृपतिं स्थितो जनख्यातम्।
सिंहस्य पञ्चमेंऽशे तथा च हेलिगुरुबुधैर्ज्ञेयः॥ २१२॥

---

१. सारा० ३५ अ० १५६ श्लोक। २. सारा० ३५ अ. १५७ श्लो।
३. सारा० ३५ अ. १५८ श्लोक। ४. सारा० ३५ अ १५९ श्लोक।
५. सारा० ३५ अ० १६० श्लो०।

यदि जन्म के समय में धनु राशि के वीसवें अंश में गुरू हो या सिंह राशि के पांचवें अंश में सूर्य, गुरू व बुध हों तो जातक राजा होता है ॥ २१२ ॥

वीर राजयोग—

[1]एतस्मिन् पञ्चकृतौ तत्रैव दशसंस्थितश्चन्द्रः।
भागेषु वीरनृपतिं करोति भुजलब्धपृथ्वीकम् ॥ २१३ ॥

यदि जन्म के समय में किसी इन राशियों के पच्चीसवें भाग में कोई ग्रह हो और उसी राशि में दशवें अंश में चन्द्रमा हो तो जातक अपने भुजबल से भूमि को प्राप्त करने वाला वीर राजा होता है ॥ २१३ ॥

अन्य राजयोग

[2]मकरस्य पञ्चमांशे करोति रविजो नरेश्वरं सुनयम्।
भागे भूतलतिलकं धर्मज्ञं शास्त्रनिरतञ्च ॥ २१४ ॥

यदि जन्म के समय में मकर राशि के पांचवें अंश में शनि हो तो जातक सुन्दर नीतिमान्, धर्मात्मा, शास्त्र में आसक्त और भूमिका भूषण राजा होता है ॥ २१४ ॥

अजेय राजयोग—

[3]कर्कटगे शशिजीवौ पञ्चसु भागेषु संस्थितौ कुरुतः।
भूमिपतिमप्रधृष्यं रविरिव सर्वग्रहगणस्य ॥ २१५ ॥

यदि जन्म के समय में चन्द्रमा व गुरू कर्क राशि में पाँचवें अंश में हो तो जातक अजेय राजा होता है, जैसे समस्त ग्रहों का राजा सूर्य है ॥ २१५ ॥

सार्वभौम राजयोग—

[4]चन्द्रः पुष्ये नृपतिं वर्गोत्तमकृत्तिकाश्विनीसंस्थः।
विदधाति सार्वभौमं त्रिपुष्करे वापि परिपूर्णः ॥ २१६ ॥

यदि जन्म के समय में पुष्य नक्षत्र में या वर्गोत्तम नवांश में या कृत्तिका या अश्विनी या त्रिपुष्कर योग में परिपूर्ण चन्द्रमा हो तो जातक सार्वभौम राजा होता है ॥ २१६ ॥

जा० भ० में कहा है—'पुष्येऽश्विभे वाप्यथ कृत्तिकासु वर्गोत्तमे पूर्णतनुः कलावान्। करोति जातं खलु सार्वभौमं त्रिपुष्करोत्पन्ननरोऽपि भूपः' (राजयो० ५५ श्लो०) ॥२१६॥

विशेष—त्रिपुष्कर योग का लक्षण निम्न प्रकार से प्राप्त है 'तिथिश्च भद्रा विषमाङ्घ्रिभे चेद्वारे गुरुक्ष्मातनयार्कजानाम्। त्रिपुष्करो योग इति प्रदिष्टो वृद्धौ च हानौ त्रिगुणाप्तकर्ता' ॥ २१६ ॥

अन्य राजयोग—

[5]अश्विन्यनुराधास्थितस्तत्र श्रविष्ठासु पार्थिवं भौमः।
कुरुते स्वोच्चमुपगतो वर्गोत्तमगतश्च नान्यत्र ॥ २१७ ॥

---

१. सारा. ३५ अ. १६१ श्लोक। २. सारा. ३५ अ. १६२ श्लोक।
३. सारा० ३५ अ० १६३ श्लो०। ४. सारा० ३५ अ० १६४ श्लो०।
५. सारा० ३५ अ० १६५ श्लो०।

यदि जन्म के समय में भौम अश्विनी वा अनुराधा या धनिष्ठा या उच्च राशि में या वर्गोत्तम में हो तो जातक राजा होता है। अन्य स्थिति में राजा नहीं होता है ॥२१७॥

जा० भ० में कहा है—'गैने च दास्रेऽप्यथवात्मतुङ्गे वर्गोत्तमे भूमिसुतः करोति। महीपतिं पार्थिववंशजातं चान्यं प्रधानं धनिनं समृद्धम्' (राजयो० ५७ श्लो०) ॥२१७॥

अतुल्य बली राजयोग—

[1]व्योम्नि शङ्खधवलो निशाकरो भार्गवस्तपसि संस्थितः शुचिः।
आयगाश्च यदि सर्व एव ते स्यान्महीपतिरतुल्यपौरुषः॥ २१८॥

यदि जन्म के समय में शङ्ख के समान धवल कान्ति वाला चन्द्रमा दशम में व पवित्र शुक्र नवम में और अवशिष्ट समस्त ग्रह ग्यारहवें भाव में हो तो जातक असमान बली राजा होता है॥ २१८॥

अहङ्कारी राजयोग—

[2]चन्द्रादुपचयसंस्था गगनसदः सर्व एव यदि सूतौ।
जायते मान(व?) निलयः समस्तपृथ्वीपतिः पुरुषः॥ २१९॥

यदि जन्म के समय में चन्द्र राशि से उपचय (३।६।१०।१०) राशि में समस्त ग्रह हों तो जातक अहङ्कारी समस्त भूमण्डल का राजा होता है॥ २१९॥

कुबेरतुल्य राजयोग—

[3]जीवनिशाकरसूर्याः पञ्चमनवमतृतीयगा वक्रात्।
यदि भवति तदा राजा कुबेरतुल्यो धनधरोऽसौ॥ २२०॥

यदि जन्म के समय में भौम से पञ्चम, नवम व तृतीय भाव में गुरु, चन्द्रमा, सूर्य हों तो जातक कुबेर के समान धनवान् राजा होता हैं॥ २२०॥

जा० भ० में कहा है—'उपचयभवनस्थाः सर्वखेटाः शशाङ्काद्रविगुरुशशिनश्चेद्भूमिसूनोर्भवन्ति। त्रितनयनवमस्थाः कुर्वते ते नरेन्द्रं गजतुरगरथानां सम्पदा राजमान्यम्' (रा० ५९ श्लो०)॥ २२०॥

त्रिसमुद्रपारग राजयोग—

[4]रविस्तृतीये भृगुनन्दनः सुखे बुधस्य चान्ये यदि पञ्चमे स्थिताः।
न नीचराशौ न च शत्रुवेश्मगा भवेन्नरेन्द्रस्त्रिसमुद्रपारगः॥ २२१॥

यदि जन्म के समय में बुध से तीसरे भाव में सूर्य, चौथे में शुक्र और अन्य शेष ग्रह पञ्चम भाव में हों तथा नीच राशि व शत्रु राशि में न हों तो जातक तीन ओर समुद्र से वेष्टित भूमि का राजा होता है॥ २२१॥

जा० भ० में इस योग का कुछ विपरीत वर्णन प्राप्त होता है—'सुखे सितज्ञौ सहजेम्बुजेशस्तिष्ठन्ति खेटाः सुतधाम्नि चान्ये। निजारिराशौ न हि कश्चिदत्र धात्रीपतिश्चैककृतातपत्रः' (राजयो० ६० श्लो०)॥ २२१॥

---

१. सारा० ३५ अ० १६६ श्लो०।
२. सारा० ३५ अ० १६७ श्लो०।
३. सारा० ३५ अ० १६८ श्लो०।
४. सारा० ३५ अ० १६९ श्लो०।

अन्य राजयोग—

[1]बृहस्पतेर्भौमदिवाकरेन्दवो गतास्त्रयोऽस्ताम्बुनभस्तलं क्रमात् ।
विपक्षराशौ परिशेषखेचरा यदा तदा भूमिपतिर्नृपात्मजः ॥ २२२ ॥
[2]भृगोरपत्याद्बुधभास्करात्मजौ चतुष्टयस्थौ परिशेषखेचराः ।
तृतीयलाभर्क्षगतास्तु ते यदा महीपतिं कुर्युरसंशयं तदा ॥ २२३ ॥

यदि जन्म के समय में गुरू से सातवें, चौथे और दशवें भाव में भौम, सूर्य व चन्द्रमा क्रम से हों और अवशिष्ट ग्रह छटे भाव में हों तो जातक राजकुल में पैदा होने पर राजा होता है ॥ २२२ ॥

यदि जन्म के समय में शुक्र से केन्द्र में बुध व शनि हों और शेषग्रह तीसरे व ग्यारहवें भाव में हों तो जातक अवश्य राजा होता है ॥ २२३ ॥

सिंहासनाधिशायी राजयोग—

[3]शुक्रबुधौ रवितनयात्केन्द्रे वाचस्पतिर्भवेदुच्चे ।
सिंहासनाधिशायी यदि राजा स्वोच्चगाश्च परिशेषाः ॥ २२४ ॥

अन्य राजयोग—

[4]सवितुस्तृतीयपञ्चसलाभर्क्षसमाश्रितास्तदा यस्य ।
सर्वे ग्रहाः सनृपतिर्मन्त्री सेनापतिर्वापि ॥ २२५ ॥
[5]लग्नपतिः स्फुटरश्मिः पापा लाभर्क्षगाः शुभा केन्द्रे ।
यदि भवन्ति तदा नृपतिं स्वभुजार्जितभूमितलम् ॥ २२६ ॥

यदि जन्म के समय में शनि से केन्द्र (१।४।७।१०) में शुक्र, बुध हों तथा गुरू व अन्य ग्रह उच्च राशि में हों तो जातक सिंहासन पर शयन करने वाला राजा होता है ॥ २२४ ॥

यदि जन्म के समय में सूर्य से तीसरे, पांचवें, ग्यारहवें भाव में समस्त ग्रह हों तो जातक मन्त्री या राजा या सेनापति होता है ॥ २२५ ॥

यदि जन्म के समय में लग्नेश स्पष्ट किरणों से युक्त हो व पापग्रह ग्यारहवें भाव में और शुभग्रह केन्द्र में हों तो जातक अपने भुजबल से भूमि को प्राप्त करने वाला राजा होता है ॥ २२६ ॥

विशेष–प्रकाशित सारावली में 'लग्नपतेः स्फुटरश्मेः पापा' यह पाठान्तर प्राप्त है ॥ २२६ ॥

समस्त नृपवन्दित राजयोग—

[6]लाभे तृतीयषष्ठे यदि पापा जन्म यस्य शुभदृष्टाः ।
भवति तदा धरणीशः समस्तनृपवन्दितः साधुः ॥ २२७ ॥

---

१. सारा० ३५ अ० १७० श्लो० ।
२. सारा० ३५ अ० १७१ श्लो० ।
३. सारा० ३५ अ० १७२ श्लो० ।
४. सारा० ३५ अ० १७३ श्लो० ।
५. सारा० ३५ अ० १७४ श्लो० ।
६. सारा० ३५ अ० १७५ श्लो० ।

जिसके जन्म के समय में शुभग्रहों से दृष्ट पाप ग्रह ग्यारहवें, तीसरे और छटे भाव में हों तो जातक समस्त राजाओं से सम्मानित सज्जन राजा होता है ॥ २२७ ॥

विशेष—प्रकाशित सारावली में 'पापा जन्मस्थ शुभ' यह पाठान्तर है ॥ २२७ ॥

नृपकुलोद्भव राजयोग—

[1]विचरति सुरपूज्यो मेषभे वाथ सिंहे
दहनकिरणदृष्टे भूमिपुत्रे स्वराशौ ।
न च गगनविचारी कश्चिदेकोऽपि नीचे
यदि नृपतिसमुत्थो जायते पार्थिवेन्द्रः ॥ २२८ ॥

यदि जन्म के समय में गुरू मेष राशि में वा सिंह राशि में तथा अपनी राशि में भौम, सूर्य से दृष्ट हो और कोई एक भी ग्रह नीच राशि में न हो तो जातक राजकुल में उत्पन्न होने पर राजा होता है ॥ २२८ ॥

सुनफादियोग में राजयोग—

[2]चन्द्राद्ग्रहैर्निगदिता सुनफादयश्च
केन्द्रस्थितैर्यदि भवन्ति च तेऽत्र योगाः ।
विश्वम्भराधिपकुलेषु महत्सु जाता
योगेषु तेषु मनुजेश्वरतां लभन्ते ॥ २२९ ॥

चन्द्रमा से सुनफा अनफा दुरुधरा योगों का वर्णन किया गया है वे सुनफादि योग यदि केन्द्र में नृपकुलोद्भव जातक के जन्म समय में हों तो वह मनुष्यों का ईश्वर अर्थात् राजा होता है ॥ २२९ ॥

अतुल कीर्तिमान् राजयोग—

[3]केन्द्रगः सुरगुरो (रुः) स
शशांके (ङ्कः) यस्य जन्मनि च भार्गवदृष्टः ।
भूपतिर्भवति सोऽतुलकीर्ति-
र्नीचगो न यदि कश्चिदपि स्यात् ॥ २३० ॥

जिसके जन्म के समय में चन्द्रमा के साथ साथ गुरू केन्द्र में शुक्र से दृष्ट होता है तथा कोई भी ग्रह नीच राशि में न तो वह जातक अतुल कीर्तिमान् राजा होता है ॥ २३० ॥

सार्वभौम राजयोग—

[4]उदयशिखरिसंस्थो भार्गवो यत्र तत्र
बुधरविसुतदृष्टो स्वांशकस्थोऽतिवीर्यः ।
जनयति नरनाथं वाक्पतौ पञ्चमस्थे
भुजबलहतशत्रुं सार्वभौमं गजाढ्यम् ॥ २३१ ॥

---

१. सारा० ३५ अ० १७६ श्लो० ।
२. सारा. ३५ अ. १७७ श्लो० ।
३. सारा० ३५ अ० १७८ श्लोक ।
४. सारा० ३५ अ० १७९ श्लोक ।

यदि जन्म के समय में अत्यन्त बली शुक्र अपने नवांश में लग्न में स्थित हो व बुध शनि से दृष्ट हो और पाँचवें भाव में गुरू हो तो जातक अपने भुजबल से शत्रु को नष्ट करने वाला, हाथियों से युक्त सार्वभौम राजा होता है ॥ २३१ ॥

अन्य राजयोग—

[1]सिंहे कमलिनी भर्ता कुलीरस्थो निशाकरः।
दृष्टौ द्वावपि जीवेन पार्थिवं कुरुतस्तथा ॥ २३२ ॥

यदि जन्म के समय में सिंह राशि में सूर्य, कर्क में चन्द्रमा ये दोनों गुरू से दृष्ट हों तो जातक राजा होता है ॥ २३२ ॥

स्फीत राजयोग—

[2]बुधः कर्कटमारूढो वाक्पतिश्च धनुर्धरम्।
सूर्यभूसुतदृष्टैश्च यदि स्फीतो महीपतिः ॥ ३३३ ॥

यदि जन्म के समय में बुध कर्क राशि में व गुरू धनु राशि में, सूर्य भौम से दृष्ट हो तो जातक विशाल भावना का राजा होता है ॥ २३३ ॥

अन्य राजयोग—

[3]शफरीयुगले चन्द्रः कर्कटे च बृहस्पतिः।
शुक्रः कुम्भे यदा शक्तस्तदा राजा भवेदिह ॥ २३४ ॥
सितदृष्टः शनिः कुम्भे पद्मिनी दयितोदये।
चन्द्रो जलचरे राशौ यदि राजा तदा भवेत् ॥ २३५ ॥
कुजेऽलिगेऽथ मेषे वा रविजीवनिरीक्षितः।
वृषे ज्ञः शुक्रसंदृष्टस्तदापि पृथिवीपतिः ॥ २३६ ॥

यदि जन्म के समय में मीन राशि में चन्द्रमा व कर्क राशि में गुरू और कुम्भ राशि में शुक्र हो तो जातक राजा होता है ॥ २३४ ॥

यदि जन्म के समय में कुम्भस्थ शनि शुक्र से दृष्ट हो व सूर्य ग्यारहवें भाव में चन्द्रमा जलचर राशि में हो तो जातक राजा होता है ॥ २३५ ॥

यदि जन्म के समय में भौम मेष या वृश्चिक राशि में सूर्य व गुरू से दृष्ट व वृषस्थ बुध, शुक्र से दृष्ट हो तो जातक राजा होता है ॥ २३६ ॥

प्रकारान्तर—

[4]अमलवपुरवक्रः कैरवाणां विकासी
स्वगृहमथ नवांशं स्वोच्चमंशं गतो वा।
हितगगननिवासैः पञ्चभिर्दृश्यमानो
जनयति जगदीशं नीचभे नो यदि स्यात् ॥ २३७ ॥

---

१. सारा० ३५ अ० १८० श्लो०। २. सारा० ३५ अ० १८१ श्लो०।
३. सारा० ३५ अ० १८२-१८४ श्लो०। ४. सारा० ३५ अ० १८५ श्लोक।

[1]लाभे मन्दो गुरुः सुते लग्नमेषे शशाङ्को
दुश्चिक्येऽर्को बुधकुतनयौ वक्रगौ चेत्सभूपः।
यत्सेनायास्ततमदजलक्षोभतो वारणेन्द्रै-
र्भूयः सेतोः स्मरति सहसा क्षोभितान्तोऽम्बुराशिः ॥ २३८ ॥
कमलगहनबन्धुः कन्ययालिङ्गिताङ्ग-
स्त्वलिनि कुजसुरेज्यौ चन्द्रमा मेषसंस्थः।
न च यदि परिशेषैर्दृश्यते स्यात्स भूपः
अचलितगजसङ्घच्छादिताशाननौघः ॥ २३९ ॥

यदि जन्म के समय में निर्मल देहधारी परिपूर्ण चन्द्रमा अपनी राशि में वा अपने नवांश में वा उच्च के नवांश में पांच मित्र ग्रहों से दृष्ट हो तथा नीच राशि में कोई ग्रह न हो तो जातक राजा होता है ॥ २३७ ॥

यदि जन्म के समय में मेष लग्न में चन्द्रमा, ग्यारहवें भाव में शनि तीसरे में सूर्य और बुध भौम वक्री हों तो जातक राजा होता है। जिसकी सेना के हाथियों के विस्तृत मद जल क्षोभ से क्षुब्धान्तः करण वाला समुद्र झटिति फिर (पुनः) सेतु बन्धन का स्मरण करता है ॥ २३८ ॥

विशेष—प्रकाशित सारावली में 'लाभे मन्दो गुरुसुतावुद्गमे खे शशाङ्को बन्धावर्कों' यह पाठान्तर है तथा पुस्तक में 'यत्सेनायाः कृत जलकटिक्रान्तरमत्तेभशालैर्भूयः स्मरति समयः क्षोभितोऽभोंबु राशिः' यह पाठान्तर है ॥ २३८ ॥

यदि जन्म के समय में सूर्य कन्या राशि में, कुज (भौम) गुरू वृश्चिक राशि में और मेष राशि में चन्द्रमा अवशिष्ट ग्रहों से अदृष्ट हो तो जातक अपने स्थिर हाथियों के समूहों से दिशाओं को आच्छादित करने वाला राजा होता है ॥ २३९ ॥

गर्ग जातके—

गुरुज्ञभार्गवैर्लग्ने सप्तमस्थेऽर्कनन्दने।
दशमस्थे रवौ जातः भोगभाक् पुरुषो भवेत् ॥ २४० ॥
पापक्षेत्रगतैः पापैः केन्द्रस्थैः सौम्यराशिभिः।
सबलैर्यस्य जन्म स्यात् स भवेद्दस्युनायकः ॥ २४१ ॥

अब आगे गर्गजातकोक्त भोगी व दस्यु स्वामी योग को कहते हैं।

यदि जन्म के समय में गुरू, बुध व शुक्र लग्न में व सप्तम में शनि और दशम में रवि हो तो जातक भोगी होता है ॥ २४० ॥

यदि जन्म के समय में पाप ग्रहों की राशि में पाप ग्रह हों व केन्द्रस्थ सौम्य राशि बली हों तो जातक चोरों का स्वामी होता है ॥ २४१ ॥

---

१. सारा० ३५ अ० १८६ श्लोक।

अथ राज्याधि(द)कज्ञानमुक्तं तत्रैव ।
लग्नगः कर्मगौ राजा योगकर्तृगृहेषु च ।
यः स्यात्सोऽन्तर्दशाकाले राज्यदः प्रबलो यदा ॥२४२॥
तदभावे योगकर्तृग्रहाणां प्रबलो हि यः ।
स च स्वान्तर्दशाकाले राज्यदः परिकीर्तितः ॥ २४३ ॥
नीचादिग्रहसंस्थस्य दशायां प्रबलस्य च ।
युवतिश्च बलहीनस्य तन्मोक्षपरमं श्रियात् ॥ २४४ ॥

सारावल्याम्—

[1]व्योमलग्नप्रपन्नस्य दशायां राज्यमाप्नुयात् ।
नरेन्द्राणां यदा योगस्तद्वीर्यादथवा पुनः ॥ २४५ ॥
[2]रविकिरणमुषितदीप्तेर्दशातिदुःखातिशोकदा भवति ।
मानयशोऽर्थविनाशं प्रतापरूपोद्यमनिहन्त्री ॥ २४६ ॥
[3]होराजन्माधिपतेः शत्रुर्दशायां विमूढमतिः ।
राज्यच्युतो विपक्षैः परिभूतोऽन्यं समाश्रयति ॥ २४७ ॥

समुद्र जातके—

शीर्षपृष्ठोदयर्क्षस्थाः केन्द्रनीचार्क राशिपाः ।
वयसोप्यादिमध्यान्ते राज्यार्थेशत्वसौख्यदाः ॥ २४८ ॥

अत्र गुरुलग्नेश चन्द्रराशिपो वा केन्द्रे मस्तकोदयराशिगो वयस आदिमे राज्यदः स्यादेवं सर्वत्र ।

॥ इति राजयोगाध्यायः ॥

अब गर्ग जातकोक्त राज्य प्राप्ति काल को बताते हैं या यों समझिये इन राजयोगों की कुण्डली में सत्ता होने पर कब राज्य मिलेगा इसको कहते हैं ।

जन्म के समय में राजयोग कारक ग्रह लग्न में व दशम में जो बली हो उसकी अन्तर्दशा में राज्य लाभ होता है ॥ २४२ ॥

यदि लग्न या दशम में राज योग कारक ग्रह न हों तो जो कारक ग्रहों में सर्वाधिक बलवान् हो उसकी अन्तर्दशा में राज्य लाभ होता है ॥ २४३ ॥

यदि नीचादि राशिस्थ ग्रह व बली ग्रह व बलहीन स्त्री ग्रह की दशा में लक्ष्मी का व्यय होता है ॥ २४४ ॥

अब सारावली के आधार पर राज्य प्राप्ति काल को कहते हैं ।

यदि राज योग कारक ग्रह दशम में हों तो उसकी दशा में राज्य लाभ होता है । यदि दशम में ग्रहाभाव हो तो बली ग्रह की दशा में राज्य लाभ होता है ॥ २४५ ॥

---

१. सारा० ४१ अ० ५९ श्लो० । २. सारा० ४१ अ० ५७ श्लो० ।
३. सारा० ४१ अ० ५८ श्लो० ।

सूर्य की किरणों से अस्त ग्रह की दशा अति दुःखदायी, शोक को देने वाली, मान-यश-धन-प्रताप और उद्योग को नष्ट करने वाली होती है ॥ २४६ ॥

विशेष—प्रकाशित सारावली में 'दशा ग्रहस्य मलिनां तनु कृत्वा' यह पाठान्तर है ॥ २४६ ॥

लग्नेश व राशीश के शत्रु ग्रह की दशा में जातक बुद्धिशून्य, राज्य से भ्रष्ट और शत्रुओं से पीड़ित होकर दूसरे का आश्रय लेता है ॥ २४७ ॥

अब समुद्रजातकोक्त राज्य प्राप्ति काल को कहते हैं।

यदि जन्म के समय में गुरू लग्नेश वा राशीश केन्द्र में शीर्षोदय राशि में हो तो प्रथम अवस्था में, यदि पृष्ठोदय राशि में हों तो मध्य अवस्था में और उभयोदय राशि में हों तो अन्त अवस्था में राज्य धन व सुख की प्राप्ति होती है ॥ २४८ ॥

इस प्रकार विविध राजयोगों का वर्णन समाप्त हुआ।

[1]श्रीदेवकीर्तिराजः पञ्चमहापुरुषसंज्ञितान् नृपतीन्।
कथयति यांस्तानहमपि कथयामि निराकुलीकृत्य ॥ १ ॥

आचार्य श्री देवकीर्तिराज ने जिन पाँच महापुरुष संज्ञक राजयोगों का वर्णन किया है उन्हीं योगों को मैं शान्त चित्त होकर कहता हूं, ऐसा कल्याणवर्मा अपने सारावली ग्रन्थ में कह रहे हैं। अर्थात् आचार्य बलभद्र सारावली में कथित पाँच महापुरुष योगों को यहाँ बता रहे हैं ॥ १ ॥

पाँच महापुरुषों के लक्षण का ज्ञान—

[2]स्वक्षेत्रे च चतुष्टयेऽथ बलिभिः स्वोच्चस्थितैर्वा ग्रहैः।
शुक्राङ्गारकमन्दजीवशशिजैरेतैर्यथानुक्रमम्।
मालव्यो रुचकः शशश्च कथितो हंसश्च भद्रस्तथा।
सर्वेषामिति विस्तरान्मुनिमतात्संकथ्यते लक्षणम् ॥ २ ॥

शुक्रादिभिर्बलिभिः स्थानादिषड्बलयुक्तैः स्वगृहस्थः केन्द्रस्थितैश्च योगाः ज्ञेयाः वा स्वोच्चगैर्बलिभिः केन्द्रस्थैर्योगा ज्ञेयाः, एकस्याप्यभावेन योगा इति तत्त्वम्।

यदि जन्मपत्री में शुक्र, भौम, शनि, गुरू व बुध स्थानादि षड्बल से युक्त होकर अपनी-अपनी राशियों में केन्द्र में स्थित हों अथवा बली उक्त ग्रह अपनी अपनी उच्च राशि में केन्द्र में स्थित हो तो शुक्र से मालव्य, भौम से रुचक, शनि से शश, गुरू से हंस और बुध अपनी राशि या उच्च राशि में बलवान् केन्द्रस्थ हो तो भद्र नामक महापुरुष योग होता है। इन पाँचों के लक्षण मैं ऋषि मत से विस्तार पूर्वक कहता हूँ ॥ २ ॥

विशेष—प्रकाशित सारावली में 'सर्वेषामपि विस्तरं मतिमतां संक्षिप्यते' यह पाठान्तर प्राप्त है ॥ २ ॥

१. सारा० ३७ अ० १ श्लो०। २. सारा० ३७ अ० २ श्लो०।

स्पष्टार्थ चक्र
मालव्य

स्पष्टार्थ चक्र
रुचक

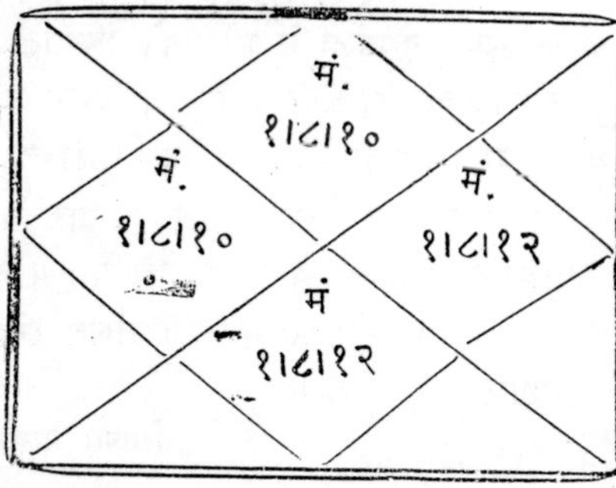

स्पष्टार्थ चक्र
शश

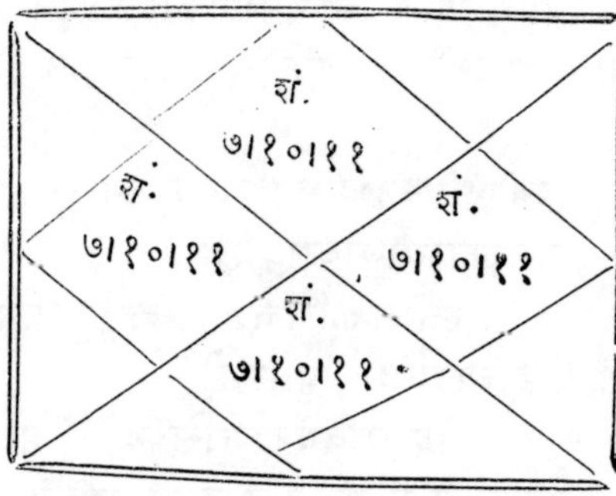

स्पष्टार्थ चक्र
हंस

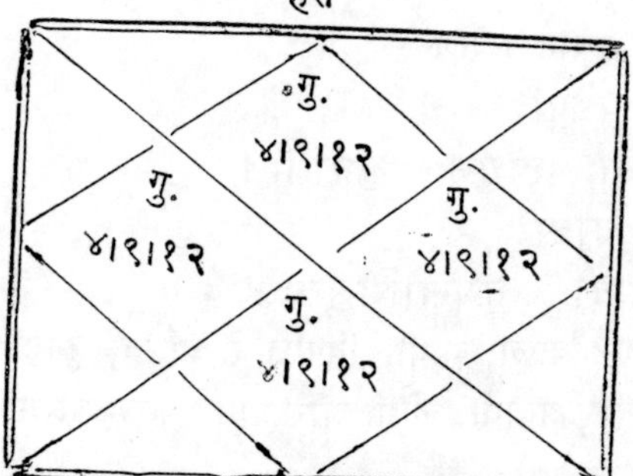

स्पष्टार्थ चक्र
मद्र

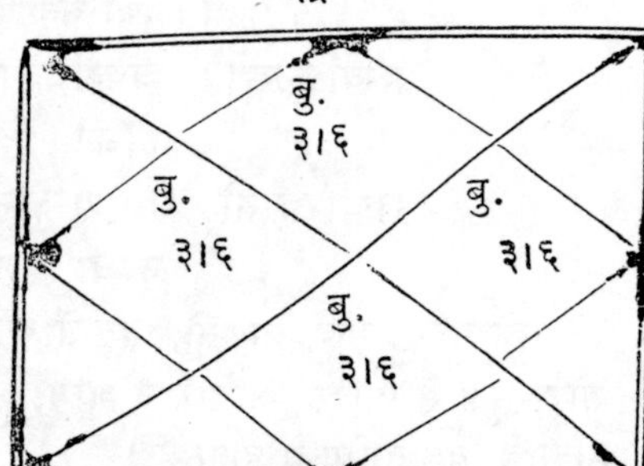

अथ सत्वादिगुणलक्षणं पृथिव्यादिपञ्चभूतलक्षणञ्च प्रोच्यते ।

अब आगे सत्वादि गुण व भूमि आदि पांच भूत लक्षण को कहते हैं ।

भौमादि से फल का ज्ञान—

[1]महीसुतात्सत्वमुदाहरन्ति गुरुत्वमिन्दोस्तनयाद् गुरोश्च।
स्वरं सितात्स्नेहमिनेश्च वर्णं बलाबलं पूर्णलघूनि चैषाम् ॥ ३ ॥

जन्म कुण्डली में भौम की स्थिति से बल (पराक्रम) का, बुध से गुरुता का, गुरू से स्वर का, शुक्र से स्नेह का और शनि से वर्ण का विचार करना चाहिये। यदि ये ग्रह या इन ग्रहों में से जो पूर्ण बली हो वह वस्तु पूर्ण, मध्यबली हो तो मध्यम और अल्पबली हो तो वह वस्तु उस ग्रह की उस जातक के पास अल्प होती है। यदि ये पांचों बली हों तो ये वस्तुए भी मनुष्य के पास पूर्ण होती हैं।

विशेष—पुस्तक में 'स्वराशित स्नेहमिहैव वर्णं बलाबलैः पूर्ण लघूनि चैषाम्' यह पाठान्तर है ॥ ३ ॥

सतोगुणी मनुष्य के प्रधान लक्षण—

[2]ऋजुर्दयालुर्बहुदारभृत्यः स्थिरस्वभावी प्रियसत्यवादी।
सुरद्विजोपास्तिकरः सहिष्णुर्भवेन्नरः सत्वगुणप्रधानः ॥ ४ ॥

जो मनुष्य सीधा, दयालु, अधिक स्त्री व नौंकरों से युक्त, स्थिर प्रकृति का, सत्य बोलने का प्रेमी, देवता व ब्राह्मणों का भक्त और सहनशील होता है वह सतो गुणी होता है ॥ ४ ॥

रजोगुणी मनुष्य के प्रधान लक्षण—

[3]शूरः कलाकाव्यनिविष्टबुद्धिः
स्त्रीसक्तचित्तः क्रतुषु प्रवीणः।
आडम्बरी हास्यरतिः प्रगल्भो
वेदार्थविद्राजसिकः प्रदिष्टः ॥ ५ ॥

जो मनुष्य वीर, कला व काव्य में दत्त बुद्धि वाला, स्त्री में आसक्त, यज्ञों में निपुण, आडम्बरी (पाखण्डी) हँसने में प्रीति वाला, प्रतिभाशाली और वेद के अर्थ का ज्ञाता होता है वह रजोगुणी होता है ॥ ५ ॥

तमोगुणी मनुष्य के प्रधान लक्षण—

[4]मूर्खोऽलसो वञ्चयिता परेषां
क्रोधी विपन्नः पिशुनः क्षुधार्थः।
आचारहीनो न शुचिर्न दाता
लुब्धः प्रमादी तमसाभिभूतः ॥ ६ ॥

जो मनुष्य मूर्ख, आलसी, दूसरों को ठगने वाला, क्रोधी, विपत्ति से ग्रसित, चुगल खोर, भूख से पीडित, आचार से शून्य, अपवित्र, अदानी, लोभी और प्रमाद करने वाला होता है, वह तमोगुणी होता है।

---

१. सारा० ३५ अ० १०४ श्लो०। २. सारा० ३५ अ० १०५ श्लो०। ३. सारा० ३५ अ० १०६ श्लो०। ४. सारा० ३५ अ० १०७।

समस्त भूमि पालक का ज्ञान—

[1]भारो भवति नृपाणां भूम्यर्धं भुञ्जतां मनुष्याणाम् ।
येषां भागे त्वर्धं सकलमहीपालकास्ते स्युः ॥ ७ ॥

मनुष्यों की आधी भूमि का भोग करने वाला, राजाओं का भाररूप जन होता है। जिन राजाओं के पास आधी भूमि होती है वे समस्त भूमि के पालक होते हैं ॥ ७ ॥

शत्रुजेता राजयोग—

[2]समाः स्वरैः सिंहमृदङ्गदन्तिनां रथौघभेरीवृषतोयदायिनाम् ।
समस्तभूमण्डलरक्षणक्षमाः भवन्ति भूपार्जितशत्रवो नराः ॥ ८ ॥

जिन मनुष्यों के शब्द सिंह, मृदङ्ग, हाथी, रथ समुदाय भेरी, बैल और मेघ के समान होते हैं वे जातक समस्त भूमि की रक्षा करने में समर्थ और शत्रु जेता राजा होते हैं ॥ ८ ॥

विशेष राजयोग—

[3]स्निग्धैर्भवन्ति जिह्वात्वग्दन्तनेत्रनखकेशैः ।
रूक्षैरेतैर्निस्वाः सारस्वतजातके कथिताः ॥ ९ ॥

जिस मनुष्य के जिह्वा (जीभ), खाल, दांत, नेत्र, नाखून और केश चमक दार होते हैं वह जातक राजा होता है। जिसके जिह्वादि शुष्क होते हैं वह निर्धन होता है। ऐसा सारस्वत जातक में कहा है ॥ ९ ॥

राजा का वर्णज्ञान—

[4]स्निग्धस्तेजो युक्तः शुद्धो वर्णः प्रकीर्तितो नृपतेः ।
विपरीतः क्लेशभुजां सुतार्थसुखभागिनां मध्यः ॥ १० ॥

चीकना व तेज से युक्त शुद्ध वर्ण राजा का होता है। इसके विपरीत अर्थात् रूक्ष एवं तेज हीन होने पर क्लेश दायक व सुत, धन-सुख का भोग मध्यम होता है ॥ १० ॥

तत्त्व व छाया का ज्ञान—

[5]व्योमाम्बुवाताग्निमहीस्वभावाः सुरासुरेज्यार्किमहीजसौम्यैः ।
छाया मरुत्पित्तबलासरूपा मिश्रैस्तु मिश्रा बलिभिर्नरस्य ॥११॥

यदि जन्म के समय में गुरू पूर्ण बली हो तो वह जातक आकाश प्रकृति का अर्थात् उसमें आकाश तत्त्व की अधिकता होती है। यदि शुक्र बली हो तो जल तत्त्व की अधिकता, शनि बली हो तो बात तत्त्व की, भौम बली हो तो अग्नि तत्त्व की और बुध बली हो तो भूमि तत्त्व की अधिकता होती है। इसी प्रकार उक्त ग्रह बली हों तो उक्त ग्रहों के तत्त्वों की आकाशादि छाया होती है। यदि २-३ ग्रह बली हों तो तत्तद् ग्रहों की मिश्रित छाया व तत्त्व होते हैं ॥ ११ ॥

---

१. सारा० ३५ श्लो० अ० १०९ श्लो०।

२. सारा० ४४ अ० १३७ श्लोक। ३. सारा० ४४ अ० १३८ श्लोक।

४. सारा० ४४ अ० १३९ श्लोक। ५. सारा. ३५ अ. ११९ श्लोक

आकाश तत्त्व का फल--

[1]शब्दार्थविन्न्यायपटुः प्रगल्भो
विज्ञानयुक्तो विविधार्थभोगः ।
छिद्राङ्गसन्धिः कृशपाणिपादो
व्योमप्रकृत्या पुरुषोऽतिदीनः ॥ १२ ॥

जिस जातक का आकाश तत्त्व होता है वह शब्दार्थ का ज्ञाता, न्याय में चतुर, प्रतिभा शाली, वैज्ञानिक, अनेक प्रकार के धन का भोगी, शरीर की सन्धि छिद्र से युक्त, पतले हाथ व पैर, अधिक दीन होता है ॥ १२ ॥

विशेष—प्रकाशित सारावली में 'विवृतास्यभागः' 'चित्राङ्गसन्धिः' 'पुरुषोऽतिदीर्घः' यह पाठान्तर है ॥ १२ ॥

जल तत्त्व का फल--

[2]जलस्वभावो बहुवारिपायी प्रियाभिभाषी द्रवभोजनश्च ।
चलस्वभावो बहुमित्रपक्षः क्षोणीपतिर्नातिचिरं प्रगल्भः ॥ १३ ॥

जिस जातक का जल तत्त्व होता है वह अधिक पानी पीने वाला, मधुरभाषी, रसीले पदार्थों को खाने वाला, अस्थिर प्रकृति, अधिक मित्रों से युक्त, अधिक समय तक प्रतिभाशाली नहीं होता है ॥ १३ ॥

वायु तत्त्व का फल—

[3]सत्त्वं च वायोः पुरुषः कृशाङ्गः क्षिप्रश्च कोपस्य वशं प्रयाति ।
कृत्यैकबुद्धिर्भ्रमणे रतश्च दान्तो मितो भूपतिरप्रधृष्यः ॥ १४ ॥

जिस जातक का वायु तत्त्व होता है वह पतला देहधारी, बलिष्ठ, शीघ्र क्रोधी, एक मात्र कार्य में दत्त बुद्धि, घूमने में आसक्त, सीमित तप में क्लेश सहने वाला और अजेय राजा होता है ॥ १४ ॥

अग्नि तत्त्व का फल—

[4]शूरः क्षुधार्तश्चपलोऽतितीक्ष्णः प्राज्ञः कृशो बद्धतनुर्विरोधी ।
विद्वांश्च मानी बहुभक्षणश्च वह्निस्वभावः पुरुषोऽतिकायः ॥ १५ ॥

जिस जातक का अग्नि तत्त्व होता है वह वीर, भूख से पीडित, चपल, अधिक तीखा, प्रौढ, दुबला भी गठीला देह, विरोधी, पण्डित, अभिमानी, अधिक भोजनी और लम्बा शरीरी होता है ॥ १५ ॥

विशेष—प्रकाशित सारावली में 'गौरतनुर्विः' 'विद्वान् सुपाणि' यह पाठान्तर है ॥ १५ ॥

भूमि तत्त्व का फल—

[5]कर्पूरजात्युत्पलपुष्पगन्धो भुनक्ति भोगान् स्थिरलब्धसौख्यः ।
सिंहाब्दघोषः स्थिरचित्तवृत्तिर्महीस्वभावो भवति प्रजातः ॥ १६ ॥

---

१. सारा० ३५ अ० ११३ श्लो० ।
२. सारा० ३७ अ० १३ श्लो० ।
३. सारा० ३७ अ० १४ श्लो० ।
४. सारा० ३७ अ० १५ श्लो० ।
५. सारा० ३७ अ० १६ श्लो० ।

जिस जातक का भूमि तत्त्व होता है वह कपूर, जाति, कमल पुष्प के सदृश गन्ध वाला, भोगी, स्थिर सुखी, सिंह के समान शब्द वाला और स्थिर चित्त वाला होता है ॥ १६ ॥

आकाश छाया का फल—

[1]स्फटिकोपलसंकाशा स्वच्छा गगनगता स्थिता भवेच्छाया ।
निधिरिव पुण्या धन्या त्रिवर्गफलसाधनी सुभगा ॥ १७ ॥

जिस जातक के आकाश छाया का उदय होता है वह स्फटिक व कमल के समान स्वच्छ कान्तिवाला, पुण्यात्मा प्रशंसनीय, त्रिवर्ग (धर्म, अर्थ, काम) फल भोगी, अच्छा भाग्यवान् होता है। जैसे खजाने के द्वारा पुण्य, प्रशंसा त्रिवर्ग फल की सिद्धि होती है ॥ १७ ॥

जल छाया का फल—

[2]स्निग्धा सिता च हरिता कान्ता मातेव सर्वसुखजननी ।
सौभाग्याभ्युदयशुभं करोति जलसंभवा छाया ॥ १८ ॥

जिस जातक के जल छाया का उदय होता है वह सरस शुभ्र, हरा, प्रिय, माता के समान सर्व सुख भोगी अर्थात् जिस प्रकार माता सब सुख देने वाली होती है उसी प्रकार सौभग्यवान् व उन्नति कर्ता होता है ॥ १८ ॥

वायु छाया का फल

[3]असितजलजकान्तिः पापगन्धोऽतिमूढो
मलिनपरुषकायः शोकसंतापतप्तः ।
भवति च वधदैन्यव्याध्यनर्थार्थनाशा-
द्विचरति पवनोत्था यस्य कान्तिः शरीरे ॥ १९ ॥

जिसके वायु छाया का उदय होता है वह काले कमल के सदृश चमक वाला, दुर्गन्धी, अधिक मूर्ख, दूषित कठोर देहधारी, शोक व संताप से पीड़ित, हिंसा, दरिद्रता, रोग, अनर्थ व धन नाश से घूमने वाला होता है ॥ १९ ॥

अग्नि छाया का फल

[4]कमलवहनकान्तिश्चण्डदण्डोऽतिधृष्टः
प्रणतसकलबन्धुर्विक्रमाकान्तभूमिः ।
भजति मणिसुवर्णं सर्वकार्यार्थसिद्धिं
प्रशमितगदकोपो वन्हिजायां प्रभायाम् ॥ २० ॥

जिसके अग्निछाया का उदय होता है वह कमल की नाल के समान कांति वाला, कठोर दण्ड दाता, अधिक ढीठ, समस्त बान्धवों से वन्दित, पराक्रम से भूमि

---

१. सारा० ३७ अ. १७ श्लोक। २. सारा० ३७ अ० १८ श्लोक।
३. सारा० ३७ अ० १९ श्लो०। ४. सारा० ३७ अ० २० श्लोक।

प्राप्त करने वाला, मणि व सुवर्ण से युक्त, समस्त कार्यों का साधक और रोग व क्रोध से हीन होता है ॥

विशेष—प्रकाशित साराबली में 'कलनदहनदीप्तिश्चण्डदण्डोऽतिहृष्टः, प्रणत सकल शत्रु' यह पाठान्तर प्राप्त है ॥ २० ॥

भूमि छाया का फल

[1]आद्याम्बुसिक्तवसुधागरुतुल्यगन्धः
सुस्निग्धदन्तनखरोमशरीरकेशः ।
धर्मार्थतुष्टिसुखभाजन संप्रियश्च
छायां यदा भजति भूमिकृतां मनुष्यः ॥ २१ ॥

जिसके भूमि छाया का उदय होता है वह जातक प्रथम जल की बूँद से भूमि में जो गन्ध उत्पन्न होती है उसी गन्ध के समान गन्ध वाला, सुन्दर चीकने दाँत, नाखून, रोम, शरीर व केश वाला, धर्म-धन-प्रसन्नता व सुख का भोगी और जनप्रिय होता है ॥ २१ ॥

छाया पशुपक्षिष्वपि लक्ष्येत्याह वराहः—

[2]छाया शुभाशुभफलानि निवेदयन्ती लक्ष्या मनुष्यपशुपक्षिषु लक्षणज्ञैः ।
तेजो गुणान् बहिरपि प्रविकाशयन्ती दीपप्रभा स्फटिकरत्नघटस्थितेव ॥२२॥

आचार्य वराह मिहिर का कथन है कि पशु-पक्षियों में भी छाया लक्षित करके पूर्वोक्त फल कहना चाहिए। छाया लक्षण जानने वालों का कहना है कि मनुष्य पशु, पक्षियों में छाया शुभाशुभ फल को बताने वाली तथा स्फटिक या रत्न के घड़े में स्थित दीपक जैसे तेज व गुण को बाहर भी प्रकाशित करता है उसी प्रकार मनुष्यादि के तेज व गुण बाहर भी प्रकाशित होते हैं। अतः बाहरी तेज गुणों को जान कर छाया निर्णय करके फलादेश करना चाहिए ॥ २२ ॥

अथ वातादिप्रकृतिः सारावल्याम् ।

अब आगे सारावली में वर्णित वातादि प्रकृति के फल को कहते हैं ।

वात प्रकृति का फल—

[3]शीतालुर्बहुभाषको द्रुतगतिर्नावस्थितः कुत्रचित्
चौरो मत्सरवाक् च जागररुचिः सौभाग्ययुक्तो नरः ।
दन्तान् बादति नातिसौहृदमतिर्गन्धर्ववेत्ता क्षमी
मित्राणां समुपार्जनेऽतिनिपुणः स्वप्ने च खे गच्छति ॥ २३ ॥
अपगतधृतिरूक्षश्मश्रुकेशः कृतघ्नः
स्फुटितचरणहस्तः क्रोधनो नष्टकान्तिः ।

---

१. सारा० ३७ अ० २१ श्लो० ।
२. बृ. जा. ८ अ. २१ श्लोक भट्टो. ।
३. सारा० ३५ अ० ९२ श्लो० ।

विलपति मतिबद्धो वित्तसंहारकारी
भवति पुरुष एवं मारुतैकप्रधानः ॥ २४ ॥

जिस मनुष्य की वायु प्रकृति होती है वह टण्ड से भयभीत, अधिक बोलने वाला, जल्दी-जल्दी चलने वाला, कहीं भी नही ठहरने वाला, चोर, अहङ्कार से युक्त वाणी वाला, चैतन्य इच्छा वाला, सौभाग्यशाली, दाँतों को बजाने वाला, अधिक मित्र बुद्धि से हीन, गान विद्या का जानने वाला, क्षमावाम्, मित्र बनाने में चतुर, स्वप्न में आकाश में जाने वाला, धैर्यता से शून्य, शुष्क मूँछ व बार वाला, कृतघ्न, फटे पैर एवं हाथ वाला, क्रोधी, चमक से हीन, बुद्धि से शून्य होकर विलाप करने वाला और धन का नाशक होता है ॥ २३-२४ ॥

विशेष—प्रकाशित सारावली में 'शीतार्तो' 'शूरो मत्सरवान्रुजाकररुचिर्दौर्भाग्ययुक्तोऽनयः' दन्तान् स्वादति' 'क्षम्री' के स्थान पर 'कृशो' 'विलपति च निबन्धी' यह पाठान्तर प्राप्त है ॥ २३–२४ ॥

पित्त प्रकृति का फल—

[२]दुर्भाषी लघुकोपनो विपुलधीः क्षिप्रप्रसादः पुनः
पीनो रक्तनखाक्षिपाणिचरणो वृद्धाकृतिर्दाहवान् ।
मेधावी युधि निर्भयो हिमरुचिर्ब्रूते विगृह्यापरान्
नो भीतेः प्रणयं प्रयाति बहुभुक् कुर्यान्न मातुः प्रियम् ॥ २५ ॥
स्वप्नेऽपि पश्यति सुवर्णदिनेशदीपान्
दावाग्निकिंशुकजबानिकरानुकारान् ।
रक्ताब्जषण्ढरुधिरौघतडित्समूहान्
पित्ताधिको निगदितः खलु लक्षणज्ञैः ॥ २६ ॥

जिस मनुष्य की पित्त प्रकृति होती है वह बुरा बोलने वाला, अल्पक्रोधी, विशाल बुद्धि वाला, शीघ्र प्रसन्न होने वाला, मोटा, लाल नाखून; आँख, हाथ और पैर वाला, बूढी आकृति का, जलन वाला, बुद्धिमान्, युद्ध में भय से हीन, शीत प्रिय, दूसरों को पकड़कर जुआँ में जाने वाला, डर कर शरण में नहीं जाने वाला, अधिक खाने वाला, माता का प्रेमी नहीं, स्वप्न में सुवर्ण सूर्य, दीपक, दावाग्नि पलाश जवादि तुल्य वस्तु, लाल कमल, नपुंसक, खून के समूह वा विजली के समूहों को देखने वाला होता है ॥ २५–२६ ॥

विशेष—प्रकाशित सारावली में 'दुर्गन्धी लघुतापनो' 'ब्रूते निगृह्यापरान्' 'नो भीतः प्रणयं प्रयाति बहुभिः कुर्यान्नतानां प्रियम्' 'स्वप्नेऽभिपश्यति' 'किंशुकजपामणिकर्णिकारान्' यह पाठान्तर प्राप्त है ॥ २५–२६ ॥

---

२. सारा० ३५ अ० ९३ श्लो० ।

कफ प्रकृति का फल—

[1]श्रीमान् श्लिष्टाङ्गसन्धिर्धृतिबलसहितः स्निग्धकान्तिः सुदेहा-
ग्राही सत्त्वोपपन्नो हतमुरजघनध्यानदोषः सहिष्णुः।
गौरो रक्तान्तनेत्रो मधुररसरुचिर्बद्धवैरी कृतज्ञः
क्लेशः स्यादन्यचित्तः सकलजनहितः पूजकानां गुरूणाम् ॥२७॥

सुप्तस्तु पश्यति समुद्रनदीसरांसि
मुक्ताफलप्रकरहंससिताब्जशङ्खान् ।
नक्षत्रचक्रकुमुदेन्दुतुषारपातान्
श्लेष्माधिको मुनिवरैः कथितः क्रमेण ॥ २८ ॥

जिस मनुष्य की कफ प्रकृति होती है वह लक्ष्मीवान्, गठित देह सन्धि वाला, धैर्यवान्, बलवान्, तेजस्वी, सुन्दर देहधारियों का ग्रहण करने वाला, सात्त्विक, मृत मुर के तुल्य जांघ वाला, दोषों को स्मरण करने वाला, सहनशील, गौर वर्ण, लाल नेत्र प्रान्त वाला, मीठे रसों की इच्छा करने वाला, शत्रुता बाँधने वाला कृतज्ञ, क्लेशी, अन्य मनस्क, समस्त मनुष्यों की पूँजा करने वालों का व गुरू लोगों का शुभ चिंतक होता है तथा स्वप्न में समुद्र-नदी-सरोवर-मोती के समूह-हंस-सफेद कमल-शङ्ख-चक्र-कुमुद, चन्द्रमा और हिमपात या यों समझिये पाला पड़ना इसको देखने वाला होता है ॥ २७–२८ ॥

विशेष—प्रकाशित सारावली में 'मुरजघनध्वानघोषः' 'क्लेशे च स्यादखिन्नः सकल-जनसुहृत्पूजको वा गुरूणाम्' यह पाठान्तर है ॥ २७–२८ ॥

अथ ता ग्रहोत्पन्नानां मालव्यादिपञ्चयोग [लक्षण सहितं ?] फल-मुक्तं तत्रैव सारावल्याम्—

अब आगे भौमादि पाँच तारा ग्रहों से उत्पन्न होने वाले मालव्यादि पाँच योगों के फल को सारावली के वाक्यों से कहते हैं।

मालव्य योग का फल—

[2]न स्थूलोष्ठो न च विषमवपुर्नातिरिक्ताङ्गसन्धि-
र्मध्ये क्षामः शशधररुचिर्हस्तिनासः सुगण्डः।
संदीप्ताक्षः समसितरदो जानुदेशाप्तबाहु-
र्मालव्योऽयं विलसति नृपः सप्ततिर्वत्सराणाम् ॥ १ ॥

वक्त्रं त्रयोदशमितानि तथाङ्गुलानि
दैर्घ्येण कर्णविवराद्दश विस्तरेण ।

---

३. सारा० ३५ अ० ९४ श्लो०। ४. सारा० ३५ अ० ९५ श्लो०।

माल॰यसंज्ञमनुजः स भुनक्ति नूनं
लाटान्समालविससिन्धुसपारियात्रान् ॥ २ ॥

यदि कुण्डली में मालव्य योग हो तो जातक मध्य ओष्ठ व सम शरीरधारी, अतिरिक्त देह सन्धियों से रहित, पतली कमर वाला, चन्द्रमा के तुल्य आभा वाला, हाथी के समान नाक वाला, सुन्दर गण्ड स्थल से युक्त, चमकीली आँख वाला, समान सुन्दर सफेद दांतों से युक्त, आजानु बाहु अर्थात् लम्बे हाथ वाला और राजा बनकर ७० वर्ष तक सुख भोग करने वाला होता है, तथा मुख १३ अंगुल लम्बा व कान के छेद से १० अंगुल चौड़ा होता है। मालव्य योग में उत्पन्न मनुष्य लाट-माल सिन्धु और पारियात्र देशों का सुख भोगता है ॥ १-२ ॥

विशेष—प्रकाशित सारावली में ' नातिरक्ताङ्ग' 'हस्तिनादः सुगन्धः' 'देशाप्तपाणि' यह पाठान्तर प्राप्त है ॥ १-२ ॥

रुचक योग का फल—

[1]दीर्घास्यः स्वच्छकान्तिर्बहुरुधिरबलः साहसावाप्तकार्य-
श्चारुभ्रू नीलकेशः श्रमकरणरतो यन्त्रविच्चौरनाथः।
रक्तः श्यामोऽतिशूरो रिपुबलमथनः कम्बुकण्ठः प्रधानः
क्रूरो भक्तो नराणां द्विजगुरुविनतः क्षामसज्जानुजङ्घः ॥ ३ ॥
खट्वाङ्गपाशवृषकार्मुकचक्रवीणाशक्ताङ्क-
हस्तचरणाश्च शताङ्गुलाश्च ।
मन्त्राभिचारकुशलस्तु सहस्रमध्ये
जातं च तस्य कथितं सुखदैर्घ्यतुल्यम् ॥ ४ ॥
विन्ध्याचलसह्यगिरीन् भुनक्ति सप्ततिसमा नगरदेशान् ।
शस्त्रानलकृतमृत्युः प्रयाति देवालय रुचिकः ॥ ५ ॥

इति रुचकयोगः।

यदि कुण्डली में रुचक योग हो तो जातक लम्बे मुख वाला, निर्मल कान्तिमान्, अधिक खून बल से युक्त, साहस के बल पर कार्य की सिद्धि करने वाला, सुन्दर भौहों से युत, नीले बाल वाला, परिश्रम करने में अनुरक्त, यन्त्रों का ज्ञाता, चोरों का मुखिया, लाल कृष्ण वर्ण, बड़ा वीर शत्रुओं के बल का मन्थन करने वाला, शङ्ख के सदृश ग्रीवा वाला, प्रधान, क्रूर, मनुष्यों का भक्त, ब्राह्मण व गुरू को नमन करने वाला, सुन्दर पतले घुटना व जाँघ वाला, हाथ व पैर में शैया, पाश, बैल, धनुष, चक्र, वीणा और शक्ति के चिन्ह से चिन्हित, १०० अङ्गुल का, मारण के मन्त्रों में हजारों मनुष्यों में चतुर व दीर्घ कालीन सुखी होता है। तथा विन्ध्य व सह्य पर्वतीय देश के नगरों का सुख ७० वर्ष तक भोगता है और शस्त्र वा अग्नि से हत होकर मृत्यु प्राप्त करता है ॥ ३-५ ॥

---

१. सारा० ३७ अ० ३१-३३ श्लो०।

विशेष—प्रकाशित सारावली में 'बहुरुचिरबल:' 'चरणरणरतो मन्त्रवि' 'क्रूरो भर्ता' 'रेखाङ्कहस्तचरण:' 'कुशलस्तुलाया सहस्रं मध्ये च तस्य कथितं सुखदैर्घ्यं' यह पाठान्तर प्राप्त है ॥ ३-५ ॥

शश योग का फल—

[1]तनुद्विजः शीघ्रगतिः शशोऽयं शठोऽतिशूरो निभृतप्रभावः।
वनाद्रिदुर्गेषु नदीषु शक्तः क्षयोदयी नातिलघुप्रदिष्टः ॥ ६ ॥
सेनानाथो जलनिधिरतो दन्तुरश्चापि किञ्चिद्
धातोर्वादे भवति निरतश्चञ्चलः कोलनेत्रः।
स्त्रीसंयुक्तः परधनगृही मातृभक्तः सुजङ्घो
मध्ये क्षामो बहुविधमती रन्ध्रवेदी परेषाम् ॥ ७ ॥
पर्यङ्कशङ्खशरशस्त्रमृदङ्गमालावीणोपमा-
यदि करे चरणे च रेखा।
वर्षाणि सप्तति मितानि करोति राज्यं
प्रान्त्यन्तिकः क्षितिपतिः कथितो मुनीन्द्रैः ॥ ८ ॥

यदि कुण्डली में शश योग हो तो जातक छोटे दाँत वाला, जल्दी चलने वाला, धूर्त, बड़ा वीर, सघन प्रतापी, वन-पर्वत-किले व नदियों में अनुरक्त, क्षयोदयी, अधिक नाटे कद से हीन, सेना का स्वामी, समुद्र में आसक्त, कुछ बड़े दांत वाला, धातु विवाद में तत्पर, चञ्चल, छोटी नाव के तुल्य नेत्र वाला, स्त्री से युक्त, दूसरे के धन को ग्रहण करने वाला, माता का भक्त, सुन्द्रर जाँघ वाला, पतली कमर वाला, अनेक प्रकार की बुद्धि से युक्त, दूसरों की बुराईयों का ज्ञाता और हाथ या पैर में शय्या-शङ्ख, वाण शस्त्र- मृदङ्ग-माला या वीणा के समान रेखा वाला, किसी प्रान्त का राजा बनकर ७० वर्ष तक राज्य करता है, ऐसा मुनियों का कहना है ॥ ६-८ ॥

विशेष—प्रकाशित सारावली में 'तनुद्विजास्यो द्रुतग:' 'कृशोदयी' 'नातिलघुः प्रसिद्ध:' 'निखिलनिरतो' 'कोशनेत्र:' 'स्त्रीसंसक्त:' यह पाठान्तर प्राप्त है ॥ ६-८ ॥

हंस योग का फल—

[2]रक्तास्योन्नतनासिकः सुचरणो हंसः प्रसन्नेन्द्रियो
गौरः पीनकपोलरक्तकरजो हंसस्वनः श्लेष्मलः।
शङ्खाब्जाङ्कुशचापमत्स्ययुगलैर्निस्त्रिंशमालाघटैश्चिन्हैः
पादकराङ्कितो मधुनिभे नेत्रे च वृत्तं शिरः ॥ ९ ॥
सलिलाशयेषु रमते स्त्रीषु न तृप्तिं प्रयाति कामार्तः।
षोडशशतानि तुलितोऽङ्गुलानि दैर्घ्येण षण्णवतिः ॥ १० ॥
पातीह देशांश्च सशूरसेनान् गान्धारगङ्गायमुनान्तरालान्।
जीवेन्नवघ्नं दशवर्षसंख्यां पश्चाद्वनान्ते समुपैति नाशम् ॥ ११ ॥
इति हंसयोगः।

१.सारा० ३७ अ० ३४-३६ श्लो०। २. सारा० ३७ अ० ३७-३९ श्लो०।

यदि जन्म कुण्डली में हंस योग हो तो जातक लाल ऊँची नाक वाला, प्रसन्नात्मा, गौर वर्ण, मोटे गाल वाला, लाल नाखून वाला, हंस के तुल्य शब्द वाला, कफ प्रकृति, हाथ व पैर शंख, कमल, धनुष, दो मछली तलवार, माला और घड़े के चिह्न से अङ्कित, सहद के समान नेत्र वाला, गोल मस्तक से युक्त, जलाशयों में घूमने वाला, स्त्रियों में अतृप्त, विषय वासना में पीड़ित, तौल में १६०० तुला व लम्बाई में ९६ अङ्गुल होता है। हंस योग में पैदा होने वाला, सूरसेन, गान्धार और गङ्गा यमुना के मध्यवर्ती देशों का पालन करने वाला, सौ वर्ष तक जीवन प्राप्त करके पीछे वनान्त में मृत्यु प्राप्त करने वाला होता है ॥ ९–११ ॥

भद्रयोग का फल—

[1]शार्दूलप्रतिमाननो द्विपगतिः पीनोरुवक्षस्थलो
लम्बापीनसुवृत्तबाहुयुगलस्तत्तुल्यमानोच्छ्रयः ।
कामी कोमलसूक्ष्मरोमनिकरः संरुद्धगण्डस्थलः
प्राज्ञः पङ्कजगर्भपाणिचरणः श्वासाधिको योगवित् ॥ १२ ॥

शङ्खासिकुञ्जरगदाकुसुमेषुकेतुचक्राब्जलाङ्गलविचिह्नितपाणिपादः ।
यात्रागुरुद्विपमदप्रथमाम्बुसिक्तभूकुङ्कुमप्रतिमगन्धतनुः सुघोणः ॥ १३ ॥
शास्त्रार्थविद्धृतियुतः समसङ्गतभ्रूर्नागोपमो भवति चापि निगूढगुह्यः ।
सत्कुक्षिधर्मनिरतः सुललाटशङ्खो धीरः स्थिरस्त्वसितकुञ्चितकेशभारः ॥ १४ ॥

स्वतन्त्रः सर्वकार्येषु स्वजनं प्रति न क्षमी ।
भुज्यते विभवश्चास्य नित्यं मन्त्रिजनैः परैः ॥ १५ ॥

भारस्तुलायां तुलितो यदि स्याच्छ्रीकान्यकुब्जाधिपतिस्तदाऽसौ ।
यस्त्र्यादिपुष्टैः सहितः सभद्रः सर्वत्र राजा शरदामशीतिः ॥ १६ ॥

रविचन्द्रयुक्तैर्भौमादिभिरेते राजयोगा न भवन्तीत्याह स एव ।

[2]बलरहितेन्दुरविभ्यां युक्तैर्भौमादिभिर्ग्रहैर्जाता ।
न भवन्ति भूमिपाला दशासु तेषां सुखार्थयुता ॥ १७ ॥ इति ।

अत्र मालव्यादियोगोक्तलक्षणयुतो यथोक्तफलभागी भवति । योगोक्तलक्षहीनो महानृपो न भवतीति शेषः ।

इति पञ्चमहापुरुषाध्यायः ।

यदि कुण्डली में भद्रयोग हो तो जातक सिंह के समान मुख वाला, हाथी के सदृश गति वाला, मोटी जाँघ व छाती वाला, लम्बी मोटी व गोल भुजाओं (हाथ) से युक्त, भुजा मान से ऊँचा, कोमल (मुलायम) सूक्ष्म रोमावली से युक्त अवरुद्ध कपोल वाला, पण्डित, कमल की नाल के समान कोमल हाथ पैर वाला, अधिक स्वास वाला, योग क्रिया का ज्ञाता, हाथ व पैर शङ्ख, तलवार, हाथी, गदा, कुमुद, वाणी, केतु, चक्र, कमल व हल के चिह्न से अङ्कित, गुगुल, हाथी मद तथा पहली वर्षा से जिस प्रकार भूमि में जो सुगन्ध आती है उसके तुल्य गन्ध देहधारी और सुन्दर नाक वाला, शास्त्रों के अर्थ

का ज्ञाता, धैर्यवान्, समान मिली हुई भौंह वाला, सर्प के समान जहरीला, गूढ गुह्याङ्ग-धारी, सुन्दर पेट वाला, धर्मात्मा शङ्ख के समान सुन्दर मस्तक वाला, धीर, स्थिर चित्त, काले घुंघराले केश वाला, समस्त कार्यों में स्वतन्त्र व अपने मनुष्यों के प्रति क्षमा रहित होता है। इसके विभव (सम्पत्ति) का उपभोग मन्त्रिगण व अन्य लोग करने वाले होते हैं। यदि इस योग में जन्म लेने वाले का १ भार वजन हो तो वह कान्यकुब्ज देश का स्वामी बनकर स्त्री आदि से युक्त होकर ८० वर्ष तक जीवन प्राप्त करता है॥ १२-१६॥

सूर्य चन्द्रमा से युक्त मालव्यादि योग यदि होते हैं तो इन योगों की प्राप्ति नहीं होती है ऐसा कल्याण वर्मा ने कहा है अब उसी को कहते हैं।

यदि उक्त पञ्च महापुरुष योगों में कारक ग्रह निर्बल सूर्य या चन्द्रमा से युक्त हों तो उक्त योग नहीं होते हैं। तात्पर्य यह है कि कथित फल का अभाव होता है किन्तु उक्त ग्रहों की दशा में जातक सुख व धन से युक्त होता है।

मालव्यादि योग के लक्षण से युत जातक बड़ा राजा होता है और उक्त लक्षण से हीन लक्षण वाला पुरुष बड़ा राजा नहीं होता है।

इस प्रकार पञ्चमहापुरुष योगफल समाप्त हुआ॥ १-१६॥

राजयोगभङ्ग फल—

[1]विस्तरतो निर्दिष्टाः क्षितिपतियोगा विचित्रसंस्थानाः।
भङ्गश्च भवति तेषां यथा तथा सम्प्रवक्ष्यामि॥ १॥
कुजार्कजीवार्किभिरत्र नीचैर्द्वाभ्यां त्रिभिश्चैकतमे विलग्ने।
निशाकरे वृश्चिकराशिसंस्थे विशीर्यते राजकरो हि योगः॥ २॥
अन्त्याष्टमादिभागे चरराश्यादिषु शशी यदा भङ्गः।
राकेनापि न दृष्टो ग्रहेण भङ्गस्तदा नृपतेः॥ ३॥
घटोदये नीचगतैस्त्रिभिर्ग्रहैर्बृहस्पतौ नीचगते तथास्तगे।
एकोऽपि नोच्चे त्वशुभे च खं गते प्रयान्ति नाशं शतशो नृपोद्भवाः॥ ४॥
केन्द्रेषु शून्येषु शुभैर्न चेन्दावस्तङ्गतैर्नीचमथ प्रयातैः।
चतुर्ग्रहा वापि गृहे रिपूणां प्रणाश्यते राजकरो हि योगः॥ ५॥
सर्वे क्रूराः केन्द्रे नीचारिगता न सौम्यसंदृष्टाः।
शुभदा व्ययरिपुरन्ध्रे तदापि भङ्गो भवेत्कुपतेः॥ ६॥
लग्नं गणोत्तमोनं न खेचरैर्दृश्यते तदा भङ्गः।
भवति च नृपयोगानां दारिद्र्याय प्रजातस्य॥ ७॥
स्वांशे रवौ शीतकरे प्रनष्टे पापैश्च दृष्टे शुभदृष्टिहीने।
कृत्वापि राज्यं च वने मनुष्यः पश्चात्सदुःखं लभते हताशः॥ ८॥
शिशिरकिरणशत्रुर्लग्नगश्चन्द्रदृष्टः सहजरिपुभवस्था भानुभूपुत्रमन्दाः।
शुभविरहितकेन्द्रैरस्तगैर्वापि सौम्यैर्नृपतिजननयोगो याति नाशं क्षणेन॥ ९॥
पञ्चभिर्निम्नगैर्खेटैरस्तं यातैरथापि च।
प्रयान्ति विलयं योगा भूभुजां ये प्रकीर्तिताः॥ १०॥

उल्कायाः पतने चैव निर्घातव्यतिपातयोः ।
केतोश्च दर्शने चैव यान्ति नाशं नृपोद्भवाः ॥ ११ ॥
द्वित्रिसंस्था ग्रहा नीचा धर्मस्वाये नृपो भवेत् ।
षष्ठे तुङ्गे भवेद्दासो निधनान्ते च भिक्षुकः ॥ १२ ॥
अन्यैः क्रूरोत्पातैस्त्रिशङ्कुतारा यदोदयं याति ।
सर्वे प्रयान्ति विलयं नृपयोगा भानुजो यदि विलग्ने ॥ १३ ॥
कर्तारो नृपतीनां गगनसदो युद्धकाङ्क्षिणो मलिनाः ।
रूक्षा जजरदेहा विघ्नं जनयन्ति योगस्य ॥ १४ ॥
परं नीचं गते चन्द्रे क्षीणे योगे महीपतेः ।
नाशमायाति राजाख्यो योगो दैवविलोमतः ॥ १५ ॥
तुलायां पद्मिनीबन्धुर्नीचांशे दशमे स्थितः ।
हन्ति राज्यं यथा लोभः समस्तगुणसञ्चयम् ॥ १६ ॥
कुजस्य दशमे भागे स्थितः कमलबोधनः ।
सहस्रं राजयोगानां भङ्गमेव करोत्यसौ ॥ १७ ॥
स्वत्रिकोणगृहं केचित्स्वोच्चं याताः स्वमन्दिरम् ।
अतिनीचैं रविश्चैको न तेषां फलसंभवः ॥ १८ ॥
गुरुर्मृगे विलग्नस्थो दुःखैः सन्तापयेन्नरम् ।
कामार्तमधनं वेश्यां यद्वदिन्दुर्न चेत्समे ॥ १९ ॥
एकेनापि शशाङ्को ग्रहेण केमद्रुमो यदि न दृष्टः ।
विघ्नयति राजयोगं मलिनाचारः प्रसूतः स्यात् ॥ २० ॥
भिक्षामटति त्र्याद्यैर्नीचर्क्षगतैः सदुःखितो मलिनः ।
सकलमहीभुक्पुत्रः परिभूतो जायते निस्वः ॥ २१ ॥
अन्त्यारिभवनंप्राप्तैर्पश्चादिभिरस्तगैश्च गगनचरैः ।
ध्वंसं प्रयाति राजा यदि रविचन्द्रौ न तुङ्गस्थौ ॥ २२ ॥
सचिवो दानवेन्द्रस्य नीचे चेत्समुपस्थितः ।
संप्राप्तमतुलं राज्यं नरं च्यावयते ध्रुवम् ॥ २३ ॥
राजयोगाः समाख्यातास्तेषां भङ्गाश्च दारुणाः ।
परीक्ष्य यत्नतः प्राज्ञः फलं ब्रूयाच्छुभाशुभम् ॥ २४ ॥

इति राजयोगभङ्गाः ।

इससे पूर्व मैंने अनेक प्रकार के राजयोगों का वर्णन किया है । अब आगे उन राजयोगों का जिस प्रकार के योगों से भङ्ग होता है, उन विविध प्रकार के योगों को बतलाते हैं ॥ १ ॥

१—यदि जन्म के समय में सूर्य, भौम, गुरु, शनि ये सब ग्रह या तीन या दो या

एक ग्रह लग्न में नीच राशि में स्थित हो और जिस किसी भाव में नीचस्थ चन्द्रमा हो तो राजयोग भङ्ग होता है ॥ २ ॥

२—यदि जन्म के समय में चन्द्रमा चर राशि के अन्तिम नवांश में या स्थिर राशि के अष्टम नवांश में या द्विस्वभाव राशि के प्रथम नवांश में तथा किसी भी ग्रह से दृष्ट न हो तो राजयोग भङ्ग होता है ॥ ३ ॥

विशेष—प्रकाशित सारावली में 'शशी यदा क्षीण:' यह पाठान्तर है ॥ ३ ॥

३—यदि जन्म के समय में कुम्भ लग्न हो व तीन ग्रह नीच राशि में हों तथा गुरू नीच राशि में या अस्त हो एवं एक भी ग्रह उच्च राशि में न हो और पापग्रह दशम भाव में हो तो राजयोग नष्ट होता है ॥ ४ ॥

विशेष—प्रकाशित सारावली में 'बृहस्पतौ सूर्यसुते च नीचगे' 'त्वशुभे च सङ्गते' यह पाठान्तर प्राप्त है ॥ ४ ॥

४—यदि जन्म के समय में केन्द्र (१।४।७।१०) में शुभग्रहों का अभाव हो व चन्द्रमा अस्त न हो तथा चार ग्रह नीच राशि में या शत्रुग्रह की राशि में हों तो राजयोग का नाश होता है ॥ ५ ॥

विशेष—प्रकाशित सारावली में 'चतुर्ग्रहैर्वापि' 'प्रणश्यति क्ष्माधिपतेस्तु योग:' यह पाठान्तर प्राप्त है ॥ ५ ॥

५—यदि जन्म के समय में समस्त पापग्रह नीच व शत्रु राशियों में केन्द्रस्थ हों व शुभग्रह से अदृष्ट हों तथा शुभग्रह छटे, आठवें, बारहवें भाव में हों तो राजयोग नष्ट होता है ॥ ६ ॥

विशेष—प्रकाशित सारावली में 'न सौम्ययुतदृष्टा:' यह पाठान्तर प्राप्त है ॥ ६ ॥

६ यदि जन्म के समय लग्न में वर्गोत्तम नवांश का अभाव हो और अन्य किसी ग्रह से दृष्ट न हो तो राजयोग भङ्ग होता है ॥ ७ ॥

७—यदि जन्म के समय में अपने नवांश में सूर्य हो व चन्द्रमा अस्त हो या कलाओं से हीन हो तथा पापग्रहों से दृष्ट व शुभग्रहों से अदृष्ट हो तो जातक कुछ समय तक राज्य करके भी आशाओं का त्याग करके वन में पीछे दुःख भोगता है ॥ ८ ॥

८—यदि जन्म के समय में लग्न में राहु, चन्द्रमा से दृष्ट हो तथा ३, ६, ११, भाव में सूर्य, भौम, शनि हों व केन्द्र में शुभ ग्रहों का अभाव हो वा शुभग्रह अस्त हो तो राजयोग नष्ट होता है ॥ ९ ॥

विशेष—प्रकाशित सारावली में 'रिपुमदस्था' यह पाठान्तर प्राप्त है ॥ ९ ॥

९—यदि जन्म के समय में पाँच ग्रह नीच राशि में हों या अस्त हों तो राजयोग भङ्ग होता है ॥ १० ॥

१०—यदि जन्म के समय में उल्का पात, निर्घात, व्यतिपात या केतु का दर्शन हो तो राजयोग भङ्ग होता है ॥ ११ ॥

११—यदि जन्म के समय में दो तीन ग्रह नीच राशि में नवें, दूसरे ग्यारहवें भाव में हों तो जातक राजा होता है। यदि छटे भाव में उच्चस्थ ग्रह हो तो जातक दास, अष्टम या व्यय में उच्चस्थ ग्रह हो तो भीख मागने वाला होता है ॥ १२ ॥

१२—यदि जन्म के समय में अन्य क्रूर उत्पात, त्रिशङ्कु तारा का उदय हो व लग्न में शनि हो तो राजयोग भङ्ग होता है ॥ १३ ॥

१३—यदि जन्म के समय में राजयोग कारक ग्रहों में युद्ध होने की संभावना हो वा ग्रहों के बिम्ब दूषित हों या शुष्क या क्षीण देहधारी हों तो राजयोग में विघ्न पैदा करते हैं अर्थात् राजयोग भङ्ग होता है ॥ १४ ॥

१४—यदि जन्म के समय में क्षीण चन्द्रमा परम नीच राशि में हो तो राजयोग नष्ट होता है । जैसे ज्योतिषी के विपरीत चलने वाला राजा नष्ट होता है ॥ १५ ॥

विशेष—प्रकाशित सारावली में 'राजेव दैवज्ञप्रतिलोमगः' ॥ १५ ॥

१५—यदि जन्म के समय तुला राशि में नीच के नवांश में सूर्य दशम भाव में हो तो राज योग भङ्ग होता है । जैसे समस्त गुणों का नाश लोभ से होता है ॥ १६ ॥

१६—यदि जन्म के समय में मेष या वृश्चिक राशि के दशवें अंश में सूर्य हो तो हजार राजयोगों का नाश होता है ॥ १७ ॥

विशेष—प्रकाशित सारावली में 'जूकस्य दशमे भागे' 'मन्दमेव' यह पाठान्तर है ॥ १७ ॥

१७—यदि जन्म के समय में कुछ ग्रह मूल त्रिकोण राशि में हों और कुछ ग्रह उच्च व अपनी राशि में हों तथा एक सूर्य परम नीच में हो तो राजयोग भङ्ग होता है ॥ १८ ॥

१८—यदि जन्म के समय में मकर लग्न में गुरू तथा चन्द्रमा सम राशि में न हो तो जातक दुःखों से संतप्त, काम से पीडित, निर्धन और वेश्या के वश में होता है ॥ १९ ॥

विशेष—प्रकाशित सारावली में 'मिन्दुर्न चेत्स्वभे' यह पाठान्तर प्राप्त है ॥ १९ ॥

१९—यदि जन्म के समय में केमद्रुम योग हो व चन्द्रमा एक भी ग्रह से दृष्ट न हो तो जातक का राजयोग भङ्ग होता है व स्वयं दुराचारी होती है ॥ २० ॥

२०—यदि जन्म के समय में तीन, चार आदि ग्रह नीच राशि में हों तो राजकुलोत्पन्न जातक भी दुःखी होकर भीख माँगता है व स्वयं दुराचरण करने वाला एवं निर्धन होता है ॥ २१ ॥

२१—यदि जन्म के समय में ५, ६ ग्रह अधिशत्रु राशि में या अस्त हों और सूर्य व चन्द्रमा उच्च राशि में न हों तो राजयोग भङ्ग होता है ॥ २२ ॥

२२—यदि जन्म के समय में शुक्र नीच राशि में हो तो अधिक सम्पत्ति से युक्त राज्य प्राप्त होने पर भी नष्ट होता है ॥ २३ ॥

मैंने राजयोगों का व उनके भङ्ग का वर्णन किया है मनीषी गण इन दोनों के बलाबल का विचार करके ही फलादेश करें ॥ २४ ॥

इस प्रकार राजयोग भङ्गों का वर्णन समाप्त हुआ ॥ १–२४ ॥

आगे अब ग्रहों की रश्मियों का कैसे आनयन होता है तथा अनीत रश्मि संख्या वश जातक को किस प्रकार के फल की प्राप्ति होगी इसे सारावली के वाक्यों से बतलाते हैं ।

रश्मिप्रधानमेतद्यस्माच्छास्त्रं वदन्ति माणित्थाः ।
तस्मात्प्रयत्नतोऽहं कथयामि यथामतं तेषाम् ॥ १ ॥

स्वोच्चस्थे दश सूर्ये नव चन्द्रे पञ्च भूपुत्रे।
पञ्चेन्दुजे तथेज्ये सप्ताष्टौ भार्गवे शनौ पञ्च ॥ २ ॥

वृद्धयवनोऽपि—

दिशा खरांशोर्हिमदीधितेर्गो बाणस्तथा सौम्यकुजार्कजानाम्।
सुरासुरेज्यस्य सितस्य नागाः प्रमाणतो दीधितयः स्वतुङ्गे ॥ ३ ॥

सारावल्याम्—

एवं महेन्द्रशास्त्रे माणित्थयवनबादरायणप्रोक्ते।
सप्त प्रत्येकस्था निर्दिष्टा रश्मयो ग्रहेन्द्राणाम् ॥ ४ ॥
सर्वप्रमाणमेते मुनिवचनात् किन्तु सप्तसंख्यैव।
बहुवाक्यादस्माकं नीचगतः स्याद्विगतरश्मिः ॥ ५ ॥
अभिमुख रश्मिर्नीचाद्भ्रष्टः स्वोच्चात्पराङ्मुखो ज्ञेयः।
अन्तर्गतेऽनुपातो यथासम्भवं प्रवक्ष्यामि ॥ ६ ॥
नीचविहीनश्चक्राच्छुद्धः षड्भवनतो यदाभ्यधिकः।
आत्मीयरश्मिगुणितः षड्भक्ता रश्मयस्तस्मात् ॥ ७ ॥
मित्रद्वादशभागे स्वे वा स्वोच्चे वा स्थितस्य।
द्विगुणाः स्युर्दीधितयः स्वराशिगे षड्वदन्त्येके ॥ ८ ॥
वैरिद्वादशभागे नीचे च भवन्ति षोडशांशोनाः।

स्वकीयस्वोच्चादिद्वादशांशेन रश्मिवृद्धिः। शत्रुनीचादिद्वादशांशेन हानिर्ज्ञेया

अस्तङ्गतो विरश्मिः शनिसितवर्जो ग्रहो ज्ञेयः ॥ ९ ॥
वक्रगतस्य द्विगुणं वक्रत्यागेऽष्टभागहीनाः स्युः।

वक्रत्यागे वक्रहानौ।

एवं रश्मिविधानं पूर्वाचार्यैः समादिष्टम् ॥ १० ॥
एकादि पञ्चयावद्रश्मिभिरतिदुःखिताः कुलविहीनाः।
परतर्कका दरिद्रा नीचरताः संभवन्ति नराः ॥ ११ ॥
परतो दशकं यावद्भृतकादीनां विदेशगमनरताः।
जायन्तेऽत्र मनुष्याः सौभाग्यपरिच्युता मलिनाः ॥ १२ ॥
ऊर्ध्वं पञ्चदशान्तं जायन्ते बहुजनाः सुजनाः।
धर्माभिरताः सुमुखाः कुलस्य तुल्याः प्रजायन्ते ॥ १३ ॥
आविंशतेर्भवेयुः कुलाधिका धनयुता जनख्याताः।
कीर्तिकराश्च मनुष्या यथाक्रमं स्वजनसंपूज्याः ॥ १४ ॥

परतो भवन्ति धीराः कृतिनो भूपाश्च पञ्चविंशति यावत् ।
परतो भवन्ति मनुजाः संसाधितसकलकरणीयाः ॥ १५ ॥
अत उत्तरेण चण्डा नृपाश्रिता नृपतिलब्धधनसौख्याः ।
त्रिंशद् यावत् सचिवाः पूज्या भवन्ति मनुजानाम् ॥ १६ ॥
एकत्रिंशद्भिस्तु प्रवराः ख्याता महीभुजामिष्टाः ।
द्वात्रिंशता तु पुरुषाः सूतौ चतुस्त्रिंशत ॥ १८ ॥
परतो मण्डलभाजो बहुकोशपरिग्रहा महासत्वाः ।
प्रख्यातकीर्तियशसो बहुसुभगाश्चैव लोकानाम् ॥ १९ ॥
त्रिंशत् षड्भिः सहिता रश्मीनां यस्य जन्मसमये स्युः ।
सार्धं भुनक्ति लक्षं ग्रामाणां स तु पुमान्नियतम् ॥ २० ॥
त्रिंशत्सप्तकसहिता रश्मीनां सम्भवो भवेद् येषाम् ।
लक्षमितग्रपतित्वं ग्रामाणां जायते तेषाम् ॥ २१ ॥
त्रिंशद्वसुभिः सहिता गावो येषां भवन्ति पुरुषाणाम् ।
शरसम्मितलक्षाणां ग्रामाणां तेऽधिपाः ज्ञेयाः ॥ २२ ॥
त्रिंशत्सनवा गावो जन्मनि येषां ग्रहोत्थिताः सन्ति ।
ते तोषितसकलजना भवन्ति पृथ्वीश्वराः मनुजाः ॥ २३ ॥
दशजलधिगुणाया रश्मिसंख्या नराणां
दिशति पृथुलभूमेः पालकत्वञ्च तेषाम् ।
हतरिपुवनिताभिर्गीयतेऽतीव कीर्तिः
करुणरुदितशब्दैस्तद्वदाक्रोशगर्भैः ॥ २४ ॥
शशिजलनिधिसंख्यै रश्मिभिः सूयते यो
जलनिधिरसनायाः पार्थिवः स्यात्सभूमेः ।
द्विजलधिरसनायाः पक्षवेदाख्यसंख्यै-
स्त्रिजलधिरसनायाः शर्मवेदैस्तथैव ॥ २५ ॥
वेदाब्धितुल्यैश्च मयूखजालैर्जाता नरेन्द्राः खलु सार्वभौमाः ।
सौम्याः सुरब्राह्मणभक्तिशीला दीर्घायुषः सत्वयुता भवन्ति ॥२६॥
परतः परतः किरणैर्द्वीपान्तरपालका निरुपसर्गाः ।
सर्वनमस्याः सुभगा महेन्द्रतुल्यप्रतापाश्च ॥ २७ ॥
चत्वारिंशद्युक्तैः पञ्चादिभिरत्र यस्य सूतौ स्यात् ।
ज्ञेयं तस्यारिष्टं सर्वत्र नृपात्मजं मुक्त्वा ॥ २८ ॥
भुवनभरसहिष्णोः सर्वतः क्षीणशत्रो-
स्त्रिदशपतिमहिम्नः सर्वलोकस्तु तस्य ।
विदधति विहगानां रश्मयोऽतीवदीप्ता-
स्तुरगकृतिसमानां चक्रवर्तित्वमेव ॥ २९ ॥

यह ज्योतिष शास्त्र रश्मि प्रधान है ऐसा मणित्थादि आचार्यों का कहना है। इसलिये मैं कल्याण वर्मा प्रयत्न पूर्वक ग्रहों की रश्मि साधन करने की विधि को कहता हूँ ॥ १ ॥

विशेष—प्रकाशित सारावली में 'माणिन्धाः' यह पाठान्तर प्राप्त है ॥ १ ॥

अब ग्रहों की अर्थात् किस ग्रह की कितनी परम रश्मियां होती हैं, इसे बताते हैं। सूर्यादि ग्रहों की अपनी-अपनी उच्च राशियों में क्रम से पूर्ण रश्मियां निम्न प्रकार से होती हैं। जैसे सूर्य की १०, चन्द्रमा की ९, भौम की ५, बुध की ५, गुरू की ७, शुक्र की ८ और शनि की अपनी उच्चराशि में परम रश्मि संख्या ५ होती है ॥ २ ॥

वृद्ध यवनाचार्यजी ने भी इसी प्रकार से रश्मियों को बतलाया है अब उसे कहते हैं।

सूर्य अपनी उच्चराशि में १०, चन्द्रमा ९, भौम ५, बुध ५, शनि ५, गुरू ५, गुरू ७ और शुक्र ८ रश्मि प्राप्त करता है ॥३॥

सू०	चं०	मं०	गु०	शु०	श०
१०	९	५	७	७	५

अब आगे महेन्द्रादि शास्त्र में कथित ग्रहों की रश्मि संख्या को बतलाते हैं। इस प्रकार मणित्थ, यवन, बादरायण के द्वारा कथित महेन्द्र शास्त्र में मुनियों के वचन से प्रत्येक ग्रह की ७, ७, रश्मियाँ वर्णित हैं। एवं नीचस्थ ग्रह की रश्मि संख्या शून्य होती है ॥ ४-५ ॥

अभिमुख पराङ्मुख रश्मि का ज्ञान—

जब अपनी नीच राशि से ग्रह उच्च की ओर गमन करता है तो उस समय में अभिमुख रश्मि संज्ञा व उच्च से नीच की ओर जब गमन करता है तो उसकी पराङ्मुख रश्मि संज्ञा होती है। उच्च व नीच के मध्य, ग्रह होने पर अनुपात द्वारा रश्मि साधन जैसे होता है वैसे मैं कहता हूँ ॥ ६ ॥

स्पष्ट रश्मि आनयन की विधि—

जिस ग्रह की स्पष्ट रश्मि का आनयन अभीष्ट हो उस स्पष्ट राश्यादि ग्रह में उसी का नीच राश्यंश घटाकर शेष यदि ६ राशि से अधिक हो तो उसे १२ में से घटाकर पुनः जो शेष बचे उसको अपनी उच्च रश्मि संख्या से गुना करके गुणन फल में ६ का भाग देने से लब्धि तुल्य ग्रह की स्पष्ट रश्मि होती है ॥ ७ ॥

अब स्पष्ट रश्मियों में ग्रह की स्थिति वश जो विशेष संस्कार अर्थात् क्रिया होती है इसे कहते हैं।

यदि स्पष्टग्रह मित्र ग्रह की राशि के द्वादशांश में या अपने द्वादशांश में या उच्च के द्वादशांश में हो तो स्पष्ट रश्मि संख्या को दो से गुना करने पर स्पष्ट रश्मि संख्या होती है। यदि ग्रह अपने द्वादशांश में हो तो आनीत रश्मि संख्या को ६ से गुना करके स्पष्ट रश्मि संख्या समझना चाहिए, ऐसा किसी का मत है।

यदि ग्रह शत्रु के या नीच के द्वादशांश में हो तो स्पष्ट रश्मि संख्या में सोलहवाँ भाग घटाकर स्पष्ट रश्मि संख्या जानना चाहिए।

इससे यह जाना जाता है कि अपनी राशि या उच्च राशि के द्वादशांश में रश्मियों की वृद्धि होती है और शत्रु नीच राशि के द्वादशांश में ग्रह के रहने पर स्पष्ट रश्मियों में ह्रास होता है।

शनि शुक्र को छोड़कर जो ग्रह अस्त होता है उसकी रश्मि संख्या शून्य होती है।

जो ग्रह वक्री होता है उसकी स्पष्ट रश्मि संख्या को दो से गुना करके ही उसकी स्पष्ट रश्मि समझना चाहिए।

यदि ग्रह वक्रत्व का त्याग कर रहा हो तो अष्टमांश घटाकर ग्रहण करना चाहिए। इस उक्त रीति से रश्मियों का आनयन पूर्वाचार्यों ने किया है॥ ८-१०॥

विशेष—प्रकाशित सारावली में 'मित्रद्वादशभागे द्विगुणास्त्रिगुणाः स्वके च दीधितयः। वक्रः पुनस्तथोच्चे स्वराशिगे तद्भवत्येव। द्विगुणाः स्युर्दीधितयो वक्रस्थेऽप्येवमेव स्युः। वक्रान्तस्थे द्विगुणा' यह पाठान्तर प्राप्त है॥ ८-१०॥

अब आगे रश्मियों की संख्या के आधार पर फल को बतलाते हैं॥ ८-१०॥

१-५ तक रश्मियों का फल—

यदि जन्म के समय में १-५ तक ग्रहों की रश्मि संख्या हो तो जातक अधिक दुःख भोगने वाला, कुल से हीन, दूसरे की चिन्ता करने वाला, दरिद्री और दुष्टों में आसक्त होता है॥ ११॥

६-१० तक रश्मियोग संख्या का फल—

यदि जन्म के समय में ६-१० तक रश्मि योग संख्या हो तो जातक सेवकादि कार्यकर्त्ता, विदेश जाने में अनुरक्त, भाग्यहीन और दूषित होता है॥ १२॥

११-१५ तक रश्मियोग संख्या फल—

यदि जन्म के समय में ११-१५ तक रश्मियोग संख्या हो तो जातक अधिक सज्जन पुरुषों से युक्त, धर्मात्मा, सुन्दर मुख वाला और अपने वंश के तुल्य आचरण कर्त्ता होता है॥ १३॥

विशेष—प्रकाशित सारावली में 'ऊर्ध्वं पञ्चदशाप्तिर्यावत्तावद्बहुश्रुताः सुजनाः' यह पाठान्तर है॥ १३॥

१६-२० तक रश्मियोग संख्या फल—

यदि जन्म के समय में १६-२० तक रश्मि संख्या हो तो जातक अपने कुल में श्रेष्ठ, धनी, पुरुषों में प्रसिद्ध, कीर्तिमान् और अपने मनुष्यों से पूजित होता है॥ १४॥

२१-२५ तक रश्मियोग संख्या फल

यदि जन्म के समय में २१ से २५ तक ग्रहों की रश्मि संख्या हो तो जातक पूजनीय, सुन्दर भाग्यशाली, धैर्यवान्, विद्वान्, राजा और समस्त करने योग्य कार्यों का साधक होता है॥ १५॥

२६ से ३० तक रश्मियोग संख्या फल

यदि जन्म के समय में २६ से ३० तक रश्मि संख्या योग हो तो जातक उग्र, राजा के आश्रित, राजा से धन व सुख पाने वाला, मन्त्री और मनुष्यों में पूजनीय होता है ॥ १६ ॥

विशेष—प्रकाशित सारावली में 'पूज्याश्च भवन्ति भूपानाम्' यह पाठान्तर प्राप्त है ॥ १६ ॥

३१ व ३२ रश्मियोग संख्या का फल—

यदि जन्म के समय में रश्मियोग संख्या ३१ हो तो जातक श्रेष्ठ, प्रसिद्ध और राजाओं का कृपा पात्र होता है। यदि रश्मियोग संख्या ३२ हो तो जातक पचास गाँवों का स्वामी होता है ॥ १७ ॥

३३ व ३४ रश्मियोग संख्या का फल—

यदि जन्म के समय में ३३ रश्मि योग संख्या हो तो जातक एक हजार गावों का स्वामी, यदि रश्मि योग संख्या ३४ हो तो जातक तीन हजार गाँवों का स्वामी होता है ॥ १८ ॥

३५ रश्मियोग संख्या का फल—

यदि जन्म के समय में ३५ रश्मि योग संख्या हो तो जातक जिले का स्वामी, बड़ा क्रोधी, अधिक बलवान्, प्रसिद्ध, कीर्तिमान्, यशस्वी और संसार का शुभ चिन्तक होता है ॥ १९ ॥

३६ रश्मियोग संख्या का फल—

यदि जन्म के समय में ३६ रश्मि योग संख्या हो तो जातक डेढ लाख गाँवों का सुख भोगने वाला होता है ॥ २० ॥

३७ व ३८ रश्मियोग संख्या का फल—

यदि जन्म के समय में ३७ रश्मियोग संख्या हो तो जातक तीन लाख गाँवों का स्वामी होता है ॥ २१ ॥

यदि जन्म के समय में ३८ रश्मि योग संख्या हो तो जातक पाँच लाख गाँवों का स्वामी होता है ॥ २२ ॥

विशेष—प्रकाशित सारावली में यह पद्य अप्राप्त है ॥ २२ ॥

३९ रश्मियोग संख्या का फल—

यदि जन्म के समय में ३९ रश्मियोग संख्या हो तो जातक समस्त मनुष्यों को प्रसन्न करने वाला राजा होता है ॥ २३ ॥

४० रश्मियोग संख्या का फल—

यदि जन्म के समय में ४० रश्मियोग संख्या हो तो जातक अधिक भूमि का पालन करने वाला होता है। जिसके पराक्रम से मारे गये शत्रुओं की गर्भिणी स्त्रियों के गर्भस्थ जीवों के रोदन से उत्पन्न हुए क्रोध भरे शब्दों से उसकी अत्यन्त कीर्ति का गान होता है ॥ २४ ॥

४१, ४२ व ४३ रश्मियोग संख्या का फल—

यदि जन्म के समय में ४१ रश्मियोग संख्या हो तो जातक एक दिशा के समुद्र पर्यन्त भूमि का, या ४२ हो तो दो दिशाओं के समुद्र पर्यन्त भूमि का और यदि ४३ रश्मि संख्या हो तो जातक तीन दिशाओं के समुद्र पर्यन्त भूमि का राजा होता है ॥ २५ ॥

४४ रश्मियोग संख्या का फल—

यदि जन्म के समय में ४४ रश्मियोग संख्या हो तो जातक सरल स्वभाव, देवता व ब्राह्मणों का भक्त, दीर्घायु, बली और सार्वभौम राजा होता है ॥ २६ ॥

४४ से जैसे-जैसे रश्मि योग अधिक हो वैसे-वैसे अन्य द्वीपों का पालक, संसार से वन्दित, अच्छा भाग्यशाली और इन्द्र के समान प्रतापी होता है ॥ २७ ॥

जिसके जन्म समय में ४५ से ४८ तक रश्मियोग संख्या होती है उसके समस्त योगों के विचार को छोड़कर उसके अरिष्ट का ज्ञान करना चाहिए ॥ २८ ॥

४९ रश्मियोग संख्या का फल—

यदि जन्म के समय में ग्रहों की रश्मि संख्या का योग ४९ हो तो जातक समस्त भूमि के भार को सहने वाला, चारों तरफ शत्रु से रहित, इन्द्र के समान महिमा वाला, समस्त लोकों का वन्दनीय और चक्रवर्ती राजा होता है ॥ २९ ॥

विशेष—मेरी दृष्टि में कुण्डली में यह योग होना असंभव प्रतीत होता है। क्योंकि समस्त ग्रह उच्चस्थ नहीं हो सकते हैं ॥ २९ ॥

अब ग्रहों की रश्मियों का फल कब पूर्ण होता है इसे कहते हैं।

अभिमुख रश्मियों का पूर्ण फल, पराङ्मुख रश्मि का अपूर्ण फल होता है।

यदि जन्म के समय ग्रहों की रश्मि संख्या अल्प हो तो हानि, अधिक हो तो वृद्धि होती है। अर्थात् अल्प रश्मि जातक नीच और अधिक रश्मि वाला श्रेष्ठ होता है ॥ ३०–३१ ॥

इस प्रकार रश्मि अध्याय सफल समाप्त हुआ ॥ १–३१ ॥

इति श्रीमद्दैवज्ञवर्यपण्डितदामोदरात्मजबलभद्रविरचिते होरारत्ने अरिष्टयोग राजयोग राजभङ्गयोगरश्मिविचाराध्यायः पञ्चमः ॥ ५ ॥

इस प्रकार श्रीमान् ज्योतिषियों में श्रेष्ठ पण्डित दामोदर जी पुत्र बलभद्र द्वारा रचित होरारत्न ग्रन्थ में अरिष्टयोग-राजयोग-राजभङ्गयोग और रश्मियों का विचार नामक पाँचवाँ अध्याय समाप्त हुआ।

इति श्रीमथुरावास्तव्य श्रीमद्भागवताभिनवशुक पं० केशवदेवात्मजमुरलीधरचतुर्वेदकृता पञ्चमाध्यायस्येन्दुमती हिन्दी व्याख्या पूर्णतां गता ॥५॥